U0463547

全本全译

古今譚概

（上）

〔明〕冯梦龙 著
张万钧 主编

团结出版社

图书在版编目（CIP）数据

古今谭概 / (明) 冯梦龙著 ; 张万钧主编 . -- 北京 : 团结出版社 , 2023.8

ISBN 978-7-5126-9731-7

Ⅰ . ①古… Ⅱ . ①冯… ②张… Ⅲ . ①笔记小说—小说集—中国—明代 Ⅳ . ① I242.1

中国版本图书馆 CIP 数据核字 (2022) 第 180945 号

出版: 团结出版社

（北京市东城区东皇城根南街 84 号 邮编: 100006）

电话:（010）65228880 65244790 （传真）

网址: www.tjpress.com

Email: zb65244790@vip.163.com

经销: 全国新华书店

印刷: 三河市富华印刷包装有限公司

开本: 145×210 1/32

印张: 43

字数: 1074 千字

版次: 2023 年 8 月 第 1 版

印次: 2025 年 7 月 第 2 次印刷

书号: 978-7-5126-9731-7

定价: 168.00 元（全三册）

《谦德国学文库》出版说明

人类进入二十一世纪以来，经济与科技超速发展，人们在体验经济繁荣和科技成果的同时，欲望的膨胀和内心的焦虑也日益放大。如何在物质繁荣的时代，让我们获得内心的满足和安详，从经典中获取智慧和慰藉，或许是我们不二的选择。

之所以要读经典，根本在于，我们应当更好地认识我们自己从何而来，去往何处。一个人如此，一个民族亦如此。一个爱读经典的人，其内心世界必定是丰富深邃的。而一个被经典浸润的民族，必定是一个思想丰赡、文化深厚的民族。因为，文化是民族之灵魂，一个民族如果不能认识其民族发展的精神源泉，必定就会失去其未来的生机。而一个民族的精神源泉，就保藏在经典之中。

今日，我们提倡复兴中华优秀传统文化，当自提倡重读经典始。然而，读经典之目的，绝不仅在徒增知识而已，应是古人所说的"变化气质"，进一步，是要引领我们进德修业。《易》曰："君子以多识前言往行，以畜其德。"实乃读经典之要旨所在。

基于此理念，我们决定出版此套《谦德国学文库》，“谦德”，即本《周易》谦卦之精神。正如谦卦初六爻所言：“谦谦君子，用涉大川”，我们期冀以谦虚恭敬之心，用今注今译的方式，让古圣先贤的教诲能够普及到每一个人。引导有心的读者，透过扫除古老经典的文字障碍，从而进入经典的智慧之海。

作为一套普及型的国学丛书，我们选择经典，不仅广泛选录以儒家文化为主的经、史、子、集，也将视野开拓到释、道的各种经典。一些大家所熟知的经典，基本全部收录。同时，有一些不太为人熟知，但有当代价值的经典，我们也选择性收录。整个丛书几乎囊括中国历史上哲学、史学、文学、宗教、科学、艺术等各领域的基本经典。

在注译工作方面，版本上我们主要以主流学界公认的权威版本为底本，在此基础上参考古今学者的研究成果，使整套丛书的注译既能博采众长而又独具一格。今文白话不求字字对应，只在保证文意准确的基础上进行了梳理，使译文更加通俗晓畅，更能贴合现代读者的阅读习惯。

古籍的注译，固然是现代读者进入经典的一条方便门径，然而这也仅仅是阅读经典的一个开端。要真正领悟经典的微言大义，我们提倡最好还是研读原本，因为再完美的白话语译，也不可能完全表达出文言经典的原有内涵，而这也正是中国经典的魅力所在吧。我们所做的工作，不过是打开阅读经典的一扇门而已。期望藉由此门，让更多读者能够领略经典的风采，走上领悟古人思想之路。进而在生活中体证，方能直趋圣贤之境，真得圣贤典籍之大用。

经典，是古圣先贤留给我们的恩泽与财富，是前辈先人的智慧精华。今日我们在享用这一份恩泽与财富时，更应对古人心存无尽的崇敬与感恩。我们虽恭敬从事，求备求全，然因学养所限、才力不及，舛误难免，恳请先贤原谅，读者海涵。期望这一套国学经典文库，能够为更多人打开博大精深之中华文化的大门。同时也期望得到各界人士的襄助和博雅君子的指正，让我们的工作能够做得更好！

团结出版社

2017年1月

前言

《古今谭概》是明代大文学家冯梦龙的代表作之一。是我国历史上最杰出的一部讽刺笑话名著。

冯梦龙(1574—1646)，字犹龙，又字耳犹、公鱼；别署子犹、龙子犹，还有别号墨憨子、墨憨斋主人、香月居主人、可一居士、顾曲散人等。江苏长洲(今苏州)人，崇祯中贡生，曾任知县，明亡后忧郁而死。他是一个学识渊博，多才多艺，著述极丰的文学大家。他的成就是多方面的，他除了著有诗文集《七乐斋稿》《春秋衡库》和《春秋大全》等学术著作外，在文学上的成果尤为惊人。白话小说方面，他编写了《东周列国志》《平妖传》《古今列女演义》《警世通言》《醒世恒言》《喻世名言》等长、短篇白话小说；在戏曲方面，他写了《新灌园》《女丈夫》《人兽关》《双雄记》《精忠旗》《楚江情》《邯郸记》《杀狗记》《酒家佣》等多种传奇剧本，数字现已无法确切统计；在散曲及民歌的搜集整理上，他编纂有《太霞新奏》《挂枝儿》《山歌》等极有影响的专辑；文学笔记和杂著上，则有《智囊》《智囊补》《情史》《古今谭概》等。以上还不是他的全部著作书目，但仅就这些令人眼花缭乱的书名来看，便可知他学识渊博、成就巨大了。

《古今谭概》一书，编纂于明万历后期，这时冯梦龙正处于四十多岁的壮年，由于他在科举考试中多次失利，又为生活所迫，不得不应聘在苏州、无锡、乌程等地的大户人家充当家庭教师，教人子弟读书。生活的坎坷更增加了他对人生处世的认识，同时对当时的社会弊病也有了更深刻的洞察，这种条件，促使他进入了一生中创作的高潮时期。

在这时期中，他广泛涉猎经、史、子、集，从大量的正史、野史、笔记、杂著中，摘录了两千多条幽默故事，汇编出了这部《古今谭概》，全书分三十六卷，在每卷之前都加了按语，在不少篇章之下，还加了简短犀利的辛辣评语，使本来可笑的事，更加发人深省，宛如一面照妖镜，把历史上一些形形色色的丑态照耀得须眉毕现；又如一把锋利的匕首，淋漓尽致地解剖出了封建社会的腐朽阴暗面，把它暴露在光天化日之下。冯梦龙的友人梅之熉在为本书写的序言中说，这部书“罗古今于掌上，寄春秋于舌端，美可以代舆人之诵，而刺亦不违乡校之公，此诚士君子不得志于时者之快事也。”这段话确是十分恰当的定评。因此，它不仅仅是一部供人消遣的笑话集，还是一部饱含哲理的人生处世的百科全书，每读完一篇，都令人掩卷深思，浮想联翩，从中获得不少教益和启示。当然，本书中还夹杂了一些纯属猎奇的无聊之作，但这不是主流，并不影响本书的社会价值。

本书的问世，使冯梦龙名声大噪，创作欲望亦更加高涨。就在本书问世以后的几年中，冯氏的其他名著《东周列国志》（原名《新列国志》)《智囊》《警世通言》等，也纷纷出版，从而奠定了他在文学史上的地位。所以，我们又可以说，这部《古今谭概》，实是冯梦龙的成名之作。

《古今谭概》曾改名《古今笑》，又被后人改名为《古笑史》《古今笑史》，在明末清初几次重版，但能流传至今的却很罕见。我们这次校点和语译，主要根据明末苏州叶昆池刻本，并参阅了冯氏墨憨斋刻本《古今笑》。这两个本子中，均有相当误字，对于误字，我们则采取慎重态度，查阅了《二十四史》及《世说新语》等笔记小说，以及其他图书，加以对照考证，并于译文中夹注说明。如卷二十三《六眼龟》一条的按语，有“宋太始二年”字样，经查证，“太始”年号，实为南北朝刘宋明帝“泰始”年的笔误，因而加以改正，并注释说明。对于一时难于考证确切之处，则仍保持原文，并加必要注释。如卷八《诨衣》一条，文中有“广平”年号，显然是错误的，因中国历史上根本无此年号，经查证，应为唐僖宗年号“广明”，因而加以改正，并加注予以必要说明。

在语译过程中，则以直译为主，遇有原文中不易讲清的典故或人事等，则适当加以意译说明；对于涉及的人物，原书多有用字号、谥号、爵位来称呼的，我们均译以本名，对于不大为人所知的人物，还加冠以朝代名，以便读者在阅读中能一目了然。本书曾在二十世纪九十年代首次出版，受到广大读者的欢迎。此次由谦德书院组织，参考相关文献对原文和译文重新做了全面修订,由团结出版社出版。

由于译者水平有限，个别不当之处，请各位读者及专家不吝赐教。

总 目

上 册

中 册

下 册

目 录

怪诞部第二

痴绝部第三

专愚部第四

谬误部第五

无术部第六

苦海部第七

不韵部第八

癖嗜部第九

越情部第十

佻达部第十一

矜嫚部第十二

迂腐部第一

子犹曰：天下事被豪爽人决裂者尚少，被迂腐人担误者最多。何也？豪爽人纵有疏略，譬诸铅刀虽钝，尚赖一割。迂腐则尘饭土羹而已，而彼且自以为有学、有守、有识、有体，背之者为邪，斥之者为谤，养成一个怯病天下，以至于不可复而犹不悟。哀哉！虽然丙相、温公自是大贤，特摘其一事之迂耳。至如梁伯鸾、程伊川所为，未免已甚。吾并及之，正欲后学大开眼孔，好做事业，非敢为邪为谤也。集《迂腐第一》。

【译文】子犹说：天下的事情，被豪爽的人搞坏的还不多，最多的是被迂腐的人耽误了。为什么呢？豪爽人即使有不周密的地方，就像用铅做的刀，虽然很钝，还能用它来割东西。迂腐人则就是等于用灰尘做饭、泥土做羹，没一点用处，而他们还自认为自己很有学问，有节操，有见识，有准则。背离他们的就说你是异端，反对他们的就说你是毁谤，最后酿成一个虚弱病态社会，已经到了不可康复的地步，还不醒悟。可悲啊！当然，汉朝丞相丙吉、宋朝丞相温国公司马光，都是有名的贤人，这里只是特意摘出他们一件迂腐的事情罢了。至于东汉梁伯鸾（鸿）、北宋程伊川（颐）的行为，未免过分了。这些人我都涉及到了，目的是让后人开阔眼界，做好事情，绝不是用邪说加以诬谤。汇集《迂腐部第一》。

问 牛

丙吉为丞相，尝出，逢斗者，死伤横道。吉过之不问。已而逢人逐牛，牛喘吐舌，吉止驻，使骑吏问：“逐牛行几里矣？”掾史谓丞相前后失问。吉曰：“民斗相杀伤，长安令、京兆尹职所当禁备逐捕，岁竟，丞相课其殿最，奏行赏罚而已。宰相不亲小事，非所当于道路问也。方春，少阳用事，未可太热，恐牛近行，用暑故喘，此时气失节，恐有伤害。三公典调阴阳，职所当忧，是以问之。”

死伤横道，反不干阴阳之和，而专讨畜生口气，迂腐莫甚于此。友人诘余曰：“诚如子言，汉人何以吉为知大体？”余应曰：“牛体不大于人耶？”友人大笑。

【译文】丙吉当丞相的时候，有一次外出，在路上碰到人们互相殴斗，死伤的人躺在道路上。丙吉从他们旁边过去，没有过问。过了不久，他遇到一人在赶牛，牛伸出舌头不停地喘息，丙吉命令车停下，派一个骑马的官吏问：“赶牛跑了几里？”属下的一个官吏认为丞相前后问错了，丙吉说：“老百姓相互斗殴杀伤的案件，应该由长安令、京兆尹来负责禁止和追捕，到年终的时候，丞相只是核查他们的政绩优劣、奏请皇帝进行赏罚而已。小事情丞相不必亲自处理，路上的事不需要过问。现在正是春天，是东方少阳主宰的季节，气候是不应该太热的，牛刚才的情况，恐怕不是牛走得远了，而是由于天热才喘，因此可推断是否气候失常，恐怕对农业有害。三公的责任是主管调理阴阳大事，这是我职责之内应该忧虑的事，所以要问一问牛喘的事。”

人死伤躺在路上，反认为不关阴阳之和，却专心探讨牲畜为什么喘气，再没有比此更迂腐的了。朋友问我说：“你说得很对，可是汉朝人怎么会认为丙吉的行为是识大体呢？”我回答说：“牛的身体不是大于人的身体吗？”友人大笑。

驱驴宰相

王及善才行庸鄙，为内史，时谓“鸠集凤池”。俄迁右相，无他施设，唯不许令史辈将驴入台，终日驱逐。时号“驱驴宰相。”

驱驴出堂，正存相体。

【译文】唐朝人王及善才能品行平庸鄙陋，做内史的时候，都说他是“斑鸠落在凤凰池”。不久官升到右丞相，没有别的建树，唯独不允许令史等小官带着驴进入署衙，整天驱逐。当时有人给他起个绰号叫“驱驴宰相”。

把驴赶出堂外，正是保存宰相的身份。

弹发御史

宋御史台仪：凡御史上事，一百日不言，罢为外官。有王平，拜命垂满百日，而未言事。同僚讶之，或曰：“王端公有待而发，必大事也。”一日闻进札子，众共侦之，乃弹御膳中有发。其弹词曰：“是何穆若之容，忽睹鬈如之状。”

王躬是保，忠孰大焉，是学丙吉祥子。

【译文】宋朝对任御史职务的规定：凡是御史任职期间，连续一百天没有写奏章揭发违法的人和事的，就要调到外地做官。有个叫王平的人，担任御史将近百天了，还没有上奏章揭发过问题，同僚们很诧异，有人说："王端公等待这么久还没发出奏章，必然有惊人大事在准备中。"有一天，听说他上了一个奏章，大家经过打听，竟然是揭发皇上的御膳中发现有头发的事，其揭发的词里说："是何等严肃的容器中，忽然看见卷曲毛一样的东西。"

皇帝的身体是应保护的，谁能大过他的忠心？是学丙吉的样子。

鹅鸭谏议

高宗朝，黄门建言："近来禁屠，止禁猪羊，圣德好生，宜并禁鹅鸭。"适报金虏南侵，贼中有"龙虎大王"者甚勇。胡侍郎云："不足虑！此有'鹅鸭谏议'，足以当之。"

我朝亦有号"虾蟆给事"者，大类此。

【译文】宋高宗时，黄门官向高宗建议："最近禁止屠宰，只禁猪和羊，圣德好生，应当连鹅、鸭也禁止屠宰。"这时刚好有人报告金兵南侵，其中有一个号称"龙虎大王"的人非常勇猛。胡侍郎说："不必害怕！这里有'鹅鸭谏议'，足可以抵挡他们。"

我们明朝也有个绰号为"蛤蟆给事"的人，大都是这类。

成、弘、嘉三朝建言

成化间，一御史建言顺适物情，云："近京地方，行役车辆骡驴相杂。骡，性快力强；驴，性缓力小。今并一处驱驰，物情不便，乞要分别改正。”弘治初，一给事建言处置军国事，云：“京中士人好着马尾衬裙，因此官马被人偷拔鬃尾，有误军国大计，乞要禁革。”嘉靖初，一员外建言崇节俭以变风俗，专论各处茶食铺店所造看桌糖饼：“大者省功而费料，小者料小而费功，乞要擘画定式，功料之间，务在减省，使风俗归厚。”

极小文章，生扭在极大题目上。“肉食者鄙”，信然！

【译文】明成化年间，有一个御史向皇帝建言顺应物情，说：“靠近京师的这一带地方，拉车的骡和驴子都混杂在一起。骡的性子快而力强，驴的性子缓慢并且力小，现在把他们混在一起驱使，与物情不适合。”弘治初年，一个给事向皇帝提出一个有关军国大事的建议，他说：“京城里读书人和百姓都好穿用马尾衬里的衫裙，因此公家的马常被人偷偷拔取马鬃和马尾，这样下去有误军国大计，请皇上下命令禁止革除。”嘉靖初年，某一员外郎上书建议号召崇尚节俭，以改变奢侈的风气，专门提出对各个茶食店所制作的糖饼大小不同进行比较，得出结论：“大的省工而费料，小的料少却费工，因此请求画出一个固定大小的式样，工料之间，务必要本着俭省的原则，以使风俗归于淳厚。”

非常小的文章，硬拉在极大的题目上。“有禄位的人见识浅陋”，确实是这样！

宋罗江

庆历中，卫士震惊宫掖，寻捕杀之。时台官宋禧上言：“此失守于防闲故耳。闻蜀罗江狗赤而尾小者，其儆如神。须诏索此狗，豢于掖庭，以备仓卒。”时号为“宋罗江”。

凡乱吠不止者，皆罗江也，何必曰“无若宋人然”？

【译文】宋仁宗庆历年间，皇宫中嫔妃们住的地方，有卫士闹事，而使皇宫内受到惊扰，不久便进行搜捕杀掉。当时御史宋禧上言说：“这是平时疏于防守的缘故啊。听说四川罗江有一种狗，毛是红色的，小尾巴，警觉如神，须下诏寻找这种狗，喂养在宫中旁舍，以防备仓促发生意外事件而手脚忙乱。”当时人给宋禧送了个绰号叫“宋罗江”。

那些乱叫不止的，都是狗，何必说“没有像宋禧这样的人”？

罗擒虎、张寻龙

嘉定中，察院罗相上言：“越州多虎，乞行下措置多方捕杀。”正言张次贤上言：“八盘岭乃禁中来龙，乞禁行人。”太学诸生遂有“罗擒虎”“张寻龙”之对。

【译文】宋嘉定年间，都察院罗相上言说：“越州今云南曲靖一带虎很多，请求皇上下令想办法多方捕杀。”另一个担任正言的官员张次贤也上言说：“八盘岭是宫中伸延出来的龙脉，请下令禁止行人通行。”于是太学生们遂作得“罗擒虎”“张寻龙”的对句。

引《月令》

甘延寿、陈汤既斩郅支单于首，请悬头槀街蛮夷邸间，以示万里，明犯强汉者，虽远必诛。丞相匡衡议：“《月令》：春，掩骼埋胔之时。宜勿悬。”

还问他斩郅支首是何时？恐不合秋后行刑之律。

【译文】后汉甘延寿、陈汤领兵西征，斩下了郅支单于的头，请求把头悬挂在长安藁街上少数民族居住的地方，以示天下，让那些少数民族的人知道，胆敢侵犯强大的汉朝，虽远在边疆，也必能消灭。丞相匡衡提议：“《月令》上说：春天，是掩埋白骨和腐肉的时候，不适宜悬首。”

还可以问他斩下郅支的头是什么时候？恐怕不合乎秋后处决犯人的刑律。

谏折柳

程颐为讲官。一日讲罢，未退，上偶起凭栏，戏折柳枝。颐进曰：“方春发生，不可无故摧折。”上掷枝于地，不乐而罢。

遇了孟夫子，好货、好色都自不妨。遇了程夫子，柳条也动一些不得。苦哉，苦哉！

【译文】程颐任侍讲官时，有一天，讲完以后，没有走，这时皇上偶然起身凭靠着栏杆，随手折下一个柳枝耍着玩。程颐进言说：“春天枝条刚刚生长，不可无故摧折。”皇上把柳枝扔在地上，很不高兴地走了。

遇到孟夫子，好财，好色都不要紧。遇到了程夫子，柳条也不能动，苦啊，苦啊！

贤良相面

唐肃宗时初诏贤良，一征君首应。上极喜，召对。无他词，但再三瞻望上颜，遽奏曰："微臣有所见，陛下知不？"上曰："不知。"对曰："臣见圣颜瘦于在灵武时。"上曰："宵旰所致耳。"举朝大笑。帝亦知其为妄人，恐塞贤路，乃除授一令。

举朝官员，还有不管皇帝肥瘦的。此贤良较胜，只怕作令后，反不管百姓肥瘦耳。

【译文】唐肃宗时，初次下诏征求有德行的人，一个被推荐的人首先到京。肃宗非常高兴，就召见他听取政见，他却没说什么话，只是一再看着皇帝的脸，忽然说："微臣有所发现，陛下是否知道？"皇帝说："不知道。"这人说："臣发现皇上的圣颜比在灵武时瘦了。"皇帝说："这是因为日夜操劳所致啊。"满朝的官员都捧腹大笑。皇帝也知道了这只是一个胡言乱语的庸人，但恐怕堵塞了求贤的路，还是给了他一个县令的官职。

满朝的官员中还有不关心皇帝胖瘦的人。这个被举荐的贤良比他们强，只怕他做了县令后，反而不管百姓的胖瘦了。

京兆尹祷雨

唐代宗朝，京兆尹黎干以久旱祈雨，于朱雀门街造土龙一具，悉召城中巫觋，以身杂入，共舞于龙所。观者嗤笑。弥月不雨，又请祷于文宣王庙。上闻之，戏曰："丘之祷久矣。"

【译文】唐代宗在位的时候，京兆尹黎干因为天久旱而祈祷求雨，就在朱雀门街造了一个土龙，把城里的男女巫师都召来了，自己也和他们混杂在一起，在土龙周围舞蹈，围观的人都嘲笑他们。一个月过去了，天仍然没有下雨，又到孔子庙里祈祷求雨。皇帝听说这个事后，开玩笑地说："孔丘祷拜很久了。"

请禅天下

孝昭时，泰山莱芜山南，汹汹有数千人声。民视之，有大石自立，高丈五尺。又上林苑中，大柳树断枯卧地，亦自立生。眭孟推《春秋》之意，以为"石立柳生，当有从匹夫为天子者。"即说曰："董仲舒有言：'虽有继体守文之君，不害圣人之受命。'汉家尧后，有传国之运。汉帝宜谁差天下，求索贤人，禅以帝位，而退自封百里，如殷、周二王后，以承顺天命。"使友内官长赐上此书。霍光恶其妖言惑众，诛之。

此等建言，非汉人不敢，然迂亦甚矣！

【译文】西汉昭帝时，有一年泰山莱芜山南，发出像数千人在汹汹吵闹的声音，老百姓都到那里看，见有一块巨石，高一丈五尺，自己从地上立了起来。另外，在长安的上林苑中，一棵枯倒在地上的大柳树自己也立起来复活了。有个叫眭弘的人根据《春秋》之意推理，认为巨石自立枯柳复生的现象，是平民中当出现天子的征兆。就说："董仲舒说过：'虽然有合法继承的国君，也不妨害圣人出来做皇帝。'汉朝的天子是尧的后人，有禅让的美德，皇上应派人在天下寻求贤德的人，把皇帝的位子禅让给他，而自己退居诸侯的地位，就像殷、周二王后代，以顺应天命。"他让一个当太监的朋友赐孟把此信送到朝廷。霍光非常憎恶他妖言惑众，把他杀掉了。

这样的建议，除了汉朝的人谁也不敢，然而也太过迂腐了。

卦宜娱乐

宋侍读林瑀，自谓洞于《周易》，尝以仁宗时合《易》之《需》：“《需》之象曰：‘君子以饮食宴乐。’须频宴游，务娱乐，始合卦体，而天下治。”仁宗骇其说，斥之。

饮食宴乐，人主自会，不须相劝。

【译文】宋仁宗时侍读学士林瑀，自认为对《周易》研究得很透彻，认为仁宗朝甚合《周易》中的《需》卦：“《需》之象说：‘君子要饮食宴乐。’所以要经常宴游，专心娱乐，才和卦意相合，天下才能得到治理。”宋仁宗对林瑀的说法感到很惊愕，就斥逐了他。

饮食宴乐，皇帝自然会，不须劝说。

哭 天

汉兵盛，莽忧甚，不知所出。崔发言：“《周礼》及《春秋》：国有大灾，则哭以厌之。故《易》称‘先号咷而后笑’。宜哭天求救。”莽乃率群臣至南郊，陈其符命本末，因搏心大哭，气尽，伏而叩头。又作《告天策》千余言。诸生小民会旦夕哭，为设飧粥，凡能诵策文者，除以为郎，至五千余人。汉兵入都门，宫中火，莽避火宣室前殿，火辄随之，宫人号呼。时莽绀袀服带玺韨，持虞帝匕首，天文郎按栻于前，日时加某，莽旋席随斗柄而坐，曰：“天生德于予，汉兵其如予何！”

【译文】汉兵很强大，王莽非常忧虑，却想不出办法抵挡。崔发进言说："《周礼》及《春秋》都有记载：国家有了大灾难，可以用哭来把它压下去。所以《周易》上说'先号哭而后发笑'，要用哭来向天求救。"于是王莽率领群臣到南郊，陈述他当皇帝的经过，接着就捶着胸膛大哭，直到哭得精疲力尽了，便趴在地上叩头，他还作了篇一千多字的《告天策》。他命令书生和老百姓早晚哭泣，还专门为此设立粥厂，凡能诵读他的《告天策》的人，都封为郎官，受封的达到五千多人。汉兵还是攻入了都城，宫廷中燃起大火，王莽为了躲避大火，跑到了宣室前殿，可是火总是跟着他，宫中的人都吓得齐哭乱叫。王莽当时穿着一身青色衣服，带着玉玺，手持虞帝的匕首，执掌天文的官员扶着星盘站在王莽前边。王莽坐在椅子上随着星盘转动到指着北斗的位置上，说："上天把恩德垂降给我，汉兵能把我怎样！"

《孝经》可退贼、息讼、却病

张角作乱，向栩上便宜："不须兴兵，但遣将于河上，北向读《孝经》，贼自消灭。"

赵韩王以半部《论语》定天下，《孝经》何不可破贼？

国初有孝子王渐，作《孝经义》五十卷，事亦该备。而渐性鄙朴，凡乡里有斗讼，渐即诣门高声诵《义》一卷。后有病者，亦请渐诵书。

【译文】东汉末年张角造反，向栩上书出主意说："朝廷不必派兵镇压，只要派遣一员大将在黄河边向北诵读《孝经》，贼兵就能自行消灭。

赵韩王（北宋初宰相赵普）以半部《论语》就可定天下，《孝经》

为什么不能消灭贼兵呢?

明朝建国初年,有一个叫王渐的孝子,作了一部《孝经义》,有五十卷,内容很丰富。可是王渐的性格却很鄙陋简朴,凡乡里有打架、打官司的事发生,他就到人家门前高声诵读一卷《孝经义》。以后,有人得病,也请他去诵读此书。

修身为本

藩司吴梦蜚家有怪,时出以窃饮食,间窃衣饰金银。吴厌苦之,偶诉监司徐公。徐曰:"邪不胜正。"朱书"修身为本"四大字,令帖堂中。鬼见,拍手揶揄,且出秽语。徐大怍。

【译文】藩司吴梦蜚家里出现了鬼,时常出来偷吃东西,附带还偷窃衣服首饰和金银等物,这件事吴梦蜚十分厌烦,有一天遇到监司徐公告诉了这件事。徐公说:"邪不压正。"就用朱红色写了"修身为本"四个大字,让他贴在堂中。鬼见了,不仅拍手嘲弄,并且口出秽语,吓得徐公脸色大变。

迂腐有种

唐昭宗时,郑綮为相。太原兵至渭北,天子渴于攘却之术。奏对,请于文宣王谥号中加一"哲"字。后孙珏相梁末帝。唐庄宗兵入汴,帝惶恐不知所为。珏献一策:"愿得陛下传国宝,驰入唐军,以缓其行,而待救兵之至。"帝曰:"宝不足惜,顾卿之行能了事否?"珏俯首徐思曰:"但恐不易耳!"

是祖是孙。

开元间，上东封泰山。历城令杜丰办供应，以为从幸人多，设有不虞，仓卒不备，乃造凶器三十具，置诸行宫，光彩赫然。有置顿使骇谓刺史："主上封岳祈福，谁造此不祥？"将索治丰。丰逃卧妻床下，诈死，得免。时丰子杜钟为兖州参军，掌厩马刍豆，曰："御马至多，临日煮之不给，不若先办。"乃煮粟豆二千余石，热纳窖中，及至，皆臭败矣。

是父是子。

【译文】唐昭宗时，郑綮为宰相，当时太原李克用的军队已经打到渭河北岸了，昭宗却没有退敌的策略。郑綮对皇帝说了个办法，请在文宣王孔子的谥号中再加一个"哲"字。后来郑綮的孙子郑珏做了梁末帝的宰相，唐庄宗的军队攻入了汴梁（今开封），梁末帝非常惶恐，可是又不知怎么办。郑珏献了一策："请陛下把传国玉玺交给我，我骑马把它送到唐营，为缓兵之计，再等救兵到来。"梁末帝说："玉玺也没有什么可惜的，可是你去了能成事吗？"郑珏低着头考虑了会儿说"只恐怕不是很容易啊！"

有其祖，就有其孙。

唐开元年间，唐玄宗到山东泰山封禅，历城（今山东济南）县令杜丰负责接待供应工作，他认为随着皇帝来的人非常多，担心出现预料不及的事，仓促之间没有准备，就做了三十口棺材，放置在行宫里，并且油漆得很光彩显眼。有位刺史看到后惊骇地说："皇上来泰山封禅是祈求福运的，是谁造了这些不祥的东西？"将要依法惩办杜丰，杜丰吓得逃到妻子的床下，躺在那里装死，才躲了过去。当时杜丰的儿子杜钟是兖州参军，管理马房和喂料，说："御马非常多，到时候再煮料怕供应不及，不如提前办好。"于是就煮了二千多石的粟豆，还热着的时候就送入窖中了。当皇帝的人马来到时，这么多饲料已经腐烂发臭了。

有其父必有其子。

治平之学

元胡石塘应聘入京，世祖召见，趋进张皇，不觉戴笠倾侧。及问所学，对曰："治国平天下之学。"上笑曰："自家一笠尚不端正，又能平天下耶？"竟不用。

陈蕃不扫一室。为欲扫清天下。石塘不正笠，意者志不在一笠也。惜哉不以此对！袁凫公曰："尔时方温《大学》，想不到此。"

【译文】元朝胡石塘到京城应聘，元世祖忽必烈召见他的时候，他仓皇进入，笠帽戴歪了，自己并没有注意到。皇帝问他有什么才学，胡石塘回答说："治国平天下之学。"皇上感到很可笑，说："你自己的笠帽尚且戴不端正，又怎么能去平天下呢？"最终没有用他。

陈蕃不扫一室，志向是扫清天下。胡石塘笠帽不端正，大概是志向不在这一笠。可惜没有用此回答皇帝。袁凫公说："他当时正在温习《大学》，想不到这里。"

王太守笑

舒王性耽经史，对客语，未尝有笑容。知常州日，值宾僚大会，倡优在庭。公忽大笑。僚佐呼优，犒之曰："汝能使太守开颜，真可赏也！"一人窃疑公笑不由此，乘间问公。公曰："畴日席上，偶思《咸》《常》二卦，豁悟微旨。自喜有得，故不觉发笑耳！”

对宾客宜思《同人》卦，对酒食宜思《需》卦。可惜一笑，殊不切景。

【译文】舒王（王安石）生性好经史，对他的宾客说话的时候从没有笑容。他在常州当太守的时候，一天和宾客幕僚们一起集会，还有歌舞杂技艺人在院子里表演，舒王忽然大笑起来。他的一个僚属叫来艺人，犒赏了他并说：“你能让太守脸上露出笑容，真应该受到奖赏啊！”有一个人对舒王的笑因表示怀疑，认为不是由艺人引发的，就暗中问舒王，舒王说：“昨天在席上，偶然想到《咸》《常》二卦，豁然领悟其中的意思，很高兴自己有所心得，因此情不自禁地发出笑声啊！”

对宾客应该想《同人》卦，对酒食应该想《需》卦，可惜他这一笑，很不切合当时的情景。

许子伯哭

许子伯与友人言次，因及汉无统嗣，幸臣专朝，世俗衰薄，贤者放退，慨然据地悲哭。时称“许子伯哭世。”

卓老曰：“人以为淡，我以为趣。”子犹曰：“杞人恐天坠，漆室愁鲁亡。若遇许子伯，泪眼成湘江。”

【译文】许子伯和朋友闲谈中，因为谈及汉朝没有正统的继承人，受皇帝宠幸的大臣把持朝政，世风日下，贤臣有的被放逐，有的离去，感愤得据地悲伤地哭泣。当时被称为“许子伯哭世。”

卓老说：“人们都认为是扯淡，我却认为挺有趣。”子犹说：

“杞人恐怕天塌下来，漆室女忧愁鲁国要灭亡，如果遇到许子伯，落下的眼泪成湘江。”

孝 泌

江泌，字士清，有孝行，族有与泌同名者，世谓为“孝泌”以别之。然菜不食心，谓其有“生意”。衣敝多虱，以绵置壁前；恐虱饥死，复置衣中。

五谷都有生意，何以独食？为一虱大费周折，又可笑！

【译文】江泌，字士清，很有孝行，因为同族中有人和他同名，世人称他为“孝泌”以示区别。然而他吃菜的时候，总是把菜心去掉不吃，认为菜心还有生机。他的衣服破旧，而且虱很多，就把里边的丝絮拿出来放在墙边，又恐怕这些虱子饿死，就把丝絮又放在衣服中了。

五谷都有生意，为什么光吃它们？为一些虱子大费周折，又是多么可笑？

郭逵将略

郭逵伐交州，行师无纪律，其所措置，殆可笑也。进兵有日矣，乃付诸将文字各一大轴，谓之将军下令，字画甚细，节目甚繁。又戒诸将不得漏泄。诸将近灯火窃观之。徐禧尝见之，云：“如一部《尚书》多，禧三日夜读之，方竟，则诸将仓卒之际，何暇一一也？内一事云：‘一、交人好乘象，象畏猪声，仰诸军多养猪，如象至，则以锥刺猪，猪既作声，象自退走。’”

【译文】郭逵率军队攻打交州，军队的纪律非常不好，他所采取的措施，更近乎可笑了。进兵已有很多天了，才发给诸将每人一大卷公文，叫作将军下令，其中的字画细小，密密麻麻，条目也非常繁琐，还告诫诸将不得泄露机密，诸将只好在夜里靠近灯火的地方看它们。徐禧曾经见过这卷军令，说："内容有一部《尚书》那么多，我读了三天三夜，才算把它读完。那么这些将领仓卒之间哪里会有功夫去一条一条地看？里面有一条说：'交州人喜骑象，但象害怕猪叫的声音，望各个部队多多地养猪，如果敌人骑着象攻过来，就用锥子刺猪，猪一发出叫声，象就会自动地退走。’”

反支日　忌日

王莽败，张竦客池阳。知有贼，当去，会反支日，不去，因为贼所杀。

反支果是凶日，在家且得祸，何况出行！

泾州书记薛昌绪，天性迂僻。梁师入境，泾帅宵遁，临行攀鞍，忽记曰："传语书记，速请上马！"连促之，薛自匿草庵下，出声曰："传语太师：但请先行，今日辰是某不乐日！"泾帅怒，使人提上鞍鞒，捶其马而逐之，尚以物蒙其面，云："忌日礼不见客。"

好个薛迂僻，忌日草庵匿。不见客，宁见贼！

【译文】王莽失败，张竦客居池阳，知道那里有贼将要离开那里，可正值反支是个凶日，就没有离开，因此被贼所杀了。

反支果然是凶日的话，在家的时候还遭灾祸，何况外出呢！

泾州书记薛昌绪，天性迂腐怪僻。梁国的军队打到了泾州境内，泾州守军的主帅趁夜逃跑了。临上马鞍的时候，忽然想起来说："传话给书记，速请上马！"连连催促了几次。薛昌绪一个人藏在草庵下，应声说："传话给太师：只请你们先走，今天不是我的好日子！"泾州主帅很恼火，让人把薛昌绪提上鞍鞯，用鞭子抽他的马将其赶走。这时候他还用东西蒙住脸说："忌日礼不见客。"

真是个薛迂僻，忌日在草庵里藏匿，不见客，宁可去见贼兵！

检谱角觝

江陵颜云，偶于市上收得孔明兵书，遂负可将十万，吞并四海。每至论兵，必攘袂叱咤，若真对大敌，时谓之"检谱角觝"。

《杂俎》载《赌钱咒》云："伊谛弥谛，弥揭罗谛。"念满万遍，呼骰色随意而转。有赵生者信之。诵至千，喜曰："亦足小胜！"遂与人决赌，连呼不验，丧资而返。颜云何以异此？

【译文】江陵有个人叫颜云，偶然在街市上得到孔明兵书一部，于是自负依仗这部兵书就可以统领十万兵马，吞并四海。每到论述兵法，必然捋起袖子怒声叫喊，就像真的面对强敌。当时人们称他"检谱角觝"。

《酉阳杂俎》记载有《赌钱咒语》说："伊谛弥谛，弥揭罗谛。"念满一万遍，呼叫骰色可以随着自己的心意转动，有一个姓赵的后生，对此很相信。念到一千时，高兴地说："这也足可以小胜！"于是与人决赌，连喊不应验，结果把赌资输光回去了，颜云和此有什么不一样？

奇技自献

新莽时，博募奇技可以攻匈奴者，将待以不次之位。言便宜者以万数。或言以渡水不用舟楫，连马接骑，济百万师。或言不持斗粮，服药物，三军不饥。或言能飞，一日千里，可窥匈奴。莽试之。取大鸟翮为两翼，头与身皆着毛，通引环纽，飞数百步，堕。莽犹欲获其名，皆拜理军。

【译文】新朝王莽时，广泛招募可以用奇技攻击匈奴的人，并将不按常规给以很高的官位。结果来献计的人多得以万计数。有的说能渡水不用舟船，把马连接起来，可以渡过百万军队。有的说不用拿一斗粮食，只须服一种药物，三军都不会饥饿。有的说能飞，一日千里，可以窥探匈奴的情况。王莽让他们进行试验。取来大鸟的翅膀作为两翼，头和身子都贴着羽毛，启动环纽，结果只飞数百步远，就掉下来了。王莽想不食前言，博取爱才的名声，都给了理军的官衔。

李晟、张一中谈兵

成化二年，都察院经历李晟言边务兵机各五事。以荐用旧臣，非所宜言，降调为通判。弘治元年，复上疏，言“臣学兵法四十年，得其奇要。”上《战法》一篇，《急务》二篇，高自称许。上命工部试造战车弓弩，俱不可用，坐虚废钱粮，降四级，为云南曲靖卫知事。十年，复上疏言边事，稍迁都察院照磨。十五年，迁郧阳府抚民同知，不肯行。明年，复上疏，愿边方自效，得旨候有西北边兵备员缺推补。正德四年，冒候缺兵备佥事上书，献《安攘六论》。下兵部，参其大言无实，垂老不悟，姑免罪，放回闲住。八年，再冒衔上兵书五种，仍放回。史称其所制全身铁甲，工部铸而俾试之，行数步辄仆焉。

王弇州云：晟既姓李。而名同西平，其小时雅自负矣。据其弘治元年疏，学兵法已四十年，当亦不下五十。至正德八年，且八十余，而气不少沮，亦人妖哉！

张进士一中，初名宽，湖广襄阳人。流贼犯襄阳，宽以翰林检讨自乞赞军务，建策驱流人还乡，累死者以千万计。寻升按察佥事，坐贪淫革职。至是北虏犯塞，潜来京师，上疏请易旗号盔甲皆为黄色，牌面皆作虎形，曰："黄为中央之土，以克北方之水。虎惊胡马之目，见必惧退，然后以神枪药箭射之。"且自谓秘机，不敢详于副封，奏疏乞留中不出。下兵部，参其庸妄干进，罢之。

【译文】明成化二年，都察院经历李晟给皇帝上书谈边疆事务和军事方面的问题五条，以推荐已经免去官职的旧臣，因进言不当的过失，调离都察院降为通判。到了弘治元年，李晟又上疏说："臣学兵法四十年，学到了用兵之奇谋要略。"还送上自己写的《战法》一篇和《急务》两篇，并自吹有很高的价值。皇上命令工部按他的要求，试造了一批战车和弓弩，结果全部不能实用，因以虚废钱粮的罪名，受到降四级的处分，放到云南任曲靖卫知事。弘治十年，再次上疏谈边疆事情，略微提升为都察院照磨。弘治十五年又提升为郧阳府抚民同知，他不肯赴任。过了一年，他又上疏，表示自己愿到边疆效力，得到的圣谕是：等到西北军中编制有缺员时候补。正德四年，李晟冒用候补兵备佥事的名义上书，献上自己写的《安攘六论》，结果被送到兵部，被参劾大言无实，垂老不悟，姑且免受惩罚，只是放回家闲住。正德八年的时候，他又再次冒衔上兵书五种，结果还是不用，仍被放回。史书上说他设计的那种全身铁甲，工部铸造出以后让他先试穿，没走几步就被压得趴在地上了。

王弇州（世贞）说：晟既姓李，和唐朝的平西王李晟同名，可想他少年时就非常自负。根据他在弘治元年疏中说：学习兵法已经有四十年了，当时年龄应不小于五十岁，至正德八年，已有八十多岁，而心气一点也不沮丧，也算得上人中一怪了。

进士张一中，原名张宽，湖广襄阳人。农民义军进攻襄阳时候，张一中以翰林院检讨的身份要求协助军务。他献策把流亡来的人都赶回家乡，为此而死的人多得成千上万。不久，他提升为按察佥事。后来又以贪淫罪被革职。这时，北方的少数民族常侵犯边塞，张一中悄悄来到京师，给皇帝上疏出主意让把旗号盔甲都换成黄色，把盾牌的正面全画成老虎的模样。说："黄为中央之土，能以克北方之水。胡人的战马看到老虎一定很惊恐，必然会被吓退，然后再以神枪药箭射他们。"还说这是机密，不敢在副本里详细说明，并请求把他的奏疏留在内廷，不要发出去。可是他的奏议还是发到了兵部，最后以才庸荒谬想向上爬的罪名被弹劾罢了官。

献策官衔

高邮学正夏有文，弘治末献书阙下，曰《万世保丰永亨管见》，上嘉之，更"管见"二字曰"策"。夏遂书官衔云"献万世保丰永亨管见天子改为策字高邮州学正夏有文"。

【译文】高邮县学正夏有文，弘治末年的时候，他把自己写的一部书献给了皇帝，书名叫《万世保丰永享管见》。皇帝看后表彰了他，并将“管见”二字改成了“策”。以后夏有文再写他的官衔时就写“献《万世保丰永享管见》天子改为策字高邮州学正夏有文”。

刘、王辱骂

刘宽尝坐客，遣苍头市酒。去久，大醉而还。客不堪之，骂曰：“畜产！”宽须臾遣人视奴无恙否，顾左右曰：“此人被骂畜产，辱莫甚焉，吾惧其自杀耳！”

王昕在东莱，获杀其同行侣者，诘之，未服。昕从容谓曰：“彼物故不归，卿无恙而返，何以自明？”邢卲见文襄（北齐高澄），说此以为笑乐。昕闻之，诣卲曰：“卿不识造化！”还谓人曰：“子才应死，我骂之极深。”

【译文】刘宽曾有一次请客，派了一名奴仆到街市买酒，去了很久，回来时喝得大醉。客人不堪忍受，骂道：“畜生养的！”过了一会，刘宽派人去看那名奴仆是否还平安无事，回头对两边的人说：“此人被骂为‘畜牲养的’，受到的侮辱没有比这更大的了，我害怕他自杀啊！”

王昕在东莱（今山东莱州）的时候，抓住过一个杀死同伴的人，对他进行审问，他不招认，王昕从容地对他说：“那个人已物故不归，而你却平安回来，你自己怎样解释？”邢卲见文襄皇帝（北齐的高澄），说起此事来当笑话取乐。王昕听到后，到邢卲那里说：“卿不识造化！”还对别人说：“子才（邢卲字）应死，我骂他骂得非常厉害。”

罚人食肉

李载仁，唐之后也。避乱江陵，高季兴署观察推官。性迂缓，不食猪肉。一日将赴召，方上马，部曲相殴。载仁怒，命急于厨中取饼及猪肉，令相殴者对餐之。复戒曰：“如敢再犯，必于猪肉中加之以酥！”

【译文】李载仁是唐朝皇族的后代。因为躲避战乱来到江陵。荆南节度使高季兴任命他为观察推官。李载仁性情迂腐缓慢，不吃猪肉。一天正准备去接受高季兴召见，就在上马的时候，他部下的人互相打了起来，李载仁大怒，就命人迅速从厨房中拿来面饼和猪肉，命令打架的人相互看着把它们吃下去作为惩罚，还警告他们说：“如敢再犯，一定在猪肉中再加上酥油！”

河南令

宋子京留守西都，有同年为河南令，好述利便。以农家艺麦费耕耨，改用长锥刺地下种，自旦至暮，不能一亩。又值蝗灾，科民畜鸡，云：“不唯去蝗之害，兼得畜鸡之利。”克期令民悉呈所畜。群鸡既集，纷然格斗，势不能止，逐之飞走，尘埃障天。百姓喧阗不已，相传为笑。

据《孟子》，则畜鸡极是王政，但恨不得鸡坊小儿作都司晨耳。

【译文】宋子京（祁）任西京（今洛阳）留守的时候，有个和他同年考中进士的人，当了河南令。这个人喜欢提一些对百姓方便有利的主张，他认为农民种麦还要用农具先犁地，这样太费事，就让他们改用长锥子在地上刺孔下种，结果一天下来还种不了一亩地。又赶上蝗虫的灾害，他又命令百姓们养鸡，说："养鸡不但能减少蝗虫的危害，同时还可收到养鸡下蛋的好处。"并限期让百姓把自己养的鸡送到官府检查。检查鸡的那天，很多鸡汇聚在一起，纷纷格斗起来，无法止住，而且人把鸡追得乱飞，弄得尘土遮天，百姓也闹哄哄地没完没了。这些事成了人们相互谈话的笑料。

据《孟子》书中记载，说养鸡是国家很好的行政措施。但遗憾的是没有唐朝时的养鸡场少年来当公鸡的总管呀。

归、王吏治

归太仆有光谪官吴兴。每治事，胥吏辈环挤案旁，几不容坐。归以硃笔饱蘸，捉向诸人，曰："诸君若不速退，我便洒将来也！"合堂大笑。

吾苏王中吴先生，厚德而拙于吏治。由乡科为县令，每视事有疑，辄密缄条纸，质之记室。一日拆封，见吏匿银，怪之，亟为传问，得教云："此弊也，宜重惩。"王为点头。久之拆完，王问吏何以匿银，吏坚讳。搜之不得，怒责十板。既退，余怒未息，述诸记室。记室曰："何不监追赃物，而轻释乃尔？"王摇首曰："使不得！责至七八板时，彼羞极，面俱发赤矣！"

【译文】归有光被贬到吴兴（今浙江湖州）做官，每到开始处理政务的时候，部下的吏员们都围挤在书案旁边，几乎都坐不下了，于是，归有光就用蘸满红墨水的笔，用手握住，对着诸人说："诸君如果不速退，我便洒将来也！"说得人哄堂大笑。

我们苏州有个叫王中吴的先生，德行仁厚但不善于吏治。他由举人出身当县令的时候，每遇到有疑问的事，总是记在纸条上密封起来，送交师爷请教。有一天，拆封的时候，见一个小吏藏起一块银子，感到很奇怪，便立刻写了纸条询问，师爷告诉他说："这是很坏的弊病，应该给以重罚。"他点了点头。等到拆完封后，王中吴问那个小吏为什么偷藏银子，小吏坚决不承认，由于没搜出来，王中吴很恼怒，责打了小吏十板。退下来以后，余怒未息，把情况给师爷说了一遍，师爷说："为什么不派人监视追查赃物，就这样轻易放过？"王中吴摇摇头说："使不得，打到七八板的时候，他已经羞极了，脸全部都红了。"

掾史养名

汉朱博迁琅琊太守。齐郡舒缓养名，博新视事，右曹掾史皆移病卧。博问其故，对言："惶恐！故事二千石新到，辄遣吏存问致意，乃敢起就职。"搏奋髯抵几曰："齐儿欲以此为俗耶！"皆斥罢之，白巾走出府门。郡中大惊。

【译文】汉朝朱博到琅琊（今山东诸城）当太守，那里的小官吏以迟缓懒散来保有自己身份，朱博初到那里上任的时候，右曹掾史等下属官员都称病躺在床上，朱博问是什么原因，有小吏回答说："惶恐！过去每当薪俸二千石的太守新到，总是派小吏先来看望以示问候，才敢起来就职。"朱博气得胡子都竖起来了，敲着桌子说："齐地的小子是想以此为惯例啊！"把那些称病的人斥责了一顿，摘去官帽，免掉职务，着白巾走出太守衙门，郡中人大惊。

不禁盗坟

一朝士赋性甚迂，知河中府龙门县。有薛少卿者，寄籍于县，坟茔松槚，忽经盗砍，因诣县投牒陈诉。朝士判曰："周文王之苑囿，尚得刍荛，薛少卿之坟茔，乃禁樵采？"

【译文】有一个官员性情非常迂阔，他在河中府龙门县（今山西河津）当知县。有个叫薛少卿的人，寄居在龙门县，有一天他家的坟茔以及周围种的松树和槚树，被人盗砍，因此来到县衙投诉。这知县写判书说："周文王畜养禽兽的圈地内，还允许割草打柴；薛少卿家的坟地，竟不能打柴？"

昌州佳郡

李丹授昌州倅，以去家远，乃改鄂州。彭渊材闻之，吐饭大步往谒李，曰："谁为大夫谋？昌，佳郡也！"李惊曰："何以知其佳？"渊材曰："海棠无香，昌州海棠独香，非佳郡乎？"

渊材尝言："平生就死无恨，唯有五事不甘耳！"人问其故。渊材曰："第一恨鲥鱼多骨，第二恨金桔太酸，第三恨莼菜性冷，第四恨海棠无香，第五恨曾子固不能诗。"闻者大笑。

【译文】宋朝的李丹被任命为昌州（今四川大足）副职，因为离家太远，就请求改去鄂州（今湖北武昌）。彭渊材听说后，急得把正在吃的饭吐出来，大步赶去见李丹，说这是谁给你出的主意？

昌州是个好地方啊！”李丹惊问道：“你是从哪里知道昌州这个地方很好？”彭渊材说：“海棠花没有香味，可唯独昌州的海棠开花是香的，难道这不是好地方吗？”

彭渊材曾说：“这一生就是现在死了，也没有什么可遗憾的，只是有五件事于心不甘。别人问他是哪五件事，彭渊材说：“第一恨是鲥鱼的刺很多，第二恨是金桔太酸了；第三恨是莼菜性寒，第四恨是海棠花没有香味，第五恨是曾子固（宋朝，著名文学家曾巩）写不出好诗。”听的人都大笑起来。

忌讳

宋明帝好忌讳，文书上有“凶”“败”“丧”“亡”等字，悉避之。改“騧”字为“马”边“瓜”，以字似“祸”故也。移床修壁，使文士撰祝，设太牢，祭土神。江谧言及“白门”，上变色曰：“白汝家门！”后梁萧察恶人发白。汉汝南陈伯敬终身不言“死”。

民间俗讳，各处有之，而吴中为甚。如舟行讳“住”讳“翻”，以箸为“快儿”，幡布为“抹布”。讳“离”“散”，以梨为“圆果”，伞为“竖笠”。讳“狼籍”，以郎槌为“兴哥”。讳“恼躁”，以谢灶为“谢欢喜”。此皆俚俗可笑处。今士大夫亦有犯俗称“快儿”者。

谢在杭云：余所见缙绅中有恶鸦鸣者，日课吏卒左右，彀弓挟弹，如防敌然。值大雪，即不出，恶其白也。官文书一切“史”字、“丁”字、“孝”字、“老”字，皆禁不得用。

湖友华济之常言：其郡守某忌讳特甚。初下车，丁长孺来谒贺，怒其姓，拒之再三。涓人解其意，改丁为千，乃欣然出见。一日，御史台有大狱当谳，牍中有“病故”字，吏以指掩之，守见文义不续，以笔击去吏指。忽睹此字，勃然色变，急取文书于案桌足下旋转数次，口诵

“乾元亨利贞”。合堂匿笑。

柳冕为秀才，性多忌讳，应举时，有语“落”字者，忿然见于词色。仆夫犯之，辄加箠楚。常谓“安乐”为“安康”。闻榜出，遣仆视之。须臾，仆还，冕迎门曰：“得否？”仆曰：“秀才康了。”

【译文】南北朝时宋文帝好忌讳，文书上凡是“凶”“败”“丧”“亡”等不吉利的字，统统都避开它们。改“騧”字为“马”字边一个“瓜”，因为这个字与“祸”字很相似，所以才那样改。有一天移动床位，修理墙壁，他让文士撰写祝文、供猪、牛、羊三品，祭祀土神。江谧念到“白门”二字时，文帝的脸色马上变了色，说：“白你家的门”。后梁萧察憎恶人的头发发白，汉朝汝南人陈伯敬终身不说“死”字。

民间忌讳的习俗，各地方都有，而苏州一带地方更为过份。如船在水中行走忌讳说“住”“翻”，称箸为“快儿”、幡布为“抹布”。忌讳说“离”“散”，称梨为“圆果”，伞为“竖笠”。忌讳说“狼藉”，以郎槌为“兴哥”，还忌讳说“恼躁”，以谢灶为“谢欢喜”等等。这些都是俚俗可笑的地方。现在士大夫中也有人犯俗称“快儿”的。

谢在杭说：“我所见过的士大夫中有人很讨厌乌鸦的叫声，每天督促他的手下，张满弓弦，腋下带着石弹，就像防备敌人的样子。逢到下大雪，就不出门，厌恶看雪的白色。公文中一切涉及“史”“丁”“孝”“老”等字，一律禁用。

家在太湖边的朋友华济之（津）常说：“他那个郡的太守某人特别讲忌讳。刚到任，丁长孺来拜见祝贺，因恼怒这个人姓，再三拒之不见。守门的杂役善解太守的意思，就把丁字改为千字，太守才欣然出来接见。一天，御史台有一个大案要审定，文件中有“病故”两个字，手下的小吏用手指把它们挡住，太守见文义上下不接，就用笔击开小吏的手指，忽然看到“病故”两个字，勃然色变，急忙拿着文书在案桌腿下旋转数次，嘴里念着“乾元亨利贞。”整个堂上的人都在偷偷笑，不敢出声。

唐朝柳冕当秀才时，有很多忌讳。应举时，如果有人说“落”字，忿恨的情绪必然表现在话里和脸上。有一次仆人犯了他的讳，即对仆人用竹片加以责打。他还常把“安乐”叫作“安康”。听说榜贴出了，他派仆人前去看榜，不一会儿，仆人就回来了，他迎到门前说：“得中没有？”仆人说：“秀才康了。”

龙骧多讳

《厌胜章》言：“枭乃天毒所产鬼，闻者必罹殃祸。急向枭连吐十三口，然后静坐，存北斗一时许，可禳焉。”汉蒙州刺史龙骧，武人，极讳己名。又父名喈，子名邛，亦讳之。故郡人呼枭曰“吐十三”，鹊曰“喜奈何”，蛩曰“秋风”。部属私相告云：“使君祖讳饭，亦当称甑粥耶？”

【译文】《厌胜章》里说：“枭是天毒（天竺）国所产的鬼鸟，看到他的人必然会遭祸殃。如果赶快向枭吐十三口，然后静坐，专心望着北斗星约一个时辰左右，才可以消除灾祸。”汉朝时，蒙州（今广西蒙山东）刺史龙骧，是个武人，可是他非常忌讳自己的名字。另外他父亲的名字叫喈，儿子的名字叫邛，他也很忌讳。因此，蒙州人把枭叫成“吐十三”，鹊叫“喜奈何”，蛩叫“秋风”。龙骧的部属私下说：“使君的祖先如果忌讳饭，是否应当把饭称做甑粥呢？”

讳父名

则天父名護，改华州为太州。章宪太后父名通，改通州为同州。朱温父名诚，以其旁类戊，改戊己为武己。杨行密父名怤，与“夫”同音，凡御史大夫、光禄大夫，皆去“夫”字。

“御史大”“光禄大”，是何官衔？何不曰“大御史”“大光禄”？

唐李贺以父名晋，终身不举进士。

韩昌黎曰：“父名晋，不举进士。若父名仁，子遂不得为人乎？”陈锡玄曰：“此讳而近愚者也。杜衍帅并州，吏请家讳。公曰：‘我无讳，讳取枉法赃耳！’斯则达人大观。”

袁德师，给事中高之子。九日出糕啖客，袁独凄然不食。北齐刘臻性好啖蚬，以音同父讳，呼为扁螺。

范晔以父名泰，不拜太子詹事。吕希纯以父名公著，辞著作郎。

刘温叟父名岳，终身不听乐，不游嵩、岱。

徐绩父名石，平生不用石器，不践石。遇石桥，使人负之而趋。

王逸少父讳正，每书正月为初月，或一月。而其名诸子曰徽之、献之、操之，其孙又名直之。三世同用“之”字，此更不可解。

【译文】武则天父亲的名字因叫護，所以把华州改名为太州，章宪太后父亲的名字叫通，改通州为同州。朱温的父亲名字叫诚，因为诚字的一边像戊字，就把戊己改为武己。杨行密的父亲名怤，与夫同音，所以凡是御史大夫，光禄大夫，都把“夫”字去掉不用。

“御史大”“光禄大”是什么官衔，为什么不叫“大御史”“大光禄”呢?

唐朝李贺因为父亲的名字叫晋,犯了讳,一生都不得参加进士考试。

韩昌黎(愈)说:“父名叫晋,就不能举进士,要是父名叫仁,儿子就不能为人了吗?”陈锡玄说:“这样的忌讳就近乎愚蠢了。杜衍做并州(今山西太原)长官的时候,下面的小吏请问家有什么忌讳,杜衍说:‘我没有忌讳,就是忌讳枉法得来的赃物!’这才是性情豁达眼界开阔的人。”

袁德师,是任给事中官职袁高的儿子,在重阳节那天风俗要吃糕宴请客人,只有袁德师满面悲伤不肯吃糕。北齐的刘臻,生性喜欢吃蚬,但因为“蚬”恰好和他父亲名字相同,便称蚬叫作“扁螺”。

范晔因其父名为泰,他不拜太子詹事之职。宋朝吕希纯因为父亲名叫公著,便辞去著作郎的官职。

宋朝刘温叟的父亲名叫岳,他便一辈子不听音乐,不游览嵩岳、岱岳。

徐绩的父亲名叫石,他便一辈子不使用石器,不践踏石头,遇到石桥时,便让人背着他过去。

王羲之的父亲叫正,所以他写字时,总是把正月写成初月,或一月。可是他给几个儿子取名,都是:徽之、献之、操之、他的孙子又取名叫直之。三代人都用“之”字,这更是不可理解。

讳己名

田登作郡,怒人触其名,犯者必笞,举州皆谓灯为“火”。值上元放灯,吏揭榜于市曰:“本州依例,放火三日。”

俗语云："只许州官放火，不许百姓点灯。"本此。

宋宗室有名宗汉者，恶人犯其名，谓汉子曰"兵士"，举宫皆然。其妻供罗汉，其子授《汉书》，宫中人曰："今日夫人召僧供十八大阿罗兵士，太保请官教点《兵士书》。"

石虎时，号虎为"黄猛"。朱全忠时，号钟为"大圣铜"。又李甘家号柑子为"金轮藏"。杨虞卿家号鱼为"水花羊"。陆象先家号象为"钝公子"。李栖筠家号犀为"独笋牛"。俱以避讳故也。至如天成、长兴中，称牛曰"格耳"，则以屠牛禁严，特隐其名。而僧家谓酒为"般若汤"，鱼为"水梭龙"，鸡为"钻篱菜"。巧言文过，尤可恶也。

【译文】明朝田登作郡守的时候，对别人触犯他的名讳很生气，凡是犯讳的必然受到杖打。整个州里的人都把灯叫作"火"。到了正月十五元宵放灯，小吏把榜文张挂在闹市，内容是说："本州依照惯例，放火三日。"

俗语说的"只许州官放火，不许百姓点灯"就出典于此。

宋朝有个皇室宗亲的名字叫宗汉，很厌恶犯他的名讳，为此把汉称作"兵士"，整个宫中的人都是这样。他的妻子供奉罗汉，老师传授儿子《汉书》，宫中的人说成："今天夫人召来和尚供十八阿罗兵士，太保请官教点《兵士书》。"

东晋石虎在后赵称帝时，把虎称做"黄猛"。后梁太祖朱全忠在位时，把钟称做"大圣铜。"还有，李甘家里叫柑子为"金轮藏"。杨虞卿家里把鱼称为"水花羊"。陆象先家称象为"钝公子"。李栖筠家称犀为"独笋牛"。都是因为避讳才那样称呼的。到了后唐天成，长兴年间，称牛为"格耳"，则更严禁说"屠牛"，所以特别要隐晦。而和尚们把酒叫"般若汤"，鱼叫"水梭龙"，鸡叫"钻篱菜"。这种用巧言动听的话来掩饰他们的犯戒，就更可恶了。

求七十二世祖坟

熊安生在山东时，或诳之曰："某村故冢，是晋河南将军熊光。去今七十二世，内有碑，为村人埋匿。"安生掘地求之，不得，连年讼焉。冀州长史郑大讙判曰："七十二世，乃羲皇上人；河南将军，晋无此号。"安生率其族向冢而号。

【译文】熊安生在山东的时候，有人欺骗他说："某村有一座旧坟，是晋朝河南将军熊光的墓冢，距今有七十二世了，里面有墓碑，被村子里的人埋藏了起来。"于是熊安生就掘地寻找那块墓碑，找不到，为此一连了打了几年官司，最后冀州长史郑大讙判决说"七十二世，乃是羲皇上人，晋朝就没有河南将军的称号。"熊安生只好带领本族人一齐向着坟墓号哭。

束带耕田

郭原平墓下有数十亩田，不属原平。每农月，耕者袒裸。原平不欲使慢其坟墓，乃归卖家资，买此田。三农之月，辄束带垂泣，躬自耕垦。

古者诸侯籍田，冕而青纮，躬秉耒以耕，亦如此光景。

【译文】郭原平家的墓地周围有数十亩田地，不属于原平，每到农忙的季节，耕田的人都光着上身在田间劳动。原平认为这是对他家坟墓的一种玷污。为了不让坟墓受到玷污，就回到家里变卖家资，买下了这些田地。春、夏、秋三个农季，总是束紧衣带流着眼泪亲自耕作。

古代诸侯们亲耕的时候，用带子把王冠系好，亲手握着耒柄进行耕作，也就是这样的景象！

束带应兄语

刘祭酒弟琎，方轨正直。祭酒尝夜呼琎，欲与共语。琎不时答，下床著衣立，然后应。祭酒怪其久。琎曰："向束带未竟。"

【译文】南齐国子监祭酒刘瓛的弟弟叫琎，此人很讲究规矩。祭酒有一天晚上呼唤他，想和他一起谈谈话，他没有马上回答，而是下床把衣服穿整齐站好，然后才应声。祭酒怪他为什么这么长时间才出来，他说："刚才衣带还没有系好。"

王、刘庄卧

王文公凝，清修重德，冠绝当世。每就寝息，必叉手而卧，以梦寐中恐见先灵也。

见先灵更须衣冠束带、俯首鞠躬，何但叉手？

五代刘词，常被甲枕戈而卧。谓人曰："吾以此取富贵，岂可一日辄忘？"

中进士的，便当席书寝砚；做财主的，便当卧粪寝灰。

【译文】王文公（守仁）性情稳重，修养深、重道德，声望冠于当时。他每天睡觉的时候，必然双手交叉而卧，因为害怕在梦中看到先人的魂灵。

见先人的魂灵更须衣冠整齐，俯首鞠躬，为什么只是叉手呢？

五代时的将军刘词，常常披甲枕戈躺着睡觉，他告诉别人说：“我以此来取得富贵，哪里可以忘怀一天呢？”

考中进士的人，就应当躺在书上，睡在砚上；当财主的人，就应当躺在粪土泥灰上睡觉。

读父书

顾悌读父书，每句应诺。（见《韵府》）

【译文】顾悌读父亲写的书，每读一句都答应一句。（事见于《韵府》一书）

敬 妻

樊英常病卧便室中，英妻遣婢拜问，英答拜。或问之，英曰：“妻，齐也。”

唐薛昌绪与妻会，必有礼容，先命女仆通语再三，然后秉烛造室，至于高谈虚论，茶果而退。或欲就宿，必请曰：“某以继嗣事重，辄欲卜其嘉会。”候报可，方入，礼亦如之。

【译文】樊英经常有病躺在别室，樊英的妻子派婢女下拜问候，樊英回答的时候也下拜。有人问他为什么这样，他说：“妻就是齐，和我相等！”

唐朝人薛昌绪和妻子见面，必然按礼节的规矩。先命女仆再三通知，然后拿着蜡烛到妻子那里，高谈虚论，吃些茶点就走了。

有时候想和妻子一同就宿，必然请求说：“我以子嗣的事为重，想去你那里共度一晚。”等到妻子说可以，才进入房间，礼节像他平常一样。

妻犯斋禁

周太常泽，字穉都，清洁守礼。尝卧病斋宫。妻窥问所苦，周以为干犯斋禁，大怒，收送诏狱。时人为之语曰：“生世不谐，作太常妻。一岁三百六十日，三百五十九斋，一日不斋醉如泥。”

【译文】后汉的太常周泽，字稚穉都，清正廉洁，遵守礼仪。有一次在斋宫值班时生了病。妻子偷偷去，问他什么病，他认为是触犯了斋宫内禁止外人接触的禁令，大怒，竟下令把其妻逮捕关到专押钦犯的牢狱中。这件事当时被人们编成了顺口溜说：“生世不如意，当了太常妻。一年三百六十日，三百五十九日在斋宫，一天不斋醉如泥。”

百忌历

李戴仁性迂缓，娶阎氏，年甚少，与之异室，私约曰：“有兴则见。”一夕，阎忽叩户。戴仁急取《百忌历》看之，大惊曰：“今夜河魁在房，不可行事，谢到而已。”阎惭去。

又汉陈伯敬，与妻交合，必择时日，遣媵御将命，往复数四。

【译文】李戴仁性情迂缓，娶妻阎氏，年纪很轻，却不和她同室居住，并私下约定说："行事的时候再见。"一天晚上，阎氏忽然敲他的门，他急忙取来《百忌历》翻看，大惊说："今夜河魁星在房上，不可行房事，你来我只好道歉了。"阎氏羞愧地离去了。

还有汉朝的陈伯敬，与妻交合，必须选择时日，派侍妾传话，往复数次。

拱手对妾

温公未有子，清河郡君为置一妾。一日乘间俾盛饰送入书房。公略不顾。妾思所以尝之，取一帙问曰："中丞，此是何书？"公拱手庄色对曰："此是《尚书》。"妾乃逡巡而退。

【译文】温公（司马光）还没有儿子的时候，妻子清河郡君为他买了一妾。一天趁空把妾妆扮得很漂亮送入温公书房。司马温公没有看她。妾想着用什么办法试探他，就拿起一本书问道："中丞，这是什么书？"司马温公拱手庄重地回答："此是《尚书》。"于是妾转了一圈就走了。

问安、求嗣

《国朝史余》云：陈献章入内室，必请命于太夫人，曰："献章求嗣。"顾主事余庆面质之，因正色曰："是何言？太夫人孀妇也！"陈嘿然。常熟周木，尝朝叩父寝室。父问谁，曰："周木问安。"父不应。顷之，又往，曰："周木问安。"父怒起，叱之曰："老人酣寝，何用问为？"时人取以为对，曰："周木问安，献章求嗣。"

【译文】《国朝史余》中说：陈献章到妻子房中，必向太夫人请示，说："献章求嗣。"主事顾余庆当面质问他是否有这回事，他严肃地说："这是什么话，太夫人是寡妇！"陈献章不敢作声。常熟人周木，曾在一天早上敲父亲卧室的门，他父亲问是谁，他说："周木来问安。"父亲没有应声。一会儿，他又去敲门说："周木问安。"父亲很恼火地起来，呵叱他说："老人正在酣睡，何用你老是来问？"当时人用这两件事联成对子，说："周木问安，献章求嗣。"

不近妓

王琨性谨慎。颜师伯豪贵，设女乐要琨，酒炙皆命妓传行。每及琨席，必令致床上，回面避之，俟其去，方敢饮啖。

此等客，颜不必请；此等席，王不必赴。

蔡君谟守福唐时，会李泰伯与陈烈于望海亭，以歌者侑酒，方举板一拍，陈惊怖越席，攀木逾墙而去。

又是一个"陈惊座"！

杨忠襄公邦乂，少处郡庠，足不涉茶房酒肆。同舍欲坏其守，拉之出饮，托言朋旧家，实娼馆也。公初不疑，酒数行，娼艳妆而出。公愕然趋归，取其衣焚之，流涕自责。

【译文】南齐王琨生性谨慎。颜师伯富贵奢侈，有一天设歌舞伎宴请王琨，席间命舞妓们将酒肉挨个传送，每到王琨的座席前，必让舞女们放在席前的架子上，自己转过脸去，等舞妓离开后，才敢开始饮酒吃肉。

这样的客人，颜师伯不必邀请，这样的席面，王琨也不必参加。

蔡君谟（襄）任福唐（今福建福清）县令时，李泰伯与陈烈在望海亭相见，请唱歌的人劝酒，刚举板拍了一下，陈烈吓得越过席面，攀着树翻墙而去。

又是一个“陈惊座”！

忠襄公杨邦乂，少年时代住在郡中的学校里，从不涉足茶馆酒肆。同屋的人想破坏他的这个守则，拉他出去喝酒，假说是到旧时的朋友家，而实际上是妓院。杨邦乂刚开始没有怀疑这是妓院，等酒过数巡后几个妓女浓妆艳抹来到席间，杨邦乂很惊愕，赶快回到宿舍，把身上的衣服脱下来烧掉了，痛哭流涕地自我责备。

心中有妓

两程夫子赴一士夫宴，有妓侑觞。伊川拂衣起，明道尽欢而罢。次日，伊川过明道斋中，愠犹未解。明道曰：“昨日座中有妓，吾心中却无妓。今日斋中无妓，汝心中却有妓。”伊川自谓不及。

【译文】程颢、程颐两夫子到一士大夫家里赴宴，有舞妓在旁边劝酒，伊川先生（程颐）拂衣而起，明道先生（程颢）却尽欢而罢。第二天，伊川到明道屋中，余怒还未解。明道说：“昨天座中有妓，而我心中却无妓。今天屋中无妓，可你心中却有妓。”伊川自认为比不上明道。

欲黥妓面

江东有县尹，欲黥妓女之面，以息诲淫之风。咨访邑中长者。曰："曾伏观祖训有云：子孙做皇帝，不用黥、刺、剕、劓、闭、割之刑。臣下敢有奏用此刑者，犯人凌迟，全家处死。"县尹乃悚然流汗，事遂寝。

【译文】江东有个县令，想在妓女脸上刺字，以息诲淫之风，为此他访问县里的长者，向他们征求意见。长者说："曾看到本朝祖训中有话说：子孙做皇帝，不得用黥、刺、剕、劓、闭、割之刑，臣下敢有奏用此刑者，犯人凌迟，全家处死。"县令听了，吓得全身流汗，此事终被停止。

李退夫秽语

宋冲晦处士李退夫者，为事矫异，居京师北郊。一日种胡荽，俗传口诵秽语则茂，退夫撒种，密诵曰"夫妇之道，人伦之本"云云，不绝于口。忽有客至，命其子毕之。子执余种曰："大人已曾上闻。"故皇祐中馆阁或谈语，则曰："宜撒胡荽一巡。"

"夫妇"果是秽语，处士不错。肖胤雅言，便令胡荽不茂。

【译文】宋冲晦处士李退夫这个人，做事矫异，住在京师北郊。一天他在地里种香菜，听说民间传说口诵秽语能使香菜长得茂盛。于是李退夫撒种的时候，暗自口诵"夫妇之道，人伦之本"，不绝于口。这时忽然有客人来访，他就让他的儿子把它们种完。儿子拿着剩余的种子说："大人已经说过祝祈的话吗？"难怪皇祐年间，翰林院中有人在闲谈的时候则说："应该撒一遍香菜。"

有关"夫妇"之道的话真是秽语的话，处士没有错，儿子语言虽然很文雅，就是胡荽长得不茂盛。

雅 言

李献臣好为雅言。知郑州时，孙次公为陕漕，罢，赴阙，先遣一使臣入京。所遣乃献臣故吏，到郑庭参，献臣甚喜，欲令左右延饭，乃问之曰："餐来未？"使臣误意餐者谓次公也，遽对曰："离长安日，都运已治装。"献臣曰："不问孙待制，官人餐来未？"其人惭沮而言曰："不敢仰昧，为三司军将日，曾吃却十三。"盖鄙语谓遭杖为餐。献臣掩口曰："官人误也，问曾与未曾餐饭，欲奉留一食耳。"

本欲雅言，自费唇舌。

汪司马南溟喜摹古。一日其媳与夫竞宠，割去夫势。僮仓惶趋报。坐客惊问。汪徐徐应曰："儿妇下儿子腐刑。"

昆山周用斋不识道路，每至转弯，必拱立道左，向人曰："问津。"负担者不解其义，因指义井与之。

【译文】宋朝李献臣（淑）好把话说得很文雅。在郑州任知州的时候，孙次公（长卿）为陕西漕都运，任期已满将到朝廷交差时，就派了一名使臣先到京师。这个被派遣的使臣原来是李献臣的老下属，途中路过郑州，到李献臣府上参拜，李献臣非常高兴，就要让左右差役设饭请使臣，于是问使臣说："餐来未？"使臣误认为指的是孙次公，就赶快回答说："离开长安的那天，都运大人已开始整理行装了。"李献臣说："我问的不是孙待制，是问你餐来未？"使臣惭愧而沮丧地说："不敢说假话，在三司为军将的时候，曾吃了十三棍。"这是用俗语说遭杖责为餐。李献臣忍着笑说："官人误会了，我是问你吃了还是没吃饭，想要留你一块吃饭呀！”

本想把话说得文雅，反而自费唇舌。

有一位司马叫汪南溟，喜欢摹仿古人，一天，他的儿媳和丈夫争宠，割去了丈夫的阳具。僮仆仓惶跑去报告汪南溟。在座的客人惊问是什么事，江南溟慢悠悠地回答说：“儿媳妇对儿子下了腐刑。”

昆山有个叫周用斋的人，因不认识道路，所以每到有转弯的地方，必然拱手站在路的左边，向路人说：“问津。”有个挑担子的人不懂问津是什么意思，于是把一口公用井指给了他。

诵经称小人

燕北风俗，不问士庶，皆自称“小人”。宣和间，有辽国右金吾卫上将军韩正归朝，授检校少保节度使，对中人以上说话，即称“小人”，中人以下，即称“我家”。每日到漏舍诵《天童经》数十遍，其声朗然。且云：“对天童岂可称我？”自“皇天生我”以下二十余句，凡称“我”者，皆改为“小人”：“皇天生小人，皇地载小人，日月照小人，北斗辅小人”云云。诵毕，赞叹云：“这天童极灵圣。”傍一人云：“若无灵圣，如何持得许多小人耶？”

雅与不雅，总成迂腐。

【译文】燕北地方有个风俗，就是不管士人百姓，都自称“小人”。宋朝宣和年间有一个辽国右金吾卫上将军韩正归降宋朝，被授为检校少保节度使，他对一般人以上说话，都自称“小人”，对奴仆等下人才自称“我家”。每天早朝到等候皇帝的官厅漏舍里，他要诵念《天童经》数十遍，声音很响亮，还恭敬地说："对天童怎么可以称我呢？"所以自"天童生我"以下二十余句，凡有称"我"的地方，都改成了"小人"："皇天生小人，皇地载小人，日月照小人，北斗辅小人"，等等。诵读完毕，赞叹地说："这个天童真是灵圣极了。"旁边一个人说："如果不灵圣，怎么能掌管这么多小人呢？"

不论雅与不雅，都变成了迂腐。

匍匐图

福州陈烈，动遵古礼。蔡君谟居丧莆田，烈往吊之。将至境，语门人曰："《诗》云：'凡民有丧，匍匐救之。'今将与二三子行此礼。"于是乌巾襕鞯，偕二十诸生，望门以手据地，膝行号恸而入。妇人望之皆走。君谟匿笑受吊。即时李遘画《匍匐图》。

【译文】宋朝时福州人陈烈，一举一动都很遵古礼。蔡君谟（襄）在莆田守丧，陈烈前去吊唁。刚来到蔡君谟家外，就对他的学生说："《诗经》上说：'凡民有丧，匍匐救之。'现在我就和你们几个一同行此礼。"于是头戴黑巾，身穿皮衫，带领二十个学生，望着门内用手按地，双膝行走，号啕大哭而入。妇人们看到此情景都吓走了。君谟见到这情形强忍住笑，接受了吊唁。当时有个李遘画了一幅《匍匐图》。

灭 灶

梁伯鸾少孤，尝独止，不与人同食。比舍先炊已，呼伯鸾及热釜炊。伯鸾曰："童子鸿不因人热者也！"灭灶，更燃之。

事莫妙于善因。伯鸾心术，未免太冷。

【译文】汉朝梁伯鸾（鸿）从小就成了孤儿，单独居住，也不和别人一起吃饭。一次邻舍的人先做完了饭，喊梁伯鸾趁着热的灶火做饭，梁伯鸾说："童子鸿不愿沾别人热的光。"把灶中火熄灭，然后把火重新点燃。

好事情没有不是缘于善因的。而梁伯鸾的心性，未免太过冷漠。

怀 糒

《物理论》云：吕子义，当世清贤士也，有旧人往存省，嫌其设酒食，怀干糒而往。主人荣其降己，乃盛为馔。义出怀中干糒，求一杯冷水而食之。

【译文】《物理论》中说："元朝时的子义（权），是当世清高贤达的名士，一次他去问候一个旧时的友人，嫌人家备置酒食麻烦，所以去的时候就自己带着干粮。主人对吕子义屈尊来看望自己感到很荣幸，就摆了一桌丰盛的饭食招待他，可他掏出怀中的干粮，只要了一杯凉水把它吃了。

饮食必以钱

《风俗通》云：安陵清者项仲山，每饮马渭水，投三钱于水中。颍川郝子廉亦然。又郝尝过姊家饭，密留五十钱席下而去。《后汉书》：范丹尝看姊病，设食，丹出门留钱百文。姊追送之。丹见里中刍藁僮更相怒曰："言汝清高，岂范史云辈乎？”丹叹曰：“吾之微志，乃在僮竖之口。不可不勉！”遂弃钱而去。

【译文】《风俗通》中说：“安陵（今陕西咸阳东北）有自命清廉的人项仲山，每次在渭水中饮马，都向水中投三文钱。颍川（今河南许昌）郝子廉也是这样。还有一次郝子廉到姐姐家吃饭，走时在席下悄悄留了五十文钱。《后汉书》记载：范丹（字史云）曾经有一次看望姐姐的病，在那儿吃了一顿饭，他出门走的时候留下铜钱百文。他姐姐追着送还给了他。范丹见姐姐邻居一个喂牲口的孩子互相吵骂说：“说你清高，莫非是范史云一类人吗？”范丹感叹地说：“我这点微薄志向，竟能在僮仆的嘴里说出，不可不努力啊！”于是扔下钱走了。

别驾拾桑

隋赵轨为齐州别驾，东邻有桑椹落其家，轨悉拾还之。

别驾亦有公事，哪得此闲工夫？后周张元，性廉洁。南邻有杏二树，杏熟，多落元园中，悉拾以还主。子犹曰：这又是赵轨作俑。

【译文】隋朝赵轨任齐州（今山东济南）别驾时，东边邻居家桑树上的桑椹落到了他的家里，赵轨拾到后全部都归还了邻居。

身为别驾，公务缠身，哪能够有此闲功夫？后周张元（字孝始、芮城人），作风廉洁。他家的南邻有两棵杏树，杏熟后落了很多在他家园中，他拾起来后都还给了杏树的主人。子犹说：这是赵轨开的头。

却 衣

轩唯行，名輗，鹿邑人，清介，四时一布袍。尝督漕淮上，严冬忽堕水，援出，裹被坐。有司急进衣，却去，竟俟衣干。

幸有被裹，不然，不学陈三冻杀乎？

【译文】轩唯行，名輗，河南鹿邑人，性格耿直，作风清廉，一年四季总是穿一布袍。曾在担任淮河督漕的时候，有一年严冬季节忽然掉进水中，被救出后裹着被子坐在那里。有司急忙拿来干衣请他换，他拒绝了，最终等衣服自干。

幸亏有被子裹着，不然的话，不就像陈三一样冻死了？

埋羹

王琎为宁波守，自奉俭约。一日见馔兼鱼肉，大怒，命撤而瘗之。世号“埋羹太守”。

太好名，太作业。

【译文】明朝王琎为宁波太守的时候，自奉俭约。一天吃饭时见有鱼有肉，大怒，命令撤下去埋掉。世人叫他“埋羹太守。”

太好名，太作孽。

珠玉报

贵州廉使孔公，苦节自励。土官以明珠宝玉来献，公悉于堂上椎碎之。遂为土官下火蛊，行抵浙江，火自口出，高数丈而死。

不受可也，椎碎何说？暴殄天物，死宜矣。

【译文】贵州廉访使孔公，常以艰苦激励自己保持名节。当地少数民族的官员向他呈献了许多明珠宝玉，孔公都在公堂上用椎砸碎了。这些少数民族官员非常愤恨，于是暗中向孔公下了一种叫火蛊的毒物，结果孔公行抵浙江的时候，火从他的口中喷出，高数丈而死去了。

不接受可以，敲碎又为何呢？任意糟塌好东西，真是死也应该了。

仇、管省过

郭林宗谓仇季智曰："子尝有过否？"季智曰："吾尝饭牛，牛不食，鞭牛一下，至今戚戚耳！"

管宁泛海，舟欲覆，曰："吾尝一朝科头，三晨晏起，过必在此！"

【译文】郭林宗（名太，字林宗，东汉太原介休人）问仇季智（名览，字季智，陈留人）说："你曾经犯过错误吗？"季智说："我曾经尝试放牛，我喂牛的时候，牛不吃，打了它一鞭。至今心里还在难过！"

管宁（字幼安，三国魏国人）乘船渡海，船翻了，他自我反省说："我曾有一天早晨帽子没戴好，有三个早晨起得晚了，必然是这个错误对我的惩罚了。"

顾协

《北史》：顾协少时，将聘舅息女，未成婚而协母亡。免丧后，不复娶。年六十余，此女犹未他适。协义而迎之，卒无嗣。

此等嫁娶，是亦不可以已乎！

【译文】《北史》中记载，顾协（字正礼，梁朝人）少年时聘舅父的幼女，还未成婚母亲就死了。可丧期满后，顾协便不娶妻，直到顾协六十多岁的时候，此女还没有嫁人，顾协很为她的情义所感动，才把她娶进门，最终连个儿子也没有。

这种婚姻，难道不可以取消吗？

吴征士学问

吴征士与弼，一日出获，手为镰伤，流血不止。举视伤处，曰："若血不即止，而吾收之，即是为尔所胜。"言已而获如故。又往游武夷，过逆旅，索宿钱至多三文。坚不与。或劝之，曰："即此便暴殄天物！"乃负担夜去。

吴康斋召至京师，常以两手大指食指作圈，曰："令太极常在眼前。"长安浮薄少年竞以芦菔投其中，戏侮之，公亦不顾。

【译文】征士吴与弼（字子傅，明朝人，人称康斋先生），一天他去收割庄稼，手被镰刀割破，流血不止。他举起伤手，看着伤处，说："如果血不马上止住，而由我收拾包扎，便是我被你所胜。"说罢继续割起来。还有一次他去武夷山游玩，到旅店住宿，店家索要的住宿费比平时多三文钱，他坚决不多给，有人劝他住下算了。他说："这等于是浪费。"说完挑着担连夜走了。

吴康斋被召到京师，常用两手的大拇指和食指对成圈状，说："让太极常在眼前。"长安城的轻薄少年争着用萝卜头向圈内投，以此戏弄他，他也不予理睬。

太极冤

娄谅自负道学，佩一象环，名太极圈。桑悦怪而作色曰：“吾今乃知太极扁而中虚！”作《太极诉冤状》，一时传诵。

【译文】娄谅（明上饶人，字克贞，号一斋）自负道学很深，身上佩戴着一个象牙环，他把它叫作太极圈。桑悦（明常熟人，字民怿）以责怪的神情说：“我今天才知道太极是扁的，中间是空的啊！”作了一篇《太极诉冤状》，一时广为传诵。

心学二图

天顺初，漳州布衣陈剩夫，名真晟，诣阙献“心学二图”。其一为《天地圣人之图》：大书一“心”字，以上一点规而大之，虚其中曰：“太极”，左曰“静”，作十六点黑，右曰“动”，作十六点白；自是如旋螺状，凡十点弯而向左；又各作十八点，如前而大，每一点包二卦，以为“太极生生之义尽于此矣”。其一为《君子法天之图》，亦大书一“心”字，其上点规而大之，虚其中曰“敬”，左曰“静”，右曰“动”，各作互圆相入，左半黑而白，白复黑，右半白而黑，黑复白，即太极之阴阳动静也。下礼部，掌部事侍郎邹干不知说云何，为寝其事。

【译文】明天顺初年，漳州平民陈剩夫，名真晟，这天来到京城向朝廷献上自己画的“心学二图”。其中一幅为《天地圣人之图》，图上写了一个很大的“心”字，上边的那一点很圆很大，中间是空的，叫“太极”。左边画十六个黑点，叫“静”，右边画十六个白点，叫“动”，从此作如螺旋状，凡十点向左弯曲，又各画了十八点，如前边的点一样大小，每一个点都包含着两相卦，认为“太极生生之义全部在此图中了”。另一幅是《君子法天之图》，图上也是写着一个很大的“心”字，上面的那一点又圆又大，点中间是空的，叫“敬”。左边叫“静”，右边叫“动”，各自是个圆，相互合在一起，左半边黑的变成白色，白的变成了黑的，右半边白的变成黑色，黑的变成白色，即代表太极之阴阳动静的关系。此图下发到礼部，负责处理日常事务的侍郎邹干看了不知是什么，就把此事搁置起来了。

万物一体

一儒者谈“万物一体”。忽有腐儒进曰：“设遇猛虎，此时何以一体？”又一腐儒解之曰：“有道之人，尚且降龙伏虎，即遇猛虎，必能骑在虎背，决不为虎所食。”周海门笑而语之曰：“骑在虎背，还是两体，定是食下虎肚，方是一体。”闻者大笑。

【译文】一个读书人正在谈论“万物一体”的道理，忽然有一个迂腐的读书人插话说：“假设遇到一只猛虎，这时怎么能和人成一体？”另一个迂腐的读书人解释说：“有道德的人，尚且能降龙伏虎，所以即使遇到猛虎，必然能骑在虎背上，决不会被虎吃掉。”周海门（汝登）笑着给他们说：“骑在虎背上还是两体，一定要被虎吃进肚子里，才是一体。”听的人大笑。

茶 具

范蜀公与温公游嵩山，以黑木盒盛茶。温公见之，惊曰：

“景仁乃有茶具耶!”

谢在杭曰:“一木盒盛茶,何损清介,而至惊骇?宋人腐烂乃尔!”子犹曰:“此箕子啼象箸之意也。”

【译文】宋朝时蜀郡公范镇(字景仁)与温国公司马光游嵩山,范公用一黑木盒装茶,温公见了很吃惊,说:“景仁竟然还有茶具呢!”

谢在杭说:“用一个木盒装茶,对清正耿直有什么损坏而至于惊骇?宋人竟如此腐朽!”子犹说:“这真有点箕子哭象牙筷子的意思啊。”

装胡桃

相国吴石湖一日宴客,以胡桃装就而后笼罩。公屡装不就。一僮先以桃下罩,用碟盛起。公抚膺叹曰:“民伪日滋矣!”

【译文】有一天,相国吴石湖要宴请客人,拿来胡桃把它堆好后用碗罩着。吴石湖连堆几次都没堆好,一个僮仆就把胡挑装在罩碗中,再扣到碟子中盛起,吴石湖抚摸着胸膛感叹地说:“百姓的狡猾多智在日益蔓延啊!”

怪诞部第二

子犹曰：人情厌故而乐新，虽雅不欲怪，辄耳昵之，然究竟怪非美事。纣为长夜之饮，通国之人皆失日。以问箕子，箕子不对。箕子非不能对也，以为独知怪矣。楚王爱细腰，使群臣俱减餐焉。议者谓六宫可也，群臣腰细何为？不知出宫忽见腰围如许，王必怪，怪则不测，即微王令，能勿减餐乎哉？夫使人常所怪而怪所常，则怪反故而常反新矣。新故须臾，何人情之不远犹也？昔富平孙冢宰在位日，诸进士谒选，齐往受教。孙曰："做官无大难事，只莫作怪！"真名臣之言乎，岂唯做官！集《怪诞第二》。

【译文】子犹说：人的性情都厌旧喜新，虽平素不想做怪诞的事，却总是爱听怪事，然而怪事毕竟不是美事。商纣王好为长夜之饮，全国的人都丧失了白日。纣王以此事问箕子（纣王的叔父，官太师），箕子没回答。箕子不是不能回答，只是自己认为此为荒诞怪事。楚国的国君喜爱腰细的女子，致使那些大臣们也都减餐，议论的人说六宫的嫔妃们可以，群臣们腰细是为什么呢？岂不知楚王出宫忽然看到很粗的腰，必然会觉得怪，一定会怪罪，怪罪下来就不知会有什么祸事发生。即使楚王没有下减餐的命令，能不减餐吗？如果把常有事以为怪事，而对怪事却习以为常，那么就会见怪不怪，而很正常的事反而感觉新鲜了。新与旧都在一瞬之间，为什么人们不从远处看这个问题呢？过去，富平的孙宰相在位时，那些等待分配官职的进士们去拜见他，聆听他的教诲，他说："做官并没有太大的难处，只是不要做那些怪事！"真是名臣才能说出的话啊！然而岂止是只做官的人才不要做怪事。为此汇集《怪诞部第二》。

天文冠

新莽好怪，制天文冠，使司命冠之，乘乾车，驾坤马，左苍龙，右白虎，前朱鸟，后玄武，右仗威节，左负威斗，号曰赤星，以尊新室之威命。司命孔仁妻坐祝诅事连及，自杀。仁见莽，免冠谢。莽使尚书劾仁"擅免天文冠，大不敬"。有诏勿问，更易新冠。

到王莽身上，《周官》、井田俱属怪诞，不止天文冠已也。

【译文】新帝王莽喜好怪诞，制作一顶帽子叫天文冠，他让司命大将军孔仁把帽子戴在头上，乘着乾车，驾着坤马，左边是苍龙旗，右边是白虎旗，前边是朱鸟旗，后边是玄武旗，右手拿着威风的大将符节，左肩扛着震慑三军的威斗（铜铸北斗星状的器物），号称赤星，以此来显示新王室的尊贵与威严。司命孔仁的妻子因犯了祈求鬼神之罪受牵连，自杀了。孔仁去拜见王莽，摘下帽子请罪。王莽命令尚书弹劾孔仁"擅自去掉天文冠，大不敬"。王莽又下诏书不必问罪，更换了新的帽子。

到了王莽时代，恢复周朝的官制、井田制都属于怪诞的事，不仅仅是天文冠而已。

大 像

天后宠僧怀义，为作夹纻大像，小指中犹容十数人，构天堂以居焉。又杀牛取血画大像，首高二百尺。云怀义刺膝血为之。张于天津桥南，忽大风起，裂像为数百段。

【译文】唐武则天很宠爱僧侣薛怀义，并为他制作了内掺纻麻的大像，大像的小指里面都可以容纳十几人，还建造了天堂来居住。又杀牛取血用来画大像，头高二百尺。说是薛怀义刺血涂画的大像。张贴在洛阳的天津桥南边，忽然大风骤起，大像裂为几百段。

《酉阳杂俎》载札青事

上都市肆恶少，好为札青。有张干者，札左膊曰“生不怕京兆尹”，右膊曰“死不畏阎罗王”。又有王力奴，以钱五千召札工，可胸腹为山池亭院，草木飞走，无不毕具，细若设色。京兆尹薛元赏悉杖杀之。又高陵县捉得镂身者宋元素，札七十一处，刺左臂曰：“昔日已前家未贫，千金不惜结交亲。及至凄惶觅知己，行尽关山无一人。”右膊札葫芦，上札出人首，如傀儡戏所谓“郭公”者。县吏不解，问之，言葫芦精也。

蜀市人赵高，满背镂毗沙门天王。吏欲杖其背，见天王辄止。恃此转为坊市患。李夷简擒而杖之，叱杖子打天王，尽则已。经旬日，高袒衣历门叫呼，乞“修理天王功德钱”。

段成式门下驺路神通，背刺天王像，自言能得神力。每朔望，具乳糜，焚香袒坐，使妻儿供养其背而拜焉。

贞元中，荆州市中有鬻札者，制为印，上簇针为众物状，如蟾蝎鸟兽，随人所欲印之，刷以石墨，精细如画焉。

天下事久必成套，无怪不常，即札印一事可见。

荆州街子葛清，自颈已下，通札白居易诗。段成式尝与荆客陈至呼观之，令其自解。背上亦能暗记，反手指其札处，至“不是花中偏爱菊”，则有一人持杯临菊丛；“黄夹缬林寒有叶”，则指一树，树上挂缬窠，窠纹绝细。凡札三十余首，体无完肤。陈至呼为“白舍人行诗图”。

蜀小将韦少卿，少不喜书，嗜好札青。其季父尝令解衣，视胸上札一树，树杪集鸟数十，其下悬镜，镜鼻系索，有人止于侧牵之。叔不解，问焉。少卿笑曰：“叔不曾读张燕公诗，云‘挽镜寒鸦集’耶？”叔大笑不已。

陈锡玄曰：此直以亲之枝供儿戏耳！可谓非夷俗耶？独有一道士为郭威、冯晖雕刺，则有异焉。刺郭于项，右作雀，左作谷粟。刺冯以脐作瓮，中作雁数只，戒曰：“他日雀衔谷，雁出瓮，是尔亨日。”后郭祖秉麾，雀谷稍近；比登极，雀遂衔谷。而冯是时为帅，雁亦自瓮中累累出矣。一时雕刺，却寄先征，异哉！

【译文】京都城内品行恶劣的年轻人，喜好纹身。有个叫张干的人，在左胳膊上刺“生不怕京兆尹”，右胳膊上刺“死不怕阎罗王”。还有一个叫王刁奴，用铜钱五千叫来纹身的工匠，在他的胸腹上纹满了山、池、亭院、草、木、飞禽、走兽，没有不完美的，细致得像一幅工笔绘画。京兆尹薛元赏用棍棒把他们都打死了。另外高陵县捉拿到一个纹身的人叫宋元素，身上刺了七十一处，刺在左胳膊上的字是：“昔日已前家未贫，千金不惜结交亲。及至凄惶觅知己，行尽关山无一人（从前家境没贫穷，不惜千金交朋友。等到凄惶找知己，走遍关山无一人）。”右胳膊刺上一个葫芦，葫芦上面又刺个人头，像木偶戏中的“郭公”。县吏不理解，就问他，他说是葫芦精。

蜀地（今四川）城镇有个百姓叫赵高，整个后背刺了个毗沙门天王的像。官吏想用棍打他的背，看见天王像立刻停下。赵高仗着背有天王像转到街市上做坏事。李夷简将他捉住并用棍打，喝叱着让杖子把天王像打掉为止。过了十天，赵高披着上衣挨着门乞求“修理天王功德钱”。

唐朝文学家段成式有个管马的仆人路神通，他背上刺着天王像，自称能得到神的力量。每到初一和十五，他就准备乳粥，焚着香并光着上身坐下，让妻子和儿子将供品对着他的背揖拜。

唐德宗贞元年间，荆州城内有个专为人纹身的技工，他用小木板刺印，木板上面紧凑地用针钉了很多动物的样子，像蛤蟆、蝎子、鸟、兽之类，随着想纹身的人的心愿，扎印上，刷上石墨，印出来，精美细致得像图画一般。

天下的事时间长了必然成为一种习惯，没有怪诞的事倒不正常了，就从刺印一事可以看出。

荆州街上有个男子叫葛清，从脖子以下，全部刺上白居易的诗。段成式曾经叫荆州的客人陈至来看看，让他解释。扎在背上他也能暗暗记住，反手指着扎刺的地方，就指到“不是花中偏爱菊”一句诗，是刺有一人拿着酒杯面对着菊花丛。指到“黄夹缬林寒有叶”句，是刺着一棵树，树上挂着带彩结的鸟窝，鸟窝扎刺的条纹极细，总共刺了三十多首诗，身上没有一块完整的皮肤。陈至称他为“白舍人行诗图”。

蜀地的小将韦少卿，小时候不喜欢读书，嗜好纹身。他的叔父曾让他解衣来看，看到胸上刺了一棵树，树梢上聚集的鸟有几千，下面悬挂一面镜子，镜把上系着绳，有个人站在旁边牵着。他的叔父不理解这画的意思，就问他。少卿笑着回答："叔叔不曾读过燕国公张说的诗'挽镜寒鸦集'吗？"他的叔父大笑不止。

陈锡玄说：这是直接在自己的身体上供儿戏罢了！能说不是蛮夷的习俗吗？唯独有一个道士替郭威、冯晖雕刺，那意义就不同了。在郭威的脖子后面，右边刺一只麻雀，左边刺一粒谷子。在冯晖的肚脐上，刺了一个瓮，瓮中刺了几只雁。告诫说："有朝一日麻雀衔住谷子，雁飞出瓮，就是你们万事顺利的时候。"后来郭威当了大军统帅，他脖子后的麻雀和谷子逐渐靠近；等到登上皇位，麻雀就衔住了谷子。而冯晖这时候做了元帅，雁也从瓮中接连不断地飞出来了。一时的雕刺，却寄托着征兆，奇怪呀！

剃眉

彭渊材初见范文正公画像，惊喜再拜，前磬折，称"新昌布衣彭几幸获拜谒"。既罢，熟视曰："有奇德者，必有奇形。"乃引镜自照，又捋其须曰："大略似之矣，但只无耳毫数茎耳，年大当十相具足也。"又至庐山太平观，见狄梁公像，眉目入鬓，又前再赞曰："有宋进士彭几谨拜谒。"又熟视久之，呼刀镊者使剃其眉尾，令作卓枝入鬓之状。家人辈望见惊笑。渊材怒曰："何笑？吾前见范文正公恨无耳毫，今见狄梁公不敢不剃眉，何笑之乎？"

《笑林》评曰："见晋王克用，即当剔目；遇娄相师德，更须折足矣！"子犹曰："此等人，宜黥其面强学狄青，卸其膝使学孙膑。"或问其故，曰："这花脸如何行得通？"

【译文】彭渊材初次见到范文正公（仲淹）的画像，惊喜地连连下拜，上前把腰弯得像磬一样，说“新昌（今江西宜丰）的平民彭几有幸得到拜见”。拜完，仔细地观察说：“有特殊美德的人，定有特殊的相貌。”于是拿来镜子照自己，又捋着自己的胡须说：“大致像他了，只是缺少几根耳毛罢了，等年纪再大些应当是十分相像了。”鼓渊材又到了庐山太平观去观赏，看见狄梁公（仁杰）的画像，眉毛和鬓角相连，又向前赞叹说：“这里有宋朝进士彭几恭敬地拜见。”说罢又仔细地看了画像很久，就叫来理发修面的工匠，让他修剃自己的眉尾，命令他剃成向上分杈连接鬓角的样式。家里人看见后惊奇地大笑。彭渊材生气地说：“笑什么？我先前见范文正公的画像就遗憾没有耳毛，今天见到狄梁公不敢不剃眉，有什么可笑呢？”

《笑林》中评论说：“见了晋王李克用，就要挖去一只眼睛；要是遇到娄师德，就更要断一只脚了！”子犹说：“这种人应当刺他的脸强迫他学狄青，卸去他的膝盖骨让他学孙膑。”有人问其是什么缘故，子犹说：“这样的花脸怎么能行得通？”

异服

进士曹奎作大袖袍。杨卫问曰：“袖何须此大！”奎曰：“要盛天下苍生。”卫笑曰：“盛得一个苍生矣！”

今吾苏遍地曹奎矣！

翟耆年好奇，巾服一如唐人，自名唐装。一日往见许彦周。彦周髽髻，著犊鼻裤，蹑高屐出迎。翟愕然。彦周徐曰：“吾晋装也，公何怪？”

只容得你唐装？

北齐宗道晖，阜城人，与同郡熊安生并称经师。道晖好著高翅帽、大屐，州将初临，辄服以谒见，仰头举肘，拜于屐上，自言“学士比三公”。后齐任城王湝鞭之，道晖徐呼：“安伟！安伟！”出谓人曰：“我受鞭，不汉体。”复蹑屐翩翩而去。冀州为之语曰：“显公钟，宋公鼓，宗道晖屐，李洛姬肚。”谓之“四大”。显公，沙门也；宋公，安德太守；洛姬，妇人也。

今人称颂经师，必以绛帐为贤，而以高帽大屐为丑，不知道晖特迂怪可笑耳，未若马融之可耻也。融以一代大儒，门生满天下，而谄事梁冀，献《西第颂》。又李固之诛，疏草实出融手，视高帽大屐，岸然于任城王之前者，相去何啻千里！

元祐中，米元章居京师，被服怪异。戴高檐帽，既坐轿，为顶盖所碍，遂撤去，露顶而坐。一日出保康门，遇晁以道。以道大笑。下轿握手，问曰：“晁四，你道似甚底？”晁云：“我道你似鬼章！”二人抚掌绝倒，时西边获贼寨首领鬼章，槛车入京，故以为戏。

蜀中日者费孝先筮《易》，以丹青寓吉凶，谓之“卦影”。其后转相祖述。画人物不常，鸟或四足，兽或两足，人或儒冠而僧衣，故为怪以见象。米元章好怪，常戴俗帽，衣深衣，而蹑朝靴。人目为“活卦影”。

【译文】进士曹奎做了一件大袖袍。杨衍问他说：“袖子何须做得这么大！”曹奎回答说：“要装天下的百姓。”杨衍笑着说：“已装了一个百姓啦！”

现在我们苏州遍地都是曹奎了！

元朝的翟耆年好穿奇特的衣服，他的头巾和服装像唐朝人的一样，自己说是唐装。一天翟耆年去拜见许彦周。许彦周头顶梳着发结，身穿短裤，脚踏很高的木底鞋出来迎接。翟耆年很惊讶，许彦周慢慢地说："我穿的是晋朝的服装，你何必奇怪？"

只允许你穿唐朝的服装？

北齐的宗道晖，阜城人，和他同郡的老乡熊安生一起并称为深通经书的老师。宗道晖好戴高翅帽，穿木底鞋，州将初次来到这里时，他便穿戴成这样来进见，仰起头举起胳膊肘，下拜在鞋上，自言自语地说："学士可以和三公相比。"后来北齐的任城王高谐用鞭子抽打他，宗道晖慢慢地喊："安伟！安伟！"出来后对人说："我承受鞭打却打不着我的身体。"说罢又趿着鞋轻快地离去。冀州地区（今河北东南一带）流传着这样的话："显公的钟，宋公的鼓，宗道晖的鞋，李洛姬的肚子。"称做"四大"。显公，是和尚。宋公，是安德（今山东德州）的太守；洛姬，是妇人。

现在人颂扬学校老师，都要比仿为后汉时设绛帐纱幔讲学的马融，才是好的老师，而把戴高帽子，穿大木鞋的宋道晖比喻为无能的坏老师，而不知道宋道晖不过是迂腐可笑，远不如马融那样无耻。马融是一代大学者，学生满布天下，而巴结大奸臣梁冀，献《西第颂》文章去拍马。另外，李固被杀，奏疏草稿实际上是马融写的。比起来那戴高帽、穿木鞋、傲然站在权势赫赫的任城王面前毫不低头的宗道晖，二者品质相差不止千里。

宋哲宗元佑年间，米元章（芾）居住在京都内，穿的衣服很怪异。他戴着高檐帽，坐轿外出，认为轿顶碍事，就把它拆掉，露着顶坐在里面。一天出了保康门，遇见晁以道（说之）。晁以道看到他大笑。米元章下轿同晁以道拉手，问他说："晁四，你说到底像什么？"晁以道说："我说你像鬼章！"说罢两人拍掌笑得前仰后合，当时西边捕获了贼寨的首领鬼章，运送犯人的囚车进入京城，所以拿这来开玩笑。

蜀地的算卦人费孝先，使用《易经》占卜，借绘画来寄托是吉是凶，称为“卦影”。这以后转相祖述。他画的人和动物都不正常，鸟有的四只脚，兽有的两只脚，人有的戴读书人的帽子却穿和尚的衣服，故意用古怪来预测现象。米元章喜好怪异，常常戴着百姓戴的帽子，穿深色的衣服，而脚上却踏着朝廷中穿的官靴。人们见到后称他为“活卦影”。

假面假衣冠

张幼于燕居，多用假面。少与山僧处嘿厚。一日往京觅官，过别。张笑谓曰：“我儒人尚无宦情，汝反不禁中热耶？”及拜官归，乘马相访。张星冠羽服，戴假面出迎，口不发一辞，推以乘骑，观者载道，马不得前。又郁山人璠，携村妓至，曰：“妇能诗，请联句。”坐方洽，其夫忽以儒衣冠登座，讶客不当近其内。客欲散，止之曰：“吾当以干戚解围。”仍用羽服假面与揖逊，夫惊而逸。

假面对假僧、假儒正妙！

张敉（幼于，晚年改名敉）尝过江阴薛世和，薛方拜鸿胪归，见架上衣冠，门有系马，竟服其衣冠，乘马张盖，报张、薛二孝廉之谒。二公具衣冠送迎，宾主略不相讶。

世上衣冠半假也，幼于特为拈示。

【译文】明朝张幼于，隐居在家，常常用假面具。年轻时和一个名叫处嘿的山野和尚很要好。一天处嘿要往京城寻求官职，前去张幼于那里辞行。张幼于笑着对他说：“我是个读书人尚且没有做官的念头，你却禁不住尘念热衷做官吗？”待到处嘿授官归来，骑着马来拜访张幼于。张幼于便穿上道士的衣冠，脸上戴着假面具出来迎接，嘴里不说一句话，推动着他的马，看热闹的人堵满了道路，马不能往前行进。又有一个隐士郁璠，带着一个乡村歌妓来找张幼于，对张说：“这妇人会对诗，请联句。”坐上客们说得高兴，妇人的丈夫忽然穿戴着读书人的衣帽进来坐下，疑怪客人们不该接近他的妻子。客人们想散去，张幼于阻止客人说：“我应当用我的武器来解围。”他穿上道士服装，戴上假面具向那妇人丈夫拱手行礼。那妇人的丈夫吓得逃跑了。

假面具对假僧人、假儒生正是妙处！

张敉（字幼于，晚年改名敉）曾经到江阴拜访薛世和，薛世和刚刚被任命鸿胪寺卿的官职返回故乡，张敉看见架子上的衣服帽子，还有门外拴的马，竟然穿上这些衣帽，骑上马张开官员仪仗用的伞盖，使上报说，张、薛两个孝廉来拜谒。结果张、薛二人都穿着公服互相送迎，宾主全都没有感到一点惊讶。

世上的衣帽多半是假的，张幼于特意拿来让他们看。

宴死 祭生

黄彪夜看张敉，见其斋中设筵，敉独居主人位，嘿若谈对。问其故。答曰：“今日宴死友张之象、董宜阳、何良傅、莫如忠、周思兼五人。我念所至，辄与心语。”彪笑曰：“以公所邀，谅诸君必赴。”

诸君奇客，张奇情，黄亦奇语。

张孝资与张敉善，尝谓敉曰：“予倘先君殁，当烦设祭。及吾未也，盍先诸？”敉奇其意，为卜日，悬祭文，设几筵笾豆。

孝资至，先延之后阁，令傧相赞礼，伶人奏乐，出之，正襟危坐，助祭者朗诵祭章，声伎满堂，香烟缭绕。敉赠以诗云：“祭是生前设，魂非死后招。”

金陵史痴（名忠，字廷直）年逾八十，预命发引，己随而行，谓之“生殡”。孝资生祭类之。

【译文】黄彪夜间去看望张敉，见张敉的屋中正在摆酒席，张敉独自坐在主人的位置上像和人在谈话。黄彪问他原因。张敉回答说：“今日宴请死去的好友张之象、董宜阳、何良傅、莫如忠、周思兼五人。我想到什么话，就和他们说心里话。”黄彪笑着说：“以您的邀请，想诸位君子一定要来赴宴。”

诸君是奇客，张敉有奇情，黄彪也有奇语。

张孝资与张敉很友好，张孝资曾经对张敉说：“我如果比你先死，烦劳你为我设祭礼。等我不在世了，设祭礼我也不知，何不先做这件事？”张敉认为他的意见很新奇，为他选择祭礼的吉日，悬挂祭文，摆了几桌丰盛的酒席祭祀。张孝资来到这里后，张敉先把他请到后堂，让傧相赞礼，艺人们奏乐，然后请他出来，庄严整衣，端正地坐在上位，来协助祭礼的人开始朗诵祭告死者的文章，歌舞的女子充满了大堂，香烟缭绕。张敉送上一首诗说：“祭是生前设，魂非死后招。”

金陵史痴（名忠，字廷直）年过八十，预先命人搞了一个送殡仪式，他自己跟在送殡队伍的后边，这叫作“生殡”。张孝资生前祭礼属同类的事。

张幼于赎罪

张居士腊月朔谒家庙。楼匾忽堕。张曰：“此祖宗怒我也！”因沐浴茹素，作“自责文”，囚服长跽谢过，凡七日，以巨石压顶，令家奴下杖数十。已而口占“赎罪文”，备述生平读书好客之事。因起更衣，插花，披锦，鼓乐导之而出，曰：“祖宗释我矣！”

【译文】张居士幼于腊月初一去拜谒家中祠堂，楼上的匾额忽然掉了下来。张说：“这是祖宗生我的气！”于是他就沐浴素食，作了一篇《自责文》，穿着囚犯的服装长跪着来谢罪，共过了七天，又用大石头压在头顶，让家奴用棍棒打几十下。然后嘴里念《赎罪文》，详细陈述有生以来读书和好客的事情。最后起身换衣服，他头上插花，身披锦缎，随着鼓乐声的引导走出来，张幼于说：“祖宗已经原谅我了！”

苏、湛引过

苏世长在陕，邑里犯法，不能禁，乃引咎自挞于市廛五百。人疾其诡，鞭之流血，世长不胜痛楚而走。

侧身修行足矣，而成汤以身代牺；闭阁思过足矣，而世长以身受挞。是皆已甚也！鞭之流血，长不容不走矣；倘桑林之神真欲奉享，不知商王意下如何。

湛子文朴令江夏，勤省过失，设有小愆，辄以状自劾，使吏望阙宣读，呼名，已唯诺示改。

虚文可厌！

【译文】苏世长在陕西做官的时候，地方上常常有犯法的事，不能禁止，于是便自己把罪过承担起来，在闹市里用鞭子打自身五百下。人们都恨他诡诈，用鞭子把他打得出血不止，苏世长忍受不住痛苦就走了。

侧身修行足可以了，而成汤却以自己的身子代替祭祀用的牲畜；闭门思过也足可以了，而苏世长用自己的身子挨鞭打来受过。这些都太过分了。被鞭子打得流血，不容苏世长不走啊！倘若管桑林的神真想享受祭祀的牲畜，不知商王愿意不愿意呢？

湛文朴，任江夏县令，经常反省自己的过失，假如有小的罪过，便常常写状子来自己弹劾自己，而使属下的吏员拿着状子朝着京城所在方向宣读，叫自己的名字，自己便像接受了皇帝的批评一样唯唯诺诺，表示愿意悔改。

这种虚伪的演戏实在讨厌！

殓如封角

司马文正公薨，程正叔以臆说殓之，如封角状。东坡嫉其怪妄，怒诋曰："此岂'信物一角，附上阎罗大王'者耶！"

唐末吴尧卿以佣保起家，托附权势，盗用盐铁钱六十万缗。及广陵陷，军人识尧卿者，咸请啖之。毕师铎不许，夜令易服而遁。至楚州，为雠所杀，弃尸衢中。其妻以纸絮苇棺敛之。未及就圹，好事者题其上云："信物一角，附至阿鼻地狱。请去斜封，送上阎罗大王。"时人以为笑端。苏语本此。

【译文】文正公司马光死了以后，程正叔（颐）以主观判断的说法来埋葬他，他把坟土堆成方形如信封的样子。苏东坡憎恨这种古怪荒谬的做法，愤怒地骂道："这难道是'信物一角，寄给阎罗大王'的吗！"

唐朝末年吴尧卿从佣人起家做了官，靠着攀附权势，盗用盐铁钱六十万缗。等到广陵（今江苏扬州）陷落，军队里认识吴尧卿的人，都要求生吃其肉。统帅毕师铎不允许，夜里让吴尧卿换了衣服逃走。到了楚州（今江苏淮安），被仇人所杀，将尸体丢在大路上。他的妻子用纸、棉絮、芦苇当作棺材收敛死尸。没等往墓穴中安放，就有多事的人在上面题话说："信物一角，附至阿鼻地狱。请去斜封，送上阎罗大王。"当时人们把这作为笑柄。苏东坡说的话就是出于这个典故。

饲犬

畅师文好奇尚怪。总帅汪公张具延饮。主人方送正饭，师文忽颐使其童，泻羹于地，罗笼饼其侧。主命再供。既至，又复如前，径推案上马而去。后使人问之，因作色曰："独不见其犬乎？或寝或吪，列于庭下，是不以犬见待，且必以犬见噬也！吾故饲之而出耳。"

犬客并列，亦是主人不谨，莫怪！莫怪！

【译文】元朝的畅师文喜好稀奇，行为怪诞。总帅汪公摆席请他吃酒。主人刚要送上正饭，师文忽然使眼色让侍童将肉汤散倒在地上，罗笼里的饼也掉在旁边。主人命令再准备饭菜。饭菜送到，又像先前那样，师文径自推开桌子骑上马离去。主人后来让人问他，于是作脸色说："你怎么没看到他的狗呢？有的卧着有的动着，聚集在屋前，这不是把我当狗一样看待，就是想让狗咬我！我所以喂了那些狗便出来了。"

狗与客人并列，这也是主人不小心，不要怪！不要怪！

洁疾

畅纯父有洁疾。与人饮，必欲至尽，以巾拭爵，干而后授之，则喜；自饮亦然。食物多自手制，水唯饮前桶，薪必以尺，葱必以寸。一日，刘时中与文子方同过，值其濯足。畅闻二人至，辍洗而迎，曰：“适有佳味，可供佳客。”遂于卧内取四大桃置案上，以二桃洗于濯足水中，持啖二人。子方与时中云：“公洗者公自享之，勿以二桃污三士也。”因于案上各取一颗，大笑而去。

纯父过以洁自信。

齐王思远性简洁，客诣己者，衣服垢秽则不前，必形仪新楚，乃与促膝。及客去，犹令二人交帚拂其坐处。

同时丘明士蓬首散发，终日酣醉。季珪之曰：“吾见王思远，便忆丘明士；见丘明士，便忆王思远。”

宋庾炳之性洁，宾客造之者，去未出户，辄令拭席洗床。

遂安令刘澄有洁癖，在县扫拂郭邑，路无横草，水剪虫秽，百姓不堪。

王维居辋川，地不容微尘，日有十数帚扫治。专使两僮缚帚，有时不给。

王思微好洁，左右提衣，必用白纸裹手指。宅中有犬污屋栋，思微令门生洗之，意犹未已，更令刮削；复言未足，遂令易柱。

荆公夫人吴，性好洁，与公不合。公自江宁乞归私第，有一官藤床，吴假用未还。官吏来索，左右莫敢言。公直跣而登床，偃仰良久。吴望见，即命送还。又尝为长女制衣赠甥，裂绮将成，忽有猫卧其旁，夫人将衣置浴室下，任其腐败，终不与人。

荆公终日不梳洗，虮虱满衣，当是月老错配。

米元章有洁疾，盥手以银为斗，置长柄，俾奴仆执以泻水于手，呼为“水斗”。已而两手相拍至干，都不用巾拭。有客造元章者，去必濯其坐榻。巾帽亦时时洗涤。又朝靴偶为他人所持，必甚恶之，因屡洗，遂损不可穿。

周仁熟与米芾交契。一日，芾言：“得一砚，非世间物，殆天地秘藏，待我识之。答曰：“公虽名博识，所得之物，真赝各半，特善夸耳。”芾方发笥检取，周亦随起，索巾涤手者再，若欲敬观状。芾喜出砚。周称赏不已，且云：“诚为尤物，未知发墨何如？”命取水，未至，亟以唾点磨墨。芾变色，曰：“一何先恭后倨？砚污矣，不可用！”周遂取归。（或作子瞻唾砚，非也。）

芾初见徽宗，命书《周官篇》于御屏。书毕，掷笔于地，大言曰：“一洗二王恶札，照耀皇宋万年！”周殿撰谓芾善夸，诚不谬。周非欲砚，特以米好洁，聊资嬉笑耳。周后复以砚归米，米竟不取。

【译文】畅纯父（师文）有洁僻。与别人饮酒，一定等到把酒喝完，用布巾擦酒杯，待干净后才交给他，便高兴；他自己饮酒也是这样。他吃的食物大多是自己亲手制作的，水只喝前边那只桶里的，烧的柴一定要都是一尺长，切葱一定一寸长。一天，刘时中与文子方同时来拜访他，畅纯父正在洗脚。畅纯父听说两人来到，停下来出去迎接，说：“恰好有极好的食物，可供贵客。”于是从卧室内取了四颗大桃放在桌上，把其中两颗桃放入洗脚水中洗，拿给二人吃。文子方和刘时中说：“您洗的您自己享用，不要用两颗桃子污染三个人。”于是从桌上各取一颗，大笑着离去。

畅纯父对洁净过于自信。

南齐的王思远有爱清洁的习惯，有客人来拜访自己的，如果衣服穿得脏，他就不走近客人，必须是仪表整洁，衣服干净的人，他才肯和客人促膝谈话。等到客人离去，他还要命令二人反复扫擦客人坐过的地方。

在同一时期还有一个丘明士（灵鞠）蓬头散发，整天醉醺醺。季珪之说："我见到王思元，便想起丘明士；见到丘明士，便想起王思远。"

宋庾炳本性好清洁，宾客到他家拜访的，离开时还没有出门，就命令家人擦席洗床。

遂安的县令刘澄有洁僻，在任时命令城内打扫卫生，要求各街道路上没有一棵野草，河水里要绝灭各种小虫和污秽，百姓实在不能忍受。

王维居住在辋川的时候，地上不允许有一点灰尘，每天用扫帚打扫十几遍。专门让两个侍童缚捆笤帚，有时还跟不及。

王思微爱好清洁，侍从为他提衣服，必须用白纸裹着手指。住宅中有一条狗弄脏了房屋的立柱，王思微命令他的门生洗刷，觉得还没有干净，又命令再加刮削；又说还不行，于是又命令换了根柱子。

王安石的夫人吴氏，性情喜好清洁，与王安石性情不合。王安石从江宁（今江苏南京）搬回自己的家中，有一件公家的藤床，吴夫人借用没有还。官吏来讨要，他左右的人都不敢说话。王安石便光着脚爬上床，仰面躺下很久。吴夫人看见，立即命令送还回去。吴夫人又曾经替她的长女制作衣服送给女婿，剪了绸子，衣服将要做成，忽然有只猫卧在衣服旁边，吴夫人将衣服放在浴室内，任它腐烂，终究没有给人。

王安石整天不梳洗，满衣都是虱子，大概是月下老人错配了姻缘。

米元章（芾）有洁癖，洗手用银斗，斗上安有长柄，让奴仆拿着经手上浇水洗，称为“水斗”。洗罢，两手相互拍打到干为止。从不用毛巾擦。有到米元章那里去的客人，离开后一定要洗客人坐过的床。头巾帽子也常常洗。还有他的朝靴，偶尔被其他人拿过，一定非常厌恶，因此洗过很多次，于是破损得不能再穿。

周仁熟与米芾交情很好。一天，米芾说：“我得到一只砚台，不是人世间的物品，大概是天地秘产的珍宝，等我鉴赏识别。”周仁熟回答说：“您虽然以博学广识而著名，所得到物品，真品、伪品各占一半，也许是你特别善于夸大吧。”米芾正要打开箱子取砚，周仁熟也随身站起，要了毛巾再三洗手，好像是想恭敬地观看的样子。米芾高兴地拿出砚台。周仁熟称赞个不停，并且说：“确实是个珍贵的物品，不知道发墨怎么样？”让人去取水，水还没端到，周仁熟便赶快用唾沫吐在砚上磨墨。米芾变了脸色，说：“你为什么先恭敬后傲慢？砚脏了，不能再用了！”周仁熟便把砚台拿回家。（或有记载说是苏东坡唾砚，是记错了。）

米芾最初拜见宋徽宗时，徽宗让他把《周官篇》写在皇宫的屏风上。米芾写完后，把笔掷在地上，大声说：“这字压倒了王羲之父子的拙劣书法，光辉照耀着宋皇万年不朽！周仁熟殿撰（官名）说米芾爱吹牛，的确不错。周仁熟不是想要砚台，只是以米芾喜好清洁，来开个玩笑罢了。周仁熟后来又将砚台归还给米芾，米芾竟然不要。

倪云林事

倪云林名瓒，元镇其字也。性好洁。文房什物，两僮轮转拂尘，须臾弗停。庭前有梧桐树，旦夕汲水揩洗，竟至槁死。尝留友人宿斋中，虑有污损，夜三四起，潜听焉。微闻嗽声，大恶之，凌晨令童索痰痕，不得，童惧笞，拾败叶上有积垢似痰痕以塞责。倪掩鼻闭目，令持弃三里外。其寓邹氏日，邹塾师有婿曰金宣伯，一日来访。倪闻宣伯儒者，倒屣迎之。见其言貌粗率，大怒，掌其颊。宣伯愧忿，不见主人而去。邹出，颇怪之。倪曰："宣伯面目可憎，语言无味，吾斥去之矣！"初，张士诚弟士信，闻倪善画，使人持绢，侑以重币，欲及其笔。倪怒曰："倪瓒不能为王门画师！"即裂去其绢。士信深衔之。一日，士信与诸文士游太湖，闻小舟中有异香。士信曰："此必一胜流。"急傍舟近之，乃倪也。士信大怒，即欲手刃之。诸人力为营求，然犹鞭倪数十。倪竟不吐一语。后有问之，曰："君被窘辱而一语不发，何也？"倪曰："一说便俗。"

或又言：元镇因香被执，囚于有司，每传食，命狱卒举案齐眉。卒问其故，不答。旁曰："恐汝唾沫及饭耳！"卒怒，锁之溺器侧。众虽为祈免，愤哽竟成脾泄。今人以太祖投之厕中，谬也。

又闻倪元镇嗜茶，其用果按者名"清泉白石"，非佳客不供。有客请见且弥月矣，倪鉴其诚，许之。客丰神飘洒，倪甚欣洽，命进此茶。客因渴，再及而尽。倪便停盏入内，终不出。客请其故。倪曰："遇清泉白石，不徐徐赏味，定非雅士。"又倪有清秘阁，人所罕到；有白马，极护惜。会母病，请葛仙翁诊视。时天雨，葛要以白马相迎。既乘马，乱行泥淖中，人马俱污。及门，先求登清秘阁。倪不敢拒。葛蹑屐而上，咳唾狼籍，古玩书籍翻覆殆遍。倪自是遂废此阁，终身不登。或云倪有仙骨，葛以此破其迂僻，冀得度世，惜乎其不悟也。

倪元镇于女色少所当意。一日眷金陵赵歌姬，留宿别业，心疑不洁，俾之浴。既登榻，以手自顶至踵，且扪且嗅。扪至阴，复俾浴。凡再四，东方既白，不复作巫山之梦。

同时杨廉夫耽好声色，每会间，见歌儿足小，即脱其鞋，载盏行酒，谓之“金莲杯”。一日与倪会饮，杨脱妓鞋传觞。倪怒，翻案而起。杨亦色变，席遂散。后二公竟不复面。

【译文】元朝的倪云林名瓒，元镇是他的字。性情喜好清洁。书房里收拾物品，是由两个书童轮换着打扫灰尘，一刻也不停。他庭院的前面有棵梧桐树，不论早上晚上都要从井里打水擦洗，竟然把树洗死了。倪云林曾经留一个朋友住宿在家中客房里，担心他把客房弄脏损坏，夜间起来三、四次，藏起来听那里的动静。稍微听到咳嗽声，就厌恶得难以忍受，凌晨让侍童寻找吐痰的痕迹，侍童没有发现，因惧怕鞭打，拾起一块有污垢像痰迹的落叶用来搪塞。倪云林捂着鼻子闭起眼，让丢弃在三里以外的地方。他寄住在姓邹的人家的时候，邹家教书先生的女婿叫金宣伯，一天来这里走访，倪云林听说金宣伯是个读书人，很高兴地出来迎接。结果见金宣伯语言粗俗、相貌丑陋，很恼怒地用手掌打了他的脸。金宣伯又羞愧又忿恨，也不向主人辞行便离去。姓邹的走出来，奇怪金宣伯为什么不辞而去。倪云林说：“金宣伯面目可憎，语言乏味，我把他骂走了！”当时张士诚的弟弟张士信，听说倪云林擅长绘画，就让人拿了画绢，并带上丰厚的酬金，想求倪云林画。倪云林恼怒地说：“我不能做王侯门下的画师！”随手将丝绢撕裂。张士信十分痛恨他。一天，张士信与众多文人访游太湖，闻小船中有特别的香味。张士信说：“这一定是个高人名士。”急忙靠近小船，原来是倪云林。张士信很恼怒，立即想用刀杀他。众人极力为他求情，然而倪云林还是被鞭打了几十下。倪云林竟然不说一句话。后来有人问他，说：“君被羞辱却一言不发，为什么？”倪云林说：“一说就俗气了。”

有的人又说：倪云林因为香被捉拿，囚禁在有关官署的监狱里，每次送饭的时候，就让狱卒把端饭的盘子举得和眉一样高。狱卒问他缘故，不回答。旁人说："他是怕你的唾沫溅到饭里罢了！"狱卒很生气，把他锁在尿桶旁。虽然众人为他请求免罚了，倪云林还是大发脾气哭出声来而得了泻血的病。当今人说是被明太祖朱元璋投入厕所中，那是误传。

又听说倪云林喜爱茶，他用水果浸泡出来的茶，名叫"清泉白石"，不是尊贵客人不供给。有一客人请求拜见已经有一个月了。倪云林看他有诚意，才允许他见面。那客人神态漂亮潇洒，倪云林十分高兴，谈得也融洽，便让书童供上这种茶。客人因为口渴，两口便喝光了。倪云林便停止供茶，进入屋内，始终不肯再出来。客人请问他缘故。倪云林说："遇见'清泉白石'，不慢慢地欣赏品味，必定不是高尚的人。"倪云林家中还有座清秘阁，很少有人能到那里；又有一匹白色的马，非常爱护珍惜。正好倪云林的母亲生病，去请葛仙翁来诊视。当时天正在下雨，葛仙翁要求用白马相迎，就乘着马在烂泥中乱走，人和马全都溅满了泥污。等走进门后，先请求登上清秘阁欣赏。倪云林不敢拒绝。葛仙翁趿着鞋就上，咳嗽出的唾沫吐得到处都是，古玩书籍都乱翻看个遍。倪云林从此后就荒废了这个清秘阁，终身不再进去。有的人说倪云林有仙骨，葛仙翁用此来破除他的迂腐习性，希望能把他度去成仙，可惜他不能醒悟。

倪云林对于女色很少在意。一天想念金陵的赵歌姬，留她住宿在别墅里，心里怀疑她不干净，让她洗澡。不久让她上床，用手从头到脚，一边摸一边闻。摸到阴部，又让她洗澡。总共四次，东方已经发白，不再做巫山的梦。

与倪同时期的杨廉夫恋爱歌声女色，每次聚会期间，看见歌妓的脚小，马上脱下她的鞋，把酒杯放在鞋中行酒，叫作"金莲杯"。一天与倪云林聚会饮酒，杨廉夫脱了歌妓的鞋当作酒杯传。倪云林大怒，推翻桌子而起。杨廉夫也变了脸色，酒席就散了。后来二人竟然不再见面。

恶妇人

梁萧詧恶见妇人，虽相去数步，亦云“遥闻其臭”。

世间逐臭之人又何多也！

【译文】梁萧察厌恶看到妇人，虽然相隔几步远，他也说“离得这么远还闻到她的臭味”。

人世间追随臭味的又为什么这么多！

《朝野异闻》载何、颜学问

嘉、隆间，讲学盛行，而楚人颜山农之说最奇，谓“贪财好色，皆从性生，天机所发，不可阏之，第勿留滞胸中而已”。门人罗汝芳成进士，戒且勿廷对。罗不从。明年遇之淮上，笞之十五，挟以游。罗唯唯惟命。后至南都，以挟诈人财事发，捕之官，笞五十，不哀祈，亦不转侧，困囹圄且死。罗力救之，得出。出则大詈不已，谓：“狱我者尚知我，而汝不知我也！”罗亦唯唯。

何心隐者，其才高于颜山农，而狠幻过之。尝言：“天地一杀机也。尧不能杀舜，舜不能杀禹，故以天下让。汤、武能杀桀、纣，故得天下。”少尝师事山农。山农有例：师事之者，必先殴三拳，而后受拜。心隐既事山农，察其所行，意甚悔。一日，值山农之淫于村妇也，匿隐处，俟其出而扼之，亦殴三拳，使拜削弟子籍。

按颜谪戍归，八十余尚无恙，而何竟为张江陵所杀，幸与不幸耳。然江陵未相时，访耿御史，坐席未暖而去。何从屏后窥之，便谓“此人能杀我”，亦异矣哉！

【译文】明嘉靖、隆庆年间，讲学之风盛行，而湖南人颜山农（钧）的解说最为奇特，说“贪财好色，都是天生的，是天意所赐，不可限制它，只不要滞留在胸中就行了”。颜山农的弟子罗汝芳考中进士，颜山农告诫他先不要在朝廷上当面对答皇帝。罗汝芳不听从。第二年颜山农与罗汝芳在淮上相遇，颜山农鞭打罗汝芳十五下，并强迫他一同出游。罗汝芳不敢反对，完全顺从了他。后来到了南都（今江苏南京），颜山农因诈骗他人财物，事发被捉到官府，鞭打他五十下，不求饶，亦不挣扎，被关进了监狱几乎要死了。罗汝芳全力救他出来。出来后他大骂不止，说：“监禁我的人尚且了解我，而你却不了解我！”罗汝芳也连声称是，不敢说别的话。

何心隐这个人，他的才能比颜山农高，且凶狠和奇想也超过颜山农。他曾说：“天地间是一个杀场。尧不能杀舜，舜不能杀禹，所以把天下禅让给他们。汤、武能够杀桀、纣，所以得到天下。”何心隐年轻时曾拜颜山农为师。颜山农有个惯例：来拜他为师的人，必须先挨他三拳，而后才接受拜师。何心隐拜颜山农为师之后，观察他的行为，心里很后悔。一天，当颜山农正在奸污一个村妇，何心隐藏在隐蔽之处，等他出来时用力掐住他，也打了他三拳，让颜山农下拜他，从此解除了师徒关系。

按颜山农被流放归来，八十多岁还没有病，而何心隐竟被张居正所杀，是幸运与不幸。张居正没有当宰相的时候，去拜访耿御史，坐位还没有暖热便匆匆离去了。何心隐从屏风后的缝隙里看他，便说“此人能杀我”，也很奇怪呀！

陈公戒酒

南京陈公镐善酒。督学山东时，父虑其废事，寓书戒之。乃出俸金，命工制一大碗，可容二斤许，镌八字于内，云："父命戒酒，止饮三杯。"士林传笑。

按：公为山东提学时，夜至济阳公馆。庖人供膳无箸，恐公怒责，公略不为意。或请启门外索，弗许。庖人乃削柳条为箸。公曰："礼与食孰重？"竟不夜餐。亦迂介之士也。子犹曰："簠簋始于土硎，安知削柳非箸之始乎？迂儒不知礼意，但立异取名耳。不然，胡不并三杯戒之？"

【译文】南京的陈镐善于饮酒。在山东担任提督学政的时候，他的父亲担心他喝酒误事，就写信去告诫他。他竟出俸金，让工匠制了一个大碗，可容下大约二斤酒，雕刻了八个字在里面，说："父命戒酒，止饮三杯。"在文人中传为笑谈。

按：陈公任山东提学时，夜间到济阳公馆。厨师只拿来饭食而没有筷子，他害怕陈公生气责罚，陈公丝毫不在意。有人请求开门出外寻求筷子。陈公不许。厨师就削柳条作筷子。陈公说："礼节与饭食哪个重要？"竟然不吃夜餐了。也是一个迂儒执拗的人。子犹说："盛物的器皿是从用泥土开始烧制出来。怎么就不知筷子是从削柳开始的呢？迂儒不知礼的真正含义，不过是用奇怪的名目博取名望罢了，要不然，为什么不把三杯酒一块戒掉？"

浴 酒

石裕造酒数斛，忽解衣入其中，恣沐浴而出，告子弟曰：

“吾平生饮酒，恨毛发未识其味。今日聊以设之，庶无厚薄。”

【译文】石裕制作了几斗酒，忽然脱去衣服跳入酒中，任意地沐浴后出来，告诉他的子弟说：“我平生饮酒，遗憾毛发不知酒的味道。今天姑且这样办，免得厚此薄彼了。

洞天圣酒

虢国夫人就屋梁悬鹿肠，其中结之，有宴则解开，于梁上注酒，号“洞天圣酒”。

【译文】虢国夫人顺着屋梁悬挂一根鹿肠，中间打个结，有宴会时就把结解开，从梁上往下倒酒，称作“洞天圣酒”。

杨希古佞佛

杨希古性迂僻，酷嗜佛法。尝设道场于第，每凌旦，辄入其内，以身俯地，俾僧据其上，诵《金刚经》三遍。

【译文】杨希古的性情迂腐怪僻，极爱好佛法。曾经在府中设置道场。每于凌晨，就到那里，把身体俯在地上，让僧人坐到他身上，诵读《金刚经》三遍。

暴城隍

万历己丑，苏郡大旱。时石楚阳为守，清惠素闻，祷雨特切。乃舁城隍于雩坛，与之对坐，去盖，暴烈日中。神像皴裂，而石感暑疾几殆。《猞园》谓江公铎，误也。

【译文】明万历己丑年，苏州大旱。当时石楚阳任太守，他一向以清白廉洁著名，这次求雨很迫切。于是把城隍抬到求雨祭台上，与城隍对坐在一起，去掉遮盖物暴晒在烈日中，神像皲裂，而石楚阳也中暑差一点死掉。《猞园杂志》说是江铎的事，误。

项王庙

《夷坚志》：和州士人杜默，累举不成名，性英傥不羁。因过乌江，入谒项王庙。时正被酒沾醉，才炷香拜讫，径升偶坐，据神颈，拊其首而恸，大声语曰："大王，有相亏者！英雄如大王，而不能得天下；文章如杜默，而进取不得官！"语毕，又大恸，泪如迸泉，庙祝畏其获罪，扶掖以出，秉烛检视神像，垂泪亦未已。

以愤王遇歌豪，正如重歌"拔山"，那得不泪！石介作"三豪诗"，谓杜默歌豪，石曼卿诗豪，欧阳永叔文豪。

【译文】《夷坚志》上说："和州（今安徽和县）有一男子叫杜默，多次科举考试都没有取得功名，他性情豪爽、放荡不羁。趁过乌江之际，进谒项王庙。当时他喝酒正喝得大醉，才点上香拜见完，就直接登上神像位，搂着神的脖子，拍着神的头大哭，大声说："大王，老天对你太不公平了！英雄像大王一样，却得不到天下；写文章像杜默一样，却进取得不到官！"说罢，又大哭，泪像泉水一样喷出，管寺庙的人怕他得罪神灵，用手搀扶着他的胳膊走出去，然后拿着蜡烛查看神像。神像也流泪不止。

愤主项羽遇到歌豪杜默，正如重唱《垓下歌》一样，哪能感慨得不落泪？石介作“三豪诗”，称颂杜默为歌豪，石曼卿为诗豪，欧阳永叔为文豪。

李状元刺

相传马状元铎母，马氏妾也。嫡妒不容，再嫁同邑李氏，复生一子，名马，后亦中状元。上喜其文，御笔于“马”旁加“其”字，名李骐。越三日，胪传凡三唱，无应者。上曰：“即李马也。”骐乃受诏。每投刺，“骐”字黑书“马”，朱书“其”。

相传徐髯翁受武宗知遇，曾以御手凭其左肩，遂制一龙爪于肩上，与人揖，只下右手，亦怪事也。

一母生二状元，奇哉！宋陈了翁之父尚书与潘义荣之父交厚。潘无子，陈有妾宜子，乃以借之，即了翁之母也。未几，潘生子名良贵，其母遂往来两家焉。一母生二名儒，亦前所未有。

【译文】相传状元马铎的母亲是马氏的小老婆。马氏大老婆嫉妒而不愿接纳她，就改嫁给同乡的李氏，又生了一个儿子，取名马，后来也中状元。皇上喜欢他的文章，用御笔在“马”字的旁边加“其”字，名李骐。过了三天，新进士朝见皇帝，传呼官连叫李骐的名字三遍，没有人答应。皇上说：“就是李马。”李骐才应声。李骐每次递名帖拜客，“骐”字用黑笔写“马”，红笔写“其”。

相传徐髯翁受到过明武宗的赏识，明武宗曾经将御手搭在徐髯翁的左肩上，于是他就制作一只龙爪放在左肩上，与人拱手行礼，只用右手，也是怪事。

一母生了两个状元，真是罕见啊！宋朝有尚书陈了翁的父亲与潘义荣的父亲交情很深。潘氏没有儿子，陈尚书有个妾能生儿子，于是陈尚书将妾借给了潘氏，这妾就是陈了翁（瓘）的母亲，不多时，为潘氏生了一个儿子取名叫良贵，他的母亲以后就经常来往于陈潘两家之中了。一母生了两位著名的学者，也是前所未有的。

诗文好怪

罗玘为文，率奇古险怪。居金陵时，每有撰造，必栖踞乔木之颠，霞思天想。或时闭坐一室，客于隙间窥，见其容色枯槁，有死人气。都穆乞伊考志铭，铭成，语穆曰："我为此铭瞑去四五度矣！"

怪道志铭多说鬼话！

刘几有文名。欧公知贡举，得几卷，曰："天地轧，万物茁，圣人发。"公续之曰："秀才刺，试官刷！"以朱笔横勒之。

卢仝号玉川子，诗体与马异俱尚险怪。二人"结交诗"云："同不同，异不异，是谓大同而小异。"

【译文】罗玘作文章，喜欢用奇特古怪的词句。居住在金陵的时候，每遇有撰文造句，必定坐在高大树木的顶端左思右想。有时关着门坐在屋内，客人从门缝里偷着察看，见他的脸色很憔悴，像死人的颜色。都穆曾求他为去世的父亲撰写墓志铭，写成后，对都穆说："我为写这个墓志铭死去四五回了！"

怪道志铭多说鬼话！

刘几很有文名。欧阳修主持进士考试时，看到了刘几的试卷，文章中说："天地轧，万物茁，圣人发。"欧阳修接着用笔续了两句说："秀才刺，试官刷！"用红笔在试卷上打了个大叉。

唐朝诗人卢仝号玉川子，他的诗风和诗人马异近似，都很古怪。二人的"结交诗"上说："同又不同，异又不异，就是说大同而小异。"

亭馆奇名

江西古喻萧大山，好奇之士，名其堂曰："堂堂堂"，轩曰"轩轩轩"，亭曰"亭亭亭"。陈越经江西，萧邀饮，遍历亭馆以观其匾。至一洞，因戏之曰："何不云'洞洞洞'？"萧为不怿。

【译文】在江西任右谕德官职的萧大山，是一个爱好奇特的人，给他的堂屋起名叫"堂堂堂"，轩起名叫"轩轩轩"，亭子起名叫"亭亭亭"。陈越路经江西的时候，萧大山邀请他一道饮酒，并让他一个一个地观看了他的亭馆上面的匾额，走到一个洞前，陈越就开玩笑地对他说："为什么不叫'洞洞洞'？"萧大山很不高兴。

晒腹书

郝隆七月七日出日中仰卧。人问其故，答曰："我晒书。"

东坡谓晨饮为"浇书"。李黄门谓午睡为"摊饭"。

【译文】郝隆在七月七日太阳正中的时候仰面躺在地上。有人问他原因，郝隆回答说："我在晒书。"

苏东坡说早晨饮酒是"浇书"。李黄门说午睡是"摊饭"。

解语神柩

苗耽进士尝自外游归，途遇疾甚，不堪登升。适有辇棺而回者，以其价贱，即僦而寝息其中。至洛东门，阍者不知中有人，诘其来由。耽谓其讶已，徐答曰："衣冠道路得病，贫不能致他物相与，无怪也！"阍者曰："吾守此三十年矣，未尝见有解语神柩！"

【译文】进士苗耽曾经自己外出游历归来，在途中病得很重，上下车都十分困难。恰好有用车运棺材的人同路回来，因为要的价钱便宜，他便躺在里面。到了洛阳的东门口，守门人不知棺内有人，盘问拉车人的来由。苗耽以为是怪自己，便在棺内慢慢回答说："我在路上得了病，我很穷，不能送给你什么物品，不要怪我！"守门人说："我守在这里三十年了，从来没有见过有会说话的神棺材。"

陆 舟

张思光给假东去。世祖问："卿往何处？"答云："臣陆处无屋，舟居非水。"后日，上以问其从兄思曼。思曼曰："融近东出，未有居止，权牵小船于岸上住。"

【译文】南齐张思光（融）得了假准备向东去。世祖问他："卿往哪里去？"张思光回答说："臣陆地上没有房屋，船上居住又没有在水中。"日后，世祖就这件事问他的堂兄思曼。思曼说："张融往东去，没有居住的地方，暂且将一只小船牵到岸上居住。"

痴绝部第三

子犹曰：虎头三绝，痴居一焉。痴不可乎？得斯趣者，人天大受用处也！碗大一片赤县神州，众生塞满，原属假合，若复件件认真，争竞何已？故直须以痴趣破之。过则骄，不及则愚，是各有不受用处。若夫妒、爱、贪、嗔，还以认真受诸苦恼。至痴而恶焉，则畜生而已矣。毋为鸱吓，毋为螳怒；不望痴福，且违痴祸。集《痴绝第三》。

【译文】子犹说：晋朝顾恺之有三绝，痴绝是其中之一。痴呆难道不好吗？获得其中乐趣的人，在人世天地之间，便大有享受的地方。碗大一片中国，虽然塞满生命，但原本只是凑合了事，假如对件件事认真，争执纠纷何时才能停止？因此当需要用痴趣来打破死板的生活。一个人太聪明了就会傲慢，天资不足就会蠢笨，是各有不好受的地方。关于妒嫉、爱好、贪婪、嗔怒，都是因为太认真而自找的许多苦恼。至于痴颠到丑恶程度，那就是畜生而已。不要作为一只鹅就去恐吓人，不要有点螳螂的力量便去发怒挡车；不盼望能得到痴人痴福，只希望因痴傻而避免灾殃就行了。汇集《痴绝部第三》。

痴 趣

陶渊明日用铜钵煮粥为食，遇发火，则再拜曰："非有是火，何以充腹？”

贾岛常以岁除，取一年所得诗，祭以酒，曰：“劳吾精神，以是补之。”

方镕隐天门山，以棕榈叶拂书，号曰“无尘子”，月以酒脯祭之。

韩退之尝登华山巅，穷极幽险，心悸目眩，不能下，发狂号哭，投书与家人别。华阴令百计取之，方能下。

便知心术胜章子厚。

张旭大醉，以头濡墨而书。

【译文】陶渊明天天用铜钵煮粥为食，每当生火时，就一拜再拜，说：“不是有此火，怎么能充饥？”

贾岛常在除夕，把一年所写的诗供起来，用酒祭祀一番，说：“劳苦我的精力，所以用此补偿一下。”

方镕隐居在天门山，用棕榈叶拂拭书籍，称它作“无尘子”，每月用酒、干肉祭祀一下棕榈叶。

韩退之（愈）曾经登华山顶，到了极险峻的地方，心悸目眩，下不来了，他发狂地大声哭叫，往山下投下书信与家人诀别。华阴县令千方百计才把韩愈救下山来。

便知道他的心术胜过章子厚（淳）。

张旭常常喝得大醉后，用头沾上墨汁来写字。

苏州痴

苏人好游。袁中郎诗云：“苏人三件大奇事，六月荷花二十四，中秋无月虎丘山，重阳有雨治平寺。”

此正苏州人一生大正经处。

【译文】苏州人爱好游玩。袁宏道写诗说：“苏州人有三件大奇事，六月荷花游二十四桥，中秋无月去虎丘山，重阳有雨到治平寺。”

这正是苏州人一生大正经之处。

米颠事

米元章知无为军，见州廨立石甚奇，命取袍笏拜之，呼曰“石丈”。言事者闻而论之，朝廷传以为笑。或语芾曰：“诚有否？”芾徐曰：“吾何尝拜，乃揖之耳。”

宋徽宗在艮岳，召米芾至，令书一大屏，指御案间端砚，使就用之。芾书成，即捧砚跪请曰：“此砚经臣濡染，不堪复以进御。”上大笑，因以赐之。

只痴进，不痴出。

米元章一帖云：“承借剩员，其人不名，自称曰‘张大伯’。是何老物，辄欲为人父之兄？若为大叔，犹之可也。”

米元章尝为书画学博士，后迁礼部员外郎，数遭白简，逐出。一日，以书抵蔡京，诉其流落，且言“举室百指，行至陈留，独得一舟如许大”，遂画一艇于行间。京哂焉。时弹文正谓其颠，而芾又历告诸执政，自谓：“久任中外，并被大臣知遇，举主累数十百，皆用吏能为称首，一无有以颠蒙者。”世遂传《米老辨颠帖》。

东坡在维扬，一日设客，皆名士。米元章亦在座，酒半，忽起曰："世人皆以芾为颠，愿质之子瞻！"公答曰："吾从众！"

唯不自谓痴，乃真痴。今则痴人比比是矣。饰痴态以售其奸，借痴名以宽其谤，此又古人中所未有也。

米芾好奇，葬其亲润州山间，不封不树。尝自诧于人，言莫有知其穴者。有王相者，素与米游，甚狎，独知之。米一日与客游山，因至墓所，周览之次，相忽溲于草间。米色变，意甚怒，然业已讳之，竟不敢止相。

米芾方择婿，会建康段拂，字去尘。芾择之，曰："既拂矣，又去尘，真吾婿也！"以女妻之。

【译文】米元章（芾）在无为军任州官时，见衙门里山石非常奇特，命令仆人取来官服和笏板，穿戴整齐对石拜见行礼。监察官听说后上奏章弹劾他，朝廷内相传以为笑话。有的人问米芾说："确实有这事吗？"米芾缓慢地说："我哪里拜过，只是作揖罢了。"

宋徽宗在皇宫花园内的艮岳，唤米芾来，令他写一个大屏风，指着御案上的端砚，让米芾使用。米芾写完，马上捧着端砚跪下请求说："这端砚经我蘸染，不堪再供皇上使用了。"徽宗大笑，因而就把端砚赐赏给了米芾。

只痴颠进来，不痴颠出去。

米元章有一书信说："承借多余人员，这个人不说姓名，自称叫'张大伯'。是哪里老东西，总是想做人家父亲的兄长，如果做大叔，还差不多。"

米元章曾经任职书画学博士，后调任为礼部员外郎，多次遭弹劾降职调出。一天，写书信给太师蔡京，诉说自己飘泊外地，穷困失意，说："全家十口人，走到陈留，帷独得到这般大的一只船。"遂画了一只船于字行之间，蔡京看了后讥笑他。当时弹劾他的奏章正是说他颠狂，而米芾又数次上书给几位宰相，自称："自己在中央和地方做官这么久了，多被大臣们赏识，举荐我的有百十人，都讲我是第一能干的官员，没有一个人说我痴颠的。"这封信便是后世流传的《米老辨颠帖》。

苏东坡（轼）在扬州，一天宴请客人，都是知名人士。米芾也在座，酒喝到一半，他突然站起来说："现在的人都认为我痴颠，请子瞻（苏轼字）给评论一下。"东坡答道："我听从大家的。"

只有不自说自己痴颠，才是真正的痴颠。现在痴颠的人处处都是，假托颠狂痴呆，以求实现自己的奸谋，借痴颠名来掩饰别人的指责，这又是在古人中从来没有过的。

米芾喜好奇异，把他的父母埋葬在润州（今江苏镇江）山中，不堆土不种树，曾经向人自夸，说没有人知道他父母的坟穴在什么地方。有个叫王相的人平素和米芾往来，非常亲密，只有他知道。米芾一天同客人游山，正到墓地所在，纵观周围风景，王相忽然于草间小便。米芾脸色马上变了，非常生气，然而既然保密自己父母的墓地，最终就没敢阻止王相。

米芾正在选女婿，正好建康（今南京）人段拂，字去尘，来到。米芾选中了他，说："既然称拂，又去尘，真是可做我家女婿啊！"便把女儿嫁给他为妻子。

去髯

郭恕先放旷不羁，尤不与俗人伍。宋太宗闻其名，召赴阙，馆于内侍者窦神兴舍。恕先长髯而美，一日忽尽去之。神兴惊问其故，曰："聊以效颦。"

【译文】大画家郭忠恕，字恕先，不拘礼俗，尤其不愿和庸俗的人交往。宋太宗听说他的名声，便召他到京城，住宿在内监窦神兴家中。恕先的胡子长而且漂亮，一天突然完全剃去。神兴惊奇地询问缘故，郭恕先说："不过是想学你罢了。"

畏痴

涓蜀梁性畏，见己之影，以为鬼也，惊而死。

陆念先生平畏鬼，畏水，畏狗。夜寝，必拥持一人乃安，不然亦与连榻，不得远去数武。近道未尝就舟，适远当渡阔处，则洪饮取醉，重衾蒙首，闷卧艎中。或故牵之出，即狂呼哀鸣，不啻就死。行街市中，见犬必避人后。或闻狺狺声，辄狂奔无地。欲访客，必令一人前驱卫之。徐声远寓韩氏园，庭蓄驯鹤。陆诣徐，偶应门无人，立俟户外。良久，徐始觉，因调之曰："公畏鹤如狗，奈天下笑何？"

【译文】有个叫涓蜀梁的人生性十分胆小，看见自己的影子，以为是鬼，受惊而死。

陆念先平生怕鬼，怕水，怕狗。夜晚睡觉必须抱着一人才能安定，不如此也要与其连床，不能远离数步。近路从来不坐船，往远处遇到过江河宽阔的地方，就狂饮使他自己喝醉，用厚被子覆盖着头，闷躺在船中。有人故意挽他出来，他马上就狂唤悲叫，好像要他去死一样。走在城镇的道路上，看见狗必定躲在别人后面。有时听见狗叫声，就无目的地狂奔。想要探望客人，一定叫一个人走在前面来保护他。徐声远寄宿在韩氏花园里，院子里养着一只鹤。陆念先去看望徐声远，正巧叫门无人答应，于是陆念先就站立在门外等候了很久，徐声远方才发觉陆念先来了。于是调侃他说："你怕鹤如同害怕狗一样，怎奈何天下人不笑话你呢？”

骄 痴

顾长康体中痴黠各半，矜伐过实。诸少年因相称誉，以为戏弄。为散骑常侍，与谢瞻连省。夜于月下长咏，自云“得先贤风制”。瞻每遥赞之，长康弥自力忘倦。瞻将眠，语捶脚人令代。恺之不觉有异，遂讽咏达旦。

捶脚人何必不如白家老妪，得他赞亦自好。

子美善郑广文，尝以《花卿》及《姜楚公画鹰歌》示郑。郑曰：“足下此诗可以疗疾。”他日郑妻病，杜曰：“尔但言‘子璋髑髅血模糊，手提掷还崔大夫’。如不瘥，即云‘观者徒惊帖壁飞，画师不是无心学’。未间，更有‘昔日太宗拳毛騧，近时郭家狮子花’。如又不瘥，虽和、扁不能为矣！”

顾恺之以一厨画寄桓玄。玄发厨后，窃之，而缄闭如故。后恺之来启，已空，笑曰：“妙画通灵，变化去矣！”

【译文】顾长康（恺之）身体中痴颠和聪慧各一半，居功自夸而言过其实。一些油滑青年，便故意加以吹捧，来戏弄他寻开心。他在担任散骑常侍时，和谢瞻任职的官署相连。晚上顾恺之在月光下拉长声音吟诗并自称道：“自己的诗已获得前辈贤人的风格水平。”谢瞻在远处称赞他，顾恺之因此更加兴奋而不知疲倦。谢瞻要去睡觉，便让给自己捶脚的仆妇代替自己去吹捧顾恺之。而顾恺之并没有发觉人有变化，便一直不停吟诗直到天明。

捶脚人未必不如自家的老太婆，能得到她的称赞也好。

杜甫与广文博士郑虔友善，曾经把《花卿》和《姜楚公画鹰歌》两首诗拿给郑虔看。郑虔说："先生的这两首诗真可用来治疗疾病。"后来郑虔的妻子生病，杜甫说："如此你只要说'子璋髑髅血模糊，手提掷还崔大夫'就可以治好你妻子的病了。如果没有治愈，就再说：'观者徒惊帖壁飞，画师不是无心学'就行了。如还不曾好转，还有'昔日太宗拳毛騧，近时郭家狮子花'。如果这样再不痊愈，即使是秦和、扁鹊也没有能力治好啊！"

顾恺之把一柜子画寄放在桓玄那里。桓玄打开柜子把画偷偷拿走，而后仍然把柜子封闭如故。后来顾恺之来了打开柜子，柜子里已经没有绘画，顾恺之笑着说："神奇之画已经通灵气，变化而去了啊！"

喜得句

葑门老儒朱野航，颇攻诗。馆于王氏，与主人晚酌罢，主人入内。适月上，朱得句云："万事不如杯在手，一年几见月当头？"喜极发狂，大叫叩扉，呼主人起。举家皇骇，疑是火盗。及出问，始知，乃取酒更酌。

一酒也，先生赏诗，主人压惊。

闽人周朴，性喜吟诗。每遇景物，搜奇抉思，日旰忘返，苟得句，则欣然自快。时适野，逢一负薪者，忽持之，厉声曰："我得之矣！句云'子孙何处为闲客，松柏被人伐作薪'。"樵夫矍然惊骇，掣臂弃薪而走。遇徼卒，疑樵者为偷儿，执而讯之。朴徐往告卒曰："适见负薪，因得句耳。"卒乃释之。一士人欲戏之，一日跨驴于路，见朴来，故欹帽掩面，吟朴旧诗云：

“禹力不到处，河声流向东。”朴闻，遽随其后。士促驴而去，略不顾。行数里，追及，语曰：“仆诗‘河声流向西’，非‘向东’也。”士人颔之而已。闽中传以为笑。

【译文】苏州吴县县城东门有一老学究叫朱野航，很善于写诗。他在一个姓王的家里当教书先生，一天晚上和主人喝完酒后，主人进屋休息。恰巧月亮升了起来，朱野航由此想到诗句说：“万事不如杯在手，一年几见月当头？”他为自己想到如此佳句而高兴得发起狂来，大声敲主人屋的房门，叫主人起床。主人全家大惊，怀疑是有了火灾或盗贼。等到出来询问，才知道是朱野航因得到佳句而高兴发狂，于是拿出酒来又在一起喝了起来。

一样的酒，朱野航喝酒是为了欣赏他自己写的诗句，主人喝酒是为了压惊。

福建人周朴，很喜爱咏诗。当遇到好的风景，就苦思冥想，搜寻奇妙诗句，天色晚了都忘记回家，如果想到好的诗句，就非常喜悦快活。有一次他到郊外野游，遇见了背柴的一个人，忽然拉住那个人，高声说：“我想到好的诗句了，这句诗是‘子孙何处为闲客，松柏被人伐作薪’。”那个砍柴的人突然受惊，从周朴手中抽出胳膊丢掉柴禾就跑。正好碰上巡逻的公差，公差怀疑那个砍柴的人是小偷，就抓住他审问。周朴慢慢走过去告诉公差说：“我刚才看见他背着柴禾，因此而想到诗句。”于是公差才放了那个砍柴的人。一个书生想要戏耍周朴，一天这个书生骑着毛驴等在路上，看见周朴走过来，故意用帽子遮住脸，念周朴过去所写的诗句说：“禹力不到处，河声流向东。”周朴听见后，马上追了过去。那个书生赶毛驴快走，故意不回头看。走了数里，周朴才追上，告诉那个书生说：“我的诗是‘河声流向西’，而不是‘向东’啊。”那个书生只是点点头罢了。福建的人们把这件事作为笑话进行传说。

太史公

山人某姓者，自负其才，傍无一人。途中闻乞儿化钱声甚凄惋，问曰："如此哀求，能得几何？若叫一声'太史公爷爷'，当以百钱赏汝。"乞儿连呼三声，某倾囊中钱与之，一笑而去。乞儿问人云："太史公是何物，值钱乃尔？"

【译文】有一个不知姓名的隐士，自认为自己的文才了不起，目中无人。路途中听见乞丐乞求要钱的声音非常凄凉可怜，就对乞丐说："你这样哀求，能够获得多少钱呢？你如果叫我一声'太史公爷爷'，我就赏赐你一百个钱。"乞丐听后连唤了三声"太史公爷爷"，这一隐士就把他钱袋子中的钱全部倒出来给了乞丐，欢笑着走了。乞丐询问路上的人道："太史公是什么东西，怎么这么值钱呢？"

金老童

乌程金生，七十余犹应童子试，为文鄙俚，而高自矜期，人见之无不笑者，因绐之云："凡文章，令人赞美，尚非其至；若奇快之极，不禁欢笑。古名人之笔，赞美有之，其能发人笑者，即王、唐不数数也！"金信之，自是有笑其文者，金亦随之抚掌。尝对人云："吾某文为某某先生所笑。"以此自炫焉。遇缙绅，辄拜称门生，冀其荐达。缙绅亦利其呈课，以为笑端。适陈令（经正）试士，缙绅预言老童之状，令独标其名为一案，召语之曰:"汝的是奇才,不愧案首。惜汝齿长,留作来生未了事可也!"金逢人辄道令之知而不举,以为忌才,欲持卷讼之学道。众言:"令惜汝才,奈何仇之?"苦谕乃止。

余亲见此老数艺,犹记其《牛羊父母》题破云:"二兽归二亲,弟肆杀兄论也。"《校人烹之》破云:"校人方畜鱼之命,而必熟之焉。"又自言:"曾诣友人家,值会课,题为《闵子骞冉伯牛》。众方搁笔,苦于难破,吾破之曰:'四贤中二贤,德行中可取也。'友人见我二'中'字切题,喜极,无不笑倒者。"

【译文】乌程(今浙江湖州)县金生,七十多岁还在参加童试,他作的文章非常粗俗,然而他却以为文章高明而十分自负。人们看见没有不笑他的。因此欺骗他说:"凡是写文章,能叫人称颂,还不算是最好的;如果写得非常奇特之文,让人看了都禁不住欢笑,才是最好。古代名人的文章,受赞美的有不少,但能使人看后高兴得不禁欢笑的,即使在唐朝可数得上的没几位。"金生相信他们所说的这些话,从此有笑话他的文章的人,金生也跟着鼓掌欢笑。对别人说:"我的某篇文章使某某先生笑了。"并以此炫耀自己。遇到地方上的一些官员绅士,往往求拜他们为老师,自称门生,希望这些达官贵人能推荐他。而这些绅士也想利用他送来请教的文章,作为说笑话的材料。这时有个县令陈经正考试童生,绅士们告诉他这个老童生的情况,陈县令为金童生的名字单独出一张榜,并且把金童生叫来,告诉他说:"你的确是一个奇才,不愧取为第一名。可惜你的年龄太大了,留下来等下辈子再继续努力完成你的事业吧。"金生以后碰到人就告诉说县令明知他是奇才而不举荐他,认为县令是嫉妒他的才能,想要拿着考卷到学道那里去告状。大家说:"县令爱惜你的才能,为何把县令视为仇敌呢?"

苦苦劝告才阻止住金生没去告状。

我亲眼见过这老人写的几篇八股文，还记得他的《斗羊父母》一文的开头，点破题目涵义的一句话是："两只兽类归于双亲，是论述弟弟肆虐杀死哥哥的。"《校人（官名）烹之》一文的论述题目涵义，写的是："校人正接到养鱼的命令，而必然要把鱼煮熟的。"他自己又说过："曾经去朋友家中，正遇上考核，题目是《闵子骞冉伯牛》，大家都放下笔，感觉这个题难破，我便写了破题说：'这是四个贤人中的两个贤人，德行当中可取的人也。'朋友们看见我写的两个'中'字很切题，高兴极了，没有不笑倒的。"

愚 痴

顾恺之痴信小术。桓玄尝以一柳叶绐之，曰："此蝉翳叶也。以自蔽，人不见己。"恺之引叶蔽己，玄佯眯而溺之。恺之信玄不见己，受溺而珍叶焉。

裴休相公性慕禅林，往往挂衲，所生子女，多名"师女""僧儿"。潜令婢妾承事禅师，留其圣种。

则天内宴甚乐，河内王懿宗忽起奏曰："臣急告君，子急告父！"则天大惊，引前问之。对曰："臣封物承前府家自征，近敕州县征送，大有损折。"则天怒曰："朕诸亲会饮甚欢，汝是亲王，为三二百户封，几惊杀我！"敕令曳下。

黄鲁直有痴弟，畜漆琴而不御，虫虱入焉。鲁直嘲之曰："龙池生壁虱。"而未有对。鲁直之兄大临，见床下以溺器畜生鱼，问之，其弟也。大呼曰："可对'虎子养溪鱼'。"

昆山孙嘿斋（名云，进士）乃孙性騃，已破家尽矣，唯余两坐杌。一日见携鳖过者，欲买而无钱，以一杌与换之。其人将杌售邻家，得米二斗。邻家意欲成对。其人曰："易耳。"乃复以鳖往换。孙顿足曰："何不早来？果有一杌，适已碎作薪，煮鳖矣！"

【译文】顾恺之痴迷相信小法术。桓玄曾拿一片柳叶欺骗顾恺之，说："这是一片蝉躲藏过的树叶。用它放在自己眼前来掩蔽自己，就可以隐身使别人看不见自己。"顾恺之便用这片叶子把自己掩蔽起来，桓玄便装作眼睛看不见顾恺之了，而往顾恺之身上撒尿。顾恺之认为桓玄真看不见自己，虽被撒了一身尿，却把柳叶珍藏起来。

唐朝宰相裴度生性爱好佛教，常常到寺院里借住，他所生的儿女们，大多起名叫"师女""僧儿"。还暗中叫他的婢女和小老婆侍候禅师，留下禅师的后代。

武则天在内宫设宴，正当非常高兴时，她的侄子河内王武懿宗忽然站起来进言说："臣迫切要上报君王，儿子迫切要上报父亲！"武则天大吃一惊，拉到面前询问武懿宗什么事。武懿宗回答说："臣的封地应当收的赋税以前是由王府自己派人下去征收，最近奉圣旨由州、县代征，损失太多。"武则天生气地说："朕和众多亲戚聚会饮酒，十分欢畅，你是个亲王，却为了三二百户封地的收入，几乎惊煞我！"下令把武懿宗拖了下去。

黄鲁直（庭坚）有一个痴呆弟弟，他存有一具漆木做的琴而不去弹，小虫子钻满琴中。鲁直嘲弄他弟弟说："龙池生壁虱。"然而他弟弟没有对答出来。鲁直的哥哥黄大临，看见床下用小便壶殖养着活鱼，询问黄鲁直是谁养的，黄鲁直回答说是弟弟养的。大哥大声叫着说："可对'虎子养溪鱼'。"

昆山孙嘿斋（名云，进士），他的远孙生性痴呆鲁莽，已把家产败光了，只剩下两个小凳子。一天他看见一个人手提着鳖从他家门口经过。想买却没有钱，就拿了一个凳子换鳖。那个人将凳子卖给了他家邻居，换得二斗米。邻居想把凳子凑成一对。那个人说："这容易。"就又拿了一只鳖去换凳子。孙子顿着脚说："你为什么不早来呢？原本还有一个凳子，刚刚劈碎当柴禾，用来煮鳖了！"

妒痴

李益有妒痴，闲妻妾过虐，每夜撒灰扃户，以验动静。

据小说：李十郎负霍小玉，其痴疾乃霍为崇而然。

昆山陈梧亭言：其邑某秀才亦有痴疾，而性更迂缓。夜在家，尝伏暗处，俟其妻过，据前拥之。妻惊呼，则大喜曰："吾家出一贞妇矣！"一日，唤土工甚急，继之以怒。工方为大家治屋，屡辞不获，乃舍而就之。问何造作，指门内壁间一隙曰："为塞此。"工愠曰："拨忙而来，宜先其急者。"答曰："汝何知？此隙虽小，间壁有瘦长汉，尽可钻入，吾是以汲汲也！"又岁中藏橘，腐溃不可食，乃携于桥栏上，每双数而掷之河中。人问曰："既弃，何数为？"答曰："虽弃物，亦要一见数目。"

【译文】唐朝诗人李益有妒痴，为了防备妻妾有越轨的过失行为，每天晚上在窗户下面撒上灰，以此来考察妻妾的一举一动。

依据小说记载：李十郎（益）辜负了霍小玉后，他所得的痴呆病就是霍小玉作崇而使他得的。

昆山陈梧亭说：京城有一个秀才也有痴呆病，而且性情更加迟钝。夜晚在家中，曾经藏匿在暗处，等待他妻子经过时，突然上去抱住。他妻子惊吓喊叫，他却非常高兴地说："我家出了一个贞妇啊！"一天，他召唤泥工非常急迫，随即又大怒。泥工正当为富豪人家修建房屋，多次辞谢不来，秀才不答应，于是泥工停下大富豪家的活来到秀才家，询问干什么活，秀才指着家里墙壁上一条裂缝说："把这条裂缝塞实。"泥工气恼地说："我挤出时间来，应当先干急需的。"秀才回答说："你知道什么？这条裂缝虽然小，隔壁有一个身材瘦长的男子，完全可以钻进来，因此我是非常急切啊！"还有他年内储藏了一批桔子，后来腐烂不能吃了，于是把桔子提到桥栏上，每次以双数抛到河里。有人问秀才说："既然扔掉不要了，为什么还要数数呢？"秀才回答说："虽然是丢弃不要的东西，也要知道数目的多少。"

爱痴

尾生与女子期于梁。女子不来，水至不去，抱梁柱而死。

万世情痴之祖。

荀奉倩与妇至笃。冬月，妇病热，乃出中庭，自取冷，还以身熨之。吴下韦生貌劣而善媚，于冬月宿名妓金儿家。妓每欲用余桶，韦辄先之，候桶暖方使乘坐。

按：奉倩竟以伤逝不寿，同脱火宅，固所愿也。韦生终与金儿谐好，岂余桶债不了耶？

吴中陈体方以诗名。有妓黄秀云，性黠慧，喜诗，谬谓体方曰："吾必嫁君。然君家贫，乞诗百首为聘。"体方信之，苦吟至六十余章，神竭而殁。情致清婉。方苦吟时，人多笑其老耄被绐，而欣然每夸于人，以为奇遇。

按：体方每有吟咏，必先索酒。将死，头戴野花，肩舆遍游田前，狂醉三日乃逝。亦异人也！

【译文】一个叫尾生的书生和一女子相约在桥上。女子没有按时来，洪水到达，然而书生却不离开，结果尾生抱着桥柱而淹死了。

这个尾生是世世代代情痴的祖先。

三国时荀奉倩（粲）和他的妻子感情非常好。冬天，妻子生病浑身躁热，于是荀奉倩走出屋子，在院子中把自己身体冻冷，再回到屋内用身子给妻子除热。吴下（今江苏苏州）有一个叫韦生的容貌丑陋但善于讨好人，冬天他住宿在名妓金儿家里。金儿每次要使用马桶，韦生就先使用，等到把马桶坐暖以后才让金儿坐下使用。

按：荀奉倩最后因妻子去世，悲伤过度而夭亡，一同脱离尘世，本来就是他的愿望。韦生终究得以娶金儿为妻，难道是因为欠马桶债不能不还的原因吗？

江苏吴县有一个叫陈体方的，他因诗而出名。有一个叫黄秀云的妓女，性情聪慧机敏，爱好诗句，她戏弄体方说："我一定要嫁给你。然而你家非常贫穷，就乞求你咏诗一百首作为聘礼吧。"体方相信了她说的话，竭力咏唱到六十多篇，终因精神用尽，气衰而死。其情趣和风味，清丽婉约。体方竭力歌咏的时候，人们大多嘲笑他年纪那么大还被欺骗，而他还愉快地向人们夸耀，认为是奇遇。

按：体方每次要吟诗歌时，必定先要寻酒。当他将要死时，头戴野花、坐着小轿在野外到处游玩，狂饮大醉三天便死去。也是奇异之人啊！

宠妃

齐后主宠冯淑妃。周师之攻晋州也，羽书告急，帝方猎，欲还。妃请更杀一围，从之，城遂没。帝至，作地道攻之。城陷十余步，将士乘势欲入。帝敕且止，召妃共观之。妃妆点不获时至，周人以木拒塞城，遂不下。

后燕慕容熙宠爱苻后。从伐高句骊，至辽东，为冲车地道以攻之。城且陷，欲与后乘辇而入，不听将士先登。由是城守复完，攻之不克。未几苻后死，熙悲号气绝，久而复苏。大殓已讫，复启其棺，与之交接。服斩缞食粥，制百僚于阁内设位哭临，使有司案检，有泪者以为忠孝，无则罪之。群臣震惧，无不含辛致泪焉。

【译文】北齐后主宠爱冯淑妃（小怜）。周国的军队攻打晋州，插有羽毛的紧急军事文书上报，齐后主正在狩猎，得到告急文书后想要马上返回去。冯淑妃请求再狩猎一次围场，齐后主接受了冯淑妃的请求，晋州因此而被周军攻陷。齐后主带领军队回到城下，挖地道攻打晋州。城墙倒塌十几尺宽，将士们想乘势攻进去。而齐后主却下令暂且停止进攻，唤来冯淑妃共同观看打仗。冯淑妃梳妆打扮，没有争取时间到达，周军便用木头堵住城墙缺口，于是齐国攻不下晋州了。

后燕慕容熙宠爱苻后。苻后跟随慕容熙讨伐高句骊，到达辽东，挖战车地道用来攻城。城既攻破，慕容熙想和苻后一同排列仪仗，坐上辇车进城，不准将士们先去占领城池。因而城内防守的军队得以重新布防修复好城墙，燕国再次攻打而不能取胜。不久苻后病死，慕容熙悲哭气绝，很久才苏醒过来。大殓已经完毕，慕容熙又打开棺材，与苻后交欢。慕容熙还身穿重孝只吃一点稀饭以表哀思。命令百官在屋内设立灵位哭悼，并派检察官进行检查，有眼泪的官员他就认为忠孝皇帝，没有流泪的官员就治罪。群臣们都震惊惧怕，没有不嘴里含辣子来使自己流泪的。

眇 娼

秦少游云：娼有眇一目者，贫不能自赡，乃西游京师。有少年从数骑出河上，见而悦之，遂大嬖幸，取置别第中，嗫嚅伺奉，惟恐不当其意。有书生嘲之，少年忿曰："自余得若人，还视世之女子，无不余一目者。夫佳目得一足矣，奚以多焉？"

【译文】秦少游（观）说：有一位瞎了一只眼睛的妓女，因贫困没有能力赡养自己，于是往西去京都。有一青年男子骑马路过黄河边，看见了那个妓女，而且十分喜欢她，于是非常宠爱她，把她安置在一间屋里，小心地侍奉着她，就怕不称她的心。有一个书生嘲笑他，青年男子生气地说："自从我获得这个女子，再看世界上的女子，没有不是多长一只眼睛的。美丽的眼睛能得到一只就足够了，为什么要多呢？"

内园小儿

《幸蜀记》：唐僖宗宠内园小儿张浪狗。一日以无马告，因密与百金，俾自买之。浪狗求得马，置宣徽南院中。帝因独行往观，绕马左右，连称好马。其马未调，忽尔腾跃，踏帝左胁，遂昏倒。浪狗惊惶，以银盂注尿灌之。良久方苏，伪称气疾，医人候脉，谓是膀胱气，投治不效而崩。

其密与百金也，如窃簪饵婢；其独行观马也，如顽童背师；其倒地灌尿也，如无赖吃打，全然不象皇帝矣！

【译文】据《幸蜀记》记载：唐僖宗宠爱内园小内监张浪狗。一天张浪狗因为没有马而上报皇上，于是皇上悄悄给了他一百两银子，让他去买马。张浪狗买回马，把马安置在宣徽南院里。皇上为此独自一个人走去观看，围绕着马的左右观看，连声说是好马。这匹马还没有饲养训练，突然奔腾跳跃起来，马蹄踢在皇上的左胁，于是皇上昏倒在地上。张浪狗惊吓惶恐，用银盂接尿灌给皇上喝，很久皇上才苏醒过来，张浪狗欺骗别人说是气疾，医生候诊探脉，说皇上得的是膀胱气，结果医治无效而死。

皇上悄悄给张浪狗一百两银子，如同偷簪子以引诱婢女；皇上独自一个人走去观马，如同顽皮的少年违背老师的教导；皇上倒在地上被灌以尿水，如同无赖被殴打，完全不像皇帝啊！

爱子

《清波杂志》：端拱二年，河南府言：前郢州刺史穆彦璋，以爱子死，不愿生，挺身入山林饲饿虎。

【译文】据《清波杂志》记载：宋太宗端拱二年（989），河南府官员说：前郢州（今湖北钟祥）刺史穆彦璋，因为他的爱子死了，他也不愿意活了，挺身进入山林去喂饥饿的老虎。

嗔痴

《吕氏春秋》：齐庄公时，有士曰宾卑聚，梦有壮子叱之，唾其面。惕然而寤，终夜坐，不自快。明日告其友曰："吾少好勇，年六十无所挫辱。今夜辱吾，将索其形，期得之则可，不得将死之！"每朝与其友俱立乎衢，三日不得，却而自杀。

常熟秦廷善，性多憨怪，尝阅史至不平时，必拊案切齿。一日观秦桧杀岳飞，大怒，且拍且骂。妻劝之曰："家惟十几，已碎其八矣。留此吃饭亦好。"廷善叱之曰："汝与秦桧通奸耶？"遂痛击之。

【译文】据《吕氏春秋》记载：齐庄公时期，有个读书人名叫宾卑聚，做梦梦见有个壮年男子呵斥他，并把口水吐到他脸上。他被惊醒，整夜坐在那里不高兴。第二天告诉他的好友说："我少年时就勇猛好武，长到六十岁也没有被凌辱过。今天晚上做梦有人凌辱我，我要根据梦中那个人的形象找到那个人，如果找到那个人还可以，如果找不到我就不活了！"每天和他的好友一同站在路上寻找，三天没有找到梦中那个人，回家后自尽了。

常熟有个叫秦廷善的人，性情憨痴奇异，曾经阅览史书到愤慨不满时，必定会拍打桌子，恨得咬牙切齿。一天看到秦桧杀岳飞一章时，非常愤怒，一边拍打桌子一边怒骂。妻子劝告他说："家中只有十张桌子，也已经被你弄得破碎八张了。留着这张吃饭用也好啊。"秦廷善呵斥妻子说："难道你和秦桧通奸吗？"于是痛打了妻子。

贪痴

玄宗欲相牛仙客，虑时议不协，问于高力士。力士亦以为不可。上怒曰："即当相康諐！"盖举极不可者言耳。左右窃报翌即拜相。翌以为然，乃盛服趋朝，就列延颈，冀有成命。时人笑之。

世庙时，通州虏急，怒大司马丁汝夔，置之辟。缙绅见而叹曰："仕途之险如此，有何宦情！"中一人笑曰："若使兵部尚书一日杀一个，只索抛却。若使一月杀一个，还要做他。"

王溥父祚，致仕家居。呼一瞽者问寿，历举八十、九十，以至百岁，皆云："未也，此寿星命，最少亦须一百三四十岁！"祚喜甚，令更推中间莫有疾厄否。瞽者细数至百二十岁时，曰："只此年流星欠利。"祚便惊愕，瞽者曰："无伤也，微苦脏腑，寻便安耳。"祚回顾子孙在后侍立者曰："尔辈切记，此年莫着我吃冷汤水！"

庐山九天使者庙有道士，忘其姓名，体貌魁岸，饮啖酒肉，有兼人之量。晚节服饵丹砂，躁于冲举。魏王之镇浔阳也，郡斋有双鹤，因风所飘，憩于道馆，回翔嘹唳，若自天降。道士且惊且喜，焚香端简，前瞻云霓，自谓当赴上天之召，命山童控而乘之。羽仪清弱，莫胜其载。毛伤背折，血洒庭除，仰按久之，是夕皆毙。翌日，驯养者诘知其状，诉于公府。王不之罪。处士陈沆闻之，为绝句以讽云："啖肉先生欲上升，黄云踏破紫云崩，龙腰鹤背无多力，传语麻姑借大鹏。"

近年浙中一士夫学仙，屏居已久，妄自意身轻，可以飞举。乃于园中累案数层，登而试之。两臂才张，遽尔坠损，医药弥月始愈。

相位，至尊也，而极不可者亦作妄想。杀，惨祸也，而慕兵部尚书者，不怕一月杀一个。富贵之迷人如此哉！富贵不已，则思寿，寿不已，则思仙。痴而贪，犹可言也，贪而痴，不可言矣！有梦贷人以钱者，早遇其人，索偿甚急。其人怒曰：“汝梦耶？”梦者曰：“固也。汝即梦中偿我亦可，但不得赖。”此以痴而贪者也。秦皇、汉武，竭天下之力以求神仙。梁武三舍身同泰寺，群臣出钱赎之。此以贪而痴者也。

【译文】唐玄宗想让牛仙客当宰相，担忧商议时大臣们不同意，询问高力士。高力士也认为不可以。皇上生气地说：“那么就让康詟当宰相怎样！”皇上所说的是气话，这个人是最没有才干的人了。皇上旁边的人偷偷告诉康詟说他要当宰相了。康詟以为是真的，就衣冠齐整地前往朝见皇上，伸长脖子望着皇上，期望有皇上任他做宰相的命令。当时人都嘲笑他。

明世宗时期，通州（今河北通县）被北方部落攻打，十分危急，明世宗非常生兵部尚书丁汝夔的气，把他处以死刑。士大夫看见后感叹地说：“做官如此危险，还有什么做官的欲望呢！”当中有一人笑着说：“如果把兵部尚书一天杀一个，只好丢弃不当官，如果一个月杀一个，还是要去做这官的。”

王溥的父亲王祚，退休在家中居住。唤一个算命瞎子询问他自己的寿命，历数八十、九十，以至一百岁，瞎子都说：“不对，这个寿星的寿命，说最少也要活到一百三、四十岁！”王祚高兴极了，叫瞎子再推算在这期间有没有疾病和危险的事。瞎子仔细数到一百二十岁时，说：“只这一年流年不利。”王祚立即惊讶害怕。瞎子说：“没有妨害的。只是脏腑有点苦痛，不久便会安全无事。”王祚回头对侍立在他身后的子孙们说：“你们要牢记，这一年不要让我吃冷汤饭！”

庐山九天使者庙有一个道士，忘记他的名字了，身体长得魁梧，喝酒吃肉，有两人的饭量。晚年服用丹砂，急躁地幻想飞升成仙。魏王镇守在浔阳（今江西九江），他的府第里养有两只鹤，被大风吹飞到庐山，落在这道士住的庙里休息，在天空遨翔高声唳叫，就好像是从天上降下来一样。这个道士又惊又喜，捧筒烧香，仰头望着天空的云霞，以为这是上天来召唤自己，差使山童控制住鹤，而后他骑上鹤背。鹤的羽翼脆弱，载不住他。羽毛受创，鹤背折断，鲜血洒在庭堂的台阶上，就这样他把鹤摆弄了很久，当天晚上两只鹤都死了。第二天，王府里驯养鹤的人听到这回事，便诉讼官府。魏王却没有处罚这个道士。隐士陈沆听说这件事，作了一首绝句嘲讽那个道士说："啖肉先生欲上升，黄云踏破紫云崩，龙腰鹤背无多力，传语麻姑借大鹏。"

最近几年浙江地区有一个男子修仙学道，隐居了很长时间，妄想自己的身体已修炼得轻巧，可以飞起来了。于是在园中堆砌起几层桌子，爬上去试看自己是否能飞起来。他两个臂膀才刚展开，就突然从桌子上掉下来摔伤了，医治吃药一个月才痊愈。

宰相这个位置，至上尊贵，就连最没有本事的人也妄想当上宰相。杀人，是残忍的事，但是向往当兵部尚书的人，不畏惧一月杀一个。富贵这东西迷惑人竟到这种地步啊！富贵不能满足，就思慕长寿，长寿不能满足，就思慕神仙。因痴迷而求得无厌，尚且可以说得过去，因贪婪而痴颠，就没法说了！有一个人做梦，梦见把钱借给了别人，早晨碰到那个人，就非常迫切地要那人归还所借的钱。那个人生气地说："你做梦了吧？"做梦的人说："就是啊。你即使在梦中归还我也可以，只是不可以赖帐。"这是因痴迷而贪婪无厌的人。秦始皇、汉武帝，竭尽全中国的力量来乞求长生不老，梁武帝迷信佛教，三次出家于同泰寺，大臣们出钱才把他赎回来。这都是因贪得无厌而痴颠的人啊。

恶痴

齐文宣晚年留情沉湎，肆行淫暴。或袒露形体，涂傅粉黛，游行市肆。或使刘桃枝、崔季舒负之而行，担胡鼓而拍之，歌讴不息。或持牟槊游行市廛，问妇人曰："天子何如？"答曰："颠颠痴痴，何成天子？"遂杀之。裴谒之好直谏，文宣临以白刃，颜色不变。帝曰："痴汉何敢尔？"杨愔曰："彼望陛下杀以取后世名耳！"帝投刃叹曰："小子望我杀以成名，我终不成尔名！"

文宣尝醉至北宫。适太后坐一小榻，帝手自举床，后便坠落，颇伤。既醒，大惭，遂令多聚柴欲自焚。太后惊惧，亲自持挽。乃令高归彦执杖，口自责疏，脱背就罚，敕归彦："杖不出血，当斩汝！"太后涕泣抱持，乃许笞脚五十。

三台构木高二十七丈，两栋相距二百余尺，工匠危怯，皆系绳自防。帝登脊疾走，都无怖畏，时复雅舞，折旋中节。又召死囚以席为翅，从台飞下，免其罪戮。

文宣宠幸薛嫔，忽疑其与清河王岳通，无故斩首，藏之于怀。出东山宴，劝酬始合，忽探出头，投于柈上。支解其尸，弄其髀为琵琶，一座莫不丧胆。帝方收取，对之流泪，叹惜云："佳人难再得！"载尸出葬，自被发步哭送之。

幼主戏令黑衣为羌兵，鼓噪陵城，而亲率内参临拒。又自晋阳东巡，单马驰骛，衣解发散而归。又好不急之务。一夜索蝎至急，民间一蝎价与珠等，乃旦征得三升。又于华林园立贫穷村舍，帝自弊衣为乞食儿。又为穷儿之市，亲自交易。

隋炀帝于景华宫征求萤火，得数斛。夜出游山放之，光遍岩谷。

明帝崩，东昏恶灵在太极殿，欲速葬。徐孝嗣固争，得逾月。每当哭，辄推喉痛。太中大夫羊阐入临，号恸俯仰，帻遂脱地。帝辍哭大笑。

东昏每出游走，恶人见之，驱斥百姓，惟置空宅。一月率二十余出。既往，无定处。尉司常虑得罪，应旦出，夜便驱逐，有不及披衣徒跣走出者。或病人不便扶持，中道弃之，多死。一产妇不能行，帝入其室，令剖腹视男女焉。

东昏开渠立堤，躬自引船。堤上设店，坐而屠肉。百姓歌曰："阅武堂，种杨柳，至尊屠肉，潘妃沽酒。"

先是郁林王尝曰："佛法言：有福生帝王家，今见作天王，便是大罪，动见拘束，不如市边屠沽儿百倍！"宝卷殆其故智耳！

唐太子承乾，好狎群小，尝募亡奴，盗民间牛马，自临烹煮，与所幸厮役共食之。又与汉王元昌善，朝夕同游戏，大呼交战，击刺流血，以为笑乐。

【译文】北齐文宣帝晚年，沉溺于酒色，残暴淫乐十分放肆。有时脱去上衣露出身体，涂胭脂画眉，游行在大街上，有时还让侍臣刘桃枝、崔季舒背着自己走，并带着胡鼓不停拍打，歌唱不止。有时又手拿长矛，游行于街市，询问一个妇人说："天子怎么样？"妇人回答说："疯疯颠颠的，哪里像个天子呢？"于是文宣帝便杀了那个妇人。裴谒之善用直言规劝文宣帝，文宣帝用刀威胁他，他的脸色一点也没变。文宣帝说："你这个痴呆，为什么不害怕呢？"杨愔说："他希望陛下杀了他，以此获取后世的名声啊！"文宣帝扔掉刀子叹气说："你这小子想让我杀了你以使你成名，我永远不会让你成名！"

文宣帝曾经吃醉酒后到北宫去。恰好太后坐在一张小床上，文宣帝就用双手举起小床，太后从床上摔倒在地上，略微摔伤了皮肤。文宣帝醒来，非常羞愧，于是命令内监积聚柴火想要自焚。太后非常惊恐害怕，亲自上前拉住文宣帝阻止了他。文宣帝就命令高归彦执行杖刑，口中谴责着自己，并脱去上衣以受处罚，并下令对归彦说："如果杖刑没有出血，就杀了你！"太后哭泣着抱住文宣帝劝阻，才允许改用竹板打脚五十下。

建成的三台高二十七丈，两屋中的大梁相距二百余尺，工匠们都畏惧胆怯，干活时身上系着绳子以防掉下来。然而文宣帝却登上大梁在上面快走，全无恐惧害怕的样子，时而还在梁上来回跳舞，身体弯曲旋转的姿势合乎法度。还更招来被判了死刑的囚犯用席子作为翅膀，从梁上飞下来，并因此而来赦免他们的死罪。

文宣帝宠幸一个姓薛的嫔妃，忽然怀疑他和清河王高岳通奸，便无缘无故杀了她，并把尸首藏在身上携带。文宣帝去东山参加宴会，互相劝酒才相处融洽，文宣帝忽然从怀中摸取出薛嫔的尸首，抛掷在木盘上，并分解她的尸首，用其大腿骨做成琵琶，全座位上的人没有不恐惧得失魂落魄的。文宣帝这才收起了她的头，对着流泪，感叹哀伤地说："再获得美女不容易啊！"用车装载薛嫔的尸首出外埋葬，自己披散着头发哭着徒步为薛嫔送行。

北齐幼主高恒戏耍命令宫廷卫士扮成羌族士兵，呐喊着攻城，而由自己亲自率领内监们上城抵挡。又一次幼主从晋阳（今山西太原）向东巡视，常单独骑马奔驰，常常跑得衣服解开、头发散开了才回来。又爱好做些不紧急的事。一天夜里幼主非常急切地索要蝎子，于是民间一只蝎子的价格与珍珠的价格等同起来，等到天明已征求得三升蝎子。幼主又在华林园里布置一处贫穷村舍，自己穿着破旧的衣服装成乞求食物的人。还布置成一个穷苦人做买卖的集市，并亲自参加交易。

随炀帝在景华宫里征求萤火虫，征得了几十斗，到夜晚隋炀帝出外到山上游玩时把萤火虫放了出来，于是萤光遍及山谷。

南齐明帝死了，东昏侯萧宝卷讨厌把明帝的灵位设立在太极殿，想要赶快将明帝埋葬了。徐孝嗣坚持规谏，明帝的灵柩才得以在太极殿安放了一个多月，每当哭吊的时候，东昏侯就推托喉痛。大中大夫羊阐进入太极殿哭吊明帝，头一低一抬地大声悲哭，结果包头巾脱落掉在地上。东昏侯停止哭泣大笑起来。

南齐东昏侯每次外出游玩，讨厌别人看见他，把沿路百姓都赶走，只剩下空宅子。一个月东昏侯带人要外出二十多次。出去后，又没有固定地点，负责保卫皇帝的官员怕因此获罪，听到东昏侯早上要出游，夜晚便开始驱赶百姓，常有来不及穿衣服光脚而跑出来的人。有的病人没有人搀扶，在路途中被抛弃，结果多数都死了。有一个产妇没有能力逃走，东昏侯进入她的房中，命令士兵剖开她的肚子看怀的是男孩还是女孩。

东昏侯命令人挖渠筑堤，并亲自拉船。河堤上建有饭店，东昏侯坐在饭店里宰杀猪羊，亲自切肉。百姓作歌说："阅武堂，种杨柳，皇帝屠肉，潘妃沽酒。"

在这以前，郁林王曾经说过："佛法说，有福气生在帝王家里，现在做了天王，便是大大受罪，行动不自由，处处受拘束，不如杀猪卖酒的百姓自由几百倍。"萧宝卷大概就是用他的老办法。

唐太宗的太子李承乾，喜爱亲近流氓小人，曾经召募逃亡的奴隶，偷盗百姓养的牛马，亲自来烹煮，和他所宠幸的一伙人一同吃肉。承乾与汉王元昌非常要好，一天到晚在一起游戏玩耍，他们指挥一群奴仆大声叫喊着相互打击，杀得头破血流，以此作乐。

风流箭

宝历中，帝造纸箭、竹皮弓，纸间密贮龙麝香末。每宫嫔群聚，帝射之。中，有浓香触体，了无楚害，宫中名“风流箭”。为之语曰：“风流箭，中的人人愿！”

【译文】唐敬宗宝历年间，皇帝制造了一种纸箭和竹皮弓，纸箭里面密放着龙麝香末。每次宫娥嫔妃聚汇在一起时，皇帝就用纸箭射她们。射中后有一股浓香沾在身上，完全没有什么痛苦，宫中给这纸箭起名叫“风流箭”。并且作了一个歌谣说：“风流箭，被射中，人人愿！”

痴畜生

鹅性痴，见人辄伸颈相吓。故俗称痴人为“鹅头”。

螳螂怒臂，以当车辙。

鳜鱼性痴，见人则树其鬣，谓人惧己也。

海中乌鲗鱼，有八足，能集足攒口，缩口藏腹。腹含墨，值渔艇至，即喷墨以自蔽。渔视水黑，辄投网获之。

锦鸡爱其毛羽，自照水，因而有溺死者。

陕西生半翅鸟，倍大如鹌鹑，肉味亦如之。性极痴，又谓之“半痴”，亦曰“痴半斤”。好视红物，飞不远，辄下歇。人着红裙袄以诱之，则近身凝视不去，故可得。

蚺蛇大者如柱，性喜花。常出逐鹿食，寨兵数辈，满头插花趋赴，蛇必驻视。渐近，竞拊其首，大呼“红娘子”，蛇头亦俯不动。壮士大刀断其首，众奔散。伺之有顷，蛇身觉，奋迅腾掷，旁小木尽拔，力竭乃毙。数十人舁之，一村饱其肉。

螳螂，嗔痴也。鹅与鳜，骄痴也。乌鲗，愚痴也。锦鸡，爱痴也。

半翅、蚺蛇，爱痴亦贪痴也。故痴趣非人不能领，若恶痴，则畜生之不若矣！

【译文】鹅性情颇痴，看见人就伸脖子相吓。因故称痴呆人为“鹅头”。

螳螂生气用前肢，去阻挡车轮。

鳜鱼性情颇狂，看见人就竖起它的鬐，以为可让人害怕自己。

海中乌贼，有八只爪，能够把八爪聚拢到嘴里，收缩而隐藏到肚中，肚中含有墨汁，当渔船到，马上喷墨汁以隐蔽自己，渔民看见水黑，就投网而获得。

锦鸡爱惜自己的羽毛，自己照水观看，因而有被淹死的。

陕西生长半翅鸟，大如野鸽，肉味也如同野鸽。性情非常痴呆，又叫它“半痴”，也叫“痴半斤”。好看红色，飞不多远，便停下来歇息。人们就穿红裙袄以引诱它，半翅鸟便接近人身凝视不走，因此可以获得半翅鸟。

蚺蛇长得大如柱子，性情喜爱花朵。曾经外出追逐野鹿吃，有几个寨兵，满头插花赶到蚺蛇前面，蛇必定停下来看花。寨兵慢慢地接近蚺蛇，抚摸着蛇头，大叫“红娘子”，蚺蛇头俯着也不动。壮士用大刀砍断蚺蛇的头。然后大家奔跑分散开，等候了片刻，蚺蛇身子才感觉到，迅速腾跳，旁边的小树都被拔了出来，力气用尽后死去。数十人抬着，一村人都饱吃了一顿蛇肉。

螳螂，是生气而痴呆。鹅与鳜鱼，是高傲而痴呆。乌贼，是蠢笨而痴呆。锦鸡，是爱好痴呆。半翅鸟、蚺蛇，是爱好痴迷贪婪而痴呆。因而痴呆趣味不是人不能领会，如果丑而痴呆，则连畜生也不如啊！

专愚部第四

子犹曰：人有盗范氏钟者，负之有声；惧人之闻，遽自掩其耳。太行、王屋二山，高万仞，愚公年九十，面山而居，恶而欲移之。二事人皆以为至愚，抑知秦政之鞭石为移山，曹瞒之分香为掩耳乎？彼自谓一世之英雄，熟知乃千古之愚人也。故夫杨广与刘禅同亡，国忠与苍梧齐蔽。平生凶狡，徒作笑柄；静言思之，不愚有几？集《专愚第四》。

【译文】子犹说：有个人偷盗范氏人家的钟，扛起来的时候钟发出了响声，他怕人听见，忙捂着自己的耳朵。太行、王屋二山，高万仞，愚公已九十高龄，面山而居，很厌恶它，想把它移走。这两件事人们都认为愚蠢到顶了，可知秦始皇鞭石入海也是移山，曹操分香给妻妾也是掩耳盗铃的行为吗？他们自认为是一世之英雄，孰不知他们才是千古愚蠢的人。所以，杨广（隋炀帝）和刘禅（阿斗）同样都灭亡，杨国忠和萧昱也都死得很惨。平生凶残狡诈，徒然被当作笑柄。冷静地想一想，不愚的人有几个呢？汇集《专愚部第四》。

昏主

刘玄称帝，群臣列位，低头以手刮席，汗流不止。

司马文王问刘禅："思蜀否？"禅曰："此间乐，不思。"郤正教禅："若再问，宜泣对曰：'先墓在蜀，无日不思。'"会王复问，禅如正言，因闭眼。王曰："何乃似郤正语？"禅惊视曰："诚如尊命！"

大受用福人。

晋惠帝在华林园闻虾蟆声，问左右曰："此鸣者为官乎？为私乎？"侍中贾胤对曰："在官地为官，在私地为私。"时天下荒馑，百姓多饿死。帝闻之，曰："何不食肉糜？"

晋阳失守，齐后主出奔。斛律孝卿请帝亲劳将士，为帝撰辞，且曰："宜慷慨流涕，感激人心。"众既集，帝不复记所受言，遂大笑。左右亦群咍。将士莫不解体。

王太后疾笃，使呼宋主子业。子业曰："病人间多鬼，那可往？"太后怒，谓侍者："取刀来剖我腹，那得生宁馨儿？"

隋兵入台城，群臣劝依梁武见侯景故事。后主曰："吾自有计。"乃挟宫人十余出景阳殿，欲投井中。袁宪及夏侯公韵苦谏，不从；以身蔽井。后主与争，久之方得入。军人呼井不应，欲下石，乃闻叫声。以绳引之，怪其太重，乃与张贵妃、孔贵嫔同乘而上。后人名为"辱井"。初，贺若弼拔京口，彼人密启告急。叔宝为饮酒，遂不省之。高颎至，犹见启在床上，未开封也。叔宝既谒隋主，愿得一官号。隋主曰："叔宝全无心肝！"

杨玄感败，帝命推其党与。曰："玄感一呼而从者十万，益知天下人不欲多，多则相聚为盗耳。不尽加诛，无以惩后！"由是所杀三万余人。帝后至东都，顾盼街衢，谓侍臣曰："犹大有人在！"

笑话有独民县知县，如杨广之言，须作独民国皇帝方可。〇二刘、晋惠，皆土偶也。齐、宋三主，皆乳竖也。若杨广之才气，自足笼罩天下，而“不欲人多”一语，其愚乃甚于前六主者。迨星象示异，而始引镜自照，曰：“好头颈，谁当斫之？”此话又前六主所不肯说者矣。故天愚可开，人愚不可开。

【译文】刘玄（西汉末，号称更始将军，后称帝）上朝时群臣列位，他却低头用手刮席，汗流不止。

司马昭问刘禅：“思念蜀国吗？”刘禅说：“在这里很快乐，不想蜀国。”郤正教导刘禅说：“如果再问，你应该哭泣着回答说：‘先人坟墓在蜀，所以没有一天不思念。’”又值司马昭复问，刘禅把郤正教的话说了一遍，就闭上了眼睛。司马昭说：“怎么像郤正的话？”刘禅吃惊地看着他说：“正如您所说。”

大享福的人。

晋惠帝在华林园听到蛤蟆的叫声，问左右的人说：“这叫声为公呢，还是为私呢？”侍中贾胤回答说：“在官家的地方为公，在私家的地方为私。”当时天下发生了灾荒无粮，老百姓饿死了很多，惠帝知道后却说：“为什么不吃肉末粥代替？”

北朝齐国的晋阳失守，齐后主高纬出逃，为安抚人心，斛律孝卿请后主亲自慰劳将士，还为后主拟定了慰问辞，并且说：“应当表情慷慨，流眼泪，这样才能感动、激发人心。”众将士集齐以后，齐后主却忘记了教给他的话，于是大笑起来，左右的大臣们也纷纷跟着嗤笑。结果，将士们没有一个不走的。

南朝宋国的王太后病得很重，派人叫皇帝刘子业。刘子业说：“病人的房间里鬼很多，怎么能去？”太后大怒，对侍者说：“拿刀来割开我的肚子，看看怎么生了个这样的孩儿？”

隋国的兵马攻入台城。陈国的大臣们劝后主陈叔宝，效仿梁武帝见侯景的故事。后主说："我自有计策。"于是带着十几个嫔妃出景阳殿，准备跳入井中躲避，大臣袁宪和夏侯公韵苦苦劝谏，后主不听，两个大臣就用身子遮住井口，后主和他们争执，很长时间才进入井内。后来隋兵向井内喊他们，不见回答，准备向井下投石块，才听到叫声。用绳子拉他们时，觉得重得很奇怪，原来是陈叔宝和张贵妃、孔贵妃捆在一起上来的。后来，人们把这口井叫作"辱井"。当初，隋将贺若弼领兵攻占京口（今江苏镇江）的时候，那里就派人向陈叔宝密信告急，当时陈叔宝正在饮酒，全不理他们，隋将高颎攻入朝廷后，看见那封信在床上，还没有开封呢。不久，陈叔宝拜见隋文帝，希望能给他一个官号。隋文帝说："叔宝全无心肝。"

杨玄感叛隋失败身死，隋炀帝命令追查他的党羽，说："杨玄感一呼，而追随他的人有十万，我越发知道天下的人不能太多，多了就会聚在一起为盗贼的。如果不彻底杀光，就不能够警告后人！"因此，被杀的有三万多人，后来，隋炀帝到了东都（洛阳），看了看大小街道，对侍臣说："还是大有人在啊！"

笑话里有个独民县知县，如隋炀帝杨广之言，必须做"独民国皇帝"才可以。○刘玄、刘禅、晋惠帝都像土做的偶像。齐后主、宋废帝、陈后主三个皇帝，也都如同乳臭未干的小儿。像杨广的才学，自己足可以统治天下，而"人不能太多"这句话，其愚蠢的程度更胜于前边的六个皇帝。等到星象警示异变，才开始拿镜子自照，说："好头颈，谁当砍之？"这话又是前六个皇帝所不肯说的了。因此，先天的愚蠢可以开化，人为造成的愚蠢就不可开化了。

逃债 埋钱

周赧王为诸侯所侵逼，名为天子，实与家人无异。贯于民，无以偿，乃登台避之。因名曰：“逃债台”。

宋明帝彧，奢费过度，府藏空虚，乃令小黄门于殿内埋钱，以为私藏。

周赧王是“债主”，宋明帝是“地藏王”。

【译文】战国时周赧王为天子，却常常受诸侯们的欺负和威胁。虽然名为天子，可实际上与诸侯们治下的百姓没什么两样。他赊欠贵族地主们很多债，拿不出什么来偿还，于是登上一座很高的台子，以躲避人家讨债。这座高台因此叫作“逃债台。”

南朝宋明帝刘彧奢侈过度，国库空虚，就叫一个小太监在宫里偷偷埋钱，作为私人的藏款。

周赧王是“借债君主”，宋明帝是“地藏王”。

反 贼

张丰好方术。有道士言丰当为天子，以五采囊裹石，系丰肘，云“石中有玉玺”。丰信之，遂反。既当斩，犹曰：“肘后有玉玺。”旁人为椎破之，乃知被诈，仰天曰：“当死无恨！”

南燕慕容德建平四年，妖贼王始聚众泰山，自号“太平皇帝”，父周为太上皇，兄林为征东将军，泰为征西将军。德遣车骑将军王镇讨擒之。人谓之曰：“何为妖妄，自贻族灭？父及兄弟何在？”始曰：“太上皇蒙尘在外，征东、征西为乱兵所杀。如朕今日，复何聊赖！”其妻赵氏怒曰：“君止坐此口，以至于死，如何临刑犹自不革？”答曰：“皇后不达天命，自古及今，岂有不亡之国哉？”行刑者以刀环筑其口。始曰：“朕今为卿所苦，崩即崩尔，终当不易尊号。”

【译文】有个叫张丰的人喜好方术。有一道士说他当会成为天子，就用五种颜色的彩布包裹着一块石头，系在张丰胳膊肘上，说：“石头中有玉玺。”张丰听信了道士的话，就开始谋反。结果，在要被斩首的时候，还说：“胳膊肘后有玉玺。”旁边的人把那块石头砸破以后，他才知道自己被骗了。于是向天说：“当死无恨！”

南燕后帝慕容德建平四年，山东莱芜人王始聚众泰山，自封为“太平皇帝”，父亲王周为“太上皇”，兄王林为征东将军，王泰为征西将军。南燕后帝慕容德派车骑将军王镇前去讨伐，并捉住了王始。有人问他说：“何苦妖言惑众，自招灭族之灾？你的父亲，兄弟在哪里？”王始说：“太上皇蒙尘在外，征东、征西二将军被乱兵杀死，像朕今日这样，还有什么可牵挂的！”他的妻子赵氏怒声说：“你就是因为这张嘴，才走到了死的地步。怎么到了临刑的时候，还不改口？”王始回答：“皇后不通晓天命，从古到今，岂有不亡的国？”刽子手用刀环刚碰到他的嘴，王始说：“朕今天为卿所折磨，驾崩就驾崩吧，到死我也不变尊号。”

蠢父 蠢子

苏州徐检庵侍郎，老而无子，晚年二妾怀孕，小言争竞，已坠其一矣。其一临蓐欲产，徐预使日者推一吉时，以其尚早，劝令忍勿生。逾时子母俱毙。（《狯园》谓巨室子妇，误。）

受了小夫人性躁的亏。○养子不肖，有不如无。徐公不愚！但不知老夫人生徐公时，曾忍不曾忍？

《稗史》：吴蠢子年三十，倚父为生，父年五十矣。遇星家推父寿当八十，子当六十二。蠢子泣曰：“我父寿止八十，我到六十以后，那二年靠谁养活？”

徐公正防此一着！

《韩非子》云：东家母死，哭之不哀。西家子曰：“社胡不速死？吾哭之必哀。”（齐人谓母为社）

【译文】苏州徐检庵是个侍郎，年老没有儿子。晚年他的两个妾都怀了孕。因为小事争吵不休，已经有一个夭折了。另一个妾临床待产，但徐检庵已先让一个算卦的人推了一个吉祥的时辰，说现在生产还有点早，劝说其妾忍着不要生。等得到了那个吉时孩子和母亲已都死了。（《狯园杂志》说是某富室家的媳妇，误。）

吃了小夫人性情急躁的亏。养子如果不肖，有不如没有，徐公不愚！但不知徐公的母亲生徐公时，曾经是忍了还是没有忍。

《稗史》记载：吴蠢子年已三十岁，还倚靠父亲养活他，他父亲的年龄也五十岁了。他们遇到了一个看星相的人，推算父亲的寿限到八十，儿子能活到六十二。吴蠢子哭着说：“我父亲的寿限只到八十岁，我到六十岁以后，那两年靠谁养活呢？”

徐公正好防了这一招！

《韩非子》中说：“东家一个人的母亲死了，哭得不哀伤。西家的儿子说：“社为什么不赶快死？如果死了，我哭地一定非常哀伤。”（齐国人称母亲为社）

蠢夫

苍梧绕（孔子时人）娶妻而美，以让其兄。

考《南蛮传》，乌浒人如是。（乌浒在广州南，交州北，见《南州异

物志》)

杨国忠出使江浙。逾年，妇在家产男，名朏。国忠归，妇告以“远念成疾，忽昼梦尔我交会，因得孕。”国忠以为夫妇相念，情感所至，欢然不疑。

老贼多诈！

平原陶丘氏娶妇，色甚令，复相敬重。及生男，妇母来看，年老矣。母既去，陶遣妇颇急。妇请罪，陶曰：“顷见夫人衰齿可憎，亦恐新妇老后，必复如此，是以相遣，实无他也。”

佛家作五不净想，亦是如此，莫笑莫笑！

越中一士登科，即于省中娶妾。同年友问曰：“新人安在？”答曰：“寄于湖上萧寺。”同年云“僧俗恐不便。”答曰：“已扃之矣。”同年云：“其如水火何？”答曰：“锁钥乃付彼处。”

【译文】苍梧绕（孔子时人）因娶的妻子很美，便把她让给了兄长。

查考《南蛮传》，说乌浒人也是这样。（乌浒在广州南，交趾北，见于《南州异物志》一书。）

有一年杨国忠出使江浙一带，过了一年，妻子在家生了一个男孩，取名叫杨朏。杨国忠回来后，妻子告诉他说：“因远离家门，思念成疾，忽然白天做梦，梦见你我交合，所以怀了孕。”杨国忠认为是夫妇相互思念，情感结合的结果，欢然不疑。

老贼多么奸诈。

平原县有个叫陶丘的人娶了一个媳妇，相貌很美，两人相互很敬重。生儿子的时候，媳妇的母亲来看望她，她母亲已经很老了。母亲离开后，陶丘急迫地要把媳妇赶走，媳妇问陶丘自己犯了什么过错，陶丘说：“刚才见老夫人年迈的样子很讨厌，恐怕你老以后，也必然是这个样子。所以要把你遣送回去，没有其他原因。”

佛家作五不净想，也是这样，别笑，别笑！

浙江某地方，有一个书生考中举人，便在省城娶了一妾。同时中举的友人问他说：“新人现在哪里？”回答说：“寄住在西湖边的一个寺庙里。”友人说道：“僧、俗在一起住恐怕不方便。”回答说：“我已把她的房门锁上了。”友人说：“她如果想吃饭或解手怎么办？”书生回答说：“锁上的钥匙我已交给了和尚。”

呆谕德

唐顺宗在东宫，韦渠牟荐崔阡拜谕德，为侍书于东宫。阡触事面墙，对东宫曰：“某山野鄙人，不识朝典，见陛下合称臣否？”东宫笑曰：“卿是宫僚，自合知也。”

安禄山曰：“臣不知太子是何官？”类此。然彼诈愚，此真愚。

【译文】唐顺宗当太子的时候，韦渠牟推荐崔阡当东宫谕德，太子让他当侍书。他面对着墙壁怕有所冒犯，对太子说：“我是山野中粗俗的人，不懂得朝廷的规则，见到陛下，可以称臣吗？”太子笑着说：“卿是宫中的官僚，自然是应当知道的。”

安禄山说：“臣不知太子是什么官职？”和这很类似。然而他是伪装愚蠢，这个是真正的愚。

呆刺史

周定州柳史孙彦高，被突厥围城，不敢诣厅，文符须征发者，于小窗接入。锁州宅门，及报贼登垒，乃身入柜中，令奴曰：“牢掌钥匙，贼来，慎勿与！”

【译文】北周的定州刺史孙彦高，被突厥的军队围在城里，他不敢到公厅去办理公务，要收发的文件，都是从一个小窗口收取。他把州衙里私宅的门紧锁着。后来，来人报告敌兵已经登上城垒，于是他藏进柜子中，命令奴仆说："牢牢地拿好钥匙，敌兵来了，千万不要给他们。"

呆参军

杭州参军独孤守忠，领租船赴都。夜半急集船人，至则无别语，但曰："逆风必不得张帆。"

【译文】杭州参军独孤守忠，领着装租税的船到京城去。半夜的时候，他忽然把开船的人召来，却没有什么话可说，只是说了："逆风时一定不要把帆张开。"

呆县丞

南皮丞郭务静，初上典王庆通判案。郭曰："尔何姓？庆曰："姓王。"须臾，庆又来，又问何姓，庆又曰："姓王。"郭怪愕良久，仰看庆曰："南皮佐史总姓王。"又一日，与主簿刘思庄语，曰："夜来一贼从内房出。"刘问："亡何物？"郭曰："无所亡。"刘曰："不亡物，安知为贼？"郭曰："但见其踉跄而走，未免致疑耳。"

山东马信由监生为长洲县丞，性朴实。一日乘舟谒上官，上官问曰："船泊何处？"对曰："船在河里。"上官怒，叱之曰："真草包！"信又应声曰："草包也在船里。"

按：信清谨奉法，一无所染，后以荐擢，至今县治有去思碑焉。子犹曰："如此草包，岂不胜近来金囊玉箧！"

【译文】南皮县县丞郭务静，头一次主持公务时，通判王庆送来案卷。郭务静说："你姓什么？"王庆回答："姓王。"过了一会儿，王庆又来了，郭务静又问他姓什么，王庆又回答他说："姓王。"郭务静奇怪惊愕了半天，仰脸看着王庆说："怎么南皮县的佐吏都姓王？"又有一天，郭务静对主簿刘思庄说道："夜里来了一个贼从屋里出去了。"刘思庄问："丢了什么东西？"郭务静说："没有丢失什么。"刘思庄说："没丢东西，怎么知道他是贼？"郭务静说："只是看到他走路的脚步不稳，不免有点怀疑。"

山东有一个叫马信的人，由监生提为长洲县的县丞，性情很朴实。有一天他乘船去拜见上司，上司问他："船停在了何处？"马信回答："船在河里。"上司很生气，叱责他说："真是个草包！"马信又接着应道："草包也在船里。"

按：马信清廉谨慎，奉公守法，一尘不染，后来得到推荐提升，现在县府里还存有记载他功绩的去思碑。子犹说："像这样的草包，难道不比近来的那些外表金玉包装而实为腐化贪污之徒强得太多了！"

呆主簿

德清有马主簿，本富家子，愚不谙事。忽一晚三更时，扣大令门甚急。令以为非火即盗，惊惶而出。簿云："我思四月间田蚕两值，百姓甚忙。何不出示，使百姓四月种田，十月养蚕，何如？”令曰：“十月间安得有叶？”簿无以对，徐云：“夜深矣，请睡罢。”自以后每夜出，其妻必给以“倭子在外，不可出”。遇圣节，其妻曰：“可出行礼。”簿摇手曰：“且慢且慢，有倭子在外。”

【译文】德清县有个马主簿，本是富家子弟，生性愚蠢不懂事。忽然有一天夜半三更时，他急切地敲打县令家的门。县令以为不是火警就是盗警，惊惶而出。马主簿说：“我想这四月间种田和养蚕碰在一起，百姓们会很忙。何不出个告示，让百姓四月种田，十月养蚕，您看怎么样？”县令说：“十月间哪里还有桑叶呢？”主簿无言以对，就慢慢地说：“夜已经深了，请睡吧。”从此以后，只要是夜晚出去，他的妻子必骗他说：“倭寇在外面，不能出去。”一次遇到皇帝诞辰，他的妻子说：“可以参加庆典。”主簿摇着手说：“且慢，且慢，有倭寇在外面。”

智短汉

则天朝大禁屠杀。御史娄师德使至陕，庖人进肉。问：“何为有此？”庖人曰：“豺咬杀羊。”师德曰：“豺大解事！”又进鲙，复问之。庖人曰：“豺咬杀鱼。”师德叱曰：“智短汉，何不道是獭！”

【译文】武则天当皇帝时下令禁止屠杀。有一次御史娄师德出使到了陕西，厨师向他献上羊肉。娄师德问：“为什么会有这东西？”厨师说：“是豺咬死了一只羊。”师德说：“豺真是太懂事了！”厨师又献上了一条鲙鱼，娄师德又问他，厨师回答说：“豺又咬死了鱼。”娄师德喝叱他说：“蠢汉，怎么不说是獭！”

服槐子

进士黄可，孤寒朴野。尝谒舍人潘佑，潘教以服槐子，可丰肌却老，未详言服法。次日，潘入朝，方辨色，见槐树烟雾中有人若猿狙状。追视之，可也。怪问其故，乃拥槐徐对曰：“昨蒙指教，特斋戒而掇之。”潘大噱而去。

【译文】有一进士叫黄可，处境孤寒性情朴实。曾有一次拜见舍人潘佑，潘佑教他服用槐子，可以丰满肌肉，延缓衰老，可是没有详细说明服用的方法。第二天，潘佑早上上朝，天色蒙蒙，朦胧中看见槐树上有一个人像猴子攀附的样子。赶过去一看，是黄可。潘佑很奇怪地问他干什么，黄可抱着槐树慢慢地说：“昨天承蒙指教，特斋戒来摘取槐子。”潘佑大笑着离开了。

诵 判

周沈子荣诵判二百道，赴天官试，竟日不下笔。人问荣，荣曰：“与平日诵判绝不相当。有一道事迹同而人名别，遂曳白而出。”来年选，判水硙，又搁笔。人问荣，荣曰：“我诵水硙是蓝田，今问富平，如何下笔？”

【译文】北周时有个叫沈子荣的人，背诵了判词二百道，赴吏部去考试，一天下来也没有写出一个字。别人问沈子荣，他说：“与我平日背诵的那些判词一个也不同。有一道题里说的事情和背的一篇相同，可是人名不一样，所以就交了白卷出来了。”第二年参试考的是有关使用水车舂米的文章，又交了白卷。有人问沈子荣，沈子荣说：“我背诵的那个判词是在蓝田，今天试卷上是问富平，叫我如何下笔？”

拙对

《谐史》：河南一士夫延师教子。其子不慧。出对曰：“门前绿水流将去。”子对云：“屋里青山跳出来。”士夫甚怒。一日士夫偕馆宾诣一道观拜客。道士有号彭青山者，脚跛，闻士夫至，跳出相迎。馆宾谓士夫曰：“昨令公子所谓‘屋里青山跳出来’，信有之矣。”士夫乃大笑。

【译文】《谐史》中说：河南一绅士聘请老师教儿子读书。他的儿子不聪明。老师出了一个对子说：“门前绿水将流去。”儿子对道：“屋里青山跳出来。”绅士很生气。有一天绅士偕同老师到一座道观拜客。有个叫彭青山的道士是跛子，听说绅士到来，跳着出来迎客。那位老师对绅士说：“昨天令公子所说的‘屋里青山跳出来’，确实是有的。”绅士乃大笑。

商季子悟道

商季子笃好玄，挟资游四方，但遇黄冠士，辄下拜求焉。偶一猾觊其赀，自炫得道，诱之从游。季子时时趣授道，猾以未得便，唯唯而已。一日至江浒，猾绐云：“道在是矣！”曰：“何在？”曰：“在舟樯杪。若自升求之。”乃置赀囊樯下，遽援樯而升。猾自下抵掌连呼趣之，曰："升！升！"至杪犹趣曰"升"。季子升无可升，忽大悟："此理只在实处，虽欲从之，末由也已！"抱樯欢呼曰："得矣！得矣！"猾挈赀疾走。季子既下，犹欢跃不已。观者曰："咄！彼猾也，挈若赀去矣！"季子曰："否否！吾师乎！吾师乎！此亦以教我也！"

【译文】商季子非常喜欢道术，带着钱云游四方，只要遇见道士，就下拜求师。碰巧有一个骗子，企图骗他的钱财，就自吹有道术，引诱他一块云游。高季子催促他赶快传授道术，骗子总是以没有方便的地方来敷衍。一天他们来到一个江边，骗子欺骗高季子说："道就在这里了！"商季子说："在哪里？"骗子说："在船的桅杆上，要自己爬上去求取。"于是商季子把钱袋放在桅杆下，迅速地攀着桅杆向上爬。骗子在下边拍着手连喊着催促他说："上！上！"已爬到了杆顶还在催他说："上！"商季子上无可上了，忽然大悟，心里说："道理应只在实处，我虽然还向上爬，上边已没有可以爬的地方了。"就抱着桅杆欢呼说："得道了！得道了！"骗子拿着他的钱袋子迅速地逃走了。商季子从桅杆上下来后，还欢喜跳跃不止。观看的人说："喂！那人是个骗子，已提着你的钱逃走了！"商季子说："不对不对！是我的老师！是我的老师！这也是他教我的道术啊！"

唐皎注官

贞观中，唐皎除吏部侍郎，常引人入铨，问："何方稳便？"或云其家在蜀，乃注与吴。复有云"亲老先住江南"，即唱之陇右。有一信都人希河朔，因绐云。"愿得江淮。"即注与河北一尉。由是大为选人所欺。

【译文】唐贞观年间，唐皎任吏部侍郎，常常主持选派官员的工作。如果他问："在哪里任职稳当方便？"有人说其家在四川，他就派到江浙去。又有一人说"父母老人住在江南"，就派他到甘肃一带。有一个信都（今河北冀县）人想在河北山西一带做官，因此欺骗他说："我愿到江淮去。"结果他被派到了河北某地担任县尉。知道了他这个怪毛病，那些待派的人都用这方法欺骗他。

检觅凤毛

宋武帝尝称"谢超宗殊有凤毛"。（超宗父名凤）右卫将军刘道隆在坐，出候超宗，曰："闻君有异物，欲觅一见。"谢谦言无有。道隆武人，正触其父讳曰："方侍宴，至尊说君有凤毛。"谢徒跣还内。道隆谓检觅凤毛，待至暗而去。

【译文】南朝宋武帝刘裕曾称赞谢超宗说他"谢超宗殊有凤毛"。（谢超宗父亲的名字叫谢凤），当时右卫将军刘道隆也在座。他出来便去拜访谢超宗，然后说："听说你有一不同寻常的东西，想请你拿出来看一看。"谢超宗抱歉说没有。刘道隆是个粗鲁的武人，不知不觉触犯了谢超宗父亲的名讳说："刚才侍宴的时候，皇上说你家有凤毛。"谢超宗光着脚步急行入内。刘道隆以为谢超宗是去取凤毛，直等到天黑不见出来才离去。

门蝇 背龙

《北史》：厍狄伏连居室患蝇，杖门者曰："何故听入？"

左右皆蝇营之辈，偏自不觉。

宋仁宗时，大名府有营兵，背生肉，蜿蜒如龙。时程天球判大名，见之骇曰："此大犯禁！乃囚其人于狱，具奏于朝。上览其奏，笑曰："此赘耳，何罪？"即令释之。

周世宗以方面大耳为罪。背肉如龙，真可疑矣！

【译文】《北史》：北齐人厍狄伏连的居室内有很多苍蝇，他责打守门的人说："为什么听任它们进入？"

左右都是像苍蝇一样钻营的人，偏偏自己不觉得。

宋仁宗时，大名府有个营兵，背上长出一片肉，蜿蜒如龙。当时程天球任大名通判，见了惊骇地说："这是犯了大禁！"就把那个营兵关进了监狱，然后把这事上奏朝廷。皇上看了他的奏章笑着说："这是多余的赘肉，有什么罪呢？"就下令将营兵释放了。

周世宗以方脸大耳为罪过。背上的肉如龙，真有点可疑啊！

回 回

夷人党护族类，固其习性同然，而回回尤甚。京师隆福寺成，民人纵观，寺僧云集。一回回忽持斧上殿，杀僧二人，伤者二三人。即时执送法司鞫问，云："见寺中新作轮藏，其下推轮者，皆刻我教门形像。悯其经年推运辛苦，是以雠而杀之。"

孔子恶作俑，这回子恼得不错。

【译文】少数民族很维护自己的族类，所以他们的习性大都相同，而回族尤其突出。北京隆福寺落成，百姓围观，寺僧云集。一个回族人忽然手持斧子跑上殿，杀死两个僧人，杀伤二三人。当时把他送到法司审问，他说："见到寺中新做的旋转的经架，其下边推轮的人刻的都是我教门人的形象。可怜他们终年辛苦推运，所以因仇恨而杀了那些人。"

孔子讨厌始作俑的人，这个回族人恼怒得不错。

不知忌日

权龙襄不知忌日，谓府史曰："何名私忌？"对曰："父母亡日，请假，布衣蔬食，独坐房中不出。"权至母忌日，于房中静坐，有青狗突入，大怒曰："冲破我忌日！"更陈牒，改作明朝，好作忌日。

依桓玄不立忌日，惟立忌时，更便。或谓桓玄非礼。余笑曰："今士君子之辈不忌日，不忌时，专一'忌刻'，又何也？"金熙宗时，移书宋境曰："皇帝生日，本是七月。今为南朝使人冒暑不便，已权作九月一日。"若生日可权，忌日亦可改矣。

唐文宗开成元年，诏曰："去年重阳取十九日，今改九月十三日为重阳。"又张说上《大衍历序》，宋璟上《千秋表》，并以八月五日为端午。苏子瞻云："菊花开时即重九。"在海南艺菊九畹，以十一月望与客泛酒作重九。古人不拘类如此。在今日，则为笑话矣。

【译文】权龙襄不懂什么叫忌日，问府吏说："什么叫私忌？"府吏回答说："就是每年逢父母死去的那个日子，应当请假在家，穿粗布，吃素食，独自坐在房中不出来。"权龙襄等到母亲的忌日，正在房中静坐，有一条青狗突然跑进去，权龙襄大怒说："冲破了我的忌日！"于是便又写了假条，改成第二天，好作忌日。

依照桓玄的主张不立忌日，只是设立忌时，更简便。有人说桓玄不懂礼。我笑着说："如今士君子之类的人不忌日，也不忌时，专一'忌刻'又如何呢？"金熙宗时，寄信给宋朝说："皇帝的生日，本是在七月，现在因为要南宋的使臣冒着暑热的天气来朝贺，恐怕不方便，姑且改成九月一日。"如果生日可以改动，忌日当然也可以改。

唐文宗开成元年，下诏说："去年的重阳节定的是十九日，今年改九月十三日为重阳。"另外张说上的《太衍历序》，宋璟上的《千秋表》都是以八月五日为端午。苏轼说："菊花开的时节即是重九。"在海南岛养植菊花九畹，以十一月十五日和客人饮酒作重九。古人并不拘泥。在今天，就成为笑话了。

性忘

唐三原令阎玄一性忘。曾至州，于主人舍坐。州史前过，以为县典也，呼欲杖之。史曰："某州佐也。"玄一惭谢。须臾县典至，玄一疑即州佐也，执手引坐。典曰："某县佐也。"又惭而止。

唐临朐丞张藏用善忘。尝召一匠不至，大怒，使擒之。匠既到，适邻邑令遣人赍牒来，藏用读毕，便令剥赍牒者，笞之至十。起谢杖，因请其罪，藏用方悔其误，乃命里正持一器饮之，而更视他事。少顷，忽见里正，指酒曰："此何物？"里正曰："酒也。"藏用曰："何妨饮之！"里正拜饮。藏用遂入衙斋。赍牒人竟不得饮，扶杖而出。

【译文】唐朝三原县令阎玄一很健忘。曾到州官的家里做客。州史从他前边过，以为是县典吏，要叫人责打。州史说："我是州佐。”阎玄一羞愧地向州史赔罪。一会儿县典吏来了，玄一误为他是州佐，拉着他的手让坐。县典说：“我是县佐。”阎玄一感到羞惭而停止了。

唐朝临朐县的县丞张藏用好忘。曾经召见一个工匠，却没有来，非常生气，让人把他抓来。工匠刚抓到，正巧邻县的县令派人送文书来。张藏用读罢，便令人剥去送书人的衣服，用板子打了十板。送书人请问犯了什么过失，张藏用才知道弄错了，就让里正拿一杯酒让送书人喝，而张藏用又去做别的事了。不一会儿，他忽然看见里正拿着酒，指着酒说：“这是什么东西？”里正说：“是酒。”张藏用说：“何不将它喝掉！”里正拜谢后就将酒喝掉了，张藏用这时已进了衙门中的书房。送书人竟没有喝下那杯酒，拄着杖子走了。

性糊涂

沂州刺史李元皛，怒司功郄承明，欲笞之，先令屏外剥进。承明狡猾，值博士刘琮琎来，给以“上怒来迟，令汝剥入”。琮琎以为实，便脱衣，承明转遣吏卒擒进，乃自逸。元皛见剥至，辄命杖数十。琮琎起谢曰：“蒙恩赐杖，请示罪名。”元皛始觉误笞，怒曰：“为承明所卖！”亦不追治。

唐张利涉昼寝，忽惊觉，索马入州，叩刺史邓恽，谢曰：“闻公欲赐责，死罪死罪！”恽曰：“无之。”涉曰：“司功某甲所言之。”恽大怒，呼某甲，欲加杖。甲苦诉无此语。涉乃徐悟，前请曰：“望公舍之，涉恐是梦中见说耳。”

王皓，字季高，少立名行，性懦缓。曾从齐文宣北伐，乘一赤马，旦蒙霜气，遂不复识，自言失马，虞侯为求，不获。须臾日出，马体霜尽，系在目前，方云："我马尚在。"

李文礼性迟缓，时为扬州司马。有吏自京还，得长史家书，云姊亡。李仓卒闻之，便大恸。吏曰："是长史姊。"李徐悟曰："我无姊，向亦怪道。"

不是性缓，还是性急。无姊且哭，况有姊乎？李公定多情者。

【译文】沂州刺史李元皛，很怒恼司功郄承明，要对他施以杖刑。就先令他在屏风外把衣服脱掉再进来。郄承明很狡猾。这时博士刘琮琎正过来，就欺骗刘琮琎说："上司对你来迟很生气，令你把衣服脱去见他。"琮琎信以为真，就脱掉衣服，郄承明转告吏卒把琮琎抓进去，于是自己逃走了。李元皛见有人被脱光衣服推进来，就命人用棍子打了几十棍。刘琮琎挨打后站起来谢道："承蒙恩赐棍子，请明示我的罪名。"元皛才开始觉得错打了人。怒说："我被郄承明骗了！"但也没有再追究郄承明。

唐朝有个张利涉，白天睡觉的时候，忽然被惊醒，他要来马骑上进入城，叩见刺史邓恽，谢罪说："听说您准备责罚我，死罪，死罪！"邓恽说："没有这事。"张利涉说："是司功某甲说的。"邓恽大怒，喊某甲过来，要加以杖责。某甲苦苦申诉没有说过此话。张利涉才慢慢想起来。到前请求邓恽说："望您把他放了吧，我恐怕是在梦里听他说的。"

王皓，字季高，少年时就立行修身，但生性懦弱迟钝。他曾经随北齐文宣帝高洋北伐，乘坐一匹红马，一天早上马被蒙上一层霜，成为白色，他却认不出来了。自己说马不见了，手下的随从到处寻找，没有找到。一会儿太阳出来了，马身上的霜融化，就系在王皓的眼前，他才说："我的马还在这里。"

李文礼性情迟钝，当时任扬州司马。有一小吏从京城回来，捎来长史一封家书，说长史的姐姐亡故了。李文礼猛然听说，便大放悲声。小吏说："死的是长史的姐姐。"李文礼才慢慢醒悟过来说："我没有姐姐，刚才也觉得奇怪。"

不是性子太慢，还是性子太急。没有姐姐尚且还哭，何况有姐姐呢？李公一定是感情丰富的人。

马速非良

李东阳尝得良马，送陈师召。骑入朝，归，成诗二章，怪而还其马，曰："吾旧所乘马，朝回必成六诗。此马止二诗，非良也。"东阳笑曰："马以善走为良。"公思之良久，复骑而去。

【译文】明代文学家李东阳曾经得着一匹好马，送给陈师召骑着去上朝。退朝回来的时候，写成诗歌二章，就将马还给李东阳，抱怨说："我过去所骑的马，上朝回来路上必然能吟成六首诗，骑这个马只能吟成两首，这马不是好马。"李东阳笑着说："马以跑得快为好。"陈师召想了半天，又骑着那匹马走了。

不知骰色

李西涯尝与陈师召掷骰，得幺，指曰："吾度其下是六。"反之，果六；色色皆然。师召大惊，语人曰："西涯天才也！"或曰："给公耳！上幺下六，骰子定数，何足为异？"师召笑曰："然则我亦可为。"因诣西涯。西涯已先度其必至，别置六骰，错乱其数矣。师召屡揣之，不中，乃叹曰："公真不可及也，岂欺我哉！"

【译文】李西涯（东阳）与陈师召掷骰子掷出了一个幺，他指着骰子说："我估计它的下边是六。"翻过一看，果然是六。每个颜色都是一样。陈师召非常惊讶，对别人说："李西涯真是天才呀！"有人对他说："那是骗你的，上边是幺下边是六，是骰子的规律，有什么奇怪？"陈师召笑着说："如果是这样，那么我也可以掷出来。"因此他到李西涯那里去。李西涯已经先估计到陈师召必会到他那里，就另外准备了六个骰子，把上面的位置弄乱了，陈师召屡次猜测，屡次猜不中，于是感叹地说："公的天才真是比不上，怎么能说是欺骗我呢？"

周用斋事

昆山周用斋先生，性绝騃。幼时每为同学诱至城上，则盘桓而不能下。其处馆也，值黄梅时，见主家暴衣，问其故。曰："凡物此候不经日色，必招湿气。"周因暴书囊，并启束脩陈之。馆童窃数件去。周往视，讶其减少。童绐云："为烈日所销耳。"偶舟行，见来船过舟甚速，讶问之。仆以"两来船"对。乃笑曰："造舟者何愚也！倘尽造两来船，岂不快耶？"后成进士，过吏部堂，令通大乡贯。周误以为"大乡官"，乃对曰："敝乡有状元申瑶老。"吏部知其騃，麾使去。出谓同人曰："尚有王荆老未言，适堂上色颇不豫，想为此也。"又曾往娄东吊王司马，（时元美遘先司马之难）误诣王学士宅。（荆石以省亲在告）学士锦衣出迓，周不审视，遽称"尊公可怜"者再。学士曰："老父幸无恙。"周曰："公尚未知尊人耗耶？已为朝廷置法矣！"学士笑曰：“得无吊凤洲乎？”周悟非是，急解素服言别。学士命交原刺。周曰：“不须见还，即烦公致意可也。”其愦愦多此类。

又闻先生诸事愦愦，独工时艺。初仕为县令，既升堂，端坐不语。吏请佥书以尝之。周怒曰：“贼狗奴！才想得一佳破，为汝扰乱矣！偶有迎谒，道中为一门子所诱，识其味。既归乡，童仆皆蔑远之。独老门公殷勤启事，遂与之昵；无节，因病死。

【译文】江苏昆山有个周用斋先生，生性非常痴呆。小时候，每次同学把他骗到城墙上，转半天也下不来。后来他在一户人家当教师，当时正是黄梅季节，看见主家晒晾衣服，就问为什么这样。主人说：“这些东西在黄梅季节里如果不经过太阳晒，必然会受潮而发霉。”因此周用斋也把自己的书和钱及行李摊开晒晾，书童偷去了几件。周用斋过去一看，奇怪这些东西怎么少了？学生骗他说：“被烈日晒化了。”有一次周用斋乘船出行，偶然发现两条船相对而驶的时候感觉船的速度很快。就奇怪地问这是什么原因。仆人回答说是“两来船”。于是周用斋笑着说：“造船的人怎么那样愚蠢，倘若都造成两来船，岂不是就快了吗？”后来周用斋中了进士，到吏部等待选派任所，官员问他的籍贯，他误听为“大乡官”，就回答说：“敝乡出过状元申瑶老（时行）。”吏部官员知道他呆痴，就让他出去了。出来后对一起候选的人说：“还有个王荆老（锡爵）没有说，刚才堂上吏部官的脸色很难看，我想就因为没有说这句话。”还有一次，周用斋曾到娄东去吊唁王司马，（当时王元美［世贞］其父王抒被严嵩杀害）误进了王学士锡爵的家。（锡爵当时请假探亲在家）王学士穿着华丽的衣服出来接他。周用斋也没仔细看来人是谁，忙连说了几遍“尊父可怜”，王学士说：“老父还很平安。”周用斋说：“你还不知道尊父的噩耗吗？他已经被朝廷杀了。”王学士笑着说：“你大概是去凤洲（世贞的号）家吊的唁吧？”这时，周用斋才觉得自己弄错了，急忙脱下素服告辞。王学士命人交还周用斋的名帖，周用斋说：“不必还了，就烦托学士替我向王凤洲致意吧！”像这样昏愦愚蠢的事，周用斋还有很多。

还听说周先生很多事做得糊涂，唯独八股文章写得很好。刚任县令时，升堂后端坐不说话，吏员请他批阅公文，他生气地说：“贼狗奴才！刚想出一篇好的文章破题，全被你扰乱了。”有一次去拜见上司，在路上偶然被一个男妓所诱惑，尝到了其中的味道，不能自拔，回乡以后，家童仆人都蔑视他，不愿接近他。只有一个老门公殷勤侍奉他，遂与老仆狎昵，由于没有节制，因此得病死去了。

广东先达事

罗汝珍言其乡肉价每斤一分八厘。有先达为下所欺，必用三分。偶于他席上谈肉甚贵。主人云：“不贵也，止一分八厘耳。”归以责仆。仆曰：“有之，但非佳肉。”明日如数市臭肉以进。食之不美。更不思他席所食之佳，辄准前价。又使仆錾银，每偷取，辄绐曰：“银散则折也。”某未信。明日仆乃取大银錾而未殊者予曰：“裂如许大孔，能不折乎？”

【译文】罗汝珍说他那个乡的肉价每斤银子一分八厘，有一个前辈被下人欺骗，说是必须用三分银子。一次，在别人的宴席上偶然谈到肉价的事，认为太贵。主人说：“不贵，才一分八厘银子。”前辈回来责问奴仆。仆人说：“有这个价，但不是好肉。”第二天仆人就到集市上买回了已发臭的肉，前辈觉得不好吃，也没有想一想在别人宴席上吃的肉味道为什么很美，就仍然按照原来的价钱买肉。

另外，他的仆人去银匠那里打银器，仆人每次都偷取一点银子，总是骗他说："化银子的时候损耗了。"那个前辈不相信。第二天仆人就拿来一块大银子，已经凿裂但还没折断，让他看，并说："裂如此大的孔，能没有损耗吗？"

左道

晋孙泰师事钱塘杜子恭。子恭有异术，尝就人借瓜刀，其主求之，子恭曰："当即相还。"既而刀主行至嘉兴，有鱼跃入船中。破之，得刀。子恭死，泰传其术。及泰为道子所诛，其从子恩逃入海。众谓泰蝉蜕仙去，就海中从恩。后寇临海，为太守辛景所破，穷蹙自沉于海而死。妖党及妓妾皆谓之"水仙"，相随溺者以百数。

【译文】晋朝人孙泰拜钱塘杜子恭为师。杜子恭有法术，曾经向人借一把瓜刀，刀的主人向他索要，他说："很快就还给你。"不久刀的主人行到嘉兴的时候，有一条鱼跳进了船舱。破开鱼的肚子，果然得到了那把刀。杜子恭死后，孙泰继承了杜子恭的法术。等到孙泰被司马道子杀死，他的侄儿孙恩向海上逃去。很多人说是孙泰脱胎成仙了，就去海中追随孙泰。后来孙恩领贼兵攻临海县，被太守辛景所破，孙恩走投无路跳海自杀而死。那些贼党及舞妓侍妾都称他为"水仙"，追随跳海而被淹死的有一百多人。

事魔吃菜法

事魔食菜法：其魁为"魔王"，佐者曰"魔翁""魔母"，以张角为祖。虽死汤镬，不敢言“角”字。谓人生为苦，若杀之，是救其苦也，谓之“度人”。度人多，则可以成佛。即身被杀，又谓“得度”，由是轻生嗜杀。方腊之乱，其徒肆起。

【译文】事魔食菜法：其领头的人称为“魔王”，辅佐的人叫“魔翁”“魔母”，他们以黄巾起义首领张角为始祖。所以就是被油锅烹死，也不敢说“角”字。他们认为人生是苦难，如果杀了人，就是把他从苦难中解救出来，因此称为“超度人”。超度的人多了，就可以成佛，如果自己被人杀死了，又称为“得到超度了”，所以轻生、嗜杀。方腊造反的时候，这些信徒肆起作乱。

佛骨

唐懿宗遣使迎佛骨。有言宪宗迎佛骨，寻晏驾者，上曰：“朕生得见之，死亦无恨。”比至京，降楼膜拜，流涕沾臆。

佛牙是金刚钻，佛骨又是何物？

【译文】唐懿宗派使臣迎接佛骨，有人说唐宪宗就是迎接佛骨不久就死了。懿宗说：“朕只要活着能见到佛骨，就是死也不遗憾了。”等到佛骨迎到京城的时候，唐懿宗从金殿上下来顶礼膜拜，流出的眼泪把胸襟都沾湿了。

佛牙是金刚钻，佛骨又是什么东西？

方士

客有教燕王为不死之道者。王使人学之，学未就而客死。王大怒，诛之。王不知客之欺己，而诛学者之晚也。

《稗史》：钟生好仙，多方学修炼之术。每向人曰："做得半日仙人而死，亦所瞑目！"

李抱贞晚喜方士，饵孙季长所治丹，至二万丸，遂不能食，且死，以彘肪谷漆下之，疾少间，益服三千丸而卒。

留都一守备建玉皇阁于私第，延方士炼丹。方士知其有玉绦环，价甚高，绐曰："玉皇好系玉绦环。"即献之。方士并窃丹鼎而去。时许石城作诗嘲云："堆金积玉已如山，又向仙门学炼丹。空里得来空里去，玉皇原不系绦环。"

【译文】战国时，燕国国王有个宾客吹嘘能教燕王长生之术。于是燕王就派了一个人去学习，还没有学到手，宾客却死了。燕王大怒，就把去学习的人杀了。燕王不知道那个宾客是在欺骗他，却责罚学者是因为他去晚了。

《稗史》中记载：一个姓钟的书生喜欢仙术，多方求学修炼之术。他经常向人说："哪怕做半天神仙就死，也瞑目了。"

唐朝人李抱贞，晚年的时候喜好与方士交往，吃了孙季长所炼的金丹，多达两万颗，终于肠胃堵塞，不能进食，几乎要死了。以服用猪油和谷漆往下泻，才算畅通。病刚好点没多久，又吃了三十粒金丹后终于死了。

留都（南京）一守备在自己宅院内修建一座玉皇阁，请来方士炼丹。方士知道他有一对玉绦环，价值非常高，就骗他说："玉皇大帝喜欢佩带玉绦环。"他马上把玉绦环献了出来。结果方士把玉绦环和炼丹的鼎一齐偷走逃跑了。当时许石城作了一首诗嘲笑这个守备说："堆金积玉已如山，又向仙们学炼丹。空里得来空里去，玉皇原不系绦环。"

脉望

《北梦琐言》: 张尚书少子, 尝闻壁鱼入道函中, 蠹食 "神仙" 字, 身有五色, 是名 "脉望", 吞之则仙。遂多书 "神仙" 字, 碎剪入瓶中, 捉壁鱼投之, 冀得蠹食。不能得, 忽成心疾。

【译文】《北梦琐言》记载: 尚书张裼的小儿子, 曾经听说蠹虫钻入了一函道术书里, 吃掉了 "神仙" 两个字, 身上变成了五色, 因此名叫 "脉望", 把它吞吃了就可以成仙。于是他就写了很多 "神仙" 的字, 然后剪碎装进瓶子中, 捉了许多蠹虫放进去, 希望蠹虫吃掉变成 "脉望"。由于没能得到, 很快成了精神病。

宋人、郑人等

宋有澄子者, 亡缁衣, 求之途, 见妇人衣缁者, 辄欲取之, 妇人不与。澄子曰: "子不如速与我。我所亡者纺缁也, 今子衣禅缁也。以禅缁当纺缁, 子岂不得哉?"

郑县人卖豚, 人问其价, 曰: "道远日暮, 安暇语汝!"

郢人欲为大室, 使人求三大围之木。人与之车毂, 跪而度之, 曰: "大虽有余, 长实不足。"

魏人夜暴疾, 命门人钻火, 是夕阴暝, 督促颇急。门人忿然曰: "君责人亦大无理! 今暗如漆, 须得火照之, 可觅钻火具耳!"

郑人有欲买履者, 先且度其足, 而置之其坐。至市, 忘操之。已得履, 乃曰: "吾忘持度。" 反归取之。及反, 市罢, 遂不得履。人曰: "何不试之以足?" 曰: "宁信度, 无自信也。"

郑县人卜子，使其妻为裤。请式，曰："象故裤。"妻乃毁其新，令如故裤。

郑人有得车轭者，而不知其名。问人曰："此何种也？"曰："车轭。"俄而复得一，又问之，曰："车轭。"怒曰："是何车轭之多也！"以为欺己，因与之斗。

汉人过吴，吴人设笋。问知是竹，归而煮其床箦，不熟。曰："吴人䡾䡾，欺我如此！"

昔有越人善泅。生子方晬，其母浮之水上。人怪问之，则曰："其父善泅，子必能之。"

周之世卿，赵之使将，皆越妪之智也。

楚人有涉江者，其剑自舟中坠于水。遽刻其舟曰："是吾剑所坠处也。"舟去及岸，从刻处入水求之。

此与胶柱鼓瑟、守株待兔，皆战国策士之寓言也。

【译文】春秋时期，宋国有一个叫澄子的人，丢了一件黑衣服。他到路上寻找，看见一个妇人穿一件黑衣服。立即向前讨要。妇人不给。澄子说："你不如赶快给我。我丢的那件是丝衣，现在你穿的是单衣。以单衣换丝衣，你岂不是占便宜了吗？"

有个郑县人卖猪，人家问猪的价钱，他说："路还有很远，天已经黄昏，哪里有闲空跟你说话？"

楚国的国都郢有一个人准备造座大房子，让人寻求三大围粗的木料。那人给了他一个车轮，郢人跪在车轮边测量说："粗虽然有余，长度实在不够。"

有个魏国人夜里突然得病，让他的学生打火，这天夜里很阴暗，督促得很急。学生恼恨地说："您指责人也太没有道理！今夜里黑暗如漆，必须得用火照明，才能找到打火的工具呀！"

郑国有个人想买鞋，先用绳量了一下自己的脚，然后就把绳放在了他的坐位上。到了集市，忘了带那根绳子。拿着鞋看了看就说："我忘了带尺寸。"又回去取。等返回来，集市已经结束，于是没有买成鞋。人们说："为什么不用脚试一试呢？"郑人说："宁愿相信尺寸，也不相信自己的脚。"

有个郑县人叫卜子，让他的妻子做一条裤子。妻问他做成什么式样？他说："像旧裤一样。"于是妻子就把新裤毁坏，弄成一条旧裤子。

郑国有一个人得了一个车轭，就是套在牲口脖子上的曲木。他不知叫什么名，就问别人说："这是什么东西？"那人回答说："车轭"。不久，他又得到一个车轭，又问，那人回答："车轭"。他生气地说："怎么车轭这么多！"以为人家骗他，就和人家打了起来。

北方人到吴地，吴人用竹笋招待他，问后知是竹子。回家以后他把床上的竹席用水煮起来，根本煮不熟。他说："吴人太狡猾了，这样欺骗我！"

从前越国有个人很善于游泳，他的孩子出生才一岁，母亲就把孩子浮在水上。人们很奇怪就问她，她说："他的父亲善于游泳，儿子也必会游。"

周朝让世代继承当公卿，赵国任用将领的儿子为将，都如同越国那个妇人一样的智力。

有一个楚国人乘船过江，他的剑从船上掉到了水中，他立刻在船上刻了个记号，写上："我的剑落水之处。"船靠岸后，他就从刻有记号的地方下水找他的剑。

这和胶柱鼓瑟，守株待兔一样，都是战国时那些谋士所说的寓言故事。

楚 王

楚王佩玦逐兔，患其破也，因佩两玦以为豫。两玦相触，破乃愈迅。

【译文】楚国国君身佩一块玉玦追逐一只兔子，又担心那块玉玦被碰碎，因此又加佩戴了一块以为备用，岂不知两块玉玦相互碰撞，碎得更快了。

虾蟆为马

伯乐令其子执《马经》画样求马，经年无似者。更求之，得一大虾蟆，归白父曰："得一马，隆颅跌目，脊郁缩，但蹄不如，累趋。"伯乐笑曰："此马好跳踯，不堪御也。"

【译文】伯乐让他的儿子拿着《马经》所画模式找马，找了一年也没有找到和画的样子相似的。再去寻找，找到了一只大虾蟆，回来向父亲说："找到了一马，高头大眼，脖子很短，就是蹄子不像，老是往前奔。"伯乐笑着说："这个马好跳脚，不堪驾驭啊！"

艾 子

齐人献木履于宣王，略无刻斫之迹。王曰："此履岂非出于生乎？"艾子曰："鞋楦是其核也。"

【译文】齐国有个人给齐宣王献了一双木鞋，丝毫没有刻削的痕迹。齐宣王说："这双木鞋难道不是长出来的？"艾子说："那鞋楦就是它的核。"

沈屯子

沈屯子入市，听唱书，至杨文广被围柳城，内乏粮，外阻救，蹙然兴叹不已。友拉之归，日夜忧念不置，曰："文广围困至此，何由得解？"家人因劝出游，以纾其意。忽见担竹入市者，则又念曰："竹末甚锐，道上行人必有受其刺者。"归益忧病。家人为之请巫。巫曰："稽冥籍，若来世当轮回作女人。所适夫，麻哈回也，貌甚陋。"沈忧病转剧。亲友来省者慰曰："善自宽，病乃愈耳。"曰："若欲吾宽，须杨文广围解，负竹者归家，麻哈回作休书见付乃得也。"

【译文】沈屯子到街市上听唱鼓书，当听到杨文广被困柳城，城内没有粮草，外边救兵被阻的时候，皱着眉，兴叹不已。朋友拉他回家，仍然日夜替杨文广的处境担忧，说："杨文广被围困到这步田地，怎样才能解救呢？"家里人劝他出去游玩，以抒发心中的忧虑。忽然看见有人担着竹子来到市上，就又念叨说："竹子顶端很尖，路上行人必然有被刺伤的。"回来后忧郁病更加严重。家里人又为此请了一个巫师。巫师说："查考阴间的户籍，到来世当轮回作女人，所嫁的丈夫是个麻脸回民，相貌也很丑陋。"沈屯子因而忧愁得更加重了。来探病的亲友安慰他说："你要好好把心放宽，病就会好的。"沈屯子说："若要我心宽，须解杨文广被困之围，挑竹子的人回家，拿来麻脸丈夫写的休书才可以。"

迂仙别记　吴下张夷令所辑，余摘其尤廿四条

迂公出，遭酒人于道，见殴，但叉手听之，终不发言。或问："公何意？"曰："倘毙我，彼自抵命，吾正欲其尔尔！"

迂公与卫隐君奕。卫着白子。公大败，积死子如山，枰中

一望浩白。公痛懊曰:“老子命蹇,拈着黑棋!”

陈孝廉喜奕,公以棋劣,故得近,每受饶四子。一日奕罢,公适输四子,色然惊顾曰:“顷若不见饶,定是和局!”

公过屠肆,见砧旁棋局甚设,一癞头奴取子布算。公便跨柜坐,与奴奕,大败;拈子掷地,欲碎其局。奴曰:“此主人棋,何与尔事?”公曰:“若然,即败亦何与我事?”便回面作喜,拾子更着。

“烟锁池塘柳”,五字寓五行,昔称“鳏对”。公一日夸向客曰:“吾得所以对之矣!‘冀粟陈献忠’,意取‘东西南北中’也。”

乡居有偷儿夜瞰公室。公适归,遇之。偷儿大恐,弃其所衣羊裘而遁。公拾得之,大喜。自是羊裘在念,入城虽丙夜必归。至家,门庭晏然,必蹙额曰:“何无贼?”

公性酷忌僧,口讳“僧”字;遇诸途,必索水涤目;如狭巷不及避,肩相摩,必解衣浣之,七日而后服。有馈以诗扇者,中有“竹院逢僧”之句,辄掷还曰:“咄!此晦君当自受之!”

张夷令曰:“如今和尚惯持疏簿,见之果是晦气。”

尝集谢光禄所,试雨前新茶。坐客虚吸缓引,寻味良苦。独到公,才上口,碗脱手矣。光禄曰:“好知味者!”公曰:“吾去年饮法亦如是。”

公读书未识字,每附会知文,见制义,辄胡乱甲乙之。尝谓谢茂才曰:“凡文章以趣胜,须作得有趣,才有趣,若作得无趣,便无趣矣。”谢曰:“善!”遂书诸绅,终身诵之。

黄驾部圃中凿池起土,累岸如丘,草丛生之。公一日游池上，抠衣拨草而过，心厌之，谓黄曰："尔时开池，何必挑土？不挑，是草应在水底矣。"

杨太医妄称诗，高咏其"立夏诗"云："昨夜春归去，今日景风生。"公听之，骤征其解。或戏应曰："此令亲何景峰讳春者，昨夜恶发暴亡，今日再生。太医作诗庆之耳。"公径起急走，诣何。值何正啖饭，公雪涕被面，掣其箸曰："兄魂魄初复，神观未定，饭且少进。"何大怪疑，以为祟，且唾且骂，驱闭门外。公怒，遂与何绝交。

公病目，将就医。适犬卧阶阴，公跨之，误蹑其项，狗逐啮公，裳裂。公举示医。医故熟公，调之曰："此当是狗病目耳。不尔，何止败君裳？"公退思："吠主小事，暮夜无以司儆。"乃调药先饮狗，而以余沥自服。

汪刺史自官还，公谒之。偶有执贽刺史者，中有双鹅。少选，鹅以喙插翅而伏。公忽讯刺史曰："使鹅作梦，还复梦鹅否？"刺史大笑，曰："君夜来何梦？"

马肝有大毒，能杀人，故汉武帝云："文成食马肝而死。"客有语次及此者，公适闻之，发辩曰："客诳语耳！肝故在马腹中，马何以不死？"客戏曰："马无百年之寿，以有肝故也。"公大悟。家有畜马，便刳其肝，马立毙。公掷刀叹曰："信哉毒也！去之尚不可活，况留肝乎！"

公尝宴客，酒酣，隐几熟睡，及觉，便谓经宿，张目视客曰："今日未尝奉招，何复见降？"客曰："怪君昨日不送客耳。"

尝过袁洗马，见袁手把一编，且阅且走。公便问："何书？"洗马曰："廿一史。"公曰："吾久闻廿一史名，意谓兼车充栋，看来百余叶耳！幸便借我，抄讫送还，何如？”

里中有富家行聘，盛筐篚而过公门者。公夫妇并观之，相谓曰：“吾与尔试度其币金几何？”妇曰：“可二百金。”公曰：“有五百。”妇谓必无，公谓必有，争持至久，遂相詈殴。女曰：“吾不耐尔，竟作三百金何如？”公犹诟谇不已。邻人共来劝解。公曰：“尚有二百金未明白，可是细事！”

公尝醉走，经鲁参政宅，便当门呕哕。其阍人呵之曰：“何物酒狂，向人门户泄泻！”公睨视曰：“自是汝门户不合向我口耳！”其人不觉失笑，曰：“吾家门户旧矣，岂今日造而对汝口？”公指其嘴曰：“老子此口，颇亦有年！”

兄试南都，将发榜，命公往侦之。已而获荐，公注目榜纸，略不移瞬，至日暮，犹不去。兄急令人寻索，见公于榜下瞻瞩甚苦，呼之曰：“胡不去？守此何益？”曰：“世多有同姓名人，吾去，设有来冒兄名者，可若何？”

雨中，借人衣着之出，道泞失足，跌损一臂，衣亦少污。从者掖公起，为之摩痛甚力。公止之曰：“汝第取水来涤吾衣，臂坏无与尔事。”从者曰：“身之不恤，而念一衣乎？”公曰：“臂是我家物，何人向我索讨？”

公家藏宋笺数幅，偶吴中有名卿善书画者至，或讽之曰：“君纸佳甚，何不持向某公索其翰墨，用供清玩？”公曰：“尔欲坏吾纸耶？蓄宋笺，固当需宋人画！”

久雨屋漏，一夜数徙床，卒无干处。妻儿交诟，公急呼匠者葺治，劳费良苦。工毕，天忽开霁，竟月晴朗。公日夕仰屋叹曰：“命劣之人，才葺屋便无雨，岂不白折了也！”

家有一坐头，绝低矮。公每坐，必取瓮片支其四足，后不胜烦，忽思得策，呼侍者移置楼上坐。及坐时，低如故。乃曰：“人言楼高，浪得名耳！”遂命毁楼。

《广记》：甲乙斗，乙被啮下鼻，讼之官。甲称乙自啮。官曰：“人鼻高口低，岂能啮乎？”甲曰：“彼踏床子就啮之！”似此。

丁未闰六月朔，雷雨大作，公阻王孝廉斋中，抵暮不得返。颦蹙曰：“闰月，天地之余数耳。奈何认真若此，而风雨雷霆之不惮烦也！”

【译文】迂公一次外出，在路上遭到一个醉汉的殴打，但他叉着手不还，始终没说一句话，有人问他：“你这是什么意思？”他说：“倘若打死了我，他就要抵命，我正想要他这样呢！”

一次迂公和卫隐君下围棋，卫隐君用的是白子。迂公大败，旁边堆积的死子像小山，棋盘上看到的都是白子。迂公非常懊恼地说：“老子的命不顺，挑着了黑子。”

陈孝廉喜欢下棋，迂公因为棋下得不好，所以能和陈孝廉在一起下棋，每次都是陈孝廉让他四子。一天一盘棋结束，迂公刚好也输了四子，用惊讶的神情看着陈孝廉说：“刚才如果不是让这四子，一定是和局。”

迂公路过一个肉店，见肉案旁边有一个棋局。一个癞头伙计正拿着棋子考虑如何下子。迂公跨进柜台坐下，就和伙计一起下了起来，最后被杀得大败。迂公抓起棋子扔在地上，还要摔碎棋盘。伙计说：“这是主人的棋，关你什么事？”迂公说：“要是这样的话，就是败了，又与我有何关系？”便转怒为喜，拾起棋子又下起来。

“烟锁池塘柳”，这句诗的五个字内暗藏着金木水火土五行，过去被称为“鳏对”。迂公有一天向客人夸口说：“我已经可以对出来了！‘冀粟陈献忠’，是取‘东西南北中’的意思。”

迂公在家居住时，有一个小偷夜里窥望迂公的住室。正好这时迂公回来碰见了，小偷非常害怕，丢下他身上穿的羊皮衣逃跑了。迂公拾到后很高兴。自从捡到这个羊皮衣后，一直想着这件事，他每次到城里，虽然到了半夜的时候也要回家去，到家后，看到平安无事，必然皱着额头说：“为什么没有贼来？”

迂公非常忌恨和尚，嘴里忌说“僧”字。如果在路上碰见和尚，必然找水擦洗眼睛。如果是小窄胡同里相遇躲避不了，擦肩而过，必然把衣服脱下来洗涤，七天后再穿。有人赠他一把题有诗词的扇子，诗中有一句是“竹院逢僧”，竟把扇子扔回去说：“咄！这种晦气的东西你还是自己享用吧！”

张夷令说：“现在和尚常手拿化缘簿，看见他们果然是晦气。”

迂公曾到光禄大夫某家聚会，品评雨前新茶，在座的客人们都轻吸慢饮，仔细品味，唯独迂公，刚端嘴上就喝光了，马上放下碗去，光禄大夫说：“真是一个好品茶的！”迂公说：“我去年也是这样的饮法。”

迂公读书不认识多少字，常常硬说自己懂文章，见到别人写的八股文就东拉西扯评论一通。他曾对一个谢茂才说：“凡是好文章都是以趣味取胜，要做得有趣味，才有趣味，如果写得索然无趣味，便没有什么趣味。”谢茂才说：“好！”于是便把这话记在自己衣带上，终身背诵。

黄驾部在果园中挖池堆出许多土，堆在池边像一小山丘，上面野草丛生。迂公一天在池边游览，撩起衣服拨开草丛从上边经过，心里很讨厌，就对黄驾部说：“你当时开挖池子的时候，何必把土挑上来，如果不挑的话，这草就应在水底下生长了。”

有个杨太医妄称自己的诗写得很好，高声咏唱他自己写的“立夏诗”。诗中说：“昨夜春归去，今日景风生。”迂公听后，忙问如何理解。有人调侃地回答说："诗中讲你有个亲属叫何春字景峰的，昨夜发病突然死亡，今日又活过来了，太医作诗表示庆幸呢！"迂公听罢站起快步走到何家。何春正在吃饭，迂公泪流满面，抽去何春的筷子说："兄长的魂魄刚刚回来，神色看起来还没有安定，饭暂且少吃点。"何春感到非常奇怪，以为迂公鬼魂附体了，就一边吐唾沫，一边骂，将迂公赶出去关在门外。迂公很生气，遂与何春断绝交往。

迂公的眼睛生了病，前去就医，正好他家的狗卧在台阶背面，迂公从狗身上跨过的时候，误踩着狗的脖子。狗起来追咬迂公，把迂公的衣裳撕裂了。迂公提起撕破的衣服给医生看，医生原来就熟知迂公，因此戏弄他说："这狗的眼睛有病，不然，为什么只咬坏了你的衣服？"迂公回去想了想："狗咬了主人是小事，但夜里不能没有狗来看家。"于是把调好的药先给狗喂下，而自己却只是服用余下来的汤渣。

一个姓汪的刺史从任所还乡，迂公去拜见他。在那里碰到一个给刺史送礼的人，礼品中有一对鹅，停了一会，鹅把嘴插进翅膀中趴在地上。迂公忽然问刺史说："假如鹅做梦，它是不是还会梦见鹅呢？"刺史大笑说："君昨天晚上做了个什么梦？"

马肝有剧毒，能杀死人，所以汉武帝曾说："文成将军是吃了马肝死的。"客人中有人谈到这个故事，正好被迂公听到，辩驳说："这位客人说的是骗人的话。肝本来就在马腹中，马为什么不会死？"客人戏弄他说："马的寿命没有百年那么长，就是因为有肝的缘故。"迂公顿时醒悟。他家里养了一匹马，回家便将马的肝脏挖出来，马立刻就死了。迂公扔下刀感叹地说："马肝真是有毒啊！把肝割掉倘且不能活，何况留着肝呢！"

迂公曾有一次宴请客人，酒喝得多了，趴在桌上睡了。等到醒来，便以为已过了一夜了。他睁开眼睛看着客人们说："今天未曾请你们，为什么又光临了？”客人说：“怪你昨天没送客啊！”

有一次，迂公去拜访任太子洗马官职的袁某，见袁洗马手中拿着一册书边走边看。迂公就问：“什么书？”洗马说：“二十一史。”迂公说：“我很早就听说廿一史很有名，以为是得用车装载可放一屋子的大部书，看来只有一百多页啊！如果方便时请借给我，抄完就送还回来如何？”

邻里中有一富贵人家送聘礼，聘礼装在竹箱中从迂公门前经过。迂公夫妇二人一起到门口观看，相互说到：“我与你一起猜一猜这些聘礼值多少钱？”妻子说：“可以值二百两。”迂公说：“有五百两。”妻子认为没有五百两，迂公认为必有五百两，争执了很久，竟相互打骂起来。妻子说：“我耐不过你，就算三百两怎么样？”迂公仍然叫骂不已。邻居们都来劝解，迂公说：“还有二百两没弄清楚，可是小事吗？”

有一次迂公醉醺醺地在街上行走，经过一个姓鲁的参政家，在人家门口呕吐了一地，鲁家的看门人呵叱他说：“哪来的酒狂，对着人家门口屙尿！”迂公斜着眼睛看着他说：“自然是你的门开得不是地方，对着了我的嘴。”看门人不觉失笑，说：“我们家的门在这里不少年了，岂是今天对着你的嘴才造的？”迂公指着自己的嘴说：“老子这张嘴，也有不少年了。”

迂公的兄长在南京考试，将要出榜时，命迂公先去打探消息。不久榜出，榜上有名，迂公两眼盯着榜文，丝毫也不转动。直到天快黑了，还没回去。兄长急忙派人寻找，看见迂公还在榜下苦苦盯着榜文。喊着：“为什么还不回去，守在这里有什么好处？”迂公说：“世上有很多同名同姓的人，我走了，假如有个冒充兄长名字的人来，可怎么办？”

有一天下着雨，迂公借了别人的衣服穿着外出，由于道路泥泞，不小心摔了跤，摔坏了一只胳膊，衣服也有点脏。跟随他的人把他搀扶起来，用力为他按摩伤痛处，他制止说："你去取水来洗我的衣服，胳膊坏了和你无关。"跟随他的人说："怎么自己的身子不顾惜，却惦念一件衣服呢？"迂公说："胳膊是我自家的东西，有谁来向我索要呢？"

迂公家珍藏有宋朝时的笺纸数张，有一次，苏州某位书画名家到了这里，有人鼓动迂公说："你的纸很好，何不拿去让某公挥毫泼墨，以供欣赏？"迂公说："你想糟蹋我的纸吗？我珍藏的宋朝纸，应当要宋朝人画。"

下了很长时间的雨，迂公的房子漏了。一夜间把床挪了几次，找不到一处干地方。妻子和儿子你一句我一句不停地叫骂，迂公急忙叫来工匠整修了，花了不少钱。完工后，天空忽然晴朗，一个月都是晴天。迂公从早到晚都仰望着屋顶叹道："我真是个命运不好的人，刚修整好房子就没有雨了，岂不是白搭了功夫和钱！"

迂公家有一个凳子，又低又矮。迂公每次坐的时候，必须用瓦片支着四个腿，后来不厌其烦，他忽然想出一个办法。喊来仆人把凳子搬到楼上去坐。到坐下的时候，仍然像过去一样低，于是他说："人们都说楼高，不过徒有其名罢了。"于是命人把楼拆掉了。

《笑林广记》中记载：甲乙两人打架，乙被甲咬掉了鼻子，告到官府。甲说乙的鼻子是自己咬掉的。官说："人的鼻子高嘴低怎么能咬？"甲说："他站在床上就可以咬了！"这两个笑话很相似。

丁未年闰六月初一，雷雨大作，迂公被阻在王孝廉的家中，到了晚上也回不去。他皱着额头说："闰月，是天地间一年中多出来的天数，何必像这样认真，风雨雷霆也真不怕烦！"

物性之愚

《交趾异物志》：翠鸟先高作巢以避患，及生子，爱之，恐坠，稍下作巢。子长羽毛，复益爱之，又更下巢，而人遂得而取之矣。《水经注》：猩猩知往而不知来，山谷间常数十为群。里人以酒并糟设于路侧，织草为屦，更相连结。猩猩见酒及屦，知里人设张，则知张者祖先姓字。乃呼名云："奴欲张我！"舍而去，复自再三，相谓曰："试共尝酒。"及饮其味，逮乎醉，因取屦着之而蹶。乃为人擒，无遗者。

鲥鱼入网辄伏者，惜其鳞也。

白鹇爱其尾，栖必高枝。每天雨，恐污其尾，坚伏不动。雨久，多有饥死者。又孔雀爱尾，潜则露尾，人因取之。

虫有蚘者，一身两口，争食，因相龁以死。

兽有猱，小而善缘，利爪。虎首痒，辄使猱爬搔之。久而成穴，虎殊快，不觉也。猱徐取其脑啖之，而以其余奉虎。虎谓其忠，益爱近之。久之，虎脑空，痛发，迹猱，猱则已走避高木，虎跳踉大吼，乃死。

翠鸟，姑息之父也。猩猩，多欲之人也。石崇之拒孙秀，鲥鱼也。孙景卿之守财，白鹇也。蔡元长父子，其蚘乎？周之用荣夷，唐之任裴延龄，其虎之猱乎？

【译文】《交趾异物志》记载：翠鸟先是把窝做得很高以躲避灾祸。孵出小鸟后，很爱它们，怕它们掉下来，就在稍靠下一点的地方做窝。小鸟长出了羽毛，就越加爱护，做窝就更靠下。这样，人就很顺利地把它们捉去了。

《水经注》记载：猩猩知道往而不知道来。在山谷之间常常数十只为一群。当地人用酒和酒腌的东西放在路边，还用草织成鞋，再相互连接起来，猩猩看见酒和草鞋，知道是当地人设下的圈套，并且知道设立者的祖先、姓字。于是喊道："奴欲张我！"舍去酒和草鞋走开了。这样反复几次，最后相对说："大家试着尝一尝酒。"喝出味道后，便停不下来，直到大醉，就拿起草鞋穿上，结果都被绊倒，于是被人捉住，没有一个漏掉的。

鲥鱼一旦进入网中，马上就不再挣扎了，那是爱惜他的鳞。

白鹇为了爱惜自己的尾巴，必在很高的树枝栖息。每到雨天，恐怕尾巴被弄脏，坚持趴伏在那里不动。雨下久了，很多白鹇饿死。另外，孔雀喜欢炫耀自己的尾巴，就是在隐藏的时候，也露出尾巴，人们就凭此捉走它。

虫类中有一种叫蚘虫的，一个身子两个嘴，为了争吃食物，因此相互撕咬致死。

兽中有一种叫猱，身子很小而且善于攀登，爪子很锐利。老虎的头痒了，总是让猱爬上去搔痒。时间长了就搔出了一个洞，老虎感觉特别畅快，没有察觉。猱慢慢地取出虎的脑子吃，把剩下的让给虎。老虎还认为猱很忠诚，越发喜爱接近猱。久而久之，虎的脑被吃空，疼痛发作。再寻找猱的踪迹，猱已经躲避到树木的高处了。虎跌跌撞撞地跳着大声吼叫，终于死去。

翠鸟，就像姑息迁就的父亲，猩猩则像贪欲很大的人。石崇之拒孙秀犹如鲥鱼。孙景卿之守财的个性，就像白鹇一样。蔡京父子不像蚘虫吗？周朝用荣夷公，唐朝任用裴延龄，不是如同虎让猱搔痒那样吗？

谬误部第五

子犹曰：谬误原无定名，譬之郑人争年，后息者胜耳。喙长三尺，则“枕流漱石”，语自不错。若论灾发妖兴，贼民横路，即太极之生天、生地、生人，亦是第一误事，将谁使正之？齐有人，命其狗为“富”，命其子为“乐”。方祭，狗入于室，叱之曰：“富出！”其子死，哭曰：“乐乎！乐乎！”人以为误也，而熟知其非误也，然而不可谓非误也。夫不误犹误，何况真误？集《谬误第五》。

【译文】子犹说：怎样才是谬误，原本没有明确的界定，比如“郑人争年”的寓言故事，最后停止比年龄的那个人是胜者。如果嘴巴真有三尺长，当然就可以“枕流漱石”，这些话自然不能说是错的。但是要论灾祸发生或妖孽兴风作浪，强盗横行于道，那么即使是太极衍生天、地、人的道理，也成了第一错误的理论了，谁来将它纠正呢？齐国有一个人，给他的狗起了名字叫“富”，儿子起的名字叫“乐”。他正在祭祀的时候，狗跑进了屋里，他喝叱道：“富，出去！”后来儿子死了，他哭叫着：“乐啊！乐啊！”别人都以为他弄错了，可谁知道他并没有错呢？然而齐人做法的本身又不能说不是错误。不错中还包含着错误，何况是完全真错了呢？汇集《谬误部第五》。

祠 庙

欧公《归田录》云：世俗传讹，惟祠庙之名为甚。今成都显圣寺者，本名蒲池寺，周显德中广之，更名显圣，而俚俗多沿旧名，今传为“菩提寺”矣。江中有大小孤山，以独立得名，而世俗传“孤”为“姑”。江侧有大石矶，谓之澎浪矶，遂传为“彭郎矶”，云彭郎，小姑婿也。予尝登小孤，庙像乃一妇，而敕额为“圣母庙”，岂止俚俗之谬哉！西京龙门山，夹伊水上，自端门望之如双阙，故谓之“阙塞”，而山口有庙曰“阙口庙”。予尝见其庙像甚勇，手持屠刀尖锐，按膝而坐。问之，云：“此乃豁口大王也。”此尤可笑。

汲郡有肖像“三仁”并及商纣者，谓之“四王”。

陈锡玄曰：“推此类，知淫祠之可毁者多矣！”

温州有“杜拾遗庙”，后讹为“杜十姨”，塑妇人像。邑人以“五撮须相公”无妇，移以配之。五撮须，盖伍子胥也。又江陵有村民事子胥，误呼“五髭须”，乃塑五丈夫，皆多须者。每祷祭，辄云“一髭须”“二髭须”至“五髭须”。

谢在杭曰：阆州有“陈拾遗庙”，乃陈子昂也。讹为“十姨”，更肖女像，崇奉甚严。拾遗之官，误人如此！子昂屈为妇人犹可，独奈何令子美为鸱夷子妻乎！

陈州厄台寺，相传孔子绝粮处，旧榜“文宣王”，因风雨洗剥，但存“王”字及“宣”字下一画。僧遂附会为“一字王佛”。

为传“一贯”故，称“一字王”，有何不可？又《元史》载：西南夷，惟白人一种好佛，胡元收附后，分置路府，诏所在立文庙，蛮目为

“汉佛”。米元章写《高丽经》，亦以孔子为佛，颜渊为菩萨，则称佛又宜矣。○宋吏胥辈以苍颉造字，故祖之。每祭，呼为“苍王”，更可笑。

【译文】欧阳修在《归田录》中说：“民间的讹传，唯以祠庙的名字讹传得最厉害。现在成都的显圣寺，本名叫蒲池寺，后周显德年间扩建后，改名“显圣寺”，可是民间仍然有很多人沿用旧名，传到如今叫成“菩提寺”了。长江中有大小孤山，是因为它们独出水面而得的名字，而民间却把“孤”误传为“姑”。江边突出一块巨石，叫作“澎浪矶”竟传说成“彭郎矶”，说彭郎是小姑的夫婿。我曾经登上过小孤山，山上庙里的塑像是一个女人，而钦赐的匾额上写的是“圣母庙”。可见讹传造成的谬误，不光是民间才出现讹误。西京洛阳的龙门山，中间夹着伊河，两边的山峰，看上去像两座阙门，因此称它为“阙塞”，山口有座庙叫“阙口庙”。我曾见过庙中的神像，样子非常威猛，手里拿着尖锐的屠刀，按膝而坐，寻问神像叫什么名字，那里的人说：“它就是豁口大王。”此类讹传尤其可笑。

汲郡（今河南卫辉）供奉有微子、箕子和比干三仁的肖像，可是和他们并立的还有商纣王，合称之为“四王”。

陈锡玄说：“以此类推，可见那些滥设的词庙，应该拆毁的多了。

温州有座“杜拾遗庙”，即“杜甫”庙，后来讹传成“杜十姨”，塑了一个女人的像。当地人因为“五撮须相公”没有妻子，把他们迁到一起，以夫妇相配。五撮须，说的是伍子胥。另外，江陵有的村里的人供奉伍子胥，将伍子胥误叫成“五髭须”，就塑了五个男子汉，都长着胡须。每逢祭祀的时候，总是说：“一髭须”“二髭须”直到“五髭须”。

谢在杭说：阆州有“陈拾遗庙”，就是唐初诗人陈子昂，讹传为“十姨”，改塑成女子像，崇拜祭祀都很尊敬。可见“拾遗”这个官员，如此误人。陈子昂委屈为女人还讲得过去，怎么单单让杜甫杜子

美去做鸱夷子的妻子呢？（原文有误，鸱夷子，是范蠡，而此文讲的是伍子胥——译者注）

陈州（今河南淮阳）厄台寺，相传是孔子绝粮的地方，原来的匾额上写“文宣王”。因长期被风雨浸蚀，字迹有的剥落了，只剩下“王”字和“宣”字的下面一笔，和尚们竟硬生附会为“一字王佛”。

为了宣传孔子的“一以贯之”的道理，称孔子为“一字王”有什么不可以呢？另外《元史》上记载：西南的少数民族中，只有白族人信仰佛教，元朝蒙古人把他们收服后，分别设置了路府等行政单位，下诏在所在的地方建立孔庙，这些白族人视孔子为汉佛。宋朝书法家米元章写《高丽经》，也以孔子为佛、颜渊为菩萨，那么称孔子为佛又很相宜了。〇宋朝官府中的小吏们以苍颉造字，所以尊苍颉为始祖，每到祭时，都称“苍王”，这就更可笑了。

蔡伯喈

江南一驿吏，以干事自任。典郡者初至，吏曰：“驿中毕备，请阅之。”刺史入酒室，见一像，问之，曰：“是杜康。”又入茶室，见一像，问之，曰：“是陆鸿渐。”刺史大喜。又一室，诸菜毕备，亦有一像，问之，曰：“蔡伯喈。”刺史大笑，曰：“此不必。”

若到饭堂，必肖米元章像，到马坊，必肖司马迁像矣。

于进士则，谒外亲于汧阳，未至十余里，饭于野店。旁有紫荆树，村民祠以为神，呼曰“紫相公”。则烹茶，因以一杯置相公前，策马径去，是夜梦峨冠紫衣人来见，自陈紫相公，主一方莱蔬之属。隶有天平吏，掌丰；辣判官，主俭。然皆嗜茶，而奉祠者鲜供此品。蚤蒙厚饮，可谓非常之惠。因口占赠诗，有“降酒先生丰韵高，搅银公子更清豪”之句。盖则是日以小分须银匙打茶，故目为“搅银公子”。则家蔬圃中祠之，年年获收。菜室中宜设此像。

【译文】江南有个驿站中的小吏，一向以办事干练自居。新到任的刺史住入驿站，小吏说："驿站中所有的一切应有的东西都很齐全，请查看。"刺史走进一个放酒的屋子，看见里面有一幅画像，问是什么人，小吏回答："是杜康。"又走入存放茶叶的库房，也看到一幅画像，问是谁，小吏回答说："是陆鸿渐（陆羽）。"刺史非常高兴。又来到一个房子里，里面各种蔬菜齐备，中间也有一幅画像。刺史问这又是谁，小吏说："蔡伯喈。"刺史大笑说："这个就不必挂了。"

如若到饭馆，必定画米芾的像，那么到养马场，就必定要有司马迁的像了。

进士于则，去汧阳（今陕西凤翔）看望外亲，行至离汧阳不到十里的地方，到路边的野店吃饭。店旁有棵紫荆树，村民们把它奉为神来祭祀，叫他"紫相公"。于则就沏好茶，倒了一杯放在了"紫相公"前面。然后举鞭催马而去。这天夜晚，他梦见了一个戴着高帽，身着紫色衣服的人来见，那人自我介绍说："我是紫相公，主管一方蔬菜的神，属下有天平吏，掌握丰收；辣判官，主管俭朴。然而我们都嗜好喝茶。可是祭祀的人很少供奉。早上蒙你献上茶水，味道醇厚，真可以说不是一般的惠赠。"因此随口吟诗一诗相赠，诗中有一句是"降酒先生丰韵高，搅银公子更清豪"。大概是因为于则这天煮茶时间带有分穗的小银匙搅动茶汤，所以称他为"搅银公子"。从这事以后，于则在家里的菜园中，也供起了紫相公，因此年年获得丰收。如此看来，菜库中应挂"紫相公"像才对。

茶 神

《唐传载》云：时有鬻茶之家，陶为陆羽像，置炀器间，谓之茶神。有交易，则以茶祭之；无，则以釜汤沃之。

【译文】《唐传载》中说：当时有一个卖茶的人家，做了一个陶瓷的陆羽像，把它放在了烘烤茶叶器具的房间里，称它为茶神。如果有生意的时候，这家人就用茶来祭祀他，没有生意，便用锅中的热水浇它。

鬼误

《谑浪》：楚俗信鬼，有病必祷焉。尝夜祷于北郭门外，好事者遇之，窃翳身于莽，而投以砂砾。祷者恐，稍远去；益投，益远去，乃攫其肉而食焉。人以为灵也，祷益盛，而北郭门之灵鬼遂著。其后祷者不失肉，即反谓鬼不享而忧之。

《续笑林》：有赴饮夜归者，值大雨，持盖自蔽，见一人立檐下溜，即投伞下同行。久之，不语，疑为鬼也，以足撩之，偶不相值，愈益恐，因奋力挤之桥下而趋。值炊糕者晨起，亟奔入其门，告以遇鬼。俄顷复见一人，遍体沾湿，踉跄而至，号呼“有鬼”，亦投其家。二人相视愕然，不觉大笑。

【译文】《谑浪》中记载：楚地有迷信鬼的习俗，有病的必定要进行祭祀，祈求鬼来保佑。曾有一个人夜里在北城门外祈祷，被一个好事者遇见，这个好事者偷偷隐藏在草丛中，不断向祈祷的人投小石子。那祈祷的人很害怕，就略微移得远一点；再投，祈祷的人离得更远，于是好事者就悄悄走近祭品，把祭祀用的肉吃掉了。人们以为鬼显灵了，祈祷之风更加兴盛，而北城门外鬼显灵的事竟然传出了名。后来，祈祷者的肉没有再被吃掉，便认为鬼不愿享用，反而为此担忧起来。

《续笑林》记载：有一个人去朋友那里喝酒，直到夜晚才回来，路上正碰上天下大雨，他拿出伞来遮盖自己，这时看见一人站在一屋檐下躲雨，就让他到自己的伞下同行。走了很长一段时间，这人没说一句话，他有点怀疑是鬼。便用脚碰这人，正巧又没有碰到。就更加害怕了。因此他奋力把这人挤到桥下，自己赶快向前走去，正遇着做糕饼的人早晨起床，就急切地跑进做糕饼的门里。告诉门里的人说他遇见鬼了。转眼功夫，又见一人，全身湿透，踉踉跄跄地跑来，嘴里喊着“有鬼”，也跑进了做糕点的家里，两人相对而视，都很惊愕，不觉一起大笑起来。

凶宅误

袁继谦郎中，顷居青社。假一第，素多凶怪，昏曀即不敢出户庭，合门惊惧。忽一夕闻吼声，若有呼于瓮中者，声至浊。举家怖惧，谓其必怪之尤者，穴窗窥之。是夕月晦，见一物苍黑色，来往庭中，似黄狗身，而首不能举。乃以铁挝击其脑，忽轰然一声，家犬惊吼而去。盖其日庄上输油至，犬以首入油瓮中，不能出故也。举家大笑，遂安寝。

洪都村中一大家，厅楼崇敞。每夜声响特异，以为妖，避而虚其室。有道士过门，称自龙虎山来。其家大喜，邀入，与约，妖除当厚酬。道士入居之。夜见硕鼠尾巨如椎，跃入破柱，从柱击出，斩之。盖鼠尾始被啮流血，行沙中，沾沙重，既干，巨如椎；其作响皆是物，非妖也。道士乃山下鬻赝符者，幸获重赂，其名遂著。

【译文】郎中袁继谦，在山东居住的时候，他租用了一所宅院，这宅子里平时多次出过怪事，尤其是黄昏的时候，天气阴沉刮风，就不敢走出屋子，全家人非常惊恐。有一天晚上忽然听见院子里有吼叫声，像是从坛子里发出的，声音很浊闷，整个家里的人更加恐惧。认为这必定是妖怪中最凶的一种，就把窗纸上戳一小孔偷偷向外边看。这天晚上正好是一月里的最后一天，没有月亮，只见一个苍黑的东西在庭院走来走去，很像是黄狗的身体，就是头抬不起来，于是用铁东西砸它的脑袋。忽然"轰"的一声，却是家里的那只狗，惊叫着跑了。原来白天庄上的人来送油，狗把脑袋伸进一只空瓮里舔油吃出不来了。全家人大笑起来，终于安安稳稳地睡觉去了。

洪都（今江西南昌）村中有一大户人家，厅楼高大宽敞，就是每天夜里都会听到一种特别的响声，这家人以为有妖怪，都避开不敢住，而将房子空了起来。有一个道士从这家门前经过，说是从龙虎山来的，这家人大喜，把他邀请进来除妖，并约定妖孽除掉后，重金酬谢。于是道士就住了进去。夜里他见到一只老鼠，尾巴很粗大，像一个巨椎，跳进了破柱。道士把它从柱子中赶出来杀死了。其实是这个老鼠的尾巴被咬伤流血，在沙土上行走时沾了许多沙子，干了后就变得又大又硬，像一个巨椎，怪声是由于尾巴与别的东西相碰撞而发出的，不是什么妖怪。道士本是一个在山下卖假符的，却幸运地碰上这种事，不仅获得重金酬劳，他的名气因此也显著了。

庐山精

《稗史》：唐刘秉仁为江州刺史，自京将一橐驼至郡，放之庐山下。野人见而大惊，鸣鼓率众射杀之，乃以状白州，曰："某日获庐山精于某处。"刘命致之，乃所放驼耳。

【译文】《稗史》记载：唐刘秉仁担任江州（今江西九江）刺史，他从京城将一匹骆驼带到了江州，放养在庐山下。山村里的人见了以后非常惊骇，以为是怪物，于是敲着鼓领着众人把它射死，还写了状子报告到江州刺史衙门，说："某日在某处获得一庐山精。"刘秉仁命人送来一看，乃是他放养的那头骆驼。

惊潮

海上每遇八月，秋涛大作，潮声夜吼，震撼城市。至正间，有达鲁不花者初至，闻此，夜不敢卧，因呼门者问之。门者从睡中应曰："潮上来也！"既觉，自知失答，连曰："祸到！祸到！"狂走而出。不花惊趋入内，呼其妻曰："本冀作官荣耀，不意今夕共作水鬼！"合门号恸，外巡徼闻哭，以为有变，传报正佐诸官，皆颠倒衣裳来救。乃叩门，不花恐水涌入，坚闭不纳。同僚破扉排墙而入，见不花夫妇及奴婢皆升屋大呼"救我"。同僚询知其实，忍笑而散。

【译文】海水每到八月份，秋涛大作，潮声整夜吼个不停，沿海一带城镇都被海潮之声所震撼，元惠帝至正年间，有一个叫达鲁不花的蒙古官员初次到那里上任，听见这声音，夜里不敢睡觉。于是去问看门的人这是什么声音，看门的人睡觉还没有完全清醒就迷迷瞪瞪地应声说："潮上来了！"等他完全醒后，知道答错了，连说："祸到了！祸到了！"非常狂乱地跑出去。达鲁不花惊恐地跑进内室，叫醒妻子说："本来希望做官享受荣耀，想不到今天晚上咱们一起做了水鬼！"全家人号啕痛哭。外边巡夜的士兵听见哭声，以为有变，传报县中的副长官，他们听到后，衣服都来不及穿整齐就赶快来营救。他们敲门，达鲁不花怕水涌进来，拒不开门。同僚们只好破门越墙进去，见达鲁不花夫妻及奴仆们都上到屋子的高处，大声喊叫"救我"。同僚们问得实情后，都忍着笑散去了。

甘子布

益州进柑，例以纸裹。后长吏易布，犹虑损坏。俄有御史姓甘名子布者至驿。驿吏驰报，长吏疑敕御史来推布裹柑子事。参谒后，但叙布裹柑子为敬。御史初不解，久方悟，付之一笑。

【译文】四川益州（今四川成都）向朝廷进贡的柑子，惯例都是用纸包装的。后来长吏把它们换成布包装，还担心柑子会损坏。这时有个姓甘名子布的御史来到驿站，驿吏飞驰报告长吏，长吏怀疑御史是皇帝钦派来查办用布包装柑子的事。参拜之后，就开始叙说用布包装柑子是更敬重之意。御史开始不理解，听长吏说了半天，方才明白过来，只对此付之一笑。

皮遐叔

卢尚书弘宣，与弟卢衢州简辞同在京。一日衢州早出归，尚书问有何除改，答云："无大除改，唯皮遐叔蜀中刺史。"尚书不知"皮"是"遐叔"姓，谓是宗人，低头久之，曰："我弥当家，没处得卢皮遐来。”衢州为言之，皆大笑。

【译文】唐朝尚书卢弘宣和弟衢州（今浙江衢县）刺史卢简辞同在京城。一天卢简辞早朝归来，尚书弘宣问有什么任免，卢简辞回答说：“没有什么大的任免事项，只是皮遐叔出任蜀中刺史。”尚书不知“皮”是“遐叔”的姓，以为是同族中的哪个人，低头想了半天，说：“本族事务由我当家，却没见到有卢皮遐这个人。”卢简辞给他作了解释后，两个人都大笑起来。

同姓议婚

唐张守信为余杭守，爱富阳尉张瑶，欲以女妻之，为具衣装矣。女之保母问曰：“欲以女适何人？”守信以张瑶对。保母曰：“女婿姓张，不知主翁之女何姓？”守信方悟，乃止。

唐殿中侍御史李逢年娶妇郑，不合，去之。尝属益府户曹李晛更求一妇。晛言兵曹李札妹新寡可娶，叩札，札亦许诺，约日成婚。及期，逢年饰装往迎，中道忽惊曰：“李晛过矣！”因诣晛曰：“君思札妹为复何姓？”晛亦惊，过李札曰：“吾乃大误！但知为公求好婿，为御史求好妇，都不思姓氏！”各懊恨而退。

【译文】唐朝张守信在余杭当太守，很喜欢富阳县尉张瑶，想把女儿嫁给他，已经开始给女儿置办嫁妆了。女儿的保姆问道：“准备把你女儿嫁给谁？”张守信回答说是张瑶。保姆说：“女婿姓张，不知主翁的女儿姓什么？”张守信这才领悟，就终止了这件事。

唐朝的御史李逢年娶了个妻子姓郑，因感情不合而休掉她。曾经托一个府曹官李晛替他再物色一个妻子。李晛说兵部曹官李札的妹妹不久前死去了丈夫，可以娶过来，就去询问李札、李札也答应了这门亲事，并定下了结婚的日子。到了结婚的那天，李逢年整装前去迎亲，半路上突然惊叫道："李晛错了！"因此找到李晛说："你考虑过李札的妹妹姓什么没有？"李晛也吃了一惊，就到李札那里说："我犯了大错！只知道为公求一个好女婿，为御史求一个好妻子，都没考虑他们姓氏！"两个人都很懊丧和遗憾，退掉了这门亲。

疑姓

阳伯博任山南一县丞，其妻陆氏，名家女也。县令妇姓伍。他日会诸官之妇，既相见，县令妇问："赞府夫人何姓？"答曰："姓陆。"次问主簿夫人，答曰："姓漆。"县令妇勃然入内。诸夫人不知所以，欲却回。县令闻之，遽入问其妇。妇曰："赞府妇云姓陆，主簿妇云姓漆，以吾姓伍，故相弄耳！余官妇赖吾不问，必曰姓八、姓九矣！"令大笑曰："人各有姓。"复令妇出。

令妇所疑不错，只是不合姓伍。子犹曰："姓六、姓七，正是两家谦让处。还是令妇错怪。"

【译文】阳伯博任山南（今陕西南部）某一县的县丞，他的妻子陆氏，是一位名门之家的女儿。县令的妻子姓伍，有一天她会见本县诸位副职官员的妻子们，见面时，县令的妻子问："县丞夫人姓什么？"阳伯博的妻子回答："姓陆。"又问主簿夫人，主簿夫人回答说："姓漆。"县令的妻子勃然大怒进了内宅。诸位夫人不知出了什么事，都想告退。县令知道这件事后，急忙问妻子怎么了。其妻说："县丞夫人说姓陆、主簿夫人说姓漆，是因为我姓伍，来故意地戏弄我，剩下的几个官太太们，我幸亏没问，就是问，回答也必然是姓八、姓九！"县令听了大笑，说："人各有姓。"又叫妻子出来。

县令的妻子所疑不错，只是她不应姓伍。子犹说："姓六、姓七，正是两家夫人谦让之处。还是县令夫人错怪了。"

兄弟误

张伯喈、仲喈兄弟，貌绝相类。仲喈妻妆竟，忽见伯喈，戏曰："今日妆好不？"伯喈曰："我伯喈也。"妻急趋避。须臾又见伯喈，复以为仲喈，告云："向大错误。"伯喈云："我故伯喈。"

长洲刘宪副瀚之族，有兄弟二人，初本孪生，貌极相肖。市有鬻青梅者，梅甚大，其兄戏与决赌云："能顿食百颗。"市人云："果尔，当尽以担中梅相饷。"刘食其半，佯称便，旋入门。而其弟代之出，食至尽。众莫能辨，遂为所胜。

【译文】张伯喈、张仲喈两兄弟，相貌极为相似。一天，仲喈的妻子梳妆完毕，忽然见到伯喈，便嘻戏地说："今天我打扮得好吗？"伯喈说："我是伯喈。"仲喈妻羞愧得急忙避开。一会又碰见了伯喈，仍然把他当成了仲喈，告诉他说："刚才我犯了个大错误。"伯喈说："我还是伯喈。"

长洲（今江苏苏州）副都御史刘瀚的同族人中，有兄弟二人是双生，面貌极其相似。市场上有卖青梅的，果实很大，那哥哥和卖青梅的开玩笑打赌说:“我能一顿吃上一百颗青梅。”卖青梅的说:“如果你真能吃完,我这一担子青梅都送给你。”于是哥哥吃了一半以后,假称去方便一下,便进家门。而让他兄弟代他出来,把一百颗青梅都吃光了。集市上人都无法分辨出来,于是赌赢了卖青梅的人。

意 气

虞啸父为孝武侍中。帝从容谓曰:“卿在门下,初不闻有献替。”虞家富春近海,误谓帝望其意气,对曰:“天时尚暖,鱼鳖虾蜕未可致。寻当有献。”帝抚掌大笑。

馈献曰“意气”,二字亦新。

【译文】虞啸父在晋孝帝时任侍中。皇帝慢条斯理地对他说:“卿在内门中,从来没听过你有谏言。”虞啸父的家乡富春离海很近,误认为皇帝希望他能有所进献,就回答说:“现在季节还很热,鱼鳖虾蜕之类还不能运来,不久就可以献上。”皇帝听了拍手大笑。

馈赠进献叫“意气”,这两个字也挺新鲜。

误 食

王敦初尚主,如厕,见漆箱盛干枣,本以塞鼻。王谓厕上亦下果,遂至食尽。既还,婢擎金澡盘盛水,琉玻盘盛澡豆。因倒著水中而饮之,谓是干饭。群婢掩口。

【译文】晋朝王敦刚和公主结婚时,上厕所解手,看见一个油漆的箱子中装着干枣。这本是塞鼻子用的，王敦以为解手的时候也吃果子，于是就把干枣吃完了。上厕所回去，奴婢一个端着金澡盘，里面装着水，一个端着琉璃盘，装着澡豆（就是一种用油脂制成豆状的肥皂——译者注）。王敦将澡豆倒进水中把它喝掉，以为是干饭。婢女们都掩口笑了。

鸡舌香

桓帝侍中迺存，年老口臭，上出鸡舌香与含之。鸡舌颇小，辛螫不敢咀咽，嫌有过赐毒，归舍辞诀。家人哀泣，莫知其故，求舐其药，出在口香，乃咸嗤笑。

【译文】东汉桓帝时，侍中乃存年老口臭，皇帝拿出鸡舌香让他含在嘴里。鸡舌很小，味道辛辣不敢嚼咽，乃存以为自己犯了过错被皇帝赐毒，让他自杀，就回到家里向家人诀别。家人哭得很哀伤，不知是什么原因。求他把药拿出来舔下尝尝，吐出来后口中很香，于是都嘲笑他。

常春藤

唐姜抚云："服太湖常春藤、终南山旱藕，可长生。"玄宗诏使自求之。民间以藤渍酒，多暴死，抚逃去。

宣和间，王定观好学能诗，少年为殿中监，宠甚渥。一日召入禁中，曰："朕近得异人制丹砂，服之可以长生。炼治经岁，色如紫金，卿为试之。"定观忻跃拜命，取而服之。才下咽，觉胸中烦躁之甚，俄顷烟从口出。急扶归，已不救。既殓，闻柩中剥啄声，莫测所以。已而，火出其内，顷刻遂成烈焰。屋庐尽焚，延燎十数家方息。异药之误人类如此！

【译文】唐朝姜抚说："服了太湖常春藤、终南山旱藕，可以长生不老。"唐玄宗下诏命他去寻找。民间很多人听说后把长春藤浸泡在酒中饮用，结果都暴死了。姜抚从此就逃走了。

宋徽宗宣和年间，有个叫王定观的人非常好学，诗写得很好，少年的时候就被任命为主管皇帝衣、食、住行的殿中监，很得徽宗宠信。有一天，皇帝把他召入宫内，对他说："朕最近得到一个异人炼制的丹砂，吃了可以长生不老。炼制了一年多才制成，颜色如同紫金色，卿可试尝一下。"王定观欢悦跳跃着接受了皇命。把丹砂吃了，刚咽下去，就觉得胸中烦躁得很，转眼功夫，烟从嘴里冒出，急忙派人扶着他回去，已经没有救了。装殓完毕，听到棺材里发出哔哔剥剥的声音，猜不出是怎么回事。随即火苗从棺材中窜出，顷刻间酿成大火，把房子全部烧毁，连着烧了周围数十家才被扑灭。可见这些所谓丹砂之类的长生不老药都如此害人！

医 误

金华戴元礼，国初名医，尝被召至南京。见一医家，迎求溢户，酬应不问。戴意必深于术者，注目焉，按方发剂，皆无他异；退而怪之，日往视焉。偶一人求药者，既去，追而告之曰："临煎时下锡一块。"麾之去。戴始大异之，念无以锡入煎剂法，特叩之。答曰："是古方。"戴求得其书，乃"錫"字耳。戴急为正之。

【译文】金华人戴元礼，是明初时的名医，曾被皇帝召到南京。他见一个医生家看病的人多得屋子装不下了，医生忙得应接不暇。戴元礼意料必定是一个精通医术的医生,就非常注意观看，发现不过是按方开药，完全没有其他不同的方法。离开后他觉得挺奇怪，第二天又去观看了。有一个人拿完药已经走了，医生追出来告诉他说："临煎药时里边放一块锡。"说完挥手让求药人走了。戴元礼开始感到有些惊奇，想不出有什么用锡放在药里煎药的方法。就特别向那位医生询问，医生回答："是古方。"戴元礼请他把书拿出看看，原来是一个"餳（饧）"字，戴元礼急忙纠正了那个医生的错误。

误造

贞元中，给事中郑云逵与国医王彦伯邻居。尝有萧俛求医，误造郑。郑为诊之，曰："热风颇甚。"又请药方，郑曰："药方即不如东家王供奉。"俛既觉失错，惊遽趋出。是时京师有乖仪者，必曰"热风"。

唐临济令李回，娶张氏。张父为庐州长史，告老归，以婿薄其女，往临济辱之。误至全节县，入厅大骂。邑令惊怪，使执而鞭之。困极，乃告以故。令驰报回，回至乃解。

隋刘臻位仪同，恍惚多误。有刘讷者亦任仪同，俱为太子学士。臻住城南，讷住城西。臻欲寻讷，谓从者曰："汝知刘仪同家乎？"从者谓臻欲还家，于是引之而去。既叩门，尚未悟，犹谓至讷家，乃大呼曰："刘仪同可出矣！"其子迎于门，臻惊曰："汝亦来耶？"子曰："此是大人家。"于是顾盼久之，乃悟，始叱从者曰："汝大无意，吾欲造刘讷耳！"

【译文】唐德宗贞元年间，给事中郑云逵和国医王彦伯是邻居。曾有一次萧俛求医，误到了郑云逵家里。郑云逵给萧俛诊断说："热风很严重。"萧俛又请郑云逵开药方，郑云逵说："药方就不如让东邻王彦伯给你开了。"这时萧俛才发觉找错了门，急忙快步走出郑云逵家。当时京师长安便对粗心造成礼仪上错谬的人，必是说他是"热风"。

唐朝临济县县令李回，娶张氏为妻。张氏的父亲是庐州（今安徽合肥）长史，已经退休。他认为女婿虐待了女儿，就前往临济县辱骂李回，为女儿出气。谁知误到了全节县，进入县令的大厅里大声叫骂。县令又惊讶又奇怪，就让人用鞭子打他。张长史窘迫至极，才把事情的原委说了一遍。县令派人迅速送信报知李回。李回来了后，事情才算解决。

隋刘臻任仪同三司，精神恍惚不清，经常出错。有个叫刘讷的人也是位仪同三司，二人同为太子学士。刘臻住在城南，刘讷住在城西。有一次，刘臻想去找刘讷，对随从的人说："你知道刘仪同的家吗？"随从认为刘臻想回家去，于是领着刘臻回自己家去。敲开了门，刘臻还没有明白过来，以为是到了刘讷的家，于是大声喊道："刘仪同可以出来了！"他的儿子迎到门口，刘臻惊愕地说："你也来了？"儿子说："这是父亲大人家"，于是看了半天，才明白过来，呵叱从人说："你太粗心大意了，我是想去拜访刘讷的！"

陈太常

陈音，字师召，莆田人，有文行而性恍惚。一日朝回，语从者曰："今日访某官。"从者不闻，引辔归舍。师召谓至其家矣，升堂周览，曰："境界全似我家。"又睹壁间画，曰："我家物，缘何挂此？"既家僮出，叱之曰："汝何亦来此？"僮曰："故是家。"师召始悟。

陈师召检书，得友人招饮帖，忘其昔所藏也。如期往，累茶不退，主人请其来故，曰："赴君饮耳。"主人讶之，难于致诘，具酒，饮罢，方忆去年此日曾邀饮也。

下次请此等客，只是口邀。

刑部郎中浙江杨某，字文卿。而山西杨文卿，为户部郎中。一日浙江杨氏招师召饮，而师召造山西杨氏。时文卿尚寝，闻其来，亟起迎之。坐久，师召不见酒肴，乃谓曰："觞酒豆肉足矣，毋劳盛馔。"文卿愕然，应曰："诺。"入告家人，使治具。俄而浙江使人至，白以"主翁久候"。师召始悟曰："乃汝主耶？吾误矣！"一笑而去。

陈师召尝信宿具馔邀客，早尽忘之，径造其家双陆。将午不申宿约，客反治具留餐。顷之，家人来促上席。师召未审视，疑是别家来招，怒谓之曰："汝请我主人去，我竟何如？"

陈师召清旦入朝，误置冠缨于背。及见同僚垂缨，俯视颔下，怪其独无。一人遽持缨而正曰："公自有缨，但无背后眼耳。"李西涯赠诗有"十年犹未识冠缨"之句。

陈音不事修饰，蓬垢自喜。官四品，夫人鬻得金狮绯袍，不知为武臣服，公亦不察衣袍肖像。李西涯见之，遽题曰："观其鬓则齐，观其衣则非。若人也，可信而可疑，使蓬其鬓，更其衣，呜呼庶几！"

陈音尝考满，误入户部。见入税银者，惊曰："贿赂公行，至此已极！"

【译文】陈音，字师召，莆田人，很有文才和德行，就是神情恍惚健忘。一天上朝回来，对随从的人说："今天去拜访某官。"随从没有听见，牵着缰绳回到自家府中。陈师召以为到了要拜访的官员家，站在厅堂往四周看了一遍说："景象全和我家一样。"又看到墙壁上的画，说："我家的东西，怎么挂到了这里？"过了一会家童出来了，他呵叱家童，说："你为什么也来了这里？"家童说："这里就是咱家。"陈师召这才开始明白。

陈师召翻看图书，看到夹有一张邀他去喝酒的请帖。忘记是过去藏起的。就按上面的日子前去赴约。已经上了几道茶，陈师召还没有走的意思，主人问他来有什么事。他说："赴约喝酒啊。"主人对此感到诧异，但又不好追问，就拿出了酒款待陈师召，喝完酒，才想起是去年的今天曾邀请过他来喝酒。

下次再请这样的客人，只能口头相邀。

浙江的杨某，字文卿，是刑部郎中。而山西人杨文卿，是户部郎中。一天，浙江人杨某请陈师召喝酒，而陈师召却到了山西杨文卿那里去了。当时杨文卿正在睡觉，听到他来，赶紧起来迎接。坐了很久，陈师召也不见上酒上菜，就对杨文卿说："一觞酒一豆肉足以，不必将酒饭弄得那么丰盛。"杨文卿很惊愕，只得应道："好。"进去叫家人准备餐具。没一会儿浙江人杨某派人来了，告诉陈师召说"我家主人等候多时了"。陈师召才刚明白说："是你的主人请我吗？是我弄错了！"笑了笑就走了。

陈师召曾先一天邀请一位客人来吃饭。但第二天早上把这事忘得一干二净，自己却去到那位客人家玩起了双陆棋。天将中午了，还没有想起说请这位客人饮酒的事。客人反摆好了饭菜留他吃饭。一会儿师召的家人来催请去吃席，陈师召也没有仔细看是谁，以为是别家的人来请，就生气地说："你把主人请走了，留下我怎么办？"

陈师召清晨上朝，误把帽子上缨戴在背后，等见到同僚的帽缨垂下来，又低头看看自己下巴低下，很奇怪只有自己没有。有一人突然把他的帽缨一正说："公自己有缨，只是背后没有长眼睛。"李西涯（东阳）赠给他的诗中有一句"十年犹未识冠缨"。

陈音不修边幅，蓬头垢面还沾沾自喜。官做到了四品，夫人买来一件绣着金狮的大红袍，不知道这是武官的官服。陈音也没仔细看衣袍上的画像。李西涯（东阳）见了，立即给他题词说道："观其鬓则齐，观其衣则非，如果是个人，可相信又可怀疑，让其鬓发蓬松起来，换上这身衣裳，呜呼！两个差不多！"（指人与狮）

陈音有一次任期已满，到吏部办手续，误走入了户部。他见一个上交税银的人便认为是行贿的。吃惊地说："这样公开进行贿赂，这里真是达到极点了！"

翁 肃

闽人翁肃守江州，昏耄。代者至，既交割，犹居右偏，代者不校也。罢起转身，复将入州宅。代者揽衣止之，曰："这个使不得！"

【译文】福建人翁肃在江州（今江西九江）当太守，年老昏愦。接替他的人到任后，一切事务已经交接完毕，但翁肃还坐在右边主位，新太守也不计较。说完话起来一转眼，又准备进入原来任职时住的州宅中，新太守拉着他的衣服说："这个使不得！"

犯胡讳

石勒制法甚严，兼讳"胡"尤峻，有醉胡乘马，突入府门。勒大怒，谓门吏冯翥曰："向驰马入门，为是何人，而故纵之？"翥惶遽忘讳，对曰："向有醉胡乘马驰入，甚呵止之而不可，所谓'互乡难与言'，非小臣所能制。"勒笑曰："胡正自难与言。"恕而不罪。

樊坦性廉，而疏朴多误。由参军擢章武内史。入辞勒，勒见坦衣敝，大惊曰："贫何至此？"坦对曰："顷遭羯胡无道，资财荡尽，是以穷敝。"勒笑曰："羯贼乃尔大胆！孤当相偿耳。"坦大惧。勒曰："孤律自防俗士，不关卿辈。"乃厚赐之。

【译文】后赵石勒制定的法律很严，同时更忌讳"胡"字。有一个喝醉酒的胡人骑马突然闯进石勒的门内，石勒大怒，对门吏冯翥说："刚才骑马闯进门的是什么人？是你故意放他进来的吧？"冯翥又惊惶又着急，竟忘了讳，回答道："刚才有一个喝醉酒的胡人骑马闯入，一再呵叱他停下来也制止不住，这正是所谓'互乡难与言'，言语各自都听不懂，所以不是小臣所能制止得了的。"石勒笑着说："胡人自然难以和他说话。"于是饶恕了门吏，没有处理他。

樊坦作风很廉洁，就是考虑问题不周密，老是出错。他由参军擢升为章武内史。去辞别石勒时，石勒见樊坦的衣服很破旧，非常吃惊，说："怎么穷成这样了？"樊坦回答说："不久前遭到羯胡的劫，将资财扫荡一尽，所以十分贫穷破败。"石勒笑着说："羯贼竟如此大胆！我当会给你补偿的。”樊坦因犯了讳，很害怕。石勒笑着说：“我定的法律只是防一般俗人的，不关你这样人的事。”于是给了樊坦很丰厚的赏赐。

犯名

元绛，字厚之，知福州日，有吏白事，公曰：“如何行遣？”吏对曰：“合依原降指挥。”公曰：“元绛未尝指挥。”吏悚而退。

仆射韩皋病疮。医人傅药不濡，曰：“天寒膏硬耳。”皋笑曰：“韩皋实是硬。”

按：皋字仲闻，貌类父滉。既孤，不复视镜。真硬汉也！

杨诚斋，名万里。为监司时，巡历至一郡。郡守张宴，有官妓叶少歌《贺新郎》词送酒，其中有“万里云帆何时到”。诚斋遽曰：“万里昨日到。”太守大惭，即监系官妓。

【译文】元绛，字厚之，任福州知府的时候，有一个下吏汇报事情，元绛说：“如何处理？”下吏回答说：“应当依照原降下的规定指挥。”元绛说：“我元绛未曾指挥呀。”下吏才发现犯了元绛名讳，恐惧地退下了。

唐朝仆射韩皋生了疮，医生给他上药时，药膏不湿，沾贴不上，说：“天寒（韩）膏（皋）硬的缘故。”韩皋说：“韩皋实在是硬。”

按：韩皋字仲闻，长相很似父亲韩滉。父亲死了以后，就再没有照过镜子。真是个硬汉子啊！”

宋朝杨诚斋，名万里。在任监察御史的时候，出外巡视来到某一郡，该郡的郡守设宴款待，有一名官妓叶少歌《贺新郎》词以助酒兴，词中有一句“万里云帆何时到”。杨万里说：“万里昨天已到。”太守感到不好意思，就把这名官妓监禁了起来。

一日触三人

唐郗昂与韦陟交善，因话国朝宰相谁最无德。昂误对曰：“韦安石也！”寻自觉，惊走。路逢吉温，温问：“何故仓惶如此？”答曰：“适与韦尚书话国朝宰相最无德者，本欲言吉顼，误言韦安石。”既而又失言，复鞭马而走。抵房相琯之第，执手慰问，复舍顼以房融为对。言讫大惭，趋出。昂有时称，忽一日而犯三人，举朝嗟叹，唯韦陟遂与绝交。

【译文】唐朝郗昂和韦陟交情很好，有一次他们在一起谈话说到当朝宰相中谁最没有德行，郗昂随口误答：“是韦安石！”接着就发现自己说错了，惊恐地赶快离开。路上遇到吉温，吉温问道：“什么事这样慌忙？”韦陟回答：“刚才和韦尚书谈到当朝宰相谁最没有德行，我本想说是吉顼（吉温的父亲），却误说成韦安石了。”说罢又觉得说错话了，又打马向前走，到了尚书房琯的府第，拉着房琯的手问候，又把刚才的事说了一遍，可是又把说吉顼的名字说成了房融（房琯的父亲），说完后又感到很羞愧，快步走出了房琯的家。郗昂当时很有点声望，却一天得罪了三个人，整个朝中都为他叹息。只是韦陟与郗昂从此绝交。

姓 误

何敬容在选日，客有姓吉者诣之。敬容问曰：“卿与丙吉远近？”答曰：“如明公之与萧何。”

【译文】南梁何敬容担任吏部尚书期间，有一姓吉的人来拜见他。何敬容说：“你与丙吉关系远近？”姓吉的人回答说：“就像明公与萧何一样。”

语 误

元帝皇子生，普赐群臣，殷洪乔谢曰：“皇子诞育，普天同庆，臣无勋焉，而猥颁厚赉。”帝笑曰：“此事岂可使卿有勋耶？”

刘髦二子俱登进士。长子妇入京，公送登舟，以手援之。郡守见而笑。公曰：“府公笑我乎？若跌入水，尤可笑也！”次妇入京，公时卧疾，呼之床前，曰：“老年头风，可买一帕寄回。”明旦登程，诸亲毕会，忽呼子妇曰：“毋忘昨夜枕上之嘱。”众骇然，问其故，乃始抚掌。

【译文】汉元帝得了个皇子，对大臣们广加赏赐。殷洪乔谢恩说：“皇子诞生，普天同庆，臣并没有立什么功勋，而愧受如此丰厚的赏赐。”汉元帝笑着说：“这种事怎可以让你立功呢？”

刘髦的两个儿子都考中了进士。大儿媳进京去，刘髦送她上船，用手搀扶着她。郡守看见后笑起来。刘髦说：“府公是笑我吗？如果掉进水中，更可笑了！”次子的妻子进京时，刘髦正卧病在床，他把二儿媳叫到床前，说：“我年纪已高，头爱受风，可买一头巾寄回来。”第二天早上登程，亲属们一一辞别，刘髦忽然喊二儿媳说："不要忘了昨夜里枕上的嘱咐。"众人都很吃惊，问明其中的缘故，于是都拍手大笑。

五字皆错

渊明《读〈山海经〉》诗曰："精卫衔微木，将以填沧海。刑天舞干戚，猛志故常在。"有作渊明诗跋尾者，谓"形夭无千岁"，莫晓其意。后读《山海经》云："刑天，兽名，好衔干戚而舞。"乃知五字皆错。

《酉阳杂俎》云：天山有神，名形夭。黄帝时，与帝争神。帝断其首。乃曰："吾以乳为目，脐为口。"操干戚而舞不止。

曹元宠《题村学堂图》云："此老方扪虱，众雏争附火。想当训诲间，都都平丈我。"昔有宿儒过村学中，闻其训"都都平丈我"，知其讹也，校正之。学童皆骇散。时人为之语曰："都都平丈我，学生满堂坐。郁郁乎文哉，学生都不来。"

【译文】陶渊明《读<山海经>》诗说："精卫衔微木，将以填沧海。刑天舞干戚，猛志故常在。"有一个人为陶渊明作跋，误为"形夭无千岁"，对五个字不知道它是什么意思。后来他读《山海经》，书中说："刑天，兽名，喜好衔着盾和斧舞蹈。"才知把五个字都读错了。

《酉阳杂俎》中说："天上有位神，名叫形夭。黄帝时，与黄帝争神。黄帝砍掉了他的脑袋。他竟说："我以乳当眼睛，脐当嘴。"拿着斧和盾舞蹈不止。

曹元宠《题村学堂图》说："此老方扪虱，众雏争附火，想当训诲间，都都平丈我。"以前有一位很博学的读书人，经过村中的学堂，听到教师解释“都都平丈我”，知道他解释错了，对他进行了纠正，学童都吃惊地散开了。当时人们为此作了顺口溜，说：“都都平丈我，学生满堂坐。郁郁乎文哉，学生都不来。”

瞎字不识

臧武仲，名纥，音切为“瞎”。而世多误呼为“乞”。萧颖士闻人误呼，因曰：“汝纥字也不识。”后人遂误以为“瞎字也不识”。

【译文】臧武仲，名纥，音应读为“瞎”音。而世人很多都错读成“乞”。萧颖士听到有人读错，因此就说：“你连纥字都不认识。”后来有的人竟误以为“瞎字也不认识”。

《放生池记》

高文虎作《西湖放生池记》，有“鸟兽鱼鳖咸若”，本夏事，引为商事。太学诸生为谑词哂其误。陈晦行草制，以“舜卜禹用昆命元龟”字，有倪侍郎驳之。陈疏辩“古今命相，多用此语”。擢陈台端，劾倪罢去。时嘲云：“舍人旧错夏商鳖，御史新争舜禹龟。”

【译文】高文虎作了《西湖放生池记》一篇，其中有“鸟兽鱼鳖咸若”，这本来是夏朝的事情，安到了商代，太学生们用开玩笑的话讥讽他的失误。陈晦行草拟诏书，用了“舜卜禹用昆命元龟”等字。有一倪侍郎反驳了他。陈晦行辩解说：“古今任命宰相，多用此语。”皇帝擢升陈晦行为侍御史，罢免了倪侍郎。当时人们嘲笑说：

“舍人旧错夏商鳖，御史新争舜禹龟。”

射策误

宋制科题，有“尧舜禹汤所举如何”，乃汉时宫中谒者赵尧举春，李舜举夏，倪汤举秋，贡禹举冬，各职天子所服也。又“汤周福祚”，乃张汤、杜周也。当时士子以唐、虞三代为对，遂无一人合者。

近时文宗出论题，有“孔子不知孟子之事”，合场茫然不知。乃《论语》“陈司败章”圈外注也。苏紫溪先生视学浙中，有知人之鉴，而出题险僻。如“一至一，二至二，三句三圣人，四句四孔子”。场中多有搁笔而出者。

科场中进士程文，多可笑者。治平中，国学试策，问“体貌大臣”。进士策对曰：“若文相公、富相公，皆大臣之有体者；若冯当世、沈文通，皆大臣之有貌者。”意谓文、富丰硕，冯、沈美少也。刘厚甫遂目沈、冯为“有貌大臣”。

【译文】宋朝的科举制度中科考的题目有“尧舜禹汤所举如何”，这是指汉朝时管理宫中礼仪，接见祭祀、宴会的四个谒者（官员），赵尧举春、李舜举夏，倪汤举秋，贡禹举冬，各自负责一季为天子服务的事情，另外，“汤周福祚”是指张汤、杜周。当时读书人用唐、虞三代来对，竟没有一个人符合要求的。

近时某学政出论题，有“孔子不知孟子之事”的题目，整个考场的考生们都茫然不知。这是《论语》中“陈司败章”正文下的注释。苏紫溪先生视察学政到浙中，有知人之明，但是出题险僻。如“一至一，二至二，三句三圣人，四句四孔子”，考场中很多人都搁笔而出。

科场中考生依照程式作文，出了很多笑话。宋英宗治平年间，国学考试策论，问“体貌大臣”（指对大臣要以礼相待）。进士却作策文解释为：“若文相公、富相公，都是大臣中有体的，如冯当世、沈文通，都是大臣中貌美的。”意思是说文相公、富相公体态丰满，冯当世、沈文通那样貌美的人很少。于是刘厚甫称沈文通、冯当世为“有貌大臣”。

诗鬼正误

虞文靖在宜黄时，尝倚楼吟诗，有“五更鼓角吹残雪”之句。忽隔溪一童揖而言曰：“角可吹，鼓不可吹。”亟命召之，已失所在。盖诗鬼也。

【译文】元朝学士虞集（谥号文靖）在宜黄时，曾在一楼台上倚着栏杆吟诗，其中有“五更鼓角吹残雪”之句。忽然小溪对岸有一小童拱手说道：“角可以吹，鼓是不能吹的。”虞集急命呼唤他过来，小童已不在了。大概是诗鬼吧。

高 塘

濠州西有高塘馆，附近淮水。御史阎敬爱宿此馆，题诗曰：“借问襄王安在哉，山川此地胜阳台。今朝寓宿高唐馆，神女何曾入梦来？”轺轩来往，莫不吟讽言佳。有李和风者至，又题诗曰：“高唐不是这高塘，淮畔江南各一方。若向此中求荐枕，参差笑杀楚襄王。”读者莫不解颜。

【译文】濠州（今安徽凤阳）西有一座“高塘馆”，临近淮河。御史阎敬很喜欢住在此馆，题诗说：“借问襄王安在哉，山川此地胜阳台。今朝寓宿高塘馆，神女何曾入梦来？”来往的达官贵人们，没有不吟诵说好的。有一个叫李和风的人来到这里，又题了一首诗批评说：“高唐不是这高塘，淮畔江南各一方。若向此中求荐枕，参差笑杀楚襄王。”读的人没有不笑的。

草诀百韵歌

有云《草诀百韵歌》乃右军所作。杨用修戏曰：“字莫高于羲之，得羲之自作《草韵》奇矣。更得子美《诗学大成》，孔子《四书活套》，足称三绝。”

【译文】有人说《草诀百韵歌》是王羲之所作。杨用修（慎）嘲笑他们说：“字没有高过王羲之的，能得到王羲之自己作的《草韵》真是罕见稀奇。再得到杜甫《诗学大成》，孔子《四书活套》，足以称为三绝。”

吏 牒

《祝氏猥谈》云：一大将乞翰林某诗，专令一吏候之，免其他役。吏始甚德之。既逾改火，吏不胜躁，具牒呈其将，言：“蒙委领某翰林文字，为渠展转支延，已及半载，显是本官不能作诗，虚词诳脱。”

【译文】《祝氏猥谈》中说：一位大将军求某翰林的诗作，专门命令一个下吏在那里等候，免做其他差役。下吏开始很感激。后来越等越恼火，下吏不胜烦躁，写了个条子呈送给将军说："蒙委托领取某翰林文字，因他一再拖延，已经等待半年了，显然是这个翰林官不能作诗，用假话欺骗推托。"

马疑司马

绍圣间，马从一监南京排岸司。适漕使至，随众迎谒。漕一见，即怒叱之曰："闻汝不职，未欲按汝，尚敢来见耶？"从一惶恐，自陈"湖湘人，迎亲就禄"，求哀不已。漕察其语，南音也，乃稍霁威，曰："湖南亦有司马氏耶？"从一答曰："某姓马，监排岸司耳。"漕乃微笑曰："然则勉力职事可也。"初盖认为温公族人，故欲害之。自此从一刺谒，削去"司"字。

【译文】宋哲宗绍圣年间，马从一主管南京排岸司。有一天，漕运使来到，马从一随着众官一起迎接拜见。漕运使一看见马从一，马上怒叱他说："听说你很不尽职，没有对你进行查办，还敢来见我？"马从一非常惊慌害怕，说"我是湖南人，迎奉父母并在此求禄"，然后不住地哀求。漕运使发觉他讲话是南方口音，威严的表情才渐消散，说："湖南也有司马这个姓吗？"马从一回答说："我姓马，职务是监排岸司。"漕运使这才微笑着说："如果是这样，那么只要努力尽自己的职责就可以了。"起初漕运使看了他的名刺是"监排岸司马从一"，错把马从一当作司马光家族的人了，因此想处治他。自这个事发生后，马从一就把自己的名刺上的"司"去掉了。

王彦辅《麈史》乖谬二事

京西宪按行至一邑，辱县尉张伯豪，斥使下骑而步，且行且数其不才。既入传舍，有虞候白言："提刑适骂官员，乃王陶中丞女婿。"宪矍然曰："何不早告我！"亟召尉，与之坐。茶罢，乃曰："闻君有才，适来聊相沮。君词色俱不变，前途岂易量耶！"即命书吏立发荐章与之。

某路宪至一郡，因料兵，见护戎年高，谓守倅曰："护戎老不任事，何可容也？"守、倅并默然。戎抗声曰："我本不欲来，为小儿辈所强，今果受辱！"宪问："小儿渭谁？"曰："外甥章得象也。"盖是时方为宰相。宪曰："虽年高，顾精神不减，不知服何药？"戎曰："素无服饵。"宪又曰："好个健老儿！"惠酒而去。

语云"朝里无人莫做官"，只为有此辈花脸。

【译文】京西路监察御史巡视到了一县，辱骂县尉张伯豪，喝斥他下马步行，并且一边走一边数落他如何无才。进入舍馆以后，有一个虞候对他说："提刑刚才骂的那个官员，就是王陶中丞的女婿。"御史惊惶地向四周看了看说："为什么不早告诉我？"赶快把县尉请来，让他坐下。饮过茶后，对他说道："听说君很有才气，刚才故意发火试一下，然而君词色不变，前途岂可限量！"随即命书吏发了一个推荐的文书给他。

某路监察御史到一郡，因为检阅驻军，见一个统领年事已高，就对太守和其副职说："统领年老已不堪任事，怎么可以留用呢？"太守和副职都默不作声。统领分辩说道："我原不想来，因为小儿辈非让我来，现在果然受辱！”监察御史问他：“你那个小儿辈是谁？”统领回答说：“外甥章得象。”章得象当时正任宰相。御史马上改口说：“虽然年纪有点高，看你的精神仍然不减，不知吃的是什么药？”统领说：“平常什么也没有服过。”御史又说：“好一个健壮的老人！”赠送了一些酒给这位统领就走了。

俗话说“朝里无人莫做官”，就是因为有这样的三花脸。

误 答

许诚言为琅琊太守，有囚缢死狱中，乃执去年修狱吏典鞭之。典曰：“小人职修狱，狴牢破坏当笞，今贼乃自缢也。”诚言怒曰：“汝胥吏，又典狱，举动自合笞耳！”

虽误，却是快语。

【译文】许诚言任琅琊太守时，有一个囚犯在狱中上吊自杀了，于是把去年的修狱吏典抓来施以鞭刑。吏典说：“小人职责是修整监狱，如果牢狱破损了，我应当受到鞭笞，但这个贼是自己上吊而死的呀！”诚言生气地说：“你是个小官吏，又是主管监狱的，举动自然应当受鞭笞的处罚。”

虽然错了，却是快语。

误 黥

陆东官苏州时，因断流罪，命黥其面，有“特刺配”字。黥毕，幕中相与白曰：“凡言‘特’者，罪不至是，而出于朝廷一时之旨，非有司所得行。”东即以“特刺”改“准条”，再黥之。后有荐其才于政府者，曰："得非人面上起草稿者乎？"

【译文】宋朝时的陆东在苏州做官时，判处一个罪犯流放，命人在犯人脸上刺上"特刺配"三个字。刺完后，幕僚们与之言此事说："凡是说'特'的，罪行还够不到刺字的程度，而是出于朝廷一时的旨意，不是哪个官员能随便使用的。"于是陆东马上把"特刺"两字改成"准条"，命人重新刺一遍。后来有人以陆东有才干向上推荐，但也有些人不无怀疑地说："莫非就是在犯人脸上起草稿的那个人吗？"

译误

元时，达鲁花赤为政，不通汉语，动辄询译者。江南有僧，田为豪家所侵，投牒讼之。豪厚赂译。既入，达鲁花赤问："僧讼何事？"译曰："僧言天旱，欲自焚以求雨耳。"达鲁花赤大称赞，命持牒上。译业别为一牒，即易之以进；览毕，判可。僧不知也，出门，则豪已积薪通衢，数十人舁僧畀火中焚之。

胡元闰位，天地反覆，即此一事可见耳。

【译文】元朝时，达鲁花赤（官名、蒙古语镇守者之意）主持政务，但不懂汉语，动不动就要问翻译。江南有一和尚，因庙中田产被豪绅侵占，向官府写状起诉。豪绅用重金贿赂了翻译，到公堂后，达鲁花赤问："和尚因为何事起诉？"翻译说："和尚说天旱，想以自焚来求雨。"达鲁花赤大加称赞。命人将状子递上。其实翻译已经另外写了一个状子，此时把和尚的状子换了下来，把另写的那个递了上去。达鲁花赤看完后，立即判道"可"。和尚还不知是怎么回事，一出门，那个豪绅已经在街上堆起木柴，几十个人抬起和尚就给扔进火中烧死了。

元朝不是正统的朝代，天地颠倒，从这一个事上就可以看出来。

防误得误

桓温将举殷浩为尚书令，先致书闻浩。浩欣然答书，虑有谬误，开闭数四，竟达空函。

【译文】晋朝大将军桓温准备推举殷浩为尚书令，就先写了封信给殷浩，把这事告诉了他。殷浩很愉快地写了回信。可是又担心信中有错误，就将已封好的信封拆开，检查无误后再封上，这样连续反复了四遍，结果竟把信瓤忘记装进信封，寄去的是一封空函。

不误为误

后唐刘夫人，少因兵乱，与父相失。及贵宠，其父刘山叟负药囊诣宫门，请见。时诸嫔御争以门第相尚，后恐为己辱，即曰："妾离家时，父已亡殁，安得有是？"命驱出杖之。帝尝于宫中敝服携筐，装刘山叟寻女，以为戏笑。

闽中一娼，色且衰，求嫁不遂，乃决之术士。云："年至六十，当享富贵之养。"娼以为不然。后数年，闽人有子从幼为阉人者，闻其母尚存，遣人求得之，馆于外第。翌日出拜，见其貌鄙陋，耻之，不拜而去，语左右曰："此非吾母，当更求之也。"左右窥其意，至闽求美仪观者，乃得老娼以归。至则相向恸哭，日隆奉养，阅十数年而殁。

贫父受杖，肥娼受养。颠之倒之，势利榜样。

【译文】后唐刘夫人，小时候因为战乱，与父亲失散。后来做了嫔妃，他父亲刘山叟听说后，背着药囊来到宫门，请求相见。当时嫔妃们相互争出身门第来表明自己尊贵，刘夫人恐怕因自己出身低贱而受到羞辱，就说："妾离家时，父亲已经亡故了，哪里还有父亲？"命人将刘山叟赶出宫外，还用棍子责打了他。后来，皇上曾在宫中穿着破衣服，手提竹筐，扮装成刘山叟寻找女儿的样子，以此当作游戏来取笑她。

福建有一个娼妓，年纪大了，容貌衰败，寻求嫁人没有成功，于是找算命先生推算。算命先生说："到六十岁的时候，当会享受富贵的生活。"娼妓不相信。过了几年，有个福建人从小当了太监，他听说其母还活着，就派人寻找，并且已经找到了，把她安排在外馆里。第二天太监出来拜见其母，见她相貌粗俗丑陋，感到很羞耻，不拜而去，并对左右随从说："这个不是我母亲，应当再去寻找。"左右看出了他的意思，就到福建寻找面貌好看的，于是找到那个老娼妓回去。到太监那里后，两人抱头痛哭，每天都受到很好的侍奉，过了十几年才死去。

贫穷的父亲，受到的是棒打，而富有的娼妓却能受到很好的奉养，真是人情颠倒，势利待人的典型。

不误反误

有一狠子，生平多逆父旨。父临死，嘱曰："必葬我水中！"冀其逆命得葬土中，至是狠子曰："生平逆父命，今死，不敢违旨也。”乃筑沙潭水心以葬。

【译文】有一个逆子，平生做事常违反父亲意愿。父亲临死的时候，嘱咐儿子说：“一定要把我葬在水中！”其实是希望儿子违反他的话得以葬在土中。谁知儿子说：“平生总是违反父命，如今死了，不敢再违反父亲的旨意。”于是筑了一个沙潭，把父亲葬在水潭中心了。

误而不误

隆庆时，绍兴岑郡侯有姬方娠。一人偶冲道，缚至府，问曰：“汝何业？”曰：“卖卜。”岑曰：“我夫人有娠，弄璋乎？弄瓦乎？”其人不识所谓，漫应曰：“璋也弄，瓦也弄。”怒而责之。未几，果双生一子一女。卜者名大著。

吴下管生，失一小青衣，问占于柳华岳，得“剥床以肤”爻。柳素昧文理，连味“以肤”二字，忽曰：“汝有姨夫乎？试往其家索之，可得也。”管如其言，果获之。柳名益起。

一书生礼奎神甚虔，同侪戏之，以经书文七首置神座下。书生得之，喜曰：“神赐也！”稽首受而读之。及试命题，一如所读，竟登第。

【译文】明穆宗隆庆年间，绍兴岑知府的夫人正怀孕。有一个人偶然冲撞了太守过路仪仗，被绑到府中，岑知府问：“你是做什么职业的？”那人说：“算命的。”岑知府说：“我夫人有孕，弄璋（生儿）呢？弄瓦（生女）呢？”那人没有弄懂他说的意思，胡乱应声说：

“璋也弄，瓦也弄。”岑知府很恼火，命手下将那人打了一顿。没有过多久，岑知府的夫人果然生了一儿一女双胞胎。那个称算命的人，因此名声大显。

苏州一姓管的秀才，丢失了一个小婢女，就到柳华岳那里求他算一卦，结果占得一卦为“剥床以肤”爻。柳华岳一向不通文理，再三思考“以肤”二字是什么意思，忽然说：“你有姨父吗？不妨到他家找一找试试？说不定就可以找到。”管秀才按着柳华岳的话去找，果然找到了，由此柳华岳的名声更大了。

一个书生非常虔诚地礼拜奎星神，同学们跟他开玩笑，把经书中的七篇文章放在神座下面。书生拿到后，高兴地说：“这是神赐给我的。”于是对着神像拱手到地，拜受后仔细研读。等到了考试那天，题目和这七篇经文一样，竟然中举。

不伏误

陈彭年摄太常，导驾误行黄道。有司止之。彭年正色回顾曰：“自有典故！”礼曹畏其该洽，不敢诘。

天顺间。钱塘张锡作文极捷，而事多杜撰。有问者，则高声应曰：“出《太平广记》。”以其帙多难卒辨也。类此。

【译文】宋朝陈彭年担任太常寺卿时，在给皇帝出行引路时误走进只有皇帝才能走的中间御道。有关官员制止他，陈彭年回头严肃地说：“这自有典故！”礼仪官知他见多识广，也就不敢再问下去。

明朝天顺年间，钱塘县有个张锡，文章写得极快，而其中写的许多事都是他自己杜撰的。有一个人问他，他高声说道：“出自《太平广记》。”以《太平广记》卷数很多，一时难以查找来替自己脱解。陈彭年和此都是属于一类的。

误福

毕士安作相，有婿皇甫泌放纵，累戒不悛。毕欲面奏之，甫启口云“臣婿皇甫泌”，即值边有警报，不终其说。越数日，又言，值上内逼，遽起遥语曰：“卿累言，朕已知之矣。”俄降旨超转一资，毕竟不敢自明。李吉甫恶吴武陵，欲阻其进。知贡举官怀榜至，未接，先问：“吴武陵及第否？”忽有中使宣敕至。主司恐是旧知，榜尚在怀，即添注武陵姓名；中使去，呈李。李曰：“此人至粗，何以及第？”然名已上榜，无可奈何矣。二事正相类。

【译文】宋朝毕士安做宰相时，他的女婿皇甫泌很放纵，屡教不改。毕士安准备面奏皇帝，刚开口说了一句“臣婿皇甫泌”，还没说下去正好这时有边塞报警，最终没有说成。过了数日，毕士安又要说，正值皇帝急于解手，急忙起来，已起，走出几步才说：“卿已说了几次，朕已经知道了。”不久，降下圣旨把皇甫泌迁升一级，毕士安竟不敢说明自己的意思。唐朝宰相李吉甫很讨厌吴武陵，想阻止他被录取。主管进士考试的官员，怀揣录取榜文来到，李吉甫没有接，先问道：“吴武陵考中没有？”正说着忽然有一个中使来宣读皇帝圣旨。这时主司以为吴武陵是李吉甫旧时的朋友，趁榜还在身上，立即添上了吴武陵的姓名。中使走后，主司将榜呈给李吉甫。李吉甫看了说：“此人非常粗俗，怎么会考中？”然而吴武陵的名字已经上了榜，无可奈何了。这两个事正好属于一类。

怯误为勇

张亮过建安城下，壁垒未固，高丽兵奄至。亮素怯，踞胡床直视不能言。将士见之，疑以为勇，相与奋击。败敌，还报亮，亮犹股栗未宁。

【译文】张亮来到建安城下，营垒还没有修好，高丽的兵马突然杀来。张亮一向都很胆小，这时吓得坐在交椅上两眼发直不会说话。将士们看见，还认为他很勇敢，很受鼓舞，相互奋勇杀敌。终于将敌人杀败。回来报告张亮，这时张亮还在两腿战栗颤抖呢！

父僧误

京师有少尼与一男子情好，欲长留之，不得，乃醉而髡其首，以弟子畜之。后其妻踪迹至寺，得夫以归。夫深自惭悔，且嘱妻："勿泄，俟吾发长。"时其子商于外，妇每怪姑倍食，又数闻人音，穴壁窥之，正见姑与一僧同卧，忿恚，具白其子。子大怒，取刀入室，抚两人首，其一僧也，即奋刃断僧首。母觉而止之，不及，告以故。子验其首，乃大悔。有司谓："虽非弑逆，然母奸不应子杀。"遂坐死。

【译文】京城中有个年轻尼姑和一个男子交好，想长久留住他，男子不同意，就将男子灌醉，把他的头发削去，以弟子的名义留下。后来那男子的妻子闻讯寻到寺庙，把丈夫找了回去。丈夫深感惭愧，很后悔，并且嘱咐妻子说："不要告诉别人，等我的头发长长。"当时其子正在外经商，儿媳每天饭时见婆婆准备的饭比平时多一倍，感到很奇怪，又多次听到她屋里有男人的声音，就从墙洞中偷偷观看，正看见婆婆和一个僧人睡在一起，很忿怒。就把她看到的都告诉了丈夫，儿子大怒，拿着刀进入母亲房内，摸两人的脑袋，其中有一僧，立即一刀将僧人的脑袋砍掉。母亲发觉制止，已经来不及了，其母就将原委告诉儿子。儿子验看后，果然是父亲，于是非常后悔。官府认为："虽然不属于弑逆的罪，即使母亲有奸情，也不应由儿子杀。"就被判为死罪。

婆奸媳

万历辛卯间，阊门外有父子同居者。子商于外，妇事舅姑极柔婉，妪遂疑翁与妇通，乃夜取翁衣帽自饰，潜入妇寝所，试抱持之。妇不得脱，怒甚，以手指毁其面。妪负痛始去，明旦托病不起。妇潜归父母家，诉之。父往察翁面无损，归让其女不实。女恚，竟自经。父讼于官，翁亦无以自明。邻里称妪面有伤痕，执妪鞫之，事乃白。时吴中喧传为"婆奸媳"。

【译文】明万历辛卯年间，苏州阊门外有一家，父亲和儿子住在一起。儿子在外经商，儿媳侍奉公婆非常温顺。哪知婆婆竟怀疑公公与儿媳私通，于是夜里穿上公公的衣服，潜入儿媳的寝室，拥抱儿媳以验实。儿媳挣脱不得，非常愤怒，用手指抓破了婆婆的脸，婆婆忍着痛离开了，第二天托病不起。儿媳悄悄地跑回父母家，把这事告诉了父母。父亲前去察看，见公公的脸上完好无损，回去责备女儿所说不是真的。女儿很气恨，竟然自杀身亡。父亲告到官府，公公也无法自我证明。邻居们说婆婆的脸上有伤痕，就将她抓到官府，审问后，事情才真相大白。当时苏州到处哄传"婆奸媳”的新闻。

罗长官

万历丙戌间，京师有佣工之妇，先与卫军罗姓者交密，呼为“罗长官”，后以隙绝。妇久旷欲动，乃择胡萝卜润之，每寝，执以自娱，快意处亟呼萝卜为“罗长官”。邻人闻之，以为罗君复修好矣。邻有恶少年，素垂涎于妇，调之不从，恨焉。适佣工夜归，与妇寝。恶少不知也，意其独宿，故无声，挟利刀潜入，将迫之。扪枕得双头，误认为罗，怒甚，连斫之而去。事既上，有司不能决。邻人曰：“前此每夜其妇必呼其旧好之罗长官。然但闻声，未见其人也。”官以罗妒奸杀人，当重辟。罗极称冤，竟不白。恶少归，嗟叹不已。妻叩之，备述其故。妻亦与一人有私，其所私者，正避匿床下，计欲杀恶少而取其妻，乃以所闻语鸣官。恶少竟得罪，而罗长官乃释。

【译文】明万历丙戌年间，京师有一个佣工的老婆，起先和一个姓罗的禁卫军交密，称他为“罗长官”，后来因为感情上有了裂痕断绝来往。佣妇因长久寂寞欲望蠢动，就选了一根胡萝卜，把它浸润，每到睡时，拿着进行自娱，到快意处，急声呼喊萝卜为“罗长官”。邻居听到后，还以为“罗长官”与她重归于好了。邻居中有一个品行恶劣的少年，平常就想得这佣妇，调戏不从，就怀恨在心。一天正巧佣工夜里从外回来，夫妻一起睡觉，恶少不知，以为还是佣妇独自睡眠，因此悄悄地挟着一把利刀潜入佣妇房中，准备胁迫佣妇就范。谁知摸着两个脑袋，就误认为是“罗长官”，很恼火，连砍他们数刀而去。这案件上报，官府不能判决。邻居说："在此以前，佣妇每夜必定叫喊其旧相好罗长官，然而只是听见声音，没有见过人。"于是官府以罗某妒奸杀人，判他死罪。罗某拼命喊冤，毕竟说不清楚。恶少回家以后，嗟叹不已。其妻问他，就将此事详细地说了一遍。当时恶少的妻子也正和一个人私通，那个与她私通的人正躲藏床下，密谋想杀死恶少而取其妻，就把他在床下听到的那些话告到了官府。最后恶少终于罪有应得，而罗某才被释放。

误哭

今春，吾苏北教场演武。故事：铳手三人，试三铳，铳不响，有罚。第二铳偶走药，火喷面黑，其人诣河头洗涤。而第三铳药线甚迟，铳手惧责，以口吹之，铳忽发，破头而死。而第二人之妇，初时闻其夫为铳伤，仓惶来视，即见死尸横地，以为夫也，便大哭。第三人之妇亦来同看，反以好言解慰。俄而第二人至，二妇俱骇，询之，知其详，于是第三人之妇放声举哀，而前妇收泪，转为解慰焉。

【译文】今年春天，我们苏州北教场军队进行演习。根据以往的例子：铳手三人，试验三铳，如果铳不响，就要受罚。第二铳的时候，偶然走药，火烟将第二人的脸熏得很黑，这个人就到河头洗脸去了。而到第三铳的时候，由于药的引线燃得很慢，铳手害怕受责，就用嘴吹药引线，谁知铳忽然爆发，这第三铳的铳手的头被炸烂而死。第二个铳手的妻子，先是听说其夫被铳炸伤，仓惶来看，却看见一死尸横地，血肉模糊，以为是自己的丈夫，便大哭起来。这时第三个铳手的妻子也来观看，见此情景，就反以好话宽慰。

不一会儿，第二个铳手洗罢回来，两个妇人都很惊骇，询问后才知是怎么回事，于是第三个铳手的妻子放声痛哭，而第二个铳手的妻子停止了哭泣，又开始宽慰第三个铳手的妻子了。

讹言

至元丁丑六月，民间谣言朝廷将采童男女以授鞑靼为奴婢，且俾父母护送交割。自中原至江南，人家男女年十二三以上，便为婚嫁，扰扰十余日方息。吴僧柏子庭有诗戏之，曰："一封丹诏未为真，三杯淡酒便成亲。夜来明月楼头望，唯有嫦娥不嫁人。"隆庆戊辰，有私阉火者，名张朝，假传奉旨来浙直选宫女。一时惊婚者众，舆人、厨人无从顾觅，亦如至元故事。有人改子庭诗云："抵关内使未为真，何必三杯便做亲？夜来明月楼头望，吓得姮娥要嫁人。"又讹言并选寡妇伴送入京。于是孀居无老少，皆从人，有守制数十年，不得已，亦再适。又有人为诗曰："大男小女不须愁，富贵贫穷错对头。堪笑一班贞节妇，也随飞诏去风流。"

【译文】元顺帝至元丁丑（1337）六月，民间谣传朝廷将选择男女幼童授给鞑靼人为奴婢，并且让他们的父母护送交割。一时间从中原到江南，家里有年龄十二、三以上的男女青年就匆匆办婚嫁，闹闹哄哄持续了十多天才算平息。苏州一个僧人柏子庭，写了首诗嘲笑此事："一封丹诏未为真，三杯淡酒便成亲。夜来明月楼头望，唯有嫦娥不嫁人。"明穆宗隆庆戊辰（1568）那一年，有一个私自阉割的人，叫张朝，冒充太监假传奉旨来浙江直接选宫女。一时间请人作媒嫁女的很多，也不顾对方是轿夫还是是厨子，一如元朝至元年间的那场风波。于是有人改柏子庭的诗说：“抵关内使未为真，何必三杯便做亲？夜来明月楼头望，吓得姮娥要嫁人。”又有谣言说还要选寡妇一同伴送进京，于是孀居的妇人不管老少，都嫁了人。有的守节已几十年，不得已也再嫁他人。又有个人作了首诗说：“大男小女不须愁，富贵贫穷错对头，堪笑一班贞节妇，也随飞诏去风流。”

蝎虎冤

守宫与蜥蜴二种。守宫即蝎虎，常悬壁。蜥蜴毒甚于蛇，又名“蛇医”，俗言与龙为亲家，故能致雨。古法用蜥蜴数十，置水瓮中，数小儿持柳枝咒曰：“蜥蜴蜥蜴，兴云吐雾，降雨滂沱，放汝归去。”宋熙宁中，求雨时觅蜥蜴，不能尽得，以蝎虎代之，入水即死。小儿更咒曰：“冤苦冤苦，我是蝎虎。似尔昏沉，怎得甘雨？”

国初，大江之岸尝崩，人言下有猪婆龙。对者恐犯国姓，只言下有鼋。太祖恶与“元”同音，令捕殆尽。物之称冤者，岂独壁虎哉？

【译文】守宫与蜥蜴是两种不同的动物。守宫就是蝎虎，常常悬趴在墙壁上。蜥蜴的毒比蛇还厉害，所以又名叫“蛇医”，俗话说它与龙是亲家，所以能致雨。古代有一种说法，用蜥蜴数十只，放在水坛中，数十个小孩拿着柳枝咒道：“蜥蜴蜥蜴，兴云吞雾，降雨滂沱，放你归去。”宋朝熙宁年间，老百姓求雨时寻找蜥蜴，找不到那么多，就用蝎虎替代，放到水里后马上就死去了。小孩子更念咒说：“冤苦冤苦，我是蝎虎。似你们昏沉，怎得甘雨？”

明朝初年，长江岸曾经崩裂，有人说是岸下有猪婆龙扬子鳄。传播的人恐怕犯国姓，只说下面有鼋。明太祖朱元璋讨厌“鼋”和“元”同音，下令将鼋捕杀殆尽。动物中被冤的，岂只是壁虎呢？”

马 冤

舞马已散在人间，禄山尝睹其舞而心爱之，自是因以数匹卖于范阳。其后转为田承嗣所得，不之知也，杂战马中，置之外栈。忽一日，军中享士，乐作，马舞不能已。厮养皆谓其为妖，操箠击之。马谓其舞不中节，愈加抑扬顿挫。厩吏遽以马怪白之，箠至死。时人亦有知其舞马者，以暴故，终不敢言。

【译文】有一种会舞蹈的马流落在人间，安禄山曾经看这种马舞蹈，非常喜爱它，从此后就有数匹卖到了范阳(今北京西南)。其后这些马转为田承嗣所得，但不知它们能舞蹈，就把它们混杂在战马中间，放在客栈外。忽然有一天，军中会餐慰劳士兵，奏起了音乐，马便舞蹈了起来，而且不停止。养马的人都认为它是妖怪，就拿起马鞭打它。而马认为自己没有跟上节奏，更加抑扬顿挫合着节拍舞蹈。养马人急忙以这匹马是怪马去告诉了田承嗣。最后马被鞭打死。当时也有人知道这匹马是会舞蹈的马，因马被打死，最终也没敢说出来。

无术部第六

子犹曰：夫人饭肠酒腑，不用古今浸灌，则草木而已。温岐“悔读《南华》第二篇”，而梅询见老卒卧日中，羡之，闻其不识字，曰：“更快活。”此皆有激言之，非通论也。世不结绳，人不面墙，谁能作聋瞽相向？但不当如弥正平开口寻相骂耳。集《无术第六》。

【译文】子犹说：人的肠腑如果只是用来吃饭喝酒，不学古今知识，就如同草木而已。温岐（温庭筠，唐代诗人）因困厄而读《南华》第二篇（《齐物论》），而梅询（宋朝宜城人，字昌言）见老兵躺在阳光下，很羡慕他们，得知他们不识字，说：“这样更快活。”这都是因一时激愤而说的话，不是他们一贯的言论。世界若无文字，人不面壁读书，谁能愿意作为又聋又瞎的人整日相对而望呢？但也不应当像称正平（衡）一样，去张口找着骂人。汇集《无术部第六》。

署 名

库狄干不能书，每署名，逆上画之，人谓之“穿锥”。又有武将王周者，署名先为“吉”，而后成其外。

《北史》：斛律金不识文字。初名敦，苦其难署，更名为金，从其便易；犹以为难，司马子如乃指屋角令况之。

陆渭南《晚晴》诗“屋角明金字，溪流作縠文”，用此。“穿锥”“指屋”是的对。

何敬容为尚书令，不善作草隶，署名“敬”字，大作“苟”，小为“文”；“容”字大作“父”，小为“口”。陆倕见而戏之曰：“公家苟既奇大，父亦不小。”敬容笑而惭。

江从简尝作《采荷调》以刺何敬容，曰：“欲持荷作柱，荷弱不胜梁。欲持荷作镜，荷暗本无光。”敬容不悟，唯叹其工。

【译文】库狄干不会写字，每次署名，都从下往上写中间的一笔，人们叫他“穿锥”。还有一个叫王周的武将，署名时先写“吉”，然后再写外边的笔画。

《北史》记载：斛律金不识文字，他的初名叫敦，苦于这个字难写，就改名为金，是为了好写。但他还认为难，司马子如（北齐人，字遵业）就指着屋角让他模仿着画。

陆游《晚晴》诗“屋角明金字，溪流作縠文”，用此典故。“穿锥”“指屋”正好对仗。

何敬容为尚书令，写不好草隶，署名字中的“敬”字、左边的“苟”写得大，右边的“文”写得小，“容”字宝盖下的“父”写得很大，“口”写得很小。陆倕见了对何敬容开玩笑说：“公家里苟已经大得出奇，父也不小。”敬容羞惭地笑了笑。

江从简尝作《采荷调》以讽刺何敬容，说：“欲持荷作柱，荷弱不胜梁。欲持荷作镜，荷暗本无光。”何敬容不明白其中的意思，还一个劲地惊叹此调作得很工稳。

大字 大诺

宋武帝（刘裕）。素不能书，刘穆之教以纵笔作大字径尺。

帝从之。一纸不过六七字便满。

梁陈伯之为江州，目不知书。得文案，佯视之，唯作大“诺”。

唐及五代凡文书皆批曰“诺”，犹今批“准”字也。齐江夏王五岁学“凤尾诺”即工，高帝以玉麒麟赐之。（草书“诺”字形若凤尾）

【译文】南朝宋武帝刘裕一直写不好字，刘穆之教他用笔大胆自然地写直径一尺大的字，武帝照着刘穆之说的话写了，一张纸写不到六七个字就写满了。

梁陈伯之做江州刺史，不认识字，收到文件，装着在看，看后只会写一个大的“诺”字。

唐及五代凡是文书，都批说“诺”，就像现在批“准”字一样。齐江夏王五岁学写“凤尾诺”就写得很好，高帝将一个玉麒麟赐给了他。（草书“诺”形若凤尾）

造 字

梁曹景宗尚胜，每作字，字有不解，辄意造之。

【译文】梁朝大将曹景宗好胜心很强，每次书写，有不知道的字，就随意造一个。

高手笔

司直陈希闵，以非才任官。每秉笔，支颔半日不下。府史目之为“高手笔”。又窜削至多，纸面穿穴，亦名“按孔子”。

【译文】司直陈希闵，不是以才能为官。每次写东西他都用笔支着下巴，半天不下笔。府史看不起他，称之为“高手笔”。另外，因为涂改很多，纸面上戳出洞，也起名叫“按孔子”。（按纸成孔的先生）

不知置辞

齐焦度材涩，欲就高帝求郡，不知置辞。人教之，习诵上口。临自陈，卒忘所教，大言曰：“度启公，度启公，度无食。”帝大笑曰：“卿何忧无食？”赐米百斛。

【译文】南齐焦度才浅，想向齐高帝求一郡守的官职，不知道如何措辞。有人教他应该如何说，他背诵得很流利。临到自己向高帝说的时候，忽然把所教的话全忘了，只是大声说：“度启公，度启公，度无食。”惹得高帝大笑，说：“卿何必忧虑没有吃的？”就赐给了他一百斛大米。

不习仪式

魏陇西太守游楚上殿，不习仪式。帝令侍中赞引，呼“陇西太守前”，楚不觉大应称“诺”。帝笑劳之。

【译文】魏陇西太守游楚上殿朝见皇帝，不懂觐见应遵行的礼仪，皇帝命侍中唱名引导他，侍中高喊“陇西太守觐见”，陇西游楚不觉大声回答“诺”。皇帝笑着慰问了他。

初 学

张敬儿不识书，由战功起方伯，始学读《孝经》《论语》。征护军，乃于密室屏人学揖让对答，空中俯仰，妾侍窥笑焉。

【译文】南齐的将军张敬儿不识字，由于立了战功提升为一方的长官，开始学读《孝经》《论语》。后来皇帝征召他去担任护军，就在一个密室里避开人自己学习揖让对答等礼节，对着空中一俯一仰，他的妾侍在外偷看，感到很可笑。

照样举笏

宋祖召问武臣军数。其识字者，预写笏上，临问，高举笏，当面见字，随问即对。有一不识字者，不知他人笏上有字，照样举笏，近前大声曰："启覆陛下，军数都在这里！"

【译文】宋太祖召见武官们问军队人数。其中识字的人，预先就写在笏板上，到问的时候，高举笏板，面前就可以见字，随问随答。有一个不识字的人，不知道别人的笏板上有字，也照着样子，高举笏板，近前大声说："启覆陛下，军队的数目都在这里！"

龙战 龙见

朱穆以梁冀地势亲重，望其挟持王室，因推灾异奏记，以劝戒冀，而引《易》卦"龙战于野"之文，又荐种暠、栾巴等。

明年，黄龙二见于沛国。冀无学，遂以穆“龙战”之言为验，于是引用暠、巴，而举穆高第，为侍御史。

郢书燕说，因误得贞。断章取义，未尝不可。

北齐源师摄祠部，尝白高阿那肱“龙见当雩”。阿那肱惊曰：“何处龙见？其色何如？”师曰：“龙星初见，礼当雩祭，非真龙也。”阿那肱怒曰：“汉儿多事，强知星宿！”

【译文】东汉朱穆认为大将军梁冀权大势重，希望他能忠心扶持王室，因此推卜灾祸写在木简上，以劝戒梁冀，其中引用《易》卦“龙战于野”那段文字，又推荐种暠、栾巴等人。第二年，有两条黄龙在沛国出现。梁冀没学问，认为朱穆说“龙战于野”的那些话应验了，于是就任用种暠、栾巴，而提升朱穆为侍御史。

穿凿附会，可以歪打正着。断章取义，也不见得不行。

北齐时，尚书外兵郎中源师曾在朝中掌管祭祀之事，有一次他对右丞相高阿那肱说：“龙出现时应当祭祀。”高阿那肱听了十分惊讶，问他：“龙在哪里出现了？什么样子？”源师说：“只是刚刚看到象征龙的星星，按古礼就应祭祀，并不是真龙出现。”高阿那肱很生气地说：“这汉族佬太多事，还强装自己知道什么星宿！”

金熙宗赦草

金熙宗亶，皇统十一年夏，龙见宫中，雷雨大至，破柱而去。亶惧，欲肆赦以禳之。召掌制学士张钧视草，中有“顾兹寡昧”及“渺予小子”之言。文成奏御，译者不解谦冲之义，乃曰：“汉儿强知识，托文字以詈上耳。”亶惊问故，译释之曰：“寡者，孤独无亲。昧者，不晓人事。渺为瞎眼。小子为小孩儿。”

亶大怒，遂诛钧。

此等皇帝，真是“不晓事瞎眼小孩儿”也！

【译文】金熙宗完颜亶，皇统十一年夏天，龙出现在宫中，雷雨跟着到来，击破宫柱而去。完颜亶很害怕，就准备用大赦来祈免灾祸。他召来掌制学士张钧起草诏书，诏书中有“顾兹寡昧”及“渺予小子”的话。文字写成后上奏皇帝。翻译的人不懂那两句话是表示谦虚的意思，就说：“汉人的知识多，这是借着文字来骂皇上啊！”完颜亶听了很惊讶地问其中的缘故，译者解释说：“寡者，孤独无亲。昧者，不晓人事，渺为瞎眼。小子为小孩儿。”完颜亶大怒，就杀了张钧。

这样的皇帝，真是“不懂事的瞎眼小孩儿”啊！

谢朓诗 杜荀鹤诗

贞观中，尚药奏求杜若，楚蘅也，生南郡、汉中。敕下度支。有省郎以谢朓诗云“芳洲生杜若”，乃委坊州贡之。本州曹官判云：“坊州不出杜若，应由读谢朓诗误。华省名郎，作此判事，岂不畏二十八宿笑人？”

杨升庵云：“吴字本从口、从矢，非从天也。而吴元济之乱，童谣有‘天上小儿’之谶。又如王恭为‘黄头小人’，‘恭’字与‘黄’头不同。史谓小儿谣言，乃荧惑星所为。审如是，星宿亦不识古文矣。”苏易简云：“神不能神，随时之态。”子犹曰：“然则唐明宗时，玉帝亦当不识字耶？”

经生多有不省文章。尝一邑有两人同官，其一或举杜荀鹤诗，称赞“也应无计避征徭”之句。其一难之曰：“此诗误矣！

野鹰何尝有征徭乎？”举诗者解曰：“古人有言，岂有失也？必是当年科取翎毛耳。”

炀帝造仪卫，征取鸟羽。有鹤巢于树颠，民往窥之。鹤恐伤其卵，自拔氅毛投地。群臣奏以为瑞。据此，则杜诗便作“野鹰”亦不错。

【译文】唐贞观年间，管草药的官员上奏皇上请求寻找杜若这种草药，敕令就下到了度支部去办。部中有郎官以为南齐诗人谢朓的诗句中有“芳洲生杜若”的句子，于是便委派坊州的官员寻求献给皇上。坊州主管这方面事务的官员分辩说：“坊州不出杜若，应该由读谢朓诗的人纠正这个错误。中央政府中的官员，如此判断做事，难道不怕天下人耻笑吗？”

杨升庵（慎）说：“吴字本来是从口、从矢，不是从天。而吴元济之乱，童谣中有‘天上小儿’的预言。又如说王恭为‘黄头小人’，其实‘恭’字与‘黄’字字头不同。史料中说小儿童谣中的话是荧惑星（火星）造成的。果然是这样的话，星宿也不识古文。”苏易简说：“神并不真神，不过随世事的态度变化而已。”子犹说：“那么唐明宗时，玉帝不是也应当不识字吗？”

读五经的人有很多不懂文章。曾有两人同在一县做官，其中有一人举出杜荀鹤的诗，称赞其中“也应无计避征徭”之句。另一人反驳他说：“此诗错了！野鹰何尝有什么赋税征徭？”举诗的那个人解释说：“古人说过的话，岂能有错？必然是当年要征收它的翎毛啊。”

隋炀帝创建宫廷仪仗，征取鸟羽。有一只鹤的巢在树的顶端，百姓前去偷看。鹤担心伤了它的卵，自己拔下羽毛投到地下。群臣上奏皇帝，认为这是吉祥的兆头。据此看来，那么杜诗“也应”即便当作“野鹰”也不错。

吕、李二将读诗

张氏据有平江日，其部将左丞吕珍守绍兴，参军陈庶子、饶介之在张左右。一日，陈赋诗，饶染翰，题一纨扇以寄吕，云：“后来江左英贤传，又是淮西保相家。闻说锦袍酣战罢，不惊越女采荷花。”饶素负书名，且诗语俊丽，为作者所称。吕俾人读罢，大怒曰：“吾为主人守边疆，万死锋镝间，岂务爱女子而不惊之耶？见则必杀之！”又元帅李其姓者，杭州庚子之围解，颇著功劳。一士人投之以诗，将有求焉。其诗有“黄金合铸李将军”之句。李大怒，曰：“吾劳苦数年，止是将军，今年才得元帅。乃复令我为将军耶！”命帐下策出之。二事一时相传为笑。

九边将帅都若此，山人秋风必少止矣。

【译文】张士诚占据平江的时候，他的部将左丞吕珍镇守绍兴，参军陈庶子，饶介之（饶介，字介之）在张士诚左右。有一天，陈庶子写诗，饶介拿笔墨题写在一把纨扇上寄送吕珍，诗中说：“后来江左英贤传，又是淮西保相家。闻说锦袍酣战罢，不惊越女采荷花。”饶介一向以书法著名，况且诗句也很俊丽，为文人墨客所赞许。可是吕珍使人读罢，却大怒说：“我为主人守边疆，无数次几乎都死在刀箭丛中，难道只是为了爱女人而不惊动她们吗？遇见作这种诗的人我必杀了他。”还有一个元帅姓李，不知名字，在解救庚子年杭州之围中，很有功劳。一个读书人送给他一首诗，希望用此求一个职位。他的诗中有一“黄金合铸李将军”的句子，李元帅看了大怒，说：“我劳苦数十年，也只是个将军，今年才得了个元帅，就又让我变为将军吗？”命令帐下用鞭子将他打出去了。这两件事一时作为笑话流传。

九边的将帅都像这样，登门打秋风要好处的帮闲文人必定会稍微收敛些了。

刘述引古

刘述字彦思，性庸劣。从子俣疾甚，述往候焉。其父母相对涕泣，述立命酒肉，令俣进之。皆莫知其意，或问之，答曰："岂不闻《礼》云：'有疾，饮酒食肉可也。'"又尝有丧，值其子亦居忧。客问："其子安否？"答曰："所谓'父子聚麀'，何劳齿及？"

【译文】刘述，字彦思，性情庸劣，他的侄儿刘俣病得很重，刘述前去问候。刘俣的父母相对而泣，刘述马上叫他们拿来酒和肉，让刘俣把它们吃了。大家都不知是什么意思，有人问刘述，回答说："难道没听过《礼》中说：'有疾，饮酒食肉可也。'"还有一次，家中有丧事，他的儿子也在守孝。客人问："你的儿子安好吧？"刘述回答说："所谓'父子聚麀'，何必劳烦你问到他呢？"（"父子聚麀"出于《仪礼》，原意是指禽兽不知伦礼，父子共一牝，后引申为父子乱伦。这里说刘述不通诗书，误解为父子同遭丧事，而闹出笑话——译者注）

宋鸿贵读律

宋鸿贵仕齐，为北平府参军。见律有"枭首"罪，误为"浇手"，乃生断兵手，以水浇之，然后斩决。

【译文】宋鸿贵在北齐做官，任北平府参军，他看见法律上有“枭首”罪，误为“浇手”，于是生生把犯罪士兵的手砍掉，用水浇，然后再把士兵处死。

锦衾烂兮

晋康福镇天水日，尝有疾。幕客谒问，福拥锦衾而坐。客退，谓同列曰：“锦衾烂兮！”福闻之，遽召言者，怒之曰：“吾虽产沙陀，亦唐人也，何得呼我为‘烂奚’？”

【译文】五代后晋时康福镇守天水的时候，曾得过一次病。一幕客前去问候，康福围着锦被坐着。幕客走后，对同事们说：“锦衾烂兮！”康福听这事后，立即叫来说这话的人，愤怒地对他说：“我虽生在沙陀（西厥突），也是汉人，为什么叫我为‘烂溪’？”

水厄对

侍中元乂为萧正德设茗，先问：“卿于水厄多少？”正德不晓意，答曰：“下官虽生水乡，立身以来，未遭阳侯之难。”

【译文】南梁时，侍中元乂为萧正德设茶，先问：“卿于‘水厄’（饮茶的谑称）多少？”正德不知元乂的意思，回答说：“下官虽然生在水乡，立身以来，还没有遭遇过被水淹死的灾难。”

三十而立

魏博节度使韩简，性粗质，每对文士，不晓其说，心常耻之。乃召一士人讲《论语》，至《为政》篇。明日喜谓同官曰："近方知古人禀质瘦弱，年至三十，方能行立。"

如此解，则"四十无闻"，便是耳聋；"五十知命"，便是能算命矣。

【译文】唐朝魏博节度使（治所在今河北大名）韩简，性情粗犷，往往和文人谈话，听不懂人家说的是什么，心中常常感到羞愧，于是就叫来一位读书人讲《论语》，讲到《为政》篇。第二天韩简高兴地对一同的官员说："近来我才知道古人禀质瘦弱，年至三十，才能行走和站立。

像这样解释的话，就可以把"四十无闻"解释为耳聋；"五十知命"，便可解释为会算命了。

董公遮

淳熙丁未，洪景卢知举。一考官大笑绝倒，问之，则云："试卷中有用'董公遮说汉王'事，以'公遮'为董三老之名。"

《周亚夫传》："赵涉遮说将军"，"涉遮"亦赵之名乎？

【译文】宋（孝宗）淳熙丁未年，洪景卢（迈）主持举试。一个考官忽然笑得前仰后合，问他为什么发笑，他便说："试卷中有用'董公遮拦道路说汉王'事，把'公遮'当作董三老的名字啦。"

《周亚夫传》："赵涉遮说将军"，"涉遮"也是赵的名字吗？

尧舜疑事

欧阳文忠知贡举。省闱故事：士子有疑，许上请。文忠方以复古道自任，将明告以崇雅黜浮，以变文格。至日午，犹有喋喋弗已者，过晡稍闃。与诸公方酌酒赋诗，士又有叩帘者。文忠复出，所问士忽前曰："诸生欲用尧、舜字，而疑其为一事或二事，唯先生教之。"观者哄然笑。文忠不动色，徐曰："似此疑事，诚恐其误，但不必用可也。"

【译文】宋朝欧阳修主持科举考试。尚书省举行考试有个旧例，士子有疑惑不解的问题，准许向考官询问。欧阳修正要以恢复古朴的文风为己任，将此宗旨明确地告诉告诉士子们，以推崇古雅、消除浮躁艳丽，以改变文风。到了中午，还有人喋喋不休地在问事。到下午申时以后才稍微清静，欧阳修正在与诸位考官喝酒作诗，又有一个士子敲帘询问。欧阳修再次出来，那个询问的士子忽然进前说："诸位考生准备用尧、舜字样，可是怀疑它们是一事还是两个事，只有请先生指教。"旁观的人哄然大笑。欧阳修不动声色，慢慢地说："像这样的疑问，如果真是害怕错了，只要不用就行了。"

不识羊太傅、陆士衡

张敬儿开府襄阳，欲移羊叔子"堕泪碑"。纲纪白云："此羊太傅遗德，不宜迁动。"敬儿怒曰："太傅是谁？我不识！"

刘道綦封营道侯，凡鄙无识。始兴王浚戏谓曰："陆士衡诗云'营道无烈心'，何意？"道綦曰："下官初不识士衡，何忽见苦？"

【译文】南齐张敬儿镇守襄阳，准备迁移羊叔子（晋朝羊祜）

"堕泪碑"。主簿对他说："这是羊太傅遗德，不应当迁动。"张敬儿发怒说："太傅是谁？我不认识他！"

南宋皇族刘道綦被封为营道侯，这个人鄙俗平庸没有学识。始兴王刘浚对他开玩笑说："陆士衡（名机，晋朝人）诗云'营道无烈心'，是什么意思？"道綦说："下官从来不认识陆士衡，为什么忽然来为难我呢？"

说韩信

党进镇许昌。有说话客请见，问："说何事？"曰："说韩信。"即杖去。左右问之，党曰："对我说韩信，对韩信亦说我矣！"

【译文】宋朝党进镇守许昌时，有个说书人请见，党进问："说什么事？"回答说："说韩信。"立即将说书人打走了。左右问他为什么，党进说："对我说韩信，对韩信一定也说我啊！"

问欧阳修

谢无逸闲居，多从衲子游，不喜对书生。有一举子来谒，坐定，曰："每欲问公一事，辄忘之。尝闻人言欧阳修，果何如人？"无逸熟视久之，曰："旧亦一书生，后甚显达，尝参大政。"又问："能文章否？"无逸曰："文章也得。"无逸子宗野时七岁，闻之，匿笑而去。

此等举子，如何唤作书生？唯不喜书生，故来谒者但有此等举子。

【译文】宋朝谢逸，字无逸，闲居的时候，大多都是跟和尚交往，不喜欢和书生谈话。有一个举子来拜访他，坐好以后，举子说："每次都准备问公一件事，总是忘。曾经听人说到欧阳修，他究竟是什么人？"谢无逸看了他很久，说："原来也是一个书生，后来很显达，曾经参与国家大政。"书生又问："能写文章吗？"谢无逸说："也能写文章。"谢无逸的儿子宗野当时七岁，听了他们的谈话，忍着笑离开了。

这样的举子，怎能叫作书生？唯独不喜欢书生，所以来访的人只有这样的举子。

不知杜少陵

宋乾道间，林谦之为司业，与正字彭仲举游天竺小饮，论诗，谈到少陵妙处，仲举微醉，忽大呼曰："杜少陵可杀！"有俗子在邻壁，闻之，遍告人曰："有一怪事，林司业与彭正字在天竺谋杀人。"或问："所谋杀为谁？"曰："杜少陵也，但不知何处人。"闻者绝倒。

【译文】宋乾道年间，林谦之为司业，和正字彭仲举游天竺时在一起喝酒，评论诗。当谈到杜甫诗的绝妙之处时，彭仲兴微有醉意，忽然大喊："杜少陵可杀！"有个鄙俗无知的人在隔壁，听到后到处　告诉人说："有一个怪事，林司业和彭正字在天竺谋划杀人。"有人问："所要谋杀的人是谁？"回答说："杜少陵，但不知是何处人。"听的人都笑得前俯后仰。

班固、王僧孺

张由古有吏才，而无学术，累历台省，于众中叹曰："班固有大才，而文章不入《选》”。或曰：“《两都赋》《燕山铭》《典引》等并入《文选》，何得言无？”张曰：“此是班孟坚。吾所笑者，班固也。”又尝谓同官曰：“昨买得《王僧褥集》（误以“孺”为“褥”），大有道理。”杜文范知其误，应声曰：“文范亦买得‘佛袍集’，倍胜‘僧褥’。”

【译文】张由古有做官的才能，而没有学问，却连任御史台和尚书省，他常在人多的地方感叹说：“班固（字孟坚，史学家）有天才，而文章进不了《文选》。”有人说：“《两都赋》《燕山铭》《典引》等一同编入《文选》，哪里没有？”张由古说：“那是班孟坚所作，我所笑的人是班固。”另外，曾有一次他对同他在一起的官员说：“昨天买到了《王僧褥集》（误以为“孺”为“褥”），大有道理。”杜文范知道他弄错了，应声说：“文范也买到了一本‘佛袍集’，胜过‘僧褥’几倍。”

司马相如宫刑

相国袁太冲，同二缙绅在宾馆中坐久。一公曰：“司马相如日拥文君，好不乐甚！”一公曰：“宫刑时却自苦也！”袁闭目摇首曰：“温公吃一吓！”（司马迁、司马温公）

【译文】相国袁太冲，同两个缙绅在宾馆坐了很久。一个缙绅说：“司马相如每天抱着卓文君，好不快乐！”另一个说：“受宫刑时却自己吃尽苦头。”袁太冲闭着眼睛摇摇头说：“司马光可要吓一跳了。”（司马迁、司马温公）

萧 望

春明门外当路墓，前有堠，题云“汉太子太傅萧望之墓”。有达官见而怪之，曰：“春明门题额正方，加‘之’字可耳。如此堠直行书，只合题‘萧望墓’，何必‘之’字？”

唐有卢鸿一，取《尸子》“鸿常一”之义。而《通鉴纲目》书“征嵩山处士卢鸿为谏议大夫”，误以“鸿”为单名。注《三十国春秋》者，萧方等。盖“方等”佛经名，其弟名方诸、方知。而胡三省注《通鉴》，去“等”字为“萧方”，此犹不知而误也。至于“方朔”“葛亮”，此何等语？而诗中往往见之。古人姓名，横被削蚀者多矣，岂独萧傅！

【译文】春明门外路旁的一座墓前，有一个记里程的土堆，这墓碑上面题写着：“汉太子太傅萧望之墓”。有一个显达的官员看了认为很奇怪，说：“春明门的题额是正方形，加‘之’字是可以的，像这土堆直着书写，只合适题写‘萧望墓’，何必加‘之’字呢？”

唐朝有个卢鸿一，取《尸子》中“鸿常一”之义。而《通鉴纲目》中却写成“征嵩山处士卢鸿为谏议大夫”，误认为“鸿”是个单名，注《三十国春秋》的萧方等，是取佛经“方等”的名。他的弟弟一个名叫方诸，一个名叫方知。而胡三省注《通鉴》时，把“等”字去掉，成了“萧方”，这是不知道才错了。至于像“方朔”“葛亮”，这是指什么？而诗中往往都可以看到。古人的姓名，被肆意去掉字的多了，岂止是萧望之太傅一个人！

倒 语

《诗林广记》载宋人“嘲倒语”诗，所谓“如何作元解，归去学潜陶”者，人皆知之。景泰中，吾苏一监郡不学，误呼石人为“仲翁”。或作诗嘲云：“翁仲将为作仲翁，皆因书读少夫工。马金堂玉如何入？只好州苏作判通。”又《水南翰记》云：英庙大猎时，有祭酒刘某和诗，以“雕弓”作“弓雕”。监生诗诮之曰：“雕弓难以作弓雕，似此诗才欠致标，若使是人为酒祭，算来端的负廷朝。”

按：韩昌黎作诗，尝倒叶韵，如“珑玲”“鲜新”“慨慷”“莽卤”之类甚多。若出他人之口，又作笑话矣。

【译文】《诗林广记》载有宋朝人写的“嘲倒语”诗，所谓“如何作元解，归去学潜陶”这样的诗，人们都知道。景泰年间，我们苏州有一个监郡，不学无术，错把石人叫为“仲翁”。有人作诗嘲讽他说：“翁仲将来作仲翁，皆因书读少夫工，马金堂玉如何入？只好州苏作判通。”另外《水南翰记》中说：“明英宗大猎时，有一个祭酒和诗，以“雕弓”写作“弓雕”。一位监生写诗讥诮他说：“雕弓难以作弓雕，似此诗才欠致标，若使是人为酒祭，算来端的负廷朝。”

按：韩愈作诗，曾经用倒叶韵，如“珑玲”“鲜新”“慨慷”“莽卤”之类很多。如果这诗是别人所作，又会被当作笑话了。

字误

韩昶是吏部子，虽教有义方，而性颇劣。尝为集贤校理，史传有“金根车”（箱轮皆以金），昶以为误，悉改为“银”。

吏部公子，宜乎只晓得金银也。

桓玄篡位，尚书误“春蒐”为“春菟”。

假皇帝、假尚书，自合用假军礼。

李林甫无学术。典选部时，选人严迥判语用“杕杜”二字。林甫不识，谓吏部侍郎韦陟曰：“此云杕杜，何也？”陟俛首不敢言。太常少卿姜度，林甫妻舅也。度妻诞子，林甫手书贺之：“闻有弄麞之喜。”客视之，掩口。

《唐书》：吏部侍郎萧炅，素不学。尝读“伏腊”为“伏猎”。严挺之曰：“省中岂容有‘伏猎侍郎’！”《清夜录》：哲宗朝，谢悰试贤良方正，赐进士出身。悰辞云：“敕命未敢祇授。”乃以“祇”为“抵”，以“受”为“授”。刘安世奏曰：“唐有伏猎侍郎，今有抵授贤良。”

李建勋罢相江南，出镇豫章。一日游西山田间茅舍，有老叟教村童，公觞于其庐，连食数梨。宾僚有曰：“梨号五脏刀斧，不宜多食。”叟笑曰：“《鹖冠子》云‘五脏刀斧’，乃离别之离，非梨也！”就架取小帙，振拂以呈。公大叹服。

【译文】韩昶是吏部侍郎韩愈的儿子，虽然有很好的家教，可是性情却有点糊涂。曾任集贤院校理的官职。史传中记载有一种“金根车”（车箱和轮子都是镀了金的），韩昶认为错了，把“金”都改成了“银”字。

吏部的儿子，适宜只知道金银。

晋朝桓玄篡夺皇位，尚书错把“春蒐”作“春菟”。

假皇帝、假尚书，自然适合用假军礼。

唐朝奸相李林甫不学无术，主持吏部时，侯补官员严迥评语用“杕杜”两个字，李林甫不懂，对吏部侍郎韦陟说：“这里说的杕杜是什么意思？”韦陟低着头不敢说。太常少卿姜度，是李林甫的妻舅，姜度的妻子生了一个儿子，李林甫亲手写字祝贺他：“闻有弄麞之喜。”客人看了，都掩口而笑。

《唐书》中记载：吏部侍郎萧炅，平素不学无术。曾把“伏腊”读成“伏猎”。严挺之说：“吏部中岂能容有‘伏猎侍郎’！”《清夜录》记载：宋哲宗在位时，谢悰考试贤良正方，赐进士出身。谢悰推辞说：“敕命未敢抵授。”竟把“祇”当成“抵”，把“受”当成“授”。刘安世上奏说：“唐朝有伏猎侍郎，如今有抵授贤良。”

李建勋被南唐罢去宰相职务，去镇守豫章（今江西南昌）。一天游西山，见田间的茅屋中，有一老叟教村童读书，李建勋便借此草屋饮酒，连着吃了多个梨。有个宾僚说：“梨有五脏刀斧的称号，不宜多吃。”老叟笑着说：“《鹖冠子》中说‘五脏刀斧’，乃是离别的‘离’，不是‘梨’！”说着就从架子上拿下一套小书，拍打掉灰尘，呈递给李建勋看。李建勋大为叹服。

琵琶果

莫廷韩过袁太冲家，见桌上有帖，写“琵琶四斤”，相与大笑。适屠赤水至，而笑容未了，即问其故。屠亦笑曰：“枇杷不是此琵琶。”袁曰“只为当年识字差。”莫曰：“若使琵琶能结果，满城箫管尽开花。”屠赏极，遂广为延誉。

【译文】莫廷韩（是龙）到袁太冲家，见桌上有一个帖子，写着“琵琶四斤”，相互大笑。这时正好屠赤水（隆）来了，他们还没有止住笑，就问他们笑的原因。屠赤水知道后也笑着说：“枇杷不是这个琵琶。”袁太冲说：“只为当年识字差。”莫廷韩说：“若使琵琶能结果，满城箫管尽开花。”屠赤水欣赏极了，于是广为推荐和赞誉。

茄字 鸽字

尚书赵从善子希苍，官绍兴日，令庖人造烧茄。判食次，问吏“茄”字。吏曰：“草头下着‘加’。”即援笔书“艹”，下用“家”字，乃“蒙”字矣。时人目曰“烧蒙”。

南康王建封不识文义。族子有《动植疏》，俾吏录之。其载鸽事，以传写讹谬，分一字为三，变而为“人日鸟”。建封信之，曰：“每人日开宴必首进此味。”

【译文】南宋尚书赵从善的儿子赵希苍，在绍兴做官时，让厨师制作烧茄子。写菜单时，问府吏“茄”字如何写。府吏说：“草字头下再写‘加’字。”赵希苍随即拿起笔写了一个“草字头”，下边添了个“家”成了“蒙”字了。当时人称赵希苍为“烧蒙”。

南康王建封不知道文字的意思。族人的儿子有一本《动植疏》，让小吏抄写。书中载有关于鸽子的故事，因为传抄的讹谬，把一个字分成了三个，“鸽”字变成了“人日鸟”。建封很相信，说：“每年正月初七开宴，必先上这道菜。”

蹲鸱

张九龄一日送芋萧炅，书称“蹲鸱”。萧答云：“损芋拜嘉，唯蹲鸱未至。然寒家多怪，亦不愿见此恶鸟也。”九龄以书示客，满座大笑。

按：蹲鸱，芋也。参军冯光震入集贤院校《文选》，解为“着毛萝卜”，识者笑之。又《颜氏家训》云：“芋”字似“羊”，有谢人惠羊而误用“蹲鸱”者。

【译文】唐朝宰相张九龄有一天送芋艿给萧炅，芋的别称“蹲鸱”。萧炅回信说：“赠芋艿已经拜领，唯有信里说的蹲鸱还没到，然而我家多怪异，也不愿见这种恶鸟。”张九龄把萧炅的信让客人看，满座大笑。

按：蹲鸱，就是芋的别名。参军冯光震在集贤院校注《文选》，解释成“着毛萝卜”，人都感到可笑。又有《颜氏家训》中说：“芋”字和“羊”相似，曾有谢人赠羊的信中，也有把羊误用成“蹲鸱”的事。

昭执

程覃尹京日，有治声，唯不甚知字。尝有民投牒，乞执状造桥。覃大书“昭执”二字。民见其误，遂白之：“合是‘照执’，今漏四点。”覃取笔于“执”字下添四点，为“昭热”。庠舍诸生作传诮焉。

既有治声，即不识字可也。只一个“廉”字，做官的几人识得？乃知识字者原少。

【译文】宋朝程覃做京兆尹时，治理上很有名声，唯一缺点是识字不多。曾经有百姓投递申请领执照造桥。程覃写了“昭执”两个大字。那个百姓见他写错了，就纠正说：“应该是‘照执’，现在漏了四点。”程覃拿笔在“执”字下面添了四点，成了“昭热”。学校的书生们便传开来，讥讽不已。

既然有善于治理的名声，即使不识字也行。只这一个“廉”字，做官的有几个能理解？这样看，就知道识字的原来很少。

多感元年

权龙襄，景龙中为瀛州刺史。遇新岁，京中人附书云：“改年多感，敬想同之。”乃将书呈判书以下云：“有诏改年号为‘多感元年’。”众大笑。龙襄不悟，犹复延颈，怪赦书来迟。

【译文】权龙襄，唐中宗景龙年间任瀛州刺史。新的一年到了，京中有人给他捎去书信，说：“又换一年了，有很多感慨，敬想你也一样。”于是将书信呈给判书以下说：“有诏改年号为‘多感元年’。”众人大笑。权龙襄还没有明白怎么回事，又伸着脖子等待，他觉得奇怪，按旧例每改元时，朝廷都要颁布大赦的诏书，为什么这次却迟迟不来呢？

精　䴥

宋神宗时，叶温叟提举陕西保甲。一日，御批问：“所隶诸州保甲精䴥如何？”叶上札子言：“臣所教保甲，委是精䴥。”帝得奏大笑，谓侍臣曰：“温叟将谓精䴥是精确也。”

【译文】宋神宗时，推行保甲法，任命叶温叟为“提举陕西保甲”，派他到陕西调查和训练陕西农村的保甲组织。有一天，神宗下了一道御批，询问：“陕西所属州县的保甲组织精䴥（‘粗’的异体字）程度如何？”叶温叟便上了一份奏札说：“臣所训练出来的保甲，的确是很精䴥的。”神宗看到这份奏札后哈哈大笑，对侍臣们说：“温叟把精䴥当成是精确了。”

生 兵

逆亮南侵，命叶义问视师江上。叶素不习军旅，会刘锜捷书至，读之，至“金贼又添生兵”，顾问吏曰：“生兵是何物？”

世牧民者，知百姓是何物？衡文者，知文章是何物？掌铨者，又知人才是何物？天下之不为叶义问者鲜矣！

【译文】金国国君完颜亮出兵南侵宋朝，宋朝皇帝命令枢密副使叶义问到长江沿线视察军队。叶义问素来不懂军事，得到江淮军统帅刘锜送来的捷报，读了一下，其中有一句“金贼又添生兵”（生力军）。叶义问不懂，就问一旁的官吏说：“生兵是什么东西？”

治世行政的官员，知道百姓是什么吗？主持考试的，知道文章是什么吗？管选拔官吏的，又知道人才是什么吗？天下官员不同于叶义问的实在太少了。

史思明诗

《芝田录》：史思明以樱桃寄其子，作诗云：“樱桃一篮子，半青一半黄，一半与怀王，一半与周贽。”群臣请曰：“圣作诚高妙，但以‘一半与周贽’之句移在上，于韵更为稳叶。”思明怒曰：“我儿岂可使居周贽之下？”

思明长驱至永宁，为子朝义所杀。思明曰：“尔杀我太早。禄山尚得至东都，而尔何亟也？”朝义，即伪封怀王者。

【译文】《芝田录》记载：史思明寄樱桃给儿子，并作了一首诗，诗说："樱桃一篮，一半青一半黄，一半与怀王，一半与周贽。"群臣拜谒他时说："圣作的确高妙，但把'一半与周贽'那一句移到前边，对韵更稳妥。"思明愤怒地说："怎么可以把我儿居于周贽之下？"

史思明率军队打到永宁（今河南洛宁），被儿子史朝义所杀。史思明说："你杀我太早了。安禄山才刚刚到达东都（今河南洛阳），而你为何这么急呢？"史朝义就是被封为伪怀王的人。

党进读书

党进不识一字。朝廷遣防秋，陛辞，故事例有敷陈。进把笏前跪，移时不能道一字，忽仰面瞻天表厉声曰："臣闻上古，其风朴略，愿官家好将息！"侍卫掩口。后左右问曰："太尉何故念此二语？"党曰："要官家知我读书。"

只为"宰相须用读书人"一语所误。

【译文】宋朝的大将党进一个字也不认识。秋天已到，朝廷派他带兵到北方加强边防，向皇帝辞行时，照例要交代一番。党进举着笏板跪在阶前，一时间说不出一个字，忽然仰起脸对着皇帝大声说："臣闻上古时候，民风淳朴，愿官家好好调养休息。"侍卫们听了都捂着嘴笑，后来他下边的人问他说："太尉为什么念这两句话？"党进说："要官家知道我读过书。"

只是被"宰相须用读书人"这句话所误。

邑丞通文

某邑一丞，素不知文，而强效颦作文语。其大令病起，自怜消瘦，丞曰：“堂翁深情厚貌，如何得瘦？”又侍大令饮，而大令将赴别席，辞去。丞曰：“乞其余不足，又顾而之他。”县令修后堂，颇华整。丞趋而进曰：“山节藻棁，何如其智也！”一日，县治捕强盗数人，令严刑讯鞫，盗哀号殊苦。丞从旁抚掌笑曰：“恶人自有恶人磨！”

《笑林》评云：不识一丁人，转喉触讳如此。令大能容耐，正是“识性可与同居”。

【译文】某县县丞，向来不懂文字，却要勉强仿效书本上的文词。他那个县的县令大病刚好，自己怜惜自己消瘦，县丞说：“堂翁深情厚貌，如何得瘦？”另外一次陪县令喝酒，而县令要去赴别人的宴请，喝了一半后告辞离去。县丞说：“乞其余不足，又顾而之他。”县令整修了一下后堂，很华丽整洁。县丞进到里面说：“山节藻棁，何如其智也！”一天，县衙抓捕到强盗数人，县令严刑审讯，强盗哀号得十分痛苦。县丞在旁拍手笑着说：“恶人自有恶人磨！”

《笑林》评论说：一个目不识丁的人，如此转动喉舌触犯忌讳。县令很能容忍，正是“相互了解可以在一起同住”。

中官通文

嘉祐、治平间，有中官杜渐者，好与举子同游，学文谈，不悉是非。居扬州，凡答亲旧书，若此事甚大，必曰“兹务孔洪”，如此甚多。苏子瞻过维扬，苏子容为守，杜在坐。子容少怠，杜遽曰：“相公何故溘然？”其后子瞻与同会，问典客曰：“为谁？”对曰：“杜供奉。”子瞻曰：“今日不敢睡，直是怕那溘然。”

乙未后，时艺陡新，一后学苦心为课，字字推敲，易“常谓”字曰“恒谭”，易“何言之”曰“曷谈旃”，一时传笑。

时有一权珰，与缙绅饮。诸缙绅方剧谈，而珰者不能置一语，仰见屋上烟笼葱起，谬曰：“焉用佞！”众闻之，疑珰者诮己。及移时，复仰视曰：“烟太佞！”四座大笑，疑遂释。

俚语有习而不察音，如劝人莫动气，则曰“君子不器”；自谦未曾周备，则曰“周而不比”；赞人话好，则曰“巧言令色”；贺人功名，则曰“侥幸”，俱可笑。

《广记》：唐有内大臣学作别纸言语。凤翔节度使寄柴数车，回书谢云：“蒙惠也愚若干。”

【译文】北宋嘉祐、治平年间，有个内监叫杜渐，喜欢与举子们一起交游，学用文言谈话，但不了解都用得正确与否。居住扬州时，凡答复亲友的书信，如果这件事很大，必然说“兹务孔洪”，像这样的例子很多。苏轼到扬州的时候，苏子容（颂）任苏州太守，杜渐也在坐。苏颂稍微有点疲倦，杜渐忙说：“相公何故溘然？”后来苏轼又与同席，问管赞礼事务的官员说：“这位是谁？”回答说：“杜供奉。”苏轼说：“今天不敢睡，真是怕他说那溘然。”（溘然而逝，指死——译者注）

乙未年以后，八股文的用词流行创新，一个年轻的书生苦心作文，字字推敲，改“常谓”两字为“恒谭”，改“何言之”为“曷谈旃”，一时传为笑谈。

一个有权势的太监和缙绅一起喝酒，缙绅们谈兴正浓，而太监却插不上一句，抬头看见屋上有青烟升起，假意说：“焉用佞！”众人听了，怀疑这位太监是讥讽自己。停了一会，太监再次仰视说：

“烟太佞！”四座大笑，才解除了疑惑。

俚语中有习惯错用的话而察觉不出来的，如劝人不要动气，则说“君子不器”；自谦做的不周全，则说“周而不比”；称赞人的话好，则说“巧言令色”；祝贺人得到功名，则说“侥幸”。都很可笑。

《太平广记》中说：唐宫廷内有个大太监，学作别致言语。凤翔节度史寄给他数车柴禾，回信答谢说：“蒙惠也愚若干。”

中官出对

《耳谭》：太监府有历事监生，遇大比，亦是本监考取，类送乡试。一珰不深书义，曰：“今不必作文论，只一对佳者，便取。”因出对云：“子路乘肥马。”诸生俯首匿笑。一黠者对云：“尧舜骑病猪。”珰大称善。

阉人主文事，故可笑，不必对也。王振用事时，台中有疏，请振判国子监，如唐鱼朝恩故事者，更可笑。

【译文】《耳谭》：太监府有历事监生，遇到大比考试，也是由本监负责录取，依例保送参加考试。一个太监读书不多，不能深通经义，便说：“今不必作文论，只作对，优秀者便可录取。”于是出一上联说：“子路乘肥马。”诸考生都低头偷笑。有一个聪明又狡猾的考生对说：“尧舜骑病猪。”太监大加称赞说好。

由太监主持文事，本来就是件可笑的事，不必答对。太监王振当权时，朝内曾有官员上疏，奏请任命王振主管国子监，像唐代鱼朝恩的故事，更加可笑。

史 学

《王莽传》赞云：“紫色蛙声，余分闰位。”谓以伪乱真也。颜之推共人言及莽状，一俊士自许史学，名价甚高，乃云：“王莽非直鸱目虎吻，亦且紫色蛙声。”

【译文】《王莽传》赞说：“紫色蛙声，余分闰位。”其意思是以伪乱真。北齐的颜之推等人正谈论王莽，一个在学读书的人，自以为精通史学，声望很高，就说：“王莽不仅是鹰眼虎嘴，而且脸为紫色，声如蛙声。”

强作解事

会稽朱某以贩茶鬻官，皆呼为“茶官”，素不学。偶于姻家遇词客，印证今古，谈及宣尼，击节曰：“据如此说，是一才子矣！”又言冯妇，则曰：“果是当时一美妇人，予闻久矣！”近临溪人姚京，与村学究孙一经夏日纳凉。顷之云翳，孙曰：“必有大风。”姚诘之，曰：“夏云多奇风。”闻者肠断。

庆元间，有士人姜夔上书，乞正奉常雅乐。诏赴太常同寺官校正。乐师赍出大乐，首见锦瑟，指问何乐，众方讶其正乐不识乐器。既知为瑟，乃令乐师曰：“弹之。”师曰：“《语》云‘鼓瑟希’，未闻弹之。”众官咸笑而散，其议遂寝。

【译文】会稽（今浙江绍兴）朱某，靠贩茶发财买了个官职，人们都叫他“茶官”，他向来不读书。偶然一次在姻亲的家里遇到一位词客，在那里谈古论今，谈到文宣王孔仲尼，他拍手说道：“如此说来，他是一个才子啊！”又说到冯妇的时候，他说：“果真是当时一位美貌的女人！我早就听说了！”不久前临溪人姚京，与一个农村私塾先生孙一经夏天在一起乘凉。忽然乌云遮天。孙一经说："肯定会起大风。"姚京问他为什么？他说："古诗里说过夏云多奇风。"听说的人都笑断了肠子。（原诗为"夏云多奇峰"，私塾先生以"峰"为"风"——译者注）

庆元年间，宋朝文学家姜夔上书皇帝，请求校正太常雅乐。皇帝下旨让他到太常寺，同那里的官员一起进行校正。乐师抱着乐器出来，首先看见的是一台锦瑟，姜夔指着问是什么乐器，大家方惊讶让他来校正乐曲却不认识乐器。既知为瑟，就命令乐师说："弹之。"乐师说："《语》云'鼓瑟希'，没听说弹之的。"众位官员都笑着散去了，于是校正乐曲的提议也搁置起来了。

《公羊传》

《广记》：有甲欲谒见邑宰，问左右曰："令何所好？"或语曰："好《公羊传》。"后入见，令问："君读何书？"答曰："唯业《公羊传》。"试问："谁杀陈他者？"甲良久对曰："平生实不杀陈他。"令知谬误，因复戏之曰："君不杀陈他，谓是谁杀？"于是大怖，徒跣走出。人问其故，乃大语曰："见明府，便以死事见访，后直不敢复来，遇赦当出耳。"

近有村翁，自炫儿聪明，习《春秋经》者。或问云："读过《左传》否？"答曰："《左传》未知，但闻其已读'右传'矣。"盖《大学》有"右传之几章"句，儿鲁甚，朝夕温诵，翁所习闻也。

【译文】《太平广记》中记载：有某甲想拜见县令，问左右的人说："县令有什么爱好？"有人回答："好读《公羊传》。"后来某甲见到了县令。县令问："君读什么书？"某甲回答说："专攻《公羊传》。"县令便想考他对《公羊传》熟悉的程度，试问："是谁杀死了陈他？”某甲想了很久，回答说：“我平生实在没有杀过陈他。”县令知道他是胡说，因此又戏弄他说：“不是你杀的陈他，你说是谁杀的？”某甲听了十分恐惧，光着脚就跑了。有人问他原因，就大声说：“一见到县太爷，就拿一个杀人案问我，以后我可不敢再来了。等遇到大赦的时候杀人者就会出来的。”

最近，有个村翁炫耀自己的儿子很聪明，正在学习《春秋经》。有人问他：“读过《左传》吗？”老翁回答说：“《左传》没有听说过，但听他说已经读了‘右传’了。”《大学》中有“右传之几章”的句子，因为他的儿子很迟钝，从早到晚总是念这句话，所以老翁认为他儿子读的是“右传”了。

芝麻通鉴

吴人韦政，腹枵然，好谈诗书，语常不继。或嘲之曰：“此非出《芝麻通鉴》上乎？”盖吴人好以芝麻点茶，市中卖者，以零残《通鉴》裹包。一人频买芝麻，积至数页，而以零残语掉舌。人问始末，辄穷曰：“我家《芝麻通鉴》上止此耳。”

《韵府群玉》秀才还只好趁夜航船，况《芝麻通鉴》乎？

【译文】吴地有个叫韦政的人，腹中空空，却好谈诗书，常常上句不接下句。有人嘲笑他说：“这莫非出在《芝麻通鉴》吗？”因吴地的人好以芝麻点茶，市中卖芝麻的人，往往用废弃的《通鉴》残散的页子包装，一人经常买芝麻，积到数页，却以散页中的只言片语卖弄。人问他事情的始末，他无话可答，只好说：“我家《芝麻通鉴》上只有这些啊。”

只读过《韵府群玉》的秀才怕人提问，尚且只好趁夜航船，何况只看过包装芝麻的《通鉴》散页呢？”

祭文 策问

《谑浪》云：黄陂季生无学，好弄笔。求人文稿曰“文犒”，见耒耜曰“来报”，见唾咳曰“垂亥”，每于尺牍中用“呵呵”，称医家曰“国首”，简亵曰“简艺”，租粮曰“相量”，写人号下又加“尊号失记”，写过己名，又书“名具别幅”。此等不可胜数，传为笑谈。一日母死，托邑人段祺作堂祭文。段代为言曰：“某年月日，儿某举亡母柩，就封某山，某不敢索文犒于人，谨写某胸中所有而言曰：呜呼！躬秉来报，二十余年，垂亥不闻，又经一年。人皆呵呵，我泪如泉，方母病剧，国首难寻。仓忙举事，简艺殊深。大荒之后，相量少足。诸亲俱在，无人不哭，尊号失记，母心如烛。各有姓名，具在别幅。”

必是此篇祭文先堂方解，非戏笔也。

钱塘叶生少学识。有假作叶策题问云：“《孝经》一序，义亦难明，且如‘韦昭王’是何代之主？‘先儒领’是何处之山？孔子之志四时常有也，何以独言‘我志在春’？孔子之孝四时常行也，何以独言‘秋行在孝’？既曰‘夫子殁’，而又何以‘鲤趋而过庭’？”

乃知党进背得二句，亦算亏他。

【译文】《谑浪》中说：黄陂有个姓季的学生，没有学问，却好舞文弄笔。求人文稿说“文犒”，见耒耜说“来报”，见人唾咳说“垂亥”，每次在书信中都用“呵呵”字样，称医生叫“国首”，简亵念成“简艺”，租粮叫“相量”，写人的名号下又加上“尊号失记”，自己的名字已经写过，又写上“名具别幅”。像此等事不可胜数，被传为笑谈。有一天季的母亲死了，他托同乡段祺作篇祭文。段祺代他为文说：“某年月日，儿某举亡母柩，封葬在某山，某不敢索文犒于人，谨写某胸中所有的话说：呜呼！躬秉来报，二十余年，垂亥不闻，又经一年。人皆呵呵，我泪如泉，方母病剧，国首难寻。仓忙举事，简艺殊深。大荒之后，相量少足。诸亲俱在，无人不哭。尊号失记，母心如烛，各有姓名，具在别幅。”

此篇祭文只有季生死去的母亲才能懂，不是胡写的。

钱塘县有个叶生学识不深。有人模仿叶生的无知，作了一篇策问（古时考试的一种文体）文章说：“《孝经》的序言，意思也难懂。比如‘韦昭王’是什么朝代的君主？‘先儒领’是什么地方的山？孔子之志一年四季常有，为什么只说‘我志在春’？孔子之孝四时常行也，为什么只说‘秋行在孝’？既然说‘夫子死’，而又怎么说‘鲤趋而过庭’？”

才知道党进读书还算不错，亏得他还能背得两句。

袭 旧

唐阳滔在中书，文皆抄袭。时命制敕甚急，而令史持库钥他适，苦无旧本检阅，乃斫窗跃入得之。时号为“斫窗舍人”。

观斫窗辛苦，方知近来怀挟“蝇头本儿”之贵。

桓帝时，有辟公府掾者，倩人作奏记。人不为作，因语曰：“梁国葛龚先作记文可用。”遂从人言誊写，不去龚名姓。府公大惊，罢归。时人语曰：“作奏虽工，宜去葛龚。”

若再抄几遍，名姓当累累矣。

【译文】唐代人阳滔在中书省做官，文章都是抄袭别人的。有一次上司命令他作一篇教书，要得很急，而令史拿着文件库的钥匙到别的地方去了，苦苦没有旧的本子参考，于是他用斧子把窗砍开跳了进去才拿出旧本。当时人送绰号为“砍窗舍人”。

看到砍窗那么辛苦，就知道近来怀里挟着“小字书”的重要。

东汉桓帝时，有个被举荐到公府担任文字工作的掾官，他请人作篇奏记。那人不愿为他作，就对他说：“梁国葛龚以前作的记文可以用。”于是他就按那人的话把葛龚写的记文誊写下来，也没有把葛龚的名字去掉。府公看了以后大惊，罢免了他。当时有人对他说：“奏记虽然写得很好，但应当去掉葛龚的姓名。”

如果再抄写几遍，姓名就要写上一大串了。

改制词

唐玄宗尝器重苏颋，欲倚以为相，秘密不欲令左右知。迨夜艾，乃令草诏，访于侍臣曰：“外廷谁直宿？”命秉烛召来。至则中书舍人萧嵩。上即以颋姓名授嵩，令草制书。既成，词中有“国之瑰宝”。上寻绎三四，谓嵩曰：“颋，瑰之子。朕不欲斥其父名，卿为刊削之。”上仍令撤帐中屏风与嵩。嵩惭惧流汗，笔不能下者久之。上以嵩抒思移时，必当精密，不觉前席以观。唯改曰“国之珍宝”，他无更易。嵩既退，上掷其草于地曰：“虚有其表耳！”

【译文】唐玄宗曾经很器重苏颋，准备倚托他为宰相，不想让左右知道。趁着深夜的时候，才让人草拟诏书，问侍臣说：“外庭谁值夜班？”命人拿着蜡烛召他来。来到后，原来是中书舍人萧嵩。玄宗即把苏颋的姓名告诉萧嵩，命他起草诏书。完成后，词中有“国之瑰宝”四个字。玄宗连着看了三四遍，对萧嵩说：“苏颋是苏道的儿子。朕不想在诏书中犯他父亲的名讳，卿把它修改一下。”玄宗就命人撤去帐中的屏风给萧嵩遮风。萧嵩羞愧不安，吓得全身出汗，半天都不能下笔。玄宗以为萧嵩认真思考了很长时间，必当写得很完善，不觉地前去观看。见诏书中只把“国之瑰宝”改成“国之珍宝”，其他没有更改。等萧嵩退下后，玄宗将其草拟的诏书扔在地上说：“真是虚有其表！”

判鸟翎

唐灵昌尉梁士会，官科鸟翎，里正不送，举牒判曰：“官唤鸟翎，何物里正，不送鸟翎？”佐使曰：“公大好判，但‘鸟翎’太多。”会改曰：“官唤鸟翎，何物里正，不送雁翅？”闻者笑之。

【译文】唐朝灵昌县（今河南滑县西南）县尉梁士会，因为朝廷下令征收鸟的羽毛，地方的里正没有送交，梁士会便写了一张催交鸟羽的牒文说：“官唤鸟翎，何物里正，不送鸟翎？”佐史说：“公判得很好，但是‘鸟翎’太多。”梁士会便又改说：“官唤鸟翎，何物里正，不送雁翅？”听的人都笑了。

朱巩一联

南唐元宗会群臣赋诗。学士朱巩短于韵语，竟日不能终篇，止进一联，又极鄙俚，乃自炫曰：“好物不在多。”

【译文】南唐元宗李璟有一次集合大臣们一起作诗，学士朱巩不懂音韵，整整一天也没成一首完整的诗篇，只写了一联，还非常庸俗，竟自我炫耀说："好物不在多。"

约法三章

魏长齐雅有体量，而才学非所经。初宦当出，虞存嘲之曰："与卿约法三章：读者死，文笔者刑，商略抵罪！"魏怡然而笑。

【译文】晋朝的魏长齐十分聪明，有辨察事物的能力，而读书不多，缺少才学，他初次做官要到外地去，虞存嘲笑他说："与卿约法三章：读者死，文笔者刑，商略抵罪！"魏长齐听后怡然而笑。

苦海部第七

子犹曰：昔郑光业兄弟，遇人献词，句有可嗤者，辄投一巨皮箧中，号曰“苦海”，宴会则取视，以资谐戏。夫为词而足以资人之谐戏，此词便是天地间一种少不得语，犹胜于尘腐蹈袭，如杨升庵所谓“虽布帛菽粟，陈陈相因，不可衣食”也。故余喜而采之。而古诗之病经人指摘者，亦附入之，又以见巨皮箱中，人人有份，莫要轻易便张口笑人也。集《苦海第七》。

【译文】子犹说：过去郑光业兄弟，遇到有人向他们敬贺词赋，凡自认为粗鄙可笑的，就放进一个大皮箱里，称之为“苦海”，逢有宴请时，就取出来传看，作为戏谑取笑的话题。作诗如果能使人们作为戏谑谈笑的资料，这诗词就是天地间一种少不了的语言，足可以超过那些语言陈腐、因袭守旧的作品。正如杨升庵（慎）所说的“虽是粗布、缣帛和豆类、小米这些吃穿不可少的东西，但天天因袭旧套，毫无变化，也不堪吃穿了。”所以我很赞同并且采用了他的说法。而古诗中有弊病被人指摘的作品，也附带收入。再说自己的诗词被投放进大皮箱中，人人都有可能，切莫要轻易就开口讥笑别人。因此，汇集《苦海部第七》。

采石诗

采石江头，李太白墓在焉。往来诗人题咏殆遍。有客书一绝云："采石江边一抔土，李白诗名耀千古。来的去的写两行，鲁般门前掉大斧。"

【译文】采石矶江边，唐代诗人李白的墓穴就在这里。往来的诗人游客在此写满了诗赋。有位墨客题写一首绝句说："李白的墓葬只是采石矶江边的一小堆土，可他的诗词歌赋却是名扬千古。如今来来往往的人都想在此写两句诗，岂不是在鲁班门前耍大斧吗？"

同东集

《悦生堂随抄》云：吴僧法海好作恶诗，萃成帙，刘从事为序。刘序云："师虽习西方之教，颇同东鲁之风，因题曰《同东集》。长于譬喻，动有风骚。昔唐小杜既为老杜之次，今师又在小杜之下。"（一说，东坡题佛印像亦有"大杜、小杜"语，疑即此误。）

【译文】《悦生堂随抄》一书说：吴地的和尚法海喜好作歪诗，并汇集成册，请刘从事撰写序言。刘从事的序言写道："法师虽然受西方佛门之教，却又与东方鲁地的儒家风格很相似，因此题名为《同东集》。法师赋诗善于比喻，运用有文采。过去唐代的小杜（杜牧）既然挂名在老杜（杜甫）的下边，如今法师的诗名又可以排在小杜（肚的谐音）的下边了。"（还有一种说法，苏东坡题佛印象也有“大杜、小杜”的言语，可能就是由此事误传的。）

盘门诗伯

万历初，苏州盘门外昆弟二人，忘其姓，一号兰溪，一号兰洲，争以恶诗唱和，高自矜许。或作诗嘲之曰：“盘门城外两诗伯，兰溪兰洲同一脉。胸中全无半卷书，纸上空污数行墨。浣花溪头杜少陵，浔阳江口李太白。二公阴灵犹未散，终日在天寻霹雳。有朝头上呩声能，（吴语，犹云“响一声”也）打杀两个直娘贼。”

【译文】明神宗万历年间，苏州盘门外有兄弟二人，忘了他们的姓氏，只知道一人名号兰溪，一人名号兰洲，二人竟相以歪诗吟唱咏和，并自诩为才子雅士。有人作诗讥讽他们说：“盘门城外两诗伯，兰溪兰洲同一脉。胸中全无半卷书，纸上空污数行墨。浣花溪头杜少陵，浔阳江口李太白。二公阴灵犹未散，终日在天寻霹雳。有朝头上呩声能，（江苏一带的方言，意思是“响一声”）打杀两个直娘贼。”

自诧才华

《广记》：北齐并州有士族，好为可笑诗赋，轻蔑邢、魏诸公。众共嘲弄，虚相称赞，必击牛漉酒延之。妻知其妄，屡用泣谏。其人叹曰：“才华不为妻子所容，何况行路？”

【译文】《太平广记》一书中记载：北齐时并州（今山西太原）

有一个大家子弟，喜爱作些文词不通的可笑诗赋，并且轻蔑傲视邢、魏诸位著名诗人。众人一同嘲弄他，假意对他恭维赞赏。他也必然杀牛打酒延请众人。他的夫人知道他轻狂，经常哭劝他。他自己叹息道："我有这样出众的才华，竟然连自己的老婆都不能赏识容纳，更何况外边的行路人呢？"

阳俊之

阳俊之多作五言歌，词荡而拙，世俗流传，名为"阳五伴侣"，写卖不绝。俊之遇于市，言其字误，取而改之。卖者曰："阳五，古之贤人。君何所知，轻敢议论！"俊之大喜，自言："有集十卷，虽家兄亦不知吾是才士。"

【译文】阳俊之喜爱作五言歌，词句轻浮而又拙劣，但却被世俗流传，称之为"阳五伴侣"，抄写售卖的有不少。一次阳俊之偶然看到市间在卖自己的诗词，就说有字写错了，取过来就要改正。卖诗人说："阳五是古代的贤人。你知道什么，竟敢妄加议论！"阳俊之听了心中大喜，自言自语道："我已有诗集十卷，就是家中的兄长也不知道我是当今的大才子。"

崔泰之

唐黄门崔泰之哭特进李峤诗曰："台阁神仙地，衣冠君子乡。昨朝犹对坐，今日忽云亡。魂随司命鬼，魄逐见阎王。此时罢欢笑，无复向朝堂。"谓人曰："作诗须有此真味！"

【译文】唐代黄门侍郎崔泰之哭悼特进官李峤的诗说："台阁本是神仙之地，也是衣冠君子相聚的地方，昨天还面对面而坐，今天就听到你亡故的消息。你的魂已随司命鬼而去，你的魄就要见到阎王。此时此刻欢笑已经停止，无法面对咱们共事的朝堂。"他还对别人说："作诗就应该有这样的真实韵味！"

卢延让

卢延让业诗，二十五举方登第。卷中有"狐冲官道过，狗触店门开"之句，张浚每称赏之。又有"贼猫临鼠穴，馋犬舐鱼砧"，为成汭所赏。"栗爆烧毡破，猫跳触鼎翻"，为王建所赏。卢谓人曰："平生谒尽公卿，不意得力于狐狗猫鼠！"

【译文】卢延让专攻诗赋，二十五次考试才登第。他的试卷写有"狐冲官道过，狗触店门开（狐狸朝着官道而过，家犬触动店门大开）"的诗句，张浚每每都加以赞赏。又写有"贼猫临鼠穴，馋犬舐鱼砧（机灵的猫临近老鼠洞，贪嘴的狗舐食鱼砧板）"，被成汭所欣赏。另外一句"爆炒板栗烧破毡垫，花猫乱跳碰翻炊鼎"，被王建所欣赏。卢延让对别人说："我平时虽对公卿谒尽恭敬，想不到登科竟然得力于狐狗猫鼠！"

包 贺

进士包贺作诗多粗鄙之句，如"苦竹笋抽青橛子，石榴树挂小瓶儿"，又"雾是山巾子，船为水靸鞋"，又"棹摇船掠鬓，风动水捶胸"，俱可笑。世传逸诗云"窗下有时留客宿，斋中无事伴僧眠”，号曰“自落便宜诗”。

【译文】进士包贺写诗多爱用粗鄙的词句，比如“苦竹笋抽青橛子，石榴树挂小瓶儿（苦竹笋抽出青木桩，石榴树倒挂着小瓶儿）”。又如“雾是山巾子，船为水靸鞋（雾霭是山的头巾，木船是水上拖鞋）”。又如“棹摇船掠鬓，风动水捶胸（摇动船橹像船掠鬓发，风吹水动似捶打前胸）”，写得都很粗浅可笑。世上流传他的已不成篇的零散诗句说“窗下有时留客宿，斋中无事伴僧眠（窗户下有时留客人住宿，书斋中没事陪伴和尚睡觉）”，称为“自落便宜诗”。

高敖曹

高敖曹尝为杂诗三首。其一：“冢子地握槊，星宿天围棋。开坛瓮张口，卷席床剥皮。”其二：“相送重相送，相送至桥头。培堆两眼泪，难按满胸愁。”其三：“桃生毛弹子，瓠长棒槌儿。墙欹壁凸肚，河冻水生皮。”

【译文】高敖曹（昂）曾经作杂诗三首。第一首：“冢子地握槊，星宿天围棋。开坛瓮张口，卷席床剥皮（高耸的山峰像大地手握长矛，密布的星宿像老天在下围棋。打开酒坛瓦瓮张开大嘴，卷起竹席如同木床剥皮）。”第二首：“相送重相送，相送至桥头。培堆两眼泪，难按满胸愁（相送再相送，相送到桥头。聚集两眼泪，难忍心中愁）。”第三首：“桃生毛弹子，瓠长棒槌儿。墙欹壁凸肚，河冻水生皮（桃树生长毛弹子，瓠瓜长出棒槌儿。墙壁倾斜鼓大肚，河水冰冻水生皮）。”

权龙襄

唐左卫将军权龙襄，性褊急，常自矜能诗。通天年中，为沧州刺史。初到，乃为诗呈州官曰："遥看沧海城，杨柳郁青青。中央一群汉，聚坐打杯觥。"诸公谢曰："公有逸才！"襄曰："不敢，趁韵而已。"又为《喜雨》诗曰："暗去也没雨，明来也没云。日头赫赤出，地上绿氤氲。"又《皇太子宴夏日赋》诗："严霜白浩浩，明月赤团团。"太子援笔为赞曰："龙襄才子，秦州人士。明月昼耀，严霜夏起。如此诗章，趁韵而已！"襄以张易之事出为容山府折冲，后追入，献诗曰："无事向容山，今日向东都。陛下敕进来，今作右金吾。"上大笑，每呼为权学士，凡与诸学士赋诗，辄令与焉。

龙襄又《秋日述怀》曰："檐前飞七百，雪白后园强。饱食房里侧，家粪集野蜋。"参军不晓，请释。襄曰："鹞子檐前飞，值七百文。洗衫挂后园，干白如雪。饱食房中侧卧，闻家中粪堆，集得野泽蜣蜋。"谈者嗤之。

【译文】唐代右卫将军权龙襄，性情急躁，时常自诩有赋诗的才能。武则天万岁通天年间，他担任沧州刺史，刚刚到任，就作诗呈送给州官们看，诗中写道："遥看沧海城，杨柳郁青青。中央一群汉，聚坐打杯觥。"众官们称谢说："您真有旷世之才！"权龙襄说："不敢当，只是凑韵成句罢了。"他又写有《喜雨》一诗："暗去也没雨，明来也没云，日头赫赤出，地上绿氤氲。"又写有《皇太子宴夏日赋》说："严霜白浩浩，明月赤团团。"皇太子提笔写了一首

“赞”讽刺他说：“权龙襄真是才子，本是秦州人士。白昼明月照耀，夏日寒霜而起，写下这样诗章，都是凑韵成句而已！”权龙襄曾因受张易之的牵连，被调出京都担任容山府折冲都尉，后来被追命返京。他向皇上献诗说：“无事走向容山，今日又回东都，陛下敕书来到，今又当了右金吾”。皇上看后大笑，经常戏呼他为“权学士”。以后凡是与各位学士们吟诗作赋，常让他参加以找笑料。

权龙襄又作有《秋日述怀》诗说：“檐前飞七百，雪白后院强。饱食房里侧，家粪集野蜋。”属下幕僚都不懂诗的意思，请他解释。权龙襄说：“有一只鹞子从檐前飞过，这鸟大约值七百文钱。浆洗过的衣衫挂在后园中，干白如雪。吃饱饭后躺在房中休息，闻见家中粪堆发出的秽气，聚集满了野地的蜣蜋。”谈起此事，人们都嗤笑不已。

宋宗子

哲宗朝，有宗子好为诗，而鄙俚可笑。尝作《即事》诗云：“日暖看三织，风高斗两厢。蛙翻白出阔，蚓死紫之长。泼听琵琶凤，馒抛接建章。归来屋里坐，打杀又何妨？”人问其诗意，答曰：“始见三蜘蛛织网于檐前，又见二雀斗于两厢廊。有死蛙翻腹，似‘出’字，死蚓如‘之’字。方吃泼饭，闻邻家作《凤栖梧》。食馒头未毕，阍人报建安章秀才上谒。接章既归，见内门上画钟馗击小鬼，故云‘打死又何妨’。”哲宗方欲灼艾，有小内侍诵此诗，笑极，遂罢灸。

相传《登厕》诗有“板侧尿流急，坑深粪落迟”，句法似此。

【译文】北宋哲宗年间，有个皇族子弟爱好作诗，但写得粗俗可笑。他曾经作《即事》诗说："日暖看三织，风高斗两厢。蛙翻白出阔，蚓死紫之长。泼听琵琶凤，馒抛接建章。归来屋里坐，打杀又何妨？"别人问他此诗的意思，他回答说："开始看见三个蜘蛛在屋檐前织网，接着又看见两只麻雀在厢廊斗耍。已死的青蛙翻着白肚，好像是个'出'字，死蚯蚓身躯盘旋又像是个'之'字。全家人开始吃浇卤饭，听见邻居弹琵琶《凤栖梧》的词曲。馒头还没有吃完，看门人禀报建安府章秀才来拜访。迎接章秀才回来，看见内门上画了幅钟馗击拿小鬼的门画，所以说'打死又有何妨'。"哲宗皇帝患病，正准备灸烧疗治，有个小太监在一旁诵念此诗，哲宗皇帝大笑不止，顿时精神好转，也就不再针灸了。

相传有一首《登厕》诗，其中有"板侧尿流急，坑深粪落迟（垫板旁边尿水流得急，粪坑太深大便落得慢）"，句法与这个宋朝皇族子弟相似。

雪诗

唐人有张打油，作《雪》诗云："江上一笼统，井上黑窟窿。黄狗身上白，白狗身上肿。"

陆诗伯《雪》诗云："大雪洋洋下，柴米都长价。板凳当柴烧，吓得床儿怕。"又云："玉皇大帝卖私盐，一个苏州拖面煎。"又云："不闻天上打罗橱，满地纷纷都是面。"又云："昨夜玉皇哀诏到，万里江山都带孝。"

陆诗伯曾咏枇杷树云："一株枇杷树，两个大丫叉。"后韵未成，吴匏庵请续之，曰："未结黄金果，先开白玉花。"陆摇首曰："殊脂粉气！"

【译文】唐代张打油作了一首题名《雪》的诗说："江山一片模糊不清，地上的井像是黑窟窿。黄狗身上落雪变成白狗，白狗裹雪又像身上发肿。"

陆诗伯作的《雪》诗说："江上一笼统，井上黑窟窿。黄狗身上白，白狗身上肿（大雪飘飘扬扬而下，柴米油盐都跟着涨价。劈开板凳当柴烧火，吓得木床也直害怕）。"又说："玉皇大帝卖私盐，一个苏州揥面煎（玉皇大帝贩卖私盐，整个苏州都揥面煎）。"又说："不闻天上打罗橱，满地纷纷都是面（不知道天上敲打面罗柜，洒得满地纷纷都是面）。"又说："昨夜玉皇哀诏到，万里江山都带孝（昨天夜里玉皇的哀书传到，今日万里江河山川都悲痛穿孝）。"

陆诗伯曾经吟咏枇杷树说："一株枇杷树，两个大丫叉。"但是没有对上后两句。吴匏庵请求续接上后句，他写的是："未结黄金果，先开白玉花。"陆诗伯看后摇头说："太多脂粉气了！"

李廷彦

李廷彦献百韵诗于上官，中云："舍弟江南没，家兄塞北亡。"上官恻然，曰："君家凶祸，一至于此！"廷彦曰："实无此事，图对偶亲切耳。"一客谑云："何不言'爱妾眠僧舍，娇妻宿道房'？犹得保全兄弟。"

【译文】李廷彦向上司呈献自己写的百韵诗，其中一句写道："舍弟江南没，家兄塞北亡（自己的弟弟病殁于江南，自家的兄长亡故于塞北）。"上司看后深表同情，问道："你们家接连出凶祸，怎么这样不幸？"李廷彦回答说："实际没有这种事，只是图个对仗贴切罢了。"一位客人戏问道："那么为何不说'爱妾眠僧舍，娇妻宿道房（自己的爱妾睡在和尚禅房，家中的娇妻借宿于道士屋中）’？还可以保全自己的兄弟。”

诗 僧

郎中曹琰，有僧以诗卷投谒。阅首篇，是《登润州甘露阁》云：“下观扬子小。”琰曰：“何不道‘卑吠狗儿肥’？”次阅一篇《送僧》云：“猿啼旅思凄。”琰曰：“何不道‘犬吠张三嫂’？”坐中大笑。

【译文】郎中曹琰，曾经接待了一位携诗前来拜谒的僧人。翻阅他的诗作首篇，题名是《登润州甘露阁》，其中一句是：“下观扬子小（向下观看扬子江小）。”曹琰说：“何不写为‘卑吠狗儿肥（轻声喊叫的狗儿肥）’？”又翻阅一篇《送僧》，其中一句写道：“猿啼旅思凄（猴子哀啼旅途凄楚）。”曹琰说：“何不写为‘（黄狗狂咬张家三嫂）’？”座中的客人们听了大笑。

不韵诗

唐冀州参军曲崇裕《送司功入京》诗曰：“崇裕有幸会，得遇明流行。司士向京去，旷野哭声哀。”司功曰：“大才士！先生其谁？”曰：“吴儿博士教此声韵。”司功曰：“师明弟子哲！”

嘉靖间，有织造太监在杭州，征索不遂，为诗云：“朝廷差我到苏州，府县官员不理咱。有朝一日朝京去，人生何处不相逢！”临司叹曰：“好诗！”答曰：“虽不成诗，叶韵而已。”

《湖海搜奇》云：谢兵马之妻为墙压死。杨天锡往吊，谢泣曰："寒荆正有孕，今死不成尸，奈何？"杨曰："此所谓'虽不成尸，压孕而已'。"谢恚曰："我苦无极，尚尔作戏！"语本此。

【译文】唐代冀州（今河北冀县）参军曲崇裕所作的《送司功入京》一诗中说："崇裕有幸会，得遇明流行。司士向京去，旷野哭声哀（崇裕我有这样好的机会，能够相识当今的名流。司功先生前往京都而去，旷野四处传来哀切的哭声）。"司功看后说："真是大奇才！不知你的师长是谁？"曲崇裕回答说："是吴地的少年博士教我的声韵。"司功赞叹道："师长有才华，弟子也聪明呀！"

明世宗嘉靖年间，有位居住在杭州的织造太监，催征索交贡绢不顺利，自己作诗道："朝廷差我到苏州，府县官员不理咱。有朝一日朝京去，人生何处不相逢（朝廷差我催征来到苏州，各府县的官员不愿理咱。日后他们也要到京城去，人生何处不再相逢）！"监司的头头看后赞叹道："是首好诗！"那太监说："虽然不成诗体，也只能说是押韵罢了。"

《湖海搜奇》一书记载：谢兵马的夫人因墙壁倒塌，不幸被压死，杨天锡前去吊唁。谢兵马哭着说："我的夫人正怀有身孕，如今被砸死，连尸首都不全，怎么办？"杨天锡说："这就是所说的'虽然不成全尸（诗），也是压孕（韵）罢了'。"谢兵马嗔怪道："我悲痛至极，你还开玩笑！"上文写的话来源出于此故事。

重复诗

雍熙中，一诗伯作《宿山房即事》诗，曰："一个孤僧独自归，关门闭户掩柴扉。半夜三更子时分，杜鹃谢豹子规啼。"又《咏老儒》诗曰："秀才学伯是生员，好睡贪鼾只爱眠，浅陋荒疏无学术，龙钟衰朽驻高年。”

【译文】宋太宗雍熙年间，一位诗坛名流写作一首《宿山房即事》诗，说道：“一个孤僧独自归，关门闭户掩柴扉。半夜三更子时分，杜鹃谢豹子规啼（一个孤和尚自己归来，关闭门户遮掩住柴屋。睡到半夜三更子夜时，只听杜鹃鸟声声啼不停）。”又有一首《咏老儒》诗说：“秀才学伯是生员，好睡贪鼾只爱眠，浅陋荒疏无学术，龙钟衰朽驻高年（秀才老伯是个生员，爱好睡卧有空就眠。学识浅陋胸中无术，老态龙钟已到高年）。”

王大夫

王祈有竹诗两句，最为得意，为东坡诵之，曰：“叶垂千口剑，干耸万条枪。”苏笑曰：“好则好矣，只是十条竹竿共一片叶也。”又苏尝言：“看王大夫诗，难得不笑。”

【译文】王祈写有两句咏竹诗，自己甚为得意，就向苏东坡吟诵，念道：“叶垂千口剑，干耸万条枪（竹叶下垂似千口利剑，茎干耸立如万条长枪）。”苏东坡笑着说：“写得好是好，只是十条竹竿才共有一片竹叶啊。”另外苏东坡曾经与别人说过：“看王大夫作的诗，令人难以忍住不笑。”

李超无自嘲

李超无逃儒归墨，作诗自嘲云：“滚汤呼贼秃，摇铎骂光郎。”

【译文】李超无先是脱离儒家学派，后又归附墨家学说，自己赋诗自嘲说："滚汤呼贼秃，摇铎骂光郎（滚沸开水呼喊贼秃和尚，手摇大铃怒骂光头儿郎）。"

涩 体

徐彦伯为文，多变奇求新，以"凤阁"为"鹓阁"，以"龙门"为"虬户"。以"金谷"为"铣溪"，以"刍狗"为"卉犬"，以"竹马"为"篠骖"，以"月兔"为"魄兔"，以"风牛"为"飙犊"。后进效之。谓之"涩体"。

【译文】徐彦伯赋诗写文，多变换奇巧追求新异，他把"凤阁"改为"鹓阁"，把"龙门"改为"虬户"。把"金谷"改为"铣溪"，把"刍狗"改为"卉犬"，把"竹马"改为"篠骖"，把"月兔"改为"魄兔"，把"风牛"改为"飙犊"。后来有人仿效他。把用这种难懂的词作诗称之为"涩体"。

虞子匡戏诗

嘉靖中，有好为六朝诗者，不独巧丽，且欲用不经人道之语，易字换句，遂至妄诞不稽。虞子匡一日递一诗示郎仁宝，请商之。仁宝三诵，不知何题。虞曰："吾效时人换字之法，戏改岳武穆《送张紫阳北伐》诗也。"其诗曰："誓律飙雷速，神威震坎隅。遐征逾赵地，力斗越秦墟。骥蹂匈奴颈，戈歼鞑靼躯。旋师谢彤阙，再造故皇都。"岳云："号令风霆迅，天声动北陬。长驱渡河洛，直捣向燕幽。马蹀月氏血，旗枭可汗头。归来报明主，恢复旧神州。”不过逐字换之。遂抚掌相笑。

【译文】明世宗嘉靖年间，一些喜爱模仿六朝时期诗赋风格的文人，不但追求词藻新巧奇丽，而且采用不合人情常理的语言，刻意把六朝时期的诗文进行易字换句，甚至到了荒诞不稽的程度。虞子匡有一天拿篇诗文给郎仁宝看，请他商榷指点。郎仁宝吟读三遍也不知是什么题名，虞子匡说：“这是我仿效当今人们的换字文法，戏改岳飞的《送张紫阳北伐》一诗。”他的诗写道：“誓律飙雷速，神威震坎隅。遐征逾赵地，力斗越秦墟。骥蹂匈奴颈，戈歼鞑靼躯。旋师谢彤阙，再造故皇都（出征的誓言像狂飙雷霆一样神速，我天朝的神威震撼了四方大地角落。远去征伐到原赵国的地域，拼杀力斗越过了前秦邦的废墟。万马奔腾践踏着匈奴的脖颈，长矛铁戈歼灭了鞑靼的身躯。大军凯旋班师叩拜朝廷的皇恩，齐心再造我朝往昔的京都）。”岳飞的原文是：“号令风霆迅，天声动北陬。长驱渡河洛，直捣向燕幽。马蹀月氏血，旗枭可汗头。归来报明主，恢复旧神州（号令发出像疾风惊雷一样迅猛，盛大的军威震动着北方的沟岭山地。三军长驱渡过黄河洛水，挥戈铁马直逼燕幽故地。战马嘶鸣蹈踩着月氏人的鲜血，军旗挥舞砍下可汗首领的头颅。胜利归来报答当今圣明君主，精忠报国恢复我神州国土）。”虞子匡只不过是把岳飞的诗逐字改换而已。众人听了拍手相笑。

宋景文修史

宋景文修唐史，好以艰深之辞，文浅易之说。欧公思有以训之。一日，大书其壁曰：“宵寐匪祯，札闼洪休。”宋见之，曰：“非‘夜梦不祥，题门大吉’耶？何必求异如此？”欧公曰：

“《李靖传》云‘震霆不暇掩聪’，亦是类也！”宋公惭而改之。

【译文】宋景文（祁）修订唐史，喜好用深涩难懂的文词，文饰浅显易明的事情。欧阳修很想给他以教训。一天，欧阳修在墙壁上书写了“宵寐匪祯，札闼洪休”几个大字。宋祁看到后，说：“不就是‘夜里做梦不祥，题写门头大吉’吗？何必这样追求新异呢？”欧阳修说：“《李靖传》中写‘雷霆的暴响使人来不及掩耳’，也是这一类事！”宋祁听了很惭愧，遂改变了自己的文风。

嘲窃句

陈亚《嘲窃古人诗句》诗云：“昔贤自是堪加罪，非敢言君爱窃词。叵奈古人无意智，预先偷子一联诗。”

僧惠崇能诗，其尤自负者：“河分冈势断，春入烧痕青。”崇之子弟嘲曰：“河分冈势司空曙，春入烧痕刘长卿。不是师兄多犯古，古人诗句犯师兄。”

潘邠老诗多犯老杜。王直方云：“老杜复生，须与潘十厮炒。”

祥符、天禧中，杨大年、钱文禧、晏元献为诗，皆宗李义山，号“西昆体”。后进效之，多窃取义山诗句。尝内宴，优人作戏，有为义山者，衣服破裂，告人曰：“吾为馆职诸公挦撦，以至如此！”坐者皆笑。

剥取他人口珠，是盗儒也，如何止坐毁坏衣冠律？

李义府《白燕》诗云：“镂月为歌扇，裁云作舞衣。自怜回雪影，好取洛川归。”有枣强尉张怀庆，好偷窃名士文章，乃增二字为七言，云：“生情镂月为歌扇，出性裁云作舞衣。照鉴自怜回雪影，来时好取洛川归。”时人谓之“活剥张昌龄，生吞郭正一”。

武太常邦御，以水竹楼求刘楚雄为记，其文曰：“淇澳之斐，而瀑布急雨之，而碎玉密云之，而投壶铮铮之，而围棋丁丁之。巨细疾徐，皆先生之甑磬匏丝也。”又曰：“氅衣幅巾，见者以为神仙中人。”全用王元之《竹楼记》中语。有戏者曰：“昨梦一人，峨冠博带，意甚不平，曰：‘我宋学士王禹偁也，昔作郡守，有竹楼一座。今被刘楚雄拆毁，且将楼中之物，一一窃去’。问是何物，曰：‘楸枰一局，壶矢十二枝，文集十卷，氅衣一袭，幅巾一顶，止遗囊琴一张在焉。’又问：‘窃此何焉？’曰：‘都贮于太常水竹楼中，故不平也。’”

【译文】陈亚作的《嘲窃古人诗句》中说：“昔贤自是堪加罪，非敢言君爱窃词。叵奈古人无意智，预先偷子一联诗（古时的贤人自应加以罪名，不敢说是你爱偷古人诗句，真恨那古人没有眼色，先偷了你一联诗语）。”

惠崇和尚能够作诗，他自认为得意的句子是：“河分冈势断，春入烧痕青。”他的师弟讥讽他说：“河分冈势的作者司空曙，春入烧痕的作者刘长卿。不是师兄的诗词雷同古人，是古人的诗句雷同了师兄。”

潘邠老（大临）作诗多爱剽窃杜甫的句子，王直方说：“杜工部如果复生，定要与潘十郎吵闹。”

宋真宗祥符、天禧年间，杨亿、钱惟演、晏殊等人赋诗，都仿效唐朝的李商隐，号称为“西昆体”。后辈们仿效他们，经常剽窃抄袭李商隐的诗句。一次，宫中曾经设宴招待群臣，并有艺人演唱助兴。有一个演员扮作李商隐上场，衣服被扯得破烂，对人说道："我是被各位翰林们撕扯成了这样！"在座者听了都大笑。

抄袭窃取别人的创作成果，就是盗儒，岂止仅让他承担撕扯衣冠的责任呢？

李义府的《白燕》诗说道："镂月为歌扇，裁云作舞衣。自怜回雪影，好取洛川归。"有个枣强县尉张怀庆，好抄袭著名诗人的诗句文章。他把李诗增了两个字改为七言，写道："生情镂月为歌扇，出性裁云作舞衣。照鉴自怜回雪影，来时好取洛川归。"当时人们讽刺他是"活剥张昌龄，生吞郭正一"。

太常卿武邦御，曾请求刘楚雄为新建的水竹楼写篇记文。刘楚雄撰文写道："淇水曲岸文采飞扬，忽听是急如瀑布的雨声，忽而是风雨过后乱云密布，忽而听是筹码投壶的铮铮响声，忽而又是围棋对奕声响丁丁。各种声响高低快慢，其实都是先生的丝弦笙弹奏出的。"又写道："身著大氅头戴幅巾，看见的人都以为遇到了神仙。"这全是抄袭窃用宋朝王元之《竹楼记》中的语句，有一人戏谑说："我昨日梦见一个人，高戴幅巾，身束宽带，似乎忿忿不平，说：'我本是宋朝学士王禹偁，过去担任黄州郡守，曾建有竹楼一座。如今竟被刘楚雄拆毁，并且还将楼中物品一一窃走。'我问是何物被盗，他说：'棋盘一副，筹码十二只，文集十卷，大氅一件，幅巾一顶，只留下一张琴瑟在这里。'我又问他：'窃走这些东西弄到哪里去了？'他回答说：'都藏到武太常的水竹楼中去了。因此心中气愤不平。'"

点金成铁

梁王籍诗云："蝉噪林愈静，鸟鸣山更幽。"王荆公改用其句曰："一鸟不鸣山更幽。"山谷笑曰："此'点金成铁'手也！"

【译文】南朝梁朝的王籍作诗说："蝉噪林愈静，鸟鸣山更幽。"王安石将句子改为："一鸟不鸣山更幽。"黄山谷（庭坚）先生讥笑说："这是'点金成铁'之手！"

倩笔

《雪溪纪闻》：湖州吴平山，素不能诗，值座师王荆石公寿，试作八句，求同年沈公节甫改削。沈用其韵，更制一首，复嫌于全革，姑举笔点其末二句，而并归之。吴大喜，谓沈所赏，语必佳，不忍弃，既书沈诗，而并载己二句于末，遂为十句，重一韵。王公大笑。

平山名秀，鲁而好学。一日止读书七行，至晚犹不成诵，必跪而自督。辛未会试，五策犹富，元驭犹讶其该博，拔置首卷。而一诗乃不通窍如此！

【译文】据《雪溪纪闻》一书记载：湖州的吴平山，平常不善于诗赋，适逢他中进士时的主考老师王锡爵寿辰，便试写了一首贺寿诗，共八句，并请自己的同年沈节甫帮助修改。沈节甫仍采用他的原韵，另写作一首，但又觉得将吴平山原诗全部舍弃不妥，就举笔点出末两句，然后一同送还吴平山。吴平山看后非常高兴，认为被沈节甫所欣赏的定是佳句，不忍心割舍，于是抄写下沈节甫的诗句，并把自己那两句录写在其后，成为十句。中间重复一韵。王锡爵看了这首诗，哈哈大笑。

吴平山名秀，虽然钝拙但好学。他一天只读书七行，直到晚上还不能背诵，必定会跪在地上督促自己。辛未年会试时，他五篇试题写完后时间还富余。考官黄元驭惊讶他学识渊博，便把他的试卷选拔为第一。而他写一首诗竟不通到这等地步！

文当戒俗

杨文公尝戒其门人“为文宜避俗语”，既而公因作表云：“伏惟陛下，德迈九皇。”门人郑戬请于公曰：“卖韭黄讫，未审何时得卖生菜？”公大笑，易之。

【译文】杨文公亿曾经告诫自己的门人“写文章应少用粗俗的语言”。不久，杨文公向朝廷上表，其中有句话是：“伏惟陛下，德迈九皇。”他的学生郑戬提出意见说：“卖完韭黄，不知道什么时候得卖生菜？”杨亿听了大笑，随即把这句话改了。

书马犬事

欧阳公在翰林时，常与同院出游。有奔马毙犬，公曰：“试书其一事。”一曰：“有犬卧于通衢，逸马蹄而杀之。”一曰：“有马逸于街衢，卧犬遭之而毙。”公曰：“使子修史，万卷未已也。”曰：“内翰云何？”公曰：“逸马杀犬于道。”相与一笑。

【译文】欧阳修在翰林院任职时，经常与同院翰林出外游玩。一次，奔马踩死一条狗，欧阳修说：“众人试写写这件事。”一人说：“有条犬卧在通衢大道，奔马狂蹄将它杀死。”另一人说：“有马奔跑在市街，卧睡黄犬被踏而毙。”欧阳修说：“让你们编修史书，用上一万卷也写不完啊。”众人问道：“学士以为应怎么说？”欧阳修回答：“奔马杀犬于道。”大家相视一笑。

明堂赦文

胡卫、卢祖在翰林，草明堂赦文云：“江淮尽扫于胡尘。”太学生嘲之曰：“胡尘已被江淮扫，却道江淮尽扫于。传语胡卢二学士，不如依样画胡卢。”

【译文】胡卫、卢祖在翰林院供职，曾经草拟朝廷明堂赦文，写道：“江淮尽扫于胡尘。”太学生作诗嘲笑他俩说：“胡尘已被江淮扫，却道江淮尽扫于。传语胡卢二学士，不如依样画胡卢。”

押 韵

唐梅权衡，吴人也，入试不持书策，人皆谓奇才，及府题出《青玉案赋》，以“油然易直子谅之心”为韵。场中竞谈“谅”字难押。梅于庭树下，以短箠画地起草。日晡，梅赋先成。张季遐求视所押，以为师模。梅大言曰：“押字须商量，争应进士举？”季遐自谦薄劣，乃率数十人请益。梅曰：“此韵难押，诸公且厅上坐，听某押处解否。”遂朗吟曰：“恍兮惚兮，其中有物。惚兮恍兮，其中有谅。犬蹲其旁，鸱拂其上。”因讲：“青玉案者是食案，所以言‘犬蹲其傍，鸱拂其上’也。”众大笑。出《乾䐢子》。

苗振召试馆职。晏丞相语曰：“宜稍温习。”苗曰：“岂有三十年作老娘，而倒绷孩儿者乎？”既试赋，韵有“王”字。振押云：“率土之滨莫非王。”不中选。晏笑曰：“苗君竟倒绷孩儿矣！”

【译文】唐代的梅权衡，是吴地人士，入试时不带任何书籍，人们都称赞他是奇才。府题出的是《青玉案赋》，要求用“油然易直子谅之心”为韵。考场中考生竞相谈论“谅”字难押。梅权衡却一人蹲在院中大树下，用短棍在地上起草。傍晚时，他的词赋先写成。考生张季遐请求看看他押的韵，为自己做个示范。梅权衡大话道：“连押韵都要商量。还能争举进士吗？”张季遐谦虚地表示自己学识低下，并且领了十几个考生向他请教。梅权衡说：“‘谅’字韵是难押，各位且请厅中坐下，听我解说押得是否合韵。”随即就吟诵道：“恍兮惚兮，其中有物。惚兮恍兮，其中有谅。犬蹲其旁，鸱拂其上。”因为他将青玉案说成食案，所以梅权衡写了“黄犬蹲卧在一旁，鸱鸮鸟飞掠案上”。众人听他解说后大笑。这个故事出自于《乾𦠆子》一书。

苗振被召考试翰林馆职。丞相晏殊对他说：“应先稍作温习。”苗振回答：“哪有当了三十年的老娘，还要紧包住自己的婴儿的呢？”等到考试作赋，有一韵是“王”字。苗振押韵道：“率土之滨莫非王。”但没有中选。晏殊笑道：“这位苗君倒真是个被包裹住的婴儿了。”

赋

胡旦作《长鲸吞舟赋》云：“鱼不知舟在腹中，其乐也融融；人不知舟在腹内，其乐也泄泄。”又曰：“双须竿直，两目星悬。”杨孜览而笑曰：“许大鱼，眼孔恁小！”

又庆历中，试题为《天子之堂九尺》。赋者曰：“成汤当陛而立，不欠一分；孔子历阶而升，止余六寸。”用《孟子》曹交言汤九尺、《史记》言孔子九尺六寸事。

熙宁中，省试《王射虎候赋》。有一卷云：“讲君子必争之艺，饰大人所变之皮。”又欧阳公主文，试《贵老为其近于亲赋》。有一卷云：“睹兹黄耇之状，类我严君之容。”

褚归应试，作《大舜善与人同》，破云：“道虽贯于万世，善犹同于众人。”见黜。一友戏慰曰：“公以‘尿罐’对‘油筒’，宜其黜落。”

【译文】胡旦所作的《长鲸吞舟赋》说：“鱼不知舟在腹中，其乐也融融；人不知舟在腹内，其乐也泄泄（鲸鱼不知道已将木船吞进自己腹中，还很欢乐；乘船人不知道木船已被吞进鲸鱼腹中，也都是乐呵呵的）。”又说道：“双须竿直，两目星悬（鲸鱼的两根长须像竹竿一样直，眼睛就像悬挂的两颗星星）。”杨孜览读后笑道：“这么大的鱼，眼睛咋那么小？”

又有宋仁宗庆历年间，省试的试题为《天子之堂九尺》，一应试考生作赋道：“成汤当陛而立，不欠一分；孔子历阶而升，止余六寸（成汤站立在皇宫的台阶上，不差一分，孔子踏着台阶走上来，只多出六寸）。”这里引用《孟子》中曹交说商汤身高九尺、《史记》中说孔子身高九尺六寸的典故。

宋神宗熙宁年间，礼部考试，试题为《王射虎候赋》，有一考生答卷说：“要求君子必备的技艺，以使自己穿上变成大人物身份的皮衣。”又有一次欧阳修主考，试题是《贵老为其近于亲赋》。有一考生答卷说："看见这衰老长者的形状，就像看到我家父的面容。"

褚归参加应试，作《大舜善与人同》题，他破题说："虽然道德贯彻于万世，行善犹同于平常人一样。"后来褚归应试未中，一个好友开玩笑劝慰他说："你用'尿罐'去对'油筒'，也该落选。"

经 义

政和中，举子皆试经义。有学生治《周礼》，堂试以《禁宵行者》为题，此生答义云："宵行之为患者大矣，凡盗贼奸淫为过恶者，白昼不能显行也，必昏夜合徒窃发。踪迹幽暗，虽欲捕治，不可物色。故先王命官曰：'司寤氏'，而立法以禁之，有犯无赦，宜矣！不然，则宰予昼寝，何以得罪于夫子？"学官者甚喜其议论有理，但不晓以宰予为证之意，因召问之。答曰："昼非寝时也。今宰予正昼而熟寐，其意必待夜间出来胡行乱走耳。"学官为笑而止。

使宰我睡寐中惊出一身冷汗。

【译文】宋徽宗政和年间，科考的举子们都应试儒家经义。有位学生专攻《周礼》，州学季考时，以《禁宵行者》为题目，该考生解析说："夜间行走的害处太多了，凡是偷盗奸淫无恶不作的人，白天不能恣意显露，必然是昏黑夜暗后再出来行动。他们行迹诡诈，加上夜色幽暗，就是想逮捕治罪，也不好寻找，所从先王任命的巡夜官叫'司寤氏'，并且制定法律严令禁止夜行。有违犯者不予赦免，应该啊！不然，宰予在白天睡觉。怎能得罪孔老夫子呢？"主考的学官欣赏他的议论有道理，但不清楚他引用宰予之例为证的意思，便召见他当面询问。那学生回答说："白天不是睡觉的时候。

如今宰予白天熟睡不起，他必定是准备到夜间出来胡行乱走罢了！”学官们听后笑了笑便不再问他了。

此话可以使宰予在熟睡中惊出一身冷汗来。

时 艺

陈白沙献章，当成化初会试，虽负重名，亦投时好，竞出新奇，作《老者安之，朋友信之，少者怀之》题，其破云：“物各有其等，圣人等其等。”考官戏批其傍云：“若要中进士，还须等一等！”

张鳌山提学江北，以《冯妇善搏虎》为题。徐州一士云：“冯妇，一妇人也，而能搏虎；不惟搏也，而又善焉。夫搏虎者何？扼其吭，斩其头，剥其皮，投于五味之中而食之也，岂不美哉！”

王荆湖学博谈及吴郡一士，作《今交九尺四寸以长》题，文中将“九尺以长”“四寸以长”分股。又一士作《二女果》题，文中二股立柱云：“尧非不欲以之自奉也，舜非不欲以之奉瞽瞍也。”闻者绝倒。

乙卯，王宗师按临苏州，凡童生劣卷俱发回。有一童生作《不占而已矣》题，文中二股柱云：“古之占者，有鬼谷先师其人焉；今之占者，有柳华岳其人焉。”众共哗笑。旁有一人与此童相识，深加叹惜。众问其故，答云：“怪道某阿官不进学，宗师是浙人，怎知我苏州有柳华岳？”众大笑。又一童居近齐门任蒋桥。此桥以任、蒋二土庙得名也。题出《任土地者次之》，童即以蒋土地与任土地分主客二股。

申于王云：有作《虽使五尺之童适市，莫之或欺》题者，破云：“以可欺之人，居可欺之地，而卒莫之或欺焉。可以见天理之常存，而人心之不死矣。”或嫌其欠简健。他日作《鲁人猎较，孔子亦猎较》，破云：“鲁俗颓，圣人雷。”或又嫌其崛且晦，须不长不短，点切题面字眼，方醒人目。他日又作《子之燕居，申申如也，夭夭如也》，破云：“纪圣人之鸟处，‘甲’之出头，而‘夭’之侧头者也。”

一士作《能近取譬》题文，质于唐六如。唐称赞不已。士又再三求正。唐曰：“细玩‘能近取’三字不做，觉偏枯些。”士嘿然而去。

【译文】白沙先生陈献章，在明宪宗成化初年会试时，他虽已有盛名，但也想投其时尚，竞出新奇，作《老者安之，朋友信之，少者怀之》一题时，破题道：“事物各有自己的等第级次，圣贤之人亦划分出不同的等级。”主考在他的试题一旁戏批道：“要想举进士，还须等一等。”

张鳌山任江北提学时，曾以《冯妇善搏虎》为题考各州县的学生，一个徐州秀才写道：“冯妇是一个女人，能够与虎相斗；不只是能够搏斗，而且很善（馋的谐音）啦。与虎相斗做什么？掐住老虎的喉咙，斩断它的头颅，剥下它的毛皮，将它配以五味调料而吃掉，那不是很好吗！”

担任教官的王荆湖谈到吴郡的一位秀才，作《今交九尺四寸以长》题时，竟在文中将：“九尺以长”和“四寸以长”分为两股来作。又一位秀才作《二女果》题，文中有两股议论说：“帝尧并非不想让她们来侍奉自己，大舜并非不想让她们去侍奉自己的父亲瞽叟。”闻听的人几乎笑倒在地。

乙卯年，王宗师来到苏州监学，对童生低劣的试卷都退还本人。有一个童生选作《不占而已矣》题，文中有两股议论说：“古代的占卜之人，有鬼谷子先生；当今的占卜之人，有柳华岳这个人。”众人听了哗然大笑，旁边有一人认识这童生，深为他叹惜。众人问他缘故，回答说："难怪这童生不得入学，王宗师是浙江人，怎么知道我苏州有个柳华岳呢？"众人又是大笑。还有一个童生，居住在离齐门任蒋桥很近的地方。任蒋桥本是因任、蒋二座土地庙得名的。题出《任土地者次之》，那位童生便把蒋土地和任土地分为主客两股议论来作文。

据申于王说：有个作《虽使五尺之童适市，莫之或欺》之题的人，破题说："让那些没有自我保护能力的儿童，处于尔虞我诈的商市，但最终却没有人欺骗他，从此事可以看出天理是常存的，而人们的良心也都没有泯灭。"有人认为写得不够简练稳妥。另外一天，他又作《鲁子猎较，孔子亦猎较》题，破题说："鲁国人的风俗颓唐，圣贤孔子发怒。"有人又嫌他写得太简短并且晦涩，说句子应该不长不短，贴切题面字眼，才能使人醒目。一天又作《子之燕居，申申如也，夭夭如也》题，破题说："这是记写圣人养鸟的地方，'甲'字上边出个头，而'夭'字一旁歪个头。"

一位秀才作了《能近取譬》题文，求教于六如居士唐寅，唐寅称赞不停。秀才又再三请求他指正，唐寅说："仔细欣赏'能近取'三个字的意思没做出来，便觉得偏颇贫乏一些。"那秀才听后默然不语地离去。

评唐诗

杨用修曰：唐诗有极劣者，宋人采入《全唐诗话》，使观者曰："是亦唐诗一体。"譬之燕、赵多佳人，其间有跛者、眇者、瓶者、瓮者、疥且痔者，乃专房宠之，曰："是亦燕、赵佳人之一种。"可乎？

【译文】杨用修说：唐诗中有些很拙劣的篇章，宋代人都编入《全唐诗话》中，致使观看的人说："这也是唐诗的一体。"比如燕赵多美人，如果当地有腿跛的、瞎眼的、生有狐臭的、传染病的、有疥疮痔疮的，都设专房宠爱她们，说："这也是燕赵美人的一种。"可以吗？

前人诗文之病

简文时，费旭诗有句云："不知是耶非？"殷芸诗有"飘飏云母舟"句。帝大笑曰："旭既不识其父，芸又飘飏其母耶？"

许浑句中多用"水"字。谚曰"许浑千首湿。"又罗隐诗皆有"喜""怒""哀""乐""心""志"等语，不离一身，故以"罗隐一生身"为对。不若对以"杜甫一生愁"为优。

杨盈川为文，好以古人姓名连用，如"张平子之略谈，陆士衡之所记"，"潘安仁宜其陋矣，仲长统何足知之"。时号为"点鬼簿"。骆丞文好以数对，如"秦地重关一百二，汉家离宫三十六"。时号为"算博士"。李义山为文多检阅书册，左右鳞次，时号"獭祭鱼"。

王禹玉诗多用"珍""宝""黄金""白玉"为对，时号"至宝丹"。有人云："诗能穷人，且强作富贵语，看如何？"数日搜索，止得一联，云："胫脡化为红玳瑁，眼睛变作碧琉璃"。为之绝倒。

高英秀辩捷滑稽，尝与赞宁共议古人诗病，云："李山甫《览汉史》'王莽弄来曾半破，曹公将去便平沈'，是破船诗。李群玉《咏鹧鸪》'方穿诘曲崎岖路，又听钩辀格磔声'，是梵语诗。罗隐'云中鸡犬刘安过，月里笙歌炀帝归'，是见鬼诗。杜荀鹤'今日遇题题似著，不知题后更谁题'，此卫子诗也，不然安有四蹄？"（卫地多驴，故呼驴为"卫子"）

曹唐《寓金陵佛寺》云："水底有天春漠漠，人间无路月茫茫。"人谓之"鬼诗"。罗隐《咏牡丹》云："若教解语应倾国，任是无情也动人。"人谓之"女子诗"。

释贯休有《咏渔父》云："眼前不见市朝事，耳畔唯闻风水声。"梅圣俞曰："此患肝肾风也。"又云："尽日觅不得，有时还自来。"曰："此是人家失却猫儿。"

贾岛有《哭僧》诗云："写留行道影，焚却坐禅身。"唐人谓"烧杀一活和尚"。

张祐《柘枝》诗云："鸳鸯细带抛何处，孔雀罗衫属阿谁？"白乐天每呼为"问头诗"。祐曰："公亦有《目连经》。《长恨歌》云'上穷碧落下黄泉，两处茫茫皆不见'，此非目连访母耶？"

孟浩然诗："春眠不觉晓，处处闻啼鸟。夜来风雨声，花落知多少？"人谓是"孟盲子"。荆公宅乃谢安所居地，有谢公墩。公赋诗曰："我名公姓偶相同，我宅公墩在眼中。公去我来墩属我，不应墩姓尚随公。"人谓与死人争地界。

怜才莫如明皇，而孟老不识，竟以"不才明主弃"之语自绝，真盲子矣！荆公在朝日与人争新法，既罢争墩，亦其性也。

张师锡《老儿诗》五十韵，摹写极工。中有"看经嫌字小"，不免是老僧；"脚软怕秋千"，不免是老妇。

程师孟知洪州，作静堂，自爱之，无日不到，为诗题于石，曰："每日更忙须一到，夜深长是点灯来。"李元规见而笑曰：

"此是登溷诗。"

柳耆卿词有"今宵酒醒何处？杨柳岸，晓风残月"。或戏之曰："'杨柳岸，晓风残月'，此乃艄公登溷处耳。"

刘子仪尝有《赠人》诗云："惠和官尚小，师达禄须干"，取"下惠圣之和""子张问达而学干禄"之事。或有除去"官"字，示人曰："此必番僧也，其名达禄须干。"闻者大笑。

有迁楚藩者，李于鳞以诗送之，云："江汉日高天子气，楼台秋入大王风。"一友曰："二语似贺陈友谅登极。"

《古今诗话》：乐天《长恨歌》云："峨嵋山下少人行，旌旗无光日色薄。"峨嵋在嘉州，与幸蜀路全无交涉。杜甫《武侯庙柏》诗云："霜皮溜雨四十围，黛色参天二千尺。"四十围乃径七尺，无乃太细长也。史称防风氏身广九亩，长三丈。按广大尺，九亩乃五十丈四尺，如此防风之身乃一饼耳。此文章之病也。

张文潜常云："子瞻每笑'天边赵盾益可畏，水底右军方熟眠'，谓'汤燖了王羲之也'。"文潜戏谓子瞻云："公诗有'独看红蕖倾白堕'，不知'白堕'是何物？"子瞻云："《洛阳伽蓝记》有刘白堕，善酿酒。"文潜曰："白堕既是人，何以言倾？"子瞻笑曰："魏武《短歌行》云：'何以解忧？惟有杜康'。杜康亦是酿酒人名也。"文潜曰："毕竟用得不当。"时文潜有仆曹某，失去酒器。子瞻笑曰："公且先去理会曹家那汉，却来此间厮魔。"满座大笑。

吴人多谓梅子为"曹公"，尝望梅止渴也。又谓鹅为"右军"。士写礼帖云："醋浸曹公一甏，汤燖右军两只。"见者大笑。

【译文】东晋简文帝时，费旭的诗中有一句说：“不知是耶非？”殷芸的诗中有一句“飘飏云母舟”。简文帝大笑道：“费旭已不认识自己的父亲，殷芸又飘扬自己的母亲吗？”

许浑所作诗中经常用“水”字，民间谚语说：“许浑千首湿”。罗隐的诗中都有表现“喜”“怒”“哀”“乐”“心”“志”等六字，从不离与身体有关的词，所以有人用“罗隐一生身”为对的。不如对以“杜甫一生愁”为妙。

杨盈川（炯）作诗文，好连用古代人的姓名，比如“张平子（衡）之略谈，陆士衡（机）之所记”，“潘安仁宜其陋矣，仲长统何足知之”。时人称他的文章为“点鬼簿”。骆宾王作诗文好用数目对仗，如“秦地重关一百二，汉家离宫三十六”。时人称他为“算术博士”。李商隐作诗文多爱查阅各种书册，左右图书排列得像鱼鳞一样，时人称他为“獭祭鱼”。

王禹玉（珪）的诗文多用“珍”对“宝”、“黄金”对“白玉”来作对仗，时人称为“至宝丹”。有人说：“诗赋能使人穷，若强作富贵的话，看怎么样？”经过几天搜索枯肠，只想出一联，说：“胫脡化为红玳瑁，眼睛变作碧琉璃。”听到的人笑得前仰后合。

高英秀语言善辩而又诙谐滑稽，曾与高僧赞宁一同评论古人诗文中的病句，他说：“李山甫的《览汉史》诗中说：‘王莽弄来曾半破，曹公将去便平沈’，是破船诗。李群玉的《咏鹧鸪》诗中说‘方穿诘曲崎岖路，又听钩辀格磔声’，是梵语诗。罗隐的‘云中鸡犬刘安过，月里笙歌炀帝归’，是见鬼诗。杜荀鹤的‘今日遇题题似著，不知题后更谁题’，这是卫子诗，不然怎么有四蹄（题）呢？”（卫这个地方驴多，所以称驴叫“卫子”）

曹唐的《寓金陵佛寺》诗中：“水底有天春漠漠，人间无路月茫茫。”人们说这是“鬼诗”。罗隐的《咏牡丹》诗说：“若教解语应倾国，任是无情也动人。”人们说这是“女子诗”。

释贯休作有一首《咏渔父》说：“眼前不见市朝事，耳畔唯闻风水声。”梅尧臣说：“这是好像患了肝肾风。”释贯休又一句是：“尽日觅不得，有时还自来。”梅尧臣说：“这好像是说人家丢失的猫儿。”

贾岛作有一首《哭僧》诗说：“写留行道影，焚却坐禅身。”唐朝人说这诗是“烧杀一个活和尚”。

张祜的《柘枝》诗说：“鸳鸯细带抛何处，孔雀罗衫属阿谁？”白居易经常说它是“问头诗”。张祜说：“你也作有《目连经》。《长恨歌》中说‘上穷碧落下黄泉，两处茫茫皆不见’，这不是目连访母吗？”

孟浩然的诗：“春眠不觉晓，处处闻啼鸟，夜来风雨声，花落知多少？”人们都说他是“孟瞎子”。王安石的住宅乃是东晋谢安原来居住的地方。有一地名谢公墩，王安石赋诗道：“我名公姓偶相同，我宅公墩在眼中，公去我来墩属我，不应墩姓尚随公。”人们说他这是与死人争地界。

若说爱才，没人比得上唐明皇，但孟浩然不了解，竟然用“不才弃明主”的诗句自绝于朝廷，真是瞎子啊！王安石在朝中天天与别人争论实行新法，罢官回乡又与古人争土墩，也是他的个性。

张师锡作的《老儿诗》共五十韵，抄写得极为工整。其中一句是“看经嫌字小”，不免有些像老和尚；另一句“脚软怕秋千”，不免有些像老妇人。

程师孟任洪州知府时，设置一间清静之室，自己很喜欢，没有一天不到，并且赋诗刻于石碑上，说：“每日更忙须一到，夜深长是点灯来。”李元规见到后笑道：“这是登厕诗。”

柳耆卿（永）作的词有一句“今宵酒醒何处？杨柳岸，晓风残月。”有人笑他说：“‘杨柳岸，晓风残月’，这说的是艄公登厕的地方。”

刘子仪曾写有一首《赠人》诗说："惠和官尚小，师达禄须干"，这是取"柳下惠的圣人胸怀和子张追求升达和禄位"的典故。有人将诗中的"官"去掉，拿给人看说："这一定是个番地的和尚，名叫达禄须干。"闻听的人都大笑。

有人调往楚王府任职，李于鳞（梦阳）赠诗相送，说："江汉日高天子气，楼台秋入大王风。"一个朋友戏说道："这两句诗好像是祝贺陈友谅当皇帝的。"

《古今诗话》中记载：白居易的《长恨歌》说："峨嵋山下少人行，旌旗无光日色薄。"峨嵋山在嘉州（今四川乐山），与唐明皇进四川的道路并没有什么联系。杜甫的《武侯庙柏》一诗中说："霜皮溜雨四十围，黛色参天二千尺。"其实四十围只有直径七尺长，这里说得柏树也太细长了。史书上记载防风氏身宽九亩，高三丈。如果按宽大丈量，九亩就是五十丈四尺，这样防风氏的身躯就像一块面饼一样了。这都是文章的病句。

张耒常说："苏轼经常笑我作的'天边赵盾益可畏，水底右军方熟眠'两句诗，说是'水淹了王羲之'。"张耒亦戏笑苏轼说："你的诗中有'独看红蕖倾白堕'，不知道这'白堕'指的是什么东西？"苏轼说："《洛阳伽蓝记》中记载有个名叫刘白堕的，很会酿酒。"张耒又问："白堕既然是个人，为何说能倾倒呢？"苏轼笑道："魏武帝曹操的《短歌行》说：'何以解忧，惟有杜康。'这杜康也是个酿酒人的名字。"张耒说："毕竟引用得不妥当。"当时张耒有个姓曹的仆人，丢失了酒器。苏轼讥笑他说："你应该先去处理一下姓曹的汉子，却来这里与我厮搅缠磨。"说得满座的客人哄堂大笑。

吴人都把梅子叫作"曹公"，意思是曹操曾经望梅止渴，又把鹅叫作"右军"（是指王羲之曾作有咏鹅诗）。一位读书士人写的礼帖说："醋浸曹公一甏，汤焵右军两只。"看到的人无不大笑。

九字诗附

中峰和尚有九字梅花诗云："昨夜西风吹折千林梢，渡口小艇滚入沙滩坳。野树古梅独卧寒屋角，疏影横斜暗上书窗敲。"卢赞先酴醾花诗："天将花王国艳殿春色，酴醾洗装素颊相追陪。绝胜浓英缀枝不韵李，堪友横斜照水搀先梅。"

诗非不佳，然自一画以添至于四言、五言、七言极矣，复九之，必且十一、十三，以至无穷，如吴中之"急口山歌"而后已。故附于笑末，以为文胜之戒。

【译文】中峰和尚作有《九字梅花诗》："昨夜西风吹折千林梢，渡口小艇滚入沙滩坳。野树古梅独卧寒屋角，疏影横斜暗上书窗敲。"卢赞元所作的《酴醾花》诗："天将花王国艳殿春色，酴醾洗装素颊相追陪。绝胜浓英缀枝不韵李，堪友横斜照水搀先梅。"

诗写得不能说不好，但是从一画起逐渐增至四言、五言、七言，已经到头了，如果再增至九言，必须还要有十一言、十三言，甚至于无穷无尽，正如吴地的"急口山歌"一样了，所以附记于篇末，作为某些人在作文上想标新立异、出奇制胜之戒言。

不韵部第八

子犹曰：语韵则美于听，事韵则美于传。然韵亦有夙根，不然者，虽复吞灰百斛，洗胃涤肠，求一语一事之几乎韵，不得矣。山谷常嘲一村叟云："浊气扑不散，清风倒射回。"此犹写貌，未尽传神。极其伎俩，直欲令造化小儿羞涩，何止风伯避尘已也？集《不韵第八》。

【译文】子犹说：高雅语言听起来则很美，高雅韵事则传为美谈。但是要达到高雅，也得有长期的修养根基。不然，即使吞吃上百斛纸灰，洗胃涤肠，追求一句话、一件事的近乎高雅，也是达不到的。宋朝诗人黄山谷曾嘲笑一个村俗老翁说："臭气总是扑不散，清风只好退回来。"这仅仅说出了粗俗人的外貌，并没有完全揭露出其丑陋实质。如果把这些人的庸俗伎俩充分揭示出来，直叫创造自然万物的神祇也感到羞惭，岂止是风神躲避尘土怕污染了自己的清白呢？汇集《不韵部第八》。

汗臭汉

余靖不事修饰。作谏百日，因赐对面陈。时方盛暑，上入内云："被一汗臭汉薰杀！喷唾在吾面上。"

【译文】宋朝大臣余靖不修边幅。一次向皇帝写谏书一百天，宋仁宗因此传旨让他上殿当面陈说。这时天气正值盛夏，仁宗召见他后，退入内宫说："被一个汗臭的男子薰杀了！他说话时喷出的唾液都溅在我的脸上了。"

不洗脚

《北史》：阴子春身服垢污，脚常数年不洗，云："洗辄失财败事。"妇甚恶之，曾劝令一洗。不久，值梁州之败，谓洗脚所致，大恨妇，遂终身不洗。

阊门市居，往来纷沓，泥水蹂践，积成块垒，俗呼"长墩"，去之败家，任其崎岖，终不敢动。子春"长墩"，乃在脚底！

【译文】《北史》记载：阴子春身体和衣服满是污垢，脚常常几年不洗，自己还说："洗了就会丢失财物，败坏事情。"阴子春的妻子非常厌恶他的臭脚，曾经劝他洗了一次脚。不久，正逢梁州打了败仗，他就认为是洗脚招致的祸害，非常恨他的妻子，于是终身不洗脚。

苏州阊门里的街道，人群来往不绝，道路上的泥水长期被践踏，渐渐形成一块块的土堆，民间俗称它"长墩"，铲除土堆就会败家，人们就任那些土块不断堆积，使道路变得崎岖，始终不敢清除它。子春的"长墩"就在他脚底下。

三鹿郡公

袁利见性麤疏，方棠谓："袁生已封'三鹿郡公'。"

【译文】袁利见生性粗心大意，方棠对人说：袁书生已被封为“三鹿郡公”。（由三个鹿组成一个“麤”字，是“粗”字的古体字。）

都宪弄鸟

胡少保宗宪，素自负嫪毐之具，醉后辄欹坐肩舆中，以手摩之，东西溺舁夫及从官肩。咸掩目而笑，胡故自若。

弄自家鸟，强如呵别人脬。但不雅观耳。

【译文】胡宗宪少保平常很自负有一个像嫪毒一样粗大的阳物，喝醉酒后总是欹坐在轿子上用手抚摩，小便撒在轿夫和随从的肩上，大家都捂着眼耻笑他，胡宗宪却一点也不在乎。

抚弄自已的阳具，总比吃别人的阴囊强，只是太不雅观了。

马上食饼

张衡由令史至三品，已团甲，退朝，于路傍见蒸饼新熟，遂买得，于马上食之。为御史弹奏，竟落甲。

向闻二卵弃将，今见一饼失官。若在晋人，反为任诞。

【译文】张衡由令史晋升至三品官爵，考核官员时已被录取为甲科，退朝后，在路上看到刚刚出笼的蒸饼，就买了些饼坐在马上吃。这件事被御史奏本弹劾，竟然从甲科中除名。

从前听说有因二枚鸡蛋而丢职的将军，现在又看到因一蒸饼而失去了晋升的官职。假如在晋朝时候，反会被当作个性放纵的美谈。

决文宣王、亚圣

《岭南异物志》：广南际海郡，多不立文宣王庙。有刺史不知礼，将释奠，预署二书吏为文宣王、亚圣，鞠躬于门外。或进止不如仪，即判云："文宣王、亚圣各决若干"。

书吏岂胜于有若？礼拜且不雅，况先以决杖乎？

按《唐史》：南中小郡，多无缁流，每宣德音，须假作僧道陪位。昭宗即位，柳韬为宣告使。至一州，有假僧不伏排位。太守王弘大怪而问之。僧曰："役次未到，差遣偏并。去岁已曾摄文宣王，今年又差作和尚。"闻者绝倒。

又：唐有人衣绯于中书门候宰相求官者，问："前任何职？"答曰："属教坊，作西方狮子左脚三十年。"亦可笑。

【译文】《岭南异物志》记载：广南（今广东西南部）际海郡，多不修立文宣王庙宇。有一位刺史不知礼仪，到了祭祀的日子，预先派两个书吏充当文宣王孔子和亚圣孟子，在大门外鞠躬行礼，如有进退不合乎仪式要求的，刺史便宣判说："文宣王、亚圣各打若干板子。"

书吏怎能胜任这个？让他们跪拜行礼尚不雅观，何况还要打板子？

按《唐史》里记载：南方有些小城市，大都没有和尚，每当向百姓宣读圣旨，须要找些人充当和尚、道士在仪式上作为陪同。唐昭宗即位时，柳韬担任宣告使臣。一次到某州宣告圣旨，有一个假和尚不听从安排。太守王弘非常奇怪而问他原因。和尚说："按服役的次序，还没有轮到我，可是偏偏不断派差，去年我已当了文宣王，今年又让当和尚。"听了这事的人都笑倒了。

又：唐朝有个人穿红袍站在中书省门前等候宰相来时求索官职。问他：“以前任什么职务？”回答说：“属于残班，充当舞狮子的左脚有三十年了。”也十分可笑。

缚诗人

《皇明世说》：滕县杨懋忠涉学，好为诗。不得意于诸生，弃去，遍游名山，还过琅琊。捕盗指挥以为盗，执之。杨乞纸笔自供，因题一诗，内有“曾向陈编窃语言”之句。指挥不通文，问曰：“陈编是汝伙中人耶？”杨曰：“否。是被盗者。”指挥大喜，执送兵备；见其诗，大相知赏，叱出指挥，解杨缚，延上坐，与论诗竟日。既出，指挥来谢罪。杨曰：“不因公，何以受知兵宪？但如此荐法，令人一时难堪耳。”

绿林豪客，能知李涉诗名；巡风指挥，翻执诗人为盗。

【译文】《皇明世说》记载：滕县（今属山东）杨懋忠进入学府，爱好作诗。因不满意当个秀才，便弃学而去，遍游名山大川，回来时经过琅琊。当地捕盗指挥误认为他是盗贼，就抓了他。杨懋忠要来纸笔写供状，于是题写了一首诗，诗中写有“曾向陈编窃语言”的句子，捕盗指挥不通文墨，就问道：“陈编是你一伙的人吗？杨懋忠回答：“不是。是被盗的。”指挥非常高兴，把他押送到兵备那里。兵备看了这首诗，大加赞赏，他把那个指挥喝叱出去，并为杨懋忠解开绑绳，然后请他坐上座，整日和他谈论诗词。最后杨懋忠告辞出来，指挥过来向他致歉。杨懋忠说：“不是因为你，我怎么能受到兵备大人的赞赏？只是这种举荐方法，令人一时太难堪罢了。”

绿林豪杰尚且能知道李涉的诗名，巡捕指挥却拿诗人当强盗。

役长史

吴长史稷归隐，有司莫识其面。里举践更役，误以公名报。令不知，悬之榜。公亲往注其下曰："不能为官，岂能为役？"令闻大愧。

【译文】长史吴稷辞职归乡，地方官不认识他，乡里选派打更的差役时，错误的将吴稷的名字上报。县令不知，张榜公布了服役名单。吴稷亲自前往张榜处，用笔在自己姓名下加上注解说："不愿做官，岂能当差役？"县令知道这件事后十分惭愧。

沈 周

沈周名重一时。苏州守求善画者，左右以沈对，便出硃票拘之。沈至，命立庑下献技。沈乃为《焚琴煮鹤图》以进。守不解，曰："亦平平耳。"其明年入觐，见守溪王公。首问："石田先生无恙乎？"守茫然无以应。归以质之从者，则硃票所拘之人也。守大惭恨，踵门谢过焉。

昆人时大彬善陶，制小茶壶极精雅。或荐之昆令，善其制，索之；恨少，乃拘之一室，责取三百具。竟以愤死。近徽人程君房，亦以工墨杀身。论者惜焉。余谓凡一技成名者，皆天下聪明人，乾坤灵气所钟，当路便当爱惜而保全之。若造此恶业，必永断慧根矣！

【译文】沈周名声显赫隆重一时。苏州太守寻访擅长作画的人，属下告诉他沈周善于作画，太守便拿出红色的传票派人拘捕沈周。沈周来到官府，太守指命他站在屋檐下作画。沈周就画了《焚琴煮鹤图》给太守看。太守看后不解画意，于是说：“也不过是平平泛泛的东西。”到了第二年太守去京师朝见皇帝，顺便拜见吏部尚书守溪王公。王公问：“石田（沈周）先生可好？”太守茫然不知所指是谁，一时没有话说。回来他就询问属下，才知道就是用红色传票拘捕来作画的那人，太守十分惭愧遗憾，亲自到沈周的家里道歉。

昆山人时大彬善于制作陶器，制作的小茶壶极为精美雅致。有人向昆山县令推荐时大彬，县令很欣赏他制作的器物，便向他索求陶器，嫌制作的太少，就把他拘禁在一间屋内，责令他制造三百件器具。时大彬因为这事气愤而死。近时徽州人程君房，也因为善作墨而招致杀身。谈论到他的人都十分惋惜。我认为凡是有一技之长而成名于天下，都是天下的聪明人，是乾坤灵气所钟爱的人，当权的人应该爱护他们、保全他们。如果像以上例子那样造业，必定永远断绝那些善于创造的聪明人的根基。

毁茶论

陆羽嗜茶，著《茶经》三篇。李季卿至江南，有荐羽者，召羽煮茶。羽衣野服，挈具而入。公心鄙之，命奴子取钱三十文相酬。羽愧甚，著《毁茶论》。

吴僧文了善烹茶。了游荆南，高保勉白与季兴，延置紫云庵，日试其茶二。保勉父子呼为“汤神”，奏授“定水大师”，土人目为“乳妖”。一茶之遇不遇如此！

【译文】唐朝的陆羽嗜好饮茶，著有《茶经》三篇。李季卿到了江南，有人向他举荐陆羽，于是他召见陆羽来煮茶。陆羽一身平民衣著，拿着茶具来见。李王公鄙视陆羽，让仆人取了三十文钱给他作酬劳。陆羽非常惭愧，后来写了《毁茶论》。

苏州和尚文了，擅长煮茶。后来文了游历到荆南，高保勉告诉了高季兴，请他住在紫云庵，每天喝他的茶水两次。高保勉父子称呼文子为“汤神”，并奏报皇帝授予“定水大师”的称号。在当地人眼里看来称为“乳妖”。一碗茶水的遭遇幸宠与不幸竟是如此！

碑祸

唐玄宗东封泰山，命苏许公摩崖为碑。至明八百余年，为林焯磨平，以“忠孝廉节”四大字覆之。

林公岂欲使顽石讲学耶？

天圣中，营浮图。姜遵在永兴，悉取汉、唐碑之坚好者，以代砖甓。有县尉叩头争之，继之以泣。遵怒，并劾去之。

此县尉定是韵士，惜史逸其名。

【译文】唐玄宗东到泰山祭祀，派许国公张说摩崖碑刻。到明代八百多年后，被林焯这人磨平，用“忠孝廉节”四个大字重新刻写在那里。

林焯难道想用这块顽石来讲学吗？（张说系燕国公、此处笔误——译者注）

宋仁宗天圣年间，营造佛寺之风盛行。姜遵在永兴军（今陕西西安一带）做官，把汉、唐两朝坚固完好的石碑统统取来代替砖垒墙。有一个县尉叩着头阻止他这样做，后来直至哭泣起来。姜遵大怒，并弹劾县尉，免去了他的职务。

这个县尉一定是位文明雅士，可惜史书上没有记下他的名字。

花 仇

唐韩弘罢宣武节度，归长安私第，有牡丹杂花，命去之，曰："吾岂效儿女辈耶！"

扬州琼花，天下无双。炀帝特移栽金陵，而枝叶枯瘁。帝怒，乃杖八十发回，复活一年而死。

普天王土，何必金陵？违性受辱，失此良种。惜不遇花太医，为花神洗疮止痛耳！

【译文】唐朝韩弘被罢免宣武军节度使后，回到长安（今西安）家中，见院里有牡丹等花，命令仆人铲除它们，说道："我怎么能效仿小儿女们的闲情呢？"

扬州琼花，天下无双。隋炀帝见后特地将它移栽到金陵（今南京），但是花枝凋零枯萎。隋炀帝大怒，就命人用棍子杖打琼花八十棍，然后遣回扬州，琼花运回扬州又活了一年，然后死了。

普天下都是皇帝的土地，又何必将花移栽到金陵？违犯生物的属性，还让它受到羞辱，失去了这么好的品种的花。可惜没有遇到给花治病的太医，为花神洗去伤痕止痛呀！

刮几 垩壁

王羲之尝诣一门生家，设佳馔供给，意甚感之，欲以书相报。见有一新榧几，王便书之，草正相半。门生送往归郡，比还家，其父已削刮都尽。

书法开在几上，使门生如何模仿？削之良是。

玄览禅师性僻，住荆州陟屺寺。张璪于壁间画古松，符载为赞，卫象为赋。览师怒曰："何疥吾壁？"命加垩焉。

寺中留一古迹，便起后人游览之端，贻扰不浅，这和尚有远识！

【译文】王羲之曾经到一门生家去，门生准备佳肴设筵请他，羲之非常感动，想用自己写的字作回报。他见屋内放着一张新的榧木桌几，于是便在上面写字，草字、楷字书体相间。而后门生送王羲之回去，等到他返回家中，他的父亲已把桌几上的字全部削刮干净了。

书法写在桌几上，让门生怎样临学模写？刮去也是对的。

唐朝的玄览禅师性情孤僻，住在荆州陟屺寺。画家张璪在寺院壁墙间画上古松，符载为它写了赞扬的话；卫象为它作了赋。玄览禅师恼怒地说："为何在我的墙上乱写乱画？搞脏了墙壁。"让人用白土刷去字、画。

寺中留下一处古迹，便引起了后人来此游览的开端，遗留下骚扰将会不断，这个和尚真是有远见。

方竹杖

润州甘露寺有僧，道行孤高。李德裕廉问日，以方竹杖一赠焉。方竹杖出大宛国，坚实而正方，节须四面对出。及再镇浙右，其僧尚在，问曰："竹兄无恙否？"僧曰："至今宝藏。"公请出观之，则老僧已规圆而漆之矣。公嗟惋弥日。故当时曾有诗云："削圆方竹杖，漆却断纹琴。"

杖取扶衰，圆以便握。但不知此僧岂少一圆竹，而费此工作为也？大愚大愚！

【译文】润州（今江苏镇江）甘露寺有个和尚，他的道行孤傲。李德裕在此做官时，把一根方竹手杖赠送给和尚。方竹手杖出自大宛国，结实而方正，竹节的头上根须向四面对出，十分名贵。等到李德裕再次镇守浙右，那个和尚还在，李德裕见和尚后问道：“那根竹老兄还在吗？”和尚回答：“至今还珍藏着。”李德裕请他拿出来看，那个老和尚已把手杖削成了圆的，并且还油漆了一下。李德裕看后惋惜哀叹了几天。因此当时曾有诗说：“削圆方竹杖，漆却断纹琴。”

手杖是用来扶持老人，圆的是为了容易把握。只是不知道这个和尚难道只少一根圆竹，而去费尽气力把方竹刮成圆的？太愚蠢，太愚蠢！

砚眼

吴郡陆公庐峰，候选京师，尝于市遇一佳砚，议价未定。既还邸，使门人某者往，以一金易归。讶其不类，某坚证其是。公曰：“前砚有鸜鹆眼，今何无之？”答曰：“某嫌其微凸，偶值石工甚便，幸有余银，已倩为平之矣。”公大惋惜。

【译文】吴郡（今江苏苏州）陆庐峰等候选调官职到京城，曾经在市上看见一方好砚台，商讨价钱没有定下。后来回到府邸，派了一个门生再去买砚台，门人用一两金子买回砚台。陆庐峰看着门生拿来的砚台，惊讶不像原来看中的那一方，门生却一口咬定是他说的那方砚台。于是他说道：“我先前看到的砚台上面有鸜鹆眼，而这方砚台怎么没有？”门生回答：“我嫌砚上有些凸起，偶然看见有石匠在那里，幸好还有些余钱，就请石匠把突出的部分给修平了。”陆庐峰听后十分惋惜。

鸣鹅

会稽有姥，养一鹅，善鸣。右军求市不得，遂携亲友就观。姥闻羲之至，烹鹅以待。右军叹惜弥日。

【译文】会稽（今浙江绍兴）有一个老太太，养有一只鹅，鹅擅长鸣叫。王羲之想买下，但那老太太不卖，于是就带着亲友一起到老太太家看鹅。老太太听说王羲之要来，于是把鹅杀了做成菜，等候款待他。王羲之来到老太太家时，见鹅已被杀，叹惜了好些日子。

快牛

王恺有快牛，名“八百里”，常莹其蹄角。王武子语君夫：“我射不如卿，今赌卿牛，以千万对之。”君夫既恃手快，且谓骏物无有杀理，便相然可，令武子先射。武子一起便破的，却据胡床叱左右：“速探牛心来！”须臾炙至，一脔便去。

彼以为豪，我以为俗。

【译文】晋朝王恺有头跑得很快的牛，名字叫“八百里”，他十分爱护这牛，常常用油把牛的蹄角刷得像玉石一般光彩。王武子（济）告诉君夫（王恺的字）说：“我射箭不如你，今天赌一赌你的牛，用千万钱来赌它。”君夫就自恃手快，而且认为这种名贵的动物，武子决不会忍心射死，便欣然答应了他，让王武子先射。结果王武子一箭射中了牛，然后傲然坐在胡床上，喝令左右侍从："快取牛心来吃！"不一会，一盘做熟的牛心端上来，吃了一口便起身离去。

那些人认为是英雄豪气，我却认为这是十分庸俗的。

白鸥脯

张佖、陈乔之子，秋晚并游玄武湖。时群鸥游泛，佖子曰："一轴内本《潇湘》！"乔子俄顾卒吏云："此白色水禽，可以作脯否？"众谓"张佖子半茎凤毛，陈乔男一堆牛屎"。乔子由是有"陈一堆"及"白鸥脯"之号。

【译文】南唐张佖、陈乔两人的儿子，在深秋季节一起游玄武湖，正值一群白色鸥鸟游在水面，张佖的儿子说："这景象如一幅皇宫内藏的《潇湘》画。"陈乔的儿子看了片刻，回头对随从的吏卒说："这些白色的水鸟，可以制作成干肉吗？"于是大家说"张佖子半根凤毛，陈乔男一堆牛屎"。陈乔的儿子由此得了一个"陈一堆"和"白鸥脯"的绰号。

金 鱼

金鱼有"九尾狐"及"紫袍玉带"种种之异，文房畜为清玩，价亦不廉。或以一盆赠张幼于，张转以赠守公。他日守公谓张曰："前惠鱼但美观耳，味殊淡。"盖守北人，已将鱼付爨下也。张但唯唯而已。

【译文】金鱼有“九尾狐”及“紫袍玉带”等等品种，书房内放上一盆金鱼是十分清雅的，价钱也不低。有人把一盆金鱼赠送给张幼于，张幼于又把金鱼转赠给太守。一天，太守对张幼于说：“前些时你惠赠的鱼只是非常好看，味道却十分平淡。”大概因为太守是北方人，已将金鱼放入锅中煮着吃了，张幼于只好顺着话唯唯称是。

谢灵运须

谢灵运须美，临刑，施为南海祇垣寺维摩诘像须。唐中宗时，安乐公主端午斗草，欲广其物，驰驿取之；又恐为他所得，乃剪弃其余。

【译文】谢灵运的胡须很美，在他临刑前，就把自己的胡须施舍给南海祇垣寺维摩诘菩提像上。唐中宗时，安乐公主在端午节和别人斗草，同时又想多搜集奇物，便派人骑驿马飞快地去把谢灵运的胡子拔来，但她怕别人也会得到这些胡须，就剪断毁弃了多余的胡子。

国公诗

湖州吴主事家素饶，求李西涯文寿其父。时公为学士，鄙其人，不许。吴问其友曰：“今朝中爵位极尊者为谁？”曰：“英国公太师左柱国也。”吴即缄币求英公。英公令门馆作诗与之。吴得诗，夸于人云：“英国当朝第一人，乃为我作诗，何必李学士也！”

若使吴公选汉文，定须检卫、霍著作。倘选唐诗，又恐尉迟公不善韵语，如何？

【译文】湖州有个姓吴的主事，家中平时十分富裕，求李西涯（东阳）为他父亲写一篇祝寿文，当时李东阳任翰林学士，鄙薄吴主事的为人，没有答应写祝寿文。吴主事问他的朋友说：“如今朝廷中官爵最高的是谁？”朋友回答：“英国公太师左柱国便是。”于是吴主事准备了丰厚的财礼向英国公求文。英国公让门客作了首诗给他。吴主事得到诗后，向人炫耀说：“英国公是当朝第一的尊贵人，还给我作了诗文，何求他李学士！”

假如让吴主事选汉代的文章，一定挑选卫青和霍光的著作，如果选唐诗，恐怕那尉迟敬德公不善长诗词，该怎么办呢？

党进画真

党进命画工写真。写成，大怒，诘画师云：“我前时见画大虫，犹用金箔贴眼。我消不得一对金眼睛？”

画将军须作虎势。

【译文】宋朝大将党进，让画工为他画肖像。画作成后，党进一看大怒，责问画师说：“我前些时看你画老虎，还用金箔贴在眼处，我的怎么就不能画成一对金眼睛？”

画将军像一定要画出老虎的气势。

高太监

南京守备太监高隆，人有献名画者，上有空方。隆曰：“好好！更须添画一个‘三战吕布’。”

【译文】南京守备太监高隆，有人向他进献一幅名画，画的上边有一块空白。高隆看了画后说："好好！只是空白处画一个'三英战吕布'就更好了。"

五马行春图

沈周作《五马行春图》赠一太守。守怒曰："我岂无一人相随耶？"沈知之，另写随从者送入，因戏之曰："奈绢短，止画前驱三对。"守喜曰："今亦足矣！"

既画轿前三对头踏，便须画衙中千两黄金。不然总是不象。

【译文】沈周创作了一幅《五马行春图》的画赠送给一个太守。太守怒冲冲地说："我怎么能没有一个随从呢？"沈周知道这件事后，又另外画了一些随从送去，顺势开玩笑地说："无奈绢纸短，只好画了先前的三对。"太守高兴地说："现在也足够了！"

既然画了轿子前边的三对仪仗，就应该画上官衙中的千两黄金，不这样总是不太像。

障簏

祖约好财。客诣祖，见方料视财物，因客至，屏当未尽，余两小簏，置背后，以身障之，强与客语。

自知不雅，尚有晋人习气。若今，则恬不知愧矣！

【译文】晋朝祖约爱财。客人到祖约家，见他正在清点财物，因为客人的到来，祖约慌忙之中没收拾完，还剩下两小簏金银，便放在自己背后，用身体遮挡它，勉强和客人说话。

自己知道不雅观，尚且还有晋代人的风气。如果是现在的人，那就恬不知耻了啊！

种珠

陈继善自江宁尹拜少傅致仕，富于资产，性鄙屑；别墅林池，未尝暂适；既不嗜学，又杜绝宾客。惟自荷一锄，理小圃成畦，以真珠布土壤之间，若种蔬状。记颗俯拾，周而复始，以此为乐焉。

种珠尚未得法，须用鲛人泪作粪灌之，方妙。

【译文】陈继善从江宁太守升到少傅后退休，有很多的财产，性情浅陋小气；别墅林池，从来没作短暂的游赏。既不喜欢读书学习，又谢绝交往宾客。惟独自己扛着一把锄头，把小园的土地修整成菜畦一样，用珍珠撒播在土壤的中间，好像是在种蔬菜。记着种下珍珠的颗数并俯身收拾起来，周而复始，以种珍珠作为娱乐。

种珍珠还不得要领，需要用鲛人眼泪作肥料浇灌它，那才绝妙。

银靴

元宗幼学之年，冯权常给使左右，深所亲幸。每曰："我富贵，为尔置银靴。"保大初，听政之暇，命亲王及东宫旧僚击鞠。欢极，颁赉有等。语及前事，即日赐银三十斤，以代银靴。权遂命工锻靴穿焉。

【译文】南唐元宗李璟少年学习时期，冯权常常在他的身边当差，深为李璟所亲宠。李璟常常说：“我富贵了，为你做一双银靴。”李璟当皇帝后，年号保大，在当朝听政的闲暇时，下令亲王和东宫的旧臣踢球。欢乐到了极点，皇帝用财物赏赐大家。说到以前银靴的事，当天皇帝就赏赐冯权三十斤白银，以代替银靴。于是冯权让银匠为他锻造了一双银靴穿起来。

黑牡丹

晚唐时，京师春游，以牡丹为胜赏。有富人刘训邀客赏花。客至，见其门系水牛累百，笑指曰：“此刘氏黑牡丹也！”

【译文】晚唐时期，京城人春游，观赏牡丹的人最多。有一个富人刘训邀请客人去观赏牡丹，客人到后，看到刘训家门口系着上百头的水牛，于是笑着指牛说道：“这就是刘氏的黑牡丹呀！”

大厅胜寺

李约每于庶人锜前称金陵招隐寺标致。庶人既宴寺中，明日谓曰：“子尝称招隐，昨日游宴，何如中州？”约曰：“某赏者疏野耳。若远山将翠幕遮，古松用采物裹，羶腥涴尘泡泉，音乐乱山鸟声，此则实不如在叔父大厅也！”

【译文】李约常常在皇族李锜（后因谋反被杀，废为庶人）面前称赞金陵招隐寺建筑的标致。李锜便在此寺中设宴款待李约。第二天对李约说：“你曾经称赞招隐寺，昨天游乐宴会的地方，比起中州的风景怎样？”李约说：“我所欣赏的是山野风光。假如把远山用屏风遮起来，古松用彩绸裹起来，在山泉里泡洗宰杀的牛羊肉，用演奏音乐的声音来干扰山鸟的啼叫声，那么，实在还不如叔父（指李锜）的大厅呢？”

僧拒客

宋吴荆溪云：往岁江行风阻，与友生沿岸野步，穿岭而下，忽见兰若甚多。僧院睹客来，皆扃户不内。独有一院，大敞其户，见一僧跷足而眠，以手书空，顾客殊不介意。窃意此必奇僧也，直入造之。僧虽强起，全无喜容，不得已而问曰：“先达有诗云：‘书空跷足睡，路险侧身行。’和尚其庶几乎？”僧曰：“贫道不知何许事，适者指挥侍辈，欲掩关少静耳。”遂不辞而出。

寺有如此僧，不如大厅省气。

【译文】宋朝吴荆溪（子良）讲：往年江上船只因风受阻停驶，和几个读书的朋友沿着江岸信步野游，穿过山岭向前，忽看到佛寺很多，寺院的人看到有客人来，都关上门不让进去。唯独有一寺院，敞开大门，看见有一位和尚跷着脚在床上躺着，用手在空中书写，回头看到客人并不介意。几个人私下认为这一定是位奇异的和尚，于是直接进去拜访他。和尚虽然强打精神起来，脸上却没有一点笑容。这一行人迫不得已问道：“过去前辈先生有诗说：‘书空跷足睡，路险侧身行。’和尚大概是这样的高人吧？”和尚说：“我不知道什么事，刚才指使小辈和尚，想关门以图清静些。”于是这一行人不辞而别。

寺中遇到这样的和尚，不如坐大厅里可省点气力好。

陈叔陵

陈始兴王叔陵性不好卧，不饮酒，惟多置殽，昼夜食啖。又好饰虚名，每入朝，常于车中马上执卷读书，高声朗诵，扬扬自若。

【译文】南朝陈国的始兴王陈叔陵，生性不爱睡觉，不喝酒，独爱准备许多大块肉菜，昼夜吃个不停。他还好虚图名利，每次入朝，常常在车中、马上手里拿着本书大声朗诵，得意洋洋。

俗 谶

宋时太学各斋，除夕设祭品，用枣子、荔枝、蓼花，取“早离了”之谶。执事者帽而不带，以绦代之，谓之“叨冒”。鄙俗可笑！

今南都乡试前一日，居亭主必煮蹄为饷，取“熟蹄”之谶也。又锡邑呼“中”字如“粽”音，凡大试，则亲友赠笔及定胜糕、米粽各一盒，祝曰：“笔定糕粽。”〇又宗师岁考前一日，往往有祷于关圣者。或置等子一件于神前，谓之“一等”。其祝文云：“伏愿瞌睡瞭高，犯规矩而不捉；糊涂宗主，屁文章而乱圈。”更可笑。

【译文】朝太学院内的各个斋房中，在除夕时都供设祭品，一般用枣、荔枝、蓼花上供，取意“早离了”的吉利愿望，主持供祭人的帽子没有带子，用绦丝来替代带子，这种作法称‘叨冒”。看起来浅薄可笑。

当今南都（南京）乡试的前一天，考生住所的房东一定会煮些蹄脚请考生吃，取意“熟蹄”（熟题）的征兆。还有无锡人说“中”字的发音好像“粽”字音，一般到了大试时，就有亲友来赠送笔和定胜糕、米粽各一盒，祝词说：“笔定糕粽（必定高中）。”〇另外还有在每年省学政主持岁考，考核秀才的前一天，总会有人在关公像前进行祷告。有的人把一件戥子放在神像前，称为“一等”。他们的祝词说：“希望考官打盹，眼睛高望，犯了科考纪律而不被发现捉住；希望考官糊涂，狗屁文章也可乱加圈点称赞。”更是可笑。

俗礼

北方民家吉凶辄有相礼者，谓之“白席”。韩魏公自枢密归邺，赴一姻家礼席。偶筵中有荔枝，欲啗，白席者遽唱曰：“资政吃荔枝，请众客同吃荔枝！”公憎其饶舌，因置不取。白席者又云：“资政放荔枝矣，请众客放下荔枝！”

俗礼方各不同，总非雅士所宜也。洪武中，翰林应奉唐肃，常侍膳，食讫，供筯致恭。帝问：“何礼？”对云：“臣少习俗礼。”帝曰：“俗礼可施之天子乎？”坐不敬谪戍濠州。〇圣主作用，真快心哉！

【译文】北方的居民家办红白喜事时，总是有主持司仪的人，称之为“白席”。宋朝的韩魏公（琦）从枢密使任上回老家邺郡（今河南安阳），前去办喜事的亲戚家赴宴。偶然发现筵席中放有荔枝，想拿起吃。主持司仪的人就高声喊道：“资政吃荔枝了，请大家一起吃荔枝！”韩琦厌恶他的饶舌，便又放下不拿了。司仪便说：“资政放下了荔枝，请大家放下荔枝！”

民间的礼仪各地都有不同，总不是儒雅士人所能适应的。洪武年间，翰林应奉唐肃曾经陪着皇帝吃饭，取放筷子十分恭敬。皇帝问："这是什么礼法？"他回答道："我小时学到的民间礼仪。"皇帝说："民间的礼仪可以向天子施行吗？"于是判罚他不尊重皇帝，把他贬谪到濠州（今安徽凤阳）守防军中效力。〇圣明的天子这样做，真是大快人心啊！

方三拜

诗人方干，吴人也。王龟大夫重之，既延入内，乃连下两拜，亚相安详以答之，未起间，方又致一拜。时号"方三拜"。

【译文】唐朝诗人方干，苏州人。王龟大夫非常看重他，有一次请他到府中见他父亲，方干就连续两次拜礼。王龟的父亲副丞相王起安详地向方干回礼，还没有站起来，方干又向他拜了一拜。因此当时人称方干为"方三拜"。

秽 史

则天荒淫，右补阙朱敬则谏曰："陛下内宠已有薛怀义、张易之、昌宗，欲应足矣。近闻尚食奉御柳模，自言子良宾洁白美须眉；左监门卫祥云阳道壮伟，过于怀义，昨欲自进，堪充供奉。无礼无义，溢于朝听！臣职在谏诤，不敢不言。"则天劳之曰："非卿直言，朕不知此。"赐綵百段。

《旧唐书》详载斯语，当时君臣荐进献纳如此！

【译文】武则天生活荒淫，右补阙朱敬就上谏说："陛下在宫内的宠臣已有薛怀义、张易之和张昌宗，欲望应该得到满足了。最近又听说尚食奉御柳模，说他儿子良宾生得白净，眉眼美丽；左监门卫祥云阳具壮硕伟岸，超过了薛怀义，昨天想自荐进来，堪当侍奉皇帝的人。没有礼法道义，满朝上下议论纷纷。我的职位就是劝告谏勉，所以不能不说。”武则天安抚说道：“不是你的直言进谏，我还不知道这事。”于是赏赐朱敬五彩的丝绸百段。

《旧唐书》中详细记载了这段话，当时君臣之间的举荐、献计就是这样！

杨安国进讲

杨安国言动鄙朴，尝侍讲仁宗。一日讲“一箪食，一瓢饮”，乃操东音曰：“颜回甚穷，但有一箩粟米饭，一葫芦浆水。”又讲“自行束修以上”一章，遽启曰：“官家，昔孔子教人，也须要钱！”帝哂之。

本是个村学究，差排做大讲官。

【译文】杨安国言行鄙陋拙朴，曾伴读宋仁宗。一天讲《论语》中的“一箪食，一瓢饮”，便用的东部方言发音说：“颜回甚穷，只有一箩粟米饭，一葫芦浆水。”又有一次讲“自行束修以上”一篇文章，张口就说：“官家，过去孔子教人，也须要钱！”仁宗不由讥笑他。

本来是个乡村私塾教师的料，命运却错安排他做了大讲官。

志 文

胡卫道三子：孟名宽，仲名定，季名宕。卫道妻亡，俾友作志。友直书曰："夫人生三子：宽、定、宕。"读者掩鼻。

昔白敏中以姓废婿，胡夫人当以名废志矣。（白敏中为相，欲以进士侯温为婿。妻卢曰："已姓白，复婿侯，人必呼白侯矣！"乃止。）

【译文】胡卫道有三个儿子：大儿子叫宽，二儿子叫定，三儿子叫宕。卫道的妻子死了，他的好朋友为胡氏写墓志。朋友直接写道："夫人生了三个儿子：宽、定、宕。"读了的人都掩鼻而笑。

过去白敏中因为姓名失去了女婿，胡夫人当然也会因为名字失去墓志呀。（白敏中当丞相时，想招进士侯温做自家的女婿。妻子卢氏说："你姓白，他姓侯，人们一定称叫你们白侯！"于是白敏中招侯温为婿的事作罢。）

判带帽语

《祝氏猥谈》云：一守禁带帽不得露网巾。吏草榜云："前不露边，后不露圈。"守曰："公文贵简，何作对偶语？"吏白："当如何？"守曰："前后不露圈边。"

张忠定判瓦匠乞假云："天晴瓦屋，雨下和泥。"丁谓判"木工状"云："不得将皮补节，削凸见心。"郡守邢公判"重造郡门鼓状"云："务须紧绷密钉，晴雨同声。"皆为时所称。此公但以不对偶为简，是未知简而文也。

【译文】《祝氏猥谈》上讲：一个太守禁令戴帽不能露出网巾。一个吏员草拟榜文写道："前不露边，后不露圈。"太守说："行写公文贵在简捷，为什么写成对偶句呢？"吏员说："那该怎样写呢？"太守道："前后不露圈边。"

张忠定评判瓦匠请假的批语说："天气晴朗时上瓦盖房，天下雨时就和泥。"丁谓判《木工状》说："不准使用树皮补节疤，削凸处露出树心。"太守邢公判《重造郡门鼓状》说："务必紧绷密钉，晴雨同声。"都是被人称赞的对偶佳句。这个太守只懂得不对偶才算简练，而不知词句简练还应有文采才行。

宣水

石曼卿在中书堂。一相曰："取宣水来！"石曰："何也？"曰："宣徽院水甘冷。"石曰："若司农寺水，当呼为农水也？"坐者大笑。

余寓麻城时，或呼金华酒为金酒。余笑曰："然则贵县之狗，亦当呼麻狗矣？"坐客有脸麻者，相视一笑。〇今村子言吹箫，必曰"品箫"；言弹琴，必曰"操琴"；言着棋，必曰"下棋"；言踢毬，必曰"蹴毬"。务学雅言，反呈俗态。

【译文】宋朝石曼卿（延年）在中书堂做事。一位宰相说："拿宣水来！"石延年问："这是什么？"说："宣徽院的水甘洌冰冷。"石延年道："如果是司农寺中的水，那么应该叫作'农水'了？"坐在旁边的人都大笑起来。

我住在麻城时，有人就称金华酒为金酒。我听到后笑着说："这样的话，贵县的狗，也应当叫麻狗吗？"坐在旁边的一个客人有一脸麻子，对着我笑了笑。〇现在有些村子说到吹箫，一定说"品萧"；说到弹琴，一定说"操琴"；说到玩棋，一定说"下棋"；说到踢球，一定说"蹴球"。学说文雅的语言，在一定场合下反而呈现出庸俗的状态。

于阗国表

宋政和间，有于阗国进玉表章，其首云："日出东方赫赫大光照见西方五百里国，五百里国内条贯主黑汗王，表上日出东方赫赫大光照见四天下，四天下条贯主阿舅大官家。"又元丰四年，于阗国上表，称："于阗国偻大福力量知文法黑汗王，书与东方日出处大世界田地主汉阿舅大官家。"

"阿舅"本单于"汉天子，我丈人行"语来。又西羌将举事，必先定约束，号为"立文法"。则夷俗以知文法为尊矣。

【译文】宋徽宗政和年间，有一次于阗国进献了一份刻在玉版上的表章，它的开头写道："东方的日出赫赫闪耀的光芒普照在西方方圆五百里的国土，五百里国土内条贯主黑汗王，上表东方的日出赫赫闪耀的光芒照亮了四方大地，四方大地条贯主阿舅大官员家。"还有宋神宗元丰四年（1081），于阗国上表，称："于阗国的喽罗有大福有力量懂得文法的黑汗王，上书于东方日出地方大世界田地主人汉朝阿舅大官家。"

"阿舅"的称呼是从匈奴称"汉朝天子，是我丈人一辈"的话套来的。又西羌将要举行重大事情，一定稽定纪律制度，称为"立文法"，从此看出少数民族风俗是以懂得文法为尊贵。

元世祖定刑

元世祖定天下之刑，笞、杖、徒、流、绞五等。笞杖罪既定，曰："天饶他一下，地饶他一下，我饶他一下。应笞一百者，止九十七；杖亦如之。”此虽仁心，亦近于戏矣。

天、地、皇帝三个大人情，止饶三板，执杖者可谓强项！

【译文】元世祖忽必烈制定颁布天下的刑法，有笞、杖、徒、流、绞五种等级的刑罚。而对被判笞罪的人，说：“上天饶他一下，大地饶他一下，我饶他一下。受一百笞的人，只打九十七鞭；杖打也是这样。”这样做虽然表现了仁慈，但也近乎于戏耍。

天、地、皇帝三个大人情，只饶三板，执杖行刑的人可称得上是一个刚强严厉的执法者。

管子治齐

管子之治齐，为女闾七百，征其夜合之资以佐军国。

此为脂粉钱之始，可怜！可怜！

【译文】管仲治理齐国时，招了七百个女子做妓女，向她们征收留宿的钱来补充军队经费。

这是脂粉钱的开始，可怜！可怜！

七世庙讳

侯景篡梁，王伟请立七庙。景曰：“何谓七庙？”伟曰：“天子祭七世祖考也。”因请七世讳。景曰：“前世吾不复忆，唯阿爷名标，且在朔州，伊那得来啖是？”众皆掩口。

【译文】南朝侯景篡夺了梁国政权，王伟请他修建七庙。侯景问:“什么叫七庙?”王伟答道:“天子登基照例要造庙祭祀供奉七代祖先。”因此请侯景告知七代祖先名讳。侯景说:“前辈的我已记不清了,只记我爸爸名字叫标,而且住在朔州(今属山西),他哪里能到这里吃是(这里‘是’为屎的谐音)?”大家都掩口而笑。

蜀先主

蜀先主起自利、阆,亲骑军各有名号,顾敻戏造武举牒,谓“侍郎李吒吒下进士及第三十余人,姜癞子、张打胸、李嗑蛆、李破肋、李吉了、郝牛屎、陈波斯、罗蛮子等,试《亡命山泽赋》《到处不生草》诗”。一时传以为笑。

【译文】五代时期,前蜀皇帝王建起兵利州和阆州,亲信的骑兵军队各有自己的称号,顾敻因此戏造出一份考试武举的文件,称“侍郎李吒吒以下进士及进第的三十多人,有姜癞子、张打胸、李嗑蛆、李破肋、李吉了、郝牛屎、陈波斯、罗蛮子等名。考试题为《亡命山泽赋》《到处不生草》诗”。一时传为笑料。

诨 衣

《史讳录》:穆宗以玄绡白书、素纱墨书为衣服,赐承幸官人,皆淫鄙之词。时号诨衣。至广明中,犹有存者。

【译文】《史讳录》记载:唐穆宗用黑底白字、白底黑字的丝绸做衣服,赏赐宠幸的侍从,衣服上的字都是一些浅薄的词汇。当时人称它为“诨衣”。到广明(原作广平,历史无此年号——译者

注）年间，还保存有这样的衣服。

厕筹

有客谓胡元瑞曰："尝客安平，其俗如厕，男女皆用瓦砾代纸，殊可呕哕。"胡笑曰："安平，唐之博陵，莺莺所产也。"客曰："大家闺秀，或未必然。"胡因历引古用厕筹事，且云："厕筹与瓦砾等，吾能不为莺莺要处掩鼻？"客大笑。

【译文】有客人对胡元瑞（应麟）说："我曾经到过安平（今属河北），那里风俗怪异，就说上厕所，男人女人都用瓦块代替手纸，十分令人作呕。"胡应麟笑着说："安平，唐朝时名叫博陵，传说中的莺莺也生在那里呀。"客人说："大家庭中的闺房秀女，有的未必那样做。"胡应麟便引用古人用厕筹的记载。并且说："厕筹和瓦砾差不多，我怎能不为莺莺的要紧地方掩起鼻子呢？"客人大笑起来。

效颦

郭林宗尝于陈、梁间行，遇雨，其巾一角垫而折，其后学者着冠，乃故折其一角，以为"林宗巾"。

潘岳妙有姿容，少时挟弹出洛阳道，妇人遇者，莫不连手共萦之。左太冲绝丑，亦复效岳遨游。于是群妪齐共乱唾之，委顿而返。

《语林》曰：安仁至美，每行，妇人争以果掷之，满车。张孟阳至丑，每行，小儿以瓦石投之，亦满车。

谢安能为洛下诸生咏，有鼻疾，故其音浊。时名流爱其咏，或掩鼻而效之。

苟非安石，鲜不以为近于侮矣。

【译文】后汉郭林宗（泰）曾经在陈（今河南淮阳）、梁（今河南开封）之间的路上行走，遇到天下雨，他的头巾一个角垫受水而折下，以后的读书人戴帽子，便故意压下一个角，称它为“林宗巾”。

潘岳容貌生得十分漂亮，年轻时手拿着弹弓走在洛阳的道路上，女人见到他，没有不上前拉着手纠缠他。左思生得十分丑陋，也像潘岳那样出去旅行，但是成群的妇人一起乱哄哄地向他吐唾液，他只好狼狈地返回。

《语林》中说：“潘安仁（岳）非常俊美，每当出去，女人们争相向他投掷水果，使他的车子装满水果。张孟阳（载）十分丑陋，每次出去，小孩子就用瓦块石头投打他，结果他的车子也是装满了砖头瓦块。

谢安能够为洛阳的学生们吟咏诗篇，因为鼻子有病，所以发音浑浊。当时社会名流都喜爱他的咏吟，有的人捂着鼻子学他的吟咏声音。

假如不是发生在安石（谢安的字）身上，很少有人不认为是近乎于侮辱的。

拟古人名字

东丹长子奔唐，赐姓李，名华，颇习诗文。甚慕白居易，思配拟之，每通名刺，曰“乡贡进士黄居难，字乐地”。

乐天初至京师，以所业谒顾著作。顾睹姓名，熟视曰：“长安米贵，居大不易。”及披卷，首篇曰：“咸阳原上草，一岁一枯荣。野火烧不尽，春风吹又生。”乃嗟赏曰：“道得个语，居亦何难！”夫李华本欲拟白，而白居自易，黄居自难，乃自作供状耳。〇唐又有李姓者，作《姑孰十咏》，自比太白，遂号李赤。后为厕鬼所惑，死于厕。

【译文】东丹国（今吉林省一带）皇子跑到唐朝，被皇帝赐姓李名华，他很爱学习诗词文赋，十分仰慕白居易（乐天），便想把自己比配白居易。因而每向别人送名片时，上写“乡贡进士黄居难，字乐地”。

白居易刚到京师长安时，拿自己的诗作去拜见著作郎顾况。顾况先看了他的名字，瞪着眼看他说：“长安米价很贵，居住在这里是不容易呀！”遂翻开诗集看，第一篇写道：“咸阳原上草，一岁一枯荣。野火烧不尽，春风吹又生。”便叹赏说：“能作出这样的诗，居住还有什么困难！”李华本想比白居易，而白居易自是容易，黄居难自是困难，实在是自己作自己的供状。〇唐朝又有一个姓李的，作了《姑孰十咏》的诗，自比可与李白相等，便取名“李赤”，后来被厕所的鬼戏弄，死在茅坑里。

媚 猪

南汉主刘鋹得波斯女，黑腯而慧艳。嬖之，赐号“媚猪”。

猪而曰媚，可笑甚矣！宁庶人所嬖幸妃名“趣妃”，言有趣之妃也，名亦不雅。（趣妃后为舒状元芬所得）

【译文】南汉皇帝刘鋹得到一个波斯（今伊朗）的女子，她黑胖而艳丽，刘鋹非常宠爱她，赐她封号“媚猪”。

是猪又说它“媚”，十分可笑呀！被废为庶人的宁王宸濠所宠爱

的妃子赐名叫“趣妃”，说的是有趣的妃子，名字也不雅观。（趣妃后来被状元舒芬所得）

相婆

王和甫守金陵。荆公退居半山。一日路遇和甫，公入编户家避之。老姥见公带药笼，告之病。公即给以药。姥酬麻线一缕，语公曰：“相公可将归与相婆。”荆公笑而受之。

【译文】王和甫（安礼）任金陵太守。荆公王安石被免官回乡，住在金陵郊外的半山堂。一天路上遇到王和甫官轿过来，荆公就走进一农户家回避他。那家老太太见荆公身上带有放药的笼匣，就告诉他自己有病，王安石当即给他抓了一付药。老太太用一缕麻线酬谢，并对王安石说：“相公可以将这带回去给相婆。”王安石笑着收下了它。

瓜战

昔人喜斗茶，故称“茗战”。钱氏子弟取雪上瓜，各言子之的数，剖之以视胜负，谓之“瓜战”。然茗犹堪战，瓜则俗矣。

蔡君安夏日会食瓜，令坐客征瓜事，各疏所忆，每一条食一片。如此名“瓜战”，便不俗。

【译文】过去的人喜欢斗茶，因此称为“茗战”。五代时浙江的钱越王家的子弟，拿湖州霅溪产的瓜来打赌，各自猜瓜中有几个瓜子，然后切开来看，以决定胜负，称为“瓜战”。然而斗茶名为茗战还可以，瓜战就俗气了。

蔡君安夏天聚会吃瓜，让在坐的客人讲有关瓜的故事，各叙说自己知道的，每讲一条，吃瓜一块。像这样叫作“瓜战”就不庸俗。

锻工 屠宰

杨升庵云：永昌有锻工，戴东坡巾；屠宰，号“一峰子”。一善谑者，见二人并行，遥谓之曰：“吾读书甚久，不知苏学士善锻铁，罗状元能省牲，信多能哉！”传以为笑。

【译文】杨升庵（慎）说：云南永昌府有一位锻工，头戴东坡巾；另有一位屠夫，自取一别号为“一峰子”。一个爱开玩笑的人，见到锻工和屠夫并排走在一起，远远地对他们说：“我读书的时间很久，不知道苏东坡学士擅长锻铁，罗一峰状元能杀牲口，实在是多面手呀！”这件事被传为笑话。

别 号

《猥谈》云：道号、别称，古人间自寓怀，非为敬名设也。今则无人不号矣。“松”“兰”“泉”“石”，一坐百犯，又兄“山”则弟必“水”，伯“松”则仲、叔必“竹”“梅”，父此物，则子孙引此物于不已，愚哉！向见一嫠媪，自称“冰壶老拙”，则妇人亦有号矣。又嘉兴女郎朱氏，能诗，自号“静庵”，见《说听》。又江西一令讯盗，盗忽对曰：“守愚不敢。”令不解。傍一胥云：“守愚，其号也。”

《挑灯集异》云：无锡一人同客啜茶。见一婢抱一幼儿出，其人即弃茶拱立。客问故，曰："所抱乃梅窗家叔也。"然则孩提亦有号矣。

【译文】《猥谈》中说：道号、别称，是古人间或有寄托抒发情怀之意，不是为了尊重本名而取的。现在则是没有人不取号了。"松""兰""泉""石"，一个字上百个人共同用它，又有长兄有"山"字，那么兄弟一定要有"水"字，老大用"松"，那么排行二、三一定用"竹""梅"，父辈号里这种植物，子孙便到处引种这植物不止。愚蠢啊！从前看到一个寡妇，自号称"冰壶老拙"，像这样的女人也有号了。另外嘉兴有一个姓朱的女郎，能作诗，自号"静庵"，事见于《说听》一书。还有江西一县令审讯盗贼时，盗贼忽然说："守愚不敢。"县令不解其意。旁边一胥吏说："守愚，是他的号。"

《挑灯集异》中说：无锡有一人和客人品茶。见一婢女抱着一个幼童出去，这人立刻放下茶碗拱手而立。客人问他原因，说道："刚才抱出去的就是家叔梅窗。"像这样的幼儿也有号了。

印章

天顺间，锦衣门达甚得上宠。有桂廷珪为达门客，乃私镌印章云"锦衣西席"。后有甘棠为洗马江朝宗婿，而棠亦有印章云"翰苑东床"。一时传赏，可为的对。

【译文】明朝天顺年间，任职锦衣卫的门达十分受皇帝的宠爱，有一个叫桂廷珪的是门达家请的宾客，他私自镌刻了一方印章"锦衣西席"。后来又有个叫甘棠的人，是太子洗马江朝宗的女婿，这个甘棠也有一方印章"翰苑东床"。一时间传为笑料，两方印章可以作为绝妙的对联。

癖嗜部第九

子犹曰：耳目口体之情，大致相似也。盖自“水厄”可畏，“酪奴”不尊，而茶冤矣。故先茶，而饮以欢之，而食以充之，而寝以息之，于是乎书画金石以清其玩，吟讽讴歌以畅其怀，博奕田猎以逞其欲，花木竹石以写其趣。迨香水杂陈，内外毕具，而坐客之谈谐其可少乎？凡此非富贵不办，而佞佛布施，正为生生世世富贵地耳。然而天授既殊，情缘亦异，盈缩爱憎，自然之岐也。蝍且甘带，鸱鸦嗜鼠；甲弃乙收，孰正唐、陆哭笑之是非？集《癖嗜第九》。

【译文】子犹说：耳、目、口、体所产生的嗜好的情况，大致上有些相似。把茶称为“水厄”，看成是可怕的东西，把酒称为“酪奴”，而降低了它的尊贵，而茶这别号实际是冤枉的。所以先喝茶，然后再饮酒来使之欢畅，用食物加以充实之，再用睡眠来安息之。于是又记述书画金石来寄托清高，以吟诗作赋来抒发情怀，以下棋和打猎来满足欲望，以花木竹石来表现趣味。等到酒肉杂列，主客齐集，坐在一块谈天，诙谐的话是不可缺少的。这些不是富贵人家是办不到的，而迷信佛教去任意布施钱财，正是为了生生世世常托生到富贵地方罢了。然而上天既然给每个人的命运不同，性情缘分也各不相同，爱憎有多有少，是自然产生的不一样。蜈蚣喜欢吃小蛇，猫头鹰和乌鸦爱吃老鼠；甲扔掉的可能正是乙要收藏的，谁能判断出唐衢、陆云哭笑的是非呢？汇集《癖嗜部第九》。

茶

王濛好茶，人至辄饮之。士大夫甚以为苦。每欲往候，必云："今日有水厄。"

王肃喜茗，一饮一斗，人号"漏卮"。

卢廷璧嗜茶成癖，号"茶庵"。尝蓄元僧讵可庭茶具十事，时具衣冠拜之。

【译文】王濛喜好喝茶，有客人来，总是准备些茶水请他们喝。士大夫认为这很受苦。每当想去问候王濛时，一定会说："今天有水灾。"

王肃爱好茶，一次喝去一斗茶水，人送绰号"漏斗"。

卢廷壁喜欢喝茶，成了癖好，自号"茶庵"。曾经收藏了元代和尚讵可庭的煮茶用具有十件，他经常穿上礼服对茶具行礼跪拜。

耽饮

毕卓为吏部郎。比舍郎酿酒熟，卓因醉，夜至其瓮间取饮。主者谓是盗，执而缚之，已知为吏部郎，方释焉。

刘伶病酒，渴甚，从妇求酒。妻捐酒毁器，涕泣谏曰："君过饮，非摄生之道，必宜断之。"伶曰："善！吾不能自禁，唯当誓鬼神耳。便可具酒肉。"妇从之。伶跪而誓曰："天生刘伶，以酒为名，一饮一斛，五斗解酲。妇人之言，慎不可听！"仍饮酒御肉，颓然复醉。

鸿胪卿孔群好酒。尝与亲旧书云：“今年田得七百斛秫米，不了曲糵事。”王丞相劝使节饮，曰：“不见酒家覆瓿布，日月糜烂？”群曰：“不尔，不见糟肉乃更堪久？”

杜邠公饮食洪博，既饱即寝。人谏非摄生之道。杜曰：“君不见布袋盛米，放倒即慢？”语意同此。

郑泉（字文渊，陈郡人。仕吴，官至太中大夫）临卒，语同辈曰：“必葬我陶家之侧，庶百年之后，化而为土，幸见取为酒壶，实获我心矣！”

艾子好饮，一日大饮而哕。门人密袖猪脏置哕中，指示曰：“凡人具五脏，今公因饮而出一脏矣，其何以生？”艾子熟视，笑曰：“唐三藏尚活，况四耶？”

汝南王琎取云梦石甃“泛春渠”，以畜酒，作金银龟鱼浮沉其中，为酌酒具。自称“酿王兼麯部尚书”。

亭州李氏种菊数百本，通县莫敌。人称为“菊帝”。“菊帝”好对“酿王”。

【译文】毕卓是吏部官员，邻居有个人酿酒熟后，毕卓因为醉酒，晚上到他的酒瓮中取酒喝，主人以为他是盗贼，抓住他用绳子绑了起来，后来知道他是吏部官员，才把他放了。

刘伶有酒病，非常干渴，向妻子要酒喝，妻子把酒倒掉，毁去盛酒的器具，痛哭流涕地劝勉他说：“你过度喝酒，不是养生之道，最好戒了它。”刘伶说：“说得好！但我不能戒掉它，我应当向鬼神起誓，简单为他们准备些酒肉。”妻子听从了他的话。刘伶跪在那里向鬼神起誓说：“上天生我刘伶，以能饮酒而得了名声，一次喝了一斛，喝了五斗就解除了我的酒醉之气。女人的话，万万不能听！”就把供的酒肉吃光，摇摇晃晃的又醉倒了。

鸿胪卿孔群爱喝酒，曾经和亲友们说：“今年种田得到七百斛秫米，不够酿酒用。”王丞相劝他节制饮酒，说：“没见到酒店中盖酒坛的布，日浸月蚀慢慢腐烂了吗？”孔群说：“不是那样，没看见熟肉，被酒浸后可以存放得更久吗？”

杜邠公食量非常大，吃饱了就上床睡觉。有人对他说这不是养生之道。杜邠公说：“你看不见用布袋装米，装满放倒就很舒服吗？”语中的意思和前边的同属一类。

郑泉（字文渊，陈郡人［今河南淮阳］在吴国做官，官至太中大夫）临死前，告诉同辈的人说：“一定把我葬在造制陶器工场的旁边，百年之后，尸骨就会化作土，幸运的话就被取去做个酒壶，实在让我心满意足了！”

艾子爱喝酒，一天喝得大醉而呕吐。家里人用袖子藏了一块猪内脏偷偷放在他吐出的秽物中，指给艾子看说：“一般人都有五个脏器，今天你因为喝酒吐出了一脏呀，你拿什么来生存呢？”艾子仔细看了看，笑着说：“唐三藏尚且能活着，何况我还有四脏呢？”

唐朝汝南王（按正史应为汝阳王）李琎拿一个云梦石缸，取春天河水以酿酒，又作金银龟鱼放入其中作为酒用具。自称是“酿王兼曲部尚书”。

亭州李姓家种有菊花数百个品种，全县无人家可以匹敌，所以人称他“菊帝”。“菊帝”正好对“酿王”。

善饮

大司马彭公泽，善饮。偶访郭武定勋，问侯：“今年酿若何？”郭曰：“小胜。”且曰：“幸尚早，能小尝否？”曰：“可。”

延之侧室，尚不肯脱衣，曰："主人不堪酬酢。"郭曰："适有张秀才，量似可，然何足以当钜公？"彭笑曰："不妨，请见之。"使侍坐，取两银舟相对，鲑炙蔬果，以渐罗列。酒十余行，解带褫衣，曰："进部尚可迟也！"属有微雪，又十余行，曰："部幸鲜事，可无进矣！"轰对无算。至暮，摸其腹曰："酒太甘，当以烧酒送之。"张谢不任。乃命取前酒沃张，而自举烧酒，复十觥，始去。

曾公棨伟仪雄干，善饮啖，人莫测其量。张英国辅欲试之，密使人围其腹作纸俑，置厅事后。乃邀公饮，如其饮器注俑中。竟日，俑已溢，别注瓮中，又溢。公神色不动。夜半具舆从送归第，属使者善侍之，意公必醉。公归，亟呼家人设酒劳舆隶。公取觞，复大酌。隶皆醉去。公方就寝。

【译文】兵部尚书彭泽，喜爱喝酒。偶然去拜访武定侯郭勋，问侯说道："今年酿酒怎么样？"郭勋说："小丰收。"又向彭泽说："幸好时间还早，可以稍品尝一下吗？"回答说："可以。"郭勋便请彭泽来到侧室，刚开始不肯脱公服，彭泽说："你不善于应酬喝酒。"郭勋说："这里有个张秀才，酒量好像还可以，但是他怎么能抵挡你的海量？"彭泽笑着说："请他出来见见。"郭勋便叫张秀才出来陪客，拿了两只船形大的银制酒杯对坐饮酒，鱼肉蔬菜，一件一件端上来，渐渐摆满一桌。饮了十余杯以后，彭泽才脱去公服，说："进部办公还可迟一会的！"这时稍微下了一点雪，又斟后，彭泽说："幸好部里没多少公事，可以不必去了。"于是开怀畅饮，数不清喝了多少。一直到傍晚，彭泽摸着肚皮说："这酒太甜，应当用烧酒来送一下。"张秀才推辞说不敢再喝了。彭泽便仍让张秀才喝甜酒，自己拿烈性烧酒喝，又连喝十大杯，才告辞回去。

明朝状元曾棨身材高大仪表英俊，能吃能喝，没人能知道他的酒量。张英，字国辅，想试试他的酒量，暗中派人量了曾公的肚子并按照尺寸做了个纸俑，放在大堂的后边。于是就邀请曾公来喝酒，家里人拿着和他一样的酒具，曾棨每喝一杯，仆人也向俑中倒一杯酒，整整一天，纸俑盛满的酒向外溢出，便就拿来一个瓮向里倒酒，结果又漫了出来。而曾棨脸色神情仍没有变化。喝到半夜张英派人用车送曾公回家，嘱咐几个送客的衙役和车夫要一路好好照顾他，想那曾棨一定醉了。曾棨回到家，急忙传唤家里人设置酒筵慰劳衙役车夫，他自己又拿起酒杯大喝起来，车夫和衙役都醉着回去了，曾棨这才去睡觉。

食宪章

段文昌丞相精馔事，第中庖所榜曰“炼珍堂”，在途号“行珍馆”。自编《食经》五十卷，时称为“食宪章”。

【译文】唐朝丞相段文昌精通美食制作。府中的厨房悬挂牌匾叫“炼珍堂”。在旅行中号称“行珍馆”。自己编写《食经》五十卷，当时人称这是“饮食宪法”。

措大言志

东坡云：“有二措大，相与言志。一曰：‘我平生不足，惟饭与睡耳。他日得志，当饱吃饭了便睡，睡了又吃饭。’一云：‘若我吃了又吃，何暇复睡？’”

【译文】苏东坡说："有两个穷人，在一块互相比说志向。一个说：'我平生不足的地方，只有饭和睡两件事。他日青云得志，一定吃饱了饭就睡，睡起来再吃饭。'另一个说：'假如是我，吃了还要吃，哪里还有空暇时间去睡觉？'"

善啖

山涛酒后哺啜，折筯不休。

《癸辛杂识》：赵相温叔健啖。致仕日，召一士人同食，各啖若干。临别，士人腰间有声，疑其腹裂，问之，云："平生苦饥，以带束之。适蒙赐饱，不觉带断，非有他也。"（宋太祖赐文知州食事同）

《归田录》：张齐贤每食，肥肉数斤。尝小恶，欲服天寿院黑神丸。常人服不过一丸，公命以五七两为一大剂，夹以胡饼而啖之。及罢相，知安州，与客食。厨吏置一大桶，窃视所食，如其物投桶中。至暮满桶。

元退处士年逾七十，无齿，咀嚼愈壮。常曰："今始知齿之妨物！"

江阴侯孙名铁舍者，腹大善啖，平生未尝自见其足。永乐间，至京乞恩。太宗命光禄寺茶饭，计食六十斤。谢恩，拜不能起，命两卫士挟之，因不得袭荫。后家不给，食馒头，又食煨茄，俱成箩以充饥。

【译文】晋朝山涛喝过酒后，总是拿着筷子再吃个不停。

《癸辛杂识》中载：宰相赵雄，字温叔，很能吃。到退休的那一天，请一个秀才和自己一起吃饭，他们各自吃了很多。临到分别时，秀才的腰部发出了声响，赵雄怀疑他的肚子撑裂了，向他询问，回答说："生平老是苦于吃不饱，用一根带子束着腹部。刚才承蒙赏赐我吃了顿饱饭，不知不觉带被绷断，没有其他的事。"（宋太祖赏赐文知州吃饭的事和上边说的事类同）

《归田录》中有：张齐贤每次吃饭，吃掉几斤肥肉。曾经有一次犯小病，想吃天寿院的黑神丸。一般人服药不过一丸，张公却用五七两重作为一大剂药，把他夹在烧饼中了。等到他被免去相位，到安州任知府，和客人吃饭，厨房官拿来一大桶，暗中看他吃的东西，同时向桶中扔进他吃的同样多的食品，到了傍晚桶就装满了。

隐士元退已年过七十，满口没有牙齿，但咀嚼功能还非常好。常常说："今天才知道牙齿是碍物。"

江阴侯的孙子名叫铁舍，肚子大，爱吃。生平没有感到自己吃饱过。永乐年间，到京城向皇帝求赐官，太宗命光禄寺准备茶饭，累计他吃了六十斤，谢恩时，下拜后竟站不起来，皇帝让两个卫士扶起他。因为这件事他没有得到荫袭侯爵，后来家境穷困，他就吃馒头，又吃煨茄子，都是成箩地吃来充饥。

王弇州《朝野异闻》

徐相存斋提学江西时，道遇毛尚书伯温舟。谒之，语小洽。毛曰："公得无饥否？"即呼具小点心来。侍者捧大漆盘四，其二盘装炙鹅，鹅皆大脔，其二盘装馒头，如碗大者各五十许。又不置箸，以手掇之，二银碗飞酒。长啜大嚼，傍若无人。徐虽不能多食，而少年勇于酒，互举无算。至暮，欢然别曰：

“公大器也！”迨毛下安南还，华亭亦副八座矣。毛食兼数人。尝主湖广鹿鸣宴，诸生七十五人，人陪二大白，不醉。

秦晋诸公多长大，善饮啖。王端毅公恕，年九十余，每辰起进食，牛羊犬豕肉或鸡凫之类三十碗，碗可一二斤；熟菜一大碗，面饼二盘，各堆高箸许；清酒三大碗，碗可盛二升。饮啖至尽，起，摩腹徐行，周还约二里所，复坐读书，以为恒。至九十三，一日食减三碗，面省可一盘，亭午而逝。杨襄毅公博，每啖面一瓯，辄两举箸，凡十六举箸，而罄八瓯。大虏深入，人人惴恐。公时在部覆疏，遣问甫毕，食肥肉三斤许，包子三十，酒数升，辄大睡，鼻息如雷。人服其器量。其后阳城王太宰国光、蒲州王大司马崇古，皆长七尺余，啖尤伟。太宰切白肉作大脔，犹以为薄，夹进之，一进必百脔，饮必三斗。大醉后苦热，不能升公座。啖巨柿四十，顷刻都尽。

王令赐绂言：其乡有令张者，善饮啖，居恒不能快意。一日邻有驴毙，其值轻，张使买之，烹适熟，而女弟之婿至，亦以善啖名。邀使共饮。婿知为驴肉也，辞以饭后。俄顷肉至，凡两大盘，盘各可十余斤，胡饼各百余，蒜葱醯酱各具。用手撮之，顷刻俱尽。视婿啖得半而止，笑曰：“果饭后耶？何孱也！为汝代之。”即以掇啖复尽。举浊酒两斗许，起拊腹曰：“今日始得一饱。”宗戚间有呼张饭者，必先延之别室，面与肉如式，而后出与客酬酢，尚兼数人。不然，怒，竟去矣。每烹肉，不令过熟，曰：“过熟安用我脾为？”指其腹：“此不堪一大釜耶？”

嘉靖间，河南有亓副使者，官山东，分巡海右，亦以善饮啖闻。尝按部至莱州，而怒其邑令，叱供馈出。莱守，其乡人，知内厨之不足供也，入白："有北面一斗，侑以肉十斤，酒一瓻，不知可用否？"亓曰："佳耳。"既闭门，进宿食噉之，不饱。使宰夫以守所馈面肉作水角，亟熟亟进，不能供。悉出隶人佐之。不移晷，与酒俱尽。次日，谢守曰："微公，几为若敖之馁矣！"又一日，宴于乡荐绅家。其家善事馔，亓醉饱甚畅。归忽曰："肉虽多，不使胜食气，如何？"问"厨有余米否？"量之得五升，悉使作饭。噉至尽，而后就枕。

吾家兄名世芳者，仕至广东提学副使。其啖肉食，可立尽十余器。每进杨梅、樱桃、柑橘，必以十斤为度，而不见核之吐。人或怪之，笑曰："更吐核，得几许？"

王翰林钰，魁岸美姿，善饮。自云"平生唯三饱"。尝归家，外家享之，极水陆之腴；其使朝鲜，噉刍豢，皆肴蒸体；史成，宴奉天殿，上知其善啖，尽撤御膳赐之。后有不合，拂衣归。既家渐匮，乃炙螺蛳，烧紫茄配饭，亦必满一锅。

嘉定人王全，以气豪一乡，徒步创娄塘镇，人称之。每食，以一猪首、一鹅佐饭，尚不能饱。偶饥，过其弟，煮白鸡子四十食之，云："仅能小支胃口而已。使置腹中，当何所着？"

余及见许孝廉备我，亦善啖。尝往妻家称寿，留酌。许呼饿。妻之母曰："他物未熟，室中有冷结面，少加盐醯，或可点心耳。"许遽入室，不待盐醋，便撮食三筛都尽，比客至，无面，乃更造之。体绝肥，尝暑月睡熟，腹下压死一蜈蚣，长数寸。

【译文】徐相国存斋（阶）年轻时被任命为江西提学，上任途中遇到刑部尚书毛伯温的坐船。便上船拜见，谈得比较融洽。毛伯温说："先生是不是饥饿了？"便叫准备小点心来，仆人捧上来四个大漆盘，其中两盘装的是烧鹅，都切成大块，另外两盘是馒头，每个都有饭碗大小，每盘都装有五十来个。又不放筷子，只能用手拿着吃，又用两只银碗盛酒。毛伯温大口喝酒大块吃肉，旁若无人。徐阶虽然饭量不大，但是年轻能喝酒，二人互相举碗对饮，算不几碗了。到了傍晚，才高兴地告别。毛伯温对徐阶说："先生是个能成大器的人！"后来毛伯温从安南平叛回来，徐阶（华亭人）也升到坐八人大轿的高级官员了。毛伯温的饭量很大，能顶好几个人。他曾经在湖广主持乡试考试后的鹿鸣宴，参加宴会的新举人共七十五人，毛伯温陪每人喝酒两大杯，竟没有醉。

秦晋（今陕西、山西）地方的人，大都身材高大，能吃喝。吏部尚书王恕（谥号端毅），年已九十多岁，每天早上起来吃饭，有牛、羊、狗、猪肉和鸡、鸭等类三十碗，每碗有肉一二斤，熟菜一大碗，面饼两盘，每盘堆得有一支筷子那么高，清酒三大碗，每碗可装两升。他把这些都吃喝完，站起来抚摸着腹部，散步来回走约二里多，再坐下来读书，已成为习惯。到九十三岁，一天少吃三碗肉，面饼剩下一盘，到快晌午时便去世了。吏部尚书杨博（谥号襄毅）每吃面条一碗，只动两下筷子，共动十六下筷子，而吃光八碗面条。北边敌寇入侵，人人恐慌，杨博在衙门处理边境送来的报告，并亲自询问派来送奏疏的使者，处理完毕以后，吃了三斤多肥肉、三十个包子、酒几升，便躺下大睡，鼾声如雷，人都佩服他遇事不惊慌的气量。在他以后，又有阳城的吏部尚书王国光，蒲州的兵部尚书王崇古，都是身长七尺，饭量更大。王国光切大块白肉片，还嫌太薄，一口夹上好几片吃，一次必吃一百块以上，饮酒必有三斗以上。大醉以后十分怕热，不能升堂办公。四十个大柿子，一会儿便吃光了。

县令王赐绂说：他的老乡有一个姓张的县令，能吃喝，平常总不能吃得满意。有一天邻居家死了一头驴，贱价出卖，张县令便派人去买回来，刚煮熟，恰好他妹婿来到，也是个因能吃出名的人，便邀请他一同吃。妹婿知道是驴肉，推辞说刚吃过饭。不一会肉端上来，共两大盘，每盘各十几斤，又有烧饼一百多个。蒜、葱、醋、酱齐备。张县令手抓肉吃，不一会便把自己的一盘吃个精光。看到妹婿，才吃了一半就不吃了。便笑着说："你果然是吃过饭了？怎么这么不济！我替你吃。"便又用手抓着把剩下的驴肉吃光。然后又喝浊酒二斗多，站起来摸着肚子说："今天才算吃了顿饱饭。"他的本家或亲戚有请他吃饭的，必须先请他到别的屋子里，先吃面食和肉如以上一样多，然后再出来陪客人吃饭，饭量还能顶好几个人。如果不这样吃，他就要生气走了。他每次煮肉，都不让煮得太熟。他说："如果太熟，还用我的脾胃作什么？"并指着自己的肚子说："这不能当一个大锅吗？"

嘉靖年间，河南有个姓亓的副使，在山东做官，分担巡察沿海半岛的州县的责任，也是以能吃喝而闻名。曾经巡视到莱州府，而恼怒当地知府，呵命他供应食物来，莱州知府是亓副使的同乡，知道光靠衙门内的厨房，是不够供应他吃的。便去见副使，对他说："现有北方面粉一斗，加上肉十斤，酒一瓶，不知够不够您用？"亓副使说："很好。"到了晚上，知府派人送进晚饭来吃，没能吃饱。便叫衙门内管伙食的小吏把知府送来的面和肉，做成水饺来吃，边煮边吃，供应不上。便把衙门内的差役都叫来帮做。不一会，水饺和酒都吃光了，第二天，他向知府致谢说："要不是先生，我差点成若敖氏的饿鬼了。"又有一天，在某举人家里。这家人善做菜，亓副使醉饱后十分欢畅。回来以后，忽然说："今天吃肉虽多，但不能压住食气，怎么办？"问："厨房还有米吗？"量了一下，还有五升，便让全做成饭，吃个精光后才去睡。

我家哥哥名叫世芳，官至广东提学副使。他吃肉食，可以片刻尽十几碗。每吃杨梅、樱桃、柑桔时，都以吃十斤为标准，但不见他吐出果核，人们很奇怪地问他，他笑着说："如果再把核都吐掉，还能有多少？”

翰林王钰，生得身体高大而貌美，能吃喝。自称平生只吃过三次饱饭。一是有一次回故乡，其外祖家请他吃饭，准备的山珍海味极为丰盛；二是出使朝鲜，请吃乳猪，都是整只蒸熟的；三是编修史书完成后，设宴奉天殿，皇帝知道他很能吃，便把一百样御膳全端下来赐给他吃。后来有请他吃而不合他的意思的，便拂袖而走。以后他家境渐贫，便煮螺蛳、烧紫茄子来配饭吃，也必要煮满一大锅才够。

嘉定人王全，以胆气豪迈著称于乡里，他空手奔走，创建了一个娄塘镇，受到乡里赞扬。每次吃饭，总用一只猪头，一只鹅来下饭，还吃不饱。偶然饥饿了，就去他的兄弟家中，煮四十个鸡蛋吃掉。还说："这只是满足了胃口而已，如放到肚里，能占多少地方？”

我后来见到孝廉许备我，也能吃。他曾往妻子娘家拜寿，留他喝酒。许备我叫饿，岳母说："别的东西还没做熟，屋里只有冷干面，加上一点盐醋，或者可以先吃点心。”许备我便立即进屋，不等用盐醋，便用手抓吃，把三筛子干面都吃光了。等到客人都来了，没有面了，只好再做。他身体极肥，曾经在夏天熟睡，肚子下压死了一条好几寸长的蜈蚣。

徐肺沈脾

徐晦嗜酒，日沉湎而不伤。沈傅师善餐，可兼四五人馔，恒无患。杨嗣复戏曰："徐家肺，沈家脾，大是安稳。”

【译文】徐晦嗜好喝酒，整天沉湎于酒中而不会被酒伤害，沈傅师很能吃饭，可以顶四五个人的饭量，长年没有疾病。杨嗣复开玩笑说："徐家的肺，沈家的脾，实在是安稳。”

瓜齑

韩龙图贽，山东人。乡俗好以酱渍瓜啗之，谓之瓜齑。韩为河北都漕，驻大名府，诸军营多鬻此物。韩谓曰：“某营者最佳，某营者次之。”赵阅道笑曰：“欧阳永叔尝撰《花谱》，蔡君谟亦著《荔枝谱》，今须请韩龙图撰《瓜齑谱》矣！”

【译文】宋龙图阁直学士韩贽是山东人。当地人喜爱用酱汁浸泡瓜菜吃，称它为瓜齑。韩担任河北都漕，任所在大名府，那里不少的军营中都卖这东西。韩常对人说：“哪个营中的瓜齑最好，哪个营中的差一点。”赵阅道笑着说：“欧阳永叔（修）曾经撰写一部《花谱》，蔡君谟（襄）也著有《荔枝谱》，现在须请韩龙图写一部《瓜齑谱》了！”

脯腊

《云仙散录》：卢记室多作脯腊。夏月，委人于十步内，扇上涂饧以猎蝇。时人呼为“猎蝇记室”。

【译文】《云仙散录》记载：卢记室做了许多腊肉。夏季里，派人在十步以内，把扇子上涂上糖稀来粘蝇子，当时有人称为“猎蝇记室”。

啖梅

范汪至能啖梅。有人献一斛奁，须臾啖尽。

【译文】范汪至很能吃梅子，有人进献一斛奁（古代盛器）的梅子，不一会儿就吃完了。

食性异常

《南史》：刘邕爱食疮痂，以为味似鳆鱼。尝诣孟灵休，孟先患灸疮，痂落床上。邕取食之，孟大惊，痂未落者，悉褫取饴邕。邕去，孟与何勖书曰："刘邕向顾见噉，遂举体流血。"南康国吏二百余人，不问有罪无罪，递与鞭，疮痂常以给膳。

唐权长孺好嗜人爪。将自广陵赴阙，郡公饯饮于禅院。有狂士蒋传者，于健步及诸佣保处得爪甚多，以纸裹，候长孺酒酣，进之，曰："侍御远行，有少佳味奉献。"长孺捧视，欣然如获千金，馋涎流吻，连撮啖之，甚惬思欲。

周舒州刺史张怀肃，好服人精。唐左司郎中任正名，亦有此病。国初僧泐季潭，喜粪中芝麻，杂米煮粥食之。附马都尉赵辉，食女人阴津月水。南京内官秦力强，喜食胎衣。南京国子祭酒刘俊，喜食蚯蚓。

剑南节度鲜于叔明，好食臭虫。时人谓之蟠虫。每散衙，令人采拾得三五升，即浮于微热水上以泄其气。候气尽，以酥及五味熬之，卷饼而食，云"其味甚佳"。

《狯园》云：荆、沣之间，有一异人，着七梁冠，身衣锦绣，状甚奇古；腹如斗大，须长尺余，好饮，不谷食，人皆呼为"醉叟"。相随唯一子弟，手携竹篮，篮中贮干蜈蚣及一切毒虫。问其故，答曰：“天寒赖以佐酒。”市中儿争觅虫以献，皆擘而生嚼之。其虫之细小者，辄浸杯中，顷之与酒俱尽，蜈蚣长五六寸者，则夹杂以松柏叶，去其钳，生置口中。赤爪狰狞，蜿蜒须髯之际，观者惊怖，异人饮啖似有盈味。尝云：“蝎味最美，惜南方所无。蜈蚣亦佳，味又次于蝎。蜘蛛则小者为贵。诸虫唯蚁不可多食，多食闷人。”

【译文】《南史》中说：南康郡公刘邕爱吃疮痂，认为味道像鳆鱼那样。曾经到孟灵休家去，孟灵休先前得了一种长久不愈的疮病，疮痂落在床上。刘邕拿起吃了它，孟灵休大为震惊，于是疮痂没有好的，他也揭去送给刘邕。刘邕走后，孟灵休对何勖书说：“刘邕来探望我，见到疮痂就吃，接着就是遍体流血。”南康国（今江西于都）有吏二百多人，不问他们有罪没罪，都把他们鞭打一顿，生出的疮痂时常供给刘邕吃。

唐代权长孺爱吃人指甲。准备从广陵（今江苏扬州）往京师。郡守为他饯行在寺院饮酒。有一个狂士蒋传，在差役和众多的佣人仆人那里得到很多指甲，用纸包裹着，等长孺喝到高兴时，献给他说道：“侍御大人将要远行，有一点美味奉献给你。”长孺手捧着一看，欣喜得好像得到了千金一样，馋得口水立刻流了出来，赶忙一把把它们吃了，吃的样子很香很惬意。

北周舒州刺史张怀肃，爱服用人的精液。唐代左司郎中任正名，也有这种病。明朝开国初年和尚泐季潭，喜爱粪中的芝麻，用它和米煮成粥吃了。驸马都尉赵辉，吃女人阴道分泌物和月经。南京太监秦力强，爱吃胎盘。南京国子祭酒刘俊，爱吃蚯蚓。

唐朝剑南节度使鲜于叔明，好吃臭虫。当时人称他为蟠虫。常常让人采集拾取三五升的臭虫，当即放在微热的水中来烫出虫子的气味，等到臭气没有了，用酥和五味放在一起熬制，最后卷在饼中吃了。还说："它的味道很好。"

《猞园杂志》中说：荆州和澧州间（今湖北沙市至湖南澧县一带），有一个奇异的老人。戴着七梁帽，身穿的是锦衣绣袍，样子奇特古怪，他的肚子像斗那样大小，胡须长有一尺多，好喝酒，不吃主食，人们都称他"醉叟"，跟随他的只有一个弟子，手里挂着竹篮，篮中放着干的蜈蚣和一切毒虫。问他其中的缘故，回答说："天气寒冷时靠它来下酒。"街市里的小孩争着寻找虫子送给老头。老头都将它们掰开，活生生地吃掉。其中有的虫子身体细小，就把它们泡在酒杯中，和着酒一饮而尽。有五六寸的蜈蚣，就用松柏的叶子夹住它，拔去它的钳子，活着放在嘴里。蜈蚣红色的爪子狰狞可怕，蜿蜒翻动在胡须之间，看到这种景象的人脸上露出惊恐的神色，那个奇异的人饮酒吃虫好像非常有味。他曾经说："蝎子味道最美，可惜南方没有，蜈蚣也是佳肴，仅次于蝎子的味道。蜘蛛则是小的更珍贵。所有的虫子唯独蚂蚁不能多吃，吃多了使人憋闷。"

好睡

夏侯隐登山渡水，亦闭目美睡。人谓"睡仙"。

相传文五峰先生亦然。每街市遇欲睡，辄以手凭童子肩曰："好扶持，缓行。"双足不停，鼾声已如雷矣。

寇朝一常事陈希夷，得睡之崖略。郡南刘垂范往谒，其徒以睡告。垂范坐寝外，闻齁鼾之声，雄美可听。退而告人曰："寇先生睡中有乐，乃'华胥调双门曲'也。"或曰："未审谱记何如？"垂范以浓墨涂纸满幅，题曰"混沌谱"，云："即此是。"

李愚欲作“蝶庵”，以庄周为第一祖，陈抟配食。则寇朝一应在十哲之列。

南岳李岩老好睡。众人食饱下棋，岩老辄就枕。阅数着，乃一展转云：“君几局矣？”东坡曰：“岩老常用四脚棋盘，只着一色黑子。昔与边韶敌手，今被陈抟饶先。着先自有输赢，着后并无一物。”

华亭丞谒乡绅，见其未出，座上鼾睡。顷之，主人至；见客睡，不忍惊，对座亦睡。俄而丞醒，见主人熟睡，则又睡。主人醒，见客尚睡，则又睡。及丞再醒，暮矣，主人竟未觉，丞潜出。主人醒，不见客，亦入户。张东海作《睡丞记》。

陆放翁诗云：“相对蒲团睡味长，主人与客两相忘。须臾客去主人觉，一半西窗无夕阳。”

【译文】夏侯隐登山渡水时，也爱闭上眼睛美美地睡觉，人称为“睡仙”。

相传文五峰（伯仁）先生也是这样。常常在街市上遇见他好像要睡觉，总是用手扶着童子的肩膀说：“好好扶持，慢慢行走。”双脚不停走动，鼾声却已是如打雷一般。

道士寇朝一常跟随陈希夷（抟），也学得睡的方法。郡南的刘垂范去拜访他，他的徒弟说他正在睡觉，垂范便坐在寝室外等，听其打鼾的声音，十分响亮雄壮好听。回来后告诉别人说：“寇先生睡觉中也要奏乐，乃是‘华胥调双门曲’。”有人诘问他：“没有记录下谱是什么？”垂范便拿纸，用浓墨涂满全纸，题字称为《混沌谱》。他说：“这就是曲谱。”

李愚想作“蝶庵”供奉能睡的人，以庄周为始祖，陈抟在一旁配享。那么寇朝一就应列为十大弟子之一了。

南岳的李岩老好睡。众人吃饱了去下围棋，岩老总是去睡。才下了几着棋，岩老便翻身问："您下了几盘了。"苏东坡曾说："岩老常用四只脚的棋盘，只放一色的黑棋子。过去曾与边韶（后汉嗜睡人）为敌手，今被陈抟让先。先落子自有输赢，下完棋并无一物。"

华亭县丞去拜见一个绅士，见他没出来会客，便坐在椅中睡起来。一会儿，主人出来，看见客人睡觉，不忍惊动，就坐在对面也睡。不久，县丞醒来，见主人睡熟，也就再睡。主人睡醒，见客人还在睡，便又睡。等到县丞醒来，天已黑了，主人还没睡醒，县丞就悄悄出来了。主人醒来，不见了客人，也回房内去了。张东海为此写了一篇《睡丞记》。

陆放翁（游）诗说："相对蒲团睡味长，主人与客两相忘。须臾客去主人觉，一半西窗无夕阳。"

书

宋晏叔原聚书甚多，每有迁徙，其妻厌之，谓之"乞儿搬漆碗"。

【译文】宋晏几道（字叔原）家中藏书很多，每次迁徙调任时，他的妻子都厌烦这些书，称晏几道是"讨饭的端漆碗"。

墨 癖

李公泽见墨辄夺，相知间抄取殆遍，悬墨满堂。（《志林》）

【译文】李公泽见到墨文就争夺去，只要认识，就把人家中的墨文全部抄走，自己家里挂满了墨文。（见《志林》）

吃墨看茶

滕达道、苏浩然、吕行甫皆嗜墨汁。蔡君谟晚年多病，不能饮茶，惟日烹把玩，吃墨看茶，事属可笑。

【译文】宋朝滕达道（元发）、苏浩然、吕行甫都爱好吃墨汁，蔡君谟晚年多病，不能喝茶，只好每天煮茶玩味。吃墨汁看茶水，这些事实在好笑。

好草圣

张丞相好草圣。一日得句，索笔疾书，满纸龙蛇飞动。使侄录之。当波险处，侄惘然而止，执所书问曰："此何字？"丞相熟视久之，恚曰："何不早问？"

【译文】张商英丞相爱好草圣的字。一天想到一个好诗句，拿起笔来飞快地书写，一张纸上都是龙蛇飞动的草字。然后让侄子抄写整理出来。当看到有的字波折险怪，侄儿不认识，就停下笔来。拿着丞相写的字问道："这是什么字？"丞相仔细看了半天，恼怒地说："为何不早问？"

兰亭癖

僧永禅师有三宝：一曰右军《兰亭》书，二曰神龟，三曰如意。后传弟子辨才，宝护倍至。唐太宗令人诳得其书。辨才曰：

“第一宝既亡，其余何爱？”乃以如意击石，折而弃之，又投龟伤其一足。

《明良记》云：“善权居吉祥庵。一夕被火，衣钵悉无所顾，但从烈焰中持吴文定公所赠篇章，惊迸而出。或言事与此类。子犹曰：“和尚留得贵人篇章在，何愁衣钵？”

赵子固（赵孟坚，字子固，宋宗室子）有米颠之癖，效米作《书画船》，尝从霅川余寿翁所易得“五字不损本”《兰亭》，喜甚，乘夜回棹。至昇山，风起舟覆，行李俱淹。子固方披湿衣，立浅水中，手持《禊帖》示人曰：“《兰亭》已在，余不足问！”

【译文】南北朝高僧智永禅师有三件宝：一是右军（王羲之）《兰亭序》书法真迹，二是神龟，三是如意。后来传给弟子辨才，辨才护宝用心倍至。唐太宗派人诳骗到《兰亭序》书法。辨才说：“第一件宝贝既然已去了，其他的还有什么可爱的呢？”于是就把如意在石头上敲打，折断后丢掉了它，又把龟的脚弄坏一只。

《明良记》说：“宋朝高僧善权住在吉祥庵，一天，庵中着火，他对衣服钵盂全所不顾只从烈火中拿出了吴文定公（猎）所赠送的诗篇，惊叫着跑了出来。有人说和辨才的事类似。子犹说：“和尚留着贵人诗稿手迹在，哪里发愁没有衣钵？”

赵子固（孟坚，字子固，宋朝宗室子弟）有米芾爱石的癖好，并效仿米芾创作《书画船》，曾经从云霅川余寿翁那里换得五字不损本《兰亭序》，他高兴得很，连夜坐船回家，到昇山（今浙江湖州东）时刮起大风，把船吹翻，行李都淹没了。子固穿着湿衣，站在浅水里，手里拿着《禊帖》给人说：“《兰亭序》在这里，其余的东西不必管它！”

萧 字

梁武造寺，令萧子云飞白大书一“萧”字于壁。李约见而爱之，自江淮竭产致归洛中，扁于小亭，号曰“萧斋”。

【译文】南朝梁武帝营造一所寺院，派萧子云写了一个“萧”的飞白大字在墙壁上。李约非常喜爱这个萧字，在江淮用尽财产买回，带归洛阳家中，做成匾挂在一处小亭中，这小亭便取名叫“萧斋”。

王略帖

米元章在真州，尝谒蔡攸于舟中。攸出右军《王略帖》示之。元章惊叹，求以他画相易。攸有难色。元章曰：“若不见从，某即投此江死矣！”因大呼据船舷欲堕，攸遂与之。

【译文】米元章（芾）在真州（今江苏仪征），曾经在船上拜访蔡攸。蔡攸拿出王羲之写的《王略帖》让他看。米元章大为惊叹。并请求用别的画和他交换，蔡攸面带难色，元章说：“如果不听从我的话，我就立即投江自杀！”说着就大喊，抓住船舷想跳下去，蔡攸没有办法，只好把《王略帖》给了他。

碑 癖

孙何好古文，为转运使，苛急，州县患之。乃求古碑磨灭者数本，钉于馆中。孙至，读碑辨识文字，以爪搔发垢嗅之，往往至暮，不复省录文案。

王锡甚慕秦汉碑刻，往往节口腹之奉以事之。一日语共游者曰："近得一碑甚奇！"及出示，无一字可辨，王独称赏不已。众问："此何代碑？"王不能答。一客曰："我知之。"王欣然就问，客曰："此名'没字碑'。"众一笑而散。

唐赵崇凝重清介，标质堂堂，不为文章，时号"没字碑"。后唐丞相崔协不识文字，而虚有仪表，亦号"没字碑"。

【译文】宋朝孙何爱好古文，任负责供应军需的转运使，向地方索要的物资苛刻而急切。州县官为此都十分头痛。便想办法征求了几张字迹损坏、模糊不清的古碑拓片，钉在驿馆墙上。孙何从这里经过，便读碑辨认碑文，并且用手指搔头，抓下不少头皮上的油泥，放在鼻子下闻，常常直到天黑还在辨读碑中的文字，也不再催办公事。

南北朝时的王锡，十分爱秦、汉碑刻，常常节省饮食费用购买碑刻拓片。一天他告诉一同游玩的人说："最近我得到一个碑刻拓片十分奇特。"便拿出来让大家看，因年代久远字迹剥蚀，没有一个字能被辨别出来，王锡对这碑称赞不已。众人问："这是什么朝代的碑？"王锡回答不出来，一个客人说："我知道。"王锡很高兴地询问，客人说："这名叫'没字碑'。"大家听后笑了一阵散去了。

唐朝赵崇为人十分端重清廉，长得风采姿质、仪表堂堂，就是不会写文章，人称他"没字碑"。后唐丞相崔协也不识文字，而生得虚有其表，也被人称为"没字碑"。

画

宜兴吴沧州性嗜书画。弟唯积粟帛，清士常鄙之。会有持徽宗题跋《十八学士》袖轴来售者，价索千金。弟如数易之。置酒燕兄及尝鄙己者，酒半，出以相视。兄惊叹曰：“今日方与平时鄙俗扯平！”

【译文】宜兴人吴沧州生性爱好书画。他的弟弟只会屯积粮食和财物，清高的斯文学士常常鄙视他的行为。后来有人拿着有宋徽宗题跋的《十八学士》轴画来出售，索价千金之多，弟弟如数给了钱买回画。回到家中备置了酒席宴请兄长和鄙视自己的人，饮酒过半，拿出买回的画请他们看，兄长惊叹地说：“今天才和平时你庸俗的行为扯平！”

好 古

彭渊材游京师十余年，其家饘粥不给，以书召归。乃跨一驴，以一鯨挟其布囊，囊皆封绊。亲知相庆曰：“可脱冻馁之厄矣！”渊材喜见须眉，曰：“吾富可埒国！”既开囊，乃李廷珪墨一块，文与可“墨竹”一枝，欧阳公《五代史》草藁一巨束，余无所有。

杨茂谦曰：“既是错唤回来，只应仍赶出去。”

【译文】宋朝彭渊材来到京城十多年，他家里连稠粥都供应不上，就用书信召唤他回来，彭就骑着一匹驴，使用一个服劳役的黥徒拿着行李，行李密封牢固。亲朋们见他回来就互相庆贺说：“我们算摆托了寒苦饥饿的境遇了！”彭渊才眉须微微颤动，说：“我的财宝可与一个国家相等！”随后打开行李袋，里边放着一块李廷珪制造的墨、一幅文与可（同）“墨竹”画和一大捆欧阳修编写的《五代史》书稿，其他便没有什么了。

杨茂谦说："既然是误传唤他回来，就应该把他赶出去。"

古铜器

张文潜尝言：近时印书盛行，而鬻书者往往皆士人，躬自负担。有一士人尽裒其家所有，约百余金，买书以入京。至中途，遇一士人，取书目阅之，爱其书而贫不能得，家有数古铜器，将以货之。而鬻书者雅有好古之癖，一见喜甚，曰："毋庸货也！我与汝估其值而两易之。"于是尽以随行之书换数十铜器，遂返其家。其妻方悦夫之回疾，视其行李，但见二三布囊，磊块铿铿有声。问得其实，乃詈其夫曰："你换得他这个，几时近得饭吃？"其夫曰："他换得我那个，也几时近得饭吃？"

【译文】宋朝诗人张文潜（耒）曾经说："最近以来印书盛行，但卖书的人往往都是一些书生，他们自己负担资金出书。有一个书生把所有的家当全部卖掉，大概卖了一百多两银子，买了书到京城卖。路上，遇到另一位书生，就拿着自己的书目给他看，那书生看了书后非常喜爱，但由于贫穷没钱买书，他家中有几件古代铜器，就想用铜器来换书。而这个卖书的书生又有收藏古器的儒雅爱好，一见铜器十分高兴，说："不用拿钱了，我和你估个价就交换一下吧。"于是拿出所有的书换了十几件铜器，然后返回他的家中。他的妻子看到丈夫这么快就回来了，很高兴，看他的行李，只见有两三个布袋，鼓鼓的硬块铿铿有声。就问他卖书的情况，知道他换了铜器后，就骂他的丈夫说："你换了他东西，什么时候能用来当饭吃！"她的丈夫回答："他换了我的那些书，又什么时候能用来当饭吃？"

吟癖

杨处士朴性癖，尝骑驴往来郑圃。每欲作诗，即伏草中冥搜。或得句，则跃而出。遇之者莫不惊骇。

贾岛初赴京师，一日于驴上得句云：“鸟宿池边树，僧推月下门。”已欲改“推”字为“敲”，商之未定，遂于驴上吟哦，时时引手作势。时韩愈吏部权京兆尹，岛不觉冲至第三节。左右拥至尹前，尚为手势推敲未已。愈问知之，为定“敲”字。又岛骑驴天衢，得“落叶满长安”句。属对未得，因唐突京尹刘栖楚，被系一夕而释。

岛不善程试，每巡铺告人曰：“原夫之类，告乞一联。”“原夫”者，赋中转起字也。今人欲事事求工，适足笑耳。

【译文】宋朝隐士杨朴性情怪癖，曾经骑着驴往来于郑州圃田之间的路上。每想作诗时，就伏在深草中苦思冥想，有时得到了诗句，就从草丛中一跃而起。遇到他的人没有不惊骇的。

贾岛初到京城，一天骑着驴想到了两句诗：“鸟宿池边树，僧推月下门。”后来又想把“推”字改为“敲”字，一直没有选定用哪个字好。就在驴身上吟诵，不时的用手比划着。当时吏部尚书韩愈兼任京兆尹，贾岛不知不觉地冲撞到韩愈出行仪仗队的第三节，衙役将他押到韩愈面前，贾岛还用手在比划着推敲不停。韩愈问他，知道他在诗句中推敲，就为他定了“敲”字。又有一次贾岛骑着驴过皇宫前的大街时想出“落叶满长安”诗句。还没有对出下句，却因冲撞了京尹刘栖楚，被关押了一夜才释放。

贾岛不擅长按规定的程式考试，曾走到别的考生的考棚里给别人说："原夫的一类词，请求想上一联。""原夫"是古赋里另一段开头常用的转起语气词。现在的人想事事追求工稳，恰好足令人可笑。

弄葫芦

王筠好弄葫芦。每吟诗，则注水于葫芦。倾已复注，若掷之于地，则诗成也。

【译文】南北朝时的王筠，好摆弄葫芦，每次作诗时，就向葫芦里注水。然后倒出水又重新注水，如把葫芦掷到地上，诗就作成了。

爱杜甫、贾浪仙诗

张籍取杜甫诗一帙，焚取灰烬，副以膏蜜，顿饮之，曰："令吾肝肠从此改易。"李洞慕贾浪仙诗，铸铜像，事之如神，常念"贾岛佛"。

【译文】唐朝诗人张籍拿着一卷杜甫的诗稿，用火烧了，然后用这纸灰，拌上蜂蜜，随即喝了它。说："让我的肝肠因为喝了这东西而有所改良。"李洞爱慕贾浪仙（岛）的诗，为他铸造了铜像，供奉铜像如神仙一般，常常称之为贾岛佛。

好 唱

宋之愻为连州参军，好唱歌。有陈希古者，庸人也，倩之愻教婢歌。欣然就之，每日端笏立于庭中，呦呦而唱，其婢隔窗和焉。

【译文】宋之愻任连州（今广东连县）参军，爱好唱歌。有一个叫陈希古的人，是个平庸的人。请宋之愻教他的婢女唱歌。宋很高兴地同意了，每天他手里端握着笏板立在大院中，呦呦而唱，家中婢女隔着窗户和他一起唱。

好音乐

唐庄宗自言："一日不闻乐，则饮食都不美。"方暴怒，鞭笞左右，一闻乐声，怡然自适，万事都忘焉。又善音律，或时自傅粉墨，与优人共戏。优名谓之"李天下"。

韩持国患暑，使群婢交扇，犹云"不堪"。乃使作曼声，不觉以手按拍，都忘其热。

【译文】唐庄宗自己说过："一天不听音乐，就会感到饮食都没有味。"正当暴躁恼怒，用鞭责打侍从的时候，一听到音乐的声音，就会悠然平静下来，所有的事情都忘却了。他又善长音律，有时自己搽粉化妆，然后和戏子一同演戏。并取了个艺名"李天下"。

宋朝韩持国（维）害怕暑热，让一群婢女用扇子交替着扇风，还说"受不了"。就让婢女吟唱舒缓的歌声，他不知不觉用手打起拍子，完全忘了暑热。

羯鼓

明皇好羯鼓，不好听琴。有奏琴者，弄未毕，上叱去："速召花奴，取我羯鼓来，为我解秽！”（宁王子汝阳王琎，小名“花奴”。）

【译文】唐玄宗爱好听羯鼓，不爱听琴。有一个演奏琴的人，一曲还没有奏完，玄宗就喝叱他出去，说：“赶快叫花奴，拿我的羯鼓来，给我解闷！”（宁王的儿子汝阳王李琎，小名“花奴”。）

琵 琶

范德孺喜琵琶，每就寝，必需繁弦乃寝。

【译文】宋朝范德孺（纯粹）喜欢听琵琶，每当睡觉的时候，一定要听了琵琶声才去睡觉。

毬

唐僖宗善击毬，谓石野猪曰：“朕若应击毬举，定作状元。”野猪曰：“若遇尧舜作礼部侍郎，陛下未免驳放。”上大笑。

圆社中有“炼腿”之语，自僖宗始。见《类说》。

【译文】唐僖宗喜欢击球，对石野猪说：“我如果参加以击球为内容的科举考试，一定能考中状元。”石野猪说：“如果遇到尧舜当礼部侍郎，陛下未免会被评为所学杂乱了。”僖宗大笑起来。

在击球的组织里，有练习腿脚功夫的话，是从僖宗开始。记载在《类说》里。

奕

李讷仆射性卞急，酷尚奕棋。每下子安详，极于宽缓。往往躁怒作，家人辈则密以奕具陈于前。讷一睹，便忻然改容，取子布算，都忘其恚矣。

郑介夫名侠，自号“一拂居士”。好奕棋，遇客必强之，有辞不能者，则留使旁观，而自以左右手对局。左白右黑，精思如真敌。白胜则左手斟酒，右手引满；黑胜反是。（出陆放翁《渭南集》）

林逋曰：“世间事皆能，唯不能担粪与着棋尔！”此又恶奕之已甚者。

【译文】唐朝仆射李讷性情急躁，酷爱下棋。每次下棋就从容自如，十分沉稳。平常他烦躁恼怒时，家里的人就偷偷把棋具放在他面前。李讷一见到棋具，就会马上平静下来，拿出棋子在棋盘上面布局算步，把他的愤怒都忘在了脑后。

宋朝郑介夫，名侠，自号“一拂居士”。爱好下棋，遇到客人来一定要强求他对奕下棋，有人说不会的，就留下让他在旁边看，而自己就用左右手对局下棋。左手用白，右手用黑，精心思考下棋，像有真的对手一样。白棋赢了就用左手斟酒，右手拿着斟满酒的杯来喝，黑棋赢了则相反。（出自陆放翁《渭南集》）

宋朝隐士林和靖说：“人世间的事情都能做，唯独不能担粪和下棋！”这又是厌恶下棋到了极点。

双陆

潘彦好双陆，生平局不离身。曾泛海遇风，船破，彦手抱局，口衔骰子，飘泊二日夜方抵岸。两手见骨，局终不舍，骰子亦在口。

吾乡有刘翁好酒，尝与客渡江，值厉风，舟欲颠覆。众皆慌错，翁抱持酒瓮，默然不言。既泊，问其故，答曰："死生命耳，若翻瓮失酒，此际何以遣怀？"潘彦之见，亦犹是也。

【译文】潘彦爱好玩双陆棋（古代一种赌博用的棋类），生平带着双陆博具从不离身。有一次坐船到海上遇到风浪，船被击破，潘彦用手抱着双陆博具，嘴里衔着骰子，在海水里飘泊了两天两夜才回到了陆地。两只手破烂的地方看见了骨头，始终没有把博具扔掉，骰子还含在口中。

我的乡里有个刘翁，爱好喝酒，曾经和客人一起渡江，突然刮起了狂风，船将要颠覆，大家都惊慌失措，刘老头则抱着酒瓮，默不作声。等船到了岸边，有人问他缘故，回答说："生死是命里注定，假如翻倒了酒瓮把酒洒掉了，这个时候拿什么来抒发愁怀？"潘彦的见解，也是这样。

好猎

齐王元吉尝言："我宁三日不食，不可一日不猎。"

李卫公弟客师，喜驰猎，所居处鸟鹊皆识之，从而翔噪，人谓之"鸟贼"。

【译文】唐初齐王李元吉曾经说过："我宁愿三天不吃东西，却不可以一天不打猎。"

唐朝卫国公李靖的弟弟李客师，喜欢骑马打猎，他住处附近的鸟鹊都认识他，他出行打猎时，群鸟就到处飞翔鸣叫，人们叫他"鸟贼"。

禽癖

《左传》：卫懿公好鹤，鹤有乘轩者。

冯给事亲仁坊有宅，南有山，庭院多养鹅鸭及杂禽之类，常一家人掌之，时人谓之“鸟省”。

俞华麓大夫有一语鸟，亲为饮食。鸟病，卜当死，晨起诵经，礼大士以禳之。是夕果愈。

【译文】《左传》记载：卫懿公喜欢仙鹤，有的鹤还被封了官，并乘坐官员的马车。

唐朝京城给事的冯哀，在亲仁坊处建有房子，南边是山。那里庭院中养了许多鹅、鸭和其它禽鸟，平时由一个家人饲养看管。当时人称这里为“鸟衙门”。

俞华麓大夫有一只会讲话的鸟，他亲自照管鸟的饮食。有一次鸟病了，占卜算到鸟要死了。俞大夫早上起来就吟诵经书，并礼祭观音大士，为鸟消灾。到了晚上，鸟的病果然痊愈。

狗马

齐幼主性爱狗马之属。马则籍以毡；将合牝牡，则设青庐，具牢馔，而亲观之。犬则于马上设褥以抱之。马及鹰犬，乃有“仪同”“郡君”之号，故有“赤彪仪同”“逍遥郡君”“凌霄郡君”。斗鸡亦号“开府”。

始皇封松五大夫，武后封柏五品大夫，道君封石盘固侯，至狗马有封号，而爵禄不足荣矣。

【译文】齐国的幼主生性喜爱狗、马之类的动物。他的马房是用毛毡铺垫，在雌雄发情时，还布置一个婚房，准备些祭品，幼主亲自前去观看。狗则是在马上用褥子做个窝。马、鹰和狗还有“仪同”“郡君”的称号。所以有“赤彪仪同”“逍遥郡君”“凌霄郡君”。斗鸡也号称“开府”。

秦始皇封松树为五大夫；武则天封柏树为五品大夫；宋徽宗封石头为盘固侯，至于狗、马也有封号，爵禄就算不上什么荣耀的事了。

花癖

唐张籍性耽花卉，闻贵侯家有山茶一株，花大如盎，度不可得，乃以爱姬柳叶换之。人谓张籍“花淫”。

吴越钱仁杰酷好种花，人号“花精”。

梁绪，梨花时折花簪之，压损帽檐，至头不能举。

【译文】唐朝张籍生性只爱花卉，他听说某个有势力的侯爵家中有一株山茶花，花大如碟，是不可多得的珍品，就用爱姬柳叶换了那株山茶花。人称张籍“花淫”。

浙江的钱仁杰酷爱种花，人送他一个称号“花精”。

梁绪在梨花开放时，折梨花插在头上，压坏了帽沿，以至连头也不能抬起来。

竹

李卫公守北都，唯童子寺有竹一窠，才长数尺。其寺纲维，每日报竹“平安”。

【译文】唐朝卫国公李靖，驻守北都（今山西太原），全郡只有童子寺里有一丛竹子，只长得几尺高。这个寺院的管事和尚，每天向李靖报告竹子“平安”无事。

蕉

南汉贵珰赵纯节，性惟喜芭蕉。凡轩窗馆宇咸种之。时称纯节为“蕉迷”。

【译文】南汉权势太监赵纯节，生性独爱芭蕉。凡是房前屋后都栽种上芭蕉，当时人称赵纯节为“蕉迷”。

松

海虞孙齐之手植一松，珍护特至。池馆业属他姓，独松不肯入券。与邻家卖浆者约，岁以千钱为赠，祈开壁间一小牖，时时携壶茗往，从牖间窥松。或松有枯须，辄假道主人，亲往检涤，毕便去。（后其子林、森辈养志，亟复其业。）

王山人穉登，赠孙有“卖宅留松树，开门借酒家”之句。

【译文】海虞（今江苏常熟）孙齐之（七政）亲手种植了一棵松树，珍爱护理得十分周到。后来他把房屋花园卖给邻人，唯独松树不肯写入卖契。他和邻居卖酒商人约定，每年给人家一千钱，请求在墙上开一个小窗户，他时常拿着一壶茶，坐在窗前看松树。有时松树有枯枝，他便请主人借路，亲自去为松枝剪枝洒水，完毕后便回来。（后来他儿子孙林、孙森等立定志向，又把卖出去的产业买了回来。）

名士王稚登，曾写诗赠给孙齐之，诗中有“卖宅留松树，开门借酒家”的句子。

挽歌癖、松癖

晋袁山松好作挽歌。每出游，令左右唱之。时张湛好于斋前种松。时人谓张“屋下陈尸”，袁“道上行殡”。

【译文】晋朝袁山松爱好创作挽歌。每次出去旅行，让左右随从唱他作的挽歌。那时还有个张湛，爱好在斋室前边种松树。当时人称张湛“屋下陈尸”、袁山松为“道上行殡”。

石

米元章守涟水，地接灵壁，蓄石甚富，一一品目，入玩则终日不出。杨次公为察使，因往廉焉。正色言曰：“朝廷以千里郡付公，那得终日弄石？”米径前，于左袖中取一石，嵌空玲珑，峰峦洞穴皆具，色极清润，宛转翻落以示杨曰：“此石何如？”杨殊不顾。乃纳之袖，又出一石，叠峰层峦，奇巧又胜。又纳之袖，最后出一石，尽天划神镂之巧，顾杨曰：“如此石那得不爱？”杨忽曰：“非独公爱，我亦爱也！”即就米手攫得之，径登车去。

袁石公曰:“陶之菊,林之梅,米之石。非爱菊、梅与石也,皆吾爱吾也。”

僧秖周有端州石,屹起成山,其麓受水可磨。米后得之,抱之眠三日。

【译文】米元章(芾)任涟水郡地方长官,那里地接灵壁县,贮藏的石头非常丰富,他总是一个一个地观赏品味,常常观赏石头一天不出来。杨次公(偕)担任按察使,就此前往访察。见米芾后严肃地对他说道:“朝廷拿千里的郡地交你管理,怎能天天玩弄石头?”米芾径直走到杨次公面前,从左边袖口中取出一块石头,那石头突起露孔自然玲珑,峰峦叠起、洞穴深遂的景色都具备,颜色极为清新润洁,他把石头辗转地上下翻动着给杨次公观看,说:“这块石头怎样?”杨次公不看。米芾就把石头放入袖中,又拿出一块石头,石头上有一层层的峰峦叠障,它的奇异灵巧胜过前一块石头。接着又放入袖中,最后拿出一块石头,石头完美如上天凿划、神仙镂刻般的精巧,米芾看着杨次公说:“像这样的石头怎么不让人喜爱呢?”杨次公猛然说道:“不只是你爱,我也喜欢啊!”即从米芾手中夺去石头,然后径直登上自己的马车走了。

袁石公(明代文学家袁宏道)说:“陶渊明的菊花,林和靖的梅花,米元章的石头。他们不是爱菊、梅和石头,都是自己爱护自己呀。”

和尚秖周收藏有一块端州石头,像山一样高耸,山脚较平,可以盛水磨墨。米芾后来得到了这块端州石头,抱着它睡了三天。

香

梅学士询,性喜焚香。每晨起必焚香两炉,以公服罩之,撮其袖以出，坐定撒开，浓香郁然满室，时人谓之“梅香”。

梅香犹胜铜臭。〇盛文肃丰肌大腹，丁晋公疏瘦如削，梅询性爱焚香，窦文宾不喜修饰，经年不浴。时人语曰：“盛肥丁瘦，梅香窦臭。”

【译文】宋朝侍读学士梅询，生性喜爱焚香。每天早晨起来，一定烧两炉香，然后用官服罩住，使它充满香气，捏着袖口而去，在坐下时把袖口撒开，浓郁的香气立刻飘满屋子。当时人称他“梅香”。

梅询的香比铜臭好。〇宋朝文肃公盛度，体态丰满，大腹便便；晋公丁谓，身体干瘦得像刀削过一样。梅询生性好焚香，窦文宾不喜爱穿戴干净，长年不洗澡，当时人说：“盛肥丁瘦，梅香窦臭。”

浴

何修之一日洗浴十数过，犹恨不足。时人谓之“水淫”。

宋资政蒲传正，有大洗面、小洗面、大濯足、小濯足、大澡浴、小澡浴。小洗面，一易汤，用二人，颒面而已。大洗面，三易汤，用五人，肩颈及焉。小濯足，一易汤，用二人，踵踝而已。大濯足，三易汤，膝股及焉。小澡浴，汤用三斛，人用五、六。大澡浴，汤用五斛，人用八、九。每日两洗面，两濯足，间日一小浴，又间日一大浴。

【译文】何修之一天洗十多次澡，还感觉不满足。当时人称他“水淫”。

宋朝资政蒲传正，平时有大洗脸、小洗脸、大洗脚、小洗脚、大洗澡、小洗澡等区别。小洗脸，换一次水，让两个人为他洗脸，大洗脸，换三次水，用五个人，肩膀、脖子都洗到了。小洗脚，换一次水，用两个人，只是洗到脚跟。大洗脚，换三次水，膝盖、大腿都要洗到。小洗澡，要打三斛水，用五、六个人。大洗澡，要打五斛水，用八、九个人。每天两次洗脸，两次洗脚，其间一次小洗澡。隔天一次大洗澡。

雏妓

杨玉山，松之商人也，性喜雏妓。其丹帕积至数十，以为帐，号“百喜帐”。

【译文】杨玉山，是松江地方的商人，生性喜欢小妓女。他收的红手绢积累了几十块，并用它做成帐，号称“百喜帐”。

眉癖

莹姐，平康妓也，玉净花明，尤善梳掠，画眉每日作一样。康斯立戏之曰：“西蜀有《十眉图》，汝有眉癖若是，可作《百眉图》。更假以年岁，当率同志为修《眉史》矣！”有他宅眷不喜莹者谤之，以为“胶煤变相”。

【译文】莹姐，是一个妓女，容貌像玉一样白净，花一样的清明，她尤其善于梳妆打扮，描画的眉毛每天换一个样式。康斯立戏弄她说：“西蜀曾有过《十眉图》，你好像有画眉的嗜好，可以创作《百眉图》。再等上几年，我一定和有同一志向的人为你修著《眉史》！”别的家眷有不喜欢莹姐的，对她进行诽谤，说她是“胶煤变相”。

好外

俞大夫华麓有好外癖。尝拟作疏奏上帝，欲使童子后庭诞育，可废妇人。其为孝廉时，悦一豪贵家歌儿。与其主无生平，不欲令知。每侵晨，匿一厕中，俟其出。后主人稍觉，乃邀欢，竟留三日。主人曰："不谓倾盖之知，顿成如兰之臭。"俞笑曰："恨如兰之臭，从厕中来耳。"

俞君宣于妓中爱周小二，于优童爱小徐。尝言："得一小二，天下可废郎童；得一小徐，天下可废女子。"语本大夫家教来。

陕西车御史梁，按部某州，见拽轿小童，爱之。至州，命易门子。吏目以无应。车曰："如途中拽轿小童亦可。"吏目又以小童乃递运所夫。驿丞谕其意，进言曰："小童曾供役上官。"竟以易之。强景明戏作《拽轿行》云："拽轿拽轿，彼狡童兮大人要。"末云："可惜吏目却不晓，好个驿丞倒知道。"

【译文】大夫俞华麓有喜爱外宠的癖好，他曾经打算作疏奏皇上，打算让男童可以生育，而废除妇人。他在做举人时，喜爱一豪贵人家的歌童。因为和他家的主人没有往来，所以不想让主人知道。每天黎明，他便躲到一个厕所里，等那歌童出来。后来主人渐渐发觉到这事，于是邀请俞华麓来家饮酒宴会，竟然一住就是三天。主人说："想不到一见如故的交情，却变成芝兰一样有臭味。"俞华麓笑着回答："可恨如同芝兰的臭味，是从厕所中来的。"

在妓女中，俞华麓喜欢周小二，而在歌童中喜欢小徐。他曾经说："得到一个小二，天下可以不要男童；得到一个小徐，天下可以不要妇女。"这话是从一个做官的人家里学来的。

陕西御史车梁，巡视某一个州时，看见一个扶轿的小孩，十分喜爱他。到客馆住下后，让换门房，管理事务的吏目回答说没有合适的门房。车梁说：“像路上扶轿的小孩就可以。”吏目又认为小孩是递运所里的工人，不合适。客馆的驿丞体会出车御史的意思，便说：“这个小孩曾经侍侯过上级官员，可以胜任。”便把小孩叫来换作门房。强景明曾开玩笑地作了一首歌词《拽轿行》，说：“拽轿拽轿，彼狡童兮大人要（拽轿拽轿，这个漂亮的小孩呀大人要）。”最后两句是：“可惜吏目却不晓，好个驿丞倒知道。”

好 谈

苏子瞻在黄州及岭外，每旦起，不招客与语，必出访客。所与游亦不尽择，谈谐放荡，各尽其意。有不能谈者，则强之使说鬼。或辞无者，则曰：“姑妄言之！”

华文修曰：“英雄不得志，直以说鬼消其肮脏，悲夫！”

【译文】苏子瞻（轼）在黄州和海南时，每天早晨起来，不招客人来和他说话，就一定出去拜访客人。和他一起交往的人也不一定要选择，谈笑自然流畅，各自都能尽情抒发自己的见解。有不善于谈话的人，就强迫他去说鬼的故事。有的推辞说肚里没有这种故事，苏东坡就说：“你随便编一个也可以！”

华文修说：“英雄不得志，只是用鬼话来消解腹中敝闷，可悲啊！”

好 客

元盛时，江右胡存斋参政好客。每虞阍人不通刺，若在家，即于门首挂一牌，云：“胡存斋在家。”

沈孟渊性好客，每日设数筵酒食以待。若无客，则令人于溪上探望，唯恐不至。

【译文】元朝兴盛时，江西的胡存斋参政非常好客，常常怕守门人不送名帖，如果在家里，就往门头上挂一块牌，上面写：“胡存斋在家。”

沈孟渊生平好客，每天准备几桌筵席的酒食等待客人；如果没有客人来，就派人到溪吟上观望，唯恐客人不来。

誉人癖

王丞相拜扬州，宾客数百人，并加沾接，人人有悦色。唯临海人任颙及数胡人未洽。公徐顾任云：“自君之出，临海不复有人矣！”因过胡人前弹指云：“兰阇兰阇！”群胡同笑，四座并欢。（兰阇，胡语褒誉之称。）

【译文】王丞相在扬州任职时，宾客有几百人，他都是十分热情接待，谈笑中，得人人脸上露出喜悦之色，唯独临海人任颙和几个西域人没有喜悦之色。王丞相慢慢回头看着任颙说：“自从你出来后，临海就没有人才了。”于是又站起来走到胡人面前弹着手指说：“兰阇，兰阇！”那群胡人一同笑了，周围的人都欢乐起来。（兰阇，是西域少数民族语言，赞扬、夸奖的意思。）

好好先生

后汉司马徽不谈人短。与人语，美恶皆言好。有人问徽：“安否？”答曰：“好”。有人自陈子死，答曰：“大好。”妻责之曰“人以君有德，故此相告，何闻人子死，反亦言好？”徽曰：

"如卿之言，亦大好！"今人称"好好先生"，本此。

【译文】后汉司马徽不谈论别人的短处。和人说话，不论美恶都说好。有人问司马徽说："你好吧？"回答说："好。"有个人说自己儿子死了，司马徽回答说："非常好。"妻子责怪他说："别人认为你贤德，所以才告诉你，为什么听到别人孩子死了，反而也说好？"他说："按照你说的，也是非常好！"如今的人称"好好先生"，就本是依照此处而来的。

好 佛

李后主酷好浮屠，尝与后顶僧伽帽、衣袈裟诵经。僧或犯奸，令礼佛三百拜，免刑。

三万拜也情愿。〇张子正《宦游纪闻》云：云南之南一番国，俗尚释教。人有犯罪应诛者，捕之急，趋往寺中抱佛脚悔过，愿髡发为僧，便贳其罪。今谚云："闲时不烧香，急来抱佛脚。"皆番僧之语流于中国也。

【译文】南唐李后主酷爱佛教，曾经和皇后戴着和尚帽，穿着袈裟诵读经卷。和尚有犯了罪的，李后主便让他礼佛，进行三百礼拜，最后免去罪刑。

三万礼拜免去罪刑也情愿了。〇张子政《宦游纪闻》中说：云南的南边有一个番国，风俗是崇尚佛教。有个犯了罪应当诛杀的人，被追捕得很急，就跑到寺院中抱着佛像的脚进行悔过，并愿意削发当和尚，这样便会赦免他的罪刑。如今有谚语说："闲时不烧香，急来抱佛脚。"都是番国和尚流传到中国的话。

好施

豆卢琢好施，既为宰相，常以囊贮钱自随，行施丐者。每出，褴褛盈路。（近日都御史丁宾亦然）

李相廷机好施。在礼部日，每至部，丐者攀舆接路。李不觉色喜，对僚佐强作不堪状。楚人吴化为郎，进曰："老先生衙门，原系教化之门。"李默然，越日，化左迁。（百可堂）

【译文】豆卢琢喜好布施，到他当上宰相，还常常用布袋装上钱随身携带，在外出时布施乞丐。每次外出，衣衫褴褛的乞丐便满路都是。（近年来都御史丁宾也是这样）

大学士李廷机喜爱布施。在任礼部尚书时，每天从家里到礼部官署，乞讨的人跟着他坐的轿子接连一路。李廷机不由脸上露出喜色，而在下属面前却故意装着不堪其状的样子。湖南人吴化担任郎官，提意见说："老先生的衙门，原来是掌管教化的衙门。"（教化和叫花是谐音，是双关语。）李廷机没有说话，过了些日子吴化被降职调到别处。（百可堂）

富贵癖

杨宣懿察之母，能文，而教子甚严。察省试，房心为首，察第二。母睡未起，闻极大怒，转面向壁曰："此儿辱我如此！乃为人所压耶？"乃察归，亦久不与语。后廷对，果魁天下。

董尚书浔阳公，三世三进士。庚辰科，公之长孙青芝先父释褐。报至，公携杖往视子舍。时隆山夫人以夫不获第，方按几大恸。公慰之曰："汝子幸已贵，何哭为？吾子不第，是吾痛耳！"不觉涕泪交下。其后科，隆山亦登第。

卢思道历事周、齐。既入隋，偶与宾客日中立。内史李德林谓曰："何不就树荫？"思道曰："热则热矣，不能林下立。"

【译文】宋朝杨察（谥号宣懿）的母亲，能写文章，并且教育孩子很严格。杨察参加尚书省考试，房心考了头一名，杨察考了第二，母亲在床上打盹还没有起来，听到杨察考第二后十分恼怒，转脸对着墙壁说："这个孩子真给我丢脸！为什么会被人盖压呢？"等到杨察回家，母亲也是长时间不和他说话。后来皇帝面试时，杨察果然夺魁天下，得了第一名。

董尚书浔阳公三代人出了三个进士。庚辰年考试时，他的孙子董青芝比他父亲先考中，董尚书便拄着拐杖去儿子房中探望。当时他的儿子董隆山的夫人，因为丈夫没有考中，正在按着桌子大哭，董尚书劝慰她说："你的儿子已考中进士，你有什么可哭的？我的儿子没考中，应该是我悲痛啊！"说着不觉泪流满面。在这以后的一届考试，董隆山也考中了进士。

卢思齐曾经在北周、北齐做过官，后来又做隋朝官，有一天偶然和宾客在太阳下站着。内史李德林对他说："为什么不去树荫下站呢？"卢思道说："太阳下热是很热了，但我不能站到林下边。"

驴 鸣

王粲好驴鸣。将葬，文帝临其丧，顾语同游曰："王好驴鸣，可各作一声送之。"赴客各作一驴鸣。王武子丧时，名士毕至。孙子荆后来，哭毕，向灵床曰："卿常好我作驴鸣，今为卿作之。”体似真声。戴叔鸾母好驴鸣，叔鸾每作驴鸣以悦之。

谢在杭曰：“驴鸣又何可悦，而子以是悦母，友以是悦朋，君以是悦臣？皆不可晓。”

【译文】王粲爱好听驴鸣叫。他死后即将安葬时，魏文帝曹丕亲临王粲的葬礼，他回头对同来的人说道：“王粲爱听驴叫，我们每人学一声驴叫给他送葬吧。”来吊丧的宾客就各学了一声驴叫。后来丧葬王武子（济）时，一时名人齐集。孙子荆后来赶到，哭吊后，对着灵床说：“你总喜欢让我学驴叫，今天我就为你学驴叫。”他叫出的声音好似真驴叫一样。戴叔鸾的母亲好听驴叫，叔鸾常常学驴叫来让母亲高兴。

谢在杭说：“驴叫有什么好听？而儿子用这来取悦母亲，朋友用这来取悦朋友，皇帝用这来取悦臣子。都实在是难以理解。”

爱 丑

《吕氏春秋》：陈有丑人名敦洽，庞眉权颡，广眼垂户，唇薄鼻昂，皮肤皴黑。陈侯悦之，外使治国，内使制身。后为楚兵所围，发言拙僻。楚遂大怒，促兵伐陈，三月而灭。

则天时，兵部郎朱前疑貌丑，有美妻，不爱。洛中西门酒坊有婢奇丑，蓬头垢面，伛肩凸腹。前疑大悦之，殆忘寝食。一人嘲曰：“宿瘤蒙爱，信哉！”一人笑曰：“云龙风虎，类也！”

【译文】《吕氏春秋》记载：陈国（今河南淮阳一带）有个丑陋的人名叫敦洽，大眉毛，秤锤额，大眼睛，垂肩膀，薄嘴唇，高鼻子，皮肤粗糙且黑。陈侯十分喜欢他，对外让他治理国家，对内让他整治朝野。后来被楚国军队围困，他说话笨拙邪僻。楚军就大怒，派兵讨伐陈国，三个月陈国被灭掉。

武则天时，兵部郎朱前疑容貌丑陋，有个美丽的妻子，却不喜欢她。洛阳西城门酒坊有一个婢女出奇的丑陋，头发乱蓬蓬，满脸脏垢，肩膀驼背，挺着一个大肚子。朱前疑却十分喜欢她，有时竟忘了睡觉和吃饭。有一个人嘲讽道："长期生长的恶瘤也有人爱，是可信的呀！"一个人笑着说："云随从龙，风随从虎，是物以类聚呀！"

好脚臭

吴中岳乙喜闻脚臭。尝值宴集，忽不见。或曰："彼非逃酒者，殆必有故。"令人侦之，则道傍有行客，方企息，理脚缠，秽气蒸蒸，是人低回留之不去。

【译文】苏州岳乙爱好闻脚臭的气味。曾经在宴席中间，忽然找不到他。有人说："他不是一个逃酒的人，其中一定有原因。"于是派人察看他去干什么。原来是大路边有个过路客人，坐在道旁休息，顺便整理一下缠脚布，那儿臭气腾腾，所以岳乙便在一边低头徘徊，舍不得离开。

笑癖 哭癖

陆士龙云，有笑癖，尝着衰绖上船，水中自见其影，，便大笑不已，落水几死。尝谒司空张华，华多须，以袋盛之。云见华，不及拜而笑倒。

唐衢应进士，不第。能为歌诗，意多感发。见人文章有叹伤者，读讫必哭，涕泗不能已。每与人言论，发声一号，音词哀切莫不凄然。尝游太原，属戎帅军宴。衢得预会，酒酣言事，抗音而哭，一席不乐，为之罢会。

华文修曰："令唐、陆相遇，一哭一笑，必有一段绝异光景。"

许伯哭世，迂也；然其题目大。阮籍哭途，狂也；然其意趣远。至唐衢直自伤不遇而已，真所谓"一哭不如一哭！"（常建诗结语善用"哭"字。第一是"残兵哭辽水"，第二是"坟下哭明月"，第三是"哀哀哭枯骨"。嘲者曰："一哭不如一哭！"）

【译文】晋朝陆云，字士龙，有笑癖。他曾穿着丧服上船，在水中看见自己的影子，便大笑不止，后来落到水中差一点淹死。有一次谒见司马张华，张华的胡子多，他用一个袋子把胡子装起来。陆士龙看到张华的样子，还没有行礼就笑倒了。

唐衢应试进士，没有考中。他能写诗歌，多是为遇境感慨而写的。看见别人文章里有感叹悲伤的地方，他读完后一定会哭泣，流泪不止。每次和人谈话，发声一哭，音调十分哀切，听的人没有不凄然泪下的。他曾经游历到太原，当地军队的元帅举行宴会。唐衢有机会参加了这次宴会，酒喝多了，谈论事情时，唐衢便高声痛哭，弄得全席人都不快乐，因而散席。

华文修说："让唐、陆两人相遇，一个哭，一个笑，必然有一段绝妙的不同寻常的场景。

许伯痛哭世事，是迂腐的表现，然而他的题目很大。阮籍哭于道路，是狂放的表现，然而他的志向是远的。到了唐衢只会自我伤感自己的仕途不遇而已，真是所谓"一哭不如一哭！"（唐朝诗人常建的诗中结语善于运用哭字。第一是"残兵哭辽水"；第二是"坟下哭明月"；第三是"哀哀哭枯骨"。讥讽他的人说："一哭不如一哭！"）

越情部第十

子犹曰：天下莫灵于鬼神，莫威于雷电，莫重于生死，莫难忍于气，莫难舍于财；而一当权势所在，便如鬼、如神、如雷、如电，舍财忍气，甚者不惜捐性命以奉之矣。人情之蔽，无甚于此！故余以不畏势为首，而次第集为《越情第十》。

【译文】子犹说：天下之事，没有能比鬼神更灵验的，没有能比雷霆更威猛的，没有能比生死更至关重要的，没有能比屈辱的恶气更难忍受的，也没有能比钱财更难舍弃的东西；可是有人一旦面对凌驾在上的权势，便像对待鬼神一样敬奉，对待雷霆一样惧怕，抛财舍钱，忍气吞声，甚至不惜用自己或别人的性命以服侍敬奉权贵。人情的弊端，没有再能比得上这丑恶了。所以我把不畏权势列为卷首，按顺序汇集为《越情部第十》。

不畏势

况钟谒一势阉。拜下，不答，敛揖起云：“老太监想不喜拜，且长揖。”

应槚守常州。偕他郡守谒御史。槚居中，独遵宪纲不跪。他日御史见之，指曰：“此山字太守也！”

【译文】况钟曾经去拜见一位在朝中很有权势的宦官。他见面跪拜地下，那宦官竟傲然置之不理。况钟于是起身作揖说道：“老太监想是不喜欢跪拜，我就拱手作个长揖礼。”

应槚担任常州太守，曾伙同其他郡守前去拜见御史官。应槚站在中间，唯独他遵守朝廷法令不行跪拜礼。过了几天，那御史见到他，指着说道：“这就是那个像‘山’字的太守。”

不佞神佛

彭脊庵七岁从乡父老入佛寺，不拜。寺僧强之，不从，反叱之曰：“彼佛裸跣不衣冠，我何拜为？”

周文襄公在吴中，好徜徉梵刹，见佛即拜。士夫笑之。文襄曰：“论年齿亦长我二三千岁，岂不值得一拜？”子犹曰：“一是达者之言，一是长者之言。”

绍兴王元章，国初名士，所居与一神庙切近。爨下缺薪，则斫神像爨之。一邻家事神唯谨，遇元章毁像，辄刻木补之。如是者三四。然元章家人岁无恙，而邻之妻孥时病。一日召巫降神，诘神云：“彼屡毁神，神不责。吾辄为新之，神反不我佑，何也？”巫者作怒曰：“汝不置像，像何从而爨？”自是其人不复补像，而庙遂废。

李梦阳督学江右。渡江，有司请祀水神。公怒，命从者缚神投诸江，曰：“以水神投水，得其所哉！得其所哉！”

【译文】彭脊庵七岁时随乡中父老前去一佛寺，见到神佛不下拜。寺里和尚强迫他也不从，反而斥责他们说：“你们的佛像光着脚还不戴冠帽，我为什么要拜他！”

周文襄公在吴地时，喜欢漫步游览佛寺，见到佛像就下拜。有士大夫笑他太愚。文襄公说：“论年龄神佛也大我两三千岁，难道不值得一拜？”子犹评说：“一个是通达豪放之人的看法，一个是谨厚稳重之人的认识。”

绍兴人王元章，是本朝初年的名士，他居住的地方与一神庙很近。凡是做饭缺少木柴，他便去庙中砍神像回家烧火。一个邻居对神敬奉至诚，遇到王元章砍毁神像，他就雕刻木头粘补上，这样的事已有三四次，然而王元章的家人一年也无灾病，可那邻居家的妻子儿女却时常患病。一天，那邻居召请巫师降神救治，他责问巫师说：“王家人屡次毁坏神像，神灵都不责难他。我总是用新木雕刻后补上，神灵却不护佑我家人，这是为什么？”巫师听后发怒道：“你不制作新像，神像又怎能被他砍去烧火？”从此，这个人再也不去修补神像，那个神庙也就逐渐荒废了。

李梦阳在江西督学时，一次渡江，当地下级小官请求祭祀水神。李梦阳恼怒，命令随从绑了水神像投入江中，说：“将水神投放水中，得到他的归宿了，得到他的归宿了！”

不畏雷

夏侯玄倚柱读书。时暴雷霹雳破所倚柱，衣服俱焦。玄神色不异，读书如故。（《世说》）诸葛诞亦然。

小人全要畏雷，不畏者其心放。君子要不畏雷，不畏者其神全。元四明陈子桱作《通鉴续编》，书宋太祖废周主为郑王，雷忽震其几。陈厉声曰：“老天便打折子桱之臂，亦不换矣！”做事须有此等骨力。

齐神武道逢雷雨，前有浮图一所，使薛孤延视之。未至三十步，震烧浮图。薛大声喝杀，绕浮图走，火遂灭。及还，鬓发皆焦。

【译文】夏侯玄曾经依靠着房柱读书，突然一阵霹雳雷霆毁了他所依靠的柱子，自己的衣服都被烤焦了，可夏侯玄依然是神色不变，照样读书不止。（《世说新语》）诸葛诞亦是如此。

奸诈的小人们全都畏惧雷霆，那些不畏惧雷霆的人都心胸坦荡而放松。君子们应该不畏惧雷霆，不畏惧的人才精神安然。元代四明人陈子桱著有《通鉴续编》，他正在撰写宋太祖废去周主为郑王这一段落时，忽然惊雷震击他的书案。陈子桱厉声喝道："老天即使打雷击断我的臂膀，我也不会改变写法"！为人做事就应该有这样的骨气。

北齐神武皇帝曾经在路途中遇到雷雨，前边有一座佛塔，便让薛孤延前去探视。薛孤延还没有走有三十步，雷电震击佛塔起火。薛孤延豪不畏惧，大声喝喊，围绕着佛塔走了一圈，大火便熄灭下来。等他回来时，鬓发都被烧焦了。

不畏鬼怪

嵇中散尝于夜中灯火下弹琴，有一人入室，初来时，面甚小，斯须转大，遂长丈余，颜色惨黑，单衣草带。嵇熟视良久，乃吹火灭曰："耻与魑魅争光！"

阮德如尝于厕见鬼，长丈余，色黑而眼大，着皂单衣，平上帻，去之咫尺。阮徐视，笑语之曰："人言鬼可憎，果然！"鬼惭而退。

唐魏元忠未达时，家贫，独有一婢。厨中方爨，出汲水还，乃见老猿为其看火。婢惊白之，元忠徐曰："猿愍我无人力，为我执爨，甚善！”又尝呼苍头未应，狗代呼之。又曰：“此孝顺狗也！乃能代我劳。”又独坐，有群鼠拱手立其前。又曰：“鼠饥，就我求食。”乃令食之。夜中鸺鹠鸣其屋端，家人将弹之。又止之曰：“鸺鹠昼不见物，故夜飞。此天地所有，不可使南走越、北走胡，将何所之？”其后遂绝无怪。

安定郡王赵德麟，建炎初，自京师挈家东下。抵泗州北城，于驿邸憩宿，薄晚呼索熟水，即有妾应声捧杯以进，而用紫盖头覆首。赵曰：“汝辈既在室中，何必如是？”自为揭之，乃枯骨耳。赵略无怖容，连批其颊，曰：“我家岂无人给使，要汝怪鬼何用？”叱使去。

吴邑荻扁王君镈，尝卧斋中，夜将半，有鬼啸于前，其声类鸭。镈闻之，无所惧，但云：“汝叫自叫，吾不管汝，但勿近吾床，聒吾耳也！”鬼乃作鹅声。镈笑曰：“此声亦不雅！”鬼终不去，复作夭鼓翼之声，庶几其一惧。镈曰：“吾且熟睡，不听汝矣！”鬼必欲动之，遂落其床帷，覆镈身。镈曰：“吾适寒，覆之甚宜！”鬼无如之何，遂寂然矣。

嘉靖中，锡人王富、张祥俱有胆，素不畏鬼。夏日同饮溪上，日且晡，未醉。王曰：“隔溪丛冢中，昨送一新死人。吾能乘流而过，出其尸于棺外。”张曰：“吾能黑夜出之。”王曰：“果尔，输汝腊醞一瓮。”俄而日没，张子方欲入水，而王亟归家取酒。张遂过溪，迂回而上，见棺已离盖。方疑之，忽棺中出两手抱张颈。张惧，私祝曰：“汝少出，俟我赌胜，明日当奠而埋汝。”言毕，抱益急。张大叫，声渐微。溪旁人家闻声，群持火来照，抱张颈者，乃王也。盖诡言取酒，从阔处先渡，出尸而伏棺中耳。因相与大笑。比过溪，月已上矣。时方大瘟，而二子竟无疾。

【译文】嵇康曾经深夜于灯光下弹琴吟唱，忽然看见一个人走进室内，刚进来时，看他脸很小，转眼间就变得很大，身长有一丈多，肤色漆黑，身着草衣草带。嵇康仔细看他很久，然后吹灭灯说："我不愿意与山林中的鬼怪争用灯光！"

阮德如曾经在厕所中遇到鬼怪，身高有一丈多，肤色黝黑，眼睛很大，穿着黑色的单衣，头上平扎着发巾，一直走到阮德如面前，阮德如慢慢地上下打量一番，笑着说道："人们都说鬼怪面目可憎，果然是这样！"那鬼怪惭愧地离去了。

唐代魏元忠未曾显达时，家中贫困，只有一个奴婢做活。这天厨中烧饭，奴婢出外提水回来，看见一只老猿猴在替她看火。惊叫着去告诉主人，魏元忠说："连老猿猴也怜悯我家贫，人手不足，前来帮我烧灶，很好啊！"又有一次他呼唤奴仆不应，家中的黄狗代他汪汪呼喊奴仆回来，魏元忠叹道："这是孝顺狗！能替我代劳。"还有一次，他正在房中独坐沉思，忽然有群老鼠立起身子站在他面前。他说："老鼠饿了，来找我要食。"于是命人取来食物喂它们。到了夜间，鸺鹠总是在其房屋顶端鸣啼不止，家人准备用弹弓打下来，他又制止说："鸺鹠鸟白天看不清东西，所以夜间飞翔。这是天地间自然的现象，不可赶它们往南边到越地，往北走到胡地，将到哪里安身呢？"从此以后，魏元忠家再无怪异发生。

宋朝时，安定郡王赵德麟，于宋高宗建炎初年，携带全家从京城东下。抵达泗州（今江苏泗洪一带）北城时，停留在驿舍休息。傍晚他呼唤驿舍用人索要热水，随即就有一个女子应声捧杯而进房内，但却用紫色的盖头遮盖着面容。赵德麟说："你既然在房内，何必这样？”便上前揭去盖头，原来是一架枯骨。赵德麟毫无惧色，接连打她几个耳光，厉声说道：“我家里难道没人使唤，要你这怪鬼有什么用？”便喝斥她离开。

苏州荻扁地方的王镈，曾经卧睡在书房中，夜色将近一半时，有鬼怪在他面前呼啸，声音好像鸭子叫一样。王镈听了，并不畏惧，说道：“你只管叫，我也不管你，只是不要在我的床铺前喧扰我的耳朵。”鬼怪又变作鹅叫声。王镈笑道：“这种叫声也不好听！”鬼怪始终不肯离去，又响起张翼飞翔的声响。欲使王镈产生一点惧怕。王镈说：“我睡觉了，不听你们叫唤了！”鬼怪一心想让他起身，于是打落床帷，覆盖在他的身上。王镈说：“正巧我有些冷，盖着我很好！”鬼怪无可奈何他，悄悄离去，就寂静安然了。

明世宗嘉靖年间，无锡地方的王富、张祥这两个人，都很有胆量，平常不畏惧鬼怪。夏日的一天，他们二人在小溪边一同饮酒，天色将近黄昏时，两人都还没喝醉。王富说：“小溪对面的坟冢中，昨天新埋一个死人，我能趟水过去，将尸体搬出棺外。”张祥说：“我敢在深夜去把尸体搬出。”王富说：“果真这样，我就输给你一瓮陈酒。”不久太阳西沉，张祥正准备下水，王富说要回家再取些酒来，就匆匆离去。张祥趟过溪水，顺流来到坟地，见那座新坟的棺材盖已经掀开，他正猜疑时，忽然棺材中伸出两只手紧抱住他的脖颈。张祥有些害怕，暗中祷告说：“你稍微出来一会儿，等我赌胜以后，明天一定祭奠后把你埋葬。”说完，那棺中人反而将他抱得更紧。张祥吓得大声呼救，声音也渐渐微弱下来。小溪旁边居住的人家听见呼喊声，结成一群，手持火把来照看，原来抱张祥脖颈的竟是王富。他先时假说回去取酒，却悄悄从宽阔处渡过溪水，把尸体移出棺外，然后自己伏在了里边。众人相对大笑，等渡过溪水回家时，月亮已升到高空了。当时地方上流行瘟疫，而他们二人却没有患病。

不近内

北齐邢子才与妇甚疏，来尝内宿。尝昼入内阁，为犬所吠。因抚掌大笑。

世俗沉耳于闺者最多，故宁取子才。

【译文】 北朝魏齐时，邢子才（邵）与夫人关系疏远冷淡，未曾回内室住宿过。有一次他白天走进内室，竟引起看门狗狂叫不止。邢邵拍掌大笑。

世俗沉溺于闺中女色之人最为多见，所以宁肯选取邢子才。

不恋色

王处仲尝荒恣于色，体为之敝。左右谏之。曰：“吾乃不觉耳，如此甚易。”乃开后阁，悉驱诸婢妾出，任其所之。

铁石心肠，英雄手段。

【译文】 晋大将军王敦，字处仲，常常沉溺于女色，身体也因此受到损害。他的左右随从劝谏他。王仲处说：“我并不觉得有什么不好，要想改变也很容易。”于是大开内室，将众多妾婢都驱赶出来，任凭她们自找出路。

真是铁石心肠，英雄手段。

不爱钱

嘉兴许应逵为东平守，甚有循政。而为同事所中，得论调去。吏民哭泣不绝。许君晚至逆旅，谓其仆曰："为吏无所有，只落得百姓几点眼泪耳！"仆叹曰："阿爷囊中不着一钱，好将眼泪包去，作人事送亲友。"许为一拊掌。

若囊中大锭黄白，亦未必肯送亲友。

董三泉公由蜀西充令升蓬州守，宦十数年许，仅一青布袍、一革靴。赴任时，诸子请曰："平生志节，儿辈能谅。第大人年高，蜀中多美材，可为百岁后计也。"公曰："唯。"既致政。诸子迎之，间请于公曰："往者所言美材，颇择得否？"公曰："闻之人言，杉不如柏也。"子曰："今所具者柏耶？"公莞尔曰："吾兹载有柏子在，种之可尔。"

【译文】嘉兴人许应逵任东平郡守时，政绩显著。后被同事中伤陷害，受到议处而被调职。当地送行的官吏和百姓哭泣声不绝。许应逵晚上住进客舍，对自己的仆从说："居官无所有，只落得百姓的几滴眼泪罢了！"仆从叹息道："老爷囊中没有一文钱，正好可把眼泪包回去，也好作人情送给亲友们。"许应逵听了拍掌而笑。

如果囊中装有大锭的黄金白银，也未必肯送给亲友。

董三泉由四川西充县令一职升任蓬州（今四川蓬安）太守，他任官十几年，只有一身布袍和一双靴子。前去蓬州赴任时，几个儿子说："父亲平生明志守节，儿辈们都能理解。只是大人年事已高，蜀中地方盛产良木美材，也可为百年后计划一下了。"董三泉答应道："可以。"等他后来辞官还乡时，儿子们出外相迎，问他道："过去所说的良木美材，不知父亲选择了没有？"董三泉说："听人家说，杉木不如柏木。"儿子们又问："如今带回来的是柏木吗？"董公莞尔一笑道："我这次带回来的有柏树种子，栽种它就可以了。"

不爱古玩

有一朝士家藏古鉴，自言能照二百里，将以献吕文穆公。公曰："我面不及碟子大，安用照二百里之镜乎？"不用。

孙之翰，人与一砚，直三十千，云"此石呵之则水流"。翰曰："一日呵得一担水，只直三文钱，何须此重价？"

语似俗而实达。推广此意，则一饱之需，何必八珍九鼎？七尺之躯，安用千门万户？

【译文】有一个京城中的小官家藏有一面古镜，吹嘘能照耀二百里远，准备把它献给文穆公吕蒙正。吕蒙正说："我的脸还没有碟子大，怎能用照耀二百里远的镜子呢？"最终拒绝不用。

有人送给孙之翰（甫）一方石砚，价值三万钱。并说："这方石砚用口呵气便能有水。"孙之翰说："一天呵得一担水，只值三文钱，为何索要如此高价呢？"

此话虽然粗俗但很通达情理。如果能推论这个意思，那么，只是为了一顿饱食的需要，何必要用八珍九馐？人生七尺之躯，何必要用千房万屋呢？

好 友

何乔新守温，夜乘小艇访虞征君原璩。坐久索饮，村居无所觅。公叹："虽酸醋亦可！"乃出新醯一瓶共酌，剧谈竟夕而别。时称"何虞醋交"。

醋交胜于酒友，然交到好处，亦不得不醋。

【译文】何乔新任温州太守，夜间乘小船前去拜访虞原璩。二人坐谈已久，有心饮酒，可村落中又没有地方可买。何文渊叹道："即使有未滤过的酸酒也可以。"虞原璩便取出一瓶新醋共同饮用，二人深谈至天亮才告别。当时人称为"何虞醋交"。

以醋交友胜于以酒交友，然而交友到关键处，也不得不饮醋。

不苛察

王文正公旦，性量宽厚，不屑细物。有控马卒岁满辞公。公问："汝控马几时？"曰："五年矣。"公怪曰："吾不省有汝。"既去，复呼回曰："汝乃某人乎？"曰："然。"于是厚赠之。盖平日控马，公但见其背不见其面故；因去见其背，方省也。

【译文】文正公王旦，性情大量宽厚，不屑于过问细微之事。有一个驾驭马车的兵卒服役期满，前来向王旦告辞，王旦问："你驾驭马车多长时间了？"那人回答："已有五年了。"王旦惊奇道："我怎么不记得有你？"那人拜谢后转身要离去，王旦又唤他回来说："你就是某某人吧？"那人回答说："正是。"于是王旦厚赠他许多财物。原来是那人平日驾驭马车，王旦只见他的后背而不注意面容的缘故，当他离去时，王旦又看见熟悉的后背，才想起来他。

不问射牛

奇章公牛弘有弟弼，好酒而酗，尝醉，射杀弘驾车牛。弘还宅，妻迎谓曰："叔射杀牛！"弘直答曰："可作脯"。

【译文】隋朝的奇章郡公牛弘有个兄弟名叫牛弼，喜爱喝酒又总是过量。一次他醉酒，用箭射杀了牛弘的驾车牛。牛弘回家后，夫人迎上前告诉他："小叔射杀牛！"牛弘直言答道："正好制作干肉。"

不校侮嫚

娄相师德，温恭谨慎，与人无毫发之隙。弟授代州刺史，戒以勿与人竞。弟曰："今后人唾吾面，亦自拭之耳！"师德曰："此我所以忧汝也！凡人唾汝面，必怒汝故，拭之，是逆其心。夫唾不久自干，但当笑而受之。"

武元衡宴西川。从事杨嗣复狂酒，逼武大觥；不饮，遂以酒沐之。武拱手不动，沐讫，徐起更衣，终不令散宴。

冯道在中书。有人于市中牵一驴，以片幅大署其名于面。亲知白之。道曰："天下同名姓何限？虑是失驴访主。"

富郑公致政，归西都，尝着布直裰，跨驴出郊，逢水南巡检，威仪呼引甚盛。前卒呼骑者下。公举鞭促驴。卒声愈厉，又喝言："不肯下驴，请官位！"公举鞭称名曰："弼。"卒不晓所谓，白其将曰："前有一人骑驴冲突，请官位，不得，口称'弼'。"巡检悟曰："乃相公！"下马伏谒道左。其候赞曰："水南巡检唱喏！"公举鞭去。

兖公陆象先为冯翊太守。参军等多名族子弟，以象先性仁厚，于是与府寮共约戏赌。一人曰："我能旋笏于厅前，硬努眼眶，衡揖使君。唱喏而出，可乎？"众皆曰："诚如是，甘输酒食一席。"其人便为之。象先视之如不见。又一参军曰："尔所为全易。吾能于使君厅前墨涂其面，着碧衫子，作神舞一曲，慢趋而出。”群寮皆曰：“不可，诚敢如此，吾辈当敛俸钱五千为所输之费。”其二参军便为之。象先亦如不见。皆赛所赌以为戏笑。其第三参军又曰：“尔之所为绝易。吾能于使君厅前作女人梳妆，学新嫁女拜舅姑四拜，则如之何？”众曰：“敢为之，吾辈愿出俸钱十千充所输之费！”其第三参军遂施粉黛，高髻笄钗，衣女人衣，向堂四拜。象先又不以为怪。景融大怒曰：“家兄为三辅刺史，今乃成天下笑具！”象先徐语景融曰：“是渠参军儿等笑具，我岂为笑哉？”

温公一日省墓。有父老五、六辈上谒，云：“欲献薄礼。”乃用瓦器盛饭，瓦罐盛菜羹。公欣然享之。村老曰：“某等闻端明在县日讲书，村野不敢往听，今幸请教。”公讲“庶人”章。村老曰：“自‘天子’章以下，有《毛诗》二句，此独无，何也？”公嘿然，谢曰：“平生未见，查明奉答。”村老大笑而去，曰：“今日听讲，难倒司马端明。”

杨文懿公守陈，以洗马乞假。行次一驿，其丞不知为何官也，坐而抗礼，卒然问曰：“公职洗马，日洗几马？”公漫应曰：“勤则多洗，懒则少洗，无定数也。”俄报一御史且至，丞促令让上舍。公曰：“固宜，俟其至，让之未晚。”比御史至，则公门人也，跽而起居。丞惶惧，百态乞怜，公卒不较。

张庄懿公蓥巡按东省。初到临清，偶酒家酒标掣落其纱帽，左右失色。旦日，州守缚此人待罪。公徐曰：“此是上司过往处，今后酒标须高挂。”径遣出。

屠滽位冢宰。有乡人假称屠公子，沿途骚动。人以闻于公，意公大加谴责。公但呼而告之曰："汝为我儿亦不辱，但难为若翁耳。法有明禁，自今慎无为此。"

【译文】娄师德宰相，为人处事温恭谨慎，与别人从没有丝毫的隔阂矛盾。他的弟弟被朝廷授职代州（今山西代县）刺史，赴任所前，娄师德告诫他切莫与人竞争。其弟说："今后如果有人唾到我脸上，我就自己擦掉，不和他计较！"娄师德说："这正是我为你担忧之处。如果有人唾吐到你脸上，必然是因为恼怒你的缘故，你自己擦掉，是违背了他的心意。唾液不久自然会干，应当微笑忍受。"

唐朝的武元衡任西川节度使时曾宴请宾客。僚属杨嗣复酒量不支乱发酒狂，逼着武元衡用大杯饮酒。不从，便把酒顺着武元衡头顶浇下。武元衡只是拱手不动，等杨嗣复浇完后，慢慢回到内室更换衣服，终于也没有命令中途散席。

五代时冯道任中书令时，有人于街市上牵一毛驴，脸面上蒙块布写着冯道之名。有亲随向冯道禀告。冯道说："天下同名同姓的人很多，也可能是有人拾到了丢失的毛驴在寻访主人吧。"

宋朝的郑国公富弼辞官回到西京（今河南洛阳），曾经身穿便服，骑着毛驴到郊外出游，正碰上水南巡检官巡防，前呼后拥，威风凛凛。前边喝道的小卒喝令座骑者都下鞍待立道旁。富弼举鞭催赶毛驴只管前行。那喝道小卒更加厉害，又喝问道："不肯下驴者，请报官位姓名！"富弼举起鞭子报名说："弼。"小卒不知其名，就禀告巡检说："前边有人骑驴挡道不让，请问他官位，又不说明，只是口中连称'弼'。"巡检省悟道："原来是宰相郑国公！"于是，急忙下马伏谒在道旁。恭敬问候道："水南巡检向相爷致敬！"富弼也不理他，扬鞭而去。

唐朝兖国公陆象先，曾任冯翊（今陕西大荔）太守。其属下幕僚多为朝中名门子弟，认为陆象先性情仁慈忠厚，于是几个同事在一起打赌戏耍充公。一个人说："我能够在公厅前旋转玩耍朝笏，并用竹棒撑大眼眶，并向太守揖见行礼，然后，恭恭敬敬出来，怎么样？"众人都说："真能这样，甘愿输给你一桌酒席。"那人如法而行，陆象先竟视如不见，另一个参军说："你的做法太容易。我能够在陆使君公厅前用墨涂抹自己的面孔，身穿青绿色衣衫，跳一曲神仙舞，再慢慢走出来。"众幕僚都说："不可能，真能这样做，我们就凑集五千薪俸钱输给你。"这第二个参军便如法做了一番。陆象先仍好像看不见一样，置之不理。众幕僚都争先下赌以博戏笑，第三个参军说："你们俩的做法都太容易了。我能在陆使君的公厅上扮作女人装束，梳妆打扮学那新出门的媳妇拜舅姑，向使君拜四拜，怎么样？"众人说："你如果真敢去做，我们情愿输给你一万薪俸钱。"这第三个参军于是涂施粉黛，头盘高髻遍插钗簪，身穿女人服装，前行在公厅四拜。陆象先还是不予责怪。他的弟弟陆景融气愤地说："家兄乃是三辅刺史，如今竟成为天下的笑柄了！"陆象先缓慢对陆景融说："是那些参军小儿们自作轻贱，留下笑柄，我怎会被人取笑呢？"

温国公司马光有一天回故乡省墓，有五、六个父老乡亲来拜见他，说："想给你献些薄礼。"说完就用粗糙的瓦器装饭盛菜。司马光高兴地食用起来，一位老者说："我们听说端明（司马光时任端明殿学士）在县里天天讲学，村野之人不敢前往听讲，今日有幸当面请教。"司马光于是讲解起《孝经》里的《庶人章》。一位老人问他："自《天子章》下，有《毛诗》二句，今日讲的却没有，不知为什么？"司马光默然回答不出，只好道歉说："在下平生未见过有此记载，待回去查明再来奉答。"几位老人大笑而去，口中连声说道："今日听讲，倒难住了司马端明。"

明朝杨守陈（谥号文懿公），他在担任太子洗马时，曾告假返乡。路上经过一个驿站时，驿丞不知洗马是什么官职，在杨公面前平起平坐，突然问道："先生任洗马职位，每天能洗几匹马？"杨守陈随意回答说："勤快就多洗，偷懒就少洗，也没有一定的数目。"这时门外报告有一御史将到驿舍停息。那驿丞就催促杨守陈让出上房给御史公住宿，杨守陈说："可以，等他到后再让也不晚。"一会，那御史来到，原来是杨守陈的学生，见了杨公跪拜问安后才起身。那驿丞心中害怕，百般哀怜乞求原谅，杨守陈却并不与他计较。

庄懿公张蓥奉旨巡按山东，刚进入临清县时，偶然被一家酒店的酒招牌牵拉下头戴的冠帽，左右随从大惊失色。第二天，地方官绑缚着那酒家店主前来请罪，张蓥态度和缓地说："这条道路是上司过往之处，今后酒招牌应该挂得高些才是。"说完，便放那店主回去。

明朝屠滽官居宰相。有个乡下人假称是屠公子，在当地为非作歹，有人把此事禀报屠滽，认为那乡下人一定会受到重责。可是屠滽只是把那人找来告诉他说："你当我的儿辈也不丢人，只是难为了你自家的父母罢了。朝廷制定有明令法纪，从今后不要再这样了。"

观乐 赠菊

柴载用按家乐于后园，有左右人窃于门隙观之。柴乃召至后园，使观其按习，曰："隙风恐伤尔眸子。"

王荆石相公家居。晨起，带毡帽行园视菊。其邻人误为园丁，隔藩唤曰："王老官！汝许我菊花，今有否？"既见公面，惊而走。公唤回抚慰，取菊数本与之。

【译文】五代时，柴载用在后园训练自家戏班，一些左右邻居偷偷从门缝向里观看，柴载用便把他们召请至后园里，观看训练，他说：“怕门缝隙的风吹伤你们的眼睛。”

王荆石（锡爵）在家居住，清晨起得早，头戴一顶毡帽走到后园中赏看菊花。邻居把他误认为是园丁，便隔着篱笆墙喊道：“王老官，你许给我的菊花，今天有没有？”等看清楚是王荆石，吓得转身就走。王荆石唤他回来抚慰一番，取出几盆菊花送给他。

荐詈己者

王元美镇郧，荐一属吏，乃其乡人常詈公者。或曰：“自今以往，凡求荐者皆詈公矣。”元美笑曰：“不然，我不荐彼，彼更詈我。”

【译文】王世贞（字元美），镇守郧阳时，曾经推荐一个属僚，原来是经常谩骂他的一个老乡。有人劝他说：“你这样做从今以后凡是想求荐的人，都要骂你了。”王世贞笑道：“不一定，我不推荐他，他更会骂我。”

不责僮婢

唐临性宽仁多恕。尝欲吊丧，令家僮归取白衫，僮乃误持余衣，惧未敢进。临察之，谓曰：“今日气逆，不宜哀泣，向取白衫且止。”又令煮药不精，潜觉其故，乃谓曰：“今日阴晦，不宜服药，可弃之。”终不扬其过也。

阳城尝绝粮，遣奴求米。奴以米易酒，醉卧于路。城迎之，奴未醒，乃负以归。及奴觉，谢罪。城曰：“寒而饮，何害也！”

我苏有一乡老访友，以一仆驾舟，友人留饮，仆遂沾醉卧舟中。乡老欲归，不得已，解衣自棹。偶道上一人欲附舟，呼之。乡老愠不答。其人呼不已。仆于舟中瞑瞑大声曰："便附一附何妨？"乡老愤甚，鼓棹甚急。道上人闻之，骂曰："舟中家主已允从附，摇橹家人反不肯！"大骂不止而去。

房文烈遣婢易米，三日不反。既至，房曰："举家无食，汝从何处来？"

【译文】唐朝的吏部尚书唐临，性情宽厚仁义。曾经有一次准备去吊唁某人，便命家僮回家去取白布衣衫，那家僮却错拿了其他颜色的衣服回来，心中惧怕不敢送上。唐临觉察以后，故意说道："今日感觉咳嗽气闷，不适宜哀悲哭泣，白布衫就不要去取了。"又有一次命家僮煮药，但火候不到，药未熬透。唐临暗中了解清原因，就对家僮说："今日天气阴晦潮湿，不适宜喝药，可以去倒掉。"终究不忍张扬家僮的过错。

唐朝的学者阳城家里曾经断粮，就命仆人前去借米。那仆人竟将米换成酒喝，并且醉卧在路旁。阳城久等仆人不归，便沿路去找，见仆人醉酒不醒，于是将他背负回家。仆人醒酒后，连声认错。阳城说："因为天寒冷而喝点酒，有什么错。"

我的故乡苏州有一位乡中老者前去访友，随带一仆僮摇船。友人留老者饮酒，仆僮也跟着多喝了几杯，醉卧于船中。老者急着回家，没办法，只好脱下衣衫自己摇船。这时，路上过来一人想乘船同行，便连声呼喊。老者心中生气，故意不理睬，那人更是喊个不停。仆僮在船上睡得迷迷糊糊，说："就让他乘船又有何妨？"老者恼怒，把橹摇得更快了。岸上那人听见，骂道："船上的主人已经答应我乘船，这摇橹的家人反而不愿意！"口中大骂不止地离开了。

房文烈曾经差使女去换米，可三天都没有回来。后来那使女返家，房文烈问道："全家人都没有饭吃，你从哪里回来的？"

不责盗

张率，字士简，吴人，嗜酒疏脱，忘怀家务。在新安，遣家僮载米三千斛还吴，耗失大半。张问其故。答曰："雀鼠耗也。"张笑曰："壮哉雀鼠！"不复研问。

柳公权尝贮杯盂一笥，缄如故，而所贮物皆亡。奴妄言不知。权笑曰："银杯羽化矣！"不复诘。

宋沈道虔，人有盗笋者，令人止之。曰："此笋欲成林，更有佳者相与。"令人买大笋送与之。范元琰见人盗笋，苦于过沟，乃伐树为桥与过，盗遂不为盗。

后汉戴封，字平仲，遇贼，悉掠夺财物。余缣七匹，贼不知处。封追与之。贼曰："此贤人也！"悉还其器物。

王子敬夜卧斋中，有群偷入室，盗物都尽。王徐曰："青毡我家旧物，可特置之。"

何宗道名伦，江山人，家贫，事母孝。年二十七，始发愤读书。盗夜入其室，窃器物。何觉而不呼。将取釜，始言曰："盍留此，备吾母晨炊。"盗赧然，委之而去。

前二人不责内盗，后五人不禁外盗，竟亦何尝诲盗也？于肃愍公谦巡抚河南、山西时，舟行遇劫，遍搜行囊，更无贵重于腰间金带者，盗竟不忍取。又沈文卿家居，盗入其室，沈口吟一绝云："风寒月黑夜迢迢，辜负劳心此一遭。只有破书三四策，也堪将去教儿曹。"盗亦舍去。孰谓盗无人心哉？

【译文】张率字士简，江苏苏州人，嗜酒成癖，豪爽而不拘小节，时常忘怀家里事务。他在新安（今安徽歙县）时，曾差使家僮运三千斛米回老家，到家后却损耗一大半。张率问家僮缘故，家僮说："都是被麻雀老鼠损耗掉了。"张率听后笑道："真是肥大的麻雀老鼠！"也不再追问此事。

柳公权曾经收藏有一箱酒杯盂盆这类的银器，后来发现虽然封缄如旧，但箱中收藏之物却无踪影了，奴仆们都说不知银物去向。柳公权笑道："我的银杯都羽化成仙了！"以后也就不再提问这事。

南朝时宋朝的沈道虔，曾发现有人偷盗自家的竹笋，便命家僮前去制止。传沈道虔的话说："这些笋准备让它长成竹林，不要砍伐，有比这好的送给你。"于是，沈道虔又使人去买些大笋送给盗笋人。范元琰发现有人偷盗自家的竹笋，又苦于过河沟不便，于是，他便差人伐树搭挢使盗笋人通过，那些盗笋之人从此也就不再偷盗。

后汉时的戴封，字平仲。一次遇上强盗，将其家财物全都掠抢而去，只剩下缣帛七匹，因强盗不知收藏处，未被抢走。戴封便追赶上去给他们。强盗们叹服道："这是个贤人！"便把所抢的财物全部还给他。

晋朝书法家王献之，字子敬，夜宿在书房中，有一群小偷入室内偷窃，将财物席卷一空。王子敬不在意地说："这件青毡是我家里祖传旧物，可单独留下它。"

何宗道，名伦，是江山人氏，家境贫寒，对母亲十分孝顺。他二十七岁这一年，才开始发愤读书。一天深夜有盗贼潜入家中，偷窃器物。何伦发现了也不呼喊。后看到盗贼要搬走做饭的铁锅，他才说道："何不把锅留下，我还得用它给老娘做早饭呢。"盗贼听了羞愧难当，将锅放下后离去。

前两个人说的是不责内盗，后五人是不禁防外贼，这何尝不是教导别人来盗取呢？肃愍公于谦巡视河南、山西时，船行江河遭遇抢窃，盗贼搜遍行李，没有找到有比于谦官服上的金腰带更值钱的东西，盗贼竟然不忍心取走。又有一次，沈文卿在家居住时，盗贼潜入室内行窃，沈文卿发觉后口中吟诵一首绝句说："风寒月黑夜迢迢，辜负劳心此一道。只有破书三四策，也堪将去教儿曹。"盗贼听后也离弃而去。谁能说盗贼没有人心呢？

不畏劫贼

阮简，字茂弘，为开封令。有劫贼，吏白曰："甚急！"简方与客围棋长啸。吏曰："劫急！"简曰："局上劫亦甚急。"

【译文】阮简，字茂弘，任开封令。一次有贼入城抢掠，小吏前来禀报："情况紧急！"阮简当时正吹着口哨与客人下围棋，未予置理。小吏又说："盗贼抢得很急！"阮简回答："我这盘围棋争劫得也很急。"

不怕死

宋明帝赐王景文死。景文在江州，方与客棋，看敕讫，置局下，神色怡然。争劫竟，敛纳奁毕，徐言："奉敕赐死。"方以敕示客，因举酖谓客曰："此酒不堪相劝。"遂一饮而绝。

张黄门（张融，字思光）出为封溪令，广越嶂险，獠贼执张，将杀食之。张神色不动，方作洛生咏。

【译文】南朝宋明帝下诏赐王景文自裁。当时王景文正在江州

（今江西九江），他与客人下围棋时，敕令传到，他看了看，便压在棋盘下，神色怡然如常。等到争劫结束，他将棋子一一装进盒中，从容地对客人说："我奉皇上敕命被赐死。"这时才拿出敕书给客人看，并举起一杯毒酒对客人说："这杯酒不能相劝。"说完一饮而绝命。

南齐黄门长史（张融，字思光）早年出任为封溪令，广东南粤一带山峦叠障，盗贼凶悍，张融不幸被他们捉住并要杀死食用。张融面不改色，神态自若，仍在作洛生咏。

佻达部第十一

子犹曰：百围之木，不于枝叶取怜。士之跅弛自喜、不拘小节者，其中尽有魁杰骏雄、高人才子。或潜见各途，能不尽见，吾亦姑取焉，以淘俗士之肺肠。集《佻达第十一》。

【译文】子犹说：百围粗的大树，不靠枝叶来取得人们的喜爱。那些放荡不羁、沾沾自喜、不拘小节的人，其中不乏英雄豪杰、出类拔草的才子，有的暂时还埋藏在各处，不能完全被发现，我也把他们的事迹汇集起来，以清除那些学识浅薄之人的想法，因此汇集《佻达部第十一》。

简文帝

简文为抚军时，床上尘不听拂，见鼠行迹，视以为佳。

【译文】东晋简文帝司马昱在任抚军的时候，床上的尘土不予擦拂，如果看到老鼠的足迹，就把它当作好事。

张徐州

裴宽尚书罢郡西归汴日，晚维舟，见一人坐树下，衣服极敝。与语，大奇之，曰："以君才识，必当富贵。"举船钱帛奴婢悉以贶之。客受贶不让，登舟，奴婢稍偃蹇，辄鞭之。裴公益异焉。其人，张徐州也。

卓老曰："张建封易得，裴宽难逢。"

【译文】唐朝礼部尚书裴宽辞官西归汴州（今河南开封）的时候，一天夜晚泊船，看见一个人坐在树下，穿着破旧的衣服。裴宽与他谈话，认为他很奇特，说："以你的才华，一定会很富贵。"便把船上的钱财、衣帛、奴婢都赠送给他。那客人也不推辞，就接受下来，上船后，奴婢稍有迟缓懈怠，就鞭打他（她）们。裴宽更加感到奇怪。这个人，就是后来任徐州节度使的张建封。

李卓老（贽）说："张建封容易得到，裴宽很难遇到。"

杨铁崖

姑苏蒋氏，巨家也。有子甫八龄，俗为求师。时杨铁崖先生居吴淞，放情山水，日携宾客妓女，以文酒为乐。蒋往延之。杨曰："能从三事则可，币不足计也。一无拘日课，二资行乐费，三须一别墅以贮家人。"蒋欣然从之。杨留三年，后其子俱成名士。

奇宾奇主，千古罕见。

【译文】姑苏（今江苏苏州）有个姓蒋的，是个大户人家。家中有个儿子刚刚八岁，打算为他请一位老师。当时杨铁崖（维桢）先生住在吴淞，特别钟情于山水，每天带着客人妓女，以饮酒赋诗为乐。姓蒋的前去请他。杨先生说："答应我三件事即可从命，钱多少无所谓。一是不要限制每天的课程，二要出钱供我游乐，三需要一所宅院安顿家人。”蒋很高兴地应允了。杨铁崖在这里住了三年，后来蒋家的儿子都成为了名士。

奇宾遇奇主，真是千古罕见。

酒濯足

马周初入京，到霸上逆旅。数公子饮酒，不之顾。周即市斗酒，濯足于旁。

【译文】唐朝人马周初到京都时，到霸上（今陕西长安东）旅居。几个公子在一起喝酒，没有注意他。马周随即买了一斗酒，用酒在一旁洗脚。

百 裈

梁吉士瞻少时，掷博无裈，为侪辈所侮。及为将军，得绢三万匹，为百裈，其外并赐军士。

【译文】梁朝的吉士瞻，小的时候，因赌博输掉了裤子，受同辈人的欺侮。后来他成为将军，得到绢帛三万匹，就做了一百条裤子，还将其余的绢帛一并送给军士。

盗

祖车骑过江时，公私俭薄，无好服玩。王、庾诸公共就祖。忽见裘袍重迭，珍饰盈列。诸公怪问之。祖曰：“昨夜复南塘一出。”祖常自使健儿行劫，在事之人，亦容而不问。

李卓吾曰：“击楫渡江，誓清中原，使石勒畏避者，此盗也！俗儒岂知！”

【译文】晋时车骑将军祖逖率军过江的时候，无论公私，都非常俭朴，没有好衣服穿。王导、庾亮诸人有一次去拜访他。忽然看见一层一层堆积如山的毛皮袍子，珍贵的装饰品装满了马车。众人感到奇怪去就问他。祖逖说：“昨天夜里又去了南塘一趟。”祖逖经常自己指挥士兵去实行抢劫，管事的人也通融，不过问。

李贽先生评论说：“敲打船桨渡江奋进，立誓扫清中原，而使石勒害怕躲避的人，这人竟是强盗！浅陋迂腐的儒生岂知这个道理！

乞

南唐韩熙载，字叔言，肆情坦率。妓乐百余人，日与荒乐。所得月俸，散与诸姬。熙载敝衣芒履，作瞽者，持独弦琴，俾门生舒雅执板挽之，随房乞食，以为笑乐。

按后主屡欲相熙载，嫌其后房妓妾不问出入，乃左授右庶子分司于外。熙载上表乞留，尽出群婢。后主乃喜，以为秘书监。既拜命，群婢复集如初。

【译文】南唐时的韩熙载，字叔言，性格坦白直爽。家中养妓乐艺人百余人，每天纵情欢乐。每月所得到的俸禄，都分给众位歌姬。熙载穿着破旧的衣服和草鞋，扮作一个瞎子，拿着独弦琴，使门生舒雅执板扶着他，挨房乞要食物，以为逗笑之乐。

按：南唐后主李煜屡次打算任命韩熙载作宰相，但又嫌他不管后房妓妾的出入，就任命他为右庶子，调出京师去分管南部。韩熙载上表乞求留在朝内，并把自己的婢妾都送走。后主才高兴，任命他为秘书监。等到任命后，韩熙载的婢妾又聚集如初。

唱莲花道情

苏郡祝允明、唐寅、张灵，皆诞节猖狂。尝雨雪中，作乞儿鼓节，唱《莲花落》，得钱沽酒野寺中，曰："此乐惜不令太白知之！"又尝披氅持篮，相与跻虎丘，为道人唱。有客吟颇涩，乃借笔疾书数韵，云烟满纸，翻然而逝。客纵迹之，不得，遂疑为仙。

此真仙，又何疑？

【译文】苏州的祝允明，唐寅、张灵，都是狂妄清高的人。曾在风雨飘雪之时，把自己扮成乞丐，手拿鼓节，高唱《莲花落》，用卖唱得来的钱买酒，在郊野的寺庙中痛饮，说："这种快乐可惜不能让李白知道啊！"又曾经披上大衣，手提篮一同登虎丘，为道人演唱。有客人在那里吟诗很艰难，就借笔飞快替他写几首，只见满纸龙飞凤舞，书法和诗都十分高妙，写完便很快离去。客人追寻他们的足迹，没找到，于是就怀疑遇到了神仙。

他们是真神仙，又何必怀疑呢？

募 缘

唐子畏、祝希哲两公，浪游维扬，资用乏绝。戏谓盐使者课税甚饶，乃伪作玄妙观募缘道士，衣冠甚伟，诣台造请。盐使者怒咤之。两公对曰：“贫道非游食者流也。所与交，皆天下贤豪长者，即如吾吴唐伯虎、祝希哲辈，咸折节为友。明公不弃，请奏薄技，惟公所命。”御史霁威，随指牛眠石为题，命赋之。唐先祝继，立就一律，词云：“嵯峨怪石倚云间，头角峥嵘势俨然。苔藓作毛因雨长，藤萝穿鼻任风牵。长眠不食溪边草，无力难耕陇上田。怪杀牧童鞭不起，笛声斜挂夕阳烟。”御史得诗，笑曰：“诗则佳矣，意欲何为？”两公进曰：“明公轻财好施，天下莫不闻。今姑苏玄妙观圮甚，倘捐俸葺之，名且不朽。”御史大悦，即檄下长、吴二邑，资金五百为葺观费。两公遂乘扁舟归，投檄二邑，更修刺谒二尹，诈为道士，关说得金如数。乃悉召诸妓及所与游者，畅饮数日而尽。异日，盐使者按吴，诣观瞻礼，见倾 圮如故，召令责之。对曰：“前唐解元、祝京兆两公自维扬来，极道明公为此胜举，金已如数畀之久矣。”盐使者怅然，心知两公，然惜其才，不问也。

【译文】唐子畏（寅）、祝希哲（允明）两人，纵情游玩于维扬（今扬州），钱财用尽。戏称盐运使在这征税家中十分富有，二人就装成玄妙观的募缘道士，衣服帽子十分宽大不俗，到盐运使那里求见。盐运使生气地赶他们走。二人对课盐大使说：“贫道不是到处飘游乞食之流。所交往的人，都是天下贤明豪爽的长者，比如我们吴地的唐伯虎、祝希哲之辈，屈降身份和我们结为朋友。如果明公你不嫌弃，请允许我们略使薄技。现在听从明公的命令。”御史听了才解怒，随意指着牛眠石为题目，命他们赋诗。唐寅在先，祝允明随后，立刻就赋诗一首，说：“嵯峨怪石倚云间，头角峥嵘势俨然。苔藓作毛因雨长，藤萝穿鼻任风牵。长眠不食溪边草，无力难耕陇上田。怪杀牧童鞭不起，笛声斜挂夕阳烟。”御史得到诗句，笑着说：“诗赋作得很好，你们打算怎么样？”唐、祝二人上前说：“明公你轻视钱财，乐善好施，天下的人没有不知道的，如今姑苏的玄妙观毁坏得很不像样，你若能捐赠一些钱予以修缮，美名可以永传后世。”御史听后很高兴，立即写下檄文命令长洲、吴县二县，资助五百两作为修缮玄妙观的费用。唐寅、祝允明就乘小船而回，投递檄文交给二县，并且改换名片去见两位县令，假称是道士，游说他们如数拨给资金。然后，把歌妓和诸位同游的好友都召来，尽情畅饮了几日才结束。过了些日子，盐运史巡查吴县，前去玄妙观视察，见倒塌的房子还是原来的样子，就把县令喊来质问。县令回答说：“前日唐解元（寅）、祝京兆（允明）二公从维扬回来后，极力称赞明公修复道观的胜举，金银已如数给他们很久了。”盐使者听了怅然不快，这才知道是唐、祝二公的所作所为，然而又爱惜他们的才华，也就不再过问这件事了。

佣

唐子畏往茅山进香，道出无锡。晚泊河下，登岸闲步，见肩舆东来，女从如云，中有丫环尤艳。唐迹之，知是华学士宅，因逗留，请为佣书。改名华安，复宠任，谋为择妇，因得此婢，名桂华。居数日，为巫臣之逃。华令人索之，不得。久之，华偶至阊门，见书肆中一人持文翻阅，极类安。私询之，人云：“此唐解元也。”明日，修刺往谒，审视无异。及茶至，而枝指露，益信，然终难启齿。唐命酒对酌，华不能忍，稍述华安始末以挑之。唐但唯唯。华又云：“貌正肖公，不知何故？”唐又唯唯。华不安，欲起别去。唐曰：“少从容，当有所请。”酒复数行，唐命烛导入后堂，召诸婢拥新娘出拜。华愕然。唐曰："无伤也。"拜毕，因携女近华曰："公向言某似华安，不识桂华亦似此女否？"乃相与大笑而别。见《泾林续记》。

【译文】唐子畏（寅）去茅山进香，从无锡出发。晚上船停泊在河边，他到岸边散步，看见一排轿子从东边过来，随从的女婢很多，其中有个丫环容貌很漂亮。唐寅就跟随他们到家中，询问后知是华学士的住宅，于是在那里停留，请求在府中作书僮。改名叫华安，后来受到华府的信任和宠爱，主人商量为他娶个媳妇，因而得到了这个婢女，名叫桂华。过了几天，便仿效春秋时的巫臣带着美女逃跑了。华学士命人追寻他们，也没有找到。过了很长时间，华学士偶尔来到苏州城西门，看见书店中有一人拿着文章翻阅，很像华安。就私下找人询问，那人说："这就是有名的解元唐伯虎。"第二天，置备名片去拜访，观察没有什么异常。等到送茶时，那个歧生的指头露出，这才更加相信，可是终是很难开口。唐伯虎命人斟酒对饮，华学士忍不住，稍说华安前后之事作为试探，唐伯虎只是点头不回答。华学士又说："那华安的容貌很像尊驾，不知为什么？"唐伯虎又是点点头。华学士心中不安，起身准备告别而去。唐伯虎说："请稍再坐会儿，我有所请教。"酒又喝了数杯，唐伯虎命人点蜡烛请入后堂，唤众婢女拥新娘出来拜见。华学士感到很惊愕。唐伯虎说："不伤大雅。"拜完后，拉着新娘来到华面前说："你一直说我像华安，不知道桂华也像此女吗？"于是大家相视大笑，而后告别。此事见《泾林续记》。

祝京兆

祝京兆有债癖。每肩舆出，则索逋者累累相随。盖债家谓

"不往索，恐其复借"，而京兆亦恬然不为怪也。尝托言款客，往友家借银镶钟数事。既借，主人心疑，遣仆随其舆察之，则已汲汲擗银而弃胚于外矣。仆追止之。京兆曰："借我即我物也！汝欲用，亦拿一两事去不妨。"又岁尽乏用，遍走柬于所亲知，托言吊丧，借得白员领共五十余件，并付质库。过岁首，诸家奴云集，则皆索白员领者也。觅典票，已失之矣。

祝希哲见古法书名画，每捐业蓄之。即故昂其直，弗较。或留客，值窘时，即以所蓄易值，得初值仅什一二耳。黠者俟其窘日，持少钱米，乞文及手书，辄得。已小饶，更自贵也。一富家持厚币求公书墓文。公鄙而不许。既窘极，友人乘间为言。公曰："必计字偿钱乃可。"富家治酒延之。公半酣，趣笔墨砚来，因令前置一器，每书一字，则投十钱于器内。既书可二、三百字，睨视器中，曰："足矣！"欣然持器竟出。众留之不得，富家因别倩人笔焉。

【译文】祝枝山有借别人钱的嗜好，每次他乘轿出来，要债的人就紧追不舍。所有债主都说"不去要债，害怕他再借"，然而祝枝山听后不以为怪。他曾假说要请客，到朋友家借了好几件银镶盅。等到给他后，主人心里又产生怀疑，便派仆人跟在他的轿后察看，而祝枝山已经急切地把盅外面的银刮去，将盅扔到轿外面，仆人追上阻止他。祝枝山说："借给我的东西即属于我的物品了！你想用，给你一两件也无所谓。"又一次到年终缺钱用，向亲友遍发帖子借钱，说是为了吊丧，借到白长衫共五十多件，都给了当铺。过了年后的头几天，各家的奴仆聚集到他家中，都是索要白长衫的。祝枝山寻找典票，已丢失找不到了。

祝枝山看见古人的书帖和名画，每次都要卖掉家产，把书画买下。就是价钱很昂贵，也从不计较。有时要接待客人，其正当困窘之时，就把所积蓄的书画换成钱，得到的只是当初所值的十分之一二了。有些狡黠的人等到他贫困的时候，拿着少量的钱和米，乞求得到文章和手书，就能得到。已稍有积蓄，就觉得自己已经富有了。一个有钱的人家拿着很多钱求他书写墓志。祝枝山看不起他而没有答应。当时正是很贫困的时候，他的朋友趁机帮助说好话。祝枝山说："必须按字计算价钱才可以。"那有钱的人设酒款待他。祝枝山喝得半醉，催促取来笔墨纸砚，命人在前边放一个器皿，每写一字，就投十钱于器皿内。已经写了两三百字时，斜着眼看着器皿，说"可以了！"高兴地拿着器皿就走。众人劝留他把全文写完而留不住，那有钱人只好另请别人书写墓文。

白羊肉羹

罗友，字他仁，襄阳人，作荆州从事。桓宣武为王车骑洽集别。友进坐良久，辞出。宣武曰："卿向欲咨事，何以便去？"答曰："友闻白羊肉羹，一生未曾得吃，故冒求前耳。无事可咨。今已饱，不须复驻。"了无怍色。

【译文】晋朝人罗友，字他仁，襄阳人，出任荆州从事。桓宣武（温）曾设宴为车骑尉王洽送别。罗友进去坐了许久，然后向桓温辞别。桓温说："你一向有事要问，怎么不说就走了？"罗友回答说："我听说有白羊肉羹，一生从没有吃过，因此冒昧前来求得。没有什么事可说的。今天饭已足饱，不须再停留了。"说完脸上无惭愧之色。

裴御史

崔瞻在御史台，恒于宅中送食，备尽珍羞，别室独餐，处之自若。有一御史姓裴，伺瞻食，便往造焉。瞻不与交言，又不命匕筯。裴坐视瞻食罢而退。明日，裴自携匕筯，恣情饮啖。瞻曰："君不拘小节，定名士！"于是每与同食。

【译文】北齐时崔瞻在御史台，经常使人从家中送饭，都是些珍奇鲜美的食物，自己到别的房间一人进餐，处之自然。有一个姓裴的御史，看到崔瞻用膳，就前去造访，崔瞻不和他说话，又不给拿勺筷。裴御史在那里看着崔瞻吃完饭后退出。第二天，裴御史自己带着勺筷进来，很随意地吃喝起来。崔瞻说："你不拘小节，一定是名士！"于是每天与他一同吃饭。

《汉书》下酒

苏子美豪放好饮，在外舅杜祁公家，每夕读书，以一斗为率。公密觇之。苏读《汉书·张良传》，至良与客狙击秦皇帝，抚案曰："惜乎击之不中！"遂满引一大白。又读至"良曰：'始臣起自下邳，与上会于留，此天以授陛下。'"又抚案曰："君臣相遇，其难如此！"复举一大白。公笑曰："有如此下物，一斗不足多也。"

【译文】苏子美（舜钦）性格豪放而且好饮酒，在岳父祁国公杜衍家里，每天晚上看书，以一斗酒为标准。祁公暗中观察他。苏子美读《汉书·张良传》，看到张良与朝客在博浪沙伏击秦始皇时，拍桌子说："可惜没有击中！"于是就满饮了一大碗。又看到"张良说：'当初臣从下邳（今江苏睢宁）起事，和皇上在陈留相遇，这是上天把臣送给陛下的。'"又拍桌子说："君臣相遇，怎么就这样难！"又举起一大碗。祁公笑着说："有这样的东西下酒，喝一斗也不算多。"

刘伶

刘伶恒纵酒放达。或脱衣裸形在屋中，人见讥之。伶曰："我以天地为栋宇，屋室为裈衣。诸君何为入我裈中？"

【译文】刘伶经常不加节制地饮酒，豪放豁达。有时将衣服脱去，光着身子在屋子里面。人们看见就讥笑他。刘伶说："我以天地为房屋，以屋室作为我的衣裤。诸位为什么进入我的裤子中？"

二张

张枚尝慕刘伶达生，置一锸，铭曰："死便埋我。"出或令人负之。臧获以为耻。曰："汝非伯伦仆也。"笑而置之壁间。张孝资一见大喜，持以相随，曰："此非俗人所知。"客有乞一荷者，拒之，曰："毋污此。"遇酒后，遂不肯持，曰："见者以吾党为醉，便涉相戏。"

昔刘伯伦尝以自随，曰："死便埋我。"坡仙曰："伯伦非达者也。棺椁衣衾，不害为达。苟为不然，死则已矣，何必更埋？"不谓千载而下更有效颦。

郭郡倅嗣焕，善张幼于。尝订夜谈，途遇张孝资，偕之径造，南面大嚼。郭不问客，张不问主。

【译文】张敉曾经羡慕刘伶的豁达豪爽，就造了一把锄，在锄上刻字说："死后便埋我。"有时外出让人背着锄。仆人为此感到羞耻。张敉说："你当不了刘伶的仆人。"笑了笑就把锄靠在墙上。张孝资一见非常高兴，就拿着锄跟随他，说："这不是平常人所能知道的。"客人有要求背一下的，张孝资就予以拒绝，说："你不要玷污了这个锄。"每次喝完酒后，就不肯再背锄了，他说："有人看见以为我们喝醉了，便以为我们是在做游戏，这样就不正经了。"

过去刘伯伦（伶）曾经随身带着一把锄，说："死后便埋我。"苏东坡曾说："刘伶不是豁达的人，棺椁和入殓时穿的衣服，并不影响豪放豁达。如果认为不是这样，那么，人已经死了，何必还要埋葬呢？"没料想千年之后还有人会效仿刘伶。

曾任某郡副职的郭嗣焕和张幼于（献翼）很要好，他们曾经约好夜谈，中途遇见张孝资，就带他一同前往，坐在客人席上大吃起来，郭嗣焕不问客人是谁，张孝资也不问谁是主人。

豪 饮

石曼卿善豪饮，与布衣刘潜为友。尝通判海州，刘潜访之。曼卿与潜剧饮，中夜酒欲竭，顾瓮中有醋斗余，乃倾入酒中，并饮之。每与客痛饮，露发跣足，着械而坐，谓之"囚饮"。饮于木杪，谓之"巢饮"（一名"鹤饮"）。取藁束之，引首出饮，谓之"鳖饮"。其狂纵大率如此。廨后为一庵，常过其间，名之曰“扪虱庵”。未尝一日不醉。

按石延年与苏舜钦辈饮名凡五：其夜不然烛，谓之“鬼饮”，饮次挽歌哭泣，谓之“了饮”。

黄门郎司马消难，尝遇高季式，与之酣饮，重门并闭，取车轮括消难颈，又自以一轮括颈。消难笑而从之。

光孟祖避难渡江，欲投胡母彦国。初至，值彦国与谢鲲诸人散发裸袒，闭室酣饮，已累日。孟祖将排户，守者不听。孟祖便于户外脱衣露顶，于狗窦中窥之而大叫。彦国惊曰：“他人决不能尔，必我孟祖！”遽呼入，与饮。

【译文】宋朝人石曼卿（延年）特别喜欢饮酒，和布衣刘潜交朋友。石延年曾经在海州（今江苏东海）当过通判，刘潜前去拜访他。石延年和刘潜在一起猛饮狂喝，半夜时酒快喝完了，看见陶瓮中还有一斗多醋，就倒入酒中，一并饮下。石延年每次与客人尽情喝酒，都是披散头发光着脚，被拘系着朝地上一坐，称为“囚饮”。在树杪饮酒，称为“巢饮”（一名“鹤饮”）。用草席裹住身体，伸长脖子饮酒，称为“鳖饮”。其放纵的程度大概也不过如此。官舍后面有一个庵，他经常路过这里，起名为“扪虱庵”。没有一天不醉的。

按：石延年曾和苏舜钦等人在一起喝酒共立有五个名目：喝酒夜里不点蜡烛，称为“鬼饮”，饮酒中吟诵哀歌，大声哭泣，称为“了饮”。

南北朝时，黄门郎司马消难，曾经遇见高季式，和他畅饮，把几道门都关起来，高季式取一个车轮套住司马消难的脖子，又拿一个套住自己的脖子。司马消难笑着依从了他。

东晋光孟祖（逸）为避难渡江，想投奔胡母彦国（辅之）。刚到那里，恰好赶上胡母彦国和谢鲲等人披散头发，赤身露体，关在房内畅饮，已过了很长时间。光逸想要敲门，守门人却听不见。光逸便在门外脱去衣服，露出头上的最上端，在狗洞中往里边看着并大声叫喊。彦国惊讶地说："别人不会这样，一定是我的孟祖！"便很快请他进去，一同畅饮。

酒狂

俞华麓宦京师，有乡人邀饮，醉后大哗。某大僚居密饮所，患疾，使人请勿哗。俞曰："尔患疾，吾亦患酒狂，各无害也。"哗如故。后俞迁闽，而某适抚闽，疏劾曰："聊有晋人风度，绝无汉官威仪。"俞拍案笑曰："言'绝无'，可谓知己；但云'聊有'，不无遗憾！"

【译文】俞华麓在京城做官，有同乡人请他饮酒，喝醉后大声喧哗。有一位大官住在秘密饮酒的场所附近，当时正患病，便派人请他们不要大声喧闹。俞华麓说："你得了疾病，我也得了酒狂，各不妨碍。"大声喧哗和先前一样。以后俞搬到了福建，而那位大官也到福建做巡抚，写疏文指责他说："你不过有点晋时人豪放不羁的风度，绝无汉代官人们的庄严仪容。"俞华麓拍着桌子大笑道："说我'绝无'，可以说是知己；但又说我'有一点'，却有些遗憾！"

郑鲜之

宋郑鲜之为人通率，为武帝所狎。上曾内殿宴饮，朝贵毕至，唯不召鲜之。坐定，谓群臣曰："郑鲜之必当自来。"俄而外启："尚书郑鲜之诣神兽门求启事。"帝大笑，引入。

按《宋书》：武帝少事戎旅，不经涉学，后颇慕风流，时或谈论，人皆依违。鲜之难必切至，须帝理屈，然后置之。时人谓为“格佞”。盖大有骨气人，不特通率而已。

【译文】南朝宋时的尚书郑鲜之对人坦率正直，为宋武帝刘裕所亲近。武帝曾在内殿设宴饮酒，朝中有权势的贵官都来了，唯独不召请郑鲜之。众人坐下安定后，武帝对群臣说：“郑鲜之一定会自己来。”不久外面传来声音：“尚书郑鲜之在神兽门求见皇上，有事启奏。”武帝大笑起来，命宫人引郑鲜之进来。

按：《宋书》记载：武帝刘裕从小就从事军旅生活，没有经历过系统的学习，但后来却十分仰慕风流，有时谈论，武帝讲得不合事理，人们都顺着刘裕的说法，不敢指明。只有郑鲜之敢于诘难，一直到武帝认为理屈，无话可说以后才作罢。当时人们称他为“破除谄媚”。凡是很有骨气的人，不单单是旷达坦率而已。

饮不择偶

何承裕为盩厔、咸阳二县令，醉则露首，跨牛趋府。往往召豪吏接坐引满，吏因其醉，挟私白事。承裕曰：“此见罔也，当受杖！”杖讫，复召与饮。

谢长史几卿，性通脱，会意便行。尝预乐游苑宴，不得醉而还。因诣道边酒垆，停车褰幔，与车前三驺对饮。观者如堵，谢处之自若。

袁尹疏放好酒，尝步屧白杨郊野间，道遇一士人，便呼与酣饮。明日此人谓被知遇，诣门求通。袁曰：“昨饮酒无偶，聊相共耳，勿复为烦。”

【译文】宋朝的何承裕任盩厔（今陕西周至）、咸阳两处县令的时候，每次喝醉酒后，都是光着头，骑着牛回到官府。常常召集大小官吏一个个坐下，把酒斟满，有些属吏以为他喝醉了，就乘机求办私事，何承裕说："你这是想做违法的事啊，应当用棍杖打。"等打完以后，又召他一起喝酒。

长史谢几卿，性格狂放不拘小节，会意按照自己的方便行事。曾经参加乐苑宴饮，没有喝醉就散席回来了。酒意未尽，于是又拐到路旁边的酒铺，把车停下，掀起遮帘，和车前的三匹骡子对饮起来。围观群众堵塞得像墙一样，谢几卿泰然处之，毫不在乎。

袁尹性情豪放又喜好饮酒，曾经散步行到郊野的白杨树林里，路上遇见一位士人，便招呼他一同喝酒。第二天，那人认为自己受到了袁尹的礼遇，特地前来上门拜访。袁尹说："昨天见没有人和我一块喝酒，所以才与你同饮，现在不必再麻烦你了。"

刘公荣

刘公荣与人饮酒，杂秽非类。人或讥之。答曰："胜公荣者，不可不与饮；不如公荣者，亦不可不与饮；是公荣辈者，又不可不与饮。"故终日共饮而醉。

王戎弱冠，诣阮籍。时刘昶在坐。阮谓王曰："仆有二斗美酒，当与君共饮。彼公荣者，无预焉。"二人交觞酬酢，昶遂不得一杯，而言语谈戏，三人无异。或有问之者。阮答曰："胜公荣者，不得不与酒；不如公荣者，不可不与酒；唯公荣可不与酒。"此即以公荣语戏公荣也。

【译文】与刘公荣（昶）在一起喝酒的，不论尊贵卑贱，各种杂色人等都有。有人就讥笑他。刘昶解释说："超过我的人，不可能不和他饮酒；不如我的人，也不可能不和他饮酒；和我同类的人，更不可能不和他饮酒。”所以每天都共同饮酒而醉。

王戎二十岁左右时，去找阮籍请教。当时刘昶也在座。阮籍对王戎说：“我这里有两斗美酒，想和你痛饮一场。那个刘公荣，就不参与啦！”二人便拿着酒杯，相互敬酒。刘昶没能喝上一杯酒。然而言谈戏笑，三人都没有什么不同。有人问为何如此。阮籍笑道：“超过公荣的人，不能不和他饮酒；不如公荣的人，不得不和他喝酒；唯有公荣可以不和别人喝酒。”这就是用刘公荣所说的话去戏耍刘公荣。

皇甫亮

皇甫亮三日不上省。文宣亲诘其故。亮曰：“一日雨，一日醉，一日病酒。”

【译文】北齐时皇甫亮三天未曾到衙门办公，文宣皇帝亲自询问是什么缘故。皇甫亮说：“一天是因为下雨，一天是因为喝醉了，一天是因喝酒而生病。”

李仲元

李仲元居成都圭里，一乡皆化其德，以荐起家县令。乡人共饯之，因共酣饮月余。太守使人促行，仲元云：“本不之官。”

【译文】李仲元居住在成都圭里，本乡里的人认为他品德高尚，便推荐他担任了县令。乡里百姓为他饯行，于是，共同畅饮了一月有余。太守派人催促他赶快上任，李仲元说：“我本来就不愿去做官。”

陶成

陶成，字懋学，号云湖，宝应人也。性至巧，尝见银工制器，效之，即出其右。小时从师，见师母，图其像，次见其女，又图之，皆逼真。师怒，逐去。及师母死，传神者皆弗逮，卒用其所图像焉。中式上公车，二月五日矣，语其婿朱升之曰："闻张家某氏丁香盛开，子其同吾游乎？"升之曰："去试仅三日，公更何往？"成不许。明旦，升之他避。笑曰："彼欲进士急耶？"买舆径下，醉其家五日。及揭晓，升之登第。其乡人醵钱为贺，曰："公婿捷矣，幸为我辈作图以往。"成曰："善。"即举笔模丁香一本，尤妙绝。家故饶，轻财好侠。尝一至京师，费白金二千。有一面交，卒推分与之。他日以挟妓事露，御史欲全之，观其诗，诡曰："此殆非陶成作也。"成曰："天下歌诗岂出陶成之右，而为他人作乎？"御史骂之，遂除名。

【译文】明朝人陶成，字懋学，号云湖，是宝应地方的人。陶成做什么事都非常灵巧。曾经看见银工制作器具，就仿效他，做出来的东西比银工还强。陶成小的时候从师就学，看见师母，就画师母的肖像，后来又看见师父的女儿，又画他女儿的肖像，都画得很逼真。师父非常生气，把他赶走了。后来师母去世，请来描绘遗容的画师都画得不好，最终还得用陶成所画的肖像。后来中了举人，被推荐到京师参加进士考试，这时，已是二月五日了，他对自己的女婿朱升之说："听说张某家的丁香花盛开，你和我一块去游玩吗？"朱升之说："离考试时间就剩三天了，你何必非要去呢？"陶成没有答应。第二天，朱升之故意避开了陶成。陶成笑着说："他想中进士也太急了！"就自己租下车舆径去观赏丁香，醉卧在人家家中一连五天。等到考试放榜的时候，朱升之考中进士。乡里的人都凑钱为陶成祝贺，说："你的女婿登科高中了，请给我们绘画图画前去祝贺。"陶成立即举笔临摹了一幅丁香图，格外精美绝妙。他家本来十分富裕，但他不看重钱财，仗义疏财。曾经一次到京都，花费白银二千两。对有一面之交的人，最后也都按分给予钱财。不久，他挟妓饮宴的事情败露，监察御史有心保全他，观看他题写的艳诗时，故意说道："这不像陶成所做的呀。"陶成说："天下的诗歌岂能出在陶成之手，而作为他人的作品呢？"气得御史痛骂了他一场，立即把他的举人除名了。

黄勉之

黄勉之风流卓越，当上春官时，适田子艺过吴门，谈西湖之胜。便辍装不北上，往游西湖，盘桓累日。

【译文】明朝黄勉之（省曾）风流倜傥，他进京参加进士考试的时候，恰好田子艺路过苏州，谈论西湖的景色非常秀美。于是他就把行装放下来，暂不北上赴京，而前去西湖游玩，逗留了许多天。

徐昌谷别墅

徐昌谷构别墅，实邑之北邙，前后冢累累。或颦蹙曰："目中每见此辈，定不乐。"徐笑曰："不然，见此辈，政使人不敢不乐。"

【译文】徐昌谷新建造一座别墅，座落在北邙山上，那里前后坟墓遍布，有的人紧皱眉头说："眼睛经常看到这些坟墓，徐公肯定不高兴。"徐昌谷笑道："不会的，看见这些坟墓，只能使人不敢不高兴呀。"

陶彭泽

陶靖节在家。郡将候陶，值其酒熟，取头上葛巾漉酒。漉毕，还复着之。

颜延之为始安郡，过浔阳，日造陶潜饮。归去，留钱二万。潜悉付酒家，稍就取酒。贵贱造之者，有酒辄设。潜若先醉，便语客曰："我醉欲眠，君且去。"

江州刺史王弘造渊明。无履，弘从人脱履以给之。语左右为彭泽作履。左右请履度。渊明于众坐伸脚。及履至，着而不疑。(《续阳秋》)

【译文】东晋彭泽县令陶渊明（潜）在家中休息。郡中守宰去他家拜访他，正好他酿的酒煮熟了，陶渊明便取下包头的葛巾滤酒。过滤完，又包在头上。

颜延之任始安郡（今广西桂林）的郡守时，路过浔阳（今江西九江），每天造访陶潜饮酒。走的时候，留下两万钱。陶潜都先付给了酒家，然后就去取酒。到陶潜家拜访的人不论贵贱，只要有酒，他就设宴款待。陶潜如果先喝醉，便告诉客人说："我喝醉要睡觉了，你先回去。"

江州（今江西九江）刺史王弘前去拜访陶潜。陶潜没鞋穿，王弘的随从就脱下鞋给他。告诉随从为彭泽（陶潜）做双鞋。随从们请陶潜量量脚的尺寸，陶潜便在众人面前坐下来把脚伸出丈量。等到鞋做好后拿来，穿上正合适。（出自《续阳秋》一书）

阮籍

阮籍自言："平生曾游东平，乐其风土。"司马昭大悦，即拜籍东平相。籍乘驴到郡，坏府舍屏障，使内外相望，法令清简，旬日而还。昭引为大将军从事中郎。有司言子杀母者，籍曰："嘻！杀父乃可，至杀母乎？"坐者怪其失言。籍曰："禽兽知母而不知父。杀父，禽兽耳。杀母，禽兽不若！"众乃悦服。

邻家少妇有美色，当垆沽酒。籍尝诣饮，醉便卧其侧。兵家女有才色，未嫁而死。籍不识其父兄，径往哭之，尽哀而返。

籍能为青白眼，见礼俗士，以白眼对之。常言："礼岂为我设耶？"时有母丧，嵇喜来吊。阮作白眼，喜不怿而去。喜弟康闻之，乃备酒挟琴造焉。阮大悦，遂见青眼。

【译文】阮籍自己说："我一生曾游过东平，喜欢那里的风土人情。"大将军司马昭大喜，于是授予他东平相的官职。阮籍骑着毛驴来到东平县，拆毁官府的房屋屏障，使里外都可相望，其颁布的法令简明扼要，十日后他回到京中。司马昭又任命他为大将军府从事中郎。负责办案的官员报告说有一人杀死了自己的母亲，阮籍说："嘻！杀死父亲就行了，为何还要杀死母亲呢？"在坐的人怪他言语不当。阮籍解释说："禽兽只知道母亲不知道父亲，杀死父亲，就是禽兽，杀死母亲，连禽兽都不如！”众人这才心悦诚服。

邻居家有一个少妇很有姿色，当时在酒店卖酒。阮籍曾经到那里喝酒，喝醉后便躺在酒店一侧睡觉。有个军人的女儿很有才华，但还没有嫁人就死了。阮籍并不认识她的父亲和哥哥，却直接到她家中哭丧，哭完以后才回家。

阮籍对人能使青、白两种眼光，他看到那些庸俗的士人受到礼遇，就投以轻视的白眼。他常说：“礼节岂能是为我设的？”当时他的母亲去世，嵇喜来吊唁。阮籍就用轻视的白眼看他，嵇喜心中不快地离去。稽喜的弟弟嵇康听说这件事后，就备酒携琴前去登门造访。阮籍很高兴，于是对嵇康投以青眼。

投梭

谢鲲邻家有女，尝往挑之。女方织，以梭投，折其两齿。既归，傲然长啸曰：“犹不废我啸歌！”

【译文】谢鲲的邻居家有一少女，谢鲲曾经去挑逗她。那少女正在纺织，便用梭子投掷谢鲲，打掉了他的两颗牙齿。回家后，谢鲲傲然长喊道：“还不影响我唱歌。”

追婢

阮仲容咸，先幸姑家鲜卑婢。及居母丧，姑当远徙。初去当留婢，既发，定将去。仲容借客驴，着重服，自追之，累骑而返，曰：“人种不可失。”（婢即遥集之母。阮孚，字遥集。）

【译文】阮籍的侄儿阮仲容（咸），以前喜欢姑姑家的那个鲜卑族奴婢。母亲去世居丧之时，姑姑理当远迁。刚离去的时候应当留下奴婢，但既已出发，则决定把她也带走。于是，阮咸借别人的毛驴，身披重孝亲自去追赶。两人同骑一驴回来。阮咸自嘲说："人种可不能流失。"（那婢女就是遥集的母亲。阮孚，字遥集。）

挟妓游行

杨用修在泸州，常醉，胡粉傅面，作双丫髻，插花，门生舁之，诸伎捧觞，游行城市，了不为怍。

康对山尝与士女同跨一蹇驴，令从人赍琵琶自随。游行道中，傲然不屑。

【译文】杨用修（慎）在沪州时，常常喝得酩酊大醉，并且用粉抹脸，盘双丫发，并插上一朵花，他的学生扶着他，后跟着许多歌伎，手捧酒杯，在市街游乐行走，一点也不感到羞愧。

康对山（海）曾经与一未婚女子同骑一头劣驴，让从人抱着琵琶跟在身后，在大路上行走，狂傲得旁若无人，对行人不屑一顾。

揖 妓

俞华麓大夫与一妓善。后有宴俞者，别召一妓侍饮。他日遇所善妓于生公石，数呼之，不应，曰："知罪矣。"妓曰："汝知罪，即于此长揖数十，使举山之人大笑，方赦汝。"遂如其言，见者大笑。旁客曰："殊失观瞻。"曰："观瞻吾不惜，但恐曩日侍饮人知之，必以此法难我耳。"

【译文】俞华麓大夫与一妓女交好。后来有人宴请俞华麓，召来另一歌妓侍奉他饮酒。又一日在虎丘的生公石前与其相好的歌妓相遇，俞华麓连喊她几声都不答应。俞华麓陪礼说："我知道错了。"那歌妓说："你既然知错，就在此作十几下拱手礼，让全山的游人大笑，才饶过你。"俞华楚果然按照她的话去做，看见的人无不大笑。旁边一游客说："太有失观瞻了。"俞华麓说："有失观瞻我倒不怕，只害怕再有一天侍奉我饮酒的歌妓知道此事，一定会用这种办法来为难我啊！"

滕元发

滕达道微时，为范文正馆客，常私就狎邪饮。范病之。一夕，候其出，径坐达道书室，明烛读书，以俟其至。达道大醉，竟入，长揖，问范氏："读何书？"曰："《汉书》。"复问："汉高帝何如人？"范逡巡走入。

【译文】滕达道（元发）在落魄的时候，做了文正公范仲淹的门客，常私下去狎妓狂饮，范仲淹有些讨厌他。一天晚上，范仲淹等他出去后，就坐在他的书室中，秉烛读书，以等待滕元发回来。滕元发喝得大醉，直接进入房内，拱手施礼后，问道："读的什么书？"范回答说："《汉书》。"滕元发又问："汉高祖刘邦这个人怎么样？"范仲淹竟无言回答，只好左右为难地走了出来。

收司成榜

张幼于初入成均，姜大司成宝裁士如束湿，戒六院毋游行。张才至白门，先入旧院，见榜禁辄收之，谒姜曰："请开一面之网。"姜笑曰："吾故疑有此。"

【译文】明朝时张幼于（献翼）刚刚进国子监读书时，大司成（国子监祭酒）姜宝制裁学生像捆扎湿物一样严密。严告六院不准出去游玩闲逛。张幼于刚到南京，先进了旧院，看见禁止游行的榜文就揭下来，谒见姜宝说："请为我网开一面。"姜笑着说："我料想就会有此事。"

僧壁画《西厢》

丘琼山过一寺，见四壁俱画《西厢》，曰："空门安得有此？"僧曰："老僧从此悟禅。"丘问："何处悟？"答曰："是'怎当他临去秋波那一转'。"

【译文】明朝丘琼山（浚）路过一个寺院，看见四面墙壁上画的都是《西厢记》的故事，于是问："空门净地怎会有《西厢记》画在这里？"僧人回答："老僧就是从"西厢"悟出了禅理，而入佛门的。"丘琼山问："从哪些地方悟出来的？"回答说："是从'怎当他临去秋波那一转'词中悟出来的。"

汤义仍讲学

张洪阳相公见《玉茗堂四记》，谓汤义仍曰："君有如此妙才，何不讲学？"汤曰："此正吾讲学。公所讲是性，吾所讲是情。"

【译文】张洪阳相公见了《玉茗堂四记》一书后，对汤义仍（显祖）说："你有这样出众的才华，为什么不去讲学呢？"汤显祖回答说："这正是我所讲的学问。你所说的是性理，我所讲的是人情。"

谢 尚

王、刘共在杭南，酣宴于桓子野家。谢镇西尚往尚书裒墓还，葬后三日，反哭。诸人欲要之，初遣一信，犹未许，然已停车；重要，便回驾。诸人门外迎之，把臂使下，裁得脱帻，着帽酣宴，半坐，乃觉未脱衰。

【译文】王、刘二人同在杭州南面，尽兴畅饮于桓子野家里。镇西将军谢尚去叔父尚书谢裒坟墓送丧回来，安葬后的第三天，又去墓前哭悼。众人准备邀请他，开始给他送了一封信，谢还没有答应，却已把车停下来；第二次又邀请他，于是就往回走。许多人出门迎接他，他扶着车臂下来，摘下头上孝巾，带上帽子饮酒至酣，坐了半天，才发现身上穿的孝袍还没脱下来。

王子猷

王子猷徽之。居山阴。夜大雪，眠觉，开室，命酌酒。四望皎然，因起傍皇，咏左思《招隐诗》。忽忆戴安道。时戴在剡，即便夜乘小船就之。经宿方至，造门不前而返。人问其故。王曰："吾本乘兴而来，兴尽而返，何必见戴？"

王子猷出都，尚在渚下。旧闻桓子野善吹笛，而不相识。遇桓于岸上过，王在船中，客有识之者，云是桓子野。王便令人与相闻云："闻君善吹笛，试为我一奏。"桓时已贵显，素闻王名，即便下车，踞胡床为作三调。弄毕，便上车去，客主不交一言。

【译文】王子猷（徽之）居住在山阴（今浙江绍兴），一天夜间下了一场大雪，他睡觉醒来，把屋门打开，命人斟酒。欣然望着四面明亮的雪景，因此开始徘徊，吟咏起左思的《招隐诗》。忽然忆想起戴安道。当时戴安道正在剡溪，他立即趁夜色坐小船前去见戴安道。船行了一夜才到，可临到门前他不进去而又返回。人们问他缘故。王徽之说："我本来是趁着一时的兴致前来，既然已经尽兴，就可回去了，为什么一定要见戴安道呢？"

王子猷坐船离开京都（今南京），但船仍停在长江边的牛渚山下。他过去听说桓子野擅长吹笛，但相互不认识。这天，正好遇见桓子野从岸上经过，王徽之坐在船中，客人中有认识桓子野的，告诉王徽之此人是桓子野。王就命人去对桓子野说："早就听说你擅长吹笛，是否能为我吹一曲。"桓子野当时已经做了大官，他平时也对王徽之闻名久已，便立即下车，坐在交椅上为王徽之吹了三首曲调，演奏完后便上车离去，客人和主人不曾交谈一句话。

张季鹰

贺司空入洛阳赴命，为太孙舍人。经吴阊门，在船弹琴。张季鹰本不相识，先在金阊亭闻弦甚清，下船就贺，因共语，便大相契。问贺："欲何之？"贺曰："入洛赴命。"张曰："吾亦有事北京，因路寄载。”便与贺同发，初不告家。家追问，乃知。

【译文】贺司空（循）还年轻时，到洛阳接受朝廷任命，担任皇帝长孙的舍人（官名）。他路过苏州阊门时，在船上弹琴。张季鹰（翰）和贺本不相识，他事先在金阊亭听见琴声悠扬，就下船来祝贺，因为二人谈得投机，甚感默契。张季鹰问：“你准备到什么地方去？”贺回答：“到洛阳接受朝廷任命。”张季鹰说：“我也有事要去京城，那就顺路乘舟同行。”于是，张季鹰和贺一同出发，当时张季鹰并没有告诉家人。家人到处找他，多方询问，才知道他已同贺一齐进京了。

殷豫章

殷洪乔作豫章郡。临去，都下人因附百许函书。既至石头，悉掷水中，因祝曰：“沉者自沉，浮者自浮，殷洪乔不能作致书邮。”

【译文】晋朝殷洪乔（羡）任豫章郡（今江西南昌）太守。他临去赴任时，京城的人请他捎带了一百多封书信。船行至石头城时，殷洪乔把信全部投到水中，并默默祷告道：“该沉的自己沉，能浮的自浮，我殷洪乔不能做代传书信的人。”

王敬弘

王敬弘尝往何氏看女，（敬弘女适何尚之弟述之）值尚之不在，寄斋中卧。俄顷尚之还。敬弘使二婢守阁，不听尚之前，直语云:“正热,不堪相见。君可且去。”尚之遂移于他室。

【译文】南朝宋王敬弘(裕之)曾去何氏家看望女儿,(王敬弘的女儿嫁给宰相何尚之的弟弟何述之)正好当时何尚之不在家,王敬弘就躺在何家书房休息。一会儿何尚之回来。王敬弘让两婢女守在门前,不让尚之进来,直言说:“天正热,不方便相见。你可先出去。”何尚之就改移到其他房里去。

冯道

冯道与赵凤同在馆中书。凤有女适道仲子,以饮食不中,为道夫人谴骂。赵令婢长号知院者来诉,凡数百言,道都不答。及去,但云:“传与亲家翁!今日好雪!”

【译文】五代时的冯道和赵凤共在一馆任中书。赵凤的女儿嫁给了冯道的二儿子,冯道夫人因赵女饭做得不合口而发脾气责怪,赵凤命令婢女哭着来官署告诉冯道,说了好几百句话,冯道都不回答。婢女要离去时。冯道才说了一句:“请告诉我的亲家老爹,今天下的雪好啊!”

风流学士

解学士缙访驸马,驸马不在家。公主闻其名,欲窥之,隔帘使人留茶。解索笔题诗曰:“锦衣公子未还家,红粉佳人叫赐茶。内院深沉人不见,隔帘闲却一团花。”公主大怒,遂奏闻。太宗曰:“此风流学士,见他做甚?”

【译文】明朝解缙学士拜访驸马，驸马不在家。公主曾听说过他的名声，想窥探他，隔着门帘让人把茶给客人送去。解缙要笔赋诗说："锦衣公子未还家，红粉佳人叫赐茶。内院深沉人不见，隔帘闲却一团花。"公主看后大怒，于是就向皇帝诉说。太宗（即明成祖）说："这个人就是个有才华的学士，你见他做什么呢？"

李封公阴德

李封公豪迈有逸致。尝赴人饮，或问："石麓公以大魁拜相，公又遐龄享福，平生必有大阴德。"公应曰："大未也，小则有之。"其人再三叩问。公曰："我无他德，但值人家招饮，不往必预辞，往则早赴，不烦人奔走。只此自信耳。"

【译文】李封公（因儿子做官，而被皇帝诰封给一个名誉官衔的人，就被人尊称封公或封翁——译者注）气魄宏大，豪放不羁而又安闲。曾经赴会去他人那里饮酒，有人问："石麓公（李春芳别号）由状元拜为宰相，你生活幸福又长寿，一生中一定做了许多善事，才积下这种福德吧。"李封公回答说："大的阴德没有，小的阴德还是有的。"这个人再三询问。李老先生才说："我没有其他的阴德，但是当别人请你去喝酒时，不去的时候，一定要事先辞谢；去的时候就要早些到，不麻烦别人奔走相催。只有这一点我很自信能完全做到。"

合欢杖

佣书人蔡臣为子殴詈，屡诉张居士敉，固请鞭之。曰：

"倘毙，谁任？"蔡曰："父在。"因诱子入，密令钥户，命僮辈两杖齐下，效五代刘铢"合欢杖"，嘱以父请乃止。鞭至百，匐匍而出，自是少悛。张笑谓乡人曰："是亦为政。"

【译文】受雇给人抄书的蔡臣被儿子打骂，多次报告给学者隐士张敉，坚决请求鞭打他。张敉说："如果他死了，算谁的责任？"蔡臣说："算父之责任。"于是诱骗儿子进去，秘密下令用钥匙把门锁上，命令书僮拿着两个棍子一块打，要仿效五代时期刘铢的"合欢杖"，并吩咐直打到他父亲请求为止。鞭打了一百下，儿子用手脚在地上爬着走出去。从此以后，稍有了悔改。张敉笑着对村里人说："这次也算做了一回官。"

争猫

唐裴谞为河南尹。有二妇人投状争猫，状云："若是儿猫儿，即是儿猫儿，若不是儿猫儿，即不是儿猫儿。"谞大笑，判云："猫儿不识主，傍家搦老鼠。两家不须争，将来与裴谞。"遂纳其猫。

【译文】唐朝裴谞当河南刺史时，有两位妇人为争夺猫的事告状，状纸上说："如果是小的猫，就是小的猫，如果不是小的猫，就不是小的猫。"裴谞大声发笑，判状上说："猫儿不认识家里的主人，放在家门口去捉老鼠。两家不需要再争，拿来给予裴谞。"于是就征要了他们的猫。

矜嫚部第十二

子犹曰：谦者不期恭，恭矣；矜者不期嫚，嫚矣。达士旷观，才流雅负，虽占高源，亦违中路。彼不检兮，扬衡学步；自视若升，视人若堕，狎侮诋諆，日益骄固。臣虐其君，子弄其父，如痴如狂，可笑可怒。君子谦谦，慎防阶祸！集《矜嫚第十二》。

【译文】子犹说：谦逊的人不要求恭敬，却受人恭敬；自负的人不希望轻慢，仍然受人轻慢。明智达理之士心胸开阔、才华横溢却认为自己超凡脱俗，所以他们虽然才高，但有违公正的处世之道，行为放浪不检、扬眉张目；看自己越来越高，看别人越来越低，习惯凌辱诋毁丑化别人，越来越傲慢固执。为大臣戏虐其君主，做儿子愚弄其父亲，如发痴如疯狂，又可笑又可怒。有才德谦逊的人，小心防止由此致祸！汇集《矜嫚部第十二》。

负图先生

季充号“负图先生”，常饵菊术，经旬不语，人问何以，曰：“世间无可食，亦无可语者。”

此三代时仙人。必如此人，方可说如此语。

【译文】季充号“负图先生”，长期以菊花为食物，十几天不说话，别人问他为什么这样，他说：“人世间没有可以吃的东西，也没有可以说话的人。”

他是尧、舜、禹三代时仙人。一定是像他这样的人，才可说出这样的话。

韩山石

庾信自南朝至北方，唯爱温子升作《韩山碑》。或问：“北方何如？”信曰：“唯韩山一片石堪与语，余若驴鸣犬吠耳。”

济阴王晖，称子升之文足以陵颜（延之）轹谢（灵运），含任（昉）吐沈（约），信北方之英矣。然天下尽有好驴鸣犬吠者，“韩山一片石”不会说话，如何如何？

【译文】庾信从南朝到北方，只喜爱温子升作的《韩山碑》。有人问他：“北方怎么样？”庾信说：“只有韩山一片石还可以同它说话，其余都好像驴鸣狗叫一样。”

后魏济阴王元晖，声称温子升的文章完全可以超过颜（延之）欺压谢（灵运），包容任（昉）唾弃沈（约），确实是北方的英才啊。不过天下还是有爱好驴鸣狗叫的，可是“韩山一片石”不会说话，怎么办呢？

福先寺碑文

裴度修福先寺，将求碑文于白居易。判官皇甫湜怒曰：“近舍湜而远取居易，请从此辞！”度亟谢，随以文属湜。湜饮酒挥毫立就，度酬以车马玩器约千缗。湜怒曰："碑三千字，每字不值绢三匹乎？"度又依数酬之。湜又索文改窜。度笑曰："文已妙绝，增一字不得矣。"

【译文】裴度修福先寺，准备请求白居易写碑文。判官皇甫湜生气地说："放弃近处的我而去求远处的白居易，请以后不要找我了！"裴度急忙赔礼道歉，就将碑文交给皇甫湜写。皇甫湜饮着酒挥笔而就，裴度酬谢他的车马玩器约值千缗钱。皇甫湜生气地说："碑文三千字，每字不值绢三匹吗？"裴度又按照这个数酬谢他。皇甫湜又想要回碑文改动文字。裴度笑说："碑文已写得妙绝，一个字也不能增加了。"

首冠

开成初，卢肇就江西解试，为试官末送。肇有谢启云："巨鳌赑屃，首冠蓬山。"试官谓之曰："昨恨人数挤排，深惭名第奉浼，何云首冠？"肇曰："顽石处上，巨鳌戴之，岂非首冠？"一座大笑。

考试无凭，赖此解嘲。

【译文】唐文宗开成年间，卢肇赴江西参加科举初试，被考官取为最后一名。卢肇有谢帖说："巨鳌赑屃，首冠蓬山。"考官对他说："昨天恨人数拥聚，你的名次蒙受委屈，深感惭愧，怎么说是首冠呢？"卢肇说："如同石碑一样，顽石安顿在上面，巨鳌戴着它，难道不是首冠吗？"在座的人大笑。

考试没有依靠，全仗这样来自我解嘲。

殷、桓相侮

殷深源少与桓温齐名，常有竞心。桓问殷：“卿何如我？”殷云：“我与我周旋久，宁作我。”殷尝作诗示桓，桓玩侮之，曰：“汝慎勿犯我；犯我，当出汝诗示人也！”

【译文】殷深源（浩）年少时与桓温齐名，常有比试之心。桓温问殷深源说：“你有什么比我强？”殷深源说：“我与我自己打交道这么久，宁愿做我自己。”殷深源曾经作诗给桓温看，桓温轻慢欺辱他，说：“你小心不要冒犯我，如果冒犯我，就拿你的诗给别人看！”

李邕

李邕尝不许萧诚书，诚乃诈作古帖，令纸故暗，持示邕，曰：“此乃右军真迹，如何？”邕看称善。诚以实告之。邕复取视曰：“细看亦未能全好。”

唐大宗学虞监隶书，每难于“戈”法。一日书遇“戬”字，招世南补写其“戈”，以示魏郑公，曰：“朕书何如世南？”公曰：“仰观圣作，内‘戬’字‘戈’法逼真。”李邕眼力大逊郑公，说好说歹，一味忌刻耳。

【译文】李邕曾不赞许萧诚的字，萧诚就伪作古帖，将纸故意染旧，拿给李邕看，说：“这是王羲之真迹，怎么样？”李邕看了说好。萧诚把实情告诉他，李邕又拿着看说：“仔细看也不是多好。”

唐太宗李世民学写虞监(世南)隶书,常难于"戈"的写法。有一天遇到"戬"字,招虞世南补写其中的"戈",又将所写的字让魏郑公(征)看,说:"朕写的哪些像虞世南?"魏征说:"仰观圣作,内"戬"字'戈'部写法逼真。"李邕眼力大不如魏征,说好说歹,一味忌妒刻薄罢了。

三灾石

萧颖士尝至李韶家,见歙砚颇良,语同行者曰:"君识此砚乎?盖三灾石也。"同行者不喻,退而问之。曰:"字札不奇,一灾也;文辞不优,二灾也;窗几狼籍,三灾也。"

【译文】萧颖士曾经到李韶家,见他家的歙砚很好,对同去的人说:"你认得这个砚吗?这是三灾石呀。"同去的人不明白,出去后问萧颖士。萧颖士说:"写的书信不新奇,第一灾;文章辞藻不优美,第二灾;窗台桌面不整齐,第三灾。"

藏 拙

梁徐陵使于齐。时魏收有文学,北朝之秀,录其文集以遗陵,命传之江左。陵还,济江而沉之。从者问故,曰:"吾与魏公藏拙。"

【译文】梁徐陵出使北齐。当时魏收很有文才,是北朝的优秀人才,他将自己的文章抄写成集送给徐陵,让他在江左地方传播。徐陵返梁,在渡江时将魏文集丢到水里。随从问他缘故,徐陵说:

“我帮助魏公把笨拙的东西藏起来。”

崔丞相聪明

韩愈常语李程曰：“愈与崔丞相群同年往还，直是聪明过人！”李曰：“何处过人？”韩曰：“共愈往还二十余年，不曾说着文章。”

【译文】韩愈曾经对李程说：“我和崔丞相（群）科举同榜，互有来往，他真是聪明过人！”李程说：“什么地方过人？”韩愈说：“他和我来往二十余年，没有说到过文章。”

郑元礼诗

郑元礼，崔昂妇弟；魏收，昂之妹夫。昂持元礼数诗示卢思道，曰：“元礼比来诗咏亦不减魏收。”思道曰：“未觉元礼贤于魏收，且知妹丈疏于妇弟。”

【译文】郑元礼，是崔昂的妻弟；魏收，是崔昂的妹夫。崔昂拿郑元礼几首诗给卢思道看，说：“元礼近来诗咏也不比魏收差。”卢思道说：“不觉得元礼胜于魏收，却知道妹夫比妻弟远。”

造五凤楼手

韩浦、韩洎兄弟皆有文辞。洎常轻浦，语人曰：“吾兄为文，譬如绳枢草舍，聊蔽风雨。予之为文，是造五凤楼手。”浦闻而笑之。适有人遗蜀笺，浦作诗与洎曰：“十样蛮笺出益州，寄来人自浣溪头。愚兄得此全无用。助尔添修五凤楼。”

【译文】韩浦、韩洎兄弟都很会作文章。韩洎常常看不起韩浦，对别人说：“我兄长作的文章，好像用草绳和树枝搭成的茅屋，只可挡一下风雨。我写的文章，则好比能建造皇宫五凤楼的高手。”韩浦听说后只笑笑。刚好有人送来四川的信纸，韩浦作诗给韩洎说：“十样蛮笺出益州，寄来人自浣溪头。愚兄得此全无用，助尔添修五凤楼。”

郄方回奴

郄方回家有伧奴，知及文章，事事有意。王右军向刘尹称之。刘问：“何如方回？”王曰：“此正小人有意向耳，何得比方回？”刘曰：“若不如方回，故是常奴。”

【译文】郄方回家中有个粗俗的奴仆，他懂得文章，事事留意。王右军向刘尹称赞他。刘尹问：“比方回如何？”王右军说：“他正是小人所要学习的，怎能和方回相比？”刘尹说：“如果不如方回，肯定是个普通的奴仆。

韩叔言

韩叔言性好谑浪。有投贽太荒恶者，使妓炷艾薰之。俟其人来，出而嗅之，曰：“子之卷轴何多艾气？”宋齐丘凡建碑碣，皆自为文，命韩八分书之。乃以纸塞鼻曰："其词秽且臭！"又魏明尝携近诗诣之。韩托以目病。明请自吟。韩曰："耳聋加剧。"

【译文】韩叔言（熙载）生性戏谑放荡。有送来诗文求教，觉得荒唐可恶的，就指使姬妾燃艾薰诗文。等那人来，取出闻闻，说："你的卷轴为什么那样多的艾气？"宋齐丘凡是修建碑碣，都是自己来作碑文，让韩叔言用八分字体书写。韩叔言用纸塞住鼻孔说："碑文的词句又脏又臭！"另外魏明曾经带他最近作的诗去见韩叔言。韩叔言就称眼睛有病。魏明请求让自己吟念。韩叔言说："耳聋病又加重了。"

夔州诸咏

蔡子木酒后自歌其夔州诸咏。甫发歌，吴国伦辄鼾寝，鼾声与歌相低昂；歌竟，鼾亦止。

【译文】蔡子木（汝南）酒后自己吟唱他所作的有关夔州（今四川奉节）的诗。刚吟唱，吴国伦就打鼾睡着了，打鼾声同歌吟声高低相和；歌吟完毕，鼾声也停止。

三分诗

郭祥正尝出诗一轴示东坡，先自吟诵，曰："此诗几分？"坡曰："十分。"祥正惊喜，问之。坡曰："七分来是读，三分来是诗。"

祥正一日梦中作《游采石诗》，明日书以示人，曰："予决非久于世者。"人问其故。祥正曰："予近诗有'欲寻铁索排桥处，只有杨花惨客愁'之句，非予平日所能到；忽得之，不祥。"不逾月，果死。李端叔闻而笑曰："不知杜少陵如何活得许久？"

【译文】郭祥正曾经拿出一首诗给苏东坡（轼）看，他先自己吟诵，说："这首诗可得几分？"苏东坡说："十分。"郭祥正感到惊喜，就问苏东坡缘由。苏东坡说："七分是读，三分是诗。"

郭祥正有一天在梦中作《游采石诗》，第二天写出来给别人看，说："我肯定不久于人世。"别人问他原因。郭祥正说："我最近的诗中有'欲寻铁索排桥处，只有杨花惨客愁'之句。不是我平时所能写得出来的；忽然写出来，不吉祥。"没过一个月，果然死了。李瑞叔（之仪）听说后，讥笑说："不知杜少陵（甫）为什么活了那么久？"

《六合赋》

刘孔昭（昼）缉缀一赋，以"六合"为名，自谓绝伦。曾以呈魏收而不拜，收忿谓曰："赋名《六合》，已是大愚；文又愚于《六合》，君四体又愚于文。"刘不胜忿，以示邢子才。子才曰："君此赋，正似疥骆驼，伏而无妩媚。"

【译文】刘孔昭（昼）拼凑一赋，以"六合"为名，自称无以伦比。曾经将赋呈送给魏收，魏收却不收，并忿怒说："赋名《六合》，已是很愚蠢；文又比《六合》更愚蠢，你的心身又比文更愚蠢。"刘孔昭心中压不住忿怒，又拿给邢子才（邵）看。邢子才说："你这赋，正像长疥疮的骆驼，伏卧着而没有优美的姿态。"

文胖

茂苑文氏皆聪颖，尤工书，独一人号文胖者，亦诸生，文与书并拙。遇岁试，俞华麓力劝勿往。惊问何故。乃曰："如子之文，虽有衡山之书亦无用；即王守溪文，而子书之，人亦懒看矣！恐黜不尽辜，是以忧之。"

【译文】茂苑（今江苏苏州）文氏家族子弟都十分聪颖，特别擅长书法，唯独一个外号"文胖"的，也是个秀才，文章与书法却都很拙劣。逢遇学政巡回对各府生员进行岁考，俞华麓极力劝阻他不要去参加，他惊奇地问是什么缘故。俞华麓说："像你的文章，即使有衡山（文征明）的书法也没有用；就是王守溪的文章，而是你书写的，别人也懒得看呀！担心灾难不只是黜废，所以担心你。"

贾岛

贾岛为僧时，居法乾寺。一日宣宗微行至寺，闻钟楼上有吟声，遂登楼，于岛案上取诗览之。岛攘臂睨之，曰："郎君何会此？"遂夺取诗卷。帝惭，下楼去。既而岛知之，亟谢罪。乃赐御札，除长江簿。

【译文】贾岛当和尚时，居住在法乾寺。有一天唐宣宗便服走寺内，听见钟楼上有吟诗声，就登上楼，从贾岛书案上取诗来看。贾岛捋衣伸臂，斜眼看宣宗说："郎君哪里懂诗？"就夺取诗卷。宣宗很羞愧，下楼走了。后来贾岛知道那人是宣宗，急忙道歉认罪。宣宗竟然赐御札，加封他任遂州长江（今四川蓬溪）主簿。

柳三变

柳耆卿为屯田员外郎，初名三变。自作词云："才子词人，自是白衣卿相。"后有荐于朝者，仁宗曰："此人风前月下，且去填词！"由是不得志，无复检率，自称"奉圣旨填词柳三变"。

按柳永死日，家无余财，群妓合金葬之郊外；每春月上冢，谓之"吊柳七"。子犹曰："生虽白衣贱，死得红裙怜。北邙冢累累，白杨风满天。卿相代有作，谁复追黄泉。呜乎柳三变，风流至今传。"

【译文】柳耆卿（永）任屯田员外郎，初名三变。自作词说："才子词人，自是白衣卿相。"后来有人向朝廷举荐他，宋仁宗说："此人既爱风前月下就去填词吧！"于是，柳耆卿不得志，不再约束自己，自称"奉圣旨填词柳三变"。

按：柳永死时，家中没有剩余的财物，群妓集资将他埋葬在郊外；每春月上坟，称为"吊柳七"。子犹评说："生虽白衣贱，死得红裙怜（活着虽然白衣低贱，死后却能得到红裙哀怜）。北邙冢累累，白杨风满天。卿相代有作，谁复追黄泉。呜乎柳三变，风流至今传。"

罗 隐

罗隐曾与韦贻范同舟。舟人告隐云："此有朝官。"罗曰："是何朝官？我脚夹笔，可以敌得数辈。"韦宣之朝，由是不复召用。

【译文】罗隐曾经和韦贻范同乘一条船。船家告诉罗隐说："这里有朝廷的官员。"罗隐说："是什么朝廷官？我用脚夹笔，可以敌得上好几个。"韦贻范将罗隐的话回朝宣扬，为此朝廷不再召用罗隐。

杜审言

杜审言将死，语宋之问、武平一曰："吾在，久压公等。今且死，固大慰，但恨不见替人。"登封中，苏味道为天官侍郎，审言预选。试判讫，谓人曰："味道必死矣！"人问其故，曰："见吾判自当羞死！"

【译文】杜审言快死的时候，对宋之问、武平一说："我在世，压制了你们很久，现在要死了，你们肯定很高兴，只可恨不见代替我的人。"武（则天）周万岁登封年间，苏味道任天官侍郎，杜审言参与考核候选官员的预选。试判完，杜审言对别人说："苏味道肯定要死了！"别人问他原因，杜审言说："他看了我写的评语自当要羞惭而死。"

王稚钦

黄冈王廷陈，字稚钦，少负奇才，然好逐街市童儿之戏。父母抶扑之，辄呼曰："大人奈何虐海内名士！"

王稚钦为翰林庶吉士。故事：学士二人教习，体甚严重。

稚钦独心易之，时登院署中树上，窥学士过，故作声惊之。学士大恚。后出为给事中，以建言补裕州守，益骄甚。台省监司过州，不出迎，亦无所托疾。人或劝之。怒曰："龌龊诸盲官，受廷陈迎，当不愧死耶？"

【译文】黄冈（今湖北黄州）王廷陈，字稚钦，少年时具有奇才，可是喜欢在街市上追逐小孩玩。父母用竹板打他，他就呼叫说："大人怎么虐待海内名士！"

王廷陈任翰林庶吉士。过去的规定：学士院二人教习，规矩特别严，王廷栋一心想改变，经常爬到院署的树上，暗中窥探学士的过错，故意发声惊吓他。学士大怒。王廷陈后来外调任给事中，以提建议调补为裕州（今河南方城）知州，此后越发傲慢。台省监司经过裕州，他不去迎接，也没有假托有病。有人就劝他，他愤怒地说："这些龌龊的瞎眼官员，受我迎接，还不羞愧死？"

桑悦

海虞桑悦，字民怿，十九举乡试。春闱策有"胸中有长剑，一日几回磨"等语，为吴学士汝贤所黜。又《学以至圣人之道论》云："尧以是传之舜"云云"夫子传之孟轲，孟轲传之我"，为丘学士仲深所黜。得乞榜，年才二十三，籍误以"二"为"六"，用新例不许辞，遂有泰和训导之命。按察视学者行部抵邑，不见悦，乃使吏往召之。悦曰："连宵旦雨淫，传舍圮，守妻子无暇，何暇候若？"按察久不能待，更两吏促之。悦益怒，曰："若真无耳者！即按察力能屈博士，安能屈桑先生？为若期三日，先生来，不然，不来矣。”按察先受丘浚之嘱，竟不之罪。

丘学士慕桑悦名，令观所为文，给以他人所撰。悦心知之，曰：“明公谓悦不怯秽乎？奈何令悦观此！”丘不之憾而反为先容，殆今人所难矣。

故事：御史出按郡邑，博士侍左右立竟日。桑悦请曰：“有犬马疾，愿假借之，使得坐谈。”御史素闻悦名，令坐，说诗。少休，悦除袜，跣而爬足垢。御史不能堪，令出。寻复荐之，迁长沙倅，再调柳州。悦意不乐往。人问之，辄曰：“宗元小生擅此州名久，吾一旦往，掩夺其上，不安耳。”

【译文】海虞（今江苏常熟）桑悦，字民怿，十九岁乡试中举。会试策对时他有“胸中有长剑，一日几回磨”等语言，被学士吴汝贤所贬斥。又《学以至圣人之道论》说：“尧把圣人之道传之舜”，又说“夫子传之孟轲，孟轲传之我”，被丘学士仲深（濬）所贬斥。中了乙榜，年龄才二十三岁，注册的簿籍误将“二”当成了“六”，按照新规定，不许推辞，也就有泰和（今属江西）训导之任命。按察视学巡视到县里，没有见到桑悦，就派人前去叫他。桑悦说：“连着日夜下雨，驿馆倒塌了，守妻儿还来不及，哪有时间见你？”按察很长时间没有等到他来，又派两人去催促他。桑悦更加恼怒，说：“你真是没长耳朵，就算是按察的权力能使博士屈服，又怎能让我桑先生屈服？如果等三天，我就去，不然，就不去了。”按察事先接受了大学士丘濬的嘱托，最后没有向他问罪。

丘学士濬仰慕桑悦的美名，让桑悦去看自己写的文章，却欺哄他，将别人的文章拿给他看。桑悦心里明白，说：“明公以为我不怕肮脏吗？怎么让我看这些东西？”丘濬也不恼恨，反而很从容，这是今人所难做到的啊。

故事：御史出按郡邑，博士要整整一天侍立在左右。桑悦请求说："身体有犬马的毛病，愿能宽容，让我坐下谈话。"御史往常听说桑悦的名气，就让他坐谈论诗。停了一会儿，桑悦脱去袜子光着脚，搔抓脚上的灰。御史不能忍，让他出去。后来又举荐桑悦，升调长沙副职，再升调柳州。桑悦本意是不乐于前去，别人问他，他才说："（柳）宗元小生在此州久负盛名，我一旦前去，掩夺其上，心不安哪。"

袁 嘏

齐诸暨令袁嘏，诗平平耳。尝自云："我诗有生气，须人捉着；不尔，便飞去。"（《诗品》）

【译文】南齐诸暨令袁嘏，作诗很一般。他曾向别人夸耀自己说："我的诗有生气，但必须让人捉住；不然的话，就飞走了。"（《诗品》）

殷、娄狂语

殷安尝谓人曰："自古圣贤不数出。伏羲以八卦穷天地之旨，一也。"乃屈一指。"神农植百谷、济万民，二也。"乃屈二指。"周公制礼作乐，百代常行，三也。"乃屈三指。"孔子出类拔萃，四也。"乃出四指。"自是之后，无复屈得吾指者。"良久，曰："并安才五耳！"

黄帝、尧、舜诸公，还求发一续案。

上饶娄谅过姑苏，泊舟枫桥，因和唐人诗，有"独起占星夜不眠”之句。对客云：“汝不知，我每行必动天象。”

“小人”“天狗”，都是星象，由他夸嘴！

【译文】殷安曾经对别人说：“自古圣贤出现的人数不多。伏羲以八卦穷天下之旨，一个。”就屈一指。“神农种百谷，济万民，两个。”就屈二指。“周公制作礼乐，百代常行，三个。”就屈三指。“孔子出类拔萃，四个。”就屈四指。“自他以后，没有谁能使我屈指了。”停了好长时间，说：“加上我才五个啊！”

黄帝、尧、舜诸公，还会要求他签发一个续名的公文。

上饶娄谅路过姑苏（今江苏苏州），船停泊在枫桥，因和唐人诗，有“独起占星夜不眠”之句。娄谅对别的客人说：“你不知道，我如行动，必使天象受到牵动。”

“小人”“天狗”，都是星象，由他夸嘴！

刘 源

刘源豪宕不羁。值汤胤绩广坐中，刘曰：“汤虽出将家，学问见识，种种过人。”既曰：“再加数年，依稀似我矣！”

【译文】刘源豪放不羁。正逢汤胤绩在众人聚会的场所，刘源说：“汤胤绩虽然出身将门，学问见识，种种却都比别人强。”以后又接着说：“再过几年，才有一点像我呀！”

刘真长

王长史语刘真长曰：“卿近大进。”刘曰：“卿仰看耶？”长史问曰：“何也？”刘曰：“不尔，何由测天之高？”

【译文】王长史告诉刘真长说："你近来大有长进。"刘真长说："你是抬着头看的吗？"王长史问："怎么了？"刘真长说："不然的话，怎么能知道天有多高？"

丘灵鞠

沈深见王俭诗，曰："王令文章大进。"丘灵鞠曰："何如我未进时？"

【译文】沈深看到王俭的诗，说："王县令的文章大有长进。"丘灵鞠说："比我没有中进士的时候怎样？"

谢仁祖

谢仁祖年八岁，谢豫章将送客，尔时语已神悟，自参上流，诸人咸共叹之，曰："年少一坐之颜回。"仁祖曰："坐无尼父，焉别颜回？"

果是颜回，不须尼父亦别；若真有尼父，恐颜回又未必属君矣！

【译文】谢仁祖（尚）八岁时，他父亲豫章太守谢鲲将要送客，谢尚那时已经能言善辩，十分惊人，常常自己参与上流人士的会见，众人都称赞他，说："这个少年可称得上今天在座中的颜回了。"谢尚说："在座的没有孔子，哪里能识颜回？"

如果是颜回，不须孔子也可区别；如果真有孔子，恐怕颜回的美誉又未必属于你了！

第一流

王中郎年少时，江虨为仆射，领选，欲拟为尚书郎。有语王者。王曰："自过江来，尚书郎正用第二流人，何得及我？"江闻而止。

【译文】王中郎（澄）少年时，江虨任仆射，候选受职时，准备任用王澄为尚书郎。有人告诉王澄。王澄说："自过江以来，尚书郎都是用第二流人，怎么能用我呢？"江虨听说后就不再用他。

韩愈、王俭语

陆长源为宣武行军司马，韩愈为巡官。或讥其年辈相远。愈曰："大虫、老鼠，俱为十二相属，何怪之有？"

王俭与王敬则同拜三公。徐孝嗣候俭，嘲之曰："今日可谓连璧。"俭曰："不意老子遂与韩非同传！"

【译文】陆长源任宣武行军司马，韩愈任巡官。有人讥笑他俩年龄辈份相差太远。韩愈说："老虎、老鼠，都为十二属相，有什么奇怪的？"

王俭与王敬则同拜三公。徐孝嗣探望王俭，嘲笑他说："今日可以说是连璧。"王俭说："想不到老子竟和韩非在一起列传！"

马 曹

王子猷作桓车骑冲骑兵参军。桓问曰："卿何署？"答曰：

“不知何署，时见牵马来，似是马曹。”桓又问：“官有几马？”答曰：“不问马，何由知其数？”又问：“马比死多少？”答曰：“未知生，焉知死？”

【译文】王子猷（徽之）作车骑将军桓冲的骑兵参军。桓冲问他说：“你是什么官爵？”王子猷说：“不知什么官爵，经常见牵马来，好像是马曹。”桓冲又问：“官有几匹？”王子猷回答说：“不问马，怎么知道有多少？”桓冲又问：“马近来死去了多少？”王子猷回答说：“不知活着的，又怎么能知死的？”

王、孙语相似

王子猷作桓车骑参军。桓谓王曰：“卿在府久，比当相料理。”初不答，直高视，以手版拄颊云“西山朝来，致有爽气。”

孙山人太初，寓居武林。费文宪罢相归，访之，值其昼寝。孙故卧不起，久之，乃出，又了不谢送。及门，第矫首东望，曰：“海上碧云起，遂接赤城，大奇大奇！”文宪出谓驭者曰：“吾一生未尝见此人！”

二公大有超然尘外意。然冷面相向，亦大难为人矣！

【译文】王子猷（徽之）担任桓冲的参军。桓冲告诉王子猷说：“你在府这么久了，近来应该怎样安排你。”王子猷开始不回答，一直向高处看，用手撑支脸颊说：“太阳傍晚落下，早晨又从东升起，招来明朗开豁的气象。”

孙山人太初（一元），暂住武林（今浙江杭州）。费文宪（宏）

罢相职归乡，去访问孙太初，正遇他在睡午觉。孙太初故意卧床不起，停了好长时间，才出来，临别又不相送。到门前，且举头向东边看，说："海上碧云升起，就要连接赤城，大奇大奇！"费文宪出来向驾车的人说："我一生不曾见过这样的人！"

二公大有超然尘外意。然而冷面相对，也太难为人呀！

长柄葫芦

陆士衡初入洛，诣刘道真。刘尚在哀制中，性嗜酒，礼毕，初无他言，惟问："东吴有长柄葫芦，卿得种来否？"陆殊悔往。

【译文】陆士衡（机）刚入洛阳，到刘道真（沈）处拜访。刘道真正在守孝中，生性喜欢酒，见过礼后，开始没有说别的，只是问："东吴产有长柄葫芦，你带种来了没有？"陆士衡特别后悔前去。

槟 榔

刘穆之好往妻兄江氏乞食，多见辱。江氏庆会，嘱勿来，穆之犹往。食毕，求槟榔。江曰："槟榔消食，君何须此？"穆之尹丹阳，以金盘贮槟榔一斛进之。

【译文】刘穆之喜欢去妻兄江氏那里乞求饭食，大多数被辱。江氏有喜庆的宴会，嘱付他不要前去，刘穆之还是去了。吃过饭，索要槟榔，江氏说："槟榔是消食用的，你哪里需要它？"刘穆之任丹阳尹，用金盘装一斛槟榔送给了江氏。

张 融

张思光（融），尝诣吏部尚书何戢，误通尚书刘澄。融下车入门，曰："非是！"至户外望澄，又曰："非是！"既造席视澄，又曰："非是！"乃去。

【译文】张思光（融），曾经去见吏部尚书何戢，误到尚书刘澄家。张融下车进门，说："不是！"到屋外看见刘澄，又说："不是！"已经坐下看着刘澄，还说："不是！"这才离开。

授 枕

范忠宣居永州，客至，必见之。对设两榻，多自称"老病，不能久坐"，径就枕。亦授客一枕，使与对卧。数语之外，往往鼻息如雷。客待其觉，有至终日不得交一谈者。

【译文】范忠宣（公纯仁）闲居永州（今湖南零陵），有客人到，都会相见。相对安放两张床，经常称自己"年老患病，不能长时间坐"，就直接躺下就枕。也给客人一个枕头，让客人与他相对躺着。谈几句话之后，常常鼻息如雷。客人等他醒来，有时甚至整天都跟他谈不了一句话。

王 恬

王导子恬，傲诞。谢万尝造，既坐，便入内。万以为必厚待己。久之，乃沐头被发而出，据胡床于庭中晒发，竟无宾主礼。万怅然而还。

【译文】王导的儿子王恬性情傲慢放诞。谢万曾经来造访，坐下后，王恬就走进内屋。谢万以为他肯定会厚待自己。等了一会儿，王恬洗过头，披散着头发出来，倚靠着交椅在院中晒头发，一点儿没有宾主礼节，谢万不高兴地回去了。

卢 柟

卢柟为诸生，与邑令善。令语柟曰："吾旦过若饮。"柟归益市牛酒。会有他事，日昃不来，柟且望之。斗酒自劳，醉则已卧，报令至，柟称醉，不能具宾主。令恚去，曰："吾乃为伧人子辱！"

下交美事，乃复效田丞相偃蹇，幸免骂坐，不足为辱。

【译文】卢柟当秀才时，与县令关系很好。县令曾经对卢柟说："我明天去你那喝酒。"卢柟回去后买了很多牛肉和酒。适逢县令有别的事，太阳已经偏西还没有来，卢柟仍然张望等待他。后来卢柟自斟自饮，喝醉后躺在那，报知县令到，卢柟声称醉了不能接待。县令大怒而去，说："我竟然被粗鄙不知礼仪的人侮辱！"

地位高的人与地位低的人交往是好事，却又效仿田丞相偃蹇，幸而免于被骂或坐罪，不将其视为耻辱。

大武生

石曼卿一日谓僧秘演曰："馆俸清薄，恨不得痛饮。"演曰："非久当引一酒主人奉谒。"不数日，引一纳粟牛监簿来，以宫醪十担为贽。演为传刺，曼卿愕然延之，乃问："甲第何许？"牛曰："一别舍介繁台之侧。"曼卿语演曰："繁台寺阁虚爽可爱，久不一登。"牛曰："学士倘有兴，当具酒簌从游。"曼卿因许之。一日休沐，约演同登。演预戒生大陈饮具。石、演高歌褫带，饮至落景。曼卿醉，喜曰："此游可纪！"乃以盆渍墨，濡巨笔，题云："石延年曼卿同空门诗友老演登此。"生拜叩曰："尘贱之人，幸获陪侍，乞挂一名，以免贱迹。"曼卿大醉，握笔沉虑，目演曰："大武生，捧砚用事可也！"竟题云"牛某捧砚"。永叔诗曰："捧砚得全牛。"

【译文】石曼卿（延年）对僧人秘演说："收入太少，遗憾不能痛快地饮酒。"秘演说："过不了多久我领一个酒主人来见你。"不几天，领一位靠捐粮换取官爵的牛监簿人，用特制宫酒作为见面礼。秘演为他递送名帖，石曼卿惊讶地接待了他，说："贵府在哪里？"牛监簿说："有一别宅在繁台旁边。"石曼卿对秘演说："繁台寺阁空旷开朗，令人喜爱，好久没有登游了。"牛监簿说："学士如果有兴致，就准备酒菜跟你一块去游玩。"石曼卿于是答应了。有一天是例假休息，相约秘演一同去繁台游玩。秘演事先告诉牛监簿准备酒菜饮具。石、演一边高声吟诵诗歌，一边宽松衣带，酒饮到傍晚。石曼卿带着醉意说："这次游玩应该留念。"竟然以盆盛墨，润泽巨笔。题字说："石延年曼卿同空门诗友老演登此。"牛监簿拜叩说："尘贱之人，有幸能够在旁陪侍，恳求挂一名字，也能让人知道。"石曼卿大醉，握着笔想了一会儿，看着秘演说："大武生，捧砚管事很好呀！"竟然题字"牛某捧砚"。永叔（欧阳修）

作诗说："捧砚得全牛。"

郭忠恕画卷

郭恕先忠恕善画。有求者，必怒而去，意欲画即自为之。时与役夫小民入市肆饮，曰："吾所与游，皆子类也！"寓岐下时，有富人子喜画，日给醇酒，待之甚厚。久乃以情言，且致匹素。郭为画小童持线车放风鸢，引线数丈满之。富人子大怒，与郭遂绝。

【译文】郭恕先（忠恕）精于作画。有求画的人，他就发怒说：想要画就自己画。他经常和下层百姓在小酒馆喝酒，说："我所喜欢在一起的，就是他们这些人呀！"暂居岐下时，有个富人家的儿子喜爱画，每天送好酒，待他特别好。好长时间才告以求画的话，并且送去一匹素绢。郭恕先为他画了个小童持线轮放风筝，光是引线就画了好几丈，直到将素绢用完。富人家的儿子大怒，就与郭恕先断绝了来往。

残 客

吏部张缵与何敬容意趣不协。敬容居权轴，宾客辐辏。有诣缵者，辄拒不前，曰："吾不能对何敬容残客。"（《梁史》）

又吴兴吴规，颇有才学，从邵陵王纶在郢藩，深蒙礼遇。缵出之湘镇，路经郢，纶饯之。缵见规在坐，意不能平。忽举杯曰："吴规，此酒庆汝得陪今宴！"规不悦而去。其子翁孺知父见挫，因气结，尔夜便卒。规恨缵恸儿，悲愤兼至，信次之间，又殒。规妻深痛夫子，翌日又亡。时人谓"张缵一杯酒，杀吴氏三人"。其轻傲皆类此。文起美曰："此晋时遗风，今人却无此习。然风气靡靡，杂交非类，不以为丑，吾犹取此耳。"

罗君章含曾在人家，主人令与座上客共语。答曰："相识已多，不烦复尔。"

【译文】梁吏部尚书张瓒与何敬容的思想与意趣不和。何敬容任相职，门下宾客云集。有人去见张瓒，总是拒不见，说："我不能面对何敬容见剩下的客人。"（《梁史》）

又吴兴（今浙江湖州）吴规，很有才学，跟随邵陵王萧伦在郢州（今湖北武昌）藩王府，深受礼遇。张缵出任湘镇，路经郢，萧伦设宴饯行。张缵看到吴规在座，觉得他不够身份和自己坐一起。忽然举杯说："吴规，此酒庆贺你能够陪今天的酒宴！"吴规不高兴地离开了。吴规的儿子翁孺知道父亲被人侮辱，为此气结胸腹，当晚便死了。吴规怀恨张瓒又悲伤儿子，悲愤交加，不出两天，也死了。对丈夫儿子的死，吴规妻子非常哀痛，第二天也死了。当时人称"张瓒一杯酒，杀吴氏三人"。其轻傲都像这样。文起美说："这是晋时遗留下来的风尚，现在的人没有此习。但是风气相随，杂乱交往行为不正的人，不以为丑，我还是选择轻傲之风。"

罗君章（含）曾居于别人家，主人让他与座上客互相交谈，罗君章说："相识已很多了，不必要再相识了。"

蔡公客

王、刘每不重蔡公（蔡谟，字道明）。二人尝诣蔡，语良久，乃问蔡曰："公自言何如夷甫？"答曰："身不如夷甫。"王、刘相目而笑，曰："公何不如？"答曰："夷甫无君辈客。"

【译文】王、刘经常不尊重蔡公（蔡谟，字道明）。二人曾经去见蔡谟，谈了一会话，才向蔡谟说："公自己说能否比得上王夷甫（衍）？"蔡谟回答说："我不如夷甫。"王、刘相视而笑，说："公哪些不如？"蔡谟回答说："夷甫没有像你们这样的客人。"

张景胤

宋张敷，迁江夏王义恭记室参军。义恭就文帝求一学义沙门，会敷赴假，还江陵，入辞。帝令以后车载沙门往，谓曰："道中可得言晤。"敷不奉诏，曰："臣性不耐杂。"中书舍人秋当、周赳并管要务，以敷同省名家，欲诣之。赳曰："彼若不相容接，不如勿往。"当曰："吾等并已员外郎矣，何忧不得共坐？"敷先旁设二床，去壁三、四尺；二客就席，便呼左右曰："移我床远客！"赳等失色而去。

又中书舍人弘兴宗，为文帝所爱遇。帝谓曰："卿欲作士人，当就王球坐。"及诣球，称旨就席。球举扇曰："卿不得尔。"弘还奏，帝曰："我便无如何。"齐纪僧真以武吏得幸，就世祖乞作士大夫列，世祖曰："此由江斅、谢瀹、可自诣之。"纪承旨诣江，登榻，江便呼左右："移吾床远客！"纪丧气而退。告世祖曰："士大夫固非天子所命。"古人之不假借类如此。

【译文】南朝宋张敷，升任江夏王刘义恭记室参军。义恭曾向宋文帝求派一学义和尚，适逢张敷告丧求假，回江陵，入宫辞行，文帝让用他的车载和尚同去，告诉他说："路上可以交谈。"张敷不愿意，说："臣生性受不了嘈杂。"中书舍人秋当、周赳一同管理要务，因张敷是同省名家，要去见他。周赳说："他如果不愿接待，不如不去。秋当说："我俩都已是员外郎了，怎么还担心不能和他一同相坐？"张敷事先旁设二椅，离壁三、四尺；二客刚坐下，张敷便叫旁边的人说："把我的椅子移得离客人远一点！"周赳等人颜面失色而离开。

又中书舍人弘兴宗，被宋文帝所喜受知遇。文帝对他说："你想要做士人，应当去找王球坐坐。"到了王球处，说明来意坐下。王球举扇说："你不合适呀。"弘兴宗回奏文帝，文帝说："我也没办法。"南齐纪僧真以武吏得到齐武帝恩宠，他找齐武帝乞求作士大夫之列，武帝说："这种事由江斅、谢瀹管，可自己见他们。"纪僧真承旨去见江斅，坐下后，江斅便叫旁边的人说："把我的椅子移得离客人远一点！"纪僧真丧气而退，回去告知高帝说："士大夫本来不是天子所任命。"古人不借助权势的例子都像这样。

坏 面

支道林还东，时贤并送于征虏亭。蔡子叔蔡系，济阳人。前至，坐近林公。谢万石后来，坐小远。蔡暂起，谢移就其处。蔡还，便合褥举谢掷地，自复坐。谢冠帻俱脱，振衣就席，徐谓蔡曰："卿奇人，殆坏我面。"蔡答曰："我本不为卿面作计。"

【译文】支道林（遁）回还江东，当时的贤士一起到征虏亭相送。蔡子叔蔡系，济阳人。先到了，靠近支道林坐下。谢万石后来，坐得稍微远了一点。蔡子叔暂时站起一小会儿，谢万石就移坐到他的位置。蔡子叔回来，便折叠坐垫把谢万石掀倒在地，他自己又重新坐下。谢万石的冠巾全部脱落，他抖去衣上的尘土也坐下，缓慢地对蔡子叔说："你这人真怪，差点弄伤我的脸。"蔡子叔说："我本来就没为你的脸考虑。"

张唐辅

文鉴大师谒成都守张逸，与华阳簿张唐辅同俟客次。唐辅欲搔发，方脱巾，睥睨文鉴，罩其首。文鉴大怒，喧呶。张召就坐，文鉴曰："与此官素不相识，辄将幞头罩头上！"唐辅曰："方头痒甚，幞头无处顿放，见师头闲，权放片时，不意其怒也。"

【译文】文鉴大师去见成都太守张逸，与华阳（今四川成都市区）主簿张唐辅一同在接待宾客的处所等待召见。张唐辅想要搔头发，正要脱下头巾安放，斜眼看见文鉴，就将头巾罩在他的头上。文鉴大怒，高声叫喊。张逸召见坐下后，文鉴说："我与此官素不相识，他竟将幞巾罩在我头上！"张唐辅说："正好头痒得厉害，幞巾无处安放，看见这和尚的头闲着，暂时借放一会儿，想不到他发怒了。"

喏 样

李祐守官河朔。监司怒其喏不平正。翌日，更极粗率。监司愈怒。祐曰："高来不可，低来不可，乞明降一喏样！"

【译文】李祐任官河朔，上级监司很生气他的唱喏声不平正。第二天，声音更加粗率，监司更加生气。李祐说："高也不行，低也不行，请你示范一个唱喏样！"

幼戏郡侯

孙周翰自幼精敏。其父穆之携见郡侯。时值春宴，侯与座客簪花。侯因命曰："口吹杨柳成新曲。"翰曰："头带花枝学后生。"侯笑曰："何遽便戏老夫？"

【译文】孙周翰自幼精敏。他父亲穆之带他去见太守。时节正值春宴，太守与座上客人剪枝插花，太守就出对说："口吹杨柳成新曲。"周翰说："头带花枝学后生。"太守笑说："怎么突然就戏弄老夫？"

侮 老

杨大年弱冠，与梁周翰、朱昂同在禁掖，二老已皤然矣。杨每论事，则侮之曰："二老翁以为何如？"翰不能堪，正色曰："君莫欺老，老亦终留与君！"昂曰："莫留与他，免得后人又欺他！"

【译文】杨大年（亿）年才弱冠，与梁周翰、朱昂同在宫掖官舍，二老头发已白了。杨大年每一论事，就轻慢他们说："二老翁认为怎么样？"梁周翰不能忍受，正色说："君子不要欺老，老也终会留给你的！"朱昂说："不要留给他，免得后人又欺负他！"

姚 彪

姚彪与张温俱至武昌，遇吴兴沈珩守风粮尽，遣人从彪贷盐一百斛。彪性峻直，得书不答，方与温谈论久，呼左右倒百斛盐著江中，谓温曰："明吾不惜，惜所与耳！"

【译文】姚彪与张温都到武昌，遇吴兴（今浙江湖州）沈珩因为风大不能开船，粮已吃尽，派人跟姚彪借贷盐一百斛。姚彪性格严厉直爽，收到书信没有回答，正和张温谈论了很久了，姚彪呼唤旁边的侍从们将百斛盐倒到江中，对张温说："证明我不吝惜，而是可惜给了不该给的人。"

谢方眼

谢善勋饮酒至数升，醉后辄张眼大骂，虽贵贱亲疏无所择，时谓之"谢方眼"。

古之酱也以酒，今之酱也以人，此公犹有古意。

【译文】谢善勋饮酒到数升，喝醉后就睁大眼睛大骂，不论贵贱亲疏他都不加选择，当时称他"谢方眼"。

古时酗酒因为酒，今时酗酒因为人，此公还有古意。

恃枯骨

梁朱异轻傲朝贤，不避贵戚。人或诲之。异曰："我以寒士遭遇，诸贵皆恃枯骨见轻。我若下之，则为蔑尤甚，我是以先之。"

【译文】梁朱异轻慢朝廷内的官员，高傲自大，即使是皇亲贵戚他也不买账。有的人就开导劝说他。朱异说："我出身低微，这些权贵，全都倚仗自己的祖宗而看轻别人。我如果是下等人，就会被轻视得更厉害，所以我先轻视他们。"

嵇 康

嵇康性好锻。初居贫，常与向秀共锻于大树之下，以自给。颍川钟会往造焉。康不为之礼，而锻不辍，良久，会去，康谓曰："何所闻而来？何所见而去？"会曰："闻所闻而来，见所见而去。"

简文云："隽伤其道。"

【译文】嵇康喜欢打铁。开始他家很贫穷，常与向秀在大树下打铁，以供养自己。颍川（今河南长葛）钟会前来造访。嵇康没有对他见礼，仍然不停止打铁，过了很长时间，钟会要走，嵇康对他说："何所闻而来？何所见而去？"钟会说："闻所闻而来，见所见而去。"

简文说："用不难听的话批评他的行为。"

祢正平

祢衡性傲，不肯谒曹操。操欲辱之，录为鼓吏，以帛绢制衣作一岑牟，一单绞，及小裈。鼓吏度者，皆当脱故衣，易新衣。次传衡，不肯易衣。吏呵之，衡便于操前先脱裈，次脱余衣，裸身而立，徐徐着岑牟，次着单绞，后乃着裈。复击鼓，作"渔阳"参挝，颜色无怍。操笑谓四座曰："本欲辱衡，衡反辱孤。"孔融退而责之。衡许复往。操喜，敕门者有客便通，待之极晏。衡乃著布单衣，疏巾，手持三尺棁杖，坐大营门，以杖篴地大骂。操以其才名，不杀，令送刘表。临发，众饯之于城南，相戒云："俟衡到，当共卧坐以折之。"衡一至，便大号。众问其故。曰："坐者为冢，卧者为尸。尸冢之间，能不悲乎？"

【译文】祢衡性情傲慢，不肯去拜见曹操。曹操想要侮辱他，任用他为鼓吏，用帛绢制衣做一帽子，一黄色单衣，还有小裤。鼓吏被点到名的，全应当脱去原来的衣服，换上新衣。依次点到祢衡，他不肯更换衣服，被官员呵责。祢衡就在曹操面前先脱裤子，再脱其他衣服，赤身而立，慢慢戴帽子，再穿单衣，最后才穿小裤。再去击鼓，敲《渔阳三弄》鼓乐，脸上没有愧色。曹操笑着对四座的人说："本想要羞辱祢衡，他反辱我。"孔融退下责怪他。祢衡答应再次前往。曹操很高兴，下令守门兵士，凡有客人都可通过，并招待上等酒宴。祢衡就穿着布单衣，戴粗布头巾，手持三尺柱杖，坐在大营门前，用杖打着大骂。曹操因他有才名，不杀他，下令送到刘表那里。临发送时，众人在城南为他饯行，相互告诫说："等祢衡到了，应该共卧坐以侮辱他。"祢衡一到，便大声号哭。众人问他原因，他说："坐的人为坟，卧的人为尸体。在尸坟之间，能不悲吗？"

老兵

桓温司马谢奕，逼温饮，温走入南康主门避之。奕遂携酒引温一老兵共饮，曰："失一老兵，得一老兵，亦何所恨！"温不之责。

刘贡父为中书舍人。一日朝会，幕次与三卫相邻。时诸帅两人出一水晶茶盂，传玩良久。一帅曰："不知何物所成，莹洁如此？"贡父隔幕戏云："诸公岂不识，此乃多年老冰耳。"

【译文】晋朝桓温、司马谢奕，奕强逼桓温饮酒，桓温走进南康王的府门内回避他。谢奕就带酒引桓温一老兵共饮，说："失一老兵，得一老兵，有什么恨的！"桓温没有责难。

宋朝刘贡父（攽）任中舍书人。有一天朝会，幕次与三卫相邻。当时众帅中有两人拿出一水晶茶杯，传玩很长时间。一帅说："不知是什么做成的，如此莹洁？"贡父隔幕戏说："诸公难道不识，此乃多年老冰（兵的谐音）呀！"

谢万好言

谢万北征，唯以啸咏自高，未尝抚将士。谢公戒之曰："汝为元帅，宜数唤诸将宴饮，好言以悦其心。"万从之，因召集诸将，都无所说，直以如意指四座云："诸君皆是劲卒！"诸将甚恨。

【译文】东晋谢万北征，唯以长啸和吟诗自恃清高，却不注意慰抚将士。谢玄告诫他说："你身为元帅，应该多叫这些将领宴饮，说好话让他们高兴。"谢万听从他的话，就召集这些将领，坐下后都没话可说，他就用如意指众人说："诸君全是劲卒！"这些将领听后非常愤恨。

诋 夫

王浑妻钟氏，字琰，生子济。一日浑尝共琰坐，济趋庭而过。浑欣然曰："生子如此，足慰人心！"琰曰："若新妇得配参军，生子固不翅如此耳！”参军，浑弟伦也。

谢道韫，奕之女，适王凝之。还，甚不乐。奕曰：“王郎，逸少子，不恶。汝何恨也？”曰：“一门叔父，则有阿大、中郎，群从兄弟，则有封、胡、羯、末。不意天壤之间，乃有王郎！”

【译文】晋朝王浑妻钟氏，字琰，生了个儿子济。一天王浑和钟琰坐着一起，王济在院中快走而过。王浑欣然说：“生子如此，足慰人心！”钟琰说：“如果新妇得配参军，生子就不仅仅是这样了。”参军，是王浑的弟弟王伦。

谢道韫，谢奕之女，嫁给王凝之。回到娘家，很不高兴。谢奕说：“王郎，俊逸年少，很是不错。你有什么怨恨？”道韫说：“一门叔父，就有阿大（谢尚）、中郎（谢据），群从兄弟，就有封胡（谢韶）、羯末（谢渊）。想不到天地之间，还有王郎！”

字父

王濛，美资容，尝揽镜自照，称其父字曰：“王文开乃生此儿！”胡毋子光见其父彦国三伏坐衙，摇扇视事，呼曰：“彦国何为自贻伊戚！”

据古人立字以敬名，《春秋》称字为贤，则子思作《中庸》称仲尼，非止临文不讳也。但难为世俗道尔。

【译文】王濛，姿容俊美，常常拿着镜子自照，称呼他父亲的字说：“王文开竟有如此的儿子！”胡毋子光见他父亲胡毋彦国三伏天坐在衙门，摇着扇处理公事，就呼喊说：“彦国为什么自招扰患！”

据说古人取字是为了尊敬本名，《春秋》认为称人的字是一种礼貌，那么子思作《中庸》称仲尼，不仅是在作文中不避讳。却难以被世俗所称道。

谑 父

裴勋质貌么，而性尤率易。尝侍父坦饮。坦令飞盏，每属一人，辄目其状。坦付勋曰："矮人饶舌，破车饶楔。裴勋十分！"勋饮讫，而复盏曰："蝙蝠不自见，笑他梁上燕。十一郎十分！"坦，第十一也。坦怒，笞之。

上梁不正，难怪矮人饶舌。

陆余庆为洛州长史，能言而艰于决判。时人语曰："说事喙长三尺，判事手重千斤。"其子亦谑云："陆余庆，陆余庆，笔头无力嘴头硬。一日受词讼，十日看不竟。"书纸迭案褥下，余庆得之，曰："必是那狗！"遂鞭之。

【译文】裴勋质貌矮小，而性格特别率直平易。曾经陪侍父亲裴坦饮酒。裴坦让行酒令，每说一个人，就看他的样子。裴坦对裴勋说："矮人饶舌，破车饶楔。裴勋十分！"裴勋饮酒毕，而接着行令说："蝙蝠不见自己丑，却笑人家梁上燕。十一郎十分！"裴坦，排第十一。裴坦恼怒，用棍打他。

上梁不正，难怪矮人饶舌。

陆余庆任洛州（今河南洛阳）长史，善于言辞而难于决判。当时人称他说："说事喙长三尺，判事手重千斤。"他儿子也戏谑他说："陆余庆，陆余庆，笔头无力嘴头硬。一日受词讼，十日看不竟。"写在纸上，叠放在被褥下，陆余庆看到后，说："必是那狗！"说完就用鞭子打他。

父子相谑

后赵京兆公韦謏，字宪道，深博，善著述，然性不严重。尝戏其子伯阳曰："我高我曾，重光累徽；我祖我考，父父子子。汝为我对，正值恶抵。"伯阳曰："伯阳之不肖，诚如尊教。尊亦正值软抵耳。"謏惭无言。

李西涯子兆先，有才名，然好游狎邪。一日，西涯题其座曰："今日柳巷，明日花街。诵读诗书，秀才秀才！"子见之，亦题阿翁座曰："今日猛雨，明日狂风。燮理阴阳，相公相公！"

按兆先以游狭无度早夭，西涯公竟不嗣。

【译文】后赵京兆公韦謏，字宪道，学问深博，善于著述，不过生性不庄重。曾经戏谑他儿子韦伯阳，说："我高我曾，重光累徽；我祖我考，父父子子。你给我对，正相当恶抵。"伯阳说："伯阳的不正派，确实是您教的。您也正相当软抵呀。"韦謏惭愧不言语。

李西涯（东阳）的儿子李兆先，有才名，可是喜欢到不正经的地方游玩。有一天，李西涯在兆先的椅子上题字说："今日柳巷，明日花街。诵读诗书，秀才秀才！"李兆先看见了，也在西涯的椅子上题字说："今日猛雨，明日狂风。燮理阴阳，相公相公！"

按，兆先以游狎无节度早亡，西涯公后来始终没有后代。

王令公

王中令铎罢镇，将避地浮阳。过魏，乐彦祯礼之甚至。彦祯有子曰从训，素无赖，利其行李，伺铎至甘陵，以轻骑数百尽掠其橐装姬妾而还；铎与宾客皆遇害。及奏朝廷，云：“得贝州报：某日有劫杀一人，姓王名令公。”其忽诞如此。

【译文】唐朝中书令王铎被罢免节度使职务，就要移居浮阳（今河北沧县）。经过魏州（今河北大名东），彦桢对他厚加礼待。彦桢有个儿子叫从训，平素是个无赖，他看到王铎行李有利可图，暗中等待王铎到甘陵（今河北清河），以数百骑尽数抢掠其行李和姬妾而回；王铎与随从家人全部被害。等上奏朝廷时，只是说：“得贝州（今河北清河）呈文：某日有劫杀一人，姓王名令公。”其玩忽职守竟荒诞到如此地步。

报 栗

梁萧琛预御筵，醉伏。武帝以枣投琛。琛便取栗掷帝，正中面。帝动色。琛曰：“陛下投臣以赤心，臣敢不报以战栗？”

虽说得好，终是欠雅。

【译文】梁萧琛参加皇帝的筵宴，喝醉后趴伏在那。梁武帝用枣投掷萧琛。萧琛就拿栗子投掷武帝，正好击中脸面。武帝脸色改变。萧琛说：“陛下投臣以赤心，臣敢不报以战栗？”

虽说得好，终究有点欠雅。

参军苍鹘

五代徐知训狎侮吴王，无复君臣之礼。尝与王为优，自为参军。使王为苍鹘。（《纲目》）

《辍耕录》曰:“副净为参军,副末为苍鹘,以副末能击副净也。”子犹曰:“如此说,尚有个尊卑在。”

【译文】五代徐知州戏耍轻侮吴王,不再有君臣之礼。曾经和吴王一起演戏,他自己扮参军,让吴王扮苍鹘(丑角)。(《纲目》)

《辍耕录》说:“副净为参军,副末为苍鹘,因为副末能击打副净啊。”著者评说:“如此说法,还有个尊卑存在。”

狗脚朕

高澄侍宴,以大觞属孝静帝。帝不胜忿,曰:“自古无不亡之国,朕安用生为?”澄怒曰:“朕!朕!狗脚朕!”

始乎谑,卒乎骂。渐不可长,信然!

【译文】东魏高澄侍奉皇帝饮宴,用大酒杯呈递给孝静帝。孝静帝压不住忿怒说:“自古没有不灭亡的朝廷,朕怎么还用活着呢?”高澄很生气地说:“朕!朕!狗脚朕!”

开始是戏谑,最后是侮骂。欺诈不可长,确实是这样!

全本全译

古今譚概

（中）

〔明〕冯梦龙 著
张万钧 主编

團结出版社

图书在版编目(CIP)数据

古今谭概 / (明) 冯梦龙著 ; 张万钧主编 . -- 北京 : 团结出版社 , 2023.8

ISBN 978-7-5126-9731-7

Ⅰ . ①古… Ⅱ . ①冯… ②张… Ⅲ . ①笔记小说—小说集—中国—明代 Ⅳ . ① I242.1

中国版本图书馆 CIP 数据核字 (2022) 第 180945 号

出版: 团结出版社

（北京市东城区东皇城根南街 84 号 邮编: 100006）

电话:（010）65228880 65244790 （传真）

网址: www.tjpress.com

Email: zb65244790@vip.163.com

经销: 全国新华书店

印刷: 三河市富华印刷包装有限公司

开本: 145×210 1/32

印张: 43

字数: 1074 千字

版次: 2023 年 8 月 第 1 版

印次: 2025 年 7 月 第 2 次印刷

书号: 978-7-5126-9731-7

定价: 168.00 元（全三册）

目 录

汰侈部第十四

贪秽部第十五

鸷忍部第十六

容悦部第十七

颜甲部第十八

闺诫部第十九

委蜕部第二十

谲智部第二十一

儇弄部第二十二

机警部第二十三

酬嘲部第二十四

塞语部第二十五

雅浪部第二十六

贫俭部第十三

子犹曰：贫者，士之常也；俭者，人之性也。贫不得不俭，而俭者不必贫，故曰“性也”。然则俭不可乎？曰：吝不可耳。夫俭非即吝，而吝必托之于俭。俭而吝，则虽堆金积玉，与贫乞儿何异？故吾统而名之曰《贫俭第十三》。

【译文】子犹说：贫穷，是士人们常有的事；节俭，应当是人的本性。贫穷的人不能不节俭，而节俭的人不一定贫穷，所以说节俭应是人的本性。然而，节俭不应该吗？应该说，吝啬是不应该做的。节俭并不是吝啬，而吝啬必然托名于节俭，节俭到吝啬的程度，那么，既使堆金积玉，又与讨饭的乞儿有什么不同呢？因此汇集《贫俭部第十三》。

齿声

供奉官罗承嗣住州西。邻人每夜闻击物声，达旦不辍：穴隙视之，乃知寒冻齿相击耳。

【译文】供奉官罗承嗣住在城西，邻居每夜都听见他房中有东西相击的声音，直到天亮还不停止，后来邻居从墙壁缝隙中向里观看，才知道是罗承嗣因为受不了天气寒冷，冻得自己牙齿上下相击。

桶中人

吕徽之安贫乐道。尝冒雪往富家易谷种，闻阁中吟哦声，乃一人分韵得“滕”字，未就。先生因请以“滕王蛱蝶”事足之。问其姓名，不言，刺船而去。众疑为吕处士，遣人遥尾其后，路甚僻远，识其所而返。雪霁往访焉，唯草屋一间，值先生不在。忽米桶中有人，乃先生妻也，因天寒无衣，故坐桶中。

【译文】吕徽之先生虽生活贫困，却安于清贫，并谨守自己的道德操行。他曾经冒着风雪到一富户人家易换谷种，进那人家大门后便听见从内室传来一阵吟哦声，原来是有人正在赋诗，分韵得一个“滕”字，而未能对上韵脚。吕徽之接言请那人用“滕王蛱蝶”的故事来完成押韵，主人问他姓名，并不回答，便撑船而去。主人猜想他就是吕处士，忙差人跟随在后边，经过很远的路程，一直辨认到他的住处后才返回。大雪停止后，那家主人循路前去拜访，只见有草房一间，吕先生却不在家。忽然发现米桶中有人，原来是吕先生的夫人，因天气太冷，没有衣服御寒，所以坐在米桶中取暖。

无裤吟

义兴储遇家贫，冬月无裤，作口号云：“西风吹雨声索索，这双大腿没下落。朝来出榜在街头，借与有裤人家著。”

【译文】义兴储遭遇家中贫困，冬天没有棉裤穿，便自己作一顺口溜打趣说：“西风吹得雨声索索响，我这双大腿还没遮挡，明早写篇榜文挂街头，借给有棉裤的人家先用上。”

簇酒、敛衣

《叙闻录》：辛洞好酒而无资。尝携榼登人门，每家取一盏投之，号为“簇酒”。

《搔首集》：伊处士从众人求尺寸之帛，聚而服之，目曰“敛衣”。

【译文】《叙闻录》一书记载：辛洞喜爱喝酒而又没有钱。曾经拿着酒壶登门到各家，每户取一杯酒倒进去，称作是“簇酒”。

《搔首集》也记录一件事：一个姓尹的处士向众人讨取布头边料，缝成衣服穿上，称作“敛衣”。

夏侯妓衣

夏侯豫州亶，性极吝。晚年好音乐，有妓妾数十，无被服姿容。客至，常隔帘奏乐。时呼帘为“夏侯妓衣”。

【译文】豫州刺史夏侯亶，生性非常吝啬。晚年的时候他喜爱音乐，养有歌妓舞妾数十人，却不配置服装穿戴打扮。有时家中有宾客，常常是隔着竹帘奏乐。当时人们都称呼竹帘是“夏侯家歌妓的衣服”。

小宰羊

时戢为青阳丞，洁以勤民，肉味不知，日市豆腐数个。邑人呼豆腐为“小宰羊”。

如此羊，定不怕踏破菜园。然丞亦有小俸入，何处支销？

【译文】时戢曾经担任青阳县丞，既廉洁又勤于民事，平日不尝肉味，每天只吃几块豆腐。当地的百姓都戏称豆腐是“小宰羊”。

这样的小羊，一定不会怕它踏践菜园。但是做县丞的也有少量的薪金收入，何处去花销呢？

双枯鱼

东郡赵咨为东海相，以俭化俗。人遗其双枯鱼者，啖之，三岁不尽。

【译文】东郡（今山东兖州）人赵咨任东海郡守，以节俭教化当地习俗。有人送了两条干鱼给他，他慢慢食用，三年没有吃完。

献 姜

孔琇之为临海太守，在任清约。罢郡还，献干姜二片。武帝嫌其少，知琇之清，乃叹息。

比医家一剂药尚少一片。太矫！太矫！

【译文】孔琇之任临川（今属江西）太守，居官清廉节约，后来任满还京，向朝廷进献干姜两片。南齐武帝有些嫌少，后了解到孔琇之居官清廉节俭的情况，也深为叹息。

比医师下的一剂药引还少一片姜，实在太做作！太做作！

鲁学士祝寿

赵司成永，号类庵，京师人。一日过鲁学士铎邸。鲁曰："公何之？"赵曰："忆今日为西涯先生诞辰，将往寿也。"鲁问："公何以为贽？"赵曰："帕二方。"鲁曰："吾贽亦应如之。"入启笥，无有。踌躇良久，忆里中曾馈有枯鱼，令家人取之。家人报已食，仅存其半。鲁公度家无他物，即以其半与赵俱往称祝。西涯烹鱼沽酒，以饮二公。欢甚，即事倡和而罢。

古以束修为礼之至薄，若枯鱼而止半，太不成文矣！子犹曰："西涯公亦不全靠鲁学士祝仪。"

【译文】国子监祭酒赵永，号类庵，京城人氏。一天他来到翰林学士鲁铎家中。鲁学士问道："你准备去哪里？"赵永回答："想起来今天是西涯李东阳先生的生日，我准备前去祝贺。"鲁学士又问："你拿些什么礼物？"赵永说："帕巾二方。"鲁学士说："我的礼物也应像你一样。"他回到内室，寻遍箱柜，却找不到什么合适的东西。站在那里踌躇半晌，想起邻里曾经送有一条干鱼，就命家人取出。家人告诉他干鱼已被食用，仅剩有半条。鲁学士思量家中也再没有其他可作礼品的东西，便拿了半条干鱼与赵永同往恩师家贺寿。李东阳烹鱼摆酒，与二人同饮。宾主都非常欢快高兴，并且吟诗唱和到很晚才作罢。

古时候送给老师的酬金或礼物都是各种礼物中最少的，如果送干鱼并且只是半条，也太不成体统了！子犹说："李东阳宰相也决不会依靠鲁学士这些人的贺礼过日子。"

御史自渔

粤西韦广为御史归，贫甚，居荒村。故人按部，广意其必来访，无所得馔，自渔于江。故人猝至，驺从既过，广登岸即走，逾后垣入，衣冠肃客。客曰："公何汗流渍发？"广曰："适在近村，闻公至，蝎蹶趋迎故耳。"左右窃笑曰："绝似江中打渔人。"

【译文】广西人韦广从御史任上去官还乡，生活极其贫困，居住在荒僻的村庄。后闻知自己的老朋友将来广西巡视地方行政，韦广知道他一定会来看望自己，苦于家中没有可招待客人的菜肴，便自己去江边钓鱼，老朋友突然到来，车马匆匆从江边经过，韦广急忙上岸回家，跳过后墙，穿戴好衣冠，然后恭恭敬敬地把客人迎进房中。老朋友问道："你如何汗水浸湿了头发？"韦广说："刚才正在邻村，听说你来到，急急忙忙赶回来相迎的缘故。"那老朋友的左右随从私下偷笑道："真像江中的打渔人。"

郑余庆

郑余庆极清俭。一日，忽召亲朋官数人会食。众皆惊讶，侵晨赴之。日高，余庆方出，闲话移时，众腹已枵。余庆呼左右曰："分付厨家烂蒸去毛，莫拗折项！"众相顾，以为必蒸鹅鸭之类。又久之，盘出，酱醋亦极香新。但见每人前下粟饭一碗，蒸葫芦一枚，皆匿笑强进。（一作卢怀慎事）

俭子筵席固不易吃。〇张约斋镃，性喜延山林湖海之士。一日午酌，数杯后，命左右作“银丝供”，且戒之曰：“调和教好，又要有真味。”众客谓必鲙也。良久，出琴一张，请琴师弹《离骚》一曲。二事绝相类。

【译文】唐朝宰相郑余庆这个人非常清廉节俭。一天，他忽然召请亲朋同事多人前来会宴。众人都感到奇怪，大清早便赶来，一直到太阳升高，郑余庆才出来会客，寒喧闲聊了不久，众人都觉得饥饿，这时，郑余庆招呼随从说：“吩咐厨子蒸烂去毛，不要把脖子折断了”！众人听了都互相打眼色，认为一定是蒸煮了鹅鸭之类，准备款待大家。又过了一会，仆人托盘而出，酱醋调料发出很清香的味道，只是每人面前却放下小米饭一碗、蒸葫芦一个。众人只好收起笑容勉强食用。(一说是卢怀慎的轶事)

节俭之人的筵席本来就不容易吃到。〇张约斋镃，喜爱交接江湖隐逸之人，一天挽留众人饮酒，几杯后，他吩咐随从准备“银丝供”，并且强调说：“一定要调和好，并且要出来真正的味道。”众客人都以为是做鱼鲙。过了不久，有人搬出一张琴，请琴师弹奏了一曲《离骚》，这两件事很相似。

王 罴

《北史》：王罴性俭率。镇河东日，尝有台使至，罴为设食，乃裂去薄饼缘。罴曰：“耕种收获，其功已深，舂爨造成，用力不少。尔之选择，当是未饥！”命左右撤去之。使者愕然。又尝与客食瓜。客削瓜皮侵肉稍厚，罴就地取食之。

王公自是有用之才，此等亦似不近人情。

【译文】据《北史》记载：王罴这个人个性节俭有度。他镇守河东对，曾有中央官署使者到来，王罴设下餐饭招待，那使者食用面饼前先将四边掰去，王罴正色说："粮食经过耕种收获，已费了很多劳力，再舂米做成面饼，也费气力不少，你食用竟然要挑剔，想必是不饿！"于是命随从将饭菜撤去。那使者惊愕得说不出话。他还曾经与客人一同吃瓜，客人用刀削瓜皮时把瓜肉削去的稍微多一些，王罴就从地上拣起来自己吃掉。

王公自然是有用的人才，可是这样的举动也似乎太不近人情了。

变家风

范氏自文正公贵显，以清苦俭约称于世，子孙皆守其家法。忠宣正拜后，尝留晁美叔同匕箸。美叔退谓人曰："丞相变家风矣！"或问之。晁答曰："盐豉棋子上有肉两簇，岂非变家风乎？"闻者大笑。

【译文】范氏家族自从文正公（仲淹）显贵腾达后，便以清苦节俭称道于世间，子孙们也都恪守范氏家法，不敢违制。范仲淹的儿子忠宣公范纯仁正式被拜为丞相后，曾经留请晁美叔（端彦）一同吃饭。晁美叔出门后对别人说："丞相也改变家风了！"有人问他范家如何改变家风，晁美叔回答说："丞相留我吃饭时，一盘豆豉上竟放有两堆肉末，这不是改变了家风吗？"听他说的人都大笑。

翟参政请客

翟公巽，字汝文，绍兴初为参政。虽身历两府，自奉甚于贫士。一日招客，未饮时，先极言近世风俗侈靡，燕乐之间尤甚，因正色曰：“德大于天子者，然后可以食牛；德大于诸侯者，然后可以食羊。”客自度今日之集，必无盛馔，已而果以恶草具进。

【译文】翟公巽，字汝文，宋高宗绍兴初年任参知政事官职，虽然他已经担任了中书省、门下省的最高长官，但自己的生活节俭还不如贫士。一天他招请客人，没饮酒时，他先大讲一通当今世风奢靡，吃喝宴请游乐太厉害，并正色说道：“德行大于皇上，才可以食用牛肉，德行大于诸侯，才可以食用羊肉。”客人们心中揣度今日一定不会有盛宴招待，后来果然端出来的都是些劣质青菜。

陈孟贤

陈孟贤素吝。同僚造一谑笑云：腊月廿四，天下灶神俱朝上帝。众尽皂衣，一人独白。上帝怪之。曰：“臣陈孟贤家灶神也。诸神俱烟薰，故黑。臣在孟贤家，自三餐外不延一客。臣衣何由得黑？”后人凡言冷淡事，辄曰“陈家灶神”。

【译文】陈孟贤平时很吝啬，同事们编造笑料说：“腊月二十四这一天，天底下的灶神都去朝拜上帝。众神都穿黑色衣服，只有一人穿白色衣服。上帝责怪他。那白衣灶神说：“下臣本是陈孟贤家的灶神，其他灶神都经常被烟熏燎，所以发黑。我在陈孟贤家，除一日三餐外，从不宴请一位客人，我的衣服如何能熏黑？”以后人们只要提起对人冷淡不热情之事就称之为“陈家灶神”。

食韭

庾景行杲之清贫，食唯韭菹、瀹韭、生韭杂菜，任昉戏之曰："谁谓庾郎贫？一食常有二十七种。"

韭唯勤生，俗号"懒人菜"，故宜清士饔餐。

魏李崇为尚书令，家富而俭，食常无肉，止有韭茹、韭菹。李元佑曰："李令公一食十八种。"意同此。

庾太尉亮见陶公侃，陶公雅相赏重。陶性俭吝，及食啖薤，庾因留白。问："用此何为？"庾云："故可种。"于是大叹庾"非唯风流，兼有治实"。

直是投其俭性，何治实之有？

【译文】南齐庾景行，名杲之，家中清贫，平时食用只有腌韭菜，煮韭菜、生韭杂拌菜。任昉开玩笑说："谁能说庾郎家贫，一顿饭就常有二十七（三九相加的数目，三韭谐音）样菜。"

韭菜之类生长得旺盛，俗话叫作"懒人菜"，所以适宜清贫之人食用。

后魏时李崇任尚书令官职，家中富裕但又很节俭，吃饭经常无肉，只有生韭菜和腌韭菜。李元佑说："李令公一餐十八（二九）种菜。"意思同这一样。

晋朝太尉庾亮求见陶侃，陶公非常赏识器重他。陶侃性情俭约又吝啬，他请庾亮吃饭，当吃到薤菜时，庾亮留下薤白不吃。陶侃问道："留这干什么？"庾亮回答说："可以作种。"陶侃于是深为叹服庾亮，"不仅仅是风流之士，并且有处理世务之才。"

明明是迎合陶侃节俭的性情，有什么处理世务之才？

王 导

王导性俭。帐下有甘果，不忍食，至春烂败。弃之者犹曰："勿使大郎知！"

【译文】王导生性节俭，帐中有各种甘美的水果，他都不忍心食用，放到春天全部腐烂了，去扔的人还说："不要让大郎知道！"

王 戎

王戎从子婚，与一单衣，后更责之。家有好李，卖之，恐人得种，恒钻其核。

京师有李，名"牛心红"，核必中断，相传是王戎钻核遗迹。可见吝到至诚处，亦能感通造化。或曰：湖湘间有"湘妃竹"，斑痕点点，云是舜妃洒泪。有"舜哥麦"，其穗无芒，熟时望之焦黑，若火燎然。云是舜后母炒熟麦，令其播种，天佑之而生。"王莽竹"，每竿著二三节，必有剖裂痕。云是莽将篡位，藏铜人于竹中，以应符谶而然。此皆附会之说。子犹曰："也要附会得来。"

【译文】王戎的侄儿成婚，他赠送了一件单衣，后又索取回来。他家有好品种的李子树，售卖李子时，又怕别人得到李种，便把李核一一钻碎。

京城中有一种李子，名叫"牛心红"，李核必定断裂，民间传说是王戎钻李核的遗迹。由此可见吝啬到至诚的时候，也能够感通造化万物。有人说：湖南湘水之地有一种"湘妃竹"，上边泪痕斑斑，据传是虞舜的两个妃子娥皇和女英所洒的泪痕，还有一种“舜哥麦”，穗上没有麦芒，长熟后看上去焦黑，像被火燎过一样。传说是虞舜的后娘将麦炒熟后，让他播种，是上天佑助而生长的。还有一种“王莽竹”，每根竿茎上两三节就有剖裂的痕迹。传说是王莽即将篡位夺权，先把铜人藏于竹竿中，以应符谶之灵验。这些都是些附会穿凿的说法。子犹说：“附会也要能附会得来。”

和 峤

和峤性至俭，家有好李，诸弟往园食李，皆计核责钱。王武子求之，与不过数十。武子因其上直，率将少年持斧诣园，共饱啖毕，伐之。送一车枝与和公，问曰：“何如君李？”和唯笑而已。

华文修曰：“杜元凯谓峤有钱癖，然自有高韵，与今之守钱虏异矣！”

【译文】晋朝和峤生性非常节俭。他家中种有好品种的李子树，自己的几个弟弟去李园中吃李子，也都要计算李子核要钱。王武子（济）向他讨要李子，也只不过给他几十个。王武子便趁和峤去值班办公时，领一群少年手持斧头来到园中，众人饱吃一顿李子，然后将树伐倒，并且送一车树枝给和峤，故意问道：“怎么像你的李子树？”和峤听了只是笑笑而已。

华文修说：“杜元凯（预）说和峤有敛钱的癖好，然而他自有高雅的气质，与现今的守财奴不一样啊！”

沈 峻

沈峻欲赠张温。入内检视良久，出语温曰：“欲择一端布送卿，而无粗者。”竟不送。

【译文】三国时吴国的沈峻准备馈赠张温。回到内室翻挑半晌，出来对张温说：“我想挑一块布料送给你，可是没有粗织的。”最终没有相送。

虞玩之

齐虞玩之为少府。高帝镇东府时，帝取其屐视，断处以芒接，玩之曰：“着已三十年。”

不意一屐，与晏子狐裘同寿。

【译文】南齐时虞玩之任少府官职。高帝还在东宫当太子时，曾经命虞玩之把木鞋脱下视看，只见断裂处都是用芒草连接。虞玩之说：“我穿这鞋已经三十年了。”

不想一双木底鞋，竟然与晏子的狐裘大衣穿的时间一样长。

裴 璩

裴司徒璩靳啬。其廉问江西日，凡什器屏帐皆新，特置闲屋贮之，未尝施用。每有宴会，转于朝士家借。（《北梦琐言》）

还是无福受用。

【译文】司徒裴璩非常吝啬。他前去江西视察的时候，配置的一切器皿屏帐物品都是新的，他专门存放在一间空房中，不曾使用过。遇有宴请聚会时，他再辗转向其他朝中同来的官吏去借用。

（《北梦琐言》）

还是没有福气受用。

饮 牛

江湛（字徽深）高介，然性俭。所畜牛饿，御人求草。湛良久曰："可与饮。"

何不用诸葛丞相木牛？

【译文】江湛（字徽深）这个人生性高傲耿介，但是很节俭。自家所畜养的牛饥饿无食，赶牛车人请求他供应草料。江湛沉思了很长时间说："可以让牛多喝些水。"

为何不使用诸葛孔明丞相所制的木牛？

子孙榼

江西俗俭，果榼作数格，唯中一味或果或菜可食，余悉充以雕木，谓之"子孙榼"。又不解熔蔗糖，亦刻木饰其色以代匮。一客欲食，取之，方知赝物，便失笑。覆视之，底有字云："大德二年重修。"

【译文】江西地方风俗节俭，所用贮放食品的木榼，其中几格中只有一格是可以食用的果品或菜肴，其余都是充放些木雕的假食物，称之为"子孙榼"，又不懂得熔炼蔗糖，也是雕刻成木制品粉饰上颜色充代匮缺。一位客人想食用糖果，拿出来才知道是假物，不由得哑然失笑。再翻过来仔细观看，发现底部刻有几个字："大德二年重修（元成宗大德二年［1298］）重制。"

省夕餐

桐城方某性吝。其兄晚从乡来，某欲省夕餐，托以远出。兄草草就宿。忽黄鼠逐鸡，某不觉出声驱之。兄唤云："弟乃在家乎？"某仓卒对曰："不是我，是你家弟妇。"

即弟妇，岂不能治一夕餐？不通之甚！

【译文】安徽桐城有个姓方的人生性吝啬。他的哥哥傍晚从乡里来看他，他想节省一顿晚饭，于是托言有事外出。他的哥哥只好草草睡下。夜间忽听有黄鼠狼追鸡的声音，姓方的人忍不住大声驱赶起来。他的哥哥问道："弟弟还在家里吗"？他仓卒间回答："不是我，这是你家的兄弟媳妇。"

即使是兄弟媳妇，难道不能做一顿晚饭？也太不通人情了！

醋

夏侯信常以一小瓶贮醋一升自食，家人不沾余沥。仆云："醋尽。"信必取瓶合掌，尚余数滴，以口吸之。

【译文】夏侯信经常用一个小瓶子装满香醋自己食用，家里人不能沾用点滴。遇到仆人说："家中醋用完了。"夏侯信必然是取出小瓶双手合掌捧起，看里边还有几滴，便连忙用嘴吮吸。

盐

广州录事参军柳庆，独居一室，器用食物，并致卧内。奴有私取盐一撮者，庆鞭之见血。

【译文】广州录事参军柳庆，自己独住一间房内，所有的器物食品，一起放在卧室，家中奴仆敢有偷拿一小撮盐的，柳庆必然是鞭打到出血为止。

脔 肉

夏侯彪性吝。奴尝盗食脔肉。彪大怒，乃捉蝇与食，令呕出脔。

【译文】夏侯彪性情极其吝啬。家中奴仆曾经偷偷食用了一块肉。夏侯彪发现后非常恼怒，命人捉些苍蝇让那奴仆吃下，吃到吐出那块肉。

妇取百钱

库狄伏连位大将军，甚鄙吝。妇尝病剧，私以百钱取药。伏连后觉，终身恨之。

【译文】北齐的库狄伏连担任大将军职位，非常小气吝啬。他的夫人曾经患了重病，私自取了百文钱去取药医治。库狄伏连察觉出此事后，终生都恼恨她。

羊 脾

归登常烂一羊脾，旋割旋啖，封其残者。妇于封处割少许食。登验之，大怒，誓不食肉。

【译文】归登曾经煮烂一块羊脾，随割随吃，将剩余的封存起来。他的夫人私自到封存处割下一小块吃掉。归登检验时发现羊脾减少，心中大怒，发誓再不吃肉了。

鸭子

韶州邓佑，家巨富。奴婢千人，庄田绵亘，未尝设客。孙子将一鸭子费用，祐以擅破家赀，鞭二十。

【译文】韶州（今广东韶关）邓佑家是当地的巨富，家中有奴婢上千人，庄田绵亘数里，钱财无数，可是从未宴请过客人。他的孙子将家中一只鸭子拿去变卖用钱，邓佑竟然斥责他擅自破损家财，打了二十鞭。

故席

韦庄数米而炊，秤薪而爨。幼子卒，妻殓以时服。庄剥取，易故席裹尸。殡讫，仍擎其席归。庄忆子最悲，惟吝财物耳。

【译文】韦庄做饭时先点数米粒，烧灶先秤量柴薪。他的小儿子不幸病故，韦庄之妻用平时穿的衣服装殓，韦庄上前脱下来，换了一床旧席裹尸。入殡后，又将旧席子带回家中。其实韦庄思念儿子最为悲痛，只不过是吝惜财物罢了。

珊瑚笔格

《归田录》：钱思公性俭约。子弟非时不能取一钱。有珊瑚笔格，平生爱惜。子弟窃之。公榜以十千购之。子佯为求得以献，欣然以十千与之。一岁率五七如此。

【译文】《归田录》一书记载：钱思公生性勤俭节约。家中子弟平时不能乱取用一文钱。他有一个珊瑚石笔架，平时十分珍爱。后被家中的子弟们偷去。他张榜愿用一万钱买回，子弟们假装寻找回来呈献给他，他竟爽快地给了一万文钱。一年中他家里大概有六七件这样的事。

归廉泉

吴人归副使廉泉大道，富吝俱极。暑月暴水日中浴之，省爨薪也。生平家食，未尝御肉。客至，未尝留款。一日，有内亲从远方来，必欲同饭。乃解袖中帨角上五钱，使人于熟店批数片肉。肉至无酱，复解一钱。市得，便嫌其不佳，使还之，仍取钱。已问："酱楪何在？"尚有余咸味，足消此肉也。幼儿见食条糖者而泣。值租入时，乳母奉内命，将米半升易糖。公适自外来，见之，诘其故，乃取糖一根，自折少许尝之，复抑少许置儿口，谓曰："味止此耳，何泣为？"即还糖取米。卖者言糖已损。乃手撮数粒偿之。

【译文】吴地人归廉泉，名大道，官居副使，家中巨富但又极其吝啬。夏天取水在阳光下晒热用于沐浴，为的是省些烧柴，平时家中饮食，未曾吃过肉，有客人临门，也未曾留下款待吃过饭。一天，有内亲从远方来到，非要一同吃饭不可。归廉泉就从袖中巾角上解下五枚铜钱，差人去熟食店批购几片熟肉，肉买回来又没有咸酱，又解下一枚钱去买。仆人把酱买回来，他又嫌不好，让去退掉，把钱要回来。过后他问道："盛酱的碟子在哪里？"原来碟子上还留些咸味，足可以蘸那几片肉吃。他的小儿子见到别人家小孩吃条糖，哭闹着要。当时正是佃户交租子的日子，奶娘奉了夫人之命，取半升米去换回些条糖。正好归廉泉从外边回来看见。问清事由后，他拿起一根条糖，先折了一小块自己尝尝，又捏了一小块放进儿子嘴里，说道："味道也就这样，有什么可哭的？"于是去退还条糖要回粟米，卖糖人说糖已被折损，他便用手撮了几颗米粒用于赔偿。

半边圣人

《百可堂》云：有一士夫，性极贪。取人不遗锱铢；而己之所有，分毫不舍。或讥其吝。答曰："'一介不与'，圣人之道也。"或曰："'一介不取'，君以为何如？"曰："学而未能。"曰："然则君只好学得半边圣人。"

【译文】据《百可堂》一书记载：有一个士大夫，性情极其贪婪。索取别人的东西再小的数目也不剩留，而自己的东西却是一分一毫也不舍弃。有人讥笑他太吝啬，他回答说："'一点东西不给别人'，是圣贤遵循的原则。"有人说："圣贤还讲了'一点东西不要索取'你以为如何呢？"他回答说："我还没能学会。"那人笑道："那么你只好学得个半边圣人了。"

汉世老人

《广记》：汉世老人家富俭啬，恶衣蔬食，侵晨而起，侵夜而息，营理产业，聚敛无厌，而不敢自用。人或从之求丐者。不得已，入内取钱十，自堂而出，随步辄减，比至于外，才余半在。闭目以授乞者，复嘱云："我倾家赡君，慎勿他说，令相效而来。"老人俄死，田宅没官。

【译文】 据《太平广记》中记载：汉代有个老人虽然家产丰厚，却很节俭吝啬，穿粗衣，食菜疏，早起早睡，苦心经营产业，聚钱敛财无厌，但从不敢自己花费。有人向他求施点钱，实在无法推辞，只好回内室取出十文钱，从堂内走出时，边走边减少数目，等走到门外，只剩下了一半。然后闭上眼睛递给借钱人，并且反复嘱咐说："我已经倾尽家产供给你，千万不要告诉他人，免得仿效你前来。"不久，老人去世，所有田宅财产都被官府没收。

孙景卿、邓差

《三辅决录》：平陵孙奋，字景卿，富闻京师，性俭吝。尝宿客舍，顾钱甚少。主人曰："君惜钱如此，欲作孙景卿耶？"奋后为梁冀征其家财，下狱死。

《广五行记》：邓差，南郡临沮人，大富。道逢贾人，相对共食，罗布殊品，呼差与焉。并曰："君远行商贾，势不在丰，何为顿尔珍羞美食？"贾人曰："人生在世，终止为身口耳！一朝病死，安能复进甘味乎？终不如临沮邓生，平生不用，为守钱奴尔！”差不告姓名，归至家，宰鹅自食，动筋咬骨，鲠其喉而死。

【译文】《三辅决录》一书中说：平陵（今陕西咸阳）人孙奋，字景卿，家中富有，名闻京都，但生性节俭而又吝啬。他曾经留宿旅舍，给钱很少，旅舍主人说："你这么吝惜钱，是想当孙景卿的吧？"孙奋后来被大将军梁冀将家产征收，拘禁狱中而死。

《广五行记》一书中说：邓差，是南郡临沮（今湖北当阳西北）地方的人氏，很富有。一次，他于路上遇见一位商人，二人相对用餐，那商人摆放出许多上好的食品，喊邓差与他一同食用。邓差问道："你去远处做买卖，一定不是很有钱，为什么食用如此的珍馐美食呢？"商人回答说："人生在世，归根结底是为了穿衣吃饭罢了，如果有一天患病亡故，还能再食用这些甘美的食物吗？总不能去学那临沮的邓差，平时不知享用，做个守财奴吧！"邓差不敢告诉自己的姓名，等回到家中，便杀鹅自己食用，但他又咬骨头又吃筋，终于被骨头卡住喉咙而死。

靳赏

萧衍长围既立，齐师屡败。帝东昏侯犹惜金钱，不肯赏赐。茹法珍叩头请之。帝曰："贼来独取我耶？何为就我求物？"后堂储数百具榜。启为城防。帝曰："拟作殿。"竟不与。

【译文】雍州刺史萧衍率军围困京城已久，南齐军队屡战屡败，齐帝东昏侯萧宝卷仍吝惜金钱，不肯赏赐部下拼死一战。茹法珍叩头请他赏赐将士。齐帝说："叛贼是只来攻取我的吗？为什么找我要赏赐？"皇宫后堂储放有几百块木板。茹法珍请求启用于城防。齐帝拒绝说："我准备维修宫殿用。"竟然不给。

吝祸

金华有豪民李甲，刻众肥家。居近古刹，有二僧颇为村人所钦仰，往求施，人多喜舍，亦时时受甲妻之密惠。甲知之，衔忌尤深。一日二僧以事至其家，甲故为殷勤之态，而私令仆干作四饼，置毒其中，以出劝二僧。僧方饭饱，不下咽，乃怀其饼归寺。明旦，二小儿采衣垂发，入寺游观。问之，则甲之两子也。惊曰："此李公爱子，可以果饵延之。"命其徒遍搜于房，弗得，唯饼在几上，即取以饲之。二儿各食其一，仍怀其一还家。入门大呼腹痛，并仆地踯躅以死。甲莫喻其故，询其仆，搜其身，余饼在焉。乃知中毒而亡，吞声饮泣而已。

余曾举此故事似一吝者。吝者曰："君言吝祸，自我言之，还受不吝之累。若我并惜四饼，那有此祸？"

【译文】金华有个富豪名叫李甲，平时剥削百姓，滋肥自家。他居住的村庄靠近一座古寺，寺中有两位和尚深受村中百姓敬仰，来到村中请求施舍时，众人都热情地接待他们，李甲的老婆也是经常暗中给他们一些帮助。李甲知道后，心中非常忌恨。一天这两位和尚有事来到李家，李甲故意装作殷勤热情，暗中却命仆人做了四个糖饼，里边放进毒药，拿出来劝两位和尚食用。和尚刚吃过饭，难以下咽，于是把饼揣进怀中告谢回到寺中。第二天清晨，有两个穿着鲜艳衣服、头垂长发的小孩来到寺中游玩，和尚一问，原来是村中大户李甲的两个儿子。和尚惊喜道："这原来是李公的爱子来到，可以拿些果品给他们吃。"于是命小和尚找遍房内，没有果品，只有四个糖饼放在茶几上，便取过来给他俩吃。两个小孩各吃掉一个，装进怀里一个然后回家。进门就大声呼喊肚痛，并仆倒在地挣扎一阵死去。李甲不清楚是什么缘故，忙询问跟去的仆人，知道刚吃了糖饼，再搜两个孩子的身上，还各有一个糖饼在那里。才明白是误食了自己所下的毒药而死，只好饮泣吞声。

我曾经把这个故事讲给一个吝啬人听。他竟然说："你讲的是因吝啬引起的祸端，要让我说，还是因为受了不吝啬的拖累。如果是我，连四个饼子也不给和尚，哪里会有这种祸害呢？"

置 产

常州苏掖，仕至监司，家富甚啬。每置产，吝不与值，所争一文，必至失色。后因置别墅，与售者反复受苦。子在旁劝曰："大人可增少金，我辈他日卖之，亦可得善价也。"掖愕然，自尔少改。

郭进有才略，治第方成，聚族人宾客落之。下至土木之工，皆与宴。设诸工之席于东庑。人咸曰："诸子安可与工徒齿？"进指诸工曰："此造宅者。"指诸子曰："此卖宅者，固宜坐造宅者下。"

【译文】常州的苏掖，曾经居官至监司职务，家中富有而又很吝啬，遇到购置产业，小气得不给卖者应当值的银钱，甚至为了一文钱，都争得面红耳赤，伤了和气。后来因为置买宅院，又与售卖人反复计较争论。他的儿子在旁边劝解说："父亲大人可以少许增加些数目，我们儿辈们以后要卖，也可以得个好价钱啊。"苏掖听后半晌说不出话，从此稍微改了一些吝啬的习性。

宋朝大将郭进是个很有才略的人。他建的宅院刚刚完工，就聚请同族亲朋宾客共贺新屋落成。甚至连土木泥水工匠，都一同宴请。他把工匠的座席安排在东边廊屋，紧靠儿辈们排坐。人们说：“各位公子怎与工匠们并列？”郭进指着工匠们说：“这是建造宅第的人。”又指着儿子们说：“这是以后变卖宅第的人，自然应该坐到造宅人的下席。”

汰侈部第十四

子犹曰：余稽之上志，所称骄奢淫佚，无如石太尉矣。而后魏河间犹谓："不恨我不见石崇，恨石崇不见我。"章武贪暴多财，一见河间，叹羡不觉成疾，还家卧三日不能起。人之侈心，岂有攸底哉？自非茂德，鲜克令终。金谷沙场，河间佛寺，指点而嗟咨者，又何多也！一日为欢，万年为笑！集《汰侈第十四》。

【译文】子犹说：我考查了以前史书的记载，能被称得上骄横奢侈、纵欲放荡的人，没有比得上石太尉（石崇）的。但是，后魏皇族河间公说："不遗憾我没有遇上石崇，遗憾的是石崇没有见到过我的富有。"后魏章武王这个人贪婪、凶暴，拥有很多钱财，但自从见到河间公，惊叹羡慕河间公的富贵，竟思虑成疾，回家后三日不能起床。人的奢侈贪心，哪有什么尽头啊？自己不具备很深的德行修养，将来就很难有好的结局。昔日豪华的金谷园变成了战场的废墟，后魏河间公富丽堂皇的宅院已成了佛寺，对此评说而又感叹者又有多少呢？一日的欢乐，将被万年取笑。为此汇集《汰侈部第十四》。

杜邠公

杜邠公悰，厚自奉养，常言："平生不称意有三事。其一为澧州刺史；其二贬司农卿；其三自西川移镇广陵，舟次瞿塘，为骇浪所惊，呼唤不暇，渴甚，自泼汤茶吃也。”

按邠公出入将相，未尝荐一幽隐，时号为“秃角犀”。凡莅藩镇，不断一狱，囚无轻重，任其殍殆。人有从剑门拾得裹漆器文书，乃成都具狱案牍。朝廷将富贵付此等人，那得不乱！

【译文】唐朝邠国公杜悰，生活十分奢侈，常常对人说：“我这一生有三件事不如意。其一，做澧州（今湖南澧县）刺史；其二，被降职做司农卿；其三，从西川（今四川境内）调任广陵（今江苏扬州），船停泊在瞿塘峡，被惊涛骇浪所惊吓，因恐惧而呼唤不停，后来感觉口很渴，就自己动手倒茶喝。”

邠国公身任将、相要职，从未向国家推荐过一个贤人，当时人们称他“秃角犀”。他在各节度使任上不理公事，不断一个案子，囚犯无论轻重，任其饿死。有人从剑门捡到用漆盒装着的文书，乃是成都府申报案件的卷宗。朝廷将荣华富贵交给不管国家安危、只图享乐的人，哪有不乱的呢！

李昊

李昊事前后蜀五十年，资货巨万，奢侈逾度，妓妾数百。尝读《王恺》《石崇传》，骂为“穷俭乞儿”。

此等乞儿，恐难为布施财主。

【译文】李昊在前、后蜀任官职达五十年，聚集的钱财物资超过百万，其生活奢侈无度，歌妓、小妾数以百计。曾经读《王恺》《石崇传》，讥笑说“王恺、石崇贫困，节省得像个讨饭度日的人”。

这样的乞丐，恐怕难做把财物施舍给他人的有钱人。

虞孝仁

隋虞孝仁性奢侈。伐辽之役，以骆驼负函盛水，养鱼以自给。

【译文】隋代虞孝仁生性奢侈。在伐辽的战役中，用骆驼驮着匣子盛水养鱼，以供自己食用。

人抱瓮

羊琇冬月酿，常令人抱瓮，须臾复易人，酒速成而味好。

【译文】晋朝的羊琇冬天酿酒时，常常让人抱着酒坛，一会换一个人，由于人体暖热，使酒酿成的速度快而且味道甘美。

蒸 豘

武帝食王武子家蒸豘，肥美异常，怪而问之。答曰："以人乳饮。"帝甚不平，不毕食便去。

豘儿无用，殆有甚者，武帝自不悟耳。

【译文】南朝宋武帝刘裕吃王武子（济）家蒸的小猪，味道鲜美，不同寻常，觉得惊讶就问为什么做得这么好吃。王家回答说："是用人的乳汁喂养小猪。"武帝听后，心甚感愤懑，没有吃完饭就离去了。

小猪没有用处，还有比这更过分的！武帝自己对事情看不透呀！

宋景文

宋景文好设重幕，内列宝炬，歌舞相继。坐客忘疲，但觉漏长，启幕视之，已是二宿。

按子京为翰苑时，晏相元献爱其才，欲旦夕相见，遂税一第于旁近，延居之。遇中秋，启晏召宋，出妓饮酒，赋诗达旦方罢。翌日，晏罢相，宋当草词，极其丑诋。方挥毫之际，余酲犹在。观者殊骇，以为薄德。则宋之为人可知矣。其好客，亦如屠沽儿团饮，岂真能致客哉！

宋郊居政府，上元夜读《周易》。弟学士宋祁点华灯，拥歌妓，醉饮达旦。翌日，郊令人云："相公寄语学士：闻昨夜烧灯夜宴，穷极奢侈，不知记得那年上元，同在州学吃斋煮饭否？"祁答曰："寄语相公：不知那年在州学吃斋煮饭为甚的？"

原来只为这个，可叹，可叹！

【译文】宋景文（祁）喜欢安排设立大型豪华的聚会，在蓬帐里面燃上华美的蜡烛，歌舞不停。被邀请的客人乐而忘疲，只是觉得时间很长了，打开帐蓬看看天色，才知已经是第二天夜晚。

按：子京（宋祁字）在翰林院任职时，丞相晏殊喜爱他的才华，想早晚都能见到他，于是租赁了一所房宅在他家附近，邀请子京居住。时逢中秋，晏殊摆设酒宴招待宋祁，让歌妓们陪着饮酒、赋诗，直到第二天早上才罢休。第二天，晏殊被免去丞相职务，应由宋子京起草免职文书，他所用言辞极尽丑化毁谤。当挥毫之时，酒后的困惫状态仍然没有消除。旁观的人非常惊恐，认为宋的品德行为浅薄、恶劣。就此可看出宋子京的为人，他的好客，也像屠户和卖酒的人聚在一起饮酒一样，难道能真心实意地邀请客人前来吗？

宋郊在中央政府内任职时，在正月十五的夜晚攻读《周易》。他的兄弟学士宋祁，点燃彩灯，簇拥着美丽的歌妓，畅怀饮酒直到天亮。第二天，宋郊派人对他的兄弟说："相公传话给学士：听见昨天晚上高悬彩灯，举行夜宴，其豪华气势，奢侈到了极点，不知学士可曾记得以前那年的正月十五，一同在州学吃粗茶淡饭吗？"宋祁回答说："传话给相公：不知道那年在州学吃粗茶淡饭为了什么？"

原来当年苦读只是为了今天的享受，可悲，可叹！

金莲盆

段文昌富贵后，打金莲花盆盛水濯足。或规之。答曰："人生几何？要酬生平不足也！"

【译文】唐朝的段文昌富贵以后，用黄金打制成莲花盆用来洗脚。有人规劝他不要如此奢侈，而段文昌回答说："人生能有多长时间？以此来酬谢、犒劳这一生还不够呢！"

索银盆盥洗

宁庶人宸濠既就擒，拘宿公馆，以铜盆与盥洗。怒曰："纵乏金盆，独无银者耶？"其习于奢侈如此！

【译文】被废为庶人的宁王宸濠因造反兵败被擒，拘留在一处官宅内，给他一个铜盆让他用来洗脸。宸濠愤怒地说："纵然没有金盆可用，难道还没有银盆吗？"他的奢侈习性已经到了如此地步。

蔡太师厨中人

宋时一士夫，京中买一妾，自言蔡太师府厨中人。命作包子，辞以不能。诘之曰："既是厨中人，何曰不能？"妾曰："妾乃包子厨中缕葱丝者。"曾无疑，乃周益公门下士也。有委之作志铭者，无疑援此事为辞，曰："某于益公之门，乃包子厨中缕葱丝者也，岂能作包子哉？"

【译文】宋代时，有一个士大夫，在京城内买回一个小妾，这个小妾自称是太师蔡京府里厨房中的佣人。士大夫便让她做包子，小妾推辞说不会做，问她说："你既然是厨房中的佣人，为什么说不会做包子呢。"小妾回答说："我乃是包子厨中专门切葱丝的人。"曾无疑，是周益公门下的学生，有人委托他写一篇墓志铭，曾无疑便援引这故事作为推辞的理由，说："我在周益公门下，乃是包子厨中专门切葱丝的人，哪能会做包子呢？"

厨 娘

京都中下户每生女，则爱护如捧璧。甫长成，则随其姿质教以艺业，用备士大夫采择。其名目不一，有所谓"身边人""本事人""供过人""针线人""堂前人""杂剧人""拆洗人""琴童""棋童""厨娘"等项。就中"厨娘"最为下色，然非极富贵之家，必不可用。

宝佑中，有太守某者，奋身寒素，不改儒风。偶奉祀居里，饮馔粗率，忽念昔留某官处，晚膳出京都厨娘，调羹极可口。有便介如京，谩作承受人书，托以物色，费不屑较。未几，承受人复书曰："得之矣。其人年可二十余，近回自府第，有容艺，能书算，旦夕遣以诣直。"不旬月，果至。初憩五里头时，遣脚夫先申状来，乃其亲笔也，字画端楷，历序"庆幸，即日伏侍左右"，末"乞以四轿接取，庶成体面"。辞甚委曲，殆非庸女子可及，守为之破颜。

及入门，容止循雅，翠袄红裙，参视左右，乃退。守大过所望。少选，亲朋集贺，厨娘亦遽致试厨之请。守曰："未可展会，明日且具常食。"厨娘请食菜品资次。守书以示之。厨娘谨奉旨，举笔砚具物料，内"羊头签"五分，各用羊首十个，葱齑五碟，合用五十斤；他物称是。守固疑其妄，然未欲遽示以俭鄙，姑从之，而密觇其所用。

翌旦，厨娘发行奁，取锅、铫、盂、杓、汤盘之属，令小婢先捧以行，灿烂耀目，皆黄白所为，大约已该五七十金。至如刀砧杂器，亦一一精致，旁观者啧然。厨娘更团袄围裙，银索攀膊，掉臂而入。据坐胡床，徐起切抹批脔，方正惯熟，条理精通，真有运斤成风之势。其治羊头，漉置几上，剔留脸肉，余悉掷之地。众问其故。厨娘曰："此皆非贵人所食矣！"众为拾顿他所。厨娘笑曰："汝辈真狗子也！"众虽怒，无语以答。其治葱韭，取葱辄微过汤沸，悉去须叶，视碟之大小，分寸而裁截之；又除其外数重，取心条之细似韭之黄者，以淡酒醯浸渍，余弃不惜。凡所供备，馨香脆美，济楚细腻，难以尽其形容。食者举箸无余，俱各相顾称好。既撤席，厨娘整襟再拜曰："此日试厨，幸中各意，后须照例支犒。”守方检例。厨娘曰：“岂非待检例耶？”探囊取数幅纸以呈上，曰：“是昨在某官处所得支赐判单也。”守视之，其例每展会支赐帛绢百匹，钱或至三二百千。守破悭勉从，私叹曰：“吾辈力薄，此等厨娘不宜常用！”不两月，托故遣还。

【译文】中都（今河南洛阳）地方的贫苦百姓，每生一女儿，就爱护得像捧着一个璧玉；刚刚长成人，就根据每人的姿色、气质的不同，分别教给她们不同的技艺，以备士大夫选用。这些艺业的名目不一，分别称为“身边人”“本事人”“供过人”“针钱人”“堂前人”“杂剧人”“拆洗人”“琴童”“棋童”“厨娘”等项，在这之中，“厨娘”是最为下等的一种，但若不是极其富贵、财力雄厚的人家，定然不可使用。

宋理宗宝佑年间，有一个太守，自身以勤俭、质朴为荣，不改儒家的传统。偶然奉命在家中进行祭祀活动，觉得菜肴粗劣，无法待客，猛然想起过去曾在某官家中，厨房所做的饭菜出自京都厨娘之手，烹调得极为可口。有顺便去京的差人，就随人写了封信，委托给帮助物色一个厨娘，费用不顾惜、不计较。没过几天，委托人就回信说：“厨娘已经找好了。这人年方二十有余，近期才回到自己的家里。有貌有艺，能写会算，在很短的时间内就会派遣到达。”不到十天，果然来到。在距太守所在城外五里便停下休息，派赶车的人先送来书信，乃是厨娘亲笔所写。字体笔划端庄秀丽，在信中写了一些“来此非常荣幸，即日将侍奉在太守的左右。”等等，末尾写道：“恳求用四顶轿子来接，这样才够体面。”言辞非常委婉、迁就，决非一般俗女子所能比。太守因为她的到来转忧为喜。

到太守府后，仪容举止高雅，身穿翠绿小袄红色裙，参拜了左右以后，才退下休息。太守以为大大超过了自己的期望。停了不久，亲戚朋友聚集祝贺，厨娘也很快提出了试厨的请求。太守对厨娘说："明日不是正式的宴会，暂且准备平常的饭菜。"厨娘请示太守做菜名称和数量。太守写出菜谱给厨娘。厨娘谨慎地遵照指示，拿笔列出了所用物品和用料。其中"羊头签"五份，每份用羊头十个，葱末五碟，加起来共需五十斤，其他用料酌情配齐。太守本疑其用料不实，然而也不想马上显示出自己的节俭、吝鄙，暂且按厨娘所说的办，背地里却偷偷窥看厨娘如何使用。

第二天早上，厨娘打开带来的行李，取出锅、铫（一种带柄的小烹器）、盂、杓、汤盘之类的烹调用具，让手下婢女们先捧了出来，器皿灿灿发光，耀人耳目，这些东西均是用金银制成，大约要用五到七十两金子。就是刀、砧，这些杂器，也非常精致，令观看的人惊叹。厨娘更换了团花棉袄和围裙、用银索链绑起衣袖，甩着臂膊走进厨房。倚坐在交椅上，慢慢地用切、抹、批、割等各种刀法将肉切成块。其手法有规有矩，有条有理，技术精通、纯熟，真有运刀成风的气势。厨娘整理羊头，将羊头散落地放在桌子上，只剔留下羊脸上的肉，其余都掷到地上。众人问厨娘原因。厨娘说："这些都不是高贵之人所食用的。"众人拾起厨娘丢弃的东西存放在别的地方。厨娘讥笑说："你们像狗样。"众人虽然恼怒，但也无话答对。厨娘整理葱末，将葱在沸水里过一下，仔细地除去根、叶，根据盘子的大小，切成一寸左右的小段，又除掉葱外面的几层，只取葱心的一小细条，用淡酒、醋浸泡一下，其余的舍弃毫不吝惜。所做的饭菜，香味飘溢，脆香味美，色泽分明，干净细腻，难以详尽地加以形容。吃饭的客人拿着筷子吃得一点不剩，相互称赞厨娘艺高。吃完后撤去酒席，厨娘整理衣襟，再次向宾客拜过后说："今日试厨，很荣幸各位满意，以后应照惯例支付犒劳。"太守刚想问以前如何支付酬金。厨娘说："难道要检对原来的支付吗？”说着，伸手从行囊中取出张纸呈给太守，说：“这些是过去在某官处所得到的支付和赐赏的单据。”太守看了看支付的单据，照例每次宴会的支付和犒赏，都是布匹锦缎百匹，钱财三二十万钱。太守只好破除悭吝，勉强支付。事后私下感叹说：“吾辈财乏力薄，这种上等厨娘，不适合经常使用啊！”不满两个月，托故将厨娘送回。

小四海

孙承祐尝馔客，指其盘筵曰：“今日坐中，南之蝤蛑，北之红羊，东之虾鱼，西之枣栗，无不毕备。可谓富有小四海矣！”

【译文】孙承佑曾经有一次宴请客人。席间，他指着盘里的菜肴说：“今天的餐桌上，有南方的蝤蛑（梭子蟹），有北方的红羊，有东海的鱼虾，有西域的枣栗，无所不有，真可以说富有小四海啦。”

大饼

王蜀时，有赵雄武者，累典名郡，精于饮馔。又能造大饼，每三斗面擀一枚，大于数间屋。或大内宴聚，或豪家广宴，辄请献一枚，剖用之犹有余。其方不传。众因号为“赵大饼”。

【译文】王建的前蜀国时候，有个叫赵雄武的官员，多次担任名郡太守，其家特别精于制作饮食饭菜，又能做大饼，一次能用三斗面擀做一个饼，比数间房屋还大。有的宫廷内宴会聚餐，有的富豪大户摆设大的筵席，常请他给做一个，把大饼切开来分给客人吃，仍然有剩余。他制作大饼的方法不外传。因此，大家给起了个绰号叫“赵大饼”。

大卵、大馒头

正德时，守备、中贵人竞为奢靡。有取鸡卵或鹅、鸭卵破之，不知何术分黄白，而以牛胞刮净，裹其外，约斗许大，熟而献客，曰：“此驼鸟卵也。”又作馒头大于斗，蒸熟而当席破之，中有二百许小馒头，各有馅而皆熟。（《朝野异闻》）

【译文】明朝正德年间，各地驻军将官和朝内太监相互争比奢侈靡费。有的人将鸡蛋、鹅蛋、鸭蛋打破，不知道用的什么方法将蛋清蛋黄分开，而后把牛的尿脬刮洗干净后，包在外面，大约有斗那么大，煮熟后献给客人吃，说：“这是驼鸟蛋。”又有人蒸的馒头比斗还大，蒸熟后在筵席上当着客人切开，大馒头中有二百多个小馒头，小馒头中有各种不同的馅，而且馅都蒸熟了。（出于《朝野异闻》）

吴馔

张江陵相公奔丧归。所坐步舆，则真定守钱普创以供奉者。前为重轩，后寝室，以便偃息，傍翼两庑，庑各一童子立而左右侍，为挥箑炷香。凡用卒三十二舁之。始所过州邑邮，牙盘上食，水陆过百品，居正犹以为无下箸处。而真守无锡人，独能为吴馔。居正甘之，曰：“吾行路至此，仅得一饱餐！”此语闻，于是吴中之善为庖者召募殆尽，皆得善价。

【译文】张江陵（居正）相公奔丧迎家时，他所乘坐的轿子，是真定（今河北正定）太守钱普专门制作送给他的。轿子的前面是较大的带栏杆的长廊，后面是住室，以便能仰卧休息。住室的两侧各有一个走廊，每个走廊上各有一个侍童站在左右，负责摇扇焚香。每用轿子时，就要用三十二个健壮男儿抬起。而从开始所路过的州府县城，无不用象牙雕盘，供给上等食物。水中游的，陆地上跑的，各种食品超过百种，但张居正还是觉得无处下筷子。而真定太守是无锡人，做得一手好苏州菜。张居正吃了认为很甘美，便说："我走了一路来到此地，只有这一顿才算吃饱。"此语被听闻，于是，吴地中所有精于烹饪的人都被招聘殆尽，并得到了很好的收入。

李后主姬

宋时，江南平，大将获李后主宠姬，见灯辄闭目，云"烟气"。易以蜡烛，亦闭目云："烟气愈甚！"曰："然则宫中未尝点烛耶？"云："宫中本阁，每至夜，则悬大珠，光照一室，如日中。"观此，则李氏之豪侈可知矣。

【译文】宋朝时，江南平定，有一个大将得到了南唐李后主（煜）的宠姬，该姬看见灯就闭上眼睛，说："有烟气。"换上蜡烛，仍闭上眼睛说："烟气更大了。"大将不解地问："难道宫中没有点过灯烛吗？"姬说："在宫中我住的楼阁，每到夜幕降临，就悬挂起一个很大的宝珠，珠光把整个房间照得通亮，像白天一样。"从此事看来，李煜豪华奢侈的生活可以想见了。

杨国忠妓

杨国忠凡有客设酒，令妓女各执其事，号“肉台盘”。冬月，令妓女围之，号“肉屏风”。又选妾肥大者于前遮风，谓之“肉障”“肉阵”。

孙晟每食不设几案，使众妓各执一器环立，亦号“肉台盘”。杭州别驾杜驯，亦有“肉屏风”事。

【译文】唐玄宗时宰相杨国忠，凡是有客人来，摆设酒宴时，就让家中歌妓每人各持一道菜或酒，供客人用，起个雅号曰：“肉台盘”。冬天，让歌妓们围在自己四周，叫作“肉屏风”。他又挑选了身体肥胖的妾，站在前面遮风，叫它作“肉障”或“肉阵”。

南唐的大臣孙晟，每次吃饭不摆设桌案，让众歌妓每人端一个器皿站成一圈，也叫“肉台盘”。杭州别驾杜驯也有使用“肉屏风”的事。

烛 围

韦陟家宴，使群婢各执一烛，四面行立，呼为“烛围”。（《长安后记》）

唐宁王“灯婢”，申王“烛奴”，皆刻香木为之，韦为侈矣！

【译文】韦陟摆设家宴时让众多的婢女每人拿着一支蜡烛，站在自己四周站成行，称之为“烛围”。（《长安后记》）

唐朝宁王的“灯婢”，申王的“烛奴”，两者都是用香木刻制而成的，可见其奢侈呀！

唾壶

苻朗尝与朝士宴。时贤并用唾壶。朗欲夸之，使小儿跪而张口，唾而含出。

朗善识味。或杀鸡以食之，朗曰："此鸡栖恒半露。"问之，如其言。又食鹅炙，知白黑之处。或试而记之，无毫厘之差。亦异人也！

南宋谢景仁裕性整洁。每唾，辄唾左右人衣。事毕，即听一日浣濯。每欲唾，左右争来受之。

严世蕃吐唾，皆美婢以口承之。方发声，婢口已巧就。谓曰"香唾盂"。

【译文】前秦苻朗曾经和朝臣们在一起宴会，当时的士大夫流行痰壶。苻朗想夸耀一下，让侍从小童子跪在地上张开嘴巴，苻朗将痰吐入小童口中，让他含出去。

苻朗特别善于识别味道。有人杀了一只鸡请他食用，朗食后说："这只鸡常歇宿在半露天的地方。因而问养鸡的人，果然像苻朗所说。又让他吃烤熟的鹅肉，他知道每块肉出于哪个部位。有的人试着记下来对比，竟无丝毫半厘差错，真是个奇异的人。

南宋谢景仁（裕），性好整洁，每次吐痰，就吐在左右佣人的衣服上，吐完之后，就放他一天假，让其洗衣服。因此，他每次刚想吐痰，左右佣人争着让吐在自己身上。

严世蕃吐痰，都是让漂亮的婢女用嘴接着，刚发出声音，婢女就早已张嘴巧妙地等待在合适位置，被称做"香唾盂"。

肉双陆

尚书王天华取媚世蕃，用锦罽织成点位，曰"双陆图"；别饰美人三十二，衣装缁素各半，曰“肉双陆”，以进。每对打，美人闻声，该在某点位，则自趋站之。世蕃但一试，便不复用。

【译文】尚书王天华为讨好严世蕃，用锦缎织成一个大象棋盘，叫“双陆图”；另外，用美女三十二个，所穿衣服黑白各一半，充当棋子，叫“肉双陆”，进献给世蕃。每对着图下棋，美女听到指挥声音，便走到应去的点位，世蕃只试一次，就不再用了。

严氏溺器

严分宜父子溺器，皆用金银铸妇人，而空其中，粉面彩衣，以阴受溺。

【译文】奸相严嵩父子的尿盆，都是用金银制成，形为妇人的模样，所铸妇人的身内是空的，并制漂亮的面孔和美丽的衣服，用妇人阴部接尿。

淫 筹

严氏籍没时，郡司某奉台使檄往，见榻下堆弃新白绫汗巾无数。不省其故，袖其一，出以咨众。有知者，掩口曰：“此秽巾。每与妇人合，辄弃其一。岁终数之，为淫筹焉。”

【译文】严嵩被抄家时，有一个地方官员奉命参加抄家，看见床下堆积着很多被丢弃的新白绫汗巾。不明白是什么缘故，就藏了一个在袖筒里，过后，拿出来问众人。有知道内情的人掩着嘴说："这是淫秽的汗巾，严氏每和一个妇人睡觉，就丢弃一个，等到年终数数，作为计算淫欲次数的筹码。"

诸葛昂

隋末深州诸葛昂，性豪侠。渤海高瓒闻而造之，为设鸡豚而已。瓒小其用，明日大设，屈昂客数十人，烹猪羊等，长八尺薄饼，阔丈余，裹馅，粗如庭柱，盘作酒碗行巡，自为金刚舞以送之。昂至后日，屈瓒客数百人，大设，车行酒，马行炙，挫碓斩脍，硙轹蒜韭，唱夜叉歌、狮子舞。瓒明日杀一奴子，十余岁，呈其头颅手足。座客皆攫喉而吐之。昂后日报设，先令爱妾行酒。妾无故笑，昂叱下，须臾蒸此妾，坐银盘，仍饰以脂粉，衣以绫罗，遂擘胁肉以啖。瓒诸客皆掩目。昂于奶房间撮肥肉食之，尽饱而止。瓒羞之，夜遁去。昂后遭离乱，狂贼来求金宝。无可给，缚于椽上，炙杀之。

【译文】隋朝末年深州（今河北安平）有个叫诸葛昂的人，性情豪爽侠义。渤海（今河北沧州）的高瓒闻其名后，专程登门拜访。诸葛昂只用鸡豚招待高瓒。高瓒认为诸葛昂小看了自己，第二天大摆宴席，请诸葛昂等客数十人，烹猪杀羊，足有八尺长，薄饼有万丈宽，裹上馅料，像庭柱一样粗，盘子作酒碗行酒令，并自己跳起了金刚舞以助酒兴。第三天，诸葛昂邀请了高瓒等数百名客人，大摆酒宴，用车载着酒，用马驮着菜，用舂米的石碓来斩肉块，用石磨车轧碎蒜和韭菜作配料，并唱夜叉歌，跳狮子舞以助酒兴。高瓒次日杀了一个奴隶的儿子，大约十多岁，他将孩子的头颅和手、脚做成菜招待客人，在座的客人都抓喉大吐。这之后，诸葛昂又回报设宴，先让他的爱妾给客人逐一行酒。席间，他的爱妾不知何故笑了起来，诸葛昂就大声责骂，并令手下人将其拿下，片刻功夫，将该妾蒸熟了，蒸后把她坐放在银盘上，仍旧涂上胭脂，穿上绫罗绸缎。诸葛昂顺手掰一块肋肉吃了，高瓒和客人们都闭上眼睛不敢再看。诸葛昂只管在其乳房上用手指抓下一块肥肉吃了，直到吃饱为止。并让赠给每人一块才算罢了。高瓒羞其不如，就连夜逃跑了。后来，诸葛昂遭遇战乱，劫匪来抢劫金银珠宝，他没有什么可给的，于是，劫匪便将他绑在房屋上的椽子上，活活烧死了。

炼炭

乾符中，有李使君出牧罢归，深感一贵家旧恩，欲召诸子从容。托敬爱寺僧圣刚者致之。僧极言其奢侈，常馔必以炭炊，恐不惬意。李曰："若象髓猩唇，或未能致，他非所患也。"于是择日邀致，备极丰洁。诸子遇肴羞，略不入口。主人揖之再三，唯沾果实而已。及设餐，俱置一匙于口，各攒眉相盼，有似啮蘖。李不能解，但以失饪为谢。明日托僧往质其故，言："燔炙煎和，俱未得法"。僧曰："他物纵不可食，餐出炭炊，又何嫌？"乃曰："凡炭必暖令熟，谓之炼炭，方可入爨。不然，犹带烟气。"僧拊掌曰："此则非贫道所知矣！"及巢寇陷洛，昆弟与僧同窜山谷，饿至三日，贼锋稍远。出河桥，见小店有脱粟饭，僧倾囊中钱，买于土杯同食，甚觉甘美。僧笑曰："此非炼炭所炊！"皆低头惭嘿。

【译文】唐僖宗乾符年间，有个姓李的太守任满免职回家后，非常感念一个富贵人家的旧恩，想让贵家的儿子来家作客，拜托敬爱寺的僧人圣刚长老传达这个想法。僧人极力说贵家生活十分奢侈，每顿饭菜都要用炭火做成，恐怕此事不如人意。李太守说："若用象的骨髓和猩猩的嘴唇，未必能弄到，其他的菜都不必发愁。"于是，择良日邀请贵家儿子到来，准备的饭菜极其丰盛整洁，贵家儿子看到菜肴，一点也不吃。主人让了几次，才用小匙子掬菜尝了一口，他们都皱着眉头，相互看着，就像吃苦树叶一样难受。李太守不能理解这是怎么回事，只好说饭菜做得不好，表示歉意。第二天，他托僧人前往贵家去问是什么缘故。贵家儿子们说："他的烧、烤、煎炒的技术都不得法。"僧人说："即使其他食物不可口，不能吃，但是饭是用炭火做成的，又有什么嫌弃的呢？"贵家儿子说："凡是用的炭必是放在火边慢慢烧透，这叫作炼炭，这样的炭才能放入灶内用来烧饭，不然，所做的饭带有烟熏味。"僧人合掌说道："这是贫道所不知道的呀！"后来，黄巢的军队攻陷了洛阳，贵家兄弟们随和尚一同逃到山里躲了三天三夜，没吃任何食物，等到贼寇走远以后，和尚和贵家兄弟才出山，趟过小河，看见一家小店有除皮的小米饭，僧人拿出了所有的钱买了饭，将饭装在土碗中大家一起吃，都觉得十分甘美可口。僧人笑着说："这可不是用炼炭煮的饭呀？"贵家兄弟们低头不语，甚感惭愧。

王黼

王黼宅与一寺为邻。有一僧，每日在黼宅沟中，取流出雪白饭颗，漉出洗净晒干。不知几年，积成一囤。靖康城破，黼宅骨肉绝食。此僧即用所囤之米，复用水浸蒸熟，送入黼宅。老幼赖之无饥。

若无沟中饭，早作沟中瘠。此又是奢侈人得便宜处。

【译文】宋朝丞相王黼的住宅和一寺庙相邻。寺内有一个僧人，每天从王黼家的阴沟中，将流出来的雪白饭粒捞出来，冲洗干净后晒干存放起来。不知过了多少年，僧人存的米积了一囤。靖康年间，京师被金兵攻破，王黼家中肉尽粮绝，全家老小都没有食物可吃。这时，寺中僧人就用所囤的米，重新用水浸泡后蒸熟，送到王府中，全家老幼就靠吃这些米，不至于忍饥挨饿。

若是没有僧人用从阴沟中捞出的米做的饭，王黼家人早做了路沟中的饿死鬼了，这又是奢侈的人得了便宜的地方。

四 尽

梁鱼弘，襄阳人，尝言："我为郡，有四尽：水中鱼鳖尽，山中麋鹿尽，田中米谷尽，村里人庶尽。"

【译文】梁鱼弘，是襄阳人。他曾经对人说："我当郡太守时，有四处达到了净尽，即湖泊河流中的鱼鳖吃光了，山中的麋鹿野兽打光了，田地中的米谷抢光了，村庄里的老百姓跑光了。"

贪秽部第十五

子犹曰：人生于财，死于财，荣辱于财。无钱对菊，彭泽令亦当败兴。倘孔氏绝粮而死，还称大圣人否？无怪乎世俗之营营矣！究竟人寿几何？一生吃着，亦自有限，到散场时，毫厘将不去，只落得子孙争嚷多，眼泪少。死而无知，直是枉却；如其有知，懊悔又不知如何也！吾苏陆念先，应徐少宰记室聘。比就馆，绝不作一字。徐无如何，乃为道地游塞上，抵大帅某，以三十镒为寿。既去戟门，陆对金大恸，曰："以汝故获祸者多矣！吾何用汝为！"即投之涧水中。人笑其痴，孰知正为痴人说法乎？集《贪秽第十五》。

【译文】子犹说：人因钱财而活，因钱财而死，荣华和耻辱都与财有关。没有钱买菊花看，陶渊明也会觉得败兴。假如孔子在陈蔡时因断粮而饿死，还能称为大圣人吗？怪不得一般市人为生计而忙碌！究竟人能活多长时间呢？一辈子的吃穿，也自有限度，到死的时候，丝毫也带不走，只会落得让子孙后代为争夺财产而争吵不休，而很少为你的死哭泣流泪。死后就什么也不知道了，真是忘却了冤屈；如他地下有知，还不知懊恼悔恨成什么样呢！我们苏州老乡陆念先，应徐少宰的聘请去当文书。刚到书馆，决不写一个字。徐少宰没有办法，就给他旅费让他去北方边境办事，到了某大帅驻地，大帅赏给他三十镒黄金为礼。刚出来到大门口，陆面对黄金大哭，说："因为金钱的缘故而受祸的人太多了！我要黄金有什么用！"随即把金子抛到山间的水沟里去了。人们都笑他傻，又谁能知道这正是为所谓的傻子所说的公道话呢？为此汇集《贪秽部第十五》。

如意

《风俗通》云：齐人有女，二家同往求之。东家子丑而富，西家子好而贫。父母不能决，使其女偏袒示意。女便两袒。母问其故。答曰："欲东家食、西家宿。"

昔有四人言志。一云："吾愿腰缠万贯。"一云："愿为扬州刺史。"一云："愿跨鹤仙游。"末一人云："吾志亦与诸君不殊，但愿腰缠十万贯，骑鹤上扬州耳。"故坡仙题竹云："若对此君仍大嚼，世间那有扬州鹤？"余观今人口谈贤圣，眈眈窥权要之津；手握牙筹，沾沾博慷慨之誉；惰农望岁，败子怨天，大率此类也，何独笑齐女哉？

衡公岳知庆阳，僚友诸妇会饮，金绮烂然，公内子荆布而已。既罢，颇不乐。公曰："汝坐何处？"曰："首席。"公曰："既坐首席，又要服华美，富贵可兼得耶？"斯乃知足者。

《归田录》云：国初，通判常与知州争权，每云"我是郡监"。有钱昆者，浙人，嗜蟹，常求补外，曰："但得有蟹无通判处，则可。"东坡诗云："欲问君王乞符竹，但忧无蟹有监州。"

同舍生刘垂，有口才，曾号"虚空锦"。说他日得志事，曰："有钱当作五窟堂：吴香窟，尽种梅花；秦香窟，周悬麝脐；越香窟，植岩桂；蜀香窟，栽椒；楚香窟，畦兰。四时草木，各占一时。予日入麝窟，便足了一生。死且为香鬼，况于生乎？”其后仕而贪，财不副心而卒。

【译文】《风俗通》说：齐国地方有一家人有个女儿，有两家同时前往求婚。东家的儿子面相难看但家境富裕，西家的儿子长得漂亮但家境贫穷。父母定不下来，便让他们的女儿袒露一臂表示意见。该女便袒露二臂。她的母亲问其原因。女儿答说：“我想在东家吃，在西家住。”

过去有四个人谈论理想。一个说：“我希望腰缠万贯。”一个说：“我想当扬州刺史。”一个说：“我希望骑着鹤像神仙一样游玩。”最后一个说：“我的愿望和你们几位的不一样，我只希望腰缠十万贯，骑着仙鹤去扬州而已。”所以苏东坡题竹时说：“如果对着竹子，你仍旧大吃大喝，人世间哪里还有扬州仙鹤呢？”我看现在的人嘴里说的是圣贤的话，内心却虎视眈眈想争权夺位；手里拿着计算器具斤斤计较，表面上却想博取慷慨大方的美称；懒惰的农夫希望每年有好收成，败家子总是埋怨天不降福给自己，像这类事太多了，又何必单单要笑话齐人的女儿呢？

衡公岳担任庆阳知府，一次同僚的夫人聚在一块喝酒，穿金戴银，打扮得都是灿烂华丽，唯有衡公的夫人穿着粗布衣服。酒宴结束，夫人很不高兴。衡公说：“你坐在什么地方？”夫人说：“坐在首席。”岳公说：“既然已坐在首席，还要穿华丽的衣服，富和贵可以同时都得到吗？”这是知足人的看法。

《归田录》说：宋朝建国初期，通判经常和知州争夺权力，每次都说：“我是本州的监督官。”有一个叫钱昆的，是浙江人，特别爱吃螃蟹，经常请求从京城调出到外地做官，他说：“我只要到有螃蟹而无通判的地方就可以了。”苏东坡诗中道：“想去向皇帝讨去当郡守的令符，只是担忧那里没有螃蟹只有监州。”

同宿舍的秀才刘垂，有说话才能，曾号称“虚空锦”。在一起说以后得行其志后要做的事，刘垂说：“我有钱了要建造五座住所，叫“五窟堂”；在吴香窟，全部种梅花；在秦香窟，四周挂上麝的香脐；在越香室，种植岩桂；在蜀香室，栽种茱萸；在楚香室，园中种兰草。一年四季的花草树木，每室各占有一个时节。我天天进入麝室，这一辈子也就满足了。死也要做香鬼，何况活着的时候？”刘垂后来当了官，但太贪财，终因财富满足不了心愿而死。

舍利

张虔钊镇沧州日，因旱，民饥，发廪赈之。方上闻，帝甚嘉奖。他日秋成，倍斗征敛，朝野鄙之。在蜀，问一禅僧云：“如何是舍利？”对曰：“剩置僦居，即得‘舍利’。”张但惭笑。

【译文】张虔钊镇守沧州的时候，因天大旱，百姓缺粮饥饿，他就开仓放米救济百姓。刚开始上报给皇帝知道，皇帝很高兴并重赏了他。后秋粮成熟后，他就加倍征收粮租，朝廷和民间都看不起他。张虔钊在四川，向一个老和尚问道：“什么是舍利？”老和尚答道：“把多余房子租赁出去，大大收租，就是‘舍利’。”张虔钊只是羞愧地笑笑。

抱鸡、养竹

《广记》：唐新昌县令夏侯彪之，初下车，问里正曰：“鸡卵一钱几颗？”曰：“三颗。”彪之乃遣取十千钱，令买三万颗，谓里正曰："未便要，且寄鸡母抱之。"遂成三万头鸡，经数月长成，令县吏："与我卖。"一鸡三十钱，半年之间，成三十万。又问："竹笋一钱几茎？"曰："五茎。"又取十千钱付之，买得五万茎。谓里正曰："吾未须笋，且林中养之。"至秋竹成，一茎十文，积成五十万。其贪鄙不道皆此类。

《谑浪》载：太守罗姓者，官江右，以旧丝及锅铁照斤数发出，易人网巾、钢针。智与此类。

【译文】《太平广记》载：唐朝新昌县的县令叫夏侯彪之，初上任，就问里正说："鸡蛋一个钱买几个？"里正说："三个。"夏侯县令于是差人取来十千钱，命买三万个，并对里正说："鸡蛋我现在还不要，且都寄放在母鸡那儿抱养着。"鸡蛋遂即成了三万只小鸡，小鸡经过几个月后长成大鸡，夏候县令又命典吏说："把鸡给我卖掉。"一只鸡三十个钱，在半年时间里，十千钱成了三十万。一次夏侯县令又问里正："竹笋一个钱几根？"答说："五根。"县令又取来十千钱付给里正，可以买五万根。对里正说："我现在不需要笋，都且在竹林中长着。"到秋天长成了大竹，一根卖十文，这样又积成了五十万。他贪财卑鄙不道义的行为都属这一类。

《谑浪》载：一个姓罗的太守，在江右做官时，以陈旧的丝和破铁锅的碎片按照斤数发放，去换别人的网巾、钢针。想法和这都是一类。

卖粪天子

唐少府监裴匪舒，奏请卖马粪，计岁得钱二十万缗。刘仁轨曰："恐后代称唐家卖马粪，非佳名也。"乃止。

【译文】唐朝的少府监裴匪舒，上书奏请皇帝将马圈的马粪卖掉，算计着每年可卖二十万串铜钱。刘仁轨劝阻说："这样做恐怕后人要叫唐皇帝是卖马粪的，名声不好呀。"于是这事就停止了。

婢担粪

王夷甫妻郭氏贪，令婢路上担粪。王平子年十四五，谏之。郭怒曰："夫人以小郎嘱新妇，不以新妇嘱小郎！"捉澄衣裙，将与杖。平子力争得脱。

【译文】晋朝王夷甫（衍）的妻子郭氏贪财，一天命她家的使女去路上拾粪。王衍的兄弟平子（澄）这年十四五岁，他规劝嫂子。郭氏听后恼怒地说："夫人把小叔嘱新娘子照管，而不是让新娘子听小叔管！"说着将王澄衣裙捉住，拿木杖就要打。平子用力挣扎才得以逃脱。

鬻 水

前燕太傅慕容评，屯兵潞川，以拒王猛。鄣固山泉，鬻水与军人，绢一匹，得水二石，积钱帛如山。士卒怨愤而败。

兵家列营，先择水草便地，岂奇货可居耶？若水从耿恭井中出，价当更倍。

【译文】前燕的太傅慕容评，将军队屯驻潞川，以抵抗王猛。他拦住山泉，而将水卖给士兵，一匹绢，可以买水二担，他卖水得到的钱和绢帛堆积如山。然而士兵们却怨恨气愤，不愿为他卖命而被王猛打败。

兵家安营扎寨，首先要选择水、草方便充足的地方以供军需，怎么可以把水、草当成货物，屯起来去卖高价？假若水是从耿恭井中取出的，水价就会更贵。（东汉耿恭率军驻守疏勒城，被匈奴围困半年，水尽粮绝，誓死不降。——译者注）

假子猷

解宾王作利漕，将代还，凡有行衙所在，竹皆伐卖之。时人呼为“假子猷”。（“解”“假”同音）

【译文】解宾王奉命修疏水道以利运粮，快要任满回朝，下令所过州县凡是有他流动办公衙门的地方，将竹子全部砍伐卖掉。当时的人把这戏称为“假子猷”。（王徽子，字子猷，性爱竹）（“解”和“假”字同音）

钱当酒

苏五奴妻善歌舞，亦有姿色。有邀请其妻者，五奴辄随之。人欲醉五奴以狎其妻，多劝之酒。五奴曰：“但多与我钱，虽吃䭔亦醉，不须酒也。”

【译文】苏五奴的妻子擅长歌舞，长得也很漂亮。凡是有邀请他妻子的，五奴总是跟随着。别人总想将五奴弄醉，和他妻子亲热，于是就劝他多喝酒。五奴说：“只要你们多多给我钱，我就是吃蒸饼也会醉，不需要喝酒。”

偷鞋刺史

郑仁凯性贪秽。尝为密州刺史，家奴告以鞋敝，即呼吏新鞋者，令之上树摘果，俾奴窃其鞋而去。吏诉之，仁凯曰："刺史不是守鞋人。"

【译文】郑仁凯天性贪财秽乱。曾做过密州（今山东胶县）刺史。一天，他家的仆人告诉他自己的鞋子破旧了，郑仁凯随即就叫来一个穿新鞋的属吏，命他上树去摘果子，郑仁凯派仆人乘机偷了那个属吏的新鞋而去。属吏下树不见新鞋就向郑仁凯诉说。郑仁凯说："刺史不是替你看鞋的人啊。"

匿金叵罗

魏神武帝宴僚属，于坐失金叵罗。窦泰令饮者皆脱帽，果在祖孝徵髻中。见者以为深耻，孝徵怡然自若。又孝徵饮司马世云家，藏铜叠三面，为厨人搜出。

吴下莫生学室，亦有窃疾。为张伯起家狎客。一日，忽言疝气，痛不可忍，少卧便起，曲腰蹒跚而出。张疑之，使童子检视，已失古铜炉矣。张不言，明日诣别业召莫。莫至，言疾愈。张取其所簪银挖耳玩之，佯称好，命童付银工看样，而密授以意。童径往莫家，语其妻曰："汝家官人云：'有一古铜炉欲货。'命吾来取，以挖耳为信。"妻不疑，取炉相授。张得炉，命别置他室案上，而徐引步入。莫见炉，张目曰："汝足亦能行耶？"恬不为怪。

【译文】一次北魏神武帝宴请下属官员，在座位上丢失了一只金子做的浅口酒杯。窦泰命所有饮酒的官员将帽子脱掉进行检查，果然在祖挺（字孝徵）的发结中发现了酒杯。其他官员见此都认为这是奇耻大辱，然而孝徵却仍然神态自然，和没事人一样。还有一次孝徵在司马世云家饮酒，又偷偷藏了三面铜叠，被司马家的厨师搜了出来。

苏州有个秀才莫学室，也有偷窃的毛病。后来他到张伯起家作陪伴权贵玩乐的门客。有一天，他忽然说疝气病发了，疼痛难忍，他稍躺卧了一会儿就起来，弯着腰，步履不稳，摇摇晃晃地走了出去。张伯起见此有些疑心，就命小书僮去检查，结果发现古铜炉已经丢失了。张伯起没有声张，到第二天让人去别墅叫莫来。莫学室来到后，说疝气病已经好了。张伯起让莫学室取下别在头上银制的挖耳勺拿在自己手中玩耍，假装称赞挖耳勺做得好，就命小书僮拿给银匠看看式样，并且悄悄向小书僮示意该怎么做。小书僮拿着银挖耳勺直接来到莫学室家，告诉他妻子说：“你丈夫说：‘家有一个古铜炉要出卖。’让我来取走，现以银挖耳为凭信。”莫学室的妻字一点也不怀疑，取出铜炉当面交给了书僮。张伯起得到古铜炉，就命人将铜炉放在其他房间的案子上，然后又很自然地将莫学室引到这间房子里。莫学室看见铜炉，睁大眼睛说：“你难道有脚也会自己走来吗？”然而他仍然满不在乎，不以为怪。

银 佛

张林奏毁佛寺。有苏监察者，检天下废寺，凡银佛一尺以下，多袖归。人号“苏扛佛”。温庭筠笑曰：“好对‘蜜陀僧’。”

【译文】唐朝一个叫张林的官员上奏皇帝请求拆毁全国佛院寺庙。有一个姓苏的监察官，奉旨去检视国内荒废的寺庙，在检视中他凡看到一尺以下高的银佛，就都藏在自己衣袖里归为己有。对此人们送他外号叫“苏扛佛”。温庭筠笑着说：“这正好对‘蜜陀僧’。”

献罗汉

曹翰下江南日，尽取其金帛宝货，连百余舟，私盗以归。无以为名，乃取庐山东林寺罗汉，每舟载十余尊。献之，诏赐相国寺。时谓之“押扛罗汉”。

子孙为乞丐时，百余舟安在？

【译文】宋初大将曹翰征讨江南时，他搜尽当地的金帛宝货，装载在百余只船上，私自窃为己有而回。因为没有名义，为遮人耳目，便把庐山东林寺的罗汉运回，在每只船上装载了十余尊。回到京城将罗汉献给皇帝，皇帝下令赏赐给了相国寺。这件事当时人们戏称为“押扛罗汉”。

当子孙沦为乞丐的时候，百余只船的宝物还会在吗？

盗伪辇

王镇恶性贪。既破姚泓，盗取府库无算。刘裕念其功，不问。又盗泓伪辇。裕惊，使人觇之。镇恶剔取其金银，弃辇于垣侧。裕大笑。

【译文】南朝宋的王镇恶天性贪婪。在打败姚泓攻占城池后，王镇恶私自窃取府库中的财物多得无法统计。宋武帝刘裕姑念他所建战功，对这事没有追究。后来王镇恶又私盗了姚泓制造的非法皇用车辇。刘裕闻听，这才受到惊动，马上派人前往暗地察看。去的人发现王镇恶仅是剔取了那车辇上的金银等，而将车子丢弃在官衙旁边。刘裕听说后大笑。

科钱造像

唐瀛州饶阳县令窦知范贪污。有一里正死，范集里正二百人，为之造像，各科钱一贯。既纳钱二百千。范曰："里正地下受罪，先须救急。我先选得一像，且以与之。"于袖中出像，仅五寸许。

此令乃化缘和尚现宰官身者。

【译文】唐代瀛州饶阳县县令窦知范有贪污行为。有一个他辖下的里正死了，窦县令就召集了两百个里正，说要为死去的里正造一尊佛像来超度他，要每人交纳一贯钱。这样不久就收纳了二十万贯钱。窦知范对他们说："那个死去的里正现在在地下受罪，必须先为他救急。我已经先选好了一个现成的佛像，就用它暂且代替吧。"他从自己的袖子里拿出一个石刻佛像，仅有五寸高左右。

这个县令当是化缘的和尚现托生做宰官的。

取油客子金

蜀简州刺史安重霸，黩货无厌。州民有油客子者，姓邓，能棋，其力粗赡。安召与对敌，只令立侍。每落子，俾其退立于西北牖下:"俟我算路,乃进!"终日不下十数子而已。邓生久立,饥倦不堪。次日又召。或讽邓子曰:"此侯好贿,本不为棋,何不献效而自求退?"邓生然之,以中金十铤获免。

【译文】前蜀简州刺史安重霸,搜敛钱财贪得无厌。在州民当中有一个开油坊生意的人,姓邓,会下围棋,棋力勉强可观。安重霸将邓召来与他下棋,而且只许邓站着下。邓每落下一子,安重霸就让他退后站在西北方的窗子下并说:"等我将棋路算好,你再走过来!"这样一天到晚也不过下十几个棋子而已。邓生站立的时间长了,饥饿疲倦得不得了。就这样第二天安重霸又将邓召来继续下棋。有人见此就劝告邓说:"这个郡侯好贪贿,他的本意并不为下棋,你何不仿效别人给他送礼,自求告退呢?"邓生认为对,就拿中等成色的银子十锭送给安重霸,免去了下棋之苦。

张鹭鹚

开宝中,神泉县令张某,外廉而内实贪。一日自榜县门云:"某月某日是知县生日。告示门内与给使诸色人,不得辄有献送。"有一曹吏与众议曰:"宰君明言生日,意令我辈知也。言不得献送,是谦也。"众曰:"然。"至日各持缣献之,命曰"续寿衣"。宰一无所拒,感领而已。复告之曰:"后月某日,是县君生日,更莫将来。"无不嗤者。众进士以鹭鹚诗讽之云:"飞来疑似鹤,下处却寻鱼。"

【译文】宋太祖开宝年间,神泉县的县令张某,是一个外表廉洁，实则内心很贪婪的人。一天他亲自将一张榜文贴在县府大门上说："某月某日是知县的生日，特告示衙内各级人员都不得送任何礼品。"有一个姓曹的吏员和众人议论说："知县明言告诉了他的生日，意思是让我们这些人知道。说不让给他献礼，是谦虚呀。"众人都说："是这样的。"到知县生日的那一天都各自拿着细绢来送礼，并起名叫作"续寿衣"。知县对此都没拒绝，很满意地收下了。后来他又告诉送礼的人："后月的某天，是我夫人的生日，你们千万不要再送礼物了。"众人听了没有不嗤之以鼻的。很多进士就做鹭鹚诗一首讽刺张知县道："飞过来疑是仙鹤，落下来却似鹭鹚寻鱼吃。"

赎命

北齐和士开，见人将就戮，多所营救。得免，即责其珍宝，谓之"赎命物"。

人尽有宁舍命不舍钱者，和未免干折人情。

【译文】和士开是北齐皇帝宠幸的贪官，有人即将被处斩，他便进行营救。待到这人得到赦免后，他随即就向这人索要珍宝，美其名曰是"赎命物"。

世人中尽管有很多宁肯舍命而不肯舍钱的，和士开就未免折赔人情了。

张、赵征钱名

《唐宋遗史》：张崇帅庐州，不法，民苦之。既入觐，人谓渠伊必不来。后还，征"渠伊钱"。人不敢言，但捋须而已。崇又征“捋须钱”。

《五代史补》: 赵在礼自采石移永兴, 人曰: “眼中拔却钉矣! ”后在礼还任, 每日征“拔钉钱”。

【译文】《唐宋遗史》载: 张崇统治庐州的时候, 横行不法, 百姓苦不堪言。秋天张崇进京朝见皇帝, 人们都议论说他必然不会再回来了。谁知张崇又回到庐州, 并且开征“渠伊(他字之意)钱”。人们都不敢多说, 只是捋捋胡须。张崇见此, 又开始征收“捋须钱”。

《五代史补》又载: 赵在礼这个人从采石县调任永兴县令, 人们说: “眼中钉被拔掉了! ”后来赵在礼又回到采石县为官, 每天都征收“拔钉钱”。

人须笔

岭南兔不常有。郡收得其皮, 使工人削笔。醉失之, 大惧, 因剪己须为笔, 甚善。更使为之, 工者辞焉。诘其由, 因实对。遂下令, 使一户输人须, 不能致, 辄责其值。

【译文】岭南的兔子少且不常见。一天郡守收得一张兔皮, 就让制笔工匠削制毛笔。工匠因喝醉酒而将兔皮丢失, 心里非常害怕, 因此将自己的胡须剪下制成笔, 笔做得好, 郡守很满意。此后郡守就让工匠经常为他制笔, 工匠推辞不干。郡守追问其原因, 工匠就将原因实说了。郡守听后遂下令, 指使全县每一户都要上交胡须, 凡交不出的, 郡守都要处以罚金。

负绢布

后魏胡太后幸藏库, 见布绢充盈, 恣从官所取。唯章武王融与陈留侯李崇负绢过任，遂至颠仆。崇伤腰，融损足。太后使侍者夺其绢，令其空出。时人笑焉。

燕宋该性贪。太祖欲厌其贪，赐布百匹，令自负归。重不能胜，乃至僵项。

凡人“财帛宫”亦有天限。人但知多负者力过则蹶，而不知多藏者禄过则绝也。

【译文】后魏时胡太后巡视收藏库，当她看到布匹和丝绢的贮存已经很充足时，就下令任凭随从官员取用。这些官员中唯章武王元融和陈留侯李崇因背驮的丝绢过重，没出门就摔倒了。李崇扭伤了腰，元融摔伤了脚。太后见此就命侍奉的人夺去二人所背丝绢，并命二人空手而出。当时人都笑话他们二人。

前燕的宋该天性贪婪。燕太祖皇帝想压制他的贪性，就赐他一百匹布，并命他自己背回家。因布太重，宋不能承受，以致他的脖子都被压僵硬了。

所有人命中的“财帛宫”，上天给的都有限量。人如果只知道负担过重，用力过度就会跌倒，而不知道收藏多的人，受禄过量则会什么也得不到。

利赐予

南汉、闽、蜀皆称帝。高从诲利其赐予，所向称臣。诸国贱之，谓之“高无赖”。

所向称臣，如乞儿叫“老爹奶奶”，便不值钱了。

【译文】南汉、闽、蜀都建国称帝。南平王高从诲因贪图他们的赏赐，就分别向三国俯首称臣。对此，三个国家都很鄙视他，叫他是“高无赖”。

向所有的国家俯首称臣，就好比乞儿要饭时向所有人都叫“老爹奶奶”，就不值钱了。

利赗给

宋张璪使契丹，老病强行。故事：死于使者，本朝及北朝赗给甚厚。璪利之，在道日，食生冷，求病死，卒不死。

此等性命，方是值钱。失此好机会，未免入“枉死城”中。

【译文】宋朝的张璪奉命出使契丹，年老带病勉强前行。根据以往的旧例，使者在出使期间死亡，当朝以及北朝都会给他家很丰富的周济。璪想到这些利益，在途中的日子里，吃生冷的食物，希望得病死亡，然而他终于没有死。

像这样的性命，才是值钱的。失去这样的好机会，死后灵魂未免要入“枉死城”中了。

一门贪鄙

唐崔湜为吏部侍郎，贪纵。兄凭弟力，父挟子威，咸受嘱求，赃污狼籍。父挹为司业，受选人钱，湜不知也，长名放之。其人诉曰：“公亲将赂去，何不与官？”湜曰：“所亲为谁？吾捉取鞭杀！”曰：“鞭即遭忧！”湜大怒惭。

【译文】唐朝的崔湜这个人任吏部侍郎，他既贪财又放纵。他的哥哥倚仗他的势力，父亲利用他的权威，对于别人的委托和请求都接受，因此收受的财礼和赃物在家里堆放得到处都是。他的父亲当时任国子监副长官，接受了一个候补官员的钱要替为补官，崔湜不知这件事，就把那人的名字从补官的名单中划去。那人找到崔湜诉说："你的亲人已经收受了我送的钱，你为何不给我补上官职呢？"崔湜说："你所说的亲人是谁？我要将他拿下，用鞭子将他杀死！"那人说："你用鞭子将他打死你就得丁忧守孝！"崔湜听了又恼怒又惭愧。

裴佶姑夫

唐裴佶尝话少时，姑夫为朝官，有雅望。佶至宅，会其退朝，深叹曰："崔照何人？众口称美，必行贿也！如此安得不乱？"言未讫，门者报寿州崔使君候谒。姑夫怒，呵门者，将鞭之。良久，束带强见。须臾，命茶甚急，又命酒馔，又命速为饭。佶姑曰："何前倨而后恭？"及入门，有德色，揖佶曰："憩学中！"佶未下阶，出怀中一纸，乃赠官絁千匹。

【译文】唐代的裴佶曾经说起在他年少的时候，他的姑夫在朝为官，有好名望。有一次裴佶到姑姑家，正好赶上姑夫退朝，只听他姑夫长叹着说："崔照是个什么人？大家都在赞美他，肯定是他向大家行贿了！这样天下还不乱吗？"话没说完，就听守门人来报说寿州（今安徽寿县）的崔使君（照）来拜访，等候接见。姑夫闻报大怒，呵斥守门人，要用鞭子打他。过了很长时间，他才整衣束带勉强接见。功夫不大，他就急着让家人赶快上茶，又命人安排酒食，接着又命淘米做饭。裴佶的姑姑不解地说："你为何先前傲慢而后又恭迎他呢？”待回到门里，裴佶的姑夫怀着有恩德于人的样子，挥手对裴佶说：“你先去学堂里休息吧！”裴佶还没有走下台阶，姑夫便从怀中取出一张礼单，原是一张崔照赠官纱绸千匹的礼单。

元诞不贪

元诞为齐州刺史，在州贪暴。有沙门为诞采药还。诞曰：“师从外来，有何得？”对曰：“唯闻王贪，愿王早代。”诞曰：“齐州七万家，吾每家未得三升钱，何得言贪？”

【译文】后魏济阴王元诞任齐州刺史时，在州里贪财残暴。有一天一个和尚为元诞采药归来。元诞说：“大师从外面回来，听到些什么？”和尚对答说：“只听到人说大王贪，希望大王早点下台。”元诞说：“齐州地面有七万户人家，每一家我搜刮的还不足三升米的钱，怎能说我贪呢？”

尉 景

北齐尉景性贪。厍狄干与景在神武坐，请作御史中尉。神武曰：“何意下求卑官？”干曰：“欲捉尉景。”神武大笑，令优者石董桶戏之。董桶剥景衣曰：“公剥百姓，董桶何为不剥公？”

【译文】北齐的尉景天性贪婪。一天厍狄干同尉景在神武帝那儿坐着议事，狄干请求神武帝任命他为御史中尉。神武帝不解地问他：“你为何要下求这么微小的官呢？”狄干说：“我想捉拿尉景。”神武帝大笑，就命艺人石董桶去戏耍尉景。董桶扒着尉景的衣服说："你剥削老百姓，董桶为何不剥削你尉公呢？"

壮观、牧爱

正德中，陈民望为黄州守，更新谯楼，榜以"壮观"二字。同知王卿，陕人也，颇有清誉，指题谓邓震卿曰："何名'壮观'？自我西音，乃'赃官'也。"相与一笑。又绍兴府有扁云"牧爱"。戚编修谓时守曰："此扁可撤去。自下望之，乃'收受'字耳。""牧爱""壮观"是的对。

【译文】明正德年间，陈民望任黄州太守，他要重修谯楼，并榜以"壮观"二字。担任黄州同知的官员名叫王卿，是陕西人，很有点廉洁的名誉，他指着题榜对邓震卿说："什么名叫'壮观'？用我们陕西话说，就是'赃官'呀。"二人相对一笑。另外绍兴府有一个匾写的是"牧爱"。戚编修对当时的太守说："这一块匾应该撤下去。因为从下向上看它，是'收受'字样。""牧爱""壮观"正好是一副十分妥帖的对句。

菜瓮

聂豹，字文蔚，永丰人，好讲阳明之学，而天性贪狡。为苏州时，纳贿无算。尝封金于瓮，为李通判所见，佯云："以菜寄父。"李曰："拙妻正思菜。"遂取十二瓶去。豹不敢问。

还亏曾讲学，故不敢与李通判争竞。

【译文】聂豹，字文蔚，是永丰人，喜好和人谈论王阳明的学说，然而他天性贪婪狡诈。他在苏州做官时，接受贿赂的钱财多得无法计算。有一次他把金银封藏在瓮内，正好被李通判看见，就掩饰说："把这些菜寄给父亲吃。"李通判说："我的夫人正想吃菜。"随即取了十二瓶而去。聂豹见此也不敢追要。

亏得曾经还讲究过学问，所以不敢与李通判争要。

麻鞋一屋

《颜氏家训》：邺下一领军贪甚，及籍没，麻鞋亦满一屋。

【译文】《颜氏家训》载：邺下（古都邑名，现在河北临漳和河南安阳一带）有一个领军非常贪财，以至到抄家没收他财产的时候，发现仅麻鞋就堆了满满一屋。

钱痨

严相嵩父子，聚贿满百万，辄置酒一高会。凡五高会矣，而渔猎犹不止。京师名之曰"钱痨"。

【译文】明奸相严嵩父子二人，每当积聚贪贿的钱财满一百万时，总是要准备酒菜来一次盛宴。已经进行五次盛宴了，然而他们父子到处捞财的行动仍然不停止。京城的百姓给起名叫作"钱痨"。

不动尊

刘宣武铸铁为算子。子薄游妓家，妓求钗奁。刘子辞之。

姥曰：“君家库中青铜，号为‘不动尊’，可惜朽烂！”刘子云：“吾父唤算子作‘长生铁’，况钱乎？彼日烧香祷祝天地，要钱生儿，绢生孙，金银千百亿化身，岂止‘不动尊’而已！”

【译文】刘宣武铸铁做算盘子。他的儿子一次去妓院玩乐，一个妓女向他索求首饰。刘子推辞不给。妓院老鸨对他说：“你们家的库房中藏的青铜，号称为‘不动尊’（佛名，亦是钱的别称），但可惜的是因腐蚀已经朽烂了！”刘子说：“我父亲称呼算盘子叫‘长生铁’，更何况钱呢？他天天烧香拜告天地，要让钱生钱，绢生出绢，变化出千百亿金银来，岂止只有‘不动尊’呢！”

欺心报

《耳谈》：李士衡奉使高丽，武人余英副焉。所得礼币及诸赠遗，士衡皆不关意。余英虑船漏，以士衡之物籍船底，已物置其上。无何，遇大风，船几覆。舟人请减所载，仓忙不暇拣择，信手拈出，弃之中流，舟始定，盖皆余英物也。

【译文】《耳谈》载：李士衡奉皇帝之命出使高丽（今朝鲜），武将余英为他的副手。在出使期间他们二人得到的礼品、金钱和所有的赠物，士衡都没有放在心上。装船时余英考虑到船底会漏水，就把士衡的东西全部放在船仓的底部，而将自己的东西放置在士衡的东西的上面。船行没有多久，在海上遇到了大风，船差点被掀翻。船上的人见危险就请求减轻船载，因此在匆忙中也来不及细看选择，随手就将东西掂出来扔到海里，这样船才平稳下来。检查一下，扔掉的全部是余英的东西。

死 友

《耳谈》：孝感县民刘尚贤、张明时二人，约为死友，实以利合也。偶夜行，见火燐燐，识其地，掘之，见银笋矗起。二人大喜，谓宜具牲礼祭祷，然后凿取。刘已置毒盏中，令张服之。张亦腰斧而来，乘醉击刘死，而不知己已中毒也。两人者皆死，其家人往视银笋，濯濯无迹。万历乙未年事。

【译文】《耳谈》载：孝感县的刘尚贤和张明时两个人，相约结为生死朋友，但实际上这是二人利益上的结合。有一次二人在夜间结伴同行，忽见前面火光闪烁，找到那个地方，挖地寻找，结果发现了一个矗立的银笋。二人非常高兴，商量着应准备好牲礼进行祭祀祷告，然后再挖取。等祭品准备好时，刘尚贤已经将毒药放入酒杯内，让张喝下去。张明时这时也手持短斧扑来，乘着酒醉将刘尚贤杀死，然而他此时却还不知自己也中了毒要死了。后来两个人都死了，他们各自的家人前去看银笋，结果竟丝毫没有一点踪迹。这件事发生在明万历二十三年（1595）。

太仓库偷儿

太仓库于万历戊戌中，有偷儿从水窦中入，窦隘，攒以首，无完肤矣。亦得一大宝，置顶际，如前出。至窦之半，不意复有偷儿入，俱不能退，两顶相抵槁死，而宝在其中。久之，拥水不流，治渎始见。见邸报。

【译文】万历二十六年（1598），有一个小偷从下水道进入到太仓库内偷东西。因水道狭窄，小偷就头在前、身在后向里钻，等钻出水道时身上被磨刮得已是体无完肤了。就这样他也得到了一个大的元宝，他将宝物放置在头前顶着，和钻进时的动作一样向外出。钻到水道一半的时候，没想到又有一个小偷从水道进口向里钻，两个小偷相遇却都不能向后退出，就这样他们两个头顶头就像稻麦杆一样直挺挺死了，而元宝还夹在二人中间。时间长了，积水被堵住不能流出，直到疏通水道时这两个小偷的尸体才被发现。这件事见当时传递朝政消息的《邸报》中。

神仙酒

《猃园》：浙东桐庐县旧有酒井，相传有道人诣一酒肆中取饮，饮毕，辄去，酿家亦不索值。久之，道人谓主媪曰："数费媪酒，无以报。有少药投井中，可不酿而得美酒。"乃从渔鼓中泻出药二丸，色黄而坚，如龙眼大，投井中而去。明日井泉腾沸，挹之皆甘醴，香味逾于造者。俗呼为"神仙酒"。其家用此致富。凡三十年，而道人复来，阖门敬礼。道人从容问曰："君家自有此井以来，所入子钱几何？"主媪曰："酒则美矣，奈乏糟粕饲猪，亦一欠事！"道人叹息，以手探井中，药即跃出，置渔鼓中，井复如旧。

【译文】《猃园杂志》载：在浙江东部的桐庐县原来有一口酒井，传说过去有一个道人经常去一个酒馆喝酒，喝罢，即走，酒家也从不问他要钱。时间长了，一天道人对酒店的主妇说："我经常白喝你家的酒，没有什么报答的。我现在向你家的井里投放一点药，你就可以不酿酒而得到美酒了。”于是他从渔鼓中倒出两粒药丸，呈黄色且坚硬，和龙眼大小差不多，道人将药丸投入井中就走了。第二天这口井的泉水沸沸腾腾，尝一尝都是美好的甜酒，香味超过自己酿造的。大家都称这酒是“神仙酒”。这一家也因此酒井而发家致富。三十年过去了，那个道人又来到这个酒店，酒店全家都向道人致敬施礼。道人很从容地问主妇说：“你们家自从有了这口酒井，共收入了多少钱呢？”主妇说：“酒倒是美酒，无奈只是缺少酒糟作喂猪饲料，也算是一件美中不足的事！”道人听后叹息一声，将手伸入井内，药丸随即就浮上水面，道人将药丸放入渔鼓中，这口井就又恢复了原来的水质。

古物

江夏王义恭，性爱古物，常遍就朝士求之。侍中何勖已有所送，而征索不已。何意不平，尝出行道中，见狗枷、败犊鼻，命仆取归，饰以箱，送之。笺曰：“承复须古物，今奉李斯狗枷，相如犊鼻。”

【译文】南朝宋的江夏王名叫刘义恭，本性酷爱古物，经常在朝臣当中求取。有个叫何勖的侍中已经向义恭送去了古物，然而义恭仍然向他征求索取不止。何勖的心里很不平，有一次出门在行进的路上，看见了有人扔掉的拴狗的破项圈和一条破短裤，就命仆人拾起带回去，他把二物放入装饰好的箱子里，给义恭送了去。并在信上写道：“承蒙大王多次向我索要古物，现在奉上秦李斯拴狗用的项圈、汉朝司马相如卖酒时穿过的短裤。”

铜 臭

崔烈入钱五百万，为司徒。及辞帝，帝曰：“悔不少靳，可至千万。”子均，字孔平，亦有时名。烈问均曰：“我作公，天下谓何如？”对曰：“大人少有高名，不谓不当为公，但海内嫌其铜臭！”

【译文】东汉的崔烈捐钱五百万，买了一个司徒的官。临上任向皇帝辞别时，皇帝说：“你不后悔吝惜这五百万钱，可得到一千万。”他的儿子崔均，字孔平，在当时也很有名气。崔烈问儿子说：“我当了三公之一的司徒，天下有什么舆论说我呢？”崔均说：“大人年少时便有高的名望，不能说你没有当三公的资格，但只是在海内现在都嫌你身上有铜臭味了！”

贪位附

夏侯嘉正性贪，常言“若能见水银成银一钱，知制诰一日，死亦无恨！”

则天时，夏官侍郎侯知一，以年老敕令致仕。知一乃诣朝堂，跳跃驰走，以示轻捷。时谓“不伏致仕”。

《朝野佥载》：滕王为隆州刺史，多不法。参军裴聿谏止之。王怒，令左右搁拓。他日聿入计，具诉于帝。帝问聿：“曾被几拓？”聿曰：“前后八拓。”即令迁八阶。聿归叹曰：“何其命薄？若言九拓，当入五品矣！”闻者哂之，号“八拓将军”。

【译文】夏侯嘉正本性贪婪，他常说“假如能让我看见水银变成一钱银子，能担任知制诰的官职一天，就是死了也不会遗恨！”

则天皇帝在位时，侯知一任夏官侍郎，因年老武则天诏令他辞官。侯知一于是来到朝堂，跳跃着走得很快，以表示他动作轻盈敏捷、尚未年老。当时人说他是“不伏致仕”（不服辞官）。

《朝野佥载》中说：滕王任隆州刺史时，经常不守法度。一名叫裴聿的参军直言劝阻他。滕王很恼怒，就令左右侍役用手掌拓打他的耳光。过了几日，裴聿入朝议事，将被打之事全部告诉了皇帝。皇帝问聿：“你曾被打过几个耳光？”裴聿说：“前前后后共八个。”皇帝即下令让聿的官级向上升八级。裴聿回到家里叹息着说：“我的命怎么这样不好呀？假如我要说是九次耳光，就可以当上五品官了！”听到的人都讥笑他，称他是“八拓将军”。

鸷忍部第十六

子犹曰：人有恒言，曰“贪酷”。贪犹有为为之也，酷何利焉？其性乎！其性乎！非独忍人，亦自忍也！尝闻嘉靖间，一勋戚子好杀猪，日市数百猪，使屠者临池宰割，因而观之，以为笑乐。又吾里中一童子，见狗屠缚狗，方举棍，急探袖中钱赠之，曰：“以此为酒资，须让此一棍与我打。”自非性与人殊，奚其然？集《鸷忍第十六》。

【译文】子犹说：人们常说的话题，就是“贪婪残酷”。贪婪还有贪婪的目的，残酷能得到什么呢？难道是本性吗？不只是对人狠，也是对自己狠。曾经听说明世宗嘉靖年间，有一贵戚的儿子爱好杀猪，每天购买几百头猪，让屠夫站在水池旁宰杀，自己很轻松地看着，把这当作一件乐事。我们乡里又有一个少年，见杀狗的在绑狗，正要举棍，他急忙取出袖中钱送给他说：“拿这作为酒钱，这一棍得让给我打。”自然不是性情和别人不同，什么使他这样呢？汇集《鸷忍部第十六》。

以人命戏

《汉书》：江都王建专为淫虐。游章台宫，令四女子乘小船，建以足蹈覆其船，四人皆溺，二人死。后游雷波，天大风，建使郎二人乘小船入波中，船覆，两郎溺，攀船，乍见乍没。建临观大笑，令勿救。宫人姬八子（姬妾，官名）。有过，辄令裸立击鼓，或置树上，久者三十日，乃得衣。或纵狼令啮杀之，建观而大笑。又欲令人与禽兽交而生子，强令宫人裸而四据，与羝羊及狗交。

北齐文宣淫暴，杨愔虽宰辅，每使进厕筹。又尝置愔棺中，载以车，几下钉者数四。每视朝，群臣多无故行诛。乃简取罪人随驾，号为“供御囚”，手自刃杀，持以为戏。

时有都督战伤，其什长路晖礼不能救。帝命刳其五脏，使九人分食之，肉及秽恶皆尽。

齐主问南阳王绰：“在州何事最乐？”对曰：“多聚蝎于皿器，置狙其中，观之极乐。”帝即命索蝎一斗，置浴斛，使人裸卧斛中，呼号宛转，帝与绰喜噱不已。因让绰曰：“如此乐事，何不驰驿奏闻？”

唐成王千里使岭南，取大蛇长八九尺，以绳缚口，横于门限之下。州县参谒，呼令入门。忽踏蛇，惊惶僵仆，被蛇绕数匝。良久，解之，以为戏笑。又取龟及鳖，令人脱衣，纵龟等啮其体，终不肯放，死而后已。其人痛号欲绝。王与姬妾共看，以为玩乐。然后以竹刺龟鳖口，或用艾炙背，乃得放。人被惊者，皆失魂，至死不平复矣。

【译文】《汉书》载：江都王刘建专门做荒淫暴虐之事，游览章台宫，命令四个女子乘坐在小船上，刘建用脚踩翻那只小船，四人全部落水，二人淹死。后来游历雷波（波，音陂，在今江苏江都境，已淤没），天起了大风，刘建让两个年青人乘着小船驶入波中，船翻，两人落了水，竭力往船上爬，忽隐忽现，刘建站在水边观看，哈哈大笑，传令不许救人。宫人、姬八子（姬妾，官名）犯了错，总是命令她们一丝不挂站着敲鼓，或者把她们放在树上，长的放了三十天，才得到衣服穿。或者放狼出来，让狼咬死这些人，刘建看着大笑。又想让人与动物交配生下后代，强迫宫女赤身裸体，手脚着地，与公羊和狗交媾。

北齐文宣帝高洋荒淫残暴，杨愔虽是宰相，常让他进厕所送手纸，又曾经把杨愔放在棺材中，装在灵车上，多次几乎往上钉钉。每次临朝，群臣常常无故被杀，于是选取罪犯随着皇帝车驾，称为"供御囚"，亲手杀死，不断以这种杀人方法作为游戏。

当时有位都督打仗受伤，他的什长路晖礼没能救助他。高洋命令剖开什长的五脏，分给九个人吃，肉和一些不干净的东西都被吃光了。

齐主高洋问南阳王高绰："州里什么事最让人高兴呀？"回答说："多寻些蝎子放在有盖的容器里，里边放只猴子，看这种场面极为快乐。"皇帝当即命令找来一斗蝎子，放在澡缸里，让一人赤身躺在盆中，那人哀呼连连，皇帝与高绰喜笑不止。并且责备高绰说："如此乐事，为何不飞马奏报上来。"

唐成王派使者千里迢迢到岭南，弄来一条八九尺长的大蟒，用绳子扎住蟒口，横放在门槛下边。州县长官前来拜见，传令进去。忽然间踩到蛇身上，惊恐得浑身发硬，跌倒在地，身体被蛇缠住好几圈，过了很久，才解开，唐成王拿这当作玩笑。又取来乌龟和老鳖，让人脱去衣服，纵使龟鳖咬住人体，始终不肯放口，到死才算罢休。那人痛哭欲绝。成王与爱妾一同观看，当作玩乐，然后用竹子刺龟鳖的嘴，或者用艾草烤龟背，龟才松口，人被惊吓后，无不失魂落魄，到死也不能康复了。

水 狱

汉主龑聚毒蛇水中，以罪人投之，谓之“水狱”。

【译文】南汉皇帝刘龑搜集毒蛇放在水中，把犯人投入，称它为“水狱”。

剖视肠腹

闽主曦谓学士周维岳曰：“维岳身甚小，何饮酒之多？”左右曰：“酒有别肠，不必长大。”曦欣然命捽维岳下殿，欲剖视其酒肠。或曰：“杀维岳，无能侍陛下剧饮者。”乃舍之。

宋后废帝好杀。游击将军孙超有蒜气，剖腹视之。

【译文】五代时割据于福建的闽主王曦对学士周维岳说：“你身材很小，为何能喝那么多的酒？”身旁的人说：“喝酒需要特别的肠胃，身材不必高大。”王曦很高兴地下令将周维岳揪下殿去，打算剖开他的酒肚子看看，有人说：“杀了周维岳，就没有能够陪陛下痛饮的人了。”这才放了他。

南宋后废帝刘昱喜欢杀人，游击将军孙超身上有股蒜味，刘昱剖开他的肚子看个究竟。

佳射的

齐高帝为宋中领军。苍梧直入府，时暑热，帝袒裼。苍梧画帝腹为射的，自射之。王天恩曰：“领军腹大，是佳射的。一箭便死，后无复射，不如以雹箭射之。”

【译文】齐高帝萧道成任宋朝的中领军的时候。苍梧王刘昱径直走进领军府邸。当时天气炎热，萧道成裸露着上身，苍梧王把萧道成的肚子画成箭靶，亲自拿箭射。王天恩说：“将军肚子大，是个好箭靶，一箭就能射死，以后就不能再射了，不如用骨箭头的箭射它。”

针

《典论》：刘表设大针于杖端。客有被酒，劖之，以验醉醒。《晋史》：惠帝太子恶舍人杜锡亮直，置针于锡坐毡中，刺之流血。语云“如坐针毡”，本此。

【译文】《典论》载：刘表在杖子的顶端装上大针，客人有喝多酒的，就用杖子刺他，来验看是真醉还是清醒。《晋书》载：惠帝太子司马衷讨厌门客杜锡诚实耿直，把针放在杜锡坐的毡子中，刺得杜锡直流血。成语“如坐针毡”，本源于此。

吞鳝

梁邵陵王纶为南徐州刺史。尝微服游市里，问卖鳝者曰：“刺史何如？”答言“躁虐”。纶怒，令吞鳝以死。

【译文】梁邵陵王萧纶任南徐州（今江苏丹徒）刺史。曾经穿着便服在集市里游逛，问卖鳝鱼的：“刺史怎么样啊？”回答说：“暴躁酷虐。”萧纶发怒，让他吞食鳝鱼，导致死亡。

试 荆

隋燕荣为幽州总管。道次，见丛荆堪为笞箠，取以试人。人自陈无罪。荣曰："后有罪当免。"及后犯细过，将挞之。人曰："前许见宥。"荣曰："无过尚尔，况有过乎？"搒捶如初。

【译文】隋燕荣任幽州（今河北北部，北京一带）总管。途中扎营，看见一丛丛的荆棘能够做成打人用的藤鞭，取来在人身上试。那人自己陈述无罪。燕荣说："以后有罪就赦免你。"等到后来，那人犯了一个小过错，将要打他。那人说："以前答应宽恕的。"燕荣说："没错尚且如此，何况犯了错呢？"于是就像当初那样打他。

食鳖杖左右

隋崔弘度为太仆卿，尝戒左右曰："无得诳我！"后因食鳖，问侍者曰："美乎？"曰："美。"弘度曰："汝不食，安知其美？"皆杖焉。长安语曰："宁食三斗醋，不见崔弘度。"

【译文】隋崔弘度任太仆卿，曾经告诫身边的人说："不要欺骗我！"后来借着吃鳖，问侍人："味道美不美？"回答说："美。"崔弘度说："你没吃，怎么知道它味道美？"侍人一个一个遭了杖打。京城长安流传谚语说："宁愿吃三斗醋，不愿见崔弘度。"

吊民伐罪

周瀛州刺史独孤庄酷虐。有贼问不承，庄引前曰："若健儿也！能吐，且释汝。”贼并吐之。有顷，庄曰：“将我作具来！”乃一铁钩，长尺余，甚利，以绳挂于树间，谓贼曰：“汝不闻‘健儿钩下死’？”令以胲钩之，遣壮士掣其绳，则钩出于脑矣。谓司法曰：“此法何如？”答曰：“‘吊民伐罪’，深得其宜！”庄大笑。

【译文】北周瀛州（今河北河间）刺史独孤庄残酷暴虐，有个盗贼审问拒不承认，独孤庄唤他到跟前说：“像个好汉！能坦白，就放了你。”盗贼全部说了。过了一会，独孤庄说：“把我做的刑具拿来！”原来是一个铁钩，长一尺有余，很锋利，用绳子把铁钩挂在树上，对盗贼说：“你没听说过‘好汉钩下死’这句话吗？”下令用钩钩住脸颊，让一个强壮的人拉住绳子，钩子就从脑袋里钻了出来。独孤庄对司法说：“这个方法怎么样？”回答说：“‘吊民伐罪’深得这句话的精神！”独孤庄大笑。

周兴

周兴性酷，每法外立刑，人号“牛头阿婆”。百姓怨谤。兴乃榜门判曰：“被告之人，问皆称枉；斩决之后，咸息无言。”

周兴有罪，诏来俊臣鞫之。俊臣方与兴对食，谓兴曰：“囚多不承，奈何？”兴曰：“此易耳。内囚大瓮中，炽炭周之，何事不承？”俊臣命取瓮炽炭，徐起揖兴曰：“有内状推兄，请入瓮！”（《南部新书》云：江融为左史，后罗织受诛，其尸起而复坐者三，虽断其头，似怒不息。无何，周兴败。）

陈锡玄曰：“薛文杰为闽王造槛车，谓古制疏阔，乃更其制：

令上下通，中以铁芒内向，动辄触之。文杰首被其毒。”文杰尝诬杀吴英，后因英军士愤怒，即以槛车送之。卢多逊之贬朱崖也，李符白赵普，请改窜春州。普不答。及符被贬，竟得春州，不浃旬死。语曰：“张机者中于机，设槛者中于槛。”作法之弊，岂独一商君知悔耶！

【译文】周兴性情残酷，经常设置新的刑罚，人称：“牛头阿婆”。百姓怨恨，纷纷指责，周兴于是在门框上写道：“被告之人，审问时都声称是冤枉的，砍头之后，都闭口无言。”

周兴犯了罪，皇上下诏让来俊臣审问他。来俊臣正和周兴对饮，对周兴说：“犯人多数不承认，怎么办？”周兴说：“这容易得很，把犯人装在大瓮中，周围堆上燃烧的木炭，什么事敢不承认？”来俊臣命令取来大瓮，烧起木炭，慢慢站起来对周兴作了一揖，说：“有内廷文书让审问老兄，请进去吧！”（《南部新书》载，江融任左史，后被罗织罪名被杀身亡，他的尸体坐起三次，虽然砍断了他的脑袋，好像怒气不止。不久，周兴倒台。）

陈锡玄说：“薛文杰为闽王王磷造囚车，认为古代的样式太粗略，于是更改原来的样式：使上下相通，中间装上朝里的铁刺，动一动就碰上。薛文杰第一个受这种囚车的毒害。薛文杰曾经诬陷并杀死了吴英，后来，因为吴英的部下恼怒，就用这种囚车把文杰送给他们。卢多逊被贬后往朱崖（今海南琼山），李符向赵普陈述，请求改放到春州（今广东阳春县），赵普没答应。等到李符被贬，竟然被贬到春州，不到十天就死了。常言道：“设置机关的中了机关，造囚车的进了囚车”。创制的害处，难道仅仅一个商鞅知道后悔吗？

肉雷

来绍天禀鸷忍。尝宰郃阳，创铁绳千条，或有问不承，则急缚之，仍以其半搥手，往往委顿。每虐威一奋，百囚俱断，轰响震惊，时号为“肉雷”。

来绍乃唐酷吏来俊臣之裔孙，谁谓善恶无种？

【译文】来绍天性凶狠，曾经作郃阳（今陕西合阳）宰，打造了一千多条铁链，有时有审问不承认的，就急忙把他绑起来，还用另外一半捶打犯人的手，往往打到疲劳。每次来绍的淫威发作，许多囚犯的手都被打断，发出震耳欲聋的轰响，当时称为“肉雷”。

来绍是唐朝酷吏来俊臣的远代子孙，谁说善恶不能遗传？

肉鼓吹

李匡达性忍，一日不断刑，则惨然不乐。尝闻捶楚之声，曰：“此一部肉鼓吹也！”

【译文】李匡达生性残忍。一天不断案，就闷闷不乐，曾经听到鞭子打人的声音，说：“这真是一部肉乐器啊！”

发墓沥血

梁豫章王悰，母吴淑媛先侍齐东昏，及幸于武帝，七月而生悰。悰年十四五，频梦一少年肥壮，自挈其首对悰。淑媛询梦中形色，颇似东昏，为言其故。悰乃私发东昏墓，出其骨，沥血试之，骨渗，有征矣。在西州生次男，月余，潜杀之。既瘗，夜遣人发取其骨，又试之。

【译文】南朝梁豫章王萧综，生母吴淑媛先侍奉南齐东昏侯萧宝卷，等到被武帝萧衍宠幸，七个月就生下萧综。萧综十四、五岁时，频频梦见一肥壮少年，提着自己的脑袋，对着萧综。淑媛询问梦中情形，很像东昏侯，就对萧棕说了事情的来因。萧综于是偷偷挖开东昏侯的墓，取出他的骨头，往上边滴些自己的血来验试，血渗入骨头，有征兆了。后又在西州（今江苏江宁县西）生了次子，过了一个多月，萧综偷偷把他杀掉。已经埋了，夜里又派人挖取他的骨头，又做了验试。

杀婢妾

石太尉崇，每邀宴集，令美人进酒。客饮不尽，使黄门斩美人。王丞相与大将军尝共访崇。丞相素不能饮，辄自勉强，至于沉醉。至大将军，故不饮，以观其气色。已斩三人，丞相劝敦使尽。敦曰："彼自杀人，于我何与？"

恶人遇恶人，只是婢妾晦气。觉吕太后筵席殊散淡。

《诗话》：杜大中自行伍为将，与物无情，西人呼为"杜大虫"。虽妻有过，以公杖杖之。有爱妾，才色俱绝，大中笺表皆出其手。尝作《临江仙》词，有"彩凤随鸦"之句。一日大中见之，怒曰："鸦且打凤！"掌其面，折项而毙。

彩凤随鸦，鸦荣多矣，不识何以反怒？

【译文】晋朝太尉石崇，每次邀请客人宴会，让美人敬酒，客人喝不完，让黄门官斩杀美人。丞相王导和大将军王敦曾一起拜访石崇，丞相一向不能喝酒，总是勉强自己，终于喝了个大醉。轮到大将军，故意不喝，来观察石崇的脸色，已经杀了三个美人。丞相劝王敦把酒喝完。王敦说："他自己杀人，与我有什么相干？"

恶人遇上恶人，只是婢妾倒霉。倒觉得吕太后的筵席太无味。

《诗话》载：杜大中从行伍中升为将军，待人处事无情无义。西边的人称为"杜大虫"，虽是他妻子犯了错，也要拿公家的刑杖打她。有个爱妾，才貌都很出众，杜大中的信笺奏章都出自她手。曾经作了一首《临江仙》，有"彩凤随鸦"一句。一天，杜大中看见这句话，恼羞成怒地说："鸦姑且打打你这只凤！"一掌打在小爱妾脸上，脖子被打断，死去。

彩凤追随乌鸦，乌鸦多么荣耀啊，不知为何反而恼怒？

一瓜杀三妾

曹操宴诸官于水阁。时盛夏，酒半酣，唤侍妾用玉盘进瓜。妾捧盘低头以进。操问："瓜熟否？"对曰："极熟。"操怒斩之。坐客莫敢问故。操更呼别妾进瓜。群妾皆惊，内一妾聪敏，遂整容而前。操问如初，对曰："不生。"操怒，复斩之，再呼进瓜，无敢前者。一妾名兰香，操所深昵，众妾皆逊之。香乃擎盘齐眉而进。操问曰："瓜味如何？"曰："甚甜。"操大呼："速斩之！"坐客皆拜伏请罪。操曰："公安坐，听诉其罪。前二妾吾斩之者，久在承应，岂不知进瓜必须齐眉而捧盘耶？及答吾问，皆开口字。斩其愚也！兰香来未久，极聪慧，高捧其盘，是矣；复对以合口字，足知吾心。吾用兵之人，斩之以绝其患！"见《花木考》。

【译文】曹操在水边阁楼宴请百官。当时正值盛夏，酒喝得半酣的时候，召唤姬妾用玉盘献瓜。姬妾捧着盘低头进来，曹操问："瓜熟不熟？"回答说："很熟。"曹操一怒之下杀了她。在座的宾客没有敢问其中缘故的。曹操又换别的姬妾献瓜。姬妾们都很惊恐，其中一妾很聪明，于是整理了仪容上前来。曹操又像开始那样问了一遍，回答道："不生。"曹操恼怒又杀了她。再喊献瓜，已没人敢上前。一妾名叫兰香，是曹操最喜爱的，姬妾们都赶不上她。兰香就举盘齐眉向前，曹操问："瓜味道怎么样？"答："很甜。"曹操大叫："快杀了她！"在座宾客全都拜伏在地请罪。曹操说："你们安稳地坐着，听我说说她们的罪过。前边两个姬妾，我杀她们是因为侍奉这么久了，怎能不知献瓜必须齐眉捧盘呢？等到回答我的问话，都用开口呼的字，杀她们是因为她们太愚蠢！兰香刚来不久，非常聪慧，高捧着瓜盘，这就是了，又用合口呼的字来回答，足见她知道我的心，我是带兵的，杀她以绝后患！"事见《花木考》。

凶僧

僧慧林谈经吴门。村中有孀妇，素佞佛，制禅履馈之。僧疑妇悦已，夜持刀逾垣而入，直逼妇榻。妇不从，斩妇头，及其一婢，复逾垣而去。适妇死之前一日，有族伯索逋税，与妇哄。邻疑伯之杀妇也，讼于太仓丞陆楷。陆讯之急，遂诬服。索其首不得，苛掠不已。伯之女方十四，痛父甚，乃自经，嘱父断已首代之。时妇已死月余，女首淋漓若生。陆讯其故。伯不得已，以实对。陆心悸，遂发病，梦有神告曰："古刹慧林。"以其名访之，果谈经僧也，已逃矣。遣捕密侦，获于镇江，自云："已杀女子五十辈矣。"搜其囊，得妇首，漆而与俱，每兴至，则熟视。其淫暴如此。

【译文】和尚慧林在苏州讲谈佛经，村中有位寡妇，素来信佛，做了一双僧鞋送给他。和尚怀疑寡妇喜欢自己。夜里拎着刀翻墙而入，直来到寡妇床前，寡妇不从，和尚就割下寡妇和一个侍女的头又翻墙逃走。碰巧寡妇死去的前一天，有位同族伯父来讨欠交的租税，和寡妇发生争吵，邻居怀疑是这位伯父杀了寡妇，向太仓县宰陆楷告发了。陆楷审问得很急，伯父于是被逼而服罪了。向他要寡妇的头却没有，苛刻索取不止。伯父的女儿才十四岁，十分心痛父亲，于是上吊自杀，嘱咐父亲以自己的头顶替寡妇的头。当时寡妇已死去月余，女孩的头鲜血淋漓，面孔栩栩如生。陆楷讯问其中缘故，伯父不得已说了实情，陆楷心里害怕，生了病。梦中有位神灵告诉他说："古刹慧林。"根据这个名字去查访，果然是讲经的和尚，已经逃跑了。陆楷派捕快秘密侦察，在镇江将他抓获，自己说："已经杀了五十个女子。"搜查他的行李袋，找到了寡妇的头，上面涂着漆，慧林带在身边，每次来了兴趣，就仔细凝视。他荒淫残暴到了如此程度。

苻生

前秦苻生，字长生，健之第三子。无一目。七岁时，祖洪戏之，谓侍者曰："吾闻瞎儿一泪，信乎？"侍者曰："然。"生怒，引佩刀自刺出血，曰："此亦一泪也！"洪大惊，鞭之。生曰："性耐刀槊，不堪鞭捶！"后即位，凶暴。时虎狼为虐，不食六畜，专务食人。群臣请禳之。生曰："野兽饥则食人，饱自当止，何禳之有？"

【译文】前秦苻生，字长生，苻健第三子，瞎了一眼。七岁时，爷爷苻洪逗他，对侍从说："我听说瞎子只有一只泪眼，确实是吗？"侍人回答："对。"苻生生了气，举起佩剑刺得自己的瞎眼出了血，说："这也是一只泪眼！"苻洪大吃一惊，鞭打了他。苻生说："生性能耐刀枪，忍受不了鞭打！"后来他即位，十分残暴。当时虎狼为害，不吃牲畜，专吃活人。众大臣请求除去。苻生说："野兽饥饿就吃人，吃饱了自然会停止，有什么可除的？"

食 人

朱粲有众二十八万，剽掠汉淮间。军中乏食，教士卒烹妇人婴儿啖之，曰："肉之美者，无过于人。但使他国有人，何忧于馁？"置捣磨寨，以人为粮。及降唐，段确乘醉侮粲曰："闻卿好噉人，人作何味？"粲曰："啖醉人正如糟彘肉耳！"遂杀确，烹食之。

唐张茂昭为节镇，频吃人肉。及除统军到京，班中问曰："闻尚书在镇，好食人肉，虚实？"茂昭笑曰："人肉腥而且肕，争堪吃？"

靖康丙午岁，金狄乱华。六七年间，山东、京西、淮南等路，荆榛千里，米斗至数千钱，且不可得。盗贼官兵以至民居，更互相食。人肉之价，贱于犬豕，肥壮者一枚不过十五钱。全躯暴以为腊。登州范温率忠义之人，泛海到钱塘，有持至行在充食。老瘦男子谓之"饶把火"，妇人少艾者名之为"不羡羊"，小儿呼为"和骨烂"，又通目为"两脚羊"。

兵荒之惨，即此三条已不忍道。彼无识狂生，少不得志，辄拍几思乱，何哉！

【译文】隋末朱粲有属下二十八万，在汉水淮河地区大肆抢劫掠夺。军中缺粮，让士兵煮食妇女儿童，说：“肉中最好吃的，莫过于人肉，只要别的国家有人，哪里用得着为挨饿担心？”建立了捣磨寨，用人肉作粮食。等到投降了唐朝，段确乘着酒醉侮辱朱粲说：“听说你喜欢吃人，人肉是什么味？”朱粲说：“吃醉酒的人就像吃糟腌过的猪肉罢了！”于是杀了段确，把他煮吃了。

唐张茂昭任节度使，经常吃人肉。等到授与统军官职到了京城，朝班中有人问：“听说尚书在藩镇时爱吃人肉，真的假的？”张茂昭笑着说：“人肉腥而且涩，怎么能吃？”

北宋靖康元年（1126），金兵入侵中原，六、七年间，山东、京西、淮南等地，荒野千里，一斗米卖到几千钱，而且买不到。盗贼、官兵以至老百姓都互相吃人。人肉的价钱，比猪狗还便宜。肥肥胖胖一个人，不过十五钱，甚至把整个人暴晒成腊肉。登州（今山东蓬莱）范温带领忠义之士，坐船经海路，来到钱塘，有带着人肉到天子居住的地方当作粮食吃的。干瘦老头称“添把火”，年轻漂亮的妇女叫作“不羡羊”，小孩称为“和骨烂”，又通称为“两脚羊”。

兵荒马乱带来的惨象，就这三条已经够了，不忍再说。那些无知的狂徒，少年不得志，就拍案大骂，想要造反，为什么呢？

食人胆

五代赵思绾反。尝言“食人胆至千，刚勇无敌”，每杀人，辄取胆以酒吞之。后为郭从义所擒。

【译文】五代赵思绾起兵造反。曾说：“吃够人胆一千，便会刚勇无敌，”每次杀人，总是取出人胆用酒吞下。后来被郭从义擒获。

生食人耳

宋王彦升俘获胡人，置酒宴饮，以手裂其耳，咀嚼久之，徐引卮酒。俘者流血被面，痛楚叫号，彦升谈笑自如。

【译文】宋王彦升抓获一个胡人，摆酒宴饮，用手撕掉胡人的耳朵，嚼了很久，慢慢端起酒杯。被俘的胡人血流满面，痛苦得直叫，王彦升却谈笑自如。

勇士相啖

《吕氏春秋》：齐勇者，一居东郭，一居西郭。途遇而饮，索肉不得，乃笑曰：“子，肉也；我，肉也。何别求肉为？”因抽刀割肉，相赠啖之，肉尽而死。

【译文】《吕氏春秋》载：齐国勇士，一个住在城东，一个住在城西，途中相遇，两人喝上了酒，买肉没买到，就笑着说：“你是肉，我是肉，为何还到别处买肉呢？”于是拔出刀来割下自己的肉互相赠送着吃，肉吃完人也死了。

汲 桑

汲桑盛暑中睡，重裘累茵，使十余人扇。不得凉，斩扇者。军中谣曰：“奴为将军何可羞，六月重茵被狐裘，不识寒暑断人头。”

【译文】汲桑盛夏中睡觉，穿两层皮衣，铺两层垫子，让十来个人扇扇子，不凉快，就杀了扇扇子的人。军中歌谣唱道：“你说将军什么事最羞耻，六月里铺着垫子又穿狐裘，不知冷暖只晓得砍人头。”

高 昂

高昂与郑严祖握槊。刘贵召严祖，昂不时遣，枷其使。使曰：“枷时易，脱时难！”昂即以刀就枷刎之，曰：“何难之有？”贵不敢校。

【译文】后魏勋臣子弟高昂和郑严祖在玩“握槊”（一种赌博游戏），节度使刘贵派使者来叫郑严祖，高昂不让他走，给使者戴上枷锁，使者说：“戴上容易，脱下来难！”高昂就把刀子放在枷锁上，一刀割断了使者脖子，说：“有什么难的？”刘贵知道了也不敢与他抗争。

李凝道 以下“卞急”

唐龙游令李凝道褊性。姊男才七岁，故恼之，即往逐。不遂，以饼诱得之，咬其胸背流血。

【译文】唐龙游（今四川乐山）令李凝道心胸狭窄。姐姐的儿子刚刚七岁，李凝道本来就烦他，就往外撵，没能撵出去，便用糖饼把小孩诱到跟前，把小孩咬得胸背直流血。

皇甫湜

皇甫湜尝命其子松录诗数首，一字小误，诟詈且跃，手杖不及，则啮腕血流。尝为蜂螫手指，乃大躁。散钱与里中儿及奴辈，箕敛蜂窠，山聚于庭，命槌碎绞汁，以酬其痛。

【译文】皇甫湜曾让他的儿子皇甫松抄录几首诗，写错一个字，皇甫湜就破口大骂，几乎要跳起来，用手杖打皇甫松没打着，就把自己的手腕咬出了血。又曾经被蜂螫了手指，为此很烦躁，分钱给村里小孩和奴仆，让他们到处搜找蜂巢，像山一样堆了一院，命令把蜂巢捶碎绞成汁，来偿还他被蜂蛰一下引起的疼痛。

穆 宁

唐穆宁为刺史。其子已为尚书、给事，皆分值供馔；少不如意，必遭笞杖。一日，给事当值，出新意，以熊白、鹿脯合而滋之，其美异常。宁食之致饱。诸子咸羡，以为行有重赏。及食饱，仍杖之，曰："如此佳味，何进之晚？"

【译文】唐穆宁任刺史，他的几个儿子已经是尚书、给事，都要轮流供应穆宁饭菜，稍微不如意，必定遭到杖责。一天，轮到给事供饭，他想出个新点子，把熊白、鹿脯放在一起滋润浸泡，味道异常鲜美。穆宁吃了个饱，众儿子都很羡慕，认为会有重赏。等到吃饱，仍旧用杖打他，说："如此美味，为何送来这么晚？"

石虎

石虎命太子邃总百揆。邃以事为可呈，呈之。虎恚曰："此小事，何足呈？"时有所不闻，虎复恚曰："何以不呈？"诮责笞箠，月至再三，邃甚恨，遂谋逆。

【译文】后赵石虎命太子石邃总理政务。石邃认为事情可以上奏的，就呈报上去，石虎气愤地说："这是小事，哪里用得着上报？"有时发现不知道的事，又生气地说："为什么不上报？"又是斥责又是鞭打，一个月能有三次。石邃非常愤恨，于是图谋篡逆。

王述

王蓝田述，性急。尝食鸡子，以箸刺之不得，便大怒，举以掷地。鸡子于地圆转未止，仍下地以履齿碾之。又不得，嗔甚，复于地取纳口中，啮破，即吐之。

【译文】蓝田王述，性子急。曾经吃鸡蛋，用筷子捣蛋壳没捣烂，就勃然大怒，拿起扔到地上，鸡蛋在地上转个不停，于是下地用木屐上的齿踩它，又没踩烂。王述恼火得很，又从地上拾起来放进嘴里咬破，立即吐了出来。

王思

魏王思为司农，性急。尝书，蝇集笔端，驱去复来再三。思自起拔剑逐蝇，不得，取笔掷地踏坏之。

【译文】魏王思任司农，性子急，曾经写字，苍蝇落了笔头，赶来赶去就是不走。王思站起拔出宝剑驱赶苍蝇，不成，拿起笔来扔到地上，一脚踩坏。

陈都宪事

都御史陈智，性刚而躁，挞左右人无虚日。洗面时用七人，二人揽衣，二人揭衣领，一人捧盘，一人捧漱水碗，一人执牙梳。稍不如意，便打一掌。至洗毕，鲜有不被其掌者。方静坐，若左右行过，履有声者，即挞之。有相知劝以宽缓。乃置一木简，刻“戒暴怒”三字于上以示儆。及有忤之者，辄举木简，挞之无数。

陈都宪尝坐堂，偶有蝇拂其面，即怒叱从者曰：“拿！”从者纷然，东奔西突，为逐捕状。少顷，俟其怒解，禀问：“拿何人？”乃叱之曰：“是蝇！”又尝岸帽，取银簪剔指甲，失坠于地。怒而起坐，自拾簪触地砖数次方已。

【译文】都御史陈智，性格刚烈暴躁，每天都要打他身边的人。洗脸时用七个人，两人挽着衣服，两人掀着衣领，一人端着水盆，一人端漱口的水碗，一人拿着象牙梳子，稍不如意，就是一巴掌。直到洗完脸，很少有不被打的。正在静坐时，如果伺候的人走过，鞋发出了声响，当即就打。有个知心朋友，劝他宽和一点，于是放上一个木简。上刻“戒暴怒”三字以示警戒。等到有人触犯了他时，就又举起木简，不停地打他。

陈智曾经坐在公堂，偶尔有只苍蝇蹭了他的脸，马上怒气冲冲地呵斥："抓住！"随从纷纷行动，东奔西跑，作出追捕的样子，过了一会，等他怒气消了，随从问道："抓谁？"就训斥道："这个苍蝇！"又曾经掀起帽子，取下银篦来剔指甲，篦子失落地上，都宪生气地离开座位，自己拾起篦子往地砖上戳了几下才停手。

丰南隅事

鄞县丰南隅坊，以建言有直声，居乡性最暴。朋友稍拂意，即命干人酖杀之。其人应命，必阴以告友。友即伪为中毒仆地。坊见之，必大笑，尽诉其胸中之怒。良久，命舁出。次日，此友复来。骇问所以不死状，佯应曰："家中急救得解。"坊即与欢好如初，亦不追诘。虽至厚之交，一岁必三四酖焉。

丰礼部尝要沈明臣结忘年交。岁余，人或恶之曰："是尝笑公文者。"即大怒，设醮诅之上帝，凡三等，云："在世者宜速捕之；死者下无间地狱，勿令得人身。"一等皆公卿大夫与有睚眦者，二等文士布衣，沈为首；三等则鼠、蝇、蚤、虱、蚊也。

【译文】鄞县（今浙江宁波）丰坊，别号南隅，因为敢于谏劝皇帝大胆上言而有刚直的名声，居住在乡里时性子暴烈。朋友稍微违了他的心意，就派能干的人用鸩酒毒死他，那人领了命令，一定偷偷地告诉朋友。朋友就假装中毒倒地。丰坊看见，必会哈哈大笑，尽情地诉说心中的恼怒。过了好久，命令抬出去。第二天，这位朋友又来，丰坊惊讶地询问没死的原因，朋友哄骗答道："家人急救，才得没死。"丰坊当即和朋友和好如初，也不再追问，即使交情极深的朋友，一年必定药他三四回。

丰坊曾经邀请沈明臣结为忘年之交。过了一年多，有个讨厌沈明臣的人，对丰坊说："这个沈明臣曾经嘲笑您的文章。"丰坊立刻大怒，设醮坛向上帝诅咒他不满的人，被诅咒的人共有三等，说："活着的应该赶快抓起来，死的下阿鼻地狱，不让他投人胎。"一等都是些和他有些小怨小恨的公卿大夫；二等是文人百姓，以沈明臣为首；三等则是老鼠、苍蝇、跳蚤、虱子、蚊子。

斩石人 骂伍胥

刘子光出征，道暍无水。山南见一石人，问："何处有水？"石人不答，拔剑斩之，须臾水出。

吴郡王闳渡钱塘江，遭风，船欲覆。闳拔剑砍水，痛骂伍胥。风稍缓，获济。

【译文】刘子光出去打仗，途中中暑无水。到了山南，看见一石人，问："哪里有水？"石人不答，刘子光拔出剑劈砍石人，一会儿，水从上面流了出来。

吴郡（今江苏苏州）王闳渡钱塘江，遇上大风，就要翻船了。王闳拔剑砍水，大骂伍子胥。风稍微缓和了一点，这才得以渡江。

王君廓 以下"忿嫉"

王君廓往击窦建德。将出战，李靖遏之。君廓发愤大呼，目及鼻、耳一时流血。

又是一位蔺相如。（相如叱秦王，目眦流血。）

【译文】王君廓前去攻打窦建德，将要出战，李靖阻止了他。王君廓气得大叫，眼睛、鼻子、耳朵当即流出了血。

又是一位蔺相如。（相如斥责秦王，两眼流血。）

郭崇韬

郭崇韬素疾宦者，谓魏王继岌曰："大王他日得天下，騬马亦不可乘之。"

【译文】后唐郭崇韬素来痛恨宦官，对魏王李继岌说："大王有朝一日得了天下，也不要乘坐騬马。"

投 溷

李贺有表兄，与贺有笔砚之旧。恨贺傲忽，贺死，复绐取其稿，尽投溷中。

【译文】李贺有位表兄，与李贺有笔墨来往。表兄怨恨李贺傲慢无礼，李贺死后，又骗取李贺的诗稿，全部扔进了厕所。

碎 碑

乾符中，颜标典鄱阳郡鞠场，公宇初构，请姚岩杰纪其事。文成，粲然千余言。标欲删去二字，岩杰不从。标怒，时已刊石，命碎其碑。

【译文】唐僖宗乾符年间，颜标管理鄱阳郡（今江西鄱阳县）鞠球场。公舍刚刚建成，请姚岩杰写文章记述这件事。文章写成，光彩夺目，共千余字。颜标想删去两字，姚岩杰不同意，颜标恼怒，当时已在碑上刻字，就下令打碎那个石碑。

范廷召

宋范廷召恶飞鸟，见必射之。所居处，鸟必绝种。又最恶驴鸣，闻之辄为击杀。

【译文】宋朝范廷召厌恶飞鸟，看见鸟必定要射。所居住的地方，鸟必定绝迹。又最讨厌驴叫，听到驴叫总是把驴杀死。

独步来

梁安成王萧饮，博雅擅文章。吏部尚书柳信言差堪拟敌。一日闻饮卒，宾从往候信言。信言乃屈一脚跳出，连称曰："独步来！独步来！"众宾舞蹈为贺。

【译文】南朝梁安成王萧饮，博学高雅，擅写文章。吏部尚书柳信言略可匹敌。一天听说萧饮死了，宾客随从都去探望柳信言，柳信言就屈着一脚跳出，连连说道："独步来！独步来！"众宾客手舞足蹈作为祝贺。

忿撤乐

乾道中，众客赴郡宴，妓乐甚盛。一少年勇于见色。甫就席，一客以有服辞，固请撤乐。少年忿然责之曰："败一席之欢者，尔也！真所谓'不自殒灭，祸延过客'者耶！"宾主哄堂。

【译文】乾通年间，客人们参加郡里的公宴，歌女唱歌奏乐很是热闹。一年轻人喜欢美色。刚要就席，有个客人借口有孝在身推辞不肯入席，坚决要求撤去乐队。年轻人愤怒地斥责他说："败坏一席欢乐气氛的，是你！真是所谓'自己不死，祸延行人'的人啊！"宾主哄堂大笑。

截肠 塞创 以下"神勇"

北齐彭乐，与周文决战。被刺肠出，纳之不尽，截去复战。

隋张定和，虏刺之中颈。定和以草塞创而战，神气自若，虏遂败。

【译文】北齐彭乐，和周文决战。肠子被刺出来，往里收，收不完，就截去一截儿再战。

隋张定和，在战斗中被胡人刺中他的脖子。张定和用草塞住伤口而战，神情自如，胡人于是败北。

杜伏威

唐杜伏威与陈稜战。射中伏威额，怒曰："不杀汝，箭不拔！"驰入稜阵，获所射将，使拔箭已，斩之。

【译文】唐杜伏威和陈稜作战。陈稜部将射中杜伏威的额头，杜伏威十分恼怒，说："不杀你，箭不拔！"驰马冲入陈稜阵中，擒获射他的敌将，命令这人把箭拔出来后，才把这个敌将斩杀。

任城王 以下"绝力"

魏任城王彰，善左右射，好击剑，百步中于悬发。乐浪国献虎彪，文如锦斑，以铁为槛。骁勇之徒，莫敢轻视，彰曳虎尾以绕臂，虎弭无声。时南越献白象。彰在帝前，手顿其鼻，象伏不动。

【译文】魏任城王曹彰，善于左右开弓，爱好击剑，能够百步穿杨。乐浪国进献一只老虎，身上有美丽的斑纹，用铁做成牢笼。骁勇之士，没人敢轻视。曹彰拉着虎尾缠在胳膊上，老虎一动不动，悄无声息。当时南越进献白象。曹彰在武帝（曹操）面前，用手抖动象鼻，象趴在地上不动。

桓石虔

晋桓石虔有材干，矫捷绝伦。随父豁在荆州，于猎围中见猛兽被数箭而伏。诸督将素知其力，戏令拔箭。石虔因急往拔一箭，猛虎踞跃，石虔亦跳，高于猛兽，复拔一箭而归。时人有患疾者，谓曰："桓石虔来！"以怖之，病者多愈。

【译文】晋桓石虔有才干，强健敏捷，无人能比。随着父亲桓豁住在荆州，在围猎中看见猛兽身中数箭，趴在地上。各位禁军将领素来知道他的力气，开玩笑让他去拔箭。桓石虔赶过去拔出一箭，猛虎前腿跃起，石虔也高高跃起，超过猛虎，又拔了一箭才回去。当时的人有了患病的，就说："桓石虔来了！"以此吓唬他，病人多数都痊愈了。

羊侃

《南史》：羊侃膂力绝人，所用弓至二十石，马上用六石弓。尝于兖州尧庙，蹋壁直上，至五寻，横行得七迹。泗桥有数石人，长八尺，大十围，侃执以相击，悉皆破碎。少时仕魏为郎，以力闻。魏帝尝谓曰："郎官谓卿虎，岂羊质虎皮乎？试作虎状。"侃因伏，以手抉殿，没指。

【译文】《南史》载：羊侃力气过人，所用的弓达二十石，马上用六石弓。曾经在兖州唐尧庙里，踩着墙壁一直上到五寻（一寻为八尺）高的地方，横着走能到七处。泗桥有几个石人，高八尺，腰大十围，羊侃推着互相碰击，都被震碎。年轻时在北魏任郎官，以力气闻名，北魏孝明帝元诩曾经对他说："郎官把卿称作老虎，难道是羊披着虎皮吗？你可试着做出老虎的样子。"羊侃于是伏下身去，用手戳金殿的石门槛，手指竟然插入石中。

彭博通等

唐河间人彭博通，曾于讲堂阶上，临阶而立，取鞋一辆以臂夹，令有力者后拔之。鞋底中断，彭脚终不移。牛驾车正走，彭倒曳车尾，却行数十步。曾游瓜步，江有急风张帆。彭捉尾缆，挽之不进。

元时攸县张子云者，身长八九尺。为人担米，肩各一石，首戴五斗，而行无窘步。尝卧石桥上，其首去地数寸。

欧千斤，洪武初京师列校也，幼以膂力得名。城中少年数辈欲侮之。欧乃脱衣，以手挽起廊柱，聚衣裙压于柱下。众皆眙愕走避。适西域入贡回回，善扑跌者，自号“铁力汉”。朝廷募欧与较，胜之。即日改授太仓卫百户。后虽老，尝乘马过独板桥，马踊蹭不能行。欧以右臂挟其马，高步而过，人皆伟之。

【译文】唐河间人彭博通，曾经脸朝前站在讲堂台阶上，拿一只鞋用胳膊夹住，让有劲的人从后面拔鞋，鞋底从中间断开，彭博通两脚始终没有移动。牛正驾车疾行，彭博通倒拉住车尾，往后退了几十步。曾经游瓜步江，有阵急风把帆吹得鼓鼓的，彭博通抓住船尾的缆绳，拉住船使它前进不了。

元时攸县张子云，身高八九尺，为别人担米，两肩各挑一石，头顶五斗，而走路轻松如平常。曾经躺在石桥上，他的头离地几寸。

欧千斤，明朝洪武初年，在京城任列校，幼年以力气过人而闻名。城中几个少年想欺负他。欧千斤于是脱下衣服，用手抱住廊柱，把一团衣服压在柱子底下。众人眼都直了，逃避不及。恰好西域有回回人前来进贡，有个善于摔跤的，自称“铁力汉”，朝廷招欧千斤和他较量，得胜后，当天改授太仓卫百户。后来虽然老了，曾经骑马过独木桥，马徘徊不前，欧千斤用右臂挟着马，大步而过，人们都赞叹他力气出众。

容悦部第十七

子犹曰：南荒有兽，名曰狲，见人衣冠鲜采，辄跪拜而随之，虽驱击，不痛不去；身有奇臭，唯膝骨脆美，谓之“媚骨”，土人以为珍馔。余谓凡善谄者皆有媚骨者也。汲黯不拜大将军，大将军贤之；王祥不拜司马晋王，晋王重之；朱序不拜苻坚，苻坚宥之；薛廷珪不拜朱温，朱温礼之；张令浚私拜田令孜，卒为所轻；陶谷拜赵点检，竟遭摈弃。谄人者亦何益哉？集《容悦第十七》。

【译文】子犹说：南方偏远不开化的地方，有一种传说中的野兽，名叫狲，它见到穿戴鲜艳光采的人，就朝人跪拜并跟随着他，虽遭驱赶和殴打，但没有打疼就不会离开；它身上散发出令人讨厌的臭味，只有腿上的膝盖骨味美香脆，叫作“媚骨”，当地人以此作为贵重珍奇的食品。我认为凡是善于阿谀奉承的人都长有媚骨。西汉汲黯不跪拜大将军卫青，卫青不但不生气反而认为他有才德；晋代王祥在武帝司马炎为晋王时前去拜见，只作长揖而不跪拜，晋王即位反而重用他；东晋将领朱序镇襄阳，前秦军攻破城池被俘，朱序不降，前秦帝苻坚却饶恕了他；唐末薛廷珪以官告使到开封，见梁王朱温（后梁太祖）不肯加礼，朱温却以礼待他。唐末张令浚暗地投拜宦官田令孜，结果被田令孜所看不起；宋初陶谷极力奉迎太祖赵匡胤，后来遭到赵匡胤的排斥。由此看来，阿谀奉承人的人有什么好处呢？为此汇集《容悦部第十七》。

天后好谄

襄州胡延庆，以丹漆书龟腹曰“天子万年”，进之。凤阁侍郎李昭德，以刀刮之并尽，奏请付法。则天曰：“此非恶心也。”舍而不问。

朱前疑上书则天云：“臣梦见陛下御宇八百岁。”后大喜，即授拾遗。又刑寺系囚将决，乃共商于狱墙内外作大人迹，长五尺，至夜分，众大叫。内使推问，对云：“有圣人现，身长三丈，面黄金色，云‘汝等皆坐冤，然勿扰，天子万年，即有恩赦’。”后令把火照视，有巨迹，遂大赦天下，改为大足元年。

捏鼻头即得官，掘地孔即免罪。以天后之英明，岂不知其伪？正谓“此非恶心”耳。

【译文】襄州（今湖北襄樊）胡延庆，用红漆在乌龟腹甲上写上“天子万年”四字，冒充天然之物献给朝廷。凤阁郎李昭德，用刀刮字，漆迹全部脱落，证实是人为所写，就以欺君之罪奏请朝廷惩治胡延庆。武则天却说：“他这样做不是恶意。”就丢开这事不再问罪。

朱前疑写报告给武则天说：“臣梦见陛下可以统治天下八百年。”武则天非常高兴，马上任命他为拾遗。还有一次监牢内的犯人将被处斩，就共同商议在狱墙内造个长五尺的大脚印，到半夜，犯人们一齐大叫，管理监牢的官员就追究他们原因，犯人们说：“有神仙出现，身高三丈，金黄色的脸，对我们说：‘你们都是被冤枉的，不要担心，皇上英明，马上会施恩释放你们。’”武则天派人用火把照着察看，果然有巨大的脚印，于是就大赦天下，改年号为大足元年（701）。

捏着鼻子尖就可以得到官职，在地下挖个洞就可以免除惩罚。以武则天的才智，难道不知这些是假的吗？正像她所说“这样做不是恶意”罢了。

赤心石

武后时争献祥瑞，洛滨居民有得石而剖之中赤者，献于后，曰：“是石有赤心。”李昭德曰：“此石有赤心，其余岂皆谋反耶？”见《唐史》，或作李日知事，误。

朱温一日出大梁门外数十里，憩柳树下，久之，独语曰：“好大柳树！”宾客各避席对曰：“好大柳树！”有顷，又曰：“好大柳树，可作车头？”末坐五六人起对曰：“好作车头！”温厉声曰：“柳树岂可作车头？我见人说秦时指鹿为马，有甚难事？”悉擒言作车头者扑杀之。温虽草贼，此举胜天后远矣！

【译文】武则天执政时，天下臣民争着呈献吉祥物。有一洛河岸边的百姓得到一块石头，用刀劈开看见里边为红色，就进献给武则天，并说：“这石头有红心。”李昭德说：“这块石头有红心，其余的石头难道全是谋反吗？”见于《唐史》，也有作李日知的事，是错误的。

后梁太祖朱温有一日走出开封城外数十里，在一棵柳树下休息，停了很长时间，他自言自语说：“好大的柳树！”旁边的人应声附和说：“好大的柳树！”一会儿朱温又说：“好大的柳树，可以做车头!”坐在后边的五、六人一起附和说:“好做车头!”朱温严厉地说:“柳树难道可以做车头吗?我听别人说秦朝时指鹿为马,这种不论是非极力奉承的事有什么难的?”就将说车头的人全部捉住并杀死。朱温虽然出身低微,可是他这种言行远胜武则天呀!

代牺图

天后疾,遍祭神庙。给事中阎朝隐尝诣少室,因亲撰祝文,以身代牺,沐浴伏于俎盘,令僧道迎至神所。观者如堵。后病愈,特加赏赉。张元一乃画《代牺图》以进。后大笑。

【译文】武则天生病了,拜祭了所有神庙。给事中阎朝隐曾经到嵩岳少室山去,由于亲自撰写祝神祭文,用自己的身体代替祭品,洗净身子后趴在祭祀的礼器上,命令僧人、道人等接送到神殿。看热闹的人多如一堵墙。武则天的病好了以后,特地给阎朝隐许多赏赐。张元一就画了张《代牺图》呈送给武则天,武则天看了大笑。

霍献可 郭弘霸

霍献可以希旨为忠。一日头触玉阶,请诛狄仁杰、裴行本,遂至损额。故以绵帛裹于巾下,常令露出,冀后见之。

郭弘霸自陈:“讨徐敬业,誓抽其筋,食其肉,饮其血,绝其髓。”武后大悦。授御史。时号“四其御史”。

【译文】霍献可靠迎合皇上意图为尽忠的标准。有一天在宫殿前他用头顶撞台阶，请求诛杀狄仁杰和裴行本，竟然将额头撞破。所以在帽子下边用白布包着额头，经常让这块白布露出来，希望武则天看见。

郭弘霸自己请求讨伐徐敬业，发誓要把徐“抽其筋，吃其肉，喝其血，吸尽其髓。”武则天听了很高兴，加升他为御史。当时人们称他为“四其御史”。

熨衣

宋武帝虽衣浣衣，而左右必须鲜洁。尝有侍臣衣带卷折，帝怒曰：“卿衣带如绳，欲何所缚？”吏部何敬容希旨，常以胶清刷须。衣裳不整，伏床熨之；暑月，背为之焦。

【译文】南朝宋武帝刘裕虽然常穿洗过的衣服，但要求左右侍从衣服必须洁净无瑕疵。曾经有一位侍臣衣带卷曲，宋武帝生气地说：“你的衣带像卷曲的绳子，打算捆什么用呢？”吏部何敬容为迎合讨好武帝，经常用胶水梳理须发，衣服如果不平整，他就趴在床上让人来烫压衣服；在盛夏天，脊背都烫成枯黄色了。

七岁尚书

梁武伐齐，袁昂不屈，后梁以为民部尚书。帝谓曰：“齐明帝用卿为黑头尚书，我用卿为白头尚书，良以多愧！”对曰：“臣生四十七年于兹矣。四十以前，臣之自有；七年以后，陛下所养。七岁尚书，未为晚达。”

前后若两截人，此语是他供状。

【译文】南朝梁武帝萧衍伐灭齐朝，袁昂不屈服，很久以后，梁武帝任命他为民部尚书。梁武帝对他说："齐明帝用你时是黑头发的尚书，我用你时已成为白头尚书，心里多感惭愧！"袁昂说："臣今年已四十七岁了。四十岁以前，是属于我自己所有，以后的七年，是陛下所供养。这样算起来，七岁的尚书，不能算老年才得显贵。"

他自己前后确实像两截的人，说这样的话是他的自供状。

谀 语

桓玄篡位，床忽陷。殷仲文曰："圣德深厚，地不能载。"

建兴四年，西都倾覆。元皇帝始为晋王，四海宅心。其年十月中，新蔡县吏任侨妻胡氏，产二女相向，腹心合，自胸以上、脐以下分，盖天下未一之妖也。时内史吕会上言："案《瑞应图》云：异根同体，谓之'连理'，草木之属，犹以为瑞。今二人同心，天垂灵象。故《易》云：'二人同心，其利断金。'斯盖四海同心之瑞。不胜喜跃，谨画图上。"识者哂之。

北齐武成生齻牙，诸医以实对。帝怒。徐之才曰："此是智牙，主聪明长寿。"帝大悦。

王世充有异志。道士桓法嗣自言解图谶，取《庄子·人间世》《德充符》二篇以进，曰："上篇言'世'，下篇言'充'。言相国当德被人间，而应符命也。"世充大悦。

妖为德祐。病亦福征，六经反作妖言，诸子皆成符命。忝臣贡谀，亦何不至哉！

【译文】东晋末，桓帝篡位后，他床下的地忽然塌陷。殷仲文说："陛下的恩德深厚，连这地面都承受不住。"

晋愍帝建兴四年（316）西都（今陕西长安）被刘曜攻破失守。后来的晋元帝司马睿开始称晋王，天下百姓顺心。当年十月中，新蔡县官员任侨的妻子胡氏，生下一连体女婴，二女面对面，腹心相连，自胸以上、脐以下分开，为当时世间从未见过的怪胎。当时内史吕会向晋王报告说："按照《瑞应图》所说：异根同体，称作'连理'，草木之属，尚且以为是祥瑞。现在这二人同心，是上天垂降的灵象。所以如《周易》上说：'二人同心，其利断金。'那么就是天下同心之祥兆。我感到很高兴，恭敬画图呈上。"有见识的人都讥笑他。

北齐武成帝高湛长最末端大牙时十分艰难，很多医生告诉他实情，武成帝很生气。徐之才说："这是生长的智牙，是象征聪明长寿的。"武成帝听后非常高兴。

王世充有谋反的意图。道士桓法嗣自称可以解释图谶的意思，取《庄子·人世间》《德充符》二篇送给王世充说："上篇言'世'，下篇言'充'。是说相国可以使功德充满人间，而应上天的符命为天子呀。"王世充听了很高兴。

把妖异说成是德福，疾病说成是福气，儒家的经典被用来当作蛊惑人心的言论，诸子著作全成为方士解释成上天降下的祥瑞征兆。奸诈的人进献恭维，真是无所不用呀！

教谄

陈太仆万年，内行修美，然善事人。丞相丙吉病，中二千石上谒问疾，遣家丞出谢。谢已皆去，万年独留，昏夜乃归。吉荐之为御史大夫。子咸，字子康，年十八，有异材，抗直敢言。万年尝病，召咸教戒于床下。语至夜半，咸睡，头触屏风。万年大怒，欲杖之，曰："乃公教戒，汝乃不听耶？"咸叩头谢曰："具晓所言，大要教咸谄也！"万年乃不复言。

【译文】太仆陈万年，心地很善良，但是他擅长奉承别人。丞相丙吉有病，朝廷中凡薪俸在二千石以上的官员，都去丞相府探望病情，丙吉派管家出来致谢。其他官员都已离去。陈万年却独自一人留在那里，到很晚才回去。丙吉保荐他为御史大夫。陈万年的儿子叫陈咸，字子康，十八岁，有特殊的才能，性格刚正，敢于说话。陈万年曾经得病，就把陈咸叫到床前开导教育他。说到半夜，陈咸瞌睡了，头碰到了屏风。陈万年很生气，要拿棍子打他，说："做父亲的开导教育你，你怎么不听呢？"陈咸叩头认错说："大人说的话我全明白，主要的意思是教我奉承人呀！"陈万年就不再说话。

张昌宗、元载

天后宠幸张昌宗。其弟昌仪为洛阳令，请嘱无不从者。尝早朝，有选人姓薛，以金五千两并状赂之。昌仪受金，以状授天官侍郎张锡。数日，锡失其状，以问昌仪。昌仪曰："我亦不记，但姓薛者即与之。"锡惧，退索在铨姓薛者，六十余人，悉留注官。

元载弄权舞智，政以贿成。有丈人来从载求官，但赠河北一书而遣之。丈人不悦。行至幽州，私发书视之，无一言，唯署名而已。丈人不得已，试谒判官。闻有载书，大惊，立白节度使，遣大校以箱受书，馆之上舍，赠绢千匹。

此等权势，不得不谄。有此等谄人，那得不要权势？

【译文】武则天宠爱张昌宗。他的弟弟张昌仪做洛阳令，凡通过贿赂请他办事，他没有不办的。有一天早朝，有位姓薛的候选官员，将五千两银子和一封求职文书送给张昌仪。张昌仪将银子留下，把文书交给天官侍郎张锡。过了几天，张锡丢失了文书，就去问张昌仪。张昌仪说："我也不记得名字，但见姓薛的人都授与他官就是。"张锡害怕他，回去找到侍选官职中姓薛的，共六十多人，全部留下授了官职。

元载耍聪明玩弄权势，如要当官只有贿赂他才能办成。有位老人来跟随元载谋求官职，元载只是给河北的官员写了一封信让他带着前去。这位老人有点不高兴。走到幽州（今北京），就私自将书信拿出来看，只见信上没有一个字，仅仅有元载的署名罢了。老人没有办法，试探着去拜见判官。判官听说有元载的书信，非常惊慌，马上报告节度使，派出军队隆重迎接，将元载的书信恭敬地置放在迎宾车厢内，请老人住在驿馆最好的房间内，并送他绢绸千匹。

这样大的权势，让人不得不奉承。有这样会奉承的人，有谁不想得到权势？

偷媚

宋张说为承旨，士争趋之。时富川王质、吴兴沈瀛，夙负声誉；及同官枢属，交以诣说为戒。众闻而壮之。一日，质潜往诣说。升堂，瀛已先在。相视愕然，竟迫清议而去。

齐卢思道久仕不达。或劝诣和士开。卢素自高，欲往，恐为人所见，乃未明而行。比至其门，遥见一时诸名胜，森然与槐柳齐列，因鞭马疾去。弘治中，权阉李广以左道进，后仰药死，搜得纳贿簿籍，中载“黄米”“白米”数太多。上讶之。左右曰：“黄白即金银也。”言官请按籍究问。凡与名者，昏暮赴戚畹求援，不期而会者凡十三人。月下见轿影幢幢，而一人独乘女轿。事虽得寝，而姓名传播，渐就罢黜。呜呼！权门如市，从来远矣！徐存翁在相位，语所知曰：“老夫今日譬如鸡母方宿，若行动，定有一群雏随去。君辈慎勿相近！”斯语可思。

【译文】宋朝张说官居承旨，官员们争着去依附他。当时富川王质、吴兴（今浙江湖州）沈瀛，向来声誉很好；到了共同在枢密院做官时，两人相互约定谁也不能去拜访张说。听说此事的人们都赞许他们。有一天，王质暗中前去拜访张说。他走上张说会客的厅堂，看到沈瀛已经在那里了。两人都很惊讶，终于被迫只讲了一些无关紧要的话而离开。

北齐卢思道做官很长时间没有升迁。有人劝他去拜求和士开。卢思道向来自视清高，想去拜和士开，又怕被别人看见，就趁天不亮前往。等快到和府大门时，远远望见当代的名流挤满门前，数量之多可以和门前的槐树、柳树相并列，于是就打马赶快离开。明孝宗弘治年间，专权的太监李广用邪门旁道蛊惑皇上，后来他服毒自尽，从他住处搜到收贿的账本，上面写着“黄米”“白米”的数量很多，孝宗不知什么意思。旁边的随从官员说：“黄白，就是金银呀。”谏议官员奏请朝廷按账本所记行贿人的名单追究问罪。凡是账本上有名字的，天黑后都到外戚那里请求帮助，没有约定而一齐来到的人有十三人。月光下只见轿影摇晃，而只有一人独自乘坐女轿。事情虽然得到平息，而他们的姓名却传播开了，这些人逐渐被免去了官职。呜呼！执政的权臣总是门庭若市，这历来已很久远了。徐存翁任宰相时，告诉自己的知交说："我现在好像老母鸡在地上休息，如果站起来走动，一定有一群小鸡跟着我走。你们有才德的正义之人，你们要小心，不要接近！"他的话值得思考。

改姓

令狐相绹，奋自单族，每欲繁其宗党，与崔、卢抗衡。人有投者，不吝通族，由于远近争趋，至有姓胡冒"令"者。进士温庭筠戏为词曰："自从元老登庸后，天下诸胡悉带令。"又有不得官者，欲进状，请改姓"令狐"。尤可笑。

杨升庵云：唐时重族系。李氏十三望，陇西第一，虽帝系亦自屈居第三。而李氏妄称陇西者，反冒为宗室，曰"天潢仙派"。夫宰相之势，不过十年，而人竟改姓附之，况天子乎？陇西李氏，高自标榜，有女，人不敢求婚，及年长，父母以囊装，昏夜潜送于少年无妻者。是求荣反以得辱也！

【译文】唐宣宗时宰相令狐绹，愤激自己的族姓人丁稀薄，常常想要使他的宗族繁衍起来，可以和崔、卢二姓相抗衡。对于投靠他的人，没有不舍得攀结族亲关系的，于是许多与他族氏关系远近的人都争着去依附投靠，甚至有姓胡假充有"令"字的人。进士温庭筠戏谑作词说："自从宰相举用人后，天下的胡姓都带令。"又有一些谋求不到官职的人，想写信给令狐绹，请求改姓"令狐"。真是可笑。

杨升庵（慎）说：唐朝时看重宗族。李姓十三分支，陇西（今属甘肃）人数最多，数第一，虽然是皇族嫡系李姓也要委屈排第三位。可是陇西的李姓氏族，反而假为正宗皇亲氏族，号称"天潢仙派"。令狐绹任宰相职务，不过十年，而有人竟然改姓依附他，何况皇帝呢！陇西姓李的氏族，把自己夸耀得很高贵，他们氏族的女儿，别人不敢求婚，等到年龄大了，做父母的就将自己的女儿装在口袋内，乘天黑暗地送给没有成家的年轻人。他们这样谋求荣耀反而得到了耻辱啊！

冒 族

崇宁末，策进士，蔡嶷以阿附得首选。往谒蔡京，认为叔父。京命二子攸、翛出见。嶷亟云："向者大误！公乃叔祖，二尊乃诸父行也！"

【译文】宋徽宗崇宁年间，朝廷进行进士考试，蔡嶷因阿谀奉承而被选中第一。他去拜访蔡京，并认蔡京为叔父。蔡京叫两个儿子蔡攸、蔡翛出来相见。蔡嶷赶快说："原来大错了！您是叔祖，二位公子才是叔父辈呀！"

割股、放生

王荆公为相。每生日，朝士献诗为寿。光禄卿巩申不娴书，以大笼贮雀鸽，搢笏开笼，每一鸽一雀，叩齿祝之曰："愿相公一百二十岁。"时有边塞之主妻病，而虞侯割股以献者，时嘲之曰："虞侯为夫人割股，大卿与丞相放生。"

杨茂谦曰："定知申短于笔。不则锦轴金字，侈颂功德矣。"子犹曰："当今锦轴金书。岂尽长于笔者耶？荆公作业太重，多多放生，或致冥祐，巩卿大通佛法。"

唐大理正成敬奇视姚崇疾，置生雀数头，一一手执而放之，曰："愿令公速愈！"姚相恶之。巩申盖有有所本。

【译文】王荆公（安石）官居宰相。每逢生日，在朝的官员就献诗为他祝寿。光禄卿巩申不善于写字，就用大笼装雀鸽，只见他将笏板插在腰带上，用手打开笼，逐一取出一鸽雀，叩齿祝贺说：“愿宰相大人一百二十岁。”那时有边塞之主的妻子得病，虞侯就割下大腿上的肉献给主妻作药引，当时人们讥讽说：“虞侯为夫人割股，大卿替丞相放生。”

杨茂谦说：“肯定是巩申写的字不好。要不然用锦轴装裱金字，给宰相歌功颂德是多么奢华呀。”子犹说：“现在的锦轴金书，哪里都是字写得很好的呢？荆公造成的灾害太重，多多放生，也许可以求得阎王爷的保佑，巩申可以说是很懂得佛法的。”

唐大理寺正卿成敬奇去探望丞相姚崇的病情，带着几只活雀，用手一只一只拿出来后再放飞，说：“愿令公的病快点好！”姚崇很讨厌他。巩申那样做是有根据的。

程师孟、张安国

程师孟尝请于荆公曰：“公文章命世，某幸与公同时，愿得公为墓志，庶传不朽。”公问：“先正何官？”程曰：“非也。某恐不得常侍左右，预求以俟异日。”又王死，张安国披发藉草，哭于柩前，曰：“公不幸未有子，今夫人有娠，某愿死，托生为公嗣。”京师嘲曰：“程师孟生求速死，张安国死愿托生。”

【译文】程师孟曾经向王安石请教说：“您的文章闻名于世，我庆幸与您在同时代，但愿能求得您所写的墓志，就可以传世，永不磨灭。”王安石问：“你的前辈是什么官职？”程师孟说：“不是为他们求的。我恐怕不能长久侍奉在您身边，预先为我自己谋求以待他日。”又王安石的儿子王雱死，张安国披头散发、腰系草绳，哭拜在灵柩前，说：“您不幸没有儿子，现在夫人有了身孕，我愿现在去死，托生当您的后代。”京师的人嘲笑说：“程师孟活着却求快点死，张安国愿意死后再托生。”

鸡鸣犬吠

韩平原作南园于吴山上，其中有所谓村庄者，竹篱茅舍，宛然田家气象。韩游其间，甚喜，曰：“撰得绝似，但欠鸡鸣犬吠耳！”既出游他所，忽闻庄中鸡犬声。令人视之，乃府尹赵师睪所为也。韩大笑，遂亲爱之。有太学生嘲以诗曰：“堪笑明庭鸳鹭，甘作村庄犬鸡。一日冰山失势，汤镬煮刀刲。”后平原败，复有诗云：“侍郎自号东墙，曾学犬吠村庄。今日不须摇尾，且寻土洞深藏。”

【译文】南宋平原郡王韩侂胄在杭州西湖边的吴山上修建南园，园中有所谓的村庄，竹篱笆茅草房，仿佛农家田园景象。韩侂胄在园中游玩，非常高兴，说：“建得太像村庄了，但是缺少鸡鸣狗叫声啊！”就去其他地方游玩，忽然听见园中的村庄传来鸡狗的叫声。派人去那里探看，原来是杭州府尹赵师睪所模仿的叫声。韩侂胄大笑，后来就特别亲近信任他。有位国子监的读书人写诗讽刺说：“堪笑明庭鸳鹭，甘作村庄犬鸡。一日冰山失势，汤镬煮刀刲（可笑出身高贵的鸳、鹭鸟，自甘堕落做乡村的犬和鸡。有一天靠山一旦倒塌失去庇护时，就将被放在用火烧热的锅内火煮和刀割）。”后来韩侂胄失势被诛，又有诗说：“侍郎自号东墙，曾学犬吠

村庄。今日不须摇尾，且寻土洞深藏。”（赵师羼［择］自号东墙。韩侂胄封平原郡公——译者注）

松 寿

程松寿谄事韩侂胄，自钱塘令拜谏议。满岁未迁，殊怏怏，乃市一妾献之，名曰：“松寿”。韩曰：“奈何与大谏同名？”答曰：“欲使贱名常达钧听。”

【译文】程松寿依附韩侂胄，从钱塘（今浙江杭州）县令升为谏议。任期到了还没有升迁，心里很不高兴，就买了一妾献给韩侂胄，取名叫“松寿”。韩侂胄问：“为什么她与你同名？”程松寿说：“为了使我的名字能常常被您听到。”

金作首饰

太监怀恩得赐金二锭，转奉钱溥。溥忻然受之，曰：“当与房下作首饰，常常顶戴太监。”

【译文】明朝太监怀恩被赏赐了两锭金子，转送给钱溥。钱溥高兴地接受了，说：“应该用这金子给我妻子打作首饰，这样就能常常顶戴着太监。”

贡 女

唐进士宇文翃，有女国色，不轻许人。时窦璠年逾耳顺，方谋继室，翃以其兄谏议正有气焰，遂以女妻璠。

红颜命薄，遭此谄父。

【译文】唐朝进士宇文翃有个女儿天姿国色，不轻易许配人家。那时窦璠已年过六十，正打算再婚续娶，宇文翃因窦璠的哥哥官居谏议正得势，就将女儿许配给了窦璠。

红颜命薄，有这样巴结奉承权贵的父亲。

献妾

锦衣廖鹏，以骄横得罪。有旨封其宅舍，限五日逐去。其妾“四面观音”者，请见朱宁而解之。宁一见，喜甚，留之五日，则寂然无趣行者矣，治事如初。宁自是常过鹏宿，从容语鹏：“曷赠我？”鹏曰：“揖以侍父，则不获效一夕杯酒敬，奈何？不若为父外馆。”宁益爱昵之。

【译文】明代锦衣卫廖鹏，因为骄横而获罪。皇上下旨查封他的家室，限期五日赶出京城。廖鹏的小妾称作“四面观音”的，去拜见朱宁，请求他帮忙为廖鹏开脱罪责。朱宁看她貌美，非常高兴，留她在府五天，就能安然无事，不会催促廖鹏离开了，并且还像以前一样管理事务。朱宁从此经常到廖鹏家里来留宿，他不慌不忙地对廖鹏说：“你拿什么奉送我呢？”廖鹏说：“像侍奉父亲一样恭敬您，却不能在傍晚时孝敬您一杯酒，怎么办呢？不如把这里当作父亲您在外面的家。”朱宁为此更加亲近他。

夺妻

刘太常介继娶美艳，家宰张綵欲夺之，乃问介曰：“我有所求，肯从我，始言之。”介曰：“一身之外，皆可奉公。”綵曰：“我所求者，新嫂也。敢谢诺。”少顷，强舆归矣。

有刘瑾做坐媒，何愁不谐？奉人者须防此一着！

【译文】太常刘介续娶了一美艳的妻室，吏部尚书张綵想要强娶她，就问刘介说：“我有事求你，肯依从我，再告诉你是何事。”刘介说：“除我这身体外，其余全部可以恭送给您。”张綵说：“我所求的，就是你娶的新嫂呀。感谢你的允诺。”一会儿，就强用轿子抬回去了。

张綵有刘瑾这个大靠山可做媒，还愁什么事不成？奉承别人的人可要预防他这一着！

敬 名

冯道门客讲《道德》首章，有“道可道，非常道”。门客见“道”字是冯名，乃曰：“不敢说，可不敢说，非常不敢说。”

冯老子身事十主，门客效颦。

熊安生将通名见徐之才、和士开。二人适同坐。熊以之才讳“雄”，士开讳“安”，乃称“触触生”。群公哂之。

薛昂谨事蔡元长，至戒家人避其名。与宾客会饮，有犯“京”字者，必举罚。平日家人辈误犯，必加叱詈。或自犯，则自批其颊，以示戒。宣和末，有朝士新买一婢，颇熟事。因会客，命出侑樽。一客语及“京”字，婢遽请罚酒。问其故。曰：“犯太师讳。”一座骇愕，询之，则薛太尉家婢也。

又同时蔡经国，以“经”“京”音似，奏乞改名“纯臣”。尤可笑。

方巨山，名岳，为赵相南仲幕客。赵父名方，乃改姓万。已而又为丘山甫端明属；丘名岳，于是复改名为万山。

王彦，父名师古，尝自讳砚为“墨池”，鼓为“皮棚”，犯者必校。一日，有李彦古往谒，刺云：“永州司户参军李墨池皮棚谨祗候参”。彦大喜，示其子弟曰：“奉人当如此矣！”

章惇拜相，安惇为从官，因嫌名，见时但称“享”。或作诗嘲曰：“富贵只图安享在，何须损却一生名！”

【译文】冯道家的门客宣讲《道德经》首章，书内有“道可道，非常道”。门客见“道”字是冯道的名字，就避讳说：“不敢说，可不敢说，非常不敢说。”

冯道事俸了十位君主，可谓圆滑，门客也想效仿他。

熊安生将要通名告见徐之才、和士开。刚好徐之才与和士开在一块坐。熊安生因为徐之才讳“雄”（徐之才父亲叫徐雄），和士开讳“安”（和士开父亲叫和安），就自称“触触生”。很多人都笑他。

薛昂谄谀依附于蔡元长（京），甚至命令全家人避蔡京的名讳。和客人共同饮宴时，有说“京”字的，他必指出那人的错，罚他酒。平常家里仆人有误犯的，一定加以呵斥责骂。有时自己不小心犯了讳，就自己打自己的耳光，以告诫别人注意改正。宋徽宗宣和末年，有位在朝的官员新买了一个使女，很会做事。趁宴请客人，就让此女出来陪侍客人倒酒。有一客人谈话时说出了“京”字，使女连忙请他罚酒。问她原因，使女说：“你冒犯了太师的讳。”在座的人都感到惊愕，问她身世，原来以前是薛昂太尉家的使女。

另外有同时代叫蔡经国的人，因为“经”与“京”相近，就奏请朝廷改名“纯臣”。更是可笑。

方巨山，名岳，为丞相赵南仲（葵）幕府的僚属。赵南仲的父亲叫赵方，他就改姓万。不久又做端明殿学士丘山甫（岳）的僚属，丘名岳，于是又改名叫万山。

王彦，父亲名叫王师古，曾自讳砚为“墨池”，鼓为“皮棚”，违犯他讳令的必加刑罚。有一天，李彦古前去求见，在名片上写着：“永州司户参军李墨池皮棚恭敬等候参见。”王彦很高兴，拿给他的孩子们看，说：“奉承人就应像他这样啊！”

章惇任丞相，安惇做他的僚属，因为嫌讳章惇的名，见面时只称“享”。有人作诗嘲讽说：“富贵只图安享在，何须损却一生名。”

《觚不觚录》谦称

王元美云：余旧闻正德中一大臣，投刺刘瑾，云“门下小厮”。嘉靖中，一仪部郎谒翊国公，云“渺渺小学生”。今复有自称“将进仆”“神交小子”“未面门生”“沐恩小的”，皆可呕哕！

徐侍御如珪谪出，复以迁廷评入。不欲忘旧衔，投台中刺曰“台末”，于他刺曰“台驳”。又有太常少卿白若珪，性谦下，投诸贵人刺曰“渺渺小学生”。好事者作詈云：“台末台驳，渺渺小学，同是一珪，徐如白若。”闻者绝倒。又杨太傅一清为中书舍人，及提学时，士以举业从游者众。迨位显，从者益众，然不过借师生义以求进取。邝编修灏始谒杨，即执弟子礼。杨讶其未曾著录。答曰：“灏少时诵法公文，遂至有成，是灏乃私淑门生也。”元美所云不虚耳。〇隋伐高丽。其王上表称“辽东粪土臣”。帝悦，遂罢兵。则谦称信有效矣。

【译文】王元美（世贞）说：我以前记得明武宗正德年间有一大臣，投递名片给刘瑾，自称“门下小厮”。明世宗嘉靖年间，一位仪部郎拜见翊国公，自称“渺渺小学生”。现在还有自称“将进仆”“神交小子”“未面门生”“沐恩小的”，全都令人恶心！

侍御徐如珪被降职调往外地，又因升为延平而入朝。徐如珪不想忘却自己原来的官衔，便在投递台中的名片上写“台末”，给其他人的写“台驳”。太常少卿白若珪，性格谦逊，投递给众贵人的名片上写着“渺渺小学生”。好事的人作责骂的诗说：“台末台驳，渺渺小学，同是一珪，徐如白若。”听说的人都大笑。太傅杨一清任中书舍人，到提学巡查学政时，为了科举而跟随他的学生很多。趁着他官位显要，追随他的人越来越多，他们只不过借着师生的名义以求得进取。编修邝灏初次拜见杨一清，就行弟子的礼节。杨一清奇怪他未曾被记名。邝灏说：“我少年时熟读效法您的文章，于是在学业上取得很大成绩，我实是您私下未记名的好门生呀。”王元美说得都不假啊。〇隋朝讨伐高丽（今朝鲜）。高丽国王给隋帝的国书上称自己是“辽东粪土臣”。隋帝很高兴，就撤了兵。看来谦称的确有效果呀。

万拜

朱浚，晦翁曾孙也。谄事贾似道，每进札子，必曰“某万拜”。时人谓之“朱万拜”。

后元兵入建宁，执浚欲降之。曰：“岂有朱晦翁孙而失节者！”遂自经，其谄事似道又何也？子犹曰：“世情性命，犹可舍得，富贵处却舍不得。”

【译文】朱浚是朱晦翁（熹）的曾孙。奉承投靠于贾似道，每次呈献书信，定称“某万拜”。当时人称他“朱万拜”。

后来元兵攻入建宁（今福建建瓯），捉住朱浚要招降他。朱浚说：“朱晦翁的孙辈岂有为了活命而失去气节的！”就上吊自尽了。

他奉承依附贾似道又是为什么呢？子犹说："世情性命，都可以舍得，只是富贵处却舍不得。"

跪

尹旻偕卿贰欲诣汪直，属王越为介，私问："跪否？"越曰："安有六卿跪人者乎？"越先入。旻阴伺越跪白叩头，及旻等入，皆跪。越尤之，旻曰："吾见人跪，特效之耳。"

【译文】尹旻同他的同僚要去拜见太监汪直，托王越为他们引见，尹旻悄悄问王越："见面跪不跪？"王越说："哪有身居六卿给别人下跪的道理？"王越先进去。尹旻暗中看到王越跪着禀告、叩头，等尹旻等人进去，也都跪下。王越责怪他，尹旻却说："我看见别人跪，只不过是模仿他们罢了。"

谀足

宋彭孙为李宪洗足，曰："中尉足何香也！"宪以足蹴其项曰："奴不亦谄乎！"

【译文】宋朝有个姓彭的人为太监李宪洗脚，说："中尉您的脚为什么这样香呢！"李宪将脚踏在他的脖子上说："你这奴才不也是很会奉承人嘛！"

洗鸟

大学士万安，老而阴痿。徽人倪进贤以药剂汤洗之，得为庶吉士。授御史时，人目为“洗鸟御史”。

【译文】大学士万安，因年龄大而阳痿。有个卑贱的人倪进贤用熬制的汤药为万安洗下处，因此被提升为庶吉士。任他为御史时，人们称他为“洗鸟御史”。

咽唾

日陆眷本出西辽，初为库傉官家奴。诸大人会集，皆持唾壶，惟库傉官独无，乃唾入陆眷口。陆眷悉咽之，曰：“愿使主君之智慧禄相，尽携入我腹中。”

【译文】南北朝的日陆眷原来出身于西辽，刚开始是库傉官的家奴。众达官贵人聚会，都带着痰盂，只有库傉官一人没有，他就将痰吐进日陆眷嘴中。日陆眷全都咽下，说：“愿使主君的智慧和福气全部带到我的肚子里。”

作马镫

唐张岌谄事薛师怀义，掌擎黄幞，随薛师后，于马傍伏地，为其马镫。世庙时，严世蕃用事，戏呼王华曰“华马”。王即伏地候乘。而白郎中亦其狎客也，即伏地作马杌。严因践而乘之。

【译文】唐朝张岌奉承依附于和尚薛怀义，职掌托举薛怀义的巾帽，跟在薛怀义后面，并且趴在薛怀义所骑的马旁，给薛怀义当马镫。明世宗时，严世蕃当权，嘲弄地称呼王华为“华马”。王华听唤就趴伏在地上等候他骑，而白郎中也是他亲昵接近的人，就趴伏在王华旁边当马镫。严世蕃于是踏着白郎中骑到王华的身上。

尝秽

魏元忠病，御史郭弘霸往候，视便溺，即染指尝，贺曰：“甘者病不瘳。今味苦，当愈。”魏恶而暴之。又尝来俊臣粪秽。

和士开为尚书，威权日盛，偶患伤。医云：“应服黄龙汤。”士开有难色。有候之者请先尝，一举而尽。

【译文】唐朝魏元忠生病，御史郭弘霸前去探望，看见魏元忠的便盆，就用手指蘸盆中的尿放在嘴里尝，而后祝贺说：“尿味甜，病就还没好。现在您的尿味道发苦，病应该很快就会好。”魏元忠很讨厌他，并把他尝尿的事告诉别人。另外他曾经尝过来俊臣的粪便。

北齐时和士开官居尚书，威势和权力达到极点，一次偶然患外伤。医生说：“应服用陈腐的粪清。”和士开有些不情愿的意思。有个探望他的人请求先尝试，举起碗，一下就喝完了。

谄马

赵元楷为交河道行军大总管，谄事元帅侯君集。君集马病颡疮，元楷指沾其脓嗅之。

【译文】唐朝赵元楷任交河道行军大总管，他巴结奉承元帅侯君集。侯君集的座马头上长了疮，赵元楷用手沾疮脓用鼻子闻。

父谄子

蔡京未去位，朝廷差童贯偕子攸往取辞位表。京失措，并子呼为“公”。严嵩溺爱其子，诸曹以事白，初尚曰“与小儿语”，至后曰“与东楼语”。东楼，世蕃别号也。

蔡攸尝诣京，京正与客语。攸甫入，遽执手为诊视状，曰：“大人脉势舒缓，有恙乎？”京曰：“无之。”攸遽去。客以问京。京曰：“此儿欲以疾罢吾耳！”父子争权，古未有也。若东楼原非嵩子，复何怪？〇又晁错父亦呼错为“公”。陈锡玄曰：“此由太公呼汉高为帝来。”

【译文】蔡京还没有被罢免官位，朝廷派童贯和蔡京的儿子蔡攸去找蔡京索取辞职书。蔡京举动慌乱失常，对童贯和自己的儿子统尊称为“公”。严嵩溺爱自己的儿子，属下官员们有事向他报告，开始严嵩还只是说“跟我小儿说”，到后来说“跟东楼说”。东楼，是严世蕃的别号。

蔡攸曾经去见蔡京，蔡京正和一位客人说话。蔡攸刚进去，急忙捉住蔡京的手为他把脉，说：“父亲脉势舒缓，身体有病吗？”蔡京说：“没有病。”蔡攸又匆忙离开。客人问他是怎么回事。蔡京说：“这个儿子想要以病为由罢我的官呢！”父子争权，自古不曾有。如果东楼根本不是严嵩的儿子，还有什么奇怪？〇又晁错的父亲也称呼晁错为“公”。陈锡玄说：“这种现象是由于刘邦的父亲太公称呼汉高祖为帝所招致。”

怀相国诗

嘉靖末，金陵吴扩有诗名，曾有《元日怀严分宜相国》诗。

一友见之，戏曰："开岁第一日，怀朝中第一官，如此便做到腊月晦，亦未怀及我辈也！"吴虽笑而甚惭。

【译文】明世宗嘉靖年间，金陵（今江苏南京）吴扩因诗著名，曾写有《元日怀严分宜相国》诗。有一朋友见他，开玩笑说："新年的第一天，怀念朝中第一官，如此就是做到腊月末，也轮不到怀念我们这种人哪！"吴扩虽笑，但却很羞惭。

江陵相公事

张居正父初死。都御史陈瑞，癸丑所取士也，驰至江陵，乘幔舆以谒。入门，从者易白服毕，解纱帽，出麻冕于袖而戴上，已复加绖，伏哭。尽哀毕，则请见太夫人，不出；跪于庭。良久，太夫人出，复伏哭，前谒致慰，乃侍坐。有小阉者，居正所私留以役也。太夫人睨而谓："陈君幸一盼睐之。"瑞拱立揖阉曰："陈瑞安能为公公重？如公公乃能重陈瑞耳。"

江陵奔丧至楚。楚方伯至披衰绖，代孝子守苫次。江陵大悦。不逾年，方伯遂抚楚。

中官魏朝奉太夫人北上，所经由浒步，皆设席屋，张彩幔。徐州兵备副使林绍，至身杂挽船卒中，为之道护。

张相国病，百僚俱为设醮祝厘。每行香，宰官大僚执炉暍日中，当拜章，则并跪竟夕弗起。至有赂道士，俾数更端，以息膝力者。南都效之，尤以精诚相尚，其厚者亦再三举。一中丞夸于人曰："三举而吾与者三，膝肿矣！"

居正初病，百僚设醮。已而病剧，大臣复有举者。次相申汝默笑曰："此再醮矣！"

【译文】张居正的父亲刚死。都御史陈瑞，本是癸丑科进士，便骑马奔到江陵，又坐车前去请见。一进门，随从为他换上白衣服，去掉官纱帽，袖中取出麻布孝帽戴上，又在头上扎上麻带，趴在那里哭。尽哀完毕，就请见太夫人；太夫人不出来，陈瑞就跪在院中。过了很长时间，太夫人出来见他，陈瑞又重新趴下痛哭，又进前拜见表示慰问，就陪坐在一旁。有个小太监，是张居正私自留下为他做事的。太夫人斜眼看他说："希望陈君看重他。"陈瑞起身向小太监作揖行礼说："陈瑞怎能看重公公？应是公公方才能看重陈瑞啊。"

江陵（张居正）因父亡奔丧到楚（今湖北江陵）。当地长官身穿孝服，代孝子守灵，江陵很高兴。不到一年，地方官就升为湖北巡抚。

太监魏朝陪护太夫人北上，所经过的停船之处，都设酒筵，搭彩帐。徐州兵备副使林绍，竟让自己混杂在拉船的杂役中间，为太夫人的船导引护航。

张相国（居正）得病，百官都为他设坛拜神祝福。每次上香，宰官大僚手持香炉站在烈日之下，每次焚化奏告上天的拜章，就一齐跪下整夜不起，以至有人贿赂道士，让他举行别的仪项，可以让膝盖休息。南都（今江苏南京）效仿这种做法，尤其以精诚自负，其中礼重的人再三祭拜，有一中丞向别人自夸说："三次祭神，我参加三次，膝盖都肿了！"

张居正刚病时，百官为他设坛祭祀。随后病情加重，有大臣又再次设醮重复祭神。次相申汝默（时行）笑着说："这是再醮（妇人再嫁的双关语）呀！"

祭文谄语

王相国荆石宅忧。某县令作祭文，称相国为"元圣"，封公为“启圣夫子”，王却之。

云间李中条见夤缘尊贵者，笑曰：“一措大上书宰执，称述功德，何异火居道士称臣上表玉皇大帝乎？吁！上书且不可，况擅上尊号，渎反甚矣！”〇余在娄江时，曾闻荆石公宴一巨室家。庖人进馒首，公方取一枚，值客语酬对，偶以手按而扁之。主人疑是公所好，明日特送馒首一大盒，约百余，皆扁者。

【译文】明朝相国王锡爵（字荆石）在家中服丧。某县令作祭文，称相国为“元圣”，封相国父亲为“启圣夫子”，王锡爵推辞不接受。

云间（今上海松江）李中条看到攀附尊贵的人，笑道：“一个贫寒失意的读书人给宰相写信，颂扬他的功德，这与火居道士自称臣给玉皇大帝写信有什么不一样呢？唉！写信都不被许可，何况自作主张进献尊号，反而更加显得轻慢了！”〇我在娄江（今江苏昆山）时，曾经听说王锡爵在一巨富家作客。厨师端上馒头，王锡爵刚拿一枚在手，正好赶上其他客人与他说话，他无意间用手将馒头按扁了。那家主人以为是王锡爵喜欢这样，第二天特地送一大盒馒头，约一百多个，都是扁的。

看墓

杜宣猷除宣城，中官力也。闽为中官区薮。杜每寒食，散遣将吏，挈酒食祭诸宦先冢。时人谓之“敕使看墓”。

【译文】杜宣猷任宣城（今安徽宣州）县令，是太监出的力。宣城是出太监较多的地方。杜宣猷每逢清明节前，遣散开所属官吏，提着酒食祭拜众太监的祖坟。当时人们称他是“敕使看墓”。

奔丧

《唐书》：高力士父丧，左金吾大将军程伯献、少府监冯绍正，直就其丧所披发痛哭，甚于己亲。《宋史》：梁师成妻死。苏叔党、范温皆衰绖临哭。尤可笑。

前代宦者亦有妻。汉丞相御史条奏石显恶，免官，与妻子徙归故郡。唐高力士娶吕玄晤女。李辅国娶元擢女。干妻已自可笑，况复生儿！〇《汉书》：灵帝崩时，市贾小民有相聚为宣陵孝子者，诏皆除太子舍人。北齐和士开母丧，托附者咸往奔哭。邺中富商丁邹、严兴并为义孝。

【译文】据《唐书》记载：高力士的父亲死了，左金吾大将军程伯献、少府监冯绍正特地赶到他的居丧之处披发痛哭，哀痛超过对待自己的亲人。《宋史》记载：梁师成的妻子死了，苏叔党（过）、范温都披麻戴孝到丧所哭吊。更是可笑。

前代太监也有妻子。汉丞相御史逐条陈奏石显以前的罪过，石显被免官，与妻子迁回原籍。唐朝高力士娶吕玄晤的女儿。李辅国娶元擢的女儿。太监求娶妻子已经很可笑，更何况像他们这种情形又怎能生育！〇《汉书》记载：汉灵帝去世时，有些小商小贩们聚在一起为灵帝守孝当孝子，全部被提升为太子舍人。北齐和士开的母亲去世，巴结他的人都前去哭丧。邺郡（今河南安阳）的富商丁邹和严兴一起为和士开的母亲行孝。

敬无须

唐中宗时，宦官用事。窦从一（一名怀贞）为雍州，见讼者无须，必曲加承接，每有误者。

【译文】唐中宗时，太监专权。窦从一（又名怀贞）任雍州（今陕西西安）刺史，见到告状的人没长胡子，一定周到地应酬接待，常有认错的。

不敢须

少司徒王祐谄事太监王振。振一日问曰："王侍郎何故无须？"曰："老爷无须，儿子岂敢有须？"

【译文】明朝少司徒王祐巴结依附太监王振。王振有一天问王祐说："王侍郎为什么没长胡子？"王祐说："老爷没胡子，儿子难道敢有胡子？"

疯汉及第

刘蕡，杨相嗣复门生也，对策，以直言忤时，中官尤恨。中尉仇士良谓杨曰："奈何以国家科第，放此疯汉及第耶？"杨大悚惧，即答曰："嗣复昔与及第时，犹未疯耳。"

【译文】唐朝刘蕡是丞相杨嗣复的门生，在应考取士时，坦率地批评时政弊端，太监们特别忌恨他。中尉仇士良对杨嗣复说："怎么因为国家科举选士，让这样的疯汉中选呢？"杨嗣复非常害怕，就回答说："我以前推举刘蕡中选时，还没有疯呢。"

冯希乐

冯希乐善佞，尝谒长林县令，赞云："仁风所感，猛兽出境。昨入县界，见虎狼相尾西去。"少顷，村老来报："昨夜大虫连食三人。"令诘之。冯曰："是必便道掠食。"

【译文】冯希乐擅长用花言巧语巴结人，有一次进见长林县令，赞美说："感受了仁爱风范，凶猛的野兽离开了您的辖地，昨天来到您的县界，看到虎狼前后相随向西去了。"不一会儿，一位乡村管事的来报告说："昨夜老虎连吃三人。"县令就责问冯希乐。冯希乐说："肯定是路过顺便吃人的。"

答誉

三原王公恕，巡抚江南。云间钱学士溥，面誉盛德不已。公曰："得无有干乎？"钱曰："即此明哲，非人所能也！"以讼状出诸袖中。公曰："此事难行。"钱曰："彼怜我，数至数馈，似不可恝。"公许之。又出一状子袖中，白："谚云：'一客不发两主。'"公笑曰："足以答公誉矣！"

【译文】三原县的王公恕，出任江南巡抚。云间（今上海松江）学士钱溥，面见王公恕，不停地赞美他的美德。王公恕说："有没有要办的事呢？"钱溥说："像您这样洞察事理，不是每个人都具备的。"说完，便从袖中取出一份讼状。王公恕说："这事不好办。"钱溥说："那人怜惜我，几次去那里，几次请我吃饭，好像不能无动于衷。”王公恕答应了他。钱溥又从袖中拿出一状，说：“俗话说：‘一客不烦二主。’”王公恕笑道：“足可以回报你对我的赞美了。”

势 利

徽州某上舍不读书，而好为势交。一日里人有读陶公《归去来辞》者，至“临清流而赋诗”，遽问曰：“是何处临清刘副使？幸携带往贺之。”里人曰：“此《归去来辞》语。”乃曰：“只疑见任上京，若归去者，吾不往矣。”

贺美之与伊德载饮一富民家。民以德载贵人也，谄奉之，而不识“伊”字，屡呼曰“尹大人”，酬酢重沓，略不顾贺。贺斟大觥呼之曰：“尔且与我饮一杯，不要‘旁若无人’！”

有吴生者，老而趋势。偶赴广席，见布衣者后至，略酬其揖，意色殊傲。已而见主人恭甚，私询之，乃张伯起也，更欲殷勤致礼。张笑曰：“适已领过半揖，但乞补还，勿复为劳。”

【译文】徽州（今安徽歙县）某太学生不好读书，而喜欢攀权附势之交。一天有个同乡读陶潜的《归去来辞》，读到“临清流而赋诗”一句时，他急忙问同乡说：“是何处的临清刘副使？希望携带我去庆贺他。”同乡说：“这是《归去来辞》的语句。”他说：“我只当他现任上京，若罢官回去了，我就不去了。”

贺美之和伊德载（乘）在一富人家饮酒。富人把伊德载当作贵人，巴结奉承他，由于不认识“伊”字，多次称呼他“尹大人”，宾主频繁敬酒，有些不太照顾贺美之。贺美之倒一大杯酒叫富人说：“你先给我喝一杯，不要‘旁若无人’！”

有个姓吴的读书人，年纪大还喜欢奉承人。偶然参加大的酒筵，看到有个穿布衣的人最后才到，就稍微对他应酬行礼，脸上神情特别傲慢。过一会儿见主人对那人特别恭敬，就暗地询问那人，原来他是张伯起（凤翼），想要再殷勤行礼。张伯起讥笑说：“刚才已接受过半揖，只要补齐就行了，不要重复受累。”

颜甲部第十八

子犹曰：天下极无耻之人，其初亦皆有耻者也。冒而不革，习与成昵。生为河间妇人，死虽欲为谢豹，亦不可得矣。余尝劝人观优，从此中讨一个干净面孔。夫古来笔乘，孰非戏本？只少一副响锣鼓耳！集《颜甲第十八》。

【译文】子犹说：天下最无耻的人，他们当初也都是有羞耻心的。只是犯了错误不思改正，久而久之成了习惯。生前是个荡妇，死后即使想成为有羞耻心的谢豹，也是不可能的，我曾经劝人看戏，从他们中间挑一个君子形象来对照。自古以来的著作，哪一个不是戏本？只不过少了一副叮当作响的锣鼓罢了！汇集《颜甲部第十八》。

《金楼子》载子路事

孔子尝游于山，使子路取水，逢虎于水所。与共战，揽尾得之，纳怀中。取水还，问孔子曰："上士杀虎如何？"子曰："上士持虎头。"又曰："中士杀虎如何？"子曰："中士捉耳。"又问曰："下士杀虎如何？"子曰："捉虎尾。"子路出尾弃之。

贫儿得粥自豪，不知他人有吃饭者。

【译文】孔子曾经在山中游览，派子路去取水，碰上老虎在水旁。子路与虎搏斗，抓住虎尾，并取下它，揣在怀里。取水回来，问孔子："上士怎样杀虎？"孔子说："上士抓住虎头。"又问："中士怎样杀虎？"孔子说："中士抓住虎耳。"又问道："下士怎样杀虎？"孔子说："抓住老虎尾巴。"子路掏出虎尾扔了。

贫苦孩子得到米汤就自豪，不知道别人还有吃饭的。

晋明帝诏

明帝函封诏与庾公亮，误致王丞相。既开视，末云"勿使冶城公知"。（丞相居冶城，故云）丞相答曰："伏读明诏，似不在臣。臣开臣闭，无有见者。"帝甚愧，数月不敢见王公。

丞相太尖酸。

【译文】晋明帝司马绍把诏书装在信函里送给庾亮，误送到了丞相王导处。已经打开看了，诏书末尾写着"不要让冶城公知道"。（丞相居住在冶城，所以这样说）王丞相回答："拜读了英明的诏书，好像不是写给臣的。臣打开又封闭上了，没有看到什么。"明帝十分惭愧，几个月不敢见王丞相。

王丞相太尖酸刻薄。

急泪 无泪

宋世祖至殷贵妃墓，谓刘德愿慎曰："卿等哭妃若悲，当加厚赏。"刘应声号恸，涕泗交横，即拜豫州刺史。帝又令羊志哭，羊亦呜咽甚哀。他日有问羊者："卿那得此副急泪？"羊曰："我尔日自哭亡妾耳。"

两个花脸固可笑，然此墓岂可使他人有泪？

王元景使梁，刘孝绰送之，泣下。元景无泪，谢刘曰："卿勿怪我，别后当阑干耳。"

此处用得着一副急泪，恨无处买。

【译文】南朝宋世祖刘骏到了殷贵妃的墓地，对刘德愿慎说："你们如果哭贵妃哭得悲伤，当给予重赏。"刘德愿应声痛哭，眼泪鼻涕交织在一起，当即被授予豫州刺史的官职。皇上又让羊志哭，羊志哭得也很悲哀。有一天有人问羊志："你在哪儿弄来这一副眼泪？"羊志说："我那天哭我死去的小老婆罢了。"

两个小丑固然可笑，然而此墓怎么可能使别人流泪？

北齐王元景（昕）出使到梁国，刘孝绰来送行，眼泪流了下来，王元景无泪，向刘孝绰道歉说："你不要怪我，别后会泪流满面的。

此处用得着一副急泪，遗憾无处可买。

廖恩无过

熙宁中，福建贼廖恩聚徒党于山林。已听招抚出降，朝廷赦罪，授右班殿直。既至，有司供"脚色"一项云："历任以来，并无公私过犯。"见者哂之。

人但知廖恩可笑，孰知荐剡中说清说廉，墓志上称功称德，皆是廖恩脚色，安然不惭，独何也？

【译文】宋神宗熙宗年间，福建盗贼廖恩啸聚集同伙霸占山林，已经听从招安出山投降，朝廷赦免了他的罪过，授予右班殿直的官职，到任后，有关部门提供的“履历”有一项说：“历任以来，于公于私并无过错。”看见的都笑话他。

人们只知道廖恩可笑，谁知道荐表中说清称廉，墓志上歌功颂德，这些都是廖恩之流，却安然不知羞耻，这是为什么呢？

宗权非反

蔡州秦宗权，继黄巢称僭。十年之间，屠脍生聚。既为汴帅朱全忠所擒，槛送至京。京尹孙揆率府县吏阅之。宗权即槛中举首曰：“宗权非反，大尹哀之。”观者皆笑。

【译文】蔡州（今河南汝南）秦宗权，继黄巢之后称帝，十年间，屠杀生灵。不久被开封大帅朱全忠擒获，用槛车送到京城长安。京兆尹孙揆率领府县官吏前去观看，宗权当即从槛车里抬起头说：“宗权没反，大人可怜我吧！”看的人都笑。

唐宋士子

唐时，有士子奔马入都者。人问：“何急如此？”答曰：“将赴‘不求闻达’科！”宋天圣中，置“高蹈丘园”科，许本人于所在自投状求试。时人笑之。

萧子鹏应“怀材抱德”诏，后拨工部办事，为堂官负印前驰。人戏曰：“萧君真有‘抱负’！”凡虚名应诏，皆此类耳。

【译文】唐朝时，有个读书人快马进入京城，人们问他："为什么这样急呢？"回答说："要参加'不求闻达'科的考试！"宋仁宗天圣年间，设置'高蹈丘园'科，许本人在自己居住的地方投递状书请求在家应试。当时人们当成笑话说。

萧子鹏应诏参加"怀才抱德"科的考试，后来调拨到工部办事，为长官抱印跑腿，人们开玩笑说："萧君真有'抱负'！"大凡图慕虚名应诏的，都是这一类。

韩麒麟

韩麒麟为齐州刺史，寡于刑罚。从事刘普庆说以立威。韩曰："人不犯法，何所戮乎？若必须斩断以立威名，当以卿应之。"刘惭惧而退。

【译文】后魏韩麒麟任齐州（今山东济南）刺史，很少用刑罚。从事刘普庆劝说多施刑罚来树立威名。韩麒麟说："人不犯法，为什么要杀人呢？如果必须用杀人来树立威名，当拿你开刀。"刘普庆又羞又怕地退下。

天后时三疏

则天革命，拜官不可胜数。张鷟为谣曰："补阙连车载，拾遗平斗量，把推侍御史，腕脱校书郎。"有沈全交者续云："评事不读律，博士不寻章，面糊存抚使，眯目圣神皇。"御史纪先知弹劾，以为谤讪，宜付法。则天笑曰："但使卿等不滥，何虑天下人语？不须与罪！"先知甚惭。

拾遗张德生男，私宰羊饮宴。同僚补阙杜肃怀肉上表以闻。明日，太后谓德曰："闻卿生男，何从得肉？"德叩头请罪。太后曰："朕禁屠宰，吉凶不预。卿自今召客，亦须择人！"因出表示之。肃大惭。

周御史彭先觉无面目。如意年中，断屠极急。先觉知巡事，定鼎门草车翻，得两腔羊，门家告御史。先觉奏"合宫尉刘缅当屠不觉察，决一顿杖，肉付南衙官人食。"缅惶恐，缝新裈待罪。明日，则天批曰："御史彭先觉奏决刘缅，不须；其肉乞缅吃却。"举朝称快，先觉于是乎惭。

天后作事，往往有大快人意者。宜卓老称为"圣主"也！

【译文】武则天革命，授官数都数不清。张鷟作歌谣唱道："补阙一车一车载，拾遗满斗满斗量，一把推开侍御史，抖腕摆脱校书郎。"有个叫沈全交的续道："评事不见读律条，博士不去探文章，稀里糊涂存抚使，眯眼养神神圣皇。"御史纪先知弹劾此事，认为这是毁谤，应当交付法司论罪。武则天笑着说："只要使你们不贪，哪里用得着担心天下人议论？不必惩罚！"先知非常惭愧。

拾遗张德生了个男孩，私下宰羊宴请客人，同僚补阙杜肃揣着肉上表报告给武则天。第二天，武则天对张德说："听说你生了个男孩，从哪儿弄来的肉？"张德叩头请罪，武则天说："我禁止屠羊，是因为预料不到吉凶。你从今以后，请客，也要选人！"于是拿出表章让张德看，杜肃惭愧得抬不起头。

周御史彭先觉失了面子。武则天如意年间，禁止屠宰非常严，彭先觉主管巡逻事宜，定鼎门翻了一辆草车，得到两只宰杀过的羊，管门官员报告给了彭先觉。彭先觉上表奏道："合宫尉刘缅面对宰杀没有觉察，判决挨顿杖打，肉给南衙官员吃。"刘缅恐惧，缝了条新裤子等待降罪。第二天，武则天批示说："御史彭先觉表奏判决刘缅，不必；那肉让刘缅吃了。"满朝拍手称快，彭先觉于是感到惭愧。

武则天做事，往往大快人心，李卓吾（贽）老先生称她是"圣主"，是非常适宜的。

费祭酒

《双槐岁钞》：凤翔太学生虎臣上疏，谏万岁山勿架棕棚。宪庙奇之。祭酒费訚不知也，惧贾祸，乃会六堂，鸣鼓声罪，铁索锁项以待。俄官校宣臣至左顺门，传温旨劳之曰："尔言是，棕棚即拆卸也。"訚闻大惭。

【译文】《双槐岁钞》载：凤翔太学生虎臣递上奏章，规劝不要在万岁山上搭建棕棚。明宪宗朱见深认为他才能出众。祭酒费訚不知道这件事，害怕惹祸，于是召集国子监所属六堂，击鼓声称有罪，铁索缠脖等待治罪，一会校尉召虎臣到左顺门，传达温旨并慰劳他说："你说得对，棕棚马上拆掉。"费訚听了非常惭愧。

背刺尽忠字

嘉靖中，南京礼部右侍郎黄绾为言官所诋，自言背刺"尽忠报国"四字。下南京法司复勘，天下笑之。按正德五年，锦衣卫匠余刁宣上疏，自言背刺"精忠报国"字。诏本卫执之，杖三十，发海南充军，著国史。黄见之，不当愧入地耶？嗟乎！岳武穆事宁可再哉？

【译文】明世宗嘉靖年间，南京礼部右侍郎黄绾被谏官告发，黄绾自己说背上刺有“尽忠报国”四字。被送到南京法司复查，天下人都笑话他。察明武宗正德五年，锦衣卫余刁宣上表，自言背刺“精忠报国”字样。皇帝诏令锦衣卫把他抓起来，打了三十棍，发配到海南充军，这件事记在国史。黄绾看见，不应当羞得无地自容吗？可叹啊！岳飞的事难道可以再次发生吗？

自 宫

宣德中，金吾卫指挥同知傅广自宫，请效用内庭。上曰：“此人已三品，更欲何为，而勇于自残，以希进用？下法司问罪，还职不得复任事！”

《纲目分注》记南汉宦官之横云：凡群臣有才能及进士状头，皆先下蚕室，然后得进；亦有自宫求进者。由是宦者近二万人，贵显用事，大抵此辈。又永乐末，诏天下学官考绩不称者，许净身入宫训女官辈。时有十余人，王振亦与焉，后为司礼监，竟成己巳之祸。始知竖刁覆齐，千古永戒。宣庙英明，岂寻常哉！

【译文】明宣宗宣德年间，金吾卫指挥同知傅广自宫，请求在宫内效力。皇上说：“此人已是三品官，还想做什么，而敢于自残，还希望将来进一步任用？送法司问罪，复职后不得再处理政事！”

《纲目分注》记载南汉宦官的专横，说：凡是群臣中有才能和考中进士头名的，都先送到执行宫刑的蚕室中处理，然后才能得到任用；也有通过自宫求得任用的。因此宦官近两万人，当权的显贵，大都是这一类。又明成祖永乐末年，诏告天下各州县儒学教官，考试成绩不好的，允许自宫进入宫中教导女官。当时有十几个人，王振也参与其中，后来任司礼监，终于酿成己巳年“土木之变”的灾难。这才知道宦官颠覆齐国，应当成为千古的教训。宣宗英明，岂是平常的！

皇后阿奢

景龙二年冬，召王公近臣入阁守岁。酒酣，上谓御史大夫窦从一曰：“闻卿久旷，今夕为卿成礼。”窦拜谢。俄而内侍引烛笼步障，金缕罗扇，其后有人衣缕衣花钗，令与窦对坐。却扇易服，乃皇后老乳母王氏，本蛮婢也！上与侍臣大笑，诏封“营国夫人”，嫁为窦妻。俗称乳母之婿曰“阿奢”。窦每进表，自称“翊圣皇后阿奢”，欣然有自负之色。

绝好一出丑净戏文！

【译文】唐中宗景龙二年冬天，皇上召集王公幸臣入阁中守岁。酒喝得正畅快时，皇上对御史大夫窦从一说：“听说你没老婆好久了，今晚为你完婚。”窦从一拜谢。一会内侍引着灯笼屏障，镶金罗扇进来，后边有个人穿着金缕衣裙，头戴花钗，皇上让她坐在窦从一对面，撤去罗扇，换了衣服，是皇后的老乳母王氏。本是个粗俗的婢女，皇上和侍臣大笑，下令封为“营国夫人”，嫁给窦从一为妻。乳母的丈夫俗称“阿奢”。窦从一每次上表，自称：“翊圣皇后阿奢。”高兴地露出自负的神色。

顶好一出净丑戏文！

路 岩

唐路岩出镇坤维，开道中衢，恣为瓦石所击。时薛能权京尹，岩谓能曰："临行劳以瓦砾相饯。"能得举手板对曰："旧例：宰相出镇，府司无例发人卫守。"岩有惭色。

【译文】唐路岩到西南出任地方官，在前开道的人走到大街上，被砖瓦石块打得抬不起头。当时薛能暂代京兆尹之职，路岩对薛能说："临行时劳驾您用瓦砾送行。"薛能得意地举起笏板说："按旧例：宰相出任地方官，府司从不派人保卫。"路岩满脸羞愧。

任 佃

嘉靖间，任佃以御史谪江陵知县。或有公移与邻界知县，辄称"即将某人如何、某事如何"。邻县知县不堪，因署其公移尾答之曰："即将即将又即将，即将二字好难当。寄语江陵任大尹：如今不是绣衣郎！"任见之，默然。

【译文】明世宗嘉靖年间，任佃从御史贬为江陵知县，偶尔有公文给邻县知县，总是称"某人即将如何，某事即将如何"。邻县知县忍受不了，因此在公文末端写上以下的话来回答他说："即将即将又是即将，即将二字好难承当，传话给江陵任大官人：如今不再是御史大人了！"任佃看罢默然无语。

误解卦影

唐垌知谏院，费孝先为作"卦影"：有一衣金紫者，持弓矢射落一鸡。荆公生命属酉，唐即抗疏弹之，冀得擢用。上怒，谪监广州军资库。坰叹曰："射落之鸡，乃我也！"

若到底不认错，落得做个豪杰。

【译文】宋朝时唐坰主管御史衙门，费孝先为他作一"卦影"：有一个穿金紫衣服的，拿着弓箭，射落一只鸡。王安石生肖属鸡，唐坰当即上书弹劾王安石，希望得到提拔。皇上动怒，贬唐坰到广州监守军用物资仓库。唐坰叹息说："射落之鸡，是我呀！"

如果到底不认错，还落得做个豪杰。

卢多逊

卢相多逊南迁，入于道傍逆旅。有老妪颇能言京邑事。卢问其何为居此，妪颦蹙曰："我本中原士夫家，子任某官。卢多逊作相，令吾子枉道为某事。吾子不从，卢衔之，中以危法，尽室窜南荒。未周岁，骨肉沦没，唯老身流落山谷间。彼卢相者，妒贤怙势，恣行无忌，终当窜；幸未死间，或可见之耳！"多逊闻妪言，默然趣驾。

【译文】宋朝丞相卢多逊遭贬南迁，进入路旁一家旅店。有个老婆婆很能讲京城的事情。卢多逊问她为什么住在这儿，老婆婆皱着眉头说："我本是中原士族，儿子担任某官。卢多逊任丞相，让我儿子违背正道做某事。我儿子不从，卢多逊恨他，用酷法治他，全家被放逐到南疆，不到一年，亲人死亡，只剩老身一人流落在山谷间，那个卢多逊，妒嫉贤能，依仗权势，横行无忌，终究会被流放的；有幸没有死时，或许可以看见他吧！"卢多逊听老婆婆说完，默默地催车速行。

万 安

宪宗晏驾，内监于宫中得书一小箧，皆房中术也，悉署曰“臣安进”。太监怀恩袖至阁下，示万安曰：“是大臣所为乎？”安惭汗不能出一语。已而科道劾之，怀恩以其疏至内阁，令人读之。安跪而起，起而复跪。恩令摘内牙牌，曰：“请出矣！”乃遑遽奔出，索马归第。初安久在内阁，不去。或微讽之。答曰：“安惟以死报国！”及被黜，在道看“三台星”，犹冀复用也。

【译文】明宪宗朱见深刚刚驾崩，内侍在宫中得到一小箱书信，都是有关房中术的，全部写着“臣万安进献”。太监怀恩把它塞在袖子里来到内阁外边让万安看，说：“这是大臣应该做的事吗？”万安惭愧得出了一身汗，说不出一句话来。不久科道官弹劾万安，怀恩拿着他的书信来到内阁，让人阅读，万安跪下然后站起，站起又跪下，怀恩下令摘去内阁腰牌说：“请出去吧！”于是万安诚惶诚恐地跑了出去，要了匹马返回官第，当初万安在内阁呆了很久，不愿离开。有人微言讽刺他。万安回答说：“我只有以死来报答国家！”等到被罢黜，在途中望着“三台星”，还希望能再被起用。

不肯丁忧

唐御史中丞李谨度，遭母丧，不肯举发，哀讣到，皆匿之。官僚苦其无耻，令本贯瀛州申“谨度母死”，尚书牒御史台，然后哭。又员外郎张栖贞被讼，诈遭母忧，不肯起对。

【译文】唐御史中丞李谨度，遇到母亲亡故，不肯说出来，讣告送到，都被藏起来。官吏认为他没有廉耻，让原籍瀛州（今河北河间）的人申报“李谨度母死”，尚书将公文送到御史台，李谨度这才哭。又员外郎张栖贞被控告，诈称遇到母亲病死要守孝不肯出来对质。

巢由拜

郭昱狭中诡僻，登进士，耻赴常选，献书宰相赵普，自比巢、由。朝议恶其矫激，久不调。后复伺普，望尘自乞。普笑谓人曰：“今日甚荣，得巢、由拜于马首。”

【译文】宋朝郭昱豪爽中带点奸邪，考中进士，耻于参加常选，上书宰相赵普，把自己比作巢父、许由。朝议大夫讨厌他诡异偏激，很久不升迁他，后来他又暗中打探赵普行踪，在大路上拦住赵普，跪在地上叩头求官。赵普笑着对别人说：“今天很荣幸，能让巢父、许由拜在马前。”

月犯少微

谢敷隐居会稽山，初月犯少微，占云“处士当之”。（少微，一名处士星）时吴国戴逵名重于敷，甚以为忧。俄而敷死。会稽士子嘲云：“吴中高士，一时求死不得死。”

【译文】谢敷隐居在会稽山，当初，月亮侵犯了少微星，占卜结果说“处士当应这个征兆”。(少微星,又名处士星)当时吴国(今江苏苏州)戴逵名望超过谢敷,很是忧虑此事,不久谢敷死去,会稽(今浙江绍兴)的读书人嘲笑戴逵说:“吴中高士,一时求死不得死。”

桓温似刘琨

桓温自以雄姿风气,是宣帝、刘琨之俦。及伐秦还,于北方得一巧作老婢,访之,乃刘琨婢也。一见温,便潸然泣曰:“公甚似刘司空!”温大悦,出外整理衣冠,又呼问之。婢云:“面甚似,恨薄;眼甚似,恨小;须甚似,恨赤;形甚似,恨短;声甚似,恨雌。”温于是褫冠解带,昏然而睡,不怡者累日。

【译文】桓温自以为英姿焕发、气度不凡,是宣帝司马懿和刘琨一样的英雄人物。等到讨伐前秦还朝时,在北方得到一手巧的年老婢女,询问她,知是刘琨的婢女。老婢女一看到桓温,就潸然泪下,说:“您很像刘司空!”桓温很高兴,来到外边整理一下衣冠,又叫她来问话。老婢女说:“面孔很像,可惜薄了一点儿,眼睛很像,可惜小了一点,胡须很像,可惜红了一点儿;身材很像,可惜矮了一点儿;声音很像,可惜带点儿女腔。”桓温于是摘下帽子,松开衣带,迷迷糊糊地睡着了,一连几天都不高兴。

王 建

王建尝坐徒刑,但无杖痕。及得马涓为从事,涓好诋讦,建恐为所讥,因问曰:“窍闻外议,以吾曾遭徒刑,有之乎?”涓曰:“有之。”建恃无杖痕,对众袒背示涓曰:“请足下试看,遭责杖而肌肉如是？”涓乃抚背曰：“大奇！当时何处得此好膏药来？”宾佐失色。

王建讳杖，殊无豪杰气，马涓教诲得好！

【译文】王建曾经犯法被判徒刑，但未留下杖痕。后做了马涓的从事，马涓喜欢诋毁攻击别人，王建怕被他讥笑，于是问马涓说：“我私下听到外边议论，以为我曾经受过徒刑，有这回事吗？”马涓说：“有这回事。”王建自恃没有杖痕，当众露出脊背让马涓看，说：“请足下看看，遭受杖责肌肉会是如此？”马涓于是抚摸着王建的脊背说：“太奇怪了！当时你从哪儿弄来这些好的膏药？”幕僚们都变了脸色。

王建避忌杖责，太没有豪杰气概，马涓教导得好。

王庐江

王含作庐江郡，贪浊狼籍。王敦护其兄，故于众坐称：“家兄在郡定佳，庐江人士咸称之。”时敦以震主之威，一座畏敦，击节而已。何充为敦主簿，在坐，正色曰：“充即庐江人，所闻异于此！”敦默然。

【译文】王含担任庐江郡（今安徽庐江西南）郡守，大肆贪污，声名狼藉。王敦袒护他的兄长，因此在众人面前称：“家兄在庐江一定很好，庐江士人、百姓都称赞他。”当时王敦有震主之威，众人畏惧王敦，只是表示赞赏。何充任王敦的主簿，在座上，神色庄重地说：“我就是庐江人，所听到的不同于此！”王敦默然不语。

誉词成句

黔郡刺史新任，公宴时，伶人致词曰："为报吏民胥庆贺，灾星退去福星来！"刺史喜其善誉，问谁撰此，将遗赉之。伶人对曰："此郡中迎官成句。"

凡府县官临去任，有遗爱者，百姓争为脱靴，著于仪门，以代甘棠之思。近有为贪令脱靴者，令讶曰："我何德而烦汝？"答曰："是旧规。"近吾邑又有伪为脱靴，而以敝靴易去其佳者，盖衔恨之极也，尤可笑。

【译文】黔郡（今贵州）刺史刚刚上任，大摆公宴时，唱戏人献词说："为报吏民共庆贺，灾星退去福星来！"刺史很喜欢这个的赞誉，问是谁写的这些话，想要赏赐他。唱戏的答道："这是郡中迎接新官的现成句子。"

凡是府县长官即将离任，对百姓有恩惠的，百姓争着为他脱靴，将他的仁政写在官署第二道正门上，以作为思念惠政的替代。近来有为贪官县令脱靴的，县令惊讶地问："我有何德行来劳烦你？"回答说："是旧规矩。"近来我县又有伪装脱靴而用旧靴换去他的好靴的，大概是因为怀恨到了极点，这更可笑。

冒从侄

王凝侍郎按察长沙日，有新授柳州刺史王某者，将赴任，抵于湘川谒凝。启云："某是侍郎诸从子侄，合受拜。"凝问其小名，答曰："通郎。"乃令左右促召其子，至，诘曰："家籍中有通郎否？"子沉思少顷，乃曰："有之，合是兄矣。"凝始命邀王君，受以从侄之礼。因问："前任何官？"答曰："昨罢北海盐院，旋有此授。"凝闻之不悦。既退，语其子曰："适来王君，资历颇杂，非吾枝也。"遽征属籍，果有通郎，已于某年某日物化矣。凝睹之怒。翌日，厅内备馔招之。王望凝欲屈膝，忽被二壮士挟而扶之，鞠躬不得。凝前语曰："使君非吾宗也。昨误受君拜，今谨奉还！"遂拜之如其数，讫，乃令坐与餐，复谓曰："当今清平之代，不可更乱入人家也！"在庭吏卒悉笑。王惭赧，食不下咽，斯须踧踖而去。

唐庞严及第后。"登科录"讹本倒书名姓为"严庞"。有江淮举子姓严者，乃冒为从侄，往京谒庞。延纳极喜，会同食，问及族人，都非庞姓，乃讶之，因问："君何姓？"举子怪曰："叔姓严，侄亦姓严，何更相诘？"庞大笑曰："君谬矣！余自名严，何事见攀为族？"举子狼狈谢去。

【译文】唐朝王凝侍郎巡察长沙的日子里，有个姓王的刚被任命为柳州刺史，即将赴任，到达湘川（指长沙）拜见王凝，禀告说："我是您的从侄，当受我一拜。"王凝问他的小名，回答说："通郎。"于是命令随从赶快叫他的儿子来，儿子到了，王凝询问道："家谱中有没有通郎这个人？"他儿子沉思了一会，才说："有这个人，当是兄长。"王凝这才命令邀请王君，接受了他以从侄身份的礼拜。于是问他："以前任什么官职？"回答说："前免去北海（今山东益都）盐院，不久又有这项任命。"王凝听罢不高兴，退出后，对他儿子说："刚才这位王君，经历很杂，不是我们的旁系。"马上查验家谱，果然有通郎，已于某年某日死去了。王凝看到这生了气。第二天，在大厅内准备饭菜招他前来。王某看到王凝想要屈膝行礼，忽然被两个壮士挟持扶正，没能鞠躬。王凝走上前说："您不是我的宗族。昨天错误地接受您的下拜，今天恭敬地奉还！"于是向他下拜和他下拜的次数一样，拜完，才让坐下用餐，又对他说："当今清平之世，不可冒名乱进别人家门！"在院里的官员士兵都笑了。王君羞得满面通红，吃不下饭，片刻，恭恭敬敬又十分不安地离去。

唐朝庞严及第后，《登科人名录》误将他名姓倒写成"严庞"。江淮间有个姓严的举子，就冒充从侄，前往京城拜见庞严。庞严非常高兴地迎入家门，等到一同吃饭，问到族人，都不是庞姓，于是很惊讶，因此问道："你姓什么？"举子责怪道："叔叔姓严，侄子也姓严，为何还要追问？"庞严大笑着说："你错了，我的名字才是严，何事被你攀为同族？"举子狼狈辞去。

林逋孙 鹤山后

陈嗣初太史家居，有求见者，称林逋十世孙。坐少选，陈取林传俾其读之。读至和靖终身不娶无子，客默然。嗣初因赠诗曰："和靖当年不娶妻，如何后代有孙儿？想君自是闲花草，不是孤山梅树枝。"

苏有魏芳者，自称鹤山后，请为公建祠，因规奉祀。公裔孙白其诈。芳不能争，竟得罪。而犹自诧为公后不已。或问："文靖去君几世？"曰："十世。"因戏云："若尔君家十世祖媪，应配彼翁，大是不堪！"

【译文】太史陈嗣初闲居在家，有人求见，自称是林逋的十世孙。坐了一会，陈嗣初取出林遗传让他阅读。读到林逋终身未娶没有子女，客人默然无语。陈嗣初因此赠给他一首诗："林逋当年不娶妻，如何后代有孙儿？想君自是闲花草，不是孤山梅树枝。"（林逋在西湖孤山种梅。）

苏州有个叫魏芳的，自称是魏了翁的后人，请求为魏公修建祠堂，按旧规侍奉祭祀。魏了翁的远代子孙说他在诈骗，魏芳无法争辩，终于获罪，然而仍然不停地说自己是魏了翁的后代。有人问："魏了翁和你相隔几世？"说："十世。"因此戏弄他说："如果你家十世祖的老婆婆，匹配比她年长二百余岁的那老头，实是不堪忍受。"

误认从叔

进士何儒亮自外州至，访其从叔，误造郎中赵需宅，自云同房。会冬至，需家致宴，儒亮即是同房，便令入宴。姑姊妹尽在坐焉。馔毕徐出，需大笑。儒亮羞不敢出京师。人因号需为"何需郎中"。

出妻献子，博得一番哺啜。毕竟后来相见，如何称谓？

【译文】进士何儒亮从外州来到，访查他的从叔，误拜访郎中赵需家，自称是同族。适逢冬至，赵需家置办酒席，何儒亮是同族，便让入席。何儒亮的姑表姊妹都在座，饭后慢慢走了出来，赵需大笑。何儒亮羞得不敢出京城。人们因此称赵需为"何需郎中"。

出妻献子，讨得一顿吃喝，毕竟后来相见，怎么称呼？

鲍 当

真宗时，薛尚书映知河南府。法曹鲍当先失其意，后献《孤雁诗》，遂沐优渥。薛尝暑月诣其廨舍，当方露顶，狼狈入，易服抱板而出，忘其幞头。薛严重，左右莫敢言者。坐久之，月上，当顾见发影，大惭，以公服袖掩头而走。

【译文】宋真宗赵恒时，尚书薛映主管河南府（今洛阳）。法曹鲍当先是不合薛映的意思，后来献《孤雁诗》，才受到优待和信任。薛映曾于夏天时候去鲍当的官署。鲍当正光着头乘凉，狼狈地来到屋内，换了衣服抱着手扳出来迎接，却忘了戴他的官帽。薛映严肃稳重，随从没有敢说的，坐了好久，月亮升上来，鲍当看见自己影子才发现，大为惭愧，慌忙用公服袖头遮住脑袋跑了。

李庆远

中郎李庆远初事皇太子，后因恃宠请托，遂屏之，然犹以见亲绐人。一日，对客腹痛作楚曰："适太子赐瓜，多食致病。"须臾霍乱，吐出粗粝饭及黄臭韭齑。客人嘲笑。

【译文】中郎李庆远一开始侍奉皇太子，后因恃宠，接受别人请托，为人走门路，太子辞退了他，但是仍仗着被皇太子宠幸来欺骗人。一天，当着客人的面肚子疼痛，他做出十分痛苦的样子说："刚才太子赐瓜，多吃了点儿这才得肚子疼。"不一会儿，霍乱发作，吐出粗糙米饭和又黄又臭的韭菜碎末。客人嘲笑了他一通。

刘生

刘生者好夸诩，尝往吊无锡邹氏。客叩曰："君来何晏？"生曰："昨与顾状元同舟联句，直至丙夜，是以晏耳！"少顷，顾九和至，问：“先生何姓？”客曰：“此昨夜联句之人也。”生默然。他日又与华氏子弟游惠山，手持华光禄一扇。群知其伪也，不发。时光禄养疴山房，徐引入揖坐。生不知为光禄，因示以扇。光禄曰：“此华某作，先生何自求之？”生曰：“与仆交好二十年，何事于求？”光禄曰：“得无妄言？”生曰：“妄言当创其舌！”众笑曰：“此公即华光禄也！”相与哄堂。锡人为之语曰：“状元联句，光禄题诗。”

第二遍就不说谎。

【译文】刘生喜欢夸耀自己，曾经去无锡吊唁邹氏，宾客问：“您为什么来得这么晚？”刘生说：“昨天和顾状元同船联句，一直到夜里三更，因此起晚了！”一会儿，顾九和到，问刘生道：“先生姓什么？”宾客说：“这是昨夜和您联句的那个人。”刘生不敢吭声。过些天又和华家的子弟一同游惠山（今江苏无锡县西），手拿一把华光禄书写诗句的扇子。众人知道它是假的，不说破。当时华光禄正在山中房舍养病，慢慢引他进去，作了一揖，请他坐下，刘生不知是华光禄，因此拿扇子给他看，华光禄说：“这是华光禄所作，先生从哪儿求得？”刘生说：“和我交好二十年，为何要求？”华光禄说：“莫非胡说？”刘生说：“胡说当割下我的舌头！”众人笑着说：“此公就是华光禄！”大家相视大笑。无锡人因此说道：“状元联句，光禄题诗。”

第二遍就不敢说谎。

方相侄

《启颜录》：唐有士人姓方，好矜门第，但姓方贵人，必认为亲。或戏之曰："丰邑公相何亲也。"遽曰："再从伯父。"戏者叹曰："既是方相侄，只堪吓鬼！"丰邑坊，造卖凶器所也。

【译文】《启颜录》载：唐代有个儒生姓方，喜欢自夸门第，只要是方姓贵人，一定认成亲戚。有人戏弄他说："丰邑公是什么亲戚？"马上说："是再从伯父。"戏弄他的人叹道："既然是方相侄子，只可以吓鬼！"丰邑坊，是造卖棺材的地方。

修史人

李至刚修国史，只服士人衣巾，辄自称"修史人李至刚"。时馆中诸公闻之，大笑，遂呼为"羞死人李至刚"。

【译文】李至刚编纂国史，只穿戴儒生的衣服帽子，总是自称"修史人李至刚"。当时馆中诸位公卿听说了这件事，大笑，于是称为"羞死人李至刚"。

庐陵魁选

吉州士子赴省，书先牌云"庐陵魁选"。欧阳伯乐或诮之曰："有客遥来自吉州，姓名挑在担竿头。虽知汝是欧阳后，毕竟从来不识'修'！"

【译文】吉州（今江西吉安）儒生赴京考试，在招牌上书"庐陵魁选（庐陵[吉州]头一名）"。欧阳伯乐常常讥笑他说："有客来自遥远的吉州，大名挑在担子前头，原本知道你是欧阳修的后人，毕竟你从来不知‘修’（羞的谐音）！”

闵子骞后

宋何昌寓为吏部尚书。有一客姓闵求官。问曰：“君是谁后？”答曰：“子骞后。”何掩口而笑，谓坐客曰：“遥遥华胄！”

【译文】宋朝何昌寓任吏部尚书。有一闵姓客人前来求官。何昌寓问道：“你是谁的后人？”回答说：“闵子骞（孔子弟子）的后人。”何昌寓捂着嘴笑，对坐的客人说：“原来是遥远的名人后代！”

元昊榜

夏竦常统师西伐，揭榜塞上云：“有得赵元昊头者，赏钱五万贯，爵为西平王。”元昊使人入市买箔，陕西荻箔甚高，倚之食肆门外，佯为食讫遗去。至晚，食肆窃喜，以为有所获也，徐展之，乃元昊购竦之榜，悬箔之端，云：“有得夏竦头者，赏钱两贯文。”比竦闻之，急令藏掩，而已喧播远近矣。竦大惭沮。

【译文】宋朝夏竦曾经率师西征，在边塞张贴告示说：“有得西夏王赵元昊脑袋的，赏钱五万贯，封爵西平王。”赵元昊派人到集市（互市）买苇席，陕西苇席很高，买席人把它靠在饭店门外，假装吃完饭遗忘在那里，到了晚上，饭店主人暗暗高兴，认为可以占为已有，把席慢慢展开，内中原来有元昊购买夏竦的榜文，挂在席端，说："有得夏竦头的，赏钱两贯。"等到夏竦听说这件事。急忙命令藏起来，然而已经宣扬得远近皆知了，夏竦特别羞愧沮丧。

看命司

司者，官府之称。中都有谈天者，设肆于市，标其门曰"看命司"。其术颇售。同辈忌之，明日乃于对衢设肆，亦竖牌云"看命西司"。其人愧赧搬去。

《笑林》评："不言司命，而言命司，犹悲天称院，何为不可？"

【译文】司，是官府的名称。中都（今安徽凤阳）有个算命的，在集市上开了个店铺，门上写着"看命司"。他的算术出卖得很好。同行恨他，第二天就在对面街上开了个店铺，也竖起招牌，上写"看命西司"。那人惭愧得面红耳赤，搬走了。

《笑林》评论："不说是掌握命运的司命，而说是看命衙门的命司，还哀叹时世艰辛，自称衙门，为什么不可以"？

三百瓮盐齑

王状元未第时，醉堕汴河，为水神扶出，曰："公有三百千料钱，若死于此，何处消破？"明年遂登进士。有久不第者，亦效之，佯醉落河。河神亦扶出。士大喜曰："我料钱几何？"神曰："我不知也。但三百瓮盐齑无处消破耳！"

【译文】王状元没有考中时，喝醉酒掉到汴河里，被水神扶出，说："你有三十万俸禄以外的钱，如果死在这里去哪儿花销？"

第二年就考中进士。有个好久考不中的，也仿效他，假装喝醉酒掉在河里，河神也把他扶上来，那人十分高兴，说："我有多少俸禄外的钱？"水神说："我不知道。只有三百瓮腌菜泥没地方消费。"

山东好人

青州鲁聪，以白丸药往外郡卖之，遇一宦，强其贱售。鲁不从，遂至诟詈。宦曰："何处人？"鲁曰："山东。"宦曰："可知愚騃。山东何曾有好人！"鲁曰："山东信无好人，只有一孔夫子！"宦有惭色。

近有于考试日，鄙徐州无人才者。徐州一生出曰："敝州止出徐达等八人。"谈者愧之。苏郡文风，惟崇明为下。有陈生者，巨擘也，馆于太仓，同馆者乃本州廪生，数以海县侮之。陈艴然曰："崇明人固不才，然非我；太仓人固多才，然非汝。何得相欺！"馆生默然。

【译文】青州（今山东益都县）鲁聪，拿白腊药丸到外地郡县卖，遇到一个当官的，强迫他贱卖，鲁聪不从，以致遭到谩骂。当官的问："你是什么地方的人？"鲁聪说："山东。"当官的说："难怪愚笨痴呆。山东何尝有好人！"鲁聪说："山东确实没好人，只有一孔夫子！"当官的满脸羞愧。

近来在考试的一天，有个轻视徐州无人才的。徐州一考生走出说道："我们徐州只出了徐达等八人。"谈论的人为他的话感到惭愧。苏州地区的文风，只有崇明县为下等，有个姓陈的生员，是崇明县比较杰出的，寓居在太仓，同住的是本州廪生，数次拿海中小县来侮辱陈生。陈生气地说："崇明人固然不才，但不是我；太仓人固然多才，但不是你，为什么要相欺负！"廪生无话可对。

骂武弁

尚书王复怒众武弁，骂曰："此辈皆狗母所生！"一千户禀曰："宋某之母，乃太宗皇帝永宁公主！"王惭悔。

【译文】尚书王复恼怒众武弁，骂道："这些人都是母狗生的！"一千户回答道："宋某人的母亲，是太宗皇帝永宁公主！"王复又惭愧又后悔。

党 姬

陶谷得党太尉家姬。遇雪，取雪水烹茶，谓姬曰："党家儿识此味否？"姬曰："彼粗人，安知此？但能于销金帐中，浅斟低唱，饮羊羔酒尔。"陶默然。

与唐太宗、萧妃事相似。

【译文】陶谷得到太尉党进家的侍妾。一天下雪，陶谷命取雪水煮茶，对侍妾说："党家人知道这种味道吗？"侍妾说："他是粗人，怎能知道这种味道！只能在销金帐中，斟着茶水低声吟唱，喝着羊羔美酒罢了。"陶谷默然无语。

与唐太宗，萧贵妃的事迹相似。

放 生

北使李谐至梁。武帝与之游历，偶至放生处。帝问曰：

"彼国亦放生否?"谐曰:"不取,亦不放。"帝惭之。

真正禅机!

【译文】北魏使者李谐来到梁国。武帝萧衍和他一块游览,走到了放生的地方。武帝问:"你们国家也放生吗?"李谐说:"不猎取,也不放生。"武帝惭愧。

真正的禅机妙语。

冒诗并冒表丈

唐李播典蕲州。有李生来谒,献诗。播览之,骇曰:"此仆旧稿,何乃见示?"生惭愧曰:"某执公卷行江淮已久,今丐见惠。"播曰:"仆老为郡牧,此已无用,便奉赠。"生谢别,播问:"何之?"生曰:"将往江陵谒表丈卢尚书。"播曰:"尚书何名?"生曰:"弘宣。"播大笑曰:"秀才又错矣!卢乃仆亲表丈,何复冒此?"生惶恐谢曰:"承公假诗,则并荆南表丈一时曲取。"播大笑而遣之。

【译文】唐李播任蕲州(今湖北蕲春县)刺史。有个姓李的儒生前来拜见,献上一首诗。李播看罢,吃惊地说:"这是我的旧稿,为何给我看?"李生惭愧地说:"我拿您的诗卷在江淮行走已经很久了,今天请您赐给我。"李播说:"我一直做郡守,此已无用,就奉送给你。"李生辞别。李播问:"去哪里?"李生说:"将去江陵拜见我表叔卢尚书。"李播说:"尚书叫什么名字?"李生说:"弘宣。"李播大笑说:"你又错了!卢弘宣是我的亲表叔,为何又冒认他?"李生诚惶诚恐地说道:"承蒙你借诗给我,就并连江陵表叔一同借去。”李播大笑，打发他走。

偷诗

杨衡初隐庐山，有盗其文登第者。衡后亦登第，见其人，问曰：“‘一一鹤声飞上天’在否？”答曰：“此句知兄最惜，不敢偷。”衡曰：“犹可恕也！”

【译文】杨衡当初在庐山隐居，有个人盗取他的诗考中进士。杨衡后来也考中，见到那个人，问：“‘一声声的鹤鸣飞上天空’在不在？”回答说：“知道兄长最爱惜此句，不敢偷用。”杨衡说：“还可以饶恕！”

争诗

唐国子祭酒辛弘智诗云：“君为河边草，逢春心再生。妾如台上镜，照得始分明。”同房学士常定宗为改“始”字为“转”字，遂争此诗，皆云我作。乃下牒见博士，罗道宗判云：“昔五字定表，以理切称奇。今一言竞诗，取词多为主。诗归弘智，‘转’还定宗。”

张乖崖诗：“独恨太平无一事。”萧楚改“恨”为“幸”，遂呼为“一字师”。词多为主，尚非确语。

【译文】唐朝国子监祭酒辛弘智作了首诗：“君为河边草，逢春心再生。妾如台上镜，照得始分明。”同屋居住的学生常定宗因为把“始”改为“转”字，于是争夺这首诗，都说是自己所作。就下车见博士，罗道宗判决道："从前钟会五字改成一表，因为切合道理被人称奇。今天一字完成这首诗，进取写字多的为主人。诗归弘智！'转'字还给定宗。"

张乖崖诗："独恨太平无一事。"萧楚把"恨"字改为"幸"，于是称为"一字师"。写字多的算主人，尚不是准确的评语。

诋 诗

张率年十六，作赋颂二千余首。虞讷见而诋之，率乃一旦焚毁，更为诗示焉，托云沈约。讷更句句嗟称，无字不善。率曰："此吾作也！"讷惭而退。

韩昌黎应试《不迁怒贰过》题，见黜于陆宣公。翌岁，公复典试，仍命此题。韩复书旧作，一字不易，公大加称赏，擢为第一。以韩之才，陆之鉴，文无定价如此，又何怪乎虞讷也！

【译文】张率年纪才十六岁，作赋颂二千多首。虞讷看见，便贬低这些赋颂，张率于是有一天将它们烧毁，改为作诗让他看，假托是沈约所作。虞讷又句句称奇，没有一个字不好，张率说："这是我写的！"虞讷惭愧退下。

韩愈应试《不迁怒贰过》题目，被陆贽（谥号宣）贬斥。第二年，陆贽又负责考试，仍出这个题目。韩愈又写了去年的文章，一字不改，陆贽大力称赞欣赏，选拔为第一。凭着韩愈的才能，陆贽的鉴赏能力，文章还这样没有固定的评价，又何必怪虞讷呢！

和少陵诗

夔峡道中有杜少陵题诗，是天字韵，榜之梁间，自唐迄宋无敢赓者。一监司过之，和韵大书其侧。后有人亦和韵嘲之，末联云：“想君吟咏挥毫日，四顾无人胆似天。”

扬雄拟《易》，王通拟《论语》，杜少陵诗偏拟不得？近有人题诗虎丘殿壁者，后写“某人顿首书”。或戏续其下云：“似虎丘老先生正之。”亦足一笑。

【译文】夔门的三峡道路中有杜甫题的一首诗，是天字韵，写在大梁上，从唐到宋没有敢唱和的，一个监司路过那里，和了一首诗，大字写在它的旁边。后来有人也和了一诗嘲笑监司，末两句写道：“想君吟咏挥毫日，四顾无人胆似天（想你吟诵诗句大笔挥写时日，环顾四周不见有人便胆大似天）。”

扬雄仿写《易》，王通仿写《论语》，杜甫的诗偏偏不能仿写？近来有人在虎丘大殿墙壁上题诗，末尾写“某人顿首书”。有人开玩笑往下续写：“好像虎丘老先生指正过的。”也值得一笑。

高霞峰

白门贾竖高霞峰者，好以俚句涂抹寺壁，且无处不到。偶诸御史游鸡鸣寺，一道长指壁上诗戏高姓御史云：“此高霞峰，想是贵族，不然那得如此美才？”高公问住持：“此何等人？好拿来枷号示众！”霞峰闻此语，觅数人各寺洗诗，潜踪累月。

【译文】南京商人高霞峰，喜欢用粗俗的诗句涂抹寺院墙壁，并且无处不涂。遇众御史游览鸡鸣寺，一个道长指着墙上诗句对高御史开玩笑说：“这个高霞峰，想是贵族？不然怎能有这样出色的才能？”高御史问住持：“这是什么样的人？也好抓来上枷示众！”

高霞峰听到这话，赶紧找几个人到各寺院洗诗，接连几个月隐藏踪迹。

陆居仁

陆居仁每谓人曰："吾读书至得意时，见庆云一朵，隐隐头上，人不能睹。一日读《诗经》注，有不安处，思易之。忽于梦中见尼父拱立于前，呼吾字曰：'陆宅之，朱熹误矣，汝说是也！'"一友谑曰："足下得非禀受素弱乎？"居仁曰："何为？"友曰："吾见足下眼目眊眩，又梦寐颠倒耳！"遂赧不复言。

【译文】陆居仁经常对人说："我读书读到得意的时候，就会看见一朵五色云，隐隐约约出现在头顶，一般人看不见。一天读《诗经》注解，读到有不妥的地方，想改正它，忽然梦中看见孔子恭敬地站在面前，叫我的字说：'陆宅之，朱熹错了，你的说法是对的！'"一朋友开玩笑："你莫非生来就是弱质？"陆居仁说："为什么？"朋友说："我见您眼睛迷乱无神，又梦寐颠倒呀！"于是陆居仁羞得红了脸，不再说话。

四本论

钟会撰《四本论》（谓才性同离异合）始毕，甚欲使嵇公一见。置怀中既定，畏其难，怀不敢出，于户外遥掷，便回急走。

此子可教！

【译文】钟会撰会《四本论》（讲的是才能和性格的同离异

合）刚写完，很想让嵇康一看。钟会已经放好在怀中了，害怕嵇康责难，揣着不敢拿出，便在嵇康的窗外，把文章远远往窗里一投，就赶快扭头跑开了。

这个人可以施教！

要誓

北齐孙搴，学浅行薄，尝问温子升："卿文何如我？"子升谦曰："不如卿。"搴要其为誓。子升笑曰："但知劣于卿，何劳旦旦？"搴曰："卿不为誓，事可知矣？"

【译文】北齐孙搴学识浅陋，德行寡薄，曾经问温子升："你的文章比我的怎么样？"子升廉虚地说："不如你。"孙搴让他发誓。子升笑着说："只要知道比你差，哪用得着信誓旦旦？"孙搴说："你不发誓，哪能知道？"

竞射

开元七年，赐百僚射。金部员外卢廙、职方郎中李畬，俱非善射，箭不及垛，而竞言工拙。畬戏曰："与卢箭俱三十步。"左右不晓。畬曰："畬箭去垛三十步，卢箭去畬三十步。"

【译文】唐太宗开元七年，赏赐百官射箭，金部员外卢廙，职方郎中李畬，都不善于射箭，射出的箭，没有到箭靶，却互相争执优劣。李畬开玩笑说："和卢廙的箭都是三十步。"旁边的人不明白什么意思，李畬说："我的箭离靶三十步，卢廙的箭离我的箭三十步。"

鹤败道

彭渊才迂阔好诞，尝畜两鹤，客至，夸曰："此仙禽也。禽皆卵生，而此独胎生。"语未半，园丁报曰："鹤夜产一卵如梨。"渊才面赤，叱去。此鹤两展其胫，伏地逾时。渊才以杖惊使起，复诞一卵。乃咨叹曰："鹤亦败道！"

羊叔子有鹤善舞，尝向客称之。客试使驱来，氃氋而不肯舞。然则鹤惯是不凑人趣也。子犹曰："惟不迎合人，是为仙禽。"晋刘爰之，少为殷中军所知，荐之庾公。庾忻然便取为佐。及与语，不称望，遂名之为"羊公鹤"。

【译文】彭渊才不切实际，喜欢荒诞。曾经畜养了两只鹤，客人来到，夸口说："这是仙禽，禽都是卵生，然而这种独一无二是胎生。"话不到一半，园丁报告说："鹤夜里下了一个蛋像梨那样大。"渊才面红耳赤，呵斥园丁走开。这只鹤伸了两次腿，卧在地上片刻，渊才用杖使它惊起，又下一蛋。于是叹息说："鹤也败坏道德！"

羊叔子（祜）有只鹤善于跳舞，曾经向客人夸赞它。客人尝试让它过来，鹤羽毛松散，无精打采，不肯起舞。鹤一贯是不凑合人的兴趣的。子犹说："只有不迎合人，才是仙禽。"东晋刘爰之，年少时被殷中军所称许，将他推荐给庾亮。庾亮高兴地任用他为佐吏。等到和他谈话，却不符合他的期望，于是称他为"羊公鹤"。

萧 韶

萧韶童时与庾信有断袖之欢。及萧刺郢州，庾上江陵，过之，萧接庾甚薄。引入宴，坐之别榻，有自矜色。庾不堪，酒酣，径上床，直视韶面曰："官今日形容，大异昔日！"韶大惭。

【译文】萧韶幼年时和庾信有过同性恋的欢情。等到萧韶作郢州（今湖北武昌）刺史，庾信去江陵，中途拜望了他，萧韶很冷淡地接待了庾信。引入宴席，让他坐到别的矮床上，脸上露出自负的神色。庾信忍受不了，酒喝得正畅快，径直上到萧韶坐的床上，直视萧韶的脸说："官人今天的容貌，和往昔不大相同！"萧韶十分惭愧。

嘴尖

詹大和坚老来京师，省试罢，坐微累下大理。李传正端初为少卿。詹哀鸣之。李以俚语诟曰："子嘴尖如此，诚奸人也！"因困辱之。后获释，不相闻者十年。李为淮南转运使，及瓜，坚老自郎官出代。既相见，李不记前事，因曰："郎中若有素者，岂尝邂逅朝路中耶？风采堂堂，非昔日比也！"坚老答曰："风采堂堂，非某所见。但不知比往时嘴不尖否？"李方悟，大愧。

【译文】詹大和，字坚老，来到京城，参加完省试，因一件小事被牵连送到大理寺。李传正（字端初）任大理寺少卿，负责断案，詹大和向他哭诉。李传正用民间粗话辱骂说："你的嘴这么尖，确实是个奸人！"用此困窘侮辱他，后来詹大和获释，彼此有十年没有听到信息。李传正任淮南转运使，任职期满，坚老由郎中调出来代替他的职务。相见后，李传正记不得以前的事，便说："郎中您好像是我的故交，难道曾在官场中邂逅相遇？仪表堂堂，不是从前能比的！”坚老回答说：“仪表堂堂，不是我所见的，只是不知道比过去的嘴还尖不尖？”李传正这才醒悟，非常惭愧。

长须僧

伪蜀时，有长须长老，拥百余众，自江湖入蜀，先谒枢密使宋光嗣。宋问：“何不剃须？”答曰：“落发除烦恼，留须表丈夫。”宋大恚曰：“吾无髭，岂是老婆耶？”遂揖出，俟剃却，方引朝见。徒众既多，旬日盘桓，不得已，剃髭而入。徒众耻其失节，悉各散亡。蜀人为之语曰：“作事何愚，折却长须。”

【译文】蜀国时，有个长胡子长老，带领一百多人，走江湖进入蜀国，先拜见枢密使宋光嗣。宋光嗣问：“为何不剃去胡子？”长老回答说：“剃头发除去烦恼，留胡子表明丈夫。”宋光嗣大怒说道：“我没有胡子，难道是老婆吗？”就拱手送出，等他剃去胡子，才引去朝见皇帝。他徒弟很多，逗留十来天，不得已，剃去了嘴上边的胡子进去朝拜。徒弟们为他丧失节操感到羞耻，全都离散逃走了。蜀国人对他说：“做事为什么这么愚蠢，赔去了长胡子。”

陈 苌

阳道州城，居无蓄积，唯服用不阙。然客称某物佳，辄喜而赠之。有陈苌者，候其方请月俸，辄往称钱帛之美，月有获焉。

【译文】道州（今湖南道县）刺史阳城，家中没有什么积蓄，只是衣服器用不缺。然而客人称赞某物好，总是高兴地把东西送给他。有个叫陈苌的，等到他正领取月薪时，就去称赞钱帛是如何地美，每月都有收获。

临安民

小说：临安民沈，居官巷，自开酒垆，又买钱塘门外丰乐楼库，日往监沽，偶就宿焉。淳熙初，忽有巨舫夜泊。五贵人锦衣花帽，叩扉而入，登楼索饮，姬侍歌舞之盛，同行未睹。酒阑，命赏，郑重致谢。沈生贪而黠，心知为“五通神”也，再三虔拜，乞一小富贵。客笑而颔之，呼一卒，耳语良久。卒去，少顷负一布囊来，以授沈，摸索之，皆银酒器也。沈大喜，拜受。俄而鸡鸣，客去。沈不复就枕，虑怀宝为罪，乃连囊槌击，更加束缚。待旦负归，妻尚卧，亟呼之起，曰：“速觅秤来，我获横财矣！”妻惊曰：“夜半闻柜中奇响，起视无所见，心方疑之，岂即此耶？”既开钥，则空空然。盖两处所用器，每夜皆聚此中。神以其贪痴，故侮之耳。沈重加工，费值数十千，羞涩不出城者累旬。

【译文】小说：临安（今浙江杭州）沈姓居民，居住在官巷，自己开了一个酒店，又买了钱塘门外的丰乐楼，白天去监视卖酒，偶而住宿在那里。宋孝宗淳熙初年，忽然夜里有大船停泊，五个贵人穿着锦衣，戴着花帽，敲门进来，上楼要酒喝，侍妾唱歌跳舞，盛况空前，同行中未曾见过。酒喝到一半，命令赏赐，沈郑重致谢。沈生贪婪狡黠，心里知道是“五通神”，再三恭敬地下拜，乞求一个小小的财富，客人笑着对他点点头，叫来一个马夫，对着耳朵说了半天。马夫离开，一会背来一个布袋，交给沈，沈摸了摸，都是银酒器，沈非常高兴，下拜接受了。过了一会儿，鸡叫，客人离去，沈不再睡觉，考虑到怀有财宝怕被问罪，于是连带布袋槌击敲打，把酒器打扁，又紧勒上绳子。等到天亮背着回去，他妻子还躺在床上，赶忙叫她起来，说："快拿秤来，我得了横财啦！"妻子吃惊地说："半夜听到柜中奇怪作响，起来没看见什么，心里正怀疑这件事，难道就是这吗？"等到打开锁，空空如也。原来两处所用器皿，每天晚上都收集在柜中。神因为他贪婪痴迷，所以羞辱他。沈把变形的酒器重新加工，花费了一万钱，羞得数十天都不出城。

聂以道断钞

聂以道曾宰江右一邑。有人早出卖菜，拾得至元钞十五锭，归以奉母。母怒曰："得非盗而欺我？况我家未尝有此，立当祸至。可速送还！"子依命携往原拾处，果见寻钞者，付还其人。乃曰："我原三十锭！"争不已，相持至聂前。聂推问村人是实，乃判云："失者三十锭，拾者十五锭，非汝钞也！可自别寻。"遂给贤母以养老。闻者快之。

【**译文**】聂以道曾在江西一个县任知县，有个人早早出来卖菜，拾到元朝至元年间发行的宝钞十五锭，回来呈送给母亲。母亲生气地说："莫非是偷的却欺骗我？况且我们家不曾有过这种事，马上会有灾祸降临。速去送还给人家！"儿子遵命前往原来拾钱地方，果然见到寻找宝钞的人，就还给了那个人。那人却说："我原来是三十锭！"争执不停，互相拉着来到聂以道的跟前打官司，聂以道推问村民说的是实情，于是判决道："失主丢三十锭，拾主拾十五锭，不是你的宝钞！可以自去别处寻找。"就赏给贤良的母亲，用以养老。听到这件事的人感到很畅快。

僧题壁

霍尚书韬，尝欲营寺基为宅，浼县令逐僧。僧去，书于壁云："学士家移和尚寺，会元妻卧老僧房。"霍愧而止。

【译文】尚书霍韬曾经想谋求寺院的基址作宅院，求县令驱逐僧人。僧人离去，在墙壁上写道："尚书的家移到了和尚庙，尚书的妻睡在老和尚的房。"霍韬感到羞愧，停止了做这件事。

换羊书

宋韩宗儒性饕餮，每得东坡一帖，于殿帅姚麟换羊肉十数斤。黄鲁直戏东坡云："昔右军字为换鹅，今当作换羊书矣。"公在翰苑，一日以生辰制撰纷冗，宗儒又致简以图报书。来人督索甚急，公笑曰："传语本官今日断屠。"

【译文】宋朝韩宗儒生性贪吃，每次得到苏东坡写的一张信笺，便向殿帅姚麟换十多斤羊肉。黄庭坚笑话苏东坡说："从前王羲之写字换取别人的鹅，今天你的字应当称为换羊书了。"苏东坡在翰林院，一天因为为皇帝起草生日文告，正繁忙，韩宗儒又派人送书信来，想取个回信。来人催要很紧，苏东坡笑着说："传话你的长官，今天停止屠宰。"

驴乞假

胡趱者，昭宗时优也，好博奕。常独跨一驴，日到故人家棋，多早去晚归。每至其家，主人必戒家僮曰："与都知于后院喂饲驴子！"胡甚感之，夜则跨归。一日非时宣召，胡仓忙索驴，及牵至，则喘息流汗，乃正与主人拽硙耳，趱方知从来如此。明早复展步而至。主人复命喂驴如前。胡曰："驴子今日偶来不得。"主人曰："何也？"胡曰："只从昨回宅，便患头旋恶心，起止未得，且乞假将息。"主人亦大笑。

【译文】胡趱，是唐昭宗李晔时的优伶，喜欢下棋。常常独自骑着一头驴，到老朋友家下棋，多是早去晚归。每次至朋友家，主人一定告诫家童说："到后院给胡都知（官名）喂驴去！"胡趱很感激他，夜里就骑上回家。一天皇帝突然宣召，胡趱匆忙要驴，等到牵来，驴气喘吁吁，汗流不止，原来正给主人拉磨，胡趱才知道从来都是这样。第二天早上，又步行前去。主人又像先前那样让去喂驴。胡趱说："驴今天突然来不成。"主人说："为什么？"胡趱说："只从昨天回到家，便患了头晕恶心病，不能行走，并且向你请假休息。"主人也大笑。

林叔大

嘉兴林叔大性吝，然多交名流以要誉。其宴达官，品馔甚丰，此外唯素汤饼而已。一日，延黄大痴作画，多士毕集，而此品复出。讥谑交作，叔大忍惭，揖潘子素求题其画。潘即书云："阿翁作画如说法，信手拈来种种佳。好水好山涂抹尽，阿婆脸上不曾搽。"大痴笑曰："好水好山，言达官也；阿婆脸不搽，言素面也。"言未已，潘复加一句云："诸佛菩萨摩诃萨！"众俱不解。潘曰："此即僧家忏悔语。"哄堂大笑。叔大数日羞见客。

【译文】嘉兴林叔大生性吝啬，然而多交名流来邀买名声。他宴请达官贵人时，饭菜很丰盛，除此外只有素汤素饼而已。一天，宴请黄大痴（公望）作画，众多名士都来了，而这些饭菜又端了出来，讽刺戏谑声迭起，林叔大忍住惭愧，向潘子素（纯）作揖，求他在那幅画上题字。潘子素当即写道："阿翁作画如说法，信手掂来种种佳。好山好水涂抹尽，阿婆脸上不曾搽。"黄大痴笑着说："好山好水，说的是达官贵人，阿婆脸上不搽，说的是素面。"话未说完，潘子素又加了一句："诸佛菩萨摩诃萨！"众人都不理解。潘子素说："这是和尚忏悔说的话。"哄堂大笑，林叔好几天羞于会见客人。

奠金别用

丁讽好色病废，常令女侍扶掖见客。客出不能送，每令一婢传谢，故宾客选访者益多。既而有传讽死者，京师诸公竞往致奠，意有窥觇。讽出谢曰："酒堪充饮，奠金且留别用。异日不幸，勿烦再费。"

【译文】丁讽好色，使身体渐坏，常常让侍女搀扶着见客人。客人出去不能相送，常让一婢女传达歉意，所以宾客专门拜访的越来越多。不久有传言说丁讽死了，京城诸位公卿大人都去送祭品，心里觊觎那些婢女。丁讽出来道谢说："酒可痛饮，奠金暂且留下另作他用。他日我不幸丧亡，不再烦劳破费。"

脔婿

唐人榜下择婿，号"脔婿"，多有势迫而非所愿者。一少年美风姿，为贵族所慕，命群仆拥至其第。少年忻然而行，略无避逊。既至，观者如堵。须臾，有衣金紫者出曰："某有女颇良，愿配君子。"少年鞠躬言曰："寒微得托高门，固幸！待归家与妻子商量如何？"众皆大笑而散。

【译文】唐朝人在金榜有名的人中选择女婿，称"脔婿"，经常有迫于势力而不是心甘情愿的。一少年风度翩翩，为贵族称美，让仆人们簇拥到他的府第。少年高兴地前往，丝毫没有逃避。到了之后，旁观者密如墙堵。一会，有个穿金紫衣的老者出来说："我有女儿很好，愿意嫁给你。"少年鞠了一躬说道："贫贱人家能托身高门大户，固然荣幸，等我回家和妻子商量商量，怎么样？"众人大笑，走开了。

李庾女奴

湖南观察使李庾，有女奴名却要，美容止，善辞令。李有四子，所谓大郎、二郎、三郎、五郎，咸欲烝之而不得。尝遇清明夜，大郎遇之樱桃花影中，乃持之求偶。却要取茵席授之曰：

"可于厅中东南隅停待。"又遇二郎调之。曰:"可于厅中东北隅相待。"又逢三郎求之。曰:"可于厅中西南隅相待。"又遇五郎握手不可解。曰:"可于厅中西北隅相待。"四郎皆持所授茵席,各趋一隅。顷却要然炬豁扉照之,曰:"阿堵贫儿,争敢向这里觅宿处!"四子各弃所携,掩面而走。

【译文】湖南观察使李庾,有个女仆名叫却要,举止端庄,善于言谈。李庾有四个儿子,就是所谓的大郎、二郎、三郎、五郎,都想和她通好但没成。曾经适逢在清明那天晚上,大郎在樱桃花影中遇上却要,于是拉着她求欢。却要取来褥垫给他说:"可在厅里东南角等待。"又遇上二郎调戏她。说:"可在厅里东北角等待。"又遇上三郎求她。说:"可在厅里西南角等待。"又遇到五郎抓着她的手不放开。说:"可在厅里西北角等待。"四个人都拿着却要给的褥垫,各自奔向一个角落。一会却要点着火炬开门照亮房间说:"这个坏孩子,怎敢到这里找睡的地方!"四个人扔掉各自带的东西,捂着脸跑开。

姚江书生

董太史云:一姚江书生,使其馆童入内,从主母索一丝发。主母怪之,使从屋后马坊中摘取牡马尾鬃一根持与。其人至夜书符作法,坊中之马不胜淫怒,掣断缰勒,奔号至书舍中,直突书生。书生惶遽,便跳上屋梁。马亦跃上,栋宇墙壁悉被蹋圮。书生乃穿屋而下,疾走投眢井中。马亦随入,寻被啮死。见者称快。

不啮死，亦当羞杀。

【译文】董太史说："姚江（今浙江余姚）一个书生，让他的书童去里屋向女主人要一根头发。女主人十分奇怪，便从房后马厩里拽了一根公马的马尾拿来给他。那个书生到了晚上画了符号作起法来，马厩中的马忍受不了淫怒，扯断缰绳，嘶叫着奔到书房中，直扑书生。书生又怕又急，就跳到屋梁上，马也跳上，书房墙壁都被踩塌。书生就飞身而下，飞跑跳到废井中，马跟着也跳进，不大一会被咬死。看见的都拍手称快。

不咬死，也应当羞死。

城中女

《烟霞小说》：城中有女，许嫁乡间富室。及期来迎，其夕失女所在，盖与私人为巫臣之逃矣。诘旦，家人莫为计，姑以女暴疾辞。而来宾已洞悉之。婿家礼筵方启，嘉仪纷沓，翘企以待。比迎者至，寂然。主人叩从者，皆莫能对。傧以袂掩口，附耳告曰："新人少出。"

【译文】《烟霞小说》记载：城中有个女孩，答应嫁给乡下富户。到了日子来迎娶，当天晚上却到处找不着女儿，原来和仆人有私情逃跑了。早上，家人无计可施，暂且以女儿突发暴病来推辞。然而来到的客人已经清楚地知道这回事。女婿家的喜宴刚摆好，宾客纷纷来到，抬着头、踮着脚等待新人。等到迎亲的回来，一下静了下来。主人问从人，都回答不上来。傧相用衣袖遮住口，贴近主人的耳朵告诉他说："新娘稍微出去一会。"

闺诫部第十九

子犹曰：女德之凶，无大于淫妒，然妒以为淫地也。譬如出仕者，中无贪欲，则必不忌贤而嫉能矣。然丈夫多惧内，自天子以至于庶人皆不免焉，则又何也？语曰："当断不断，反受其乱。"集《闺诫第十九》。

【译文】子犹说：危害妇德的，没有比淫荡和嫉妒再大的了，但嫉妒也是以淫荡为基础的。比方说那些出仕居官之人，如果内室没有贪欲，就不必忌贤妒能了。可是很多男人都惧内，从皇帝一直到平民百姓都免不了。那是为什么呢？应该说是："当断之时一定要果断，否则就会受到拖累。"因此汇集《闺诫部第十九》。

潘妃

东昏侯宠畏潘妃，动遭呵杖，不敢忤意。乃敕虎贲不得进大荆子。

真正"杖夫"！

【译文】南朝齐东昏侯对潘妃（玉儿）又宠又怕，动不动就遭到她的呵斥和杖责，不敢轻易违背她的意愿。东昏侯于是传令虎贲中郎将，不许人把大荆条送进宫中。

这是真正的“杖夫”！

宜城公主

唐裴巽尚宜城公主。巽有外宠一人。公主遣阍人执之，截耳劓鼻，剥其阴皮，缦驸马面上，令出厅判事。僚吏骇笑。上闻之，怒降公主为郡主，驸马左迁。

【译文】唐代裴巽娶宜城公主为妻。他在外边蓄养了一个女人。公主知情后，便差守门人前去把那女人捉来，割掉那个人的耳朵和鼻子，并剥下阴部皮肉，张贴在附马的验上，还强迫他出堂议事。属僚们见了，又害怕又好笑。皇上知道后，大为震怒，将宜城公主贬为郡主，又将驸马裴巽降职。

胭脂虎

陆慎言妻朱氏沉惨狡妒。陆宰尉氏，政不在己。吏民语曰“胭脂虎”。

【译文】陆慎言的妻子朱氏非常爱嫉妒。陆慎言担任尉氏县的守令时，一切政事都不敢自己作主。城中的官吏百姓都说朱氏是“胭脂虎”。

畏妇除官

杨弘武为司戎少常伯，尝除一人官。高宗问曰：“某人何因，辄授此职？”弘武曰：“臣妇韦性悍，昨以此见属，臣不从，恐有后患。”帝嘉其不隐，笑遣之。

或谓其讽君语，不知却是佞后语。

【译文】杨弘武任司戎少常伯时，曾经授命一人为官。唐高宗质问他：“某人为何要授任此职？”杨弘武回答说：“臣的夫人韦氏性情凶悍，昨天将这事托嘱我，臣有心不从，又害怕以后有麻烦。”高宗赞赏他不隐瞒真情，笑了笑，让他走了。

有人认为杨弘武是在讥讽皇上，其实不知道这是讨好皇后武则天的话。

裴谈

斐谈素奉释氏，妻悍妒。谈谓人曰：“妻有可畏者三：少妙时，视之如生菩萨，安有人不畏生菩萨？男女满前，视之如九子魔母，安有人不畏九子魔母？及五十、六十，薄施妆粉，或青或黑，视之如鸠盘荼，安有人不畏鸠盘荼？”

唐中宗时，优人进《回波词》，曰：“回波尔时栲栳，怕妇亦是大好。外面只有裴谈，内面无如李老。”后闻之，乃厚赐优。当时君臣皆以惧内为固然矣。

【译文】裴谈平日敬奉佛祖，他的夫人凶悍好妒。裴谈对人说：“我的老婆有三点可怕之处：年青时，看她就像活菩萨一样，哪有人不怕活菩萨呢？到了中年，儿孙满堂，看她就像九子魔母一样，哪有人不怕九子魔母呢？等五、六十岁时，薄施妆粉，脸上一块青，一块黑，看上去丑得像个冬瓜鬼，哪有人不怕冬瓜鬼呢？”

唐中宗时，艺人进献《回波词》，其中写道："回波尔时栲栳，怕妇亦是大好。外面只有裴谈，内面无如李老。"韦皇后知道后，非常高兴，传命厚赏艺人。当时朝中君臣都把惧怕老婆当作很自然的事。

李大壮

吴儒李大壮畏服小君，万一不遵号令，则叱令正坐，为绾扁髻，中安灯碗燃灯。大壮屏气定体，如枯木土偶。人目之曰："补阙灯檠。"又尝值妻病，求鸦为药。大壮积雪中多方引致，仅获一枚。友人戏之曰："圣人以凤凰来仪为瑞，君获此免祸，可谓黑凤凰矣！"

如此肉身灯，正合供养生菩萨，但不应复杀生耳。

【译文】吴地儒士李大壮很畏惧老婆，偶尔一不听从她的话，就喝令李大壮端端正正坐下，给他盘结好发髻，然后中间点一盏油灯。李大壮屏住呼吸，定住身子，一动不动，像木偶一般。人们见了都戏称他是"补阙灯架"（补阙为官职）。还曾遇上自己老婆患病，要捉乌鸦配药医治。李大壮在雪地中想方设法引捉，只捉得一只。有朋友笑他说："圣贤都是将凤凰来仪作为祥端之兆，你捉到这只乌鸦而免祸，也可以说是得到黑凤凰了！"

像李大壮这样的肉身灯架，正好供奉活菩萨，但是不应再杀生了。

水香劝盏

扈戴畏内特甚。未仕时，欲出，则谒假于细君。细君滴水于地，水不干须归；若去远，则燃香印，掐至某所，以为还家之验。因宴聚，方三行酒，戴色欲遁。众客觉之，哗曰："扈君恐砌水隐形、香印过界耳，是当罚也！吾徒人撰新句一联，劝请酒一盏。"众以为善，乃俱起。一人捧瓯吟曰："解禀香三令，能遵水五申。"逼戴饮尽。别云："细弹防事水，短爇戒时香。"别云："战兢思水约，匐匍赴香期。"别云："出佩香三尺，归防水九章。"别云："命系逡巡水，时牵决定香。"戴连沃六七巨觥，吐呕淋漓。既上马，群噪曰："若夫人怪迟，但道被水香劝盏留住。"

【译文】扈戴这个人非常惧内。他未居官时，想出门，就得向夫人请假。夫人洒些水在地上，要他水不干就得回家，如果去得远，就燃起香柱，并掐断到某一段，以检验扈戴回家的时间。一次扈戴去参加宴会，刚饮酒三巡，他就流露出想退席的神色。众人看出来后，齐声嚷道："扈君是怕台阶上的水渍干涸、点燃的香柱烧过界线罢了，提前退席，应当罚酒！我们每人说一句新联，就劝他喝一盏酒。"大家都说好，一同站起来。一个人捧着一小碗酒吟诵道："解禀香三令，能遵水五申（解禀燃香三令，能遵洒水五申）。"说完逼着扈戴将酒喝完。另一个人吟道："细弹防事水，短爇戒时香（细细吹弹防止出事的水，缓慢燃烧限定时间的香）。"另一个人吟说道："战兢思水约，匐匍赴香期（战兢兢思念着洒水之约，伏地行不敢误燃香限期）。"另一人吟道："出佩香三尺，归防水九章（出门佩带限时三尺香，回家须防九章水戒律）。"另一人吟道："命系逡巡水，时牵决定香（命运干系须臾间是否水干，时时牵挂决定限期香燃尽）。"扈戴被他们连灌了六、七大碗酒，最后吐个干干净净。等他骑上马，众人还戏耍地嚷道："如果夫人责怪你回家太晚，只说是被水香劝喝酒留住了。"

王夷甫

王夷甫妇，郭泰宁女，才拙而性刚，聚敛无厌，干预人事。夷甫患之而不能禁。时其乡人幽州刺史李阳，京都大侠，犹汉之楼护。郭氏惮之。夷甫骤谏，乃曰："非但我言卿不可，李阳亦谓卿不可！"郭氏小为之损。

麻胡止啼，石虔断疟，李阳止妒，即此便是活神道。

坡仙书孙公素（贲）扇云："披扇当年笑温峤，握刀晚岁战刘郎。不必戚戚如冯衍，但与时时说李阳。"用此。

【译文】晋代王夷甫（衍）的夫人，是郭泰宁的女儿，才能拙笨，但性格刚强，多方聚敛财富，贪得无厌，并且经常干预政务。王衍很不满她的做法，可又无法制止。当时他们的同乡李阳任幽州刺史，其行侠仗义，在京都中享有盛名，就像汉朝的楼护一样。王夷甫的夫人郭氏也惧怕他。王夷甫就劝说夫人道："不光是我说你做得不对，连李阳也说你做得不对。"郭氏听后，便稍微有所收敛。

传说麻胡（叔谋）到来可以吓唬住婴儿不哭，桓石虔的威仪可使病疟之人痊愈，李阳大名则能止住郭氏的妒忌，这都是活神圣。

坡仙苏轼曾经在孙公素（贲）的扇子上题诗道："披扇当年笑温峤，握刀晚岁战刘郎。不必戚戚如冯衍，但与时时说李阳。"引用的就是这个故事。

九 锡

王丞相以曹夫人性忌，乃密营别馆，众妾罗列，男女成行。一日，夫人于青疏中，望见两三小儿骑牛，脸端正可念。语婢："汝出问，是谁家儿？"给使不达旨，乃云："此是第四、五等诸郎。"曹惊恚，便命车驾，将黄门及婢二十人，持食刀自出寻讨。王亦飞辔出门，左手扳车栏，右手提麈尾，以柄打牛，狼狈奔驰，仅得先至。蔡司徒闻之，谓王曰："朝廷欲加公九锡。"王自叙谦志。蔡曰："不闻他物，唯闻短辕犊车，长柄麈尾耳。"王大笑。

【译文】王丞相因为夫人曹氏忌妒心强，就暗中在外置一住所养了几个小妾，生育的儿女成群。一天，夫人来到菜园中，看见两三个小孩在骑牛玩，脸长得都端正熟悉，她对婢女说："你去问问，这是谁家的孩子？"小孩的随从不知道她们的意思，就如实回答："这是王丞相的老四、老五两个儿子。"曹夫人一听又惊又恨，便传命驾车，带领守门人和婢女二十人，拿着菜刀出外寻找。王丞相知道后大惊失色，也飞驾着牛车出门，他左手扳着车栏木，右手提着拂尘，用拂尘柄赶着牛，狼狈奔驰，只比夫人先到一步，将众妾和儿女藏匿起来。蔡司徒听说这件事后，戏谑王丞相说："朝廷准备加封你九锡之礼。"王丞相连忙谦虚一番。蔡司徒笑道："不是因为其他原因，只是听说你飞驾短辕犊车，用长柄拂尘赶牛罢了。"王丞相也哈哈大笑。

王中令

王中令铎镇渚宫，为都统以拒黄寇，兵渐近。先是，赴镇以姬妾自随，其内未行，本以妒忌。忽报夫人离京在道。中令谓从事曰："黄巢渐以南来，夫人又自北至。旦夕情味，何以安处？”幕僚戏曰：“不如降黄巢。”公亦大笑。

【译文】晚唐时中书令王铎曾镇守江陵，以都统职务率兵抗拒黄巢大军，敌军渐渐逼近。当初，王铎到江陵随身只带有姬妾，其夫人没有同行，而她本来妒忌心就强。这时忽然得知夫人已离京在来江陵的路上。王铎对属下说：“黄巢渐渐从南边杀来，情况危急，夫人又即将从北边而至。妻妾相处，旦夕之情形，我又如何处理呢？”属僚开玩笑地说：“不如投降黄巢。”王铎听了也大笑。

安鸿渐

安鸿渐滑稽惧内。妇翁死，哭于路。妇性素严，呼入幕中，诟之曰：“何因无泪？”安曰：“以帕拭干。”妇曰：“来日早临棺，须见泪！”安计窘，来日以宽巾纳湿纸于额上，大叩其颡而恸。恸罢，其妇又呼入，诟之曰：“泪出于眼，何故额流？”安曰：“岂不闻‘水出高源’？”

【译文】安鸿渐这个人性格滑稽风趣却又很怕老婆。他的岳父去世，家人奔丧，在路上恸哭不止。夫人性情严厉，把他喊进帐幕中责问道：“为何不见你有泪？”安鸿渐回答：“都用手帕擦干了。”夫人说：“明天早上入棺时，你一定得哭出泪来！”安鸿渐无奈，第二天便用白布宽巾裹纳着湿纸包在额头上，大叩其头而痛哭。哭祭以后，夫人又把他唤进帐内，责问道：“泪水都从眼中流出，为何你从额头流出？”安鸿渐说：“难道你没听说过‘水都出于高源’吗？”

四畏堂

王钦若夫人悍妒，不畜姬侍。王于后圃作堂，名“三畏”。

杨亿戏曰："可改作'四畏'。"王问其说。曰："兼畏夫人。"王深以为恨，卒无嗣。

还是修斋诵经不到。

【译文】宋朝时王钦若的夫人凶悍又妒忌心强，使他不敢畜养小妾、侍女。王钦若在后院修建一室，起名为"三畏"。杨亿戏笑他说："你应改名为'四畏'。"王钦若问他为什么。杨亿说："你除了畏天命、畏大人、畏圣人之外，还兼畏夫人。"王钦若终身以此为恨，至死也无子女。

这还是他本人修斋念经不到家。

为婢取水

周益公夫人妒。有媵，公盼之，夫人縻之庭。公适过，时炎暑，以渴告，公酌以水。夫人窥于屏内曰："好个相公，为婢取水！"公笑曰："独不见建义井者乎？"

【译文】周益公的夫人妒忌心强。她出嫁时带来一个贴身婢女，益公对她宠爱亲近，一次夫人将她捆绑于庭中。这天益公正巧从内庭经过，时值炎夏，酷暑难当，那婢女声称口渴，益公就去取水给她喝。夫人在屏风后偷偷看见，厉声说道："好你个相公，竟为婢女去取水！"益公陪笑道："难道你没见过有修建义井供众人取水的吗？"

车武子妇

车武子妇妒。武子偶偕妇兄夜归，留宿外馆，取一绛裙挂屏上。妇出窥，疑有所私，拔刀径上床；发被，乃其兄也，惭而退。

【译文】晋代人车武子（胤）的夫人好忌妒别的女人。一天，车武子偶然遇到妻兄，便偕同夜归，留他住在外室，并取一条红色的裙子挂在屏风上。夫人悄悄出来窥看，见到裙子，怀疑车武子有私情，就提着刀来到床前，等掀开被子一看，原来是自己的哥哥，只好羞愧而回。

池水清

《王氏见闻录》云：渠州人韩伸善饮博，多留连于花柳之间。其妻怒甚，时复自来，驱趁同归。尝游谒东川，经年方返，复致妓与博徒同饮。妻闻之，率女仆潜匿邻舍，俟其宴合，遂持棒伺于暗处。伸不知，方攘臂浮白，唱《池水清》，声犹未绝，脑后一棒，打脱幞头，扑灭灯烛。伸即蹿于饭床之下。有坐客暗遭毒挞；复遣二青衣把髻子牵行，一步一棒决之，骂曰："这老汉，何落魄不归也？"烛下照之，乃是同座客。蜀人传笑，遂呼韩为"池水清"。

【译文】据《王氏见闻录》记载：渠州（今四川渠县）人韩伸善饮酒，经常流连忘返于花街柳巷之间。他的夫人很恼怒，经常来找他，赶他一起回家。韩伸曾经前往川东一带游赏，拜访故友，一年多后才返回，又到妓院歌寮中与酒友们豪饮。他的夫人知道后，便率领女仆潜藏在邻舍，等他们酒宴集会时，就手持棍棒，悄悄进门，在暗处埋伏。韩伸并不知晓，正捋袖伸臂，满饮一大杯酒，高声吟唱《池水清》词曲。唱声尚未落音，后脑就挨了一棒，官帽被打脱，灯烛被扑灭。韩伸慌乱中急忙藏身于餐桌下边。坐席上一位陪客在黑暗中被韩夫人揪住痛打一顿；又唤两个小婢女牵着他头发，走一步打一棒，骂道："你这老汉，为何落魄不回家？"等再点灯照看，原来是同座的客人。后来四川都传笑此事，并呼喊韩伸为"池水清"。

击 僧

渭溪张氏族多惧内，少宗伯午峰公之兄号一山者尤甚。一日忤其妇，妇逼之急，匿房后树上。妇持竹竿驱下，用铁索系之柱。宗伯公见之，乃曰："我将见嫂请释。"兄摇手低声曰："且慢，且慢！待她性过自放。"又二日，被责，潜逃邻寺。妇竟追至寺。一僧方酣卧。妇不暇详视，竟以大杖击僧。僧张目曰："小僧无罪！"妇踉跄而归。

【译文】渭溪张氏家族中男子多都惧内，礼部侍郎午峰公的哥哥别号叫一山的，更是厉害。一天，他违背了夫人的意愿，夫人恼怒，紧紧地追赶他，他只好躲到房后的大树上。夫人寻到他，用竹竿打他下来，然后用铁链子套锁在木柱上。张侍郎看见后，说道："我马上去请求嫂子来释放你。"他摆摆手，小声说："且慢，且慢，等她怒气一过，自然会放。"过了两天，他又被夫人责骂，只好潜逃进邻近的寺院内。夫人手持棍杖，径直追进寺中。一个和尚刚刚酣睡卧地，那夫人也顾不上仔细看，举起大杖就打和尚。和尚睁开眼睛求饶说："小和尚我无罪呀！"夫人大吃一惊，踉踉跄跄地回家。

谢太傅夫人

刘夫人帏诸婢使作技。太傅暂见，便下帏。太傅索更一开。夫人拒之曰:“恐伤盛德!”

谢公既深好音乐,颇欲立妓妾。兄子外甥辈微达此旨,共问讯刘夫人,因方便称《关雎》《螽斯》有不忌之德。夫人知以讽己,乃问:“谁撰此诗?”云:“是周公。”夫人曰:“周公是男子,相为耳;若使周姥撰诗,当无此言!”

【译文】晋朝太傅谢安的夫人刘氏领着几个婢女在帏帐内各作小技戏耍取笑。太傅刚看了看,刘夫人便拉下帏帐。太傅要求她再拉开帐幔少看一会儿。刘夫人拒绝说:“恐怕伤了你的大德!”

谢太傅喜好音乐,早想选立个歌妓为妾。他的侄子、外甥们多少知道些他的心意,便一同去找刘夫人探听口信,为了方便,故意大讲《诗经·周南》篇中的《关雎》《螽斯》等篇章描述女子贤惠不妒的美德。刘夫人知道他们是在讥讽自己,就问道:“谁写的这些诗?”回答说:“是周公。”刘夫人正色道:“周公是个男子,当然要这样写了,如果让周老夫人写诗,绝不会有这样的话!”

李福

李福妻裴氏,性极妒。一日,乘裴沐浴,伪言腹痛,召一女奴。奴既往,左右告裴曰:“相公腹痛不可忍。”裴竟跣步,以药投儿溺中,进之。明旦,监军使悉来候问,李具以实告,因曰:“一事无成,已矣;所恨者,虚咽一瓯溺耳!”

【译文】唐朝节度使李福的妻子裴氏,极其好妒。一天,李福趁夫人洗浴,假说肚子痛,忙召一女仆侍候。婢女刚过去,左右随从的使女就告诉裴氏说:“相公肚痛难忍。”裴氏一听,竟光着脚跑出来，取药投放进小儿的尿中，然后进去让李福喝。第二天，监军使们都来李府问候，李福以实情相告，摇头说：“一件事也没办成也就算了，所令人恼恨的是，白白咽下一大碗尿！”

妒无须人

荀氏妇庾，妒甚，不容无须人与荀语。邻有少年近荀，庾便索刀杖。少年不平，候瘐前，便与斗，捽庾至地，打垂死。庾终不悔。

【译文】晋朝时荀某的夫人庾氏，性强好妒，不允许不长胡须的人与丈夫谈话。邻居有个无须少年，一接近荀公，庾氏就取刀拿杖，要和他拼命。那少年气愤不平，等庾氏来到跟前，就与她争斗，揪住她摔倒在地上，打个半死，可是庾氏始终不后悔。

妒 画

刘瑱妹为鄱阳王妃，性极妒。王为明帝所诛，妃追伤成疾。刘瑱不能止，乃令殷蒨画王与宠妃照镜状，如欲偶寝，以示妃。妃唾骂曰：“故宜早死！”病亦寻愈。

【译文】南朝齐刘瑱的妹妹嫁给鄱阳王为妃，性情极妒。后来鄱阳王被齐明帝萧鸾诛杀，刘妃追忆丈夫，感伤悲痛过度而生病。刘瑱也劝止不了，于是就请画师殷茜画了一幅鄱阳王与另一宠妃照镜子的画，想在刘妃偶能起床时，让她看。不想刘妃看后，大骂鄱阳王道：“你早就应该去死了！”病也渐渐好了。

妒 花

《妒女记》: 武历阳女嫁阮宣。武绝忌。家有一桃树, 花叶灼耀。宣叹美之。即便大怒, 使婢取刀斫树, 摧折其花。

【译文】据《妒女记》一书记载: 武历阳的女儿嫁给阮宣为妻, 武氏善妒。其家中种有一棵桃树, 桃花茂盛灼耀, 很是好看。阮宣曾赞叹它的美丽。武氏听后当时就大怒, 让婢女取刀, 砍了树枝, 折断了桃花。

任瓌二姬

太宗赐任尚书瓌二艳姬。妻妒, 烂其发秃尽。帝闻之怒, 伪为酖, 敕柳: "饮之, 立死; 如不妒, 即不须饮。" 柳氏拜敕曰: "妾与瓌俱出微贱, 更相辅翼, 遂至荣官。今多内嬖, 诚不如死!" 竟饮尽, 无他。帝谓瓌曰: "人不畏死, 不可以死恐。朕尚不能禁, 卿其奈何?" 二女令别宅安置。

【译文】唐太宗李世民赏赐尚书任瓌两个漂亮的姬女。任瓌的夫人柳氏心中妒忌, 就撕扯她们的头发使之成为秃头。太宗皇帝闻听后震怒, 便送去假毒酒, 敕诏柳氏说: "喝下去, 立刻就死; 如果不再妒忌, 就可以不喝。" 柳氏跪拜诏书道: "臣妾与任瓌都出身寒微, 像比翼鸟一样互相辅助, 才达到今日的荣耀官位。如容忍他现在内室多畜养宠妾, 实在不如去死!" 说完, 端起假毒酒一饮而尽, 并没有什么畏惧之色。太宗皇帝对任瓌说: "人不怕死, 也就不能用死来恐吓她。我尚且不能禁止她的妒忌心，你又有什么办法呢？”只好将二位姬女安置在别的宅第。

妒妇津

临济有妒妇津。传言晋太始中刘伯玉妻段氏，字明光，性妒忌。伯玉常于妻前诵《洛神赋》，语其妻曰：“得妇如此，吾无憾矣！”段曰：“君重水神而轻我。吾死，何患不为水神？”某夜，乃自沉而死。死后七日，见梦于刘。刘自是不敢复渡此水。有妇人渡此水者，皆毁妆而济；不尔，风波暴发。其丑妇虽加妆饰，神亦不妒也。

唐高宗将幸汾阳宫，道出妒女祠。并州长史李冲玄惑于俗忌，欲发数万人别开御道。微狄仁杰谏止，则天子反避妒妇矣。子犹曰：“此是李老家法，又何怪？”

【译文】临近济南的地方有一条名叫“妒妇津”的小河。相传晋代泰始（原书作“太始”，疑误）年间，刘伯玉的妻子段氏，字明光，善妒。刘伯玉经常在段氏面前吟诵《洛神赋》，他对妻子说：“如果能得到像洛神宓妃这样的女子为妻，我就没有什么遗憾了！”段氏说：“你看重水神而轻蔑我。我如果死去，为何不能成为水神呢？”一天夜里，段氏沉河而死。过了七天，刘伯玉梦中与段氏相会。从此，他再也不敢渡此河。以后凡是有女人要渡河，都要先洗去自己的妆扮，不然，风浪就会突然发作。但如果是貌丑的女人，即使再加粉饰妆扮，河神也不妒忌，可安然渡河。

唐高宗即将临幸汾阳宫，要从妒女祠经过。并州（今山西太原）长史李冲玄担心民间的风俗忌讳，准备征发几万人再开一条御道。

如果没有经狄仁杰的劝谏，那么连皇上也要回避妒妇的。子犹说："这是李唐家的老家法，又有何奇怪的？"

人鸡相妒

河间卫千户胡泰，母死十年，父再娶。弘治己酉，忽梦母曰："我已托生为雌鸡，毛色黪黄。明日为屯军之贽，来汝家也。"及旦，泰外出，果有屯军携鸡来者。家欲烹以享军。鸡作人语曰："毋烹我，待泰儿还！"家人以为怪。泰还，鸡绕泰喃喃叙其家事，甚悉。泰涕泣告父，畜之。既久，飞啄后妻，诟詈不已。泰出，后妻逐入炕下，扑杀之。

【译文】河间卫千户官胡泰的母亲已去世十年，父亲续弦再娶。明孝宗弘治己酉年（1489），胡泰忽然梦见母亲对自己说："我已经托生为母鸡，毛色灰黄。明天当地的驻军将要作为礼物携带来拜访你们家。"第二天早上，胡泰有事外出，果然有驻军携鸡来访。家人准备杀鸡烹烧招待军人。那母鸡突然发出人声说："不要烹烧我，等泰儿回来！"家人都以为是怪物，没有烹烧。胡泰回家后，那只母鸡围绕着他喃喃不停地叙述着胡家的事情，非常详细。于是，胡泰哭泣着求告父亲，将鸡畜养起来。时间一长，那母鸡竟飞啄胡泰的继母，诟骂不停。一天，等胡泰外出时，他的继母将鸡赶到炕下，扑捉到后将它杀死。

二洪之乐

洪迈与兄适皆畏内，虽少年贵达，家有声妓，往往不能快意。王宣子知饶州。适家居丧偶，宣子吊焉。适延客至内斋，唤酒。甫举杯，群妾坌出，酒行无算。适半酣，握王手曰：“不图今日有此乐！”后二十年，宣子谢事归越，迈来为守，时已鳏居。暇日，宣子造郡斋，迈留款，亦出家姬侑席，笑谓王曰：“家兄有言：‘不图今日有此乐！’”王为绝倒。

【译文】洪迈与兄长洪适（音括）都惧内，虽然是少年得志显达，家有声乐歌妓，但往往也是不能随心所欲、满足快活。当时王宣子任饶州（今江西波阳）知府，洪适在家居住时妻子去世，王宣子便前来吊唁。洪适将他请到内室，唤人备酒款待。二人刚刚举杯，群妾一起出来，陪酒劝饮，喝酒行令无数。洪适半醉，握着王宣子的手说：“不想今天这样快乐！”二十年后，王宣子辞官归乡，正好洪迈前来任郡守，当时已丧妻鳏居。一天闲暇，王宣子前来郡守府第拜访，洪迈留他饮酒，也唤出家中姬妾陪侍。洪迈笑着对王宣子说：“家兄曾经说过：‘不想今天有这样快乐！’”王宣子听后也笑得前仰后合。

贺丧妻

解学士尝吊友人丧妻，入门曰：“恭喜！”继曰：“四德俱无，七出咸备。呜呼哀哉，大吉大利！”盖学士夫人亦悍也。

【译文】解学士（缙）曾经前去吊唁朋友丧妻，进门便高声说道：“恭喜！恭喜！”接着又说：“四德（妇德、妇容、妇言、妇工）全都没有，七出（无子、淫佚、不事舅姑、口舌、盗窃、妒忌、恶疾）却样样具备。呜呼哀哉，真是大吉大利啊！”原来解缙的夫人也是悍泼爱妒忌之人。

不乐富贵

《韩非子》云：卫人有夫妻祷者而祝曰："使我无故得百束布。"其夫曰："何少也？"对曰："益是，子将以买妾。"上洛都尉王琰以功封，其妻大哭于家。人问之，曰："如此富贵，必更娶妾矣！"

【译文】据《韩非子》一书记载：春秋时卫国有一对夫妻向神灵祷告，其妻祝愿说："请神灵保佑我能凭空得到一百捆布。"丈夫问道："为何要这么少？"其妻回答："再多，你将会用去买妾了。"唐代上谷郡（今河北易县）都尉王琰因功劳显著而被封赏，他的妻子却在家中大哭。有人问她缘故，回答说："朝廷封赏，如此富贵，相公一定又要娶姬妾了！"

竞宠

郭尚父二姬竞宠。上赐金帛簪环，命宫人载酒和之。方欲歌以送酒，一姬畜怒犹盛，歌未发，遽引满置觞于席，曰："酒尽，不须歌矣！"上闻笑之。

【译文】唐代郭子仪的两个姬妾竞相争宠。皇上曾恩赐金帛簪环，并命宫人送美酒和乐。正准备作歌送酒时，郭子仪的一个姬妾已经怒气冲冲，歌咏未起，她就将酒杯都斟满酒放在席上，高声说道："把酒喝完，不必再唱歌了！"皇上听说了此事，也忍不住大笑。

面首

宋文帝姊山阴公主，适何戢，谓帝曰：“陛下六宫数百，妾唯驸马一人，太不均！”帝笑为置面首三十人。

面取美貌，首取美发。

【译文】南朝宋文帝的姐姐山阴公主，下嫁给何戢，她对文帝说：“陛下六宫中嫔妃几百人，我只驸马一个，也太不公平了！”文帝笑了笑，传令为她配置面首三十人。

面意为美貌，首意为美发。

唐无家法

武三思通于韦后。或升御床，与韦博戏，中宗从旁为之典筹。

贵妃中酒，微露其乳。帝扪之，曰：“软温新剥鸡头肉。”安禄山在旁曰：“滑腻初凝塞上酥。”帝笑曰：“信是胡儿只识酥！”

【译文】唐朝时，武三思与韦皇后私通，有时爬上御床，与韦皇后赌博戏耍，中宗皇帝还在一旁为他们掌管筹码。

杨贵妃曾经饮酒过量，醉迷中将乳房稍微露出。玄宗抚摸着说：“这是又软又暖、新剥的鸡头肉。”安禄山在旁边接言道：“洁白柔滑就像塞上的酥油脂。”玄宗笑道：“想是胡人只知道酥油脂！”

易内

《左传》：齐庆封好田而嗜酒，以其内实迁于卢蒲嫳氏，易内而饮。

不解两内何以相愿?

【译文】《左传》中记载：春秋齐国大夫庆封喜爱田猎并嗜好喝酒，曾经以自己的夫人交换属下的大夫卢蒲弊的夫人，互相陪同饮酒。

不知道两位夫人是否愿意交换?

不禁内

北齐徐之才见其妻与男子私，仓惶走避，曰："恐妨少年嬉笑。"南唐韩熙载，后房妓妾数十，房室侧建横窗，络以丝绳，为窥觇之地，旦暮亦不禁其出入。时人目为"自在窗"。或窃与诸生淫。熙载过之，笑而趋曰："不敢阻兴！"或夜奔客寝，客赋诗有"最是五更留不住，向人枕畔着衣裳"之句。

【译文】南北朝时北齐人徐之才见到自己的妻子与别的男子私通，就仓惶躲避开，他解释说："恐怕妨碍了小青年嬉笑。"南唐的韩熙载，后房中畜养的姬妾几十人，房屋侧墙上修建有横窗，网结以丝绳，可容许人们向里边窥看，早晚之间，也不禁止姬妾们出入。当时人们称其为"自在窗"。有的姬妾暗中与后生们淫乱。韩熙载路过发现，就笑着躲开说："不敢阻拦他们的兴头！"有的姬妾夜里外出与客人同寝，客人写的诗中有"最是五更留不住，向人枕畔着衣裳"的诗句。

刘氏诗题

许义方妻刘氏，端洁自许。义方出经年，始归，语妻曰：

"独处无聊，亦与邻里亲戚妪家往还乎？"刘曰："自君之出，足未尝履阈。"义方咨叹不已。又问："何以自娱？"答曰："唯时作小诗，以适情耳。"义方欣然索诗。观之，开卷第一题云《月夜招邻僧闲话》。

【译文】许义方的妻子刘氏，经常自诩品行端洁。许义方外出有一年之久才回来，他问妻子说："你一人在家独坐无聊，也没有与邻居亲戚家的妇女们来往吗？"刘氏回答："自从你外出，我的脚从没有踏出过门槛。"许义方听了赞叹不已，他又问道："你自己如何娱乐呢？"刘氏回答："只是时而写作几首小诗以慰藉自己的心情罢了！"许义方于是高高兴兴地向她索要诗词。打开诗集一看，开卷第一首题名为《月夜招邻僧闲话》。

委蜕部第二十

子犹曰：项籍之瞳，不如左丘之眇；啬夫之口，不知咎繇之喑；郧瞒之长，不如晏婴之短；夷光之艳，不如无盐之陋；庆忌之足，不如娄公之跛。语曰："豹留皮，人留名。"此言形神之异也。故窘极生巧，足或刺绣；愤极忘死，胸或发声。是皆有神行焉。借以为笑可，执以为可笑则不可。集《委蜕第二十》。

【译文】子犹说：项籍生有重瞳，不如左丘明的眼盲；啬夫能说会道，不如皋陶的口哑；郧瞒身体长得很高，不如晏婴的身材矮小；西施长得美丽，不如无盐的丑陋；庆忌虽然走得很快，不如娄公这个跛子。俗话说："豹死留皮，人死留名。"这是说形态与精神之间的差别。因此，困难到极点，会生出机巧来，脚也可能会刺绣；愤恨到极点，就不怕死了，从心里发出自己的心声。这都是具有高超能力、行为不一般的人。把人的缺点作为笑话是可以的；但如果笑话这些人，则不可以。汇集《委蜕部第二十》。

体 重

安禄山三百五十斤。司马保八百斤。孟业一千斤。

【译文】唐朝安禄山体重有三百五十斤。晋朝司马保体重有八百斤。北齐孟业体重有一千斤。

肥

咸通中，以进士服用僭侈，不许乘马。时场中不下千人，皆跨"长耳"。或嘲之曰："今年敕下尽骑驴，短辔长鞭满九衢。清瘦儿郎犹自可，就中愁杀郑昌图。"郑肥伟，故云。

顾子敦肥伟，号"顾屠"。尹京时，与从官同集慈孝寺。子敦凭几假寐，东坡大书案上曰"顾屠肉案"。同会皆大笑。乃以三十钱掷案上。子敦惊觉。东坡曰："且片批四两来！"

山阴张倬，景泰初为昆山学训，年未三十，以聪敏闻。典史姜某体极肥，尝戏张云："二三十岁小先生。"张应云："四五百斤肥典史。"同僚大笑。

赵伯翁肥大，夏日醉卧，孙儿辈缘其腹上，戏以李八九枚投脐中。后日李大溃烂，翁乃泣谓家人曰："我肠烂，将死。"家人料理其脐，得核，乃知孙儿辈所纳李也。

【译文】唐懿宗咸通年间，因为招待新进士服用等费过于奢侈，所以不允许他们骑马。当时考场中不下千人，都骑驴。有人嘲笑说："今年发布诏令让都骑驴，短缰长鞭满京城街衢。清瘦的男子还可以对付，其中却愁杀了郑昌图。"郑昌图身体魁伟肥胖，故而这样说。

顾子敦身体魁伟肥胖，外号"顾屠"。他担任京兆尹期间，与部下僚属官吏一同聚集在慈孝寺。子敦倚着小桌子闭着眼睛打盹。

苏东坡在桌子上写道："顾屠肉案"。大家领悟后都大笑起来。苏东坡拿出三十钱扔到桌子上。子敦受惊醒来，东坡说："先割四两肉来！"

山阴（今浙江绍兴）张倬，明景泰初年，为昆山县儒学教官，年龄还不到三十岁，就以聪敏而闻名。一个姓姜的典史，身体非常肥胖，曾经戏弄张倬说："二三十岁小先生。"张倬立刻应答说："四五百斤肥典史。"同僚们大笑起来。

一个姓赵的老头身体肥大，夏天喝醉酒躺在地，他的小孙子们爬上他的肚子戏耍，把八、九枚李子放进他的肚脐中。后来李子腐烂了，老头哭着对家里人说："我的肠子烂了，快要死了。"家里人清理他的肚脐，取出李核，才知道原来是小孙子们放的李子。

垂腹

申王有肉疾，腹垂至骭。每出，则束以白练。至暑月，常苦热。玄宗诏南方取冷蛇赐之。蛇长数尺，色白，不螫人，握之如冰。王腹有数约，夏月置约中，不复知烦暑。

申王每醉，使宫妓将锦彩结成软轿，抬归寝室，号曰"醉舆"。或言此妓必魁肥者。子犹曰："不然，正要使习惯。"

周比部岱体甚肥，腹垂至膝。每当暑月，琢水精为腹带，日三易之，犹云不堪，自为文以告上帝，祈速化。

【译文】唐朝申王有肥胖病，肚子垂到小腿部。每次外出时，都要用白布缚起来。到了盛夏，常常苦于炎热。玄宗诏令南方官吏捕取冷蛇赏赐给申王。冷蛇长数尺，白色，不咬人，用手握住它，如同握住冰块一样。申王的肚子用白布缠了几层，盛夏把冷蛇放置到白带层内，从此不再感到盛夏的烦躁。

申王每次喝醉后，就让宫中女艺人用彩带编成软轿，抬他回卧室，取名叫“醉舆。”有的人说抬软轿的女艺人身体一定非常魁伟肥胖。子犹说：“并非如此，正是要使宫中女艺人们养成这种习惯。”

刑部官员周岱身体过于肥胖，肚子垂到膝盖。每当到了盛夏，就琢磨水晶制成腹带，每天更换三次，这样还说受不了，就自己作文章以祈告上天，请求上天赶快改变天气。

伟妓

东坡尝饮一豪士家。出侍姬佐酒。内一善歌舞者，容虽丽而躯甚伟，尤豪所钟爱。向公乞诗，公戏题四句云：“舞袖翩跹，影摇千尺龙蛇动；歌喉宛转，声撼半天风雨寒。”妓赧然。

【译文】苏东坡曾经在一富豪人家里喝酒。侍姬出来劝酒。其中有一擅长歌舞的女子，容貌虽然长得很美丽，然而身材长得过于肥胖，格外被主人所钟爱。这女子向苏东坡乞求诗句，苏东坡开玩笑地题了四句诗说：“舞袖翩跹，影摇千尺龙蛇动；歌喉宛转，声撼半天风雨寒。”这女子非常羞惭，脸红起来。

姚、张绰号

魏光乘任左拾遗，题品朝士。丞相姚元之长大行急，目为“趁蛇鹳”。坐此贬。左司郎中张元一腹粗脚短，项缩眼突。吉项目为“逆流虾蟆”。

【译文】魏光乘任左拾遗时，评论朝中官吏。丞相姚元之（崇）长得很高而行走非常快，魏便称他是“趁蛇鹳”。因为这事而被贬官。左司郎中张元一腰粗腿短，脖子紧缩，眼睛突出。吉顼称他是“逆流虾蟆”。

短

汤既伐桀，让于务光。光笑曰：“以九尺之夫而让天下于我，形吾短也！”羞而沉于水。有咫尺之鱼，负之而去。

按《庄子注》云：“务光身长八寸，耳长七寸。”

《南史》云：汉光武时，颖川张仲师长一尺二寸。

【译文】成汤已经征伐了桀，便把王位让给务光。务光笑着说：“堂堂九尺高大丈夫，而把天下让给我，是想暴露我的个子矮小啊！”羞愧而沉入水中。水中有一尺长的鱼，背着他游走了。

按《庄子注》云：“务光身高八寸，耳朵长七寸。”

《南史》记载：汉光武时期，颖川（今河南许昌）张仲师身高只有一尺二寸。

短 小

尚书令何尚之与太常颜延之少相好狎。二人并短小，何尝谓颜为猿，颜目何为猴。同游太子西池，颜问路人曰：“吾二人谁似猿？”路人指何为似。颜方矜喜，路人曰：“彼似猿，君乃真猴。”二人俱大笑。

赵璘仪质琐陋，成名始婚。薛能为傧相，谑以诗。略云：

“巡关每傍樗蒲局，望月还登乞巧楼。第一莫教娇太过，缘人衣带上人头。”又曰：“不知元在鞍韂里，将谓空驮席帽归。”又曰：“火炉床上平身立，便与夫人作镜台。”

【译文】南朝宋尚书令何尚之与太常颜延之少年时候两人是好朋友，两个人长得都很矮小。何尚之曾经说颜延之长得像猿，颜延之则称何尚之长得像猴。一天，两人一起在太子西池游玩，颜延之询问一个过路人说：“我们两人谁长得像猿？”路人指着何尚之说他像猿。颜延之正当自负高兴时，过路人又说：“他长得像猿，你却长得像个猴。”二人听后都大笑起来。

赵璘长得丑陋矮小，直到科举中式才成婚。薛能担任傧相，他作诗戏谑赵璘，说：“巡关每傍樗蒲局，望月还登乞巧楼。第一莫教娇太过，缘人衣带上人头。”又说：“不知元在鞍韂里，将谓空驮席帽归。”又说：“火炉床上平身立，便与夫人作镜台。”

貌寝陋

朱泚乱。裴佶与衣冠数人佯为奴，求出城。佶貌寝，自称曰“甘草”。门兵曰：“此数子必非人奴，如甘草，不疑也。”

袁应中，博学者，有时名，以貌寝，诸公莫敢荐。绍圣间，蔡元度引之，乃得对。袁鸢肩，上短下漏，又广颡尖额，面多黑子，望之如洒墨，声嗄而吴音。哲宗一见，连称“大陋”。袁错愕不得陈述而退。缙绅目为“奉敕陋”。

郑畋少女好罗隐诗，常欲委身。一日隐谒畋。畋命其女隐帘窥之。见其寝陋，遂终身不读江东篇什。举子或以此谑隐。

答曰："以貌取人，失之子羽。"众皆启齿。

白傅与李赞皇不协。每有所寄文章，李缄之一箧，未尝开视，曰："见词翰则回吾心矣！"郑女终身不读江东篇什，亦是恐回心故。予谓李相、郑女乃真正怜才者。

长安仁和坊兵部侍郎许钦明宅，钦明与中书令郝处俊乡党亲族。两家子弟类多丑陋，而盛饰车马以游里巷。京洛为之语曰："衣裳好，仪观恶。不姓许，即姓郝。"

王元美宴弇州园，偶与画士黄鹄联席。鹄貌极陋。元美曰："人皆谓我命带桃花煞，果然！"人问："何也？"曰："得与美人联席。"吴人皆举为口实，凡见貌陋者，必曰"命带桃花"。

【译文】唐朝时卢龙节度使朱泚叛乱。裴佶和士大夫几个人假扮成奴仆，乞求出城。裴佶容貌丑陋，自称名叫"甘草。"把门的士兵说："这几个人一定不是奴仆，至于甘草，不用怀疑他了。"

袁应中，是个学问广博的人，非常有名，但因为他容貌丑陋，众多大臣没有一人敢荐举他的。绍圣年间，蔡元度向皇上推荐了他，于是袁应中获得朝见皇帝应答的机会。袁应中长得双肩上耸，如同鸢鸱一样，上身短、下身肥大，又头尖脖子粗，脸上有许多黑痣，如同散落下的墨汁，声音有点哑而且带吴地口音。宋哲宗一看见他，连连说："太丑了。"袁应中仓卒惊惧，结果没有说话就退下去了。士大夫于是称他是"奉敕陋"。

唐朝郑畋的幼女非常喜爱罗隐的诗，常常想要嫁给他。一天，罗隐来拜见郑畋。郑畋就叫女儿藏在门帘后面偷偷看罗隐。郑畋的女儿见罗隐容貌丑陋，于是从此终生不再读江东诗篇。士子有时用这事来戏谑罗隐。罗隐回答说："以貌取人，失之子羽。"大家都笑得合不上嘴。

白居易太傅与李德裕丞相意见不一致。每次有白居易所交的文章，李德裕就放在一个箱子里，从没有打开看过。他说："如果看了白居易的诗文，就要改变我的心意了！"郑畋的女儿终生不读江东诗篇，也是怕改变自己的心意的缘故。我认为李德裕和郑畋的女儿才是真正爱惜人才的人。

长安仁和坊兵部侍郎许钦明家，与中书令郝处俊是乡里亲族。两家的子弟大都长得丑陋，却好盛装打扮坐马车游玩于大街上。洛阳为这事而传说："衣裳好，仪观恶。不姓许，即姓郝。"

明朝王元美（世贞）在弇州别墅里以酒肉款待宾客，正好和画家黄鹄坐在一起。黄鹄容貌十分丑陋。元美说："别人都说我命带桃花煞，果然不假！"于是有人问："为什么呢？"元美说："因为和美人坐在一起。"从此吴地的人们都把这作为说闲话的材料，凡是看见容貌丑陋的人，必定说是"命带桃花"。

短而伛

武德中，崔善为历尚书左丞，甚得时誉。诸曹恶其聪察，因其身短而伛，嘲之曰："崔子曲如钩，随例得封侯。膊上全无项，胸前别有头。"

【译文】唐武德年间，崔善为任尚书左丞，当时社会上对他评价很高。他手下的办事官吏都嫌他太精明，以至无法作弊。因为他身材矮小且驼背鸡胸，便嘲笑他说："崔子曲如钩，随例得封侯。膊上全无项，胸前别有头。"

身短面长

桑维翰身短面长，每引镜自叹曰：“七尺之躯，何如一尺之面？”后登第，同榜四人，陈保极戏谓人曰：“今岁有三个半人及第。”以桑短，谓之半人。

习凿齿有蹇疾，苻坚亦谓之半人。

【译文】五代后晋的桑维翰身材矮小脸却很长，他每次对着镜子自己叹息说：“七尺的身体，哪里比得上一尺的脸呢？”后来他考中进士，同榜的共有四人，陈保极戏谑地对人说：“今年有三个半人考中进士。”因为桑维翰长得矮小，因而称他为半个人。

习凿齿腿有残疾，苻坚也说他只算半个人。

面狭长

梁宗如周尚书面狭长。萧詧戏之曰：“卿何为谤经？”如周曰：“身自来不谤经。”蔡大宝曰：“卿不谤余经，正应不信《法华经》耳。”盖《法华》云：“闻经随喜，面不狭长。”如周乃悟。

《荀子》载：卫灵公有臣曰公孙吕，身长七尺，面长三尺，广三寸，鼻目耳具，而名动天下。

【译文】梁朝尚书宗如周脸长得长。萧詧戏谑他说：“你为什么诽谤佛经？”如周说：“我从来不诽谤佛经。”蔡大宝说：“你不诽谤别的佛经，正符合不相信《法华经》啊。”原来《法华经》写道：“听到经书就去拜佛，脸不狭长。”如周才醒悟，是因他的脸生得长，才开此玩笑。

《荀子》记载：卫灵公有一个臣子叫公孙吕，身高七尺，脸就占了三尺，宽却只有三寸，鼻子眼睛耳朵都有，因而他的名字传遍天下。

西字脸

有川知州，面大横阔。时嘲曰："裹上幞头西字脸。"宦者已先闻之寿皇。及得郡陛辞，寿皇忆前语，大笑，云："卿所奏不必宣读，朕留览。"愈笑不已。川出外曰："早来天颜甚悦，以某奏札称旨也。"

【译文】有一个姓川的知州，脸长得又大又宽。经常有人嘲笑他说："戴上官帽，脸形就像西字一样。"太监曾经把这个笑话给宋孝宗讲过。等到他被任命为地方官，按制度，上任前要向皇帝辞行，宋孝宗见了他，又想起原来太监告诉他的那些话，大笑起来，说："你写的奏章不用诵读了，我留下来自己阅读吧。"说罢更加大笑不止。这个姓川的知州出来后对别人说："今天早晨皇帝非常高兴，是因为我上的奏札非常符合皇帝心意。"

面 黑

陈伯益面黑而狭，多髯。谢希孟见写真挂壁上，戏题云："伯益之面，大无两指，髭髯不仁，侵扰乎旁而不已。于是乎伯益之面，所存无几。"

王介甫面黄黑，问医，医曰："此垢污，非疾也。"进澡豆，令王洗之。王曰："天生黑于予，澡豆其如予何？"

焦阁老芳，面黑而长，如驴。尝谓西涯曰："君善相，烦一看。"李久之乃曰："左相象马尚书，右相象卢侍郎，必至此地位。""马"与"卢"合，乃一"驴"字，始知其戏。

【译文】陈伯益的脸长得非常黑而且又狭窄，脸上还有许多胡子。谢希孟看见伯益的肖像挂在墙壁上，开玩笑地在画上写道："伯益的脸，大没有两指，而胡子太不讲道理，在两旁扰乱不止。所以伯益的脸剩下的没有多少了。"

王安石的脸长得又黄又黑，询问医生是什么缘故，医生说："你的脸不干净，不是有病。"送澡豆给王安石，让他用来洗脸。王安石说："老天让我生个黑脸，用澡豆洗又有什么用呢？"

阁老焦芳，脸长得黑且长，好像驴脸。他曾经对李东阳说："你既然擅长相术，就烦劳给我看看。"东阳看了很久才说："从左边看你的像貌像马尚书，从右边看你的像貌像卢侍郎，将来必定做此大官。""马"与"卢"两个字合起来是一个"驴"字，这才知道是李东阳在戏谑他。

黑白不均

崔涯者，吴越狂生，嘲妓李端端诗云："黄昏不语不知行，鼻似烟囱耳似铛，独把象牙梳插鬓，昆仑山上月初生。"端得诗，忧心如病，乃拜候道旁，战栗祈哀。涯改绝句粉饰之，曰："觅得黄骝被绣鞍，善和坊里取端端。扬州近日浑相诧，一朵能行白牡丹。"于是居豪大贾竞臻其户。或谑之曰："李家娘子，才出墨池，便登雪岭，何期一日，黑白不均？"

【译文】崔涯是吴越一个狂放不羁的读书人，他嘲弄妓女李端端，作诗说："黄昏不语不知行，鼻似烟囱耳似铛，独把象牙梳插鬟，昆仑山上月初生。"李端端得知这首诗的内容后，非常伤心，如同得了大病一样，跪拜在路边等候崔涯，战战栗栗诉求哀告崔涯。于是崔涯更改绝句，夸赞李端端说："觅得黄骝鞁绣鞍，善积坊里取端端。扬州近日浑成错，一朵能行白牡丹。"于是许多有钱的豪绅和商人纷纷争着去李端端的居处。有人戏谑李端端说：'李家娘子，才出墨池，便登雪岭，怎么在一天之内，黑白就变得这么不均匀？"

涅 文

狄青、王伯庸同在枢府。王每戏狄之涅文，云："愈更鲜明！"狄云："莫爱否？当奉赠一行。"伯庸大惭。

【译文】狄青、王伯庸（尧臣）一同担任枢密使，狄青年轻时当兵，脸上曾经被刺过字，王伯庸因而戏谑狄青脸上的字说："这字年代久了，却更加华美了。"狄青说："你是不是喜爱呢？如果喜爱，我也给你脸上刺一行字奉送，怎样？"王伯庸听后非常羞惭。

中古冠

文中丞白湖，头止七寸，时人称其帽为"中古冠"。（《孟子》云："中古棺七寸。"）

【译文】巡抚文白湖，头只有七寸大，当时人们把他所戴的帽子叫作"中古冠"。《孟子》说："中古棺七寸长。"

缩 头

祖广字渊度，范阳人，仕至护军长史。广行常缩头。诣桓南郡，始下车，桓曰："天甚晴明，祖参军如从屋漏中来。"

【译文】祖广字渊度，是范阳（今北京一带）人，做官做到护军长史。祖广走路常常缩着头。一次去见南郡公桓温，刚下车，桓温说："天气非常晴朗，祖参军却好像从漏水的破屋里出来的。"

尖 头

北魏古弼头尖，太武常名之曰"笔头"，时人呼为"笔公"。

【译文】北魏古弼头长得很尖，太武帝拓跋焘常常叫他"笔头"，当时人们称呼古弼为"笔公"。

项安节

慈圣后尝梦神人语云："太平宰相项安节。"神宗密求诸朝臣，无有此人。久之，吴仲卿为上相，瘰疬生颈间。一日立朝，项上肿如拳。后见之，告上曰："此真'项安疖'也！"

【译文】宋朝慈圣皇后曾经梦见神仙对她说："太平宰相项安节。"神宗皇帝暗中在朝中大臣中寻找，也没有叫项安节的人。过了很久以后，吴仲卿做了宰相，脖子上长了个瘤子。一天上朝，他脖子上的瘤子肿得如同拳头一般大。慈圣皇后看见后，告诉神宗皇帝说："这才是真的'项安疖'啊！"

秃

秀州李公衡，善与人款曲，无所不狎侮，少发，号"葫芦"。时有作小词谑之，云："家门希差，养得一枚依样画。百事无能，只去篱边缠倒藤。几回水上，千捺不翻真个强。无处容他，只好炎天晒作巴。"

【译文】秀州（今浙江嘉兴）李公衡，善于殷勤应酬，没有不开玩笑戏耍的，他的头发稀少，绰号叫"葫芦"。当时有人作小词戏谑他，道："家门口稀差差，只种有一枚依样画，百事都不能，只有去篱笆边缠倒藤。几回到水上，千捺百按都不翻真是强。没地方容他，只好到夏天晒成干巴。"

白发白须

进士李居仁尽摘白须。其友惊曰："昔则皤然一公，今则公然一婆！"

有郎官老而多妾，须白，令妻妾共镊之。妾欲其少，去其白者；妻忌之，又去其黑者。未几，颐颔遂空。亦可笑。

顾太仆居忧，发须尽白。起复北上，以药黑之。人笑曰："须发亦起复矣！"

桃源罗汝鹏，年四十，须大半白矣。偶吊一丧家，司宾惊曰:“公方强壮,何顿白乃尔!”罗曰:“这是吊丧的须髯。”

【译文】进士李居仁把自己的白胡须拔光了。他的朋友看见后吃惊地说:“你过去是白发白须的老公公,现在却像一个老婆婆了!”

有一个侍郎,年纪虽老,却有许多侍妾,他的胡子发白了,就叫妻子和侍妾一起来拔。侍妾想让他显得年青一些,就拔白色的胡子;妻子心中妒忌,就拔他黑色的胡子。不一会儿,下巴的胡子全部给拔光了。也很可笑。

顾太仆父母死后在家守孝,头发胡子全都白了。守孝期满,重新被起用,北上返京,就用药水将头发胡子都染黑了。有人笑道:“他的头发胡子也重新被起复了啊!”

桃源人罗汝鹏,才四十岁,胡子就大部分都白了。碰巧他去一家吊丧,司宾见他后大吃一惊,说:“你正当强壮时期,怎么顿时胡子就白了呢?”罗汝鹏说:“我这是用来吊丧的胡子。”

咏白发

海昌女子朱桂英尝咏白发云:“白发新添数百茎,几番拔尽又还生。不如不拔由他白,那有工夫与白争?”

【译文】海昌(今浙江海宁)有一个叫朱桂英的女子曾经歌咏白发说:“白发新添数百茎,几番拔尽又还生。不如不拔由他白,那有工夫与白争?”

貌类猴

安西牙将刘文树,口辩,善奏对,明皇每嘉之。文树髭生颔下，貌类猴。上令黄幡绰嘲之。文树切恶猿猴之号，乃密赂幡绰不言。幡绰许而进嘲曰："可怜好个刘文树，髭须共颏颐别住！文树面孔不似猢狲，猢狲面孔强似文树。"上知其遗赂，大笑。

【译文】安西（唐六都护府之一，地点在今新疆吐鲁番西）牙将刘文树，能言善辩，善于当面回答皇上提出的各种问题，唐明皇常常嘉奖他。刘文树的下巴上长了许多胡子，像貌看起来好像猴子一样。唐明皇让黄幡绰嘲弄他。刘文树十分厌恶猿猴这个叫法，于是暗中送礼物贿赂黄幡绰，让他不要多讲。黄幡绰答应后向唐明皇进嘲讽刘文树的诗道："可怜好个刘文树，髭和须在下巴和脸蛋上分别住。刘文树的面孔，不像猢狲；而猢狲的面孔，却要强似刘文树。"唐明皇知道黄幡绰受了贿赂，大笑起来。

大小胡孙

刘贡父送墨与孙莘老，吏误送孙巨源。刘责吏，吏曰："皆姓孙而同为馆职，莫能别耳。"刘曰："何不取其髯别之？"吏曰："又皆髯。"刘曰："既皆髯，宜以身之大小别之。"于是馆中以莘老为"大胡孙学士"，巨源为"小胡孙学士"。

【译文】刘贡父（攽）馈赠墨给孙莘老（觉），结果属吏误送给了孙巨源（洙）。刘攽责备属吏，属吏说："他们都姓孙而且又同在翰林院任职，我怎么能分辨得出来呢？"刘攽说："你怎么不从他们所长的胡子上来区别呢？"属吏说："他们都长着一样的胡子。"刘攽说："既然他们长着一样的胡子，只有从他们身材的高低来区别了。”于是翰林院里以莘老为“大胡孙学士”，孙洙为“小胡孙学士”。

两头羝

钟会、钟毓皆多髯。兄弟盛饰，同坐车上。行至城西门，逢一女子微笑曰：“此车中央殊高。”二钟殊不觉。车后门生曰：“有女子戏公云‘中内高’。”公问：“云何？”答曰：“夫中央高者，两头低。此戏公二人为‘两头羝’也！”后二钟更不同车，畏逢此女子。

【译文】三国钟会、钟毓两兄弟都长了很多的胡子。他们两人盛装打扮，同坐在一辆车上。走到城西门时，遇到一个女人笑着说：“这辆车的中间这么高。”他们兄弟二人并未知觉。跟在车后的门生说：“有一个女人戏笑二公说‘中间高’。”他们二人问道：“说的是什么意思？”门生回答：“中间高，两头低。这是她在戏谑二公是‘两头羝’（公羊）啊！”从此以后他们兄弟二人再也不同坐一辆车了，怕再碰见这个女子。

麻　胡

成郎中貌陋多髭。再娶之夕，岳母陋之，曰：“我女一菩萨，乃嫁麻胡！”索成催妆诗。成便书云：“一桩两好世间无，好女如何得好夫？高卷珠帘明点烛，试教菩萨看麻胡。”

【译文】成郎中像貌长得丑陋且长了许多胡子。第二次娶亲的晚上，他的岳母看不起他，说："我的女儿是一尊女菩萨，却嫁给了一个容貌丑陋又多胡须的人。"命成郎中作催妆诗。成郎中于是操笔写道："一桩两好世间无，好女如何得好夫？高卷珠帘明点烛，试教菩萨看麻胡。"

青衣须出

屠赤水有青衣渐长。友曰："须出矣！"屠笑曰："西出阳关无故人。"

【译文】屠赤水（隆）家有一个丫环年纪渐渐大了。他的朋友对他说："应该把她嫁出去了。"屠赤水笑着说："西出阳关无故人。"

偏 盲

杜钦字子夏，目偏盲。茂陵杜邺与钦同姓字，俱以材能称。京师谓钦为"盲杜子夏"，以相别。钦讳之，乃为小冠，高广才二寸。由是更谓钦为"小冠杜子夏"，而邺为"大冠杜子夏"云。

桓南郡玄与殷荆州仲堪语次，因共作危语。桓曰："矛头淅米剑头炊。"殷曰："百岁老翁攀枯枝。"顾曰："井上辘轳卧婴儿。"殷有参军在坐，云："盲人骑瞎马，夜半临深池。"殷曰："咄咄逼人！"（殷侍父疾，误以药手拭泪，遂眇一目）

湘东王眇一目，邵陵王纶赋诗戏之，曰："湘东有一病，非哑复非聋。相思下只泪，望直有全功。"又尝与刘谅游江滨，叹秋望之美。谅对曰："今日可谓'帝子降于北渚'！"王觉其刺己，从此衔之。（《离骚》："帝子降于北渚，目渺渺而愁予。"）

湘东王兵起，王伟为侯景作檄，云："项羽重瞳，尚有乌江之败；湘东一目，宁为赤县所归？"后竟以此伏诛。

徐妃以帝眇一目，知帝将至，为半面妆。帝见之，大怒而出。

聂大年眇一目，聘至京，有欲识之者。童大章曰："何必识其人？彼但多一耳、少一目而已。"

徐篠庵和，眇一目，尝赞千眼观音云："汝有千目，众皆了了。我有双目，一明一眇。多者忒多，少者忒少！"

乌珠如此值钱，师旷薰目以精音，又何也？

【译文】杜钦字子夏，一只眼睛失明。茂陵（今陕西兴平）杜邺和杜钦同一个姓，又都字子夏，都以才能高而著称。京都的人们叫杜钦是"盲杜子夏"以区别他们。杜钦忌讳这个称呼，于是做顶小帽子，高宽才两寸。由于这个缘故，于是人们更改叫杜钦是"小冠杜子夏"，而叫杜邺是"大冠杜子夏"。

南郡公桓玄和荆州刺史殷仲堪在一起说话时，说了些极危险的话。桓玄说："在矛头淘米，在剑头做饭。"殷仲堪说："上百岁的老公公攀枯树枝。"参军顾恺之接着说："井口辘轳上睡着婴儿。"殷仲堪也有一参军坐在一旁，接言道："瞎子骑瞎马，半夜走到深水池塘边。"殷仲堪说："为什么这样欺逼人呢！"（殷仲堪因侍奉生病的父亲，误用拿药的手去拭眼泪，于是瞎了一只眼睛）

南朝梁湘东王萧绎（后即位为梁元帝）瞎了一只眼睛，他的哥哥邵陵王萧纶写诗戏谑他，说："湘东王得一病，不哑也不聋。想亲人时一只眼落泪，只希望两只眼睛完好。"萧绎还曾经和刘谅一同到江滨游览，感叹秋天的景色十分美好。刘谅应答说："可以说是'帝子降于北渚’！”萧绎觉得这是刘谅在讽刺自己，从此开始怨恨刘谅。（屈原的《离骚》中说：“帝子降于北渚，目渺渺而愁予！”）

湘东王萧绎起兵讨伐侯景时，王伟给侯景写檄文说：“项羽有两个瞳孔，还在乌江被打败了。湘东王只有一只眼睛，难道他能够统一中国吗？”后来他竟因为这句话被萧绎杀死。

徐妃因为知道梁元帝萧绎瞎了一只眼睛，得知元帝要到她这儿来，就化了半面妆来迎接元帝。元帝看见她的半面妆，非常生气地走了。

聂大年瞎了一只眼睛，被聘到京城任职，有人想要结识他。童大章说：“为什么一定要结识这个人呢？他只不过是多了一只耳朵，少了一只眼睛罢了。”

徐和号篠庵，瞎了一只眼睛。他曾经赞美千眼观音说：“你有一千只眼睛，一切东西都可以看得清楚；我有一双眼睛，还一只明亮一只瞎了。为什么多得那么多，少得那么少！”

如果眼珠这样值钱，师旷（春秋晋乐师，字子野）用五香薰瞎眼睛而精通音乐，又是因为什么呢？

假睛

唐立武选，以高上击球，较其能否而黜陟之，至有置铁钩于球仗以相击。周宝尝与此选，为铁钩所摘，一目睛失。宝取睛吞之，复击球，获头筹，遂授泾原，敕赐木睛代之。

注：木睛莫知何木，置目中无所碍，视之如真睛矣。

施肩吾与赵嘏同年，不睦。旧失一目，以假珠代其睛。故施嘲之曰：“二十九个人及第，五十七只眼看花。”

【译文】唐朝设置武选来选拔将领，让报考的人骑在马上击球，以此来比较他们技能的高低，并用来决定他们之间职务的升降。以至有人把铁钩装到球杖上来击打对手。周宝曾经参加过这种选拔，结果被铁钩所伤，一只眼睛的眼珠掉出来。周宝拿起眼珠塞到嘴里吃了下去，继续接着打球，最后获得第一名。于是他被授为泾原节度使，皇帝还下令赏赐给他一只木制的眼珠来代替原来的那只眼珠。

注：木制的眼珠谁也不知道是什么木头制成的，放在眼里没有一点不好受的感觉，看上去就像真的眼珠一样。

施肩吾和赵嘏是一年科举同榜的，但他们之间不和睦。从前赵嘏瞎了一只眼睛，因此用假眼珠代替了原来的眼珠。故而施肩吾嘲讽他说："二十九个人科举考试中选，五十七只眼睛看花。"

聋

北齐杜台卿为尚书左丞。省中以其耳聋，戏弄之。下辞不得理者，至大骂。台卿见其口动，谓为自陈，训对每致乖越。令史不晓谕，反以为笑端。

【译文】北齐杜台卿担任尚书左丞。官署中的同僚知道杜台卿的耳朵听觉迟钝，因此故意戏弄他。下属来上报情况说不出道理的时候，就骂了起来。杜台卿看见他的嘴巴在动，以为他还在陈说事情，训话对答经常不相称。令史不但不告诉杜台卿，反而以此来笑话杜台卿。

卷耳

韦庆本两耳如卷，朝士多呼为"卷耳"。适女选为妃，长安令杜松寿见而贺之，曰："仆固知足下女得妃。"韦曰："何以知之？"杜乃自摸其耳而卷之，曰："《卷耳》，后妃之德也。"

【译文】韦庆本的两只耳朵长得好像书卷一样，朝中的官员们都称呼他为"卷耳"。恰好他的女儿被皇上选为妃子，长安令杜松寿看见他，表示祝贺说："我早就知道你的女儿会被选为妃子的。"韦说："你怎么能事先知道呢？"于是杜松寿摸着自己的耳朵并把它们卷起来，戏笑道："《卷耳》，皇帝后妃的德行啊。"（《卷耳》是《诗·周南》中的篇名，描写了后妃"辅佐君子"之志——译者注）

三耳秀才

隋董慎为冥府追为右曹录事，仍辟常州张审通为管记。慎令作判申天府。后有天符来云："申甚允当。"慎乃取方寸肉擘为耳，安审通额上，曰："与君三耳，可乎？"审通复活。后数日，觉额痒，涌出一耳，尤聪。时人笑曰："天有九头鸟，地有三耳秀才。"亦呼"鸡冠秀才"。

【译文】隋朝董慎死后被阴司勾去当右曹录事，董慎仍召常州张审通担任管理记室。董慎命令他写判词申报天府，后来有上天的符命来说："申报的判词论点很妥当。"董慎于是拿了一块一寸见方的肉做成耳朵的样子，安放在审通的额头上，说："给你三只耳朵。可以吗？"张审通复活回到阳世间后，过了几天，他感觉额头非常痒，很快在额头上生长出一只耳朵来，而且这只耳朵听觉特别灵敏。当时有人开玩笑说："天上有个九头鸟，地上有个三只耳秀才。"也叫他"鸡冠秀才"。

口吃

魏邓艾口吃，语称“艾艾”。晋文王戏之曰：“卿言艾艾，定是几艾？”对曰：“‘凤兮凤兮’，故是一凤。”

后周郑伟口吃。少时逐鹿，失之。问牧竖，牧竖亦吃。伟以牧故为效已，竟扑杀之。

吾吴俞漳水工画艺而足跛。尝过王府基，有跛妪先行，傍一童子戏效之。妪方怒詈，俞适踵至，遂大恚，曰：“彼顽童作短命事耳，乃衣冠者亦复为之耶！”因极口骂辱。俞自陈再四，终不听信。事类此。

唐时进士及第放榜后，即谒宰相，其导词答语，一出榜元。时卢肇有故不赴，次及丁棱，口吃。迨引见致词，本欲言“棱等登科”，而棱乃言“棱等登、棱等登”竟不能发其后语。翌日，友人戏之曰：“闻君善筝，可得闻乎？”棱曰：“无之。”友曰：“昨日闻‘棱等登、棱等登’，岂非筝声耶？”

黄山谷与赵挺之等同在馆修书，每日庖丁请食品。赵口吃，曰：“来日吃蒸饼。”山谷笑之。一日酒会，拟以三字离合成字为令。赵首云：“禾女委鬼魏。”一云：“戊丁成皿盛。”一云：“王白珀石碧。”一云：“里予野土墅。”末当山谷，应声曰：“来力敕正整。”与“来日吃蒸饼”同声。众哄堂大笑。赵赧然。

华原令崔思海口吃，每与表弟杜延业递相戏弄。杜尝语崔云：“弟能遣兄作鸡鸣；但有所问，兄须即报。”旁人讶之，与杜私赌。杜将谷一把，问崔云：“此是何物？”崔云：“谷……谷……谷。”旁人大笑，因输延业。

刘贡父、王汾同在馆中。汾病口吃，贡父为之赞曰：“恐是昌家（周），又疑非类（韩）。未闻雄名（扬），只有艾气（邓）。”

宣、正间，有御史茂彪者，舌秃言涩，侍西班。有东班御史误入西班，彪乃面纠曰：“臣是西班御史茂彪，有东班与臣一般御史，不合走入西班。”然“彪”言为“包”，“班”言为“邦”。滑稽者因其言为一绝，曰：“阊阖门开紫气高，含笑尝得近神尧。东邦莫入西邦去，从此人人惮茂包。”

【译文】魏国邓艾平时说话结巴，说话时常常连说“艾艾”。晋文王司马昭戏谑他说：“你嘴里说艾艾，那么你究竟有几个艾呢？”邓艾回答说：“凤凰啊凤凰啊，只有一只凤凰。”

后周郑伟说话结巴，少年时有一次追捕鹿，鹿跑得找不到了。碰到一个牧童，于是郑伟就问牧童看见鹿没有。谁知牧童也有说话结巴的毛病，郑伟认为牧童是故意学自己说话，竟把牧童给打死了。

我们苏州有个叫俞漳水的，擅长画画但跛足。曾经路过王府房基，有一位跛足的老婆婆在他前面行走，旁边一个小孩子戏耍而学老婆婆走路。老婆婆正在怒骂小孩的时候，俞正好来到跟前。老婆婆看到他那样，以为他也在学她走路，非常生气，说：“这个顽皮的小孩做的是短命的事，你这个读书人为什么也要学这个小孩呢？”于是破口大骂。俞漳水再三解释，老婆婆也不相信。事情与此相似。

唐朝时期进士考试中第，公布榜单后，即要去拜见宰相。见面致辞及回答宰相的问话，都是由第一名来承担。当时卢肇因为有事没能前去，第二个轮到丁棱，他说话口吃。等到引见宰相后，由丁棱致辞时，本来想要说“棱等登科”这句话，然而丁棱却说：“棱等登……棱等登……”自始至终也没有说出后面的话来。第二天，他的朋友戏谑他说："听说你擅长弹筝，可不可以弹一曲让我听听？"丁棱说："没有此事。"朋友说："昨天我听见'棱等登、棱等登'的声音，难道那不是筝声吗？"

黄山谷（庭坚）和赵挺之等人一同在翰林院编撰著作，每天厨师都询问他们吃什么饭。赵挺之口吃，说："来日吃蒸饼。"黄庭坚听见后笑话他。一天适逢喝酒，打算以三字离合成字作为酒令。赵挺之第一个说："禾女委鬼魏。"一个人说："戊丁成皿盛。"一个人说："王白珀石碧。""一个人说："里予野土墅。"最后轮到黄庭坚时，他应声说道："来力敕正整。"这句正好和"来日吃蒸饼"是同一个声调。大家听后哄堂大笑。赵挺之脸红了起来。

华原（今陕西耀县）县令崔思海说话也结巴，常和他表弟杜延业在一起相互开玩笑。杜延业曾经对崔思海说："我能够让兄长学鸡打鸣。但是我问什么，兄长必须马上回答什么才行。"站在旁边的人表示惊讶不信，于是和杜延业偷偷打赌。杜延业就拿了一把谷子，问崔思海道："这是什么东西？"崔思海答道："谷……谷……谷。"站在旁边的人大笑起来，因此而输给了杜延业。

刘贡父（攽）、王汾都在史馆任职。王汾有说话结巴的毛病，贡父写了一首赞词："恐是昌家（周昌），又疑非类（韩非）。未闻雄名（扬雄），只有艾气（邓艾）。"（这首赞词中暗隐了四个古人名，都是口吃毛病，以此来讽刺王汾。——译者注）

明朝宣德、正统年间，有一个叫茂彪的御史，舌头短，说话发音不清，侍奉在西班。有一位东班御史误进入西班，茂彪就当面纠正他说："我是西班御史茂彪，有东班与我一样的御史，不应当走入西班。"然而他却把"彪"读音成"包"，把"班"读音成"邦"了。喜爱说笑话的人把他所说的话作为一绝，说："阊阖门开紫气高，含笑尝得近神尧。东邦莫入西邦去，从此人人惮茂包。"

王少卿

鸿胪王少卿，善宣玉音，洪亮抑扬，殊耸观听，而所读多吃误，其貌美髯而秃顶。朝士遂为诗以嘲之曰："传制声无敌，宣章字有讹。后边头发少，前面口须多。"有问京师新事者，或诵此诗。其人遽曰："此必王少卿也！"

【译文】鸿胪寺少卿王某，擅长宣读皇上的圣旨，声音洪亮抑扬，非常吸引听众；但他所宣读的有发音不准的错误，他的容貌英俊，长了非常漂亮的胡子，头上却没有头发。于是朝中大臣作诗嘲讽他说："传制声无敌，宣章字有讹。后边头发少，前面口须多。"有人询问京都里有什么新鲜事，有人就吟诵这首诗。那人听后说："这人一定是王少卿了！"

没牙儿

马都督老而无牙。郭定襄戏曰："昨闻邻妇哭甚哀。"马问："何哭？"郭曰："其妇丧夫，抚孤哭曰：'痛汝没爷儿。'"

【译文】一位姓马的都督年纪大了，牙没有了。于是定襄伯郭登戏谑他说："昨天我听见邻居有一人哭得十分悲痛。"马都督问道："她为什么哭呢？"郭说："这个妇人的丈夫死了，她抚摸着她的孩子哭着说：'可怜你没爷儿。'"（爷是牙字的谐音——译者注）

损 臂

兴化诜公城居三十余年，老矣，犹迎送不已。云峰悦禅师尝诫之。郡僚多爱诜，久不果。一日送大官出郊，堕马损臂，以书诉悦。悦作偈戏云："大悲菩萨有千手，大丈夫儿谁不有？兴化和尚折一枝，犹有九百九十九。"

【译文】兴化的和尚诜公在城中居住已经三十多年了，年纪越来越老，可仍然对客人来往迎送不停。云峰悦禅师曾经劝诫过他。地方上的官员们都很重诜公而常往来，所以很长时间他也没法摆脱迎送。一天，他送一位大官出城，结果从马上摔下，摔断了胳膊。他写信把这事告诉给悦禅师，于是悦禅师写偈文戏谑他说："大悲菩萨有千手，大丈夫儿谁不有？兴化和尚折一枝，犹有九百九十九。"

枝 指

祝枝山右手骈拇指。或戏曰："君之富于笔札，应以多指。"枝山应曰："成不以富，亦祇（指）以异。"

【译文】祝枝山的右手旁边多长出来一个指头。有人戏谑他说："你善于笔墨书札，就应该多长一个指头。"祝枝山对答说："即使不善于笔墨，也以祇（指）超出常人。"

臀 大

唐左司郎中封道弘臀最大。尝入内奏事，步履蹒跚。李勣后曳道弘，曰："一言语公。"道弘惊转，敛容曰："敬闻教。"曰："尊臀斟酌坐得即休，何须尔许大？"

【译文】唐朝左司郎中封道弘的屁股很大。曾入内宫向皇帝奏报事情，他走路一摇一摆，走得非常缓慢。李勣在后面拉住道弘说："我有一句话要告诉你。"道弘惊奇地转过身来，一本正经地说："敬听你教导。"李勣说："你的屁股只要能坐下就可以了，何必非要长那么大呢？"

三 短

北魏李谐因瘿而举颐，因跛而缓步，因蹇而徐言。人言谐"善用三短"。

善用，三短亦致妍；不善用，三长反为累。

【译文】北魏李谐因为脖子上长了一个囊瘤，所以常用手托着下巴；因为腿跛，便缓慢走路；又因为说话结巴，便放慢声音说话。于是人们说李谐："善于利用他的三个短处"。

善于利用，三个短处也能变成美好的事情；不善于利用，就是三个长处也会受其拖累。

秃眇跛偻同聘

《穀梁传》：季孙行父秃，晋郤克眇，卫孙良夫跛，曹公子首偻，同时而聘于齐。齐使秃者御秃，使眇者御眇，使跛者御跛，使偻者御偻。萧同叔子（齐侯母）从台上笑之，客怒。

【译文】据《穀梁传》记载：鲁国大夫季孙父是个秃子，晋国大夫郤克瞎了一只眼，卫国大夫孙良夫是个瘸子，曹国公子是个驼背，他们同时去齐国访问。齐王让秃头人给季孙行父驾马车，让独眼人给郤克驾马车，让瘸子给孙良夫驾马车，让驼背人给曹公子驾马车。齐王的母亲萧同叔子在观礼台上看见了，哈哈大笑。四国使者非常恼怒。

三 无

王广文竹月者，年迈，须齿已落，更阙一耳。其同僚戏为语曰："竹月号三无，无齿之齿无，然而无有耳，则亦无有胡。"偶御史莅府，各县属候见于官署中，谈及斯语，以为笑谑。及入谒，忽睹竹月状，思及前语，不觉失笑。御史疑令慢己，诘之。令因以实对，御史亦大笑。

【**译文**】有一个教官王竹月，年纪已经很老了，不但胡子和牙齿都已经落了，而且又缺了一只耳朵。和他一起做官的人作了几句诗戏谑他道："竹月号三无，无齿之齿无，然而无有耳，则亦无有胡。"正好御史到府视察，各县属官员集中在知县衙门等候拜见御史。在一起闲谈，说到这几句诗，把这作为笑话开玩笑。等到进入公厅拜见御史时，县令突然见王竹月的那个样子，想起刚才说的话，不觉笑了起来。御史看见他们发笑，怀疑是故意怠慢自己，因此责问为什么发笑。县令就把这个笑话讲给御史听，御史听后，也大笑起来。

恶 疾

北齐崔氏，世有恶疾，多寡眉。李庶无须，时呼为天阉。崔谌调之曰："教弟种须法：以锥遍刺颔作孔，插以马尾。"庶曰："持此先施贵族，艺眉有验，然后树须。"

刘贡父晚年得恶疾，须眉堕落，鼻梁断坏。一日与苏东坡会饮，苏引古人一联戏曰："大风起兮眉飞扬，安得猛士兮守鼻梁！"

【译文】北齐有崔姓家族，家传得有一种难治的疾病，大多缺少眉毛。李庶没有长胡子，当时的人们称他是天生太监。崔谌调戏他说：我教你一个种胡子的方法：用锥子在领下扎许多小洞，然后插上马尾，就变成胡子了。"李庶说："这个方法应当先让你们家族使用，种植眉毛有了效果，然后我再种胡子。"

刘贡父（攽）在老年时得了一种难医治的疾病，胡子眉毛都脱落了，鼻梁也歪了。一天，他和苏东坡在一起喝酒，苏东坡引用古人的两句诗戏谑他说："大风起兮眉飞扬，安得猛士兮守鼻梁！"

风之始

吴给士女敏慧，后归名儒陈子朝。陈惑一妾，遂染风疾。一日亲戚来问，吴指妾曰："此'风之始'也。"

【译文】吴给士的女儿非常聪明有才智，后来嫁给著名的儒者陈子朝。陈子朝迷惑一个小妾，遂得了风寒病。一天，他的亲戚来看望问候他时，吴氏女指着那个小妾说："她是'风之始'啊。"

陈癞子

《玉堂闲话》：唐营丘有豪民陈姓病风疾，众目之为"陈癞子”。陈极讳之，家人或误言，必遭怒笞，宾客亦不敢犯。或言所苦减退，具得丰款。有游客谒之，初谓：“君疾近日尤减。”陈欣然命酒。将撤，又问：“某疾果退否？”客曰：“此亦添减病。”曰：“何谓也？”客曰：“添者，面上添渤沤子；减者，减却鼻孔。”长揖而去。数日不怿。又每年五月，值生辰，必召僧道、启斋宴，伶伦百戏俱备。斋罢，赠钱数万。一伶既去，复入，谓曰：“蒙君厚惠，偶忆短李相诗一联，深叶圣德。”陈曰：“试诵之。”时陈坐碧纱帏中，左右环侍。伶曰：“诗云：‘三十年前陈癞子，如今始得碧纱幪。’”遭大诟而去。

【译文】据《玉堂闲话》记载：唐朝营丘（今山东淄博西北）有一个姓陈的大富豪得了风寒病，大家看见他就叫他“陈癞子”。这个姓陈的非常忌讳这个称呼，有的仆役说漏了嘴，必定遭到他的怒骂鞭打，就是来的客人也不敢冒犯他。如果有人说他的病有所减轻，就会得到他丰盛的款待。有一个外地客人来拜见他，刚见到他时说：“你的病近来大大地减轻了。”这个姓陈的富豪非常高兴，命令摆酒席来款待他。酒席将要撤除时，这个姓陈的富豪又说道：“我的病果真好了吗？”那个客人说：“你的病也叫添减病。”富豪问：“为什么这样说呢？”客人说：“添，意思是说你脸上增加了许多水泡；减，意思是说你的鼻孔减掉了。”说完客人作了个大揖便走了。这个富豪一连几天都不高兴。每年的五月，他的生日，他都必定请和尚、道士来他家念经开斋宴，并且召集艺人演戏，各种剧目都很齐备。斋宴开完后，富豪赠给他们几万文钱作为酬劳。一个艺人已经走了，又转回来进到屋里，对富豪说：“我们接受您那么大的赏赐，我偶然想起矮个子李丞相的一首诗，很切合您的德行。”富豪说：“你诵读一下。”这时姓陈的富豪正坐在碧纱帐中，左右丫环侍候着他。这个艺人说："这首诗是这样写的：'三十年前陈癞子，如今始得碧纱蒙。'"结果艺人被姓陈的富豪大骂后赶了出去。（此文中所说李丞相事，应为王播故事。王播少年时受寺僧冷淡，因此题诗二句于寺壁，后来王播当了宰相，寺僧才把王播诗用碧纱罩起来。后来王播来此寺见到后，又续了二句诗："二十年来尘扑面，而今始得碧纱笼。"——译者注）

夫 妇

五代杨光远病秃，妇又跛足。后举兵反，欲图大事。人语之曰："世宁有癞痢天子、拐脚皇后耶？"

田元钧狭而长；其夫人，富彦国女弟也，阔而短。石曼卿戏目之为"龟鹤夫妻"。

【译文】五代时后唐节度使杨光远因病成了秃子，他的妻子的腿也有病疾，是个瘸子。后来杨光远起兵造反，想要夺取天下。有人对他说："难道世界上会有秃发天子、瘸子皇后吗？"

宋朝田元钧长得又高又瘦；他的妻子是富彦国（弼）的妹妹，长得又矮又胖，石曼卿（延年）戏称他们是"龟鹤夫妻"。

政和、景泰二榜

政和间，状元何栗（字文缜），次潘良贵，皆少年有风貌，而第三人郭孝友颇古怪。时曰："状元真何郎，榜眼真潘郎，探花真郭郎也！"（古有郭姓而秃者，故傀儡号为"郭郎"，亦曰"郭秃"。）

景泰五年，状元孙贤，河南人，面黑；榜眼徐溥，宜兴人，面白;探花徐溥,武进人,面黄。时谓“铁状元,银榜眼,金探花”。

【译文】宋徽宗政和年间,状元何栗(字文缜),第二名潘良贵,都长得年轻而有风采,第三名郭孝友长得很怪异。当时的人们说:“状元真何郎,榜眼真潘郎,探花真郭郎啊!”(古时候有一个姓郭的人是个秃子,因此傀儡戏用的木偶叫作“郭郎”,也叫“郭秃”。)

景泰五年,状元孙贤,是河南人,脸长得很黑;榜眼徐溥,是宜兴人,脸长得很白;而探花徐溥,是武进人,脸长得很黄。当时人们称他们为“铁状元,银榜眼,金探花”。

异 相

《云仙散录》:郭汾阳每迁官,则面长二寸,额有光气,久之乃复。

《桯史》:嘉定间,赵南仲为淮阃,貌古怪,两眼高低,一眼观天,一眼观地。人望而畏之,不敢仰视。

《异苑》:贾弼梦鬼易其头,遂能半面笑,半面啼。

【译文】据《云仙散录》记载:唐朝汾阳王郭子仪每次升官,他的脸就长二寸,额头发亮,很长时间才恢复原来的样子。

据《桯史》记载:嘉定年间,赵南仲(葵)担任两淮宣抚使,他的容貌很怪异,两只眼睛一高一低,一只眼睛看天,一只眼睛看地。人们看见了都非常害怕他,不敢抬头看他。

据《异苑》记载:贾弼梦见鬼把他的头给换了,于是他能够半个脸笑,半个脸哭。

妇人异相

九真女子赵妪乳长数尺。冯宝妻洗氏长二尺，暑热，则担于肩。李光弼之母，须数十根。皆异表也。

【译文】九真（今越南境内）女子赵婆婆的乳房长得有几尺长。冯宝的妻子洗氏的乳房也长有二尺长，到了盛夏气温很高的时候，她们就把乳房担在肩膀上。李光弼的母亲，长了几十根胡子。这些都属于奇异的外貌。

人 痾

大历中，东都天津桥有乞儿，无双手，以右足夹笔，写经乞钱。欲书时，先用足掷笔高尺许，以足接之，未尝失落。书字端楷，若有神助。

《戒庵漫笔》：嘉靖间有丐妇，年二十许。自云常州人，幼患风，双手拳挛在胸，不能举动；两膝曼转，著地而行；由膝之下，双脚虚擎向上，遂能以双脚趾纺棉花、捻线、穿针、缝纫、饮食，凡事与手不异。曾在予家试之，果然。后四五年再来，生一儿，颇壮伟。又能以脚戏弄，左右丢掷，及以筯夹饭食喂之，甚便。

《狯园》：京师有丐妇，年四十余，全无两臂，两肩如削。每梳头鬓，右足夹栉，左足绾发。及系衣、洗面，亦如之，轻便比手无异。或掷钱赠，亟伸足取贯绳上，略无碍滞。又段文晔言：景德中至岳下，见一妇人无双肩，但用两足刺绣鞋袜，织致与巧手相若。衣服颇洁。每止处，观者如堵，竞以钱投之。

钱象先曰："世有无籍之人，手足俱完，且不能自食，不如此二妇人之足也，悲夫！子犹曰：俗眼爱奇僻，虽好不如丑，但求布施多，何须手足有？重瞳困箪瓢，骈驼贵无偶。由来公道衰，千秋一漂母。假髻先入官，吾亦愿蓬首。

嘉靖中，京师有人手足俱无。父盛以布囊，仅满二尺，俨如鱼形。挟之出，观者如堵。面巨而声雄，能就地打滚。

【译文】大历时期，东都（今河南洛阳）天津桥有一个乞丐，没有了双手，他用右脚夹着笔抄写佛经，来乞讨钱财。每当他要书写的时候，他都先把笔抛起有一尺多高，然后用脚接住，从来没有接不住的。而他写的字都是楷书，十分工整，就好像有神仙帮助他一样。

据《戒庵漫笔》记载：嘉靖年间有一个要饭的妇女，年纪有二十多岁。自称是常州人，小时候因得了风湿病，结果双手屈曲挛缩在胸前，不能行动；两个膝盖翻转，只能爬在地上走，自膝盖以下，双脚往上举着，却能用双脚的脚趾纺棉花、捻线、缝纫、吃饭，做所有的事都和用手没有区别。曾经在我家试验过，果然是这样。后来过了四、五年，第二次来，她已生了一个儿子，长得很结实。她还能用脚玩弄孩子，用双脚左右抛掷着玩耍，还用脚趾夹着筷子喂孩子吃饭，动作非常灵便。

据《狯园》记载：京师里有一个要饭的妇人，有四十多岁，两个胳膊完全没有了，两个肩膀如同刀削过一样。每当梳头发，就用右脚夹着梳子，左脚盘发。就是系衣服上的带子和洗脸，也是这样的轻快灵便，和用手没有什么不同。有的人抛钱给她，她马上就伸出脚来，把钱穿在绳上，没有丝毫妨碍。另外，段文昳说：宋真宗景德年间，他路过泰岳山下，看见一个妇人没有了双肩，只用两只脚绣鞋袜，其工细和刺绣巧手没什么两样。这个妇人衣着穿戴非常干净整齐。她每到一个地方，围观她刺绣的人如同一堵墙，都争着拿钱扔给她。

钱象先说："世上有一些没有正当职业的人，手脚都健全，还不能自食其力，不如这两个妇人的脚，真可悲啊！子犹说：世俗的眼光好奇，长得虽好不如丑，只求能得到施舍的钱财多，何必要有脚有手？生有重瞳的贵相也有困于食宿的时候，驼背的大官虽贵却找不到老婆。由于人心公道的衰落，所以施舍了一碗的漂母也名垂不朽。如果戴着假发先被选入宫中为妃，我也愿意让头发蓬松起来。

嘉靖中期，京城里有一个人手和脚全都没有。他父亲把他装在一个布袋子里，这个布袋子只有二尺长，像一个鱼的形状，他父亲把他夹持出来，围看的人如同一堵墙。这个人脸长得很大，而且声音很雄壮，能够在地上打滚。

项下吹曲

嘉靖庚辰，赵宪伯凤自曲江携一道人归三衢，项下有窍，能吹箫；凡饮食，则以物窒之，不然，水自孔中溢出。每作口中语，则塞喉间；作喉间语，则以手掩口。先是三十年，沙随程先生尝于行在见一道人，以笛拄项下吹曲，其声清畅而不近口，不知所以然。疑即一人也。

陈锡玄曰：阿那律陀，无目而见；跋难陀龙，无耳而听；殑伽神女，非鼻闻香；骄梵钵提，异舌知味；舜若多神，无身觉触。世间诸变化相，信有不可穷诘者，于二道人何异？

【译文】嘉靖庚辰年（年代有误，嘉靖中无庚辰年——译者注），都御史赵凤从曲江带了一个道人回三衢（今浙江衢县），这个道人的脖子下面有一个孔，能够吹箫；凡是吃食物，就用东西堵塞住那个孔，如果不这样，水就从孔中流出来。每当要说话时，就堵住咽喉中间；每当用咽喉来说话，并用手掩住嘴。在此以前三十年，沙随程先生曾经在皇上住的地方看见一个道人，用笛子支撑在脖子下吹曲，笛子声音清越通畅然而笛子却没挨着嘴，不知道是怎么发音的。我怀疑以上说的两个道士就是同一个人。

陈锡玄说：佛经中传说阿那律陀没有眼睛却能看得见；跋难陀龙没有耳朵却能听得见；殑伽神女不是用鼻子来闻香味；骄梵钵提不用舌头就能够感觉到味道。世界上种种奇怪的变相，相信还有许多无法说明的道理，这和两个道人的事有什么不同呢？

绛树两歌，黄华二牍

《志奇》：绛树一声能歌二曲，二人细听，各闻一曲，一字不乱。人疑一声在鼻，竟不测其何术。当时有黄华者，双手能写二牍，或楷或草，挥毫不辍，各自有意。

【译文】据《志奇》记载：古时候有个叫绛树的歌女一个声音能够唱两支乐曲，两个人仔细听，各听到一支乐曲，一个字不乱。人们怀疑她有一个声音是从鼻子发出来的，但最终也没有猜测出来她用的是什么技艺。当时还有一个叫黄华的人，双手能够同时在两片木简上书写，一手写楷书，一手写草书，书写时从不停笔，写出来的内容各有各的意思。

无头人

崔广宗为张守珪所杀，仍不死，饥渴即画地作字，世情不替，更生一男。四五年后，忽画地云：“后日当死。”果然。

监左帑龙舒尝言：有亲戚宦游西蜀，路经湘汉。晚投一店，忽见店左侧上有一人无首，骇以为鬼。主人曰：“尊官不须惊。此人也，往年因患瘰疬，势蔓衍，一旦头忽坠脱。家人以为不可救，竟不死。自此每所需，则以手画。日以粥汤灌之，故至今犹存耳。”又云：岳侯军中一兵犯法枭首，妻方怀娠。后诞一子，躯干甚伟，而首极细，仅如拳，眉目皆如刻画。则知胞胎所系，父母相为应。

绍兴二十五年，忠翊郎刁端礼随部运使往江西，经严州淳安道上。晚泊旅邸，日未暮，乃纵步村径二三里，入一村舍少憩。其家夫妇舂谷。问其姓氏，曰“姓潘”。妇瀹茗以进。闻傍舍啧啧有声，试窥之，乃一无头人织草履，运手快疾。刁大惊愕。潘生曰：“此吾父翁也。宣和庚子岁，遭方贼之乱，斩首而死，手足犹能动，肌体皆温。不忍殓殡，用药傅断处。其后疮愈，别生一窍，欲饮食则啾啾然。徐灌以粥汤，故赖以活。今三十六年，翁已七十矣！”刁亟反僦邸，神志不宁者累日。后每思之，毛发辄悚。

【译文】唐朝时崔广宗被大将军张守珪杀了，依旧没有死，饥渴了就在地上写字。世态人情没有废弃，还生了一个男孩。四五年以后，他忽然在地上写道：“后天我就该死了。”结果真的死了。

监管左财库的官员龙舒曾经说：他的一个亲戚去四川做官，途经湘江、汉水一带。夜晚投宿在一家客栈，忽然看见房内左边床上有一个没有头的人，他以为是碰见鬼了，非常害怕。客栈主人说：“客官不要惊慌，这是一个人。去年他因为得了淋巴腺结核，病势蔓延，一天，他的头突然掉了下来。家里人都以为救不活他了，谁知他竟然没有死。从此以后每当他有所需求，就用手写出来。每天给他灌一些稀饭汤水之类，所以他才活到今天。”主人又接着说：“岳侯军中有一士兵犯了军纪被砍头处死，他的妻子恰巧有了身孕。后来生下一个儿子，身体长得非常壮美，但是头长得非常小，只有拳头大小，眉毛眼睛都如同雕刻绘画的一样细小。从这里可以知道，胎儿在腹中，和父母也能信息相通。

宋高宗绍兴二十五年（1155），忠翊郎刁端礼跟随姓邵的转运使到江西去，经过严州淳安的路上，晚上停船住进旅店。天色还没有完全黑下来，于是刁端礼在村里的小路上走了二三里路，进入一家村舍，准备稍作休息。这家夫妇正在舂谷子。刁端礼询问他们的姓名，回答说“姓潘”。妇人给刁端礼奉上茶水。刁端礼听见旁边的屋子里有声音，就暗中往里偷看，看见一个没有头的人正在编织草鞋，双手动作迅速。刁端礼大吃一惊。姓潘的农夫说：“这是我的父亲。宣和庚子年（1120），碰上方腊造反，被砍头而死，但手和脚不能动弹，身体、皮肤都还是温热的。我们不忍心将他入殓出殡，于是拿药敷在断头的地方。后来创口合愈，另外生长出一个小孔，想要吃饭时就啾啾地叫。我们用稀饭慢慢灌入小孔，因此他才能活下来。到如今已三十六年，父亲已七十岁了！”刁端礼赶紧返回旅店，连续几天都神志不宁。后来每当刁端礼想起这事，都觉得毛骨悚然。

半头

段安节于天复中避乱出京，至商山中逆旅，见一老妇人。无一半头，坐床心缉麻，运手甚熟。其儿妇言：“巢寇入京，为贼所伤，自鼻一半已上并随刃去。有人以药封裹之，手足微动，眷属以米饮灌口中，久而无恙。今已二十余年矣。”

【译文】段安节在唐哀帝天复年间避乱出京，来到商山（今陕西商县东）山中。看见一个老妇人，头只有一半，坐在床中间捻麻绳，手转动得非常熟练。她儿媳妇说："黄巢进入京城，婆婆被贼寇砍伤，从鼻子上半部以上都被刀砍掉了。有人用药把创口包裹了起来，婆婆的手和脚还能轻微活动，亲属把稀饭灌入她的嘴里，过了很久痊愈了。到现在已有二十多年了。"

头断复连

正德时，济下一秀才遭流贼乱，奔避不及被贼砍，觉头落胸间而喉不断，亟以手捧头置之项上，热血凝结，痛极遂死。久之稍苏，卧野田间。寇退，家人求尸舁归，旬日不死，颇能咽汤粥。百日痂脱，视其颈，瘢痕如绠組入腮下。

【译文】明正德时期，济南一个秀才碰上流寇造反，来不及逃跑躲避，被流寇用刀砍中，他只感觉到头掉在胸前而喉咙还没有被砍断，他马上用手捧起头又安放在脖子上，热血凝结，他因太疼痛而死了过去。过了很久，他微微苏醒过来，躲卧在野外田地里。流寇离去，这个秀才的家人找到他的尸体，将他抬回家去，过了十天这个秀才还没死，能略微喝一些米汤。百天后疮痂脱落，看他脖子上的疤痕，如同一条粗绳索纳在两腮下。

勇士庙

汉朱遵仕郡功曹。公孙述僭号，遵拥郡人不伏。述攻之，乃以兵拒，述埋车绊马而战死。光武追赠辅汉将军。吴汉表为置祠。一曰：遵失首，退至此地，绊马讫，以手摸头，始知失首。于是士人感而义之，乃为置祠，号为“健儿庙”。后改“勇士庙”。见《新汉县图记》。

【译文】汉朱遵提任为郡功曹。公孙述自称帝王，朱遵带领郡佐吏们不肯降服于公孙述。公孙述攻打他们，于是朱遵带兵抵抗，不料因自己的战车陷在地下，战马绊倒而阵亡。后来光武帝追赠朱遵为辅汉将军。吴汉（字子颜）上奏请给朱遵设立祠堂祭祀。另一种说法是：朱遵头掉后，撤退到这个地方，马被绊倒，朱遵用手摸头，才知道头掉了。士人们都为朱遵的义举而感动，于是为他设立祠庙，起名为“健儿庙”。后来改为“勇士庙”。这事记载于《新汉县图记》一书中。

无头亦佳

贾雍出界讨贼，为贼斫去头，复上马还营。营中将士争来看，雍从胸中语曰：“诸君视有头佳，无头佳乎？”吏泣曰：“有头佳。’雍曰：“不然，无头亦佳！”言毕而绝。

【译文】贾雍出边界讨伐贼寇，被贼寇砍掉头，又上马返回营地。营地的将士们都争着过来观看贾雍。贾雍从胸中发音说话道：“你们看我有头好，还是没有头好？”士兵们哭泣着说：“有头好看。”贾雍说：“不一定，没有头也好！”说完后就死了。

人 妖

宋卿家九代祖，如小儿，在鸡窠中，不饮不食，不知年岁。

子孙朔望罗拜，垂头下视。太原王仁裕远祖母约二百余岁，形才三四尺，饮啖甚少，往来无迹。唯床头有柳箱，戒子弟勿启。一日，无赖孙醉启之，唯一铁篦。自此竟不回。

池州村祖翁媪二人，各长三尺，绵衾拥体，坐佛龛中。两眼能动，蘸酒口中，亦能舐之。皮皆粘骨，不知年岁。

夏县尉胡项尝至金城县界，止于人家。方具食，见一老母长二尺，来窃食。新妇搏其耳，曳入户。云是七代祖姑，寿三百余矣。苦其窃，常絷槛中，兹偶逸耳。

唐三原县董桥店有孟媪，年百余岁而卒。店人皆呼为“张大夫店”。媪自言：“二十六嫁张詧，詧为郭汾阳所任。詧之貌酷类某。詧卒，吾遂为丈夫衣冠，投名为詧弟，得继事汾阳。寡居十五年，自汾阳薨，吾已年七十二，军中累奏兼御史大夫。忽思茕独，遂嫁此店潘老为夫。迩来复诞二子，曰滔、曰渠。滔五十有五，渠五十有二”云。见《乾撰子》。

【译文】宋卿家里第九代祖父，人如同小孩，住在鸡窝里，不吃不喝，也不知道有多大年纪。他的子孙每月的初一和十五向着鸡窝下拜，低下头来看他。太原王仁裕远代祖母约有二百多岁，身形才有三四尺高，饭吃得非常少，来去没有踪影。只是她床头有一个柳条箱子。她警告孩子们不能打开。一天，她的一个无赖的孙子吃醉酒打开了柳条箱子，见箱子里只有一个铁篦子。自那以后，老祖母再也没有回来。

池州有一个村庄，村人的祖先是一位老公公和一位老婆婆，他们的身材各自都是只有三尺，身穿彩衣，坐在供佛的小龛内。两只眼睛能动，沾酒到口中，舌头也能够舐酒。他们都是皮包着骨头，不知道他们有多大年纪了。

夏县尉胡项曾经到金城县境内，停息在一户人家里。正准备饭菜，看见一老婆婆，身高只有二尺，来偷吃饭菜。儿媳妇抓住她的耳朵，拖进屋里。说这个婆婆是他们第七代祖姑，已有三百多岁的寿命了。苦于她常常偷东西，经常把她拘禁在栅栏里，这次是偶然跑出来的。

唐三原县董桥店有一个姓孟的老婆婆，活了一百多岁才死去。这个地方的人都叫董桥店为"张大夫店"。老婆婆自己说："我二十六岁嫁给张詧，张詧被汾阳王郭子仪任用。张詧的容貌和我的容貌极相似，张詧死了，我就穿戴上我丈夫的衣服和帽子，呈递说是张詧的弟弟，得以继续侍奉郭子仪。寡居十五年。自郭子仪死，我已七十二岁了，军中多次进言让我兼作御史大夫。我突然悲感自己孤独，就嫁给这个店的潘老板作自己的丈夫。近来又生了两个儿子，一个叫潘滔，一个叫潘渠。潘滔现已五十五岁，潘渠也五十二岁了。"这件事记载于《乾撰子》。

谲智部第二十一

子犹曰：人心之智，犹日月之光。粪壤也，而光及焉；曲穴也，而光入焉。智不废谲，而有善有不善，亦宜耳。小人以之机械，君子以之神明。总是心灵，唯人所设，不得谓智偏属君子，而谲偏归小人也。集《谲智第二十一》。

【译文】子犹说：人类心灵的智慧，就像太阳和月亮的光芒一样明亮。就是粪土，光也能照到它；对于弯曲的地穴，光也能射入其中。机智聪慧而不排除使用欺诈的手段，因而，其结果有善意的，也会有恶意的，这也是合乎情理的。小人利用谲智变得狡诈，君子利用谲智则变得更神圣。总之，人的意识和精神，只是因各自的行为而定，不能片面地说聪慧机智应属于君子，欺诈归属于小人。因此，汇集《谲智部第二十一》。

魏武

魏祖少游荡，叔父数言于其父嵩。祖患之，伪败面口偏。叔父见，云“中风”。又告嵩。嵩惊呼曰：“叔父言汝中风，已差乎？”对曰：“初不中风，但失爱于叔父，故见罔耳。”自是叔父所告，嵩皆不信。

魏武常言人欲危己，己辄心动。因语所亲小人曰：“汝怀刃密来我侧。我必说心动，执汝行刑。汝但勿言某使，无他，当厚相报。’此人信之，被执不惧，遂斩之。

啖野葛，及梦中杀人，皆诈也。独此举，三岁小儿恐亦难欺。老瞒所亲，夫岂木偶？必是此老有心，预择一极愚蠢者，谬加亲爱，而借之以实其诈耳。智囊之首、黠贼之魁乎！

【译文】魏武帝曹操年轻时，到处游荡，不务正业，他的叔父多次向曹操的父亲曹嵩谈论这事。曹操讨厌他的叔父总这样，于是，假装成口歪眼斜的样子。他的叔父看见后，说“中风了”。便又去告诉了曹嵩。曹嵩马上赶来，对曹操惊呼道：“你叔父说你中风了，怎么已经好了？”曹操回答：“我刚才并未中风，只是叔父不喜欢我，所以才去说瞎话。”从此，凡是曹操的叔父告诉曹嵩的话，曹嵩全不相信。

曹操经常说，别人想谋害自己的时候，自己的心里马上就会感应到。因此，他对亲近他的仆役说：“你若持刀偷偷地来到我身边，我定会马上说心里已有了感应，就把你抓起来处以死刑。你若不说谁派你来的，就不会有其他问题，我会重重地赏赐你。”此人果然相信了曹操的话，依他说的照办了，被抓起来后，也不害怕，最终被斩首。

吃野葛充饥，和梦中杀人，都是骗人的行为，单就这样的举动，恐怕连三岁的小孩儿也难骗得住。曹操所亲近的仆役，难道是木偶？肯定是曹操有意选择一个极其愚蠢的人，表面上假装亲近和爱护，从而借助这种手段来欺骗他人罢了。的确是智囊中的首位，狡猾阴险的头子啊！

体认天理

《西堂纪闻》：湛甘泉若水，每教人随处体认天理。居乡时，凡山川佳胜、田庄膏腴者，假以建书院、置学田为名，必得之为自殖计，皆资势于当路之门生。乡人常曰："此甘泉随处体认天理也！"

不是随处体认天理，还是随处体认"地理"。

【译文】《西堂纪闻》中记载：湛若水，号甘泉，常常教诲人们要随时随处讲求伦理道德。在乡里居住时，凡是山川名胜、田地肥沃的地方，湛氏都要假借建立书院，购置学田，充作办学经费的名义，而得到地租后，必定据为私有，这一切都是凭借他的那些担任重要官职的门生的权势。乡里人常议论说："这就是湛甘泉所谓的时时处处体认天理，讲求伦理道德啊！"

不是随处讲求天理道德，而是随处讲求"地理"。

《朝野佥载》两孝子事

东海孝子郭纯丧母，每哭，则群乌大集。使检有实，旌表门闾。后讯，乃是每哭即撒饼于地，群乌争来食之。其后数如此，乌闻哭声，莫不竞凑，非有灵也。

田单妙计，可惜小用。然撒饼亦资冥福，称孝可矣。

河东孝子王燧家，猫犬互乳其子。州县上言，遂蒙旌表。乃是猫犬同时产子，取猫儿置犬窠中，取犬子置猫窠内，饮惯其乳，遂以为常耳。

即使非伪，与孝何干？

【译文】江苏东海有个叫郭纯的孝子在母亲去世后，每次痛哭母亲，都有成群的鸟雀聚集到他身边。官方派人调查，确有其事，便对郭氏的孝心给予表彰。后来得知，是因为郭纯每次哭母，就在地上撒饼，大群的鸟雀争着来吃饼，以后总是如此。后来鸟雀听到哭声，没有不竞相凑近哭者，并非孝心感动上天而出现。

类似田单驱牛的妙计，可惜用到小地方了。然而，在地上撒饼，施舍食品，可增加父母在阴间的冥福，也可称得上是孝子。

河东（今山西）有个叫王燧的孝子，家里养的猫和狗互相给对方的小崽哺乳。州县知道了这件事，就在不清楚事实的情况下给予表彰。其实是因为王燧家的猫和狗同时产崽，把猫崽放入了狗窝中，把狗崽放入了猫窝中，狗崽饮惯了猫乳，猫崽吃惯了狗奶，于是，双方便习以为常罢了。

即使不是假象，与孝顺又有何相干呢？

崔、张豪侠

进士崔涯、张祜下第后，游江淮，嗜酒狂吟，以侠相许。崔尝有诗云："太行岭上三尺雪，壮士怀中三尺铁。一朝若遇有心人，出门便与妻儿别。"由是侠名播于人口。一夕，有非常人，装饰甚武，腰剑，手囊贮一物，流血于外，入门曰："此张侠士居耶？"曰："然。"张揖客甚谨。既坐，客曰："有一仇人，十年莫得，今夜获之，喜不可已。"指囊曰："此其首也！"问："有酒否？"张命酒，客饮嚼甚壮，曰："闻公义气，薄有所请，可乎？”张唯唯。客曰：“此去三数里，有一义士，余所深德。君可假十万缗，立欲酬之。若济，则平生恩仇毕矣。此后赴汤蹈火，亦无所惮。”张且不吝，深喜其说，乃筹其缣素中品之物，罄以畀之。客曰：“快哉！死无恨！”乃留囊首而去，期以却回。及期不至，五鼓绝声，东曦既驾，杳无踪迹。张虑囊首彰露，客既不来，将遣家人埋之；开囊，乃豕首也。方悟见欺，迩后豪侠之气顿丧。

按：张祜字承吉，苦吟时，妻孥唤之不应。以责祜，祜曰：“吾方口吻生花，岂惜汝辈？”后知南海罢，但载罗浮石归，不治产。虽一事见欺，不愧豪士矣。

【译文】唐朝的崔涯、张祜参加进士考试落榜后，在江淮一带游历，嗜酒狂吟，以豪侠自诩。崔涯曾吟诗道：“太行岭上三尺雪，壮士怀中三尺铁。一朝若遇有心人，出门便与妻儿别。”从此，崔、张二人的豪侠之名便在人们口中传播开来。一天傍晚，有个不同寻常的人，打扮得非常威武，腰中佩剑，手提一个装着东西的袋子，直往外流血，进门就问：“这是张侠士的家吗？”回答：“正是。”张祜十分谨慎地向客人拱手请进。宾主落座后，客人说：“我有一个仇人，十年来未能找到，今晚终于抓到他，心里真是高兴极了！”又指着袋子说：“这就是仇人的头！“并问张祜：“有酒没有？”张祜命人摆上酒菜，客人吃的形象很壮观，如风卷残云般，客人对张祜说：“听说张公您很讲义气，我现在有一点请求，可以说出来吗？”张祜点头答应。客人说：“离这儿三里多的地方，有一位侠义的壮士，我深受他的恩德。您能借十万缗钱给我，马上去酬谢他吗？如能办成，我这一生的恩仇便全都了结。此后，即使赴汤蹈火，也将无所畏惧。”张祜也不吝啬，非常欣赏客人说的话，于是筹集家中绢帛等值点钱的物品，全部送给客人。客人说："真是痛快，我将死而无憾！"于是留下袋中的人头，匆匆离去，并约定期限返回。但到了期限，客人没有返回，五更的鼓声响过，东方已大亮，仍然杳无音讯。张祜担心袋中的人头被人发现，估计客人不会再来，就想派家人埋掉它。等打开袋子一看，原来是个猪头。这才明白自己被欺骗。从此以后，张祜的豪侠之气顿然丧失。

按：张祜，字承吉，遇到他用心吟诗时，妻子和儿子叫他都不会答应。责怪他时，张祜却说："我刚才口上生花，难道还会痛爱你们？"后来到南海做知县，只带回了一些罗浮石，而没有经营家产。虽然在一件事情上受骗，也不愧为豪侠之士啊！

干红猫

《夷坚支》：临安北门外西巷，有卖熟肉翁孙三者，每出，必戒其妻曰："照管猫儿，都城并无此种，莫使外人闻见；或被窃，绝我命矣！我老无子，此当我子无异也！"日日申言不已。邻里数闻其语，心窃异之，觅一见不得。一日，忽拽索出，到门，妻急抱回。见者皆骇，猫干红深色，尾足毛须尽然，无不叹羡。孙三归，痛箠厥妻。已而浸浸达于内侍之耳，即遣人啖以厚值。孙峻拒。内侍求之甚力，反复数四，竟以钱三百千取去。孙涕泪，复箠其妻，竟日嗟怅。内侍得猫喜极，欲调驯，然后进御。已而色泽渐淡，才及半月，全成白猫。走访孙氏，既徙居矣。盖用染马缨绋之法，积日为伪，前之告戒箠怒，悉奸计也。

【译文】《夷坚支志》中载：临安（今浙江杭州）北门外西边的巷子里，有一个卖熟肉的老人叫孙三。每次出门时，必定要告诫他妻子说："照管好猫儿，全城里都没有这样的品种，不要让外人听说和看见；若是被别人偷去，就是要了我的命！我老来无子，权当它就是我的孩子了！"天天这样不停地告诫。邻居们多次听到他的这些话，私下里心中都觉得奇怪，想找机会看一下，总未能如愿。有一天，他的猫突然拖着绳索跑出来，孙妻急忙出来抱回去。看到的人都感到惊奇，他家的猫全身深红色，尾巴、脚及胡须也全一样，没有不感叹和羡慕的。孙三回来知道后，狠狠地鞭打他的妻子。不久，这消息慢慢地传到一个宫廷太监的耳朵里，就派人出高价钱引诱孙三献出猫。孙三严辞拒绝。那太监非常诚恳地求告孙三，接二连三，反复多次，最终用三十万钱得到了猫。孙三泪流满面，又鞭打他的妻子，终日惆怅不已。太监得猫后非常欢喜，想把猫调教驯养后，进献给皇上。可过了不久，猫的色泽就渐渐变淡了，才半个月的时间，全变成了白色的猫。跑去询问孙三，已经迁居了。原来孙三用的是染马缨绋的方法，长时间做假，而使猫变成红色。由此可以看出：孙三从前告诫并鞭打他的妻子，全是狡猾的计谋。

贷金

《耳谭》：嘉靖间，一士人候选京邸。有官矣，然久客橐空，欲贷千金，为所故游客谈。数日，报命曰："某中贵允尔五百。"士人犹恨少。客曰："凡贷者，例以厚贽先。内相家性，苟得其欢，何不可？"士人拮据凑贷器币，约值百金。为期，入谒其门，堂轩丽巨，苍头庐儿，皆曳绮缟，两壁米袋充栋，皆有"御用"字。久之，主人出。主人横肥，以两童子头抵背而行。享礼微笑，许贷八百。庐儿曰："已晚，须明日。"主人曰："可。"士人既出，喜不自任。客复属耳："当早至，我俟于此。"明日至，寥然空宅，堂下两堆煤土，皆袋所倾。问主宅者，曰："昨有内相赁宅半日，知是谁何？"客亦失迹，方知中诈。

【译文】《耳谭》记载：明世宗嘉靖年间，一个读书人到京师等候选官。后来，虽然有了官职，但因长时间客居在京，带来的钱财已花光，想向人借贷千两银钱，并给有交往的人谈论了这件事。几天后，有人告诉他："某太监答应贷给五百两银子。"那读书人嫌太少了。客人对他说："现在凡是要借钱的人，按惯例都得先送给对方丰厚的礼物，宫内太监就是这习性，假如能讨得对方喜欢，破费点本钱，有什么不可以？"那读书人经济困难，勉强凑了一些礼品和器物，大约价值一百两银子，按期去拜见那太监。到了门口，看见大厅内富丽堂皇，所有老少奴仆，都是穿戴丝绸，两面墙壁边堆满了装米的袋子，袋上都写有"御用"二字。等了很久，主人才出来。主人非常肥胖，靠两童子用头抵着背行走。主人微笑着收下礼物，答应借给八百两银子。家奴说："今天时间已经晚了，等明天来取吧！"主人说："可以。"读书人出来后，高兴不已。客人又嘱咐他说："要早点儿来，我在这里等你。"第二天，读书人一来到，发现整院子空旷寂静，台阶下边有两堆煤土，全是从那些米袋子中倒出来的。读书人向管理宅子的人打听，回答说："昨天有个太监租赁半天宅子，我怎么知道是谁呢？"客人也不见踪影，这时读书人才知道被人欺骗了。

一钱诓百金

《湖海奇闻》：胠箧唯京师为最黠。有盗能以一钱诓百金者，作贵游衣冠，先诣马市，呼卖胡床者，与一钱，戒曰："吾即乘马，尔以胡床侍。"其人许诺。乃谓马主："吾欲市骏马，试可乃已。”马主谨奉羁靮。其人设胡床而上，盗上马疾驰而去。马主追之。盗径扣官店，维马于门，云：“吾某太监家人，欲段匹若干，以马为质，用则奉价。”店睹其良马，不之疑，如数畀之。负而去。俄而马主迹至店，与之争马，成讼。有司不能决，为平分其马价云。

【译文】《湖海奇闻》载：盗窃之人属京城的最为狡猾。有个能用一钱骗来百金的盗贼，外表打扮像一个到处游历的贵族，他首先来到马市，叫来卖胡床的人，给他一钱，并告诫说：“我将骑上马，你用胡床扶我上马。”那人答应了。盗贼又对卖马人说：“我想买匹骏马，试好了以后才能买下。”卖马人谨慎地把马络头和马缰绳给了他，卖胡床的人支起胡床，扶盗贼上了马，盗贼骑上马就迅速离开马市。卖马人紧紧追赶。盗贼直接敲开一家绸缎庄的门，把马拴在门口，对庄主说：“我是某太监的家人，要绸缎若干匹，先用马做抵押，如看中了，就按价送钱来。”庄主仔细看了那匹骏马，没有怀疑他的身份，就把绸缎如数拿给他。盗贼扛上就走。不一会儿，卖马人跟踪到绸缎庄来，和店主争马不休，直闹到官府打官司。官府也无法判决是谁的马，只好让双方平分了马价作罢。

乘驴妇

《耳谭》：有三妇人雇驴骑行，一男子随之。忽少妇欲下驴择便地，呼二妇曰：“缓行俟我。”方其下驴，男子佐之，少妇即与调谑若相悦者。已乘驴，曰：“我心痛，不能急行。”男子既不欲强少妇，追二妇又不可得，乃憩道旁，而不知少妇反走久矣。是日三驴皆失。

【译文】《耳谭》中载：有三个妇人雇了三头驴骑着赶路，驴的主人家有一男子跟着她们同行。忽然，其中一少妇想下驴找地方方便，对另外二妇人打招呼说："你们慢慢走，等着我。"少妇刚要下驴，那男人便去扶她，少妇就向他调情戏谑，装出很喜欢他的样子。少妇再骑上驴时，又说："我心口疼痛，不能走快。"那男子也不想勉强少妇，这时也追不上另外二妇人了，于是坐在路边休息，可不知道少妇已朝相反的方向跑走了很长时间。当天，三头驴全丢失了。

京都道人

北宋时，有道人至京都，称得丹砂之妙，颜如弱冠，自言三百余岁。贵贱咸争慕之，输货求丹、横经请益者，门如市肆。时有朝士数人造其第，饮啜方酣，阍者报曰："郎君从庄上来，欲参觐。"道士作色叱之。坐客或曰："贤郎远来，何妨一见？"道士颦蹙移时，乃曰："但令入来。"俄见一老叟，须发如银，昏耄伛偻，趋前而拜。拜讫，叱入中门，徐谓坐客曰："小儿愚騃，不肯服食丹砂，以至此，都未及百岁，枯槁如斯。常日斥至村墅间耳。"坐客愈更神之。后有人私诘道者亲知，乃云："伛楼者，即其父也。"

【译文】北宋时，有一位道人来到京都汴梁，自称得到了炼制丹砂的妙方。这位道人从长相看有二十岁左右，但他自己说已经三百多岁了。贵族和平民都竞相仰慕他，纷纷送财物以求得他的仙丹，听他讲经和来请教问题的人都来到他的住处，以至门前热闹得像商市一样。一次，有几个朝中的官员来造访道士，饮酒正畅快时，守门人来报告："您儿子从庄上来了，想见您。"道士脸色阴沉，呵退了守门人，不愿见他的儿子。有个在座的客人说："你儿子远道而来，何妨见上一面？"道士皱了皱眉头，过了一会儿才说："且让他进来见见吧。"不一会儿，众人面前出现了一位老人：银白色的胡须和头发，脸上昏暗衰老，还驼着背，慢慢走向前，给大家作揖。拜罢，道人把老人呵入中门，缓缓地对客人说："小儿愚笨呆滞，不肯服用丹砂，还不到百岁，就憔悴到这地步，所以很早以前就把他赶到乡村里去住了！"在座的客人更加以为道士神奇。后来，有人私下追问道士的亲友，回答道："驼背老人就是道士的父亲。"

丹客

客有以丹术行骗局者，假造银器，盛舆从，复典妓为妾，日饮于西湖。鹢首所罗列器皿，望之皆朱提白镪。一富翁见而心艳之，前揖问曰："公何术而富若此？"客曰："丹成，特长物耳！"富翁遂延客并其妾至家，出二千金为母，使炼之。客入铅药，炼十余日，密约一长髯突至，给曰："家罹内艰，盍急往！"客大哭，谓主人曰："事出无奈何，烦主君同余婢守炉，余不日来耳。"客实窃丹去，又嘱妓私与主媾。而不悟也，遂堕计中，与妓绸缪数宵而客至。启炉视之，佯惊曰："败矣！汝侵余妾，丹已坏矣！"主君无以应，复出厚镪酬客。客作怏怏状去。主君犹以得遣为幸。

嘉靖中，松江一监生，博学有口，而酷信丹术。有丹士先以小试取信，乃大出其金，而尽窃之。生惭愤甚，欲广游以冀一遇。忽一日，值于吴之阊门。丹士不俟启齿，即邀饮肆中，殷勤谢过。既而谋曰："吾侪得金，随手费去。今东山一大姓，业有成约，俟吾师来举事。君肯权作吾师，取偿于彼，易易耳！”生急于得金，许之。乃令剪发为头陀，事以师礼。大姓接其谈锋，深相钦服，日与款接，而以丹事委其徒辈，且谓师在，无虑也。一旦，复窃金去，执其师，欲讼之官。生号泣自明，仅而得释。及归，亲知见其发种种，皆讪笑焉。

以金易色，尚未全输，但缠头过费耳。若送却头发，博“师父”一声，尤无谓也。

【译文】有一个用炼丹术行骗的外来人（俗称之为丹客），凭着能制造银器，常常是盛装出访，随从成群，又典买了一个妓女为妾，天天到西湖上饮酒。他乘坐的船里所陈列的银器，看上去全是用优质的白银制成的。一富翁看见后内心羡慕他，上前双手作揖问道：“你用什么法术竟能富到如此地步？”丹客说：“只要炼丹成功，这些东西便用不完！”于是富翁邀请丹客及其妾到家里，拿出两千两银子作原料，让丹客炼丹。丹客把铅放入银子作药饵，炼了十几天后，暗中约了一个留有长胡子的人，突然来找丹客，欺骗说：“你母亲去世，还不赶紧回去？”丹客大哭，对富翁说：“事情实出无奈，麻烦您和我的小妾一起守着炼丹炉，我过几天就回来。”丹客实际是偷丹而去，又嘱咐那妓女私下去勾引那富翁。富翁尚未明白，遂坠入丹客的圈套中，和妓女情意缠绵了几个晚上后，丹客就回来了。打开炼炉一看，装作惊讶的样子说：“失败了！你欺负了我的小妾，丹已炼不成了！”富翁无言以对，又拿出大量白银酬谢丹客。丹客装作不痛快的样子离开了，富翁还为自己得以把丹客平安无事地送走而感到侥幸。

明嘉靖年间，松江南一个监生，博学善辩，却特别相信炼丹术。有一位炼丹的术士，先用小幻术取得监生的信任，于是让监生拿出大量的银子，然后那术士将银子全部偷走。监生既惭愧又愤怒，一气之下，想广游天下，希望找到那术士讨回公道。忽然有一天，正来到吴县（今江苏苏州）的阊门口，恰好遇到那术士。术士不等监生开口，就邀请他进入店铺中饮酒，并向监生谢罪，表示歉意。过了一会儿，术士和监生商量道："我们得了一些银子，随手已经花完了。现在东山有一大户人家，和我们事先约定了，等师父一来就开始炼丹。您愿意暂时冒充我师父，向他们索取报酬吗？很容易的！"监生急于求得银子，挽回损失，便答应了他的要求。于是，那术士叫人给监生剪去头发，装扮成云游僧人，术士便用对待师父的礼节对待监生。那东山大户已被术士的花言巧语所迷惑，深深地表示钦佩，每日殷勤地款待他，又把炼丹的事委托给他的徒弟们，并且认为，师父在此，不用担心上当。一天，那术士偷银子逃跑了，东山大户便把术士的"师父"扭送到官府起诉。监生号咷大哭，说明了自己的身份，才被释放。等回到家乡，亲友们看到他头发短少，都讥笑他。

用金钱换取美色，还不算全输，不过是送给妓女的礼物和过夜费过多罢了！至于让人剪掉头发，博得一声"师父"的尊称，尤其不划算！

《耳谈》二谲僧

有僧异貌，能绝粒，瓢衲之外，丝粟俱无，坐徽商木筏上，旬日不食，不饥。商试之，放其筏中流，又旬日，亦如此。乃相率礼拜，称为"活佛"，竞相供养。曰："无用供养。我某山寺头陀，以大殿毁，欲从檀越乞布施，作无量功德。"因出疏，令各占甲乙毕，仍期某月日入寺相见。及期，众往询，寺绝无此僧；殿即毁，亦无乞施者。方与僧骇之，忽见伽蓝貌酷似僧，怀中有簿，即前疏。众诧神异，喜施千金；恐泄语有损功德，戒勿相传。后乃知始塑像时，因僧异貌，遂肖之，作此伎俩。而不食，乃以干牛肉脔大数珠数十颗，暗噉之。皆奸僧所为。

阌乡一村僧，见田家牛肥硕，日伺牛在野，置盐己首，俾牛舔之，久遂娴习。僧一夕至田家，泣告曰："君牛乃吾父后身。父以梦告我，我欲赎归。"主驱牛出。牛见僧，即舔僧首。主遂以牛与僧。僧归杀牛，丸其肉，置空杖中，又以坐关不食欺人焉。后有孟知县者，询僧便溺，始穷其诈。

【译文】有个和尚面貌生得奇异，能绝食，除了木瓢和一身僧衣之外，一点干粮都没带，坐在一徽州商人的木筏上，十天不见他吃饭，不知饥饿。徽商想考验他，就把木筏放到江中任意飘流，又过了十天，也还是不知饥饿。乡邻们相继来向僧人行礼朝拜，称之为"活佛"，竞相供给食物。僧人却说："不用供养，我是某山上寺院行脚乞食的僧人，因寺中大殿被破坏，想从施主这儿乞求一些财物，为佛界做些功德。"于是拿出化缘簿，请各人登记姓名和认捐数目，并约定某月某日在山中的寺院内会面。到了约定日期，众人前往寺院询访，寺院中却绝对没有这个僧人；大殿即使被破坏了，也没有外出乞求施舍财物的僧人。众人正和寺中僧人感到惊奇时，忽然有人发现寺中的伽蓝神像酷似绝食僧人的面貌，怀中有个书本，就是前些时那僧人拿的化缘簿。众人惊诧神明奇异，高兴地向寺院捐钱千金；众人还怕泄露出去有损此生功德，互相告诫不要相传。后来才知道，当时塑像时，因见那僧人相貌奇特，就模仿了他的长相，而耍了如此的伎俩。他不吃食物，原来是用干牛肉切成几十颗像大念珠一样的球状，暗中吃掉。这全是奸邪的僧人们所干的勾当。

从前阌乡（今并入河南灵宝县）有一村僧，看见一个农民家的牛又肥又大，就天天在田野里观察那头牛，并在自己头上放些盐，让牛伸出舌头去舔盐吃，日子久了，就变成牛娴熟的习惯动作。一天晚上，村僧来到牛的主人家，哭诉道："你们家的牛是我父亲的转世之身，父亲托梦告诉我这件事，我想赎回他。"那农民把牛牵出来，牛看见僧人，就舔僧人的头，农民便把牛施舍给了僧人。僧人回去就杀了牛，把牛肉做成丸子，放在中间空的禅杖中，又用坐关绝食的把戏欺骗众人。后来有一位姓孟的知县，询问僧人每天的大小便情况，这才弄清了他行骗的勾当。

吞舍利

《广记》：唐洛中顷年有僧持数粒所谓"舍利"者，贮于琉璃器中，昼夜香火，檀越之礼日无虚焉。有贫士子无赖，因诣僧，请观舍利。僧出瓶授与，遽取吞之。僧惶骇无措，复虑外闻之。士子曰："与我钱，当服药出之耳。"赠二百缗，乃服巴豆泻下。僧欢然濯而收之。

【译文】《太平广记》中载：唐朝洛阳城中长年有个僧人拿着几粒所谓"舍利"，贮存在玻璃瓶中，昼夜点燃香火，来这儿参拜行礼的施主从未间断过。有一个贫穷读书人家的孩子，是个无赖之徒，借机来到僧人的住处，要求观看舍利。僧人取出瓶给他看，那无赖突然把舍利倒出来吞入腹中。僧人惊惶失措，又担心外边人听说了这件事。那无赖说："给我钱，我便服药让舍利出来。"僧人送给他二百钱，他就服了巴豆泻下舍利。僧人高兴地把舍利洗净，又收藏起来。

易术

凡幻戏之术，多系伪妄。金陵人有卖药者，车载大士像。问病，将药从大士手中过，有留于手不下者，则许人服之，日获千钱。有少年子从旁观，欲得其术，俟人散后，邀饮酒家。不付酒钱，饮毕竟出，酒家如不见也。如是三。卖药人叩其法，曰："此小术耳，君许相易，幸甚。"卖药曰："我无他。大士手是磁石，药有铁屑，则粘矣。"少年曰："我更无他。不过先以钱付酒家，约客到，绝不相问耳。"彼此大笑而罢。

【译文】凡是用幻术迷惑人的，多是虚假和荒诞的。金陵（今江苏南京）城里有个卖药的人，用车拉着一尊观音菩萨像。问过病情后，把药拿起从菩萨手中滑过，凡是药留在菩萨手中不掉下的，就允许人服这药，每日能得千钱。有个少年男子在一旁观看，很想得到其中妙机。等看病的人散开后，就邀请卖药人到店里同饮。卖药人见他不付酒钱，饮罢就走，酒家就好像没有看见一样。如此这样一连三次，饮酒不付钱就走。卖药人就询问其中法术。少年回答："这不过是小小的手段而已。您要答应相互交换法术，我将很幸运。"卖药人说："我这一手没有什么奥妙，菩萨的手是磁石做的，药中含有铁粉，就粘到一起了。"少年说："我更没有什么奥秘，只不过是先把钱付给酒家，约定我请客人到这里饮酒，他们绝对不过问就是了。"彼此相对大笑而散。

巫

夏山为巫，自谓灵异。范汝舆戏曰："明日吾握糖饵，令汝商之。言而中，人益信汝。”巫唯唯。及明降神，观者如堵。范握狗矢问之。巫曰：“此糖饵耳。”范佯拜曰：“真神明也！”即令食之。巫恐事泄，忍秽立尽。

【译文】夏山是个巫师，自称异常灵验。范汝舆戏弄他说：“明天我手握糖糕，叫你猜。如言中了，人们将会更加相信你。”巫师恭顺地答应了。等到第二天，巫师当众降神时，观看的人围得水泄不通。范汝舆手握狗屎，让巫师猜。巫师答：“是糖糕。”范汝舆假装拜谢说：“真是神明啊！”就叫他吃掉狗屎。巫师害怕泄露天机，强忍污秽，立即吃了下去。

女巫

京师闾阎多信女巫。有武人陈五者，厌其家崇信之笃，莫能治。一日含青李于腮，绐家人疮肿痛甚，不食而卧者竟日。其妻忧甚，召女巫治之。巫降，谓五所患是名疔疮，以其素不敬神，神不与救。家人罗拜恳祈，然后许之。五佯作呻吟甚急，语家人云：“必得神师入视救我可也。”巫入按视，五乃从容吐青李视之，捽巫批其颊，而叱之门外。自此家人无信崇者。

以舍利取人，即有借舍利以取之者。以幻术愚人，即有托幻术以愚之者。以神道困人，即有诡神道以困之者。“无奸不破，无伪不穷”，信哉！

【译文】京城里巷的人们大多相信女巫的法术。有个叫陈五的军人，讨厌自己家人太过崇拜相信女巫了，无法阻止。一天，陈五有意口含青李在腮帮里，欺骗家人说口里生了疮，肿痛得厉害，整天卧床不吃饭。他的妻子十分忧虑，请来女巫给丈夫治病。女巫降神，说陈五患的是疔疮，因他平时不敬神，神不愿救他。家人全跪下恳求，女巫才答应给治病。陈五装作呻吟很厉害的样子，对家人说："一定得让巫师进来诊视救我才行！"巫师入内细加察看。陈五就从容地吐出青李让她看，揪住巫师，打了几个耳光，并呵出门外。从此，家中再也没有信奉崇拜女巫的人了。

有用舍利向人索取财物的僧人，就会有借僧人的舍利而向僧人索取财物的人；有用幻术愚弄别人的人，就会有假托他的幻术而反过来愚弄他的人；有用神道来迷惑人的巫师，就会有用反神道的方法来困惑巫师的人。真可谓："没有不被破除的狡诈，没有不暴露真相的虚假！"千真万确啊！

黄铁脚

黄铁脚，穿窬之雄也。邻有酒肆，黄往贳，肆吝与。黄戏曰："必窃若壶，他肆易饮。"是夕肆主挈壶置卧榻前几上，户甚固，遂安寝。比晓失壶，视鐍如故，亟从他肆物色，壶果在。问所得，曰："黄某。"主诣黄问故，黄用一小竿窍其中，俾通气，以猪溺囊系竿端，从霤引竿，纳囊于壶，乃嘘气胀囊，举而升之，故得壶也。

【译文】黄铁脚是一个手段高超的窃贼，邻居家开了一个酒铺，黄铁脚去那儿赊账，掌柜吝啬，不想赊。黄铁脚就开玩笑说："一定要偷走你的酒壶，把它拿到别的酒铺里换酒喝。"当天晚上，酒铺掌柜把酒壶放到床前的案桌上，门户锁得非常紧，然后才安心地去睡觉。到了天亮，发现酒壶没有了，看看门锁，还和原来一样没动，急忙到别的酒铺里去寻找，他的酒壶果然在那里。询问酒壶从何来，回答说："黄某给的。"酒铺掌柜又去问黄铁脚其中缘故，黄说他用一根中间钻通的小竹竿，让它两头通气，再把猪尿泡绑在竿头上，从窗把竿伸进去，把猪尿泡装入酒壶中，又呼气使猪尿泡澎胀，举竿把壶吊起来，从而得到酒壶。

窃磬

乡一老媪向诵经，有古铜磬，一贼以石块作包，负之至媪门外。人问何物，曰："铜磬，将鬻耳。"入门见无人，弃石于地，负磬反向门内曰："欲买磬乎？"曰："家自有。"贼包磬复负而出，内外皆不觉。

【译文】乡里有位老妇人，一向诵读经书，家中有一个古铜磬。一个小偷把石头装到一个包裹里，背到老妇人的大门外边。人问包裹中是何物，答道："是铜磬，想卖掉。"进门看家中无人，就把石头扔到地上，背走了磬，反向大门里边吆喝："想买磬吗？"有人回答："自己家里有。"贼把磬包起来又背着出来，大门内外的人都没察觉到。

伪跛伪躄

阊门有匠凿金于肆。忽一士人巾服甚伟，跛曳而来，自语曰："暴令以小过毒挞我，我必报之！"因袖出一大膏药，熏于炉次，若将以治疮者。俟其熔化，急糊匠面孔。匠畏热，援以手。其人已持金奔去。又一家，门集米袋。忽有躄者垂腹甚大，盘旋其足而来，坐米袋上。众所共观，不知何由。匿米一袋于胯下，复盘旋而去。后失米，始知之。盖其腹衬塞而成，而躄亦伪也。

【译文】巷子里有工匠正在加工金器。突然，有一个男子拖着瘸腿走来，他外表装扮得非常魁伟，在店里自言自语道："粗暴的县令因为小小的过错就狠狠地毒打我，我一定要报复他！"并顺手从袖子里拿出一大帖膏药，在炉旁熏烤，好像要用来治自己的伤口。等到膏药化软，迅速糊向工匠的面孔。工匠怕热，伸手去摸脸，那男子却已拿着金子跑掉了。又有一家，门口堆满了装着米的袋子。忽然有一瘸子腆着大肚子，拖拉着瘸脚向这边走来，坐在米袋上。众人都在一旁观看，不知其中缘由。那人把一袋米藏于胯下，又拖拉着腿走了。后来发现一袋米丢了，才知道是被那人偷走了。原来他的大肚子是用布填塞起来的，并且瘸腿也是假的。

何大复《躄盗篇》

有躄盗者，一足躄，善穿窬。尝夜从二盗入巨姓家，登屋翻瓦，使二盗以绳下之。搜资入之柜，命二盗系上。已复下其柜，入资上之，如是者三矣。躄盗自度曰："柜上，彼无置我去乎？"遂自入坐柜中。二盗系上之，果私语曰："资重矣！彼出必多取，不如弃去！"遂持柜行大野中。一人曰："躄盗称善偷，乃为我二人卖！"一人曰："此时将见主人翁矣！"相与大笑欢喜，不知躄盗乃在柜中。顷二盗倦坐道上，躄盗度将曙，又闻远舍有人语笑，从柜出，大声曰："盗劫我！"二盗惶讶遁去。躄盗顾乃得金资归。

【译文】有一瘸盗贼，虽一只脚跛，却善于穿壁越墙。有一天夜里，曾跟随两个盗贼进入一大户人家，他先登上屋顶，揭开房瓦，让两个盗贼用绳子把他放下去。搜出来的钱财全放入柜子中，命令二盗贼用绳子吊上去。然后又把柜子放下去，装入钱财再拉上来，如此多次。瘸盗贼自己心里琢磨："柜子吊上去后，他们不会丢下我逃跑吧？"于是自己坐入柜子中。二盗贼把装着瘸盗的柜子吊上来，果然窃窃私语道："钱财已经够多了，他出来后肯定要多分，不如丢下他！"二人便带着柜子向野地里走去。其中一盗贼说："那瘸子自称善于偷盗，却被我们二人出卖了！"另一盗贼说："这时只怕他已见到那家主人了！"二人相视大笑，十分快活得意。不知道那瘸盗就在柜子中。过了一会儿，二盗贼疲倦了，坐在路旁休息。瘸盗估计天快亮了，又听到远处村舍里有说笑声，就从柜子里出来，大声叫道："有盗贼抢劫我！"二盗贼吓得失魂落魄，匆忙逃走。瘸盗反而独得了偷来的全部钱财，满载而归。

智妇

《耳谭》：某家娶妇之夕，有贼来穴壁，已入，会其地有大木，贼触木倒，破头死。烛之，乃所识邻人。仓惶间恐反饵祸。新妇曰："无妨。"令空一箱，纳贼尸于内，舁至贼家门首，剥啄数下。贼妇开门见箱，谓是夫所盗，即举至内。数日，夫不返，发视，乃是夫尸；莫知谁杀，亦不敢言，以瘗之。

【译文】《耳谭》中载：某人家娶新媳妇的晚上，就有贼穿墙来偷盗，进入屋内，正好地上竖立一根大圆木，贼把圆木撞倒，头破血流而死。用蜡烛一照，认出是邻居家里的人，一时惊惶，恐怕被邻居家反咬一口，吃了官司。新媳妇说："不要紧。"遂叫人腾空一口箱子，把盗贼的尸体装进去，抬到盗贼家门口，敲几下门就走了。盗贼的妻子打开门看见箱子，以为是丈夫偷来的，就搬进家里。几天后，盗贼一直未回家，其妻子打开箱子一看，却是丈夫的尸体，不知道是谁所杀，也不敢张扬，只好埋葬了事。

诘盗智

胡汲仲在宁海日，偶出行，有群妪聚庵诵经。一妪以失衣来诉。汲仲命以牟麦置群妪掌中，令合掌，绕佛诵经如故。汲仲闭目端坐，且曰："吾令神督之。若是盗衣者，行数周，麦当芽。"中一妪屡开视其掌，遂命缚之，果盗衣者。

以其惑佛，因而惑之。

刘宰之令泰兴也，富室亡金钗，唯二仆妇在。置之有司，咸以为冤。命各持一芦，曰："非盗钗者，当自若。果盗，则长于今二寸。"明旦视之，一自若，一去其芦二寸矣。讯之，具状。

陈述古知蒲城县，有失物，莫知为盗，乃绐曰："其庙有钟能辨盗，为盗者，摸之则有声。"阴使人以墨涂而帷焉。令囚入帷摸之，唯一囚无墨，执之果盗。

【译文】元朝胡汲仲在宁海做官时，一天偶然外出行走，发现一群妇女聚集在小寺庙里诵读佛经。其中一妇女因丢了衣服来向他告状，胡便命人把同样数量的麦子放到在场的每个妇女手中，叫她们握掌，依旧围绕着佛像诵读佛经。胡汲仲闭目端坐在旁边，并告诉她们说："我叫神来监督你们，如果是偷衣服的人，走几圈后，手中的麦子就会发芽。"其中一妇女多次打开手掌看麦子，胡汲仲就命人把她抓起来，果然是偷衣服的人。

因偷衣服的人欺骗神佛，所以利用这一点反过来迷惑她。

刘宰在泰兴做县令时，有一户富裕人家丢了金钗。当时只有两个女仆在家中，于是把这两个女仆送到县衙，可她们都认为自己冤枉。刘宰就命二人各拿一根芦苇，说："如果不是偷金钗的人，她的芦苇应当和现在的一样长；是偷金钗的人，她的芦苇就会比现在的长二寸。"第二天早上一看，一根和原来的一样长，另一根则被去掉二寸长。审讯后者，全都供了出来。

宋朝陈述古（襄）在陕西蒲城做知县时，有人丢了东西却找不到偷窃的人。陈述古就谎称："寺庙里有口大钟，能辨别出是否为盗贼，偷盗的人，一摸那钟就会有声响。"陈又派人私下里预先用墨斗把钟涂黑，并把钟围在帐幕中。命令所有嫌疑犯进入幕帐中摸钟，其中有一人手上没有墨，拘捕起来审讯，果真是盗贼。

海刚峰

有御史怒某县令。县令密使嬖儿侍御史，御史昵之，遂窃其符，逾墙走。明晨起视篆，篆箧已空，心疑县令为，而不敢发，而称疾不视事。海忠肃时为教谕，往候御史。御史闻海有吏才，密诉之。海教御史夜半于厨中发火。火光烛天，郡属赴救。御史持篆箧授县尹，他官各有所护。及火灭，县令上篆箧，则符在矣。

【译文】有位御史大人生某县令的气。县令害怕，暗中派他的宠童去侍奉那位御史。御史很喜欢县令的宠童，宠童便乘机偷了御史的官印，翻墙逃走。第二天早晨御史起来取印时，印盒已空，心里怀疑是县令干的事，却又不敢说出去，只好称病而不升堂办公。海瑞（谥忠肃）当时做教谕，前往问候御史。御史听说海瑞有做官的才干，就把丢失官印的事悄悄告诉了他。海瑞教御史半夜时在厨房里放火。火光冲天，县中官员都赶来救火。御史手持空印盒递给那县令看护，其他官吏也各保护一方。等火灭时，县令向御史递上印盒，官印已放回其中。

黠竖子

西邻母有好李，苦窥园者，设井墙下，置粪秽其中。黠竖子呼类窃李，登垣，陷井间，秽及其衣领，犹仰首于其曹："来来！此有佳李！"其一人复坠。方发口，黠竖子遽掩其两唇，呼"来来"不已。俄一人又坠。二子相与诟病。黠竖子曰："假令二子者有一人不坠井中，其笑我终无已时！"

小人拖人下浑水，使开口不得，皆用此术。

【译文】西邻的老妇人有一座好李子园，常苦于有人进园偷李子，就在园墙下挖了井，里边放入粪便污物。有一个狡猾的小子呼唤同伙来偷李子，他翻上园墙，跌入下边的井中，污物没过了他的脖子和衣领，他还仰着头对他的同伙大喊："来来，这里有好李子！"又有一人落下。刚想张口喊叫，那无赖小子立即捂上他的双唇，仍"来来"叫个不停，不一会儿又掉下一个。后二人相互指责对方。无赖小子说："假如你二人中有一个没有落入井中，他就会没完没了地嘲笑我！”

小人拖别人落入浑水，令人无法开口指责，都是用这种手段。

日 者

赵王李德诚镇江西。有日者，自称“世人贵贱，一见辄分”。王使女妓数人，与其妻滕国君同妆梳服饰，偕立庭中，请辨良贱。客俯躬而进曰：“国君头上有黄云。”群妓不觉皆仰首。日者曰：“此是国君也！”王悦而遣之。

【译文】南唐赵王李德诚镇守江西时，有一个算命的人，自称“世人贵贱，一看就能分清”。赵王派几名歌妓，和他的夫人滕国君同样的梳妆打扮，一起站到院中间，请算命人辨别贵贱。算命人便弯腰行礼说：“国君头上有黄云。”众歌妓都不自觉地抬头看国君。算命人便说：“这就是国君！”赵王高兴地送走了算命人。

孙兴公嫁女

王文度（坦之）弟阿智（处之）恶乃不翅，年长失婚。孙兴公绰有女，亦僻错无嫁娶理，因诣文度，求见阿智。既见，便扬言：“此定可，殊不如人所传，哪得至今未有婚处！我有一女，乃不恶，欲令阿智娶之。”文度忻然以启蓝田述。蓝田惊异。既成婚，女之顽嚚乃过于婿，方知兴公之诈。

阿智得归，孙女得夫，大方便，大功德，何言诈乎？

【译文】晋朝王坦之，字文度，有个弟弟名虔之，小名阿智，性情愚呆顽劣，所以年龄已大，尚未婚娶。孙绰字兴公，有个女儿，也因性情乖僻愚呆，没有出嫁。因此，孙兴公赶到文度家，要求看看文度之弟阿智。一看见阿智，孙兴公就高声说道："这样子可以啊，根本不像人们传说的那样，哪至于到现在还未成家！我有个女儿，还算不错，想叫阿智娶她。"王文度欣然地把此事告诉了父亲王述，王述也感到惊奇。等二人结婚后，孙兴公女儿的愚悍和顽劣的脾性远远地超过她夫婿，王家才知道孙兴公是欺骗他们。

阿智得到媳妇，孙兴公的女儿得到丈夫，大有便利，大有功德，怎么能说是孙兴公欺骗了王家呢？

匿年

凌景阳与京师豪族孙氏成姻，嫌年齿，自匿五岁。既交礼，乃知其妻匿十岁。王素作谏官，景阳方馆职，坐娶富民女论罢。上知景阳匿年以欺女氏，素因奏孙氏所匿，上大笑。

【译文】凌景阳和京城里一个豪富大家的女儿孙氏定亲，由于怕自己年龄大，便隐瞒了五岁，等到结婚典礼以后，才知道他的妻子隐瞒了十岁。当时王素做谏官，凌景阳刚在翰林院任职，就因娶富户女获罪而免职。皇上知道凌景阳隐瞒年龄来欺骗孙氏，王素又乘机禀报孙氏也隐瞒了十岁，皇上大笑。

节日门状

刘贡父为馆职。节日，同舍遣人以书筒盛门状，遍散人家。刘知之，乃呼所遣人坐于别室，犒以酒肴，因取书筒视之，凡与己一面之旧者，尽易以己门状。其人既饮食，再三致谢，遍走巷陌，实为刘投刺，而主人之刺遂已。

【译文】宋朝刘贡父（攽）在翰林院任职。一次过节时，同事中一官员派人用信封装着名帖到各处人家散发贺节。刘攽知道后，就把那送信人请到别的屋子里，用美酒佳肴款待，刘乘机取出信封中的名帖查看，凡是与自己有一面之交者，全换成自己的名帖发出去。送信人吃饱喝足后，再三致谢，继续走遍了大街小巷，实际上是在给刘攽投递名帖，而自己主人的名帖却未发出去。

智胜力

王卞于军中置宴，一角抵夫甚魁岸，负大力。诸健卒与较，悉不敌。坐间一秀才自言能胜之，乃以左指略展，魁岸者辄倒。卞以为神，叩其故。秀才云："此人怕酱，预得之同伴。先入厨，求得少许酱，彼见辄倒耳。"

【译文】王卞在军营中摆宴席，席间有一个善摔跤的男子，十分魁伟高大，自称大力士，几个强健的士兵和他较量，都不是对手。同座的一位秀才说自己能战胜摔跤人，于是把左手的指头稍微伸开，高大的摔跤人突然倒下了。王卞以为秀才很神奇，就追问其缘故。秀才说："此人怕酱，事先从他的同伴口中得知这一点，我就提前进入厨房，要来少许酱，他一看见就倒下了。"

术制继母

王阳明年十二，继母待之不慈。父官京师。公度不能免，以母信佛，乃夜潜起，列五托子于室门。母晨兴，见而心悸。他日复如之，母愈骇，然犹不悛也。公乃于郊外访射鸟者，得一异形鸟，生置母衾内。母整衾，见怪鸟飞去，大惧，召巫媪问之。公怀金赂媪，诈言："王状元前室责母虐其遗婴，今诉于天，遣阴兵收汝魂魄。衾中之鸟是也。"后母大恸，叩头谢不敢，公亦泣拜良久。巫故作恨恨，乃蹶然苏。自是母性骤变。

【译文】王阳明（守仁）十二岁时，继母待他很不慈爱。王父在京城做官。王阳明估计不能逃脱继母的虐待，因继母信奉佛教，于是夜里偷偷起床，在继母门口摆了五只死老鼠。继母早上起来看见后，心里很害怕。此后天天如此，继母越来越害怕，但仍不肯悔改。王阳明就去郊外走访射鸟的人，求得一只奇形怪状的鸟，把活鸟放入继母的被子里。继母整理被子时，看见怪鸟从被子中飞出来，非常害怕，便招来巫婆求问这件事。王阳明预先给了巫婆一些钱，于是巫婆欺骗继母说："王状元前妻指责你虐待她遗下的孩子，现如今向老天告状，上天派阴兵来收你的魂灵了，被子里的怪鸟就是你的魂灵。"继母悲恸不已，叩头谢罪说再也不敢了，王阳明也流着泪在一旁默拜了好长时间。巫婆故意装作愤愤不平的样子，突然苏醒过来。从此，继母性情有了很大变化。

制妒妇

《艺文类聚》：京邑士人妇大妒，尝以长绳系夫脚，唤便牵绳。士密与巫妪谋，因妇眠，士以绳系羊，缘墙走避。妇觉，牵绳而羊至，大惊，召问巫。巫曰："先人怪娘积恶，故郎君变羊。能悔，可祈请。"妇因抱羊痛哭悔誓。巫乃令七日斋，举家大小悉诣神前祷祝。士徐徐还，妇见泣曰："多日作羊，不辛苦耶？"士曰："犹忆啖草不美，时作腹痛。"妇愈悲哀。后略复妒，士即伏地作羊鸣。妇惊起，永谢不敢。

【译文】唐《艺文类聚》中记载：京城里有个读书人的妻子忌妒心很强，曾用一根长绳子绑在她丈夫的脚上，喊叫丈夫她就拉动长绳。读书人私下与巫婆合计，乘他妻子睡熟时，他用那根绳拴上一只羊，然后自己沿着墙根逃避开。他妻子醒后一拉绳，却走来一只羊，非常吃惊。叫来巫婆询问，巫婆说："先人责怪你积恶太多，所以让你丈夫变成一只羊。你要能悔改，还可以祈求神改变主意。"听罢此言，读书人的妻子便抱着那只羊痛哭一场，并发誓悔改。巫婆就令她吃素七天，全家大小都到神像前祷告，祈求神灵保佑。读书人慢慢地走回来，妻子看见他，哭着问："多日作羊，不辛苦吗？"丈夫说："还记得吃草滋味不美，经常腹痛发作。"妻子更加伤心。以后，她稍有忌妒发作，丈夫就爬在地上学羊叫。妻子便会惊醒，并谢罪说永不再犯。

制使酒

朱匡业为宣州刺史，好酒凌人，性复威厉，饮后恣意斩决，无复谏者。唯其妻钟氏能制之，褰帏一呼，慑慄而止。张易领通倅之职，至府数日，匡业为易启宴。酒未三爵，易乘宿醒，掷觥排席，诟骧蜂起。匡业怡声屏障间，谓左右曰："张公使酒，未可当也！"命扶易而去出。此后匡业无复使酒焉。

【译文】朱业做宣州刺史时，好酒后欺负人，性情十分严厉，饮酒后随意斩杀犯人，没有人敢来规劝。只有他的夫人钟氏能制服他，揭开帷幕一叫他，他马上恐惧得浑身发抖，停止酒性发作。张易到宣州担任通判职务，到州府数天后，朱业给张易设宴。酒没喝过三杯，张易就趁着宿醉未醒的兴致，扔掉酒杯，推翻酒席，辱骂吵闹声骤起。朱业在屏障内语气和悦，对左右说："张公使酒性发酒风，势不可挡！"于是命人把张易搀扶走了。从此后，朱业再不借酒使性子了。

敖上舍

韩侂胄既逐赵汝愚至死，太学生敖陶孙赋诗于三元楼壁吊之。方纵笔，饮未一二行，壁已舁去矣。敖知必为韩所廉，急更衣，持酒具下楼。正逢捕者，问："敖上舍在否？"对曰："方酣饮。"亟亡命走闽。韩败，乃登第一。

【译文】宋丞相赵汝愚被韩侂胄诬陷致死后，太学生敖陶孙在三元楼上的木板墙上题诗悼念赵汝愚。刚写完搁笔，才喝了一两杯酒，题诗的一块木板墙已被人抬走了。敖陶孙知道肯定是被韩侂胄所查觉，便急忙更换衣服，化妆成跑堂的，手拿给客人送酒菜的器具下楼。正好迎面碰上追捕的人，他们问敖："敖上舍在不在楼上？"敖答道："正在楼上大喝呢！"他离开酒楼后，赶紧逃命到福建。韩侂胄倒台后，敖陶孙在宋宁宗庆元年间参加进士考试，中了状元。

科试郊饯

科试故事，邑侯有郊饯。酒酸甚，众哗席上。张幼于令勿喧，保为易之。因索大觥满引为寿。侯不知其异也，既饮，不觉攒眉怒惩吏，易以醇。

【译文】明朝时，科举考试的旧例，考生出发前，县令要在郊外设宴饯行。某次酒很酸，席上众人哗然。张幼于（献翼）叫大家不要喧哗，保证给大家更换酒。于是他取一把大酒觥，斟满酸酒为县令祝寿。县令尚不知道酒发酸，接过去就一饮而进，不自觉地皱起眉头，狠狠惩罚了差役，用甘美的酒换下了带酸味的酒。

金还酒债

荆公素喜俞清老。一日谓荆公曰："吾欲为浮屠，苦无钱买祠部牒耳。"荆公欣然为具僧资，约日祝发。过期寂然，公问故。清老徐曰："吾思僧亦不易为，祠部牒金，且送酒家还债。"公大笑。

肯出钱与买僧牒，何不肯偿酒债？清老似多说一谎。

【译文】王安石一向喜欢俞清老（澹）。有一天，俞清老对王安石说："我想当和尚，苦于无钱向主管僧道的祠部支购买僧人度牒。"王安石很高兴地为他准备了当和尚的所需费用，约定日期为他举行削发为僧的仪式。可是，过了期限也不见清老有动静，王安石便询问他原因。清老慢慢地说："我思量当和尚也不是件容易的事，便把筹集到买祠部牒文的钱，暂且送到酒家还债了！"王安石不禁大笑。

既然愿意出钱给清老买祠部牒文，怎么会不愿意替清老还酒债呢？清老的撒谎似乎有些多余！

下马常例

宋时有世赏官王氏，任浙西一监。初莅任日，吏民献钱物几数百千，仍白曰“下马常例”。王公见之，以为污己，便欲作状，并物申解上司。吏辈祈请再四，乃令取一柜，以物悉纳其中，对众封缄，置于厅治，戒曰：“有一小犯，即发！”由是吏民惊惧，课息俱备。比终任荣归，登舟之次，吏白厅柜。公曰：“寻常既有此例，须有文牒。”吏赍案至，俾舁柜于舟，载之而去。

不矫不贪，人己两利，是大有作用人，不止巧宦已也。

【译文】宋朝时，有一个因祖先是功臣而被赏给官职的王某，被任命为浙西一个地方的通判。王某初上任时，属吏和百姓奉献给他的礼物几乎达数十万钱，还解释道：“这是新上任官员的常例。”王某见了这些，以为有辱于自己的名声，就想撰写一份报告，连带这些钱物交出，以便向上司申明。送礼的属吏们再三祈求，王某无奈，就命人取来一个柜子，把收到的钱物全装进去，当众上了封条，放在办公的地方，并警告说：“若再有一人稍微触犯规定，就马上告知上司！”从此，属吏和百姓感到害怕，课税的收缴都及时完备，不敢怠慢。等到王某任满退职回家时，登上船后，属吏们提到当初那个柜子。王某说：“平时既然有此常规，就必须有文书记载。”官吏们便把文书取来让他看，王某便让人把柜子抬到船上，带着离开了。

不矫正下官之错，也显不出自己贪赃，人己两便利，这才是大有作为的人物，不只是一个乖巧伪诈的官吏罢了。

月儿高

袁凯忤太祖，诡得风疾。上每念曰："东海走却大鳗鱼，何处寻得？"遣使拜为本郡学博。凯瞠目熟视使者，唱《月儿高》一曲。使者还奏，乃置之。

【译文】御史袁凯触犯了明太祖朱元璋之后，谎称得了风疾，辞官回归故里。明太祖每次想起这件事，总说："东海的大鳗鱼走掉了，去什么地方能找到呢？"派使臣任命袁凯为本郡儒学的一名教官。袁凯瞪大眼睛仔细看着使者，唱了一首《月儿高》，不表示是否愿任职。使臣回来后把这情形奏明太祖，于是明太祖也就不再勉强他做官了。

偎弄部第二十二

子犹曰：古云“稚子弄影，不知为影所弄”。然则弄人即自弄耳。虽然，不自弄，将不为造化小儿弄耶？傀儡场中，大家搬演将去，得开口处便落便宜，谓之“弄人”可，谓之“自弄”可，谓之“造化弄我”“我弄造化”，俱无不可。集《偎弄第二十二》。

【译文】子犹说：古人曾说：“幼儿戏弄影子，不知自己反被影子所戏弄。”然而作弄别人就是作弄自己。诚然，没有作弄自己，难道不被命运之神所作弄吗？在受人操纵、徒有虚名的人生舞台上，大家各自扮演着自己的角色，能够张口说话的时候，就落个便宜。称之为“戏弄别人”可以，称之为“被人戏弄”可以，称之为“命运戏弄我，我戏弄命运”，都没有什么不可以。汇集《偎弄部第二十二》。

石动筩

北齐高祖尝宴近臣为乐。高祖曰：“我与汝等作谜，可共射之：卒律葛答。”诸人皆射不得，或云是子箭。高祖曰：“非也。”石动筩云：“臣已射得。”高祖曰：“是何物？”动筩对曰：

"是煎饼。"高祖笑曰:"动筩射着是也。"高祖又曰:"汝等诸人为我作一谜,我为汝射之。"诸人来作。动筩为谜,复云:"卒律葛答。"高祖射不得,问曰:"此是何物?"答曰:"是煎饼也。"高祖曰:"我始作之,何因更作?"动筩曰:"乘大家热铛子头,更作一个。"高祖大笑。

高祖称郭璞诗绝佳。石动筩曰:"臣诗胜郭一倍。"上大不怡,诘之曰:"哪见胜处?"动筩曰:"读《游仙诗》云:'青溪千余仞,中有一道士。'臣则曰:'青溪二千仞,中有两道士。'不胜一倍乎?"上大笑。

【译文】北齐神武帝高欢,曾经宴请自己的亲信、宠臣在一起玩乐。高欢说:"我给你们出个谜语,你们可以一起来猜,谜面是:卒律葛答。"众人都猜不出来,有人说是子箭。高欢说:"不是。"石动筩说:"为臣已经猜出来了。"高欢说:"是什么东西?"动筩回答说:"是煎饼。"高欢笑着说:"动筩猜对了。"高欢又说:"你们每个人给我出一个谜语,我来猜猜。"众人都出了一个谜。轮到动筩时,他重复说:"卒律葛答。"高欢猜不出来,就问:"这是什么东西?"动筩回答说:"也是煎饼。"高欢说:"我开始已经说过,为何你又重复出?"动筩说:"乘着大家的鏊子热在兴头上,可以再作一个煎饼。"高欢大笑。

高欢称赞晋朝郭璞的诗是绝代佳作。石动筩说:"为臣的诗超过郭璞的诗一倍。"高欢听后,十分不愉快,追问道:"你的诗好在哪里?"石动筩说:"就拿郭璞的《游仙诗》来说:他写道:'青溪千余仞,中有一道士。'为臣则说:'青溪二千仞,中有两道士。'不是超过他一倍吗?"高欢大笑。

捕獭狸

《赵后外传》：樊嫕语飞燕曰：“忆在江都时，阳华李姑畜斗鸭水池上，苦獭啮鸭。时下朱里芮姥者，求捕獭狸献。姥谓姑曰：‘是狸不他食，当饭以鸭。’姑怒，绞其狸。”

【译文】《赵后外传》上记载：樊嫕曾经对皇后赵飞燕说：“记得在江都（今江苏扬州）的时候，阳华地方的李姑，在水池上养斗鸭，常为水獭咬吃鸭子所苦恼。朱里这个地方有个叫芮姥的人，请求把一只善捕獭的水狸进献皇后。芮姥对李姑说：‘这个狸不吃别的食物，专吃鸭子充饥。’李姑听后，大为恼怒，将狸勒死了。”

能言鸭

陆龟蒙居笠泽，有斗鸭一栏。有内养自长安使杭州，出舍下，挟弹毙其绿头者。龟蒙手一表骇云：“此鸭善人言，持附苏州上进天子。使者毙之，奈何？”内养信其言，大恐，遂以囊中金酬之因徐问：“其鸭能作何言？”龟蒙曰：“能自呼其名。”内养愤且笑。龟蒙还其金，大笑曰：“吾戏耳！”

【译文】唐朝隐士陆龟蒙居住在震泽（今江苏太湖），家里畜养了一栏斗鸭。有个内廷供奉官从京城长安到杭州办事，一天，这个供奉从这里经过，信手用弹弓将房鸭中的绿头者射死。陆龟蒙把双手一摊，故意做出惊骇的样子说：“这只鸭子能说人话，我准备带着它到苏州进献天子。你现在把它打死了，怎么办？”供奉官相信了陆龟蒙的话，十分恐慌，于是，拿出包囊中的金子作为赔偿。接着，缓慢小心地问道："这只鸭子能说什么话？"陆龟蒙说："能叫自己的名字。"供奉官听后气得哭笑不得。陆龟蒙把金子还给内廷供奉，大笑说："我跟你开个玩笑罢了。"

靴 值

冯道、和凝同在中书。一日，和问冯曰："公靴新买，其值几何？"冯举左足曰："五百。"和性褊急，顾吏责曰："吾靴何用一千？"冯徐举其右曰："此亦五百！"

【译文】后周时冯道、和凝同在中书任职。一天，和凝问冯道说："您新买的靴子，用了多少钱？"冯道把左脚抬起来说："用了五百。"和凝性情急躁，气量狭小，听冯道这样说，回过头来责问他的手下说："我的靴子为什么用了一千文？"冯道又慢慢地举起他的右脚说："这只靴子也用了五百！"

酒 令

贾时彦善谑。赴宴，酒半，主人请令。贾曰："乞诸君射一谜。小中，浮以大白。曰：'天不知地知，尔不知我知。'"举座不解。罚遍，贾举一足，置案上，曰："我靴底有腐孔也！"

甘露寺僧性空善饮。一客掷色行旧令，云"补不足，庆有余。"初掷"不足"，曰："僧饮。"又掷"有余"，亦曰："僧饮。"众客俱不解。客曰："候令毕当言之。"既毕令而僧醉矣，执盏言曰："酒不敢辞，请明其故？"客曰："不足者，无发；有余者，多一头。”众大笑。

王元美与客讌集。王偶泄气，众客皆匿笑。王即设令，要经书中“譬”字一句。王举“能近取譬”。众客于“譬如北辰”“譬若掘井”等语尽举之，王皆以不如式论罚。众客不服。王曰：“我‘譬’在下，不若公等‘譬’乃在上。”

【译文】贾时彦为人幽默，非常善于开玩笑。有一次接受别人宴请，酒席过半，主人请贾时彦行个酒令。贾时彦说：“给在座的客人猜一个谜语，猜不中，罚酒一大杯。谜句是‘天不知地知，你不知我知’。”在座的客人无一能解此谜，都被罚了一大杯酒。贾抬起一只脚，放在桌子上说：“我的靴底有一个破洞。”

甘露寺的僧人性空平常很能饮酒。一个客人投掷色子行一旧有酒令说：“补不足，庆有余。”先掷“不足”时说：“该僧人饮酒。”又掷“有余”，也说：“该僧人饮酒。”在座的客人都不解其意。客人说：“等酒令完了以后，自然讲明。”酒令行完以后，僧人已有醉意，拿着杯子说道：“酒不敢不喝，请讲明原由。”客说：“不足，是没有头发；有余，是多一个头。”众人听了一齐大笑。

王元美（世贞）与客人在一起吃饭。王元美碰巧放了一个屁，在座客人都偷偷笑起来。王元美立即出了一个文字令，要求说经书中带“譬”字的一句话。王元美先举了一个例子：“能近取譬”。众位客人将经书中“譬若北辰”“譬若掘井”等语全部举尽，王元美都以不符合格式，挨个罚酒。众客人都不服气。王元美说：“我的‘譬’（屁的谐音）在下边，不像你们的‘譬’在上边。”

石学士善谑

石中立，字表臣。在中书时，盛度禁林当直，撰《张文节公神道碑》，进御罢，呈中书。石卒问曰："是谁撰？"盛不觉对曰："度撰。"满堂大笑。

五代广成先生杜光庭，多著神仙家书，悉出诬罔，如《感遇传》之类，故人谓妄言为"杜撰"。或云杜默，非也，盛文肃公在杜默之前矣。然俗有杜田、杜园、杜酒等语，恐是方言，未必有指。

盛度体丰肥。一日自殿前趋出，宰相在后，盛初不知。忽见，即欲趋避，行百步，乃得直舍，隐于其中。石学士见其喘甚，问之，盛告其故。石曰："相公问否？"盛曰："不问。"别去十余步乃悟，骂曰："奴乃以我为牛！"

【译文】宋朝石中立，字表臣。在内阁中书任职时，有一次盛度在皇宫内阁值班，撰写了一篇《张文节公神道碑》，送给皇帝看过后，呈还给中书省。石中立看过后问："是谁写的？"盛度不加思索的说："度撰（杜撰的谐音）。"惹得大家捧腹大笑。

五代的广成先生杜光庭写了很多有关神话，仙人的著作，都是出于自己的想象，没有什么事实依据，如《感遇传》这一类书，所以人们把这种没有根据、凭自己想象编写的文章称为"杜撰"。有人说是宋代的杜默，是不对的，盛文肃公（度）生在杜默之前。然而俗语中有"杜田""杜园""杜酒"等语词，恐怕是俚语方言，未必有所特指。

盛度的身材丰满肥胖。一天，从殿前快步走出，宰相在盛度的身后走。开始盛度不知道，突然看见宰相，就想快步避开，走了百步远，才到值班的房舍，忙藏隐在里面。集贤殿学士石中立看见他喘得很厉害，问他。盛度告诉他原因。石中立说："相公问你了吗？"盛度回答："没有问。"离开十余步他才省悟过来，骂道："这个姓石的老家伙，把我当成牛了！"（汉朝丞相丙吉出外时，见到人们赶牛，牛喘吐舌，丙吉就询问牛行了几里。此处石中立的话就是用

“宰相问牛”的典故和盛度开玩笑。——译者注）

鸣鞭为度

焦芳初还朝，失记朝仪。李西涯曰：“以鸣鞭为度，一鞭走两步，再鞭又走两步，三鞭上御道。”芳诺之，旋悟曰：“公乃戏我。”

【译文】焦芳刚回到朝中，忘记了朝中的礼仪。李西涯（东阳）说：“以响鞭为法度，一鞭走两步，鞭再响又走两步，第三鞭就可走上御道了。”焦芳点头答应，一会才醒悟道：“李公是把我当牲口戏弄呀。”

偷 驴

张玉阳（思咏），河南人。一日语陈玉垒公曰：“官贫，幸得俞蒲石道长送一人，卢瑞峰吏部送一马。”公曰：“人是俞送，马是卢送，可谓恰当。”盖河南人有“偷驴贼”之号，公以谑之。

宋学士尝过洛。士人挽留之信宿，不从，牵去其驴。公怒，作诗曰：“蹇驴掣断紫丝缰，却去城南趁草场。绕遍洛阳寻不见，西风一阵版肠香。”今河南人曰“偷驴贼”曰“版肠”，本此。

【译文】张云阳（思咏），是河南府（今河南洛阳）人。一天，他对陈玉垒公说：“我这个官十分清贫，幸亏俞蒲石道长送一人，卢瑞峰吏部送一马给我。”陈玉垒说：“人是俞蒲石送的，马是卢瑞峰送的，可说是十分恰当。”因河南人素有“偷驴贼”之号（偷是由人和俞组成，驴是马和卢组成，正合俞、卢两人的姓和所送物品——译者注)，陈玉垒以此开了个玩笑。

宋祁曾经路过洛阳，当地的达官士人挽留他随意的住一宿。因宋祁不同意，他们就牵走了他的驴。宋祁大怒，作诗曰：“蹇驴掣断紫丝缰，却去城南趁草场。绕遍洛阳寻不见，西风一阵版肠香。”今戏称河南人是“偷驴贼”“版肠”，原本出于这件事。

弄僧

一僧从雪中来。唐六如戏之曰：“闻孟老相期郊外寻梅，信乎？”僧曰：“非孟也，张也。”六如曰：“张公多颠倒，大须防之。”时有匿笑者，僧悟云：“却被唐公弄我半日！”六如曰：“怪道硬将起来！”

【译文】有一个僧人踏雪而来。唐六如(寅)戏弄他说：“听说孟老(孟浩然)与你相约到郊外踏雪寻梅，是真的吗？”僧人说：“不是孟老，是张公(张果老)。”唐寅说：“张公这个人精神不正常，你要多加防范。”当时有人偷偷在笑，僧人方才省悟，说：“被你唐寅作弄我了半天。”唐寅说：“怪不得硬起来了。”

铁牛

陶谷，小字铁牛。李涛出典河中，尝寄陶书云：“每至河源，即思灵德。”陶初不为意，久之方悟。盖河中有张燕公铸系桥铁牛故也。

【译文】陶谷，乳名叫铁牛。李涛出任河中(今山西永济县蒲州镇）太守时，曾经给陶谷写信说：“每到河边，就想起你来了。”陶谷起初不明白其中的含意。很久以后才恍然大悟，方知李涛在戏弄他。因有唐代宰相燕国公张说铸造的镇桥铁牛的缘故。

侯白

侯白好俳谑。一日杨素与牛弘退朝，白谑之曰：“日之夕矣！”素曰：“以我为‘牛羊下来’耶？”

牛僧孺善为文，杨虞卿善谈说。京师语曰：“太牢手，少牢口。”从来杨姓为牛带累久矣。

【译文】隋朝侯白喜好开玩笑，为人滑稽幽默。一天，杨素与牛弘退朝后，侯白开玩笑说：“天色已近黄昏了！”杨素说：“把我们当作‘牛羊下山’了吗？”（引自《诗·王风》：“日之久矣，羊牛下来。”——译者注）

唐朝牛僧孺善于写文章，杨虞卿口才十分伶俐。京城的人编顺口溜说：“太牢的手，少牢的口。”（古时候诸侯祭祀，牲牛太牢；大夫祭祀，牲羊称少牢。原文作“太牢口，少牢手”似误植。——译者注）历来杨姓被牛姓拖累得久了。

王韦

王韦作诗，为诸老所赏。储瓘称之曰：“绝似温、李！”陆深戏曰：“本是王韦！”盖指王摩诘、韦苏州谑之。

【译文】明朝王韦作诗，被诸老所赞赏。储瓘称赞王韦的诗说：“绝似温庭筠、李商隐！”陆深开玩笑地说道：“本来就是王、韦嘛！”用王摩诘（王维）、韦苏州（韦应物）两人的姓来戏谑他。

胡思乱量

何栗当京城已陷，虏人入视帑藏仓庾。时有胡思者为司农卿，具诸仓米麦数白栗。临去，送至厅事旁，遽言曰：“大卿切勿令乱量。”应曰：“诺。”至客次，方悟其戏。盖谚有“胡思乱量”语也。

好个救时宰相！

【译文】宋朝的何栗为宰相时，京城被金兵攻陷。金人要验视国库的钱财和粮库的食粮。当时有一个叫胡思的人，官为司农卿，准备了各粮仓的数目去向何栗禀告。临走时，何栗送胡思到堂屋旁，突然说道：“大卿千万不要乱量。”胡思答应说：“是。”回到住宿的地方，胡思才省悟是何栗在戏谑自己。因谚语有“胡思乱量”之说。

好一个济世救时的宰相！

刘贡父谑

孙莘老形貌古奇，熙宁中，论事不合，责出。世谓“没兴孔夫子”。孔宗翰宣圣之后，气质肥厚。刘贡父目为“孔子家小二郎”。元祐中，二人俱为侍郎。二部争事于殿门外幄次中，刘贡父过而谓曰：“吾党之直者异于是。”坐中有悟之者，大笑。

【译文】孙莘老形体容貌十分古怪奇特。宋神宗熙宁年间，因政见不同，被免官。世人称他为“没兴孔夫子”。孔宗翰是文宣王孔子的后代，言谈举止高傲。刘贡父（攽）把他视为“孔子家的小二郎”。宋哲宗元祐年间，孙莘老、孔宗翰都任侍郎。二人所在部门因对事件的不同意见在殿门外的帐篷中争论不休。刘攽从此经过，说道：“我们家乡的正直人不是这样。”在坐的人有明白他此话含义的，大笑。

米老庵

米元章筑室于甘露寺，榜曰“米老庵”。寺大火，唯庵与“李卫公塔”独存。元章诗云：“神护卫公塔，天存米老庵。”有谑之者，添云：“神护李卫公塔，天存米老娘庵。”盖元章母入内为老娘，以母故命官也。

【译文】米元章（芾）在甘露寺内建造了一所房子，门上挂一匾额题为“米老庵”。甘露寺遭到大火，只有“米老庵”和“李卫公塔”没有烧毁。米元章写诗说：“神护卫公塔，天存米老庵。”有人戏谑他，在诗上加两字，说：“神护李卫公塔，天存米老娘庵。”原来米元章的母亲入内宫做接生婆，他是因为母亲的缘故被封官的。

兰　玻

《耳谭》：青州东门皮工王芬，家渐裕，弃去故业。里人谋为赠号。芬喜，张乐设宴。一黠少曰：“号兰玻，可乎？”众问何义。曰：“兰多芬，故号兰玻，从名也。”芬大喜，重酬少年。诸人俱不觉其义，后徐思“兰玻”，依然“东门王皮”也。

【译文】《耳谭》记载：青州东门的皮匠王芬，家境逐渐富裕，就放弃了原来所干的皮匠活。同乡里的人，谋划为他起一个字号。王芬十分欢喜，请人奏乐，摆设宴席来参加。有一个狡黠的少年说："号兰玻，可以吗？"众人问有什么解释。少年说："兰草芬芳，所以号兰玻，跟名字相符。"王芬十分喜欢，重重酬谢了少年。大家都不明白这个字号的含义，慢慢地思考着"蘭（繁体）玻"的意思，依然是"东门王皮"。

爱东坡

陆宅之善谐谑，每语人曰："吾甚爱东坡。"时有问之者，曰："东坡有文，有赋，有诗，有字，有东坡巾。君所爱何居？"陆曰："吾甚爱一味东坡肉！"闻者大笑。

【译文】陆宅之善于诙谐、戏谑，逢人便说："我非常喜爱东坡。"当时有一个人问他，说："苏东坡文章好，词赋好，诗好，字好，还有东坡巾。你爱东坡的哪一方面？"陆宅之说："我非常喜爱吃一味东坡肉。"听的人大笑。

曝鼻裈

阮咸，籍兄子也，居道南，诸阮居道北。北阮皆富，南阮贫。七月七日，法当晒衣，北阮庭中烂然，莫非绨锦。咸时总角，乃竖长竿标大布犊鼻裈，曝于庭中，曰："未能免俗，聊复尔耳！"

【译文】阮咸，是阮籍兄长的儿子，居住在道南。其他姓阮的都居住在道北。居住在道北的阮姓人家都很富有，居住在道南的阮姓人家都很贫穷。七月七日，按习俗，应当晾晒衣物，道北姓阮的庭院中所晒衣物色彩灿烂，没有不是上等丝织品的。阮咸当时还是一个小孩子，他竖起长竿，把一条用布做的短裤曝晒在庭院中，说："未能免去习俗，姑且也这样吧！"

对 语

关獬推官貌不扬。过南徐，客次，见一绯衣客倨坐。关揖而问之。对曰："太子洗马高乘鱼。"良久，还询关，关答曰："某乃是皇后骑牛低钓鳖。"朝士骇曰："是何官？"关笑曰："且欲与君对语切耳。"

王丞相珪云："马子山骑山子马。"（马给事，字子山；穆王八骏有山子马之名）久之，人对曰："钱衡水盗水衡钱。"钱某为衡水，令人谢之。曰："止欲作对尔，实非有盗也。"

【译文】推官关獬人生得丑陋，他经过南徐时（今江苏镇江），在接待宾客的处所，见一个穿着红袍的官员，傲慢地坐在那里。关獬拱手行礼问他姓名。那人回答："太子洗马高乘鱼。"过了好一会儿，那客人也询问关獬。关獬答道："我是皇后骑牛低钓鳖。"那朝官惊骇地问："这是什么官职？"关獬笑着说："是想和你对语切合罢了。"

丞相王珪说："马子山骑山子马。"（有一个马给事，字子山。相传周穆王八骏中有一匹叫山子马）时间长了，有人对了一个下句说："钱衡水盗水衡钱。"因为恰有个姓钱的，任衡水县令，使用作对句，派人向钱县令解释道歉说："只是想凑成句罢了。实事上没有真正认为你盗窃。"

李章题壁

一故相远派，在姑苏嬉游，书其壁曰："大丞相再从曾侄孙某至此。"士人李章好谑，题其旁曰："混元皇帝三十七代孙李章继至。"

【译文】一个已亡故丞相的远房分支亲戚，在姑苏（今江苏苏州）戏嬉游玩，在山壁上写道："大丞相再从曾侄孙某到此。"士人李章喜欢开玩笑，在旁边写道："混元皇帝三十七代孙李章接着到此。"

堂候官

张小江觅侯门教读札付，归荣里中，冠带锦绣，谒一富人。富人乃黠者，服梨园具出迎。张骇曰："兄是贵职？"答曰："弟是牛丞相堂候官。"

【译文】张小江在高官显贵家中教读，并兼任代笔文书，荣耀回归故里，身穿华贵的衣服，去拜见一个富人。富人是一个聪明狡黠的人，穿着戏装出来迎接张小江。张小江惊骇地问："兄是什么贵职。"富人答曰："弟是牛丞相家的堂候官。"（堂候官是旧时高级官员手下备使唤的小吏。牛丞相，戏曲《琵琶记》中人物。此处为富人讥讽张小江。——译者注）

鸟 官

陈太卿尝畜小鸟，作笼为官船样，上列卤簿，榜其船曰“鸿胪寺”。人问之。笑曰：“鸿胪故是鸟官。”

【译文】陈太卿曾经畜养小鸟，制作的鸟笼形似官船，上面排列有官员出巡用的旗、牌、伞等仪仗，挂匾额在鸟笼上，称为：“鸿胪寺”。有人问他是什么用意。陈太卿笑着说：“鸿胪原来就是个鸟官。”

戈寿官

下雉地方有戈寿官者，富而憨。夏月赴亲家喜宴，着大红绢员领以往。主者故与百拜，啜以沸汤，汗流竟踵。及久，始曰：“请更衣。”其人不觉失声曰：“亲家此言，万代公侯！”主者曰：“公侯须汗马，不宜汗亲家。若然，请到凉亭再脱衣拭汗，始把杯，岂不万万代公侯乎？”

【译文】下雉（今湖北阳新东南）地方有个姓戈的寿官（因高寿受官府表彰的人），家境富有，为人憨痴。有一次夏天，去参加亲家的喜宴，穿着大红绢员领袍前往。主人故意与他多次相拜，给他喝滚开的热汤，使得他汗直流到脚后跟。过了很长时间，主人才说：“请去更换衣服。”戈寿官惊喜失声地说：“亲家这句话，将使你万代做公侯！”主人说：“做公侯应在汗马功劳，不应让亲家流汗。如此，请到凉亭，把衣服脱掉，擦拭一下身上的汗，再开始喝酒，我岂不将万万代是公侯吗？”

古 物

李寰建节青州。表兄武恭性诞妄，又称好道，多蓄古物。遇寰生日，特以箱擎一皂袄子遗之，书云："此李令公恢复京师时所着，愿尚书功业一似西平。"寰以书谢。后遇恭诞，寰以箱盛一破腻脂幞头饷恭，云："知兄深慕高真，求得洪崖先生初得仙时幞头，愿兄得道一如洪崖。"

以皂袄易得破帽，此番古董交易，折本多矣！

齐公子嗜古器物。龙门子谒之，公子历出三代秦汉之器。龙门子曰："公子所藏非古也。必若古者，其庖牺氏之物乎？"公子斋三日，龙门子乃设几布筵，置宝椟其上，籍以文锦。各再拜而兴，启椟视之，乃宓羲氏之八卦也。

【译文】唐朝李寰任青州节度使。他的表兄武恭生性荒诞妄为，又自称喜好道术，储存了很多古代文物。时逢李寰的生日，特意用一只箱子装了一件黑色的棉袄送给李寰，并写了书信说："这是李令公（晟）在收复京师时穿的棉袄，愿尚书你的功名业绩像西平王（李晟）一样。"李寰写信表示感谢。后来，遇上武恭的诞辰，李寰用箱子装着一条破旧油腻的头巾送给了武恭，说："我知道表兄很仰慕高明得道的真人，今寻求到洪崖先生（胡惠起）开始得道成仙时的头巾，愿表兄能像洪崖先生一样得道成仙。

用一件黑棉袄换得一个破帽，这一番古董交易，武恭亏本不少呀！

齐公子非常爱古玩器物。有一次，龙门子拜访，齐公子逐个拿出了三代秦汉时期的器皿请他观赏。龙门子说："公子所收藏的还不算是古物。假如要看最古之物，不应首推伏羲氏时候的物件吗？"让齐公子吃素斋戒三日，龙门子于是摆设供桌祭品，把宝盒放在供桌上，桌上并用有花的锦缎铺垫。他们各自对宝盒恭敬跪拜后站起，打开盒子一看，乃是伏羲氏的八卦图。

皛饭、毳饭

进士郭震、任介，皆西蜀豪逸之士。一日，郭致简于任曰：“来日请餐皛饭也。”任往，乃设白饭一盂，白萝卜、白盐各一碟，盖以三白为皛也。后数日，任亦招郭食“毳饭”。郭谓必有毛物相戏。及至，并不设食。郭曰：“何也？”任曰：“饭也毛，萝卜也毛，盐也毛。只此便是毳饭。”郭大笑而别。（皛音孝，蜀音无曰毛）

此条见《魏语录》，他书作苏、黄相谑，殊误。

【译文】进士郭震、任介，都是西蜀地方的豪放人士。一天，郭震给任介写了便笺，说：“来日请来我家吃皛饭。”任介应约前往。郭震只摆设了一盆白米饭，白萝卜、白盐各一碟，三种食物都是白色，即为皛饭。过后数日，任介也邀请郭震来家吃“毳饭”。郭震认为，必然用有毛之物相戏。到了以后，任介并没有摆设任何食物。郭震说：“为什么没东西吃呀？”任介说：“饭也毛（无），萝卜也毛（无），盐也毛（无）。这便是毳饭。”郭震大笑而离去。（皛音孝，蜀音无[没有]曰毛。）

此条见《魏语录》，其他书上说是苏轼、黄庭坚相戏谑，是错误的。

马郁

后唐马郁，滑稽狎侮。每赴监军张承业宴，出异方珍果，食之必尽。一日承业私戒主膳者，唯以干莲子置前。郁知不可啖，异日靴中置铁锤，出以击之。承业大笑，曰："为公易馔，勿败予案。"

【译文】后唐马郁，为人轻侮滑稽，喜欢开玩笑。每次去赴监军张承业的宴会时，桌上摆出外地的珍奇果品，他必定要吃完。一天，张承业私下告诫主管膳食的人，只把干莲子摆在马郁面前。马郁知道不好食用，改日去张承业家时，在靴子里放了一个铁锤，宴会上拿出来要砸碎干莲子吃。张承业大笑，说："为你换别的饭菜，千万不要砸坏了我的桌子。"

张咸光

《玉堂闲话》：梁龙德间，有贫衣冠张咸光，游丐无度。复有刘月明者，亦然。每游贵门，即遭虐戏，方餐时，夺其匕箸，则袖中出而用之。梁驸马温积权判开封，咸光忽遍诣豪门告别。问其所诣，曰："往投温谏议。"问："有何绍介？"答曰："顷年大承记录，此行必厚遇也。大谏尝制《碣山潜龙宫上梁文》云：'馒头似碗，胡饼如筛。畅杀刘月明主簿，喜杀张咸光秀才。'以此知必承顾盼。"闻者绝倒。

【译文】《玉堂闲话》记载：后梁龙德年间，有一个破落贵族子弟叫张咸光，到处游逛乞讨白吃，没有止境。还有一个叫刘月明的人，也同张咸光一样。每次到富贵人家骗饭吃，就会遭到虐待戏弄，正用饭时，如果夺去勺子和筷子，他们就从袖中又取出一副来用。后梁驸马温积，代理开封府尹，张咸光忽然到处向豪富人家告别。有人问他到哪里去，张咸光说："去投奔温积门下。"问："有什么人推荐吗？”张咸光答曰：“近年承蒙他在文章中提到我，所以此去必受到厚礼待遇。温积曾写过《碣山潜龙宫上梁文》，文中说：‘馒头像碗一样大，烧饼像筛子一样大。能使刘月明主簿畅快死，更会使张咸光秀才高兴死。’以此来断定，他一定盼着我去光顾呢。”听到此话的人，都为之笑倒。

驼 峰

尚书吕震与学士解缙，一日谈及食中美味。吕曰：“驼峰甚美未之尝也。”解绐曰：“仆尝食之，诚美矣。”吕知其绐也，他日得死象蹄胫，语解曰：“昨有驼峰之赐，宜共飧之。”解大嚼去。吕谑以诗曰：“翰林有个解痴哥，光禄何曾宰骆驼？不是吕生来说谎，如何嚼得这般多？”解大笑。

【译文】明代尚书吕震和大学士解缙，有一次在一起谈论起食物中的美味。吕震说：“驼峰是最美味的了，可是没有尝过。”解缙撒谎说：“我曾经吃过一次，确实美味可口。”吕震知道解缙在骗他，有一天，吕震得到一只死象的蹄胫，对解缙说：“昨天皇上赏赐了一只驼峰，让我们一起来享用。”解缙在吕震家大吃一顿而去。吕震写诗戏谑说：“翰林有个解痴哥，光禄何曾宰骆驼？不是吕生来说谎，如何嚼得这般多？”解缙大笑。

安石榴

李汉碎胡玛瑙盘，盛送王莒，曰“安石榴”。莒见之不疑，既食乃觉。

【译文】李汉打碎一只外域的玛瑙盘，盛在器皿里送给王莒，说是“安石榴”（石榴的别名——译者注）。王莒见了也不怀疑，等到食用时才知上当。

张 端

张端为河南司录。府当祭社，买猪，已呈尹，其夜突入录厅，即杀之。吏白尹，尹问端。答曰：“按律诸无故入人家，登时杀之勿论。”尹大笑，为别市猪。

【译文】张端任河南府司录。府尹家正当祭祀土地神，买了一头猪，已送到府尹家，当天夜里，猪突然闯入张端的居室，张端立即杀了它。吏卒向府尹禀告了这件事，府尹问张端。张端说：“按照律条，诸（猪的谐音）无故入人家，可立即杀死，不用论说。”府尹听后大笑，又去买了一头猪。

钱文相谑

钱同爱，字孔周，其家累代以小儿医名吴中，所谓“钱氏小儿”者是也。一日，请文征仲泛舟石湖。知文性不近妓，故匿妓于舟尾，船既发，乃出之。文一见，仓惶求去。钱命舟人速行。文窘迫无计。钱平生极好洁，有米南宫、倪云林之僻。文真率，不甚点检服饰，其足纨甚臭，至不可向迩。文即脱去袜，以足纨玩弄，遂披拂于钱头面上。钱不能忍，即令舟人泊船，纵文登岸。

【译文】钱同爱，字孔周，他家历代以治疗小儿疾病而名扬苏州一带，被称为"钱氏小儿"的，说的就是他家。一天，请文征仲（征明）一起到石湖划船游玩，钱同爱知道文征明生性不愿接近妓女，故意藏匿妓女在船尾，等船开了，才让妓女出来。文征明一见，惊惶地要求离去。钱同爱命令船家加快行驶。文征明感到窘迫又无计可施。钱同爱生性极爱清洁，有米南宫（芾）、倪云林（元代人，名瓒，自号云林居士，有洁癖。——译者注）之洁癖。而文征明为人真率，不很讲究服饰，他的袜子很臭，以至不能靠近他。文征明脱去袜子，作为玩物来玩弄，并将袜子在钱同爱的头、脸附近摇摆抖动。钱同爱不能忍受，立即叫船家将船靠岸，让文征明登岸离去。

竹堂寺

唐伯虎、祝希哲与文征仲气谊甚深，而情尚迥异，两公每欲戏之。一日，偕游竹堂寺。近寺故多劣妓，唐预使人持东金示之，嘱云："此来若何衣冠者，文君也，其人多狎邪游，而喜人媚，不善媚人。若辈有能得其欢者，即以此金为酒资矣。"妓信之，伺文至，争先献笑，牵衣挽袂，坚不肯释。文五色无主，见唐、祝匿笑，悟曰："两公谑我耳！"明剖其故，一笑而散。

【译文】唐伯虎、祝枝山与文征明之间的友谊很深，但是他们的情趣却各不相同，唐伯虎、祝枝山总想戏弄文征明。一天，三人一起游竹堂寺。在寺院附近有很多下等妓女，唐伯虎预先派人拿着金子给妓女们看，嘱咐说："一会一同来游玩的人，穿着什么什么样衣帽的，就是文君，这个人经常寻花问柳，喜欢别人向他献媚，讨好他，不喜欢自己去讨好别人。如果你们谁能得到文征明的欢心，就把这块金子送给他作酒钱。”众妓女相信了这话，等文征明来了，都争先恐后地向他献出媚笑，有的拉衣服，有的挽袖子，坚决不肯放开。文征明吓得六神无主，面无人色，看见唐伯虎、祝枝山在偷笑，才省悟说道：“是你们戏谑我呀！”讲明原因后，众人一笑而散。

杨南峰

俗传三月三为浴佛日，六月六为浴猫狗日。有客谒杨南峰循吉，值三月三日，杨以浴辞。客不解，谓其傲也，思以报之。杨乃于六月六日往拜，客亦辞以浴。杨戏题其壁曰：“君昔访我我洗浴，我今访君君洗浴。君访我时三月三，我访君时六月六。”（《谑浪》误作唐伯虎事）

杨南峰尝观优而善之，谓优曰：“汝曹第努力，当以一金劳汝，恨目前未便耳。”因索纸判赏付之，期明日来取。优喜于得赏，毕献所长，杨极欢而罢。次日，群优持票征赏。杨笑曰：汝真欲赏乎？我爱汝戏，快活竟日；汝贪我赏，亦快活一夜。我与汝两准可也！”又有僧额患癣。杨自诧有秘方：取凤仙花捣烂，使以帕裹于额上，三日即效。如期开视，染成红额。僧弥月不敢见客。

先是，吴中皇甫氏最贵盛，而治家素宽。杨南峰献寿图，题诗其上曰：“皇老先生，老健精神，乌纱白发，龟鹤同龄。”皇甫公大喜，悬之堂。有识者笑曰：“此詈公也。”盖上列“皇老乌龟”四字。公乃悟。

有富翁乡居，求杨南峰门对一联。此翁之祖曾为人仆。杨乃题云："家居绿水青山畔，人在春风和气中"上列"家人"二字。见者无不匿笑。

有丧家其子不戚。杨南峰为诸生时，特制宽巾往吊。既下拜，巾脱，滚入座下，杨即以首伸入穿之。幕中皆笑，杨遽出。此子遂蒙不孝声。

南峰作事刻薄，每每如此。后子孙微甚，其墓为群乞儿薮，今呼为"杨家坟"者是也。志之以为永戒。

【译文】相传三月三日为浴佛的日子，六月六日为浴猫狗日。有个客人来拜见杨循吉（号南峰），时值三月三日，杨循吉以正在沐浴为由推辞不见。客人不解其意，认为杨循吉太傲慢，思量着要报复他。杨循吉在六月六日那天去拜访他，客人也以正在沐浴为由推辞不见。杨循吉在他墙上开玩笑地题了一首诗说："君昔访我我洗浴，我今访君君洗浴。君访我时三月三，我访君时六月六。"（《谑浪》错记为唐伯虎之事）

杨循吉曾经观看艺人表演并且很喜欢，就对艺人们说："你们戏演得非常卖力，应当用一块金子酬劳你们，遗憾的是现在手头不方便。"因此索要了一张纸，写下字据付给艺人，叫他们明日到府上来取。艺人非常高兴得了这份奖赏，就将自己的拿手戏全部都献演出来，杨循吉看得极尽欢愉才结束。第二天，一群艺人拿着字据来领赏钱。杨循吉笑着说："你们真想得赏钱吗？我喜欢你们的戏，快活了一天；你们贪图我的赏钱，也快活了一夜。我与你们各得其所，两不欠了。"又有一个僧人额头患了癣。杨循吉欺骗僧人说自己有秘方：取凤仙花捣烂，用手帕裹在额头上，三天就见效。这个僧人信以为真，按他说的方法做了。三天到后打开一看，额头被染成了红色。僧人整整一个月不敢见人。

以前，苏州一带最富有的人是姓皇甫的人家，他治家有方，素来宽余。杨循吉给他献上一幅长寿图，在上面题诗说："皇老先生，老健精神，乌纱白发，龟鹤同龄。"皇甫先生非常喜欢，将图挂在了中堂。有明白杨循吉题字用意的人，笑着说："这是骂你的呀！"取每句第一字就是"皇老乌龟"，这时皇甫先生才醒悟过来。

有一个富翁在乡下居住，求杨循吉为他写一幅对联。这个富翁的先辈曾经是仆人。杨吉于是题写道："家居绿水青山畔，人在春风和气中。"取二句的第一字就是"家人"。看见的人没有一个不偷偷地笑。

有一人家死了老人，但孩子们并不悲伤。杨循吉为秀才时，特意制作了宽大的头巾，前往吊唁。在灵堂下拜时，头巾脱落，滚到了座位底下。杨循吉就将头伸到椅子下面并钻过来，帐幕下守灵的人都笑了，杨循吉急忙出去了。这家孩子于是落了一个不孝的名声。

杨南峰做事刻薄，经常都是如此。他的后代很少，其墓地成为乞丐们聚集的地方。今天被称为"杨家坟"的就是指杨南峰之墓。将这些事记写下来，告知后人以此为戒。

王梦泽

黄岗王梦泽太史善谑。一日往谒郭桐冈太府，见府前有枷犯，乃其家用之锯匠也。顾谓郭曰："既常解锯矣，而于此犹枷颈焉？"郭大笑，遂释之。又客有患癣者，王曰："何不敷盐于患处，以砖烧热，徐擦之，自愈。"久而不效，以问王。王曰："砖盐癣，则绝无可知。此古方也。"又客有患赤鼻者，王教以油梳子炽热擦患处，自愈。及用之，愈赤，又以问王。王曰："吾但知苏子游赤壁耳。"

【译文】黄岗王梦泽太史非常善于戏谑调侃。一天，前往郭桐冈知府衙门拜访，看在府门前有一个人，脖子上套着刑具，乃是郭桐冈家中的木匠。见了郭桐冈说："此人既然经常解木拉锯，而用木枷套在他脖子上又有什么用呢？"郭桐冈听了大笑，于是就放了木匠。又有一人患了癣，王梦泽说："何不在患处敷上一些盐，再用烧热的砖慢慢擦，病就会自愈。"这个人擦了很久也不见效，就问王梦泽。王梦泽说："砖盐癣（专言癣）那就绝对不可知（治），这是古方呀。"又有一个患红鼻头的人，王梦泽告诉他用油梳子烧热擦患处，病自已就好了。这个人用这方法治，鼻子更加红了，又去问王梦泽。王梦泽说："我只知道苏子（苏轼）游赤壁（鼻）呀。"

曲江春宴

乾符四年，新进士曲江春宴，甲于常年。有温定者，久困场籍，坦率自恣，尤愤时之浮薄，因设奇以侮之。至其日，蒙衣肩舆金翠之饰，夐出于众，侍婢皆称是，徘徊柳荫之下。俄顷，诸公自露棚移乐登鹢首，既而谓是豪贵，其中姝丽必矣。因遣促舟而进，莫不注视于此，或肆调谑不已。群兴方酣，定乃于帘间垂足露膝，胫极伟而长毳。众忽睹之，皆掩袂，亟命回舟避之。或曰："此必温定也。"

【译文】唐僖宗乾符四年，朝廷照例在长安城外的曲江池举行新进士春游宴会，规模大于往年。有一个叫温定的人，久考不中，但为人坦率，无拘无束，尤其感愤当时风气的浮躁、轻薄，因此设计了怪招侮辱新进士。到了宴请这一天，温定男扮女装，蒙披锦衣，满饰金翠，装束出众，侍从婢女也都穿戴得光亮华丽，在柳荫下来回走动。一会儿，新进士们从露棚将乐队歌舞移到船头，都说岸上肯定是富豪之家，其中必有艳丽绝伦的美女。因此，督促船快点行进，没有不往温定他们这边看的，有的放肆地调笑不止。众人兴致正浓，温定于是从帘间垂足露膝，其小腿非常粗壮，而且有许多黑毛。新进士们忽然看见，都以袖掩面，急忙命人将船划回避开。有人说："这人必定是温定。"

庄乐

庄乐，国初名医也，好诙谑。同郡李庸遣家僮持柬诣乐，误称其名。乐绐之曰："若家欲借药磨耳，汝当负去。"但书片纸以复云："来人面称姓名，罚驮药磨两次。"庸得书大笑，即令负还。(《烟霞小说》误作朱达悟事)

【译文】庄乐(音落)，是本朝初期的名医，为人幽默诙谐，善于戏谑。同州郡的李庸派遣家僮拿着信件到庄乐家，家僮不知避讳，直呼庄乐的名字。庄乐哄骗家僮说："你家主人想借药磨，你背回去吧。"并写了便笺说："来人当面叫我的名字，惩罚他驮药磨两次。"李庸看完书信大笑，立即让家僮背着药磨归还庄乐。(《烟霞小说》误记为是朱达悟的故事)

朱达悟

朱达悟善谑，凡里中宴会，无不与者。一日，诸少年游石湖，背朱往。既解缆，喜曰："搭户不知也！"朱忽在舵楼跃出，曰："予在矣！"盖预知背己，赂舟子藏以待也。众惊笑，延朱即席，且饮且进。朱曰："湖有宝积寺幽洁，主僧善予，盍一登？"众从之，挈榼以往。酒数行，朱佯醉卧僧榻，日西犹未醒。呼而掖之，辄摇首曰："眩莫能起。"僧亦固留，众乃先发。朱从间道疾归，时已瞑，乃濡其衣履，披发，击诸同游者户，仓惶告曰："不幸舟触石，沉于湖，余偶得渔者援焉。"闻者长少惊啼趋往，至枫桥相值，皆无恙，惟相笑而已。

【译文】朱达悟善于开玩笑，凡是乡里有宴请、聚会，没有不去的。一天，众少年游石湖，背着朱达悟前去。当解开船上缆绳时，他高兴地说："这次搭户不知道啦。"朱达悟忽然从舵楼里跳了出来，说："我在这儿。"朱达悟事先知道众少年背着自己去游玩，就贿赂了船主，藏在船上等待。众人惊笑，请朱达悟入席，边饮边进。朱达悟说："湖中有个宝积寺，幽清整洁，寺内主持对我很好，何不登岸去看一看呢？"众人听从他的建议，带着酒具前往。酒饮过几巡后，朱达悟装着喝醉酒，躺在僧人的床上，太阳偏西还没醒来。众人大声叫他并拽拉他的胳膊，他总是摇着头说："头晕起不来。"僧人也坚持将他留下，于是众人先走了。朱达悟从小道飞快赶回来，这时，天已黑了，他将自己的衣服、鞋子弄湿，披头散发，敲开各个同去游玩人的家门，惊惶失措地告诉他们："我们的船不幸触在了礁石上，沉到湖中，我偶然得到渔民的相救才生还。"听说此言，各家大人小孩惊慌哭啼着赶往湖边，到了枫桥，正好相遇众人，都安然无恙，只好相对大笑而已。

孙兴公

褚公、孙兴公同游曲阿后湖。中流风猛，舫欲倾覆。褚公曰："此舫人皆无可以招天谴者，惟孙兴公多尘滓，正当以厌天欲耳。"便欲提掷水中。孙据栏大啼曰："季野卿念我！"

【译文】晋朝的褚裒（字季野）和孙绰（字兴公）一同游曲阿（今江苏丹阳）后湖。船行至湖中，狂风大作，船差点被刮翻。褚裒说："此船中没有一个可以招受天谴的人，只有孙兴公作恶多端，正当招受上天的厌恶。"便想把孙兴公提起投掷到水中。孙绰抓住栏杆大声啼哭说："季野呀，你关照关照我吧！"

巡按许挈家

麻城侍御董公石，述其同年进士某，亦作御史，往贵州巡按，未行。一日，有他御史过其家，知某素惧内，其室甚悍，戏之曰："朝廷今有特恩，凡云贵巡按，皆许挈家自随。"悍妻于屏后听之，信以为然，遂装束，坚欲同行。御史曰："世无此理，彼戏言耳。"妻曰："君子无戏言。老贼欲背家娶妾为乐耶！"某托亲党再三晓譬，终不听，某竟以此请告不行。

【译文】麻城人侍御使董公石，讲述与他同年的进士某人，也做了御史，前往贵州巡按，还没有出发。一天，另有一位御史到他家中，知道此人一向惧怕老婆，他的老婆很凶悍，就戏弄这个人说："朝廷现在特别恩准，凡是云贵的巡按，都被特许带家眷随行。"凶悍的妻子在屏风后听到这话，信以为真，便装束打扮起来，坚决要一同前往。御史说："世上哪有这样的道理？那人戏弄于我，说笑话的。"其妻说："君子口中没有戏言。老贼想背着家里娶妾偷欢呀！"这个人托亲朋好友再三给其妻解释，但其妻始终不听，这个人竟然以此理由请告皇上，不再去贵州上任了。

石鞑子

吴中有石生者，貌类胡，因呼为“石鞑子”，善谑多智。尝因倦步至邸舍，欲少憩。有小楼颇洁，先为僧所据矣。石登楼窥之，僧方掩窗昼寝，窗隙中见两楼相向，一少妇临窗刺绣。石乃袭僧衣帽，开窗向妇而戏。妇怒，告其夫，因与僧闹。僧茫然莫辩，亟去，而石安处焉。

石生在太学时，每苦司成之虐。夜半于公座粪焉，植小竹枝为纸旗，而书己名。司成晨出登座，旗折，举火视之，污秽狼藉矣。见石名，呼欲加责。石流涕称冤曰：“谁中伤者？止由太宗师不相爱故耳。岂有某作此事，而自标求责者乎？”司成以为有理，竟不之罪。

【译文】苏州有个姓石的少年，长相很像西北少数民族地区的人，因此大家叫他“石鞑子”，石生非常善于开玩笑并且多智谋。曾经因走累了，到一旅社，想休息一会儿。有个小楼十分清洁，但却被一个僧人先占据了。石生上楼偷看，僧人正关着窗户睡午觉，从窗子的缝隙中看见与另外一个小楼相对，一少妇正面对着窗户刺绣。石生于是偷穿僧人的衣帽，开窗向对面的妇女调戏。少妇恼怒，告诉了他的丈夫，因此与僧人吵闹起来。僧人茫然不知发生了什么事，又无法辩解，便赶紧离去了，而石生则安然占了这房间休息了。

石生在太学读书时，总是受到司成的虐待。就半夜在司成的座上拉了一堆粪，并插上小竹枝为纸旗，上面写上自己的名字。司成早上出来坐上座，折断了小旗；拿起灯来观看，但见污秽狼藉。见写有石生的名字，就把他叫来，准备责罚。石生一把鼻涕一把泪地叫冤说：“是谁想伤害我？这只是因为太宗师不喜欢我的缘故。岂有自己做了此等坏事，却又自己标上名字，是来招人责备的吗？”司成认为石生说得有道理，竟没加罪于他。

翟永龄

翟永龄，常州人。初入泮宫，师长日以五更升堂讲课，同辈苦之。永龄因伏短墙下，伺其走过，疾取其帽，置土地神头。师遍觅得之，以为怪，大惧，不复早行。

翟永龄平日不诣学官。师怒，罚作一文，以“牛何之”命题。翟操笔立就，结云：“按何之二字，两见于《孟子》之书。一曰‘先生将何之？’一曰‘牛何之？’然则先生也，牛也；一而二，二而一者也。”

翟永龄赴试，苦无资，乃买枣，泊舟市墟，呼群儿，与枣一掬，教之曰：“不要轻，不要轻，今年解元翟永龄。”常州至京，民谣载道，大获贶助。

毕竟天下势利者多，故翟得行其诈。然用此等钱，殊不罪过。

翟母皈心释氏，日诵佛不辍声。永龄佯呼之，母应诺。又呼不已，母愠曰：“无事何频呼也？”永龄曰：“吾呼母三四，母便不悦；彼佛者日为母呼千万声，其怒当何如？”母为少止。

【译文】翟永龄，常州人。刚到州学学习时，老师每天五更就升堂讲课，同入学的人都为每天早起感到痛苦。永龄就蹲伏在短墙下，等老师走过，就迅速取下老师的帽子，放在土地神的头上。老师找了很久才找到，认为这很奇怪，感到十分恐惧，从此不再早起了。

翟永龄平时不按时到学官学习。老师恼怒，惩罚他写一篇文章，以“牛何之”命题。翟永龄拿起笔来一挥而就，结尾写道：“按何之二字，两次见于《孟子》这本书，一说：‘先生将何之？’又一说：‘牛何之’？可见先生就是牛；先生和牛是一个意思两个词，而两个词说的是一样的东西。”

翟永龄去赶考，苦于没有路费，便去买些枣，将船停泊在集市，招呼街上的小孩儿，给每人一把枣，并教给他们说：“不要轻视，不要轻视，今年乡试第一名是翟永龄。”从常州到南京城，民谣在路途中广为流传，于是翟永龄获得了大量的资助。

毕竟天下势利人多，因此翟永龄能够行其诈骗之术。然而，用这种方法得到钱财，并不是罪过。

翟永龄的母亲是个虔诚的佛教徒，每天诵吟佛号不止。永龄故意叫她，母亲答应。又不停地叫母亲好几声，他母亲有些恼怒地说：“没有事为什么连声叫我？”永龄说：“我叫母亲三四声，母亲便不高兴了；而那佛祖每日让母亲叫千万声，他将恼怒到什么程度？”他母亲因他讪语，也稍稍做了调整。

袁汝南

吴人袁汝南，诣友人师子乔家，辄竟日狂饮。子乔之妻深厌之。子乔曰：“此仙人，不可慢也。”问：“何以见为仙乎？”曰：“凡吾举动，虽细微，无不知者。”妻犹未信。子乔乃阴与汝南为约。次早闻叩门声，子乔心知为汝南矣，谬曰：“清早谁耐烦？且图欢耳。”使妻持己之势。已而叩门愈急，妻问为谁。应曰："我袁汝南也"。妻曰："彼昨夜未归。"汝南曰："子乔既不在，嫂手中所持何物？"子乔谓妻曰："我固知仙人不可欺耳！"妻自此终不敢慢汝南矣。

【译文】苏州袁汝南，到朋友师子乔家拜访，常常整天狂饮不止。子乔的妻子很讨厌他。子乔说："这可是个仙人，不能怠慢他。"子乔妻子问："怎么知道他是仙人呢？"子乔说："只要我有举动，虽很细微，没有他不知道的。"妻子还是不相信。子乔于是私下和袁汝南商量好。第二天早上，听到叩门声，子乔心里知道是汝南来了，故意说道："是谁这么一早就来烦人？咱们只管欢乐。"子乔就让其妻攥着自己的生殖器。这时，叫门声更急了，子乔妻子问是谁。门外答应说："我是袁汝南。"子乔妻说："子乔昨夜没有回来。"汝南说："子乔既然不在家，嫂子手中攥的什么东西？"子乔对妻子说："我本来就知道仙人是不可欺骗的。"子乔的妻子自此以后再也不敢怠慢袁汝南。

薛昭纬

唐薛侍郎昭纬未第时，就肆买鞋。肆主曰："秀才脚第几？"对曰："昭纬作脚来，未曾与立行第。"

薛昭纬使梁。梁祖宴会间，话及鹞子，辄以为赠。昭纬戒仆曰："令君所赐，真须爱惜，可将纸裹鞲袋中。"

薛后遭黄巢乱，流离饥困，遇旧识银工，延之饮馔，甚丰。昭纬以诗谢曰："一碟羶根数十皴，盘中犹更有鲜鳞。早知文字多辛苦，悔不当初学冶银。"（羶根，羊肉也）

【译文】唐朝侍郎薛昭纬还没有考中进士时，到鞋店去买鞋，店主问："秀才的脚是第几号的？"薛昭纬对答说："昭纬是用脚走来的，还没有给他们排列行第。"

薛昭纬出使去见梁王。梁王朱温（时为节度使，封梁王，后来篡唐为梁太祖——译者注）在举行的饯行宴会中谈起风筝，就以此作为赠品相送。昭纬告诫仆人说："这是令君（节度使的尊称）赐给的东西，一定要爱惜，可将它用纸裹了装在袖袋中。"

薛昭纬后来遭受黄巢兵乱，流离失所，饥困交织，遇到了从前认识的一个银匠，被邀请吃了一顿饭，极其丰盛。薛昭纬写诗表示感谢，说："一碟羶根数十皴，盘中犹更有鲜鳞。早知文字多辛苦，悔不当初学冶银。"（羶根指羊肉）

孔纬

孔纬拜官，教坊优伶继至，各求利市。石野猪先至，公有所赐，谓曰："宅中甚阙，不得厚致。若见诸野猪，幸勿言也。"复有一伶善笛，公唤近阶，指笛窍问曰："何者是《浣溪沙》孔？"诸伶大笑。

【译文】唐代孔纬做了大官以后，教坊中的各色艺人相继而至，各自都想得到一些好处。有个叫石野猪的人先来了，孔纬给了他赏赐，对他说："家里缺少财物，不能给太多的物品，你要是见了其它野猪，请不要多说。"又有一个艺人善吹笛子，孔纬把他叫到阶前，指着笛子上的孔问："哪一个孔是吹《浣溪沙》的孔？"诸位艺人都大笑。

好嬉子

吾衍子行，尝作一小印，曰"好嬉子"。盖吴中方言。一日，魏国夫人作马图，传至子行处，子行为题诗后倒用此印。观者咸疑其误。魏公见之，骂曰："此非误也，他道妇人会作画，'倒好嬉子'耳！"（《获楼杂抄》）

【译文】元代的吾衍，字子行，曾经刻制了一枚小印章，自称"好嬉子"（意为有趣——译者注）。这是吴中地区的方言。一天，魏国夫人管道升（赵孟頫之妻）画了一幅奔马图，送到吾衍手里，吾衍为该画题写诗后将印章倒着盖上。所有观看此画的人都怀疑是吾衍弄错了。赵孟頫（死后追赠魏国公）见了，骂道："这不是他误盖了章，而是认为妇人能作画，'倒好嬉子'呀！"（出于《获楼杂抄》）

画葡萄

柏子庭和尚攻画葡萄，又善饮啖，醉饱方落笔。曾有一富室延之，礼待甚腆。其家先已绷绢，食毕，以十指蘸墨，乱点绢上而去。主人茫然。少顷，索笔扫干布叶而成，点皆子也。自题其上曰："昨夜园林雨过，葡萄长得能大，东海五百罗汉，一人与他一个。"

【译文】元代的柏子庭和尚专攻画葡萄，又喜欢吃喝，酒足饭饱后才落笔绘画。曾经有一个富贵人家宴请他，对他盛情款待。这家人事先准备好了画绢，吃喝完后，柏子庭用十个手指蘸墨，在丝绢上随意点画后离开。主人感到茫然。一会儿，柏子庭要来笔，画出枝干、叶子就成了一幅画，刚才点的墨点，都成了葡萄珠。柏子庭在画上题诗道："昨夜园林雨过，葡萄长得能大，东海五百罗汉，一人与他一个。"

画 梅

陈白沙善画梅，人持纸求索者，多无润笔。白沙题其柱云："乌音人又来。"或诘其旨，乃曰："不闻乌声曰'白画白画'？"客为之绝倒。

【译文】明代的白沙先生陈献章善画梅花，人们拿着纸来求画的，大多不给画钱。陈献章在自家柱子上题字云："乌鸦鸣叫人又来了。"有人问题字的意思，陈献章说："没听见乌鸦在叫'白画白画'吗？"客人们笑得前仰后合。

景清假书

景清游太学时，同舍生有秘书。清求，不与，固请，约明旦即还。生旦往索，清曰："吾未尝假书与汝。"生忿讼于司成，清即持书往见曰："此清灯窗所业书。"即诵终卷。生则不能诵一词。司成叱生退。清出，即以书还生曰："以子珍秘太甚，特相戏耳。"

【译文】景清在太学读书时，同宿舍的学生有一本秘书。景清想借来看看，这个学生不借，景清坚持要看，并允诺第二天早上就还。该学生第二天早上去向景清索要，景清说："我没有从你那借书呀。"该学生很忿怒并告到司成那里，景清就拿着秘书前去见司成，说："这是我灯下窗前常学习的书呀。"就将书从头至尾背诵了一遍。可那个学生却不能背一句。司成将该学生训斥了一顿，令其退下。景清出来以后，立即将秘书还给了这个学生，说："因你把这本书藏得太神秘了，特意和你开了个玩笑。”

李西涯题画

大僚吴某家藏陈图南小像，亦名笔也，遍求在京名公题咏。邵半江诗先成，求质于李西涯公。公绐曰：“尚有一二字未稳，俟予更之。”因嘿记其诗，先题吴公画上。邵见之，抚掌大笑。

按邵诗云：“盘陀石上净无尘，岳色江声共此真。莫怪吴侬浑不醒，百年俱是梦中人。”

【译文】朝中一个姓吴的大官，家中收藏有宋代道士希夷先生陈图南（抟）的画像，该画也是出自名人的手笔，于是他就遍求在京城的名人给这幅画题诗。邵半江（珪）先写好，拿来向李西涯（东阳）请教。李西涯骗他说：“还有一两个字不太妥当，等我给你改一下。’于是就默记下邵半江的诗，先题在吴公的画上。邵半江看见了，拍着手掌大笑。

按邵半江的诗云：“盘陀石上净无尘，岳色江声共此真。莫怪吴侬浑不醒，百年俱是梦中人。”

祀真武

贾秋壑会客，庖人进鳖。一客不食，曰：“某奉祀真武，鳖似真武案下龟，故不食。”盘中复有蔗，又一客曰：“不食。”秋壑诘其故。客曰：“某亦祀真武，蔗不似真武前旗竿乎？”满座大笑。

【译文】贾秋壑宴请客人，厨师端上来一只鳖。座中有一个客人不吃，说："我供奉祭祀真武帝君，鳖像真武帝桌案下的龟，所以不吃。"又上了一盘甘蔗，又有一个客人说："不吃。"秋壑追问其原因。这个客人说："我也奉祀真武帝，甘蔗不是像真武帝前的旗竿吗？"满座客人都大笑起来。

王戎后身

庐江尹李公有门子甚荷宠。一日，诸僚毕集，共谀之，或云"龙阳"，或云"六郎"。霍山尹罗公独曰："此王戎后身。"李惊问故。罗曰："因前生钻李，今索债耳。"

【译文】庐江府尹李公有一个看门仆人很受宠爱。一天，各位属僚都聚集到李公家中，大家一起奉承、讨好李公的门子，有人说像"龙阳"（战国时魏国有一宠臣号龙阳君，后人称男子美色为龙阳——译者注），有人说像"六郎"（唐武则天的宠臣张昌宗排行第六，貌美，后人把六郎作为美男子的代称——译者注）。只有霍山县尹罗公说："这门子是王戎的化身。"李公吃惊地问罗公原因。罗公说："因上一辈子钻李核，如今讨债来了。"（晋代王戎性情吝啬，家有好李子树，怕别人得核种，就把李核钻碎——译者注）

滕元发

司马温公劾奏王广渊，乞诛之以谢天下。滕元发为起居注，既归，王就问："早来司马君实上殿乞斩某以谢天下，不知圣语如何？"滕戏曰："只听得圣语云：'依卿所奏。'"

【译文】温国公司马光上奏皇上弹劾王广渊，请求皇上杀王广渊以谢天下。滕元发是负责记录皇帝日常生活起居的官员，他回来后，王广渊就问："早朝司马光（字君实）上殿请求杀我以谢天下，不知皇上说了什么？"滕元发戏弄他说："只听见圣上说：'按爱卿所奏的执行。'"

王中父

王介，字中父，性轻率，每语言无伦，人谓其有风疾。出守湖州，王介甫以诗送之云："东吴太守美如何，柳浑诗才未足多。遥想郡人迎下檐，白苹洲渚正沧波。"其意以水值风即起波也。介谕其意，遂和十篇，盛气而诵于介甫。其一曰："吴兴太守美如何，太守从来恶祝鮀。生若不为上柱国，死时犹合代阎罗。"介甫笑曰："阎罗见缺，请速赴任！"

王中父与刘贡父同考试。中父以举人卷子用"小畜"字，疑"畜"字与御名同音。贡父争以为非。中父不从，固以御名。贡父曰："此字非御讳，乃中父之家讳也！"因相诟骂。贡父坐罢，同判太常礼院，罚铜归馆。有启谢执政云："虚船触舟，忮心不怨。强弩射市，薄命何逃？"时雍子方为开封推官，戏曰："据罪名当决臀杖十三。"贡父曰："吾已入文字，云：'窃见雍子方身材长大，臀腿丰肥，臣实不如，举以自代。'"

【译文】王介，字中父，性情轻浮草率，说话总是语无伦次，人们都说他有疯病。将任为湖州太守，王介甫（安石）写诗送给王介说："东吴太守美如何，柳恽诗才未足多。遥想郡人迎下檐，白苹洲渚正沧波。”其意思是风刮到水面就起波浪。王介明白王安石的用意，于是就写诗十篇，傲慢地吟诵给王安石听。其中一首这样写道：“吴兴太守美如何，太守从来恶祝鮀。生若不为上柱国，死时犹合代阎罗。”王安石笑道：“阎罗这个位置正空缺呢，请你赶快上任吧！”

王介与刘贡父（攽）一同主持考试。王介因举人考卷用“小畜”字体，怀疑“畜”字和皇上的名字同音（宋神宗赵顼——译者注）。刘攽和他争论说不是。王介不听，坚持认为“畜”字犯了皇上的名字“顼”的忌讳。刘攽说：“此字不是皇上忌讳，而是王介的家讳！”因此，两个人相互辱骂。贡父因而被免去太常礼院职务，又被罚了薪俸，回史馆任职。他写了一封信给宰相陈述说：“行船触碰了一只空船，虽有忌心但不抱怨。强弩才能射利，命薄的人又怎能逃脱命运呢？”当时雍子方是开封府推官，戏谑说：“根据罪名应判决在屁股上杖打十三下。”刘攽说：“我已经写到文章里去了，说：‘我看到了雍子方身材很高大，屁股大腿很丰满肥胖，臣是比不上的，因此，推举他代自己受罚吧’。”

龙德化

黄都龙太渠，官郡守，致仕。其子名德化，以乡举选官为府判。临之任，太渠治觞饯之，嘱曰：“尔平日好谑，今日居官不得复尔。”德化起立应曰：“堂尊承教了！”太渠不觉失笑。

【译文】黄都的龙太渠，原来官为知府，因年老退休归乡。他的儿子名叫德化，由举人被荐举任某府通判。临上任时，龙太渠为儿子设酒宴饯行，嘱咐他说：“你平日好开玩笑，现在当官了，不能像以前一样了。”德化站起来用官场常用语回答道：“府尊承教了！”太渠不觉失笑。

丁谓

丁谓在秘阁日，凝寒近火，尝以铁箸于灰烬间书画。同舍伺公暂起，烧火箸使热。公至仍书，为箸所烙，曰：“昨宵通晓不寐，为四邻弦管喧呼所聒。”同舍曰：“是必嫁娶之家也。”公曰：“非是。时平岁稔，小人辈共乐（烙）其父母祖先耳！”

【译文】丁谓在秘阁任职时，特别寒冷就靠近火盆取暖，曾经用铁筷子在炉灰上书写作画。同屋的人伺机等他起来，把铁筷子烧热了。丁谓回来后仍旧拿铁筷子书写，却被铁筷子给烙伤了，他就说：“昨天夜里一直到天亮也没睡好觉，被四周邻居管弦乐声和喧哗嘈杂声聒噪所致。”同屋的人说：“一定是有人家嫁女娶妻吧。”丁谓说：“不是。因为天下太平，五谷丰登，小儿辈人共乐（烙的谐音）他们的父母祖先罢了！”

才宽

才太守宽，高才抗节。尝谒抚台，一主事丁忧还家，亦来谒。门适闭，才曰：“何不击木鱼自通？”主事不可。才乃戏曰：“座上木鱼敲夜月。”主事不答。才曰：“可对‘檐前铁马打秋风’。”主事大怒而去。才曰：“如此大气，不见人亦可。”

【译文】明朝的才宽当太守时，既有才能，又很有气节。曾经去谒见抚台大人，一个主事官为父母守丧还家，也来拜见抚台。抚台衙门正好关门，才宽说："何不击打木鱼自己通报呢？"主事不敢这样做。才宽于是开玩笑说："座上木鱼敲夜月。"主事也不对答。才宽又说："你可对'檐前铁马打秋风'。"主事听了，非常恼火地走了。才宽说："如此大的脾气，不见这个人也是可以的。"

呼如周名

度支尚书宗如周，有人诉事，谓其曾作如州官也，乃曰："某有屈滞，故来诉如州官。"如周曰："尔何人，敢呼我名？"其人惭谢曰："只言如州官作如州，不知如州官名如周，早知如州官名如周，不敢唤如州官作如州。"如周大笑曰："令卿自责，见侮反深。"众咸服其雅量。

【译文】北齐度支部尚书宗如周，有人来诉事，知道宗如周曾经作过如州官，于是说："我有委屈的事情，所以来告诉如州官。"宗如周说："你是什么人，竟敢直接称呼我的名字？"这个人惭愧抱歉地说："只说是如州官作如州，不知道如州官名字叫如周，早知道如州官名叫如周，就不敢叫如州官为如州了。"如周听后大笑说："叫你自己责备自己，我倒深受侮辱了。"众人都佩服宗如周具有客人的雅量。

中官性阴

太监谷大用，迎驾承天，所至暴横。官员接见，多遭叱辱，必先问曰："你纱帽哪里来的？"一令略不为意，大用喝问如前。令曰："我纱帽在十王府前三钱五分白银买来的！"大用一笑而罢。令出，众问之。曰：“中官性阴，一笑更不能作威矣！”众叹服。

【译文】明朝太监谷大用到承天府（今湖北钟祥）迎接嘉靖帝来京即位，一路上表现得十分强暴专横。官员被他接见时，多数要遭到叱责辱骂，他总是先问一句：“你的纱帽是从哪里弄来的？”一个官员却好像不大在意，谷大用又喝问一遍。这个官员回答说：“我的纱帽是十王府前用三钱五分的白银买来的！”谷大用听了哈哈一笑，就作罢了。这个官员出来后，众人问他。他说：“这些太监生性阴险，只要他一笑，便不能再耍威风了！”众人对他的机智都很赞叹佩服。

宋太祖乡邻

宋太祖虑囚。一囚诉称：“臣是官家乡邻。”太祖疑为微时比舍，亟问之。乃云：“住东华门。”帝大笑，亦竟释之。

【译文】宋太祖赵匡胤为囚犯太多而发愁，就亲自过问。有一个囚犯自己诉称说：“我是圣上家乡的邻居呀。”宋太祖怀疑他是自己小时候的隔壁邻居，就急忙问囚犯。囚犯说：“我住东华门。”宋太祖大笑，竟然也将这个囚犯释放了。

刘贡父

刘贡父为试官，出“临以教思无穷论”。举人上请曰：“此卦大象如何？”刘曰：“要见大象，当诣南御苑可也。”时马默为台官，弹奏攽轻薄，不当置在文馆。贡父叹曰：“既云马默，岂合驴鸣？”

【译文】刘贡父（攽）作为考试的官员，出的考题是"临以教思无穷论"。一个举人上来请教："此卦大象怎么样？"刘攽说："你要看大象，应当到南御苑去看就行。"当时马默为御史台谏官，便上奏弹劾刘攽太轻浮，不应当安排在文馆。刘攽感叹道："既然叫马默，怎么和驴一样叫呢？"

论扬子云

王介甫与东坡论扬子云投阁为史臣之妄，《剧秦美新》之作亦后人诬子云。东坡曰："轼亦疑一事。"荆公曰："疑何事？"东坡曰："不知西汉果有子云否？"众大笑。

【译文】王介甫（安石）与苏东坡在一起谈论关于扬子云（雄）投阁自尽是史官的荒谬记载，骂秦始皇而美化王莽新朝的文章也是后人诬蔑扬子云的。苏东坡说："我也怀疑一件事。"王安石说："怀疑什么事？"东坡说："不知西汉时期有没有扬子云这个人？"众人大笑。

陆平泉

相嵩诞日，诸翰林称寿，争献其面。时菊花满堂，陆平泉独退处于后，徐曰："不要挤坏了陶渊明。"

【译文】宰相严嵩寿诞之日，众翰林官员都来贺寿，争着向严嵩献上自己做的长寿面。当时正是菊花盛开的时节，厅堂上下摆满了菊花，唯独陆平泉（树声）退到了最后，不紧不慢地说："不要挤坏了陶渊明。”

箕 仙

有请箕仙者，仙至，自云何仙姑。一顽童戏之，于掌心书一“卵”字，问姑曰：“此何字？”箕遂判云：“似卯原非卯，如邛不是邛。仙家无用处，转赠与尊堂。”见《诗话》。

【译文】有个请箕仙的人，仙人来了，自称是何仙姑。一个调皮的孩童戏弄这个仙人，在掌心写了一个“卵”字，问何仙姑说：“这是什么字？”箕仙于是判说：“这个字像卯不是卯，像邛字不是邛。我们仙家没有什么用处，转赠给你的母亲吧。”记载于《诗话》。

押衙诗

湘江北流至岳阳，达蜀江，夏潦后，蜀江涨势高，遏住湘波，让而退，溢为洞庭湖，凡阔数百里，君山宛在水中。秋水归壑，此山复居陆，唯一条湘川而已。前辈许裳《过洞庭》诗最为首出，后无继者。诗僧齐己驻锡巴陵，欲吟一诗，竟未得意。有都押衙蔡姓者，戏谓己公曰：“某有诗已绝，诸人不必措词。”己公坚请口札。押衙朗吟曰：“可怜洞庭湖，恰到三冬无髭须。”以其不成湖也。己公大笑。

【译文】湘江向北流至岳阳，到达长江，夏天大雨过后，长江水位涨势很高，阻止了湘江的流水，湘江水只好向后退，漫出的水形成了洞庭湖，洞庭湖宽达几百里，君山仿佛就在水中一样。等秋水退回山沟后，君山又回到了陆地上，只有一条湘川而已。唐朝前辈诗人许棠《过洞庭》的诗是描写洞庭湖最为出色的一首，以后再没有人比得过他。有一个诗僧，名叫齐己，住在巴陵（今湖北岳阳），总想写一首有关洞庭湖的诗，但总是没有写出满意的诗。有一个姓蔡的都押衙，戏谑地对齐己说："我有一首诗，那是绝顶的妙句，你们不用再措词了。"齐己再三请他口述一下，押衙朗诵说："可怜洞庭湖，恰到三冬无髭须。"其意是三九寒冬的洞庭湖已不成湖了。齐己大笑。

张幼于谜

吴门张幼于，使才好奇。日有闯食者，佯作一谜粘门云："射中许入。"谜云："老不老，小不小，羞不羞，好不好。"无有中者。王百谷射云："太公八十遇文王，老不老；甘罗十二为丞相，小不小；闭了门儿独自吞，羞不羞；开了门儿大家吃，好不好！"张大笑。

【译文】苏州的张幼于（献翼）炫耀才华，好办奇异之事。几乎每天都有一群朋友闯来要饮酒，他假作了一个谜语贴在门上，说："猜中的人可以入内。"谜面是："老不老，小不小，羞不羞，好不好。"没有一个人猜中。王百谷（稚登）猜说道："姜太公八十岁遇周文王，老不老？东吴甘罗十二岁拜丞相，小不小？关闭房门自己吃独食，羞不羞？开了门儿大家一起吃，好不好！"张幼于听后大笑。

痔字

近谑云：叶仲子一日论制字之妙，因及"疾""病"二字：

"从丙，从矢，盖言丙燥矢急，燥急，疾病之所自起也。"友人故以"痔"字难之。沈伯玉笑曰："因此地时有僧人往来，故从寺。"众方哄堂。一少年不解，向叶问之。叶徐曰："异日汝当自解。"众复哄堂。

【译文】近来有玩笑说："叶仲子一天谈论古人造字的妙处，说到疾病二字时说："疾病二个字，从丙，从矢，所以说丙属火，矢通屎，都是说干燥上火，大便不通，疾病自然而然地来了。"有个朋友故意用"痔"字来难为他。沈伯玉笑说："因这个地方常有僧人往来，故从寺。"众人哄堂大笑。一少年不解其意，向叶仲子请教。叶仲子慢慢地说："日后你就会自己明白了。"众人又一次哄堂大笑。

比玉居

有王生行一者，美甚，人多嬖之。沈伯玉过其家，见斋额颜曰"比玉居"。伯玉曰："此额殊有意，移'比'字易出'居'内之'古'，分明是'屁古'二字，'玉'字亦'王''一'二字也分合言之，乃'王一屁古'四字。"

【译文】有个叫王行一的书生，长得很美，很多人宠爱他。有一天，沈伯玉从王行一家路过，看到他家的门上挂着匾额曰"比玉居"。伯玉说："这个匿额有特殊的意思，把'比'字换出'居'内的'古'字，分明是'屁古'两字。'玉'字也是'王'和'一'两个字合在一起的。分解之后四个字合在一起，乃是'王一屁古'四个字。"

朱古民

朱古民文学善谑。一日，在汤生斋中，汤曰："汝素多智术，假如今坐室中，能诱我出户外立乎？"朱曰："户外风寒，汝必不肯出。倘汝先立户外，我则以室中受用诱汝，汝必从矣。"汤信之，便出户外立，谓朱曰："汝安能诱我入户哉！"朱拍手笑曰："我已诱汝出户矣！"

【译文】朱古民善于文才，又很幽默诙谐。一天，在汤生的书斋中，汤对朱古民说："你平素多智多谋，假如今天我坐在屋里，你能引诱我出门站立吗？"朱古民："屋外面风大寒冷，你肯定不肯出门了。倘若你先站在门外，我可以用室内很舒服来引诱你到室内来，你必然听从。"汤相信朱古民的话，便出外站立，对朱古民说："你怎么能引诱我进入屋内呢！"朱古民拍手笑说："我已经将你诱骗到屋外了！"

机警部第二十三

子犹曰：昔三徐名著江左，而骑省铉尤其白眉。及入聘，颇难押伴之选。艺祖令殿前司具殿侍中不识字者十人以闻，而点其一，曰："此人可。"举朝错愕不解，殿侍者亦不敢辞。既渡江，骑省词锋如云，其人不能答。强聒之，徒唯唯。居数日，既无与之酬复，骑省亦倦且默矣。人谓"此大圣人举动，不屑与小邦争口舌之胜"，不知尔时直是无骑省对手，傥得晏婴、秦宓其人，滑稽辩给，奏凯而还，大国体面，更当何如？孔门恶佞，而不废言语之科，有以也！集《机警第二十三》。

【译文】子犹说：从前徐延休和两个儿子徐铉、徐锴并称三徐，闻名于江左，而散骑常侍徐铉尤其出众。等他来中原出访时，却很难选出与他相当的人陪伴接待他。宋太祖就命殿前司预备了十个不识字的殿中侍卫来听令，太祖指着其中一个人说："这个人就行。"所有上朝的人都感到惊讶，迷惑不解，那被选中的殿中侍卫也不敢推辞。等渡江北上以后，徐铉的话语便像天上的行云一样不断地流泻出来，那个殿中侍卫却无言答对。徐铉勉强让他搭话，他也只是唯唯诺诺，点头而已。过了几天，殿中侍卫也没有和徐铉说上几句话，徐铉也因困倦不再作声。人称"这才是大国人的行为，不屑于和小国的使者在口头上争胜负”，岂不知只是因为当时实在没有人是徐铉的对手才会这样。假如有像齐国的晏婴、三国蜀汉的秦宓这样的人物，滑稽善辩，胜利而归，充分体现大国风度，结果又将是什么样呢？孔儒厌恶小人谄媚，但不废弃学习能言善辩的方法，有一定的道理呢！故此汇集《机警部第二十三》。

晏 子

齐景公问：“东海枣华而不实，何也？”晏子曰：“秦穆公黄布裹蒸枣，至海上而投其布，故华之不实。”公曰：“吾佯问耳。”对曰：“佯问者，亦当佯对。”

晏子至楚，王赐晏子酒。酒酣，吏缚一人，前曰：“此齐人也，坐盗。”王视晏子曰：“齐人固多盗乎？”晏子避席对曰：“婴闻之，橘生淮南则为橘，生于淮北则为枳。今民在齐不盗，入楚则盗，意者楚之水土耶？”王笑曰：“圣人非所与嬉也，寡人反取病焉！”

【译文】齐景公曾问晏子：“东海的枣华而不实，为什么呢？”晏子答：“秦穆公用黄布包着枣到了东海，把包枣的布扔到海里，所以海里只有花布而没有果实。”齐景公说：“我只是假装不知而问你罢了。”晏子说：“假装着问，也应当假装着不知来回答。”

晏子出使楚国，楚王赐给晏子酒喝。酒席上喝到畅快时，差役绑着一个人，上前说：“这是齐国人，因偷盗被逮。”楚王就问晏子：“齐国人本来就好偷盗吗？”晏子离开酒席说：“我听说过这样的事情：橘子生在淮南就成为甘甜的橘子，生在淮北就变成了只能入药的枳子。当今百姓在齐国不偷盗，进入楚国就偷盗，应当是和楚国的水土环境有关呀！”楚王笑着说：“圣人是不能和他随便开玩笑的，我反而自讨没趣了！”

晏子马氏语相似

晏子使楚。楚人以晏子短，为小门于大门之侧，而延之。晏子曰：“臣不使狗国，安得从狗门入？”傧者更道从大门入。见楚王，王曰：“齐无人耶？”晏子对曰：“临淄三百里，张袂成阴，挥汗成雨，何为无人？”王曰：“然则何为而使子？”对曰：“齐命使各有所主：其贤者使使贤王，不肖者使使不肖王。婴最不肖，故使楚矣。”

袁隗妻马氏是季一长之女，少有才辩。融家势丰豪，装遣甚盛。隗问曰：“妇奉箕帚而已，何乃过珍丽乎？”对曰：“慈亲垂爱，不敢逆命。君若欲慕鲍宣、梁鸿之高，妾亦愿从少君、孟光之事矣！”隗又曰：“弟先兄举，世以为笑。今处姊未适，先行可乎？”对曰：“妾姊高行殊邈，未遭良匹，不似鄙薄苟然而已。”

【译文】晏子作为使节出访楚国。楚国人因晏子身材太矮，就在大门旁边专设了小门，并让晏子从小门进入。晏子说：“我并没有出使狗国，怎么能从狗门进入呢？”楚国的迎宾者只好改道，请他从大门进入。拜见楚王时，楚王问晏子：“齐国没有人了吗？”晏子回答说：“临淄（今山东淄博东）方圆三百里地，人们撩起衣襟形成的阴影便能遮住阳光，挥下的汗珠如同下雨，怎么会认为没有人呢？”楚王又问：“那为什么让你出访楚国呢？”晏子答：“齐国是根据对方国君派遣使节的：对方国君贤明的，齐国就派去聪慧的使节，对方国君不贤明的，齐国就派去不贤慧的使节。晏婴我是齐国最不聪明的人，所以被派来出使楚国。”

袁隗的妻子马氏是马季长（融）的女儿（原书作“季子长女”，误，应为“季长之女”，今据《汉书》原文改正——译者注），少年时就显出能言善辩的才气。马融家中富裕而有权势，给女儿的嫁妆也很豪华丰盛。袁隗问马氏：“妇道人家生来就是主持家务、干家务活儿的，为什么要这样珍贵丰盛的嫁妆呢？”马氏答道：“慈祥的双亲疼爱我，不能违背他们的意愿。你如果仰慕并具有鲍宣、梁鸿他们那样穷且益坚的高尚品德，我情愿像少君和孟光侍奉鲍宣和梁鸿那样无微不至地侍奉你！”袁隗又说：“弟弟如果比兄长先被荐举做官，世人多以为是笑话。如今你姐姐尚未嫁人，你怎么能先于她出嫁呢？”马氏答道：“我的姐姐品德高尚，美貌异常，还未遇到能与之匹配的才子。她不像我，只是勉强凑合一个夫君罢了！”

尔汝歌

晋武帝问孙皓：“闻南人好作《尔汝歌》，汝能为不？”皓正饮酒，因举觞劝帝而言曰：“昔与汝为邻，今与汝为臣。上汝一杯酒，令汝寿万春。”帝悔之。

【**译文**】晋武帝司马炎问孙权的孙子孙皓说：“听说南方人好作《尔汝歌》，你能不能作？”孙皓正在喝酒，就举起酒觞规劝武帝并对他说：“昔与与汝为邻，今与汝为臣。上汝一杯酒，令汝寿万春（过去恨你做邻居，现在给你当臣下。敬你一杯酒，祝你活到万万岁）。”武帝后悔自己的问话不恰当。

伊 籍

先主以伊籍使吴。孙权闻其才辩，欲逆折以辞。籍适入拜，权曰：“劳事无道之君乎？”对曰：“一拜一起，未足为劳。”

【译文】先主刘备派伊籍出使吴国。孙权早听说他很有辩才，想用辞令使伊籍折服。伊籍正好来见，向孙权跪拜行礼。孙权问他：“您在辛勤地侍奉那无道的昏君吧？”伊籍答：“拜一次，就站起来，称不上辛劳。”

赵 迁

后秦姚苌与群臣宴。酒酣，谓赵迁曰：“诸卿皆与朕北面秦朝，今忽相臣，得无耻乎？”迁曰：“天不耻以陛下为子，臣等何耻为臣？”苌大笑。

【译文】后秦武昭帝姚苌和群臣同席共饮。酒兴达到高潮时，姚苌问赵迁：“从前众爱卿和我同是秦朝的臣子，现在突然变成我的臣子，不觉得耻辱吗？”赵迁答：“上天不因陛下当他的儿子而感到耻辱，我们为什么以做您的臣下而感到耻辱呢？”姚苌大笑。

诸葛恪

诸葛恪父瑾面长似驴。孙权大会客，使人牵驴入，题其面曰：“此诸葛子瑜。”恪请笔，续两字于下曰“之驴”。举坐欢笑。乃以赐恪。

【译文】诸葛恪的父亲诸葛瑾，字子瑜，脸长得像驴一样长。孙权与客人大聚会，叫人牵一头驴进来，在驴脸上题字道："这是诸葛子瑜"。诸葛恪接过笔，又在下边续上"之驴"两个字。全体在座的客人开怀大笑。孙权便把那头驴赐给了诸葛恪。

元 孚

五代周元孚好酒，短而秃。文帝于室内置酒十瓶，各加帽以戏孚。孚入见，便云："吾兄弟无礼，何为入王室中坐？宜早还宅。"因持酒去。

【译文】南北朝时（原文作五代周，误。今据《北史》原文卷十六改正——译者注）的元孚，嗜好饮酒，身材矮小且头顶斑秃。宇文泰在室内摆放了十瓶酒，每瓶酒上都加戴一顶帽子，以戏弄元孚。元孚进屋看见后，就说："我兄弟不懂礼节，为什么要进来坐到王室中呢？应该早点让他回家去！"于是，搬起酒就走了。

贾 玄

待诏贾玄侍宋太宗棋，饶玄三子，常输一路。太宗知玄诈，不尽其艺，乃曰："此局复输，当榜汝！"既满局，不生不死。太宗曰："亦诈，更一局，汝胜，赐汝绯；不则投汝水中！"局既卒，不胜不负。太宗曰："我饶汝子而复平，是不胜也！"命左右投之水中，乃呼曰："臣握中尚有一子！"太宗大笑，赐以绯衣。

【译文】担任宫廷内棋待诏官职的贾玄陪宋太宗赵光义下棋，太宗饶给贾玄三个子，贾玄总是输掉一路。太宗知道贾玄骗他，并未献出真实棋艺，就对贾玄说："这一局再输给我，就当鞭打你！"等一局下完，不输不赢。太宗又说："你还是欺骗我，再下一局，若你胜了，赐给你红袍；否则就把你扔进水里去！"一局又下完后，仍不分胜负。太宗说："我饶你子却又下平，说明你又输了！"遂命左右把贾玄扔到水里去。这时贾玄才叫道："我手中还有一个棋子呢！"太宗大笑，并赐给贾玄穿戴四品官职的大红色官服。

陈君佐

太祖时，陈君佐以诙谐得幸，屡遭危险，以口舌免。尝与物食之，敕其言善则免。与醋饮，问曰："酒何如？"对曰："折腹。"谓酸也，即"折福"。与生牛皮食，问曰："肉何如？"对曰："难消。"谓硬也。又以宽大员帽赐戴之，罩项，问曰："何如？"对曰："带不浅。"谓深也，即"感戴"。一日，又欲一字笑。请明日从驾至金水河，预令孤老瞽者沿河排立。驾至，陈呼曰："拜！"众皆依赞拜堕水中。上大笑。又从游苑中，上停马，命随口作一诗。即呈曰："君王停马要诗篇，杜甫诗中借一联：金勒马嘶芳草地，玉楼人醉杏花天。"

【译文】明太祖朱元璋在位时，陈君佐因善于幽默戏谑而受皇上宠幸，多次遭遇危险，都因他的巧言善辩而被赦免。太祖曾经给他一些东西让他吃，并告诫他：若善于对答，就免吃。先让他喝醋，然后问他："这酒味道如何？"答道："损伤腹中肠胃。"意指味酸，暗喻“折损人的福寿”。给他吃生牛皮，问他：“这肉味道如何？”陈答道：“难以消化。”意指肉太硬了。又把宽大的圆帽子赐给他戴上，遮住了脖子，太祖问他：“感觉怎么样？”陈答：“带不浅。”意指帽子太深了，又和“感戴皇恩不浅”谐音。一天，明太祖又想让他只说一个字能令人发笑。陈请求皇上允许他随圣驾到金水河。于是，陈君佐事先找了一些孤单又盲眼的老头，沿河边站立一排。圣驾一到，陈就高喊：“拜！”那些盲人随声叩拜，纷纷落入水中，皇上开怀大笑。又有一次，陈君佐随皇上往宫苑中游览，皇上忽然止马停步，命令陈随口作一首诗。陈马上应声道：“君王停马要诗篇，杜甫诗中借一联：金勒马嘶芳草地，玉楼人醉杏花天。”（此处作杜甫，误。后两句实为李白诗句。——译者注）

薛综

蜀使张奉使于孙权，前以姓名嘲阚泽，泽不能答。薛综下行酒，因劝云：“蜀者何也？有‘犬’为‘獨’，无‘犬’为‘蜀’。横‘月’勾‘身’，‘虫’入其腹。”奉曰：“不当复说君吴耶？”即应声曰：“无‘口’为‘天’，有‘口’为‘吴’。君临万邦，天子之都。”众坐喜笑，而奉无对。

【译文】蜀汉派张奉出使吴国拜见孙权，张奉从前曾因姓名嘲笑阚泽，阚泽不能应答，孙权属下的官员薛综在款待张奉的席间依次给各位斟酒，向张奉劝酒时乘机说：“蜀是什么？有了‘犬’字便成为‘獨’，没有‘犬’字就是蜀。把月亮横着摆又勾起身子，‘虫’就进入它的肚子里。”张奉应答道：“不应当再说说你们吴国吗？”薛综随即脱口而出：“无‘口’为‘天’，有‘口’为‘吴’。君临万帮，天子之都。”在座的人发出一片欢笑声，张奉却无言以对。

秦宓

吴使张温来聘，问秦宓曰：“天有头乎？”宓曰：“有。”温曰：“在何方？”宓曰：“诗云：‘乃眷西顾。’以此推之，在西方。”温曰：“天有耳乎？”曰：“天处高而听卑。诗云：‘鹤鸣九皋，声闻于天。’”温曰：“天有足乎？”宓曰：“诗云：‘天步艰难。’无足何以步之？”温曰：“天有姓乎？”宓曰：“姓刘。”温曰：“何以知之？”曰：“天子姓刘，以此知之。”

【译文】吴国的使节张温到蜀国来，向蜀国才子秦宓问道：“天有头吗？”秦答：“有。”张又问：“在什么地方？”秦答：“《诗经》中写道：‘乃眷西顾。’由此推断，天的头在西方。”张温问：“天有耳朵吗？”秦宓答：“天处在高空而能听到下边的声音。《诗经》上说：‘鹤鸣九皋，声闻于天。’”张又问：“上天有脚吗？”秦答：“《诗经》中说：‘天步艰难。’如果没有脚，怎么能行走呢？”张温接着问：“天有姓氏吗？”秦宓答：“姓刘。”张温又问：“怎么知道天姓刘？”秦答：“天子姓刘，由此得知上天也姓刘！”

东方朔

武帝时，有献不死之酒者，东方朔窃饮之。帝怒，欲杀朔。朔曰：“臣所饮，不死之酒也。杀臣，臣亦不死；臣死，酒亦不验。”

《韩非子》中射之士事同。

汉武游上林，见一好树，问东方朔。朔曰："名'善哉'。"帝阴使人识其树。后数岁，复问朔，朔曰："名为'瞿所'。"帝曰："朔欺久矣！名与前不同，何也？"朔曰："夫大为马，小为驹；长为鸡，小为雏；大为牛，小为犊；人生为儿，长为老。且昔为'善哉'，今为'瞿所'，长少死生，万物败成，岂有定哉？"帝乃大笑。

《说苑》：子路、颜回浴于洙水，见五色鸟。颜回问。子路曰："荣荣之鸟。"他日见之，又问。曰："同同之鸟。"回曰："何一鸟而二名？"子路曰："譬如丝绢，煮之则为帛，染之则为皂，不亦宜乎！"

【译文】汉武帝刘彻在位时，有人给他献上长生不死的酒，东方朔偷着把这酒喝了。汉武帝十分恼怒，想杀东方朔。东方朔说："我喝下的是长生不死的酒，您若要杀我，我也不会死；若我真被杀死，酒也就不灵验了。"

《韩非子》中记载的楚国中射士的故事与此相同。

汉武帝到上林苑游玩，看见一棵好树，问东方朔此树的名字。朔答："名叫'善哉'。"武帝暗中派人记下这树的名字。过了几年后，汉武帝又问东方朔那树的名字，朔答："名叫'瞿所'。"武帝问："东方朔，你欺骗我这么长时间！树名与你几年前告诉我的不一样，为什么？"东方朔答："那马长大了叫马，小时就叫驹；鸡长大时叫鸡，小时称雏；牛长大时叫牛，小时称为犊；人生下时叫婴儿，年长时则称为老人。可见，此树从前叫'善哉'，现在称'瞿所'，就像人生老病死一样，万物生长成活衰败，哪有什么固定模式呢？"汉武帝这才转而大笑。

《说苑》中记载：孔子的学生子路、颜回在洙水（今山东境内）

中洗澡时，看见一只五色鸟。颜回问是什么鸟，子路答："这是荣荣鸟。"以后再见到时，颜回又问，子路答："是同同鸟。"颜回问："为什么一只鸟有两个名字？"子路答："比如那丝绢，煮熟时称帛，染上颜色时就称为皂。不也是同样的道理吗？"

孔文举

孔文举年十岁，随父到洛。时李元礼有盛名，为司隶校尉。诣门者，俊才清称及中表亲戚乃通。文举至门，谓吏曰："我是李府亲。"既通，前坐。李曰："君与仆有何亲？"对曰："昔先人仲尼与君先人伯阳有师资之亲，是仆与君奕世为通好也。"膺问："欲食乎？"曰："须食。"膺曰："教卿为客之礼：但让，不须谢主。"融曰："教公为主之礼：但置食，不须问客。"膺叹服，曰："恨吾将死，不及见卿富贵。"融曰："公殊未死。"膺问何故，答曰："'人之将死，其言也善。'公向言殊未善。"适大夫陈韪后至，闻斯语，曰："小时了了，大未必佳。"融曰："想君小时，必当了了！"

【译文】孔文举（融）十岁时跟随父亲到洛阳。当时，李元礼（膺）在京城负有盛名，担任司隶校尉。凡到他府门上求见的必须是有文才有社会声誉的人以及内外亲戚、家属，才能向他通报。孔融到了李府门口，对家丁说："我是李府的亲戚。"家丁向李元礼通报后，孔融进入前厅就座。李元礼问孔融："你与我有何亲？"答："我的先人孔子和您的先人李耳有师生情谊，所以我和您便成为世代友好的亲戚了。"李元礼问："想吃饭吗？"答："必须吃饭。李元礼说：“教给你做客的礼节：只需谦让，不必要酬谢主人。”孔融说：“我教给您做主人的礼节：只管准备食物，不一定要问客人是否想吃。”李元礼叹服道：“很遗憾，我快死了，不能看到你将来飞黄腾达、荣华富贵了！”孔融说：“先生您绝对不会很快死去。”李元礼问其中缘故。孔融答：“人快死时说出的话都是善美的，先生刚才说的话并不善美。”正好大夫陈韪在孔融之后来到李府，听到了他们的对话，在一旁说：“小时候聪明，长大时未必出众。”孔融说：“推想你小时必定很聪明！”

贾嘉隐

贾嘉隐年七岁，以神童召见。时长孙无忌、徐勣于朝堂立语。徐戏之曰：“吾所倚何树？”贾曰：“松树。”徐曰：“此槐也，何言松？”贾云：“以公配木，何得非松？”长孙复问：“吾所倚何树？”曰：“槐树。”公曰：“汝不能复矫对耶？”贾曰：“何烦矫对？但取其鬼木耳！”徐叹曰：“此小儿作獠面，何得如此聪明？”贾云：“胡头尚为宰相，獠面何废聪明？”徐状胡，故谑之。

【译文】唐朝贾嘉隐七岁，因是神童而被唐太宗李世民召见。当时赵国公长孙无忌和英国公徐勣站在朝堂上和贾嘉隐对话。徐勣和贾嘉隐开玩笑说：“我靠的是什么树？”贾嘉隐答：“是松树。”徐勣说：“这是槐树，为什么说是松树？”贾嘉隐解释道：“国公倚着树木，把公和木相搭配，怎么不是松？”长孙无忌问贾：“我靠的是什么树？”贾嘉隐答：“是槐树。”长孙说：“你不能再作别的假托话了吧？”贾嘉隐答：“何必要再假托？只取那鬼和木二字不就成槐了吗？”（指长孙无忌面貌丑陋）徐勣感叹道：“这小孩长一副凶恶面孔，怎么能如此聪明？”贾嘉隐答：“长个胡人的头还能做宰相，长凶恶相貌的人为什么不能聪明？”徐勣长得像胡人，所以贾嘉隐这样戏谑他。

王元泽

王元泽雱，安石子。数岁时，客有以一獐一鹿同器以献，问元泽：“何者是獐？何者是鹿？”元泽实未识，良久对曰：“獐边者是鹿，鹿边者是獐。”客大奇之。

【译文】王雱，字元泽，是王安石的儿子。几岁时，有客人把一个獐和一只鹿装在一个笼子里送到王府。客人问元泽：“哪个是獐，哪个是鹿？”元泽实际上分不清，他想了一会儿，回答说：“獐旁边是鹿，鹿旁边是獐。”客人感到很惊讶。

丘 浚

中丞丘浚谒释珊，珊殊傲。顷之，有州将子弟来谒，珊降阶接之甚恭。丘不平，问曰：“和尚接浚甚傲，而接州将子弟何其恭耶？”珊曰：“接是不接，不接是接！”浚勃起打珊，曰：“打是不打，不打是打！”

【译文】宋朝时，中丞丘浚年经时去拜见一个法号叫珊的僧人，珊显得特别傲气。丘浚刚来一会儿，当地州官的子弟也来拜访，珊却下了台阶去迎接，显得非常恭敬。丘浚感到不公平，便问：

“和尚迎接我时傲气十足，而迎接州官子弟时怎么如此恭敬？”珊答：“出去迎接实际上不是真接，不出去迎接才是真接！”丘浚勃然大怒，站起来就打珊，并说：“打了实是不打，不打才是真打！”

悲彭城

尚书令王肃曾省中咏《悲平城》诗云：“悲平城，驱马入云中。阴山常晦雪，荒松无罢风。”彭城王勰甚嗟其美，欲使更咏，乃失语云：“悲彭城。”肃笑之，勰有惭色。祖莹在座，即云：“固有《悲彭城》，王公未见。”肃曰：“可为诵之？”莹应声云：“悲彭城，楚歌四面起。尸积石梁亭，血流睢水里。”勰大悦，退谓莹曰：“卿定是神口！”

【译文】后魏王肃任尚书令时，曾在公署中吟诵出一首《悲平城》，诗中写道：“悲平城，驱马入云中。阴山常晦雪，荒松（原作“荒风”，误）无罢风。”彭城王元勰十分欣赏其诗的美妙，想让他再吟诵一首，却失言把题目错说成“悲彭城”。王肃笑话他，元勰自觉惭愧。当时祖莹正好在座，就说道：“本来就有《悲彭城》一诗，王公没有见过。”王肃说：“可吟诵出来？”祖莹脱口而出：“悲彭城，楚歌四面起。尸集石梁亭，血流睢水里。”元勰大为高兴。退堂后对祖莹说：“卿家你肯定是长着一张神口！”

裴 略

唐初有裴略者，宿卫考满，兵部试判，为错一事落第。略因诣温彦博陈诉。温时与杜如晦语，不理其诉。略云：“少小已来，自许明辨，至于通传言语，堪作通事舍人；并解文章，兼能嘲谑。”温即指竹使嘲。略应声曰：“庭前数竿竹，风吹青肃肃。凌寒不肯凋，经冬子不熟。虚心未能待国士，皮上何须生节目？”温云：“既解通传言语，可传语厅前屏墙。”略走至墙下，大声语曰：“方今圣明在上，辟四门以待士，君是何物，久在此妨贤路？”即推倒之。温曰：“此意着博也。”略曰：“不但着博，亦当着杜！”彦博、如晦俱大喜，即令送吏部与官。

朱贞白尝谒贵人不礼，题格子屏风曰：“道格何曾格，言糊又不糊。浑身都是眼，还是识人无！”亦此意。

【译文】唐朝初年有个叫裴略的人，任宫中宿卫期限已满，由兵部考核选拔升任官职，因有一项不合格而落选。裴略就去找宰相温彦博，申诉自己的情况。温当时和杜如晦说话，不受理裴略的申诉。裴略说：“我从小时候起，就自以为能言善辩，至于通传言语，能胜任通事舍人之职；我能写文作词，兼有嘲笑戏谑的技巧。”温彦博就指着竹子让他作词嘲笑。裴略应声答道：“庭前数竿竹，风吹青肃肃。凌寒不肯凋，经冬子不熟。虚心未能待国士，皮上何须生节目？”温彦博又说：“你既然了解通传言语，可以到大厅前的屏风里对它传语。”裴略走到屏风下，大声说道：“当今圣明的君主在上，打开四方之门以招揽人才，您是什么东西，长时间在此阻碍纳贤的门路？”随即推倒了屏风。温彦博说：“这是在指责我！”裴略说：“不但指你，也应当指杜！”温彦博、杜如晦都很高兴，遂即命人将裴略送到吏部，给安排了官职。

朱贞白曾去拜访显贵的人物，对方不礼遇他，于是就在格子屏风上题了一首诗：“道格何曾格，言糊又不糊。浑身都是眼，还是识人无！”也是这种寓意。

里行御史

则天时，里行御史聚立门内。有令史不下驴，冲过其间。诸御史大怒，将杖之。令史云："今日之过，实在此驴。乞数之，然后受罚。"谓驴曰："汝技艺可知，精神极钝，何物驴，敢于御史里行？"于是众羞赧而止。

【译文】武则天当政时，一群里行御史（编外的后补御史，不是实职，武则天用以安排闲散官员——译者注）在衙门口谈天。有个下级官员令史骑着驴从他们中间冲过去。各位里行御史大怒，想杖打他。令史说："今天的过错，实际在于这头驴。我请求先数落它，然后再处罚我。"于是，他对驴说："你的技艺一看便知，思维反应极其迟钝，驴是什么东西，胆敢在御史里行走？"众位里行御史个个被羞得脸红，从而终止了吵闹。

隋　士

隋一士，慧而吃，杨素喜与之谈。一日设难曰："倘忽命公作将军，城最小，兵不过一千，粮仅充数日，城外敌兵数万，公何以处之？"士曰："有有救兵否？"曰："只缘无救，所以策公。"士曰："审审如公言，不免致败。"素大笑。素又问："坑深一丈，公入其中，何法得出？"士沉思曰："有有梯否？"公曰："有梯何须更问？"士又沉思曰："是白白日，是是夜地？"素曰："亦何须辨白日夜地？"士曰："若若不是夜地，眼不瞎，何何为陷入？"素大笑。又值腊月，素问："家人被蛇伤，若为医治？"士曰："取取五五月五日南墙下雪雪涂之，即愈。"素曰："五月何得雪？"士曰："若若五月无雪，腊月何处有蛇？"素复大笑。

【译文】隋朝时，有个读书人脑子聪明但说话口吃，越国公杨素喜欢和他交谈。一天，杨素给他出难题："假若我命你做将军，城池最小，士兵不超过一千个，粮食只够吃几天，城外敌兵数万人，你将如何处理？"读书人问："有有没有救援的军队？"杨素说："只因为没有救兵，所以才求你出谋划策。"读书人回答："确确实实像您所说的情形，那结果只有失败了。"杨素开怀大笑。杨素又问他："有个一丈深的坑，若你掉进里边，用什么办法才能上来？"读书人沉思后问："有有梯子没有？"杨素说："要有梯子还需求教你么？"那人又想了一会儿，问："是白白天还是夜晚？"杨素问："为什么要分清是白天还是夜晚？"那人说："如如不是在夜晚，要是眼睛不瞎，为为什么会掉入坑里呢？"杨素大笑。到了寒冬腊月时，杨素问读书人："家人被蛇咬伤，你该怎么医治？"读书人答："取取来五五月五日南墙下的雪雪涂上，就会好了。"杨素问："五月哪来的雪？"读书人问："如如果五月没雪，腊月份哪会有蛇伤人呢？"杨素又开怀大笑。

侯 白

隋侯白尝与杨素并马，见路傍有槐树，憔悴欲死。素曰："侯秀才道理过人，能令此树活否？"白曰："取槐子悬树枝，即活。"素问其说。答曰："《论语》云：'子在，回何敢死？'"（回、槐同音）

开皇中，有人姓出，名六斤，欲参杨素，赍名纸至省门，遇侯白，请为题其姓。乃书曰“六斤半”。名既入，素召其人问曰：“卿姓六名斤半耶？”答曰：“是出六斤。”曰：“何为六斤半？”曰：“向请侯秀才题之，当是错矣。”即召白至，谓曰：“卿何谓为错题人姓名？”对曰：“不错。”素曰：“若不错，何因姓出名六斤，请卿题之，乃言六斤半？”对曰：“向在省门，会卒，无处觅秤。既闻道是出六斤，斟酌只应是六斤半。”

陈尝令人聘隋。不知其使机辩深浅，密令侯白变服为贱人供承。客果轻之，乃傍卧放气，问白曰：“汝国马价贵贱如何？”白云：“马有数等，若伎俩筋脚好、形容不恶、堪乘骑者，值二十千已上；若形容粗壮、虽无伎俩，堪驮物，值四五千已上；若弥尾燥蹄、绝无伎俩、傍卧放气，一钱不值！”使者大惊，问其姓名，知是侯白，方愧谢。

侯白在散官隶属。杨素爱其能剧谈，每上番日，即令谈戏弄。或从旦至晚始得归，才出省门，即逢素子玄感。乃云：“侯秀才，可与玄感说一个好话。”白被留连，不获已，乃云：“有一大虫欲向野中觅肉，见一刺猬仰卧，谓是肉脔，便欲衔之。忽被猬卷着鼻，惊走，不知休息，直至山中，困乏，不觉昏睡。刺猬乃放鼻而去。大虫忽起，欢喜走至橡树下，低头见橡斗，乃侧身语云：‘旦来遭见贤尊，愿郎君且避道！’”

【译文】隋朝时，才子侯白曾经和杨素骑马并行，杨素看见路旁一棵槐树，干枯得快要死去，就问道：“侯秀才智慧过人，能否救活此树？”侯白答：“取来槐子挂在树枝上，树就会活。”杨素问他的根据。侯白说：“《论语》上讲：‘子在，回何敢死？’”（回、

槐二字在当时同音）

隋文帝开皇年间，有个人姓出，名六斤，想参见杨素，拿着名片纸来到中书省衙门外，碰上侯白，便请侯白把自己的名字写到名片纸上。侯白写上“六斤半”。名片传入后，杨素召见其人，问他：“你姓六，名斤半吗？”答：“是出六斤。”杨素问：“为什么写的是六斤半？“答：“刚才是请侯秀才给写的名字，可能是写错了。”杨素就把侯白叫来问道：“你为什么把人家的名字写错？”侯答：“不错。”杨素问：“如果不错，为何姓出名六斤，请你题名，就变成了六斤半？”侯白说：“刚才在衙门口，遇到差役，说没地方找秤，一听此人说是重量超出六斤，经斟酌以后，只应是六斤半。”

隋朝初年，南朝的陈经常派人出使隋朝。隋朝不了解陈国使节的机智应变能力和善辩水平的高低，就暗中派侯白穿着仆人的服装在宾馆侍候陈国使者。客人对侯白十分轻慢，侧卧在床上放屁问侯白：“你们隋朝的马价钱如何？”侯答：“马分几个等级。如果是技能和筋脚都好、形象不丑陋、能经得住乘骑的马，价钱在二千以上；如果马的形体粗壮、即使技能不高，也能用来驮送物品，价钱在四五千以上；如果是短尾巴、乱弹蹄、根本没有什么技能、只会侧卧在那里放屁，这样的马就一钱不值！”陈国的使节听后非常吃惊，问他姓名，知道是侯白，便惭愧地向他道歉。

在当时，侯白属于只有官名而无固定职事的散官。杨素喜欢侯白流畅的谈吐，每次轮到他当值时，就叫来侯白讲些笑话。有一天，侯白从早上开始讲，直到晚上才得以出府回家。刚出衙门口，就碰上杨素的儿子杨玄感。玄感说：“侯秀才，能给我讲一个好听的笑话吗？”侯白又被堵上，不得已，就说：“有只老虎想去荒野中找肉吃，看见一只刺猬仰卧在地上，误以为是块肉，就想衔走，忽然被刺猬卷着了鼻子。老虎非常惊骇，就不停地跑，直到山中，劳累困乏，不知不觉就睡着了，刺猬也松开老虎鼻子离开了。老虎突然醒来，高兴地跑到一棵橡树下，低头看见橡实，就侧过身去，说："早晨以来就遇见令尊大人，请郎君暂且让一下路！"

蔡潮

方伯蔡潮，谈笑风生。有同官迎都宪于江中，冬月群拥炉坐。公至，哄然曰："蔡公至矣！请一谑谈。"蔡曰："无也。但昨闻江中盗劫商船，俱檀降牙香。相与谋曰：'卖之利微，弃之可惜。吾辈为此事久矣，向赖天保护，盍焚此香答之？'香气透天。上帝将谓人间作好事，令二力士访之：非也，乃一群老强盗在此向火耳！"满座大笑。

【译文】某省巡抚蔡潮，谈笑风生。有一次，同属官吏都去江边接朝廷来的都御史，这时正值冬天，大家便在江边驿馆围着火炉取暖。蔡潮一到，在座的人哄然而起，说："蔡公到了！请讲一个笑话。"蔡潮说："没有什么笑话。昨天听说江中有盗贼去抢劫商船，其中全是些檀香和牙香。盗贼们便商量道：'卖掉它们得不了多少钱，扔了可惜。我们干强盗时间太长了，一向靠上天保护，何不烧掉这些香料，来报答上天呢？'于是，大量香气升入天空。上帝以为人间有人做好事，派下两个黄巾力士来查访，一看不是人间做好事，只是一群老强盗在这里向火烧香罢了！"大家开怀大笑。

梁伯龙

梁伯龙《浣纱记》成，一浙友谑之曰："君所编吴为越灭，得无自折便宜乎？"梁笑曰："苎罗之美，吴人试之；吴宫之秽，越人尝之。如此便宜，固亦足矣！”

【译文】明朝苏州人梁伯龙的《浣纱记》成书时，一位浙江朋友和他开玩笑，说：“你所编的戏曲中说吴国被越国灭了，你自己诋毁自己的故乡，能占多少便宜呢？”梁伯龙笑着答道：“越国西施的美貌，吴王尝试过；吴国宫中的粪便，越王也尝试过了。占这样的便宜，也就足够了！”

张五湖

王荆石相公赴京，苏中亲友醵金治舟于虎阜候送。至晚杳然，有疑改期者，有疑夜渡者。正彷徨引领间，遇邑人张五湖乘小舟至。众素知张善谑，拉至舟中小饮，固要张说一笑话。张曰：“一老翁无子，每以无人送终为苦。至八十余，一岁中，婢妾连举数子。亲邻毕贺，翁凄然泪下。众惊问之，乃曰：‘我年如许，虽幸有多儿，不知送得老爷着否？’”众虽愠其刻，而终服其捷。

【译文】王荆石（锡爵）相公要进京城去，苏州亲友筹资雇船，在虎阜等候送行。到了晚上也不见王荆石的身影，有的怀疑他改变行期了，有的怀疑他可能夜间起程。正在徘徊着伸长脖子等待时，看见同乡的张五湖坐着小船来到。众人知道他善于讲笑话，就把他请到船上饮酒，求他讲一个笑话。张五湖说：“一老翁没有儿子，经常为将来无人送终而苦恼。到了八十多岁时，突然有一年，他的小妾们连续生养了好几个儿子。亲戚邻居都来道喜，老翁却暗自潸然泪下。众人很吃惊，便问他原因。老翁说：“这样大的年纪，虽然有幸得到这么多儿子，但不知孩子们能否送得着老爷？”众人虽觉得这话有些刻薄，但还是叹服他反应敏捷。

刘贡父

熙宁始尚经术，说《诗》者竞为穿凿，如“伊其相谑，赠之以芍药”，谓此为淫泆之会，必求其为士赠女乎，女赠士乎。刘贡父曰：“芍药能行血破胎气，此盖士赠女也。若‘视尔如荍，贻我握椒’，则女之赠士也。《本草》云‘椒性温，明目暖水脏’，故耳。”闻者绝倒。

【译文】宋神宗熙宁年间，许多人崇尚经学，讲解《诗经》的人竞相穿凿附会，如“伊其相谑，赠之以芍药”，说这是纵欲放荡的约会，崇尚经学的人一定要考证清楚：是男子赠送给女子，还是女子赠送给男子。刘贡父（攽）解释道：“芍药能行血破胎气，这两句话应当是说男子送给女子芍药。如‘视尔如荍，贻我握椒’，就是女的送给男的。《本草》中讲：‘椒性温，能明目，暖水脏。’所以应该是女子送给男子椒。”听讲的人无不为之笑倒。

神锥神槌

钟雅语祖士言：“我汝颍之士利如锥，卿燕赵之士钝如槌。”祖曰：“以我钝槌，打汝利锥。”钟曰：“自有神锥，不可得打。”祖曰：“既有神锥，亦有神槌。

【译文】钟雅对祖士言说：“我们汝州和颍州一带的人士锋利

得像锥子，你们燕赵地方的人迟钝得像棒槌。”祖士说：“用我的棒槌能打断你的锥子。”钟雅说：“我自有神锥子，叫你打不断。”祖士说：“既然有神椎子，也就会有神棒槌了！”

参禅谒

佛印方丈成，乞东坡颜额。东坡未暇，佛印自题曰：“参禅谒”。东坡一日见之，戏续云：“硬如铁。”佛印接云：“谁得知？”东坡笑云：“徒弟说。”鲁直在座，绝倒。

【译文】宋朝僧人佛印的方丈建成时，想请苏东坡给他题写门额。当时苏东坡没有空闲，佛印就自己题写了“参禅谒”。后来，苏东坡看见了佛印题写的门额，就和他开玩笑，接着参禅谒续道：“硬如铁。”佛印问：“谁知道？”苏东坡笑着答：“徒弟说。”当时黄庭坚也在场，笑得前仰后合。

六眼龟

苏子瞻谒吕微仲，值其寝，久之乃出。苏不堪，见一菖蒲盆畜绿毛龟，苏云：“六眼龟更难得。”吕问：“出何处？”苏曰：“昔唐庄宗时，一国进六眼龟。伶人敬新磨进口号曰：‘不要闹，不要闹，听取这龟儿口号：六只眼分明，睡一觉抵别人三觉！’”

按史传实有六眼龟，郭景纯《江赋》：“龟有六眸。”宋泰始二年八月丙寅，六眼龟见于东阳，太守刘勰得之，以献睿宗。先天三年，江州献灵龟六眼，腹下有玄文。又岭南钦州出六眼龟。然实止两眼耳，外四眼乃斑点花纹，圆长中黑，与真目并列，端正不偏，人莫能辨也。

【译文】苏轼去拜访吕大防，正好赶上吕大防在休息，苏轼等了好长时间，吕大防才出来见他。苏轼忍受不了，便寻机报复，看见一个菖蒲盆里装有绿毛龟，就说："六眼龟更难得。"吕大防问："什么地方出产？"苏轼答："从前，后唐庄宗李存勗在位时，一个国家向他进献了六眼龟。宫廷艺人敬新磨随口吟诵道："不要闹，不要闹，请听这龟儿的口号：六只眼儿分明，睡一觉抵别人睡三觉！"

按史书记载确实有六眼龟。晋朝郭景纯（璞）《江赋》中便有"龟有六眸"的句子。南北朝宋泰始（原文作"太始"，误）二年八月丙寅日，六眼龟出现在东阳一带，太守刘勰得到后，献给唐睿宗。先天三年，江州献上一只灵龟，有六只眼，腹部下还有黑色花纹。又，广东钦州出产六眼龟。但实际上只有两只眼，其他四"眼"乃是斑点花纹，呈圆形，中间有黑点，和真眼并列长着，不偏不倚，只是一般人不易辨别罢了。

虱辨

东坡闲居日，与秦少游夜宴。坡因扪得虱，乃曰："此垢腻所生。"秦曰："不然，绵絮成耳。"辩久不决，期明日质疑佛印，理曲者罚设一席。及酒散，秦先往嘱佛印："明日若问，可答生自绵絮。容胜后当作馎饦会。"既去，顷之坡至，亦以垢腻嘱，许作冷淘。明日果会，具道诘难之意。佛印曰："此易晓耳，乃垢腻为身，絮毛为脚，先吃冷淘，后吃馎饦。"二公大笑，具宴为乐。

【译文】苏东坡免职在家闲住时，与秦少游在夜晚一块儿喝酒。苏东坡顺手摸出一只虱，就说："它是由灰尘和油腻生成的。"

秦少游说："不对，而是棉絮生成的。"争辩了好长时间也没有互相说服，便约定第二天去请教佛印和尚，说错的，就请他设一桌酒席请客。两人喝罢酒，秦少游先去嘱咐佛印："明天问你时，就答虱是棉絮生成的，我若赢了，就请你吃汤面。"秦少游刚走，苏东坡也来嘱咐佛印，就说虱是由垢腻中所生，若胜了，答应请他吃过水面。第二天，三人果然相会，苏、秦二人都向佛印说出了自己的看法。佛印说："这很容易弄明白，虱实是由垢腻生成身体，由棉絮生成脚，我要先吃过水面，后吃汤面。"苏、秦二人相视大笑，并设宴助兴。

解 缙

解缙尝从游内苑。上登桥，问缙："当作何语？"对曰："此谓'一步高一步'。"及下桥，又问之。对曰："此谓'后边又高似前边'。"上大悦。一日，上谓缙曰："卿知宫中夜来有喜乎？可作一诗。"缙方吟曰："君王昨夜降金龙，"上遽曰："是女儿。"即应曰："化作嫦娥下九重。"上曰："已死矣！"又应曰："料是世间留不住。"上曰："已投之水矣。"又应曰："翻身跳入水晶宫。"上本欲诡言以困之，既得诗，深叹其敏。

尝有人召仙，请作梅花诗。仙箕遂写"玉质亭亭清且幽"。其人云："要红梅。"即承云："着些颜色点枝头。牧童睡起朦胧眼，错认桃林去放牛。"又一箕题鸡冠花诗："鸡冠本是胭脂染。"其人云："要白者。"即承云："洗却胭脂似雪妆。只为五更贪报晓，至今犹带一头霜。"

解缙四岁出游市中，偶跌，众笑之。吟曰："细雨落绸缪，砖街滑似油。凤凰跌在地，笑杀一群牛。"

【译文】解缙曾经跟随永乐皇帝到御花园中游玩。永乐皇帝步行上桥，问解缙："该用什么语言来描写？"答："这叫'一步比一步高'。"等下了桥，又问解缙作何解释。答："这叫作'后边又比前边高'。"永乐皇帝很高兴。有一天，永乐皇帝对解缙说："你知道昨晚后宫里有喜事吗？可就此作一首诗。"解缙刚吟诵道："君王昨夜降金龙，"皇帝马上说："是女孩。"解缙即应对道："化作嫦娥下九重。"皇帝说："已经死了！"解缙接着说："料是世间留不住。"皇帝说："已把她扔到河里去了。"解缙应答道："翻身跳入水晶宫。"永乐皇帝本来想用欺骗的语言使解缙困窘，等得到解缙这首诗以后，深深地叹服解缙的反应之敏捷。

曾有人持沙盘请仙，请求作一首梅花诗。仙人便在沙盘上写道："玉质亭亭清且幽"。那人说："要红梅。"仙人接着写道："着些颜色点枝头。牧童睡起朦胧眼，错认桃林去放牛。"又一沙盘题写有关鸡冠花的诗："鸡冠本是胭脂染。"那人说："要白色的。"仙人应承道："洗却胭脂似雪妆。只为五更贪报晓，至今犹带一头霜。"

解缙四岁时，外出到街市上游玩，不慎跌倒，众人都笑话他。解缙却吟诵道："细雨落绸缪，砖街滑似油。凤凰跌在地，笑杀一群牛。"

三教图

马远尝画《三教图》，释迦中坐，老子俨立于傍，孔子乃作礼于前。盖内珰故令作此以侮圣人也。理宗诏江子远万里作赞。江赞云："释氏趺坐，老聃傍睨。惟吾夫子，绝倒在地。"遂大称之。

【译文】宋代马远曾画了一幅《三教图》，佛祖释迦牟尼坐在中间，老子恭敬地侍立旁边，孔子却在他们面前行礼。大概是宫内太监故意让画出这幅画来侮辱孔圣人。南宋理宗赵昀下诏要江万里（子远）给这幅画作赞词。江万里写道：“释氏趺坐，老聃傍睨。惟吾夫子，绝倒在地。”宋理宗对这赞词非常赏识。

鄢天泽

姑苏鄢天泽者，略涉书，好摘人诗文句字供姗笑。偶读瞿文懿“王立沼上”义，讶曰：“沼固惠王池也，破何得言‘所立非其地’？”已诵诗至“流莺啼到无声处”，即又曰：“啼则有声，何谓无声？”诸所戏侮圣言多类是。一日独坐，有青衣二人捽之去。至一所，殿宇庄严。天泽踞阶下，遥见柱帖云：“日月阎罗殿，风霜业镜台。”始知已死。王问天泽：“知过否？”因引业镜照之，具得其罪状。王复命青衣引天泽还阳世道其事。比出门，天泽辄又谓青衣曰：“属见殿柱帖，政自不佳，何独阎罗殿偏有日月乎？”青衣者怒曰：“汝尚敢尔尔！”扶之，俄遽然醒。

【译文】姑苏（今江苏苏州）有一个叫鄢天泽的人，略略地读过一些书籍，好摘抄一些别人的诗词文句作为笑料。偶然读到瞿景淳（谥号文懿）“王立沼上”一句时，感到很惊奇：“沼本来是梁惠王的护城河，这篇文章怎么能在破题的句子里说王所站立的不是他所管的地域呢？”又读到古诗“流莺啼到无声处”一句时，则说：“啼鸣就有声音，怎么能说无声呢？”诸如此类，他就是这样断章取义来讥讽名人佳句的。有一天，鄢天泽在家中独坐，来了两个穿黑色衣服的人把他揪走。到了一个地方，那里殿堂楼宇庄严肃穆。

鄢天泽长跪在台阶下边，远远地看见厅柱告示上写道："日月阎罗殿，风霜业镜台"。知道自己已经死了。阎罗王问鄢："知不知道你的过错？"遂命人领鄢天泽到照见一生善恶的镜子前去照看，他的罪状全显现出来。阎罗王又命穿黑衣服的人把鄢天泽送还阳间，让他向人们讲述他自己的见闻。等出了阎罗殿的门，鄢天泽对穿黑衣服的人说："一看见厅柱上的对联，就知道这里政事不佳，为什么只有阎罗殿里才独有日月照耀呢？"穿黑衣服的人狠狠地对他说："你还敢这样？"把他按倒在地。不一会儿，便从梦中惊醒。

镜新磨

五代伶官镜新磨，尝奏事。殿中多恶犬，新磨去，一犬起逐之。新磨倚而呼曰："陛下毋纵儿女噬人！"庄宗家世夷狄，讳狗，故以此讥之。庄宗大怒，弯弓将射之。新磨急呼曰："陛下无杀臣，臣与陛下为一体，杀之不祥。"庄宗惊问其故。对曰："陛下开国改元同光，且同，铜也，若杀镜新磨，则无光矣。"帝大笑，释之。

【译文】五代时，后唐的宫中伶官镜新磨，曾到宫中向皇上禀报事务。宫中养有许多恶狗，镜新磨刚要离开，一条狗就跳起来追他。新磨靠在墙边大叫："陛下不要放任儿女咬人！"唐庄宗出身于狄族，忌讳"狗"字，所以新磨这样讥讽他。庄宗非常生气，弯弓搭箭要射死他。新磨急忙喊道："陛下不要杀我，我和陛下是一体，杀我不吉利！"庄宗吃惊地问他缘故。新磨答："陛下建国时，改年号为同光，同就是铜音，如果杀死镜新磨，那么铜镜子就没有光亮了！"庄宗哈哈大笑，随即赦免了他。

安辔新

李茂贞入关时，放火烧京阙民居殆尽。及入朝，赐宴，优人安辔新目之为“火龙子”。既已，茂贞惭怒，欲“杀此竖子”。因请告往岐下谒之。茂贞一见，大诟曰：“此贼何颜敢来求乞！”安曰：“只思上谒，非敢有干也。”茂贞色稍定，曰：“贫俭若斯，何不求乞？”安曰：“京城近日但卖麸炭，便足一生，何必求乞？”茂贞大笑而厚赐之。

【译文】后唐李茂贞进入关中（今陕西中部）时，放火烧掉了京城（今西安）几乎所有的民居。等到去见皇帝时，皇帝赐宴招待李茂贞，宫里专演杂戏的艺人安辔新把李茂贞看成是“火龙子”。席散，李茂贞既惭愧又恼怒，发誓要杀死安辔新这小子。于是安辔新请求皇帝允许自己去岐下（今陕西凤翔，李茂贞割据的地方）拜见李茂贞。李茂贞一看见他，就大声责骂道：“你这贼人还有什么脸敢来乞求我？”安辔新说：“只是想来拜见您，并不敢乞求什么。”李茂贞的情绪稍微安定了一些，又问安辔新：“你这样贫困节俭，为什么不乞求我？”安辔新乘机讽刺李茂贞在京城滥烧的行为，说：“近来京城里只要卖些麦皮和木炭，就够用一生了，何必乞求于你？”李茂贞哈哈大笑，并赏赐了安辔新丰厚的财物。

黄幡绰

玄宗在蜀，黄幡绰陷在贼中。贼党就擒，有谓：“幡绰忘上恩宠，与贼圆梦，每顺其情。如禄山梦见衣袖长拖至阶下，则解曰‘垂衣而治’；又梦见殿中槅子倒下，则解曰‘革故鼎新’。”上诘幡绰。幡绰曰：“非也。逆贼梦衣袖长，是‘出手不得’；又梦槅子倒，是‘糊不得’。”上笑释之。

【译文】唐玄宗因避安史之乱到四川，黄幡绰被叛军俘获而降。后来叛贼党羽被擒，有人揭发说：“黄幡绰忘恩负义，给叛贼圆梦时，总是随着他们的心愿而推断吉凶。如安禄山说梦见自己的衣袖长得拖到了台阶下，黄幡绰就给他解释说是‘长衣至地，是要治理天下’；安禄山又梦见大殿中槅板倒下，黄幡绰就解释说是‘除旧兴新’。”皇帝因此质问黄幡绰。黄幡绰答：“并非如此。实际上是叛贼梦见衣袖长得拖地，意谓着‘出手（寓起兵叛乱）不得’；梦见槅板倒下，意谓‘胡（安禄山是胡人）不得’。”皇帝听后，笑着赦免了他。

公 猴

三杨当国时，有一妓名齐雅秀，性极巧慧。一日命佐酒。众谓曰：“汝能使三阁老笑乎？”对曰：“我一入便令笑也。”乃进见。问：“何来迟？”对曰：“看书。”问：“何书？”对曰：“《烈女传》。”三阁老大笑，曰：“母狗无礼！”即答曰：“我是母狗，各位是公猴。”一时京中大传其妙。

【译文】明朝三杨（杨士奇、杨荣、杨溥）掌管朝政时，有一妓女名叫齐雅秀，性情灵巧聪慧。一天，她受命侍候酒宴。众人对齐雅秀说：“你能让三位阁老开口笑吗？”齐答：“我一进去，就能叫他们笑。”于是，进去见三位阁老。三位阁老问她：“为什么来晚了？”齐答：“看书给忘了。”三位阁老问她：“看什么书？”齐答：“《烈女传》。”三位阁老大笑，说：“母狗不懂礼义。”齐答道：“我若是母狗，那么各位就是公猴了！”一时间，齐雅秀的妙语答对传遍了京城。

江南妓

江南一妓有殊色，且通文。滁州胡尚书于许学士席上见之，问其名。曰：“齐下秀。”胡公戏曰：“脐下臭。”妓跽曰：“尚书可谓闻人。”胡怒曰：“此妓山野！”妓跽曰：“环滁皆山也。”为之哄席。（见《西堂纪闻》。《谑浪》作欧文忠公事，或误）

【译文】江南有一妓女美貌绝伦，并且通晓文辞。滁州胡尚书在许学士设的宴席上见到了这个妓女，问她名字。妓女答：“齐下秀。”胡尚书调戏她说：“脐下臭。”妓女跪下说：“胡尚书可称为天下闻人。”胡尚书生气说：“这妓女是山野村妇！”那妓女跪下，说：“环滁皆山也。”座上的人为之哄堂大笑。事见《西堂纪闻》。（《谑浪》一书以为是欧阳修的事，大概是记错了）

酬嘲部第二十四

子犹曰：谈锋之中人，如风触墙，鲜不反矣。其不反者，非大愚人，则大忮毒人。鱼军容所谓“怒犹常情，笑乃不可测”者也。是故能酬者不病嘲；而能嘲者亦反乐于得酬。旗鼓相向，为鹳为鹅。或吴艎之复归，或赵帜之遽拔。虽使苏、张复生，谁能射辕门之戟？傥亦凭轼者之大观乎？集《酬嘲第二十四》。

【译文】子犹说：处于谈锋犀利的言语中的人，好像风撞击墙，很少不反击的。倘若不反击，这个人不是太蠢笨，就是太忌恨阴毒的人。鱼军容（朝恩）所说的“发怒尚是人之常情，笑却让人不可猜度”，就是这个道理呀。因此，能应答别人的人，不怕嘲讽；而善于嘲讽的人，反而喜欢得到别人的答对。旗鼓相对，或当鹳鸟或为天鹅。或者楚败吴乘其舟艎归，或者易赵旗韩信灭赵。即便让苏秦、张仪复活，谁又能像吕布射辕门之戟以调和刘备、袁术那样，使两方和解？或者也可供在车上凭栏的人欣赏呢？汇集《酬嘲部第二十四》。

杨 玠

杨玠，北人，巧应对。京兆杜公瞻戏曰：“君既姓杨，阳货实辱孔子。”玠曰：“君既姓杜，杜伯尝射宣王。”又殿内将军牛子充戏曰：“吾羊有玠，恐不任厨。”玠曰：“君牛既充，正当烹宰。”又太仓张策戏曰：“卿本无德量，忽共叔宝同名。”玠曰：“尔既少才猷，敢与伯符连讳？”又太子洗马萧翊，兰陵人，戏曰：“流共工于幽州，易北恐非乐土。”玠曰：“放驩兜于崇山，江南岂是胜地？”

【译文】杨玠，北方人，善于巧妙对答。京兆（今陕西西安）杜瞻戏谑杨玠说：“你既然姓杨，阳货实在有辱孔子。”杨玠说：“你既然姓杜，杜伯曾经射杀宣王。”又殿内将军牛子充戏谑说：“我的羊生有疥疮，恐怕不被厨师所用。”杨玠说：“你既然充当牛，正好可以供烹宰。”太仓张策又戏谑说：“你根本没有什么德量，怎么忽然就和叔宝（卫玠）同名了。”杨玠说：“你既然缺少才德和谋略，怎敢重复伯符（孙策）名讳？”又太子洗马萧翊，兰陵人，戏谑说：“流放共工于幽州（今北京），易水之北恐怕不是极乐地方。”杨玠说：“放逐驩兜于崇山（属湖南），长江之南难道是名胜之地？”

张裔

张君嗣在益州，为雍闿缚送与吴。武侯遣邓芝使吴，因便请裔。裔在吴，流徙伏匿，吴主未之知。临发引见，问曰：“蜀卓氏女亡奔相如，贵土风俗何以乃尔？”裔曰：“愚以为卓氏寡女，犹贤于买臣之妻。”

【译文】张君嗣（裔）在益州（今四川成都）被雍闿捆绑着送

到东吴。诸葛亮派邓芝出使东吴，乘机向孙权提出请求放还张裔。张裔在东吴，流离转徙到处躲藏，吴主孙权也不知道张裔的下落。张裔在归蜀临出发前被孙权接见，孙权问他说：“蜀地的卓氏女（文君）与司马相如私奔，贵地风俗为什么会如此？”张裔说：“我认为守寡的卓氏女，还是比贵地的朱买臣之妻贤德。”

诸葛恪

吴主权尝燕见费祎，逆敕群臣，使祎至，伏食勿起。祎至，权为辍食，而诸人不起。祎调之曰：“凤凰来翔，麒麟吐哺；驴骡无知，伏食如故。”诸葛恪应曰：“爰植梧桐，以待凤凰。有何燕雀，自称来翔？何不惮射，使还故乡。”

孙权使太子嘲诸葛恪曰：“恪食马矢一石。”答曰：“臣得戏君，子得戏父？”权曰：“可。”恪曰：“乞太子食鸡卵。”权曰：“人令卿食马矢，卿令人食鸡卵，何也？”恪曰：“所出同耳。”权大笑。

【译文】吴主孙权曾经在内廷宴请蜀臣费祎，预先告诫群臣，如果费祎到了，只管伏身饮食，都不要起身。费祎到达后，孙权为他的到来停止了进食，其他人全都没有起身。费祎挑逗他们说：“凤凰盘旋着飞来，麒麟吐出口中的食物；驴骡畜生太无知，弯腰饮食仍照旧。”诸葛恪回答说：“在那里种植梧桐，用以等待着凤凰。有什么燕雀小鸟，自称凤凰飞来？为什么不劳苦追求点食物，还可以还故乡。”

孙权指使太子嘲讽诸葛恪说：“恪吃马矢（屎）一石。”诸葛恪说：“臣下能戏谑君主、儿子能戏谑父亲吗？”孙权说：“许可。”诸葛恪说：“给太子吃鸡蛋。”孙权说：“别人让你吃马矢（屎），你让人吃鸡蛋，为什么？”诸葛恪说：“出处都一样呀。”孙权大笑。

徐陵聘魏

徐陵至魏馆。是日甚热，魏收嘲陵曰：“今日之热，当为徐常侍来。”徐即答曰：“前王肃至此，为魏始制礼仪。今我来聘，使卿复知寒暑。”收大惭。

【译文】南朝的徐陵出使到北魏住进宾馆。这天天气特别热，北魏官员魏收嘲讽徐陵说：“今天的热，是专门对徐常侍的到来才热的。”徐陵就说：“以前王肃到这里，才为你们北魏制定礼仪。今天我来，使你们又知道什么是冷热。”魏收大为羞愧。

《月赋》《秋月诗》

孝武尝问魏延之曰：“谢庄《月赋》何如？”答曰：“庄始知‘隔千里兮共明月’。”帝召庄，以延之语语之。庄应声曰：“延之作《秋月诗》，始知‘生为久别离，死为长不归’。”

【译文】宋孝武帝曾经问魏延之说：“谢庄的《月赋》怎么样？”延之说：“谢庄不过刚开始知晓‘隔千里兮共明月’。”孝武帝又召见谢庄，把延之的话告诉他。谢庄应声说：“延之作《秋月诗》，才刚刚知道‘生为久别离，死为长不归’。”

赵孟頫、周草窗对

赵魏公孟頫有一私印，曰“水晶宫道人”。周草窗以“玛瑙寺行者”对之，赵遂不用此印。后见草窗同郡崔进之药肆悬一牌，曰“养生主药室”，赵以“敢死军医人”对之，崔亦不复设此牌。赵语人曰：“我今日方为水晶宫吐气！”

【译文】死后被追赠魏国公的赵孟頫有一方私印，称“水晶宫道人”。周草窗（密）用“玛瑙寺行者”对他，赵孟頫就再不用那方印。后来见周密同乡崔进的药铺悬挂一牌匾，称“养生主药室”，赵孟頫用“敢死军医人”对他，崔进也不再悬挂此匾。孟頫对别人说：“我今天才为水晶宫出了一口气！”

苏、刘

刘贡父晚得癞疾，鼻陷，又坐和苏子瞻诗罚金。元祐中，同为从官。贡父曰：“前于曹州，有盗夜入人家，室无物，但有书数卷耳。盗忌空还，取一卷而去，乃举子所著五七言也。就库家质之。主人喜事，好其诗，不舍手。明日盗败，吏取其书。主人赂吏而私录之。吏督之急，且问其故。曰：‘吾爱其语，将和之也。’吏曰：‘贼诗不中和他！’”子瞻亦曰：“少壮读书，颇知故事。孔子尝出。颜、仲二子行而过市，而卒遇其师。子路矫捷，跃而升木。颜渊懦缓，顾无所之，就市中所谓石幢子者避之。既去，市人以贤者所至，遂更其名曰‘避孔子塔’。”坐者绝倒。

【译文】刘贡父（攽）晚年得麻风病，鼻子塌陷，又因应和苏子瞻（轼）的诗获罪被罚金。宋哲宗元祐年间，任中书舍人。刘贡父说：“前不久在曹州（今山东荷泽），有个盗贼夜间潜入一户人家中，屋内没有什么东西，只有几卷书罢了。盗贼忌讳空手而回，就拿一卷书走了，书的内容是应试士子所作的五七言体诗。盗贼就向当铺典当了这卷书。当铺主人好揽事，喜欢书中的诗，舍不得放下手中的书。第二天盗贼被官府捉住，衙役去当铺缴取赃书。主人收买衙役私下将书中的诗抄录下来。衙役等得着急，督促他，又问他原因。主人说：'我爱书中的言语，准备作诗应和呀！'衙役说：'盗贼的诗，不许应和！'"子瞻（苏轼）也说："年轻力壮时读书，知道很多故事。孔子曾经外出，颜渊和子路二人一同在街市上行走，突然遇见孔子。子路（仲由）矫健敏捷，迅速爬到树上。颜渊懦弱迟缓，看四周没有合适的藏身地方，就在街市所谓的石幢子后躲避。他们走了以后，老百姓认为这是贤人所到的地方，就更改它的名叫'避孔子塔'。"在座的人大笑不止。

狼 驴

袁元峰阁老与郭东野同朝。郭戏袁曰："今日东门报一猿走入，西门又报一狼走入。已知皆是狼，然则猿亦似狼乎？"袁曰："今日有人索题居扁者。予问：'居在何处？'曰：'在郭东野外。'因题之曰：郭东野庐。"

【译文】袁元峰（炜）阁老和郭东野（朴）同朝任官。郭东野戏谑袁元峰说："今天城东门报说一猿走进城，西门又报说一狼走进城。已经知道进城的全都是狼，那么猿就像狼吗？"袁元峰说："今天有人向我索题居室的匾额。我问他：'居住在什么地方？'他说：'在郭东野外。'（郭，城的外围）因此为他题匾为：郭东野庐。"（庐，喻指驴）

陶谷使吴越

陶谷在翰林日，念宣力已久，意希大用，使同类乘间探之。艺祖曰："翰林草制，皆检前人旧本，俗所谓'依样画葫芦'耳。"谷题一绝于玉堂署，云："官职须从生处有，才能不管旧时无。堪笑翰林陶学士，年年依样画葫芦。"艺祖见之，薄其怨望。后奉使吴越，忠懿王宴之，因食蝤蛑，询其族类。忠懿命自蝤蛑至蟛蚏凡十余种以进。谷曰："真所谓一蟹不如一蟹！"以讽忠懿之不如钱镠也。宴将毕，或进葫芦羹相劝。谷不举箸。忠懿笑曰："先王时庖人善制此羹，今依样馔来者。"谷嘿然。

【译文】陶谷在翰林院做官，自认为任职时间已很长了，希望得到重用，就让同事找机会为他探询一下。艺祖（赵匡胤）说："翰林起草的文书、诏书，都是从前人的旧书内抄来的，不过如俗话说的'依样画葫芦'罢了。"陶谷听说后，在翰林院内题七绝诗一首，说："官职须从生处有，才能不管旧时无。堪笑翰林陶学士，年年依样画葫芦。"艺祖看见了这首诗，对他心怀不满的情绪很轻视。陶谷后来奉命出使吴越，忠懿王宴请他，吃到蝤蛑一菜时，他就询问它是什么族类。忠懿就让人自蝤蛑到蟛蚏共十几种拿来让他看。陶谷说："真所谓一蟹不如一蟹！"嘲讽忠懿不如吴越国的创立者钱镠。酒宴将要结束时，有人端上葫芦汤劝他喝。陶谷不动筷子。忠懿嘲笑说："先王的时候厨师喜欢做这种汤，今天是依样做出来的。"陶谷顿时说不出话来。

原父酬欧公

刘原父晚年再娶。欧公作诗戏之云：“仙家千载一何长，浮世空惊日月忙。洞里桃花莫相笑，刘郎今是老刘郎。”原父得诗不悦，思报之。初，欧公与王拱辰同为薛简肃公婿，欧公先娶王夫人姊，再娶其妹，故拱辰有“旧女婿为新女婿，大姨夫作小姨夫”之戏。一日三人会间，原父曰：“昔有一学究训学子诵《毛诗》，至‘委蛇委蛇’，学子念从原字。学究怒而责之曰：‘蛇当读作姨字，毋得再误！’明日，学子观乞儿弄蛇，饭后方来。问：‘何晏也？’曰：‘遇有弄姨者，从众观之。先弄大姨，后弄小姨，是以来迟。’”欧公亦为之噱然。

按简肃公墓文，王拱辰两为公婿。而《诗话》等书皆称欧公，未解。

【译文】刘原父（敞）晚年再娶。欧阳修作诗戏谑他说：“仙家千载一何长，浮世空惊日月忙。洞里桃花莫相笑，刘郎今是老刘郎。”刘原父接到诗心里不愉快，思量着报复他。当初欧阳修与王拱辰同为薛简肃公的女婿，欧公先娶王夫人姐，再娶王夫人妹，所以王拱辰有“旧女婿为新女婿，大姨夫作小姨夫”的戏言。有一天，三个人会面时，刘原父说：“从前有一个老先生教学生读《毛诗》，到‘委蛇委蛇’一句时，学生照实念蛇字原音。老先生发怒，叱责说：“蛇应该读作姨字，不许再念错了！”第二天，这个学生因为观看乞丐耍弄蛇，早饭后才来。老先生问：“为什么来晚了？”学生说：“遇到弄姨的人，就随着人们看。先弄大姨，后弄小姨，所以来晚了。’”欧阳修也为他的话大笑。

按简肃公墓文，王拱辰两次为公女婿。而《诗话》等书都称欧阳修，令人不解。

何承天

何承天年老，为著作佐郎。诸佐郎并名家年少。荀伯子嘲之，呼为“奶母”。何曰：“卿当云‘凤凰将九子’，何言‘奶母’？”

【译文】南朝宋何承天年老的时候，官任著作佐郎。其他一些佐郎都是年轻的名家。荀伯子嘲讽他，称他为“奶母”。何承天说：“你们应该说‘凤凰携带九子’，怎么说是‘奶母’？”

王、范

王文度、范荣期常同诣简文。范齿胜，王爵胜，王遂在范后。王因谓范曰：“簸之扬之，糠粃在前。”范曰：“淘之汰之，砂砾在后。”

【译文】王文度（坦之）、范荣期经常一同去朝见简文帝，范荣期年纪大，王文度官位高，王文度就走在范荣期后面，王文度于是对范荣期说：“簸之扬之，糠粃落在前边。”范荣期说：“淘之汰之，砂砾留在后边。”

祝石林

给事祝石林，曾为黄陂博士。偶入郡，与黄冈令刘联坐。令心易之，而嗔其抗直，曰：“吾乡士人有一破，乃大哉尧之为君一节题。破云：‘以齐天之大圣，极天下之无状焉。’”祝曰：“吾亦有一破，题是不得已而之景丑氏宿焉。破云：‘处无可奈何之地，遇大不相干之人。’”同官绝倒。（明年，祝及第，刘以县令考察为民）

【译文】给事祝石林，曾经任黄陂博士。偶然到府城，和黄冈姓刘的县令坐在一起。刘县令心中轻视他，又对他坦率耿直的性格生气，便说：“我们那当地秀才作八股文，有一试题，是大哉尧之为君一节题。秀才作的阐述题意是‘和天一样英明的大圣人，赦免天下不懂礼貌的人。’”祝石林说：“我也有一试题，是不得已而之景丑氏宿焉。破题是‘处于无可奈何之地，遇到大不相干之人。’”在座的官员全都俯仰大笑。（第二年，祝石林科举中选，刘县令经过考察后削职为民）

王清

王清系掾吏，初授卑官，有异才，累迁嘉兴府同知。以督责海塘有功，擢两淮佥宪。逾半年，请告归。在嘉时，偕太守行香文庙。太守戏指先师，谓公曰：“认得此位老先生否？”清曰：“认得，这老先生人品极高，只是不曾发科。”太守默然。

只夸科第，不论人品，此位老先生，太守反不认得。

【译文】王清是一个在衙门办事的小吏，后来升为职位低微的官员，因为有奇异才能，不断升迁到嘉兴府同知。又因为督察负责修海塘有功，擢升为两淮佥事。过了半年，请假回乡。在嘉兴时，和太守一同去文庙上香拜祭。太守戏谑地指着先师（孔子）塑像，对他说："你认得这位老先生吗？"王清说："认得，这老先生人品极高，只是没有参加过科考。"太守无话可说。

只夸科第出身，而不论人品学识高下，像这位孔老先生，太守反而不认得。

仕宦迟速

魏周泰为新城太守。司马宣王使钟毓调曰："公释褐政府三十六日，拥麾盖，守兵马郡。乞儿乘小车，一何驶乎？"泰曰："君名公之子，小有文采，故守吏职。猕猴骑土牛，又何迟也？"

【译文】三国魏周泰任新城（今湖北房县）太守。司马宣王（司马懿）指使钟毓调侃周秦说："你脱去布衣换上官服，才当官三十六天，便拥有麾盖（官伞），当上兵马郡太守。就好像乞丐乘坐上小车，为什么变化得那么快呢？"周泰说："你是名公儿子，又稍微有点文采，却一直当着低微的吏员。也好像猕猴骑土牛，怎么老是那样慢呀！"

陆兵曹、张给事

陆式斋（容）一日与张给事宴，投壶中耳。给事曰："信是陆兵曹，开手便中帖木耳。"式斋答云："可惜张给事，闭口常学磨兜坚。"给事有惭色。

【译文】明朝陆式斋（容）有一天和张给事（泰）饮酒，玩投壶的游戏，投中壶耳。张给事说："的确是陆兵曹，出手便击中帖木耳。”陆式斋回答说：“可惜张给事，闭口常学磨兜坚。”（磨兜坚意为慎言，喻指隋臣房恭懿，字慎言，原仕北齐。这里暗讽张泰曾仕元朝）张给事脸上有羞惭之色。

费侍郎对

费宏官侍郎，其兄奉常。公宴，以长少易位。刘瑾适过之，曰：“费秀才以羊易牛。”公答曰：“赵中贵指鹿为马。”

【译文】费宏官居侍郎，其哥哥官奉常。有一次朝廷内公宴百官，按官阶弟弟反坐在兄长之上。太监刘瑾刚好经过那里，说：“费秀才用羊换牛。”（指费氏兄弟属相）费宏回答说：“赵太监（高）指鹿为马。”（讽刺刘瑾专擅朝政）

侍郎谑

景泰间，兵、刑二部僚佐会坐。时于公谦为兵书，俞公士悦为刑书。刑侍郎戏谓兵侍郎曰：“于公为大司马，公非少司驴乎？”兵侍郎即应之曰：“俞公为大司寇，公非少司贼乎？”

崔副使允，京山侯元之弟也。初登第时，偕同年王侍郎寅之子允修，谒王之一乡前辈。其人问崔何人。王云：“崔驸马弟也。乃兄驸马，此为驸驴。”崔答曰：“此王侍郎儿。乃父侍狼，此为侍狗。”

【译文】明代宗景泰年间，兵、刑二部的僚佐官员集会。当时于谦任兵部尚书，俞士悦任刑部尚书。刑部侍郎戏谑兵部侍郎说：“于公为大司马，你不是少司驴吗？”兵部侍郎马上回应他说：“俞公为大司寇，你不是少司贼吗？”

副使崔允，是京山侯崔元的弟弟。当初考中进士时，崔允和同时登第的王寅侍郎的儿子允修一块去见王的一位同乡前辈。那人问王允修崔允是什么人。王允修说：“是崔驸马的弟弟。他哥是驸马，他是驸驴。”崔允说：“他是王侍郎的儿子。他父亲是侍狼，他是侍狗。”

洗 马

刘定之升洗马，朝遇少司马王伟。王戏之曰：“太仆马多，洗马须一一洗之。”刘笑曰：“何止太仆，诸司马不洁，我亦当洗。”

【译文】刘定之升任太子洗马，上朝时遇见少司马王伟。王伟戏谑他说：“太仆寺（官署名）的马多，洗马必须一个一个去洗。”刘定之讥笑说：“何止太仆寺，各司马都不干净，我也应该洗他一洗。”

太常卿、大学士

陈师召擢南京太常，门生会饯，有垂涕者。李西涯大学士在席，为句云：“师弟重分离，不升他太常卿也罢。”公应声曰：“君臣难际会，便除我大学士何妨？”一座绝倒。

按陈音，莆田人，李东阳同榜，性宽坦。在翰林时，夫人尝试之。会客至，呼茶，曰：“未煮。”公曰：“也罢。”又呼干茶，曰：“未买。”公曰：“也罢。”客为捧腹。时因号“陈也罢”。

【译文】陈师召（音）擢升南京太常少卿，门生们为他饯行，有的还流了眼泪。李西涯（东阳）大学士在宴席就座，作句说："师弟重分离，不升他太常卿也罢。"陈师召回应说："君臣难际会，便除我大学士何妨？"在座的人全都俯仰大笑。

按陈音，莆田人，与李东阳是同榜进士，性情宽坦。在翰林院任学士时，夫人曾经试探他。正好客人来访，陈音叫夫人倒茶，夫人说："没有煮。"陈音说："也罢。"又叫夫人拿茶，夫人说："没有买。"陈音说："也罢。"客人为此大笑。当时因此称他"陈也罢"。

增广、检讨

内乡县李蓘，字子田，官翰林检讨。其弟名荫，字袠美，久滞增广生。蓘遣书荫曰："尔今年增广，明年增广，不知增得几多？广得几多？"荫答书曰："尔今日检讨，明日检讨，不知检得甚么？讨得甚么？"

【译文】内乡县李蓘，字子田，官居翰林检讨。他弟弟名荫，字袠美，长期以来仍是个增广生员，老考不上举人。李蓘写信给李荫说："你今年增广，明年增广，不知增得几多？广得几多？"李荫回信说："你今日检讨，明日检讨，不知检得什么？讨得什么？"

试官举子

唐制：举人试日，既暮，许烧烛三条。主文权德舆于帘下戏云："三条烛尽，烧残举子之心。"举子遂答云："八韵赋成，惊破侍郎之胆。"

【译文】唐代规定：举人应试那天，到天黑后，可以燃蜡烛三只。主考官权德舆在堂帘后戏谑说："三条烛尽，烧残举子之心。"应试的举子接着就回答说："八韵赋成，惊破侍郎之胆。"

僧赞宁等

僧赞宁辞辩纵横，人莫能屈。时有安鸿渐者，文辞隽敏，尤好嘲咏。尝街行，遇赞宁与数僧相随。鸿渐指而嘲曰："郑都官不爱之徒（郑谷诗：爱僧不爱紫衣僧），时时作队。"赞宁应声答曰："秦始皇未坑之辈，往往成群。"

安鸿渐素好谑。凌侍郎策，其父曾为镇所由。父携拜鸿渐乞名。鸿渐命名，曰"教之"。盖言所由生也。策后颇衔恨之。

潘阆尝谑惠崇曰："崇师尔当忧狱事。吾去夜梦尔拜我，尔岂当归俗耶？"惠崇曰："此乃秀才忧狱事尔。惠崇，沙门也；惠崇拜，沙门倒也。秀才得无诣沙门岛耶？"

包山寺（在苏州太湖）僧天灵者，博学通文。有一秀才嘲之曰："秃字如何写？"僧应声曰："秀字掉转尾就是。"

僧录惠江、中书程紫霄，俱辩捷。江素充肥，会暑袒露。霄见之，曰："僧录琵琶腿。"江曰："先生觱栗头。"又见骆驼数头。霄指一大者曰："此必头陀也。"江曰："此辈滋息，亦有先后。此先生，非头陀。"

僧贯休有机辩。杜光庭羽士欲挫其锋，每相见，必俟其举措以戏调。一日，因舞辔于通衢，贯休马坠粪。光庭连呼："太师！太师！数珠落地！"贯休徐曰："大还丹！大还丹！"

【译文】名僧赞宁能言善辩，纵横难当，没有人能使他认输。当时有个叫安鸿渐的人，思维敏捷，文词优美，特别喜欢作嘲讽的诗。他曾在街市上行走时，遇见赞宁同其他僧人相随而行。鸿渐指着他们嘲讽地说："郑都官不爱之徒（郑谷诗：爱僧不爱紫衣僧），时时作队。"赞宁应声回答说："秦始皇未坑之辈，往往成群。"（将他排在儒辈之外）

安鸿渐向来喜欢戏谑。凌侍郎策，其父亲曾任镇所由。他小时候，父亲带他去拜见鸿渐并请他起名字。鸿渐就给他起名，称"教之"，是称所由生的。凌策后来怀恨在心。

宋朝潘阆曾经戏谑僧人惠崇说："崇师你应该小心有牢狱之灾。我昨天晚上梦见你拜我，你难道应该还俗吗？"惠崇说："还是秀才要小心牢狱之灾。惠崇，是个沙门罢了；惠崇拜，沙门倒。秀才难道该去沙门岛吗？"（沙门即僧徒；沙门岛是宋朝罪犯流放地）

包山寺（在苏州太湖）有个叫天灵的僧人，博学通文。有一个秀才嘲讽他说："秃字怎样写？"天灵僧应声回答他说："秀字掉转尾巴就是。"

僧录惠江、中书程紫霄，都是能言善辩、思维敏捷的人。惠江平常好充胖，遇暑热天气就袒胸露腹。紫霄看见他说："僧录琵琶腿（喻指其腿粗壮）。"惠江说："先生觱栗头（喻指其头尖）。"又看见几头骆驼。紫霄指着一头大的说："这个肯定是头陀。"惠江说："此类动物的繁衍，也有先后之分。这是先生，不是头陀。"

僧贯休具有机智善辩的才能。道士杜光庭想要挫挫他的锋芒，只一见面，就等待观察他的举止然后戏谑调侃他。有一天，贯休骑马在道上，马突然坠粪。杜光庭连忙大叫："大师！大师！数珠落地！"贯休慢慢说："这是大还丹！大还丹！"

儒 匠

有木匠颇知通文，自称儒匠。尝督工于道院，一道士戏曰：“匠称儒匠，君子儒，小人儒？”匠遽应曰：“人号道人，饿鬼道，畜生道？”古今巧对。

【译文】有个木匠颇有文采，自称儒匠。曾经督工在道院，有一个道士戏谑说：“匠称儒匠，是君子儒，还是小人儒？”木匠急忙应答说：“人号道人，是饿鬼道，还是畜生道？”古今巧对。

刘潜夫

杨平舟（栋）以枢掾出守莆阳，刘潜夫克庄兄弟希仁，俱以史官里居，郡集，寓公王臞轩（迈）戏之云：“大编修，小编修，同赴编修之会。”潜夫云：“欲属对不难，不可见怒。”王愿闻之。乃云：“前通判，后通判，但闻通判之名。”盖王凡五得倅而不上云。王又尝拆刘名调之云：“十兄二十年前何其壮，二十年后何其不壮？”刘应之曰：“二兄二十年前何其遇，二十年后何其不遇？”

【译文】杨平舟（栋）以枢密院属官职出守莆田，刘潜夫（克庄）兄弟都以翰林史官辞官居住乡里，杨平舟邀请他们到家作客。王臞轩（迈）戏谑他们说：“大编修，小编修，同赴编修之会。”刘潜夫说：“要给你应对不难，但不能发怒。”王愿意听他对。潜夫说：“前通判，后通判，但闻通判之名。”指王已官五任副职没被提升。王腥轩又曾经拆刘潜夫的名调侃他说："十兄，二十年前何其壮，二十年后何其不壮？"（喻其不得志辞官还乡）刘回应他说："二兄，二十年前何其遇，二十年后何其不遇？"（喻其官运不佳）

东坡、佛印

佛印原儒家流，书无不读，与东坡友善。神庙时祷旱，命僧人入内修演。东坡谓佛印，冒侍者入观盛事。上见魁伟，遂赐披剃。心颇衔恨。一日东坡戏曰："往尝与公谈及古诗，如'时闻啄木鸟，疑是叩门僧'，又如'鸟宿池边树，僧敲月下门'，未尝不以'鸟'对'僧'也。不意今日公身犯之。"佛印曰："所以老僧今日得对学士。"东坡大笑。

又旧传佛印尝访坡公。公不在，值小妹卧纱帷中。佛印曰："碧纱厨里卧佳人，烟笼芍药。"小妹应声曰："清水池中洗和尚，水浸葫芦。"佛印笑曰："和尚得对佳人，已出望外矣。"按此乃后人好事者之为，公虽旷达，印不应直入卧闼也。又传小妹夏月昼寝，坡公过之。妹戏吟曰："露出琵琶腿，请君弹一弹。"公应曰："理上去不得，要弹也不难。"亦可笑。

东坡为佛印题小像云："佛相佛相，把来倒挂，只好擂酱。"一日佛印亦与东坡题真云："苏胡苏胡，比上不足，比下有余。"相与大笑。

【**译文**】僧佛印（了元）原本是儒家之流，没有不被他读过的书，同苏东坡关系特别密切。宋神宗时，祈祷降雨去旱，让僧人到皇宫里面演练礼仪。东坡告诉佛印，让他假冒侍者到里面看热闹。皇帝看到他身材魁伟，就赐他披剃出家。他对东坡很有些恨意。

有一天东坡戏谑他说："以前曾经与你谈到古诗，如'时闻啄木鸟，疑是叩门僧'，文如'鸟宿池边树，僧敲月下门'，没有不以'鸟'对'僧'的。想不到你今日倒也做了僧人。"佛印说："所以老僧今日得对学士。"东坡大笑。

又旧传佛印曾经拜访东坡。东坡不在，适逢小妹（苏小妹）睡卧在纱帐中。佛印说："碧纱厨里卧佳人，烟笼芍药。"小妹应声说："清水池中洗和尚，水浸葫芦。"佛印笑说："和尚能够对佳人，已超出期望之外了。"按此事是后来好事的人所杜撰，东坡虽然性情旷达，佛印也不应该直接进入卧室。又传小妹夏天午睡，东坡经过那里。小妹戏吟诗说："露出琵琶腿，请君弹一弹。"东坡回应说："理上去不得，要弹也不难。"也很可笑。

东坡为佛印的肖像题字说："佛相佛相，把来倒挂，只好捶酱。"有一天佛印也为东坡肖像题字说："苏胡苏胡，比上不足，比下有余。"两人一同大笑。

师 公

徐之才父祖并善医，世传其业。祖孝征戏之才为"师公"。之才曰："既为汝师，复为汝公，在三之义，顿居其两。"众大笑。

【译文】北齐的徐之才的祖和父两代都有很高的医术，世代相传医业。祖孝征（珽）戏称之才为师公（喻指巫医）。徐之才说："既为你师，又为你公，在三（指父、师、君）之义，顿居其两。"旁边的人都大笑。

粪墼

丁公度、晁公宗懿，往因同馆，喜相谐谑。晁迁职，以启谢丁。丁戏晁曰："启事更不奉答，当以粪墼一车为报。"晁答曰："得墼胜于得启。"因大笑。

【译文】丁度、晁宗懿，以前因为同馆任职，喜欢互相谐谑。晁宗懿迁升官职，写信谢丁度。丁戏谑晁说："启事不再回信，应以粪砖一车为回报。"晁应答说："得墼（粪砖一车）胜于得启。"于是两人大笑。

钱索子

刘阁老尝议丘文庄著述，戏曰："丘仲深有一屋散钱，只欠索子。"丘应曰："刘希贤有一屋索子，只欠散钱。"

【译文】阁老刘健，字希贤，曾经评论丘文庄（濬，字仲深）的著述，戏谑说："丘仲深有一屋散钱，只欠索子（意为文章材料既多又好，但缺乏线索贯穿）。"丘濬说："刘希贤有一屋索子，只欠散钱。"

羊蟹

尤延之极短小。寿皇尝问："外廷谓卿为秤锤，何故？"对曰："秤锤虽小，斤两分明。"上喜之。杨诚斋尝戏呼尤延之为蝤蛑。延之呼诚斋为羊。一日食羊白肠。延之曰："秘监锦心绣肠，亦为人所食。"诚斋笑吟曰："有肠可食何须恨，犹胜无肠可食人。”世称蟹为“无肠公子”。一座大笑。

【译文】尤延之（袤）身材非常矮小。寿皇（宋孝宗）曾经问他说：“朝臣们称你为秤锤，是什么缘故？”尤说：“秤锤虽小，可以使斤两分明。”寿皇很喜欢他。杨诚斋（万里）曾经戏称尤延之为蝤蛑（螃蟹的一种），尤延之称诚斋为羊。有一天吃羊白肠，延之说：“秘监锦心绣肠，也要被人所吃。”诚斋笑着吟诗说：“有肠可食何须恨，犹胜无肠可食人。”世称蟹为“无肠公子”。在座的人大笑。

梁宝、赵神德

梁宝好嘲戏。至贝州，闻赵神德能嘲，即令召之。宝面甚黑，厅上凭案以待。须臾，神德入，两眼俱赤。至阶前，宝即云：“赵神德，天上既无云，闪电何以无准则？”答云：“入门来，案后唯见一挺墨。”宝又云：“官里科朱砂，半眼供一国。”又答云：“磨公小拇指，涂得太社北。”宝无以对，愧谢遣之。

【译文】梁宝喜爱嘲笑戏弄别人。他到贝州（今河北南宫）任职，听说此处的赵神德也很会嘲笑人，就派人召他来。梁宝脸面天生特别黑，他在厅上扶着桌案等待。停了一会儿，赵神德进来，只见他双眼都发红。到台阶前，梁宝就说：“赵神德，天上既然没有云彩，闪电为什么没有准则？”神德说：“进门来，桌案后只见一挺墨。”梁又说：“官府里征收朱砂，你半只眼里的朱砂就可供一国。”神德又回答说：“研磨公的一个小拇指，便可以涂到国家北。”梁宝对不上来，惭愧地送他回去。

欧阳、长孙

欧阳询为人瘦小，极其寝陋，而聪敏绝伦。太宗常宴近臣，互令嘲谑，以为娱乐。长孙无忌先嘲询曰：“耸膊成山字，埋肩不出头。谁令麟阁上，画此一猕猴？”询应声曰：“缩头连背暖，漫裆畏肚寒。只缘心浑浑，所以面团团。”太宗笑曰：“询殊不畏皇后闻耶？”

【译文】欧阳询身材瘦小，长得特别丑陋，但聪敏无比。唐太宗李世民经常宴请亲近的大臣，并让他们互相嘲讽戏谑，以此作为娱乐助酒兴。皇后的兄长长孙无忌先嘲讽欧阳询说：“耸膊成山字，埋肩不出头。谁令麟阁上，画此一猕猴？”欧阳询应声说：“缩头连背暖，漫裆畏肚寒。只缘心浑浑，所以面团团。”太宗笑说：“欧阳询，你难道不怕长孙皇后知道吗？”

补唇先生

方干唇缺，有司以为不可与科名，连应十余举，遂隐居鉴湖。后数十年，遇医补唇，年已老矣，人号曰“补唇先生”。又性好侮人。尝与龙丘李主簿同酌。李目有翳，干改令讥曰：“措大吃酒点盐，军将吃酒点酱。只见门外著篱，未见眼中安障。”李答曰：“措大吃酒点盐，下人吃酒点鲊，只见手臂着襕，未见口唇开袴。”

【译文】方干的嘴唇有缺口，官吏认为不可让他科举中选，他连着参加应试十几次均不中，就隐居在鉴湖。后来过了几十年，遇到医生给他补好了嘴唇，人也已经老了，有人就称他“补唇先生”。他性情又喜爱侮辱别人。曾经与龙丘李主簿一同饮酒。李主簿眼睛患有白内障，方干改动酒令讥笑他说：“措大（普通百姓）吃酒点盐，军将吃酒点酱。只见门外著篱，未见眼中安障。”李主簿应答说：“措大吃酒点盐，下人吃酒点鲊，只见手臂着襕，未见口唇开袴。”

王琪、张亢

王琪、张亢同在晏元献幕。张肥大，王以太牢目之；王瘦小，张以猕猴目之。一日，有米纲至八百里村，水浅当剥载，张往督。王曰：“所谓‘八百里剥也’。”张曰：“未若‘三千年精’矣。”琪尝嘲亢曰：“张亢触墙成八字。”亢应声曰：“王琪望月叫三声。”

【译文】王琪、张亢一同在晏元献（殊）府中任僚属。张亢身材肥大，王琪把他看作是牛；王琪身材瘦小，张亢把他看成是猕猴。一天，有大批的贡米运到八百里村，由于水浅需用小船分载转运，张亢奉命前去督办。王琪说：“所谓‘八百里剥’呀。”张亢说：“不如‘三千年精’呢。”王琪曾嘲讽张亢说：“张亢触墙成八字。”张亢应声说：“王琪望月叫三声。”

吴原墅、王玉峰

苏州吴原墅麻脸胡须，莆田王玉峰面歪而眼多白。王戏云：“麻脸胡须，羊肚石倒栽蒲草。”吴应云：“歪腮白眼，海螺杯斜嵌珍珠。”二人同部，闻者鼓掌。

【译文】苏州吴原墅麻脸胡须，莆田王玉峰面歪而眼多白。王玉峰戏谑说："麻脸胡须，好像羊肚石上倒栽蒲草。"吴原墅应对说："歪腮白眼，好像海螺杯斜嵌珍珠。"他二人在同部任职，听说的人都鼓掌大笑。

苏小妹

东坡有小妹，善词赋，敏慧多辩，其额广而如凸。东坡尝戏之曰："莲步未离香阁下，梅妆先露画屏前。"妹即应声云："欲扣齿牙无觅处，忽闻毛里有声传。"以坡公多须髯，遂亦戏答之。时年十岁耳。

一说云："去年一点相思泪，至今流不到腮边。"以坡公长颏也。

【译文】苏东坡有个小妹，很会作词赋，敏慧多辩，她的额头广而如凸。东坡曾戏谑她说："莲步未离香阁下，梅妆先露画屏前。"小妹马上应声说："欲扣齿牙无觅处，忽闻毛里有声传。"以喻东坡多胡须，就以此戏答他。小妹当时才十岁。

一说是："去年一点相思泪，至今流不到腮边。"比喻东坡长脸。

多髯

李从曮生辰，贺客秦凤使陋而多髯，魏博使少年如美人。魏博使戏云："今日不幸与水草大王接坐。"秦凤使曰："夫人无多言。"四座皆笑。

【译文】李从俨过生日，贺客中秦凤长得丑陋而又多胡须，魏博使年轻像个美人。魏博使戏谑说："今天不幸和水草大王坐在一起。"秦凤说："夫人不要多嘴。"四座客人都笑。

徐之才

魏收戏徐之才曰："君面似小家方相。"之才曰："若尔，便是卿之葬具。"

【译文】魏收戏谑徐之才说："你的脸好像小家方相。"（方相指丧葬时的纸人模型）之才说："如果是这样，那便是你的葬具。"

张玄祖

张玄祖八岁亏齿。先达知其不常，戏之曰："君口复何为狗窦？"答曰："正使君辈从此中出入。"

【译文】张玄祖八岁换牙掉了乳齿。有乡里前辈知道他不是常人，戏谑他说："你口里怎么有个狗洞？"张玄祖说："正好让你们这些人从此出入。"

严、高二相公

常熟严相公面麻，新郑高相公作文用腹草。前后在翰林时，高戏严曰："公豆在面上。"严应声曰："公草在腹中。"

【译文】常熟严相公（讷）脸上有麻子，新郑高相公（拱）写文章先在腹中打草稿。前后在翰林院任职时，高戏谑严说："公豆在面上。"严相公应声说："公草在腹中。"

杨梅、孔雀

梁国杨氏子六岁，甚聪慧。孔君平诣其父，呼儿出见。为设果，果有杨梅。孔指以示儿曰："此是君家果。"儿应曰："未闻孔雀是夫子家禽。"

【译文】梁国姓杨的有个儿子才六岁，特别聪慧。孔君平（坦）去见他的父亲，杨氏就叫他儿子出来相见。杨氏为孔君平端来水果，水果中有杨梅。孔指给那小孩看，说："这是君家果。"小孩应声说："没听说孔雀是夫子（孔子）的家禽。"

虞寄

虞寄年数岁。客候其父，遇寄于门，戏曰："郎子姓虞，必当少智。"寄应曰："字义不辨，岂得非愚？"客大惭。

【译文】南朝陈国的虞寄，年龄才几岁。有客人去见他父亲，客人在门前遇到虞寄，戏谑他说："小郎君姓虞（愚的谐音），必然不太聪明。"虞寄应声说："你连字义都不辨，难道不是愚蠢？"客人很羞惭。

何、顾

隋何妥八岁。顾良戏曰："汝何是荷叶之荷，抑河水之河？”妥曰：“先生姓顾，是坚固之固，抑新故之故？”众异之。

【译文】隋朝的何妥年方八岁。顾良戏谑说：“你姓何，是荷叶之荷还是河水之河？”何妥说：“先生姓顾，是坚固之固，还是新故之故？”很多人对他的话感到惊异。

郭、曾

泰和曾给事忭，与郭工部恺饮间，曾嘲曰：“汝犬羊之鞟乎，虎豹之鞟乎？”郭应曰：“尔何曾比予于是！”

【译文】泰和人曾忭任部给事中，同工部员外郎郭恺一同饮酒时，曾忭嘲讽说：“你是犬羊的皮革呀，还是虎豹的皮革呀？”（指“恺”与“铠”谐音）郭恺应声说：“你不是比我更像它们！”（指“忭”与“鞭”谐音）

二柳孤杨

柳机、柳昂在周朝，俱历要任。隋文帝受禅，并为外职。时杨素方用事，戏语机云：“二柳俱摧。”机曰：“不若孤杨独耸。”

【译文】柳机、柳昂在北周时，都担任要职。隋文帝登基后，他二人一同被调往外地任官。当时杨素正掌握权力，杨戏谑柳机说：“二柳俱摧。”（意指都受排挤）柳机说：“不如孤杨独耸。”（喻其位高专权）

归、皮

皮日休谒归仁绍，不遇，作龟诗嘲归曰：“硬骨残形知几秋，尸骸终是不风流。顽皮死后钻应遍，都为平生不出头。”归作气球诗嘲皮云：“八片尖皮切作球，水中浸了火中揉。一团闲气如常在，惹踢招拳卒未休。”

【译文】皮日休去拜见归仁绍，没有遇到他，就作龟诗嘲讽归仁绍说：“硬骨残形知几秋，尸骸终是不风流。顽皮死后钻应遍，都为平生不出头。”归仁绍作气球诗回敬、嘲讽皮日休说：“八片尖皮切作球，水中浸了火中揉。一团闲气如常在，惹踢招拳卒未休。”

卢、狄

狄仁杰戏同官郎卢献曰：“足下配马乃作驴。”献曰：“中劈明公，乃成二犬。”杰曰：“狄字犬傍火也。”献曰：“犬边有火，是煮熟狗。”

【译文】狄仁杰戏谑同官郎卢献说：“足下姓卢，配马就作驴。”卢献说：“中劈明公，就成二犬。”狄仁杰说：“狄字是犬旁火呀！”卢献说：“犬边有火，是煮熟的狗。”

韩卢后

张天锡遣韩博使晋。博有口才，桓温令刁彝嘲之。彝谓博曰：“卿是韩卢后。”博亦曰：“卿是韩卢后。”温笑曰：“刁以君姓韩故耳。彼姓刁，那得是韩卢后耶？”博曰：“明公脱未之思，短尾者为刁也。”一座皆笑。

【译文】苻坚派遣韩博出使晋。韩博有口才，桓温让刁彝嘲讽他。刁彝对韩博说：“你是韩卢后代吧。”（韩卢是古韩国良犬名）韩博也说：“你才是韩卢的后代。”桓温笑着说：“刁彝是因为你姓韩的缘故才这样讲罢了。他姓刁，哪里能是韩卢的后代呢？”韩博说：“明公没有替他想想，短尾者为刁呀。”在座的人都笑了。

崔季珪

冀州崔季珪琰，九岁应秀才举。时陈元方为州刺史，嫌其幼，琰曰：“昔项橐八岁为孔子师，今自恨年已过矣。”元方戏之曰：“卿宗与崔杼近远？”琰曰：“如明公之与陈恒。”

【译文】冀州（今河北冀县）崔琰字季珪，九岁参加秀才的考试。当时陈元方任州刺史，嫌他年纪小，崔琰说：“以前项橐八岁就当孔子的老师，现在我遗憾自己年纪已经超过他了。”元方戏谑他说：“你与崔杼的宗亲关系是远是近？”（春秋时崔杼曾弑齐庄公）崔琰说：“就好同你与陈恒的族亲远近差不多。”（春秋时陈恒曾弑齐简公）

卢、陆

卢志（字子通，范阳人，尚书珽少子）于众坐问陆士衡：“陆逊、陆抗是君何物？”答曰：“如卿于卢毓、卢珽。”

【译文】卢志（字子通，范阳人，尚书卢珽的小儿子）在人多的地方问陆士衡（机）："陆逊、陆抗是你的什么东西？"（陆机是陆抗的儿子、陆逊的孙子）陆士衡说："好像你同卢毓、卢珽的关系。"

谢、刘二子

谢庄子谢瀹，尝与刘湎子刘浚饮。推让久之，浚曰："谢庄儿不可云不能饮。"瀹曰："苟得其人，自可流湎千日。"浚惭之。

【译文】谢庄的儿子谢瀹，曾经和刘湎的儿子刘浚一起饮酒。互相推让了很久，刘浚说："谢庄儿不可说不能饮。"谢瀹说："如果能遇到值得在一起饮酒的人，自然可流湎千日而饮不尽兴的。"刘浚很羞惭。

殷、何二子

殷淳与何勖共食莼羹。淳羹尽，勖曰："益殷莼羹"。勖，司空无忌子也。淳徐辍箸曰："何无忌惮！"

【译文】殷淳和何勖一同吃莼菜羹。殷淳将莼菜羹吃完。何勖说："得益你殷勤招待莼菜羹。"这话却犯了殷淳父亲名讳。何勖是司空何无忌的儿子。殷淳慢慢放下筷子说："何无忌惮！"

庾、孙二子

庾园客（庾翼子）诣孙监（盛）。见齐庄放在外，尚幼，而有神意。庾试之曰:“孙安国何在?”即答曰:“庾稚恭家。”庾大笑曰:“诸孙大盛,有儿如此!”又答曰:“未若诸庾之翼翼!”还语人曰:“我故胜,得重唤奴父名。”

【译文】庾园客(庾翼的儿子)去见孙监(盛),看到孙齐庄(放)在外边,年纪还小,但很有神采。园客用言语试他的才智,问他说:“孙安国何在?”孙放立即回答说:“庾稚恭家。”(庾翼,字稚恭)园客大笑说:“诸孙大盛,有儿如此!”孙放又回答说:“没有你们诸庾之翼翼!”(喻其浑沌状)他还对别人说:“我获胜了,因为重复唤他父亲的名字。”

王 慈

琅琊王僧虔长子慈,年十岁,共时辈蔡约入寺礼佛,正见沙门等忏悔。约戏之曰:“众僧今日何乾乾?”慈应声答曰:“卿如此不知礼,何以兴蔡氏之宗?”约,兴宗之子也。谢超宗见慈学书,谓之曰:“卿书何如虔公?”答曰:“慈书与大人,如鸡之比凤。”超宗,凤之子。

【译文】琅琊(今山东临沂)王僧虔,大儿子王慈年方十岁。同年纪相仿的蔡约到寺庙礼佛,正遇见僧徒们在忏悔。蔡约戏谑王慈说:“众僧今日何乾乾?”王慈应声回答说:“你如此不知礼,怎么能兴蔡氏之宗?”蔡约,是蔡兴宗的儿子。谢超宗看到王慈学习写字,就对他说:“你写的字与虔公相比如何?”王慈回答说:“慈的书法和大人相比,好比以鸡来比凤。”谢超宗,谢凤的儿子。

伍伯、驵侩

晋庾纯之父，尝为五伯。贾充之先，尝为驵侩。充置酒而纯末至。充曰："君行常在人先，今何后？"纯曰："会有小市井事未了，是以后耳。"

【译文】晋朝庾纯的父亲，曾任舆卫前导的差役。贾充的前辈曾当过买卖牲口的经纪人。贾充准备好酒筵，庾纯却来晚了。贾充就问他说："君行常在人先，今日为何后来？"庾纯回答说："逢有小市井事没办完，所以后到了。"

酬外祖戏

王彧子绚，年六岁，读《论语》至"周监于二代。"外祖何偃曰："可改'爷爷乎文哉'。"（彧、郁同音。○吴、蜀间呼父为爷）绚曰："尊者之名，安可戏？宁可云'草翁之风必舅'。"（偃父何尚之，绚之外祖翁也）

【译文】王彧的儿子王绚，年纪六岁，读《论语》读到"周监于二代"，（下一句是"郁郁乎文哉！"）外祖父何偃说："可改'爷爷乎文哉'。"（彧、郁同音。○吴、蜀间称呼父为爷）王绚说："父亲的名字，怎么能开玩笑？宁可说："草翁之风必舅'。"（何偃的父亲叫何尚之，是王绚的外祖公）

申、许二公

许公国与申公时行，相约诣一所公议。申诣许拉之。许曰：此才午时，已行乎？”申应曰：“既以身许国，不得不尔。”

【译文】明朝许国，与申时行，相约去一个地方商议公事。申时行去见许国，要拉着他走。许国说：“现在才午时，就行吗？”申时行应答说：“既然以身许国，不得不这样。”

达毅、王达

达毅、王达同为郎中。一日佥公移，王戏曰：“每书衔名，但以公上为我之下。”毅应曰：“君子上达，小人下达。”

【译文】达毅、王达一同担任郎中。有一天签署公文，王达戏谑说：“每种公文都要签名，签名时你的名字就成了我的下边。”达毅应答说：“君子上达，小人下达。”

吕扩、谢晖

吕扩、谢晖亦以名相嘲。谢云：“无才终入广。”吕云：“不日便充军。”二人因而成隙。

【译文】吕扩、谢晖也互相用名字相嘲讽。谢晖说：“无才终入广。”吕扩说：“不日便充军。”他二人因此不和睦。

演《琵琶记》

闽中蔡大司马经，初姓张。一日与龚状元用卿共宴，看演

《琵琶记》。至赵五娘抱琵琶抄化，蔡戏龚曰："状元娘子何至此！"后至张广才扫墓，龚指曰："这老子姓张，如何与蔡家上坟？"

【译文】闽中大司马蔡经，原来姓张。有一天同状元龚用卿一起饮宴，并观看《琵琶记》的演出。剧中演到赵五娘怀抱琵琶沿街募求东西时，蔡经戏谑龚用卿说："状元娘子怎么到了这种地步！"后演到张广才扫墓时，龚用卿指着说："这老头姓张，怎么去给蔡家上坟？"

罗隐对

罗隐与顾云同谒淮南高骈。云为人素雅重，而隐性傲睨。高公留云而远隐。隐欲归武林，骈与宾幕饯于云亭。时盛暑，青蝇入座，高命扇驱之。云因谑隐曰："青蝇被扇扇离席。"隐见《白泽图》钉在门，应曰："白泽遭钉钉在门。"（《郡阁闲谈》谓是寇豹、谢冠，误也）

【译文】唐朝罗隐和顾云一起去见淮南节度使高骈。顾云为人向来文雅稳重，而罗隐性情傲慢。高骈将顾云留下而疏远罗隐。罗隐就要回武林（今浙江杭州），高骈与宾客幕属在云亭给他饯行。当时适逢盛暑，有苍蝇飞到桌子上，高骈令仆人用扇子驱赶它们。顾云就戏谑罗隐说："青蝇被扇扇离席。"（蝇指隐）罗隐见《白泽图》钉在门上，就应答说："白泽遭钉钉在门。"（白泽，神兽名，后为官吏衣饰。比喻为权贵附属物）（《郡阁闲谈》称是寇豹、谢冠的事，这是讹误）

胡 旦

舍人胡旦饮酒面赤。学士谢泌戏之曰:“舍人面色如袍色。”时胡服绯也。胡答曰:“学士心头似幞头。”谢为之色沮。

【译文】舍人胡旦喝酒后脸红。学士谢泌戏谑他说:“舍人面色如袍色。”当时胡旦穿红色官服。胡旦应声答说:“学士心头似幞头。”谢泌因此脸色显得很懊丧。

铁冠道人

铁冠道人(张景和,江右方士)结庐钟山下。梁国公蓝玉携酒访之,道人野服出迎。玉以其轻己,不悦。酒行,戏曰:“吾有一语请先生属对。云‘脚穿芒履迎宾,足下无礼’。”道人指玉所持椰杯复之曰:“手执椰瓢作盏,尊前不忠。”(后玉竟以逆诛)

【译文】铁冠道人(张景和,江右方士)盖茅屋于钟山下。梁国公蓝玉带着酒去访问道人,道人穿着很随便的衣服出来迎接他。蓝玉认为他轻视自己,就有点不高兴。饮酒期间,蓝玉戏谑说:“我有一语请先生相对,就是‘脚穿芒履迎宾,足下无礼’。”道人指着蓝玉手中拿着的椰壳酒杯应答说:“手执椰瓢作盏,尊前不忠(盅字谐音)。”(后来蓝玉以谋反罪遭诛杀)

杨、李二公

邃翁冬天气盛,而西涯怯寒。二公同坐,西涯屡以足顿地作声。邃翁曰："地冻马蹄声得得。"西涯见其吐气如蒸，戏云："天寒驴嘴气腾腾。"

【译文】邃翁（杨一清）冬天喘气较重，而西涯（李东阳）怕冷。他们二人坐在一处，西涯为了驱寒，不断用脚顿地而发出响声。邃翁说："地冻马蹄声得得。"西涯见他呼出的气好像蒸食物时所冒出的气雾，戏谑说："天寒驴嘴气腾腾。"

陆封公对

太仓陆封公（陆瑚之父）貌黑而齿白，与乡绅金纹者相善。一日陆造纹，纹揖而戏之曰："黑象口中含白齿。"陆揖甫毕，即应声曰："乌龟背上列金纹。"

【译文】太仓陆封公（陆瑚的父亲）（因儿子做官而受到皇帝诰封的人称为封公），脸面皮肤黑但牙齿特别白，他和乡绅金纹关系很密切。有一天陆去拜见金纹，金纹作揖行礼并戏谑他说："黑象口中含白齿。"陆作揖还礼后，马上应声回答说："乌龟背上列金纹。"

地　讳

李时尝以"腊鸡独擅江南味"戏夏言。夏即应以"响马能空冀北群"。人嘲江西以腊鸡，畿辅以响马。故二公各指为戏。

李西涯在翰林时，与河南一学士相谑。河南公谒李，见檐曝有枯鱼，嘲曰："晓日斜穿学士头。"李应声曰："秋风正灌先生耳。”盖湖户有“干鱼头”，河南有“偷驴贼”之谣，又谚云“秋风灌驴耳”故也。（见《旧雨记谈》。《耳谈》以为高中玄、张太岳，殊误）

【译文】李时曾经以“腊鸡独擅江南味”戏谑夏言。夏言马上回应以“响马能空冀北群”。人们嘲称江西人以腊鸡，畿辅人以响马（夏言，江西贵溪人；李时，河北任丘人，当时畿辅辖地）。所以他们二人各指乡籍为戏。

李西涯（东阳）在翰林院任职时，与河南籍的一个翰林学士互相戏谑。这学士去拜访李西涯，看见屋檐下挂晒着一条干鱼，便嘲笑说：“晓日斜穿学士头。”李西涯应声回答说：“秋风正贯先生耳。”因为洞庭湖一带人有“干鱼头”、河南有“偷驴贼”的歌谣，又有“秋风灌驴耳”的俗语，所以他们才用此开玩笑。（事见于《旧雨记谈》一书，《耳谈》当作是高中玄、张泰岳旧事，是十分错误的）

刘宝遇女媪

刘道真宝遭乱，于河侧自牵船，见采莲女子，嘲之曰：“女子何不调机弄杼而采莲？”女子答曰：“丈夫何不跨马挥鞭而牵船？”道真又尝素盘共人食，有妪青衣，将二子行。道真嘲曰：“青羊将二羔。”妪应声曰：“两猪同一槽。”

【译文】刘道真（宝）遭逢战乱，在河岸边自己牵纤拉船，遇到一个采莲的女子，便嘲讽她：“女子何不调机弄杼而采莲？”女子回答说：“丈夫何不跨马挥鞭而牵船？”刘道真又曾经和别人在一起同吃饭，有一贫贱女子携带二子在行走。李道真嘲讽说：“青羊将二羔。”女子应声说：“两猪同一槽。”

真、扬二娼

江、淮、闽、浙土俗，各有公讳，如杭之“佛儿”、苏之“呆子”、常之“欧爷”之类，细民或相犯，至于斗击。宣和中，真州娼迎新守于维扬。扬守置酒，大合两邦妓乐。扬州讳“缺耳”，真州讳“火柴头”。扬娼恃会府，轻属城，故令茶酒兵爇火而有烟。使小僮戒之，已而不止，呼责曰：“贵客大厅张筵，何烧炭不谨，却着柴头？”咄詈再四。真娼笑语兵曰：“行者三四度指挥，何得不听？汝有耳朵耶，没耳朵耶？”扬娼大惭。

【译文】江、淮、闵、浙等地的风俗习惯不同，各有公忌，如杭州之“佛儿”，苏州之“呆子”，常州之“欧爷”之类，有些小民百姓如犯了忌讳，甚至于斗殴。宋徽宗宣和年间，真州（今江苏仪征）的歌舞女艺人到扬州迎接新太守。扬州太守置办酒筵，让扬州的歌舞女艺人同真州的歌舞女艺人合在一起献艺。扬州人避讳“缺耳”，真州人避讳“火柴头”。扬州的女艺人倚仗扬州是府城，轻视受管辖的真州人，故意让负责茶酒的兵丁烧火而有烟。让小孩去戒除烟，不能马上止住，就高声叱责说：“贵客在大厅张筵，为什么烧炭不小心，却烧着柴头？”责骂多次。真州的女艺人笑着对兵丁说：“行者多次差使，为什么不听？你是有耳朵呀，还是缺耳朵呀？”扬州女艺人很羞惭。

小试冒籍

华亭人冒籍上海小试，愤其不容，大书通衢曰：“我之大贤与，人何所不容？我之不贤与，如之何其拒人也？”上海人答云：“我之大贤与，何必去父母之邦？我之不贤与，焉往而不三黜？”

【译文】华亭人假冒上海籍贯参加童生考试，气愤上海人不准许，就在大道上书写说：“我是有才德的人，你们为什么容许不了？我是没有才德的人，那你们为什么又拒绝人？”上海人回答说：“我是有才德的人，何必要离开父母之邦？我是没有才德的人，哪里有前去而不被再三拒绝呢？”

戴釜山鹿鸣

严司空震，梓州盐亭县人。所居枕戴釜山，但有鹿鸣，即严氏一人必殒。一日有表亲野坐，闻鹿鸣，其表曰：“戴釜山中鹿又鸣。”严曰：“此际多应到表兄。”表接曰：“表兄不是严家子，合是三兄与四兄。”不日严氏子一人果亡。是何异也？

【译文】唐朝户部尚书严震，梓州盐亭县人。所居住的房屋靠近戴釜山，只要有鹿的鸣叫声，严氏一族必有一人死亡。有一天一表亲来闲坐，听到鹿的叫声，表亲说：“戴釜山中鹿又叫了。”严震说：“这次可能会应验到表兄身上。”表亲说：“表兄不是严家子孙，该是应验到三兄或四兄。”不久严氏族中有一人果然死亡。这是什么怪异现象呢？

塞语部第二十五

子犹曰：天下之事，从言生，还可从言止。不见夫射者乎？一夫穿杨，百夫挂弓。何则？为无复也。心心喙喙，人尽南越王自为耳。不得真正大聪明人，胸如镜，口如江，关天下之舌，而予之以不然，隙穴漏卮，岂其有窒！若夫理外设奇，厄人于险，此营丘士之智也，吾无患焉。集《塞语第二十五》。

【译文】子犹说：天下的事情，可以由言论而生，也可以因言论而止息。没有见过那些射箭的人吗？一个人射箭假如能够百步穿杨，其他上百个人都收起了弓箭，为什么呢？为的是不再重复啊！人们念念叨叨，许多人都是像南越王那样自以为是罢了。没有真正聪明绝顶的人，胸如明镜，口如江河，能阻塞住天下人的喉舌，并置之于不然，那么人的嘴就像隙穴漏卮，岂是能够遏止住的！至于有意于情理之外巧设新奇，使人陷入困境和窘迫，这都是象营丘士那样愚笨而又强词夺理之人的作法，我不畏惧这些。汇集为《塞语部第二十五》。

祠灵山河伯

齐大旱，景公欲祠灵山。晏子曰："不可。夫灵山，以石为身，以草木为发。天久不雨，发将焦，身将热，彼独不欲雨乎？祠之何益？”公曰：“祠河伯可乎？”晏子曰：“不可。河伯以水为国，以鱼鳖为民。天久不雨，百川竭，国将亡，民将灭矣，彼独不雨乎？祠之何益？”

【译文】春秋时，齐国大旱，齐景公准备前往灵山祭祀山神求雨。晏婴劝说道：“不能去。像那灵山，以石头为自己的身体，以草木为自己的鬓发。上天久旱不雨，灵山的鬓发枯焦，身体发热，它自己不盼着下雨吗？祭拜山神有什么用处呢？”齐景公说：“祭祀河伯可以吗？”晏婴回答：“也不可以。河伯以河水为自己的邦国，以鱼鳖为自己的子民，上天久旱不下雨，上百条河都即将枯竭断流，河伯的邦国将要灭亡，子民将要死去，它自己不盼着下雨吗？祭拜河伯又有什么用处呢？”

骆猾氂好勇

墨子谓骆猾氂曰：“吾闻子好勇。”曰：“然。吾闻其乡有勇士焉，吾必与斗而杀之。”墨子曰：“天下莫不予其所好，夺其所恶。今子闻其乡有勇士，而斗而杀之，是恶勇，非好勇。”

【译文】墨翟对骆猾氂说：“我听说你善斗好勇。”骆猾氂回答说：“是的。我只要听说哪个乡村有勇士，我就必定前去与他争斗并且杀死他。”墨子说：“天下没有人不嘉许好的东西，而除去令人讨厌的东西。如今你听说哪里有勇士，就前去寻斗并且杀死他，这是讨厌勇敢者，不是赞许有勇之人。”

弹雀

宋艺祖一日后苑挟弓弹雀。有臣僚称其急事请见。及见，乃常事。帝曰："此事何急？"对曰："亦急于弹雀。"

【译文】宋太祖赵匡胤一天在后花园中拿着弹弓打鸟玩耍。有个臣僚报称有急事请求接见。等到见面上奏，原来只是件平常的事情。宋太祖心中不高兴。说道："这种事有什么可急的？"那臣僚回答："可也比弹弓打鸟要急！"

禁酿具

蜀先主尝因旱俭禁酿酒。吏于人家检得酿具，以其欲酿，将议罚。时简雍从先主游，见一男女行道，谓先主曰："彼人欲行淫，何以不缚？"先主曰："何以知之？"雍曰："彼有淫具。"先主大笑，命原欲酿者。

【译文】蜀汉先主刘备曾经因天旱和节俭的缘故诏令臣民禁止酿酒。下边有个小吏在一百姓家中搜检出酿酒器具，认为他是准备酿酒，违犯了禁令，将要商议如何处罚。当时正巧简雍随从刘备出游，看见一对男女百姓在路上行走，简雍就对刘备说："这两个人想行奸淫之事，为什么不抓起来？"刘备说："你怎么知道他们要行奸淫呢？"简雍回答："他们都有行淫的器具。"刘备听了哈哈大笑，回去就命令宽恕了那个想酿酒的人。

禁松薪

唐昭宗时，李茂贞榷油以助军资，因禁松薪。优人张廷范曰：“不如并月明禁之。”茂贞笑而驰禁。

【译文】唐昭宗时，李茂贞对油料实行专卖，以筹集资金用于军费，因此严禁买卖照明用的松木。演唱艺人张廷范对他说：“不如连月亮也都禁止。”李茂贞听了大笑，随即便放松了禁令。

陶母剪发图

元岳柱八岁时，观画师何澄画《陶母剪发图》，指陶母手中金钏诘之曰：“有此可易酒，何用剪发？”何大惭，即易之。

【译文】元朝人岳柱八岁的时候，曾经观看画师何澄画的《陶母剪发图》，岳柱指着画中陶母手上的金手镯问何澄说：“用这手上金镯就可以变卖换酒，为什么还要剪发呢？”何澄听了非常羞愧，连忙将画作了修改。

新 衣

桓冲不好新衣。浴后，妇故送新衣与冲。怒，催使持去。妇更持还，传语云：“衣不经新，何由而故？”桓笑着之。

【译文】晋代人桓冲不喜欢穿新衣服。一次他洗浴后，夫人故意送上一套新衣服让他穿。桓冲很生气，催仆人拿回去。夫人却又让仆人送回来，并传话说："衣服不经新的时候穿用，如何能变成旧的呢？"桓冲笑了笑便穿在身上了。

彭祖面长

汉武帝对群臣云："相书云：鼻下人中长一寸年百岁。"东方朔大笑。有司奏不敬。朔免冠云："不敢笑陛下，实笑彭祖面长。"帝问之。朔曰："彭祖年八百。果如陛下言，则彭祖人中长八寸，面长一丈余矣。"帝亦大笑。

【译文】汉武帝一次对群臣说："相书上说：人的鼻子下人中如果长一寸就可以活到上百岁。"东方朔听了大笑。专管朝礼的官员启奏汉武帝，说东方朔冒犯圣上，实为大不敬。东方朔脱下自己的冠帽说："臣不敢笑陛下，实际是在笑彭祖的脸太长。"汉武帝问他缘故，东方朔说："民间传说彭祖活了八百岁。如果真像陛下所说的，那么彭祖的人中长八寸，他的脸一定长有一丈多长了。"汉武帝听了也忍不住大笑。

仙福

有术士干唐六如，极言修炼之妙。唐云："如此妙术，何不自为，乃觊及鄙人？"术士云："恨吾福浅。吾阅人多矣，仙风道骨，无如君者。"唐笑曰："吾但出仙福，有空房在北城，甚僻静，君为修炼，炼成两剖。"术士犹未悟，日造门，出一扇求诗。唐大书云："破布衫中破布裙，逢人便说会炼银。如何不自烧些用，担水河头卖与人。”

六如尝题《列仙传》云：“但闻白日升天去，不见青天走下来。忽然一日天破了，大家都叫阿癐癐。”亦趣。（吴俗小儿辈遇可羞事，必齐拍手，叫“阿癐癐”）

【译文】有个江湖术士来求见唐六如（寅），反复陈述修炼的妙处。唐寅说：“这样妙的修炼术，为什么你不自己去做，反而要赐予我呢？”术士说：“只恨我自己福份太浅。我见过的人多了，要说仙风道骨、不同凡俗都比不上你。”唐寅笑道：“那我就把我有的神仙福气拿出来做投资，现在北城有一间空房，很僻静，你可以去那里修炼，炼成黄金咱俩对半分。”那术士仍然不醒悟，过几天又登门造访，拿一把扇子求题诗。唐寅挥毫写道：“破布衫中破布裙，逢人便说会炼银。如何不自烧些用，担水河头卖与人。”

唐寅曾经写作过一首《列仙传》诗，其中说道：“但闻白日升天去，不见青天走下来。忽然一日天破了，大家都叫阿癐癐。”也很有趣。（苏州一带的民俗小孩们遇到可羞的事时，必然一起拍手，叫“阿癐癐”）

医 意

欧文忠公语东坡曰：“昔有乘船遇风而得疾者，医家取多年舵牙，为舵工手汗所渍处刮末，和丹砂伏神之剂煎饮，疾遂愈。乃知医者，意也。”东坡曰：“如公言，今学者昏惰，当令多食笔墨灰。”

【译文】文忠公欧阳修曾对苏东坡说：“过去有因乘船遇风而

患病的人，医生便取用多年的舵牙，也就是船上掌舵工们手上的汗所渍浸的地方刮下的末屑，配合丹砂伏神的药剂煎煮饮用，病情就会痊愈。通过此事，可以知道医生治病其实是一种意愿。”苏东坡说：“如果像你所言，今天一些读书人头脑糊涂而又懒惰，就应当让他们多吃些笔墨灰了。”

轮回报应

一人盛谈轮回报应：慎无轻杀，凡一牛一豕，即作牛豕以偿；至蝼蚁亦罔不然。时许文穆曰：“莫如杀人。”众问其故。曰：“那一世责债，犹得化人也。”

【译文】一个人大讲佛教的轮回报应：人应该谨慎，不要轻易杀生，就是杀了一头牛一头猪，下世也要作牛作猪来偿还；甚至蝼蚁也是这样。当时许文穆说：“那还不如杀人。”众人问他缘故。许文穆说：“那下一辈子让你还债，还能够转化为人呀。”

为宅

徐孺子，南昌人，十一岁与太原郭林宗游。同稚还家，林宗庭中有一树，欲伐去之，云：“为宅之法，正如方口。‘口’中有‘木’，‘困’字不祥。”徐曰：“为宅之法，正如方口。‘口’中有‘人’，‘囚’字何殊？”郭无以难。

【译文】后汉南昌人徐孺子（稚），十一岁时与太原人郭林宗（泰）交游往来。郭泰邀徐稚到家中，郭家的院子里有一棵大树，正准备砍伐掉，郭泰说："建造的宅院，正像一个大方口字一样，这'口'中有'木'，是个'困'字，大不吉祥。"徐稚说："建造宅院的方法，都正像一个大方口一样，可这'口'中有'人'，与'囚'字有什么不同？"郭泰对徐稚的话无法诘难。

蔡元定地理

蔡元定善地理，每与乡人卜葬改定，其间吉凶不能皆验。及贬，（坐朱晦庵党，为胡纮所劾）有赠诗者，曰："掘尽人家好丘陇，冤魂欲诉更无由。先生若有尧夫术，何不先言去道州？"

先辈有云："若伤天理以求地理，而复有灵验，是天亦怕老婆矣！"此语虽戏，亦可醒迷。

【译文】蔡元定善于观看风水地形，经常与乡人们看风水选择或改换墓地，可是所预测的吉凶事并不能都灵验。等到他被贬官道州时，（因为以所谓朱熹的同党，而被胡纮所弹劾）有人向他赠诗说："看风水掘尽了人家的好坟地，死者的冤魂想申诉都没办法。先生如果真有像邵尧夫那样的预测术，为何不先预测占卜自己去不去道州呢？"

前辈人说过："一个人如果干了伤天害理的事，而去追求什么风水地形，而且有灵验，那说明上天也是怕老婆了！"这话虽然是玩笑话，但也可以使迷信之人醒悟。

哈立麻

永乐四年，西僧哈立麻至京，启建法坛，屡著灵异。翰林李继鼎私曰："若彼既有神通，当作中国语，何待译者而后知乎？"

【译文】明成祖永乐四年（1406），西方一个名叫哈立麻的僧人来到京都，启建法坛，讲经作法，经常能显明灵验和奇异。翰林李继鼎私下对人说："像他既然有这么高的神通，就应当会说中国话，为什么还要等翻译后才能听懂呢？"

请僧住院

晏景初请一名僧住院，僧辞以穷陋不可为。景初曰："高才固易耳。"僧曰："巧媳妇煮不得无米粥。"景初曰："若有米，拙媳妇亦自能煮。"

【译文】宋朝的晏景初（敦复）曾经请一个著名的僧人去主持一所寺院，那和尚竟以这寺院太简陋为由辞谢。晏敦复说："师傅是高才，能很容易整顿好的。"和尚回答说："巧媳妇煮不得无米之粥。"晏敦复相讥道："如果有米，笨媳妇也能自己煮粥。"

辟僧

欧阳公家儿小名有僧哥者。一僧谓公曰："公不重佛，安得此名？"公笑曰："人家小儿要易长，往往以贱物为小名，如狗、马、牛、羊之类是也。"僧大笑。

昆山学博张倬与一僧谈。僧曰："儒教虽正，不如佛学之玄。如僧人多能读儒书，儒人不能通释典。本朝能通释典者，宋景濂一人而已。"张笑云："不然。譬如饮食，人可食者，狗亦能食之，狗可食者，人决不食之矣。”

【译文】欧阳修家中一个孩子的小名叫僧哥。一个和尚对他说：“你并不信神佛，为什么起下这个名字？”欧阳修笑道：“别人家的孩子为了容易养育，往往以卑贱之物作小名，比如狗、马、牛、羊之类，我也是这样。”那僧人听了大笑。

昆山县学的老师张倬与一个和尚交谈，和尚说：“儒教虽然是朝廷推崇的正宗，但它不如佛学的玄妙。比如僧人们大多都能读写儒教书籍，可儒教的学子们都没能精通佛学经典。本朝能够精通了解佛学经典的人，也只有宋景濂一个人而已。”张倬笑道：“不然。比如饮食，人能够吃得东西，狗也能吃，可狗能够吃的东西，人是决不会去吃的。”

重袈裟

赵阅道罢政闲居，喜僧而拒士。有士往谒再四，阍者不为通。士曰：“参政直得如此敬重和尚？”阍者曰：“寻常僧亦平平，相公只是重袈裟。”士曰：“我这领蓝衫恁地不值钱？”阍者曰：“也半看佛面。”士曰：“也半看孔夫子面。”

【译文】宋朝赵阅道（与欢）退休后在家闲居，他喜欢结交僧人而拒绝见读书士人。有一个读书人曾经上门求见四次，守门人都不为他通报。那读书人不解地说：“赵参政就值得如此敬重和尚？”守门人回答：“一般的和尚相待也是很平常，相公只是看重僧人的袈裟。”读书人又问：“我穿的这件蓝布衫就那么不值钱？”守门人回答：“相公也一半是看重佛面。”读书人说：“那另一半也应该看重孔夫子的脸面哪！”

辨 鬼

阮宣子闻人说人死有鬼，宣独以为无，曰：“今见鬼者，云着生时衣服。若人死有鬼，衣服亦有鬼耶？”

王弼生驳之曰：“人梦中穿衣服，将谓衣服亦有梦耶？”余谓生时衣服，神气所托，能灵幻出来，正是有鬼处。

【译文】阮宣听人们说人死后就变成了鬼，可他自己却认为没有鬼，他说：“现今见到鬼的人，都说鬼还穿着活着时候的衣服，如果人死了变成鬼，衣服也能变成鬼吗？”

王弼生驳斥阮宣的话说：“人在梦中都穿着衣服，就要说衣服也有梦吗？”我认为鬼神穿着活着时候的衣服，正是神灵的气息所托付着的，能够显灵幻觉出来，正是有鬼的地方。

《鬼董》辨十王

佛言琰魔罗统摄一素诃世界，（三千大千世界，素诃其一也，南瞻部，特素诃中之一洲耳）今讹为阎罗。又《阿含》等经有十八王，王主一狱，乃阎罗僚属。十王之说，不知何来？转轮王王四天下，亦非主冥道，乃概列于十王。余如宋帝、五官之类，又皆无稽。又七七日而所历者七王，自小祥以后二年，乃仅经二王，何疏密太悬耶？

【译文】佛经中说地狱王琰魔罗统领着素诃世界，（三千大千世界中，素诃只是其中之一，南瞻部洲也只是素诃世界中的一洲而已）今讹传为阎罗王。又《阿含》等经书说有十八王，各主管一狱，都是阎罗的僚属部下。但是十王的说法，不知从何而来？转轮王掌管着四分天下，也不是主管全部幽冥，概列于十王之中，其余如宋帝王，五官王之类又都是些无稽之说。又说七七日所经历的有七个王，可是祭奠父母亡故周年的小祥以后二年，只经历有二王，为何疏密多少有这么大的悬殊呢？

论神佛

北魏简平王浚，年八岁，谓博士卢裕曰："祭神如神在，为有神也，无神也？"对曰："有"。浚曰："有神当云'神在'，何烦'如'字？"

张商英，字天觉，夜执笔，妻向氏问何作。曰："欲作《无佛论》。"向曰："既无矣，又何论？"公骇其言而止。（后阅藏经有悟，乃作《护法论》）

【译文】北魏简平王拓拔浚，年龄八岁时，曾问博士卢裕道："人们常说祭祀神灵如有神灵在一样。究竟是有神灵，还是没有神灵呢？"卢裕回答："当然有。"拓拔浚又问："既然有神灵在就应说'神灵在'，为何多说一个'如'字呢？"

宋朝张商英，字天觉，曾在夜间撰写文章，他的夫人向氏问他写些什么，张商英回答："想撰写《无佛论》。"向氏笑道："既然没有佛，又从何论说呢？"张商英吃惊她的说法，而不再写作了。（后来他阅读藏经有悟，便撰写了《护法论》）

苏公论佛

范蜀公不信佛，苏公常求其所以不信之故。范云：“平生事非目见即不信。”苏曰：“公亦安能然哉，设公有疾，令医切脉，医曰‘寒’，则服热药，曰‘热’，则服寒药。公何尝见脉而后信之？”

【译文】宋朝蜀郡公范镇不相信神佛，苏东坡曾经询问他不信佛的缘故，范镇说：“平生事凡不是我亲眼所见就不相信。”苏东坡说：“你这种说法怎能使人信服呢？假设你患了疾病，请医生切脉诊治，医师说‘受寒’，就要服用热补之药，说你‘内热’就要服用去热清火之药，你又何曾是见脉后才相信他呢？”

妓歌佳

郭洗马入洛，听妓歌，大称佳。石季伦问：“何曲？”郭曰：“不知。”季伦笑曰：“不知安得言佳？”郭曰：“譬如见西施，何必识姓，然后知美？”

换曲换调，换姓亦换面乎？此喻误矣。

【译文】任太子洗马的郭某来到洛阳，听歌妓唱歌，连声称赞唱得好。石季伦（崇）问道：“你听她唱的什么曲子？”郭洗马回答：“我不知道。”石季伦笑道：“你连曲名都不知怎么就说唱得好？”郭洗马说：“比如见美女西施，何必要先知道她的姓名，然后才知道她美不美呢？”

唱歌可以换曲换调，人可以换姓但也能换面容吗？这个比喻错了。

观灯

司马温公夫人，元宵夜欲出观灯。公曰：“家自有灯。”夫人曰：“兼看游人。”公笑曰：“我是鬼？”

范文正欲求退，子弟请治园圃。公曰：“西都园林相望，孰障吾游？”语意类此。

【译文】司马光的夫人，准备元宵夜出外观灯，司马光劝阻她说：“不要去了，自己家里也有灯。”夫人说：“我还想看游人。”司马光笑道：“那么我是鬼？”

文正公范仲淹有心辞官引退，家中子弟们请求修造一花园，让他休憩游赏。范仲淹说：“洛阳各处园林连接相望，谁能挡住我去游赏呢？”这段话同上文意思类似。

歌哭

司马温公死，当明堂大飨，朝臣以致斋，不及奠。肆赦毕，苏子瞻率同辈往。程颐固争，引《论语》“子于是日哭则不歌”以阻之。子瞻曰：“不云歌则不哭。”

【译文】司马光去世的时候，正当朝廷在明堂大摆宴席，朝中众臣都去赴宴，未能及时到司马光府中祭奠。一直延缓到宴席结束，苏轼才率领众同辈人等来司马光府中吊唁。程颐执意与他争论，引用《论语》中的“子于是日哭则不歌（子于当天哭丧就不能欢歌）”的话阻拦他们前去奠祭。苏轼争辩道：“没有讲过欢歌就不能哭丧。”

红米饭

《樗斋雅谑》云：近一友有母丧，偶食红米饭。一腐儒以为非居丧者所宜。诘其故，谓“红，喜色也。”友曰：“然则食白米饭者，皆有丧耶？”

【译文】据《樗斋雅谑》记载：近来有一个朋友母亲去世，一次他偶然食用了红米饭。一位迂腐的读书人便认为这不是居丧人应该做的事。询问什么原因，读书人说：“因为红色是喜庆的颜色。”那个朋友反唇相讥说：“那么，吃白米饭的人家中都有丧事吗？”

理学新说

理学家多主新说。有解“年四十而见恶焉，其终也已”曰：“人当其年尚见可恶之人，则德不进可知矣。”周元孚笑曰：“惟仁者能好人，能恶人，应是三十九岁时也。”

【译文】理学家们多是主张新的学说。有人解释经典中“年四十而见恶焉，其终也已”这句话说：“当人们四十岁的时候，仍然可见到作恶事的人，那么这人的道德修养便不能长进，这是很清楚地知道的。”周元孚讥笑道：“仁爱之人能对人好，也能对人憎，应当是在三十九岁的时候的事。”

道学语

有一道学每曰：“天不生仲尼，万古如长夜。”刘翰林谐曰："怪得羲皇以上圣人，尽日燃烛而行也！"

谐性刻薄而有口才。析产时，从其父巨塘公乞一干仆。父以与其兄，谐争之。父曰："兄弟左右手耳，彼此何别？"一日父小恙，适谐来候，舒右手使搔痒。谐故取左手搔之。父曰："误矣。"谐曰："左右手彼此何别？"其虽亲，必报如此！

【译文】有一位道学先生经常说："上天如果不诞生孔子，千万年就像长夜一样昏黑。"翰林刘谐说："怪不得伏羲氏以前的圣人们，每日都是点着烛火行走啊！"

刘谐这个人性情刻薄却很有口才。家里分财产时，他向自己的父亲巨塘公讨要一个能干的仆人。他的父亲却准备分给其兄。刘谐争着要。他的父亲说："兄弟都是左右手罢了。彼此有什么区别？"一天，他的父亲身患小病，正好刘谐前来问候，就伸出右手让他给挠痒。刘谐故意握着其父的左手挠起来。他的父亲说："挠错手了。"刘谐说："左右手彼此有什么区别？"他即使是对自己的亲人也要这样报复啊！

《列子》辩日

孔子东游，见二儿争辩日远近。一曰："日出之时，大如车轮；日中之时，小如盘。岂非日出之处去人近，近见大而远见小乎？"一曰："日出之时，苍苍凉凉；日中之时，热如探汤。岂非日出之处去人远，远者凉而近者热乎？"孔子不能决。

【译文】孔子周游东方列国，遇见两个小孩子在争辩太阳的远近。一个小孩说："太阳出来之时，像车轮一样大，升高到中午之时，又小得像个盘子一样。这难道不是太阳出来的地方离人们近，近处看就大而远处看就小吗？”另一个小孩说：“太阳出来之时，大地苍茫，一片寒凉，升到中午之时，又热得像热汤一样，这难道不是太阳出来的地方离人们远，离得远就凉，离得近就热吗？”孔子听了也决断不出他们谁讲得对。

不读书

王荆公初参政，视庙堂如无人。一旦行新法，怒目诸公，曰：“此辈坐不读书耳！”赵清献公同参知政事，独折之曰：“君言失矣！如皋、夔、稷、契之时，有何书可读？”公默然。

【译文】王安石刚参与朝政时，就傲视朝堂中群臣，目中无人。等到推行新法以后，经常怒目瞧着诸位大臣，不满道：“这些人之所以反对新法，就是因为不读书。”赵清简公同王安石一样担任参知政事，就独自驳斥他说：“你的话错了，像皋陶、夔、后稷、契那些人的时代，又有什么书可以读？”王安石听了默然回答不出。

字 说

王荆公作《字说》，穿凿杜撰。刘贡父问之曰：“牛之体壮于鹿，鹿之行速于牛。今‘犇’‘麤’二字，其意皆反之，何也？”坡公亦问曰：“以竹鞭马为‘笃’，不知以竹鞭犬有何可‘笑’？”又尝举“坡”字问荆公何义。公曰：“坡者，土之皮。”坡公笑曰：“然则滑者，水之骨乎？”荆公并无以答。

又东坡尝语荆公：“‘鸠’从九亦有说。”荆公欣然就问。

东坡曰："'鸣鸠在桑，其子七兮。'连娘带爷，恰是九个。"张文潜尝问张安道方平："司马君实直言王介甫不晓事，是如何？"安道云："贤只消去看《字说》。"文潜云："《字说》也只是二三分不合人意。"安道云："若然则足下亦有七八分不晓事矣。"

【译文】王安石著作的《字说》，穿凿附会，任意杜撰。刘贡父（攽）问他说："牛的体形比鹿壮实，可鹿跑得又比牛快。你的《字说》中，'犇'和'麤'两个字的意义却与字形相反，这是为什么？"苏东坡也问他道："以竹鞭赶马为'笃'，不知道用竹鞭赶犬何以可'笑'？"苏东坡又曾经列举"坡"字询问王安石是什么意义。王安石解释说："坡，就是土地的表皮。"苏东坡笑道："那么滑字，是不是水的骨架呢？"王安石无法回答。

苏东坡又曾经对王安石说："'鸠'这个字从九的偏旁也有说法。"王安石高兴地请他解说。苏东坡说："《诗经》上说：'尸鸠筑巢在桑树上，它有七个孩子！'如果连娘带爹，正好是九个。"张文潜（耒）曾经问张安道（方平）说："司马君实（光）说王安石不晓得事理，是为什么？"张方平回答："那你只需去看看《字说》就明白了。"张耒仍然不解，又说："那《字说》也只是有二三分不合人意呀。"张方平讥讽道："真是这样，那你也有七八分不晓得事理了。"

牧 誓

唐高定七岁时，读书至《牧誓》，问"奈何以臣伐君？"父郢曰："应天顺人耳。"曰："'用命赏于祖，不用命戮于社。'岂是顺人？"郢不能答。

【译文】唐朝京北府参军高定幼年才七岁时，读《尚书》到《牧誓》篇，心中不解，就问其父高郢说："为什么臣子要讨伐君王？"高郢回答说："周武王讨纣是顺应了天地民心呀。"高定摇头道："听命效劳时连君王的祖先也供奉起来，不愿听命时就要把君王屠杀于乡野，这岂能是顺应人心？"高郢听了也回答不出。

论诗

李西涯尝有《岳阳楼》诗云："吴楚乾坤天下句，江湖廊庙古人情。"杨文懿公亟称之。有同官不以为然，驳之曰："吴楚乾坤之句，本妙在'坼'字'浮'字。今去此二字，则不见其妙矣。"杨曰："然则必云'吴楚东南坼乾坤日夜浮天下句'而后为足耶？"

方棠陵（豪）以广东宪副入贺。张昆仑山人以诗饯之。方曰："君诗虽佳，而非情实，如无山称山，无水赋水，非欢而畅，不戚而哀。予诗虽劣，情实俱在。"答曰："诗人婉辞托物，若文王之思后妃，岂必临河洲见雎鸠耶？即如饯行，何必携百壶酒而云'清酒百壶，唯笋及蒲'？若据情实，则老酒一瓶、豆腐面筋耳。"京师闻者大笑。

【译文】李东阳曾经写有《岳阳楼》诗，其中说道："吴楚乾坤天下句，江湖廊庙古人情。"杨文懿公（守陈）看后非常赞赏。有的陪同官员却不以为然，辩驳说："吴楚乾坤这一句，本来就妙在'坼'和'浮'这两个字。如今去掉这两个字，就没有那么妙了。"杨守陈反讥道："那么，非要说成'吴楚东南坼乾坤日夜浮天下句'

这才算好吗？”

方棠陵（豪）以广东宪副的职务入京朝贺。隐士昆仑山人张诗赋诗为他饯行。方豪说：“你写的诗虽然好，但不符合实情，比如没有山而说有山，没有水而赋说有水，没有欢乐而说很畅快，没有悲戚而说是很哀痛。我写的诗虽然很拙劣，都符合真情实理。”张诗回答说：“诗人赋诗作词都是以含蓄的词句寄托情物，像写周文王思念自己的后妃，难道还非要到临河的子洲畔去见雎鸠吗？即使像饯行，何必携带百壶酒而说成是‘清酒百壶，还有竹笋嫩蒲’吗？如果根据实情，那么只有老酒一瓶外加豆腐面筋罢了。”京城中的人听说此事后都大笑。

秽 里

梁刘士章为南康相。郡人有姓赖，居秽里，投刺谒刘。刘嘲之曰：“君有何秽而居秽里？”赖应声曰：“未审孔丘何阙而居阙里？”（孔庙东南五百步，有双石阙，故名阙里）

【译文】南朝梁刘士章任南康王相，当地有个姓赖的人，居住的地方叫秽里，一天他投递名片拜见刘士章。刘士章嘲问他说：“你有什么秽行而要居住在秽里呢？”赖某回答说：“你没有考察孔子有什么缺欠，而居住在阙（通‘缺’）里吗？”（曲阜孔庙东南五百步远的地方有一对石阙，所以名叫阙里）

赋 柳

李泌赋诗讥杨国忠曰：“青青东门柳，岁晏复憔悴。”国忠诉于明皇。上曰："赋柳为讥卿，则赋李为讥朕可乎？"

【译文】唐代李泌曾经赋诗讥讽杨国忠说："青青东门柳，岁晏复憔悴。"杨国忠心中不满，上诉于唐明皇。玄宗皇帝笑问杨国忠道："人家作诗赋咏柳树你就认为是在嘲讽你，那如有人赋咏李子树就认为是在讥讽我吗？"

争田

余肃敏公为户部时，两势家争田未决，部檄公理之。甲以其地名与己同姓，执是故产，公笑曰："然则张家湾张产耶？"

【译文】明朝肃敏公余子俊任户部尚书时，有两家财势大的人家为一块地产争抢不休，部里呈报余子俊审理此事。争地的甲方说那块地产的名字与自己同姓，坚持说是自己家的祖产，余子俊笑问道："那么张家湾那个地方就是张家的地产吗？"

无为子

杨次公自号无为子。佛印问其说。次公曰："我生无为军耳。"印曰："公若生庐州，便可称庐子矣！"

【译文】宋朝杨次公（杰）自己起号为无为子。佛印（了元）和尚问他起号的意思。杨杰说："因为我生在无为军中罢了。"了元和尚问道："你如果生在庐州，那就可以称为庐子（驴的谐音）吗？"

六字地名

杨用修在史馆，有湖广土官水尽源通塔平长官司进贡。“水尽源通塔平”，盖六字地名。有同列疑为三地名，添之云“三长官司”。杨取《大明官制》证之：“此一处，非三地也。”同列笑曰：“楚、蜀人近蛮夷，故宜知之。我内地人不知也。”杨戏应之曰：“司马迁《西南夷传》，班固《匈奴传》叙外域如指掌，班、马亦蛮夷耶？”

【译文】明朝时，杨用修（慎）在史馆修史，有湖广地方的土官水尽源通塔平长官司差人晋京朝贡。“水尽源通塔平”，是个六字地名。有史馆中的同事疑为三个地方的名字，于是在文书上添言说“三长官司”。杨慎取出《大明官制》证实道：“这是一处地名，不是三个地方。”同事笑着说：“楚蜀那些地方的人接近边远蛮夷民族，因此应该知道这是六字地名，我们内地人是不了解的。”杨慎戏问道：“司马迁的《西南夷传》和班固的《匈奴传》叙述边远西域的风土民情非常详尽，班固、司马迁也都是蛮夷地方人吗？”

争姓族

诸葛令（恢）、王丞相（导）共争姓族先后。王曰：“何不言葛、王，而云王、葛？”令曰：“譬之驴、马，不言马、驴。驴宁胜马耶？”

【译文】东晋元帝时任江宁令的诸葛恢曾经和丞相王导争论自己姓族的先后。王导说：“为什么人们的习惯不说葛、王，而是说王、葛呢？”诸葛恢回答道：“比如说驴、马，人们的习惯不是说马、驴。难道驴就可以胜过马吗？”

牝牡雄雌

周丞相与客闲步园中玩群鹤。问曰：“此牝鹤耶，牡鹤耶？”客从旁曰：“兽称牝牡，禽为雌雄。”丞相曰：“‘雄狐绥绥’，狐非兽乎？‘牝鸡之晨’，鸡非禽乎？”客不能对。

一从牛，一从隹，自是禽兽之别。雄狐牝鸡，文人之巧言耳。《考工记》曰：“天下大兽五。”则禽亦可谓之兽。《礼记》曰：“猩猩能语，不离禽兽。”则兽亦可谓之禽。五行有木而无草，则草亦可谓之木。《洪范》言“庶草蕃芜”而不及木，则木亦可谓之草。

【译文】周丞相与客人漫步在后园中观赏群鹤。他问客人道：“这是牝鹤呢，还是牡鹤？”客人在一旁回答：“走兽称牝牡，飞禽为雌雄。”周丞相又问道：“古诗说：‘雄狐相随而行’，狐狸不是走兽吗？‘牝鸡的清晨’，鸡不是飞禽吗？”客人一时语塞不能对答。

牝牡从牛字旁，雌雄从隹字旁，自然是禽和兽的区别。雄狐牝鸡，都是文人的巧言罢了。《考工记》一书中说：“天下有五大兽类。”就是讲禽也可以认为是兽。《礼记》一书说：“猩猩能说话，不离禽兽。”就是讲兽也可以认为是禽。五行中排列有木而没有草，但草也可认为是木。《洪范》一书说野草蕃芜而没有谈及木，就是说木也可以称为是草。

诸葛恪

孙权大会将佐，命诸葛恪行酒。次至张辅吴（昭），先有酒色，不肯饮，曰："此非养老之礼也。"权谓恪曰："卿但令张公辞屈乃饮耳。"恪即难张曰："昔尚父九十，秉旄仗钺，犹未告老。今军旅之事，将军在后，酒食之事，将军在前，何谓不养老也？"张无辞，遂为尽爵。

曾有白头鸟集吴殿前。孙权问群臣："此何鸟也？"诸葛元逊对云："此名白头翁。"张昭自以坐中最老，疑戏之，因曰："恪欺陛下，未尝闻鸟名白头翁者，试令恪复求白头母。"元逊曰："鸟名鹦母，未必有对。试使辅吴复求鹦父。"张不能答。

【译文】三国时东吴孙权举行盛大宴会慰劳部下将佐，命诸葛恪在席间行酒。当敬酒到张昭跟前时，因他先已喝了不少，便不肯再饮，说道："这不是敬奉老人的礼仪。"孙权对诸葛恪说："你只要能使张公无言答对，他便喝酒了。"诸葛恪就为难张昭说："过去尚父吕望年九十多岁时，还执掌着旄牛尾战旗，手持青铜战钺，率军征战，尚未告老。今日军旅战争，总是请你站在后方，饮酒却首先举杯敬你，怎么叫不敬奉老人呢？"张昭果真无言答对，便喝了满满一大杯。

曾经有白头鸟飞集在吴王宫殿前。孙权问众臣说："这是什么鸟？"诸葛恪回答道："此鸟名叫白头翁。"张昭认为自己是在座最老的一位，猜想诸葛恪有心戏弄自己，于是说道："这是诸葛恪欺蒙陛下，臣未曾听说过有叫白头翁的鸟。请命他再试求白头母来。"诸葛恪说："有鸟名鹦母，未必成对，也请辅吴再试求鹦父。"张昭无话可答。（张昭时任辅吴将军——译者注）

犯夜

张观知开封日，有犯夜巡者，缚致之。观曰："有证见乎？”巡者曰：“若有证见，亦是犯夜矣。”

【译文】宋朝张观担任开封府知府时，有一人违犯了禁止夜行的法令，被巡夜官绑缚到公堂。张观问道：“有见证人吗？”巡夜官回答：“如果有见证人，也是违犯禁行令了。”

捕蝗檄

钱穆甫为如皋令，会岁旱蝗发，而泰兴令独绐郡将云“县界无蝗”。已而蝗大起，郡将诘之。令辞穷，乃言：“县本无蝗，悉自如皋飞来者。仍檄本县严捕，无令侵及邻境。”穆甫得檄，判云：“蝗本天灾，非令不才。既自敝邑飞去，却请贵县押来。”（或作米元章，误也）

【译文】钱穆甫为如皋县令，这一年正逢天气大旱，蝗虫滋生，而泰兴县令却单独向郡守谎报说“泰兴县内没有蝗虫”。不久蝗虫大起，郡守严词责问，泰兴县令无话说，只好谎报：“我县中本来没有蝗虫，都是从如皋县飞来的。”仍应传缴如皋县令在本县严捕蝗虫，不要再飞侵至邻近县境。”钱穆甫接到檄文后，在上边批复道：“蝗虫本是天灾，不是我没有才能。既然它们都是从敝邑飞过去的，还请贵县再押送回来。”（也有人说是米元章的事情，实际搞错了）

举人大帽

祖制：京官三品始乘轿，科道多骑马；后来皆私用轿矣。

王化按浙，一举人大帽入谒。按君不悦，因问曰："举人戴大帽，始自何年？"答曰："始于老大人乘轿之年。"

【译文】明朝祖宗定的制度，三品京官才可以乘轿，监察御史们按规定大多数应该骑马，但后来也都私自用轿了。王化奉旨按察浙江，有一个举人头戴大帽前来拜谒。王化心中不高兴，就问道："举人戴大帽子开始于哪一年啊？"举人回答："开始于老大人乘轿子的那一年。"

西安令

俞君宣性懒，选得衢州之西安。友人规之曰："清慎，君所有余，第在冲要地，不可不勤。"俞曰："何以知冲要也？"曰："是四轮之地。不然，何以谓之衢州？"俞曰："是偏安之邑，不然，何以谓之西安？"友人无以难。

【译文】俞君宣这个人性情懒惰，他经过朝廷选择而派去担任衢州的西安（今浙江衢县，唐懿宗咸通年间曾改名西安）县令。有朋友规劝他说："要说清廉谨慎，你有余。如今任所在要冲的地方，可不能不勤勉。"俞君宣问道："怎么知道是要冲之地呢？"友人说："那里是四方通达之地。否则，怎么会称为衢州呢？"俞君宣笑道："我看是偏据一邑而可自安的地方，不然为什么又称为西安呢？"友人竟被难住了。

贪　令

某令贪，监司欲斥之。陈渠为中丞，笑曰："此地穷苦，不比贵乡，墨不满橐也。”监司曰：“盗劫贫家，岂得无罪！”

【译文】有一位县官贪婪受贿，监察官员打算斥责查办他。中丞官陈渠笑着讲情道：“这个地方太穷苦，比不上你们家乡，他贪图钱财连袋子也装不满。”监察官员正色道：“盗取抢劫贫苦人家难道就没有罪！”

海瑞非圣人

海忠肃抚江南，为华亭公处分田宅，奉行者稍过，遂致不堪。缙绅咸为华亭解纷，谓海曰：“圣人不为已甚。”海艴然曰：“诸公岂不知海瑞非圣人耶？”缙绅悉股栗而退。

【译文】海瑞奉旨巡抚江南，曾为推行一条鞭法而处置过华亭县人宰相徐阶的田产，但遵照执行的人稍有严厉，便招致来许多人的不满。当地官宦都想为徐阶解除忧难，就对海瑞说：“圣人不会像你这样过分的。”海瑞恼怒道：“诸公难道不知道我海瑞不是圣人吗？”众官宦都吓得两腿发抖连忙退出。

鳖媪

田巴居于稷下，是三王而非五帝，一日屈千人：其辩无能穷之者。弟子禽滑厘出，逢鳖媪揖而问曰：“子非田巴之徒乎？宜得巴之辩也。媪有大疑，愿质于子。”禽滑厘曰：“媪姑言之，我能析其理。”媪曰：“马鬃生向上而短，马尾生向下而长，其故何也？”禽滑厘笑曰：“此易晓耳。鬃上抢势逆而强，故短；尾下垂势顺而逊，故长。”媪曰：“然则人之发上抢，逆也，何以长？须下垂，须也，何以短？”滑厘茫然自失，乃曰：“吾学未足以臻此，当归咨师。媪幸留此，我其有以奉酬。”即入见田巴，曰：“适出遇蹩媪，以鬃尾长短为问，弟子以逆顺之理答之，如何？”曰：“甚善。”滑厘曰：“然则媪申之以须顺而短，发逆而长，则弟子无以对。愿先生析之。媪方坐门以候。”巴俯首久之，乃以行呼滑厘曰：“禽大！禽大，幸自无事，也省可出入！”

【译文】战国时，齐国的田巴在稷下这个地方讲学议论，常常毫无顾忌地评说三王五帝的是非。一天中都可以说服上千人，其善辩的口才没人能难倒他。田巴的学生禽滑厘一天外出遇见一位跛脚老妇人，对他行礼问道：“你不是田巴的徒弟吗？应该得到田巴的辩才了。我有些疑问，想向你询问一下。”禽滑厘回答说：“老婆婆你可以说说，我能分析一下道理。”老妇人说：“马鬃长得向上而很短，马尾长得向下却很长，这是什么缘故呢？”禽滑厘笑道：“这是很容易知道的道理，马鬃向上长逆抢着势头很强硬，所以较短，马尾向下垂顺着势头而柔软，所以很长。”老妇人又问：“然而，人的头发向上逆抢着而长，为什么很长，胡须顺势下垂而生，为什么就短呢？”禽滑厘茫然不知所答，就说：“我学的知识还没有达到这等程度，让我回去问问老师，希望老婆婆你在这里等等，我只要问明白就来酬答您。”说完便回去见田巴，说道：“刚才我外出遇见一个跛脚老妇人，以马鬃马尾的长短之事来问我，学生用逆顺的道理回答了她。不知对不对？”田巴夸奖道：“很好。”禽滑厘又说：“但是老妇人以胡须顺势而短，头发逆势而长的例子来问我，学生则无法回答。希望老师能解释清楚。那老妇人还在门外等着呢。”田巴低头想了好长时间，就用排行呼唤禽滑厘说：“禽大呀！禽大！幸亏你没有什么事，也省得再外出了！”

怀绳见王

齐大夫郗石父谋叛，宣王诛之，欲灭其族。郗之族大以蕃，咸泣拜于艾子之庭，祈请于王。艾子曰：“得一绳可免。”郗氏以为戏言，亦不敢诘，退而索绹以馈。艾子怀其三尺以见王，曰：“为逆者一石父，其宗何罪而戮之？”王曰：“先王之法不敢废也。政典曰：与叛同宗者，杀无赦。”艾子顿首曰：“臣亦知王之不得已也。窃有一说：往年公子巫以邯郸降秦，非王之母弟乎？然则王亦叛臣之族，理合随坐，愿王即日引决，勿惜一身而伤先王之法。因献短绳三尺。”王笑而起曰：“先生且休，寡人赦之矣。”

【译文】战国时齐国大夫郗石父谋反，齐宣王将他处死，并准备诛灭其全族。郗氏家庭人多兴盛，无端蒙此大祸，都哭泣跪拜在艾子的房前，求他祈请齐宣王恩赦全族不死。艾子安慰他们说：“只要一条绳子就可以免祸。”郗氏家人都认为他是戏言，但也不敢再问，回去后便取了一条绳子送给他。艾子怀里揣着绳子去见齐宣王，说：“叛逆之人只是一个郗石父，其家族有何罪而要被杀戳呢?”齐宣王说：“先王的法度我也不敢废除。法典规定：与叛贼同族之人，一律斩杀不赦。”艾子点点头说：“臣也知道大王是不得已呀。但我私下还想说说：当年公子巫在邯郸投降泰国，他不是大王母亲的弟弟吗?那么大王也是叛臣之族，理应当随同治罪，希望大王即日就自尽，不要吝惜自己的一身而损害先王的法令。今前来呈献短绳三尺。”齐宣王笑着起身说道：“先生不要再讲了，我赦免他们了。”

营丘士

营丘士性不通慧，好折难而不中理。一日造艾子，问曰：“凡大车之下与橐驼之项，多缀铃铎，其故何也？”艾子曰：“车驼之为物甚大，且多夜行，忽狭路难避，借鸣声相闻，使为计耳。”营丘士曰：“佛塔之上，亦设铃铎，岂谓塔亦夜行而使相避耶？”艾子曰：“君不通事理乃至如此！凡鸟鹊多托高以巢，粪秽狼籍，故塔之铃，所以警鸟鹊也，岂以车驼比耶？”营丘士曰：“鹰鹞之尾，亦设小铃，安有鸟鹊巢于鹰鹞之尾乎？”艾子大笑曰：“怪哉君之不通也！夫鹰隼击物，或入林中，而拌足掐线，偶为木所绾，振羽之际，铃声可寻而索也，岂谓防鸟鹊之巢哉？”营丘士曰：“吾尝见挽郎秉铎而歌，不究其义，今乃知恐为木枝所绾，而便于寻索也。抑不知绾郎之足者，用皮乎？用线乎？”艾子愠而答曰：“挽郎乃死者之导也，为死人生前好诘难，故铎以乐其尸耳！”

【译文】营丘士这个人天性愚笨，可又好与人争辩却总是不在理。一天他来拜访艾子，问道：“凡是大车下边和骆驼的脖子上，都要系结些响铃，这是什么缘故呢？”艾子回答说：“大车与骆驼的形体都比较庞大，并且多在夜间行驶，互相遇到狭窄的小道难以避让，所以凭借铃铛的响声传闻，使得互相可以早做准备罢了。”营丘士又问：“那么佛塔的上边，也都设有响铃，难道是佛塔也要夜间行走互相避让吗？”艾子回答：“你怎么这样不通事理啊！凡是鸟雀之类多喜欢依托高处筑巢，可拉洒的粪便狼籍不堪，所以，佛塔上也要安设响铃，为的是惊吓鸟雀所用，怎能与大车骆驼相比较呢？”营丘士又问：“猎户们所养的鹰鹞羽尾上，也都系结有小铃，难道鸟雀的巢穴有筑在鹰鹞的羽尾上的吗？”艾子大笑道：“怪不得说你不通道理啊！那些猎鹰猎隼在空中搏击猎物，有时飞入树林中，它们脚爪上的套环和缠绳，偶而会被树枝盘结挂扯住，其挥动羽翅飞翔时，铃声可使猎户寻找到它，这怎能是防备鸟雀筑巢的呢？”营丘士仍然争辩道：“我曾经见那些牵引着灵柩唱挽歌的少年手中拿着铃铎放声高唱，不知道是什么意思，今日听你讲后，才知道是恐怕被树枝挂扯住，便于人们寻找到他呀，但不知套绊他们脚上的套环，是用皮子，还是用线绳呢？”艾子生气地说：“在灵柩前唱歌的少年是为死人作导引的，因为死人生前喜好无理争辩，所以摇动响铃让他的尸首高兴高兴罢了！”

雅浪部第二十六

子犹曰：谑浪，人所时有也。过则虐，虐则不堪，是故雅之为贵，雅行不惊俗，雅言不骇耳，雅谑不伤心。何病乎唇弄？何虞乎口戒？何惮乎犁舌地狱？集《雅浪第二十六》。

【译文】子犹说：玩笑，是人际交往中常有的事。然而玩笑开过分了，就会伤人，受到伤害就不能容忍，结果都不愉快，所以开玩笑贵在高雅。高雅的行为不惊俗，文明的语言不刺耳，高雅的玩笑不会使人心受到伤害。如果都能如此，哪里还用得着担心话多？还忧虑什么词语的讳忌？还惧怕下什么拔舌地狱受苦呢？汇集为《雅浪部第二十六》。

千 岁

魏王知训陪烈祖曲宴，引金觞赐酒曰："愿我弟千岁！"魏王引他器匀之，进曰："愿与陛下各享五百！"

【译文】南唐魏王徐知训陪同烈祖李昪在宫中私宴，烈祖取来金觞赐酒说："祝愿我弟能活一千岁。"魏王另外拿一个酒器将酒分开，进前说：“愿和陛下各享五百！”

舍命陪君子

李西涯在翰林时，一日陪郡侯席，过饮大觥，醉而言曰：“治生今日舍命陪君子矣！”郡侯笑曰：“学生也不是君子，老先生不要轻生。”

【译文】李西涯（东阳）在翰林院任职时，一天陪郡守饮酒，都是用大杯喝，酒醉时对郡守说：“治下学生今天可是舍命陪君子啊！”郡守笑着说：“学生我也不是君子，老先生您可不要轻生哦。”

鸡肋

刘伶尝因大醉，与俗人忤。其人攘袂奋拳而往。伶徐曰：“鸡肋不足以安尊拳。”其人笑而止。

【译文】刘伶曾有一次趁着喝得大醉，与一个俗人争执起来，那个人挽起袖子紧握拳头，用力向刘伶打去。刘伶不紧不慢地说道：“我这鸡肋般的身体不足以安放您的尊拳。”那人听了也就笑着止住了拳头。

父子围棋

王长豫幼便和令。丞相（导）爱恣甚笃。每共围棋，丞相欲举行，长豫按指不听。丞相笑曰：“讵得尔？相与似有瓜葛。”

【译文】王长豫（悦）少年时就有很高名声。他父亲丞相王导非常喜欢和骄纵他。他们每次在一块下围棋，丞相就要走棋，王长豫按着他的指头不让走。丞相笑着说：“你怎么能这样呢？我和你好像有点瓜葛牵连。”

靳阁老子

丹徒靳阁老有子不肖，而其子之子却登第。阁老每督责之。曰：“翁父不如我父，翁子不如我子，我何不肖？”阁老大笑而止。

吴江吴太学益之，由富而贫，因县征逋急，诣县求宽。阍人报：“吴相公进谒。”县尹刘曰：“何物吴相公？得非好丈人的女婿，好女婿的丈人乎？”盖吴为王荆石相公婿，而其女嫁沈进士也。

【译文】丹徒靳阁老（贵）的儿子不成器，而靳阁老的孙子却考中进士。阁老每次督责其儿子，儿子说：“你的父亲不如我的父亲，你的儿子不如我的儿子，怎么说我不成器？”阁老大笑而不再指责他。

吴江县的太学生吴益之由富变穷，因为县里向他催要拖欠的钱粮很急，他就到县府请求宽限。看门人向县令报告说：“吴秀才求见。”刘县令说：“什么吴秀才？不就是好丈人的女婿，好女婿的丈人吗？”原来吴益之是内阁大学士王锡爵的女婿，吴的女儿嫁给了沈进士。

旱 雷

有人别谢公，公流涕，此人不悲。左右云："向客殊自密云。"公曰："非徒密云，乃是自旱雷。"

【译文】有一个客人辞别谢安的时候，谢安悲伤地流下眼泪，可是那个客人并不悲伤。后来谢安的侍从们说："这个客人好像布着密云不下雨。"谢安说："不仅是密云，还是个旱雷。"（光打雷不下雨，喻不流下泪——译者注）

大 雷

北齐崔儦尝谓同座曰："昨夜大雷，吾睡不觉。"卢思道在坐戏曰："如此震雷，奈何不能动蛰？"坐间大笑。

【译文】北齐崔儦曾对同座的人说："昨天夜里雷声那么大，我却睡不醒。"卢思道在坐上给他开玩笑说："如此震憾的雷声，怎么不能惊蛰？"说得在座的人大笑。

口欢 手怒

和鲁公慷慨厚德，每滑稽，则哄堂大笑。时博士杨永符能草圣，有省郎闻鲁公笑声，戏谓杨曰："丞相口欢。"永符曰："予忝事笔墨，方挥扫之际，亦谓'太博手怒'耶？"

【译文】后周鲁国公和凝慷慨厚德，每次说笑话，都逗得人们哄堂大笑。当时博士杨永符的草书非常有成就，有一个中书省的官员听到鲁国公的笑声，便对杨永符开玩笑说："丞相的嘴高兴了。"杨永符说："我有幸充任笔墨的工作，正在挥写之际，你也会说'太博的手发怒了'吗？"

小戊子　雌甲辰

程文惠与庞公同戊子生，程已贵，庞尚为小官。尝戏庞曰："君乃小戊子也。"庞后大拜。程曰："今日大戊子却为小小戊子矣！"

或以槐瘿遗裴晋公。郎中庾威在坐，曰："此是雌树生者。"公偶及年甲，对云："与公同是甲辰。"公笑曰："郎中便是雌甲辰。"

【译文】程文惠与庞籍都是戊子年出生的，程文惠做了大官，而庞籍还是个小官员。程曾对庞开玩笑说："你是小戊子啊。"庞籍后来做了宰相，程文惠说："今天大戊子却成了小小戊子了。"

有人以槐树角赠送给裴晋公（度），郎中庾威在坐，说："这是雌树生的。"晋公偶然问到庾威的年岁，庾威说："和您一样都是甲辰生的。"晋公笑着说："那郎中便是雌甲辰了。"

安给事生辰

安给事磐，蜀人，初度避生，同僚尾至所在。蔡巨源戏曰："闻一老鼠避一瓶中，猫捕之不得，以须略鼠，鼠因喷嚏。猫在外呼曰：

‘千岁’！鼠曰：‘汝岂真为我寿？诱我出欲嚼我耳。’”安遂出。

【译文】给事安磐，是蜀地人，四十岁生日时因不想庆寿而躲藏起来，同僚们相继来到他的住所，蔡巨源开玩笑说：“听说一只老鼠躲藏在一个瓶子中，猫抓不到它，就用胡子捅老鼠的鼻子，老鼠因此而打了一个喷嚏。猫在外边呼到‘千岁’！老鼠说：‘你哪里真是为我祝寿，不过是引诱我出来想吃我罢了。’”安磐听后，怕人认为自己吝啬，只好出来了。

太公年

人尝言太公八十遇文王。宋玉楚词又云：“太公九十显荣兮。”东方朔云：“太公体仁行义，七十有二，见用周武。”东坡笑曰：“太公赖东方朔减了八岁，却被宋玉增了十岁。”

世传梁颢八十二登第，其谢表云：“少伏生之八岁，多太公之二年。”而洪容斋《随笔》详辨其生年致仕之岁，谓此联好事者为之。以颢在本朝，而年岁尚有讹传者，恐太公真八字未可问也。

【译文】人们曾说姜太公八十岁遇周文王。宋玉的楚辞中又说：“太公九十岁显荣。”东方朔说：“太公体仁行义，七十有二，见用周武。”苏东坡笑着说：“姜太公依赖东方朔减了八岁，却被宋玉增了十岁。”

世上传说梁颢八十二岁才考中状元，他在谢表中说：“小伏生八岁，多姜太公二年。”而洪迈在《容斋随笔》中详细考证了梁颢的生年及退休的年岁，认为此联是好事的人杜撰的。以梁颢是他本朝代的人，而年龄还有讹传的，恐怕姜太公真实的年令就更不可问了。

何次道志勇

何次道（充）往瓦官寺礼拜甚勤。阮思旷（裕）语之曰：“卿志大宇宙，勇迈千古。”何曰：“卿今日何故忽见推？”阮曰：“我图数千户郡，尚不能得。卿乃图作佛，不亦大乎？”

【译文】晋朝何次道（充）去瓦官寺礼拜得很勤。阮思旷（裕）对他说：“您的志向大过天地，勇气超过千古。”何次道说：“您今日为什么推崇我？”阮思旷说：“我希望的是做一个数千户的郡守，还不能得到。您是希望做佛，不也是大志吗？”

墨磨人

石昌言畜李廷珪墨，不许人磨。或戏之曰：“子不磨墨，墨将磨子。”

守财虏孳孳为利，一文不肯屈使。亦当告之曰：“子不用钱，钱将用子。”

【译文】石昌言藏有李廷珪的墨，不许别人磨。有人开他的玩笑说：“你不磨墨，墨可将要磨你了。”

守财奴为利而孜孜不倦，一文钱不肯花。也应当告诫他说：“你不用钱，钱将要用你。”

吃衣着饭

杨医官传“食绢方”，为神仙上药。又一方，有寒疾者，盖稻席当愈。或嘲之曰:“君吃衣着饭,大是奇方。”

“吃衣着饭”,可对“枕流嗽石。”

【译文】杨医官传“吃绢丝的药方”,说是神仙中上好的药。还有一个方子,有寒疾的人,身上盖稻草席就会治好。有人嘲笑他说:“你吃衣穿饭,真是大大的奇方。”

“吃衣穿饭”,可以对“枕流嗽石”。

玄龄不死

裴玄本好谐谈。为户部郎中时,左仆射房玄龄疾甚。省郎将问疾,玄本戏曰:“仆射病可,须问之;既甚矣,何须问也?”有泄其言者,既而随例看玄龄。玄龄笑曰:“裴郎中来,玄龄不死也!”

【译文】唐朝裴玄本好说诙谐的话。在任户部郎中时,左仆射房玄龄病得很重。部里官员准备去探望,裴玄本开玩笑地说:“仆射的病可以恢复的话应该去探望,既然已经不行了,何须探望呢?”有人把这话传了出去。不久裴玄本依着惯例去看房玄龄。房玄龄笑着说:“裴郎中来了,玄龄就死不了啦!”

死后佳

叶衡罢相归。一日病,问诸客曰:“某且死,但未知死后佳否?”一士人曰:“甚佳。”叶惊问曰:“何以知之?”士人曰:“使死而不佳,死者皆逃归矣。一死不返,以是知其佳也。”

满座皆笑。

【译文】南宋叶衡免去宰相后回到故里。一天他得了病，问来看望他的客人们说："我快要死了，只是不知道死后的景况是否美好？"一位士人说："很美好。"叶衡惊骇地问他："你怎么会知道呢？"士人说："假使死后的景况不美好，死去的人都会逃回来的。死了就不再返回来，由此可知死后是美好的。"满座的人都笑了起来。

大八字

有以星术见王元美者。座客争扣吉凶。元美曰："吾自晓'大八字'，不用若算。"问："何为大八字？"曰："我知人人都是要死的。"

【译文】有个以星象术算命的方士求见王元美（世贞）。在座的客人们争着让方士推算吉凶。王元美说："我自己知道'大八字'，不用你算。"方士问道："什么是大八字呢？"王元美说："我知道人人都是要死的。"

娵隅

郝隆为桓公南蛮参军。三月三日会作诗，不能者罚酒三升。隆既受罚，揽笔便作一句云："娵隅跃清池。"桓问："娵隅是何物？"隆曰："蛮名鱼为娵隅。"又问："作诗何用蛮语？"隆曰："千里投公，始得蛮府参军，那得不作蛮语？"

【译文】晋朝郝隆为桓温的南蛮参军。三月三日，在酒会上作诗，作不出的罚酒三升。郝隆受罚后，拿起笔写了一句说："娵隅跃清池。"桓温问道："娵隅是什么东西？"郝隆说："蛮语中鱼的名字叫娵隅。"桓温又问："作诗为什么用蛮语？"郝隆说："我千里来投公，才得做蛮府参军，哪能不作蛮语呢？"

鲇鱼上竹竿

梅圣俞以诗知名三十年，终不得一馆职。晚年预修《唐书》，语其妻刁氏曰："吾之修书，可谓猢狲入布袋矣。"刁曰："还是鲇鱼上竹竿。"

《闲燕尝谈》云：大观中，薛肇明和上皇御制诗，有曰："欢声似凤来衔诏，喜气如鸡去揭竿。"韩子仓戏为更之，曰："窘如老鼠入牛角，难似鲇鱼上竹竿。"时谓的对，尤胜于梅。

【译文】宋朝梅圣俞（尧臣）以诗知名，然而三十年来最终连个翰林的官职都没有得到。晚年的时候，参与《唐书》的编修工作。他对妻子刁氏说："我去编写《唐书》，可说是猴子进到布袋里了。"刁氏说："还是鲇鱼上了竹竿。"

《闲燕尝谈》中说：宋徽宗大观年中，薛肇明和宋徽宗的诗，其中有一句说："欢声好似凤凰来衔取诏书，喜气好像鸡去揭竿。"韩子仓戏弄地更改了一下，说："窘如老鼠入牛角，难似鲇鱼上竹竿。"当时被认为是绝对，更胜于梅圣俞。

枝头干

元祐初，用治平故事，令大臣荐士试馆职。一时名士在馆者，率论资考次迁，未有越次进用者。张文翰、晁无咎俱在其间。一日，二人阅朝报，见苏子由自中书舍人除户部侍郎，无咎以为平缓，曰："子由除不离核。"谓如果之粘核者。张曰："岂不胜汝枝头干乎？"

【译文】宋哲宗元祐初年，采用英宗治平时的办法，令大臣推荐的士子参加崇文院职务的考试。一时间在崇文院的名士，一律论资按顺序考试提级，没有越级录用的。张文翰、晁无咎都在这中间。有一天，两人看朝廷的邸报，见到苏子由（辙）从中书舍人任命为户部侍郎，晁无咎认为升迁得缓慢，说："子由除不离核。"意思是像果实粘住核一样。张文翰说："难道不比你挂在枝头上等着干枯强吗？"

梓州郪县

唐李镇恶谒选，授梓州郪县令。与友人书云："州带子号，县带妻名。由来不属老夫，并是儿妇官职。"

【译文】唐朝李镇恶到吏部等候分配官职，结果被任命为梓州郪县（今四川三台）的县令。他在给朋友的信中说："州名带子号，县名中带妻字，由此看来这官本不是属于我的，都是儿子媳妇做的官职。"

孙少卿

北魏孙绍历职内外，垂老始拜太府少卿。谢日，灵太后曰："公年似太老。"绍拜曰："臣年虽老，臣卿太少。"后笑曰："是将正卿。"

【译文】北魏孙绍历任朝廷和地方上的多种官职，到了晚年才被任命为太府少卿。谢恩那天，灵太后说："您的年纪好像太老了。"孙绍伏拜说道："臣年纪虽老，臣的官职却是太少。"太后笑着说："是该升太府正卿了。"

唐、宋二宗雅谑

曲江池，本唐开元中疏凿为胜境，南即紫云楼、芙蓉院，西即杏园、慈恩寺，花卉环周，烟水明媚。都人游赏，盛于中和、上巳节。即赐宴臣僚会于山亭，赐太常教坊乐，池备彩舟，唯宰相、三使、北省官、翰林学士登焉。倾动皇州，以为盛观。裴休廉察宣城，未离京，值曲江池荷花盛发，同省阁名士游宴。自慈恩寺屏左右，随以小仆，步至紫云楼，见教坊人坐于水滨，裴与朝士憩其傍。中有黄衣，半酣，轩昂自若，指诸人笑语轻脱。裴意稍不平，揖而问曰："贤所任何官？"率尔对曰："喏，即不敢，新授宣州广德令。"反问裴曰："押衙所任何职？"裴效之曰："喏，即不敢，新授宣州观察使。"于是狼狈而步，同座亦皆奔散，朝士抚掌大笑。不数日，布于京华。后于铨司访之，云有广德令请换罗江。宣皇在藩邸，闻是说，与诸王每为戏谈。其后龙飞，裴入相，因书麻制，谓枢近曰："喏，即不敢，新授中书门下平章事矣。"见《松窗杂录》。

寇准在中书，每召两制就第饮宴，必闭关苛留之。李宗谔尝于门扉下出走。后为修宫使，恩顾渐深。一日召至玉宸殿赐酒，宗谔坚辞以醉，且云“日暮。”上令中使附耳语云：“此中不须从门扉下出。”

【译文】曲江池，原是唐开元年间开凿的一处名胜，南边到紫云楼、芙蓉院，西边到杏园、慈恩寺，四周花卉环绕，烟水明媚。长安城的人们来此游览观光，到中和时期兴盛起来。上巳节皇帝便在山亭中赐宴臣僚们，让太常教坊演奏乐曲，池中还备有彩船，但只有宰相、三使、北省官、翰林学士等官员才能上这些彩船。这样的活动惊动整个京城，被认为是最盛大的景况。裴休受命监察宣城，还没有离京，正赶上曲江池中荷花盛开，就和同僚及名士们到这里宴游。他在慈恩寺避开了左右侍从，只由一个小仆人跟随，步行来到紫云阁，看见教坊中的人坐在水边，就和朝中的官员一同在他们旁边休息。其中有一个身穿黄衣服的，已经半醉，趾高气扬，旁若无人，轻蔑地指着在座的几个人随意嘲笑。裴休有点不平，拱手向这人问道：“你担任什么官职？”那人轻率地回答：“啊，不敢当，刚被任命为宣州广德县令。”说完反问裴休说：“押衙（低级侍从官的泛称）担任的是什么官职呢？”裴休学着他的口气说：“啊，不敢当，才被授为宣州观察使。”那人听得是顶头上司，吓得狼狈地逃走了，和他同座的人也都惊散而去，朝官们看后拍手大笑。没过几天，这事传遍了京城。后来有人在吏部打听到，说有一个派往广德的县令请求换到罗江县去。当时唐宣宗尚未继承皇位，还是个藩王，听说了这件事，在和其他皇子谈话时常把这件事作为笑料。后来，皇帝驾崩，宣宗即位，裴休被任命为宰相，在拟制任命裴休的诏书时，宣宗又对掌握机要的侍臣说：“啊，不敢当，新授中书门下事平章了。”见《松窗杂录》。

寇准在中书省的时候，每次召下属到府中宴饮，必然关着门，不到最后不放他们离开。李宗谔曾有一次就是从门扇的下边爬出去才走的。后来李宗谔任修宫使，逐渐受到皇帝信任。一天，皇帝在玉宸殿召见他并赐酒宴，最后他以已经喝醉为由坚持要求告辞，并说："天已经晚了。"皇帝命太监附在他的耳边说："这里不必从门扇的下边爬出去哦！"

宋太宗语

宋丁谓尝以文谒王禹偁。禹偁称其文与孙何可比韩、柳，名遂大振。既而何冠多士，谓登第四。自以为与何齐名，耻居其下，胪传之际，殿下有言。太宗曰："甲乙丙丁，合居第四，复何言？"

【译文】宋朝丁谓曾拿着自己的文章拜见王禹偁求教，王禹偁说他与孙何的文章与可以和韩愈、柳宗元相比，于是声名大振。后来孙何考中了状元，丁谓是第四名。他自以为和孙何齐名，认为考在孙何之下是耻辱，就在唱名录取名单的时候，在殿下发牢骚。宋太宗说："甲乙丙丁，姓丁本来就居第四，还有什么话说？"

可笑事 洛中新事

则天朝，蕃人上封事多加官赏。有为右台御史者。则天尝问左司郎中张元一："在外有何可笑事？"元一曰："朱前疑着绿，逯仁杰着朱。罗知微骑马，马吉甫骑骡。将名作姓李千里，将姓作名吴栖梧。左台胡御史，右台御史胡。"左台谓胡元礼，御史胡，盖蕃人为御史者。

王拱辰营地甚侈，尝起屋三层，最上曰“朝元阁”。时司马君实穿地丈余作一室。邵尧夫见富郑公。富曰：“洛中有何新事？”邵曰：“近有一巢居者，一穴处者。”以二公对。富大笑。

【译文】武则天做女皇时，胡人来京上奏表章，很多都加赏官职。其中有一个胡人被授为右台御史。武则天曾有一次问左司郎中张元一：“在外边听到有什么可笑的事？”张元一说：“朱前疑着绿，逯仁杰着朱。罗知微骑马，马吉甫骑骡。李千里把名当姓，吴栖梧把姓当作名。左台胡御史，右台御史胡。”左台御史是胡元礼，御史胡就是那个当右台御史的胡人。

宋朝王拱辰在地上建筑规模很奢侈，曾盖起过一座三层的楼房，最上边的一层起名叫“朝元阁”。当时司马光在地下挖了一丈多深建了一间地下室。邵尧夫（雍）见到郑国公富弼，富弼说：“洛中有什么新鲜事儿？”邵说：“近来有一个人在巢中居住，有一个人在洞穴中居住。”把王拱辰和司马光的事告诉了富弼，富弼听了大笑。

大夏男 新建伯

卢询祖袭封大夏男爵。有朝士戏曰：“大夏初成。”卢答云：“且得燕雀相贺。”

王文成公封新建伯，戴冕服入朝，有帛蔽耳。某公戏曰：“先生耳冷？”公笑曰：“我不耳冷，先生眼热。”

【译文】北齐卢询祖承袭祖上的爵位而为大夏男爵，朝中有一个官员戏弄他说：“大夏（厦同音字）初成。”卢询祖回答道：“还得到燕雀的祝贺。”

王守仁（谥号文成）被封为伯爵，封地在江西新建县。他穿戴着加冕的服装上朝，耳朵用丝绸挡着，某位官员调侃他说：“先生的耳朵冷吗？”王守仁说：“我的耳朵不冷，是先生您的眼热。”

送还乡里

礼侍叶盛转吏侍。礼书姚夔设宴郑重，因曰：“敝乡亲友，烦公垂念。”叶唯唯。不久，姚进太宰，叶携酒往贺，执杯献姚曰：“今日送乡里还先生矣。”

【译文】礼部侍郎叶盛转任吏部侍郎。礼部尚书姚夔郑重地设宴邀请叶盛，趁着酒兴对叶盛说：“我同乡的亲友，烦劳您以后多想着点。”叶盛连连答应。过了不久，姚夔升为太宰，叶盛带着酒前往祝贺，他拿起一杯酒献给姚夔，说：“今天把先生让我关照乡里的事送还给先生。”

崖 州

丁晋公自崖州还，坐客谓：“天下州郡，何地最雄盛？”公曰：“唯崖州地望最重。”客问其故。答曰：“宰相只作彼司户参军，他州何可及？”

不是崖州地望最重，还因宰相地望太轻。

【译文】晋国公丁谓从崖州（今属海南）回到京城，来看望他的客人中有一位说：“天下的州郡，哪个地方最强盛？”丁谓说：“只有崖州地位和名望最重。”客人问是什么原因，丁谓回答道：“宰相在那里也只是做了个司户参军，其他州郡哪里可以相比？”

不是崖州的地位名望最重，还因为宰相的地位和名望太轻。

张海水旱疏

给事中张海劾奏尚书杨鼎、王复、薛远、南部侍郎钱溥，谓“四方水旱，皆四人妨政失职所致。”令钱溥进表至京，冢宰尹旻询江南时事。溥答曰：“南直隶大熟，请以归诸公。北直隶大水，皆溥等当之。”旻笑曰：“谚云：‘女婿牙疼，却灸丈母脚跟。’”众为哄然。

按针灸书，脚底有“丈母穴”。

【译文】给事中张海上奏折弹劾尚书杨鼎、王复、薛远、南部侍郎钱溥，认为“四方的水灾和旱灾，都是由于这四人损坏政令失职所造成的。”皇帝令钱溥进京述职，宰相尹旻询问江南的情况。钱溥答道：“南直隶获大丰收，请归功于诸公。北直隶发了大水，统统由钱溥等四人承当。”尹旻笑着说：“有则谚语说：‘女婿牙疼，却针灸丈母娘的脚跟。’”众人被逗得哄堂大笑。

按：有关针灸的书上讲，脚底板上有“丈母穴”。

周文襄

宋宣和六年，有卖青果男子孕而生女。国朝周文襄在姑苏日，有报男子生儿者，公不答，但目诸门子曰：“汝辈慎之！”

【译文】宋徽宗宣和六年，有一个卖青果的男子怀孕而且生了个女孩。明朝周文襄（忱）在苏州当巡抚时，有人报告说有一个男子生了一个儿子，周忱没有回答，只是看着几个看门人说："你们这些人可千万要谨慎！"

东王公

辛恭静见司马太傅。问："卿何处人？"答曰："西人。"太傅戏曰："在西见西王母否？"辛曰："在西不见西王母，过东已见东王公。"太傅大愧。

【译文】辛恭静去见太傅司马懿。司马懿问："你是什么地方的人？"辛恭静回答说："西人。"司马懿开玩笑说："在西方见到西王母了吗？"辛恭静说："在西方没有见到西王母，到东边来已经见到了东王公。"司马懿大笑。

石学士

石曼卿尝出游报宁寺，驭者失控，马惊走，曼卿堕地，戏曰："幸是石学士，若瓦学士，岂不破碎？"

【译文】宋朝石曼卿（延年）曾经有一次去游览报宁寺，途中驾车的人失去控制，马受惊跑得很快，将石曼卿摔倒在地上，他自嘲地说："幸亏我是石学士，如果是瓦学士，岂不就摔碎了吗？"

大理寺

江晴渌以大理属使滇，至普安驿，供亿不具。左右欲笞其吏，江曰：“翰林科道，人闻而惮之。若大理寺，远方之人且谓与报恩寺、大慈寺等，其官属亦善世、住持之类耳，恶乎笞？”

【译文】江晴渌作为大理寺的派员到云南去，途中来到普安驿站的时候，驿站中供给不够。左右侍从就要用鞭子责打驿吏，江晴渌说：“要是翰林或者是六科给事中和都察院，人们听了就会害怕。像大理寺这些边远的人还以为是报恩寺、大慈寺相类的寺院，其下属的官员也不过是些善士、住持而已，因而不重视，何必去打他呢？”

铜司业

国子监钱粮，例不刷卷，故谚曰：“金祭酒，银典簿”。陆深升司业，稽考钱粮，其实空虚，适送供堂皂隶银数两至，色如黑铜。陆笑曰：“正好谓之铜司业矣！”

【译文】国子监的钱粮经费，照旧例是不进行核查的，于是那些祭酒和典簿都趁机贪污，所以谚语说：“金祭酒，银典簿”。陆深升任为司业，对库中的钱粮帐目进行核对，发现库藏其实是空虚的。这时正好有人送来几两给看管讲堂差役的银子，颜色呈黑铜色，陆深笑着说：“正好叫作‘铜司业’了。”

延平府

武林邹虞知延平。延素产绣补，亲友皆索之。后抵任，四时多笋，补绝少，曰：“吾任‘损有余，补不足’也！”

【译文】武林（浙江杭州别称）人邹虞到延平（今福建南平）任知府。延平过去生产绣补，即官服胸背上加补的绣片。他的亲友都向他索要这种东西。后来到了延平府任上，发现一年四季的笋很多，而绣补非常稀少了。于是他说：“我上任的地方是‘损（笋）有余，补不足’啊！”

三甲进士

王伯固令太和，一士昂然而进曰：“一等生员告状。”伯固敛容徐答曰：“三甲进士不准。”

在他矮檐下，怎敢不低头？

【译文】王伯固在太和县当县令时，有一天，一个书生仰着头走进衙门说：“一等生员告状。”王伯固板起面孔慢慢地说：“三甲进士不准。”

在别人的矮檐下，谁敢不低头？

孔掾吏

元皇庆间，浙江有孔掾吏，身躯短小，仅与小公案相等，凡呈牍文，必用低凳立。脱欢丞相以先圣子孙，每礼遇之。时有许文正公从祀孔子庙庭，公子孙知政事，恶孔风度不雅，以小过叱之退，脱欢曰：“他祖公容参政之父祖坐，参政反不容他子孙立？”相与一笑。

【译文】元朝皇庆年间，浙江有个姓孔的掾吏，身材很短小，仅和小办公桌案一样高。凡是呈送公文，必须踩着一个矮凳子。丞相脱欢把他当作孔子的后代，常给他以礼遇。当时文正公许衡，被尊为一代圣人，灵位配享于孔庙，他的儿子大学士许履来孔庙主持灵位安放仪式，嫌孔掾吏的样子不雅观，就抓住一个小错将他呵退。脱欢说："他的祖宗孔子允许参政的父亲一同坐在这里，参政怎么反而不允许孔子的子孙在这里站着？"说罢相互一笑。

高晋陵

高爽尝经晋陵，诣刘蒨，了不相接。高甚衔之。俄爽代蒨为县，蒨迎赠甚厚。爽受饷，答书署"高晋陵"。人问其故。爽曰："刘蒨自饷晋陵令耳，何关爽事？"

【译文】高爽曾有一次路过晋陵县（今江苏武进），到县府拜见县令刘蒨，刘蒨对他十分冷淡，不予理睬，高爽对此非常不满。不久后，高爽代替刘蒨做了晋陵县令，刘蒨很热情地迎接他，还送了很厚重的礼物。高爽接受馈赠后，在答谢的信上只写了"高晋陵"三字。有人问其中的缘故，高爽说："刘蒨的礼物是送给晋陵县令的，关我高爽什么事呢？"

鲁直律语

黄鲁直为礼部试官。或以柳枝来，有法官曰："漏泄春光有柳条。"鲁直曰："榆条准此。"盖律语有"余条准此"也。一坐大噱。

【译文】黄鲁直担任礼部试官时，有人拿着柳枝来找他，有个管司法的官员说："漏泄春光有柳条。"黄鲁直说："榆条准此。"原来在法律的用语中有"余条准此"的固定词，一起在坐的都大笑起来。

如厕谑

彭彦实一日往文渊阁东如厕，值少保陈方洲公亦来，却立。公疾行而过，笑曰："以缓急为序。"他日公如厕，周赞善尧佐先在内。公戏曰："人生何处不相逢。"

唐时一丞，偶因马上内逼急，诣大优穆刁绫宅。已登溷轩，而优适至。丞惭谢之。优曰："侍郎他日内逼，再请光访。"

【译文】彭彦实有一天到文渊阁东侧的厕所解手，正值少保陈方洲也来解手，彭彦实退出来站在那里，陈方洲急匆匆地走过去，笑着说："以缓急为序。"一天，陈方洲上厕所，赞善官周尧佐先在里边，陈方洲开玩笑说："人生何处不相逢？"

唐朝时有一个副职官员，因为急着要解手，来到大优穆刁绫的宅院。已经登上厕所，这时穆刁绫刚好也来上厕所。这位副职官员很惭愧地向他道歉。演员穆刁绫说："侍郎他日要解手，再请光临。"

目送美姝

王忠肃公不喜谈谐。一日朝退，见一大臣目送美姝，复回顾之。忠肃戏云："此姝甚有力！"大臣曰："先生何以知之？"

王应曰："不然，公头何以掣转？"

【译文】明朝王忠肃公（翱）不喜欢开玩笑。一天退朝的时候，见一位大臣眼睛一直看着一个美女，直到从他眼前过去，他还不住地回头看。王翱开玩笑说："这个美女很有力气。"大臣说："先生是怎么知道的？"王翱应声说："要不然您的头怎么会被拉得转过去？"

西施山

西施教歌舞之地，名西施山。袁宏道与陶望龄同游。陶诗云："宿几夜娇歌艳舞之山。"袁曰："此诗当注明。不然，累君他日谥'文恪公'不得。"

【译文】西施教宫女歌舞的地方，名叫西施山。明朝著名文人袁宏道和陶望龄一起到此游览。陶望龄作诗说："宿几夜娇歌艳舞之山。"袁宏道说："这首诗应当注说明，要不然，会连累你将来不能被谥为'文恪公'了。"

钟馗图

刘廷美（珏）有《钟馗图》，求刘原博题诗于上，元旦悬之中堂。京师节日主人皆出贺，唯置白纸簿并笔砚于几；贺客至，书其名。是日朝士至者，见诗，各摘簿一叶录之而去，顷间簿已尽矣。明日复置一簿，亦如之。中书金本清戏曰："此钟馗乃耗纸鬼也。"

原博诗曰："长空糊云夜风起，不忿成群跳狂鬼。倒提三尺黄河冰，血洒莲花舞秋水。飞萤负火明月羞，栎窠影黑啼鸺鹠。绿袍乌帽逞行事，磔脑刳肠天亦愁。中有巨妖诛未得，盍驾飙轮驱霹雳。如何袖手便忘机，回首东方又生白。"

【译文】明朝刘廷美（珏）有一幅《钟馗图》，求刘原博（溥）在图上题诗，元旦时把图挂在了中堂。京城中习惯是节日里各家的主人都要出去拜年，因而刘廷美在家中案几上准备了白纸簿和笔砚，让来拜年贺客留名。这天朝中的官员们，来刘家拜年，看到图上的诗，每个人都从白纸簿中撕下一页，把诗录下来带走，不一会白纸就被撕完了，第二天又准备一个白纸簿，情况和头一天一样。中书金本清开玩笑说："这个钟馗竟是一个耗纸鬼。"

刘原博的诗说："长空糊云夜风起，不忿成群跳狂鬼。倒提三尺黄河冰，血洒莲花舞秋水。飞萤负火明月羞，栎窠影黑啼鸺鹠。绿袍乌帽逞行事，磔脑刳肠天亦愁。中有巨妖诛未得，盍驾飙轮驱霹雳。如何袖手便忘机，回首东方又生白。"

梅河豚

梅圣俞有《河豚诗》："春洲生荻芽，春岸飞杨花。河豚于此时，贵不数鱼虾。"时盛传之。刘原甫戏曰："郑都官有鹧鸪诗，人称郑鹧鸪。圣俞有河豚诗，当呼梅河豚矣。"

宋鲍当有《孤雁》诗："天寒稻粱少，万里孤难进。不惜充君庖，为带边城信。"时人谓之"鲍孤雁"。谢逸有咏蝶诗三百首，如云"身似何郎全傅粉，心如韩寿爱偷香"，又有"飞随柳絮有时见，舞入梨花无处寻。"人盛称之，因呼为"谢蝴蝶"。明无锡黄公禄善方脉而能诗，尝咏雪球云：“六花平地卷成球，不待云斤月斧修。万古太阴深合处，一团元气未开头。金盆忽送来瑶岛，银索难将挂彩楼。只恐明朝易消歇，长江滚滚逐东流。”人亦称为“黄雪球”。

【译文】宋朝梅圣俞（尧臣）有一首《河豚诗》：“春洲生荻芽，春岸飞杨花。河豚于此时，贵不数鱼虾。”一时广为盛传。刘原甫开玩笑说：“唐朝都官郎中郑谷有一首鹧鸪诗，人称郑鹧鸪。圣俞有河豚诗，应当叫他梅河豚了。”

宋人鲍当有一首《孤雁诗》：“天寒稻粱少，万里孤难进。不惜充君庖，为带边城信。”当时人们称他为“鲍孤雁”。谢逸有咏蝶诗三百首，如“身似何郎全傅粉，心如韩寿爱偷香”；又如“飞随柳絮有时见，舞入梨花无处寻”等。广受人们赞扬，因此叫他为“谢蝴蝶”。明朝无锡人黄公禄不但医术很好，而且还能写诗。曾作过一首《咏雪球》的诗：“六花平地卷成球，不待云斤月斧修。万古太阴深合处，一团元气未开头。金盆忽送来瑶岛，银索难将挂彩楼。只恐明朝易消歇，长江滚滚逐东流。”人们也称他为“黄雪球”。

银花合

张昌龄、苏味道俱有诗名。一日昌龄曰：“某诗所以不及相公者，为无‘银花合’也。”苏有《观灯》诗“火树银花合，星桥铁锁开”之句。苏曰：“公虽无‘银花合’，还有‘金铜钉’。”张有《赠张昌宗》诗曰：“昔日浮丘伯，今同丁令威。”故云。相与抚掌。

【译文】唐朝张昌龄和苏味道的诗都很有名。一天，张昌龄说："我的诗之所以不及相公您，是因为没有'银花合'这样的好句子。"苏味道有一首《观灯诗》，诗中有"火树银花合，星桥铁锁开"之句。苏味道说："您虽然没有'银花合'，还有'金铜钉'。"张昌龄有首《赠张昌宗》诗，说："昔日浮丘伯，今同丁令威。"因此有这一说。两人互相拍手而笑。

黄鹂自古少

熊眉愚与江菉萝同官棘寺。一日江曰："此中不乏佳树，惜黄鹂甚少。"熊曰："黄鹂自古少也。"江问："何以见之？"熊曰："杜诗云：'两个黄鹂鸣翠柳'，那得多？"

【译文】熊眉愚和江菉萝都是大理寺的官员。一天江菉萝说："这院中不缺乏很好的树，只是可惜黄鹂太少了。"熊眉愚说："黄鹂自古以来就很少。"江菉萝问："何以见得？"熊眉愚说："杜甫的诗中说：'两个黄鹂鸣翠柳'，哪能有很多呢？"

杜宗武

杜甫子宗武以诗示阮兵曹，答以石斧一具，并诗还之。宗武曰："斧，父斤也。使我呈父加斤削也。"阮闻之曰："误矣！欲子斫断其手。此手若存，天下诗名又在杜家矣。"

【译文】杜甫的儿子杜宗武，把自己的诗作给阮兵曹看，阮兵曹的回送却是一把石头斧子，并把诗也还给了他。杜宗武说："斧字，是父和斤组成的。斤有砍伐的意思，这是让我把诗呈给父亲加以修改。”阮兵曹听说后说：“错了！我的意思是想用斧子砍断你的手。这双手如果存在，天下诗名又在杜家了。”

不 廉

沈约戏朱异曰：“卿年少，何乃不廉？”异逡巡未达其旨。约乃曰：“天下唯有文义棋书，卿一时将去，安得称廉？”

【译文】梁朝沈约对朱异开玩笑说：“你年纪轻，却为什么不廉洁？”朱异迟疑半天没有领会沈约的意思。于是沈约说：“天下只有文字和围棋、书法，一时都被你得了去，哪里能称得上廉？”

梦仙诗

王介甫尝见郑毅夫《梦仙》诗云：“授我碧简书，奇篆蟠丹砂。读之不可识，翻身凌紫霞。”大笑曰：“此人不识字，不勘自招。”毅夫曰：“不然，吾用李太白诗句耳。”王又笑曰：“自首减等！”

【译文】王介甫（安石）曾经见到郑毅夫的一首《梦仙诗》中说：“授我碧简书，奇篆蟠丹砂。读之不可识，翻身凌紫霞。”大笑说：“这个人不认识字，不用审问自己就承认了。”郑毅夫说：“不是这样，我用的是李白的诗句。”王介甫又大笑说：“自己坦白了罪可减一等。”

文 选

张凤翼刻《文选纂注》。一士夫诘之曰：“既云《文选》，何故有诗？”张曰：“昭明太子著作，于仆何与？”曰：“昭明太子安在？”张曰：“已死。”曰：“既死，不必究他。”张曰：“便不死，亦难究。”曰：“何故？”张答曰：“他读得书多。”

【译文】明朝张凤翼（字伯起）刻有《文选》，一个士大夫问他说：“既然叫《文选》，怎么里边还有诗？”张凤翼说：“昭明太子著作和我有什么关系？”士大夫说：“昭明太子在哪里？”张凤翼说：“已经死了。”士大夫说：“既然已死，就不必究问他了。”张凤翼说：“即便不死，也亦难以究问。”士大夫说：“那是什么原因？”张凤冀回答说：“他读的书多。”

徒以上罪

欧阳公与人行令，作诗两句，须犯徒以上罪者。一云：“持刀哄寡妇，下海劫人船。”一云：“月黑杀人夜，风高放火天。”欧云：“酒粘衫袖重，花压帽檐偏。”或问之。答曰：“当此时，徒以上罪亦做了。”

【译文】欧阳修和别人行酒令，规定作诗两句，诗中要涉及判处徒刑以上的罪名。一个人说：“持刀哄寡妇，下海劫人船。”一个说：“月黑杀人夜，风高放火天。”欧阳修说：“酒粘衫袖重，花压帽檐偏。”有一人问他，他说：“到了这种场合，判流徒以上的罪的人也会去做的。”

待汤

李西涯在京邸，款同乡会试。酒数行，诸君告起，欲赴他席。公曰：“且住，有一题商之：‘东面而征西夷怨’二句，诸君安知所以然乎？”众默然。公笑曰：“无他意，只是‘待汤’。”

【译文】李西涯（东阳）在京师的官邸中，款待参加会试的同乡。酒过数巡，诸位同乡起来告辞，准备到别处赴宴。李西涯说：“且住，有一题商讨一下：‘东面而征西夷怨’两句，大家知道说的是什么吗？”众人无语。李西涯笑着说：“没有其他意思，只就是‘等待上汤’。”

制馄饨法

乔仲山家制馄饨得法，常苦宾朋索食。一日，于每客前先置一帖，且戒云：“食毕展卷。”既而取视，乃置造方也，大笑而散。自后无复索者。

得方胜得食。

【译文】乔仲山家做馄饨很得要领，然而常常苦于宾客朋友点名来吃他家的馄饨。一天，他在每个客人前面先放了一个帖子，并且告诫说：“吃完再展开。”吃过馄饨后，大家拿起来看，原来是做馄饨的配方，于是大笑而散。从这以后再没有人来吃他家的馄饨了。

得到了配方，要胜过得到这种食物。

李康靖柬

韩忠献亿、李康靖若谷同游，至汝州。太守赵学士请康靖为门客，尤敬待韩，每至，即设猪肉。康靖尝柬韩云：“久思肉味，请兄早访。”

【译文】宋朝忠献公韩亿和康靖公李若谷，一同出游到了汝州。汝州太守赵学士请李若谷为门客，尤其敬待韩亿，每次来，都杀猪设宴席款待。李若谷曾写信给韩亿说：“想念肉味很久了，请兄早点造访赵学士。”

海蜇

王敏道食海蜇，曰：“人何苦嗜之哉？一响而已。”

岁中纸爆，亦只一响。好事者乃以纱绢装花为饰，每枚价至数十钱，更为可笑。万钱之费，不过一饱。长夜之欢，不过一醉。回想纷陈，皆海蜇耳。夫玉楼金谷，能得几时，花貌红颜，本非常住。而早暮驰逐不休，无非争此一响而已，岂不愚哉！

【译文】王敏道吃海蜇，说：“人们何苦爱吃这种东西？只不过是吃的时候发出响声而已。”

过年时放爆竹，也只是一响。好事的人用纱绢做成花来作装饰，每一枚价钱要到几十个钱，更是可笑。万钱的花费，不过是一饱而已。长夜之欢，也不过是一醉。回想人世间这繁华，不过都像海蜇一样罢了。玉楼和金谷园，能存在多长时间，如花的女子，不可能青春常驻，而从早到晚驰逐不休，无非是争此一响而已，岂不是愚蠢吗？

春菜诗

黄鲁直尝和东坡《春菜》诗云：“公如端为苦笋归，明日春衫诚可脱。”苏戏语客云：“吾固不爱做官，鲁直遂欲以苦笋硬差致仕。”

【译文】黄鲁直曾有一首和苏东坡《春菜》诗说：“公如端为苦笋归，明日春衫诚可脱。”苏东坡用开玩笑的话对客人说：“我固然不喜欢做官，黄鲁直却想用苦笋硬派我退休。”

错着水、为甚酥

东坡在黄州时，尝赴何秀才会，食油果甚酥，因问主人：“此名为何？”主人对以无名。东坡又问：“为甚酥？”坐客皆曰：“是可以为名矣！”又潘长官以东坡不能饮，每为设醴。坡笑曰：“此必错着水也。”他日忽思油果，作小诗以求之，云：“野饮花前百事无，腰间唯系一葫芦。已倾潘子错着水，更觅君家为甚酥。”

【译文】苏东坡在黄州时，曾有一次到何秀才家参加宴会，有一种油果吃着很酥，于是就问主人：“这种油果叫什么名？”主人回答没有名字。苏东坡又问：“为甚酥（为什么酥）？”在座的客人却都说：“这三个字就可以当作名字啦！”又一件事，有个姓潘的长官以为苏东坡不善饮酒，每次都给他准备了甜酒，东坡笑着说：“这必定是错把水倒进去了。”有一天，忽然想吃油果，就写了一首小诗向何秀才求油果，诗说：“野饮花前百事无，腰间唯系一葫芦，已倾潘子错着水，更觅君家为甚酥。”

伐家

子由秉政，子瞻在翰苑。有故人欲干子由，因见子瞻，求其转言，冀得差遣。公徐曰："旧闻一人贫甚，无以为生，乃谋伐冢，遂破一墓，见一人裸体而坐，曰：'我杨王孙也，无物济汝。'复凿一冢，用力颇艰，既入，见一王者，曰：'我汉之文帝，遗制圹中无纳金玉，器皆陶瓦，汝可速出。'复二冢相连，乃先穿其左者，久之方透，见一人羸瘠而有饥色，曰：'我伯夷也，饿死首阳，安得应汝之求？'其人叹曰：'用力勤矣，竟无所获。不若更穿西冢，庶有几得。'羸瘠者谓曰：'劝汝别谋于他所。汝视我形骸如此，舍弟叔齐岂能为人也'。"故人大笑而去。

【译文】子由（苏辙）主持政事的时候，子瞻（苏轼）在翰林院。有一个老朋友想求助于子由，因此先找到子瞻，求他转告子由，希望能得到一个官职。子瞻慢慢地说："过去听说有一个人穷得很，无以为生，想谋划盗墓。于是掘开了一墓，见一个人裸体而坐，说：'我是杨王孙，没有东西接济你。'又掘一墓，费了很大的力气。进去后，见一个帝王模样的人，说：'我是汉文帝，遗诏墓穴中不放金银玉器，这些器物都是陶瓦制成的，你可以赶紧出去了。"盗墓者出来后，又看到有两个墓相连。就先挖左边的墓，挖了很长时间才挖透，看见一人瘦弱而且面有饥色，这人说：'我是伯夷，饿死在首阳山，哪能满足你的需求？'盗墓者叹着气说：'我费的力气不少，竟一无所获，不如再挖穿西边的墓冢，或许能有所得。'伯夷对他说：'劝你另外再找一个地方挖吧，你看我的身体这般模样，我兄弟叔齐还能满足你吗？'"子瞻的朋友听了大笑而去。

酒肉地狱

东坡倅杭，不胜杯酌。奈部使者重公才望，朝夕聚首，疲于应酬，乃目杭倅为“酒肉地狱”。后袁谷代倅，适郡将与诸司不协，倅亦相疏。袁语人曰：“闻此郡为酒肉地狱，奈何我来，乃值狱空？”传以为笑。

【译文】苏东坡在杭州担任副长官，厌烦应酬宴会太多有点受不了，无奈太守很看重他的才华与名望，一天到晚经常有人邀请他宴饮；于是他把杭州副长官这个位置看成是“酒肉地狱”。后来袁谷接替苏东坡的位置，刚好赶上郡守与各衙门不和，对这个副职也就疏远了。袁谷对别人说：“听说此郡为酒肉地狱，怎么我来就赶上狱空了呢？”此话一时被传为笑谈。

龙潭寺暗室

陆氏兄弟游龙潭寺，见一暗室。弟曰：“此黑暗地狱也。”兄曰：“不然，是彼极乐世界。”

【译文】陆氏兄弟俩人游览龙潭寺，看见一间暗室。弟弟说：“这里一定是黑暗地狱。”兄长说：“不对，是他们的极乐世界。”

破僧戒

虎丘僧人长于酒肉，彼之视腐菜，如持戒者之视鱼肉，不胜额之蹙也。一日友人小集，有楚客长斋，特设素供。楚客意僧必持戒，揖与共席。吴兴凌彼岸笑语之曰：“毋为此僧破戒！”

【译文】虎丘寺的和尚都饮酒吃肉，他们看豆腐之类的素菜，就像遵守戒律的人看到鱼肉一样，额头禁不住就皱起来。一天，几个朋友聚会，因有一个楚地的客人长期吃斋，所以特别备了一桌素席。楚客想在坐的一位和尚必然守戒吃素，就拱手邀他和自己共席。吴兴人凌彼岸笑着对楚客说："不要让这个和尚破戒！"

李得雨

开成间，京师大旱，李德裕拜相，即日大雨。京师喜曰："相公乃李得雨也。"

【译文】唐文宗开成年间，京师地区大旱，李德裕拜受为宰相的那天，立刻下起了大雨。京师的人们高兴地说："宰相公就是李得雨。"

待阙鸳鸯社

朱子春未婚，先开房室，帷帐甚丽，以待其事。时人谓之"待阙鸳鸯社"。见《妆楼记》。

【译文】朱子春还未结婚，就先准备了一间新房，帷帐等布置得非常华丽，以等待办喜事。当时被人们称之为"待阙鸳鸯社"。见《妆楼记》。

试守孝子

王仆射在江州，为殷、桓所逐，奔窜豫章，存亡未测。王绥在都，既忧戚在貌，居处饮食，每事有降。时人语为"试守孝子"。

【译文】晋朝尚书仆射王愉，在任江州（今江西九江）刺史时，被殷仲堪、桓玄所赶，逃窜到豫章郡（今江西南昌），不知生死。他的儿子王绥在都城，脸上表现出忧郁悲戚的样子。起居饮食，每件事都降低了规格，当时人们说他是“试守孝子”。

床衣

陆龟蒙居笠泽，有一竹禅床，每用偃憩。时十月，天已寒，侍僮忘施毡褥。龟蒙已坐，急起呼曰：“此节日，翁须是与些衣服，不然，他寒我也寒。”

【译文】陆龟蒙在笠泽（今江苏吴江县境内）居住的时候，有一张竹禅床，闲的时候，常常用它来休息。到了十月，天已经有点寒冷，服侍的小童忘了在竹床上铺上毡毛褥子。陆龟蒙刚一坐下猛然起来叫着说：“这个季节，须要给这老翁（竹床）穿点衣服，不然的话，他冷我也冷。”

骡耳马足

罗汝敬、马铎同在馆阁。严冬沍寒，罗不戴暖耳，马不穿毡袜。时戏之曰：“骡耳马足”。

【译文】明朝罗汝敬和马铎同在翰林院任职。严冬季节天寒地冻，罗汝敬却不戴保护耳朵的暖耳，而马铎也不穿毡毛袜子。当时同僚们开玩笑地说他们是“骡耳马足”。

唐明皇骷髅

长安有安氏，家藏唐明皇骷髅，作紫金色，其家事之甚谨，因尔家富达，遂为盛族。后其家析居，争骷髅，斧为数片。张文潜闻之，即语曰："明皇生死为姓安人极恼。"合坐大笑。时秦少游方为贾御史弹不当授馆职，文潜戏少游曰："千余年前贾生过秦，今复尔也。"闻者以为佳谑。

谤周公者，陈贾；而宋时劾朱子者，亦名陈贾。汉有胡广，号中庸；而我朝胡文穆公名广，亦有中庸之号。事之巧，乃有若此者。

【译文】长安城有一个姓安的人家，家里藏着唐明皇的骷髅，骨头呈紫金色。这家人十分恭敬地供养祭祀它，因此家中富裕起来了，最后竟成为了大家族。后来这个家族要分家，都争要唐明皇的骷髅，只好用斧子砍成了几片。张文潜听说这件事，则说道："唐明皇生前死后都被姓安的人极端恼恨。"在坐的人听了都大笑起来。当时秦少游（观）正遭到贾御史的弹劾说他不应当被授于馆职。张文潜（耒）给秦少游开玩笑说："一千多年前贾生（贾谊，汉朝人）有《过秦论》，今天又重现了。（作'指责姓秦的过错'解——译者注）"听说这话的人都认为是极高雅的玩笑。

诽谤周公的人，名叫陈贾，而宋朝时弹劾朱子（熹）的人名字也叫陈贾。汉朝有个人叫胡广，号中庸，而我们这一朝的胡文穆公名字也叫广，而且也有中庸的名号。事情的巧合，竟有如此一样的。

焚项羽庙

全椒旧有项羽庙，余翔为令，一炬焚之。王元美曰："此殆为咸阳三月火复仇耳。”

【译文】全椒县原来有个项羽庙，余翔任全椒县令的时候，一把火将项羽庙烧掉了。王元美（世贞）说：“这恐怕是为当初被项羽大火烧了三个月的咸阳阿房宫复仇吧！”

侯景熟

侯景围台城。或问陆法和云何。陆曰：“待侯景熟。”问者不解。陆曰：“凡取果，既熟，不撩自落。今侯景未熟耳。”

俗谓年老为熟，本此。

【译文】南朝梁时叛臣侯景围困了台城。有人请有道术的陆法和预测将来，陆法和说：“等待侯景成熟。”问者不解其意。陆法和说：“凡收取果实，熟了以后不用撩自己就落了下来，现在侯景还没有熟。”

俗语称年老为熟，出典于此。

僧诵经

有僧诵经，至“无眼、耳、鼻、舌、身、意”。黄紫芝曰：“焉用诵此？僧秃其头，而无眼、耳、鼻、舌，更成何物！”僧大笑。

【译文】有个和尚念经，念到“没有眼、耳、鼻、舌、身、意。”黄紫芝说：“哪里用你念这些？和尚的头是光秃的，再没有眼睛、耳朵、鼻子和舌头，更成了什么东西？”和尚大笑。

猫五德

万寿僧彬师尝对客，猫踞其旁。谓客曰："人言鸡有五德，此猫亦有之。见鼠不捕，仁也；鼠夺其食而让之，义也；客至设馔则出，礼也；藏物甚密而能窃食，智也；每冬月辄入灶，信也。"

【译文】苏州万寿寺和尚彬师曾经有一次和客人谈话时候，他的猫卧在身旁。他对客人说："人们说鸡有五种美德，这只猫也有五德。见到老鼠，不捕捉，是仁；老鼠夺它的食物它能让，是义；客来设酒食时它就出来，是礼；食物藏得再严密它也能偷出来吃掉，是智；每到冬天就上到灶台上，是信。"

《阿房宫赋》两句

东坡在玉堂，一日读《阿房宫赋》，凡数遍，每一遍讫，即再三赏叹，至夜分犹不寐。有二老兵给事左右，坐久，甚苦之。一人长叹曰："知他有甚好处，夜久寒甚不肯睡，连作冤苦声。"其一人曰："也有两句好。"先一人怒曰："你又理会得甚的？"曰："我爱他道'天下之人不敢言而敢怒'。"叔党卧而闻之，明日以告东坡。东坡笑曰："这汉子也有鉴识！"

【译文】苏东坡在韩林院，一天诵读《阿房宫赋》，一共读了好几遍，每读完一遍，就不住地赞赏感叹，直到深夜时分还不睡。两个老兵在左右侍奉，坐久了，觉得很辛苦。其中一人叹口气说：

“知道他有什么好，夜那么晚了又很冷还不肯睡。不停地作冤苦声。”另一个人说：“也有两句不错。”头一个人生气地说：“你又理会得什么？”另一人说：“我爱他说：‘天下之人不敢言而敢怒。’”叔党（苏过，东坡子）在床上听到了这些话，第二天告诉了苏东坡。苏东坡笑着说：“这个汉子也有鉴别力！”

天下极贱人

梁次公与一友夜谈，每至极快处，其友唯唯而已。次公问其故。友曰：“曾听过。”次公谑之曰：“汝是天下极贱人。”友骇问。次公曰：“天下极快之语，一经汝听过，便不值钱，非贱而何？”友亦大笑。

【译文】梁次公和一个朋友在夜里谈话，每说到极痛快的地方，他的朋友只是应声而已。梁次公问其原因，朋友说：“曾经听过。”梁次公给他开玩笑说：“你是天下最贱的人。”朋友很惊骇地问为什么，梁次公说：“天下极痛快的话，一旦经你听过，便不值钱了，这不是贱而是什么？”朋友听了也大笑起来。

马湘兰

金陵名妓马湘兰，以豪侠得名。有坐监举人请见，拒之。后中甲榜，授礼部主事。适有讼湘兰者，主事命拘之。众为居间，不听。既来见，骂曰：“人言马湘兰，徒虚名耳！”湘兰应曰：“唯其有昔日之虚名，所以有今日之奇祸。”主事笑而释之。湘兰死后，哀挽成帙。或谓张宾王曰：“闻君有祭文甚佳。”张曰：

"吾乃仿《赤壁赋》作者。"使诵之。张但举一语云:"此固一世之雌也,而今安在哉!"闻者绝倒。

【译文】明朝金陵名妓马湘兰,以豪爽义气闻名。有一位在国子监读书的举人请求见面,被拒绝。后来这个举人中了甲榜进士,授礼部主事。正好有人告马湘兰,主事命人把马湘兰拘捕。很多人来替她说情,主事不听。以后马湘兰既来见主事,主事骂道:"人们说的马湘兰如何,不过徒有虚名罢了。"马湘兰应声说:"正因为有过去的虚名,所以才有今天的奇祸。"主事笑着释放了马湘兰。马湘兰死后,悼念的挽联可以汇集成书。有人对张宾王说:"听说你有一篇祭文写得很好。"张宾王说:"我是仿照《赤壁赋》写的。"人们让他念一遍,张宾王只举出一句说:"此固一世之雌也,而今安在哉!"听的人都笑得前俯后仰。(东坡《赤壁赋》原句为"此固一世之雄也,如今安在哉?"——译者注)

呼公子

俞君宜少时,随父华麓公之官。有衙役呼以公子,公怒曰:"凡粗暴之性加人,必呼为太监性、牛性、公子性。等之太监与牛,辱吾甚矣!"

【译文】俞君宜少年时,跟随父亲俞华麓先生到任上官署中住。有一个衙役叫君宜为公子。华麓生气地说:"凡说人性情粗暴,必然叫他太监性、牛性、公子性。把我儿子与太监和牛等同起来,你污辱我太过分了。"

曹娥秀

名妓曹娥秀，色艺俱绝。（鲜于伯机尝以羲之呼之）一日，伯机宴客，因事入内，命曹行酒递遍。伯机出，曹曰：“伯机未饮。”客笑曰：“以伯机相呼，可为亲爱之至。”伯机佯怒曰：“小鬼头也敢无礼！”曹曰：“我呼伯机便无礼，只许尔叫王羲之！”坐客大笑。

【译文】元朝名妓曹娥秀，色艺具绝。（太常寺鲜于伯机［名枢，字伯机］曾叫她王羲之）一天，鲜于伯机宴请客人，因为一件事进入内室，命曹娥秀挨着向每个客人敬酒。鲜于伯机办完事出来，曹娥秀说：“伯机还没有喝。”一位客人笑着说：“以伯机相称，可见他们亲爱得很。”鲜于伯机佯装生气地说：“小鬼头也敢无礼！”曹娥秀说：“我叫您伯机便是无礼，难道只许您叫我王羲之！”在坐的客人都大笑起来。

徐月英

徐月英，江淮间娼也。金陵徐氏诸公子宠一营妓，死，乃焚之。月英送葬，谓徐公子曰：“此娘平生风流，没亦带焰。”

【译文】徐月英，是江淮一带的妓女。金陵中山王徐达府中的一位公子很宠爱一个营妓，后来这个营妓死了，就把她火葬了。徐月英去送葬的时候，对徐公子说：“这个娘子平生风流，就是死了也带着光焰。”

全本全译

古今譚概

（下）

〔明〕冯梦龙 著
张万钧 主编

團结出版社

图书在版编目(CIP)数据

古今谭概 / (明) 冯梦龙著 ; 张万钧主编 . -- 北京 : 团结出版社 , 2023.8

ISBN 978-7-5126-9731-7

Ⅰ . ①古… Ⅱ . ①冯… ②张… Ⅲ . ①笔记小说—小说集—中国—明代 Ⅳ . ① I242.1

中国版本图书馆 CIP 数据核字 (2022) 第 180945 号

出版: 团结出版社

（北京市东城区东皇城根南街 84 号 邮编: 100006）

电话: (010) 65228880 65244790 （传真）

网址: www.tjpress.com

Email: zb65244790@vip.163.com

经销: 全国新华书店

印刷: 三河市富华印刷包装有限公司

开本: 145×210 1/32

印张: 43

字数: 1074 千字

版次: 2023 年 8 月 第 1 版

印次: 2025 年 7 月 第 2 次印刷

书号: 978-7-5126-9731-7

定价: 168.00 元（全三册）

目 录

巧言部第二十八

谈资部第二十九

微词部第三十

口碑部第三十一

灵迹部第三十二

荒唐部第三十三

妖异部第三十四

非族部第三十五

杂志部第三十六

文戏部第二十七

子犹曰：迂士主文而讳戏，俗士逐戏而离文。其能以文为戏者，必才士也。尼父之戏也以俎豆，邓艾之戏也以战阵，晦翁之戏也以八卦，何独文人而不然？且夫视文如戏，则文之兴益豪；而虽戏必文，则戏之途亦窄，或亦砭迂针俗之一助云尔。集《文戏第二十七》。

【译文】子犹说：迂腐的读书人重视文章而轻视游戏，庸俗的读书人则喜爱游戏而疏远文章。如果能够把文章当作游戏来看待的人，必定是有才能之士。孔子游戏是用祭祀来学礼，邓艾用游戏来模拟战阵，朱熹以画八卦为游戏，为什么文人不能作文字游戏呢？如果把文字看成游戏，那么对文章的兴趣必定更加浓厚；然而虽属游戏，必归于文章范畴，游戏的内容也就狭窄了。但也可以作为针砭世俗时弊的一点辅助，因此汇集为《文戏部第二十七》。

成语诗

林观过年七岁，嬉游市中，以鬻诗自命。或戏令咏泄气，云：“视之不见名曰希，听之不闻名曰夷。不啻若是其口出，人皆掩鼻而过之。”

【译文】林观过七岁时，在街市游玩嬉戏，以卖诗来自许。有个人戏弄他，让其作诗赞扬放屁。于是作诗："视之不见名曰希，听之不闻名曰夷。不啻若是其口出，人皆掩鼻而过之。"句句中都用了成语。

改《观音经》语

《观音经》云："咒咀诸毒药，所欲害身者，念彼观音力，还着于本人。"东坡居士曰："观音慈悲，若说还着本人，岂其心哉！"乃改云："念彼观音力，两家都没事。"

坡语虽趣，然非所以止咒也。经之意深，坡之意浅。

【译文】《观音经》上说："祝告用各种毒药来害人的人，要想着观音的神力，会使毒药还在其自身发作。"苏东坡说："观音菩萨大慈大悲，如果说会让毒药还归本人发作，那岂能是观音的心志？"于是东坡改为："考虑到观音的神力，双方都会没事的。"

苏东坡所说虽有趣，可是并不能阻止恶人施咒语。《观音经》的意思深远，而东坡所说的意义浅显。

改苏诗

苏诗："无事此静坐，一日似两日。若活七十年，便是百四十。"近有任达者更之曰："无事此游戏，一日似三日。若活七十年，便是二百一。"

子犹尝反其诗云："多事此劳扰，一日如一刻。便活九十九，凑不上一日。”

【译文】苏东坡诗说：“没有什么事干而静静地坐着，过一天就像是过了两天一样长。如果人活七十年，那么就如同活了一百四十年一样长。”最近有个发达官员改苏东坡诗说：“没有事干而整天嬉戏，一天就像三天。如果活了七十年，那就如同二百一十年了。”

子犹曾将这诗更正为：“事多而整日劳作烦扰，过一天就像是只有一刻。即使人活九十九，仍凑不够一天。”

旧律易字

广东二贡士争名，至相殴。友人用旧诗更易诮之曰：“南北斋生多发颠，春来争榜各纷然。网巾扯作黑蝴蝶，头发染成红杜鹃。日落二人眠阁上，夜归朋友笑灯前。人生有打须当打，一棒何曾到九泉。”

【译文】广东有两个贡士为争名利以致互相殴打起来，有朋友将旧诗更改后讥笑他们说：“南北斋生多发颠，春来争榜各纷然。网巾扯作黑蝴蝶，头发染成红杜鹃。日落二人眠阁上，夜归朋友笑灯前。人生有打须当打，一棒何曾到九泉。”

旧绝句易字

元微之贬江陵，过襄阳，夜召名妓剧饮。将别，作诗云：“花枝临水复临堤，也照清江也照泥。寄语东风好抬举，夜来曾有凤凰栖。”宋谢师厚作襄倅，闻营妓与二胥相好，此妓乞书扇，遂用元诗改末句云：“夜来曾有老鸦栖。”

南昌张相公、兰溪赵相公，皆与张江陵相左。由翰林谪州同，后屡迁，俱于辛卯入内阁。太仓王元驭当国，以诗戏之曰：“龙楼凤阁城九重，新筑沙堤拜相公。我贵我荣君莫羡，十年前是两州同。”

《西堂纪闻》云：“昨夜阴山贼吼风，帐中惊起黑髯翁，平明不待全师出，连把金鞭打铁骢。”此诗不知谁作，颇为边人传诵。有张师雄者，居洛中，好以甘言媚人，洛人呼为“蜜翁翁”。会官塞上，一夕传虏犯边，师雄仓惶震恐，衣皮裘两重伏土窟中。秦人呼土窟为土空。有人改前诗以嘲之曰：“昨夜阴山贼吼风，帐中惊起蜜翁翁。平明不待全师出，连着皮裘入土空。”

【译文】唐朝元微之（稹）被贬职到江陵，途经襄阳，晚上召名妓一起狂加宴饮。将要离别时，他作诗说：“花枝临水复临堤，也照清江也照泥。寄语东风好抬举，夜来曾有凤凰栖。”宋朝谢师厚（景初）当襄阳副使时，听说管辖的妓女和两个胥吏相好，这个妓女乞求谢为其书扇，于是谢用元稹的诗把最后一句改为：“夜来曾有老鸦栖。”

南昌张相公（位）、兰溪赵相公（志皋），都和张江陵（居正）关系不好。他们两人由翰林士被贬任州同知，然后又屡次升迁，又一起于万历辛卯年间升入内阁。太仓人王元驭（锡爵）当丞相时，用诗戏说道：“龙楼凤阁城九重，新筑沙堤拜相公。我贵我荣君莫羡，十年前是两州同。”

《西堂纪闻》记载：“昨夜阴山贼吼风，帐中惊起黑髯翁，平明不待全师出，连把金鞭打铁骢。”这首诗不知是谁作的，尤为边塞的人士传诵。有个叫张师雄的人，住在洛阳，喜欢用好听的话谄媚于人，洛阳人叫他“蜜翁翁”。后来到边塞做官，一天傍晚传来虏寇进犯边关的消息，张师雄惊恐万状，穿了两层皮衣藏在土窟中。陕西人称土窟为土空。有人将前面那首诗改动用以嘲讽张师雄说：“昨夜阴山贼吼风，帐中惊起蜜翁翁。平明不待全师出，连着皮裘入土空。”

用旧诗句

杭有一妇，夫死，未终七即嫁，被讼于官，浼金编修为居间。临审时，金佯问问官云：“此辈何事？”官曰：“丈夫身死未终七，嫁与对门王卖笔。”金曰：“月移花影上阑干，春色恼人眠不得。”官笑而从末减。

【译文】杭州有一妇女，丈夫死去，尚不满七七四十九天就出嫁了，于是她被告到官府，她请托翰林院编修姓金的为她调停。到了审理此案时，金假装问审判官说：“这个女人是什么事被告官的？”审判官说：“她丈夫死了还不满七期，她就嫁给了对门卖笔的王姓人家。”金接着说了两句古诗：“月移花影上阑干，春色恼人眠不得。”审判官笑了笑并从轻审理，了结了此案。

改用旧诗句

方于鲁，徽人，用造墨起家，多荐绅交。有长安贵人寄兰州绒于方，时夏四月矣，方急制为衣，服之，以夸示宾客。或作诗嘲之曰："爱杀兰州乾鞑绒，寄来春后趱裁缝。寒回死等桃花雪，暖透生憎柳絮风。忽地出神捋细脚，有时得意挺高胸。寻常一样方于鲁，才着绒衣便不同。"或云此诗汪南溟作也。

太仓一富人宴客，王元美与焉。馔有臭鳖及生梨子。元美曰："世上万般愁苦事，无过死鳖与生梨。"坐客大噱。

【译文】方于鲁，安徽人，凭借制造墨起家，用墨结交了不少乡绅。有个长安富贵人士寄兰州尼绒给方于鲁。当时已是入夏四月了，方于鲁急急忙忙制成衣服穿上，用来在宾客面前炫耀。有人作诗讽刺他说："爱杀兰州乾鞑绒，寄来春后趱裁缝。寒回死等桃花雪，暖透生憎柳絮风。忽地出神捋细脚，有时得意挺高胸。寻常一样方于鲁，才着绒衣便不同。"有人说这首诗是汪南溟作的。

太仓有一富人大宴宾客，王元美（世贞）去参加宴席。饭食中有臭鳖和生梨。王元美说道："世人万般愁苦事，无过死鳖与生梨。"（原诗后句是"无过死别与生离。"正好与"鳖""梨"谐音。——译者注）前来作客的人都大笑起来。

缩字诗

石曼卿登第，有人讼科场，覆考落者数人，曼卿在焉。方与同年期集，使至，追所赐敕牒。余人皆泣而起，独曼卿笑语终席。次日，放黜者受三班借职。曼卿作诗曰："无才且作三班借，请俸争如录事参。从此免称乡贡进，且须走马东西南。"

【译文】石曼卿（延年）科举中选，有人告发科场作弊，便又加以重考，结果有几个人落选，石曼卿也在其中。他正在和几个朋友喝酒聚会，使者来到，逼他交出中进士赐给他的证书。其他人都哭着站起来，只有石曼卿谈笑自若，直到离开宴席。第二天，被罢免的几个人被授予三班借职。石曼卿作诗道："无才且作三班借，请俸争如录事参。从此免称乡贡进，且须走马东西南。"（从此诗每句末尾词"三班借职""录事参军""乡贡进士""东西南北"各减去最后一字，来讽刺重考的不合理。——译者注）

歇后诗

有时少湾者，延师颇不尽礼，致其师争竞而散。或用吴语赋歇后诗嘲之曰："少湾主人吉日良（时），束修且是爷多娘（少）。身材好象夜叉小（鬼），心地犹如短剑长（枪）。三杯晚酌金生丽（水），两碗晨餐周发商（汤）。年终算帐索筵席（《百家姓》有"索咸席赖"句），劈拍之声一顿相（打）。"

相传嘲监生诗云："革车买得截然高（大帽），周子窗前（草）满腹包。有朝一日高曾祖（考），焕乎其有（文章）没分毫。"

云间求忠书院，为方正学建也。一日院观风，有儒童告考，张郡侯命学博往书院试之，缄二题，一曰"人力所通"，一曰"鼻之于臭也"。时人为之语曰："贡院求忠书，监场方考孺。不见人力所，但闻鼻之于。"

【译文】有个叫石少湾的人，对他的老师很不尊重，致使老师竞相离去。有人用吴语赋的歇后诗讽刺他道："少湾主人吉日良（时），束修且是爷多娘（少）。身材好像夜叉小（鬼），心地犹如短剑长（枪）。三杯晚酌金生丽（水），两碗晨餐周发商（汤）。年终算帐索筵席（《百家姓》有'索咸席赖'句），劈拍之声一顿相（打）。"

相传有嘲笑监生的诗说："革车买得截然高（大帽），周子窗前满腹包（草）。有朝一日高曾祖（考），焕乎其有（文章）没分毫。"

云间（今上海松江）求忠书院，是方正学（孝孺）主持修建的，一天书院举行观风考试，有个少年童生要求参加考试，张知府让一个教官去考他一下，出了两个作文题目，一个是《人力所通》，一个是《鼻之于（音乌）臭也》。因此，当时人作了四句歇后语诗："贡院求忠书，监场方考孺。不见人力所，但闻鼻之于。"

《千文》歇后诗

《启颜录》：唐封抱一任栎阳尉，有客过之，面黄身短，又患眼及鼻塞。抱一用《千字文》语嘲之曰："面作天地玄，鼻有雁门紫。既无左达承，何劳罔谈彼？"

袁景文凯初甚贫，尝馆授一富家。景文性疏放，师道颇不立，未几辞归。其家别延陈文东璧。陈惩前事，待子弟甚严，然无他长，但善书耳。一日景文来访，文东适出，因大书其案云："去年先生靡恃己，今年先生罔谈彼。若无几个始制文，如何教得犹子比。"

【译文】《启颜录》记：唐朝封抱一出任栎阳县尉时，有个客人路过这里，面色腊黄，身材短小，又得有眼病和鼻塞病。封抱一就用《千字文》中的话嘲弄他说："面作天地玄（黄），鼻有雁门紫（塞）。既无左达承（明），何劳罔谈彼（短）？"

明朝袁凯（字景文），年轻时家中很穷，曾经在一富人家中做家庭教师。景文性情疏放，为师之道很不严肃，没有多长时间就被人家辞退回去。这家又请了个叫陈璧（字文东）的老师。陈璧了解到以前的事，所以对待学生很严格，然而他没有什么才能特长，只是善于书法。一天袁景文来拜访，文东恰好出去，因此景文在他的书案上写上大字："去年先生靡恃己（长），今年先生罔谈彼（短）。若无几个始制文（字），如何教得犹子比（儿）。"

诸理斋诗

凤林夏五，名景倩，延师周四维训子。以不称，欲再延。妻曰："何为又增人口？"夫不从，又延罗成吾。时诸理斋亦馆于夏，戏曰："夏五本是五，增口便成吾。四维尚未去，如何又请罗？"又夏五甚短，妻极长，每同立，仅齐妻乳。理斋作歇后语谑曰："夏五官人罔谈彼，夏五娘子靡恃己。有时堂前相遇见，刚刚撞着果珍李。"

【译文】凤林人夏五，名景倩，请周四维当孩子的老师。因不称心，想再请个老师。他的妻子说："为什么要再增加一口人吃饭？"夏五不听，又请罗成吾。当时诸理斋也在夏家当老师，戏说："夏五本是五，增口便成吾，四维尚未去，如何又请罗？"又因为夏五身材很短，他的妻子很高，每当站在一起，夏五只到妻子的乳房处，理斋就用《千字文》作歇后语诗谑笑说道："夏五官人罔谈彼，夏五娘子靡恃己。有时堂前相遇见，刚刚撞着果珍李（奈、奶的谐音）。"

广文嘲语

广文先生之贫，自古记之。近日士风日趋于薄。有某学先生者，人馈之肉，乃瘟猪也。先生嘲之曰："秀才送礼，言之可羞。瘦肉一方，尧舜其犹。”又有以铜银为贽者，又嘲之曰：“薄俗送礼，不过五分，启封视之，尧舜与人。”或作破云：“时官之责门人也，言必称尧舜焉。”

【译文】教书先生的贫穷，自古就有记载。现在士风日下趋向浅薄。有某个学堂的教官，有人馈赠他一些肉，原来是瘟猪肉。先生嘲弄他说道：“秀才送礼，言之可羞。瘦肉一方，尧舜其犹。”又有人拿掺铜的银子当纯银来送给先生，于是他又嘲戏说：“薄俗送礼，不过五分，启封视之，尧舜与人。”有人因此作八股文破题来讽刺说：“现在当官的责备门生，说话必称为尧舜呀！”

缩脚诗

旧有赋阙唇者云：“多闻疑，多见殆，吾犹及史之，君子于其所不知。”盖四语皆出《四书》，皆隐“阙”字，而末句尤奇。吴江一老翁，貌似土地，沈宁庵吏部亦用此体赋云：“入疆辟，入疆芜，诸侯之宝三，狄人之所欲者吾。”又吴中有顾秀才名达者，不学而狂。同学者嘲之云：“在邦必，在家必，小人下，不成章不。”并堪伯仲。

【译文】过去有作文嘲笑缺嘴唇（即兔唇）的说：“多闻疑，多见殆，吾犹及史之，君子于其所不知。”这四句话都出于《四书》，末尾的一个字都是“缺”字，而隐去不说，加以暗示，而最后一句更为奇特。吴江县有个老翁，面貌生得很像土地神，在吏部做官的沈宁庵也用这种隐去末尾一字的文体作文说：“入疆辟，入疆芜，诸侯之宝三，狄人之所欲者，吾。”隐去了“土地土地土”五个字。

又有苏州顾秀才名字叫“达”，不好学习又很狂妄。同学们亦用《四书》中句子隐去最后一个“达”字来嘲笑他说：“在邦必，在家必，小人下，不成章，不。”这两段文章。可以说不分高低。

贯酸斋 解大绅

钱塘有数衣冠士人游虎跑泉，饮间赋诗，以“泉”字为韵。中一人但哦“泉、泉、泉”，久不能就。忽一叟曳杖而至，问其故，就声曰：“泉、泉、泉，乱迸珍珠个个圆。玉斧砍开顽石髓，金钩搭出老龙涎。”众惊问曰：“公非贯酸斋乎？”曰：“然、然、然。”遂邀同饮，尽醉而去。

寿春道士以小像乞解学士题咏。解作大书“贼、贼、贼”。道士愕然。续云：“有影无形拿不得。只因偷却吕仙丹，而今反作蓬莱客。”

【译文】钱塘县（今浙江杭州）有几个读书士人一同去游虎跑泉，在那里饮酒赋诗，约定作诗以“泉”字为韵。其中有一个人吟诗说：“泉、泉、泉”，下边都很长时间不能续作出来。忽然一个老翁扶着手杖走了过来，问了他们原因后，便毫不思索应声续道：“泉、泉、泉，乱迸珍珠个个圆。玉斧砍开顽石髓，金钩搭出老龙涎。”众人十分吃惊这诗作得好，便问老翁说：“先生是贯酸斋（名云石，元代著名诗人）吗？”贯云石回答说：“是、是、是。”于是大家便请他坐下一同饮酒，尽情喝醉才散去。

寿春（今安徽寿县）有个道士，拿了自己的画像，请翰林学士解缙题诗。解缙先写了“贼、贼、贼”三个字，道士十分愕然。只见解缙又续写道：“有影无形拿不得。只因偷却吕仙丹，而今反作蓬莱客。”

十七字诗

正德间，有无赖子好作十七字诗，触目成咏。时天旱，府守祈雨未诚，神无感应。其人作诗嘲之曰："太守出祷雨，万民皆喜悦。昨夜推窗看，见月！"守知，令人捕至，曰："汝善作十七字诗耶？试再吟之，佳则释尔。"即以别号"西坡"命题。其人应声曰："古人号东坡，今人号西坡。若将两人较，差多！"守大怒，责之十八。其人又吟曰："作诗十七字，被责一十八。若上万言书，打杀！"守亦哂而逐之。

一说：守坐以诽谤律，发配郧阳。其母舅送之，相持而泣。泣止，曰："吾又有诗矣：发配在郧阳，见舅如见娘。两人齐下泪，三行。"盖舅乃眇一目者也。

【译文】明朝正德年间，有个无赖子弟爱作十七字诗。接触事物，能不加思索就出口成诗。当时天旱，知府祈祷求雨不诚心，所以老天仍然不下雨。这人便作诗讥讽说："太守出祷雨，万民皆喜悦。昨夜推窗看，见月！"知府知道后生气，让差役把这人抓到衙门来。知府对他说："你擅长作十七字诗吗？可再试作一首，作得好，就把你释放。"便以自己的别号"西坡"让这人作诗。这人应声说："古人号东坡，今人号西坡。若将两人较，差多！"知府大怒，打了他十八板。这人又吟诗说："作诗十七字，被责一十八。若上万言书，打杀！"知府笑了一笑，把其人赶出衙门。

另一种说法是：知府判了这人诽谤罪，流放到郧阳。这人的舅父来为他送行，二人拉着手哭泣。哭过后，这人又有了诗句，他说："发配在郧阳，见舅如见娘。两人齐下泪，三行！"这是因为他舅父是瞎了一只眼的人。

吴、翟戏笔

霍山进士吴兰，高才玩世，以主事居乡。乡富人持大士像索赞。赞曰："一个好奶奶，世间那里有？左边一只鸡，右边一瓶酒。只怕苍蝇来，插上一枝柳。"又有持寿星图求题，图有长松、明月、玄鹤、白鹿、灵龟。吴题云："一枝松遮半边月，一只黄狗带着雪。若无老翁持杖赶，老鹰飞来抓去鳖。"

翟永龄偶过靖江，人咸以相公称之。时有一吏在坐，亦称相公。翟意谓人不加敬。后有出扇求诗者，此吏捉笔竟题于前。次至永龄，故为不能之状，题曰："山不山，水不水，一片板上两个鬼。（扇景：一船二人，一吹笛，一摇橹）一个吹火通，一个舒火腿，吓得鸡婆飞上天去。（扇上面雁）世间名画见千万，不知此画出何许。"询知海槎，众人甚赧。

【译文】霍山的进士吴兰，自恃才高，玩世不恭。任中央某部主事，休假住在乡里。乡里有个富人，拿了一幅观音大士像让他题诗。吴兰便作了一首赞说："一个好奶奶，世间那里有？左边一只鸡，右边一瓶酒。只怕苍蝇来，插上一枝柳。"又有人拿寿星图来求他题字，画上有长松、明月、仙鹤、白鹿、灵龟等。吴兰便题诗说："一枝松遮半边月，一只黄狗带着雪。若无老翁持杖过，老鹰飞来去抓鳖。"

名士翟永龄，偶然路过靖江县，人们不认识他，都称他为相公。有一次聚会，恰有一个小吏员也在座，大家亦称他相公。翟永龄以为人对自己不加恭敬。后来有人拿出一把扇子请求题诗，这个小吏竟然先拿起笔来，在前边题了一首诗，才让永龄题写。永龄故意装着不会作诗的样子，题写道："山不山，水不水，一片板上两个鬼。（扇上画着：一个船上坐了两个人，一人吹笛，一人摇橹）一个吹火通，一个舒火腿，吓得鸡婆飞上天去。（扇子上画了一行飞雁）世间名画见千万，不知此画出自何人手。"大家看后询问他姓名，才知道是翟海槎（永龄号）先生，都惭愧得脸红。

二苏诗

东坡夜宿曹溪，读《传灯录》，灯花堕卷上，烧一"僧"字，即以笔记于窗间，曰："山堂夜沉寂，灯下读传灯。不觉灯花落，荼毗一个僧。"

苏子由见白足妇洗衣，作诗嘲佛印云："玉箸插银河，红裙蘸绿波。再行三五步，浸入老僧窠。"

【译文】苏东坡住宿在曹溪，夜中读《传灯录》，灯花落到书上，烧掉一个"僧"字。东坡便取笔在窗户上写了一首诗："山寺夜沉深，灯下读《传灯》。不觉灯花落，火化一个僧。"

苏子由（辙）看见一个赤脚妇人在河边洗衣服，便写了一首诗嘲笑佛印和尚，诗说："玉箸插银河，红裙蘸绿波。再行三五步，浸入老僧窠。"

七十新郎

王雅宜七十娶妾。许高阳嘲曰："七十作新郎，残花入洞房。聚犹秋燕子，健亦病鸳鸯。戏水全无力，衔泥不上梁。空烦神女意，为雨傍高唐。"

【译文】明朝书画家王雅宜（宠）七十岁娶了个小妾。许高阳（初）写诗嘲笑他说：“七十作新郎，残花入洞房。聚犹秋燕子，健也病鸳鸯。戏水全无力，衔泥不上梁。空烦神女意，为雨傍高唐。”

骂孟诗

李太伯贤而有文章，素不喜佛，不喜孟子，好饮酒。一日有达官送酒数斗，太伯家酿亦熟。一士人无计得饮，乃作诗数首骂孟子。其一云：“完廪捐阶未可知，孟轲深信亦还痴。岳翁方且为天子，女婿如何弟杀之。”又云：“乞丐何曾有二妻？邻家焉得许多鸡？当时尚有周天子，何必纷纷说魏齐。”李见诗大喜，留连数日，所与谈，莫非骂孟子也。无何酒尽，乃辞去。既而闻又有送酒者，士人再往，作《仁义正论》三篇，大率诋佛。李览之，笑曰：“公文采甚奇。但前次酒被公饮尽，后极索寞，今次不敢相留。”

【译文】李太伯是个道德高尚并且很有文才的人。生平不喜佛学，不喜孟子，爱好饮酒。有一天有个贵官送给他酒几斗，而太伯家里自己酿的酒也正好成熟。一个读书人没有办法弄到李家的酒喝，便作了几首诗来骂孟子。其一说：“完廪捐阶未可知，孟轲深信亦还痴。岳翁方且为天子，女婿如何弟杀之。”又说：“乞丐何曾有二妻？邻家焉得许多鸡？当时尚有周天子，何必纷纷说魏齐。”李太伯看了他写的诗十分高兴，就留他在家喝酒，一连几天，二人所谈的，没有不是骂孟子的话。不久，酒喝光了，这人才告辞走了。后来，这人听说又有人给李太伯家送酒，他便又去李家，并作了《仁义正论》文章三篇，内容大都是攻击佛教的。李太伯看了以后，笑着说："先生的文章写得十分奇异精彩。但是上次家里的酒已被你喝光了，使我在家非常寂寞无味，所以这一次不敢再留你喝酒了。"

蜘蛛诗

洛阳歌妇杨苎罗，聪慧有才思。杨凝式甚怜之。时有僧云辨者，善讲经，杨令对歌者讲。忽蜘蛛垂丝飏云辨前，杨笑谓歌者曰："试嘲得着，奉绢二匹。"歌者应声曰："吃得肚婴撑，寻思绕寺行。空中设罗网，只待杀虫生。"辨体充肚大，故嘲之。杨见诗绝倒，大叫"和尚将绢来！"云辨惭且笑，与绢五匹。

【译文】洛阳的歌女杨苎罗，聪明而有才思。后周诗人杨凝式，十分怜爱她。当时有个和尚名叫云辨的，擅长讲佛经，杨让他对教坊的歌女们讲经。正讲着，忽然有个蜘蛛拖着蛛丝在云辨面前晃来晃去，杨凝式笑着对歌女杨苎罗说："你试着用蜘蛛为题，作一诗嘲笑一下云辨，作得好，赏绢二匹。"杨苎罗随口应声说："吃得肚子圆又大，寻思（丝的谐音）绕着寺院行。半空中设下罗网，专门捉虫杀生。"因为云辨身体肥胖肚大，所以才这样嘲笑他。杨凝式看了诗大笑叫好，大喊"和尚，快把绢拿来！"云辨也惭愧而笑，便给了杨苎罗五匹绢。

杨公复诗

南京大理少卿长兴杨公复，在京甚贫，家畜一豕，日命童于玄武湖壖采萍藻为食。吴思庵时握都察院章，以其密迩厅

事，拒之。杨戏作小诗送云：“太平堤下后湖边，不是君家祖上田。数点浮萍容不得，如何肚里好撑船？”（谚云：宰相肚里好撑船）

【译文】明朝南京大理寺少卿长兴人杨公复，在南京十分贫穷，家中养着一只猪，每天让一个小童到玄武湖边采浮萍和藻类作为猪食。当时吴思庵任都察院都御史，因为那地方离衙门太近，不让在那里捞浮萍。杨公复便写了一首小诗送给吴思庵。说：“太平堤下后湖边，不是君家祖上田。数点浮萍容不得，如何肚里好撑船。”（谚语说：宰相肚里好撑船）

嘲林和靖

隐士林和靖傲许洞。许嘲之云：“寺里掇斋饥老鼠，林间咳嗽老猕猴。豪民送物鹅伸颈，好客临门鳖缩头。”

【译文】宋朝的隐士林和靖（逋），对待许洞十分傲慢。许便作了一首诗讥讽林和靖说：“寺里掇斋饥老鼠，林间咳嗽老猕猴。豪民送物鹅伸颈，好客临门鳖缩头。”

四十翁

庐陵欧阳重巡抚云南，以不给军粮夺职归。每过馆驿，必题诗壁上，大抵怨望之辞也。时年甫四十，称“涯翁书”。有无名氏书二绝于其诗后，云：“怨辞随处满垣飞，闻道先生放逐归。四十称翁非太早，人生七十古来稀。”“醉翁千古号文宗，此日涯翁姓偶同。却想齐名就充老，世间安有四旬翁？”

近考庐陵谪滁，号醉翁，年止四十，作诗者未知也。然中丞之窃比文宗，诚可诮。

【译文】明朝正德年间，庐陵（今江西吉安）欧阳重，担任云南巡抚，因为不供应军粮而被撤职回家。一路上每经过旅馆驿站，必定要在墙上题诗，大都是一些怨望牢骚的词句。当时他年龄刚四十岁，便在诗后落款作"涯翁"书。有不知姓名的人，在他题的诗后边加了两首绝句说："怨辞随处满垣飞，闻道先生放逐归。四十称翁非太早，人生七十古来稀。""醉翁（欧阳修）千古号文宗，此日涯翁姓偶同。却想齐名就充老，世间安有四旬翁？"

最近考证，欧阳修被降职到滁州，年纪也是四十岁，作诗的人是不知道的。不过欧阳重自比欧阳修，确是可以讽刺他一下的。

钱鹤滩

状元钱鹤滩已归田。有客言江都张妓动人，公速治装访之。既至，已属盐贾。公即住叩。贾重其才名，立日请饮。公就酒语求见。贾出妓，衣裳缟素，皎若秋月，复令妓出白绫帕请留新句。公即题云："淡罗衫子淡罗裙，淡扫蛾眉淡点唇。可惜一身都是淡，如何嫁了卖盐人？"

【译文】明朝状元钱鹤滩（福）辞官回家。有客人说扬州江都县有一个姓张的妓女，十分动人，钱福便整顿行装前往探问。到扬州后，那妓女已经嫁给了一个盐商。钱福便去盐商家求见。那盐商素来景仰钱状元的才名，当天便摆下酒席请钱饮酒。在饮宴当中，钱福乘着酒兴，要求一见张氏。盐商便让那妓女出来，只见她一身白色衣裙，面貌皎洁美好如秋月一般。盐商又让那妓女拿出一块白绫手帕，请钱福在上面题诗。钱便写了一首绝句说："淡罗衫子淡罗裙，淡扫蛾眉淡点唇。可惜一身都是淡，如何嫁了卖盐人？"

欧阳景

有僧金銮，求欧阳景书与玉峰长老荐用。景封书曰："金銮求与玉峰书，金玉相乘价倍殊。到底不关藤蔓事，葫芦自去缠葫芦。"

【译文】有个和尚金銮，求欧阳景写一封信给玉峰长老来推荐自己。欧阳景便写了封书信说："金銮求与玉峰书，金玉相乘价倍殊。到底不关藤蔓事，葫芦自去缠葫芦。"

食 菌

松杨诗人程渠南，滑稽士也。与僧觉隐同斋，食菌，觉隐请渠南赋菌诗。应声作四句云："头子光光脚似丁，只宜豆腐与菠薐，释迦见了呵呵笑，煮杀许多行脚僧。"闻者绝倒。

【译文】松杨（疑为"阳"字之误，松阳，浙江县名——译者注）诗人程渠南，是个幽默滑稽的人。他和僧人觉隐一同吃素斋，其中有蘑菇一菜，觉隐请渠南以蘑菇为题吟一首诗。渠南应声说："头子光光脚似丁，只宜豆腐与菠薐。释迦见了哈哈笑，煮杀许多行脚僧。"听到这诗的人都笑得前俯后仰。

唐解元二诗

吴令命役于虎丘采茶。役多求，不遂，谮僧。令笞僧三十，复枷之。僧求援于唐伯虎，伯虎不应。一日过僧所，戏题枷上云：“官差皂隶去收茶，只要纹银不要赊。县里捉来三十板，方盘托出大西瓜。”令询之，知为唐解元笔，笑而释僧。

伯虎尝出游遇雨，过一皂隶家。乞纸笔求画，唐遂画海蛳数百，题其上云：“海物何曾数着君，也随盘馔入公门。千呼万唤不肯出，直待临时敲窟臀。”

【译文】吴县县令命令差役到虎丘山采购新茶叶。差役想多要一点，虎丘寺内和尚不同意，因此差役怀恨，在县令前诬告和尚。县令把和尚抓来责打了三十板，并戴上木枷牵在衙署大门外示众。和尚求援于唐伯虎（寅），唐寅没答应。一天他从和尚跟前走过，在木枷上题了一首诗开玩笑说：“官差皂隶去收茶，只要纹银不要赊。县里捉来三十板，方盘托出大西瓜。”后来县令看见，询问知道是唐解元写的，笑了笑，把和尚释放。

唐伯虎有一次出去游玩遇到下雨，经过一个差役家躲雨。那家人请求他画一张画，唐寅便画了好几百个海螺，在上面题了一首诗说：“海物何曾数着君，也随盘馔入公门。千呼万唤不肯出，直待临时敲窟臀。”（句句写海螺形态，又影射公差的生活——译者注）

采蟾酥差

太医院有采蟾酥差，差时仪从甚都。某院判欲以炫耀其友，枉道过焉。友作诗嘲曰：“白马红缨出禁城，喧天金鼓拥霓旌。穿林过莽多豪气，拿住虾蟆坏眼睛。”

【译文】太医院有专门采购蟾酥的差事。出差的时候带了很多侍从，十分威风。有一个太医院院判出来采蟾酥，想向朋友炫耀一番，便拐路去看朋友。朋友作诗讥嘲他说：“白马红缨出禁城，喧天金鼓拥霓旌。穿林过莽多豪气，拿住虾蟆坏眼睛。”

梦 鳝

南京王祭酒尝私一监生，其人忽梦鳝出胯下，以语人。人因为句曰：“某人一梦甚跷蹊，黄鳝钻臀事可疑。想是翰林王学士，夜深来访旧相知。”见《耳谈》。

【译文】南京国子监祭酒王某，私下与一个学生要好。这个人忽然梦见一条黄鳝从裤裆里钻出，告诉别人。因而有人作诗戏笑他说：“某人一梦甚跷蹊，黄鳝钻臀事可疑。想是翰林王学士，夜深来访旧相知。”见《耳谈》一书。

应履平诗

应履平为德化令，满考，吏部试论；文优而貌不扬，不得列上。乃题诗都门前云：“为官不用好文章，只要须胡及胖长。更有一般堪笑处，衣裳糨得硬绷绷”。不书姓名。吏呈冢宰，曰：“此必应知县也。”遂升考功。

【译文】应履平任德化县令，任满考核时，吏部给他作了初步结论，认为他文才优良而面貌不漂亮，不能列入提升范围。应知县便题诗一首在城门上说："为官不用好文章，只要须胡及胖长。更有一般堪笑处，衣裳糨得硬绷绷。"没有写上名字。守门官吏把这诗抄下送给吏部尚书，尚书说："这一定是应知县写的。"便把应知县提升为负责考核官吏的考功主事。

裁缝冠带

有业缝衣者，以贿得奖冠带。顾霞山嘲曰："近来仕路太糊涂，强把裁缝作士夫。软翅一朝风荡破，分明两个剪刀箍。"

【译文】有个从事裁缝职业的人，以行贿而获得朝廷奖励了一个低级官员的虚名，便可穿上官服了。顾霞山写了一首诗讥嘲："近来仕路太糊涂，强把裁缝作士夫。软翅一朝风荡破，分明两个剪刀箍。"

周秀才

东都周默未尝作东。一日请客，忽风雨交作。宋温戏曰："骄阳为戾已成灾，赖有开筵周秀才。莫道上天无感应，故教风雨一齐来。"见《文酒清话》。

【译文】东都洛阳的周默，从来没有做东请过客。有一天请客，忽然起了大风雨。宋温戏写诗一首说："骄阳为戾已成灾，赖有开筵周秀才。莫道上天无感应，故教风雨一齐来。"见于《文酒清话》一书。

龙宫海藏

正德中，御史某按浙，以“龙宫海藏”命题试，且云：“记出处者东立，不记者西退。”东西各半。已而东立者所作不称意，无赏。西退者作诗诮之曰：“东廊且莫笑西廊，我笑东廊枉自忙。海藏龙宫无你分，大家随我度钱唐。”

【译文】正德年间，御史某人巡按浙江，用“龙宫海藏”为试题，来考试省内官员，并说：“记得这句话出处的站到东边，不记得的站到西边。”结果东西各站了一半人。后来东边站的官员参加考试作文，因为作得不称意，也没有得到奖赏，西边退下来的官员作诗讥讽他们说：“东廊且莫笑西廊，我笑东廊枉自忙。海藏龙宫无你分，大家随我度钱唐。”

写 真

姑苏蒋思贤父子写真。一日交写，皆不肖。时人嘲之曰：“父写子真真未像，子传父像像非真。自家骨肉尚如此，何况区区陌路人。”

【译文】苏州画家蒋思贤父子二人，都是以画像为职业。有一天，父子二人互相给对方写生画像，结果画得都不像。当时有人笑话他们说：“父写子真真未像，子传父像像非真。自家骨肉尚如此，何况区区陌路人。”

弄瓦诗

无锡邹光大连年生女，俱召翟永龄饮。翟作诗嘲云："去岁相召云弄瓦，今年弄瓦又相召。寄诗上覆邹光大，令正原来是瓦窑。"

【译文】无锡邹光大，连年生了几个女儿，每次都要请翟永龄去他家吃喜酒。翟作诗嘲笑说："去岁相召云弄瓦，今年弄瓦又相召。寄诗上覆邹光大，令正原来是瓦窑。"

独眼龙

吴中小集，有便宜行事之令，较拳高下，最后者为老儒，使之行酒。有行酒者，方病目，一睛红赤。众以"红"字为韵赋诗，唯刘元声最胜。诗云："赢得人称独眼龙，怪来青白总非同。怜他满座能行酒，也算当场一点红。"

【译文】苏州文人在一块小宴，常用方便简单的酒令，就是以猜拳比高下，最后输家被称为"老儒"，罚他为大家行酒。有一个行酒的，正有眼病，一只眼赤红。大家便以"红"字为韵来赋诗。结果以刘元声作的为最好。诗说："赢得人称独眼龙，怪来青白总非同。怜他满座能行酒，也算当场一点红。"

恶 字

李郁为荆南从事。有朝士寄书，字体殊恶。李寄诗曰："华缄千里到荆门，章草纵横任意论。深荷故人相爱处，天行时气许教吞。”言堪作符也。

【译文】李郁担任荆南从事职务，有一个朝官寄书信来，字体十分丑陋。李郁回信寄一首诗说：“华缄千里到荆门，章草纵横任意论。深荷故人相爱处，天行时气许教吞。”这最后一句是说此信的字如道士画的符一样不知何字。（大概是天气不正，画张符来让我吞服辟邪吧。）

柏子庭诗

至元丙子，松江亢旱。闻方士沈雷伯道术高妙，府官遣吏赍香币过嘉兴迎之。比至，傲甚，谓雨可立致。结坛仙鹤观，行月孛法，下铁简于湖泖潭井，日取蛇燕焚之。了无应验，羞赧宵遁。柏子庭和尚素称滑稽，有诗一联云：“谁呼蓬岛青头鸭，来杀松江赤练蛇。”闻者绝倒。

子庭又有《可憎诗》云：“世间何物最堪憎，蚤虱蚁蝇鼠贼僧，船脚车夫并晚母，湿柴爆炭水油灯。”

【译文】元朝至元丙子年（1336），松江一带大旱。听说有术士沈雷伯道术高妙，知府便派吏员带了香烛钱币等礼物，去嘉兴迎接沈雷伯来求雨。来到以后，态度十分狂傲，他说雨可以立即降下。便在仙鹤观设立祭坛，施行“月孛法”求雨，又把一副写在铁板上的求水牒文投入湖泖潭井里边，并且每天让人捉一些蛇和燕子焚烧。一直没有什么应验，最后沈雷伯羞赧得连夜偷跑了。和尚柏子庭，平素以滑稽著名，便写了一首诗说：“谁呼蓬岛青头鸭，来杀松江赤练蛇。”听到的人都笑得前俯后仰。

柏子庭还有一首《可憎诗》说：“世间何物最堪憎，蚤虱蚁蝇鼠贼僧，船脚车夫并晚母，湿柴爆炭水油灯。”

东坡戏联

东坡谪惠州日，与一村校书为邻。年已七十，其妾生子，为具邀公。公欣然往。酒酣乞诗。公问妾年几何。曰：“三十。”乃戏赠一联云：“圣善方当而立岁，顽尊已及古稀年。”一时大噱。

东坡居惠，广守月馈酒六壶，吏尝跌而亡之。坡有诗云：“不谓青州六从事，翻成乌有一先生。”

【译文】苏东坡被贬官到惠州的时候，和一个退休回乡的校书郎是邻居。那人已七十岁，他的小妾生了儿子，因此摆酒邀东坡去赴宴。东坡很高兴地去了。喝到酒兴浓厚时，便请东坡即席赠诗。东坡问那小妾多大年纪。回答说：“三十岁。”东坡便戏作一联说：“圣善方当而立岁，顽尊已及古稀年。”一时座客大笑。

东坡在惠州住时，广州太守每月送给他酒六壶，送酒的吏员有次不小心把壶跌碎了。东坡便作诗说：“不谓青州六从事，翻成乌有一先生。”

而已诗

洪舜俞为考功郎，应诏言事，论台谏失职，词甚剀切。内有“其相率勇往而不顾者，惟恭请圣驾款谒景灵宫而已”句，遂为台官所谪，谓“祗见宗庙，重事也，而舜俞乃云‘而已’，有轻宗庙之意”，因被落三官。舜俞自为诗云：“不得之乎成一事，却因而已失三官。”

宋艺祖幸朱雀门，指门额问赵普：“何不止书‘朱雀门’，乃着‘之’字”？普曰：“语助耳。”艺祖曰：“之乎者也，助得甚事？”洪语本此。

【译文】洪舜俞担任考功郎职务，应皇帝的旨意提意见，评论御史台衙门的失职，词句十分切中要害，其中有一句说：“他们每遇到应挺身而出揭露弊端的，都不愿出头，只会请圣驾拜谒景灵宫而已。”遂被台官抓住毛病进行弹劾，说拜谒宗庙是重要大事，而洪舜俞却用“而已”二字，含有轻慢宗庙的意思，因此，洪被贬降三级。洪舜俞自己作诗说：“不得之乎成一事，却因而已失三官。”

宗太祖赵匡胤驾临朱雀门，指着门额问宰相赵普说：“为什么不直书‘朱雀门’，却要加个‘之’字，写成朱雀之门呢？”赵普说：“不过是个语气助词罢了。”赵匡胤说：“之乎也者，助得了什么？”洪舜俞的诗，就源于此。

榜后诗

孙山应举，缀名榜末。朋侪以书问山得失。答曰：“解名尽处是孙山，余人更在孙山外。”览者大笑。

王十朋正榜第一，李三锡副榜第一。时有戏正榜尾者曰：“举头虽不窥王十，伸脚犹能踏李三。”

周师厚在郑獬榜及第，只压得陈传一人。自赋诗云：“有眼不堪看郑獬，回头犹喜见陈传。”

【译文】宋朝孙山应举人考试，考得最后一名。朋友们写信问他考试结果。他回答说：“榜上最后一名是孙山，其他人更在孙山以外。”看到信的人都大笑起来。

宋朝科举考试，王十朋考了正榜第一，李三锡考了副榜第一。当时有人和正榜最后一名开玩笑说：“抬头虽然不能看见王十（朋），伸脚还可以踏着李三（锡）。”

宋朝周师厚在郑獬考状元那一榜中了进士，考了个倒数第二，后边只有陈传一人。他自己作诗说：“有眼不堪看郑獬，回头犹喜见陈传。”

长妓瘦妓

杜牧为宣州幕。时有酒妓肥大，牧赠诗曰：“盘祖当时有远孙，尚令今日逞家门。一车白土将泥脸，十幅红绡补破裈。瓦棺寺里逢行迹，华岳山前见掌痕。不须啼哭愁难嫁，待与将书问岳神。”牧同时澧州酒纠崔云娘，形貌瘦瘠，每戏调，举罚众宾，兼恃歌声，自以为郢人之妙。李宣古当筵一咏，遂至箝口。诗曰：“何事最堪悲，云娘只首奇。瘦拳抛令急，长嘴出歌迟。只见肩侵鬓，唯忧骨透皮。不须当户立，头上有钟馗。”

【译文】杜牧在宣州做幕僚时，有一个陪酒妓女生得肥大，杜牧赠给她诗说：“盘祖当时有远孙，尚令今日逞家门。一车白土将泥脸，十幅红绡补破裈。瓦棺寺里逢行迹，华岳山前见掌痕。不须啼哭愁难嫁，待与将书问岳神。”与杜牧同时，还有一个澧州（今湖南澧县）酒妓崔云娘，专门在宴会上执行酒令，外形相貌十分瘦弱。每次宴会，总要开玩笑，设法使各位客人吃罚酒；同时，她又自恃歌唱得好，自以为得到楚歌的精髓。李宣古曾在酒席上吟了一首诗笑她，此后崔云娘便闭口不再喝歌了。这诗是："何事最堪悲，云娘只首奇。瘦拳抛令急，长嘴出歌迟。只见肩侵鬓，唯忧骨透皮。不须当户立，头上有钟馗。"

生张八

北都有妓美色，而举止生梗，土人谓之"生张八"。因宴会，乞诗于处士魏野。野赠曰，"君为北道生张八，我是西州熟魏三。莫怪尊前无笑语，半生半熟未曾谙。"（一作"也难缠"）

【译文】宋朝北京（今河北大名）有个妓女生得很美，但是接人待物举止生硬，当地人称之为"生张八"。因为宴会，求诗于隐士魏野。魏野赠给她诗说："君为北道生张八，我是西州熟魏三。莫怪尊前无笑语，半生半熟未曾谙。"（末三字又作"也难缠"）

贫 娼

吴生恋一娼，其人家甚贫。友人李云卿赋其事曰："可笑梨园地，翻为寂寞场。当街为客座，隔壁是厨房。屋柱悬灯挂，泥坯甃火厢。烟烟三幅幔，旧旧一张床。草荐累堆厚，绵衾褦襶胖。竹竿衣架短，麻布手巾长。双陆无全马，棋盘少二将。恐惶之茂甚，不可也之当。"一时传笑。吴生耻，遂绝往。

【译文】吴生恋着一个妓女，那妓女家很贫穷。友人李云卿写了一首诗记这件事说："可笑梨园地，翻为寂寞场。当街为客座，隔壁是厨房。屋柱悬灯挂，泥坯甃火厢。烟烟三幅幔，旧旧一张床。草席累堆厚，棉衾褦襶胖。竹竿衣架短，麻布手巾长。双陆无全马，棋盘少二将。恐惶之茂甚，不可也之当。”吴生看到这诗后很羞愧，便不再去那妓女家了。

通判

有以知县转管粮通判者。一郎中作诗贺之云：“最妙无如转判通，州官门报气何雄！班联喜得先推府，尊重何须羡老同。丞簿晚生今已矣，教官侍教且从容。更有一般堪羡处，下仓攒典列西东。”后郎中亦谪济南通判，先通判者官德州，其属吏也。到任时，僚属满堂，即书此诗，持轴往贺之。及言其故，无不绝倒。

【译文】有个人从知县转任管粮通判，有个任郎中的官员用颠倒词语的方法写了一首诗给他，以示祝贺。诗说：“最妙无如转判通，州官门报气何雄！班联喜得先推府，尊重何须羡老同。丞簿晚生今已矣，教官侍教且从容。更有一般堪羡处，下仓攒典列西东。”后来，这个写诗的郎中被降职任济南府通判，原先转通判的那人在德州任职，正好是郎中的下属。郎中到任时，下属官员齐集一堂欢迎。那原先的通判，便把这诗写成诗轴，带了前往祝贺。因而述说了这诗的来历，众官听了无不笑倒叫绝。

药名诗

陈亚好用药名为诗，曾知祥符县，亲故多干托借车牛。因作诗曰：“地名京界足亲知（荆芥），托借寻常无歇时（全蝎）。但看车前牛领上（车前子），十家皮没五家皮（五加皮）。”亚尝言："药名用于诗，无不可，而斡运曲折，使各中理，存乎其人。"或曰："延胡索可用乎？"沉思久之，吟曰："布袍袖里怀漫刺，到处迁延胡索人。"此可赠游谒措大。

陈亚药名诗百首，如"风雨前湖近（前胡），轩窗半夏凉（半夏）。""棋为腊寒呵子下（呵子），衣嫌春暖宿纱裁（缩砂）。"《咏白发》云："若是道人头不白（道人头），老君当日合乌头（乌头）。"《赠乞雨自曝僧》云："不雨若令过半夏（半夏），定应晒作葫芦巴（葫芦巴）。"最脍炙人口。

萧凤仪《桑寄生传》四诗亦佳，然终避其奇巧。

【译文】宋朝陈亚好用药名为诗，曾经任开封府祥符县知县，亲戚朋友常常找他借车和牛。因此他作了一首诗说："地名京界足亲知（荆芥），托借寻常无歇时（全蝎）。但看车前牛领上（车前子），十家皮没五家皮（五加皮）。"陈亚曾经说："把药名用于诗，没有什么不可以，只是运用得旋转曲折，使其自然合理，则在于诗人的技巧了。"有人问他："延胡索能用到诗吗？"他沉吟了很久，才吟道："布袍袖里怀漫刺，到处迁延胡索人。"这二句诗可以赠送那些到处拜谒贵人想捞点好处的穷光蛋。

陈亚写了药名诗一百首，比如："风雨前湖近（前胡），轩窗半夏凉（半夏）。""棋为腊寒呵子下（呵子），衣嫌春暖宿纱裁（缩砂）。"《咏白发》一诗说："若是道人头不白（道人头），老君当日合乌头（乌头）。"《赠乞雨自曝僧》一诗说："不雨若令过半夏（半夏），定应晒作葫芦巴（葫芦巴）。"都是脍炙人口的句子。

萧凤仪写的《桑寄生传》中的四首药诗也很不错，但是终究有点过于奇巧，不自然天成。

吃语诗

东坡作吃语诗《戏武昌王居士》云："江干高居坚关扃，犍耕躬稼角挂经。篙竿系舸菰茭隔，笳鼓过军鸡狗惊。解襟顾景各箕踞，击剑赓歌几举觥。荆笄供脍愧搅聒，干锅更戛甘瓜羹。"

一孝廉口吃，谢在杭与徐兴公各赠绝句以难之。谢二首云："绿柳龙楼老，林萝岭路凉。露来莲漏冷，两泪落刘郎。"又："梨岭连连路，兰陵累累楼。流离怜冷落，郎辇懒来留。"兴公一首云："留恋兰陵令，淋漓两泪热。岭萝凉弄濑，路柳绿连楼。"

【译文】苏东坡作结巴诗和武昌的王居士开玩笑。诗说："江干高居坚关扃，犍耕躬稼角挂经。篙竿系舸菰茭隔，笳鼓过军鸡狗惊。解襟顾景各箕踞，击剑赓歌几举觥。荆笄供脍愧搅聒，干锅更戛甘瓜羹。"

有一个举人说话结巴，谢在杭和徐兴公各自赠给他绝句诗来为难他。谢在杭写的两首诗是："绿柳龙楼老，林萝岭路凉。露来莲漏冷，两泪落刘郎。"又："梨岭连连路，兰陵累累楼。流离怜冷落，郎辇懒来留。"徐兴公的一首诗是："留恋兰陵令，淋漓两泪热。岭萝凉弄濑，路柳绿连楼。"

反酒箴

《汉书》：陈遵与张竦相善，而操行不同。竦居贫无宾客，而遵昼夜酣呼。先是黄门郎扬雄作《酒箴》以谏成帝，或为酒客难法度士譬之于物，云："子犹瓶矣。观瓶之居，居井之眉。处高临深，动常近危。酒醪不入口，臧水满怀。不得左右，牵于纆徽。一旦叀碍，（叀，上绢反，县也，犹云挂碍）为甇所轠。（甇，丁浪反，砖甃井也。轠，音雷）身提黄泉，骨肉为泥。自用如此，不如鸱夷。（韦囊，以盛酒）鸱夷滑稽，腹大如壶。尽日盛酒，人复借酤。常为国器，托于属车。天子属车，常载酒食。出入两宫，经营公家。由是言之，酒何过乎？"遵大喜，谓竦曰："吾与尔犹是矣！"

【译文】《汉书》上讲，陈遵和张竦二人非常要好，但是二人的操行不一样。张竦家中贫穷，没有宾客登门，而陈遵则日夜有客人在一块欢呼畅饮。在这以前，任黄门侍郎的扬雄曾写过一篇《酒箴》以劝谏汉成帝少喝酒，因而被爱酒的人用以诘难讲礼法的人说："子犹瓶矣。观瓶之居，居井之眉。处高临深，动常近危。酒醪不沾口，臧水满怀。不得左右，牵于纆徽。一旦叀碍，（叀，上纲反，县也，犹云挂碍）为甇所轠。（甇，丁浪反，砖甃井也。轠，音雷）身提黄泉，骨肉为泥。自用如此，不如鸱夷。（韦囊，以盛酒）鸱夷滑稽，腹大如壶。尽日盛酒，人复借酤。常为国器，托于属车。天子属车，常载酒食。出入两宫，经营公家。由是言之，酒何过乎？"陈遵看了这一篇赞酒的文字后，十分高兴，对张竦说："我和你相比，确是比你强多了！"

《反金人铭》

孙楚《反金人铭》曰："晋太庙左阶前有石人焉，大张其口，而书其胸曰：我古之多言人也，无少言，少言少事，则后生何述焉。夫惟立言，名乃长久，胡为块然，自缄生钳其口？”

【译文】晋朝的孙楚，作过一篇《反金人铭》说：“晋太庙左阶前有石人焉，大张其口，而书其胸曰：我古之多言人也，无少言，少言少事，则后生何述焉。夫惟立言，名乃长久，胡为块然，自缄生钳其口（晋国太庙左边台阶前有石人竖在那里，张着大嘴，在他的胸前写着：我是古代的多言人也，不可少说话，少说话就少事情，那么后代的人还有什么能建树呢？只有树立自己的学说，名声才可长远不朽，为什么要把话藏在肚里，自己封自己的嘴呢）？”（《孔子家语》里说：“孔子去周朝太庙里观看，见台阶右边竖有金人，三缄其口，孔子说：“这是古代慎言的人。”因而后人便产生了“三缄其口”和“缄口金人”的成语，比喻说话谨慎或默不作声。——译者注）

仿《春秋》

雪川月河莫氏称望族，家世以《春秋》驰声。至一酒楼饮，见壁间题云：“春王正月，公与夫人会于此楼。”盖轻薄子携妓来饮所题也。莫即援笔题其下云：“夏大旱，秋饥，冬雨雪，公薨。君子曰：不度德，不量力，其死于饥寒也宜哉！”见者大笑。

【译文】雪川（今浙江湖州南）的月河边，有家姓莫的大家族，家中以研究《春秋》而驰名于当时。有个姓莫的到一座酒楼上饮酒，看见墙上有人模仿《春秋》笔法题了一行字说：“春王正月，公与夫人会于此楼。”大概是个轻薄少年带了妓女来这里喝酒时题写的。姓莫的便提笔在下边续了几句说：“夏大旱，秋饥，冬雨雪，公死去，君子说：不估计自己的德行，不自量力，他死于饥寒应是十分相宜的！”原话也是模仿《春秋》写法，看见的人都大笑。

笋墓志

傅奕病，未尝问医。忽酣卧，蹶然曰：“吾死矣乎！”即自志曰：“傅奕，青山白云人也，以醉死，呜呼！”陶谷戏效之，作《笋墓志》曰：“边幻节，字脆中，晋林琅玕之裔也，以汤死。建隆年月日立石。”

【译文】唐朝学者傅奕生了病，从来不请医生。有一天躺在床上不起来，突然跳了一下说：“我要死了吗？”便自己写了几句墓志：“傅奕，青山白云里的人，因为醉酒而死，呜呼！”宋朝的陶谷仿效他的写法来作文字游戏，写了一篇《笋墓志》说：“我姓边名幻节，字脆中，晋朝时林琅玕（竹的别称）的后裔也，因为被汤煮死。建隆（宋太祖年号）某年某月某日立石竖碑。”

曲中月令

指挥陈铎善嘲，作《曲中月令》。其二月有云：“是月也，壁虱出，沟中臭气上腾，妓靴化为鞋。”

【译文】任指挥武官的陈铎，擅长嘲讽开玩笑，他作了一篇《曲中月令》，其中的二月，写的是：“这一个月里，壁虱出来了，沟中的臭气上腾，歌妓的靴子变化成鞋。”

辊卦

宋末淮南潘纯戏作“辊卦”。其词曰：“辊，亨，可小事，亦可大事。《彖》曰：辊，亨，天地辊而四时行，日月辊而昼夜明，上下辊而万事成。辊之时义大矣哉！《象》曰：地上有木，辊。君子以容身固位。初六，辊，出门无咎。《象》曰：出门便辊，又何咎也？六二，传于铁轊。《象》曰：传于铁轊，天下可行也。六三，君子终日辊辊，厉无咎。《象》曰：终日辊辊，虽危无咎也。九四，模棱吉。《象》曰：模棱之吉，以随时也。六五，神辊。《象》曰：六五，神辊，老于事也。上六，或锡之高爵，天下揶揄之。《象》曰：以辊受爵，亦不足敬也。”切中挽近膏肓，可发谐笑。

【译文】宋朝末年，淮南的潘纯戏仿《易经》的写法，作了一篇《辊卦》的文章，其内容是：“辊，亨通，可以成小事，亦可成大事。彖辞说：辊卦，亨通，天地旋转而四时可行，日月旋转而昼夜光明，上下旋转而万事可成。辊的现实意义真是大啊！象辞说：地上有木，辊孔旋转，君子可以容身固位。初六，辊孔旋转，出门没有什么灾祸。象辞说：出门便旋转，又会产生什么灾祸呢？六二，传于铁轴头。象辞说：辊孔中穿上铁轴头，天下到处可以走。六三，君子终日旋转不停，虽厉害而没有灾祸。象辞说：终日旋转不停，虽危险但没有灾祸。九四，模棱两可大吉利。象辞说：模棱两可就吉利，是因为顺随时势。六五，旋转到通神的地步。象辞说：旋转到通神的地步，是老于世故。上六，或给以很高的官位，天下人都嘲笑他。象辞说：以善旋转而得到官爵，也不足以尊敬他。”这个卦辞切中了当时社会弊病的要害，令人发笑。

赋韦舍人

天成年，卢文进镇邓，宾从祖饯。舍人韦吉年老，无力控驭，既醉，马逸驰桑林中，被横枝罥挂巾冠，露秃而奔。仆夫趋救，则已坠矣。旧患肺风，鼻瘾疹而黑，卧于道周。幕客无不笑者。左司郎中李任戏为赋、祠部员外任瑶各占一韵而赋之，赋略云："当其厅子潜窥，衙官共看，喧呼麦垄之中，偃仆桑林之畔。蓝搀鼻孔，真同生铁之椎；靦甸骷髅，宛似熟铜之罐。"闻者无不绝倒。

【译文】五代南唐的卢文进去镇守邓州，宾客和属官都来参加宴会给他饯行。有一个中书舍人韦吉，年纪已很老了，没有力量控制坐马，既喝醉了，马受惊驮着他跑进一座桑树林中，横枝把他的官帽挂掉，秃着头从桑林中跑了出来。仆人和马夫赶快跑上去救援，他已经从马上跌下来了。因为他过去得过肺风病，鼻子上生了很多黑色丘疹。躺在路上，幕客们看他那样子，没有不发笑的。左司郎中李任作了一篇短文来开玩笑，说："当其厅子潜窥，衙官共看，喧呼麦垄之中，偃仆桑林之畔。蓝搀鼻孔，真同生铁之椎；靦甸骷髅，宛似熟铜之罐。"听到的人都笑得前仰后合。

齑 赋

范文正公少时作《齑赋》，其警句云："陶家瓮内，淹成碧绿青黄；措大口中，嚼出宫商角徵。"盖亲尝忍穷，故得齑之妙处云。

【译文】宋朝的范文正公(仲淹),年少时作过一篇《齑赋》,其中的警句说:"陶家瓮内,淹成碧绿青黄;措大口中,嚼出宫商角徵。"这大概是因为他少年时忍受穷苦,所以才能深深体会到齑菜的妙处。

偷狗赋

滕达道读书潜山僧舍。僧有犬,烹之。僧诉于县,县命作《偷狗赋》。有警联云:"撤梵宫之夜吠,充绛帐之晨羞。团饭引来,喜掉续貂之尾;索绹牵去,惊回顾兔之头。"令叹赏。

【译文】宋朝的翰林学士滕元发,字达道,年轻时寄居在潜山的一座寺院里读书。寺里和尚养有一只狗,滕达道把狗杀掉煮着吃了。和尚到县衙去告状。县官传讯滕达道,让他作《偷狗赋》自供。滕达道所作的赋中有警句说:"撤梵宫之夜吠,充绛帐之晨羞。团饭引来,喜掉续貂之尾;索绹牵去,惊回顾兔之头。"县令十分赞叹欣赏。

张公吃酒李公醉赋

郭景初夜出,为醉人所诬。官召景初诘其状。景初叹曰:"谚所云'张公吃酒李公醉'!"官即命作赋。郭云:"事有不可测,人当防未然。清河丈人,方肆杯盘之乐;陇西公子,俄遭酩酊之愆。"笑而释之。

【译文】郭景初夜里外出，有个醉人违禁夜行，反诬告了郭景初。县官传呼郭景初来，询问当时情况。景初叹息说："这真是像谚语说的那样：'张公吃酒李公醉'啊。"县官便让他作一篇《张公吃酒李公醉赋》。郭景初说："事有不可测，人当防未然。清河丈人，方肆杯盘之乐；陇西公子，俄遭酩酊之愆。"县令看了，笑着把他释放了。

成语赋谑

三衢一子弟，淫其里锻工之女，为工所擒，不忍杀，以铁钳缺其左耳，纵之去。诸理斋作赋谑之，内一联云："君子将有为也，载寝之床；匠人斫而小之，言提其耳。"

会稽马殿干有美姬，善歌，时出佐酒。马死，有梁丞得之，亦侑觞。时陈无损酒酣，属句谑云："昔居殿干之家，爰丧其马。今入邑丞之室，无逝我梁。"一座绝倒。

【译文】浙江衢州有一个少年人，奸污他邻居锻工的女儿，被锻公捉住，不忍把少年杀掉，用铁钳把少年的耳朵钳掉后，将他放走。诸理斋听到这事，作了一篇赋取笑他。文中有一联语说："君子将有为也，载寝之床；匠人斫而小之，言提其耳。"

会稽（今浙江绍兴）马殿干家中养了个美貌的歌姬，擅长歌舞，时常让她出来在宴会上献艺。马殿干死后，有个姓梁的县丞得到这个歌姬，也让她侍酒。陈无损喝得酒兴大起，作了两句对联戏谑她说："昔居殿干之家，爰丧其马。今入邑丞之室，无逝我梁。"一座人都大笑叫好。

倒语赋

熙宁未改科前，有吴俦贤良为庐州教授，尝诲诸生："作文须用倒语，如'名重燕然之勒'之类，则文势自然有力。"庐州士子遂作赋嘲之云："教授于庐，名俦姓吴。大段意头之没，全然巴鼻之无。"

【译文】宋神宗熙宁年间，没有改革科举制度以前，有个叫吴俦被荐举为贤良方正的任庐州府学教授。他曾教育学生们说："作文要多用倒语，比如'勒石燕然'这个典故，可写为'名重燕然之勒'之类，便可使文章气势磅礴有力。"庐州的读书人便作了一篇用倒语的赋嘲笑他说："教授于庐，名俦姓吴。大段意头之没，全然巴鼻之无。"

典淮郡谢启

文本心典淮郡，萧条甚，谢贾相启有云："人家如破寺，十室九空；太守若头陀，两粥一饭。"

【译文】文本心被任命为淮郡太守，因为战争，地方十分萧条。他到任后，写了一封信向贾丞相致谢说："这里人家如同破庙，十室九空；太守像个和尚，每天吃一次饭两次粥。"

须虱颂

王介甫、王禹玉同侍朝见。虱自介甫襦领而上，直缘其须。上顾之而笑，介甫不自知也。朝退，禹玉指告，介甫命从者去之。禹玉曰："未可轻去，愿颂一言。"介甫曰："何如？"禹玉曰："屡游相须，曾经御览。"众大笑。

【译文】王介甫（安石）和王禹玉（圭）一同朝见皇帝。有一只虱子沿着王安石的衣领往上爬，直爬到胡子上。皇帝看见了发笑，而王安石自己却不知道。退朝以后，王圭才指着虱子告诉了王安石，王安石让侍从给捉掉。王圭说："不能轻易捉掉，愿为它作一颂辞。"王安石问："作什么？"王圭说："屡游相须，曾经御览（屡次云游宰相胡须，曾经皇帝御览）。"众官听了一齐大笑。

贺侧室育子启

陆伯麟侧室育子，友人陆象翁以启戏贺之，曰："犯帘前禁，寻灶下盟。玉虽种于蓝田，珠将还于合浦。移夜半鹭鹚之步，几度惊惶；得天上麒麟之儿，这回喝采。既可续诗书礼乐之脉，深嗅得油盐酱醋之香。"

【译文】陆伯麟的小妾生了个儿子，友人陆象翁写了一封信向他开玩笑祝贺，说："帘前犯了夫人的禁令，厨房寻得小妾的盟誓。玉虽然种在蓝田，珍珠终归还给合浦。半夜偷迈着鹭鹚的轻步走向小妾，几回惊怕担心夫人发觉；今朝获得麒麟一样的好儿子，这回却该同声喝彩。既可以继承诗书礼乐家庭的一脉，又可以深深嗅到油盐酱醋的香味（指小妾在厨房劳动——译者注）。"

谢遣妓启

陶穀奉使江南，韩熙载遣家妓以奉卮匜。及旦，以书谢云：“巫山之丽质初临，霞侵鸟道；洛浦之妖姿自至，月满鸿沟。”韩召妓讯之，云是夕忽当浣濯。

【译文】宋朝初年，陶穀奉宋太祖赵匡胤的命令，出使南唐，南唐大臣韩熙载派了家中歌妓去侍候他。第二天，陶穀写了一便笺向韩致谢。信笺说：“巫山之丽质初临，霞侵鸟道；洛浦之妖姿自至，月满鸿沟。”韩熙载看后，叫这个歌妓来问，说那天晚上忽然来了月例。

未名柬

翟永龄与陆廉伯并以才学驰名，后陆发解，而翟名最后。以书柬所亲曰：“至矣尽矣，方知小子之名；颠之倒之，反在诸公之上。”

【译文】翟永龄和陆廉伯都因有才学而驰名江南。后来陆廉伯考中举人，而翟永龄的名字却在这一榜的最后一名。他便写信给自己的朋友说：“至矣尽矣，方知小子之名；颠之倒之，反在诸公之上。”

东坡制词

东坡以吕微仲丰肥，戏之曰：“公真有大臣体，《坤》六二所谓直方大也。”及吕拜相，东坡制其词，曰：“果艺以达，有孔门三子之风；直大而方，得坤卦二爻之动。”

【译文】苏东坡因为吕微仲（大防）长得肥胖，戏谑他说：“先生真是大臣身体，正是《易经》里坤卦里所说的‘直方大’呀。”后来吕大防被拜为丞相，苏东坡起草任命诏书，在文中说：“果艺以达，有孔门三子之风；直大而方，得坤卦二爻之动。”

医官

卢质好谐谑，为庄宗管记。会医官陈玄补医学博士，所司请稿。质立草云：“既怀厚朴之才，宜典从容之职。”庄宗览之，久为启齿。

【译文】五代的卢质，爱好说幽默诙谐的话，为唐庄宗管理文书。这时医官陈玄补升为医学博士，有关衙门请求写任命书草稿，卢质便用“厚朴”“从容”两种药名写到诏书中去，说“既怀厚朴之才，宜典从容之职。”唐庄宗看了以后，笑了很长时间。

戏吴主事句

吴江为刑部主事，差还复命。鸿胪寺官语之曰：“声音要洪大，正选通政时也。起身不要背上。”至日蚤，吴果努力高声，亦无音节，又横走下御街西。孝庙为之解颜。时同僚杨郎中茂仁作一对句云：“高叫一声，惊动两班文武；横行几步，笑回万乘君王。”

【译文】吴江担任刑部主事，出差回来向皇帝复命。鸿胪寺的官员告诉他说：“你奏报时，声音要洪亮高大，现在皇上正在选拔通政使。奏报完了，不要背对着皇上走下来。”第二天早朝，吴江果然努力提高嗓门，也不讲究音节，讲完后又横着走路到御道西边归列。明孝宗见了不由失笑。当时的同僚郎中官杨茂仁作了一对联嘲笑他说：“高叫一声，惊动两班文武；横行几步，笑回万乘君王。”

决僧判

双渐尝为令，入僧寺中。主僧半酣矣，因前曰：“长官可同饮三杯。”渐怒，判云：“谈何容易，邀下官同饮三杯；礼尚往来，请上人独吃八棒！”

李翱尚书初守庐江，有僧相打，断云：“夫说法则不曾趺坐而坐，相打则偏袒左肩右肩。领来佛面前，而作偈言：各笞去衣十五，以例三千大千。”

【译文】宋朝的双渐曾经担任县令，有一次到僧寺中，寺里的住持和尚喝酒已经半醉，看见知县来了，便迎上去说：“长官，可同喝三杯。”双渐恼怒和尚不守戒律，便判决说：“谈何容易，邀下官同饮三杯；礼尚往来，请上人独吃八棒！”

唐朝尚书李翱镇守庐江的时候，有和尚打架，李翱判决说：“和尚说法，不曾趺坐而坐到地上，互相殴打赤着左肩右肩，领到我佛面前，因而作偈言说：各笞去衣十五，以例三千大千。”

买僮券

王褒买僮，名便了。僮曰：“欲使便了，皆当上券。不上券，便了不能为也。”褒乃为券曰：“神爵三年正月十五日，资中男子王子渊，从成都安志里女子杨惠买夫时户下髯奴便了，决卖万五千。奴从百役，不得有二言。晨起早扫，饮食洗涤。居常穿臼，缚帚裁盂。凿井浚渠，缚落锄园。研陌杜埤，地刻大枷。屈竹作杷，削治鹿卢。出入不得骑马载车，踑足大呶，下床振头。垂钩刈刍，织履作麤。粘雀张乌，结网捕鱼。缴雁弹凫，登山射鹿。入水捕龟，后园纵养。雁鹜百余，驱逐鸱鸟。持梢牧猪，种姜养芋。长育豚驹，粪除堂庑。喂食马牛，鼓四起坐，夜半益刍。舍中有客，提壶行沽，汲水作餔。但当食豆饮水，不得嗜酒。欲饮美酒，惟得沾唇渍口，不得倾盂覆斗。不得晨出夜入，交关伴偶。多取蒲茅，益作绳索。雨堕无所为，当编蒋织薄。植种桃李，梨柿柘桑，三丈一树，八树为行，果类相从，纵横相当。果熟收敛，不得吮尝。犬吠当起，惊告邻里。撑门拄户，上楼击柝。持盾曳矛，环落三周。勤心疾作，不得遨游。筋老力索，种莞织席，事讫欲休，常舂一石。夜半无事，浣衣当白。若有私钱，主给宾客，不得奸私。事事关白，若不听教，当笞一百。”

【译文】汉朝时候四川人王褒，字子渊，买了一个小仆人，名字叫便了。小童仆说：“如打算使用便了，都要写到合同券上，如果不写上去，便了就不能去做。”王褒便写了一份合同券说：“神爵三年正月十五日，资中男子王子渊，从成都安志里女子杨惠买夫时户下髯奴便了，决卖万五千。奴从百役，不得有二言。晨起早扫，饮食洗涤。居常穿臼，缚帚裁盂。凿井浚渠，缚落锄园。研陌杜埤，地刻大枷。屈竹作杷，削治鹿卢。出入不得骑马载车，踑足大呶，下床振头。垂钩刈刍，织履作麤。粘雀张乌，结网捕鱼。缴雁弹凫，登山射鹿。入水捕龟，后园纵养。雁鹜百余，驱逐鸱鸟。持梢牧猪，种姜养芋。长育豚驹，粪除堂庑。喂食马牛，鼓四起坐，夜半益刍。舍中有客，提壶行沽，汲水作餔。但当食豆饮水，不得嗜酒。欲饮美酒，惟得沾唇渍口，不得倾盂覆斗。不得晨出夜入，交关伴偶。多取蒲茅，益作绳索。雨堕无所为，当编蒋织薄。植种桃李，梨柿柘桑，三丈一树，八树为行，果类相从，纵横相当。果熟收敛，不得吮尝。犬吠当起，惊告邻里。撑门拄户，上楼击柝。持盾曳矛，环落三周。勤心疾作，不得遨游。筋老力索，种莞织席，事讫欲休，常舂一石。夜半无事，浣衣当白。若有私钱，主给宾客，不得奸私。事事关白，若不听教，当笞一百。"

题小像

唐伯刚题郝仲谊小像云："七尺躯威仪济济，三寸舌是非风起。一双眼看人做官，两只脚沿门报喜。仲谊云：是谁是谁？伯刚云：是你是你！"

岳正再起再废。有自京师起者，传天子语于正曰："岳正倒好，只是大胆。"正因写小像，遂櫽括其辞，题于上曰："岳正倒好，只是大胆。唯帝念我，必当有感。如或赦汝，再敢不敢！"

【译文】唐伯刚为郝仲谊的肖像题诗说："七尺身躯威仪济济，三寸舌是非风起。一双眼看人做官，两只脚沿门报喜。仲谊云：是谁是谁？伯刚云：是你是你！"

明朝岳正贬官被起用又再次贬官。有从京城来的人，传达皇帝的话给岳正说："岳正倒好，只是大胆。"这时岳正正在让人给自己画像，便把这话引用起来，题到画上说："岳正倒好，只是大胆。唯帝念我，必当有感。如或赦汝，再敢不敢（只因皇帝想到我，必定有所感念。如果赦免了你，究竟还敢不敢）！"

化须疏

沈石田有《化须疏》，其序曰："兹因赵鸣玉髡然无须，姚存道为之告助于周宗道者，于其于思之间，分取十鬣，补诸不足，请沈启南作疏以劝之。"疏曰："伏以天阉之有刺，地角之不毛，须需同音，今其可索。有无以义，古所相通。非妄意以干，乃因人而举。康乐著舍施之迹，崔谌传插种之方。唯小子十茎之敢分，岂先生一毛之不拔！唯有余以补也，宗道广及物之仁；乞诸邻而与之，存道有成人之美。使离离缘坡而饰我，当榾榾击地以拜君。把镜生欢，顿觉风标之异；临流照影，便看相貌之全。未容轻拂于染羹，岂敢易捻于觅句？感矣荷矣，珍之重之！敬疏。"

【译文】明朝画家沈石田（周）作有《化须疏》，其序言说："兹因赵鸣玉髡然无须，姚存道为之告助于周宗道者，于其于思之间，分取十鬣，补诸不足，请沈启南作疏以劝之。"疏文说："伏以天阉之有刺，地角之不毛，须需同音，今其可索。有无以义，古所相通。非妄意以干，乃因人而举。康乐著舍施之迹，崔谌传插种之方。唯小子十茎之敢分，岂先生一毛之不拔！唯有余以补也，宗道广及物之仁；乞诸邻而与之，存道有成人之美。使离离缘坡而饰我，当榾榾击地以拜君。把镜生欢，顿觉风标之异；临流照影，便看相貌之全。未容轻拂于染羹，岂敢易捻于觅句？感矣荷矣，珍之重之！敬疏。"

烹鸡诵

唐六如游僧舍，见雌鸡，请烹为供。僧曰："公能作诵，当不靳也。”援笔题曰：“头上无冠，不报四时之晓；脚跟欠距，难全五德之名。不解雄先，但张雌伏。汝生卵，卵复生子，种种无穷；人食畜，畜又食人，冤冤何已？若要解除业障，必先割去本根。大众先取波罗香水，推去头面皮毛，次运菩萨慧刀，割去心肠肝胆。咄！香水源源化为雾，镬汤滚滚成甘露。饮此甘露乘此雾，直入佛牙深处去，化生彼国极乐土！”僧笑曰：“鸡得死所，无憾矣。”乃烹以侑酒。

【译文】唐六如（寅）游玩寺院，看见一只母鸡，便请求和尚煮了供他吃。和尚说：“先生如果能作一篇颂词，贫僧便不吝惜这一只鸡。”于是唐寅便挥笔写道：“头上无冠，不报四时之晓；脚跟欠距，难全五德之名。不解雄先，但张雌伏。汝生卵，卵复生子，种种无穷；人食畜，畜又食人，冤冤何已？若要解除业障，必先割去本根。大众先取波罗香水，推去头面皮毛，次运菩萨慧刀，割去心肠肝胆。咄！香水源源化为雾，镬汤滚滚成甘露。饮此甘露乘此雾，直入佛牙深处去，化生彼国极乐土！”和尚看了大笑说：“鸡死得不冤枉，没有什么可遗憾了。”便把鸡杀掉煮熟，供唐伯虎下酒。

献海螺简

舒雅才韵不在人下，以戏狎得韩熙载之心。一日得海螺甚奇，宜用滑纸，以简献于熙载，云：“海中有无心斑道人，往诣门下。若书材糙涩逆意，可使道人驯之，即证发光地菩萨。”熙载喜受之。（发光地，十地之一，出《华严经》）

【译文】南唐舒雅的才华风韵不在其他人之下，因为善于戏狎而得到韩熙载的欢心。一天舒雅得到一个非常奇异的海螺，它适合滑平纸张，因此他写了书信，并把海螺献给韩熙载，信上说："海中有无心斑道人，往诣门下。若书材糙涩逆意，可使道人䶇之，即证发光地菩萨。"韩熙哉高兴地收下了它。（发光地，指的是十地菩萨中的一位，出自《华严经》）

行人司告示

行人司闲僻，官吏罕到，市人每日取汲厅前，顽童戏坐公座。或有戏揭告示云："示仰各吏典，以后朔望日，仍要赴司作揖。凡男妇汲水者，毋得仍前擅坐公座。"

【译文】行人司是一个闲僻清冷的官署，官吏们很少到这里，街市上的人每天在这里厅前的水井提水，顽皮的儿童戏耍坐在公堂的座上。有人便戏弄地张贴了一份告示说："告示仰告各吏员官吏，以后在初一、十五时，仍然要到本司衙门里点名作揖。凡是提水的男人妇女，不得像以前那样擅自坐在公堂座上。"

策结

有二编修谒李西涯。公曰："近有一策题：'两翰林九年考满，推擢何官？'"二君笑云："策破未有，先有一结：执事，事也，执事，责也，愚生何有焉？"公大笑，题升宫坊。

【译文】有两个编修谒见宰相李西涯（东阳）。宰相说："最近有一个考试题：'两翰林九年考满，推擢何官？'"两个编修笑着说："考试破题没有，先有一个结语：这是掌管政事的人应办的事，也是掌管政事的人的责任，我们能做些什么呢？"宰相大笑，上表晋升他们为宫坊使。

词

徐渊子舍人善谐谑。丁少詹与妻有违言，弃家居茶寮，茹斋诵经，日买海物放生，久而不归。妻求徐解之，徐许诺。见卖老婆牙者，买一篮饷丁，作词曰："茶寮山上一头陀，新来学得么？蝤蛑螃蟹与乌螺，知他放几多？有一物，似蜂窠，姓牙名老婆。虽然无奈得他何，如何放得他？"丁大笑而归。

一人取妻，无元。袁可潜赠之《如梦令》云："今夜盛排筵宴，准拟寻芳一遍。春去已多时，问甚红深红浅。不见不见，还你一方白绢。"

【译文】宋朝太子舍人徐渊子（以道）非常幽默诙谐。少詹事丁某和妻子发生争吵，便离家出走到茶馆居住，每天吃素念经，买些海中的鱼虾等物放生，久住那里不回去。他的妻子求徐渊子帮助劝解，徐渊子就答应了。他见到一个卖老婆牙的人，于是买了一篮送给丁某，并作词说："茶寮山上一头陀，新来学得么？蝤蛑螃蟹与乌螺，知他放几多？有一物，似蜂窠，姓牙名老婆。虽然无奈得他何，如何放得他？"丁某听了大笑而归。

一个人娶了妻，没有元红。袁可潜就赠他《如梦令》词说："今夜盛排筵宴，准拟寻芳一遍。春去已多时，问甚红深红浅。不见不见，还你一方白绢。"

叶祖义诗词

叶祖义负隽声，尝曰："世间有不分不晓事，吾因一联咏之：醉来黑漆屏风上，草写卢仝月蚀诗。"后以多语去官，独西湖二三僧相善，为之祖饯。僧曰："世事如梦而已。"叶曰："如梦如梦，和尚出门相送。"闻者绝倒。

【译文】叶祖非常有名气，曾经说："人世间有分辨不清的事理，我因此作了一联咏说它：醉来黑漆屏风上，草写卢仝月蚀诗。"后来因为说话多，过了头，被罢了官职，只有西湖两三个和尚与他交好，为他宴饮送行。和尚说："人世间的事如梦一样罢了。"叶祖说："如梦如梦，和尚出门相送。"听到的人都笑得前仰后合。

词　曲

张明善尝作《水仙子》讥时，云："铺唇苫眼早三公，裸袖揎拳享万钟，胡言乱语成时用。大纲来都是哄。说英雄谁是英雄？五眼鸡岐山鸣凤，两头蛇南阳卧龙，三脚猫渭水飞熊。"

王威宁越尤善词曲，尝于行师时见村妇便旋道傍，遂作《塞鸿秋》一曲："绿杨深锁谁家院？见一女娇娥，急走行方便。转过粉墙东，就地金莲，清泉一股流银线。冲破绿苔痕，满地珍珠溅，不想墙儿外，马儿上，人瞧见。"

元关汉卿嘲秃指《醉扶归》云："十指如枯笋，和袖捧金樽。搊杀银筝字不真，搔痒天生钝。纵有相思泪痕，索把拳头揾。"

弘治间，王骐以进士授吴桥知县，仅八月，免官居家，以词曲自乐。尝有妓为人伤目，睫下有青痕，遂作《沉醉东风》，曰："莫不是捧砚时太白墨洒？莫不是画眉时张敞描差？莫不是檀香染？莫不是翠钿瑕？莫不是蜻蜓飞上海棠花？莫不是明皇宫坠下马？"

王西楼磐平生不见喜愠之色。其家尝走失鸡，公戏作《满庭芳》云："平生澹泊，鸡儿不见，童子休焦。家家都有闲锅灶，任意烹炮。煮汤的贴他三枚火烧，穿炒的助他一把胡椒。到省了我开东道。免终朝报晓，直睡到日头高。"

西安一广文，博学而廉介有气。罢官归，贫甚，戏作《清江引》云："夜半三更睡不着，恼得我心焦躁。圪蹬的响一声，尽力子吓一跳，把一股脊梁筋穷断了！"

云间酒淡，有作《行香子》云："浙右华亭，物价廉平，一道会买个三升，打开瓶后，滑辣光馨。教君霎时饮，霎时醉，霎时醒。听得渊明，说与刘伶，这一瓶约摸三斤。君还不信，把秤来称。有一斤酒，一斤水，一斤瓶。"

【译文】张明善曾经作《水仙子》讥讽时弊说："铺唇苫眼早三公，裸袖揎拳享万钟，胡言乱语成时用。大纲来都是哄。说英雄谁是英雄？五眼鸡岐山鸣凤，两头蛇南阳卧龙，三脚猫渭水飞熊。"

威宁伯王越非常擅长作词曲，曾经在行进的军队中看见一村妇在道路傍撒尿，就作了一曲《塞鸿秋》："绿杨深锁谁家院？见一女娇娥，急走行方便。转过粉墙东，就地金莲，清泉一股流银线。冲破绿苔痕，满地珍珠溅，不想墙儿外，马儿上，人瞧见。"

元朝关汉卿嘲弄秃指作《醉扶归》说："十指如枯笋，和袖捧金樽。挡杀银筝字不真，搔痒天生钝。纵有相思泪痕，索把拳头揾。”

明朝弘治年间，王骐考中进士后，被授吴桥知县，只在任八个月，便被免了官职回家乡居住，以写词曲自乐。曾经有妓女被人打伤了眼睛，睫毛下有青色的疤痕，就作《沉醉东风》，说：“莫不是捧砚时太白墨洒？莫不是画眉时张敞描差？莫不是檀香染？莫不是翠钿瑕？莫不是蜻蜓飞上海棠花？莫不是明皇宫坠下马？”

王西楼磐平生不见他有喜怒之色。他家里曾经丢过鸡，王西楼戏作《满庭芳》说：“平生淡泊，鸡儿不见，童子休焦。家家都有闲锅灶，任意烹炮。煮汤的贴他三枚火烧，穿炒的助他一把胡椒。到省了我开东道。免终朝报晓，直睡到日头高。”

西安的一个教授官，有广博的才学而且清廉有气节。罢免了官职回去，十分贫苦，戏嘲作《清江引》说：“夜半三更睡不着，恼得我心焦躁。圪蹬的响一声，尽力子吓一跳，把一股脊梁筋穷断了！”

云间（今上海松江）的酒淡，有人作《行香子》说：“浙右华亭，物价廉平，一道会买个三升，打开瓶后，滑辣光馨。教君霎时饮，霎时醉，霎时醒。听得渊明，说与刘伶，这一瓶约摸三斤。君还不信，把秤来称。有一斤酒，一斤水，一斤瓶。”

巧言部第二十八

子犹曰：古人戒如簧之舌，岂不以巧哉？然“谈言微中，可以解纷”，夫独非巧言乎？如止曰谐谑而已，功与罪两不居焉，则诸公口中三寸，真有天孙机杼在矣！集《巧言第二十八》。

【译文】子犹说：古人戒备能说善辩之舌，难道不是因为巧言具有欺骗性吗？然而正像《史记·滑稽传》中所说的“言谈委婉而切中事理，可以排除纷乱。”不也是赞扬巧言的吗？如果只是谈笑戏谑而已，并不涉及评论它的功与过，那么，诸位口中的三寸不烂之舌，也就真像织女在天庭巧织一样了！汇集为《巧言部第二十八》。

花 名

温庭筠曰：“葡萄是赐紫樱桃，黄葵是镀金木槿花。”

【译文】唐朝的诗人温庭筠说：“葡萄是上天赐给紫袍的樱桃，黄蜀葵是镀金的木槿花。”

黄幡绰

明皇与诸王会食。宁王错喉，喷上须。王惊惭不遑。上顾

其悚悚，欲安之。黄幡绰曰："此非错喉。"上曰："何也？"对曰："是喷帝。"上大悦。（嚏，音帝）

玄宗尝登苑北楼望渭水，见一醉人临水。上问左右是何人，左右不知。黄幡绰曰："此是年满典史。"上曰："何以知之？"对曰："更一转入流。"上笑。

玄宗小字三郎。幸蜀时，过梓潼县，上停驿问黄幡绰曰："车上铃声颇似人语。"对曰："似言'三郎郎当、三郎郎当'。"后因名琅珰驿。

【译文】唐明皇李隆基曾与诸亲王一同用膳。宁王呛着喉咙，把饭菜喷到了皇上的胡须上。宁王吓得惊恐万状。唐明皇看他害怕，就想用好言安慰他。黄幡绰圆场说："这不叫呛喉咙。"明皇问："是什么？"黄幡绰回答："这叫作喷帝。"明皇听了很高兴。（嚏，音帝）

玄宗皇帝李隆基登临苑圃北楼眺望渭水，看见一个醉酒人跌跌撞撞临近河边。玄宗问左右随从那是什么人，左右回答不出。黄幡绰接言道："那是任期已满的典史。"玄宗问："你怎么知道？"黄幡绰说："他再一转就要入流（进升九品级官）。"玄宗听了大笑。

玄宗小名叫三郎。他临幸四川时，路过梓潼县。玄宗停留在驿站时问黄幡绰说："车上的铃声好像人说话一样。"黄幡绰回答："好像是说'三郎郎当、三郎郎当'。"后来这个驿站叫作琅珰驿。

三果一药

刘贡父觞客。苏子瞻有事欲先起。刘以三果一药调之曰："幸早里，且从容。"苏答曰："奈这事，须当归。"

【译文】刘贡父（攽）宴请宾朋。苏子瞻（轼）有事准备提前退席。刘攽取三果（杏、枣、李）一药（肉苁蓉）调侃他说："所幸天还早哩，且从容一些。"苏轼笑道："怎奈这事，就须当归（药名）。"

投壶

邵康节与李君锡投壶。君锡末箭中耳。君锡曰："偶尔中耳。"康节曰："几乎败壶。"

【译文】宋朝邵康节（雍）与李君锡（中师）二人投壶博戏。李君锡最后一矢才投进壶耳洞中。李君锡说："只能偶尔投入罢了。"邵康节笑道："可几乎把壶都弄坏了。"

尹字

苏颋幼时，有京兆尹过瑰令咏"尹"字。乃云："丑虽有足，甲不全身。见君无口，知伊无人。"

【译文】唐朝苏颋年幼时，有个京兆官让他咏一个"尹"字。苏颋道："丑虽有足，甲不全身。见君无口，知伊无人。"

姓名谑

郭忠恕嘲司业聂崇义云："近贵全为聩，攀龙只是聋。虽然三个耳，其奈不成聪！"聂应声曰："莫笑有三耳，何如蓄二心？"

【译文】宋朝郭忠恕嘲笑司业聂崇义的姓名说："近贵全为聩，攀龙只是聋。虽然三个耳，其奈不成聪！"聂崇义反讥道："莫笑有三耳，何如蓄二心？"

王、甘姓

唐时有甘洽者，与王仙客友善，因以姓相嘲。洽曰："王，计尔应姓田，为你面惫懒，抽却你两边。"仙客应声曰："甘，计尔应姓丹，为你头不曲，回脚向上安。"

【译文】唐朝时有个叫甘洽的人，与王仙客关系密切，因此互相以姓氏调笑。甘洽说："王仙客，论说你应姓田，为你面惫懒，抽却你两边。"王仙客应声道："甘洽，论说你应姓丹，为你头不曲，回脚向上安。"

王、卢

北齐徐之才善谑，尝嘲王昕姓云："有言则讧，近犬则狂，加颈足为马，拖角尾成羊。"嘲卢元明云："卿姓在亡为虐，在丘为虚，生男为虏，配马成驴。"

【译文】北齐的徐之才爱开玩笑，曾经嘲笑王昕的姓氏说："有言则讧，近犬则狂，加颈足为马（繁体），拖角尾成羊。"他嘲笑卢元明说："你的姓在亡为虐，在丘为虚，生男为虏（繁体），配马成驴。"

麦、窦

隋麦铁杖为汝南太守，因朝集，考功郎窦威嘲之曰："麦是何姓？"铁杖曰："麦豆不殊，何忽见怪？"威赧然无以应。

【译文】隋朝的麦铁杖任汝南太守，因为朝廷集会，考功郎窦威调笑他说："麦是什么姓？"麦铁杖回答说："麦豆（窦谐言）没有差别，怎么突然又见怪了？"窦威顿时脸红而无言回答。

沈、陈姓对

归安沈筠谿先生少绝敏颖，弱冠补博士弟子，与弟偕之城，时风雨暴作，遇陈方伯兄弟于邸。方伯戏曰："大雨沉沉，二沈伸头不出。"公矢口曰："狂风阵阵，两陈摇尾不开。"人称巧绝。

【译文】归安（今浙江湖州）人沈筠谿先生年幼时聪敏绝伦，年纪轻轻就补为博士弟子。他与弟弟一同进城，当时突然风雨大作，他们在客舍避雨，遇上了陈方伯兄弟。陈方伯戏笑他们说："大雨沉沉，二沈伸头不出。"沈筠谿接言道："狂风阵阵，两陈摇尾不开。"被人称为巧绝。

乂名

张乂入太学为斋长，其人渺小，动以苛礼律诸生。林叔弓作赋嘲云："身材短小，欠曹交六尺之长；腹内空虚，乏刘叉一点之墨。"又诗云："中分爻两段，风使十横斜，文上元无分，人前强出些。”

【译文】张乂入太学担任管学生生活的斋长，他身材矮小，可动不动就用苛刻的礼法管束学生。林叔弓利用他名中的“乂”字作赋嘲讽他道：“身材短小，欠曹交六尺之长；腹内空虚，乏刘叉一点之墨。”又作一诗说：“中分爻两段，风使十横斜，文上元无分，人前强出些。”

安石名

刘邠与王安石最为故旧，尝拆安石名戏之曰：“失女便成宕，无宀真是妬。下交乱真如，上头误当宁。”王大惭。（宀，音绵）

【译文】刘邠与王安石是多年老朋友，曾经拆王安石的名字调侃他说：“失女便成宕，无宀真是妬。下交乱真如，上头误当宁。”王安石听了很难为情。（宀，音绵）

王汾、刘攽、王觌

王彦和汾与刘贡父攽同趋朝。王戏刘曰：“内朝日日须呼汝。”盖常朝知班吏，多云“班班”谓之“唤班”。（攽音班，故戏之）刘应声曰：“寒食年年必上公。”（汾、坟音近）刘又尝戏王觌云：“公何故见卖？”王答曰：“卖公值甚分文？”

治平初，濮安懿王原寝皆用红泥杂饰。刘贡父渭王汾曰：“顷闻王坟赐绯，得非子有银章之命耶？”

【译文】王彦和(汾)与刘贡父(攽)一同上朝。王汾戏笑刘攽说:"内朝天天都要喊你。"原来日常上朝当值的班吏都要喊"班班",这称为"唤班"。(攽字音班,所以戏笑他)刘攽应声道:"寒食年年必上公。"(汾字,与坟字音近)刘攽又曾经嘲弄王觌说:"你为什么要被卖呢?"王觌巧言答道:"卖你又能值几分文呢?"

宋英宗治平年间,濮安懿王赵允让的灵寝都用红泥粉饰。刘攽调侃王汾道:"听说王坟(汾谐音)都赐用红色,莫非你有用银制印章(意为升官,古代制度,薪俸二千石以上官员穿红袍,用银印——译者注)的任命了吗?"

陈亚、蔡襄

陈少卿亚,维扬人,善诗,滑稽尤甚。尝与蔡君谟会于僧舍。君谟题诗屏间曰:"陈亚有心终是恶。"亚即索笔对曰:"蔡襄无口便成衰。"

【译文】宋朝的陈亚官至太常寺少卿,是扬州人,善于作诗,性情很滑稽幽默。他曾经与蔡君漠(襄)相会于僧人寺舍。蔡襄在屏风上题词道:"陈亚有心终是恶。"陈亚立即提笔对答说:"蔡襄无口便成衰。"

上官弼

陈亚知润州,幕中有上官弼,为亚所亲。任满将去,谓亚曰"郎中才行无玷,宜简调谑。"亚曰:"君乃上官弼也,如下官口何?弼笑而去。

【译文】陈亚担任润州（今江苏镇江）知府时，属下有个幕僚名叫上官弼，深得陈亚的信任。陈亚任满即将离去，上官弼对陈亚说，“郎中你的才气品行都没有污点，只是以后应当少些调侃戏谑。”陈亚戏答：“你本是辅正上官的（弼意为辅正——译者注），拿我这下官之口又怎么办呢？”上官弼大笑而去。

贾黄中、卢多逊

贾黄中与卢多逊俱在政府。一日，京中有蝗虫，卢笑曰：“某闻所有乃假蝗虫。”贾应声曰：“亦闻不伤禾，但芦多损耳。”

【译文】宋朝贾黄中与卢多逊都在朝中任宰相。一天，京城中发现有蝗虫，卢多逊笑道：“我听说这所有的都是假蝗虫。”贾黄中立即接言道：“我也听说禾苗不曾被毁，只是草芦多损坏罢了。”

苏子瞻、姜制之

苏子瞻与姜制之饮。姜举令云：“坐中各要一物，是药名。”乃指子瞻曰：“苏子。”子瞻应声曰：“君亦药名也。若非半夏，定是厚朴。”众请其故。子瞻曰：“非半夏，非厚朴，何故曰姜制之？”

【译文】苏子瞻（轼）与姜制之（潜）饮酒。姜潜举令说：“坐中各要一物，但得是药名。”于是指着苏轼道：“这是苏子。”苏轼应声说：“你也是药名。如果不是半夏，就是厚朴。”众人请他解释其义。苏轼说：“不是半夏，不是厚朴，为什么要说姜制之（中药炮制方法之一）呢？”

章得象

章郇公得象，与石资政中立素相善。而石喜谈谑，尝戏章云：“昔时名画有戴嵩牛、韩干马，今又有章得象也！”

【译文】宋朝郇国公章得象，与资政石中立素常交往密切。石中立喜欢谈笑戏谑，曾经戏弄章得象说：“过去的名画有戴嵩牛、韩干马，如今又有个章得象了！”

华 嵩

京卫指挥华嵩以宿娼枷示。时中书夏仲昭以画竹名，适过马师桓家，因教坊相近，欲易便服，拉师桓往游。师桓戏曰：“你不见华嵩事，又来画竹！”

【译文】明朝时京卫指挥华嵩因为嫖娼而被戴枷示众。当时中书夏仲昭以善画竹出名，来到马师桓家，因为此处离歌妓所住的教坊很近，夏仲昭就想换了便服，拉马师桓同往教坊游玩。马师桓戏逗他道：“你没有见到华嵩（画松的谐音）带枷之事，却又来画竹！”

黑齿常之

张文成工为俳谐诗赋。时大将军黑齿常之将出征，或勉之曰：“公官卑，何不从行？”文成曰：“宁可且将朱唇饮酒，谁能逐你黑齿尝脂？”

【译文】唐代张文成善于写作诙谐诗赋。当时大将军黑齿常之将要率领大军西征吐蕃，有人勉励张文成说：“你官职卑微，何不跟从黑大将军出行？”张文成说：“宁肯且用红唇饮酒，谁去追逐你那黑齿尝脂。”

许敬宗

吏部侍郎杨思玄，贵恃外戚，倨待选流，为选者夏侯彪所讼，又为御史中丞郎余庆奏免。时中书许敬宗曰：“杨必败矣！”人问之。许曰：“一彪一狼共着一羊，岂得不败？”

【译文】唐朝吏部侍郎杨思玄，依仗外戚权贵的威势，对待等候选派官职的人们十分傲慢，被候选者夏侯彪所告，并又被御史中丞郎余庆奏请皇上将杨免职。当时中书许敬宗说：“杨思玄必定要坏事！”有人问他为什么。许敬宗说：“一彪一狼（郎）共着一羊（杨），怎能不坏事呢？”

李素、杜兼

李素替杜兼时，韩吏部愈自河南令除职方员外郎归朝。问：“前后之政如何！”对曰：“将缣来比素。”

【译文】唐朝李素接替杜兼的官职时，正当韩愈自河南令的职位上又被授职方员外郎而调回朝中。他问别人：“李素与杜兼前

后治政如何？”那人回答：“就像是用缣帛来比素绢。”（古乐府诗：“将缣来比素，新人不如故。”——译者注）

羽晴

裴子羽为下邳令，张晴为县丞。二人俱有声气而善言语。论事移时，一吏窃议曰：“县官甚不和。”或问其故。答曰：“长官称雨，赞府道晴，终日如此，那得和？”

【译文】裴子羽担任下邳县（今江苏睢宁）令，张晴作他的副职县丞。二人都是声气相投并且善于言语。讨论事情有时要很长时间，一个办事吏员私下议论说：“县官们不太相和。”有人问他什么缘故。他回答说：“长官称雨，副职道晴，每天如此，哪能得和呢？”

谢伋、司马伋

绍兴末，谢景思守括苍，司马季思佐之，皆名伋。刘季高以书与景思曰：“公作守，司马九作倅，想事事皆如律令也。”闻者绝倒。

【译文】宋高宗绍兴末年，谢景思（伋）任括苍（今浙江丽水）郡守，司马季思（伋）辅佐他而任副职，二人都名叫伋。刘季高写书信对谢景思说：“你担任郡守，司马季思作副职，想必事事都得像道士念咒如律令了。”（道士念咒，末一句是“太上老君急急如律令！”急急与伋伋同音——译者注）听说此事的人笑得前仰后合。

陆 远

陆楚生远，系进士陆大成从堂叔。大成发解南畿，颇有声望。远每对人呼“大成舍侄”，人多厌之。时弇州在座，谑云：“当不得他还一句‘远阿叔’也。”众为捧腹。

【译文】陆远，字楚生，是进士陆大成的堂伯叔，陆大成是南京乡试解元，颇有声望。陆远便经常对人炫耀“陆大成是我的侄子”，人们都很讨厌他。当时弇州山人王世贞在座，戏谑道：“当不得还他一句‘远阿叔’。”众人捧腹大笑。

戚胡、陈鉴

戚学士澜美髯，院中呼戚胡。与陈司成鉴会宴，投漆木壶。陈顾戚曰：“戚胡投漆壶，真壶也，假壶也？”戚应声曰：“陈鉴看《臣鉴》，善鉴与，恶鉴与？”

【译文】学士戚澜蓄有美髯，翰林院中人称他戚胡。一次与国子监祭酒陈鉴一同赴宴，投矢壶中赌酒。陈鉴看着戚澜说：“戚胡投漆壶，是真壶呀还是假壶呀？”戚澜接言道：“陈鉴看臣鉴，是好鉴呢还是坏鉴呢？”

马承学、钱同爱

吴人马承学，性好乘马，喜驰骤。同学钱同爱戏曰：“马承学，学乘马，汲汲而来。”马应曰：“钱同爱，爱铜钱，孳孳为利。”

【译文】苏州人马承学，喜爱骑马驰聘。同学钱同爱戏弄他说：“马承学，学乘马，急急追求想当官。”马承学回应道：“钱同爱，爱铜钱，孜孜不倦为贪利。”

侣钟、强珍

都宪侣钟与通政强珍同席。强执壶劝曰：“要你饮四钟。”侣应声曰：“你莫要强斟。”

【译文】明朝都御史侣钟与通政使强珍同席欢宴。强珍手执酒壶劝侣钟说：“要你喝四钟。”侣钟接言道：“你不要强斟。”

林瑀、王轨

林瑀、王轨同作直讲。林谓王曰：“何相见之阔也！”王曰：“遭此霖雨。”瑀云：“今后转更疏阔。”王问其故。瑀云：“逢此短晷。”盖讥王之侏儒。

【译文】林瑀和王轨同在翰林院中作直讲。林瑀对王轨说：“为何阔别这么长时间？”王轨回答：“遭到连绵大霖雨。”林瑀又说：“今后可能会疏阔得更久了。”王轨问他什么原因。林瑀说：“逢上这日晷（音轨）影子太短。”他这是讥讽王轨个子太低。

才宽、叶琪、史瓘

郡守才宽善谐谑。尝与尚书叶琪、知州史瓘同饮，各以名为戏。才曰："作就衣裳穿不得，裁宽。"叶曰："锣鸣鼓响军不动，曳旗。"史默无以应。才以大觥罚史，饮毕，才曰："拼死吃河豚，屎灌。"

【译文】郡守才宽善于调侃戏谑。他曾经与尚书叶琪、知州史瓘一同饮酒，各以自己的名字为戏言。才宽先说："做好的衣裳穿不得，裁宽。"叶琪接言说："锣鸣鼓响军不动，曳旗。"史瓘一时话塞无法应对。才宽就用大杯罚史瓘饮酒，等史喝完，才宽笑道："拼死吃河豚，屎灌。"

聂豹、郑洛书

永丰聂豹、三山郑洛书，为华亭、上海知县，同时有俊声，然议论殊不相下。一日同坐察院门侧，人报上海秋试罕中式者。聂公笑曰："上海秀才下第，只为落书。"郑公应声曰："华亭百姓当灾，皆因孽报。"人咸以为妙对。

【译文】明朝江西永丰人聂豹和福州人郑洛书分别任华亭、上海知县，同时都有好的名声，然而二人议论时都很不谦让。一天他们同坐在察院的门旁，有门人禀报上海县秋试考中者很少。聂豹笑道："上海秀才下第，只为落书。"郑洛书立刻接言道："华亭百姓当灾，皆因业报。"人们都称赞这是妙对。

张更生、方千里

方千里一日会张更生。方作一令戏曰："古人是刘更生，今人是张更生。手内执一卷《金刚经》，问尔是胎生、卵生、湿生、化生？”张答曰：“古人是马千里，今人是方千里。手执一卷《刑法志》，问尔是三千里、二千里、一千里？”

【译文】方千里一天会见张更生。方千里作一辞令戏逗张更生说：“古人是刘更生，今人是张更生。手拿着一卷《金刚经》，问你是胎生、卵生、湿生、化生？”张更生巧言答道：“古人是马千里、今人是方千里。手拿一卷《刑法志》，问你（发配）是三千里、两千里、一千里？”

石员外

石中立员外，尝与同列观上南园所蓄狮子。主者曰：“县官日破肉十斤饲之。”同列曰：“吾侪反不及此。”石曰：“吾辈皆员外郎，敢比园内狮子？”

【译文】石中立员外郎，曾经与同僚前去观看皇上南园所蓄养的狮子。主管人介绍说：“县官每天要用十斤肉喂它。”同僚说：“我们还不如这狮子呢。”石中立笑道：“我们都是员外郎（狼的谐音），怎敢比园内的狮子。”

职方、翰林

陆式斋在水部最久，复还职方。李西涯戏之曰：“先生其知几乎，曷为又入职方也？”陆应曰：“太史非附热者，奈何只管翰林耶？”

【译文】陆式斋在工部四司中的水部供职已久，后又调任职方。李西涯（东阳）戏谑他说：“先生可以知道一切，为何又调入职方？”陆式斋应声反讥道：“太史不是依附阿谀权贵之人，为何只管翰林呢？”

给事、尚书

夏忠靖公与给谏周大有同事治水。一日偕宿天宁寺，周早如厕，夏戏曰：“披衣拖履而行，急事急事！”周应声曰：“弃甲曳兵而起，尝输尝输！”

【译文】明夏忠靖公（原吉）与给谏大夫周大一同治理水患。一天，他们停宿在天宁寺，周大有清晨去厕所，夏原吉戏说道：“披衣拖履而行，急事急事！”周大有应声说：“弃甲曳兵而起，常输常输！”

先生、提举

浙江花提举与鄞县学官交往，后升佥事提举至鄞，以旧谊戏出对曰：“鸡卵与鸭卵同窠，鸡卵先生，鸭卵先生？”学官乃福建人，姓颜，应声曰：“马儿与驴儿并走，马儿蹄举，驴儿蹄举？”

【译文】浙江的花提举曾与鄞县（今浙江宁波）学官交往情深，后他升任佥事提举又来到鄞县，就以旧情戏出对说：“鸡卵与鸭卵同一窝，是鸡卵先生，还是鸭卵先生？”那学官是福建人，姓颜，接言道："马儿与驴儿并排行走，是马儿蹄举（提举谐音），还是驴儿蹄举？"

陆、陈谑语

陆文量参政浙藩，与陈启东震饮，见其寡发，戏之曰："陈教授数茎头发，无计可施。"启东曰："陆大人满脸髭髯，何须如此。"陆大赏叹，笑曰："两猿截木山中，这猴子也会对锯。"启东曰："有犯，幸公勿罪。"乃云："匹马陷身泥内，此畜生怎得出蹄？"相与抚掌竟日。

【译文】陆文量任浙江参政时，与陈启东（震）饮酒，他看陈头发稀少，就戏笑说道："陈教授数根头发，无计可施。"陈启东接言："陆大人满脸髭髯，何须如此。"陆文量大为赞叹，笑道："两只猿在山中截木，这猴子也会对锯（句谐音）。"陈启东作揖道："多有冒犯，请公不要怪罪。"于是又对题道："一匹马身陷泥沼，此畜生怎得出蹄（题谐音）？"二人拍掌大笑，饮酒一天才作罢。

佛经语

隋令卢思道聘陈。陈主用《观世音》语弄思道曰："是何商人，赍持重宝？"思道即以《观世音》语报曰："忽遇恶风，漂堕罗刹鬼国。"陈主大惭。

薛道衡为聘南使。时南朝一僧甚辩捷，道衡向寺礼拜，至佛堂门，僧大声读《法华经》云："鸠盘荼鬼，今在门外。"道衡即应声还以《法华经》，答云："毗舍阇鬼，乃在其中。"众僧愧服。

【译文】隋朝命卢思道出使南朝陈，后主陈叔宝用《观世音》中语言戏弄卢思道说："你是何处商人，竟手持着重宝？"卢思道也立即用《观世音》中语言回答说："忽然遇上恶风，漂泊堕落在这罗刹鬼国。"陈叔宝非常羞愧。

隋朝薛道衡任聘南使出使南朝。当时南朝的一个僧人辩论十分敏捷。薛道衡到寺中礼拜，走到佛堂门时，僧人大声诵读《法华经》说："鸠盘荼鬼，如今来到门外。"薛道衡立即接言还以《法华经》说道："毗舍的门头鬼，便在其中。"众僧既惭愧又佩服。

《四书》语

虞集未遇时，为许衡门客。虞有所私，午后辄出馆。许每往不遇，因书于简云："夜夜出游，知虞公之不可谏。"虞回，即对云："时时来扰，何许子之不惮烦！"

秦少游自负髯美，语东坡曰："君子多乎哉！"东坡应声曰："小人樊须也！"一座绝倒。

余进士田，与汤进士日新相善，因戏曰："'汤之《盘铭》曰苟'者，君乎？"汤即应声曰："'卿以下必有圭'者，君也。"

詹侍御与苏大行五鼓行长安街，呵道声相近。苏问："前行为谁？"从者曰："通里詹爷。"苏曰："詹之在前。"詹问："后来为谁？"从者曰："行人司苏爷。"回首曰："后来其苏。"相顾一笑。

袁太冲七岁时，与群儿戏，自称"小相公"。彭鲁溪公出对云："愿为小相。"袁应声曰："窃比老彭。"

吕望之提举市易，曾子宣劾其违法。曾反坐，吕治事如故。刘贡父曰："岂意曾子避席，望之俨然。"

浙解张巽才，名平等。郡守王公试题"暮春者"至"风乎舞雩"，破中有"天地"二字，王赏其恰当，取居首。及乡试，总裁王公、监临王公皆无异赏。守力荐拔解，中丞公亦若不满，谓张曰："赠汝一对曰：'考诸"三王"而不谬，建诸"天地"而不悖'。"闻者绝倒。

沈括字存中，方就浴，刘贡父遽哭之曰："存中可怜已矣！"众惊问之。曰："死矣盆成括！"

石动筩尝诣国学，问博士曰："孔门达者七十二人，几人冠？几人未冠？"博士曰："经传无文。"动筩曰："先生读书，岂合不解？冠者三十人，未冠者四十二人。"博士曰："据何文解之？"动筩曰："'冠者五六人'，五六得三十也；'童子六七人'，六七四十二也。"皆大笑。

一说：又问："三千弟子，后来作何结果？"答曰："二千五百人为军，五百人为旅。"

【译文】元朝人虞集未发达时，曾作许衡家的门客。虞集有私情，午后就出外。许衡每次到书馆都不见他。于是留下书简说："夜夜出游，知道虞公是不可劝谏的。"虞集回来后便在书简上对答："时时来扰，难道许子就不怕麻烦！"（虞公、许子两句，均是《孟子》中的原文——译者注）

秦少游总是自负胡须长得美，他对苏东坡说："君子的胡子多啊！"苏东坡应声道："樊须是小人呀！"满座人都笑得起不

来。(孔子曾评说自己的学生樊须:“小人哉,樊须也。”出于《论语》——译者注)

进士余田,与进士汤日新相友善,于是戏笑他说:“商汤在浴盘上铭文说的苟(狗的谐音)就是你吗?”汤日新即刻接言道:“卿以下必须有圭(龟的谐音)一定是你了。”(《大学》原文有“汤之《盘铭》曰:‘苟日新,日日新。’”《孟子·滕文公上》有“卿以下必有圭田。”二人是互相用对方名字开玩笑——译者注)

詹侍御与苏大行五更时在长安街行走,双方开路仪仗的清道喊声渐渐相近。苏问道:“前边行走的是何人?”手下人回答:“是通里詹爷。”苏说:“詹之在前。”詹也问,“那后来的是何人?”手下回答:“是行人司的苏爷。”詹回头说:“后来其苏。”二人相视一笑。(两句话出于《论语》《孟子》——译者注)

袁太冲七岁时,与一群小儿玩耍,自称是“小相公”。彭鲁溪公出对说:“愿作小相。”袁太冲应声道:“窃比老彭。”

吕望之(嘉问)提举市场交易事务,曾子宣(布)弹劾他违法。不想自己反被治以诬告罪名,吕望之仍然处理各项事务和原先一般。刘贡父(攽)调侃说:“不想曾子回避,望之却俨然如常。”

浙江的解元张巽才,名平常。郡守王公试题《暮春者至风乎舞雩》,张巽才破题时写有“天地”二字,王郡守赞赏他用辞恰当,就取为首名。等到乡试时,总考官王公和监考官王公都对他没有什么特别的赏识。王郡守竭力推荐而录取为第一名解元,浙江巡抚也有些不满,对张巽才说:“赠你一对子说:‘考之于“三王”而不谬,建之于“天地”而不悖。’”闻知者笑得几乎倒地。(此对是《中庸》中的原文——译者注)

沈括字存中,他正准备洗澡时,刘攽突然哭泣,说:“存中可怜得很啊!”众人惊问他何事。刘攽笑道:“他就要死了,被澡盆盛括了!”

石动筩曾经来到国子监,问博士说:“孔门弟子贤达的有七十二人，其中几人行过加冠礼？几个人未行过加冠礼？”博士回答：“经典中没有记载。”石动筩说：“先生读那么多书，怎有不解呢？加冠者三十人，未冠者四十二人吗！”博士问道：“你依据哪些文字解说的？”石动筩说：“经书中说：‘冠者五六人’，五六得出三十吗；‘童子六七人’，这六七不是四十二吗？”旁听者都大笑。

还有一种说法：又有人问：“孔子三千学生，后来有什么结果？”回答说：“二千五百人为军，五百人为旅。”（古人以二千五百人为一军，五百人为一旅）

二刘谑语

龙图刘烨，尝与刘筠聚会饮茗，问左右：“汤滚未？”皆言已滚。筠曰：“佥曰鲧哉！”烨应声曰：“吾与点也。”一日连骑趋朝，筠马病足行迟。烨问：“马何迟？”筠曰：“只为五更三。”烨曰：“何不七上八？”（言马蹄既点，该落步行）

【译文】宋朝龙图阁直学士刘烨，曾经与刘筠聚会饮茶，他问随从：“水滚了没有？”都说水已滚。刘筠说道：“都说鲧（滚的谐音）哉！”刘烨应声道：“我去点（掂的谐音）来！”一天二人并肩骑马上朝，刘筠的马蹄有小伤走得慢。刘烨问：“你的马怎么这么慢？”刘筠回答：“只因为五更三。”刘烨说：“何不七上八呢？”（是说马蹄既点，应该落地步行）（用的歇后语，刘筠少说一个“点”字，刘烨少说一个“下”字——译者注）

俗语歇后

吴中黄秀才相掀唇，人呼“小黄窍嘴”，读书寺中。一日寺僧进面，因热，伤手忒地。黄作歇后语谑之曰：“光头滑，光头浪，光头练，光头勒。”谓“面荡掼忒”也。僧即应声戏曰：“七大八，七青八，七孔八，七张八。”盖隐“小黄窍嘴”四字。黄亦绝倒。

【译文】吴地有个叫黄相的秀才天生掀唇，人称他“小黄窍嘴”，寄寓在寺院中读书。一天，寺中和尚来送面食，因为太热，烫手而把面洒到地上。黄秀才作歇后语戏谑他说：“光头滑，光头浪，光头练，光头勒。”这四句俗语，他每句只讲了前三个，后边没讲的字正凑成“面荡掼忒”四字。那和尚也随口用同样方式戏言道：“七大八，七青八，七孔八，七张八。”其中正隐去了“小黄窍嘴”四个字。黄秀才笑得前俯后仰。

五经语

王三名观，恃才放诞。陆子履行四，性慎默，于事无所可否。观尝以方直少之，然二人极相善。观尝寝疾，子履往候之。观以方帽包裹坐复帐中。子履笑曰：“体中小不佳，何至是？所谓王三惜命也。”观厉声曰：“王三惜命，何如六四括囊？”

郑玄家奴婢皆读书。尝怒一婢，拽着泥中。一婢问曰：“胡为乎泥中？”答曰：“薄言往诉，逢彼之怒。”

齐王俭为吏部尚书时，客有姓谭者，诣俭求官。俭曰：“齐桓灭谭，那得有汝？”答曰：“谭子奔莒，所以有仆。”卒得职焉。

【译文】宋朝王三名观，自恃有才而放诞不羁。陆子履（经）排行第四，生性谨慎少语，对事不置可否。王观常觉得陆经为人圆滑缺少方直为不足，然而二人极为友善。王观曾病卧在床，陆经前去问候。王观用方帽裹住自己坐在帏帐中。陆经笑道："身体稍有不适，怎么就到这种程度？这就是所谓的'王三惜命'呀。"王观厉声说："王三惜命，又怎如六四（陆四谐音）圆滑不开口呢？"

后汉郑玄家的奴婢都读书识字。郑玄曾怒责一婢女，拽着倒在泥中。另一女婢问那女婢说："为何把你扯到泥中？"婢女回答："我去诉说，正逢他大怒。"（婢女问答，均用了《诗经》中的原文——译者注）

南齐王俭任吏部尚书时，有个姓谭的客人，来找王俭求官。王俭说："齐桓公灭掉谭氏，哪能有你呢？"那人巧言接道："谭子逃奔莒国，所以有了我。"他终于得到了官职。

古文语

一士人家贫，与其友上寿，无从得酒，乃持水一瓶称觞曰："君子之交淡如。"友应声曰："醉翁之意不在。"

杨大年亿方与客棋，石曼卿自外至，坐于一隅。大年因诵贾谊《鵩赋》以戏之曰："止于坐隅，貌甚闲暇。"石遽答云："口不能言，请对以臆。"

黄州黄解元麻，荆州张状元懋修，相遇蓟门。黄年少有貌，而张相君之子。黄故谑之曰："思公子兮未敢言。"张即应声曰："怀佳人兮不能忘。"

西昌剧贼刘富年七十余，子侄六七人，曰尧，曰舜，暨禹、汤、文、武、盘庚辈，时时行动。张职方大来令西昌时，悬赏捕获，悉毙之杖下，盗警始息。监司郡候语次及之，张曰："'圣人不死，大盗不止。’犹龙氏已云矣！”众大笑。

【译文】一个读书人家中贫穷，准备去给朋友贺寿，可又无钱买酒。于是手拿一瓶水称作酒说：“君子之交淡如（水）。”朋友应声道：“醉翁之意不在（酒）。”

杨大年（亿）与客人刚开始下棋，石曼卿（延年）从外边进来，坐在一角。杨亿于是吟诵贾谊的《鹏赋》中的词句戏弄他说：“来到坐在一边，看样子很闲暇。”石延年立即接言道：“口不能回答，请对着臆猜。”

黄州（今湖北黄冈）的解元黄麻，荆州（今湖北江陵）的状元张懋修，相遇在蓟门（今天津蓟县）。黄麻年轻貌美，而张懋修则是宰相的儿子。黄麻故意戏谑他说：“思念公子啊我不敢说。”张懋修即接言道：“怀念美人啊我不能忘。”

西昌地方上的大盗刘富七十多岁，他家中子侄六七人，分别起名叫刘尧、刘舜、刘汤、刘禹、刘文、刘武、刘盘庚等圣人的名字。经常外出抢掠行劫。职方张大来执掌西昌时，悬赏捕捉，都杖击而死，盗警才平息。监察使和太守问及此事，张大来说：“‘圣人不死，大盗不止。’老子在《道德经》中已经说过此话了。”众人听了大笑。

先儒成语

李本建尝与文士饮汪司马斋中。有巧样苏制嵌铜锡壶，以火猛，烧流而化。李曰：“此所谓‘流而不息，合同而化’也。”汪方停怀嗔仆，闻之大笑，其怒遂解。

陆通明世居洞庭，有吴生客于山。一日，陆内人临蓐。吴讯曰：“曾弄璋未？”陆曰：“暮生一女，已溺之矣。”吴嘲其讳曰："先生极明，这事欠通了。"陆讶之。吴曰："岂不闻'溺爱者不明'耶？"

【译文】李本建曾经与文友们在汪司马的书斋中饮茶。茶座中一只精巧的苏州制作的嵌铜锡壶，因为火势太猛，竟然烧灼而流化。李本建调侃道："这正是所说的'流而不息，合同而化'啊。"（引自《礼·乐记》中语——译者注），汪司马刚刚放下杯子要嗔怪仆人，听他说后大笑，怒气也就消了。

陆通明世代居住在洞庭，有个吴生客居于山上。一天陆通明的夫人临产。吴生来问道："生了个男孩没有？"陆通明回答："晚上生下一女，已经溺死了。"吴生嘲讽他的讳名说："先生极明，这事就欠通了。"陆通明感到惊讶不解。吴生说："难道没听说：'溺爱者不明'吗？"（引自朱熹为《大学》作的注语——译者注）

李可及

《唐阙史》：咸通中，优人李可及，因延庆节缁黄讲论毕，次及倡优为戏，乃褒衣博带，斋心升座，自称"三教论衡"。上问："释迦是何人？"可及曰："妇人也。"上骇曰："有据乎？"可及曰："《金刚经》云：'敷坐而坐。'或非妇人，何烦夫坐然后儿坐也？"上为启齿，又问："太上老君是何人？"可及曰："妇人也。"上曰："此何据？"可及曰："《道德经》云：'吾有大患，为吾有身。'若非妇人，安得有娠乎？"又问："文宣王何如人？"可及曰："亦妇人也。"上曰："此复何据？"可及曰："《论语》曰：'沽之哉！沽之哉！我待价者也！'若非妇人，何乃待嫁？"上复大笑，宠赉有加。

【译文】据《唐阙史》记载：唐懿宗咸通年间，有个倡优艺人李可及，因延庆节参加朝廷举行的节日庆典，等僧人道士讲经布道后，按顺序该倡优作戏，于是，他宽袍大带，在斋室中心落座，自称要作释、道、儒"三教论衡"。皇上问："释迦是什么人？"李可及回答："是个女人。"皇上惊骇道："你有根据吗？"李可及说："《金刚经》中说：'敷坐而坐。'如果不是女人，何必说夫坐，然后女人坐？"皇上为之发笑，又问："太上老君是什么人？"李可及回答："是个女人。"皇上问："这说法有什么根据？"李可及说："《道德经》中说：'吾有大患，为吾有身。'如果不是女人，怎能说有娠（身的谐音）呢？"皇上又问："文宣王孔夫子是什么人？"李可及回答："也是女人。"皇上说："你这说法又有什么根据？"可及回答："《论语》中说：'沽之哉！沽之哉！我待价者也！'如果不是女人，为何说待嫁（价的谐音）呢？"皇上听了大笑，更加宠爱并重加赏赐李可及。

医诀语

《谐史》：蜀进士熊敦朴（号陆海）。负才不羁，自史馆改兵部，后左迁别驾。往辞座师江陵张相公。公曰："公与我同馆出身，痛痒相关，此后仕途宜着意。"熊曰："老师恐未见痛。"公曰："何以知之？"熊曰："王叔和《医诀》云：'痛则不通，通则不痛。'"公大笑。

【译文】《谐史》一书记载：四川进士熊敦朴（别号陆海）。自恃有才而放荡不羁，他先从史馆改任兵部，后又升迁别驾之职。他赴任前特意去辞别恩师江陵人张居正相国。张居正说：“你与我都是翰林出身，痛痒相关，以后仕途应该多用些心才是。”熊敦朴说：“老师恐怕没有见痛。”张居正不解地问：“你怎么知道不痛？”熊敦朴回答：“晋太医令王叔和的《医诀》中说：‘痛则不通，通则不痛。’”张居正听了大笑。

《琵琶》《荆钗记》成语

王元美为郎时，适有宴会，严世蕃与焉，候久方至。元美问之。曰：“忽伤风耳。”元美笑曰：“爹居相位，怎说出伤风？”时客大笑，亦有为咋舌者。

徐文贞公阶婿顾某，谒一缙绅。有坐客问云：“此君何人？”缙绅戏曰：“当朝宰相为岳丈。”

文贞公弟达斋，初宦都下，南归。江陵张居正为文贞门生，与诸君共饯之。临别而达斋醉甚，乃拊江陵背曰：“去时还有张老来相送，来时不知张老死和存。”张甚衔之。语亦出《琵琶记》。

【译文】王元美（世贞）为郎中时，适逢有宴会，严世蕃要参加，可等候他很久才到。王世贞问他为何迟来。严世蕃说：“忽患伤风而已。”王世贞笑道：“爹居相位，怎说出伤风？”当时客人听了大笑，也有惊异王元美胆大而为之伸舌头的。

文贞公徐阶的女婿顾某，前去拜见一官宦。坐中有一客人问道：“这是何人？”那官员戏谑道：“当朝宰相为岳丈。”

徐阶的弟弟徐达斋，初在京中为官，后南归回乡。江陵公张居正是徐阶的学生，便与众友人为达斋饯行。临别时达斋醉意很重，趴附在张居正的背上说："去时还有张老来相送，来时不知张老死和存。"张居正听了怀恨于他。此话也出自《琵琶记》戏词。

杂成语

尤延之为太常卿，杨诚斋为秘书监，皆善谑。一日延之诵一句请诚斋对，曰："杨氏为我。"（出《孟子》）诚斋应曰："尤物移人。"（出《左传》）

金给谏士希，本西域人。科中戏曰："贤哉回也！（出《论语》）。"失偶再娶，又相贺曰："这回好个风流婿！"（出《琵琶记》）

【译文】宋朝尤延之（袤）任太常卿，杨诚斋（万里）任秘书监，都善于巧言戏谑。一天，尤延之念一句成语让杨诚斋对句，说："杨氏为我。"（出自《孟子》）杨诚斋立即接言道："尤物移人。"（出自《左传》）

给谏大夫金士希，本是西域少数民族。同科中同僚戏说道："贤哉回也！"（出自《论语》）后来他丧偶再娶，同僚们又祝贺说："这回好个风流婿！"（出自《琵琶记》）

恒言

张磊塘善清言。一日赴徐文贞公席，食鲳鱼、鳇鱼。庖人误不置醋。张云："仓惶失措。"文贞腰扪一虱，以齿毙之，血溅齿上。张云："大率类此。"文贞解颐。

【译文】张磊塘擅长文辞。一天他去赴徐阶家的宴会，吃了鲳鱼、鳇鱼。厨师忘记在鱼中滴醋。张磊塘戏言道："仓惶失措（鲳、鳇、醋的谐音）。"徐阶在腰上捏住一个虱子，用牙咬死，血溅在牙齿上。张磊塘说："大率类此。"徐阶听了大笑。

病疟

中朝有小儿，父病，行乞药。主人问："何病？"曰："患疟也。"主人曰："尊侯明德君子，何以病疟？"答曰："来病君子，所以为疟耳。"

【译文】内朝官的一个小孩，因为父亲患病，他前去乞药。医士问道："什么病？"小孩回答："患的是疟疾。"医士说："你的尊父大人是明德的君子，怎么会患疟疾呢？"小孩回答："病要来于君子，所以患疟疾罢了。"

典《书经》

周愿好谐谑，尝谒尚书李巽。适李有故人子落魄不事。李遍问书籍古画，悉云卖去。复问云："有一本虞永兴手写《书经》在否？"其子不敢言卖，暂云典钱。愿曰："此《尚书》大灾。"李问："何灾？"愿曰："已遭《尧典》《舜典》，又被此子典之。"李怒颜大开。

【译文】唐朝周愿生性诙谐滑稽，他曾经去拜见吏部尚书李巽，正巧李尚书有一故友的儿子落魄而做官不成。李巽问他家中所存的书籍古画，回答说都已变卖。李巽又问："那本唐代虞永兴（世南）手写的《书经》还在吗？”朋友之子不敢说卖，只好回答典当。周愿在一旁插言道：“这真是《尚书》的大灾难。”李巽问：“什么灾难？”周愿说：“已经遭到《尧典》《舜典》，又被此子典了。”李巽听后转怒为笑。

李趋儿 明鼓儿

陈亚少曾为于潜令，好以利口戏浪，人或厌之。太守马忠肃召戒于庭。俄有通刺谒者，称“大词郎李过庭”。公骂曰：“何人家子弟？”亚卒尔云：“想是李趋儿。”公徐悟之，大笑。

刘元城为谏议，论一执政，再三不降。朝路中见刘贡父，曰：“若迟回不去，当率全台论之，孔子所谓‘鸣鼓而攻之’者。”刘应曰：“将谓暗箭子，元来鸣鼓儿。”先生素严毅，亦有笑容。

【译文】陈亚年少时曾担任于潜的县令，他好以巧言利口戏谑人，因此招致一些人的讨厌。太守马忠肃把他召进厅堂规诫他收敛些。这时有人通报前来拜见，称是“大词郎李过庭”。马忠肃不高兴地问：“他是什么人的子弟？”陈亚随声接言道：“想是李趋儿。”马忠肃过了一会才明白他说的意思，哈哈大笑。（鲤趋过庭是指孔子的儿子鲤趋（过）庭请教父亲，陈亚巧用了谐音——译者注）

蔡元诚任谏议大夫，弹劾当朝的某位权臣，多次弹劾，权臣却不为所动。一次他在上朝的路上遇到刘攽，说道：“他若再迟迟不去职，我就率全御史台参奏他，正像孔子说的‘鸣鼓而攻之’那样。”刘攽笑道：“只说你要放暗箭，原来明（鸣）鼓儿。”蔡元诚平常严肃不苟言笑，听刘攽此言也露出了笑容。

陆伯阳

潘沧浪邂逅一客，扣姓字。客曰：“姓陆字伯阳。”潘笑曰：“齐景公有马千驷，民无得而称焉。六百羊值甚的？”

【译文】潘沧浪遇上一位客人，询问他姓氏，那客人回答：“姓陆字伯阳。”潘沧浪戏谑说：“齐景公有马车上千辆，百姓们还不称许他，六百羊值什么？”

王和尚

吴僧姓王，因兄登第，还俗娶妇，而气极骄。众甚鄙厌。一日，偶同宴会。众谓优人曰：“王和尚颇作怪，汝可诮之。”因演《苏季子》传奇，起课者有“黄河尚有澄清日，岂可人无得运时”之语。优念云：“王和尚有成亲日，起课人无得运时。”众大笑，王逃席去。

【译文】苏州地方有位姓王的和尚，因为其兄登第做官，他便还俗娶妻，并且气焰骄狂，众人都讨厌他。一天，偶然举办有宴会，众人对艺人说：“王和尚这个人很怪异，你们可以奚落他一番。”于是表演《苏季子》传奇，剧中求卜人有“黄河尚有澄清日，岂可人无得运时”的戏词，艺人改念道：“王和尚有成亲日，起课人无得运时。”众人哄堂大笑，王和尚逃席而去。

铁炮杖

万历初，吴中优人有铁炮杖者，以黑短得名，善谑浪。某百户以红袍赴新亲宴，坐客瞩优嘲之。适演考试事，出“纸灰飞作白蝴蝶”，铁炮杖对曰：“百户变了红蜻蜓。”一座大笑。

【译文】明神宗万历初年，苏州地方有个名叫铁炮杖的艺人，以长得黑粗短壮得此名，并且善于戏谑调笑。某百户官身穿红袍去赴儿女亲家的喜宴，席中有客人暗中嘱咐艺人讥讽他。正好演到考试的故事，一艺人说：“纸灰飞作白蝴蝶。”铁炮仗对言道：“百户变了红蜻蜓。”一座人都大笑。

娄师德园

袁德师尝买得娄师德故园地，起书楼。洛中人语曰：“昔日娄师德园，今乃袁德师楼。”

【译文】袁德师曾经买得了以前唐朝宰相娄师德的故园地，在上边修建书楼。洛阳有人传说：“过去是娄师德园，今日是袁德师楼。”

无法无聊

都人陈延之，见一僧与中贵游金陵诸刹，因叙款曲，戏曰：“二君不是无法，即是无聊。”

【译文】京城中人陈延之，见一和尚陪同一个太监，游赏金陵城诸寺院，竭尽殷勤奉承，就戏讥他们说：“二君不是无法，就是无聊。”

家兄孔方

袁中郎与江菉萝分宰长、吴二邑，中郎一无问馈。时兄石浦在翰林，江嘲中郎曰："他人问馈，以孔方为家兄。君不问馈，以家兄为孔方耳。"

【译文】袁中郎（宏道）与江菉罗分别担任长洲、吴县二城的知县，袁中郎从没有向同僚们问候、馈赠过一次。当时他的哥哥袁石浦在翰林院供职，江菉罗嘲讽袁中郎说："别人馈赠相请，是把孔方（意为钱）当作自己的兄长。你从不馈赠相请别人，是把自己的兄长视作孔方罢了。"

吴妓张兰

吴妓张兰色丽而年已娘行。一日客携游山，陆龙石戏曰："老便老，还是个小娘。"陆有太医札付。张应声曰："小便小，也是个老爹。"众皆鼓掌。（《耳谈》作杜生、张好儿事）

【译文】苏州地方的妓女张兰容貌艳美，但已是半老徐娘。一天，客人携带着她游山，陆龙石戏笑她说："老就老吧，还是个小娘。"陆龙石当时带有太医给开的药。张兰应声道："小便小吧，也是个老爹。"众人听了都鼓掌叫好。（《耳谈》说是杜生和张好儿的事）

丑妇八字

南里先生娶妻，求国色，故久而不就。一旦为媒氏所欺，反奇丑。艾子往贺，因询其庚甲，欲为推算。南里先生闭目摇首而答曰："辛酉戊辰，乙巳癸丑！"

【译文】春秋时，南里先生娶妻，一心追求国色美貌，因此很久也没有选中。后来被媒婆欺骗，娶妻反而奇丑。艾子前来贺喜，询问其妻的庚甲生辰，准备为她推算吉凶。南里先生也不睁眼，摇摇头说："辛酉戊辰，乙巳癸丑！"（新有勿陈，一似鬼丑的谐音。勿陈，不值得提之意。——译者注）

谈资部第二十九

子犹曰：古人酒有令，句有对，灯有谜，字有离合，皆聪明之所寄也。工者不胜书，书其趣者，可以侈目，可以解颐。集《谈资第二十九》。

【译文】子犹说：古时候的人饮酒有行酒令，赋句有凑对，张灯有谜语，均为佐兴，所用的字、词可以分开也可合并，巧妙运用，这全靠聪明才智所达到的。擅长此道的人是写不完的，现仅摘写一些较有趣的事情，可以开阔眼界，又可以让看到的人开颜欢笑。汇集为《谈资部第二十九》。

李先主雪令

李先主（南唐烈主李昪）欲讽动僚属，雪天大会，出一令，借雪取古人名，仍词理通贯。时宋齐丘、徐融在座。昪举杯为令曰："雪下纷纷，便是白起。"齐丘曰："着屐过街，必须雍齿。"融意欲挫昪，遽曰："明朝日出，争奈萧何！"昪大怒，是夜收融，投于江。自是唯齐丘与谋。

【译文】李先主（南唐烈主李昪）想要鼓动僚属，在大雪里召集他们在一起聚饮，让每一人出一酒令，要求借雪取古人名，还要词理通贯。当时宋齐丘、徐融在座。李昇举杯出令说："雪下纷纷，便是白起。"（白起，战国人）齐丘说："着屐过街，必须雍齿。"（雍齿，西汉人）徐融想折辱李昇，急忙说："明朝日出，争奈萧何！"（萧何，西汉人。这句话意思是说，太阳出来积雪消融，以喻李昇势力消亡）李昇特别愤怒，当天夜里将徐融拘捕，投入江水中。从此只有宋齐丘为李昇策划计谋。

卦名令

苏子瞻倡酒令，以两卦名证一故事。一人云："孟尝门下三千客，'大有''同人'。"一人云："光武兵渡滹沱河，'既济''未济'。"一人云："刘宽婢羹污朝衣，'家人''小过'。"苏云："牛僧孺父子犯罪，先斩'小畜'，后斩'大畜'。"盖为荆公父子云。

【译文】苏子瞻（轼）提议行酒令，要求以两个卦名印证一个故事。有一个人说："孟尝门下三千客，'大有''同人'。"（大有、同人，为《周易》卦名）另一个人说："光武兵渡滹沱河，'既济''未济'。"（既济、未济，为《周易》卦名）又一个人说："刘宽婢羹污朝衣，'家人''小过'。"（家人、小过，为《周易》卦名）子瞻说："牛僧孺父子犯罪，先斩'小畜'，后斩'大畜'。"（大畜、小畜，为《周易》卦名）喻意暗指王安石父子。

二十八宿令

东坡谓佛印起令，曰："要头是曲名，尾是二十八宿，四个字不间。”东坡曰：“‘黄莺儿’，扑蝴蝶不着，‘虚张尾翼’。”佛印应声答曰：“‘二郎神’，绕佛阁，想是‘鬼奎危娄’。”

【译文】东坡（苏轼）告诉和尚佛印起令说：“要头是曲名，尾是二十八宿，四个字不间隔。”东坡行令说：“黄莺儿，扑蝴蝶不着，虚张尾翼。”（《黄莺儿》，词牌名；虚、张、尾、翼，为星象二十八宿名——译者注）佛印应声行令说：“二郎神，绕佛阁，想是鬼奎危娄。”（《二郎神》，词牌名；鬼、奎、危、娄，为星象二十八宿名——译者注）

贾平章令

咸淳中，贾平章似道宴马丞相廷鸾、江丞相万里，贾举令曰：“我有一局棋，寄与洞中仙。洞中仙不受，云：自出洞来无敌手，得饶人处且饶人。”《洞中仙》，曲名。下二句，古诗也。马云：“我有一渔竿，寄与‘渔家傲’。‘渔家傲’不受，云：夜静水寒渔不饵，满船空载月明归。”江云：“我有一犁锄，寄与‘使牛子’。‘使牛子’不受，云：且存方寸地，留与子孙耕。”盖讥似道也。

【译文】宋度宗咸淳年间，平章贾似道宴请丞相马廷鸾和江万里。贾似道起令说：“我有一局棋，寄与‘洞中仙’。‘洞中仙’不受，诗云：自出洞来无敌手，得饶人处且饶人。”《洞中仙》，曲名。下两句为古诗。马廷鸾行令说：“我有一渔竿，寄与‘渔家傲’。‘渔家傲’不受，诗云：夜静水寒渔不饵，满船空载明月归。”（《渔家傲》，词牌名；后两句为古诗）江万里说：“我有一犁锄，寄与‘使牛子'。'使牛子'不受，诗云：且存方寸地，留与子孙耕。"（《使牛子》词牌名；后两句为古诗）所用古诗句是讥讽贾似道。

韩襄毅公令

韩襄毅公雍与夏公埙饮，各出酒令。公欲一字内有大人小人，复以谚语二句证之，曰："傘字有五人。下列众小人，上侍一大人。所谓有福之人人伏事，无福之人伏事人。"夏云："爽字有五人。旁列众小人，中藏一大人。所谓人前莫说人长短，始信人中更有人。"

【译文】韩雍（谥号襄毅）与夏埙一同饮酒，各出酒令。韩公要求一字内有大人小人，再以谚语两句印证，他行令说："伞（繁体）字有五人。下列众小人，上侍一大人。所谓有福之人人服侍，无福之人服侍人。"夏公说："爽字有五人，中藏一大人。所谓人前莫说人长短，始信人中更有人。"

陈祭酒令

云间陈祭酒询，每酒酣耳热，有不平事及人有过，辄面发之。在翰林时，忤一权贵，出为州同。同僚饯行，有倡酒令各用二字，分韵相协，以诗书一句结之。陈学士循云："轟字三个车，余斗字成斜。车车车，远上塞山石径斜。"高学士谷云："品字三个口，水酉字成酒。口口口，劝君更尽一杯酒。"又一人云："犇字三个牛，田寿字成畴。牛牛牛，将有事乎西畴。"陈云："矗字三个直，黑出字成黜。直直直，焉往而不三黜！”合席大笑。

【译文】云间人（今上海松江）祭酒陈询，往往喝酒喝得畅快耳发热时，遇有不平的事以及别人有过错，就当面遣责他。在翰林的时候，他得罪一位权贵，被排挤到外地任某州同知。同僚们为他饯行，有人提出行酒令要各用两字，分韵相协，最后以诗书一句概括。翰林学士陈循说：“轟字三个车，余斗字成斜。车车车，远上寒山石径斜。”翰林学士高谷说：“品字三个口，水酉字成酒。口口口，劝君更尽一杯酒。”又一人说：“犇字三个牛，田寿字成畴。牛牛牛，将有事乎田畴。”陈询说：“矗字三个直，黑出字成黜。直直直，焉往而不三黜！”宴席上的人都大笑。

梅、郭二令相同

蜀人杜渭江（朝绅）令麻城，居官执法，不敢干以私。一日宴乡绅，梅西野倡令，要拆字入俗语二句。梅云：“单奚也是奚，加点也是溪，除去溪边点，加鸟却为鸡。俗语云：‘得志猫儿雄似虎，败翎鹦鹉不如鸡。’”毛石崖云：“单青也是青，加点也是清。除却清边点，加心却为情。俗语云：‘火烧纸马铺，落得做人情。’”杜答云：“单相也是相，加点也是湘。除去湘边点，加雨却为霜。俗语云：‘各人自扫门前雪，莫管他家瓦上霜。’”又云：“单其也是其，加点也是淇。除去淇边点，加欠却为欺。俗语云：‘龙居浅水遭虾戏，虎落平阳被犬欺。’”

苏州钱兼山、郭剑泉二宦初甚相善，晚以小嫌成讼。袁节推断之，未服。某官置酒解和，并邀袁公。郭为令曰：“良字本是良，加米也是粮。除却粮边米，加女便为娘。语云：‘买田不买粮，嫁女不嫁娘。’”盖有所刺也。钱曰：“其字本是其，加水也是淇。除却淇边水，加欠便成欺。语云：‘马善被人骑，人善被人欺。’”袁曰：“禾字本是禾，加口也是和。除却和边口，加斗便成科。语云：‘官无悔笔，罪不重科。’”某官执酒劝曰：“工字本是工，加力也是功。除却功边力，加系便成红，语云：‘人无千日好，花无百日红。’”

【译文】四川人杜渭江（朝绅）任麻城县令，任官时执法严明，不敢徇私情。有一天宴请同乡士绅，梅西野带头行酒令，要拆字入俗语两句。梅说：“单奚也是奚，加点也是溪，除去溪边点，加鸟却为鸡（繁体）。俗语说：‘得志猫儿雄似虎，败翎鹦鹉不如鸡。’”毛石崖说：“单青也是青，加点也是清。除去清边点，加心却为情。俗语说：‘火烧纸马铺，落得做人情。’”杜渭江应声说：“单相也是相，加点也是湘。除去湘边点，加雨却为霜。俗语说：‘各人自扫门前雪，莫管他家瓦上霜。’”又说：“单其也是其，加点也是淇。除却淇边点，加欠却为欺。俗语说：‘龙居浅水遭虾戏，虎落平阳被犬欺。’”

苏州钱兼山、郭剑泉两位官吏当初关系很好，老年时候因为小的怨恨打官司。袁节为他们推究决断官司，他们不服。有位官员置办酒宴为他们调解，并邀请袁节到场。郭剑泉作酒令说：“良字本是良，加米也是粮。除去粮边米，加女便是娘。俗语说：‘买田不买粮，嫁女不嫁娘。’”语中带刺。钱兼山说：“其字本是其，加水也是淇。除去淇边水。加欠便成欺。俗语说：‘马善被人骑，人善被人欺。’”袁节说：“禾字本是禾，加口也是和。除去和边口，加斗便成科。俗语说：‘官无悔笔，罪不重科。’”那位官员端酒劝说：

“工字本是工，加力也是功。除去功边力，加系便成红（繁体）。俗语说：人无千日好，花无百日红。”

刘端简公令

古亭刘端简公居乡，邑大夫或慢之。值宴会，端简公出令佐酒，各用唐诗一句，附以方言，上下相属。刘云：“一枝红杏出墙来：见一半，不见一半。”含有诮意。一士夫云：“旋斫松柴带叶烧：热灶一把，冷灶一把。”邑大夫云：“杖藜扶我过桥东：我也要你，你也要我。”一时喧传，以为绝唱。

一说又云：“隔断红尘三十里：你也看不见我，我也看不见你。”解之者曰：“点溪荷叶叠青钱：你也使不得，他也使不得。”

【译文】古亭刘端简公回乡居住，县里的官员有人轻视慢待他。适逢宴会，端简公出酒令以助酒兴，要各用唐诗一句，附以方言，上下相属。刘端简说：“一枝红杏出墙来：见一半，不见一半。”含有讥诮之意。一文人说：“旋斫松柴带叶烧：热灶一把，冷灶一把。”邑大夫说：“杖藜扶我过桥东：我也要你，你也要我。”当时在座的人高声叫好并传诵，认为是绝唱。

一说又称：“隔断红尘三十里：你也看不见我，我也看不见你。”解释的人说：“点溪荷吐叠青钱；你也使不得，他也使不得。”

沈石田令

沈石田、文衡山、陈白阳、王雅宜，游饮虎丘千人石上。时中秋，月色大佳，石田行令云：“取上一字，下拆两字，字义相协。”倡云：“山上有明光，不知是日光、月光。”文云：“堂上挂珠帘，不知是王家的、朱家的。”陈云：“有客到舘驿，不知是舍人、官人。”王云：“半夜生孩儿，不知是子时、亥时。”各赏大觥。

【译文】沈石田（周）、文衡山（征明）、陈白阳（道复）、王雅宜（宠）一同游玩饮酒在虎丘千人石上。当时是中秋节，月光非常明亮。石田行酒令说：“要取上一字，下折两字，字义相协。”就带头说：“山上有明光，不知是日光、月光。”文说：“堂上挂珠帘，不知是王家的、朱家的。”陈说：“有客到馆驿，不知是舍人、官人。”王说：“半夜生孩儿，不知是子时、亥时。”各赏一大杯酒。

高丽僧令

高丽一僧陪宴朝使，戏行一令曰：“张良、项羽争一伞。良曰凉伞，羽曰雨伞。”朝使信口曰：“许由、晁错争一葫芦。由曰油葫芦，错曰醋葫芦。”

【译文】高丽（今朝鲜）一僧人陪宴中国使者，戏谑行一酒令说：“张良、项羽争一伞。良说凉伞，羽说雨伞。”中国使者随口说：“许由、晁错争一葫芦。由说油葫芦，错说醋葫芦。”

都宪令

有镇边都宪与兵官不合。都宪于酒席间出令云：“天上有天河，地下有萧何。萧何手里持一本律，口称‘犯法之事莫做，发病之物莫吃’。”有所指于兵官也。兵官云:“天上有太阳,地下有张良。张良手里持一把剑,口称‘钢刀虽快,不斩无罪之人’。”时一太监在座欲为分解,即云:“天上有雪山,地下有寒山。寒山手里持一把扫帚,口称‘各人自扫门前雪,莫管他家瓦上霜’。”遂一笑而散。

【译文】有位镇守边界的地方官与驻地的军将关系不和睦。地方官在酒席宴上出酒令说:“天上有天河,地下有萧何。萧何手里持一本律令,口称‘犯法之事莫做,发病之物莫吃’。”含义有所指于军将。军将说:“天上有太阳,地下有张良。张良手里持一把剑,口称‘钢刀虽快,不斩无罪之人’。”当时有一太监在座想为他们排解,就说:“天上有雪山,地下有寒山。寒山手里持一把扫帚,口称‘各人自扫门前雪,莫管他家瓦上霜’。”全都一笑而散。

罗状元令

《豫章诗话》云:罗状元念庵,与邹公、某公有寺观之集。邹指塑像出令曰:“祖师买巾,价只要轻。以是买不成,披发到于今。”某曰:“玉皇买伞,价只要减。以是买不成,头顶一片板。”罗曰:“观音买鞋,价只要捱。以是买不成,赤脚上莲台。”

【译文】《豫章诗话》载:罗状元念庵(洪先),与邹公、某公相约去寺观游宴。邹公指着寺观内的塑像出令说:“祖师买巾,价只要轻。以是买不成,披发到于今。”某公说:“玉皇买伞,价只要减。以是买不成,头顶一片板。”罗状元说:“观音买鞋,价只要捱。

以是买不成，赤脚上莲台。”

《四书》令

有人为令云：“子路百里负米，不知是熟米、糙米？若是熟米，‘子路不对’；若是糙米，‘子路请祷’。”一人云：“子路宿于石门，不知开门、闭门？若是开门，‘由也升堂’；若是闭门，‘子路拱而立’。”

【译文】有个人作酒令说：“子路百里负米，不知是熟米、糙米？若是熟米，‘子路不对’；若是糙米，‘子路请祷’。”另外一人说：“子路宿于石门，不知开门、闭门？若是开门，‘由也升堂’；若是闭门，‘子路拱而立’。”（“子路百里负米”“子路不对”“子路请祷”“子路宿于石门”“由也升堂”“子路拱而立”均是《论语》原句——译者注）

薛涛令

薛涛辨慧。有黎州刺史作《千字文》令，带鱼禽鸟兽。乃曰：“有虞陶唐。”涛曰：“佐时阿衡。”其人谓语中无鱼鸟，行罚。薛曰：“衡字内有小鱼字。使君‘有虞陶唐’，都无一鱼。”坐客大笑。又高骈镇成都，命涛为一字令，曰：“须得一字象形，又须逐韵。”高曰：“口，有似没梁斗。”涛曰：“川，有似三条椽。”节度曰：“如何一条曲？”涛曰：“相公为西川节使，尚使一没梁斗。至于穷酒佐，三条椽内一条曲，又何足怪？”

【译文】薛涛聪明有才智。有位黎州（今四川汉源）刺史作《千字文》令，要带鱼禽鸟兽。刺史说："有虞陶唐。"薛涛说："佐时阿衡。"刺史说语中没带鱼鸟，应该受罚。薛涛说："衡字内有小鱼字。您的'有虞陶唐'却全无一鱼。"在座的客人大笑。又高骈任成都节度使时，让薛涛作一字令，说："须得一字看形，又须逐韵。"高出令说："口，有似没梁斗。"薛说："川，有似三条椽。"高说："怎么有一条是弯曲的？"薛说："相公身为四川节度使，还要使用一个没有梁的斗。咱们在这佐酒尽兴，三条椽内有一条弯曲，又有什么奇怪？"

各言土产

昔周益公、洪容斋尝侍寿皇宴，因谈肴核。上问："洪卿乡里所产？"洪，鄱阳人也。对曰："沙地马蹄鳖，雪天牛尾狸。"又问周。周，庐陵人也。对曰："金柑玉版笋，银杏水晶葱。"上吟赏。又问一侍从，忘其名，浙人也。对曰："螺头新妇臂，龟脚老婆牙。"四者皆海鲜也。上为之一笑。

昔人以"四海习凿齿，弥天释道安"，及"云间陆士龙，日下荀鸣鹤"为美谈。当是创者易为工耳。

【译文】从前周益公（必大），洪容斋（迈）曾经侍奉寿皇（宋孝宗）饮宴，由于谈到肉类和果类食品，寿皇问洪迈说："洪卿的家乡有什么特产？"洪是鄱阳（今江西波阳）人。洪便说："沙地马蹄鳖，雪天牛尾狸。"又问周必大。周必大是庐陵（今江西吉安）人。他回答说："金柑玉版笋，银杏水晶葱。"寿皇琢磨赏析。又问一侍从，不记他的名字，是浙江人。侍从说："螺头新妇臂，龟脚老婆牙。”四样全是海鲜。寿皇为他所答而笑。

从前人们以“四海习凿齿，弥天释道安”，及“云间陆士龙（云），日下荀鸣鹤（隐）”著名对句为美谈。应该说是由一个人创作，所以容易工稳的呀。

仙对

江西有提学出对云：“风摆棕榈，千手佛摇折叠扇。”诸生不能应，乃相与祈鸾仙。降书自称李太白，对云：“霜凋荷叶，独脚鬼戴逍遥巾。”

刑部郎中黄暐亦尝召仙，令对“羊脂白玉天。”乩云：“当出丁家巷田夫口。”公明日往试之，其一耕者锄土甚力。问：“此何土？”耕者曰：“此鳝血黄泥土也。”公大嗟异。他如“雪消狮子瘦，月满兔儿肥”，“七里山塘，行到半塘三里半；九溪蛮洞，经过中洞五溪中”，“菱角三尖，铁裹一团白玉；石榴独蒂，锦包万颗珍珠”，皆乩仙笔，可称名对。

又相传有俗对云：“塔顶葫芦，尖捏拳头捶白日；城头箭垛，倒生牙齿咬青天。”亦工而可笑。

【译文】江西有位提学出对说：“风摆棕榈，千手佛摇折叠扇。”诸生应对不上来，就一起扶乩求鸾仙。神仙下降，在沙盘写字，自称李太白，答对说：“霜凋荷叶，独脚鬼戴逍遥巾。”

刑部郎中黄纬也曾经扶乩召呼仙人，让仙人对“羊脂白玉天。”鸾仙回答说：“答案应该出自丁家巷农夫的口。”黄纬第二天试探着前去，见其中一位农夫锄地很吃力，就问：“这是什么土？”农夫说：“此鳝血黄泥土呀。”黄纬十分惊叹。其他如“雪消狮子瘦，月满兔儿肥”，“七里山塘，行到半塘三里半；九溪蛮洞，经过中洞五溪中”，

“菱角三尖，铁裹一团白玉；石榴独蒂，锦包万颗珍珠”，都是乩仙的作品，可以称作名对。

又相传有俗对说：“塔顶葫芦，尖捏拳头捶白日；城头箭垛，倒生牙齿咬青天。”也很工稳且可笑。

鬼对

旧一举子，旅店中闻楼下一人出对云：“鼠偷蚕茧，浑如狮子抛球。”思之不能对。至死，魂常往来楼中，诵此对，人不敢止。后一举子强欲上楼，夜中果有诵此对者。乃对曰：“蟹入鱼罾，却似蜘蛛结网。”怪遂绝响。

一说：对云“独立溪桥，人影不随流水去；孤眠野馆，梦魂常到故乡来。”

【译文】从前有一举子，在旅店中听到楼下一人出对说：“鼠偷蚕茧，浑如狮子抛球。”想了很久对不上来。以致郁郁而死，他的鬼魂经常来到旅店的楼中，诵念着此对，人们没有胆量阻止他。后来有一举子执意住在楼上，夜晚果然有诵念此对的鬼魂。举子应对说：“蟹入鱼罾，却似蜘蛛结网。”鬼魂的诵对声就不再响了。

另一说法是对的“独立溪桥，人影不随流水去；孤眠野馆，梦魂常到故乡来。”

高则诚

高则诚六七岁，颖异不凡。邻有尚书某，绯袍出送客。高适自塾归，时衣绿衣。尚书呼语之曰：“出水蛙儿穿绿袄，美目盼兮。”高应声曰：“落汤虾子着红衫，鞠躬如也。”尚书大惊异，称为奇童。

【译文】高则诚（明）六、七岁，聪敏和悟性已不平常。邻居住有某尚书，穿着红色的官服出来送客人。高则诚刚好从私塾回来，当时穿着绿色的衣服。尚书叫住他说：“出水蛙儿穿绿袄，美目盼兮。”高应声说：“落汤虾子着红衫，鞠躬如也。”尚书非常惊异，称他是神童。（高则诚：诚，原书作成，误——译者注）

蒋焘

苏郡蒋焘，幼聪慧善对。一日，有父执武弁者同游佛寺，指殿上三佛出对曰：“三尊大佛，坐狮、坐象、坐莲花。”焘对曰：“一介书生，攀凤、攀龙、攀桂子。”既出寺，某部军牵焘衣，问：“适间本官出何对？”焘以所出告之。又问：“汝对若何？”焘曰：“我对‘一个小军，偷狗、偷猫、偷芥菜’。”

焘对多可采者，对“三跳跳下地，一飞飞上天”，“冻雨洒窗，东二点，西三点；切糕分客，上七刀，下八刀。”皆精切。

【译文】苏郡（今江苏苏州）蒋焘，年幼时就很聪慧擅长答对。有一天，他父亲的朋友一位武官同他一起游览佛寺，武官指着殿上三佛出对说：“三尊大佛，坐狮，坐象、坐莲花。”蒋焘应对说：“一介书生，攀凤、攀龙、攀桂子。”走出寺庙，军官的一位部下拉住蒋焘的衣服，问他说：“刚才我的长官出什么对？”蒋焘就把军官所出对告诉他，那人又问：“你对的怎么样？”蒋焘说：“我对‘一个小军，偷狗、偷猫、偷芥菜’。”

蒋焘的对联有很多可取的佳作，他的对中“三跳跳下地，一飞飞

上天”，“冻雨洒窗，东二点，西三点；切糕分客，上七刀，下八刀。”都是非常精妙贴切的。（蒋焘，原书作涛，误——译者注）

杨大年对

旧学士院壁间有题云：“李阳生，指李树为姓，生而知之。”久无对者。杨大年为学士，乃对云：“马援死，以马革裹尸，死而后已。”

【译文】很久以前有人在学士院的墙壁上题对说：“李阳生，指李树为姓，生而知之。”过了很长时间没有人能应此对的。宋朝的杨大年（亿）任翰林学士，见后就应对说：“马援死，以马革裹尸，死而后已。”

李空同对

李空同督学江西，有士子适用其姓名。公呼而前曰：“汝不闻吾名而敢犯乎？”对曰：“名命于父，不敢更也。”公思久之，曰：“我且出一对试汝，能对，犹可恕也。曰：蔺相如，司马相如，名相如，实不相如。”其人思不久，辄应曰：“魏无忌，长孙无忌，彼无忌，此亦无忌。”公笑而遣之。

【译文】李空同（梦阳）任江西提学副使时，有个士子刚好与他同名，他将士子叫到面前说：“你没听说我的名字而敢冒犯吗？”士子说：“名字是父亲起的，不敢更改呀。”李空同想了一会，说：“我且出一对试你，对得上来，就可以宽恕你。说是：蔺相如，司马相如，名相如，实不相如。”士子考虑不大一会儿，就应对说：“魏无忌，长孙无忌，彼无忌，此亦无忌。”李空同笑着让他走了。

唐状元对

唐皋以翰林使朝鲜。其主出对曰：“琴瑟琵琶，八大王一般头面。”皋即应对曰：“魑魅魍魉，四小鬼各自肚肠。”主大骇服。

【译文】唐皋以翰林的身份出使朝鲜。朝鲜国王出对说：“琴瑟琵琶，八大王一般头面。”唐皋马上应对说：“魑魅魍魉，四小鬼各自肚肠。”朝鲜国王非常吃惊佩服。

五字一韵对

边尚书贡继妻胡氏，能通书义。边多侍姬，胡常反目。一日宴客，客举令曰：“讨小老嫂恼。”边不能对。胡以片纸书“想娘狂郎忙”五字，云：“何不以此对之？”坐客大笑。

徐晞为郡吏日，偶随守步庭墀中。见一鹿伏地，守得句云：“屋北鹿独宿。”晞应声曰：“溪西鸡齐啼。”守大惊异，遂不以常礼遇之。

【译文】明朝户部尚书边贡的继妻胡氏，通一些文理。边贡有许多侍姬，胡氏因此常和边贡闹别扭。有一天宴请客人，客人出酒令说：“讨小老嫂恼。”边贡应对不上来。胡氏在纸片上写“想娘狂郎忙”五字，告诉边说：“何不用此同他对？”坐上客人大笑。

明朝徐晞任郡吏时，偶然跟随郡守漫步走到院中台阶上的空地时，看见一只鹿伏卧在地上，郡守想得一对说：“屋北鹿独宿。”徐晞应声说：“溪西鸡齐啼。”郡守很惊异，以后就不用平常的礼节对待他了。

冯损之对

慈溪冯益，字损之。其叔为僧，益往访之。叔戏出对曰：“荷叶荷花，似青凉伞，盖佳人之粉面。”对曰：“瓠藤瓠子，如黄麻绳，系和尚之光头。”

【译文】慈溪冯益，字损之。他的叔叔是个僧人，冯益前去拜见他。叔叔戏谑地出对说：“荷叶荷花，似青凉伞，盖佳人之粉面。”冯益应对说：“瓠藤瓠子，如黄麻绳，系和尚之光头。”

董通判对

常州府同知吴、通判董，至无锡饮红白酒而醉。吴出对云：“红白相兼，醉后不知南北。”董云：“青黄不接，贫来卖了东西。”

【译文】常州府的吴同知、董通判，一同去无锡饮红白酒而醉。吴出对说：“红白相兼，醉后不知南北。”董应对说：“青黄不接，贫来卖了东西。”

陆采对

东郊巡按苏松，刷卷许御史戏云：“北台东御史，西人巡按南方。”东不能属。陆公采私为对云：“冬官夏侍郎，春日办完秋税。”又李空同在江西，有对云：“孤雁渡江，顾影徘徊如得偶。”人不能对。陆云：“老翁照镜，鉴形仿佛似传神。”

【译文】毕懋康，号东郊，巡按苏州，松江时，复审案件的许御史戏谑说：“北台东御史，西人巡按南方。”东郊对不上来。陆采暗地作对说：“冬官夏侍郎，春日办完秋税。”又李空同（梦阳）在江西，出一对说：“孤雁渡江，顾影徘徊如得偶。”没有人能对出来。陆采答对说：“老翁照镜，鉴形仿佛似传神。”

于肃愍对

于肃愍谦公幼时，其母梳其发为双角，日游乡校。僧人兰古春见之，戏曰：“牛头喜得生龙角。”公即对曰：“狗口何曾出象牙！”僧已惊之。公回对母曰：“今不可梳双髻矣。”他日古春又过学馆，见于梳成三角之发，又戏曰：“三角如鼓架。”公又即对曰：“一秃似雷槌。”古春遂语其师曰：“此儿救时之相也！”

墓志载古春为此。

【译文】于谦，谥号肃愍，小时候他母亲为他梳发为双角，有一天去乡校上课，僧人兰古春看见他，戏谑说：“牛头喜得生龙角。”于谦马上应对说：“狗口何曾出象牙！”兰僧对他感到惊奇。于谦回家对母亲说：“今后不要梳双髻了。”过些时候兰古春又路过学馆，见于谦梳成三角之髻。又戏谑说：“三角如鼓架。”于谦又马上应对说：“一秃似雷槌。”兰僧就告诉他的老师说：“这孩子是拯救时世之相呀！”

于谦墓志载了兰古春这件事。

吕升对

杨季任佥浙宪时，见数童从社学归，中一生手抛书囊而戏。季任召至前，见其秀异，出对曰："童子六七人，无如尔狡。"生应声曰："太守二千石，莫若公……"其尾一字不言，且请赏。许之，乃曰："莫若公廉。"季任诘之曰："设不赏云何？"答曰："莫若公贪。"季任大奇之。生名吕升，官至江西佥宪。

【译文】杨季任任浙江佥事时，看见几个小孩从社学回家，其中有一学生用手抛书包玩耍。杨季任将他叫到面前，见他长得眉目清秀不同寻常，就出对说："童子六七人，无如尔狡。"小学生应声说："太守二千石，莫若公……"其末尾一字不说，就请赏赐。杨季任答应赏他，他说："莫若公廉。"杨季任问他说："如果不赏赐你又说什么？"小学生回答："莫若公贪。"杨季任感到很惊异。小学生名吕升，后来官至江西佥事。

莫廷韩对

屠赤水与莫廷韩一日游顾园，酒酣，屠偶吟云："檐下蜘蛛，一腔丝意。"莫信口云："庭前蚯蚓，满腹泥心。"

【译文】屠赤水（隆）和莫廷韩（是龙）两人有一天去游览顾园，酒已尽兴，屠赤水偶然吟对说："檐下蜘蛛，一腔丝意。"莫廷韩随口说："庭前蚯蚓，满腹泥心。"

泰兴令对

泰兴令胡瑶嬖一门子，忽见一掾挑之与密语，以为嫌，问掾何语。掾急遽曰："渠是小人表弟，语家事耳。"令即出一对曰："表弟非表兄表子。汝能对，免责。"掾应声曰："丈人是丈母丈夫。"令笑而觞之以酒。

此令犹能惜才。

【译文】泰兴县令胡瑶很宠爱一个看门的童子，忽然看见一属僚去找看门的童子说悄悄话，县令怀疑他们关系不正常，就问属僚说的什么话，属僚急忙说："他是我的表弟，是说家里的事。"县令就出一对说："表弟非表兄表（喻婊字）子。你对得上来，就免去责罚。"属僚应声说："丈人是丈母丈夫。"县令笑着赏他一杯酒。

此县令还能爱惜人才。

俗语对

一布政守官尽职，不求汲引，执政失于迁擢。入觐将回，乡人为侍郎者饯之，因邀同部会饮。中一人见止布政一客，戏出对曰："客少主人多。"众未及应，布政遽曰："某有一对，诸大人幸勿见罪。"乃对曰："天高皇帝远。"众愕然。

他如"狗毛雨，鸡脚冰"，"口串钱，脚写字"，"掘壁洞，开天窗"，"立地变，报天知"，"将见将，人吃人"，"护儿狗，抛娘鸡"，"伸后脚，讨饶头"，"贼摸笑，鬼见愁"，"半缆脚，直栌头"，"奶婆种，长工坯"，"下镬涨，上场浑"，"眼里火，耳边风"，"赶茶娘，偷饭鬼”，“将脚屋，泻肚街”，“王姑李，郁婆畜”，“长脚狗，矮忒猪”，“开路神，压壁鬼”，“硬头皮，老脚底”，“拔短梯，使暗箭”，“一脚箭，两面刀”，“坐坛遣将，排门起夫”，“剜肉做疮，忍屎凑饱”，“酒肉兄弟，柴米夫妻”，“三灯火旺，六缸水浑”，“两手脱空，四柱着实”，“将酒劝人，赔钱养汉”，“灰勃六秃，泥半千秋”，“大话小结果，东事西出头”，“猫口里挖食，虎头上做窠”，“钟馗捉小鬼，童子拜观音”，“口甜心里苦，眼饱肚中饥”，“吹鼓打喇叭，吃灯看圆子”，“捏鼻头做梦，挖耳朵当招”，“板板六十四，掷掷幺二三”，“好心弗得好报，痴人自有痴福”，“看孤山守白浪，吃家饭屙野屎”，“东手接来西手去，大船撑在小船边”，“强将手下无弱兵，死人身边有活鬼”，“缺嘴口里咬跳虱，癞痢头上拍苍蝇”，“好汉吃拳弗叫痛，败子回头便做家”，“茶弗来，酒弗来，那得山歌唱出来；爷在里，娘在里，搓条麻绳缚在里”，俱称绝对。

陈启东善属对，尝思“约颈葫芦”四字未就，方浴而得之，曰：“空心萝卜，天生语也！”喜而跃，浴盘顿破。

【译文】一位布政使忠于职守，没有走后门托人情以求提拔，朝廷内当权人疏忽而没有升迁他。朝见完皇帝后将要回乡，一位任侍郎的同乡为他设宴饯行，还邀请同部官员聚在一起相陪饮酒。其中一人见只有布政使一位客人，戏谑出对说：“客少主人多。”在座的人没来得及应对，布政使急忙说：“我有一对，大人们请不要怪罪。”就应对说：“天高皇帝远。”众人很惊讶。

其他如“狗毛雨，鸡脚冰”，“口串钱，脚写字”，“掘壁洞，开天窗”，“立地变，报天知”，“将见将，人吃人”，“护儿狗，抛娘鸡”，“伸后脚，讨饶头”，“贼摸笑，鬼见愁”，“半缆脚，直栌头”，“奶婆种，长工坯”，“下镬涨，上场浑”，“眼里火，耳边风”，“赶茶娘，偷饭鬼"，"将脚屋，泻肚街"，"王姑李，郁婆畜"，"长脚狗，矮忒猪"，"开路神，压壁鬼"，"硬头皮，老脚底"，"拔短梯，使暗箭"，"一脚箭，两面刀"，"坐坛遣将，排门起夫"，"剜肉做疮，忍屎凑饱"，"酒肉兄弟，柴米夫妻"，"三灯火旺，六缸水浑"，"两手脱空，四柱着实"，"将酒劝人，赔钱养汉"，"灰勃六秃，泥半千秋"，"大话小结果，东事西出头"，"猫口里挖食，虎头上做窠"，"钟馗捉小鬼，童子拜观音"，"口甜心里苦，眼饱肚中饥"，"吹鼓打喇叭，吃灯看圆子"，"捏鼻头做梦，挖耳朵当招"，"板板六十四，掷掷幺二三"，"好心弗得好报，痴人自有痴福"，"看孤山守白浪，吃家饭屙野屎"，"东手接来西手去，大船撑在小船边"，"强将手下无弱兵，死人身边有活鬼"，"缺嘴口里咬跳虱，瘌痢头上拍苍蝇"，"好汉吃拳弗叫痛，败子回头便做家"，"茶弗来，酒弗来，那得山歌唱出来；爷在里，娘在里，搓条麻绳缚在里"，全可称得上是绝妙的对子。

陈启东擅长属对，曾经思考"约颈葫芦"四字的应对而没有想好，刚入浴盆洗澡时想到了，说："空心萝卜。真是天衣无缝的好对语！"高兴得跳起来，浴盆顿时破了。

重字对

陈启东训导分水，一人题桥上云："分水桥边分水吃，分分分开。"启东过而见之，对曰："看花亭下看花回，看看看到。"皆其地名也。

国初，有某解元及第后，偕伴至妓馆。妓知其才名，欲试之，乃瀹茶止一瓯，而三分之以进，曰："三分分茶，解解解元之渴。"即应声曰："一朝朝罢，行行行院之家。"

【译文】陈启东任分水县（今浙江桐庐西）儒学训导，有人在桥上题对说："分水桥边分水吃，分分分开。"启东经过看见，就应对说："看花亭下看花回，看看看到。"说的都是当地的地名。

明朝初年，有一位解元科举及第后，带着同伴到一妓院。妓女知道他的才名，想要试试他，就煮茶只一盅而分成三分，端给解元和他同伴，说："三分分茶，解解解元之渴。"解元马上应声说："一朝朝罢，行行行院之家。"

金用对

苏士金用元宾，每嘲人，诗歌俳语顷刻立就，争相传笑。一日在文内翰家浪谑，蒙师潘老，潘愠曰："吾有一语，能对甘侮。曰：'王大夫昆季筑墙，一土蔽三人之体。'"金即曰："潘先生父子沐发，番水灌两牛之头。"满座大笑。

【译文】苏州士人金用元宾，常常嘲讽别人，讥讽的诗歌和幽默的韵语顷刻就能作好，人们争相传笑。有一天在文内翰家谈笑戏耍，文家的家庭老师潘愠说："我有一语，对得上来自愿受辱。说'王大夫昆季筑墙，一土蔽三人之体。'金用元宾马上回答说："潘先生父子沐发，番水灌两牛之头。"满座的人大笑。

三光日月星

元祐初，东坡复除翰林学士，充馆伴北使。辽使素闻其名，思以奇困之。其国旧有一对曰"三光日月星"，无能属者，首以请于坡。坡唯唯，谓其介曰："我能而君不能，亦非所以全大国之体。'四诗风雅颂'，天生对也。盍先以此复之？"介如言。

使方叹愕，坡徐对曰：“四德元亨利。”使睢盱欲起辩。坡曰：“而谓我忘其一耶？谨閟而舌，两朝兄弟邦，卿为外臣，此固仁祖之庙讳也。”使出其不意，大骇服。

近张幼于以“六脉寸关尺”对，亦佳。

震泽吴闻之翰林善作对，每言“日月星”为天文门，“风雅颂”殊为假借，更对云：“一阵风雷雨。”见者谓有神助。又旧对“新月如弓，残月如弓；上弦弓，下弦弓。朝霞似锦，晚霞似锦；东川锦，西川锦。”吴谓上下弦用历语，东西川殊不类，更对云：“春雷似鼓，秋雷似鼓；发声鼓，收声鼓。”盖历有“雷始发声”“雷乃收声”语也。

【译文】宋哲宗元祐年间，东坡（苏轼）恢复为翰林学士，在馆里陪伴北辽使者。辽使一向听说他的才名，想以难题将他难住。辽国原来有一对是“三光日月星”，没有人能对得上来，就先用此对请教于东坡。东坡只是点头不作回答，而回头对和自己一同接待辽使的副手说：“我能对而你对不出来，也不能够保全大国的体面。‘四诗风雅颂’，是天生的应对词呀。为什么不先用此对答复他？”副手照他的话应对，辽使感慨惊讶。东坡慢慢也应对说：“四德元亨利。”辽使抬头看着他要起身分辨，以为东坡少说一个“贞”字。东坡说：“你想告诉我忘记了一个字吗？请不要多说什么，宋辽两朝是兄弟之邦，你身为外臣可能不知，这个字是我朝仁宗的御名，臣子是应避讳不能说的。”（宋仁宗赵祯——译者注）辽使意想不到，非常惊讶佩服。

近世张幼于（献翼）以“六脉寸关尺”应对，也非常好。

震泽（今江苏苏州）吴闻之翰林擅长作对，常常说“日月星”是属于天文门，对以“风雅颂”，颇显得生硬勉强，他重新作对说：“一阵风雷雨。”见到这对的人都称他有神灵帮助。过去有对“新月如弓，残月如弓；上弦弓，下弦弓。朝霞似锦，晚霞似锦；东川锦，西川锦。”吴闻之说对中上下弦是用天文历法术语，东西川却特别不恰当，改对说："春雷似鼓，秋雷似鼓；发声鼓，收声鼓。"是引用天文历法中有"雷始发声""雷乃收声"的术语。

刘季孙

王荆公尝举《书》句语刘季孙曰："念兹在兹，释兹在兹，名言兹在兹。有何可对？"季孙应声曰："揭谛揭谛，波罗揭谛，波罗僧揭谛。"安石大笑。

【译文】王荆公（安石）曾经拿《书经》中的句子告诉刘季孙说："'念兹在兹，释兹在兹，名言兹在兹'。有什么可以对？"季孙应声用佛经中的话答对说："揭谛揭谛，波罗揭谛，波罗僧揭谛。"王安石大笑。

戴大宾对

戴大宾八岁游泮，主师指厅上椅属对云："虎皮褥盖学士椅。"即对云："兔毫笔写状元坊。"主师大奇之。十三中乡试，有贵公来谒其父，见戴戏庭侧，尚是一婴稚，以为业童子艺也，出一对曰"月圆"。即应曰"风扁"。问："风何尝扁？"曰："侧缝皆入，不扁何能？"又出一对曰"凤鸣"，即应曰"牛舞"。问："牛何尝舞？"曰："百兽率舞，牛不在其中耶？"贵公大加叹赏，询之，即大宾也，已成乡举矣。对语皆含刺云。

【译文】明朝戴大宾八岁时到学校去，主持学校的老师指着厅上椅子出对说:“虎皮褥盖学士椅。”大宾应对说:“兔毫笔写状元坊。”老师很惊奇。大宾十三岁乡试得中,有位官绅来见他父亲,看到大宾在院中一侧玩耍,以为是刚入学的小孩子,就出一对说:“月圆。”大宾应对说:“风扁。”官绅问:“风怎么说是扁的?”大宾说:“有缝隙就可进去,不是扁的怎么能这样?”官绅又出一对说:“凤鸣。”大宾马上应对说:“牛舞。”官绅问:“牛怎么会舞?”大宾说:“百兽率舞,牛不在其中吗?”官绅大加叹赏,询问之下,才知道他就是大宾,已中乡举了。应对的语言中都含着对官绅进行讥讽的意味。

随口对

文皇尝谓解学士曰:“有一书句甚难其对,曰‘色难’。”解应声曰:“容易。”文皇不悟,顾谓解曰:“既云易矣,何久不属对?”解曰:“适已对矣。”文皇始悟,为之大笑。

李西涯居政府时,庶吉士进谒,有言“阁下李先生”者。公闻之,既相见,因曰:“请诸君属一对,云‘庭前花始放’。”众疑其太易,转思未工。各沉吟间,公曰:“何不对‘阁下李先生’?”相赞而笑。

【译文】明永乐皇帝曾经对翰林学士解缙说:“有一书中的句子很难为对,说是‘色难’。”解马上应声说:“容易。”永乐皇帝不明白他的意思,就问道:“既然说容易,为何这么久你不应对?”解说:“刚才已经对过了呀。”永乐皇帝才恍然大悟,为此而大笑。

李西涯(东阳)任宰相时,翰林院的庶吉士们来进见他,其中有人称他“阁下李先生”。西涯听到后，就出来相见，于是出对说：“请诸君应一对，说是‘庭前花始放’。”众人觉得很容易，想了一会儿却很难对出来。在他们思考期间，西涯说：“为什么不对‘阁下李先生’呢？”大家赞许着而笑。

蔡霞山对

蔡霞山督学楚中，行部试士，见一生坐小舟读书。蔡呼生至，令其属对曰：“未明求衣。”生未答。蔡曰：“何不对‘临渴掘井’？”

【译文】蔡霞山督学南方一带，巡视考察应试的士子，看见一秀才坐在小船上读书。蔡霞山将他叫到面前，让他应对说：“未明求衣。”秀才答不出。蔡霞山说：“为什么不对‘临渴掘井’呢？”

孙临对

韩玉汝治秦州，尚严。人语曰：“宁逢暴虎，莫逢韩玉汝。”孙临滑稽，尤善对。或问曰：“‘莫逢韩玉汝，’当何以何对？”临应声曰：“可怕李金吾？”闻者赏之。

【译文】韩玉汝（缜）治理秦州（今甘肃天水），居官以严著称。当时人们评论他说：“宁逢暴虎，莫逢韩玉汝。”孙临习性滑稽，特别擅长应对。有人问他说：“‘莫逢韩玉汝’，应该用什么来对？”孙临应声说：“可怕李金吾？”听说的人都很欣赏他。

世宗朝长对

世宗皇帝修玄，学士争献青词为媚。时远方有献灵龟者，上自出对云：“赤水灵龟双献瑞。天数五，地数五，五五二十五数，数数合于道。道号元始天尊，一诚有感。”一词臣对云：“丹山彩凤两呈祥。雌声六，雄声六，六六三十六声，声声闻于天。天生嘉靖皇帝，万寿无疆。”上喜甚，厚赉之。

【译文】明世宗嘉靖皇帝迷信修仙学道，学士们争着呈献青词（道士祷天所用的文稿，用青纸朱书，故名青词——译者注）来奉承皇帝。当时有人从远方来进献灵龟，皇帝就出对说：“赤水灵龟双献瑞。天数五，地数五，五五二十五数，数数合于道。道号元始天尊，一诚有感。”一文学侍从之臣应对说：“丹山彩凤两呈祥。雌声六，雄声六，六六三十六声，声声闻于天。天生嘉靖皇帝，万寿无疆。”嘉靖皇帝十分高兴，给他以重赏。

朱云楚

赣妓朱云楚子卿，警慧知书。赵时逢遯可为守，尝会客，果实有炮栗。赵指之曰：“栗绽缝黄见。”坐客属对，皆莫能。楚辄曰：“妾有对。”取席间藕片以进曰：“藕断露丝飞。”赵大奇之。见《谈薮》。

【译文】江西赣州妓女朱云楚字子卿，聪明机敏通晓文章。赵时逢，字遯可，任知府时，曾经招待客人，桌子上的果实中有炒栗子。赵时逢指着说：“栗绽缝黄见。”（“缝黄见”的谐音是“凤凰现”）在坐的客人参与应对，却没人能对上来。朱子卿就说：“妾有对。”取宴席上的藕片递给赵说：“藕断露丝飞。”（“露丝飞”的谐音是“鹭鸶飞”）赵很惊奇。事载于《谈薮》。

妓对

有郡丞席上作对，属云：“酒热不须汤盏汤。”一妓对曰：“厅凉无用扇车扇。”见《文酒清话》。

【译文】有位郡府僚属在宴席上作对，说：“酒热不须汤盏汤。”一妓女应对说：“厅凉无用扇车扇。”事载于《文酒清话》。

古人姓名谜

元祐间，士夫好事者，取达官姓名为诗迷，如“长空雪霁见虹霓，行尽天涯遇帝畿。天子手中执玉简，秀才不肯着麻衣”，谓韩绛、冯京、王珪、曾布也。又取古人而传以今事，如“人人皆戴子瞻帽，君实新来转一官，门状送还王介甫，潞公身上不曾寒”，谓仲长统、司马迁、谢安石、温彦博。

“佳人佯醉索人扶，露出胸前白玉肤，夏入帐中寻不见，任他风雨满江湖。”隐贾岛、李白、罗隐、潘阆名谜。

【译文】宋哲宗元祐年间，有些好事的文人，取显贵官员的姓名作成诗谜，如“长空雪霁见虹霓，行尽天涯遇帝畿。天子手中执玉简，秀才不肯着麻衣”，说的是韩绛、冯京、王珪、曾布。又有取古人姓名而加以现在事物词语，如“人人皆戴子瞻帽，君实新来转一官，门状送还王介甫，潞公身上不曾寒”，是说仲长统、司马迁、谢安石（安）、温彦博。

“佳人佯醉索人扶，露出胸前白玉肤，夏入帐中寻不见，任他风雨满江湖。”隐喻贾岛、李白、罗隐、潘阆的姓名诗谜。

灯 谜

“十谒朱门九不开，满头风雪却回来。归家懒睹妻儿面，拨尽寒炉一夜灰。”一药名：常山、砒霜、狼毒、焰硝；一病名：喉闭、伤寒、暴头、火丹。

【译文】“十谒朱门九不开，满头风雪却回来。归家懒睹妻儿面，拨尽寒炉一夜灰。”这诗有两个谜底，一是猜中药名：常山、砒霜、狼毒、焰硝；一是猜病名：喉闭、伤寒、暴头、火丹。

陈亚谜

陈亚自为亚字谜曰：“若教有口便哑，且要无心为恶。中间全没肚肠，外面任生棱角。”

【译文】陈亚用自己名“亚（繁体）”字作字谜说：“若教有口便哑，且要无心为恶。中间全没肚肠，外面任生棱角。”

辛未状元谜

辛未会试，江阴袁舜臣作谜诗于灯上，云：“六经蕴籍胸中久，一剑十年磨在手。杏花头上一枝横，恐泄天机莫露口。一点累累大如斗，掩却半床何所有？完名直待挂冠归，本来面目君知否？”唯苏州刘瑊一见能识之，乃“辛未状元”四字。

【译文】辛未年科举会试，江阴袁舜臣作灯谜写在灯上，说：“六经蕴籍胸中久，一剑十年磨在手。杏花头上一枝横，恐泄天机莫露口。一点累累大如斗，掩却半床何所有？完名直待挂冠归，本来面目君知否？”只有苏州的刘瑊一见便知谜底，就是“辛未状元”四字。

招饮答谜

《古今诗格》有遣书招客云：“板户公堂，斫脚露丧。”答云：“斑犬良赋，趋龟空肚。”板户，木门，“闲”字；公堂，官舍，“馆”字；斫脚，斩足，“踅”字；露丧，尸出，“屈”字。谓“闲馆踅屈”也。斑犬，文苟，“敬”字；良赋，尚田，“當”字；趋龟，走卜，“赴”字；空肚，欠食，“饮”字，谓“敬当赴饮”也。

【译文】《古今诗格》有送信恭请客人的事，请帖信上说：“板户公堂，斫脚露丧。”回帖上答说：“斑犬良赋，趋龟空肚。”板户，意为木门，是“闲”字；公堂，意为官舍，是“馆”字；斫脚，就是斩足，是“踅”字；露丧，意为尸出，是“屈”字。请帖上说“闲馆踅屈”。斑犬，意为文苟，是“敬”字；良赋，喻指尚田，是“當”；趋龟，意指走卜，是“赴”字；空肚，意为欠食，是“饮”字。回帖就是“敬当赴饮”。

开元寺

乾符末，有客寓广陵开元寺，不为僧所礼，题门而去。题云："龛龙去东涯，时日隐西斜。敬文今不在，碎石入流沙。"僧众皆不解。有沙弥知为谤语，是"合寺苟卒"四字。

【译文】唐僖宗乾符年间，有位客人借住广陵（今江苏扬州）开元寺，不被寺僧所尊敬，他就在门上题字而离去。题字说："龛龙去东涯，时日隐西斜。敬文今不在，碎石入流沙。"（是指"龛"去掉龙，"时"繁体去掉日，"敬"去掉文，"碎"去掉石。）寺内僧人们都不知内中含意。有一沙弥知道是诽谤的言语，是"合寺苟卒"四字。

大明寺

令狐相镇淮海日，尝游大明寺，见西壁题云："一人堂堂，二曜同光，泉深尺一，点去冰傍。二人相连，不欠一边。三梁四柱烈火然，除却双钩两日全。"诸宾幕莫辨。有支使班蒙曰："一人，'大'字。二曜者日月，'明'字也。尺一者，十一寸，非'寺'字乎？去点，为'水'。二人相连，'天'字。不欠一边，'下'字。三梁四柱而烈火，'無'字。两日除双钩，'比'字也。是言'大明寺水，天下无比'。"

【译文】唐朝令狐宰相节度淮海地区的时候，曾经去大明寺游玩，见寺内西墙壁有题字说："一人堂堂，二曜同光，泉深尺一，点去冰傍。二人相连，不欠一边。三梁四柱烈火然，除却双钩两日全。"跟随他的宾客幕僚们没人能懂其中含意。有位任度支大使的官员班蒙说："一人，是‘大’字。二曜者日月，是‘明’字。尺一者，十一寸，不是‘寺’字吗？去点，为‘水’字。二人相连，是‘天’字；不欠一边，是‘下’字。三梁四柱被火烧，是‘無’字；两日除双钩，是‘比’字。合起是说‘大明寺水，天下无比’。”

皇华驿

《博异记》云：广州押衙崔庆成抵皇华驿，夜见美人，鬼也，掷书曰：“川中狗，百姓眼，马扑儿，御厨饭。”庆成不解。后丁晋公曰：“川中狗，蜀犬也。百姓眼，民目也。马扑儿，瓜子也。御厨饭，官食也。乃‘独眠孤馆’。”

【译文】《博异记》载：广州押衙崔庆成路过皇华驿馆住宿，夜晚看见一美人，是个女鬼，扔给他一封书信说：“川中狗，百姓眼，马扑儿，御厨饭。”庆成不知其中意思。后来丁晋公（谓）解释说：“川中狗，是蜀犬；百姓眼，是民目；马扑儿，是瓜子；御厨饭，是官食。合起来是“独（繁体）眠孤馆’。”

顾圣之谜

吴人顾圣之作一谜云：“两头两头，中间两头。两头大，两头小。两头破，两头好。两头光，两头草。两头竖，两头倒。”乃二僧两头宿也。

【译文】吴人顾圣之作一谜说：“两头两头，中间两头。两头大，两头小。两头破，两头好。两头光，两头草。两头竖，两头倒。”是说两个和尚在一张床上分两头睡觉。

祝枝山谜

祝枝山学佛语作叉袋谜云:“无佛不开口,开口便成佛。盘多罗,诘多罗,佛多刹多,佛多难陀。”

【译文】祝枝山(允明)学佛语作叉袋谜说:“无佛不开口,开口便成佛。盘多罗,诘多罗,佛多刹多,佛多难陀。”

微词部第三十

子犹曰：人之口，含阴而吐阳。阳也而阴用之，则违之而非规，抑之而非谤，刺之而非怨，嫉之而非仇，上可以代虞人之箴，而下亦可以当舆人之诵。夫是非与利害之心交明，其术不得不出乎此；余于《春秋》定、哀之际三致意焉。集《微词第三十》。

【译文】子犹按：人的这张嘴，反面的含义可以用正面的话说出来。用正面赞扬的话把隐喻批评讽刺的意思委婉地说出，那么即使是违反了当事人的意愿，也不会被认为是规谏，就是贬低了别人也不会被认为是诽谤，讽刺了别人也不会被别人怨恨，即使有所憎恨，也不会被看成是仇人。委婉的语言上可以代替虞人（官名）的规劝，而下可以相当于众人的批评意见，明白了事情的正确与错误和它所产生的利害关系，就不得不采用这种隐喻或旁敲侧击的办法。我在评《春秋》鲁定公和鲁哀公之际发生的事情时，已经多次表达了这个看法。汇集为《微词部第三十》。

凌阳台

陈惠公大城，因起凌阳之台，未终而坐法死者数十人，又执三监吏。孔子适陈，闻之，见陈侯，与俱登台而观焉。孔子曰："美哉台也！贤哉王也！自古圣王之为城台，焉有不戮一人而能致功若此者！"陈侯阴使人赦所执吏。见《孔丛子》。

【译文】春秋时期，陈国国君陈惠公扩大城池，趁此再修建一座凌阳台，还没有完工，已有数十人因犯法而被处死，又逮捕了三名监工的小吏。孔子当时来到陈国，听说以后，去见陈惠公，和他一起登台参观。孔子说："壮美啊！凌阳台，贤德啊！陈国君王。自古以来圣明的君王们为修建城台，哪有不杀一个人而能像这样成功的！"于是陈惠公暗地派人赦免了被逮捕的监吏。事见于《孔丛子》。

支解人

齐景公时，民有得罪者。公怒，缚至殿下，召左右支解之。晏子左手持头，右手持刀而问曰："古明主支解人，从何支始？"景公离席曰："纵之！"

按《左传》，时景公繁刑，有鬻踊者。（踊，刖者所用）公问晏子曰："子之居近市，知孰贵贱？"对曰："踊贵屦贱。"公悟，为之省刑。此讽谏之师、滑稽之首也。

【译文】春秋齐景公时，一个百姓犯了罪，齐景公很忿怒，下令将他绑在殿阶下面，命左右将他肢解。晏子左手按着犯人的头，右手拿着刀，嘴里问道："古代英明的君主肢解人，先从什么部位下刀呢？"齐景公听后，有所醒悟，离开座位说："把犯人放了吧！"

按《左传》记载：齐景公在位时刑法很繁多，市上出现许多卖踊的人。踊，是刖刑，也就是砍去双脚后所用的一种带鞋的假脚。景公问晏子说："你住的地方离市场近，知道哪些东西贵？哪些东西便宜？"晏子回答说："假脚贵，鞋便宜。"景公有所领悟，因此减少了刑罚。从这个故事看，晏子可说是后世讽谏者的祖师，诙谐滑稽的创始人。

枉死人面

刘玄佐镇汴，尝以谗怒，欲杀军将翟行恭，无敢辩者。处士郑涉能谐隐，见玄佐曰："闻翟行恭抵刑，付尸一观。"玄佐怪之。对曰："尝闻枉死人面有异，一生未识，故借看耳。"玄佐悟，乃免。

【译文】唐朝大将刘玄佐镇守汴梁（今开封）时，曾听信谗言，想杀死部将翟行恭，没有人敢为翟行恭辩护。有一个处士叫郑涉，很善于在诙谐的语言中隐喻要说的道理。他听说此事，就去求见刘玄佐，说："听说翟行恭已被处死，请将尸体让我看一下。"刘玄佐对此很奇怪。郑涉对刘玄佐说："我曾经听说含冤而死的人和正常死亡的人脸不一样，我有生以来，没有见过含冤而死的人脸，因此想借来看一看。"玄佐有所明白，于是赦免了翟行恭。

油 衣

高宗出猎遇雨，问谏议大夫谷那律（魏州人，淹识群书，褚遂良目为"九经库"）曰："油衣若为不漏？"对曰："以瓦为之则不漏。"上因此不复出猎。

【译文】唐高宗出外行猎遇到了雨，他问谏议大夫谷那律（魏州人，博识群书，褚遂良称他为“九经库”）说：“油衣怎么做才能使它不漏？”谷那律说：“用瓦来做就不会漏了。”高宗明白了他的意思，因此不再出外打猎了。

抽 税

南唐时，关司敛率繁重，商人苦之，属畿甸亢旱，烈祖宴于北苑，谓群臣曰：外境皆雨，独不及都城，何也？”申渐高曰：雨不敢入城，惧抽税耳。”烈祖大笑，即除之。

【译文】南唐时，官府规定的税务名目繁多，而且很重，商人们为此纷纷叫苦。有一年京城大旱，烈祖李昇在北苑大宴群臣，对他们说：“京城外边都下了大雨，唯独不下到京城里来，这是为什么呢？”有一个乐工叫申渐高，他回答说：“大雨不敢下到京城，是害怕抽税呀！”烈祖李昇大笑，于是减免了一些赋税。

使宅鱼

钱氏时，西湖渔者日纳鱼数斤，谓之使宅鱼：有不及数者，必市以供。颇为民害。罗隐侍坐，壁间有《磻溪垂钓图》，武肃指示隐索诗。隐应声曰：“吕望当年展庙谟，直钩钓国更谁如。若教生在西湖上，也是须供使宅鱼。”武肃王大笑，遂蠲其征。

【译文】五代吴越王钱镠时，西湖上的渔民每天要上缴鱼数斤，称之为“使宅鱼”。如果缴不够规定的数，就必须到市场上买鱼来补齐，这成了西湖渔民的一大害。诗人罗隐在一旁侍奉，墙面上有一幅《磻溪垂钓图》，钱镠指着画要罗隐题诗，罗隐应声说道："吕望（姜子牙）当年展庙谟（治国谋略），直钩钓国更谁如，若教生在西湖上，也是须供使宅鱼。"钱镠听完后大笑，于是免除了使宅鱼的征收。

臣书帝书

齐高帝尝与王僧虔书，毕，帝曰："谁为第一？"僧虔曰："臣书臣中第一，陛下书帝中第一。"帝大笑曰："卿善自谋。"

【译文】南朝齐高帝萧道成和大臣王僧虔一起写字。写完后，高帝说："谁是第一？"王僧虔说："臣的字在大臣中是第一，陛下的字在帝王中是第一。"齐高帝大笑说："卿很善于为自己算计。"

徘 徊

仁宗赏花钓鱼宴，赐诗，馆阁侍从和篇，皆押"徘徊"字。诗罢就坐。教坊进杂剧，为数人寻税第者，诣一宅观之，至前堂，观玩不去。问其所以，曰："徘徊也。"又至后堂、东西序，复然。问之，则又曰："徘徊也。"其一人笑曰："可则可矣，但未免徘徊太多耳！"

【译文】宋仁宗赏花钓鱼后宴请群臣，并写了一首诗赐给群臣唱和，馆阁文臣和侍臣们都依韵进行和诗。因为仁宗中用了"徘徊"二字，大家都要押"徊"字，可是又想不出别的新词，便都用了"徘徊”二字。吟完就座后，教坊献演了一出杂剧，内容是几个寻求租赁房子的人，到一所宅院看看是否合适，到前堂来回观看，不肯离开。有人问为什么不走，回答说：“徘徊也。”又来到后堂和东西两边厢房，仍然来回走着看，不肯离去。有人又问则又回答说：“徘徊也。”其中一人笑着说：“看一看可以就行了，只是未免徘徊得太多了。”

二胜环

绍兴初，杨存中在建康，诸军之旗中有双胜交环，谓之“二胜环”，取两宫北还之意。因得美玉，琢成帽环以进，高庙日尚御裹。偶有一伶人在傍，高宗指环示之：“此杨太尉进来，名二胜环。”伶人接奏云：“可惜二胜环俱放在脑后。”高宗为之改色。此所谓“工执艺事以谏”者也。

一说：伶人作参军坐椅上，忽坠幞头，见双环。诘之，答曰：“此二胜环。”一人朴其首曰：“汝但坐太师椅乞恩泽足矣，二圣环且丢脑后可也！”盖以讥桧云。

【译文】南宋绍兴初年，抗金将领杨存中在南京，军中的大旗上都有双环交错的图案，称作“二胜环”。取要将徽、钦二帝从北方救还的意思。后来因为得到了一块美玉，把它加工成帽子上的环献给宋高宗，高宗平常都戴用。有一天，偶然有一个演员在旁边，高宗指着双环给他说：“这是杨太尉进献的，名叫二胜环。”演员接着奏道：“可惜把二胜环（二圣还谐音）都放在脑后了。”高宗听了脸上变了颜色。这就是所说的“工执艺事以谏”的故事。

还有一个说法：“有个演员扮作参军坐在椅子上，忽然帽子掉落到地上，看见帽子上的双环。另一个人就问是什么东西。参军回答：“这是二胜环。”另一人拍着参军的头说：“你只坐在太师椅上乞求恩泽就足够了，二圣环丢到脑后就行了。”借以讥讽秦桧。

馄饨不熟

高宗时，饔人瀹馄饨不熟，下大理寺。优人扮两士人相貌，各问其年。一曰“甲子生”，一曰“丙子生”。优人告“合下大理”。帝问故。优人曰：“餺子饼子皆生，与馄饨不熟者同罪耳。”上大笑，赦原饔人。

【译文】宋高宗时，掌管御厨的官员因为煮的馄饨不熟，被拘送到了大理寺。演员们扮成了两个士人的样子，相互问其出生年月。一个说“我是甲子年生”。另一个说“我是丙子年生”。第三个演员说“该送到大理寺”。高宗问为什么，演员说：“甲子饼子都生，和煮馄饨不熟的人同样有罪。”高宗大笑，就赦免了那个掌御厨的官员。

当十钱

宣和间，用当十钱。伶人以为当十钱买水者，水一杯一钱，于是必令饮十杯，至于委顿。上见之笑，遂废不用。

【译文】宋宣和年间，通行一种以十当一的货币叫“当十钱”。演员表演一个节目，内容是一个人用当十钱买水喝，因为一杯水一个钱，于是此人非要喝够十杯，以致喝得精神委靡不振。宋徽宗看了大笑，就废止了当十钱，不再流通。

芭蕉

宣和间，乐部焦德以谐谑被遇，时借以讽谏。一日，从幸禁苑。上指花竹草木以询其名。德曰："皆芭蕉也。"上诘之。对曰："禁苑花竹，皆取于四方。道里远涉，巴至上林，则已焦也。"上大笑。

【译文】宋宣和年间，乐部的焦德以诙谐机智受到皇帝的赏识，因此他时常借以讽谏。一天，随从皇帝到御花园游玩，皇帝指着那些花竹草木问他这些都叫什么名字。焦德说："都是芭蕉。"皇帝问为什么。他回答说："御花园中的花竹，都是从四方搜集而来的，经过长途跋涉，从巴地（四川）运到御园，就已经焦了。"皇帝大笑。

阿丑

成化末，刑政多颇。阿丑于上前作六部差遣状，命精择之。一人云："姓公名论。"主者曰："公论如今无用。"一人曰："姓公名道。"主者曰："公道如今难行。"后一人曰："姓胡名涂。"主者曰："胡涂如今尽去得。"

中官阿丑每于上前作院本。时王越、陈钺媚汪直，结为死党。丑作直持双斧趋跄而行。或问故。曰："吾将兵唯仗此两钺耳！"问钺何名。曰："王越、陈钺也！"

【译文】明成化末年，刑罚和政事多有偏颇。太监阿丑在皇帝面前演戏，表演六部差遣选派到外面做官的场景。阿丑扮演差遣官，别人扮演被挑选的人。一人说："我姓公，名论。"差遣官说："公论如今已经没有用了。"另一个说："我姓公，名道。"差遣官说："公道如今也难行得通。"后一人说："我姓胡，名涂。"差遣官说："胡涂如今都可以去得。"

阿丑常在皇帝面前表演杂剧。当时兵部尚书王越和奸臣陈钺讨好太监汪直，结成死党。阿丑登台表演，手举双斧，脚步跄踉。有人问他是什么意思，阿丑说："我领兵就仗着这两钺呢！"问两钺是什么名，阿丑说："王越、陈钺。"

和 峤

和峤为武帝所亲重。语峤曰："东宫顷以差进，卿试往看。"还，问何如。答曰："皇太子圣质如初。"

【译文】晋朝黄门侍郎和峤很为晋武帝所亲重。有一次晋武帝对和峤说："太子近来好像没什么进步，爱卿去那里考察一下。"和峤来后，武帝问怎么样，和峤回答说："太子的资质和当初一样。"

李纬须

唐太宗以李纬为民部尚书。会有自京师来者，帝曰："玄龄闻纬为尚书谓何？"曰："唯称纬好须，无他语。"帝遽改太子詹事。

【译文】唐太宗准备任命李纬为民部尚书。遇到有从京师来的人，唐太宗说："房玄龄听说李纬要当尚书后说了些什么？"来人说："只是称赞了李纬的胡须很好，没有说别的话。"唐太宗听后很快就把李纬改任为太子詹事。

三百里湖

南唐冯谧，尝对诸阁老言及玄宗赐贺知章三百里湖事，因曰："他日赐归，得宗武湖二十里足矣。"徐铉答曰："主上尊贤下士，岂爱一湖？所乏者，贺知章耳。"众大笑。

【译文】南唐冯谧，曾对中书省的大臣们谈及唐玄宗赐给贺知章三百里湖的事，因此他说："有一天皇帝批准我告老还乡，能得到宗武湖的二十里就很满足了。"徐铉回答他说："皇上尊贤下士，哪里会吝惜一湖？所缺乏的只是贺知章罢了。"

刺李西涯

刘大夏自作《寿藏记》。李西涯戏云："天下皆如公，翰林文章无用也。"公曰："先生辈文章宜记大功德者，予何敢相累哉？"盖西涯先为刘瑾作碑文，公嘲之也。

正德间，大臣议攻刘瑾，李西涯俯首不语。后刘健、谢迁被斥，李祖道涕泣。刘曰："当日出一语，不用今日泣也。"又吕柟斥回，陆完亦祖道相送。陆曰："公去矣，予亦将行。"吕曰："如真去，我在三十里外相候。"（或作吕柟、陆完事，误。）

【译文】刘大夏自己写了一篇《寿藏记》，李西涯（东阳）开玩笑说："天下人都象您一样自己写自己，文苑中的那些写文章的人就没什么用了。"刘大夏说："您老先生是文章大家，适宜去为那些大功大德的人竖碑立传的，我怎么敢烦劳您呢?"因为李西涯之前曾为太监刘瑾作了篇碑文，刘大夏借此嘲讽他。

明正德年间，大臣们上奏议弹劾刘瑾，而李西涯却低头不语。后来大学士刘健、谢迁被罢斥，李西涯为他们饯行，难过得痛哭流涕，刘健说："当时您如果能说一句话，也不至于今天哭泣了。"再有就是吕柟被罢官回家，陆完也为吕柟饯行相送。陆完说："公走了，我将会离开。"吕柟说："你如果真要离开的话，我在三十里外的地方等你。"（有人说是吕柟、陆完的事情，搞错了。）（此段正是讲吕柟、陆完的事，当系作者笔误——译者注）

文潞公

文潞公八十四再起，时学士郑穆表请致仕。刘贡父为给事中，问同舍曰："郑年若干？"答曰："七十三。"刘遽云："莫遂其请，且留取伴八十四底。"潞公闻之，甚不怿。

【译文】宋朝潞国公文彦博八十四岁重新任职，当时大学士郑穆正上表请求退休。刘贡父任给事中，问同室的人说："郑穆年纪多少"回答说："七十三岁。"刘贡父赶紧说："不要批准他的请求。还要留着他伴随八十四到最后。"文彦博听说后很不高兴。

锯匠诗

赵东山里中有二挚友，其一因投荒过家，其一以磨勘需调，皆栖栖桑榆，犹恋鸡肋者。一日同访东山，见庭下有锯匠解木，因以命题。东山口占绝句曰："一条黑路两人忙，傍晚相看鬓已霜。你去我来何日了，亏他扯拽度时光。"二挚友知诗意讽己，相与感叹罢去。

【译文】赵东山在家乡有两个挚友，一个因为遭贬流放路过家乡，另一个正在接受考察等待调动。都是已经年纪老大，还留恋官职的人。有一天他们一起拜访赵东山，看见赵的庭下有两个锯匠在锯木头，就让赵以此为题作诗。赵东山随口吟出一首绝句：一条黑路两个忙，傍晚相看鬓已霜。你去我来何时了，亏他扯拽度时光。"两个挚友知道诗的意思是讽劝自己，于是相互感叹着离去了。

远 志

谢公始有东山之志，后就桓公司马。会有饷桓公药，中有远志。桓取以问谢："此药又名小草。何一物有二称？"谢未及答，郝隆在座，应声曰："此甚易解：处则为远志，出则为小草。"谢有愧色。

李卓老云："郝言误矣！宜云处则为小草，出则为远志。"

【译文】谢安始有隐居的志向，后来就任桓温的司马。有人赠送桓温药，凑巧里面有远志（中药名），桓温拿出来问谢安："此药又名叫小草，为什么一种物品有两个名称？"谢安还未来得及回答，郝隆在座，应声说："这很容易解释，隐退的时候是远志，出世就成了小草。"谢安脸上露出了愧色。

李卓老说："郝隆的话错了！应该说隐退则为小草，出仕则为远志。”

兔 册

冯道形神庸陋，及为宰相，士人多笑之，刘岳与任赞偶语，见道行而复顾，赞曰：新相回顾何也?”岳曰：“定见忘持《兔园册》来。”北中村墅，多《兔园册》训蒙，以是讥之。（册乃徐，庾文体，亦非俚语，但家藏一本，人多贱之）

道闻斯语，因授岳秘书监，赞散骑常侍。盖精于黄老者。

【译文】五代时冯道出身农家，形貌神情丑陋平庸，做了宰相后，士人很多都嘲笑他。刘岳和任赞相对闲谈，看见冯道一边走，一边不断向后看，任赞说：“新宰相回头看什么呢?刘岳说：“一定是忘拿了《兔园册》来。”北方乡村私塾，多用《兔园册》来启蒙儿童，以此讥讽冯道。（《兔园册》是徐陵、庾信追求浮艳的一种文体，并不是俚语，但家家藏有一本，人们都贱视它）

冯道听到这话，便任命刘岳为秘书监、任赞为散骑常侍，他是个精通道家学说的人。

刺严相

世庙时，宫中尝见鬼，多手多目。以问张真人，张不能对，或以王元美博识，往询之。元美曰：“何必博识?《大学》云‘十目所视，十手所指’，是说甚么?”盖刺严相也。严闻而衔之。

【译文】明嘉靖年间，宫里曾经出了鬼，很多手和眼睛。去问张真人，张真人回答不出。有人认为王元美（世贞）见识广博，到他那里询问。王元美说:“哪里还用博识?《大学》中说:“十目所视,十手所指,是说的什么?”这是在讽刺严嵩。严嵩听说后对王元美怀恨在心。

题何吉阳轴

何吉阳迁,故与黄庠士某以学问友善。吉阳巡抚江西,过家。某青衫来谒,门者不即为通,因散步堂上,环视壁间悬轴,其首则严分宜笔也。遂索前刺,书一绝曰:“椒山已死虹塘谪,天下谁人是介翁?今日华堂诵诗草,始知公度却能容。”嘱门者投之,遽拂衣去。吉阳得诗自惭,亟遣追之,舟去远矣。

【译文】何迁,号吉阳,过去曾与秀才黄某以学问相互交往很多。何吉阳任江西巡抚时,路过家里。黄某穿着秀才的服装来拜访他,看门人没有马上为他通禀,趁此散步堂上,环视墙壁上悬挂的卷轴,其为首一幅就是严嵩的手笔,于是索回先前递的名帖,书写一绝:“椒山已死虹塘谪,天下谁人是介翁?今日华堂诵诗草,始知公度却能容(椒山[杨继盛]已经死亡,虹塘[王宗茂]被贬谪,天下还有谁是正直刚介的人?今日华堂上吟诵诗草,刚刚知道何公气度却是很能包容)。”嘱咐看门人交给何吉阳,马上拂衣而去,何吉阳看到诗后很惭愧,急忙派人追赶,船已经走远了。

二相公庙

韩持国兄弟皆拜相,客欲扁其堂为“三相”。俄持国罢相。东坡戏之曰:“今只可云‘二相公庙’矣!”(有朱福二相公庙

甚灵）

【译文】韩持国（维）兄弟都官拜宰相，门客想在厅堂之上挂匾额为“三相”。不久韩持国被罢去相位，苏东坡戏谑说：“现在只能叫‘二相公庙’了！”（有朱福二相公庙很灵）

荆公水利

王介甫为相，大谋天下水利。刘贡父尝造之，值一客献策曰：“梁山泊决而涸之，可得良田万顷，但未择得利便之地储许水耳。”介甫倾首沉思。贡父抗声曰：“此甚不难！”介甫欣然以为有策，遽问之。曰：“别穿一梁山泊，则足以贮此水矣！”介甫大笑，遂止。

【译文】王介甫（安石）为宰相时，大兴天下水利。有一次刘贡父造访他，正遇到一个客人向介甫献兴修水利之策说：“梁山泊很肥沃，假如使它干涸了，可以得良田万顷，只是找不到一个便利的地方储存梁山泊的水。”介甫低头沉思着。刘贡父抗声说到：“这并不是很难！”介甫高兴地认为他有办法，急忙问他。刘贡父说：“另外再造一个梁山泊那样大的湖，那么就足可贮存此水啦！”介甫大笑，于是止住了填平梁山泊的想法。

蝗虫感德

王荆公罢相、出镇金陵。时飞蝗自北而南，江东诸郡皆有之，百官饯王于城外。刘贡父后至，追之不及，见其行榻上有一书屏，因书一绝以寄之，云："青苗助役两妨农，天下嗷嗷怨相公。唯有蝗虫偏感德，又随车骑过江东。"

【译文】王荆公（安石）被罢免了宰相的职务，调出镇守金陵（今南京）。当时蝗灾自北向南，江东诸郡都有发生。众多的官员在京城外为王荆公饯行，刘贡父后来才到，没有赶上，看见行榻上有一书屏，于是写了一首绝句寄给王安石，说："青苗助役两妨农，天下嗷嗷怨相公。唯有蝗虫偏感德，又随车骑过江东。"

刺章子厚

章子厚生辰会客，门人林特以诗为寿。客指诵德处工。特颇不平，忽曰："昔有令画工传神，以其不似，命别为之。凡三四易，画工怒曰：若画得似，是甚模样？"满席哄然。

苏长公在惠州，天下传其已死。后七年，北归，时章丞相方贬雷州。东坡见南昌太守叶祖洽。叶问曰："世传端明已归道山，今尚尔游戏人间耶？"坡曰："途中见章子厚，乃回反耳。"

【译文】章子厚（惇）生日时会客，门人林特作了一首诗向章祝寿。客人评论时指出诗中只有颂德的句子不错。林特感到很不平，忽然说："过去有一人令画工给自己画一个肖像，认为画得不像，让画工重新画。如此画了三四次，画工生气地说：若要画得像，是什么样子？"听得满席哄然大笑。

苏东坡在惠州时，天下传说他已去世。七年以后，他回到北方，当时丞相章惇正好贬往雷州。东坡遇到南昌太守叶祖洽。叶问说："传说学士您已经升仙，原来还游戏于人间呀！"东坡说："我半路遇见了章子厚，便又回来了。”

夏言

夏言在礼部时，内阁唯李时一人，夏日夕望入阁。修九庙甎甋瓴甓不堪者，皆运积东长安街侧，多为有力者潜取用。李时偶与郭武定勋言：“甎甋类旧皆满目，今何其零落？”郭笑曰：“孰敢窃？皆夏宗伯搬去礼部，踩以望内阁耳。”言虽戏，实得夏心。是年冬，夏遂入阁。

【译文】明朝夏言担任礼部尚书时，内阁只有李时一人为相，夏言日夜都在盼望着进入内阁。当时修整宗庙，拆下已经损坏的砖瓦之类，都运到东长安街的两侧堆积起来，被有权势的人悄悄偷走用了很多。李时碰到武定侯郭勋，对他说：“这些砖瓦原来到处可见，现在怎么这样少了？”郭勋笑着说：“谁敢偷？都是被夏宗伯（言）搬到礼部去，踩着以望内阁啊。”虽是玩笑，却真实道出了夏言心中所想。这年冬天，夏言终于进入了内阁。

神童

赵司寇乃费阁老同年，每投谒，书“年晚生”。屠应埈曰：“赵老真神童！”人问其故。云：“费鹅湖二十作状元，年最少。今渠称‘年晚生’，非神童而何？”

【译文】刑部尚书赵鉴和大学士费宏是同榜进士，每次投帖释见费宏，都写“年晚生”。屠应埈说：“赵老真是神童啊！”别人问其中的缘故。屠应埈说：“费鹅湖二十岁做了状元，年令最少。现在他都称‘年晚生’，不是神童而是什么？”

束 玉

嘉靖间，席都御史书以议大礼称旨，擢礼部尚书，洊加少保兼太子太保。一内臣见其束玉，阳为不识，曰：“此带无乃大理石所为？”

【译文】明嘉庆年间，都御史席书以议论大礼受到嘉靖帝赏识，擢升为礼部尚书，再加少保兼太子太保。一个内臣见他腰系着玉带，表面装作不知是什么，说：“此带不就是大理石所做的？”

衣金紫

穆宗登极，诏五品以上致政者进阶一级。有一州守被革者，遂称朝列大夫，衣金紫。其弟亦大僚，忽莞尔曰：“恨不数赦，吾兄且腰玉矣！”

【译文】明穆宗朱载垕即皇帝位，下诏五品以上退休的官员晋升一级。有一个被革职的州太守，于是称自己是朝列大夫（四品官阶），身第金紫色朝服。他的弟弟也是一个大官僚，忽然微微一笑说：“只恨不得多遇几次新皇登极，如果是这样，我兄长就可以在腰上系着玉带了。”

讳出外

熙宁中，王仲荀谒一朝士，阍者以不在辞之。王勃然叱曰

“凡人死称不在，汝乃敢出此言！”阍者拱谢曰：“然则当何辞？”王曰：“第云出外可也。”阍者愀然蹙额曰：“我主宁死，却讳‘出外’字面。”

【译文】宋神宗熙宁年间，王仲荀谒拜一位朝廷里的大臣，看门的人以这位大臣不在而推辞了他。王仲荀勃然大怒，呵叱门人说：“凡是人死了才称不在，你竟敢说出此话！”看门人拱手赔罪说：“那应当用什么辞来说呢？”王仲荀说：“只说‘出外’就可以了。”看门人哭丧着脸皱着额头说：“我家主人宁可死，也忌讳说‘出外’的字。”（古时官场称京官失宠，调为地方官为“出外”——译者注）

清凉散

刘子仪不能大用，称疾不出。朝士问疾。刘云：“虚热上攻。”石文定在座，云：“只消一把清凉散。”（两府用清凉伞也）

【译文】刘子仪（筠）没有被朝廷重用，于是推说有病不出。有一朝臣问他患的是什么病，刘子仪说：“虚热上攻。”石文定（中立）当时在座，说：“只消一把清凉散就可治好了。”（宋朝尚书省、枢密院的主官可用清凉伞）

束薪监察

唐赵仁奖住王戎墓侧，善歌《黄獐》。景龙中，负薪一束诣阙，云：“助国调鼎。”即除台官。中书令姚崇曰：“此是黄獐耶？”

授以当州一尉。惟以黄獐自炫。宋务光嘲之曰："赵仁奖出王戎墓下，入朱博台中。舍彼负薪，登兹列柏。行人不避骢马，坐客惟听黄獐。"有顷，见一夫负两束薪。宋指曰："此合拜殿中。"人问其由。曰："赵以一束拜监察，此两束，岂不合授殿中？"

【译文】唐朝赵仁奖住在王戎的墓边，善于歌唱《黄獐》舞曲。唐中宗景龙年间，赵仁奖背着一捆柴禾到朝廷说："帮助国家调理。"于是授任御史。中书令姚崇说："这不是善歌《黄獐》的人么？"又授于他一个州尉的官职。于是他更以能唱黄獐而自我炫耀。宋务光嘲笑他说："赵仁奖出王戎墓下，入朱博台中。放弃原来的住舍背着柴禾，登上这个地位，行人不避骢马，坐客惟听黄獐曲。"过了一会儿，看见一个人背着两捆柴禾，宋务光指着那个人说："这个人应该拜殿中侍御史。"有人问他缘由，他说："赵仁奖以一捆柴就拜监察御史，这个人背两捆，岂不应该授殿中？"

不语唾

宪庙永年，言官噤不敢言朝事。孙御医者，素善谑。人问"生疥何以愈之？"曰："请六科给事中舐之。"人问故。曰："不语唾，可治疥也。"

言之无择，不如无言。请看近来章疏，视宪庙时虚实何如？勿欺而犯，吁，难言矣！

【译文】明宪宗晚年时候，谏议官员大都不敢论朝政事，一个姓孙的御医，平常很善于诙谐。有人问他："长了疥怎么才能治好？"他说："请六部给事中舔之。"那人问为什么。他说："不经过说话的唾沫可以治疥。”

说话没有选择，不如不说。请看近来的章疏，比宪宗时的虚实怎样？不欺而犯，唉，难说啊！

元 稹

武儒衡在中书时，元稹夤缘宦官，得知制诰，儒衡鄙之。会食瓜，蝇集其上。儒衡挥扇曰：“适从何处来，遽集于此！”

【译文】唐朝武儒衡在中书省时，元稹攀附宦官，得到知制诰的职位。武儒衡对他很反感。在一起吃瓜的时候，几只苍蝇落在瓜上。儒衡挥扇赶着苍蝇说：“从哪里来的，竟集在这里！”

有气力

崔湜为吏部侍郎，掌铨。有选人自陈：“某能翘关负米。”湜曰：“若壮，何不兵部选？”答曰：“外人皆云，崔侍郎下有气力者便得。”

【译文】崔湜任吏部侍郎，掌管选拔官员。有一个待选的官员自我介绍说：“我能翘关担米。”崔湜说：“像你这么健壮，为什么不到兵部去？”答道：“外边人都说：“崔侍郎手下只要有力气的人可以当官。”

泰山之力

张说婿郑鉴，随上封禅，以九品骤至五品。黄幡绰戏曰：

“此乃泰山之力也!”泰山有丈人峰，故云。后人称妇翁，本此。

【译文】张说的女婿郑鉴，随从皇帝到泰山封禅，官位从九品一下子升到了五品，黄幡绰诙谐地说：“这是泰山之力啊！”泰山有一座丈人峰，借此讥讽张说。后来人们称谓妻子的父亲为丈人，就是出典于此。

安石配享

初，崇宁既建辟雍，诏以荆公封舒王，配享宣圣庙，肇创坐像。未几，其婿蔡卞方烜赫用事，议欲升安石于孟子之上。优人尝因对御戏，为孔子正坐，颜、孟与安石侍侧。孔子命之坐，安石揖孟子居上。孟辞曰：“天下达尊，爵居其一。轲仅蒙公爵，相公贵为真王，何必谦光如此?”遂揖颜子。颜曰：“回也陋巷匹夫，平生无分毫事业。公为名世真儒，位貌有间，辞之过矣。”安石遂处其上。夫子不能安席，亦逊位。安石惶惧，拱手云：“不敢。”往复未决，子路在外，愤愤不能堪，径趋从祀堂，挽公冶长臂而出。公冶为窘迫之状，谢曰：“长何罪?”乃责数之曰：“汝全不救护丈人，看取别人家女婿!”其意以讥卞也。

【译文】当初宋徽宗崇宁建立大学，下诏将王荆公（安石）封为舒王，配享于孔庙，开始塑造一个王安石的坐像。不久，王安石的女婿蔡卞当权很有气势，提议把王安石的坐像的位置放在孟子的前边。有一次演戏的优人排练给皇帝演出的戏剧，孔子的角色坐在正坐，颜回、孟子和王安石站在旁边。孔子命令他们都坐下，王安石拱手请孟子坐上首。孟子推辞说："天下显达尊贵，爵位占其一。我孟轲仅仅是公爵，你贵为真王，何必这样谦虚呢？"王安石又拱手请让颜回。颜回说："颜回不过是陋巷中的平民，平生没有分毫的建树。您是闻名于世的真学者，地位和相貌都很相称，再推辞就是过错了。"于是王安石坐在了他们的前边。孔夫子看到后不好意思坐在正位上，也要让出位子。王安石很惶恐，拱手说，"不敢。"相互推让了半天也没结果。子路在外边，愤然感到不能容忍，急步走到祀堂，拉着公冶长的胳膊出来，公冶长做出窘迫的样子说："我公冶长有何过错？"子路就责问他说："你全然不护着丈人，看看人家的女婿！"这里边意思是讥讽蔡卞。

钻弥远

史丞相弥远用事，选者改官，多出其门。一日制阃设宴，优人扮颜回、宰予。予问回曰："汝改乎？"曰："回也不改。"回曰："汝何独改？"予曰："钻遂改。汝何不钻？"回曰："非不钻，但钻之弥坚耳。"予曰："钻差矣。何不钻弥远？"

有以贿改庶吉士者，假托故事嘲之曰：孔子昔日曾为馆选座师，齐宣王馈兼金万镒，因簪笔而就试焉。卷呈，孔子曰："王庶几改。"宰我食稻衣锦，私饷旧谷新谷若干。试日，倩游、夏代笔，予直昼寝而已。已而送卷，孔子曰："于予与改。"颜渊善言德行，乃曰："钻之弥坚，不若既竭吾才，吾见其进也。"试毕阅卷，孔子以"如愚"置之，曰："回也不改。"他日回请故。曰："汝箪瓢陋巷，出寄百里之命足矣，何复望华选乎？"回因痛哭而死。《笑林》评曰："孔子非仲尼，乃孔方兄耳！"

【译文】南宋丞相史弥远当权时，官员们补选和升迁官职都走他的门路。一天统兵在外的将军设的宴会上，演员一个扮作颜回，一个扮作宰予。宰予问颜回说：“你升迁了吗？”颜回说：“回也不改。”颜回又问宰予：“你怎么单单能升迁呢？”宰予说：“只要钻营就会升迁。你怎么不去钻营呢？”颜回说：“不是不钻，只是越钻越坚硬。”（史弥远兄名弥坚）宰予说：“你钻错了。为什么不钻弥远呢？”

有人以行贿升为庶吉士，人们假托一个故事嘲讽他：孔子过去曾为学馆主考官，齐宣王馈赠黄金万镒，因此让齐宣王插着笔参加考试。卷子呈到孔子那里，孔子说：“王差不多能升迁。”宰予家很富足，私下赠送新旧米加起来若干给孔子。考试那天，他让子游和子夏代笔，自己却在白天睡大觉。考试后把卷子送到孔子那里，孔子说：“宰予可以升迁。”颜渊善谈德行，曾说过：“钻研老师的学问，越钻越觉得坚深，如果不竭尽我的能力，我不会有所进步。”阅卷的时候，孔子以颜渊愚钝而将他的卷子放在了一边，说：“颜回不能升迁。”改天颜回问孔子原因，孔子说：“你仅靠一箪食、一瓢饮在陋巷中生活，出任一个县官已经足够了。怎么还想着当大官吗？”颜回因此痛苦而死。《笑林》中评论说：“这个孔子不是仲尼，而是孔方兄啊！”

孔门弟子

嘉定间，选人淹滞。遇内宴，优人扮古衣冠数人，皆称待选，系是孔门弟子，既而通名，有曰“常从事”者，有曰“于从政”者，有曰“吾将仕”者，各相叹惋，曰：“吾辈久淹于此，日月逝矣，奈何！”旁有一人谓曰：“汝等不在七十二人之列，盍诣颜、闵面临请教焉？”诸人一时俱往。颜、闵同声答曰：“此夫子事，尔辈须见夫子。”及进见祈哀，夫子不答。众人因退而相谓曰：“钻燧改火，期可已矣。吾辈有文学，且留中国教授。有圭田者，不若退而耕于野也。”于是烘然而散。

【译文】宋宁宗嘉定年间，待选候补的官员一直得不到任用。有一次朝廷内举行宴会，宴会上演员们扮演的角色是几个穿着古人衣冠的人，都称待选，而且全是孔子的弟子。接着他们都报上名字。有说“常从事”的，有说“于从政”的，有叫“吾将仕”的，各自相互叹息和遗憾。一人说：“我们这些人久久地被压抑在此，时光整天整月地过去了，怎么办呢！”旁边有一个人说：“你等不在七十二人之列，何不到颜渊、闵子骞那里向他们请教呢？”于是众人都一起前往。颜渊、闵子骞同声答道：“这是先生的事。你们须见先生。”等见了孔子后向他诉说苦衷，孔子不理他们，于是众人只好退了出来，相互说：“钻燧改火，期可已矣。我辈有文学的官名，暂且留在了京师当教官。有圭田的人，就不如回家在田野耕作了。”于是大家一哄而散了。

韩侂胄

韩侂胄兄弟专权。优人为日者。有问官禄之期。日者厉声曰：“若要大官，须到大寒！要小官，须到小寒！”

嘉泰末年，平原公恃有扶日之功，凡事自作威福，政事皆不由内出。会内宴，伶人王公瑾曰：“今日政如客人卖伞，不油里面。”

又韩侂胄尝以冬月携家游西湖，置宴南园。有献丝傀儡为土偶小儿者，名为“迎春黄胖”。韩命族子判院者咏之。即赋一绝云：“脚踏虚空手弄春，一人头上要安身。忽然线断儿童手，骨肉都为陌上尘。”韩怫然。

【译文】南宋韩侂胄兄弟专权，优人饰演一个算卦的人，有人问何时能够升官发时。算卦先生厉声说：“若要做大官，须到大寒（韩）！要做小官须到小寒！”

宋宁宗嘉泰末年，平原郡公韩侂胄自恃有策立宁家之功，凡事独断专横，政事都不向宫内皇帝请旨。有一次皇帝在宫内大宴群臣，伶人王公瑾说：“现在的政事就像客人卖伞，不油（由）里面。”

还有一次，韩侂胄冬天携家人游玩西湖，在南园设宴。有人献上提线木偶，木偶是小孩子的形象，名字叫“迎春黄胖”。韩侂胄命本族子弟兼任翰林院官职的某个人作诗赞颂。这人就赋了一首绝句：“脚踏虚空手弄春，一人头上要安身。忽然线断儿童手，骨肉都为陌上尘。”韩侂胄很愤怒。

五经题

孝宗时，程学士敏政主试，鬻题。优人持鸡出曰：“此鸡价值千金。”问曰：“何鸡而价高如此？”对曰：“程学士家名为五更啼也！”

【译文】南宋孝宗时，学士程敏政主持考试，出卖试题。演员扮一个卖鸡人，拿着鸡出场，说：“此鸡价值千金。”有人问道：“什么鸡价钱如此之高？”卖鸡人回答：“程学士家的鸡，名叫五更啼！”

头场题

万历丙午浙试，一有力者以钱神买初场题中式。主试者锁闱日，得罪杭郡公，郡公衔之。撤棘后，郡公宴主试，密令优人刺之。其日演《荆钗记》，无从发挥。至“承局寄书”出，李成问：“足下何来？”局答曰：“京城来。”成曰：“有新闻否？”曰：“关白内款矣。”成曰：“旧闻。”曰：“贡方物矣。”成曰：“何物？”曰：“一猪。”成曰：“猪何奇而贡之？”曰：“绝大。”成曰：“驴大乎？”曰：“不止。”“牛大乎？”又曰：“不止。”“象大乎？”又曰：“不止。”成曰：“大无过此矣！”曰：“大不可言。且无论其全体，只猪头、猪肠、猪蹄你道易价几何？”成曰：“多少？”曰：“只头肠蹄亦卖千金！”成曰：“何人买得起？”曰：一收古董人家。”盖指中式者董姓耳。主试闻之，赤颊，不欢而罢。

【译文】明万历丙午年浙江考试，有一个有势的富豪用钱买得初场题，被录用。主考官封锁考场开始考试的那天，得罪了杭州的郡守，郡守记恨在心。考试结束后，郡守宴请主考官，密令演员在宴会上的时候讽刺主考官。那天演的是《荆钗记》，没有地方发挥。直到“承局寄书”一折，才找到机会，李成问：“足下从哪里来？”承局答道：“从京城来。”李成说：“有什么新闻没有？”承局说：“有人通关节探听消息了。”李成说：“这是旧闻了。”承局说：“有进献地方特产的。”李成说：“什么东西？”承局说：“一头猪。”李成说：“猪有什么稀奇，还值得把它作为贡品来进献？”承局说：“这猪极其肥大。”李成说：“有驴那样大吗？”承局说：“不止。”李成说：“有牛那样大吗？”承局说：“不止。”李成说：“有象那样大吗？”承局说：“不止。”李成说：“再大也不过和此了。”承局说.：“大得没法说，且不说它的全身，仅是猪头、猪肠、猪蹄，你知道卖了多少钱吗？”李成说：“什么人能买得起？”承局说：“一个收买古董的人家。”大概指的是考中的那个富豪姓董。主试官听后，脸色很红，宴会不欢而散。

钟庸大鹤

魏了翁既当路，未及有经略而罢。临安优人装一生儒，手持一鹤。别一生儒与之邂逅，问其姓名，曰：“姓钟名庸。”问所持何物。曰：“大鹤也。”因倾盖欢然，呼酒对饮。其人大嚼洪吸，酒肉靡有孑遗，忽颠扑于地，群数人曳之不动。一人乃批其颊，大骂曰：“说甚《中庸》《大学》，吃了许多酒食，一动也动不得！”遂一笑而罢。或谓有使其为此以姗侮君子者，京尹乃悉黥其人。

【译文】宋朝魏了翁（号鹤山）当权后，未等到施展治理谋略就被罢官。临安的演员装扮成一个儒生，手中抱着鹤。另一个儒生和他相遇，问其姓名，他说：“姓钟名庸。”问他抱的是什么东西，他说：“是一只大鹤。”由于相逢交谈得很愉快，便叫人拿来酒对饮。抱鹤的儒生大块吃肉，大口喝酒，酒肉竟无一点剩余。忽然他跌趴在地上了，好几人拖不动他。于是一人扇他的耳光，大骂道：“说什么《中庸》《大学》，吃了这么多的酒饭，一动也不动了！”然后一笑了之。有人认为有人让他们这样做是来讥讽侮辱君子（指魏了翁）的，京兆尹知道后将这几个优人施以了黥刑。

刺大言

光化中，朱朴好大言，自《毛诗》博士登庸。对敭之日，面陈时事数条，每言："臣为陛下致之。"洎操大柄，一无施展，自是恩泽日衰，中外腾沸。内优穆刀陵作念经行者，至御前，曰："若是朱相，即是非相。"翌日出官。

胡昉大言夸诞，当国者以为天下奇才，力加荐引。命之以官，曾未数年为两浙漕。一日语坐客云："朝廷官爵，是买吾曹头颅，岂不可畏！"一客趋前云："也买脱空。"众大笑。

【译文】唐昭宗光化年间，朱朴好说大话，从《毛诗》博士被荐举重用。皇帝召见答对的那天，朱朴在皇帝面前陈述了几条政见，每条说完后他都说："我可以为陛下办理这事。"到了掌握大权的时候，却一点作为也没有，从此受皇帝的宠信日见衰落，朝廷内外议论纷纷。宫内的一个演员穆刀陵扮作一个念经的和尚，来到皇帝面前，说："如果是朱宰相，那就是说无宰相。"第二天就把朱朴放为外官。

胡昉爱吹嘘大话，掌管教政的官员认为他是天下奇才，极力引荐。一天他对在坐的客人说："朝廷给我官爵，实际是买我辈的脑袋，岂不让我惧怕！"一个客人到他面前说："也等于买了一场空。"众人大笑。

一片白云

金华一诗人游食四方，实干谒朱紫。私印云"芙蓉山顶一片白云"。商履之曰："此云每日飞到府堂上。"

【译文】金华一诗人游历四方，走到哪里吃到哪里，专门求见高级官员。他的印章上刻着"芙蓉山顶一片白云"。商履之说："这片白云每天都飞到府堂上。"

半日闲

有数贵人游僧舍，酒酣，诵唐人诗云："因过竹院逢僧话，又得浮生半日闲。"僧闻而笑之。贵人问僧何笑。僧曰："尊官得半日闲，老僧却忙了三日。"

【译文】有一个高级官员游览一座寺院，酒喝在兴头上时吟诵了一首唐人诗说："因过竹院逢僧话，又得浮生半日闲。"僧人听后笑了。这位官员问僧为何发笑，僧人说："尊官得闲了平日，老僧我却忙了三天。"

送吏部郎

《宋书》：何尚之迁吏部郎，告休定省，倾朝送别于冶渚，及至郡，父叔度问，"相送几客？"答曰："殆数百人。"叔度笑曰："此是送史部郎耳，何关何彦德事？"

【译文】《宋书》记载：何尚之升为吏部郎，请假回家探亲，朝中大小官员都到江渚上相送。回到家后，他父亲叔度问："相送的人有几位？"他答道："大概有几百人。"叔度笑着说："这不过是送吏部郎罢了，关何彦德（尚之字）什么事呢？"

孙凤洲诗

长沙有朝士某者，还乡，意气盈满，宾至，鼓吹喧阗。一挚友来访。朝士问曰："翁素好诵诗，近日诵得何诗？"答曰："近诵孙凤洲赠欧阳圭斋诗，甚有味。”乃朗诵曰，“圭斋还是旧圭斋，不带些儿官样回。若使他人登二品，门前箫鼓闹如雷。”朝士大惭，即辍鼓吹。

【译文】长沙有一位在朝廷任职的官员，回到家乡，意气盈满，有宾客来访，都动鼓乐喧闹。他的一个挚友来访，他问道：“您平常喜好吟诵诗歌，近来诵得什么诗？”朋友答道：“最近诵孙凤洲赠欧阳圭斋（玄）诗，很有韵味。”于是朗诵道：“圭斋还是旧圭斋，不带些儿官样回。若使他人登二品，门前箫鼓闹如雷。”朝官听了十分惭愧，马上命停止了鼓吹。

照样应容庵

临海金贲亨、仙居应大猷，以道义相友善。金谢事家居。应复起用，诣金言别。金曰：“君此出，他日回来，要将一照样应容庵还我。”

【译文】明朝临海人金贲亨（字汝白）和仙居人应大猷（字容庵）以志同道合而友情很深厚。金贲亨已辞官在家，应大猷再次被起用，到金贲亨那里话别。金贲亨说：“君此次复出，他日回来时，要将一个原样的应容庵还给我。”

惜人品

《谐史》云：某司寇讲学著名。一日于酒次得远信，读毕惨然欲泪。坐中一少年问其故。答曰：“书中云某老生捐馆，不佞悲之，非为其官，惜其人品佳耳！”少年应曰：“不然，近日官大的人品都自佳。”司寇默然。

封公便请乡饮，富家便举善人，中解元、会元便推文脉。末世通弊，贤者不免。悲夫！

【译文】《谐史》中记载：某位刑部尚书以讲究学问而很著名。一天在喝酒时收到远方来信，读完后悲伤地想哭。座席中一位少年问他什么原因，尚书回答说：“信中说某老先生死了，对此我很悲伤，不是因为他是个官员，而是可惜了他的好人品啊！”少年应声说：“不是这样吧，近来做大官的人品都本身就好。”尚书无以回答，只好不说话。

因子孙显贵而受封赠的人，被称为封公，做了封公便成了主持乡饮酒礼的人。成为富贵人家便被举为善人，中了解元、会元便被推为文章正宗。末世的通病，贤达的人也不能免。可悲啊！

元祐钱

崇宁初，斥远元祐忠贤，禁锢学术。凡偶涉其时所为所行，无论大小，一切不得志。伶者对御为戏，推一参军作宰相，据坐宣扬朝政之美。一僧乞给公凭游方。视其戒牒，则元祐三年者，立涂毁之，而加以冠巾。一道士失亡度牒，问其披戴时，亦元祐也。剥其羽衣使为民。一士人以元祐五年获荐，当免举，礼部不为引用，来自言，即押送所属屏斥。已而主管宅库者附耳语曰：“今日于左藏库请得相公料钱一千贯，尽是元祐钱，合取钧旨。”其人俯首久之，曰：“从后门搬入去！”副者举所持梃杖其背曰：“你做到宰相，元来也只好钱！”是时至尊亦解颐。

【译文】宋徽宗崇宁初年，罢斥疏远哲宗元祐时的忠良贤臣，禁锢学术。凡是遇到涉及元祐年间的所为所行，不论大小，一律都不被升迁任用。宫中的演员给皇帝演戏，内容是推一个参军（参军戏的主角）做宰相，坐在椅子上宣扬朝政的美好。一个僧人请求发给官府的凭证去外地云游。看自己的戒牒，是元祐三年的，立即把它涂改了，竟被加以冠巾让他还俗。一个道士丢失了度牒，问他是什么时候出的家，也是元祐年间。于是就剥去他的道衣，使他成为平民。一个读书人从元祐五年就被推荐，应当免试分配官职，礼部不为引用。他来向宰相诉说，马上就被押送到所属的地方，训斥了他。过了一会，主管宅库的管家附在宰相耳边说："今天在左藏库领到相公食料钱一千贯，全是元祐年的钱，应该怎么处理，请指示。"宰相低着头思考了半天，说："从后门搬进去！"另一个配角用刑杖敲他背脊说："你做到了宰相，原来也只爱好钱！"这时连皇帝也被引得笑了起来。

善天文

张循王（名俊）善货殖。伶为术人善天文者，云："世间贵人，必应天象。用浑天仪窥之，则见星不见人。今可用一铜钱代。"令窥帝，曰："此帝星也。"窥秦桧，曰："相星。"韩世忠，曰："将星。"至循王，则曰："不见星。"众骇，再令窥之，曰："终不见星，但见张王在钱眼里坐。"满坐大噱。

按张循王家多银，每千两铸一毬，目为"没奈何"。子犹曰："本是臭腐之物，而父非此不云慈，子非此不云孝，生非此不遂，名非此不立；虽大圣、大贤、大英雄到此，只得唤他作"没奈何"也！

【译文】张循王（名俊）善于经商聚财。宫廷中演戏，演员扮成一个会看天象的术士，说：“世间的贵人，必有相应的星相。用浑天仪看他们时，看到的是他们的星相而不是他们的肉体。现在可以用一枚铜钱代替浑天仪。一人让他从铜钱的方孔中看皇帝，他说：“是帝星。”看秦桧，他说是：“相星”。又看韩世忠，说：“将星。”到看循王的时候，却说：“看不到星。”众人很惊讶，又让再看，他说：“还是看不见星，只看到张循王在钱眼里坐着。”满坐的人哈哈大笑。

按张循王家里有很多银子，每千两铸成一个球。称之为“没奈何”。子犹说：钱本是臭腐之物，然而做父亲的没有它谈不上慈爱，为人子者没有它不能说孝顺，生活中没有它办不成事，想成名，没有它就树立不起来，即使是大圣、大贤、大英雄到它面前，也只得叫它为“没奈何”。

动 手

商则为廪丘尉，值县令、丞多贪。一日宴会，起舞。令丞皆动手，则但回身而已。令问其故。则曰：“长官动手，赞府亦动手，唯有一个尉，又动手，百姓何容活耶？”

【译文】商则被任命为廪丘县（今河南范县东南）的县尉，正值县令、县丞都是很贪婪的人。一天在宴会上，大家都跳起舞来，县令和县丞都手舞足蹈，而商则只是转转身而已，县令问其原因，商则说：“县令动手，赞府也动手，只剩一个县尉，再动手，老百姓还怎么活下去呢？”

赵良臣

《西堂纪闻》：梅西野尝与邑大夫会饮。论及时事，云："先时百姓称官长，止云某老爹。今则不问尊卑，俱呼爷爷矣。"因言：吾乡有赵良臣者，延一西宾教子。其宾避主人讳，至《孟子》"我能辟土地"章，改"良臣"二字为"爷爷"，命其子读云："今之所为爷爷，古之所为民贼也。"

【译文】《西堂纪闻》记载：梅西野有一次和家乡地方官一起饮酒，议论到时事，说："先前老百姓称官长，只叫他某老爹，现在则不问官阶大小都叫爷爷了。"于是又说我们乡有一个叫赵良臣的人，请一先生教子。先生为避主人的名讳，到《孟子》"我能辟土地"那一段，改"良臣"为"爷爷"，命赵良臣的儿子读道："今之所为爷爷，古之所为民贼也。"

江菉萝刺时语

田大年主政丁忧家居，语江盈科曰："里中人见我贫，有两种议论。一曰：这人蠢，作县六年，尚无房住。一曰：这人巧，富而不露。说蠢可耐，说巧不可耐也！"江曰："里中俗儿重富不重廉，说我巧倒耐得。"

【译文】明崇祯年间田大年，因为父亲去世在家守孝，对江盈科（湖南桃源县人，字近之，号菉萝山人）说："故乡中的人看见我贫穷，有两种议论。一说：这个人太愚蠢，做了六年的县官，还没有房住。一说：这个人很巧，富而不露。说我蠢可以经得住，说我巧可是受不了！”江盈科说：“里中普通人都重富不重廉，说我巧倒受得了。”

割碑

颍川有姚尚书墓，其神道碑穹窿高厚，四面均焉。国初州人侍郎某者，欲割三分之一以刻墓表，告之州守。守曰：“何不割三分之二？”或问其故。守曰：“吾欲使后人割侍郎碑者，犹得中分耳。”侍郎闻之，惭悔。

【译文】颍川（今河南许昌）有姚尚书墓，墓前神道碑顶部高厚，四面很均匀。明立国之初，州人某侍郎，准备割去三分之一刻墓表，告诉了州太守。太守说：“为什么不割去三分之二？”有人问其中的原因，太守说：“我想假如后人有割侍郎碑的还能从中间分割啊。”侍郎听说后，很愧悔。

道余录

姚广孝著《道余录》，识者非之。张洪曰：“少师于我厚，今死矣，吾无以报，但见《道余录》，辄为焚弃耳。”

赵挺之尝曰：“乡中最重润笔，每一志文成，则太平车中满载相赠。”黄山谷笑曰：“想俱是萝卜瓜齑耳！”赵衔之，自是排挤不遗余力，卒有宜州之贬。

【译文】明朝姚广孝著《道余录》，看过的人对此都有非议。

张洪说："少师（姚广孝为太子少师）待我很厚重，如今死了，我没有什么可以报答，只要见到《道余录》，就把它焚弃了。"

宋朝赵挺之曾说："乡中的润笔最厚重，每做成一篇志文，就用太平车满载东西相赠。"黄山谷（庭坚）笑着说："我想都是些萝卜瓜齑吧！"赵挺之对此很怨恨，从此对黄庭坚排挤不遗余力，终于使黄庭坚被贬往宜州（今广西宜山）。

明文 天话

近日有达官自刻其文，且问于作者曰："吾文何如古人？"或对曰："一代之兴有一代之文。故汉曰汉文，唐曰唐文。公之文可谓明文也。"其人不悟。

杨升庵云：滇中有一先辈，谕诸生读书为文之法甚悉。语毕，问诸生曰："吾言是否？"一人应曰："公天人，所言皆天话也！"（吴下谓大言曰天话）

【译文】最近有一个官员自费刻印他的文章，并且问刻书人说："我的文章比古人的怎么样？"有个人对他说："一代之兴，有一代的文章。所以汉朝的叫汉文，唐朝的叫唐文，你的文章可以叫明（冥的谐音）文。"这个官员还没有醒悟是讽刺他。

杨升庵（慎）说：云南有一位前辈先生，给诸生讲读书作文之法，讲得很详细。讲完以后，问诸生说："我讲得对不对？"一人应声说："先生是天人，所讲的都是天话。"（苏州一带人称说大话叫天话）

鞋 底

杨文公亿在翰林时草制，为执政者多所涂削。杨甚不平，因取涂处加以浓墨，如鞋底样，题其旁曰："世业杨家鞋底。"人问之，杨曰："此语见别人脚迹。"当时传以为笑。后草制被墨黜者，相谑曰："又遭鞋底。"

【译文】杨亿（谥号文）在翰林院时草拟制书，大多被执政的官员所涂改。杨亿很不平，把涂改的地方加上浓墨，涂得像鞋底的样子，旁边题辞说："世业杨家鞋底。"别人问他什么意思，杨亿说："此语是说看见别人的脚印。"当时传为笑话。后来草拟的制书中有被墨抹掉的，相互嘻戏地说："又遭到鞋底。"

耻见妻子

吏部侍郎李迥秀好机警。有选人被放，诉云："羞见来路。"李曰："从何来？"曰："从浦津关来。"李曰："取潼关路去。"曰："耻见妻子。"李曰："贤室本是相谙，亦应不怪。"

【译文】吏部侍郎李迥秀很机智敏锐。有一个候选的官员被放黜回家，向李迥秀诉说："羞于再见来的路。"李迥秀说："从哪里来？"选人说："从浦津关来。"李迥秀说："取道潼关路去。"选人说："耻见妻子。"李迥秀说："你妻子本是知道你的，也应该不会责怪。"

罗隐不第

沈嵩与罗隐从事浙西幕下。主帅出妙妓，众以嫦娥誉之。嵩曰："嫦娥甚陋，安可及？"帅惊曰："书记识嫦娥乎？"曰："嵩两度到月宫折桂，何为不识？"

或云：嵩此言，盖讥隐之不第也。又，江南李氏尝遣使聘越。越人问："见罗隐给事否？"使人云："不识，亦不闻名。"越人云："四海闻有罗江东，何拙之甚！"使人云："只为榜上无名。"子犹曰："我爱心中锦，人尊榜上名。"

【译文】沈嵩和罗隐同在浙西那里做幕僚。主帅叫出一个很美的舞妓，众人都以嫦娥来赞誉她。沈嵩说："嫦娥很丑陋，哪里可以比得上？"主帅惊讶地说："书记认识嫦娥吗？"沈嵩说："我两次到月宫折桂，怎么不认识？"

有人说："沈嵩这些话，暗含着讽刺罗隐没有考中进士。另外，江南李氏政权曾经派使者访问钱越王。越人问："见给事罗隐了吗？"使者说："不认识，也没有听说过这个名字。"越人说："四海之内都知道有个罗江东，你们怎么如此愚笨呢！"使者说："只因为他榜上无名。"子犹说："我爱心中怀锦秀，人们却尊敬榜上之名。"

腹负

党太尉尝食饱，扪腹叹曰："我不负汝！"左右曰："将军不负此腹，恨此腹负将军。"（言未尝少出智虑）

【译文】宋朝太尉党进曾在吃饱饭后，抚摸着肚子感叹说："我没有辜负你！"左右说："将军不辜负这个肚子，可恨这个肚子辜负了将军您。"（是说肚子里从来没生出过什么好智谋）

书午字

李义安谒富人郑生，生辞以出。义安乃于门上大书一

“午”字而去。盖讥牛不出头也。

“书牛”可对“题凤”。

【译文】李义安去请见富人郑生，郑生让人推辞说他不在家。于是李义安在门上写了一个很大的“午”字，然后离开了。意思是牛不出头，是讥讽郑生不出来接见。

“书牛”可以对“题凤”。

纳 粟

岐山王生，循故例纳粟三千斛，授官助教。以厚价市骏马骑乘，每不惬意。医者李生故称壮健，以为价贱。王怪问之。李曰：“驮得三千斛谷，岂非壮健耶？”

【译文】岐山王秀才，遵循过去的条例，交纳粟三千斛，而被任命为助教的官职。他花了个大价钱买了一匹骏马乘骑，常觉得不惬意。医生李生故意说那匹马很健壮，认为价钱低，王生很奇怪，就问他，他说：“驮得动三千斛谷，岂不是健壮吗？”

边 面

武臣陈理从军三十余年，立功十次，谓贺子忱曰：“朝廷推赏，一次轻一次。”贺笑曰：“只为边面一次近一次。”

理宗朝，欲举推排田亩之令，廷绅有言，未行。至贾似道当国，卒行之。时人嘲之曰：“三分天下二分亡，犹把山河寸寸量。纵使一丘添一亩，也应不似旧封疆。”亦此意。

【译文】武官陈理从军三十余年，立功十次，他对贺子忱说：“朝廷迁官给赏一次比一次轻。”贺子忱笑着说：“只因为疆域的面积一次比一次少。”

南宋理宗时，准备颁布推行排查田亩的命令，朝廷中大臣们言论不一，没有实行。到贾似道当权的时候，终于推行了。当时人们嘲笑说：“三分天下二分亡，犹把山河寸寸量。纵使一丘添一亩，也应不似旧封疆。”也是这个意思。

太平幸民

康定中，西戎寇边，王师失律。当国一相以老谢去，亲知就第为贺。饮酣，自矜曰：“某，一山民耳。遭时得君，告老于家，当天下无事之辰，可谓太平幸民矣！”石中立曰：“只有陕西一伙窃盗未获。”

【译文】宋仁宗康定年间，西部少数民族入寇边疆，朝廷的军队失利。当朝一个宰相以年纪已老，辞职还乡，亲戚朋友都到宅第祝贺。酒喝到尽兴时，自己不无夸耀地说：“我，一个普通山民而已。遇天时得到了君王的赏识，现在告老还乡，正值天下无事的日子，可说是太平幸运之民啊！”石中立说：“只有陕西一伙窃贼还没有捕获。”

庾亮

庾亮击苏峻，屡败。陶侃曰：“古人三败，君侯始二。当今事急，不宜数败。”

【译文】晋朝庾亮抗击苏峻，屡次战败。陶侃说：“古人三败，君侯姑且才败两次，但当今事情紧急，不应当再败。”

从公厉禁

从兰巡抚淮安，务汰冗费，未免已甚。一滑稽生进言曰：“公尚有禁革未尽者。”从忻然请教。曰：“裤以蔽形，今两股，是虚费也。去一存一，所有多矣。”从良久曰：“得无不便于行乎？”生曰：“公但禁之，谁敢言不便者？”从知刺己，乃稍弛厉禁。

【译文】从兰（明朝人，字廷秀）在淮安当巡抚，致力于去除不必要的开支，不免有些过分了。一个滑稽生向他进言说：“您还有没禁止革除完的事情。”从兰很高兴地请教滑稽生。滑稽生说：“裤子是遮掩身体的，如今两裤筒是浪费，去掉一个留下一个，所节省就多了。”从兰想了半天说：“那岂不是行走不便了吗？”滑稽生说：“您只管下令禁止革除，谁敢说不方便？”从兰意识到这是在讽刺自己，于是慢慢地放松严厉的禁革。

六千兵

国朝保国私役营兵二千治第。伶人为诵诗句曰：“楚歌吹散六千兵。”一人曰：“八千也！”解者曰：“那二千兵为保国公盖宅去矣！”

【译文】明朝功臣保国公私自动用两千军士为自己建造府第。演员为此朗诵诗句说:“楚歌吹散六千兵。”一人说:“是八千兵。”有一个人解释说:“那两千兵士为保国公盖房子去啦!”

预 借

《行都纪事》:某邑宰因预借违旨,遭按而归。某府府将乃宰公之故旧,因留连而燕饮之。有妓慧黠,得宰罢官之由,时方仲秋,忽歌《渔家傲》:“十月小春梅蕊绽。”宰曰:“何太早耶?”答曰:“乃预借也。”宰大惭。

【译文】《行都纪事》中记载:某县县令因预借违背了圣旨,遭到查办而回到原籍。某府的知府是县令的故旧,因此他让县令在他那里住,并设宴招待县令。有一个歌妓非常聪慧狡黠,得知了县令被罢官的原因,当时正是仲秋节,忽然唱起了《渔家傲》:“十月小春梅蕊绽”。县令说:“怎么开得这样早?”歌妓回答说:“是预借的。”县令大为羞愧。

妲己赐周公

五官将既纳袁熙妻,孔文举与曹公书曰:“武王伐纣,以妲己赐周公。”曹公以文举博学,信以为然。后问文举。答曰:“以今度之,想当然耳。”

【译文】五官中郎将曹丕娶了袁熙的妻子后,孔文举(融)写信给曹操说:“武王伐纣,把妲己赐给了周公。”曹操认为孔融很博学，就信以为真，后来又问孔融，孔融回答说："以当今之事来推测，我想应该是这样吧！"

滕甫类虞舜

滕甫有弟申，狠暴无礼，其母独笃爱，用是数凌侮其兄，而阃政多紊。章子厚与甫旧狎，一日语之曰："公多类虞舜，然亦有不似者。"甫究其说。子厚曰："类者父顽、母嚚、象傲。不类者，克谐以孝耳。"

【译文】宋朝滕甫有个弟弟叫申，为人凶暴无礼，他的母亲却非常喜欢他，因此他经常欺负他的兄长，而家政多有紊乱。章子厚（惇）和滕甫过去很亲近，一天他对滕甫说："你有很多地方像虞舜，不过也有不像的地方。"滕甫请他说明白。子厚说："和舜像的地方是父亲心术不正、母亲说话不忠诚、兄弟傲慢无礼。不像的地方是，能同他们和谐相处，以尽孝行啊！"

马希声

马殷卒，子希声居丧不戚，葬之日，顿食鸡数盘。其臣潘起讥之曰："昔阮藉居母丧，食蒸豚，何代无贤！"

【译文】五代时楚王马殷死了，他的儿子希声守丧的时候并不哀愁，下葬的那天，他一顿吃下好几盘鸡肉羹。他的臣子潘起讥讽他说："过去阮藉为母亲守丧，吃蒸猪肉，哪一代没有贤人呢？"

鸳鸯楼

谢希孟每狎娼。陆象山责之曰："士君子下昵贱娼，独不愧名教乎？"希孟敬谢，请后不敢。他日复为娼建鸳鸯楼。陆又以为言。谢曰："非特建楼，且有记。"陆喜其文，不觉曰："楼记云何？"即口占首句云："自逊、抗、机、云之死，而天地英灵之气，不钟于世之男子，而钟于妇人？"陆默然。

【译文】宋朝谢希孟常常和妓女亲近。陆象山（九渊）责怪他说："读书人亲昵低贱的娼妓，岂不有愧名声与教化吗？"谢希孟恭敬地陪罪，告诉他以后不敢了。过了些日子谢希孟又为妓女建造了一座鸳鸯楼。陆九渊再次用话指责他。谢希孟说："不但建了楼，而且还有记。"陆九渊很喜欢谢希孟的文章，不觉说："楼记说的什么？"谢希孟马上随口念头一句说："自从陆逊、陆抗、陆机、陆云死后，天地间英灵之气不汇聚于世上的男子，而汇聚于女人！"陆九渊默然无言。

妖鸟啼春

方圭好为恶诗，逢人即诵数千言，喋喋可憎。一日宋丞相庠宴客于平山堂，圭谈诗座上。宋恶之。时望见野外一牛，就树磨痒，宋顾坐客胡恢曰："青牛恃力狂挨树。"恢应曰："妖鸟啼春不避人。"合席大笑。圭奋拳击恢，众护得免。

【译文】宋朝方圭好作些拙劣的诗，遇到有人在场就口念数千言，喋喋不休非常让人憎恶。一天丞相宋庠在平山堂宴请客人，方圭在座上没完没了地谈话。宋庠很讨厌他。这时他远望野外有一头牛，挨树磨痒，回头看到坐间的客人胡恢说："青牛恃力狂挨树。"胡恢回应下句说："妖鸟啼春不避人。"说得整个宴会上的人大笑。方圭脸上挂不住，握拳奋力向胡恢打去，由于众人护卫，胡恢才没有遭打。

河豚赝本

米元章精于临摹，每借古画，即以临本并还，还使自择，人不能辨其真赝也。杨次翁守丹阳，米过郡，留数日。将去，次翁曰："今日为君作河豚羹。"其实他鱼，米遂疑而不食。次翁笑曰："公勿疑，此河豚赝本耳。"

米以临摹夺人书无数。在涟水时，客鬻戴嵩牛图。米借留数日，欲以摹本易之，竟不得。客谓原本牛目中有牧童，摹则无也。子犹曰：造伪工，有时穷。米南宫，输戴嵩。

【译文】米元章（芾）非常精通临摹，常借古画临摹，然后临摹本和原本一起送还，还让画主自己挑选，画主辨不出哪个是真本哪个是伪本。杨次翁任丹阳太守，米元章路过那里，留住了几天。快离开的时候，次翁说："今天给你做河豚鱼羹。"其实是其它鱼做的。米元章怀疑而不肯吃，杨次翁笑着说："你不要怀疑，这是河豚的伪本。"

米元章用临摹品换取别人的画无数。有个客人出卖戴嵩的《牛图》，米元章借用了几天，想用临摹更换真本，竟没得手。客人说原图的牛眼睛中有牧童，而临摹的却没有。子犹说：伪造得再精细，有时也最终被看出，米南宫（芾）输给了戴嵩。

元钦师

元钦，字思若，色甚黑，时人号为黑面仆射。钦曾托青州人高僧寿为子求师。师至，未几逃去。钦以让僧寿。僧寿性滑稽，反谓钦曰："凡人绝粒七日乃死，始经五朝，便尔逃遁，去食就信，实有所阙。"钦乃大惭，自是待客稍厚。

【译文】后魏元钦，字思若，皮肤很黑，当时人送外号叫黑面仆射。元钦曾委托青州人高僧寿为儿子寻求老师。老师来后，没有多久就逃走了。元钦就责怪高僧寿。高僧寿性格很滑稽，反对元钦说："人绝粮七天就死去了，才过了五天人家就逃走了，不吃东西要保护自身，确实缺少供应。"元钦听了很惭愧，从此对待客人渐渐宽厚了。

棘刺丸

孙搴尝服棘刺丸。李谐戏之曰："卿棘刺应自足，何假外求？"

【译文】北齐孙搴曾服用棘刺丸。李谐戏弄他说："你本身棘刺就足够了，哪里用得着外求？"

刺 医

王仲舒为郎官，与马逄友善，责逄曰："贫不可堪，何不寻碑志相救？"逄曰："适见人家走马呼医，君可待也。"

【译文】唐朝王仲舒任郎官，和马逢交情很好，他责备马逢说：“穷得不能忍受，为什么不代寻些人写墓志的事，得些润笔来救援？”马逢说：“刚才见哪家的骑着马去叫医生，你可以等等看。”

光福地

袁了凡好谈地理，曾访地至光福，问一村农曰：“颇闻此处有佳穴否？”曰：“小人生长于斯，三十余年矣。但见带纱帽者来寻地，不见带纱帽者来上坟。”袁默然而去。

【译文】袁了凡（黄）喜欢谈论风水，曾察访地势来到光福山（今江苏苏州境内），他问一个乡村农夫说：“听说过此地有很好的墓穴吗？”村夫说：“我生长在这里，已经三十多年了。只见到做官的来寻找墓地，却不见做官的来上坟。”袁了凡无话可说，默默地离开了。

陆念先

陆念先口无择言，时出微词，乃足绝倒。故与王太守中表戚。太守富甲吴中，而终日蹙迫，甚于窭人。尝对念先忧贫，语次，念先忽拊髀大呼曰：“嗟乎！如某者，安得三千金以快吾意！”太守亦惊曰：“知兄居贫，唯是朝夕计急耳；胡所费，而骤须三千金？”念先曰：“然，故有所用之。”因屈一指曰：“千金以赡三党戚属暨穷交兄弟。”再屈一指曰：“千金以饭僧暨恤无告乞儿。”又屈一指曰：“千金即以赠弟，令汝展一日眉头也。”

【译文】陆念先口不择言，有时说出些婉转而调皮的话，足以让人仰俯大笑。他和王太守是中表亲戚。太守家财富在苏州属第一，却终日显得紧巴巴地，比穷人家还难度日。曾有一次太守对着陆念先哭穷，说话间，陆念先忽然拍着大腿喊到："咳！像我这样，如何能得到三千金以便称我意！"太守也惊讶地说："知道兄长家居贫穷，也只是早晚为生计着急，有什么花费，一下子须三千金？"陆念先说："对，当然有所用处。"接着屈着一个指头说："一千金以赡养父母妻三党亲戚和多年穷哥们。"又屈一指说："一千金来布施和尚和救济无依靠的乞儿。"又屈一指说："一千金送给兄弟您，让您舒展一天眉头。"

张伯起

苏州王氏仆吴一郎，富而恣，以资得官。尝乘四人轿赴姻家席。张伯起恶之，时有关白之警，乃遽谓吴曰："近阅邸报，关白已就擒矣。"吴欣然来问。张曰："关白原是一怪，身长数丈，腰大百围。截其头，重数百斤，碎之而后能举也。"吴曰："那有此事？"张曰："只一个鼻头，亦用四人抬之。"吴不终席而去。（吴下称奴为鼻头）

【译文】吴一郎原是苏州姓王人家的仆人，发财后骄横起来，还捐钱买了个官职。曾有一次他坐着四人抬的轿子前往妻子的娘家赴宴。张伯起很讨厌他，当时有关白之警（即边疆告急的文书），于是马上对吴一郎说："最近看了朝廷下发的简报，关白已经被捉住了。"吴一郎很高兴地问关白是什么。张伯起说："关白原是一个怪物，身长好几丈，腰有百围粗，砍下它的头，重量有好几百斤，弄碎后才能搬起来。"吴一郎说："哪有这事？"张伯起说："只一个鼻头，也得用四个

人才抬得动。”吴一郎没等散席就走了。（苏州人称奴仆为鼻头）

舜禹诗

元祐中，大官有婚于中表者，已涉溱洧之嫌。及夜深，女家索诗。傧者张仲素朗吟曰：“舜耕余草木，禹凿旧山川。”坐有李程者应声笑曰：“舜、禹之事，吾知之矣！”

【译文】宋哲宗元祐年间，有个娶了表妹做妻子的大官，已经涉嫌婚前之乱。婚礼那天到深夜的时候，女家来索要催妆诗歌，傧相张仲素朗声吟诵：“舜耕余草木，禹凿旧山川。”在座的客人中有个叫李程的人应声笑着说：“这舜、禹之事，我已经知道了。”

忠孝奴

一人年老纳二宠，托友祝枝山命名。祝以“忠奴”“孝奴”名之。其人曰：“何所取义？”祝曰：“孝当竭力，忠则尽命。”众大笑。

【译文】有一个人到了老年又纳了两个小妾，托友人祝枝山给取名字。祝枝山给她们取名叫“忠奴”“孝奴”。这个老人说：“取这名字是什么意思？”祝枝山说：“孝应当竭尽全力，忠就要尽了老命。”众人大笑。

乡老垦荒

郎瑛与一乡老游山，见荒地数顷，土人曰：“欲送人召粮者。”老人默然久之，语郎曰：“即当载米及铁器，令若干人来垦此地，数年可富矣。”郎曰：“还须载生铁数百斤。”老人曰：“何用？”郎曰：“铸汝不死耳。”

【译文】郎瑛和一个乡村老翁一同游山，看见有几顷荒地，当地人说：“准备送人种粮食。”老人沉默了半天，然后对郎瑛说：“应当马上背着米和工具，让一些人来开垦这片荒地，几年就可以富起来了。”郎瑛说：“还须扛生铁数百斤。”老人说：“有什么用？”郎瑛说：“铸你不死啊！”

三 星

北京吏部前诸小儿卖食物者，常云：“相公每都是三星的，才得到此。”予初不知，问之。曰：“举人进士是福星，岁贡是寿星，纳监的是财星也。”

【译文】北京的吏部衙门前有几个卖食物的小孩，常说：“相公们都是三星的，才可以到这里。”我开始不知道什么意思，问小孩们，小孩说：“举人进士是福星，岁贡是寿星，纳监的是财星。”

洗儿诗

东坡频年谪居，尝作《洗儿诗》，曰：“人家养子爱聪明，我为聪明误一生。但愿生儿愚且鲁，无灾无害到公卿。”

国初瞿存斋宗吉一诗云：“自古文章厄命穷，聪明未必胜愚蒙。笔端花语胸中锦，赚得相如四壁空。”其意本东坡《洗儿诗》来。近时杨宗伯月湖，又反其意作诗曰："东坡但愿生儿蠢，只为聪明自占多。愧我生平愚且蠢，生儿何怕过东坡。"

【译文】苏东坡连年遭贬，曾作了一首《洗儿诗》："人家养子爱聪明，我为聪明误一生。但愿生儿愚且鲁，无灾无害到公卿。"

明初，瞿存斋（佑，字宗吉）写了一首诗道："自古写文章的都命穷，聪明人未必胜过愚蒙。笔端生花胸中绣锦，到头还是象司马相如一样四壁空空。"这首诗的意思就是从苏东坡《洗儿诗》套来的。近来杨宗伯又写了意思与此诗相反的一首诗："东坡但愿生儿蠢，只为聪明自占多，愧我生平愚且蠢，生儿何怕过东坡。"

打甲帐

凡交易事，居间者索私赠，名为"打夹帐"。马仲良督浒墅关，出羡余市田以赡学宫。其价稍厚，一时居间者皆乘之要利。或作语嘲之，云：子路与申枨同坐。子路讥申曰："枨也欲，焉得刚？"枨遂曰："由也不得其死然。"子路大怒，诉之夫子。夫子曰："罪在枨。"用牌大书"打申枨"三字送子夏。适子夏丧明，认字不真，惊曰："谁人打甲帐？"

【译文】凡是两家进行交易，介绍人私下向双方都索要酬金，名字叫作"打夹帐"。马仲良担任浒墅关税务官时，把多收的税款买一些田地收租以作供养学校经费，因价略高一些，一时间中间的介绍人都乘机要利。有人编笑话嘲笑他们，说：子路和申枨坐在一起。子路讥讽申枨说："枨也欲望大，焉得刚正？"申枨接着说："子由也不能得好死。"子路大怒，把申枨的话告诉了孔子。孔子说："罪过在申枨。"用牌子写了"打申枨"三个大字送交子夏。正巧子夏的眼睛生了病，失了视力，看字不真切，惊讶地说："哪个人打甲帐？"

寓言

子思荐苟变于卫侯。一日子思适卫，变拥篲郊迎，执弟子仪甚恭。变有少子，亦从。于思讶问何人。左右曰："此苟弟子孩儿。"

有梦至上清谒天帝者，见一人戎服带剑而无首，颈血淋漓，手持奏章，而进其词曰："诉冤臣秦国樊于期，得罪亡奔在燕，有不了事卫荆轲借去头颅一个，至今本利未还。燕太子丹见证。伏乞追给。"天帝览之，蹙额而言曰："渠自家手脚也没讨处，何暇还你头颅？"

钟馗生日，其妹具礼贺之。一大鬼愿挑担去。妹作书云："酒一尊，鬼一个，挑来与兄作庆贺。兄若嫌鬼小，挑担的凑两个。"馗喜，俱命庖人烹之。二鬼相向而泣。小鬼曰："我被捉来无奈，谁教你挑这担儿？"

明皇与贵妃双陆，命力士伏地，以背承盘。明皇呼"红"，贵妃呼"六"。久之，力士在下呼曰："须放奴婢起来也掷掷幺！"（隐"直直腰"）

佛经：昔者菩萨身为雀王，慈心济众。有虎食兽，骨挂其齿，因饥将终。雀王入口啄骨，日日若兹，骨出虎活。雀飞登树，说佛经曰："杀为凶虐，其恶莫大。"虎闻雀诫敕声，勃然恚曰："尔始离吾口，而敢多言！"雀速飞去。

【译文】子思将苟变推荐给了卫侯。一天子思到了卫国，苟变拿着扫帚到郊外迎接，执弟子礼非常恭敬。苟变的小儿子也随同迎接。子思惊讶地问这是何人，左右回答说："这是苟弟子的孩子。"

有一个人睡梦中来到天宫拜见天帝，看见一个人身着军装、腰中佩剑却没有头，脖子上鲜血淋漓，手里拿着奏章呈向天帝，上面写道："诉冤的臣子秦国樊于期，获罪逃亡到燕国，有一件未完成的事请求处理，我被卫国人荆轲借去头颅一个，到现在连本带利都没有还，燕国太子丹是见证人。求陛下追还给我。"天帝看后，皱着眉头说："他自己的手和脚还没处讨要，哪里顾上还你的头颅？"

钟馗生日，他妹妹准备了礼物向他祝贺。一个大鬼愿挑着这担礼物前去。钟馗妹妹写了封信，信中说："酒一尊，鬼一个，挑来给兄长表示祝贺。兄长如果嫌鬼太小，就把挑担的那个算上凑成两个。"钟馗很高兴，命厨师将二鬼都烹了。两个鬼相对而泣。小鬼说："我是被捉来的，没有办法，可是谁叫你要挑这个担子呢？"

唐明皇与杨贵妃玩双陆，命高力士趴在地上，用背托棋盘。唐明皇喊"红"，贵妃喊"六"。时间长了，高力士在地下喊道："放奴婢起来也掷一掷呀！"（话里隐含着直一直腰）

佛经里有一个故事，过去菩萨身为雀王，以慈悯之心救济众生。有一只老虎吃野兽的肉，被骨头卡住了牙齿，无法进食，因此快要饿死了。雀王飞进了老虎的嘴里啄那根骨头，天天如此，终于将骨头啄断从牙齿脱下来，老虎吐出骨头保住了性命。雀王飞到树上，对老虎讲解佛经说："杀生是凶残暴虐的行为，没有比这种行为的罪恶更大的了。"老虎听到雀王诫敕的声音，勃然大怒说："你刚离开我的口，还敢多言！"雀王迅速飞走了。

口碑部第三十一

子犹曰：古来不肖之人，皇灵不能使忌，天谴不能使詟，而独畏匹夫匹妇之口。何也？皇灵天谴皆不必，而匹夫匹妇之口必也。郑侨采乡校之议，宋华避东门之讴，而輓近庸君，如宋理宗，亦谓谏官曰："尽忠由你，只莫将副本传将外去。"人之多口，信可畏夫！而犹有甘心遗臭由人笑骂者，彼何人哉？集《口碑第三十一》。

【译文】子犹说：古往今来那些不正派的人，神明不能使他们畏忌，上天的谴责不能使他们震悚，而唯独畏惧平民百姓的一张张嘴。为什么呢？神明和上天的谴责都不一定认真，可平民百姓的议论都是实实在在不敢忽视。郑国的子产曾经采纳乡村学校的建议，宋国的华氏曾经回避东门外人们对自己的颂扬，即使是近世的庸君，如宋理宗赵昀，也对谏官说："对朝廷尽忠由你，只是不要将谏书的副本传扬出去。"世人这么多张嘴，真正是可畏可惧的！可是也有甘心遗留恶名任人笑骂的，他们是些什么人呢？汇集《口碑部第三十一》。

世修降表

蜀主孟昶命李昊草降表。前王蜀之亡于唐也，降表亦昊为之。蜀人夜书其门曰："世修降表李家。"

真正独行生意。

【译文】后蜀主孟昶命大臣李昊草拟降书准备降宋，前蜀王氏亡国于后唐，降表也是由李昊所撰写。川蜀地方上的人夜里在他门前书写道："世代修书降表的李家"。

这是真正的独门生意。

阎立本、姜恪

阎立本精于画，朝野珍之。既辅政，但以俗材应务，无宰相器。时姜恪以战功擢左相。时人为之语曰："左相宣威沙漠，右相驰誉丹青。"

【译文】唐朝阎立本精于绘画艺术，他的作品，被皇宫和民间所珍藏。后从政，先后担任右相、中书令等官职，但以自己平庸之材处理政务，实在不具备宰相的大器。当时姜恪因战功显赫，被擢升为左相。人们评论说："左相宣威沙漠建功，右相驰誉丹青绘画。"

源休、郭倪

唐源休受朱泚伪官，自比萧何之功，入长安日，首收图籍。时人笑之，目曰："火迫酂侯。"宋南渡，有郭倪为将，自比诸葛。酒后辄咏"三顾频繁，两朝开济"之句，而屏风、便面一一皆书此二句。未几败于江上，仓惶涕泣而匿。时谓之"带汁诸葛”。正可作对也。

【译文】唐德宗时，源休劝朱泚叛乱称帝，并任伪丞相，他总认为自己的功劳可与汉朝丞相萧何相比，叛军进入长安时，他仿效萧何，查收地图、户籍。当时人都笑他，讥嘲为：“火迫酂侯。”宋高宗赵构南渡时，有个将军郭倪，他常自比三国汉相诸葛亮，每逢饮酒就吟咏杜甫的《蜀相》中“三顾频烦天下计，两朝开济老臣心”的句子，并且在屏风、扇子上都书写这两句。未过多久，他与金兵在长江上作战大败，仓惶哭泣而逃匿不出。世人都嘲讽他是“带汁诸葛”。这两句正好作对联。

姜师度、傅孝忠

唐河中尹姜师度好沟洫，所在必发众穿凿。虽时有不利，而成功益多。先是，太师令傅孝忠善占星纬。时人为之语曰：“傅孝忠两眼看天，姜师度一心穿地。”

【译文】唐朝时，河中尹姜师度喜好修建水利沟渠，所到之地定要征发百姓穿凿兴修。虽然有时不顺利，但成功的为多数。先前，太师令傅孝忠，善于占卜观察星象。当时的人们议论说：“傅孝忠两眼看天，姜师度一心穿地。”

陈和叔、孔文仲

陈和叔为举子，通率少检；后举制科，骤为质朴。时号“热熟颜回”。时孔文仲誉对制策，言“天下有可叹息痛哭者”。既被斥，和叔曰：“孔生真杜园贾谊也。”王平甫闻之曰：“‘杜园贾谊’，好对‘热熟颜回’。”

【译文】陈和叔（绎）当举子时，旷达坦率，不拘小节；后应试制科中选，突然就变得敦朴严肃起来，人称他是“热熟颜回”。当时孔仲誉（文仲）廷试对策时，说了“天下有值得叹息、痛哭的人和事”的言语，朝廷不满，随即就斥退了他。陈和叔说：“这个孔生真像是杜园贾谊。”王平甫听说此言后笑道：“‘杜园贾谊’，正好应对‘热熟颜回’。”（热熟、杜园都是当时的鄙语，意思是无根据、假的——译者注）

张、董万举

张鷟，号“青钱学士”，以其万选万中。时有明经董万举，九上不第，时嘲曰“白蜡明经”。时以为的对。

【译文】唐朝的张鷟，被人们称为“青钱学士”，他的文章每次选每次得中。当时还有明经科的董万举，却是连考九次不能中选，时人嘲讽他是“白蜡明经”。（蜡滑，戏称屡试不第——译者注）当时人们以为这两个外号是极恰当的对句。

孔太守

孔太守在任时，聂双江初到，有“三耳无闻，一孔不窍”之谣。近年又有“松江同知贪酷，拚得重参；华亭知县清廉，允宜光荐”之对。时潘天泉为同知，名仲骖；倪东洲为华亭县尹，名光荐故也。

【译文】孔太守在职时，聂双江（豹）刚到，世间流传有“三耳不闻事，一孔不开窍”的民谣。近年又传有“松江同知贪酷，拼得重参；华亭（今属上海松江）知县清廉，允宜光荐”的对句。原来是因为当时潘天泉任松江同知，名叫仲骖；倪东洲任华亭知县，名叫光荐的缘故。

严子陵

凌某拜严介溪为父，人称“严子陵”。后有缙绅王姓者，抱他人子为孙，世即对为“王孙贾”。

【译文】凌某拜权相严介溪（嵩）为父，世人称他“严子陵”。后来又有一个姓王的官宦，抱养别人的孩子作自己的孙子。世人就对称为“王孙贾”。（严子陵、王孙贾均为人名，前者为东汉隐士，后者为春秋时卫国大丈——译者注）

鸱鸮公

《水南翰记》：南京国子监有鸮鸣。祭酒周洪谟令监生能捕者，放假三日，人目为“鸱鸮公”。其后刘先生俊为祭酒，好食蚯蚓，监生名之曰“蚯蚓子”。以为对。

【译文】据《水南翰记》一书记载：南京国子监中有鸱鸮（猫头鹰）啼鸣，国子监祭酒周洪谟传令，监生中有能捉住鸱鸮的，放假三天，人称他是“鸱鸮公”。以后刘俊先生任国子监祭酒，他喜好食用蚯蚓，监生们私下叫他是“蚯蚓子”。正好为对。

陈仪、董俨

梁颢在翰林时，胡旦知制诰院，赵昌言为枢密副使，陈仪、董俨俱为三司盐铁副使。五人者旦夕饮会，茶觞壶矢，未尝虚日。每沉醉，夜分方归。金吾吏逐夜候马首声喏。仪醉，以鞭指其吏曰：“金吾不惜夜，玉漏莫相催。”于是谚曰：“陈三更，董半夜。”

【译文】宋朝时，梁颢在翰林院任职时，胡旦知制诰院，赵昌言任枢密副使，陈仪、董俨皆任三司盐铁副使官职。五个人从早到晚在一起聚会，都是饮酒、品茶、赌赢筹码，没有哪天不这样的。每次沉醉，都是深夜时分才回家。负责巡夜的金吾吏每夜都要守侯在马前唱喏请安。一次，陈仪大醉，用马鞭指着巡夜的金吾吏念了二句古诗：“金吾不禁人夜行，玉漏（计时器）不要紧相催。”于是民间笑传陈仪和董俨说：“陈三更，董半夜。”

汤一面

汤胤勣博学英发。成化初，言者荐以将才，有“才兼文武，可当一面”之语。时号“汤一面”。及镇陕西孤山，有故人来谒，留饮。值报虏薄城下，汤语故人曰：“先生姑且酌，吾往，生擒胡雏来并睹。”方出城，有胡匿沟中，一箭中咽而死。人又号曰“汤一箭”。

【译文】汤胤勣这个人学识渊博，英气勃发。明宪宗成化初年，有官员向朝廷推荐他有将才，说他有“才能文武双全，可独当一面”的言语。世人称他为“汤一面”。后来他镇守陕西孤山时，有老朋友前来拜访，就留下饮酒。这时，属下禀报胡人兵临城下，汤胤勣就对友人说：“先生暂且自己饮用，我出城去，要生擒一个小胡人来让你观看。”他刚飞马出城，就看见一个胡人藏匿在土沟里，那胡人被一箭射中咽喉而死。所以，人们又称他为“汤一箭”。

沈度、许鸣鹤

永乐间，沈度以能书为学士，许鸣鹤以能文为中书。朝中语曰：“学士不能文，中书不能书。”

【译文】明成祖永乐年间，沈度以工于书法而任学士，许鸣鹤却因为善作文章而任中书。朝中众人戏语道：“学士不能文，中书不能书。”

晋帝奕

晋帝奕夙有痿疾，使左右向龙与内侍接，生子以为己子。百姓歌之曰：“凤凰生一雏，天下莫不喜。本言是马驹，今定成龙子。”

【译文】东晋废帝司马奕患有阳痿病，于是就让自己的侍从官向龙与宫内侍女亲近，生下孩子作为自己的儿子。百姓中流传歌谣说：“凤凰生下只小雏凤，天下没有人不欢喜。本来说是小马驹，如今定成真龙子。”

和事天子

中宗朝，监察御史崔琬对弹宗楚客，楚客忿然作色。上命结为兄弟，以和解之。时人谓之“和事天子”。

【译文】唐中宗时，监察御史崔琬曾当面弹劾宰相宗楚客的过失，宗楚客恼怒而翻脸。中宗皇帝命他二人结拜为兄弟，以和解二人的恩怨。当时人们称中宗皇帝为“和事天子”。

昭宗尊号

唐昭宗尝曰：“朕东西所至，祸难随之。愿避贤者路。”人戏上尊号曰“避贤招难存三奉五皇帝”。（三，谓一后二昭仪；五，谓朱全忠、王行瑜、李克用、李茂贞、韩建五镇）

【译文】唐朝后期，昭宗皇帝曾说：“从东到西，我不论走到哪里，灾难都紧紧随着我，我情愿为贤明之人让开路。”有人戏为昭宗编尊号为“避贤招难存三奉五皇帝”（三，指得是一个皇后、二位昭仪；五，指得是朱全忠、王行瑜、李克用、李茂贞、韩建五个举行叛乱的节度使）

恶发殿

钱武肃王镠所居殿，名“握发”。吴音“握”“恶”相乱，钱塘人遂谓曰："此大王恶发殿也。"

【译文】五代吴越王钱镠（谥号武肃）所居住的殿堂，起名为"握发"。江浙一带的方言"握"和"恶"相混，钱塘（今浙江杭州）人就说："这是大王的恶发殿啊。"

麒麟楦

唐杨炯每呼朝士为麒麟楦。或问之，曰："今假装麒麟，必修饰其形，覆之驴上。及去其皮，还是驴耳。"

【译文】唐朝诗人杨炯经常戏称朝中众官是"麒麟楦"。有人问他缘故，杨炯回答说："如今都想装成麒麟模样，修饰外形，盖在驴头上。如果去掉外皮，仍然是驴。"

两李益

李君虞以礼部尚书致仕。有宗人庶子同名，俱出于姑臧。时人谓尚书为"文章李益"，庶子为"门户李益"。

李尚书门地不薄，而以文章独伸。孰谓文章不值钱！

【译文】唐宪宗时，李益一直做到礼部尚书时才退休。同族中一人小妾的儿子也叫李益，并且都是姑臧（今甘肃武威）人。因此，当时人们称尚书是"文章李益"，称同族的庶子"门户李益"。

李尚书的门第并不低，而能以文章独出名，谁说文章不值钱！

三不开相公

五代废帝时，马胤孙为相，时号“三不开相公”：入朝印不开，见客口不开，归宅门不开。

【译文】五代后唐废帝李从珂在位时，马胤孙曾任宰相，世人称他是“三不开相公”：即入朝官印不开，见客人口不开，归宅后门不开。

三旨相公

王珪相神宗十六年，无所建明，时称“三旨宰相”：进呈云“取圣旨”，可否讫云“领圣旨”，退谕禀事者云“已得圣旨矣”。

【译文】宋神宗时，王珪任宰相十六年，无所建树，当时人们戏称他是“三旨宰相”，就是进宫见皇上时说“取圣旨”，听皇上吩咐清楚后说“领圣旨”，退朝后对部属们说“已得到圣旨了”。

三觉侍郎

赵叔问为天官侍郎，肥而喜睡，又厌宾客，在省还家，常挂歇息牌于门首，呼为“三觉侍郎”，谓“朝回、饭后、归第”也。

【译文】宋朝的赵叔问任天官侍郎，他身体肥胖喜爱睡觉，又讨厌会见宾客，在官署或者回家，经常在门前挂一块歇息牌，人们称他是“三觉侍郎”，说他是“上朝回署后睡觉，吃饭后睡觉，回家后睡觉”。

《外史梼杌》二事

徐光溥为相，喜论事，为李昊等所嫉。后不言，每聚议，但假寐而已。时号“睡相”。

蜀韦暇，唐相贻范之子。仕孟昶时，历御史中丞，性多依违。时号“软饼中丞”。

【译文】前蜀时徐光溥任相国，喜欢议论朝政，被李昊等人所嫉恨。后来就知趣不再多言，每逢朝中聚会议事，他都假装睡着而已。世人称他是“睡相”。

后蜀韦暇，唐相韦贻范的儿子。孟昶时为御史中丞，个性很依顺，世人称他是“软饼中丞”。

阁老饼

丘文庄自制饼，软腻适口。托中官进上。食之，嘉，命司膳监效为之。不中式，俱被责，因请之丘。丘靳不以告。由是京师盛传为“阁老饼”。

【译文】明大学士丘濬（谥号文庄）自家制作一种面饼，软腻适口，非常好吃。后来托宫中太监进献给皇上品尝。皇上吃后赞不绝口，就命宫中御膳房照着做一些。但由于做不出原来的味道，被皇上呵责多次，只好来向丘濬请教。丘濬却不肯告诉制作方法。于是，京都中盛传为“阁老饼”。

刘棉花

成化中，内阁刘吉丁外艰起复，百媚科道以免弹劾。弘治改元，侍读张升数其十罪，反为御史魏璋所劾，左迁。世以吉耐弹，目为“刘棉花”。

【译文】明宪宗成化年间，内阁大学士刘吉为父亲服丧期满又被起用，百般奉承献媚于监察御史，以免遭弹劾。明孝宗改元弘治后，侍读张升列举刘吉十条罪名，进行弹劾，不想自己反被御史魏璋所弹劾，遭到降职处分。世人都以刘吉经得起弹劾，称他是“刘棉花”。

两字尚书

成化间，上患舌涩，诸司御前奏事，准行者苦答“是”字。鸿胪卿施纯彦请易“照例”二字，上答甚便，寻擢尚书。时人嘲曰“两字尚书”。

【译文】明宪宗成化年间，皇上患了口舌涩苦之疾，诸部司大臣御前奏事时，皇上准奏却又苦于不能多说，用舌音回答一个“是”字也吃力。鸿胪卿施纯彦请皇上改用“照例”两个字。宪宗皇帝说起来觉得很方便省力，不久就擢升施纯彦为尚书。当时人们嘲讽他是“两字尚书”。

襄样节度

襄阳人善为漆器，天下取法，谓之“襄样”。及于司空为帅多暴，郑元镇河中，亦暴。远近呼为"襄样节度"。见《国史补》。

【译文】襄阳这个地方的人善做漆器，许多地方都学取他们的方法，因此称为"襄样"。唐朝姓于的一位司空任襄州大都督时，残暴酷虐，郑元镇守河中，也十分残暴，远近百姓都讥讽他们是"襄样节度(使)"。此事载于《国史补》。

白兔御史

王弘义始贱时，求傍舍瓜，不与。及为御史，乃腾文言园有白兔。县为集众捕逐，畦蓏无遗。内史李昭德曰："昔闻苍鹰狱吏，今见白兔御史。"

【译文】唐朝的王弘义当初贫寒不显达时，曾向邻居求瓜，邻居不给。后王弘义任御史，便写文书说邻人瓜园中有白兔。县令率领众人捕捉，把整个瓜地的瓜践踏无遗。内史李昭德奚落说："过去听说有苍鹰狱吏，今日又见有白兔御史。"

驮官人

曹钦谋逆，已杀寇深，又索王尚书翱。王正在一室，窘迫。一主事长大多力，遽负之逸。王后擢此人要津。时呼为"驮官人"。

【译文】明朝的曹钦阴谋叛乱，他已杀了左都御史寇深，又来捉吏部尚书王翱。当时王翱被困在一间房内，非常危急。一主事官长得身高力壮，背起王翱就跑。后曹钦失败被诛，王翱就提升那主事担任重要职务，人们呼他是“驮官人”。

杨仲嗣、魏伯起

《佥载》云：杨仲嗣躁率，魏光乘目为“热鏊上猢狲”。《北史》：魏伯起在京洛，轻薄尤甚，人号为“惊蛱蝶”。

【译文】据《朝野佥载》书中说：杨仲嗣这个人性情浮躁轻率。魏光乘说他是“热鏊子上的猴子”。《北史》记载：北齐魏伯起（收）在京城洛阳，作风特别轻浮放荡，人们为他起外号叫作“惊蛱蝶”。

李拾遗

周右拾遗李良弼奉使北蕃，匈奴以木盘盛粪饲之，临以白刃。弼惧，勉食，一盘并尽，乃放还。人诮之曰：“李拾遗能拾突厥之遗。”

【译文】北周右拾遗李弼奉旨出使塞北，匈奴人用木盘子盛些粪便让他吃，并且用刀相逼。李弼心中惧怕，勉强下咽，将一盘吃完后，才放他归还。人们讥诮说：“李拾遗能食用突厥人的粪便。”

度宗榜

度宗崩，幼君谅阴。榜第一名王龙泽，二名路万里，三名胡幼黄。京师为之语曰：“龙在泽，飞不得；万里路，行不得；幼而黄，医不得。”

【译文】南宋度宗皇帝赵禥驾崩，幼君正在居丧。当年科考中榜举子，第一名叫王龙濯，第二名叫路万里，第三名叫胡幼黄。京城中流传说：“龙在濯，飞不得；万里路，行不得；幼而黄，医不得。”

城隍墙上画

洪武间，有人画僧顶一冠，一道士顶十冠，蓬松其发：一断桥，甲士与民各左右立而待渡。揭于城隍墙上。朝廷见之，敕教坊司参究其事以奏。明日奏云：“僧顶冠，有官无法；道士十冠，官多法乱；军民立桥边，过不得。”自后法网稍宽，盖以滑稽而谏者。

【译文】明太祖洪武年间，民间有人画了一张画，上边画有一个和尚，头戴一顶冠帽，一个道士头上顶着十个冠帽，头发却蓬松散开；还画着一座断塌渡桥，士兵与百姓们都站立在桥头左右等待过渡。此画被揭于一座城隍庙的墙上。朝廷见后，传诏命各市街乡村调查清楚此事，以实回奏。第二天，有官上奏说：“那画中和尚戴冠帽，指的是有官（冠）无法（发）；道士头顶十冠，指得是官（冠）多法（发）乱；军民站立桥头，暗指过不得。从此朝廷法令稍微宽松，就是因为这张讽刺画的劝谏作用。

朱勔

宣和间，亲王及戚畹入宫者，辄得金带、关子。得者旋填姓名鬻之，即卒伍、屠沽，自一命以上皆可得。朱勔家奴服金带至有数十人。时云：“金腰带，银腰带，赵家世界朱家坏。”

【译文】宋徽宗宣和年间，亲王、公主及其他近属戚里入宫，可以得到金腰带和空白官照。这些人得到后填上姓名出卖，即使是兵卒、屠夫、店家，自最低一级官员身份以上，有钱就可以买得。汴京城中富商朱勔家中的奴仆，佩用金腰带的就有几十人。当时民间嘲讽说：“金腰带，银腰带，赵家的世界被朱家坏。”

师王

韩侂胄擅权日，一时献佞者皆称“师王”。参议钱象祖尝谏用兵，与有隙，史弥远因与合谋。既罢相，遂私批杀之。宁宗不知也。都下语曰：“释迦佛中间坐，胡汉神立两傍。文殊、普贤自斗，象祖打杀师王。”

【译文】南宋韩侂胄把持朝政时，许多献媚攀附之人都称他为“师王”，参议钱象祖曾经因为奏谏用兵之事与韩侂胄有矛盾，因此便与大臣史弥远合谋对付韩侂胄。后来，韩侂胄被罢官，他们就私下批准将他杀死，连宁宗皇帝赵扩也不知此事。京中传言说：“释迦佛中间坐，胡汉神立两旁。文殊、普贤自斗，象祖打杀师王。”

十七字谣

淳祐间，史嵩之入相，以二亲年耄，虑有不测，预为起复之计。时马光祖未卒哭，起为淮东总领；许堪未终丧制，起为镇江守臣。里巷为十七字谣曰："光祖做总领，许堪为节制。丞相要起复，援例。"

淳祐间，车驾幸景灵宫，太学、武学、宗学诸生俱在礼部前迎驾。有作十七字诗曰："驾幸景灵宫，诸生尽鞠躬。头乌身上白，米虫。"盖讥其岁糜廪禄，不得出身，年年唯迎驾耳。

张士诚有养士之誉，凡不得志于时者，争趋附之，美官丰禄，富贵赫然。有为北乐府讥之云："皂罗辫儿紧扎梢，头戴方檐帽，穿领阔袖衫，坐个四人轿，又是张吴王米虫儿来到了。"语本此。（后城破，无一人死难者）。

伪周用黄敬夫、蔡彦文、叶德新三人谋国事，而抵于亡。丁未春，伏诛于南京，风干蔡、叶之尸于称竿者一月。先是，民间作十七字诗云："丞相做事业，专用黄、蔡、叶。一夜西风来，干鳖。"后竟验焉。

【译文】南宋理宗淳祐年间，史嵩之担任丞相，因为家中二老年迈，担心有不测，便早早就为居丧以后重新被起用而做准备。当时马光祖未服满丧期，被起用为淮东总领；许堪未服满丧期，也被起用为镇江守臣。京中里巷的百姓编造一句十七字谣讥讽说："光祖做总领，许堪为节制。丞相要起复，援例。"

还是淳祐年间，理宗皇帝车辇驾幸景灵宫，国子监、武备学堂、皇族学校的学生们都集合到礼部前迎驾。有人戏作十七字诗说："驾幸景灵宫，诸生尽鞠躬。头乌身上白，米虫。"这是讽刺学生年年浪费国家供应生活费，可还是没有学成，不得出身授职，只是年年迎接皇上罢了。

元末时的张士诚曾有爱才养士的美誉，凡是当时不得志的人，都争先归附他，张士诚授他们高官厚禄，安享富贵。有人作北乐府辞讥讽这些所谓的贤士说："皂罗辫儿紧扎梢，头戴方檐帽，穿领阔袖衫，坐个四人轿，又是张吴王米虫儿来到了。"上文所说的"米虫"，就来源于此。（后来城被明军攻破，这些贤士们竟无一人为张士诚尽忠死难）

张士诚的伪周重用王敬夫、蔡彦文、叶德新三人筹谋国事，而终于招致灭亡。丁未年春天。他们被明朝诛杀在南京，蔡彦文、叶德新的尸体吊在竹竿上被风吹干达一月之久。先前民间就有人作十七字诗说："丞相做事业，专用黄、蔡、叶。一夜西风来，干鳖。"不想后来竟被证实了。

王婆醋钵

张士诚据有平江日，松江俞俊以贿通伪尹郑焕，署宰华亭，用酷刑朘剥，邑民恨入骨髓。袁海叟有诗曰："四海清宁未有期，诸公衮衮正当时。忽然一日天兵至，打破王婆醋钵儿。"或者不知醋钵之义，以问叟。叟曰："昔有不轨伏诛，暴尸于竿。王婆买醋，经过其下。适索朽尸坠，醋钵为其所压，着地而碎。王婆年老无知，将谓死者所致，顾谓之曰：'汝只是未曾吃恶官司来！'"闻者皆绝倒。

【译文】张士诚占据平江（今江苏苏州）的时候，松江人俞俊贿赂买通伪官郑焕，从而得任华亭知县，善用酷刑剥削百姓，当地人恨之入骨。袁海叟（凯）作了一首诗说："四海清宁未有期，诸公衮衮正当时。忽然一日天兵至，打破王婆醋钵儿。"有人不解这醋钵指得什么，便询问袁海叟。他回答说："过去有人图谋不轨而被诛杀，暴尸于竿上。王婆婆去买醋，经过木杆下，正巧绳索腐朽、尸体坠地，将醋钵砸压落地，摔得粉碎。王婆婆年老不知，认为是死人造成的，便朝着尸身说：‘你只是没有吃恶官司来！’”闻听的人无不笑得前仰后合。

落指君子

晋江刘明府震臣，先年令常熟，极有吏才，但法尚严峻。尝枉征财课，百姓瘐狱中、毙杖下者，十而九矣。又拷掠之惨，至于手足指堕。于是虞人歌之曰：“落指君子，民之父母。”

【译文】晋江知县刘震臣，先前曾任常熟县令，很有治理政务的才干，但执法严峻。他曾随意征收苛捐杂税，拖欠的百姓病死狱中或被刑杖打死的，十人中有八九个。他拷打掠问的刑法非常残酷，甚至把人的手指和脚趾头都剁掉。于是当地的人们纷纷传唱歌谣，说他是：“落指君子，民之父母。”

桑 渐

桑渐为孟州佥判。或誉县长“明似镜，平似秤”。渐不然其言，抑之曰：“却被押司走上厅，打破镜，踏折秤。”

【译文】桑渐任孟州（今河南孟县）佥判的职务。有人赞誉县令是“明似镜，平似秤”。桑渐不以为然，故意贬低说道：“却被押司官吏走上公厅，打破他的镜，踏断他的秤。”

常州守谣

《马氏日抄》云：常州守莫愚巧于取贿，而纠察郡吏使无所得。郡人为之语曰："太守摸鱼，六房晒网。"继莫者叶蓁，有廉操，而律下不严，吏曹得行其诈。又为语曰："外郎作鲜，太守拽罾。"言劳而无获也。

近来贪吏，多与六房通气揽事。时又语曰："六房结网，知县摸鱼。"

【译文】《马氏日抄》书中记载：常州郡守莫愚贪污受贿做得非常隐蔽巧妙，但对部属郡吏们却是严加纠察，使他们无法营私舞弊。当地人都戏语说："太守摸鱼（莫愚），部属晒网。"接替莫愚任郡守的叶蓁，有廉洁的操行，但对部下管束不严，使郡吏们得以欺诈索取百姓钱财。当地人戏语道："衙门书吏尝鱼鲜，太守一人在拉网。"（拽罾谐音叶蓁）意思是说叶蓁劳而无获。

近来的贪官污吏，大多都与所属六房典史们通气揽事。世人嘲讽道："六房属吏张开网，知县大人去摸鱼。"

刘宠庙

一钱太守刘宠庙，在绍兴钱清镇。王叔能过庙下，赋诗曰："刘宠清名举世传，至今遗庙在江边。近来仕路多能者，也学先生拣大钱。"

今日拣大钱者，必要生祠碑记。正为刘宠之有庙也。

【译文】被称为一钱太守的后汉会稽太守刘宠的庙宇，设在绍兴钱清镇。王叔能路过此庙，赋诗说："刘宠清名举世传，至今遗庙在江边。近来仕路多能者，也学先生拣大钱。"（传说山阴五六个老人送百钱给刘宠，他只选收了一枚大钱——译者注）

如今拣大钱的，必然要立碑建生祠来纪念。这正是因为建有刘宠庙的缘故。

杨太守、刘知县

成化中，有汝宁杨太守甚清，其附郭汝阳刘知县甚贪。太守夜半微行，至一草舍，有老妪夜绩，呼其女曰："寒甚。"命取瓶中酒。酒将尽，女曰："此一杯是杨太爷也。"复斟一杯，曰："此是刘太爷。"盖酒初倾，则清者在前，后则浊矣。闻者赋诗曰："凭谁寄语临民者，莫作人间第二杯。"

【译文】明宪宗成化年间，有个姓杨的汝宁（今河南汝南）太守很廉洁，可其属下的汝阳刘知县十分贪婪。杨太守一天夜间微服私访，来到一草房，听到里边有位老妇人正在纺织麻线，喊她的女儿说："太冷了。"让女儿取出瓶中的酒来喝。酒瓶中的存酒已不多，其女儿说："这第一杯是杨太爷。"然后又倒一杯，说："这第二杯是刘太爷。"原来刚倒酒时，清澈的在上边，再倒时就混浊了。闻听过此事的人赋诗道："请谁去告诉居官治民的人，切莫做人间的第二杯。"

洪奉使

宋绍兴辛巳，葛王篡位，使来修好。洪景卢往报之，入境，与其伴使约用敌国礼。伴许诺。故沿路表章，皆用在京旧式。未几，乃尽却回，使依近例易之。景卢不可。于是扃驿门，绝供馈，不得食者一日；又令馆伴者来言。景卢惧留，不得已，易表章授之，供馈乃如礼。景卢素有风疾，头常微掉。时人为之语曰："一日之饥禁不得，苏武当时十九秋。寄语天朝洪奉使，好掉头时不掉头。"

【译文】南宋高宗绍兴辛巳年（1161），金国葛王完颜雍篡位，派来使节修好，高宗命洪景卢为使前去回报。入金境后，洪景卢便与其同行的使臣们商定用敌国平等的礼节，使臣们都同意。因此沿路所下的表章，都用在京城时的旧格式。不久，表章都被退回，金国执意要用近例，降低宋朝身份来换文。洪景卢不同意。于是，金国便传令关锁驿舍门户，断绝供应，使洪景卢一行一天不能吃东西；金国又令陪同官员来劝说。洪景卢害怕被留下，不得已只好改换公文给他们，从此，才恢复接待使臣的礼节供应。洪景卢平常患有中风，头常摆动，当时人们嘲笑他说："一日之饥都禁不得，苏武当年曾苦渡了十九年。寄语给天朝的洪奉使，好摇头时不摇头。"

景龙嘲语

景龙中，洛下淋雨百余日。宰相令闭场市北门以弭之，卒无效。人嘲曰："礼贤不解开东阁，燮理唯能闭北门。"

【译文】唐中宗景龙年间，洛阳连日降雨长达百余天。宰相命关闭市场北门以消弥水灾，但效果不大。人们嘲讽说："求贤迎宾不晓得应打开东阁，调理水患只知道关闭北门。"

天竺观音

孝宗时大旱，有诏迎天竺观音就明庆寺请祷。或作诗曰：

“走杀东头供奉班，传宣圣旨到人间。太平宰相堂中坐，天竺观音却下山。”赵温叔（雄）由是免相。

【译文】南宋孝宗皇帝时，天下大旱，朝廷下诏迎天竺观音在明庆寺祈祷求雨。有人作诗说：“走杀东头供奉班，传宣圣旨到人间。太平宰相堂中坐，天竺观音却下山。”右丞相赵温叔（雄）因此事被免职。

贩 盐

贾似道令人贩盐百艘至临安。太学生有诗云：“昨夜江头涌碧波，满船都载相公醝。虽然要作调羹用，未必调羹用许多。”贾闻之，遂以士人付狱。

【译文】南宋权相贾似道曾经命人贩运上百艘船的盐到临安（今浙江杭州）。翰林院有太学生赋诗讥讽说：“昨夜江头涌碧波，满船都载相公醝。虽然要作调羹用，未必调羹用许多。”贾似道闻知后非常恼怒，遂即将写诗的太学生投入狱中。

量 田

成化初，邢公宥为苏州。以郡中久荒，陂荡起税，民心颇怨。有投诗刺之者，曰：“量尽山田与水田，只留沧海共青天。渔舟若过闲洲渚，为报沙鸥莫浪眠。”（一作杨贡事）

【译文】明宪宗成化年间，邢宥任苏州知府，因为当地久荒，邢宥便将池塘河荡也都丈量起税，使得百姓怨恨纷纷。有人投寄诗词讽刺他说："量尽山田与水田，只留沧海共青天，渔舟若过闲洲渚，为报沙鸥莫浪眠。"（也有说是杨贡的事情）

尹翰林诗

宣德中，简太学生年五十以上，放归田里，而儒生应贤良方正举者，辄得八品官。尹翰林岐凤有诗曰："五十余年做秀才，故乡依旧布衣回。回家及早养儿子，保了贤良方正来。"

【译文】明宣宗宣德年间，朝廷精减五十岁以上的太学生，放归故里，而儒生们如能得到贤良方正荐举的，就可任为八品官。老翰林严岐凤作诗解嘲道："五十余岁做秀才，故乡依旧布衣叹。回家及早养儿子，保了贤良方正来。"

修《续通鉴》

景泰间，修《续通鉴纲目》。开馆时，三阁下奏本院官怠缓，完期不可必，因各荐所知。于是丁参议珵等皆被召。聂大年教授扶病入馆，退食松林下，经宿物故。又章主事诹病，刘治中实老。时刘宣化讥之曰："昔人云，生、老、病、死、苦，史馆备矣。"一日，丁参议与宋尚宝怀尚气，失色忿詈。馆中陈缉熙成一诗，谑云："参议丁公性太刚，宋卿凌慢亦难当。乱将毒手抛青史，故发伧言污玉堂。同辈有情难劝解，外郎无礼便传扬。不知班、马、韩、苏辈，曾为修书闹几场？"明日，二人悔恨，自解谢曰："勿更贻斯文笑也。"

【译文】明代宗景泰年间，朝廷准备编修《续通鉴纲目》。建史馆开始编书时，藏书三阁奏说自己院中的职官编纂缓慢，不能按期完成，因而各自推荐所了解的人才。于是参议丁理等人被召请。聂大年教授带病入馆，退朝后在松树下用膳，只过一夜就病故了。另外，像章主事也是抱病而来，刘治中则年龄太老。当时进士刘宣化讥笑道："过去人们所说的生、老、病、死、苦，如今史馆全都齐备了。"一天，参议丁理和尚宝卿宋怀斗气，二人翻脸吵骂起来。史馆中的陈缉熙赋成一诗，戏谑道："参议丁公性太刚，宋卿凌慢亦难当。乱将毒手抛青史，故发伧言污玉堂。同辈有情难劝解，外郎无礼便传扬。不知班马韩苏辈，曾为修书闹几场？"（班为《汉书》作者班固，马为《史记》作者司马迁，韩为韩愈，苏为苏轼——译者注）第二天，丁、宋二人都感到悔恨，自己和解道歉说："以后别再让文人笑话咱们了。"

魏扶

大中元年，魏扶知礼闱，入贡院，题诗曰："梧桐叶落满庭阴，锁闭朱门试院深。曾是昔年辛苦地，不将今日负前心。"及牒出，为无名子削为五言，以讥之。

【译文】唐宣宗大中元年（847），魏扶主持礼部考试而来到贡院，他看到自己过去经历过的考场触景生情，题诗道："梧桐叶落满庭阴，锁闭朱门试院深。曾是昔年辛苦地，不将今日负前心。"等到书牒发出，已经被不知姓名的考生削去前二字成为五言诗，以讥讽魏扶。

丁丑、庚辰榜

万历丁丑，张太岳子嗣修榜眼及第。庚辰，懋修复登鼎元。有无名子揭口占于朝门曰："状元榜眼姓俱张，未必文星照楚邦。若是相公坚不去，六郎还作探花郎。"后俱削籍。故当时语曰："丁丑无眼，庚辰无头。"

【译文】明神宗万历丁丑年（1577），张太岳（居正）的儿子张嗣修会试得中第二名榜眼。庚辰年（1580），又一个儿子张懋修考中状元。有不知姓名的人写下揭文贴在朝门上讥讽说："状元榜眼姓俱张，未必文星照楚邦。若是相公坚不去，六郎还作探花郎。"不久，张嗣修、张懋修都被除名。所以当时人们传说："丁丑年无眼，庚辰年无头。"

徐干《中论》

正德某科士子，中场用徐干《中论》全篇而得高第。明年，海内之士交相谓曰："徐干《中论》，翰林先生所最重也。"于是购《中论》而读者纷然。京师为之语曰："秀才好请客，徐干偶撞席。也只好一遭，良会难再得。"

【译文】明武宗正德年间某科的一个举子，中场应试时抄袭了三国魏时建安七子之一的徐干所写的《中论》全文而得中高第。第二年，国内各地的学子互相传说道："徐干的《中论》，是翰林先生们最看重的文章。"于是纷纷购回《中论》争相阅读。京城中有人为此嘲讽说："秀才好请客，徐干偶撞席。也只好一遭，良会难再得。"

吴伯通

吴伯通为浙省学道，取士专看工夫。时初学作文多不根，取者甚少，乃群往御史台求试。御史复发吴公。吴出题"鼋鼍蛟龙鱼鳖生焉"，论题乃一"滚出来"，文难措辞，而论又性理，甚为吴所辱。有嘲之者曰："三年王制选英才，督学无名告柏台。谁知又落吴公网，鱼鳖蛟龙滚出来。"

【译文】吴伯通任浙江省学道时，选取士子专看文字功夫。当时一些初学作文的学子根基都不扎实，所以能被选取上的很少，学子们便前往御史台要求重新考试。御史台便把信函复发给吴伯通。吴伯通再试时出题《鼋鼍蛟龙鱼鳖生焉》，论题为《滚出来》。这题使文章很难下笔，而立论又要求符合性理，结果学生们被吴伯通狠狠羞辱了一通。有人嘲笑说："三年王制选英才，督学无名告柏台。谁知又落吴公网，鱼鳖蛟龙滚出来。"

被黜诗

天顺初，有欧御史校士，去留多不公。富室子弟惧黜者，或以贿免。昆山郑文康送一被黜生诗，末云："王嫱本是倾城色，爱惜黄金自误身。"

【译文】明英宗天顺初年，有个姓欧的御史奉命考试学子，录取和淘汰处理得很不公正。富家子弟们害怕被除名，有的就利用行贿才避免了被黜。昆山名士郑文康赠诗给一被黜退的学子，诗最后说："王嫱本是倾城色，爱惜黄金自误身（王昭君本是倾城倾国的美人，只因爱惜黄金而误了自己的终身）。"

倭房公

万历初，有房御史督学，以贿著。轻薄子改杜牧之《阿房宫赋》为"倭房公"以讥之。首云："沙汰毕，督学一。文运厄，倭房出，横行一十三府，扰乱天日。"中云："米麦荧荧，乱圈点也；枷锁扰扰，假公道也。湖流涨腻，苞苴行也；批挞横斜，门子醉也；雷霆乍惊，试案出也。人人骇忧，漫不知其所谓也。孔方先容，虽嫫亦妍。十目所视，而莫掩焉。有不可闻者，遗臭万年。"详载《戒庵漫笔》。

【译文】明神宗万历初年，有个姓房的御史督学，以受贿著称。一个轻薄顽皮的学子改动唐代杜牧的《阿房宫赋》为《倭房公》，以讥讽房御史。首句说："沙汰毕，督学一。文运厄，倭房出，横行一十三府，扰乱天日（都淘汰尽，只留一督学。文运遭厄难，倭房出世来，横行一十三府县，天日都被扰乱）。"中间又写道："米麦荧荧，乱圈点也；枷锁扰扰，假公道也。湖流涨腻，苞苴行也；批挞横斜，门子醉也；雷霆乍惊，试案出也。人人骇忧，漫不知其所谓也。孔方先容，虽嫫亦妍。十目所视，而莫掩焉。有不可闻者，遗臭万年（米麦闪闪烁烁，是他乱圈乱点；学子纷纷戴枷锁，是他假行公道。江河湖流肿涨，是他受贿太多；大门传达东倒西斜，是看门的人喝醉酒；霹雳雷霆猛响，是他的试题出笼。人人担忧害怕，茫茫然不知他究竟是何心意。有孔方兄(金钱)者先来说情,虽然丑陋,他也说是美丽,众目睽睽,他也毫不掩饰。有如此丑不可闻之人,将遗下臭名万年)。”此事详载于《戒庵漫笔》一书。

楚中二督学

嘉靖间,楚中督学吴小江有爱少之癖,冠者多去巾为髫年应试。嘲者曰:“昔日峨冠已伟然,今朝丱角且从权。时人不识予心苦,将谓偷闲学少年。”其后曾省吾代之,所拔亦多弱冠,一生遂自去其须。及入试,居四等,应朴责。曾乃恕年长者而责少者,此生遂以无须受责。嘲者曰:“昨日割须为便考,今朝受责加烦恼。头巾纱帽不相当,有须无须皆不好。”见《谐薮》。

【译文】明世宗嘉靖年间,荆楚地方的督学吴小江有喜欢少年的癖好,带冠的成年人都去掉头巾扮作少年来应试。有人嘲讽说:“昔日峨冠已伟然,今朝丱角且从权。时人不识予心苦,将谓偷闲学少年。”后来曾省吾代替吴小江任督学,所选拔的学子也大多是年轻之人,一个考生于是剃去自己的胡须。等到入试,居于四等,受到打板子的责罚。曾省吾对年长者免打,而责打年少人,那个考生又因为没有胡须而受到责罚。别人嘲笑说:“昨日割须为便考,今朝受责加烦恼。头巾纱帽不相当,有须无须皆不好。”此事见于《谐薮》。

童生府试

浙直童子试,府取极难,非大分上,即晁、董不自必也。

湖州一朝士，妻舅及显者；又一士，脱细君簪珥营之，俱获进院入泮。长兴吴生戏为令曰："湖州有一舅，乌程添一秀。舅与秀，人生怎能勾？佳人头上金，才子头上巾。金与巾，世间有几人？外面无贵舅，家中无富婆。舅与婆，命也如之何？"

【译文】浙江正当举行考取秀才的童试，但府试取士很难，如果没有很大的面子和关系，即使像晁、董这样有才的学子也不一定能考取。湖州有个做官人家子弟，他的妻舅是朝中显贵；又一个学子，脱下妻子的首饰送给考官，后都被批准进入书院当上秀才。长兴县一个姓吴的学生戏作一首令说："湖州有一舅，乌程添一秀。舅与秀，人生怎能勾？佳人头上金，才子头上巾。金与巾，世间有几人？外面无贵舅，家中无富婆，舅与婆，命也如之何？"

胡御史、张少傅

嘉靖壬辰，北直隶学院胡明善待士惨刻，庠序甚怨。以私取房山所窠石为碑，事发，拟侵盗园林树木，以石窠近皇陵故也。是年七月间，彗星见东井，自辛卯至是已三见。有旨令大臣自陈，张少傅孚敬遂致仕。或为句以纪其事，云："石取西山，胡明善殃从地起；星行东井，张孚敬祸自天来。"又曰："彗孛扫除无驻足，石碑压倒不翻身。"

【译文】明世宗嘉靖壬辰年（1532），北直隶督学御史胡明善，对待学生惨虐刻薄，学校中怨声载道。后来，胡明善私自盗取房山县山中的穴石建碑，事情败露，被拟定为侵盗皇家园林树木的罪名，这是因为石穴靠近皇陵的缘故。同年七月间，彗星出现于井宿，这是自辛卯年（1531）以来的第三次了。皇上颁旨命大臣们自责过失，少傅张孚敬因此而辞官。有人写文字记载此事说：“取石于西山，胡明善的灾殃从地而起；彗星现于东井，张孚敬的祸患自天而来。”又说：“彗星扫除难以停留，石碑压倒不能翻身。”

赵鹤、江潮

赵鹤督学东省过严，竟以此罢官。江潮代之，亦风裁凛然。诸生题壁云：“赵鹤方剪羽翼，江潮又起风波。”

【译文】明朝赵鹤任山东提学佥事时督学过于严厉，竟因此而罢官。江潮接任代替他之后，也是法度风纪严苛。一些学生在墙壁上题写道：“赵鹤刚刚被剪去翅膀，江潮又来掀起风波。”

真希元

端平间，真希元应召而起。百姓仰之，若元祐之仰涑水也。时楮轻物贵，市井喁喁为之语曰：“若要百物贱，直待真直院。”及入朝，进对，首以“正心诚意”为言。愚民无知，以为不切时务，遂续前语曰：“吃了西湖水，打作一锅面。”继参大政，未及有所建置而薨。

【译文】南宋理宗端平年间，真希元（德秀）被征召为翰林学士。百姓们敬仰尊重他，就像宋哲宗元祐年间尊崇涑水先生司马光一样。当时纸币贬值，物价上涨，市街上的百姓都窃窃私语说：“如果让物价降低，还得等待真直院。”后来，真希元入朝后，向皇上进策，首句说“正心诚意”。有些百姓愚昧无知，认为他的观点不切合实际，于是又续接前时的那句说：“吃了西湖水，打作一锅面。”等真德秀被任命为宰相，还未来得及有所建树就去世了。

王文成二高弟

陆澄字原静，王文成公之高弟也。始张、桂议大礼，澄以刑部主事上疏攻之，旋以忧去。服阕至京，复上疏，称张、桂为正论，而悔前之失言。上理其前疏，谪广东高州通判。又徐珊，亦文成高弟也。癸未会试，以策问诋文成学，拂衣而出，天下高之。后选得辰州贰府，坐侵军饷事缢死。时人为之语曰：“君子学道则害人，小人学道则缢死也。”

《谑浪》云：耿宗师倡道南畿，令有司聚徒讲学。吾松生员杨井孙、林士博为首。及井孙以杀嫂致狱，林执手送之别，泣甚哀，曰：“吾道南矣！”闻者捧腹。

【译文】明朝时的陆澄，字原静，是文成公王守仁先生的高足弟子。当初，大臣张、桂议论朝廷大礼之事，陆澄以刑部主事的身份向朝廷上疏指责他，后因父母服丧而停职离去。等三年服丧期满回京，再次上疏，言称张、桂是正确的，深悔自己前时的失言。皇上理解他前次的疏文也是出于忠心，于是从轻发落降职任广东高州通判。还有徐珊，也是王守仁的高足弟子。癸未年（1523）朝廷会试，因为策问中有诋毁王守仁学说的文字，于是拂袖而去，受到天下学子的赞扬。后来，他被选任为辰州（今湖南沅陵）府的副职，因犯了侵吞军饷的大罪而自缢身死。当时有人说道：“君子学得道行就害人，小人学得道行就缢死。”

《谑浪》一书中说：“耿宗师在南京提倡求学读书，让官府聚集学生讲学。我们松江的秀才杨井孙，林士博领头前往求学。后来，当杨井孙因杀嫂被捕入狱，林士博拉着他的手送别，痛哭流涕道：“我们的学问中心转移到南方了！”闻听的人都捧腹大笑。

金鼓诗

至正间，风纪之司，赃污狼藉。是时金鼓音节迎送廉访使，例用二声鼓、一声锣；起解强盗，则用一声鼓、一声锣。有轻薄子为诗嘲曰：“解贼一金并一鼓，迎官两鼓一声锣。金鼓看来都一样，官人与贼不争多。”

海寇郑广既受招安，使主福之延祥兵。每朔望，谒阃帅，群僚鄙之，不与言。一日，群僚方坐论诗，广忽起曰：“某亦有拙句，白之可乎？”众属耳。乃吟曰：“郑广有诗上众官，文武看来总一般。众官做官却做贼，郑广做贼却做官。”然则官贼之溷，自宋已然矣。

【译文】元惠宗至正年间，监察衙门内官员们纲纪败坏，贪污受贿狼藉不堪。当时用锣鼓音乐迎送廉访使，照例要用二声鼓、一声锣、而押解强盗，却用一声鼓、一声锣。有轻薄的学子作诗嘲讽道：“解贼一锣并一鼓，迎官两鼓一声锣。锣鼓看来都一样，官人与贼差不多。”

海盗郑广既已接受招安，让他统领福建延祥的兵马。每月的初一，他都去拜谒地方军队主帅，部下僚属都瞧不起他，不和他说话。一天，僚属们刚刚坐下议论诗词，郑广忽然站起来说：“我也有不成样子的诗，念念可以吗？”众人同意了。他吟诵道：“郑广有诗上众官，文武看来总一般。众官做官却做贼，郑广做贼却做官。"这样看来官府与盗贼相混，从宋朝就已经如此了。

痴 床

唐时，侍御史号杂端，最为雄剧。台中会聚，则于座南设横榻，号南床，又曰痴床。言登此床者，倨傲如痴。

【译文】唐朝时，侍御史号称杂职官员，权势很大。御史台聚会，就于座南边设一横床，号称南床，又叫痴床。称登这个床的人，倨傲到了痴呆的程度。

南吏部

国朝吏部之权俱在北曹，南曹殊落莫。唯考察年，南京官五品以下，黜调皆在其手，其势赫奕。过此，则又如常矣。都下谣曰："今日南京真吏部，明朝吏部又南京。"

【译文】本朝吏部的权利都在北京的衙门，南京的吏部衙门十分冷落。惟有到了考察官吏这一年，南京五品以下的官员，罢黜调任的权利都在南京吏部之手，声势显耀。过了这个时间，就又一切如常了。京城中民谣说："今日南京真吏部，明天吏部又南京。"

名帖大字

近来宦途好胜，书名竞作大字。有人嘲云："诸葛大名垂宇宙。今人名大欲如何？虽于事体无妨碍，只恐文房费墨多。”

【译文】近一时期，宦途争胜好强，书写名片竞相用大字。有人嘲讽说：“在诸葛孔明大名垂扬的天下，今人书写大名又打算如何呢？虽然于事体并无多大妨碍，只是怕文房中浪费墨汁多。”

海 公

海公巡抚南国，意主搏击豪强，因而刁风四起。有投匿名状者，曰：“告状人柳跖，告为势吞血产事：极恶伯夷、叔齐兄弟二人，倚父孤竹君历代声势，发掘许由坟冢。被伊族告发，恶又贿求嬖臣鲁仲连得免。今某月日，挽出恶兄柳下惠，捉某箍禁孤竹水牢，日夜痛加炮烙极刑，逼献首阳薇田三百余亩。有契无文，崇侯虎见证。窃思武王至尊，尚被叩马羞辱，何况区区蝼蚁！激切上告。”海公见状，颇悔前事，讼党少解。

【译文】海瑞巡抚江南，一心主张打击豪强贪官，因此反对他的刁风四起。有人投寄匿名信给他说：“告状人我名叫柳跖，状告仗势侵吞家产之事：极恨伯夷、叔齐兄弟二人，依仗其父孤竹君历代的声望和权势，竟发掘许由的坟冢。被许氏族人告发，又行贿求宠臣鲁仲连相助免祸。今某月某日，他们拉出兄长柳下惠，把我捉拿拘禁在孤竹君的水牢中，日夜痛施炮烙的酷刑，逼我献出首阳山的野地三百多亩。此事有契无文，崇侯虎可以作证。我以为像周武王这样的至尊君王，尚且被伯夷、叔齐叩马劝谏所羞辱，何况我这小小的蝼蚁之人呢！因此激烈而迫切地上告海公。”海瑞看了这封列举上古到春秋战国人名组成故事暗中影射自己的书信，心中颇感懊悔先前所做之事，于是对断案牵连的人也稍微宽解了。

杨妃病齿图

冯海粟题《杨妃病齿图》云："华清宫，一齿痛；马嵬坡，一身痛；渔阳鼙鼓动地来，天下痛！"

【译文】冯海粟题《杨妃病齿图》说："华清池洗濯玉脂，一个牙齿痛；马嵬坡兵变赐死，全身发痛；渔阳安禄山反叛，鼓声震山动地，天下都疼痛。"

九龙庙

同州澄城县有九龙庙，然只一妃，土人谓冯瀛王之女也。司马仲才戏题诗云："身既事十主，女亦配九龙。"过客读之，无不笑。

【译文】同州（今陕西大荔）澄城县有一座九龙庙，然而只供奉有一个龙妃，当地人说这是冯瀛王（道）的女儿。司马仲才戏题诗说："身既事十主，女亦配九龙（父身既然侍奉十主，其女也可许配九龙）。"过往的游客读后，无人不笑。（五代时冯道曾历事五姓十个帝王，被称为变节的典型——译者注）

荒年谣

荒年百物腾涌，颇艰饮啖。杭人戏作诗曰："丰年人不觉，家家喜饮酒。荒年要酒吃，除却酒边酉。”言饮水也。又曰：“丰年人不觉，鹅肉满案绕。荒年要鹅吃，除却鹅边鸟。”言杀我也。谑亦有意。

【译文】灾荒之年，各种物品价格上扬，连吃喝都颇感艰辛。杭州人戏作诗道：“丰年人不觉，家家喜饮酒。荒年要酒吃，除却酒边酉（丰收之年人不觉，家家户户喜饮酒，灾荒之年想吃酒，先除掉酒字边的酉）。”其意是说喝水。又道：“丰年人不觉，鹅肉满案绕。荒年要鹅吃，除却鹅边鸟（丰收之年人不觉，肥美鹅肉满案绕。灾荒之年想吃鹅，先除掉鹅字旁边那只鸟）。”其意是说只能吃我自己。戏谑得也很有意思。

郑世尊

或谓不肖子倾产破业，所病不瘳，其终奈何？司马安仁曰：“为郑世尊而已。”盖郑子以李娃故，行乞于市，几为馁鬼。佛世尊欲与一切众生结胜因缘，遂于舍卫次第乞食。合二义以名之。

【译文】有人说不孝子孙们倾家破业，就像大病之后不能恢复元气一样，最终又能怎么办呢？司马安仁说：“可以学郑世尊罢了。”（指乞丐）原来唐代郑生因迷恋妓女李娃的缘故，后来行乞于市街，几乎成为饿死鬼。佛经里讲佛世尊正准备与一切生命结为因缘，于是在舍卫国内依次向人乞食物。这是含两层意义取的名字。

龟兹王

乌孙公主遣女至汉学鼓琴，还过龟兹。龟兹王绛宾留以为夫人，上书言得尚汉外孙，愿与公主女俱入朝。自是数来朝贺。乐汉衣服制度，归其国，治宫室，作徼道周卫，出入传呼，撞钟鼓，如汉家仪。外国胡人皆曰："驴非驴，马非马，若龟兹王所谓骡也。"

凡婢效夫人妆，田舍翁好清，小家子通文，暴富儿学大家规矩，三脚猫拽拳使棒，皆可唤作"龟兹王"矣。

【译文】西域乌孙国公主差遣女儿到内地汉室学习鼓琴，返回时路过龟兹国，被龟兹王绛宾留下作为夫人，并向朝廷上言说娶了汉家外孙女，愿与公主女儿一同晋京朝贡。从此多次来朝贺。他们喜爱汉族服饰制度，回国后，修建宫室，作巡行警戒的道路，布置守卫出入传呼，撞鼓鸣钟，都像汉族礼仪。外族胡人讥笑说："驴不是驴，马不是马，像这龟兹王，就是所谓的骡子啊。"

凡是婢女想仿效夫人妆梳，种田之人喜爱清高，小家的孩子想贯通文辞，暴发户的儿子学大户家的规矩，以及只知皮毛没有真本事的三脚猫舞拳弄棒，都可以叫他们是"龟兹王"了。

灵迹部第三十二

子犹曰：凡有道术者，皆精神之异于常人者也。真有真精神，幻亦有幻精神。冬起雷，夏造冰，几于镂天雕地矣。非精神能感召，其然耶？下至一技之工，一虫之戏，亦必全副精神与之娴习而后能之。拜树而树应，诵驴而驴灵，非真并非幻也，精神之至也。精神无伪，伪极亦是真也。恒言遇所不能，辄谓仙气。余意凡道术止是如此，无二法门。集《灵迹第三十二》。

【译文】子犹说：凡有道术的人，都是精神上不同于平常人的人。真实有真实的精神，虚幻有虚幻的精神。冬天能发起雷电，夏天能制造冰雪，几乎要雕镂天和地了。不是精神能感召，能这样吗？下至一招工巧的技艺、一个小虫的游戏，也一定用全副精神习练娴熟之后才能做到。礼拜树木，树木应声，呼唤驴儿，驴儿显灵，不是真实也不是虚幻，是精神大到极至而已。精神是没有虚假的，虚假到极点也就是真实。常言说，遇到所不能做到的事，就说是“仙气”。我认为凡是道术只是这样罢了，没有第二个法门。为此，汇集《灵迹部第三十二》。

顶穴 乳穴

唐时，西域僧伽居京师之荐福寺，常独居一室，顶上有穴，恒以絮窒之。夜则去絮，烟气从顶穴中出，芬芳满室。

石勒时，有佛图澄者，左乳旁有一穴，恒就水洗濯肠肺，以絮窒之。夜欲读书，辄拔絮，则光自穴出，一室洞明。

【译文】唐朝时，西域一个僧人居住在京城的荐福寺，他常独居一室。头顶有一空洞，平常用棉絮填塞着，夜间就把棉絮去掉，一股烟气就从空洞中飘来，使满屋清香芬芳。

石勒做皇帝时，有个叫佛图澄的高僧，左胸的乳房边有一个孔洞，他常用水来洗胸肺等内脏，然后用棉絮填塞起来。夜间要读书时，就拔掉棉絮，光亮就从他胸腔中射出，整个房间照得亮堂堂的。

二小儿登肩

天竺僧鸠摩罗什阐教于秦。一日忽下高座，谓秦主兴曰："有二小儿登吾肩，欲障；须妇人。"兴遂以宫女进之，一交而生二子。自尔别立廨舍，供给丰盈。诸僧有欲效之者，什聚针盈钵，谓曰："若能相效食此者，乃可畜室。"因举匕进针，不异常食。

【译文】天竺国的僧人鸠摩罗什，后秦时在长安讲佛经。一天，忽然从高座上走下来，对秦主姚兴说："有两个小儿登上我的肩头，这是色欲的劫数，我需要一个妇人。"姚兴就把一个宫女进献给他，一次交合就生了两个孩子。从此，姚兴就给鸠摩罗什另外安置了住房，对他的供给非常丰厚。其他僧人也想仿效他的做法娶妻，他就把钵中放满了针，对众僧人说：“你们能像我一样吃掉这些针的，才可以收容女人。”于是就拿起勺子，吃起钢针来，好像吃的是平常的食物一样。

鸤鸠和尚

《云溪友议》云：邓州和尚日食二鸠。有贫士求餐，分二足与食。食既，僧盥嗽，双鸠从口出，一能行，一匍匐在地。士惊愕吐饭，二足亦出。号“南阳鸤鸠和尚”。

【译文】《云溪友议》中记载：邓州有一个和尚每天吃两只布谷鸟。一个穷书生向他求食，他就分给书生两只腿。吃了饭，和尚洗漱时，只见两只鸟又从他口中跑出，一只能行走，一只在地上匍匐。书生大惊，呕吐起来，两只鸟腿也吐了出来。那和尚被称为“南阳鸤鸠和尚”。

香阇黎

香阇黎者，莫测其来，止益州青城山寺。时俗每至三月三日，必往出游赏，多将酒肉酣乐。香屡劝之，不断。后因三月，又如前集。香令人穿坑，方丈许，忽曰：“檀越等常自饮噉，未曾见及，今日须餐一顿。”诸人争奉肴酒，随得随尽，若填巨壑。至晚曰：“我大醉饱，扶我就坑，不尔污地。”及至坑所，张口大吐，雉肉自口出，即能飞鸣；羊肉自口出，即能驰走；酒浆乱泻，将欲满坑；鱼虾鹅鸭，游泳交错。众咸惊嗟，誓断宰杀。

【译文】北周高僧香阇黎，不知他从哪里来，住在益州（今四川成都）青城山寺。当时风俗每到三月三日，人们一定外出游赏，带很多酒肉，酣饮作乐。香阇黎多次规劝世人，但人们仍然饮酒吃肉不断。后来正值三月，游人又像从前一样汇集到这里。香阇黎让人挖了一个一丈多见方的大土坑，忽然说："施主们，你们常自饮自吃，我从来没被邀请过，今天得吃一顿了。"大家争着给他进奉酒菜。他接过来就吃喝净尽，像填进了巨大的沟壑。到了晚上才说："我已经大醉大饱了，快扶我到坑边，不然就弄脏了地面。"等到了坑前，就张口大吐起来，野鸡肉从嘴里吐出，就能飞能叫；羊肉从口里吐出，就能跑起来；酒浆从嘴里流出来，几乎流满了坑；鱼虾鹅鸭吐出来，立刻交错地游来游去。大家都一片惊叹，发誓要停止宰杀。

昝老

长寿寺僧誓言：他时在衡山，村人为毒蛇所噬，须臾而死，发解，肿起尺余。其子知昝老有术，遂迎昝至。乃以灰围其尸，开四门，先曰："若从足入，则不救矣。"遂踏步握固。久之，蛇不至，昝大怒，乃取饭数升捧蛇形，诅之，忽蠕动出门。有顷，饭蛇引一蛇，从死者头入，径吸其疮。尸肿渐低，蛇皰缩而死，村人乃活。

【译文】长寿寺有个和尚叫誓，说他从前在衡山，一个村人被毒蛇咬伤，过了一会儿就死了，头发脱落，身体肿起一尺多。他的儿子知道昝老有法术，就把昝请来。昝老用灰把尸体围起，开了四个门，先说道："如果蛇从脚进来，就没有救了。"于是踏步作法，心神合一，发动意念。过了很久，毒蛇不来，詈大怒，就拿来几升米饭，弄成一条蛇的形状，要将它吃掉。忽然，饭蛇蠕动着爬出门去。过了一会儿，饭蛇引来一条蛇，从死者的头部进来，吸他的疮口。肿胀的尸体渐渐消去，蛇却萎缩而死，村人才活下来。

孤 月

僧孤月擅异术。行桥上，会女妇乘肩舆至，骂僧不避。顷之，舁夫下桥复上，往返数度，犹不能去。旁人曰："必汝犯月大师耳，可拜祈之。"僧曰："吾有何能？尔自行耳。"言讫，舁夫足轻如故。

【译文】和尚孤月擅长奇特的法术。他在桥上行走，正好碰上一个坐轿子的妇女，那妇人责骂他不避开。过了一会儿，抬轿子的人下了桥又走上来，往返多次，总是不能离去。旁边的人说："一定是冒犯月大师了，向他跪拜，祈求他原谅就可以了。"和尚说："我有什么本事？你自管走吧。"说完，轿夫就像原来一样脚下轻松地走了。

散圣长老

《狯园》：江长老者，桃源江副使盈科之族也。受良常山上真秘法，号"散圣长老"。能取生鸡卵二十枚，置臼中杵之，鸡卵纷然跃起，复入臼中，如是者数四，无一损坏。

【译文】《狯园》记载：江长老是桃源县提学副史江盈科的同族人。接受了良常山（茅山的一部分，道家称为三十二洞天——译者注)至高无上的真传秘法，号称“散圣长老”。能用生鸡蛋二十只，放在石臼中，用杵来捣，鸡蛋一个个纷纷跳起来，又落在石臼中，像这样好多次，鸡蛋没有一个破损的。

左元放

左慈，字元放，庐江人也。曹公尝闭一石室中，使人守视，断谷期年，乃出之，颜色如故。公谓必左道，欲杀之。慈已预知，为乞骸骨。公曰：“何以忽尔？”对曰：“欲见杀，故求去。”公曰：“无之。”乃为设酒。慈拔簪画杯，酒中断。即饮半，半与公。公未即饮，慈尽饮之。饮毕，以杯掷屋栋，举坐莫不视杯，良久乃坠，已失慈矣。寻问之，还其所居。公益欲杀之，敕收慈。慈走入群羊中，俄有大羊前跪而曰：“为审尔否？”吏相谓曰：“此跪羊，慈也。”欲收之。群羊咸向吏言曰：“为审尔否？”

《神仙传》云：曹公害左慈。慈目眇，葛布单衣。至市视之，一市十万人，皆眇一目、单衣，无非慈者，竟不知所在。

【译文】左慈，字元放，庐江人。曹操曾把他关闭在一座石屋中，派人看着，不给他吃的，一年后才把他放出来，可是他的面色仍然和从前一样。曹操认为必定是旁门邪道，想要杀掉他。左慈已预先知道，为此，乞求告老还乡。曹公说：“为什么忽然这样？”他回答道：“你想要杀我，所以请求离去。”曹操说：“没这事。”就为左慈摆酒设宴。左慈拔下头簪向酒杯画一下，酒被隔断。左慈饮了一半酒，另一半给曹操。曹操没有即刻喝，左慈就全都喝掉了。喝完酒，把杯子向房梁掷去，满座的人都注视着杯子，杯子很久才落下来，这时，左慈却不见了。追查访问后，才知道他已回到他的住处。

曹操于是更想杀掉他，多次派人去捉拿他。左慈逃进群羊之中，一会儿，有一只大羊向前跪下说："是为了收审吗？"捉拿左慈的差吏互相商议说："这只跪着的羊就是左慈。"想要带走它，这一群羊都向差吏们喊道："是为了收审吗？"

《神仙传》记载：曹操要加害左慈。左慈一只眼瞎，身穿葛布单衣。到市上察看，一市十万人，都是一只瞎眼、身着葛布单衣，没一个不是左慈的，竟不知左慈究竟在哪里。

笔 仙

昔有高士，置笔竹筒，买者置钱其中，笔自跃出。号"笔仙"。

【译文】过去有一个高士，把笔放在竹筒里，买笔的人只要把钱投进笔筒，笔就会自动跳出。这人号称"笔仙"。

咒桃斗

樊夫人与夫刘纲俱有道术，各自言胜。中庭有两桃树，夫妻各咒其一，桃便斗。纲所咒桃，走出篱外。

【译文】传说三国时樊夫人与丈夫刘纲都有道术，各自都夸说自己稍胜一筹。他们家的庭院里有两棵桃树，夫妻二人各自对其中一棵桃树发咒语，两棵桃树就打斗起来。后来刘纲所加咒语的桃树，败逃到篱笆之外。

种 瓜

吴时有徐光者，尝从人乞瓜，其主勿与，便索瓜子种之。

俄而瓜生蔓延，生花成实，乃取食之，因遍给观者。鬻者反视，所出卖，皆亡耗矣。

【译文】三国时期的吴国，有一个叫徐光的人，曾向一个卖瓜人讨瓜吃，瓜主不给他，他便要了些瓜子种下地去。不一会儿瓜就生长蔓延，开花结果，他便摘下来吃，同时把瓜一个个分给观看者吃。卖瓜人回头一看，他要卖的瓜都无影无踪了。

殷七七

道人殷七七，尝在一官僚处饮酒，有佐酒倡优共笑侮之。殷白主人，欲以二栗为令。众喜，谓必有戏术。乃以栗巡行，接者皆闻异香。唯笑七七者，栗化作石，缀在鼻，掣拽不落，秽气不可闻。二人共起狂舞，花钿委地，相次悲啼；鼓乐皆自作。一席之人，笑皆绝倒。久之祈谢，石自鼻落，复为栗；花钿悉如旧。

【译文】唐朝道人殷七七（天祥），曾在一官僚那里饮酒，有两个陪酒的妓女和艺人一起嘲笑羞辱他。殷道人告诉主人说，想用两个栗子作为酒令。大家很高兴，猜想他一定要表演魔术。他用栗挨个儿行酒令，接着人都闻到一种奇特的香味。只有嘲笑七七的人，接到栗子时栗子变成了石子，缀在她两人的鼻子上，怎么也扯不掉，并且发出一种难闻的臭味。两人不由自主站起身来疯狂地跳起舞来，头上的首饰都落在地上，然后相继悲伤地哭起来；跳舞时的鼓乐都无人演奏而自然发声。满座的人笑得前仰后合。那俩人向殷七七道歉，祈求了许久，石子才从鼻端落下，又变成栗子；头上的首饰也像从前一样了。

轩辕集

罗浮先生轩辕集，善饮，虽百斗不醉。夜则垂发盆中，其酒沥沥而出。唐宣宗召入内庭，坐御榻前。有宫人笑集貌古，须臾变成老妪。遂令谢先生，而貌复故。

【译文】罗浮先生姓轩辕名集，喜爱饮酒，即使饮百杯也不醉。夜间就把头发散在盆中，喝的那些酒就一滴滴地从头发中流出来。唐宣宗把他召进内庭，赐坐皇帝睡榻前面。有一个宫女笑轩辕集长相古板，不一会儿宫女就变成了一个老太婆。宣宗让她向罗浮先生谢罪后，她的脸才又变成原样。

陈七子

陈复林者，号陈七子。尝于巴南太守筵中为酒妓所侮。陈笑视其面，须臾，妓者髯长数尺。泣诉于守，为祈谢。陈咒酒一杯，使饮之，髯便脱落。

【译文】陈复林，号称陈七子。曾在一次巴南太守的筵席中，被一个酒妓羞辱。陈笑着注视她的脸，不一会儿，酒妓脸上长出几尺长的胡子。她忙向太守哭诉，请太守替她祈求陈七子的宽恕。陈对着一杯酒念起咒语，让酒妓喝掉，才使满脸胡子脱落了。

孙道人

孙道人有异术。尝画墨圈于掌中，遥掷人面，虽洗之不去。

顷之，以手挥曰：“当移着某人臂上。”虽重裘之内，而圈已在臂矣。尝至吴中，为小妓所侮。孙顾卖桃人担云：“借汝一桃。”遂拾以掷其面。妓右颊遽赤肿如桃大，楚不可忍。哀祈再四，乃索杯咒之，取下仍是一桃，妓肿遂消。此万历己酉年间事。

又孙道人至一大家，见鱼池绝大，问：“鱼有数否？”主人曰：“不知。”孙曰：“可数也。”乃命二童子持长绳跨池相向而立，孙按绳徐掠池水，至半，止，连呼：“双来双来！”顾童子曰：“紧持而数之。”鱼大小成对，从绳上跃过。一童大笑，绳脱，鱼遂群跃焉。

【译文】孙道人有一种奇特的法术。曾在手掌中用墨画一个圈，远远地向人的脸上扔去，那墨圈就显现在人脸上，洗也洗不掉。过一会儿，用手一挥，说：“该移到某某人的手臂上了。”某人虽然穿几层厚的皮裘，而圈已经在臂上了。他曾到苏州，被一个小妓羞辱。孙道人看到一个挑担卖桃的人，对他说：“借你的一个桃。”接着就拾起一个桃向小妓脸上掷去。妓右颊即刻又红又肿，肿得像桃一样大，疼痛难忍，再三再四哀求宽恕。孙道人才要一个杯子，念起咒语，从小妓脸上取下来，仍然是一只桃，小妓脸上的肿才消了。这是万历己酉年间的事了。

又孙道人到一个大户人家，看见有个很大的鱼池，便问：“鱼有数吗？”主人说：“不知道数。”孙道人说：“可以数一下。”便让两个小孩执了一条长绳在池塘两边相对站立，孙道人按着绳子，慢慢地掠入水面，绳子大约有一半触水，便停下来，口中连叫：“成对来，成对来！”又吩咐两个小孩说：“拉紧绳子，数下鱼的数目。”那些鱼大小成对，一对对地从绳上跳过去。一个小孩看得开心大笑，绳子从手中滑脱，于是那些鱼便成群地乱跳起来。

李秀才

《广记》：虞部郎中陆绍，元和中，尝看表兄于定水寺。因为院僧具蜜饵时果，并招邻院僧。良久，与一李秀才偕至。乃环坐，笑语颇剧。院僧顾弟子煮茗，巡将匝而不及李。陆不平，为言之，院僧颇出谩语。李怒，僧犹大言不止。李乃白座客："某不免对贵客作造次矣。"因袖手据两膝，叱其僧曰："粗行阿师，争敢无礼！拄杖何在？可击之！"其僧房门后有筇杖子，忽跃出连击其僧。时众亦有蔽护，杖伺人隙捷中，若有物执持者。李复叱曰："捉此僧向墙！"僧乃负墙拱手，色青气短，唯言乞命。李又曰："阿师可下阶。"僧又趋下，自投无数，衄鼻败颡不已。众为请之，李徐曰："缘衣冠在，不能杀此为累。"因揖客而去。僧半日方能言，如中恶状，竟不之测矣。

【译文】《太平广记》记载：虞部郎中陆绍，在元和年间，曾到定水寺看望表兄。为院僧准备了蜜制的饵饼和时鲜果品，也一起招请了邻院的僧人来享用。过了好一会儿，邻院僧才同一个李秀才一起来到。众人环坐一起，笑声很大。院僧召弟子煮茶，对一圈人献茶快完了却仍不给李秀才上茶。陆绍心感不平，替他说话，院僧却故意说些轻慢话。李秀才很生气，院僧仍然说个不停。李这才对座客们说："我不免在贵客面前无礼了！"于是袖手按着两膝，斥责那个僧人说："阿师粗野，怎敢无礼！拄杖在哪？可以打他！"那僧房门后有一根筇竹杖，忽然起来，一下接一下地打起那僧人来。当时众人中也有想拦挡保护那院僧的，但那竹杖却能钻入人缝中很迅猛地打中他，像有什么东西拿着它来打一样。李秀才又喝叱道："抓住和尚，让他靠墙站！"和尚就拱手背对墙，脸色铁青，呼吸短促，只求饶命。李秀才又说："阿师可以走下台阶。"院僧又快步走下来，自己磕头，磕了无数，直磕得额头破烂、鼻孔出血也不停止。大家都替他说情，李秀才才慢慢说："因为有读书人在，不能杀了他连累大家。"于是作揖告别客人而去。院僧半天才能说话，像中了邪的样子，也不知他后来变得怎么样。

针奴脚

前凉张存善针。有奴好逃亡，存行针缩奴脚，不得动。欲使，更以针解之。

【译文】前凉时张存善于针灸。有一个奴仆总是逃跑，张存就给他扎针，使他双脚收缩在一起不能动。想要使用他的时侯，就又给他扎针，不能动的毛病就解除了。

杖虎

于子仁（湖广武冈州人，洪武乙丑进士）知登州府，部有诉其家人伤于虎者。子仁命卒持牒入山捕虎，卒泣不肯行。子仁笞之，更命他两卒。两卒不得已，入山，焚其牒。火方息而随至，弭耳帖尾，随行入城，观者如堵。虎至庭下，伏不动。子仁厉声斥责，杖之百而舍之。虎复循故道而去。

按子仁有异术，以妖惑被讦，逮诏狱死，弃其尸。家人既发丧，一夕忽闻叩门声，问之，则子仁也。自言不死，亦不自晦，日与故旧游宴。或泛舟，不用篙楫，舟自逆水而上，以为戏乐。里人刘氏，其怨家也，以铁索系之，诣阙奏状。一日忽失子仁所在，但存铁索而已。刘坐欺妄，得重谴云。

【译文】于子仁（湖广武冈州人，明洪武乙丑年进士）做登州府的知府，部属中有人投诉他家的人被虎咬伤。子仁就命令吏卒带着他写的捕虎的公文进山捕虎，吏卒哭着不肯去。子仁杖打他，又命令另外两个吏卒去捕虎。两人不得已，进山以后，把文书烧了。火刚熄灭，老虎就来到了，伏耳贴尾，跟随着两吏卒进城，观看的人很多，形成了一堵人墙。老虎到庭下，伏身不动。子仁历声斥责它，命令打它一百杖才放了它。老虎又从原路回山了。

按：子仁有神奇的法术，因妖术惑众被人揭发治罪，被捕入狱而死，尸首被扔掉。家人发丧以后，一天晚上，忽然听到叩门的声音，问他是谁，原来是子仁。自己说没有死，也不躲避，每天同老朋友游乐饮宴。有时泛舟，不用篙楫，舟自动逆水而上，以此来玩乐。他的同乡人姓刘的，是他的仇人，用铁链把他捆起来，到城去告状。一天，忽然找不到了子仁，只留一副铁链而已。姓刘的得了个欺骗妄告的罪名，遭到重罚。

葛孝先

葛玄，字孝先。尝与宾同坐，复有来者，出迎之，座上又有一玄与客语。时天寒，玄谓客人曰："贫居不能人人得炉火，请作火，共使得暖。"玄因张口吐气，赫然火出，须臾满屋，客尽得如在日中。尝与客对食，食毕，嗽口，口中饭尽成大蜂数百头，飞行作声。良久张口，群蜂还飞入口中，玄嚼之，故是饭也。手拍床，虾蟆及诸虫飞鸟燕雀鱼鳖之属，使之舞，皆应弦节如人；玄止之，即止。

【译文】葛玄，字孝先。曾与宾客同坐，又来了个客人，就出去迎接，而座位上仍然有一个葛玄在同客人说话。当时天气寒冷，葛玄对客人们说："贫居不能人人都有炉火，让我给大家搞点火，让大家都暖和暖和。"于是张口吐气，赫然喷出火来，一会儿就满屋子是火，客人们都像在太阳下。又曾同客人相对吃饭，吃过饭，漱口，口中饭全成了数百只大蜜蜂，飞起来嗡嗡作响。过了一会儿张口，群蜂飞进口中，葛玄咀嚼着，又成了饭。用手一拍床，会出现虾蟆及各种昆虫、飞鸟、燕雀、鱼鳖之类，让它们跳舞，都会像人一样按着弦乐节拍跳动；葛玄让它们停止，它们就停止。

瓶隐

申屠有涯，放旷云泉，常携一瓶，时跃身入瓶中。时人号为"瓶隐"。

【译文】宋朝时有一个姓申屠名有涯的人。遨游于云水山泉之间，常携带一个瓶子，不时会跃身跳进瓶中。当时的人称他为"瓶中隐士"。

马湘

马湘（字自然，杭州盐官人）治道术，尝南游霍桐山，夜投旅舍宿。主人戏言："客满无宿处，道士能壁上睡，即相容。"湘跃身梁上，以一脚挂梁倒睡。适主人夜起，引烛照见，大惊异。湘曰："梁上犹能，况壁上乎！"俄而入壁渐没。主人拜谢，乃出。或言"常州城中鼠极多"，湘书一符，令帖于南壁下。有一大鼠相率群鼠，莫知其数，出城门去。自是城内绝鼠。

【译文】唐朝马湘（字自然，杭州府盐官县人）研习道术，曾经南游霍桐山，夜里投奔旅店住宿。主人开玩笑说："客已满，没有住的地方了，道士能睡在墙壁上，就留下你。"马湘跃身跳上屋梁，用一只脚挂在梁上倒着睡。正好主人夜间起来，拿着灯火照见他，非常惊奇。湘说："屋梁上都能睡，更何况墙壁上呢！"一会儿就进入墙壁，渐渐消失了。主人向他拜礼谢罪，才出现。有人说"常州城中老鼠很多"，马湘便写了一道符，让人贴在南墙下。有只大老鼠率领着一大群老鼠，多得不计其数，出城门而去。从此以后，城内再也没有老鼠。

蓝乔

蓝乔（字子升，循州龙川人）与吴子野同登汴桥，买瓜欲食。乔曰："尘埃扑瓜，当与子入水中啖尔。"因持瓜踊身入河。吴注目以视，时有瓜皮浮出水面，至夜不出。吴往候其邸，已酣寝矣。徐张目曰："波中待子食瓜，何久不至？"

【译文】蓝乔（字子升，循州龙川［今广东惠阳］人）和吴子野一起登上汴桥，买了瓜就要吃。乔说："尘土沾在瓜上，应当和你一起在水中吃。"于是拿起瓜纵身跳入河中。吴注视着河上，不时有瓜皮浮在水面，直到了夜间蓝乔还没出来。吴到他的住处等候，蓝乔已经睡熟了。他慢慢张开眼睛说："在水中等你吃瓜，为什么那么久不来？"

纸月、取月、留月

《宣室志》云：杨晦八月十二日夜谒王先生。先生刻纸如月，施垣上，洞照一室。又唐周生有道术，中秋谓客曰："我能取月。"以筯数百条，绳而驾之，曰："我梯此取月。"俄以手举衣，怀中出月寸许，清光照烂，寒气入骨。

《三水小牍》云：桂林韩生嗜酒，自言有道术。一日，欲自桂过湖，同行者二人，与俱止郊外僧寺。韩生夜不睡，自抱一篮，持匏杓出就庭下。众往视之，见以杓酌取月光，作倾泻状。韩曰："今夕月色难得，恐他夕风雨夜里，留此待缓急尔。"众笑焉。及明日，空篮敝杓如故，益哂其妄。舟至邵平，共坐至江亭上，各命仆市酒期醉。会天大风，日暮，风益急，灯烛不能张，众大闷。一客忽念前夕事，戏嬲韩曰："子所贮月光今安在？"韩抚掌曰："几忘之。"即狼狈走舟中，取篮杓一挥，则白光燎焉见于梁栋间。如是连数十挥，一坐遂尽如秋天晴夜，月光潋滟，秋毫皆睹。众乃大呼痛饮。达四鼓，韩复酌取而收之篮，夜乃黑如故。

【译文】《宣室志》记载：杨晦八月十二日夜间拜见王先生。先生把纸剪刻成月形，挂在墙上，满屋照得亮堂堂的。另外，唐朝有个姓周的文士有道术，中秋节时对客人说："我能摘取月亮。"用绳将几百根筷子绑成梯子，边登边说："我用这个梯子去摘取月亮。"一会儿用手拉起衣裳，怀里就露出一寸多长的月亮，清幽的月光明亮灿烂，一股寒气透入人的肌骨。

《三水小牍》记载：桂林姓韩的书生喜欢喝酒，自称会道术。一天，想从桂林到湖广，同行者有两人，一起投宿在郊外的一座寺院中。韩生夜间不睡，独自抱一个篮子，拿着一个葫芦做成的杓子来到庭下。大家到那里去看，见他正用杓子酌取月光，倒进篮子里，做出倾泻的样子。韩生说："今夜月色很难得，恐怕其他日子夜间有风雨，留这些月光准备应急。"大家都笑起他来。到第二天，空篮敝杓仍然是老样子，大家更加讪笑他的虚妄。船到了邵平，大家一起围坐在江亭上，各自命仆人去买酒，打算喝个一醉方休。正好，起了大风，天黑下来，风更急了，连灯烛都不能点，大家都很憋闷。其中一人忽然想起前天晚上的事，戏弄韩生说："你储存的月光现在在哪里呢？"韩生拍一下手掌说："几乎忘了这件事。"立即慌忙跑进船里，拿出篮和杓子，只那么一挥，一道白光火一样闪现在梁栋之间。就这么接连用杓子挥洒数十下，满座之上宛若秋天的晴夜，月光流动，连毫毛一般细微的东西也看得清清楚楚。大家欢呼雀跃，痛饮起来。直到四更天时，韩生又用杓子把月光舀进篮中，夜色仍漆黑如故。

孙福海

成化间，金陵孙福海有妻子而精道教，凡祈天遣鬼，无不应者。又有戏术，尝与少年辈同纳凉，有美妇四五至，少年目孙而笑。孙曰："汝欲见其足耶？"即画地为"一"字。妇至，见画处如巨沟然，即跃而足见。

【译文】成化年间，金陵人孙福海有妻儿，并精通道术，凡是求神使鬼，无不灵验。又有游戏幻术，曾和年轻一辈一起纳凉，有四五个美丽的妇人走来，年轻人看着孙福海笑起来。孙说："你们想看到她们的脚吗？"当即在地上画个一字。妇人们走到跟前，见画一的地方像一个巨大的壕沟，就一个个跳起来，显露出了她们的脚。

张七政

唐张七政，荆州人，有戏术。尝画一妇人于壁，酌酒满杯，饮之至尽，画妇人面赤。

【译文】唐朝张七政，荆州人，有幻术。曾在墙上画一个妇人，然后倒满一杯酒，端起向画中妇人口中倒去，将酒倒完后画上的妇人的脸便变红了。

金箔张

《狯园》云：国初，平阳金箔张者，以世造金箔得名。其子二郎聪隽不凡，少遇仙流，授以《鹿卢蹻经》一卷，遂得乘蹻之术。闾里骇其所为。一日，有羽衣人过其门，曰："家师亦挟小奇术。二郎不弃，明日遣骑相迎。"黎明，果有两童子，各乘一龙，自云中下；复牵一龙，请二郎乘坐。龙狞甚，昂首不伏。童子出袖中软玉鞭鞭之，二郎乃腾身而上。行数里，至一山谷中，极花木泉石之胜。俄达茅庵，羽衣人已在门矣。传呼延入，见一道人庞眉古服，坐匡床之上，双足卸挂壁间，相去犹寻丈也。二郎欲拜，道人曰："且止勿前。老汉久卸膝盖骨以自便，倚足于壁，不踏世上红尘矣。今日不免为郎君一下床也。”于是挥手招壁间，双足自行，前著膝上，辐辏如常人。遂下床，具宾主礼，呼室中童子煮新茶供客。茶至，则一无首童子也。遭人责曰：“对佳宾，乃简率若此乎？可速戴头来！”童子举手扪其颈，遽入室取头戴之，复出，供茶如初。

【译文】《狯园》记载：明朝建国初年，平阳有个金箔张，因为世代打造金箔而得名。他的儿子二郎聪明俊秀，不同于一般人，年少时遇到仙人，授给他《鹿卢蹻经》一卷，于是学会了飞行之术。街坊邻里常被他的行为所惊骇。一天，有一个穿道士衣服的人从他门前经过，说：“家师也有小小不言的奇技，二郎如果不小看我们，明天打发坐骑来迎接你。”黎明，果然有两个童子，各乘坐一条龙，从云中落下；又牵着一条龙，请二郎乘坐。那条龙狰狞可怕，昂着头不伏下身来。童子从袖中抽出一条软玉鞭鞭打它，二郎才能腾身跳上。飞行几里后，到一个山谷中，花木泉石，美不胜收。一会儿到达一座茅庵，穿道士服装的人已在门前守候。一番传呼，把他请了进去，只见一个道士长眉古服，坐在一张方床上，两只脚卸掉了挂在墙壁中间，距离身体有丈把远。二郎想要下拜，道人说：“不要上前吧，老汉图自己方便，卸下膝盖骨，把双脚挂在墙上，很久已不踏世上红尘了，今天不免为郎君下一次床了。”于是向壁的中间一挥手，双脚自己走起路来，向前结合在膝上，像正常人一样。于是走下床，行了宾主见面礼，呼唤室中童子煮新茶待客。茶送来时，却看见送茶者是个无头的童子。道士责怪他说：“对贵客怎么这样轻率不恭？快戴头来！”童子举手摸着脖颈，急忙进房中拿来头戴上，又出来，像刚才一样侍奉客人用茶。

李福达

李福达一日至苏州，欲税宅城中。遍阅数处，辄憎湫隘。侩人怪之。李曰："卿莫管我，所挈细小什器颇多，必须宽敞始得。"侩人以为戏言。后看下一大姓空宅子，前厅后堂，洞房连闼，意甚乐之。与税赁毕，李便入宅，从容袖中摸出小白石函，纵横不离数寸，凡衣服饮食、床褥卧具、屏障几席、釜甑，一切资生之物，尽从中出。又于函中挈出妇人男子凡数辈，皆其妾媵使令。又有十余小儿，皆衣五彩。侩人震怖，便狂走。李笑而不言。久之，将行，还复挈此妇人、男子、小儿、诸器玩，一一悉纳石函中，仍袖而去。

最后福达客黄浦上朱恩尚书家。朱公好道，礼为上客。或厨傅稍有不饬，李知是内人慢之，咒其室中器皿服玩，使斗击。庭下所曝筐筥，一一历阶而上。内人悔过，乃止。

【译文】李福达一天到苏州，打算在城里租赁房子。看了好多处，总是嫌房子低小狭窄。中间人觉得很奇怪。李福达说："你不要管我，我所带的细小杂物很多，必须有宽敞的房子才行。"中间人认为是玩笑话。后来看了一个大姓人家的空宅院，前厅后堂，亮堂的房间一间接一间，李福达似乎很乐意。租赁以后，李福达就进入宅院，不慌不忙从袖中摸出一个小白石匣，长和宽差不多都只有几寸，凡是衣服饮食、床褥卧具、屏障茶几，桌席、釜甑、坛罐等一切生活用品，全都能从匣中取出。又从匣中拉出妇女和男子几人，都是他的妾媵奴仆。又有十多个小儿，都穿着五彩衣。中间人很害怕，拔腿就逃。李福达笑着不说话。过了很久，要离去了，又把妇人、男子、小儿、各种器物，全一个个放进石匣，仍然装入袖筒而去。

最后，李福达到黄浦江上朱恩尚书家做客。朱公喜好道术，把他奉为上宾。有时厨师对他稍有不慎之处，李福达知道是朱家里人怠慢了，就念咒语，让其房中的器皿衣服玩物互相碰击，庭下晾晒的筐筥之类，也会一个接一个沿着台阶上来。直到家里人悔过以后，才停止。

外国道人

《灵鬼志》：有道人外国来，解含刀吐火。行见一人担担，上有小笼子，可受升余。语担人云："吾步行疲极，欲寄君担。"担人以为戏也，应曰："自可尔。君欲何许自厝？"答云："若见许，正欲入笼子中。"担人愈怪之，乃下担。入笼中，笼更不大，其人亦不更小，担之亦觉重于先。既行数里，树下住食。担人呼共食。云："我自有食。"不肯出，止住笼中，饮食器物罗列，肴膳丰腆亦办。乃呼担人食。未半，语担人："我欲妇共食。"腹中吐出一女子，年二十许，衣裳容貌甚美。二人共食。食欲竟，其夫便卧。妇语担人曰："我有外夫，欲来共食。夫觉，君勿道之。"妇便口中出少年丈夫。此笼中便有三人。有顷，其夫动如欲觉，妇便以外夫内口中。夫起，语担人曰："可去。"即以妇内口中，及食器物。此人既至国中，有一家大富贵，财巨万而性悭吝。语担人云："试为君破悭。"即至其家。有好马，甚珍之，系在柱上，忽失去，寻索不得。明日见马在五升罂中，终不可破。便语曰："君作百人厨，以周一方穷乏，马得出耳。”主人如其言，马还在柱下。明早，其父母在堂上，忽然不见，举家惶怖。开装器，忽然见父母在泽壶中，不知何由，复往请之。其人云：“君更作千人饮食，以饴百姓穷者。”当时便见父母在床也。

前段，与《广记》阳羡书生寄鹅笼中事同。

【译文】《灵鬼志》记载：有一个道人从外国来，会吞刀吐火。行路时见一人担着个担，上边有一个小笼，只有一升多那样大的容量。他告诉挑担人说：“我步行很累，想暂坐在你的担子中。”挑担人以为他在开玩笑，答应说：“自然可以，你要把自己放在哪里？”道人回答道：“如果你允许的话，我想进到笼子里。”挑担人更觉奇怪，就放下担子。道人进笼中，笼不变大，那人也不变得更小，挑着只觉得比从前重。走了几里地，停在一棵树下吃饭。挑担人喊他一起吃。他说：“我自己有吃的。”不肯出来，留在笼中，饮食的器皿刚摆好，丰盛的佳肴也准备好了。道人就喊挑担的来吃。没吃一半，就对挑担的人说：“我想让妇人陪饭。”就吐出一个女子，二十岁左右，容貌衣饰都很美。二人一起吃。还没吃完，她的丈夫就睡着了。妇人对挑夫说：“我有情夫，想和他一起吃。我丈夫睡醒，你不要告诉他。”妇人便从口中吐出一个少年男子。这样笼中就有三个人了。过了一会儿，她的丈夫动了一下，像要睡醒，妇人就把情夫送纳口中。丈夫起身，告诉担夫说：“可以走了。”就把妇人和饮食器物等送入口中。这人来到京都，有一家大富翁，财产上万，却很吝啬。道士告诉担夫说：“让我替你惩治一下这吝啬鬼。”就到那富翁家去。富翁有匹好马，很珍爱它，系在柱子上，忽然丢失，找也找不到。第二天，见马在五升罂中，怎么也打不破。道人就告诉富翁说：“你让厨房准备够能容一百人吃的饭，来周济这地方的穷人，马就出来了。”富翁照他的话办，马回到了柱下。第二天，富翁的父母在庭堂上忽然不见了，全家惶恐不安。打开储藏室，忽然看见父母在水壶中，不知什么原因，又去请道士。道士说：“你再做一千人的饮食，送给穷百姓吃。”富翁照办后，当时便看见父母已在床上坐着呢。

前段，与《太平广记》阳羡书生寄身鹅笼中事相同。

负笈老翁

隋开皇初，广都孝廉侯遹入城。至剑门外，忽见四黄石，皆大如斗。遹收之，藏于书笼，负之以驴。因歇鞍取看，皆化为金。至城货之，得钱百万。沽美妾十余人，大开第宅，又置良田别墅。后春日，尽载妓妾出游。下车张饮，忽一老翁负大笈至，坐于席末。遹怒而诟之，命苍头扶出。叟不动，亦不嗔恚，但引满啖炙而笑云：“君不记取吾金乎！吾此来求偿债耳。”尽取妓妾十余人，投之书笈，亦不觉其窄。负而趋，走若飞鸟。遹令苍头逐之，不及。自后遹家日贫。十余年却归蜀，到剑门，又见前老翁携所将之妾游行，傧从极多。见遹，皆大笑。问之不言，忽失所在。访剑门前后，并无此人，竟不能测。

【译文】隋朝开皇初年，广都的一个孝廉叫侯遹的到四川。走到剑门关外，忽然看见四块黄石头，均大如斗。侯遹便把它们收藏在书箱里，用驴驮着。歇鞍的时候，取出一看，都变成了金子。到城中卖了，得到上百万的钱。就买了美女十多人，大规模地兴建了宅第，又购置了良田别墅。春天，他带着所有的妓妾出外游乐，走下车子，大张筵饮。忽然，一老翁背着一个大书箱来到跟前，坐在最末的席位上。侯遹大怒并且诟骂老翁，命仆人把他赶出去。老翁不动，也不生气，只是满杯地喝酒，大口吃肉，并笑着说："你不记得拿我的金子了吗？我这是来讨债的啊！"便把十多个妓妾全投入书箱，也不觉得书箱窄小。背着快步而行，跑起来就像飞鸟。侯遹让仆人追赶，赶不上。从此侯遹一天天贫困。十多年后，又回到四川。到了剑门关，又见从前那个老翁带着他收走的美女在游乐，跟着许多仆人。见了侯遹，都大笑起来。问他也不说话，忽然就不见了。走访剑门前后，并没有这个人，最后也没有揣测出他究竟是什么人。

胡媚儿

唐贞元中，扬州丐者，自称胡媚儿。怀中出琉璃瓶，可受半升，曰："施此满，足矣。"人与百钱，见瓶间大如粟。与千钱至万钱，亦然。好事以驴与之，入瓶如蝇。俄有数十车纲至，纲主戏曰："能令诸车入瓶乎？"曰："可。"微侧瓶口，令车悉入，有顷不见，媚儿即跳入瓶。纲主大惊，以梃扑瓶，破，一无所有。

【译文】唐朝贞元年间，扬州有个讨饭的，自称是胡媚儿，有一只乞讨用的琉璃瓶，只能容下半升。他说："只要能把这瓶装满，就足够了。"有人给他一百钱，装进去，只见钱在瓶中只有小米粒般大小。给他一千钱投进去，也一样。有好事的人给他一条驴，他投入瓶中，仅如蝇子那样大小。一会儿，有几十车运送货物的车队来了。车队的主人同他开玩笑说："你能把这么多车货物放进瓶中吗？"那乞丐说："可以把瓶口稍稍侧着点。"让车队都进去了，一会儿就不见了，媚儿也立刻跳进瓶中。车队主人大吃一惊，用棍棒击瓶，瓶子被打碎了，里面却一无所有。

方朔偷桃法

戏术有方朔偷桃法。以小梯植于手中，一小儿腾之而上，更以梯累承之。儿深入云表，人不能见。顷之，摘桃掷下，鲜硕异常。最后儿不返，忽空中有血数点坠下。术者哭曰："吾儿为天狗所杀矣！"顷之，头足零星而坠。术者悲益甚，乞施棺殓之资。众厚给之，乃收泪荷担而去。至明日，此小儿复在前市摘桃矣。

【译文】游戏的幻术中有一种叫方朔偷桃法。表演者用一把小梯子立在手中，一个小儿跳上去向上攀登，再用一把梯子接起来，承举着他，直到小儿深入云霄，人们都看不见他。过了一会儿，摘的桃子扔下来，又鲜又大，不同一般。最后小儿迟迟不返，忽空中几点血坠下来。表演者哭着说："我的儿子被天狗咬死了！"过一会儿，头和脚零零星星坠下来。表演者更加悲伤，乞求人们施舍棺殓的费用。众人给他很多钱，这才收泪挑担而去。到第二天，这小儿又在原来地方表演摘桃子。

幻 戏

嘉、隆间，有幻戏者，将小儿断头，作法讫，呼之即起。有游僧过，见而哂之。俄而儿呼不起，如是再三，其人即四方礼拜，恳求高手放儿重生，便当踵门求教。数四不应，儿已僵矣。其人乃撮土为坎，种葫芦子其中。少顷生蔓，结小葫芦。又仍前礼拜哀鸣，终不应。其人长吁曰：“不免动手也。”将刀斫下葫芦。众中有僧头欻然落地，其小儿便起如常。其人即吹烟一道，冉冉乘之以升，良久遂没。而僧竟不复活矣。

【译文】嘉靖、隆庆年间，有表演幻术的，将小儿的头割掉，作法以后，一呼唤他即刻就能起身。有一个游方和尚路过，看到后，哂笑不已。一会儿，小儿呼唤不起，再三呼唤，仍然不灵，那人立即向四方礼拜，恳求高手放小儿重新活命，一定登门求教。好多次没人答应，小儿尸体已经僵直了。那人撮土围成坎，把葫芦子种在中间。不一会儿，就生出枝蔓，结出小葫芦。之后仍然像从前那礼拜哀求，但总没人答应。那人长叹一声说：“免不了要动手了！”拿起刀砍下葫芦。众人中一个和尚头一下子落在地上，那小儿便像往常一样活起来了。那人马上吹了一道烟，乘着烟冉冉上升，很久才看不见，而和尚竟然没有活过来。

板桥三娘子

《古今说海》：唐汴州西有板桥店。店娃三娘子者，独居，鬻餐有年矣。而家甚富，多驴畜，每贱其估以济行客。元和中，许州客赵季和将诣东都。过客先至者，皆据便榻。赵得最深处一榻，逼主房。既而三娘子致酒极欢。赵不饮，但与言笑。二更许，客醉，合家灭烛而寝，赵独不寐。忽闻隔壁窸窣声。偶于隙中窥之，见三娘子向覆器下取烛挑明，市箱中取小木牛、木人及耒耜之属，置灶前，含水噀之，人牛俱活。耕床前一席地讫，取荞麦子授木人种之。须臾麦熟，木人收割，可得七八升。

又安置小磨，即硙成面。却收前物仍置箱中，取面作烧饼。鸡鸣时，诸客欲发。三娘子先起，点灯设饼。赵心动，遽出，潜于户外窥之。乃见诸客食饼未尽，忽一时踣地作驴鸣。顷之，皆变驴矣。三娘子尽驱入店后，而尽没其财。赵亦不告于人。后月余，赵自东都回，将至板桥店，预作荞麦烧饼大小如前，复寓宿焉。其夕无他客，主人殷勤更甚。天明，设饼如初。赵乘隙以己饼易其一枚，言烧饼某自有，请撤去，以俟他客。即取己者食之。三娘子具茶，赵曰："请主人尝客一饼。"乃取所易者与啖。才入口，三娘子据地即变为驴，甚壮健。赵即乘之，尽收其木人等，然不得其术。赵策所变驴，周游无失，日行百里。后四年，乘入关，至岳庙旁，见一老人拍手大笑曰："板桥三娘子，何得作此！"因捉驴，谓赵曰："彼虽有过，然遭君已甚，可释矣。"乃从驴口鼻边，以两手掰开。三娘子从皮中跳出，向老人拜讫，走去，不知所之。

【译文】《古今说海》记载：唐朝汴州西边有座板桥店。女店主三娘子一个人居此卖饭已经多年了。家里很富有，有很多驴和牲畜，常常很便宜地卖给游客们。元和年间，许州有一个叫赵季和的要到东都洛阳去。旅客先来到板桥店的，都占用方便的铺位。赵季和来晚了，就只好住在最里边的铺位，紧靠着店主的房子。接着三娘子备酒，请大家喝，十分欢畅。赵季和不喝，只是和她说笑。二更多，客人都醉了，全旅店都熄灭灯烛睡了，只有赵季和睡不着。忽然听到隔壁有窸窸窣窣的声音。偶然从缝隙中看到，三娘子从一个反扣着的器物下取出灯烛挑明了，又从箱中拿出小木牛、木人和种地用的耒、耜等，放在灶火前，然后含口水喷它们，人、牛都变活了。把床前一席之地耕完了，拿出荞麦种子交给木人种上。一会儿麦子就成熟，木人收割，约得七八升。又安置小磨，磨成面。回头就把从前所用的东西仍放在箱子里，接着拿面烤成烧饼。鸡鸣时，客人们即将出发。三娘子先起来，点上灯，摆好饼。赵心中生疑，急忙出来，藏在房子外边偷看。只见旅客们还没吃完饼，就突然倒在地上发出驴子的叫声，一会儿，都变成了驴。三娘子把他们赶进店的后边，而全部吞没了他们的财物。赵季和也不告诉别人。后月余，赵从东都回来，快到板桥店时，预先做好大小同板桥店一样的荞麦饼，又住在这店里。席位上没有其他客人，店主更加殷勤招待。天明，像从前一样摆出烧饼。赵季和乘机悄悄用自己的烧饼换了三娘子的一个，说烧饼我自己有，请你撤回去给其他来客吃吧。接着就拿自己的吃起来。三娘子来献茶时，赵季和说："请主人尝尝我的饼。"就拿出偷换三娘子的饼给她。才吃进口。三娘子便就地变成了一头驴子，非常壮健。赵季和就骑着它，把木人等物都收了起来，但是不知道使用戏术的方法。赵季和驱使三娘子所变的驴周游四方，没有任何差失，一天能走一百里。四年后，他骑驴入关，到了岳庙旁，见一个老人拍手大笑："板桥三娘子，怎么会变成了这样！"于是拉着驴对赵季和说："她虽然有过错，但是受过你的惩罚了，可以放她了。"于是从驴的口鼻两边用两手掰开。三娘子从驴皮中跳出，向老人拜谢以后离去，不知到哪里去了。

贵竹幻术

贵竹地羊驿，民夷杂处，多幻术，能以木易人之足。郡丞某过其地，记室二人，皆游于淫地。一人与淫，其夫怨，易其一足；一人不与淫，妇怨，易其一足。明日行于庭，见丞，骇问，始知其故，即逮二家至。惧以罪，二人各邀其人归，作法，足遂复。

【译文】贵州的地羊驿，是个汉民和少数民族人混居的地方，很多人善于幻术，能用木换人的脚。某郡丞经过那地方，他的部下有记室两人，都到卖淫的地方游乐。其中一人同一妇人淫乐，那妇人的丈夫怨恨他，换了他一只脚；而另一个人不愿和另一妇人淫乐，妇人怨恨他，也用木头换了他一只脚。第二天，他们在庭院中慢步行走，遇到郡丞，惊骇地问他们，才知道其中缘故，即逮捕了那两人。郡丞恐吓他们要加以治罪，两家各自邀请那二人回去，作法后，脚才恢复原样。

神巫

吴景帝有疾，求觋视者，得一人。帝欲试之，乃杀鹅埋苑中，架小屋，施床几，以妇人屐履服物著其上，使觋视之，曰："若能说此冢中鬼妇人状，当加赏。"竟夕无言。帝推问之急，乃曰："实不见鬼，但见一头白鹅立墓上耳。"

【译文】三国时吴景帝孙休有病，寻求巫医，找到一人。景帝想试试他的本领，就杀了一只鹅埋在御苑中，上面架起一座小屋，放置了床几，把女人用的鞋和衣服等物放在上面，让巫医来看，说："如果能说出坟中女鬼的样子，一定加赏。"一整夜巫医都默默无言。景帝问得急了，才说："确实看不见鬼，只见一头白鹅站在墓上罢了。"

数学

管辂精于数学。乡里范玄龙苦频失火。辂云："有角巾诸生，驾黑牛故车来，必留之宿。”后果有此生来，范固留之。生急求去，不听，遂宿。主人罢入。生惧图己，乃持刀门外，倚薪假寐。忽有一物以口吹火。生惊斫之，死，视之，狐也。自是不复有灾。

【译文】管辂精通占卜之学。同乡范玄龙因家里多次失火而苦恼。辂说：“有个戴着角巾的读书人，驾着黑牛破车来时，一定要留他住在家里。”后来这人果然来了，范坚持留下他。那读书人急急地要求离去，范玄龙不答应，于是住下来。主人这才进屋。那读书人害怕主人对自己有所图谋，就拿着刀在门外，靠着柴禾堆打盹。忽然有个东西在用口吹火。读书人惊骇之中急忙用刀砍它，砍死了一看，是一只狐狸。从此范家不再有火灾了。

卜天津桥、万寿寺

唐天宝末，术士钱知微尝至洛，居天津桥卖卜，一卦帛十匹。历旬，人皆不诣之。一日，有贵公子意其必异，命取帛如数，卜焉。钱命蓍而布卦成，曰：“君戏耳。”其人曰：“卜事甚切，先生岂误乎！”钱请为隐语曰：“两头点土，中心虚悬，人足踏跋，不肯下钱。”其人本意卖天津桥给之。其精如此。

相传吴下张东谷精于卜算，设肆于万寿寺前。或往卜，问是住宅。卦成，张云：“三日内合当迁毁。”其人指万寿寺曰：“吾戏卜佛住居也。千年香火，安得有此！”大笑而去。后三日，按台下檄，改寺为长洲新学。果如其言。

【译文】唐朝天宝末年，有个术士钱知微曾经到洛阳，居住在天津桥算卦赚钱，算一卦收取绢十匹。过了十天，没有一个来求问的。一天，有个贵公子猜想他一定有特异本领，命人如数带十匹绢来求卜。钱知微用蓍占卜，立刻卦成，说："你在开玩笑。"那人说："要占卜的事很急切，先生算错了吧！"钱知微请求用暗话说："两头点土，心中虚悬，人足践踏，不肯下钱。"贵公子是想用卖天津桥的事假意问卜，来骗骗他。那钱术士竟算得这样灵验。

相传苏州张东谷善于算卦，在万寿寺前开设一个算卦的店铺。有人去问卜，是关于住宅的事。卦算好后，张说："三日内一定要迁移毁坏。"那人指着万寿寺说："我是闹着玩，替佛爷居住的地方算一卦。千年香火，怎么能迁移毁坏？"大笑着离开了。后三天，巡抚发下来檄文，命令把寺院改成了长洲新学。果真应了他的话。

射覆

朱允升早从资中黄楚望（泽）游，偕同郡赵汸受经，余暇遂得六壬之奥。偶访友人，见案上置四合。戏谓："君能射覆乎？中则奉之，否则为他人饷也。"朱更索一合书射语，亦合而置之，曰："少俟则启。"适有借马者，友人令奴于后山牵驴应之。朱即令一时俱启，前四合皆鱼也。射语云："一味鱼，两味鱼，其余两味皆是鱼。有人来借马，后山去牵驴。"宾主为之绝倒。

【译文】朱允升早年跟从四川资中县人黄楚望（泽）游学，和同郡人赵汸一起学习经书，空暇时掌握了运用六壬占卜吉凶的奥秘。偶然去拜访友人，看见几案上放四个盒子。朋友同他开玩笑说："你会猜中盒里的东西吗？如果猜中，就送给你；不中，就送给别人享用了。"朱允升又要了一个盒子，里面放上他写的猜测的话语，盖好放在那里，说："稍等一会儿再打开。"正好有一个人来借马，朋友让仆人去后山牵头驴来应付他。朱允升即刻让把五个盒子都打开，前四个都是鱼。而猜测的话是："一味鱼，二味鱼，其余两味皆是鱼。有人来借马，后山去牵驴。"宾主都为此笑得前仰后合。

拆字

谢石润夫，成都人。宣和至京师，以相字言人祸福。求相者，但随意书一字，即就其字离析而言，无不奇中，名闻九重。上皇因书一"朝"字，令中贵人持往试之。石见字，即端视中贵人曰："此非观察所书也。"中贵人愕然曰："但据字言之。"石以手加额曰："朝字，离之为'十月十日'字，非此月此日所生之天人，当谁书也！"一座尽惊。中贵驰奏，翌日召至后苑，令左右及宫嫔书字示之，论说俱有精理。锡赉甚厚，补承信郎。缘此四方求相者，其门如市。有朝士，其室怀娠过月，手书一"也"字，令其夫持问。是日坐客甚众。石详视字，谓朝士曰："此阁中所书否？"曰："何以言之？"石曰："谓语助者，'焉、哉、乎、也'。固知是公内助所书。尊阁盛年三十一否？"曰："是也。""以'也'字上为'三十'，下为'一'字也。然吾官寄此，当力谋迁动而不可得否？"曰："正以此为挠耳。""盖'也'字，着水则为池，有马则为驰。今池运则无水，陆驰则无马。是安可动也？又尊阁父母兄弟、近身亲人皆当无一存者。以'也'字着人则是他字，今独见也字，而不见人故也。又尊阁其家物产亦当荡尽否？以'也'字着土，则为地字。今不见土，只见也。俱是否?”曰:“诚如所言。”朝士即谓之曰:“此皆非所问者。但贱室忧怀娠过月,所以问耳。”石曰:“是必十三个月也。以‘也’字中有‘十’字,并两傍二竖,下画为‘十三’也。”石熟视朝士曰:“有一事似涉奇怪。固欲不言,则吾官所问,正决此事。可尽言否?”朝士因请其说。石曰:“也字着虫为虵字。今尊阁所娠,殆蛇妖也。然不见虫,则不能为害。谢石亦有薄术,可为吾官以药下验之,无苦也。”朝士大异其说,因请至家。以药投之,果下数百小蛇。都人益共神之,而不知其竟挟何术。

后石拆“春”字,谓“秦头太重,压日无光”。忤相桧,死于戍。

建炎间,术者周生善相字。车驾至杭,时虏骑惊扰之余,人心危疑。执政呼周生,偶书“杭”字示之。周曰:“惧有警报。”乃拆其字,以右边一点配“木”上,即为“兀术”。不旬日,果传兀术南侵。当赵、秦庙谟不协,各欲引退。二公各书“退”字示之。周曰:“赵必去,秦必留。‘日’者君象,赵书‘退’字,‘人’去‘日’远,秦书‘人’字密附‘日’下,‘日’字左笔下连,而‘人’字左笔斜贯之。踪迹固矣,欲退得乎!”既而皆验。

往年有叩试事者,书“串”字。术士曰:“不特乡闱得隽,南宫亦应高捷。盖以‘串’寓二‘中’字也。”一生在旁,乃亦书“串”字令观。术者曰:“君不独不与宾兴,更当疾。”询其所以,曰:“彼以无心书,故当如字。君以有心书,‘串’下加‘心’,乃‘患’字耳。”已而果然。

蔡君谟美须髯。一日内宴,上顾问曰:“卿髯甚美,夜间将覆之衾下乎,将置之外乎?”君谟谢不知。及归就寝,思上语,以髯置之内外悉不安，竟夕不寐。有心之为害，大率如此。

【译文】谢石字润夫，是成都人。宣和年间到京师，用拆字预言人的祸福。来问卜的人，只随意写一个字，就根据那字的字形分析批讲，没有不是出奇的灵验的，名声连朝廷都知道。太上皇宋徽宗于是马上写了一个“朝”字，让太监拿去试一试拆字人。谢石见了字，庄重注目着太监说：“这字不是你老所写。”太监大惊说：“只管按字来批讲吧！”谢石把手放在额头说：“朝字分开来为十月十日，不是这月这日所生的圣人，会是谁写的呢？”满座的人都很震惊。太监驰马归奏徽宗，第二天把他召到后苑，命令左右侍奉的官员及宫嫔都写字让他批讲。他论说得都精深有理。徽宗对他赏赐很丰厚，又加补官职为承信郎。因此四方来求相的人很多，他家门前像集市一样。有一个朝官，妻子怀孕过月，用手写一个“也”字，让丈夫来测字。那天有很多坐客，石仔细地看字，对朝官说：“这字是你夫人所写的吗？”朝官回答说：“你根据什么这样说？”石说：“焉、哉、乎、也是语助词语，所以就知道是你贤内助所写的。你盛年三十一岁了吗？”回答：“是的。”“因为‘也’字上边是‘三十’，下边是一字。然而你做官寄身于此，力求升迁却不能如愿，是吗？”回答说：“正因为这事犯愁呢。”“原来‘也’字，添水就成池字，有马就成了驰字。现在池运却无水，陆驰却无马。怎么能升迁调动呢？另外，你父母兄弟、近身的亲人都没一个幸存的。这是因为也字有人就是他字，现在只有也字，却不见人的缘故。另外你妻子家财产也大概都荡光了吧？因为‘也’字加土就是地，今不见土，只见也字。都对吗？”朝官回答：“确实说得对。”朝官就告诉他说：“这些都不是我要问的事。只因贱妻怀胎超过了月限，所以来问吉凶。”石回答说：“这必定是十三个月了，因为也字中有十字加上两旁的两竖，下边一划，就是十三了。”石仔细看看朝官说：“有件事似乎很奇怪，本不想说出，既然是您所问，正好能解决这件事。我可以毫无保留地说出来吗？”朝官于是请求他指点迷津。石说：“也字加虫是虵字。现在你妻子所怀的胎大概是蛇妖，然而不见虫字，就不能形成灾害。谢石也小有方术，可替你下药验证，不要苦恼。”朝官对他所说的感到很惊异，坚持邀请他到家中。经过投药医治，果然生下数百条小蛇。京城中的人更加觉得谢石神奇不凡，但却不知他究竟学的是什么方术。

后来谢石拆“春”字，曾说过：“秦字头太沉重，把太阳都压得没有光亮了。”这话触犯了奸相秦桧，就被害，死在流放之中。

宋高宗建炎年间，一个姓周的术士善于测字。皇帝到了杭州，当时由于金国骑兵的惊扰，老百姓都人人自危，心怀疑虑。执政者召见周生，信手写一“杭”字让他看。周说：“怕要有警报。”于是拆那个字，把“杭”字右边的一点配到左边木上，即为兀术。不到十天，果然传报兀术南侵。当时担任宰相的赵鼎和秦桧，两人对国事的政见和策略不同，都想引退。二人都各自写了一个“退”字让他测。周说：“赵必然离去，秦必然留下来。‘日’是君王之象，赵书写退字，‘人’字离‘日’较远；秦写的‘人’字紧挨在日的下边，字是在左笔之下连在一起的，而‘人’字左笔斜着贯通起来。这表示他的踪迹很稳固，想引退怎么能成呢？”后来，这些事都被事实验证了。

往年有一个来问科举考试的，写了一个“串”字。术士说：“你不仅乡闱得意，南宫也应当是高中，因为“串”字是两个中字组成。”一个书生在旁边，也写了个“串”字让他测字。测字人说：“你不但不能参加考试，还会得病。”问他为什么，回答说：“人家是无心写的字，就应当按“串”字解析；你是有心写的，‘串’字下边应该加一个‘心’字，就是一个‘患’字。”后来果然像他讲的那样。

蔡君谟（襄）有一部漂亮的胡须。一天，在皇帝的宴会上，皇帝问他说：“你的胡须很美，夜间睡觉，是盖在被子下边还是放在外边？”君谟谢罪说不知道。后来回家睡觉时，总思考着皇帝的话语，觉得胡须放在里外都不舒服，一夜都睡不着觉。有心的害处大都像这件事一样。

临安术士

临安术士，自榜曰“铁扫帚”，设卜肆于执政府墙下，言多验。淳熙甲辰季冬，一细民来问命。告之曰：“君星数甚恶，明春恐不免大戮。若禁足一月，可免。”民颇不信，而以所戒惇切，勉为杜门。至正月晦日，度已无恙，乃往咎其不验。术士再为推测，布局才就，复云：“今日尚是正月，犹虑有人命之危。”民忿恚，诋其诞妄，相与争詈不已。不胜忿，曰：“我只打杀汝，以验汝术！”奋脚中胁，立死，遂得罪。

【译文】临安（今浙江杭州）一个术士，自己挂一个“铁扫帚”的招牌，在执政府邸的墙下摆了个卦摊，他的话大都应验。淳熙甲辰年冬天，一个普通百姓来算命。术士告诉他说：“你的运气很坏，明年春天免不了要犯死罪被砍头。如果一个月不出门，就可以免灾。”小民很不相信，只是因为术士的谆谆告诫，才勉强杜门不出。到了正月的最后一天，考虑不会有什么事了，就去责怪术士算得不灵验。术士再一次替他推算，布局完毕，又对他说：“今天仍然是正月，还应该考虑到有人命的危险。”那个小民愤怒异常，指责术士荒诞骗人，接着就互相争吵，叫骂不已。百姓气愤到了极点，就说：“我就打死你，来验证你算的卦！”一脚踢在术士的胸部下边，术士立刻就死了。于是这百姓就构成了杀人罪。

神　画

南唐后主坐碧落宫，召冯延巳论事。到宫门，逡巡不进。

后主使使促之。延巳云：“有宫娥着青红锦袍当门而立，故不敢径进。”使随共行谛视，乃八尺琉璃屏画《夷光独立图》。问之，董源笔也。此与孙权弹蝇何异！

【译文】南唐李后主坐在碧落宫中，召见冯延巳来议论国事。到了碧落宫门前，冯延巳徘徊不敢走进。后主派人催促他。冯延巳说：“有一个穿着青红锦袍的宫女当门而立，所以我不敢轻进。”后主让他跟随自己一起去察看，原来是当门一座八尺高的琉璃屏画《夷光独立图》。问谁画的，是董源所作。这和孙权把画蝇当作真的用手去弹有什么差别！

神 篆

章友直伯益以篆得名，召至京师。翰林院篆字待诏数人闻其名，未心服也。俟其至，俱来见之，云：“闻妙艺久矣，愿见笔法。”伯益命粘纸各数张作二图，即令泚墨濡毫。其一纵横各十九画，成一棋局；一作十圆圈，成一射帖。其笔之粗细疏密，毫发不爽。众大惊服，再拜而去。

【译文】宋朝章友直，字伯益，以善写篆字而得名，被召到京城。翰林院几个篆字待诏知道他的名声，心里不服。等他来到后，大家都来见他说：“很早就听说过你绝妙的书法技艺，希望能亲眼看到你的笔法。”伯益让人各把几张纸粘起来，作两张大图纸，即刻沾笔濡毫写起来。一张图纸上纵横各书写了十九画，成了一张棋盘；另一张画了十个圆圈，成了一张射靶。他运笔的粗细、笔道之间的疏密，不差一根头发。大家都惊叹诚服，再次拜谢之后而离去。

神 射

隋末有督君谟，善闭目而射。志其目，则中目；志其口，则中口。有王灵智者，学射于君谟，久之，曲尽其妙，欲射杀君谟，独擅其美。君谟时无弓矢，执一短刀，箭来辄截之。末后一矢，君谟张口承之，遂啮其镝。于是笑曰："汝学射三年，未教汝啮镞法耳。"

陈文康尧咨善射。有卖油翁曰："无他，但手熟耳。"公怒曰："尔安敢轻吾射！"翁曰："以我酌油知之。"取一葫芦，以钱覆其口，以杓酌油自钱孔入，而钱不污。子犹曰：因争道而悟书，取酌油而喻射。天下道理，横竖总只一般。但人自为洴澼洸耳。

【译文】隋末有一个叫督君谟的人，善于闭着眼睛射箭。想射眼，就中眼；想射口，就射口。有一个王灵智，跟着君谟学射，时间久了，把他射箭技艺的精妙之处都尽数学到手，就想射死君谟，独自享有高超的射箭技艺的美名。君谟当时没带弓箭，只是手执一把短刀，箭来就截断它。最后一箭君谟张口承接着，于是咬住了箭头。这时他才笑着说："你学箭三年，没有教你咬箭镞的接箭法。"

康肃公陈尧咨（尧咨谥号应为康肃，此处原文误为文康，因其二位兄长分别谥为文忠、文惠，因而误记——译者注）善于射箭。有一个卖油的老翁说："没有什么，只不过手熟而已。"陈公生气地说："你怎么敢看不起我射箭的技艺？"老人说："凭我舀油的经验我知道射箭也没什么了不起。"于是他拿一个葫芦，用钱盖着葫芦口，用勺子舀油从钱孔注入，而铜钱不沾油。子犹说：因争道而领悟书法，借取舀油来比喻射技，天下道理，横竖都是一样的。只不过有人把自已的绝技用到小事上去呀！（洴澼洸，指漂洗丝絮。《庄子逍遥游》中说，宋国有一家人，世代以漂染为业，家传有一种可以使手在水中漂洗而不冻裂的秘方。有个客人知道后，花了一百金买下了这个药方，献给吴王。吴王广泛用于军中，因而在严冬水战中，大败越兵。这献药方人，因此得到很高奖赏。后人因而把“洴澼洸”比喻为身怀绝技，不能往大处使用。——译者注）

张 芬

张芬曾为韦皋行军，多力善弹。每涂墙方丈，弹成“天下太平”字。字体端严，如人摸成。曾有一客，于宴席上以筹碗中绿豆击蝇，十不失一。一座惊笑。芬曰：“无费吾豆。”遂指起蝇，拈其后脚，略无脱者。

【译文】张芬曾做过节度使韦皋的行军司马，力气很大又善用弹弓弹射。常在墙上用泥涂成一丈见方的泥皮，然后弹射出“天下太平”四个大字。字体端正严整，像人摹写而成的一样。曾有一个客人，在宴席上用筹碗中的绿豆击落飞蝇，十次没有一次失手。一座宾客都为之惊叹欢笑不已。张芬说：“不用费我的豆。”于是指着一个飞起的蝇子，一下子捏着它的后腿，没有一个逃脱的。

河北将军

建中初，有河北将军姓夏，弯弓数百斤。常于毬场中累钱十余，走马以击鞠杖击之，一击一钱飞起，高六七丈。其妙如此。又于新泥墙安棘荆数十，取烂豆，相去一丈，掷豆贯于刺上，百不差一。又能走马书一纸。

【译文】唐德宗建中初年，有个姓夏的河北将军，能拉弯数百斤的弓弩。常在鞠球场中，把十几只铜钱叠起来，骑着马用击鞠的杖子去打铜钱，打一次，只有一枚铜钱打得飞起来，高达六七丈。他的技艺就这样精妙。又在新泥过的墙上插上几十株棘荆，拿来煮烂的豆，从一丈远的地方掷豆，豆都被穿在刺上，投掷百次没有一次失误。他又能跑着马在一张纸上书写。

杨大眼绝技

后魏杨大眼，武都氐难当之孙，少有胆气，跳走如飞。高祖南伐，李冲典选征官。大眼求焉，冲不许。大眼曰："尚书不见知，为尚书出一技。"便以绳长三丈，系髻而走，绳直如矢，马驰不及。见者莫不惊叹。

【译文】后魏时杨大眼，是西北武都郡氐族领袖杨难当的孙子，年轻时，有胆量，跑跳敏捷如飞。魏孝文帝讨伐南方，李冲主管选拔出征的官员。大眼请求担任，李冲不答应。大眼说："尚书不了解我，为尚书献一技。"就用三丈长的绳子，系着发髻跑起来，绳立刻被拉直像飞箭一样，奔驰着的马也赶不上。看到的人没有不惊奇感叹的。

汪节等

神策将军汪节有神力。尝对御俯身负一石碾，碾上置二丈方木，又置一床，床上坐龟兹乐人一部，奏曲终而下，无压重之色。

唐乾符中，绵竹王俳优者，有巨力。每遇府中饷军宴客，先呈百戏。王腰背一船，船中载十二人，舞《河传》一曲，略无困乏。

德宗时，三原王大娘，以首戴十八人而舞。

力者无其巧，巧者无其力。技而仙矣！

【译文】神策将军汪节力大如神。曾面对皇帝背负一个石碾，石碾上放着两丈长的方木，又放上一张床，床上坐着龟兹国一整个奏乐班子的人，曲子演奏终了才放下，脸上一点也没现出感到沉重的神色。

唐朝乾符年间，绵竹的一个姓王的滑稽演员，力气很大。每当遇到慰劳军队、宴请宾客的时候，都要先表演各种节目。王腰背一条船，船中载二十个人，在《河传》乐曲的伴奏下，跳到一曲终了，王一点也不感到困乏。

唐德宗时，三原的王大娘，头能顶着十八个人跳舞。

有力的人没有这技巧，有技巧的人没有这力量。这些人技艺就如同仙人了。

善走

徐州人张成善疾走，日行五百里。每举足，辄不可禁，必着墙抱树方止，体犹振动久之。

近岁海虞顾生亦能之，后以酒色自奉，步渐短。亦如黄公之赤刀御虎也。

【译文】徐州人张成擅长快跑，每天能跑五百里。每当一抬脚，就不能约束自己，而一直跑下去，一定得碰着墙抱着树才能停止，身体还要长时间地振动不停。

近年，海虞顾生亦能这样，后来因为贪酒好色，步伐逐渐短小了。这也就如同东海黄公的空刀御虎。

木 僧

将作大匠杨务廉甚有巧思。尝于沁州市内刻木作僧，手执一碗，自能行乞。碗中投钱，关键忽发，自然作声云："布施。"市人竞观，欲其作声，施者日盈数千。

【译文】唐朝时将作大匠官职的杨务廉有奇思巧想，曾在沁州集市内用木头刻成一个和尚，和尚手拿着一只碗，自己乞讨。人向碗中投钱时，触动机关，木和尚就自动发出声音说："布施。"集市上的人竞相观看，想要他发出声音，施舍的人每天都有几千人。

东岳精艺

蒋大防母夫人云：少日随亲谒太山东岳，天下之精艺毕集。人有纸一百番，凿为钱，运如飞。既毕举之，其下一番，未尝有凿痕之迹；其上九十九番，则纸钱也。又一庖人，令一人袒背，俯偻于地，以其背为刀几，取肉二斤许，运刀细缕之。撤肉而拭其背，无丝毫之伤。

【译文】蒋大防的母亲说：小时候随亲人拜谒泰山东岳庙，天下精湛的技艺都聚集在那里。一个人把一百张纸摞起来，把纸都凿成纸钱，操作飞快。把钱全部拿起，最下边的一张纸，一点也没有凿的痕迹；其上九十九张，则是纸钱。另有一个厨子，让一个人光着背，俯身到地上，用他的背当刀案，拿二斤多肉，运刀细细地切肉。撤去切好的肉，擦净那人的背，没有丝毫的损伤。

针 发

魏时，有句骊客，善用针，取寸发斩为十余段，以针贯取之，言发中虚也。见《广记》。

谚讥苏人为“空心头发”，是未检段成式语。北人有以空发讥予者，予笑谓曰：“吾乡毛发玲珑，不似公等七窍俱实。”讥者嘿然。

【译文】魏时一个句骊（今朝鲜）的客人，善于用针，拿一寸长的头发截成十几段，用针把它们穿起来，说这头发中间是空的。这件事载在《太平广记》上。

俗语讥笑苏州人是“空心头发”，是没见到过段成式这段记载。北方有人用这话讥笑我，我好笑地告诉他：“我们故乡苏州人毛发玲珑剔透，不像你们，七窍都实实不通。”嘲笑我的人哑然不语了。

雕刻绝艺

《狯园》云：吴人顾四刻桃核作小舸子，大可二寸许，篷樯舵橹纤索莫不悉具。一人岸帻卸衣，盘礴于船头，衔杯自若。一人脱巾袒卧船头，横笛而吹。其傍有覆笠一人，蹲于船尾，相对风炉扇火温酒，作收舵不行状。船中壶觞竹案，左右皆格子眼窗，玲珑相望。窗楣两边有春贴子一联，是“好风能自至，明月不须期”十字。其人物之细，眉发机榇，无不历历分明。又曾见一橄榄花篮，是小章所造也，形制精工丝缕若析。其盖可开合，上有提，当孔之中穿绦，与真者无异。又曾见小顾雕一胡桃壳，壳色摩刷作橘皮文，光泽可鉴。揭开，中间有象牙壁门双扇。复启视之，则红勾栏内安紫檀床一张，罗帏小开，男女秘戏其中。眉目疑画，形体毕露，宛如人间横陈之状。施关发机，皆能摇动如生，虽古棘刺木猴无过也。其弟子沈子叙，亦良工有名。

【译文】《狯园》记载：苏州人顾四把桃核刻成小船，有二寸多那么大，篷帆、桅樯、舵、桨、纤绳，没有不具备的。有个人掀掉头巾，脱掉外衣，气势磅礴地立在船头，口对着酒杯悠然自得地喝酒。一人脱掉头巾，袒着肚子躺在船头，吹着横笛。他旁边放着一个翻过来的斗笠，一人蹲在船尾，对着风炉扇火温酒，整条船是收了舵不再行进的样子。船里还设有酒壶、酒杯和竹案。船仓左右都是格子式的窗户，玲珑剔透可以对望。窗框上有一副春联，是“好风能自至，明月不须期”十字。人物雕刻得细致入微，眉发等关键的地方，无不历历分明。另外曾看到一个橄榄花篮，是小章制作的，形制工巧，一丝一缕都分明可见。盖子可以打开，合上有提柄，在有孔之处穿上条丝带，同真的没有什么区别。又曾见到过小顾雕刻的一个胡桃壳，外壳的颜色是磨制而成的橘皮的纹理，光亮照人。打开后，中间有两扇象牙壁门，再打开壁看，就见红色栏杆内安放紫檀木床一张，罗帐稍稍打开，中间有男女性交。人的眉眼像是画出来的，形体毕露，宛如现实生活中的人的玉体横陈在眼前一样。打开机关，都能像真人那样摇动，即使古代的艺人雕刻的棘刺木猴也超不过它。他的弟子沈子叙，也是有名的良工巧匠。

虫戏

《辍耕录》云：在杭州，尝见一弄百禽者，畜虾蟆九枚，先置一小墩于席中，其最大者乃踞坐之，余八小者左右对列。大者作一声，众亦一声；大者作数声，众亦数声。既而小者一一至大者前点首作声，如作礼状而退。谓之“虾蟆说法”，又谓“虾蟆教学”。

说法、讲学，总为要钱。

王兆云《湖海搜奇》云：京师教坊赤、黑蚁子列阵，能按鼓合金退之节，无一混淆者。又予在山东，见一人卖药，二大鼠在笼中，人求药，呼鼠之名曰：“某为我取人参来！”鼠跃出笼，衔人参纸裹而至。又呼其一曰：“某为我取黄连来！”亦复如是，百不失一。不知何以教导也。

【译文】《辍耕录》记载：在杭州曾见到过一个驯化各种禽兽表演作戏的人，养了九只虾蟆，先在席子中间放一个小墩子，最大的一只就坐上去，其余八个小的就左右对列。大的叫一声，其余的也叫一声；大的叫几声，其余的叫几声。接着小的虾蟆一个个到大虾蟆跟前点头作声，如同礼拜之后退下一样。这种戏被称为“虾蟆说法”，又叫“虾蟆教学”。

说法、讲学，总为要钱。

王兆云《湖海搜奇》记载：京师教坊红、黑两种蚂蚁列阵，能按照击鼓围合、鸣金而退的指挥，没有一只蚂蚁弄得混淆不清的。还有，我在山东，见一人卖药，有两只大老鼠在笼子中，有人买药，就呼喊老鼠的名字说：“某替我拿人参来！”老鼠跳出笼子，就衔来一个包着人参的纸包；再喊另一只老鼠："某替我拿黄连来！"另一只老鼠也像这样，百无一失。不知他怎样驯养的。

荒唐部第三十三

子犹曰：相传海上有驾舟入鱼腹。舟中人曰："天色何陡暗也！"取炬燃之。火热而鱼惊，遂吞而入水。是则然矣，然舟人之言，与其取炬也，孰闻而孰见之？《本草》曰：独活有风不动，无风自摇。石髀入水即干，出水则湿。出水则湿，诚有之矣；入水即干，何以得知？言固有习闻而不觉其害于理者，可笑也。既可笑，又欲不害理，难矣。章子厚做相，有太学生在门下，素有口辩。子厚一日至书室，叩以《易》理。其人纵横辩论，杂以荒唐不经说。子厚大怒曰："何故对吾乱道！"命左右擒下杖之，其人哀鸣叩头乃免。而同时坡仙，乃强人妄言以为笑乐。以理论，子厚似无害，究竟子厚一生正经安在？赢得死后作猫儿，何如坡仙得游戏三昧也？集《荒唐第三十三》。

【译文】子犹说：传说海上有人驾船驶进了大鱼的腹中。船上人说："这天色为什么突然黑暗了？"于是点燃灯火照明。灯火烧炙使鱼受惊，随即吞进大量海水，使船上人全都淹死。这样一切都是很自然的事情，可是那船上人说的话，以及他们点燃灯烛，谁又听见谁又看到了呢？李时珍的《本草纲目》中说：独活这种草药，有风时不动，无风时自摇。石髀入水即干，出水却是湿的。出水是湿的，本来就有的事；可入水即干，怎么能够知道呢？传说那些本来就有的习闻却不能觉察它违背于情理，是可笑的。既然是可笑的，又想让它不违背常理，太难了。宋朝章子厚（惇）任尚书左仆射官职时，有一太学生拜在其门下，平常能言善辩，口才很好。一天，章惇来到书房询问其《易经》的义理。那人上下纵横高谈阔论；并夹杂些荒唐不经的说词。章惇大怒道："为什么对我胡说八道！"喝令左右随从将那人拖下去杖打，那人叩头苦苦哀求才得以免打。而与章惇同时期的坡仙苏轼，却强求人说些荒唐的事情作为笑乐。从道理上来说，章惇似乎是没有错的，可究竟他一生正经又在哪里呢？即使赢得死去以后被人称作猫儿，怎比得上坡仙得到游乐嬉戏的奥妙呢？汇集《荒唐部第三十三》。

镇阳二小儿

公孙龙见赵文王，将以夸事炫之，因为王陈大鹏九万里钓连鳌之说。文王曰："南海之鳌，吾所未见也。独以吾赵地所有之事报子。寡人之镇阳有二小儿，曰东里，曰左伯，共戏于渤海之上。须臾有所谓鹏者，群翔水上。东里遽入海以捕之，一攫而得。渤海之深，才及东里之胫。顾何以贮也，于是挽左伯之巾以囊焉。左伯怒，相与斗，久之不已。东里之母乃拽东里回。左伯举太行山掷之，误中东里之母，一目眯焉。母以爪剔出，向西北弹之。故太行山中断，而所弹之石，今为恒山也。子亦见之乎？"公孙龙逡巡丧气而退。弟子曰："嘻，先生持大说以夸炫人，宜其困也。"

【译文】战国时公孙龙求见赵国的文王，以夸大的事吹嘘，炫耀自己的见闻博广，见面后对赵文王说起大鹏九万里钓连鳌的故事。赵文王说："那南海的鳌鱼我没有见过，我就把我们赵国地方上有的事情说给你听吧。我们的镇南有两个小孩，一个叫东里，一个叫左伯，他们一同在渤海之滨戏耍。不一会儿，有所谓的大鹏鸟群集翱翔在海面上。东里就跳进海中抓捕，一把就捉住了。渤海那么深，才刚达到东里的小腿肚。他四下巡视用什么东西贮藏鹏鸟，于是拉着左伯的头巾作囊袋。左伯恼怒，与他相斗，很长时间都没停息。东里的母亲来拉东里回家。左伯举起太行山投掷东里，却误打中东里的母亲，眯住她一只眼睛。东里的母亲用手指剔出来，向西北轻轻一弹。因此太行山被断成两截了，她所弹的石头，就是如今的恒山。你曾经见过吗？"公孙龙听后进退两难，垂头丧气地回去。他的学生笑道："哈哈，老师经常说大话来夸耀人，应该难为难为他了。"

三老人

尝有三老人相遇。或问之年，一人曰："吾年不可记，但忆少年时与盘古有旧。"一人曰："海水变桑田时，吾辄下一筹。尔来我筹已满十间屋。"一人曰："吾所食蟠桃，弃其核于昆仑山下，今与昆仑山齐矣！"

坡仙曰："以予观之，三子者，与蜉蝣朝菌何以异哉！"子犹曰：于今知有坡仙，不知有三老人姓名。虽谓三老人夭而坡仙寿可也。

【译文】曾经有三个老年人碰在一起。有人问他们的年龄，一个老人说："我的年龄已记不清了，只记得小时候与盘古有交情。"（盘古是中国神话传说开天辟地之人——译者注）第二个老人说："海水变桑田时，我便下了一个筹码记数。现在我的筹码已装满十间房子了。"第三个老人说："我把吃过的蟠桃核都扔在昆仑山下，现在堆起的桃核已经与昆仑山一样高了！"

坡仙苏轼说："让我来看，这三个人与那些朝生暮死的蜉蝣有什么区别！"子犹说："如今人们知道坡仙的大名，却不知这三个爱吹嘘的老人的姓名。就是说三个老人夭折而坡仙长寿也可以啊。"

赵方士

赵有方士好大言。人问："先生寿几何？"方士哑然曰："余亦忘之矣。忆童稚时，与群儿往看宓羲画八卦，见其蛇身人首，归得惊痫。赖宓羲以草头药治余，得不死。女娲之世，天倾西北，地陷东南。余时居中央平稳之处，两不能害。神农播百谷，余以辟谷久矣，一粒不曾入口。蚩尤犯余以五兵，因举一指击伤其额，流血被面而遁。苍氏子不识字，欲来求教，为其愚甚，不屑也。庆都十四月而生尧，延余作汤饼会。舜为父母所虐，号泣于旻天。余手为拭泪，敦勉再三，遂以孝闻。禹治水经余门，劳而觞之，力辞不饮而去。孔甲赠龙醢一脔，余误食之，于今口尚腥臭。成汤开一面之网以罗禽兽，尝亲数其不能忘情于野味。履癸强余牛饮，不从，置余炮烙之刑，七昼夜而言笑自若，乃得释去。姜家小儿钓得鲜鱼，时时相饷，余以饲山中黄鹤。穆天子瑶池之宴，让余首席。徐偃称兵，天子乘八骏而返。阿母留余终席，为饮桑落之酒过多，醉倒不起。幸有董双成、萼绿华两个丫头相扶归舍，一向沉醉至今，犹未全醒。不知今日世上，是何甲子也？"问者唯唯而退。俄而赵王堕马伤胁。医云："须千年血竭敷之，乃瘥。"下令求血竭，不可得。人有言方士者。王大喜，密使人执方士，将杀之。方士拜且泣曰："昨日吾父母皆年五十，承东邻老姥携酒为寿。臣饮至醉，不觉言辞过度，实不曾活千岁。"王乃叱而赦焉。

【译文】赵国有个术士喜好说大话。人们问他："先生多大岁数了？"方士哑然笑道："我也忘记了。只记得幼年时，与一群小孩看宓羲（又称伏羲，中国神话传说人类的始祖，传说八卦出于他的制作——译者注）画八卦图，发现他长的是蛇身人头，回家后我就受惊吓得了癫痫病，后来全凭宓羲用草药给我医治，才得不死。女娲的时候（女祸，中国神话传说人类始祖，曾采石补天——译者注），天向西北倾斜，地向东北塌陷。我当时正处在中间平稳的地方，所以两边的灾难都遭受不到。神农氏（中国神话传说中药和农业的发明人——译者注）播种百谷时，我因为已经修行到辟谷不吃东西之法很长时间了，所以一粒粮食也不曾入口。蚩尤（中国神话传说东方九黎族首领，被黄帝诛杀——译者注）用五种兵器来打我，被我举起一个指头击伤他的额头，满脸是血而逃。苍颉（上古人，传说是他造字——译者注）不认识的字，想来求我施教，我认为他太愚笨，不屑教他。庆都（传说尧的母亲——译者注）怀孕十四个月生下尧，请我去做汤饼会。虞舜被父母虐待，向上天号哭泣诉。我用手为他擦泪，再三规劝他，于是后来因孝顺而闻名。大禹治水时经过我的家门，我用美酒慰劳他，他却坚决辞谢不饮而去。孔甲（夏代帝王，据传是大禹十四世孙——译者注）曾经赠我一块龙肉，我误食后，至今口中还腥臭难闻。成汤开一面之网用以捕猎禽兽，我曾经亲自数说他不能忘情田猎而荒疏政务。履癸（即殷纣王——译者注）曾经强迫我与他一同狂饮酒，我不听从，就置我于炮烙的酷刑，七天七夜，我谈笑自如，毫不畏惧，于是只得把我释放。姜家小儿（此指周开国功臣姜子牙——译者注）钓得鲜鱼，经常送来给我食用，我却把这些鱼都喂山中的黄鹤了。周穆王去赴天庭瑶池宴会时，让我在首席。这时徐国国君徐偃王作乱，穆王乘坐八匹骏马拉的车辇回去平叛。王母留我一直到宴会最后，因为饮用太多桑落美酒，竟醉倒不起。幸亏有董双成、萼绿华（传说仙女名，董双成为王母侍女，萼绿华为九嶷仙——译者注）这两个小丫头搀扶着我回到房中，一直沉醉到今天，还没有完全清醒过来。也不知现今人世是什么年月了？”问他话的人只好小心翼翼地退走。不久赵王因坠马摔伤肋骨。医师说：“应该用千年的血竭药敷贴才能治好。”于是下令寻求血竭药，却找不到。有人说起那个术士已有几千岁之事。赵王大喜，暗中派人把术士抓来，准备用他的血制作血竭药，术士跪拜哭泣说：“昨天我的父母才刚五十岁，承蒙东邻的姥姥带酒来贺寿，我喝得大醉，不知不觉中言辞过分，实在没有活到过千岁啊！”赵王叱责一番后赦免了他。

古强 李泌

昔有古强者，敢为虚言，云：“尧、舜、禹、汤皆历历目击。孔子常劝我读《易》，曰：‘此良书也。’西狩获麟，我语孔子曰：‘此非善祥。’又稽应谦谢不敢。使君曾以一玉卮赠强，强后忘之，忽语稽曰：‘昔安期先生以此相遗。”

李泌为相，以虚诞自任。尝对客令家人：“速洒扫，今夜洪崖先生来宿。”有人携美酝一榼，有客至，乃曰：“麻姑送酒来，与公同饮。”饮未毕，门者曰：“某侍郎取酒榼。”泌命还之，了无愧色。

古强不知何许人。乃李泌贤相，亦效之，何也？子犹曰：安期卮，麻姑酒，对面谎说，当场出丑。

【译文】过去有个叫古强的人，敢说假话，吹嘘道："尧、舜、禹、汤我都亲眼见到过。孔子常常劝我读《易经》，说：'这是本好书啊。'到西边郊外狩猎时捉获一只麒麟，我对孔子说：'这不是吉祥之事。'"又有一位姓稽的使君曾赠送给古强一件玉制的酒器。古强过后就忘记了，一次忽然对稽使君说："这玉卮是安期先生（传说秦始皇时仙人——译者注）赠送给我的。"

唐朝李泌任宰相时，自己任意荒诞无稽。曾经当着客人的面命令家人说："赶快打扫客厅，今天夜里洪崖先生要来住宿。"（洪崖先生为唐代人胡惠起，传说后来成仙——译者注）有人携带一桶美酒送给李家。有客人来到，李泌就说："麻姑送酒来了，可与你同饮。"（麻姑是古代传说的仙女——译者注）还没有喝完，门人禀报："某侍郎来取酒桶。"李泌当即命人奉还，脸上毫无愧色。

古强不知道是什么人。这李泌是一代贤相，也效仿古人吹嘘扯谎，是为什么呢？子犹说："安期生的酒壶，麻姑送的美酒，对着别人说瞎话，当众出大丑。"

张怀素

方士张怀素好大言，自云："道术通神，能呼遣飞走之属。孔子诛少正卯，我尝谏以为太早；楚汉成皋相持，我屡登高观战。"蔡元度深信之，谓陈莹中曰："怀素殆非几百岁内人也！"（后事败，牵引士类，获罪者甚众）

【译文】宋代有个方士张怀素喜好说大话，自吹："我的道术能通神明，能驱使飞禽走兽。孔子任鲁国司寇时诛杀少正卯，我曾经规劝他为时太早；项羽、刘邦在成皋（今河南郑州荥阳东北）两军相持，我经常登临高处观战。”蔡元度（下）对他的话深信不疑，曾对陈莹中说：“这怀素不是近几百年之内的人啊！”（后来张怀素因事败露，牵涉士人等，获罪者很多）

斥仙

项曼都学仙十年，归家，诈云：“到泰山，仙人以流霞饮我，不饥渴。忽思家，到帝前谒拜，失仪见斥。”河东因号“斥仙”。

【译文】项曼都出外云游学仙十年才回家，对人诈称：“我到泰山时，仙人用流霞美酒款待我，所以一直不觉得饥渴。忽然间思念家乡，到玉帝面前谒拜，因失礼仪而遭到斥责。”所以河东（今山西）一带的人都称他是“斥仙”。

姜识

慈圣光献皇后薨，上悲慕甚。有姜识自言神术，可使死者复生。上试其术，数旬不效。乃曰：“臣见太皇太后方与仁宗宴，临白玉栏干赏牡丹，无意复来人间也！”上知诞妄，但斥于彬州。蔡承禧进挽词曰：“天上玉栏花已折，人间方士术何施？”

【译文】宋朝慈圣光献皇太后（即仁宗曹皇后）去世，宋英宗非常悲哀思慕。有一个叫姜识的方士，自己吹嘘会神术，能使死人复生。皇上就试试他的道术，可好几个月也无效。姜识于是对皇上说："我见到太皇太后正在天上与仁宗皇帝宴饮，坐在白玉栏杆旁赏看牡丹，没有心思再回到人间了！"皇上知道他是荒诞胡说，便把他贬斥到郴州。大臣蔡承禧进的挽词讥讽道："天上玉栏花已折，人间方士术何施？"

醒神

万历壬辰间，一老人号"醒神"。自云数百岁，曾见高皇、张三丰。又自诡为王越，至今不死。又云历海外诸国万余里。陈眉公曰："听醒神语，是一本活《西游记》。"

《稗史》载：正德末年，道人曾见威宁伯于终南山，石室石床，左右图史。记其年，百二十余岁矣。或云，青莱王侍郎亦然。古谓"英雄回首即神仙"，未必尽妄，但假托如"醒神"之流，必非有道之士耳。

【译文】明神宗万历壬辰年间，有一位老人自称"醒神"。言说自己已活了几百岁，曾经见过高皇帝（明太祖朱元璋）和张三丰（明代游士，一名君宝，与宋武当道士张三丰同名——译者注）又假说自己是景泰年间任兵部尚书的威宁伯王越，至今不死。还说自己曾云游海外各国达上万里。陈眉公（继儒）讥笑道："听醒神说话，就是一部活生生的《西游记》。"

据《裨史》载：明武宗正德来年有道人曾在终南山见过威宁伯王越，石室石床，左右身边遍是史书图籍。还能记起自己的年岁，已经一百二十多岁了。有人说，青莱王侍郎也是这样。古人所说的"英雄回首即神仙"，也未必都是虚妄之言，但如果假托如这个"醒神"之流，必然不是有道行的术士啊！

《妖乱志》吕用之事

高骈末年，惑于神仙之说。吕用之用事，自谓“磻溪真君”，公然云与上仙来往。每对骈，或叱咄风云，顾揖空中，谓见群仙方过。骈随而拜之。用之指画纷纷，略无愧色。

中和元年，诏于广陵立骈生祠，并刻石颂，差县人采碑材于宣城。及至扬子院，用之一夜遣人，密以健牯五十，牵至州南，凿垣架濠，移入城内。及明，栅缉如故。因令扬子县申府：“昨夜碑石不知所在。”遂悬购之。至晚，云：“被神人移置街市。”骈大惊，乃于其傍立一大木柱，金书其上，云：“不因人力，自然而至。”即令两都出兵仗鼓乐，迎入碧筠亭。至三桥拥闹之处，故埋石以碍之，伪云“人牛拽不动”，教骈朱篆数字，帖于碑上。须臾去石，乃行。观者互相谓曰：“碑动也！”识者恶之。明日扬子有一村妪，诣府陈牒云：“夜来里胥借耕牛牵碑，误损其足。”远近传笑焉。

骈尝与丞相郑公不协，用之知之。忽曰：“适得上仙书，宰执间阴有图令公者，使一侠士来，夜当至。”骈惊悸问计。用之徐曰：“张先生（守一）少年时，尝学斯术于深井里聂夫人，近日不知肯为否。若得此人当之，无不齑粉者！”骈立召守一语之。对曰：“老夫久不为此戏，手足生疏。然为令公，有何不可？”及朝，骈衣妇人衣，匿于别室。守一寝骈卧内。至夜分，掷一铜铁于阶砌，铿然有声。遂出皮囊中彘血，洒于庭户间，如格斗状。明日骈泣谢守一再生之恩，乃躬辇金玉及通天犀带酬之。

有萧胜者，亦用之党也，以五百金赂用之。用之问何故。曰："欲得知盐城监耳。"乃见骈为求之。骈以当任者有绩，颇有难色。用之曰："用胜为盐城，非为胜也。昨得上仙书，云有一宝剑在盐城井中，须一灵官取之。胜乃秦穆驸马，上仙左右人，故欲遣耳。"骈俯仰许之。胜至盐数月，遂匣一铜匕首献骈。用之稽首曰："此北帝所佩，得之，则百里之内，五兵不敢犯矣。"骈遂饰以宝玉，常置座隅。

时广陵久雨，用之谓骈曰："此地当有火灾，郭邑悉合灰烬。近日遣金山下毒龙以少雨濡之。自此虽无火灾，亦未免小惊。"于是用之每夜密遣人纵火，荒祠坏宇无复存者。

渤海王预策资中郡开元佛寺，十年当有秃丁之乱，乃笞逐众僧以厌之。可谓神矣！而受欺于用之，如小儿然，岂知困于髦及耶？说者罗隐尝不礼于骈，《广陵妖乱志》出其手，未必实录，然温公已取之矣。

【译文】唐渤海郡王高骈晚年时，迷惑于神仙之说。方士吕用之受到他的信任。吕自称"磻溪真君"，公开宣扬自己能与天上神仙来往，凡与高骈在一起时，有时就呵责风云，对着空中揖拜，说是群仙刚过去。高骈也跟着他揖拜。吕用之用手指指画画，毫无羞愧之色。

唐僖宗中和元年（881），朝廷传诏在广陵（今江苏扬州）为高骈建立生祠堂，并刻写碑文颂扬功德，官府命人到宣城（今安徽宣州）采碑石。等拉到扬子县（今江苏仪征东南）时，吕用之在夜里派人前去，偷偷用五十头健壮的牯牛，把碑石拉到县城南，然后凿墙架沟，慢慢移进城中。到了天亮，又把一切恢复原样。于是让扬子县申报州府："昨天夜间碑石不知到何处去了。"随即悬赏寻找。傍晚时有人禀报："碑石已被神人移到城中街市中。"高骈听后大惊，便命人在碑石旁边竖立一个大木柱，用金漆在上边书写："不是人力，而是自然到此。"同时命令官署出动鼓乐仪仗，将碑石迎送至碧筠亭。到了三桥热闹地方时，又被吕用之早先命人埋下的石头阻碍住，不能通行，并且假说："人和牛都拉不动。"请高骈用朱笔写下几行篆字，贴在碑石上。一会起去拦路石，才得继续前行。观看的百姓都互相传说："碑石拉动了！"知道真情的人非常厌恶此种做法。第二天，有一个扬子县的村妇来到官府，投书说："前天夜里里胥借我家耕牛牵拉碑石，损伤了牛脚，请求赔偿。"远近的人都笑传此事。

高骈曾与丞相郑公不和，吕用之知道这事。一天，他突然对高骈说："刚才得到上仙的书信，说朝中高官有人图谋陷害你，将派遣一个侠士前来，今天夜里就到。"高骈惊慌，问他有何计对付。吕用之缓缓说道："张先生（守一）少年时，常跟深井里聂夫人学习道术，近日不知是否还施法。如果请他来抵挡，任何刺客也得粉身碎骨！"高骈立即召请张守一，对他说明用意。张守一说："老夫我早就不做这些戏法，手脚都生疏了。可是为了令公大人，有什么不可呢？"到了傍晚，高骈穿上女人衣服藏匿到别的房中，张守一睡在高骈的卧室，到深夜时，先取一块铜铁器投掷到门外台阶上，铿锵声响。然后倒出皮袋中的猪血，洒在庭院和门边，造成好像刚格斗撕杀过的假像。第二天高骈见到此情后哭泣着拜谢张守一的救命之恩，并亲自用车辇装满金银玉器和通天犀牛带酬谢张守一。

有一个叫萧胜的人，也是吕用之的同伙，用五百两银子贿赂吕用之。吕用之问他有何事相求，萧胜说："只是想去担任盐城的监司官罢了。"于是吕用之见高骈，为他求情。高骈认为当时盐城的官员颇有政绩，如要撤换有些为难。吕用说："任萧胜去盐城为官，并不是为了萧胜。昨天得到上仙传来书信，说有一把宝剑藏在盐城的井中，须派一位仙官去取来。萧胜本是春秋时秦穆公的女婿，又是上天神仙的身边随从，所以派遣他前去罢了。”高骈立即就应允下来。萧胜到盐城几个月后，随即用匣装一把铜匕首呈献高骈。吕用之对铜剑低头拜道：“这是上天北帝的佩剑，得到它，在百里以内，各种凶器、暗器都不会对您构成威胁。”高骈于是把铜剑用宝玉装饰一番，经常放在自己的身边。

当时广陵地方下了很长时间的大雨，吕用之对高骈说：“这个地方应当有火灾，本来城乡都要遭大火烧尽，近日上仙派镇江金山下边岭青龙以少量的雨水润泽，从此虽然不会再有大火，可也难免一些小的灾患。”于是吕用之每天夜里暗中差人去放火，荒疏的祠堂房宇都不再存在。

渤海王高骈镇守西南时，曾预测资中郡的开元佛寺中，十年内会有和尚作乱，于是派人鞭打驱逐僧人而破解之。可以说是很清明了！但他晚年却受欺于吕用之，像小孩儿一样，难道说他是受困于杰出的计谋了吗？有人说诗人罗隐曾经受高骈不礼貌的接待，《广陵妖乱志》这本书出自罗隐之手，未必是真实记录，可温公司马光已采用了。

术 人

韩熙载常服术。因服桃李，泻出术人长寸许。

【译文】南唐时韩熙载经常服用中药草白术。后来因为多吃了桃李水果，泻肚子竟拉出长有一寸多的术人。

章惇为猫

宋虞仙姑年八十，有少女色，能行大洞法。诣蔡京，见一大猫，拊其背曰："此章惇也！"

林甫口蜜腹剑，谓之"李猫"。惇之为猫，亦无怪也。但不知此后几世为牛、几世娼耳。

【译文】北宋时有一个虞仙姑已经八十岁了，仍有少女的气色，能行大洞法。一日去见蔡京，看见一只大猫，就抚着它的脊背说："这是章惇啊！"

唐朝宰相李林甫口蜜腹剑，被人称为"李猫"。章惇被当作猫，也没有什么可奇怪的。只是不知道以后几世做牛、几世做娼妓罢了。

水华居士

李蘧一日谒水华居士于烟雨堂。语次，偶诵祭东坡文，有"降邹阳于十三世，天岂偶然；继孟轲于五百年，吾无间也"之句。水华曰："此老夫所为。"因论降邹阳事。水华述刘贡父梦至一官府，案上文轴甚多。偶取一轴展开，云：在宋为苏轼，逆数而上，十三世，在西汉为邹阳。李摇首曰："玄虚！"

【译文】李蘧一天来烟雨堂求见水华居士。谈话中，他偶然朗诵起祭悼苏东坡的文词，其中有"降邹阳于十三世，天岂偶然；继孟轲于五百年，吾无间也（降邹阳于十三世，上天岂能是偶然的；继孟子于五百年，我还没有达到精微的地方）"的句子。水华居士说："这是我作的。"于是议论起降邹阳的事情。水华说刘贡父（攽）曾经梦中到一官署中，见公案上文卷很多。偶而取一卷展开观看，上边写道："在宋朝为苏轼，向前逆数十三世，在西汉时为邹阳。"李摇头说："太玄虚了！"

巫尪

《左传》:“夏大旱,僖公欲焚巫尪。”注云:尪者仰卧屋外,上帝怜之,恐雨入其鼻,故不雨。

【译文】《左传》中记载:“夏天大旱,鲁僖公准备火焚求雨的女巫。”注解说:女巫仰卧在屋外,上帝惜怜她,唯恐雨水流进她的鼻子里,所以一直没有下雨。

金元七

长洲刘丞不信鬼物。子病,妻乘夫出,延巫降神,问休咎。巫方伸两指谩语,适丞归见之,怒使隶执巫。将加杖,诘问:“汝何人?”巫犹伸两指跪曰:“小人是金元七总管。”丞笑而遣之。

何意刘丞得金七总管跪称小人,然巫竟以谀免责?

【译文】长洲县(今江苏苏州)刘县丞不相信鬼神。他的孩子患病,夫人乘他不在时,请来巫师降神治病,卜问吉凶。巫师刚伸出两个指头要谩天言语,正好刘县丞回来看见,怒喝属下将巫师捉起来。准备杖打之前,讯问巫师道:“你是什么人?”那巫师仍是伸出两个手指跪下说道:“小人是金元七(凶神名)总管。”刘县丞见此情形,不禁发笑,便把巫师放走。

不知为何刘县丞能得金元七总管跪拜而称小人,巫师也因善于阿谀而被免打呢?

《朝野佥载》琵琶卜二事

唐张鷟至洪州，闻土人何婆善琵琶卜，与郭司法往质焉。士女填门，饷遗塞道。何婆心气殊高，郭再拜下钱问其品秩。何婆乃调弦柱，和声气，唱曰："个丈夫富贵，今年得一品，明年得二品，后年得三品，更后年得四品。"郭曰："何婆错矣！品少者官高，品多者官小。"何婆改唱曰："今年减一品，明年减二品，后年减三品，更后年减四品；更得五六年，总没品。"郭大骂而起。

唐崇仁坊阿来婆弹琵琶卜，朱紫填门。张曾往视之，见一将军，紫袍玉带甚伟，下一匹细绫请卜。来婆鸣弦柱，烧香合眼而唱："东告东方朔，西告西方朔，南告南方朔，北告北方朔，上告上方朔，下告下方朔。"将军顶礼曰："既告请甚多，必望细看，以决疑惑。"遂即随意支配。

【译文】唐朝的张鷟来到洪州（今江西南昌），闻听当地的何婆善于弹琵琶、占卜吉凶，就与郭司法官同去咨询。只见男女人等拥挤门庭，各种礼金物品堵塞道路。何婆心气很高，郭司法官二次下拜并送上银钱询问自己的官品。何婆调动琵琶弦，和着声音唱道："这个丈夫富贵，今年得一品，明年得二品，后年得三品，更后年得四品。"郭司法官说："何婆错了！品级少的官职高，品级多的官职小。"何婆立即改口唱道："今年减一品，明年减二品，后年减三品，更后年减四品；更过五六年后，总就没有品了。"气得郭司法官大骂一通，起身而去。

当时崇仁坊的阿来婆也会弹奏琵琶占卜，一时高官达贵盈门。

张鷟曾经前去观看，见一位将军，身穿紫袍玉带，很是雄伟，取出一匹细绫缎，请卜吉凶。阿来婆调琵琶弦，燃烧香柱，合闭眼睛唱道："东边告请东方朔，西边告请西方朔，南边告请南方朔，北边告请北方朔，向上告请上方朔，向下告请下方朔。"那将军顶礼拜问说："如此需告请的太多，请仔细看，便于决定。"阿来婆就让他随意去支配告请。

卜东方朔

《搜神记》：汉武帝与越王为亲，乃遣东方朔泛海求宝，唯命一周回。朔经二载乃至。未至间，帝闻有孙宾者善卜，帝乃更庶服潜行，与左右赍绢二匹往叩宾门。宾出迎延坐，帝乃启卜。卦成，知是帝，惶惧起拜。帝曰："朕来觅物，卿勿言。"宾曰："陛下非卜他物，乃卜东方朔也。朔行七日必至，今在海中面西招水大叹。到日请话之。"至日，朔至。帝讶其迟。朔曰："臣不敢稽程，探宝未得也。"帝曰："七日前，卿在海中，面西招水大叹，何也？"朔曰："臣非叹别事，叹孙宾不识天子，与帝对坐。"帝深异之。

【译文】《搜神记》一书记载：汉武帝与南越王和亲，于是差遣东方朔渡海去求宝，只要求一周时间回来。可东方朔过了两年也未返回。汉武帝听说有个叫孙宾的巫师善于占卜。就更换便服暗中出宫，与左右随从带两匹细绢去叩孙宾的家门。孙宾出来迎接他们里边入坐，汉武帝于是启卜。卦出来后，孙宾知道来者是当今皇上，惶恐地跪拜在地。汉武帝说："我来问卜寻物，你不要说其他的。"孙宾说："陛下不是卜问什么别的物品，而是来卜问东方朔的。东方朔再有七天必定回来，现正在海中面对西方招水长叹。等回来后陛下可问他。”七天后，东方朔果然回来。汉武帝奇怪他为何迟归这么久。东方朔说：“我也不敢延误行程，只是因为没有探到宝物啊。”汉武帝又问：“七天前，你在海上面对西方招水长叹，是为什么？”东方朔回答：“我不是感叹别的什么事，叹息的是孙宾不认识皇上，竟然与皇上对面而坐。”汉武帝心中很是惊异。

巨灵

汉武时，东都献五寸短人，能行案上。东方朔问之曰：“阿母健否？”盖王母使者巨灵也。

【译文】汉武帝时，东都（今河南洛阳）献来一个五寸长的短人，能在书案上行走。东方朔问他说：“王母娘娘身体健康吗？”原来他是王母的使者巨灵神。

藻兼

汉武帝与群臣宴未央，忽闻语云“老臣”，寻觅不见，梁上有一公，长九寸，拄杖偻步。帝问之。公下，稽首不言，仰视屋，俯指帝脚，忽不见。东方朔曰：“是名为‘藻兼’，水土之精。以陛下好兴宫室，愿足于此也。”帝为暂止。后幸河渚，闻水底有弦歌之声。前梁上公及年少数人，绛衣素冠，皆长八九寸，挟乐器凌波而出，向帝称谢。

【译文】汉武帝在未央宫与群臣饮宴，忽然听见有声音说“老臣”，可是遍寻不见人影。一会，房梁上有一老公，身长九寸，拄着拐杖曲着背缓缓而行。汉武帝问他是何人。老人走下房梁，稽首长拜，只是不作言语，抬头看看房顶，低头指指汉武帝的脚，忽然就没了踪影。东方朔说：“它名叫‘藻兼’，是水土精灵。因为陛下好兴建宫室，希望能就此满足了。”于是汉武帝暂停大兴土木。后来来到河边时，听见水底有弦歌的声音。先前房梁上出现的那个老人和几个少年，身穿红衣，头戴白帽，都是身长八九寸，手拿着乐器随着波浪出来，向汉武帝表示谢意。

女人星

武帝时，张宽从祀甘泉。至渭桥，有女子浴于渭水，乳长七尺。上怪问。女曰：“帝后第七车知我。”乃宽也。对曰：“主祭者斋戒不洁，则女人星见。”

【译文】汉武帝时，侍中张宽曾随从皇上去祭祀甘泉。行走到渭桥时，见一女子在渭水边洗浴，双乳竟有七尺长。汉武帝感到惊奇，就询问她。那女子说：“皇上后边第七辆车中的侍中知道我从哪里来。”原来说的是张宽。张宽对汉武帝说：“主持祭祀的人如果斋戒时不干净，那么女人星就会出现。”

寿　星

宋章圣皇帝践祚之明年，有异人长才三尺许，身与首几相半，丰髯秀耳，乞食辇下。叩其所自来。曰：“将益圣人寿。”上召见内殿，讯其能。曰：“能酒。”命之饮，一举一石。俄失其人。翌日，太史奏："寿星躔帝座。"

【译文】宋朝真宗皇帝即位的第二年，有一个奇异的人，身高才三尺左右，身体与头部几乎各占一半，长着浓密的胡须、秀美的耳朵，走近皇上的车辇乞讨食物。皇上询问他从哪里来，要办何事。回答说："将帮助皇上延寿。"皇上把他召进内殿，问他有何特长。回答说："能饮酒。"于是命人取酒让他喝，一饮竟喝了一石。不一会儿就再不见其人。第二天，主管推算天文历法的太史来奏说："天上寿星运行临近帝座星。"

修 月

《广记》：郑仁本表弟游嵩山，见一人枕襆，呼之。其人曰："君知月乃七宝合成乎？月势如丸，其影则日烁，其凹处常有八万二千户，每岁修之。"因开襆，有斤斧凿数事，两裹玉屑。

【译文】据《太平广记》一书记载：郑仁本的表弟去中岳嵩山游玩，见山上有一人枕着头巾酣睡，就呼喊他。那人说："你知道月亮是七宝（七宝为佛教名词，《法华经》以金、银、琉璃、砗磲、玛瑙、珍珠、玫瑰为七宝——译者注）合成的吗？月亮的形体像圆丸，它升起时太阳就落山，月亮的凹处，常有八万二千穴洞，每年都要修整。"说着打开头巾，里边放有斧凿等几件工具，还有两小撮玉石碎屑。

牵牛借钱

道书云："牵牛娶织女，向天帝借二万钱下礼。久之不偿，被驱在营室间。”则天亦有嫁娶，亦有聘财，亦有借贷；而牵牛之负债不还，天帝逼债报怨，皆犯律矣。可笑。

【译文】道家的书籍说：“牵牛想娶织女，便向玉帝借了两万钱作彩礼。很长时间也不偿还，所以被玉帝驱赶到营室四星中间。”原来天上也有嫁娶，也有聘礼，也有借贷；可牵牛星的借钱不还，玉帝的逼债报怨，都违犯天律了。实在可笑。

龙 妒

绍兴年间，姑苏郭三雅，妻陆氏死去二日，更生。言有龙王嬖妾，遭夫人妒忌，以箠死。鞫讯天狱，累年不决。上帝以陆贞洁，敕令断之。就刑特在信宿，至期且有大异。数日后，平江忽起大风疾雨，惊潮漂溺田庐数百里。

【译文】宋高宗绍兴年间，姑苏（今江苏苏州）有个郭三雅，妻子陆氏死后两天，又重新复生。说有一个龙王的宠妾，遭到夫人的妒忌，后被鞭打致死。天庭审讯此事，竟达一年没能判决。天上玉帝认为陆氏贞洁，就传令让她断决。行刑定在两天两夜后，到时候会有大的异常情形出现。果然，几天后，平稳的江面上忽然涌起大风疾雨，浪潮漂淹田地房舍达几百里远。

龙争食

《法苑珠林》云：贞观十八年，文水县大雷震，云中落一石，大如碓。敕问西域僧，云：“是龙食。二龙相争，误落下耳。”

【译文】《法苑珠林》中记载：唐太宗贞观十八年（644），山西文水县有大雷震击，云端忽然落下一块石头，像舂米的石碓一样大小。皇上传问西域来的高僧，回答说："这是龙食。因为二龙相争，误落下来了。"

虎好谀

《广异记》云：凤翔李将军为虎所取，蹲踞其上。李频呼："大王乞一命！"虎弭耳如喜状，遂释之。

【译文】《广异记》中说：凤翔的李将军被老虎扑倒，蹲踞在他的身上。李将军连连高呼："乞求大王饶一命！"老虎听了好像很高兴，于是放了他。

雷　公

唐代州西有大槐树，震雷击之，中裂数丈。雷公为树所夹，狂吼弥日。众披靡不敢近。狄仁杰为都督，逼而问之。乃云："树有乖龙，所由令我逐之。落势不堪，为树所夹。若相救者，当厚报德。"仁杰命锯匠破树，方得出。

雷公被树夹，已异矣；能与人言，尤可怪也！又叶迁韶曾避雨，亦救雷公于夹树间。翌日，雷公授以墨篆。与仁杰事政同。

【译文】唐朝时代州（今山西代县）城西有一大槐树被雷击中，中间裂口好几丈长。雷公被树夹住，狂吼一整天。众人都远远跑开，不敢接近。狄仁杰当时在此任都督，逼近槐树询问。雷公说："这树中有条乖逆之龙，天帝命我逐赶它。落下时不小心，被树夹住。如蒙相救，以后定当厚报恩德。”狄仁杰就命锯匠把树锯开，雷公才得脱身出来。

雷公被树夹住，已是很奇怪的事了，又能与人说话，更是怪异了！又有叶迁韶曾经避雨，也搭救雷公于夹树中。第二天，雷公送给他笔墨。此事与狄仁杰的事情相同。

土地相闹

国初，某天官见一谒选者短而髯，曰：“此土地也！”其人归，暴死。赴部土地任，而其地已有土地，不纳，相闹。夜复见梦于天官，曰：“天曹一语，冥已除注。第赴任无所，奈何？”天官讶然，知已有是语，而不虞以死授也，命于承发科另立土地庙。至今吏部有二土地，而此独灵显。

国初天官皆奉公无私，故戏言亦灵。

【译文】明朝初年，某吏部尚书见一个谒选官职的人长着短胡须，就戏笑说：“这是土地神啊！”那人回去后就突然死去。其魂魄前去赴吏部土地之职，可当地已有土地神，因为不接纳，他们两个相闹起来。夜里，那人托梦于尚书说：“吏部一句话，阴冥间已经受命注册。可是赴任又没有任所，怎么办呢？”尚书惊讶不已，忆想起自己说过此话，可是没料到那人竟然以死受命，于是急忙命承发科属吏另建一土地庙。至今吏部有二位土地神，而只有这后来的灵验。

明朝初年吏部尚书都很奉公无私，所以戏谑之言也灵验。

落星潭

后唐长兴中，庐山落星潭有钓者，得一物如人状，为积岁莓苔所裹，不甚分辨，比木则重，比石则轻，弃之潭侧。后数日，风日剥落，又经雨淋洗，忽见两目俱开，则人也！欻然而起，就潭水盥手面。渔者惊异，共观之。其人具悉本地山川之名及朝代年月。语讫，复入水中。吏民为建祠于潭上。

【译文】后唐明宗长兴年间，庐山的落星潭有个钓鱼人，钓得一物长得像人形，被多年的苔藓所包裹，不好分辨，比木头重，比石头轻，就弃扔到潭边。又过了几天，那物经过风刮日晒，苔藓脱落，又经雨水淋洗，忽见它张开了双眼，竟是个人！猛然起身，就着潭水洗手擦脸。钓鱼人惊奇不已，都聚在一起观看。那人知道当地山川的名字以及朝代年月。说完后，又隐入水中。地方官和百姓在潭上修建祠堂祭祀他。

橘叟

有巴邛人，不知姓名。家有橘园，因霜后诸橘尽收，余有两大橘，如三斗盎。巴人异之，即令摘下，轻重亦如常橘。剖开，每橘有二老叟，身长尺余，须眉皤然，肌体红明，皆相对象戏，谈笑自若。剖开后，亦无惊怖，但相与决赌。赌讫，一叟曰："君输我海龙王第七女髲发十两、智琼额黄十二枚、紫绡帔一副、绛台山霞实散二庾、瀛洲玉尘九斛、阿母疗髓凝酒四钟、阿母女态盈娘子跻虚龙缟袜八緉，后日于王先生青城草堂还我耳。"又一叟曰："王先生许来，竟待不得。橘中之乐，不减商山，但不得深根固蒂，为愚人摘下耳！"又一叟曰："仆饥矣，当取龙根脯食之。"即于袖中出一草根，方圆径寸，形状宛如龙，毫厘罔不周悉。因削食之，随削随满。食讫，以水噀之，化为一龙。四叟共乘之，足下泄泄云起，须臾风雨晦冥，不知所在。

鄜延长吏有大竹凌云，可三尺围。伐剖之，见内有二仙翁相对云："平生深根劲节，惜为主人所伐。"言毕，乘云而去。事类似。〇仙翁既能藏身橘、竹中，何必令橘、竹奇大？当是好名之累。

【译文】有一个巴邛（今四川邛崃）地方的人，不知道姓名。家里种有橘园。因下霜后，橘子都要摘收，只留两个大橘子，像三个斗那么大。当地人觉得奇异，就把它也摘下，轻重也和平常的橘子一样。剖开后，见每个橘子里有两个老人，身长一寸左右，眉毛胡须都白了，肌体却红润。四人相坐而下象棋，谈笑自如。被剖开后，也没有恐怖的表情，只管下棋决赌。赌完后，一老人说："你输给我海龙王第七个女儿的假发十两、神女智琼的涂饰品额黄十二枚、紫绡披肩一副、绛台山霞实散二庾（量名，十六斗为一庾——译者注）、瀛洲的白雪九斛、王母娘娘的疗髓凝酒四壶、王母的女儿态盈娘子济虚龙素绢白袜八两，后天在王先生的青城草堂还给我罢了。"又一老人说："王先生应许来这里，竟然没等到。橘子中的乐趣，不减商山（在陕西商县东南，景色幽胜，相传秦末汉初东园公四老人在此隐居——译者注），只是不能根深蒂固，被这些愚人摘下来了。"又一老人说："我有些饿了，就取些龙根脯吃吧。"于是从衣袖中取出一个草根，长短只有一寸长，形状像龙一样，龙体每件细小器官都清楚可辨。于是削着吃起来，随削随长而复原。食用后，在那龙根上喷了一口水，就变成为一条大龙。四个老人乘坐上，龙脚下缓缓升起云端，不一会天色昏暗，风雨骤来，不知他们的去向。

鄜延（今陕西延安）的长吏有一根大竹子高入凌云，有三尺粗。伐开后，见里边有两个老仙翁相坐，说道："这大竹平生深根劲节，可惜被主人砍伐了。"说完后，乘云而去。事情与此相似。〇仙翁既然能藏身于橘子、大竹中，何必又让这些橘子、竹子出奇得大呢？还是受了想出名的拖累啊！

朝荣观

李凉公镇朔方，有町园，树下产菌一本，其大数尺。上有楼台，中有二叟对博。刻成三字，曰"朝荣观"。公令町掘地数尺，有巨蟒目光如镜，吐沫成菌。是夜，公梦黄衣人致命曰："黄庐公昨与朝荣观主博，为愚人持献公。"

阿房、铜雀，金穴木妖，皆"朝荣观"也，人自不识耳。

【译文】李凉公镇守朔方（今宁夏回族自治区）时，有一座农民的园林中，一大树下生出一木菌，方圆有几尺长。菌上有楼台，中间坐有二位老人在下棋。楼台上刻有三个字，名为"朝荣观"。李凉公命农民挖地几尺深，见一巨蟒卧匿土中，两眼光亮如镜子，嘴中吐沫而形成大菌。当天夜里，李凉公梦见一穿黄衣服的人来传话说："黄庐公昨天与朝荣观主下棋，竟被愚民所持献给了你。"

阿房宫、铜雀台，以及富贵人家的花木之妖，都与"朝荣观"一样，只是人们认识不到罢了。

树中乐声

万历丁酉，河南巩县大道，有木匠持斧往役于人。憩树下，忽闻鼓乐声，不知其自；谛听之，乃出树中，遂将斧击树数下。其内曰：“不好不好，必砍进矣！”匠益重加斧。乃有细人，长三四寸，各执乐器自树中出地上，犹自作乐数叠。来观者益多，乃仆地。

【译文】明神宗万历丁酉年（1597），河南巩县的大路上，有个木匠掂着斧头工具去给人干活。他在路边大树下歇息时，忽然听见鼓乐声，不知从何处发出：又仔细听，原来出自于树中，就举起斧头敲打树干几下。只听里边有人惊喊道：“不好不好，必然要砍杀进来了！”木匠更加用斧砍伐，于是看见几个小细人，长三四寸，各自手执乐器从树中跳出到地面，仍然奏乐不止。来观看的人很多，小人就倒地不见了。

龙 宾

玄宗御墨曰“龙香剂”。一日，墨上有小道士如蝇而上。叱之，即呼“万岁”，曰：“臣，墨之精，黑松使者。凡世人有文者，墨上皆有龙宾十二。”上神之，以墨赐掌文官。

【译文】唐玄宗的御墨称为“龙香剂”。一天，他看见墨上有像蝇子一样大小的道士在行走，就大声呵斥他们。墨上小人立即口呼“万岁”，说：“臣，是墨精，墨松的使者。凡是世上有文采的人，墨上都有十二个龙宾（墨精）。”唐玄宗觉得很神奇，就把此墨赏赐给掌管翰林院的官员。

五寸舟

杭州徐副使，清苦之士。致仕后，偶巡行小院，凭栏观缸中菡萏盛开。忽有物瞥然堕于水面，视之，乃一小舟也。其长五寸许，篙橹帆楫，合用之物，无不毕具。有三人，皆寸半，操篙把舵，与生人不异。大以为怪，呼其儿二官者同玩。其喧呼运转，俨若世态，有时舟欹侧，亦复手足纷纭，若救护之状。已而三人同拽一帆张之，帆与竹叶等，驭风排空而去。竟莫喻其怪。按干宝《搜神记》，汉时池阳有小人，所操持之物，大小悉称。其即此类耶?

【译文】杭州的徐副使，是个清贫之士。辞官后，一次偶尔行走到小院中，依着栏杆观看缸中盛开的荷花。忽然有一物匆匆从眼前掠过，落在水面上，仔细一看，原来是一只小船，长有五寸左右，船上篙橹帆篷等等应有之物，没有不具备的。上边有三个人，都是半寸高，操篙掌舵，与平常人一样。徐副使觉得非常怪异，就喊自己的儿子二官来一同观赏。三个小人呼喊操作运转，完全是世人的形态，有时候小船倾斜，小人也是手忙脚乱，像救护的样子。不久，三小人同把一张帆篷拉开，船帆与竹叶大小相等，乘风凌空而去。竟不知道这是什么怪物。按照东晋干宝所著的《搜神记》说，汉代时池阳（今陕西泾阳西北）也有小人，所操持的物件，大小都很匀称。那也是此类东西吗?

龙蛰耳

薛主事机，河东人。言其乡人有患耳鸣者，时或作痒。以物探之，出虫蜕，轻白如鹅翎管中膜。一日，与其侣并耕，忽雷雨交作，语其侣曰："今日耳鸣特甚，何也?"言未既，震雷一声，二人皆踣于地。其一复醒；其一脑裂而死，即耳鸣者。乃知龙蛰其耳，至是化去也。戴主事春，松江人。言其乡有卫生者，手大指甲中红筋时或曲直，或蜿蜒而动。或惧之曰："此必承雨濯手，龙集指甲也！"卫因号其指曰"赤龙甲"。一日，与客泛湖，酒半，雷电绕船，水波震荡。卫戏与坐客语曰："吾家赤龙将欲去耶！"乃出手船窗外，龙果裂指而去。此正与青州妇人青筋痒则龙出事相类。传云：神龙或飞或潜、能大能小者也。

【译文】主事官薛杨，是河东（今山西一带）人。他说自己的家乡有一个患耳鸣的人，耳中不时作痒。他用东西探掏，挖出一些虫子所脱的皮，体轻雪白，就像鹅翎管中的薄膜。一天，他与同伴一起耕田，忽然雷雨交加，他对同伴说："今日我的耳鸣特别响，不知为什么？"话还未说完，只听震雷一声，二人都扑倒在地。一人慢慢苏醒过来；另一人脑袋被震裂死去，就是那个患耳鸣的人。这才知道是龙蛰伏在他的耳朵中，到时候腾化而去。另外有一主事官戴春，是松江人。他说自己的家乡有个卫生，手上的大拇指指甲中红筋时而曲直，时而蜿蜒而动。有人惧怕地对他说道："这一定是在雨中洗手，龙飞集在指甲中了！"卫生因此称这指甲是"赤龙甲"。一天，他与客人泛舟湖中，酒喝到一半时，空中雷电绕着船四周轰鸣，湖中水波震荡。卫舅公对座中客人戏说道："我家的赤龙要飞走了！"于是把手伸到船的窗外，龙果然从裂开的指甲飞去。这也正与青州一女子青筋痒时龙就出来的事情相类似。民间传说：神龙有时飞翔，有时潜伏，能大能小。

王布衣

《续仙传》：终南王布衣卖药洛阳市。富人柳信唯一子，眉上生一肉块。布衣采药一丸傅之。须臾块破，一小蛇突出，渐及一丈许。布衣乘蛇而去。

【译文】据《续仙传》记载：终南山的王布衣在洛阳集市上卖药。富人柳信只有一个儿子，眉额上长了一肉块。王布衣取一药丸给他敷上。不大一会儿，那肉块就溃破，从中突然游出一条小蛇，渐渐长到一丈多。王布衣乘蛇飞走。

巴妪项瘿

《幽怪录》：伶人刁俊朝妻巴妪，项瘿如数斛囊，作琴瑟笙磬声。妻欲以刃决拆之，瘿忽坼裂，一猱跳出而去。有黄冠叩门曰："予瘿中走出之猱也！本是老猴精，解致风雨。与老蛟往还。天诛蛟，搜索党与，故匿夫人蝤蛴之领。于凤凰山神处，得其灵膏，涂之即愈。"如言，果验。

【译文】《幽怪录》一书记载：艺人刁俊朝的妻子是个四川女子，脖子上长了几个斗大的肉瘿，中间时而传出琴瑟笙磬的吹奏声。其妻准备用刀把肉瘿囊包挑开，忽然肉瘿自己拆裂开，从中跳出一只猿猱。接着有一道士叩门，说道："我是泰山的猿猱，本是老猴精，通晓风雨。与老蛟龙交往过密。上天诛杀蛟龙，搜索党羽，我只好藏匿在夫人的脖颈上。你从凤凰山神仙处，起得一些药膏，涂抹后就可痊愈。"刁俊朝按道士说的将药涂抹其妻脖瘿上，果然灵验。

《志怪录》二事

往年葑门一媪，年逾五十。令人剔其耳，耳中得少绢帛屑。

以为偶遗落其中，亦不异之。已而每治耳，必得少物，丝线谷粟稻穗之属，为品甚多，始大骇怪，而无如之何。久亦任之，不为惊异，且每收置之。迨年七八十而卒。核其所得耳物，凡一斛焉。

《猃园》载：处州村妪耳中爬出五谷，日可得升许，不测所从来。村人戏呼其子为"苍耳子"。

永乐中，吴城有一老父偶治耳，于耳中得五谷、金银器皿等诸物，凡得一箕。后更治之，无所得。视其中洁净，唯正中有一小木椅，制甚精妙。椅上坐一人，长数分，亦甚有精气。其后亦无他异。

《五杂俎》载：近时兵书涞水张公患疮在告。一日闲坐，忽臂内作痒，搔之，觉有物在指下。摘之，抽出肉内红线五六寸。初疑是筋，详视，实线也。

【译文】前些年苏州吴县东门有一老婆婆，年龄有五十多岁。她让别人帮助自己剔挖耳中垢物，竟从耳朵中掏出了少许绢帛的碎屑。以为是偶尔遗落在耳朵里边的，也没有感到奇怪。之后每次掏耳朵，必然得少许杂物，都是些丝线、谷米、稻穗之类的东西，品种很多。这时才觉得怪异和惧怕起来，不知道怎么办好。时间久了，也就听任不管，不再惊异，并且每次都把掏出的物品收存起来。老婆婆活到七八十岁才去世，核验她从耳中所掏出的物品，已经有五斗了。

《猃园》记载：处州（今浙江丽水）一村妇的耳朵中爬出五谷，每天可得一升左右，也不知道从哪里来的。村中人都戏称她的儿子为"苍耳子"。

明成祖永乐年间，吴县城中有一老大爷偶尔掏挖耳朵，从中剔出五谷粮食和金银器皿等物品，竟有一簸箕。以后再掏挖，就没有什么东西了。视看里边也很洁净，只是正中间有一把小木椅，制作得很精妙。椅上坐着一个人，只长有几分，也很有精灵气。以后再没有什么异常。

据《五杂俎》记载：近日兵部尚书涞水张公患有疮疾，告假在家中休养。一天，他正闲坐时，忽然臂膀间作痒，用手搔时，觉得手指头下碰到一物。用手摘捏，竟于肉内抽出红线五六寸。起初以为是肉筋，仔细一看，原来是丝线。

兜玄国

薛君胄见二青衣驾赤犊出耳，谓薛曰："兜玄国在吾耳中。"一童子倾耳示薛，别有天地花卉。遂扪耳投之。至一都会，城池楼堞，穷极瑰丽。因作《思归赋》，忽自童子耳中落。

【译文】薛胄曾见两个青衣童子驾着红色牛犊从耳中出来对薛胄说："兜玄国在我的耳朵里。"一童子低下耳朵让薛胄看，里边别有一番天地和花草，于是就扪开耳朵把薛胄投放进去。走到一都市，只见城池楼阁，极其华丽。薛胄因为想家，因此作一篇《思归赋》，忽然从童子的耳中脱落出来。

《神异经》四事

阎浮提中及四天下有金翅鸟，名"伽楼罗王"。此鸟业报，应食诸龙，日食一龙王及五百小龙。此鸟两翅相去六千余里，以翅搏海水擗龙，见而取食之。龙取袈裟戴于顶上，乃得免。

如意珠，是摩竭大鱼脑中出。鱼身长二十八万里。此珠名

“金刚坚”。

西北海外有人长二千里，两脚中间相去千里，腹围一千六百里。但日饮天酒五斗，即甘露也。名曰“无路之人”。

据此脚之开、腹之大，几乎方矣！且以五斗天酒，置一千六百里之腹中，更何所有？此荒唐之尤者！

按龙伯国人，长三十丈。又东得大秦国人，长十丈。又东得佻国人，长三丈五尺。又东十万里得中秦国人，长一丈。天之东南西北极，各有铜头铁额兵，长三千万丈。《淮南子》曰：“东方之人长。”据《太平御览》，“东方之人长”后有“一丈”二字。

南方有人长七尺，朱衣缟带，赤蛇绕项。唯食恶鬼，朝吞三千，暮吞八百。名曰“赤郭”。

【译文】佛经中说的南赡部洲及四天下（即晋、天竺、大秦、月支——译者注）有一种金翅鸟，名叫“伽楼罗王”。这种鸟因因果报应，应当吃食许多的龙，每天吃一个龙王和五百只小龙。此鸟的双翅，展开可达六千多里，它用翅膀搏击海水找龙，看见就捉住吃掉。龙后来取用袈裟戴在头顶上，才得以避免被捉。

一种如意珠，是从摩竭大鱼（佛经中指鲸鱼——译者注）的脑中取出的。大鱼的身长达二十八万里，如意珠的名字叫“金刚坚”。

西北海外有一种人，身长两千里，两只脚中间相距达千里远，腰围达一千六百里。每天饮五斗天酒，也就是甘露。名字叫“无路之人”。

像此人双脚相距之开、肚子之大，几乎占满四方了！并且用五斗天酒，置于一千六百里宽的肚子中，还有什么其他没有？真是太荒唐了！

据说龙伯国中的人，身长三十丈。东边大秦国的人，身长十丈。再往东边的佻国人，身长三丈五尺，再往东边十万里有中秦国的人，身长一丈。天宇的东南西北极，各有一种铜头铁额兵，身长三千万丈。《淮南子》一书说："东方的人长。"根据《太平御览》记载，因为"东方的人长"，这才有了"一丈"这个计量单位。

南方有一种人身长七尺，穿红衣，束白带，赤蛇环绕在脖子上。只吃恶鬼，早晨吞食三千，傍晚吞食八百。名字叫"赤郭"。

夸父支鼎石

辰州东有三山，鼎足直上，各数千丈。古老传曰：邓夸父·与日竞走，至此煮饭。此三山者，夸父支鼎石也。

【译文】辰州（今湖南沅陵）东面有三座山，像鼎足一样直立向上，各有几千丈高。上古传说：这是夸父与太阳竞走时，在此处煮饭。这三座山，是夸父支锅的石头。

鞭　石

秦始皇欲过海观日出处，作石桥于海上。有神人驱石，去不速，鞭之流血。今石桥色犹赤云。

【译文】秦始皇准备过海，观看日出的地方，建一座石桥伸入海中。有神人驱赶石料，因为移动不快，就鞭打石料直至出血。至今那石桥的颜色还是红的。

树生儿

《广博物志》：海中有银山，其树名女树。天明时，皆生婴儿，日出能行，至食时皆成少年，日中盛壮年，日晚老年，日没死。日出复然。

【译文】据《广博物志》记载：海中有一座银山，上边的树名叫女树。天亮时，都生出婴儿，太阳升起时便会行走，到了吃早饭时已长成少年，中午时成为壮年，日落傍晚时已成老年，天黑太阳消失就死去。第二天太阳升起，又如此重复。

花中美女

许汉阳舟行，迷入一溪，夹岸皆花苞。忽一鹦鹉唤“花开”一声，花苞皆拆。中各有美女长尺许，能笑言。至暮花落，女亦随落水中。见《花木考》。

【译文】许汉阳乘船而行，因为迷失方向，驶进一溪流，两岸都是含苞待放的鲜花。忽然听见鹦鹉鸣叫一声“花开”，花苞都盛开。只见各花蕊中有一个身长一尺左右的美女，能够说笑。到了傍晚花蕊脱落，美女也随着落进水中。此事见于《花木考》一书。

萐蒲

《白虎通》云：王者孝道至，则萐蒲生。昔尧之时，生于庖厨，叶大于门扇，不摇自搧，饮食清凉，以助供养。

自古孝莫如舜、文，不闻萐蒲之生，何也？且如门之叶以搧饮食，其铛釜亦必如五石瓮，又未免妨尧俭德矣！

【译文】据《白虎通》记载：做君王的尽到孝道，萐蒲这种神异的草就会生长。过去帝尧时，萐蒲生长在厨房里，它的叶子像门扇一样大，不摇动自己就能扇风，以使饮食清凉，帮助供养。

自古孝道没人能比得上虞舜和孝文帝的，也没有听说过生长萐蒲，是为什么呢？再说像门扇一样的大叶子扇风吹凉饮食，那么锅釜类的炊具必然像能容五石粮食的缸一样大，又未免有些妨碍帝尧节俭的美德了！

异 蝇

儒生张益夜卧一室，见二蝇飞集几上，忽变为人，将张抚抑，遂不能语。其一人抱首，一人尽力以拽其足。觉身随拽而长，与屋檐等。二人仍变蝇飞去。张晨起，顿长三尺。举家惊异。遂弃儒，奏作大汉将军。

如此异蝇，矮人又急撞不着。

【译文】儒生张益夜间睡卧一室，看见两只小蝇飞翔在案几上，忽然变化为人，将张益抚摸按捺住，便不能言语。一个人抱住他的头，另外一个人尽力拉着他的脚。张益只觉得随着他们的拽拉身体开始变长，几乎与屋檐一样高。不久，二人仍然变化为蝇飞走。第二天张益起床，顿时身高长了三尺。全家人都感到惊异。于是不再习文，奏请朝廷做了大汉朝将军。

有这样奇异的蝇虫，矮个子的人又着急碰不上。

奇 酒

张茂先《博物志》云：昔有人名刘玄石，从中山酒家，与之千日酒而忘语其节度。归日尚醉，而家人不知，以为死也，棺殓葬之。酒家经千日忽悟，而往告之。发冢适醒。

齐人田及之，能为千日酒，饮过一升，醉卧千日。有故人赵英饮之，逾量而去。其家以尸埋之。及之计千日当醒，往至其家，破冢出之，尚有酒气。

按张华有九醖酒，每醉，必令人转展久之。尝有故人来与共饮，忘敕左右。至明，华悟。视之，腹已穿，酒流床下。又王子年《拾遗记》：张华为酒，煮三薇以渍麴蘖。蘖出羌，麴出北胡，以酿酒，清美醇鬯。久含，令人齿动；若大醉不摇荡，令人肠腐。俗谓"消肠酒"。

枸楼国有水仙树，腹中有水，谓之"仙浆"。饮者七日醉。

【译文】东晋张茂先（华）的《博物志》中写道：过去有一个名叫玄石的人，从中山府（今河北定州）的酒家弄到一种千日酒（传说中一种极浓烈的酒，饮后使人常醉不醒——译者注）而又忘记酒的性能及饮用方法细节，玄石饮了这种酒后，回到家中仍沉醉不醒。家人不知内情，以为他已死亡，就入棺厚殓埋葬。中山府的酒家经历千日才忽然醒悟，连忙赶往玄石家去告诉他，发掘坟冢后，玄石正好醒来。

齐人田及之，能造千日酒，饮用一升，就可醉卧千日。有一个名叫赵英的朋友饮用过量而回。家人以为他已死去，就将其安葬。田及之计算千日已到，应当醒酒了，就前往赵英家，从坟冢中挖出来时，口中尚有酒气。

据说张华有一种九醖酒，每到喝醉时，必然命人反复转动自己的身体很长时间。曾经有朋友来与他同饮，忘记嘱咐手下人。等到天亮，张华醒悟过来，再去看那朋友，肚子已穿破，酒流到了床下。又有东晋王子年（嘉）撰写的《拾遗记》说：张华造酒，煮三种花草以渍泡酒母。他用的酒曲分别来自于西羌和北胡，用以酿酒，清香绝美而又味道醇厚。含在口中时间久了，牙齿都会松动；如果大醉时不摇荡身体，肝肠就会腐烂。俗话称它为“消肠酒”。

传说中的枸楼国有一种水仙树，树干中间有水，称之为“仙浆”。如饮用，会大醉七日。

眉间尺

眉间尺仇楚，逃之山。道逢一客曰：“吾能为子报仇，然须子之头与子之剑。”尺与之头。客之楚，献王。王以镬煮其头，七日不烂。自临视之，客从后截王头入镬，两头相啮。客恐尺头不胜，自拟其头入镬，三头相咬。七日后，一时俱烂，乃分其汤葬之，名曰“三头冢”。

【译文】眉间尺与楚王有仇，他逃到深山躲避。路上遇见一侠士说：“我能为你报仇，只是须用你的人头和你的宝剑。”眉间尺便砍下自己的头颅。侠士来到楚国，向楚王献上眉间尺的首级和宝剑。楚王命人用大锅煮眉间尺的人头，七天都没煮烂。楚王亲自临近大锅探看，那侠士从背后将楚王人头砍落进大锅，两个人头在锅里啃咬起来。侠士怕眉间尺的人头不能取胜，又砍下自己的头掉进大锅，三个人头在其中互相啃咬。七天后，三个头全都煮烂，分不出是谁的头，于是人们将汤水分开埋葬，名叫“三头冢”。

梁武前生是蟮

梁有榼头师者极精进，为武帝所敬信。一日敕使唤至。

帝方与人弈，欲杀一段，应声曰："杀却！"使遽传命斩之。弈罢召师，使者曰："已得旨杀却矣。"帝惊叹，因问："死时何言？"使曰："师云，前劫为沙弥时，以锹划地，误断一曲蟮。帝时为蟮，今此报也。"

前生杀蟮，今生偿命。轮回报应，毫厘不漏矣！但不知曲蟮前世有何积德，今世便得皇帝做？

【译文】南朝梁有个榼头师非常精明而又努力进取，深为梁武帝萧衍所尊敬器重。一天，梁武帝命使者传他进见。来到殿前，武帝正在与人下棋，准备杀一段，应声喝道："杀掉！"使者就传命将榼头师斩首。武帝下完棋召请榼头师，使者回奏说："已经奉皇上旨意杀掉了。"武帝惊叹不已，于是问道："死时说了什么话？"使者说："榼头师说，他前生当和尚时，曾经用铁锨铲地，无意中铲断一条蚯蚓。皇上当时是蚯蚓，今日就是因果报应啊。"

前生杀死蚯蚓，今日偿命。轮回报应，丝毫也不疏漏啊！但不知那蚯蚓前世积有什么大德，今世便得个皇帝来做？

天帝召歌

贺道养工卜筮。经遇工歌女人病死，筮之曰："此非死，天帝召之歌耳。"乃以土块加其心上。俄顷而苏。

人想天乐，天帝复想人歌。正如中土人愿生西方，西方人闻我中国衣冠礼乐之盛，复愿来生中国也。

【译文】贺道养善于占卜算卦，他路过乐人家时正遇女乐人病死，占卜后便说："这不是死，是天上玉帝召她去唱歌呀。"于是用土块堆集在女乐人的心口上。不久，女乐人就苏醒过来。

世人渴望聆听天乐，天上玉帝也想听听人间的歌声。正像中原人愿意生活在西方，而西方人听闻我中原衣冠礼乐的兴盛，也愿来中原地区生活一样啊。

城 精

梁武逼郢城。己未夜，郢城有数百毛人逾堞且泣，因投黄鹄矶。盖城之精也。

【译文】南朝梁武帝萧衍的大军逼近郢城（今湖北武汉市武昌）。己未日那天夜里，城中有几百毛人跨越城墙哭泣而逃，前去投奔黄鹄矶（在武昌蛇山）。原来这是郢城之精。

妖异部第三十四

子犹曰：妖祥无定名也；如有定，则人力无如何矣。屈轶指佞，獬豸触奸，物之上瑞也。然以指佞触奸之事，而徒责之一草一兽，安用人为？且圣世无奸佞，又何以章屈轶、獬豸之奇乎？圣世既不必有，而末世又不见有，则屈轶、獬豸亦虚名耳。虽然，圣世德胜，妖祥皆虚，末世祥多虚而妖多实，鬼以之灵，物以之怪，人以之疵厉，此其故可思也。集《妖异第三十四》。

【译文】子犹说：妖邪和祥瑞没有明确固定的定义名称；如果有，则人的力量就没有什么用了。神草屈轶专用叶子指向奸佞的人，神兽獬豸专用角去触击奸诈的人，在生物中都是上等吉祥的东西。然而指责和触击奸佞的人这样的事，而把责任交给一草一兽，何必还用人去干呢？况且在圣明盛世时并没有奸佞，又何必要表彰屈轶，獬豸的不同寻常的功劳呢？在圣世时既然不必要有，而在末世时又不见有，那么屈轶、獬豸也都是虚假的传说罢了。虽然在圣世期间人的品德高尚，妖邪和祥瑞都是虚假的，但在朝政衰败时，则祥瑞假的多而妖邪却多是实的，鬼因它而显灵，物因它而生怪异，人因他而生疾病和灾难，这些原因和缘故都是值得深思的。汇集《妖异部第三十四》。

草 异

灵帝光和中，陈留、济阴诸郡路边草生似人状，操矛弩，牛马万状备具。

【译文】东汉灵帝光和年间，陈留（今河南开封县）、济阴（今山东定陶县）诸郡路边的草都好似人的形状，手持长矛和弓弩，有的草长的像牛和马的形状，姿态万千，各种各样的都有。

太康中二异

太康中，幽州有死牛头能作人言。又有山石状似蹲狗，行人近，辄咬之。（后石勒称王）

【译文】西晋太康年间，在幽州（今北京）城里有条死牛的头能说出人话。还有一块山石的形状好似一条蹲着的狗，行人走近它，就要咬人。（后石勒当了皇帝）

肉 异

前赵嘉平四年，有流星坠于平阳北十里。视之，则有肉长三十步，广二十七步，臭闻于平阳，肉旁常有哭声，昼夜不止。已而刘后产一蛇一虎，各害人而走，寻之不得。顷之乃在陨肉之旁。后卒，乃失此肉。哭声亦止。

好块大肉！贪嘴者，观此必当流涎。

【译文】前赵嘉平四年（308）时，有一颗流星坠落在平阳（今山西临汾南）城北十里的地方。有人近前去看，见上面有一大块肉，这块肉长三十步（旧时制造尺以五尺为一步），宽二十七步，其发出的臭味遍布平阳城，在肉的旁边经常还有哭声，日夜都不停止。后刘皇后生了一条蛇、一只虎，各自伤害人之后跑走了，到处找也找不到。不久发现它们原来就在天上落下来的那块肉旁边。后来刘皇后去世，这块肉于是也不见了，哭声也停止了。

好大的一块肉！贪吃的人看到这块肉一定会流口水的。

画 异

石虎武殿初成，图画自古圣贤、忠臣、孝子、烈士、贞女，皆变为胡状。旬余，头悉缩入肩中。（后石闵以胡人不为己用，悬赏，令赵人斩胡首，一日杀二十余万。于是高鼻多须者，无不滥死。）

【译文】后赵天王石虎的一座武殿刚建成时，殿上画的画都是自古以来历代的圣贤、忠臣、孝子、烈女、贞女，后来都变成了胡人的样子。十多天后，这些像的头都缩到肩膀里了。（后来石闵因胡人不能为自己所用，就发出悬赏，命令赵国的军队去斩杀胡人的头，结果一天就杀了二十多万。于是凡长着高鼻子和大胡子的人，没有不被杀死的。）

莲 异

《北齐书》：后主武平中，特进侍中崔季舒宅中，池内莲茎皆作胡人面，仍着鲜卑帽。俄而季舒见杀。

【译文】《北齐书》载：北齐后主武平年间，特进侍中（官名）崔季舒家中水池内长着的莲茎都变成了胡人的脸面，仍然带着鲜卑人的帽子。不久崔季舒就被杀死了。

天画

滕涉，天圣中为青州太守。盛冬浓霜，屋瓦皆成百花之状，以纸摹之。又《大金国志》：金末，河冰冻成龟文，又有花卉禽鸟之状，巧过绘缕。此天画也。

【译文】滕涉这个人，在宋朝天圣年间任青州（今山东益都）太守。这一年的隆冬季节天降下了浓浓的霜，屋顶上的瓦因结霜而呈现出了百花的形状，他用纸照着样子画成了画。在《大金国志》中又载：金朝末年，河水因天寒而冰冻成像龟背上的花纹一样，还有的像花草鸟禽的形状，精巧的样子胜过衣服上织绘的花边。这就是天画呀。

弘治二异

弘治最为盛世，而己酉、庚戌间一时奇变。如浙江奏景云县屏风山有异物成群，其状如马，大如羊，其色白，数以万计，首尾相衔。从西南石牛山凌空而去，自午至申乃灭。居民老幼男女，无弗见者。又陕西庆阳府雨石无数，大者如鹅卵，小者如鸡头实。说长道短，剌剌不休。皆见之奏章，良可怪也。

【译文】弘治是明朝最为兴盛的时期，但在己酉（1489）、庚戌

（1490）年间的一个时期有奇异变化。比如浙江上奏皇帝说在景云县的屏风山有成群的怪物，其形状像马，和羊的大小差不多，呈白色，有数以万计之多，头和尾相衔接。从西南方向的石牛山腾空而去，自午时开始到申时才消失。在当地居住的男女老少，没有不看见的。还有在陕西庆阳府（今属甘肃省）下了无数的陨石，大的如同鹅蛋，小的似鸡头实（芡实的俗名）。老百姓对此说长道短，说个不停。这些事都见于当时向皇帝上报的奏章，的确是奇怪的事呀。

水 斗

宋高宗时，程氏家井水溢，亦高数尺，夭矫如长虹，声如雷，穿墙毁楼，二水斗于杉墩，且前且却。约十余刻，乃解。

【译文】南宋高宗年间，一个姓程的家中井水向外漫出，水高达数尺，一屈一伸的样子如同长虹一样，发出的声音似雷鸣，水穿过墙冲毁楼，两股水相斗于杉树墩，一会进一会退。约斗了十余刻时间，水才退去。

土 斗

唐天宝中，汝南叶县有二土块相斗血出。数日方止。

【译文】唐朝天宝年间，在汝南叶县有两个土块相互打斗得流出了血。斗了好几天才停止。

石臼斗

武清县民家石臼，与邻家碌碡，皆自滚至麦地上，跳跃相斗。乡人聚观，以木隔之，木皆损折，斗不可解。至晚方息。乡人怪之，以臼沉污池中，以碡坠深坎，相去各百余步。其夜碡与臼复斗于池边地上，麦苗皆坏。秀才李廷瑞闻之，亟往观焉。斗犹不辍，乍前乍却，或磕或触，砼然有声，火星炸落。三日乃止。

【译文】武清县（今属天津），一老百姓家的石臼与邻居家的石滚，都是自己滚到麦地上，跳蹦着打斗在一起。乡里的人都聚在一起观看，为把它们隔开，乡里的人用木棍放在它们中间，结果木棍都被折断，打斗得难解难分，直到晚上方才停止。乡里人觉得此事奇怪，就将石臼沉入污水池中，将石滚坠到深沟里，两物距离约百余步。可是这天夜里石滚与石臼又在污水池边打斗起来。地里的麦苗都被打坏了。一个叫李廷瑞的秀才闻听此事，赶快前往观看。打斗仍然没有停止，石滚和石臼打得一会前一会后，或者磕或者触碰，石头相击的声音很大，火星迸飞。就这样打斗了三天才停止。

铛 异

《广记》：唐宰相郑絪与弟少卿缊同居昭国里。一日厨馔将备，其釜忽如物于灶中筑之，离灶尺余，连筑不已。旁有铛十余所，并烹庖将熟，皆两耳慢摇，良久悉腾上灶，每三铛负一釜而行，其余列行引从，自厨中出地。有足折久废者，亦跳踯而随之。出厨东过水渠，诸铛并行无碍，而折足者不能过。举家惊异聚观，有小儿咒之曰："既能为怪，折足者何不能前？"诸铛乃弃釜庭中，却返，每两铛负一折足者以过，往入少卿院堂前排列。乃闻空中轰然如崩屋声，其铛釜悉为黄埃黑煤，尽日方定。其家莫测其故。数日，少卿卒，相国相次而薨。

【译文】《太平广记》载：唐朝宰相郑絪和他任少卿的弟弟郑缊同住在昭国里。有一天他家的厨师将食物即将准备好时，忽见一口釜（一种较大的锅）好像有什么东西在灶中敲击着，离开炉灶一尺余高，还在连续不停地敲击。在釜的旁边有十余所铛（一种小锅），并且每只铛里煮的食物也将熟，这时也都慢慢摇动着两只锅耳，过了很久又全都腾飞上灶，每三只铛抬着一口釜离灶而走，其余的都列队一个跟着一个从厨房中走出到外面地上。其中有的足断了很久的废铛，这时也一蹦一跳地跟随着。从厨房出来向东要过一条水渠，所有完整的铛过去没有妨碍，但是断腿的却不能过去。郑絪全家惊异得聚在一起观看。其中有一个小孩咒告说："既然能够成为怪物，断腿的为何不能过渠向前？"诸铛闻听，于是将釜放在庭院，重新返回来，每两只铛抬负着一只断腿的铛过了水渠，走到少卿郑缊家的院堂前排成队列。于是听到空中轰轰然如同崩屋的声音，那些釜和铛全都变成了黄土块和黑煤块。闹腾了一整天才安定下来。他们家不清楚是什么原因。过了几天，太常少卿郑缊死了，相国郑絪也相继死去。

冰 柱

《丹铅要录》：正德中，文安县河水每僵立。是日，天大寒，遂冻为柱，高围俱五丈，中空而旁有穴。后数日，流贼过县，乡民入穴中避之。赖以全者甚多。

【译文】《丹铅要录》载：明朝正德年间。文安县河水经常停流，并高高地竖立起来。这一天，天气特别寒冷，河水冻成冰柱，高和周长都是五丈，冰柱中间是空的，旁边有洞穴。几天后，一股流窜的强盗经过该县，乡民百姓就到这个冰柱的洞穴中去躲避。依靠这保全性命的人很多。

牛犬言

晋惠太安中，江夏张骋晨出，所乘牛言曰："天下乱，乘我何之?"骋惧而还。犬又曰："归何早也?"

【译文】晋惠帝太安年间，江夏（今武昌）一个叫张骋的早晨外出，他所乘骑的牛说："天下要大乱，你乘我到哪里去呢?"张骋听了很害怕就回来了。家里的狗又说："你回来得怎么这么早呢?"

犬猫异

《广记》：唐左军容使严遵美一旦发狂，手足舞蹈。家人咸讶。猫谓犬曰："军容改常也，颠发也!"犬曰："莫管他! 从他!"

《朝野佥载》：鄱阳龚纪与族人同应进士举。唱名日，其家众妖竞作，牝鸡或晨鸣，犬或巾帻而行，鼠或白昼群出。至于器皿服用之物，悉自变常。家人惊惧，召巫治之。时尚寒，巫向炉坐，有一猫卧其侧。家人谓巫曰："吾家百物皆为异。不为异者，独此猫耳。"于是猫立拱手言曰："不敢。"巫大骇而出。后数日，捷音至，二子皆高第。

按：遵美因异乞休，竟免于难，而龚氏反为吉征。乃知妖祥非人所测。

【译文】《太平广记》载：唐朝左军容使严遵美一天早上突然发起狂来，不停地手舞足蹈。家里的人都很诧异。一只猫对狗说："军容使一改平常的样子，是癫病发作了！"狗说："不要管他！随他！"

《朝野佥载》：鄱阳一个叫龚纪的和同族人一起去参加进士考试。到发榜的那一天，他家里的各种怪事竞相发生，或是母鸡早晨打鸣，或是狗戴着头巾到处走，老鼠在白天成群结队出来。至于家里吃饭用的器具和穿的衣服等东西，全都改变了各自平常的样子。家里人非常惊慌和害怕，就叫来巫师来镇治这些怪事。当时天还比较冷，巫师面向炉火而坐，有一只猫卧在他的旁边。家里人对巫师说："我们家的很多东西都变得很反常。没有异常表现的，唯有这只猫了。"听此话，这只猫于是也站立起来拱手说道："不敢当。"巫师害怕得起身就走了。几天以后，捷报传来，三个孩子都中了进士。

按：严遵美因事怪异而要求辞去官职，终于免去了灾难，而怪事在龚纪家反而变成为吉祥的征兆。从这两件事可以知道好坏吉祥并不是人所能预料到的。

蝇异

术士相牛僧孺，若青蝇拜贺，方能及第。公疑之。及登第讫，归坐家庭，有青蝇作八行立，约数万，折躬再三，良久而去。

【译文】唐朝时有个江湖术士给牛僧孺相面，术士说假若有黑色的蝇子前来给你拜贺，你方能科举中第。牛僧孺对此不太相信。待到考中登榜完毕，回来坐在家里时，果真有数万只黑色苍蝇分作八行排列，再三向牛僧孺鞠躬施礼，过了很久才飞走。

黄鼠怪

无锡县龙庭华家，氏族甲于江左。有宗人某，堂中大柱内忽穿二穴，常见走出两矮人，可二三寸许。主人怪之，择日延道士诵经为厌胜之法。两矮人复出听经。逐之，则又无迹。命塞其穴。而旁更穿一穴，出入如故。主人治药弩，令奴张以伺之，既出，毙其一，一疾走去。视之，乃雌黄鼠也！少顷，忽有矮人百余辈出与主人索命。仆从哗噪而走。又少顷，复有七八人以白练蒙首，出堂中恸哭。仍复逐去。久之，闻柱中发铃钹声。众谓送葬。又久之，闻柱中起箫鼓声。众谓鼠中续偶。闭其堂经月，怪便寂然。

【译文】龙庭华的家在无锡县，家族兴旺在江左可称第一。他们家族里有一人家，家里堂屋的大柱子里忽然穿了二个洞穴，经常见从孔穴里走出两个小矮人，高有二三寸左右。主人对此很奇怪，就选择一个日子请道士来念经以施镇怪之法。结果两个矮人又出来听道士念经。驱赶它们，则又没有了踪迹。命人堵塞住两个孔穴。反而在旁边又穿出了一个孔穴，矮人出入依然如故。主人于是准备了毒弩箭，命令家人张弓去射杀妖怪。两个矮人一出来，家人就用毒箭射死了其中的一个，另一个就快速逃跑了。看被射死的妖怪，原来是一只母黄鼠！一会儿，忽然看见有百十个矮人出来要与主人索命。家里的仆人大声喊叫把它们赶跑了。又过了一会儿，又有七、八个矮人用白绸子包着头，走出堂屋放声大哭。主人仍将它们赶走。过了很长时间，听见柱子里发出了铃钹声。众人都说这是送葬。又过了很久，听到柱子里又响起箫鼓声。众人说这是未死的那只黄鼠在续弦。主人因害怕将堂屋关闭一个月，怪异于是也沉寂消失了。

鼠殡

《搜神记》：豫章有一家，婢在灶下，忽有人长数寸，来灶间。婢误以履践杀一人。遂有数百人著缞麻持棺迎丧，凶仪皆备；出东门，入园中覆船下。就视，皆是鼠。妇作汤浇杀，遂绝。

【译文】《搜神记》载：豫章（今江西南昌）有一人家，有一天家里的使女在灶下，忽见几个高只有数寸的矮人来灶间。使女误用鞋子将其中一人踩死。于是马上就有数百个矮人穿着用麻布做成的丧服抬着棺木前来接丧，治丧的仪仗很齐备；它们走出东门，进入园中掩蔽在船下。人们俯身看，都是老鼠。妇人就浇滚汤将鼠全部杀死，鼠怪遂即绝迹了。

玉真娘子

程迥者，伊川之后。绍兴八年，来居临安之后洋街。门临通衢，垂帘为蔽。一日有物如燕，瞥然自外飞入，径著于堂壁。家人就视，乃一美妇，仅长五六寸，而形体皆具，容服甚丽。见人殊不惊，小声历历可辨。自言："我是玉真娘子，偶然至此，非为灾祸。苟能事我，亦甚善。"其家乃就壁为小龛，香火奉之。能预言休咎，皆验。好事者争往求观，人输百钱，方为启龛。至者络绎，程氏为小康。如是期年，忽复飞去，不知所在。

【译文】程迥是伊川先生（颐）的后代。在南宋绍兴八年（1171），迁居到临安（今浙江杭州）的洋街。他的门前临着闹市大道，门上垂着帘子以作遮蔽。一天早上一个如同燕子的东西，转眼间从外面飞入房内，径直落在堂屋的墙壁上。家里人近前一看，原来是一个美丽的妇人，长仅有五、六寸，而形体却都齐全，面容和穿的衣服都很漂亮。她见到人也不惊慌，说话的声音虽小但清晰可辨。她自言道："我是玉贞娘子，偶然来到这个地方，并不会给你们带来灾祸。假如你们能够侍奉我，也是件很好的事。"程家于是在墙壁上装了一个小柜子，用香火供奉。玉贞娘子能够预言祸福，而且都很灵验。好事的人都争着前来求见，一人交入一百个钱，才给打开小柜子门。到这里的人络绎不绝，程家因此收入很多而成为了小康人家。就这样过了一年，忽然玉贞娘子又飞走了，也不知到哪里去了。

孔升翁

龙门寺异蜂，大如鹊。僧网至笼中。明日大蜂至笼边，呼"孔升翁"。僧异而放之。（见《韵府》）

【译文】龙门寺有一只奇异的蜂，和喜鹊大小差不多。寺院的僧人用网将蜂捉到笼子里。第二天大蜂来到笼子边，呼叫"孔升翁"。僧人觉得奇异就将蜂放掉了。（见《韵府》）

虱诵赋

扬州苏隐夜卧，闻被下有数人念杜牧《阿房宫赋》，声紧而小。急开被视之，无他物，唯得虱十余，其大如豆。杀之即止。

【译文】扬州的苏隐夜里睡在床上，忽然听到被子下面有数人在念杜牧的《阿房宫赋》，声音小却念得很快。苏隐急忙掀开被子察看，没有其他东西，只发现有十几只虱子，和豆子的大小差不多。将虱子杀死后声音就停止了。

鱼念佛 鸡卵念佛

唐天宝间，当涂民刘成、李晖以巨舫载鱼。有大鱼呼“阿弥陀佛”。俄而万鱼俱呼，其声动地。

敬宗朝，宫中闻鸡卵内念“南无观世音”。

【译文】唐玄宗天宝年间，当涂县的县民刘成、李晖二人用大船装鱼。其中有一条大鱼呼叫“阿弥陀佛”。片刻万余条鱼都跟着呼叫，它们发出的声音震动大地。

唐朝敬宗在位时，在宫中听到鸡蛋里念“南无观世音”。

镟中佛象

常熟丘郡家食橱内，锡镟置熟鸡半只，忘之矣。偶婢检器皿，见橱边光焰。发现之，乃镟中鸡蒸气结成一小殿宇，中坐佛一尊，如世间大士像，眉目分明。婢奔告郡。郡移于堂上，率家人罗拜之。三日犹不灭，召巫者束一草船，浮之于城河。时万历癸未正月初六日。见《戒庵漫笔》。

此鸡疑即唐敬宗朝鸡卵种也。又唐询家烹鸡，忽火光出釜中。视之，有未产卵现菩萨像坐莲花。自是誓不杀生。

【译文】在常熟县丘郡家的食品柜里，有半只做熟的鸡放在锡做的温酒器具里，时间一长，就忘掉了。一天家里的使女偶然去检视器皿，看见食橱边有光亮的火焰。打开食橱门观看，原来是放在温酒器具里的那半只鸡的蒸气凝结成了一座小殿宇，中间坐着一尊佛，如同人世间的观音大士一样，眉目分明。使女看后赶忙跑去告诉丘郡。丘郡将其移到堂上，带领全家人一同跪下拜佛。这样火焰三天都没熄灭，丘郡召来一个巫师绑扎了一只草船，将佛放在草船上使船浮在护城河里。这件事发生在明万历癸未年（1583）正月初六日。见《戒庵漫笔》。

这只鸡或许就是唐敬宗时会念佛的那只鸡蛋的种。还有唐询家煮鸡，忽然从釜中发出火光。仔细看去，见有一只没有生下的鸡蛋呈现菩萨形象坐在莲花上。从此以后唐询发誓不再杀生。

蛤蜊、蚌异

唐文宗方食蛤蜊，一蛤蜊中现二菩萨像，螺髻璎珞，足履菡萏。命致之兴善寺。隋炀帝亦有此事。

吴兴郡宗益剖蚌，中有珠现罗汉像，偏袒右肩，矫首左顾。宗益奉以归慈感寺。

【译文】唐朝的文宗皇帝一次正要吃蛤蜊，见在一只蛤蜊中间现出了两个菩萨像，梳着螺旋形的发髻，项颈上戴着用珠玉穿成串的装饰，脚下踏着莲花。文宗帝见此即命将蛤蜊送到兴善寺供奉。隋炀帝也遇有这样的事。

吴兴（今浙江湖州）郡的宗益剖杀蛤蚌，发现蚌里的珍珠上现出罗汉的像，袒露着右肩，抬起头向左看。宗益即将此蚌奉献给了慈感寺。

鳖异

万历己卯，严州建德县有渔者获一鳖，重八斤。一酒家买之悬室中，夜半常作人声。明日割烹之，腹有老人长六寸许，五官皆具，首戴皮帽。大异之，以闻于县与郡。郡守杨公廷诰时入觐，命以木匣盛之，携至京师，诸贵人传观焉。又丁未年，遂昌县民宋甲剖一鳖，中有比丘端坐，握摩尼珠，衫履斩然。俱见邸报。

颍川王户部在通州时，一日宴客，庖人烹鳖。剖之，有鬼、判各一。朱发蓝面，皂帽绿袍；左执簿，右执笔，种种皆具，刻画所不能及。王自是遂断兹味。

【译文】明万历己卯年（1579）时，在严州建德县有一个渔民捕获了一只鳖，重有八斤。被一家酒馆买去并将其悬挂在房内，到了半夜这只鳖一直发出人声。第二天将鳖宰杀烹煮时，在肚腹里发现有一个六寸左右高的老人，五官俱全。头上戴着皮帽。酒家见此非常惊异，即将此事报告于县和郡。当时知府杨廷诰正准备入拜皇帝，就命人用木匣将鳖装好，带到京城，皇室的诸位贵人都传着观看。还有一次是在丁未（1607）年，遂昌县的县民宋甲剖杀一只鳖，有一比丘僧在肚腹里端然而坐，手里握着达摩尼珠，穿的衣服和鞋子都是崭新的。这些事都写在当时朝廷的通报上。

颍川（今河南许昌）的王户部在通州（今北京通县）做官时，有一次宴请宾客，厨师杀鳖准备烹食。他剖开鳖的肚腹，见里面有小鬼和判官各一个。红头发蓝面孔，头戴黑帽身穿绿袍；左手执生死簿，右手执判官笔，所有的东西都具备，但要把他们刻画下来是不能够的了。王户部从此就断绝了吃鳖。

菜花现佛

《笔谈》云：李及之知润州，园中菜花悉变莲花。仍各有佛坐花中，形如雕刻。

【译文】《梦溪笔谈》记载说：李及之任润州（今江苏镇江）知府时，他家菜园中长的菜花全都变成了莲花。每朵莲花里各有一尊佛坐在其中，形状好像雕刻的一样。

鸡生方卵

弘治末，崇明县民有鸡生一方卵。异而碎之，中有弥猴，才大如枣。

【译文】明孝宗弘治末年，崇明县有一县民养的鸡生了一个方形的鸡蛋。他因奇怪而将蛋击碎，发现蛋里有一个小弥猴，身长才和枣的大小差不多。

石中男女

成化间，澧河筑堤，一石中断，中有二人作男女交媾状。长仅三寸许，手足肢体皆分明，若雕刻而成者。高邮卫某指挥得之，以献平江伯陈公锐。锐以为珍藏焉。

石犹有情，人何以免？

【译文】明宪宗成化年间，在修筑澧河河堤时，有一块石头从中间折断，发现断石中有两个人在作男女交媾状。他们的身长仅有三寸左右，手、足、肢体都很分明，好像是经过雕刻而成的。高邮卫的某个指挥使得到了这块石头，并将它献给了平江伯陈锐。陈锐就将它作为珍品收藏起来。

石头人尚且有情，人怎能没有呢？

狐假子路

东昌宣圣殿，设空体木像。正德中，子路忽人语云："我仲由也！夫子命我主此土祸福。"人争祭奠，必令祭者暂出闭门。顷之，入视，肴核都无余者。一御史经其地曰："此必妖也！"多设烧酒劝之，俄而无声，乃一狐寐于侧。御史笑曰："以汝希仲由，乃学宰予耶？"

【译文】东昌府的孔子殿，设置的是空心木像。明正德年间，木像中的子路忽然作人语说："我是仲由！孔老夫子命我主持此地的人间祸福。"人们闻知后争着前来祭奠，每次祭时，子路木像必定命令祭奠人暂时关住门退出殿外。不大一会儿，再到里面看，祭品就一点也没有了。后来有一个御史官员经过此地听说这事后说："这必是个妖怪！"于是摆了很多白酒并劝妖多喝，结果很快就没有声响了，进去一看，原来有一只狐狸睡在木像旁边。御史见此笑着说：“你这只狐狸还要装扮仲由，却在学白天睡觉的宰予呀！”

鬼畏面具

金陵有人担面具出售，即俗所谓“鬼脸子”者。行至石灰山下，遇雨沾湿，乃借宿大姓庄居。庄丁不纳，权顿檐下，愁不能寐。而面具经雨将坏，乃拾薪爇火熯之。首戴一枚，两手及两膝各冒其一，以近燎。至三更许，有一黑大汉，穿一黑单衣，且前且却。其人念必异物，惧其面具而然，乃大声叱之。黑汉前跪曰：“我黑鱼精也！”“家何在？”曰：“在此里许水塘中。与主人之女有交，故每夕来往。不意有犯尊神，望恕其责。”其人叱之使去。明旦，访主人之女，果病祟。遂告之故。竭塘渔之，得乌鱼，重百余斤，乃腌而担归。

【译文】金陵有个人担着面具外出去卖，面具即平时所说的“鬼脸子”。一天当他走到石灰山下时，恰遇大雨淋湿，于是就去一个大姓的庄园借宿。庄客不接受，他没办法就将担子暂且放置在屋檐下，愁得觉也睡不着。面具经雨淋过要坏，于是他就拾柴点着火烘烤面具。烘烤时他头上戴一个，两手和两条腿上也各遮盖着一个面具，以靠近火烘烤。到三更天左右时，见有一个黑大汉，身上穿一件黑色的单衣，往前走走又向后退退。卖面具的想这必是个怪物，是因害怕他所戴的面具才这样。于是他就大声喝叱它。黑大汉赶快到他面前跪着说：“我是一条黑鱼精！”“你的家在哪里？”黑鱼精说：“我住在离此一里左右的水塘里。因我与这户主人的女儿有交情，所以每天晚上都来往。不想今天冒犯了你这位大神，请求你能饶恕于我。”卖面具的听后喝叱它走了。第二天天一亮，他就寻访到大户主人的女儿，果然得了鬼祟缠身之病。他马上将病因告诉了主人。于是他们就将水塘的水抽干捉怪，果然捉到一条乌鱼，重有百余斤。卖面具的将乌鱼杀掉用盐腌上担着回家了。

鬼张 以下“鬼”

弘治中，高邮张指挥无嗣，求妾未得。偶出湖上，见败船板载一女甚丽，波浮而来。问之，曰：“妾，某邑人。舟覆，一家皆没。妾赖板得存，幸救我。”张援得之，甚宠爱。逾年生子。女栉沐，必掩户。一日婢从隙窥之，见女取头置膝上绾结，加簪珥，始加于颈。大惊，密以启张。张未信。他日张觇之，果然。知为妖，排户入斩之，乃一败船板耳。子已数岁，无他异，后袭职。至今称“鬼张指挥”云。

【译文】明弘治年间，高邮的张指挥没有儿子，想找个小老婆但还没找到。一天他偶然走到湖上，看见一块破船板上载着一个很漂亮的女人，随着波浪浮到近前。张指挥问她何以如此，女子说：“我是某个地方的人。因为船沉没了，全家都淹死了。我依赖这块破船板才得以生存，幸亏你救了我。”张指挥收留了该女，非常宠爱她。第二年就生了一个儿子。该女每次梳头洗脸的时候，必要将窗子关上。有一天她的使女从窗缝向里偷看，见女人将头取下来放在膝上盘结头发，插好首饰耳环后，才又将头放在颈上。使女见状大惊，就悄悄地将此事告诉了张指挥。张指挥不相信。过了几天张指挥去偷看，见果然如此。才知道这女人是个妖怪，他推开房门进入房内挥剑将妖女斩杀，原来是一块破船板。他的儿子已经好几岁了，并没有什么异常，后来继承他的职位。至今人称他为“鬼张指挥”。

无鬼论

阮瞻素执无鬼论。忽有客通名，诣瞻寒温毕，聊谈名理。良久，及鬼神事，反复甚苦。客遂屈，作色曰："鬼神，古圣所传，君何得独言无？即仆便是鬼！"于是变为异形，须臾消灭。

《麈谈》云：闽仆顺童雨夜暮归，见一人持灯就伞。偕行良久，语童曰："闻此地有鬼，汝曾遇否？"童笑曰："吾行此多年，未之见也。"将适通衢，寄伞者曰："汝试看我面。"视之，乃无颔颏者！仆狂叫而走。相传世间人鬼半，但人不见鬼耳。

【译文】晋朝阮瞻素常坚信无鬼思想。一天忽有客人来访，通报姓名寒暄完毕，二人即在一起聊天辨名析理。过了很久，谈到了有关鬼神的事，二人争论得很厉害。最后客人终于词穷，于是就正色说："鬼和神，是自古以来圣人所传下来的，你为何敢独自说没有呢？即我就是鬼了！"于是客人变成奇异的形态，很快就消失了。

《麈谈》载说：福建一个仆人叫顺童在下雨天的夜晚赶路回家，一个持灯的人来就他的伞躲雨。二人就结伴同行了很长时间。那人对顺童说："听说这个地方有鬼，你曾经遇到过吗？"顺童笑着说："我在这条路上行走了很多年，还没有见过。"在他们将要走到闹市大路时，那人说："你看看我的脸。"顺童看他，原来是个没有下巴颏的人！顺童见此害怕得狂叫着奔走而去。相传在世上人和鬼各占一半，只是人看不见鬼罢了。

鬼 巴

《夷坚志》：临川王行之，为广东龙泉尉。表弟季生来访，泊船月明中。夜半，有鬼长二尺，靛身朱发，倏然而入，渐逼卧席，冉冉腾身行于腹上。季素有胆，引手执之，唤仆共击。叫呼之声甚异，顷刻死，而形不灭。明旦，剖其肠胃，以盐腊之，藏箧中，谓之“鬼巴”。或与谈神怪事，则出示之。

【译文】《夷坚志》载：临川王行之，在广东龙泉县任县尉。一天他的表弟季生来家做客，月夜里将船停泊在岸边。到半夜时，有一个身长二尺的鬼，蓝色的身子红色的头发，转眼间就进入船舱内，渐渐靠近季生睡觉的床，慢慢地将身子腾起行走在季生腹上。季生平时就有胆量，伸手将鬼抓住，叫来仆人共同打鬼。鬼呼叫的声音很怪异，很快就死了，然而它的形体没有消失。第二天天亮，季生将鬼的肠、胃剖开，用盐巴腌上，贮藏在小箱子里，叫做“鬼巴”。当他和别人谈到鬼怪类的事时，就将鬼巴拿出来让别人看。

药鬼

刘池苟家有鬼，常夜来窃食。刘患之，乃煮野葛汁二升泻粥上，覆以盂。其夜鬼来发盂啖粥，须臾在屋上吐。遂绝。

【译文】一个叫刘池苟的家里有鬼，经常在夜间到他家去偷吃东西。刘池苟对此深感忧虑，于是就煮了两升野葛汁混合在粥米里，用盂盆扣起。这天夜里鬼来到他家掀开盂盆吃粥，很快鬼就在屋上呕吐了从此以后鬼就绝迹了。

髑髅言

御用监奉御来定，五月间差往南海子公干。从五六骑出城，舁酒肴为路食。日午，至羊房南大柳树下，脱衣卸鞍，坐树根上，以椰瓢盛酒，捣蒜汁濡肉自啖。回顾一髑髅在旁，来夹肉濡蒜，戏纳髑髅口中，问之曰："辣否？"髑髅即应之曰："辣！"终食之顷，呼辣不已。来惊悸，令人去其肉，呼亦不已。遂启行至海子。毕事而回，呼辣之声随其往还，入城始绝。数日后，来遂病死。见《马氏日抄》。

《江湖纪闻》载至元丙子，习家湖髑髅呼盐事，类此。

【译文】来定担任专司皇帝御用物品的御用监的奉御官，五月时奉命去南海子出公差。这天他带着五六个随从骑马出了城，并抬了些酒菜为在路上食用。到了中午，他们走到羊房（今北京郊区阳坊）南的一棵大柳树下，脱下衣服，卸下马鞍，坐在树根上，拿着用椰壳做的瓢盛上酒，捣了些蒜汁沾肉自吃起来。在吃时来定回头看见一具死人头骨在旁边，来定便夹肉沾蒜，开玩笑似的将沾蒜的肉放在死人头骨嘴里，并问它："辣吗？"死人骨头即答道："辣！"待到来定等人快要吃完时，骨头还在不停地喊叫辣。来定既惊奇又害怕，就忙命人将死人头嘴里的肉取出来，然而呼辣声仍不停止。来定等人不敢久停，马上启程走到海子。办完公事就向回走，叫喊辣的声音一直随着他往返，直到进入城内才消失。几天以后，来定得病死了。这件事见《马氏日抄》。

《江湖纪闻》载：在元顺帝至元丙子年（1336）襄阳习家湖发生的死人头骨呼叫盐之事，也和这类似。

白骨

刘先生者，河朔人，尝至上封，归路遇雨。视道旁一冢有穴，遂入以避。会昏暮，因就寝。夜将半，睡觉，雨止，月明透穴，照圹中历历可见。甓甃甚光洁，北壁有白骨一具，自顶至足俱全，余无一物。刘方起坐，近视之，白骨倏然而起，急前抱刘。刘极力奋击，乃零落堕地。刘出，每与人谈其事。或曰："此非怪也，刘真气壮盛，足以翕附枯骨耳。"

【译文】刘先生，河北人。有一次他曾去上封，在回来的路上遇到下雨。他看到路旁的一座坟上有个洞穴，随即就钻进去以避雨。恰好这时天快要黑了，他就准备在墓穴里睡觉了。到了半夜，他睡醒，雨停下了，明亮的月光穿过墓穴，把穴内的东西一件一件照得很清楚。墓内用砖砌的墙壁很光洁，在北墙壁下有一具白骨，从头到脚的骨头很齐全，除此之外别无它物。刘这时方才起身，走到白骨跟前细看，突然白骨离地而起，快步向前抱住刘先生。刘先生奋力搏击，白骨于是就零散而坠落于地。刘先生走出墓穴以后，经常和别人谈起这件事。有人说："这不是什么妖怪，刘先生的阳刚真气很壮盛，足以能把枯骨吸附在身上罢了"。

鬼姑神

南海小虞山中有鬼母，一生千鬼。朝产之，暮食之。今苍梧有鬼姑神是也。虎头龙足，蟒目蛟眉。

【译文】南海的小虞山里有一个鬼母，一次可以生下一千只鬼。都是早上将鬼生下来，晚上就将鬼吃掉。现在苍梧县祭的鬼姑神就是她。她的形体是虎的头龙的脚，蟒蛇的眼睛蛟龙的眉毛。

蛤精疾 以下"奇疾"

《北齐书》：右仆射徐之才善医术。时有人患脚跟肿痛，诸医莫能识。之才曰:“蛤精疾也。得之当由乘船入海,垂脚水中。”疾者曰:“实曾如此。”为割之,得蛤子二个如榆荚。

【译文】《北齐书》载:右仆射徐之才善长医术。当时有个人患了脚跟肿痛的病,请了很多医生却看不出所患何病。后来徐之才给他看过之后说:“这是蛤精病呀。你得这病是由于你乘船在海上,你将双脚浸在海水里。”得病的人听后说:“确实是这样的。”徐之才就将此人脚跟割开,从中取出了两个好似榆钱大小的蛤子。

食鸡子疾

褚澄(彦回弟)善医术。一人有冷疾,澄为诊脉,云是食白瀹鸡子过多所致。令取苏子一升煮服之。始一服,乃出一物如丸,涎裹之,动。开看是雏鸡,翅距具足,能行走。澄曰:“未也!”更服之,又吐,得如向者鸡二十头,乃愈。

【译文】南北朝褚澄(彦回的兄弟)很擅长医术。有一个人患了怕冷的病,褚澄去为他诊脉,看后说是他吃白水煮的鸡蛋过多所致。他命人取来一升苏子煮好让病人服下。开始服第一服药,病人吐出了一个如丸子般的东西,唾液包裹着,还在动。打开一看是一只小鸡,翅膀中间长有脚,落地能够行走。澄说:“还没有完呢!”让病人接着服药,服后又吐,吐出了和先前一样的鸡二十只,病人就好了。

铜 枪

《述异记》:汉末时,有一人腹内痛,昼夜不眠,敕其子曰:“吾气绝后,可剖视之。”死后,其子果剖之,得一铜枪。后华佗闻之,便往,出巾箱内药投之,枪即化为清酒。

【译文】《述异记》载:汉朝末年时,有一个人腹内疼痛,疼得他日夜睡不着,他嘱咐儿子说:“我死以后,你们可将我的肚子剖开看看。”这人死后,他的儿子果真将他剖腹,从中取出了一条铜枪。后来华佗听说了这件事,便前往他家,从随身带的小箱内取出药涂在枪上,枪随即就化成清酒。

临甸寺僧

齐门外临甸寺,有僧年二十余,患蛊疾,五年不瘥而死。僧少而美,性又淳,其师痛惜之,厚加殡送。及荼毗,火方炽,忽爆响一声,僧腹裂,中有一胞。胞破,出一人,长数寸,面目肢发,无不毕具,美须蔚然垂腹。观者惊异。

【译文】齐门外的临甸寺,有一个和尚年仅二十多岁,因患蛊疾,经过五年没有治愈而死亡了。这个和尚年纪小且长得漂亮,人的性情又很朴实,所以他的师傅非常悲痛并为他惋惜,隆重地为他办丧事。到火化时,火焰正盛,忽听得一声爆响,火化中的和尚的腹部裂开了,腹内有一个肉胞。肉胞破后,从里面出来一人,长数寸,五官面目四肢毛发,没有一样不具备,漂亮的胡须很自然地垂在腹部。看到的人都感到很惊异。

张 锷

秘书丞张锷嗜酒,得奇疾。中身而分,左常苦寒,右常苦热。虽盛暑隆冬，着袜裤，纱绵相半。

【译文】担任秘书丞的张锷特别喜爱喝酒，他得了一个奇怪的病。身体从中间两分，左半身经常感到寒冷，右半身常感到酷热。所以虽然天气处在盛夏或者是隆冬，他身上穿的袜裤纱绵也是各占一半。

饮 不饮

元载不饮，其鼻闻气已醉。人以针挑其鼻尖，出一小虫，曰："此酒魔也！"由是日饮一斗。

镇阳有士人嗜酒，日常数斗。至午后，兴发不可遏。家业遂废。一夕大醉，呕出一物如舌。初视无痕窍，至欲饮时，眼遍其上，矗然而起。家人沃之以酒，立尽，如常日所饮之数。遂投烈火中，忽爆烈为数十片。士人由是恶酒。

【译文】唐朝元载这个人从不饮酒，他的鼻子一闻到酒气人就醉了。后来有人用针挑开他的鼻子尖，挑出了一条小虫，这人就说："这就是作怪的酒魔！"从此以后他每天要饮一斗酒。

镇阳地方有个读书人非常喜欢喝酒，经常每天饮数斗。每到下午，他酒兴发作，不能控制自己。他的家业也因喝酒而很快荒废了。一天晚上他喝得大醉，呕吐出一个如舌头状的东西。刚看时此物身上无疤痕和孔洞，到他再想喝酒时，舌状物身上长满了眼，猛然就直立起来。家里人给它灌酒，它一饮而尽，就如同读书人平常所饮酒的数量。于是他们将舌状物投进烈火中，忽然舌状物爆炸分裂成为数十片。读书人从此以后是见酒就厌恶。

《说储》载异疾三条

宋知制诰吕缙叔得疾，身渐缩小，乃如小儿。姜愚忽不识字，数载方复。宋时一女子，视直物皆曲，弓弦界尺之类尽如钩。

【译文】宋朝任知制诰官职的吕缙叔（夏卿）得了一病，身体逐渐在缩小，最后缩小到如同小孩一样。一个叫姜愚的人忽然不认识字了，经过数年之后方才恢复。宋朝时有一个女子，看直的东西都是弯曲的，看弓、弦、界尺等类的东西都好像是钩子。

肠 痒

傅舍人为太学博士日，忽得肠痒之疾：满腹作痒，又无搔处；欲笑难笑，欲泣难泣。数年方愈。

【译文】中书舍人傅某过去担任太学博士时，忽然得了一个肠子痒的病，满肚子里都很痒，又没有搔痒的地方；想笑难以笑出来，想哭又难以哭出来。这样数年以后方才痊愈。

徐 氏

参政孟庾夫人徐氏，有奇疾。每发于闻见，即举身战栗，至于几绝。其见母与弟皆逐去，母至死不相见。又恶闻徐姓，及打铁打银声。尝有一婢，使之十余年，甚得力，极喜之。一日偶问其家所为业。婢曰“打铁”。疾遂作，更不欲见，竟逐去之。医祝无能施其术。

【译文】参政孟庾的夫人徐氏，得了一怪病。每当看到听到什么就发病，一发作全身就立即发抖，以致差点气绝。她见到她的母亲和弟弟，将他们都赶出去，母亲到死也没再相见。另外非常厌恶听到徐这个姓，以及打铁打银的声音。她曾经有过一个婢女，侍候她已经十多年了，干活很得力，很受喜欢。有一天她偶然问起使女家以何为生的。婢女说“打铁为生”。她的病马上就发作了，根本不想再见婢女，最后竟把婢女撵走了。对此医生也没有办法给她进行治疗。

腹中击鼓

陈子直主簿之妻，有异疾。每腹胀，则中有声如击鼓，远闻于外；腹消则声止。一月一作。

【译文】主簿陈子直的妻子，患有怪病。每次腹胀发作，肚子里就有如击鼓的声音，声音能传出肚子以外很远；腹胀消失，声音则停止。就这样，每月发作一次。

喉声合乐

《酉阳杂俎》云：许州有一老僧，自四十年已后，每寐熟，即喉声如鼓簧，若成均节。许州伶人伺其寝，即谱其声。按之丝竹，皆合古奏。僧觉亦不自知。

【译文】《酉阳杂俎》上说：在许州有一个老和尚，自他四十岁以后，每当熟睡，喉部即发出如鼓簧的声音，如同有韵律的节奏。许州的民间艺人等到他睡觉后，就把他喉部发出的声音记录成曲。用丝弦竹笛等乐器演奏，都能符合古代曲调。然而这些事情和尚在睡醒后自己并不知道。

空中美人

《北齐书》：天统中，武成酒色过度，恍惚不恒。曾病发，自云："初见空中有五色物，稍近，变成一美妇人。去地数丈，亭亭而立。食顷，变为观世音。"之才云："此色欲多，大虚所致。"

【译文】《北齐书》载：北齐天统年间，太上皇武成帝因酒色过度，精神恍惚不定。有一次他又发病了，自言自语说："我最初看到空中有一个五彩颜色的东西，离得稍近一点，五色物变成了一个美丽的妇人。离地有数丈高，长得亭亭玉立。约一顿饭的时间，又变成了观世音菩萨。徐之才说："这是因为他色欲太多，身体太虚弱所引起的。"

应声虫

《文昌杂录》：余友刘伯时，尝见淮西士人杨勔，自言中年得异疾，每发言应答，腹中辄有虫声效之，数年间，其声浸大。有道士见而惊曰："此应声虫也！久不治，延及妻子。宜读《本草》，过虫所不应者，当取服之。"如言，读至"雷丸"，虫忽无声。乃顿饵数粒，遂愈。余始未以为信，其后至长汀，遇一丐者，亦是疾，环而观者甚众。因教之使用雷丸。丐者谢曰："某贫无他技，所求衣食于人者，唯借此耳。"

应声虫，本病也，而丐者以为衣食之资，死而不悔。又安知世间功名富贵，达人不以为应声虫乎？噫，衣食误人，肯服雷丸者鲜矣！

【译文】《文昌杂录》载：刘伯时经常去看望淮西的秀才杨勔，杨勔自称在中年时得了一个奇异的病，每次和别人应答说话，肚子里总有一个虫声学着他说话，在几年的时间里，肚子里的虫声也越来越大。有一个道士见杨勔此状惊奇地说："这是应声虫在作怪！如长期不治，要殃及妻子和孩子。你要朗读《本草》，当读到某一药而虫不答应时，就取此药服下。"杨勔照着道士的话读《本草》，当读到"雷丸"这味药时，虫忽然没了声音。于是杨勔马上取雷丸数粒服下，病马上就痊愈了。刘伯时起初并不相信这件事，后来刘伯时去到长汀，遇到一个乞丐，得的也是那种病。他和虫应答的场面吸引了很多人围观。刘伯时于是教给他要他服雷丸治病。然而乞丐却辞谢他说："我很贫穷，没有其他求生技能，因此我向别人求要所需的衣服和食物，唯一依靠的就是这个病了。"

应声虫，本是一种病，然而那个乞丐却把它作为求取衣食的唯一资本，不听劝告，到死也不悔悟。又怎能知道人世间的功名富贵，达官之人不把它看作是应声虫呢？哎，为了衣食而祸害自身，肯服雷丸的人是很少的啊！

活玉窠

《清异录》：盩厔吏魁召士人训子弟，馆于门。士人素有蛀牙，一日复作，左腮掀肿。遂张口卧，意似懵腾。忽闻有声发于龈腭，若切切语言，人物喧哗，渐出口外，痛顿止。至半夜，却闻早来之声，仍云："小都郎回活玉窠也。"似呼喝状，颊上蠢然直入口。弹指顷，齿大痛。诘旦，具告主人。劝呼符咒治之，痛止肿消。竟不知何怪。

谢在杭云：余同年历城穆吏部深，家居得疾，耳中常闻人马声。一日闻语曰："吾辈出游郊外。"即似车马骡驴以次出外，宿疾顿瘳。至晡，复闻人马杂遝，入耳中，疾复如故。穆延医治，百计不效。逾年自愈。始信陶谷所载不谬。

【译文】宋朝人陶谷所著《清异录》载：盩厔（今陕西周至）县一个吏员的头目请了一个读书人来教育子女，学馆设在家里。这个被聘的读书人平常就有蛀牙病，有一天牙病发作，左腮肿得很厉害。于是他张开嘴平卧在床上休息，头脑感到懵懵腾腾、迷迷糊糊。突然他听到有声音发于自己嘴里的龈腭间，如同很贴近的说话声，接着就听到不少人物的喧哗声，渐渐从嘴里出来，牙痛顿时就止住了。到了半夜，他又听到了早上听到的那种声音，仍旧说："小都郎回到活玉窠来了。"声音好似官员经过，仪仗开道的声，脸颊上顿时感到有东西爬着直入嘴里。顿时间，牙齿又剧烈疼痛起来。挨到次日天明，他把这事全部告诉了主人。主人劝他用符咒来治牙痛病，结果用咒后，疼痛停止，肿胀消失。然而他竟不知是何物在作怪。

谢在杭（肇浙）说：和我同年考中进士，在吏部任职的历城（今山东济南）人穆深，在家居时得了一种病，在他的耳朵里经常能听到人马的活动声。有一天他听到耳朵里说："我们要到郊外去游玩。"随即就感到好似有车马骡驴依次从耳朵出来，平常的疾病顿时就好了。到了申时，又听到人和马回来的嘈杂声，又进入耳朵，他的病又恢复了原状。穆吏部请医生治疗，看了上百次都不见效果。过了很多年后他的病才不治自愈。他这才相信陶谷所记载的故事并不是虚假的。

一胎六十年 以下“产异”

《百缘经》云：佛在世时，王舍城中有一长者，财宝无量，不可称计。其妇足满十月，便欲产子，然不肯出。寻重有身，足满十月，复产一子。先怀者住在右胁。如是次第怀妊九子，各满十月而产，唯先一子故在胎中，不肯出外。其母极患，设汤药以自疗治，病无降损。嘱及家中：“我腹中子故活不死。今若设终，必开我腹，取子养育。”迨母命终，诸亲眷属，载其尸骸诣诸冢间，请太医耆婆破看之，得一小儿，形状故小，头发皓白，俯偻而行，四向顾视，语诸亲言：“汝等当知，我由先身恶口骂辱众僧，故处此热藏中，经六十年，受是苦恼。”

【译文】《百缘经》说：佛祖在世时，在王舍城中有一个年长的人，拥有大量的财宝，多得都无法统计。他的媳妇怀孕已满十月，就要生产了，但就是生不出来。不久媳妇又怀孕在身，满十个月，生下一子。原先她怀孕的胎儿却仍在右胁腹中。就这样她接连怀了九个孩子，都是满十个月就生下来，唯有怀的第一个胎儿仍留在腹内，不肯出来。媳妇为此急得生了病，就买汤药以进行自我治疗，病仍然没有减轻。于是她就嘱咐家里人说：“我肚子里面的胎儿活到现在还没有死。今后假如我死了，你们一定要剖开我腹，取出胎儿好好养育。”到她死了以后，她的亲人和家属用车载着她的尸体来到墓地中间，请年长有经验的医婆剖腹检视，得了一个小孩。小孩的形体长得虽然很小，头发却已雪白，弯着身子行走，他向四周环视后，对诸位亲人说："你们应当知道，我的前身因为用恶言辱骂了众多的僧人，为此才在母亲的肚子里藏了起来，经过的这六十年，受到的都是苦恼。"

一生四十子

周哀公之八年，郑有人一生四十子。其二十人生，二十人死。

【译文】春秋时鲁哀公八年（前487年），在郑国有个人一次生了四十个儿子。其中活了二十个，死了二十个。

肉带悬儿

《稗史》：宋孝廉所亲家有婢，产出肉带子一条，带上共悬十八小儿，面目形体，无不具备，联络如缀。观者云集。其母惧而弃之。

【译文】《稗史》载：宋孝廉的亲戚家有个婢女，生产时生出一条肉带子，在带子上共悬着十八个小儿，小儿的五官面目和形体都很齐全，肉带子将十八个小儿连在一起好似挂在上面。很多人聚集在她家观看。她的母亲因害怕而将肉带子抛弃了。

窦母等

《五杂俎》云：汉窦武之母，产一蛇、一鹤。晋枹罕令严根妓产一龙、一女、一鹅。刘聪后刘氏产一蛇、一虎。唐大顺中资州王全义妻孕而渐下入股，至足大拇指。拆而生珠，渐长大如杯。宋潮州妇人产子如指大，五体皆具者百余枚。《狯园》云：万历己酉，石湖民陈妻许氏，产一白鱼。壬子苏城吴妻娩身，产一金色大鲤鱼，长四尺许，鳞甲灿然。其家大骇，投诸清泠之渊。里人呼其父曰："渔翁"。

【译文】《五杂俎》载说：汉朝时大将军窦武的母亲，生产时生了一条蛇、一只鹤。晋时枹罕县令严根的歌妓生了一条龙、一个女孩、一只鹅。刘聪皇后刘氏生产时生了一条蛇、一只虎。唐昭宗大顺年间资州的王全义的妻子怀孕后而渐渐向下移到大腿，最后到脚的大拇指。裂开而生下一颗珍珠，珠子渐渐长大如同杯子。宋朝时潮州有一妇人生的孩子如同指头大小，但面目四肢都全的有一百多个。《狯园》载说：明万历己酉年（1585）石湖县县民一姓陈的妻子许氏，生了一条白鱼。壬子年（1612）苏州城一姓吴的妻子怀孕分娩，生下一条金色大鲤鱼，鱼长有四尺多，鳞甲鲜明灿烂。他们家非常害怕，将鱼投入到清泠的深渊里。乡里人都称呼它的父亲是"渔翁"。

产法马

万历丁未，吴县石湖民陈妻许氏，产夜叉、白鱼。后又妊，过期不产。一日请治平寺僧在家转经祈佑。其夕功未毕，内呼腹痛急。忽产下一胞，讶是何物，破而视之，乃一秤银铜法马子也！举家大骇，权之，重十两。视其背，有铸成字样，验是"万历二十二年置"七字，迹甚分明，至今尚在。比邻章秀才偕同学方生亲诣其庐，传玩而异之。或疑铜精所交，或疑五郎所幻。未可知。

【译文】明万历丁未年（1607），吴县石湖地方一陈姓县民的妻子许氏，生产时生了一个夜叉、一条白鱼。后来她又怀了孕，但过了产期仍然没有生。有一天他家请了治平寺的和尚在家里念经做法事，祈求神灵保佑。和尚晚上的功课还没做完，许氏在房内就呼叫腹痛得厉害。很快就生下一个肉胞，惊讶之下不知何物，破开来看，原来是一块秤银用的铜铸成的砝码！全家人见此都很害怕，放在手里掂掂，重约有十两。看它的背面，有铸成的字样，经验看是“万历二十二年置”七个字，字迹非常分明，至今还在。他的邻居章秀才和他的同窗方秀才一起亲自来到他家，拿着砝码传看，都十分惊异。有人怀疑是铜精干的，有人怀疑是五通神的幻术。然而还是不知它的底细。

产钱

徐州吴瑞者，秀才玠之弟，行第八，年二十余。妻初产子，历五十四日，忽呕出水数合，有铜青气。家人曰：“此儿伤重，何为出水绿色耶？”明旦，遂哕出三角物数十。其家怪而洗之，乃成二钱，分为四块，平正无大小之殊。五、六日，连下数升。合之，得大钱七十二文。皆有年号，轮郭周正，体面无一不符。遂以胶粘而固之。闻者皆求观，州有司亦至。其儿竟无他异。

【译文】徐州人吴瑞，是秀才吴玠的弟弟，在家排行老八。他的妻子初次生孩子，经历了五十四天，小儿忽然呕吐出好几合（容量单位）水，且有一股铜青气味。家里人说："这个小孩的伤势肯定严重，要不然吐出的水为什么会是绿色的呢？"第二天早上，孩子又呕吐出数十个三角形的东西。他们家人在奇怪的心情下将呕吐物清洗干净，于是合成了两个钱，钱分为四块，表面平整，大小也没有什么区别。就这样，五、六天呕吐了数升。合在一起，共得到大钱七十二文。钱上都铸有年号，钱的轮廓很周正，形体和表面无一不与真钱相符。他们家人于是用胶将钱粘固。听说这事的人都请求要看看这些钱，本州的知州也到他家来看过。然而她生的儿子并无其他异常。

产《本际经》

张衡之女玉兰，幼而洁素，不食荤血。年十七岁，梦朱光入口，因而有孕。父母索之，终不肯言。唯侍婢知之。一日谓侍婢曰："我死，尔当剖腹以明我心。"其夕遂殁。父母不违其言，剖腹得一物。如莲花初开，其中有白素金书十卷，乃《本际经》也。十余日间，大风雨晦暝，遂失其经。

【译文】张衡的女儿名叫玉兰，年纪虽小却极干净素雅，从不吃荤腥。在她十七岁的那一年，一次做梦见有一道红光进入口内，并因此而怀了孕。父母问她原因，她始终也不肯将实情说出来。这件事只有侍奉她的婢女知道。有一天她对侍女说："我死之后，你应当将我剖腹检查以验证我的清白。"这天晚上她就死了。父母没有违背女儿说的话，将她的腹部剖开从中得到一物。形状好似初开的莲花，其中有十卷用素绢金字写的书，原来是《本际经》。接着在十几天内的时间里，天气阴晦又刮大风又下大雨，这本经书随之也不见了。

产 掌

鄞县民出贾，妻与其姒同处。夫久不归，见夫兄，私心慕之，成疾阽危。家人知所以，且怜之。计无所出，强伯氏从帷外以手少拊其腹，遂有感成孕。及产，唯一掌焉。

【译文】鄞县（今浙江宁波）有一县民外出做买卖，他的妻子就和其嫂嫂住在一起。因丈夫很久没有回来，所以当她看见丈夫的哥哥时，内心就产生了思慕之意，结果因思念成疾，生命面临危险。家里人明白她生病的原因，都很可怜同情她。想不出好办法，但为了救她，家里人就强迫她夫兄从帐子外用手轻轻地抚摩她肚腹，随后她便感觉到已怀孕了。到了生产时，生下来的只是一只手掌而已。

额 产

晋安帝义熙中，魏兴李宣妻樊氏怀妊。过期不育，而额上有疮，儿穿之以出。长为将，今犹存，名胡儿。见《异苑》。

【译文】晋安帝义熙年间，在魏兴（今江苏宿迁）有一个叫李宣的妻子樊氏怀了孕，过了产期还没有生，而这时在她的额头上生了一个疮，胎儿就从这个疮口生了出来。这个孩子长大后成了将军，现在还活着，名字叫胡儿。这件事见《异苑》这本书。

非族部第三十五

子犹曰：学者少所见，多所怪。穷发之国，穴胸反趾，独臂两舌，殊风异尚，怪怪奇奇，见于记载者侈矣。不阅此，不知天地之大；不阅此，不知中国之尊。予特采其尤可骇笑者著焉，而附以蛇虎之属，若曰“夷狄禽兽”云尔。是为《非族第三十五》。

【译文】子犹说：读书人少见多怪。在那些不毛之地，凹着胸脯，反长脚趾，一只臂膀，两只舌头，不同的风俗习尚，怪怪奇奇，见之于书籍的记载已经很多了。不了解这些，不知道天地有多大；不了解这些，也就不知道中国多么尊贵。我特意选择令人非常惊异可笑的奇闻，再加以蛇虎之类，也就是所说的“夷狄禽兽”，因此汇集为《非族部第三十五》。

南海异事三条

南海男子女人皆缜发。每沐，以灰投流水中，就水以沐，以彘膏涂其发。至五、六月，稻不熟，民尽髡，鬻于市。既髡，复取彘膏涂之。来岁五六月又可鬻。

解牛多女人，谓之“屠婆”“屠娘”。皆缚牛于大木，执刀数其罪："某时牵若耕，不得前；某时乘若渡水，不得行。今何以免死耶！"以策举颈，挥刀斩之。

贫民妻方孕，则诣富室指腹以卖之，俗谓"指腹卖"。或已子未胜衣，邻之子稍可卖，往贷以鬻。折杖以识其短长，候已子长与杖等，即偿贷者。鬻男女如粪壤，父子两不戚戚。

【译文】南海地方的男子女人都扎着长发。每到沐浴时，把灰投在流水中，就着水洗沐，并用猪油涂抹自己的头发。到了五、六月间，稻禾成熟时，百姓们都剃去头发，拿到市集中变卖。把头发剃去后，仍然取猪油在头上涂抹。到了第二年的五、六月间又可以剃去售卖。

当地宰牛的大多是女人，称为"屠婆""屠娘"。她们都是先把牛绑在大桩上，然后手执尖刀，口里数说着牛的罪状："某一次牵你去耕田，你迟迟不往前去；又一次让你驮着渡河，你偏偏不过。今天为什么要免你一死呢？"用鞭子抽打牛，牛抬起脖颈，挥刀将它杀死。

贫穷人家的女人刚刚怀孕，就到富户家指着自己的肚子寄卖掉，俗语称作"指腹卖"。有的人自己的儿子还年幼，邻居家的孩子已经可以卖了，就前去借贷卖掉。并折棍杖丈量其子的高低，等到自己的儿子长到与棍杖一样高时，再送到邻居家偿还借贷。买卖男女像粪土一样平常，父亲与儿子互不感到悲伤。

蜜唧唧

右江西南多獠民，好为"蜜唧唧"。鼠胎未瞬，通身赤蠕者，渍之以蜜，置盘中，犹嗫嗫而行。以箸挟取咬之，唧唧作声，故曰“蜜唧唧”。

吴人以酒渍蟛蜞食之。或入酒未深者，才举筯，皆走出盘外。此与“蜜唧唧”何异？

【译文】右江西南多居住的是獠民（古代对仡佬族的侮辱性称谓），喜爱做“蜜唧唧”。鼠类刚生下来的胎儿，通身赤红，便浸渍于蜜糖，放置于盘中，还嗫嗫乱爬。用筷子夹起来放进嘴中咬食，唧唧作响，所以叫作“蜜唧唧”。

江苏人用酒浸渍蟛蜞食用。有的蟛蜞放入酒中浸泡不深，刚要举起筷子，蟛蜞已爬到盘外。这与“蜜唧唧”有什么区别呢？

产 翁

《南楚新闻》云：南方有獠妇，生子便起；其夫卧床褥，饮食皆如乳妇。稍不卫护，疾亦如之。其妻子无所苦，炊爨樵苏自若。又越俗：妻诞子，经三日，便澡身于溪河。返，具糜饷婿。婿拥衾抱雏坐于寝榻，称为“产翁”。其颠倒如此！

【译文】《南楚新闻》记载：南方有个土人的妇女，生下孩子便起床；她的丈夫卧在床上照顾婴儿，吃喝都像哺乳的女人。稍微不注意卫护，也要生病。其妻子却没有什么痛苦，打柴割草烧火煮饭像平常人一样。又有南越地方的习俗：妻子生小孩，过了三天，就到溪河中洗澡。回家后，烧饭给自己的丈夫吃。丈夫却拥着被子、怀抱婴儿坐在床上，称为“产翁”。当地的风俗就是如此颠倒！

土獠蛮俗

土獠蛮俗：男子十四五，则左右击去两齿，然后婚娶。无匙筯，手搏饭而食之。足蹑高橇，上下山坡如奔鹿。人死，以棺木盛之，置千仞颠崖之上，以先堕者为吉。

【译文】南方土人的习俗：男人到了十四五岁时，就把左右的两颗牙敲掉，然后才能婚娶。吃饭没有筷子汤勺，用手抓饭食用。脚上穿的是木制的高底橇鞋，上下山坡快走如奔鹿一般。人死后，用棺木盛殓，悬置于万丈悬崖之上，认为先坠落下来的是吉祥。

倭　国

《北史》云：倭国王以天为兄，以日为弟。未明时，出听政；日出便停理务，曰“委我弟”。

【译文】《北史》记载：倭国（日本古称）国王把上天奉为自己的兄长，太阳是自己的兄弟。天不明时，出堂听政议事；太阳出来便停止处理事务，说“让给我的兄弟”。

占　城

占城国酿酒法：以米和药入瓮中，封固日久，俟糟生蛆为佳酝。他日开封，用长节竹竿三四尺，插入糟瓮，量人多少入水。以次吸竹，则酒入口。吸尽，再入水。若无味则止；有味，封留再饮。岁时，纵人采生人胆鬻官。其酋或部领得胆入酒中，与家人同饮，又以浴身，谓之“通身是胆”。

【译文】占城国（今越南中部）的酿酒方法：将米和酒药装进瓦瓮中，封固很长时间，等到酒糟生蛆就视为好酒。到开封那天，用三、四尺长的竹竿，插进瓮中，计算饮用人的多少往瓮中注水。然后按次序吮吸竹竿口，米酒就喝到嘴里。喝完后，再往里倒水。如果没有酒味了就不再封存饮用；还有酒味，封固瓮口留着以后再饮。过年时，允许人采摘活人胆脏卖给官长。其部落酋长或头领把人胆放置酒中，与家人同饮，又取人胆酒洗浴身子，称为“通身是胆”。

头 飞

占城国妇人有头飞者，夜飞食人粪。夫知而固封其项，或移其身，则死矣。陈刚中在安南，有纪事诗曰：“鼻饮如瓴甋，头飞似辘轳。”（《蠃虫集》载老挝国人鼻饮水浆，头飞食鱼）

岭南溪洞中，往往有飞头者，故有“飞头獠子”之号。头将飞一日前，颈有痕匝项如红缕。妻子遂看守之。其人及夜，状如病，头忽生翼，脱身而去。乃于岸泥寻蟹蚓之类食之。将晓飞还，如梦觉，其腹实矣。

吴时，将军朱桓有婢，每夜卧后，头辄飞去。或从狗窦，或从天窗中出入，以耳为翼，将晓复还。数数如此，旁人怪之，夜视，唯有身无头，其体微冷，乃蒙之以被。至晓头还，碍被不得安，再三堕地；而其体气急疾，若将死者。乃去被，头复起附，如常人焉。

【译文】占城国有一种头会飞的女人，夜间飞出食用人的粪便。丈夫发现后把她的脖子封固起来，或者是把身体移走，她就死了。南宋时，陈刚中出使安南（今越南），有纪事诗说：“鼻饮如瓴甋，头飞似辘轳。”（《蠃虫集》里记载老挝国的人有用鼻子饮水、头飞食鱼的）

岭南的溪洞中，往往有些会飞头的土人，所以有“飞头獠子”的称号。其头将要飞的前一天，脖颈上有一圈像红线一样的印痕。妻子就看守着他。那土人到了夜间，身体如得病一般，头上忽然生出双翼，脱离身驱飞去。在河溪的岸边寻找虾蟹蚯蚓之类食用。天快明时飞回洞中，好像睡梦中刚醒，可肚子已经吃饱了。

三国吴时，将军朱桓有一婢女，每天夜里睡卧后，头就飞走。有时从狗洞，有时从天窗中出入，以耳朵作翼翅，天快亮时飞回。经常如此，其他人感到奇怪，夜间去她床上视看，只有身躯没有头，其身子微微发凉，人们便用被褥蒙盖起来。等到天亮飞头回来，碍于被子蒙盖不能安接，几次落到地上；而她的身躯也像是得了急病，将要死去。于是人们赶快去掉被褥，飞头飞起附在身上，又像正常人一样。

吐 蕃

唐贞元中，王师大破吐蕃于青海，临阵杀吐蕃大兵马使乞藏遮。或云是尚结赞。吐蕃乃收尸归。有百余人行哭随尸，威仪绝异。使一人立尸旁代语，问以“疮疾痛乎？”代应曰“痛”，即膏药涂之；又问：“食乎？”应曰“食”，即为具食：又问：“衣乎？”应曰“衣”，即命裘衣之：又问：“归乎？”应曰“归”，即具舆马载尸而去。若此异礼，必国之贵臣也。

【译文】唐德宗贞元年间，朝廷大军大败吐蕃于青海，在战斗中杀死吐蕃大兵马使乞藏遮。有的说是尚结赞。吐蕃人收起他的尸体返回。有上百人围随着尸体痛哭，仪礼奇异。使一人立于尸身旁代其说话，有人问：“伤痕疼痛吗？”那人回答“痛”，即用膏药涂抹伤口；又有人问：“吃不吃东西？”回答“吃”，就准备食物供上；又有人问：“穿衣服吗？”回答“穿”，就命人将皮裘给其穿上；又问道：“回去吗？”回答“回去”，于是就备车马载着尸体回去。像这样奇异庄重的礼节，必定是国内的贵臣。

契丹

契丹俗：每正月十三日，放国人为贼三日，唯不许盗及十贯以上。北呼为“鹘里时”，华言“偷时”也。

谚云：“禽兽淫，无耻而有节；人淫，有耻而无节。”余亦云：虏偷不禁而有时，中国偷禁而无时。

契丹牛马有熟时，如南方之养蚕也。有雪而露草寸许，牛马大熟。若无雪，或雪没草，则不熟。

契丹主至临城，得疾，至杀胡林而卒。国人剖其腹，实盐数斗，载之北去。晋人谓之“帝羓”。

【译文】古代契丹（后改号辽国）的习俗：每年正月十三日，放纵国内生民当三天贼，只是不许偷盗十贯以上财物。北方民族称为“鹘里时”，中原称为“偷时”。

民间谚语说：“禽兽交合，不懂羞耻而有节度；世人交欢，知道羞耻却无节度。”我也说：北方夷族不禁偷盗但限制有时，中原人虽禁偷盗但无时间限制。

契丹人牛马都有成熟的时候，就像南方养蚕一样。有雪并且露出青草一寸左右，牛马可以长成。如果没有雪，或者是大雪盖着了草，就不成熟。

五代时契丹君主耶律德光（后改国号辽，即辽太宗）率军到临城，得了疾病，等到杀胡林（今河北栾城北）后死去。契丹人剖开他的肚子，填进盐数斗防腐，用车装载归还北方。后来晋人称作“帝王干肉”。

夷妇

萧岳峰《夷俗记》：夷妇乳长，重至腹下。时当刺绣，儿辄从腋后索而食之。

【译文】萧岳峰的《夷俗记》中说：东方夷族妇女的乳房很长，垂至肚子下边。如正当刺绣的时候，孩子就可以从腋后索取乳房吃奶。

鞑鞑

鞑鞑肠极细，如猪肠。人身瘦长而阔膀。不畏死，得胜则唱，败则哭。鞑妇至中国，人戏弄其乳则喜，以为是其子也。至隐处亦不为意。唯执其手则怒，谓执手为夫妇，动挟刃刺其人。

【译文】鞑靼（古族名）人的肠子很细，像猪肠一样。人长得身材细长而肩膀宽厚。都不怕死，得胜了就高声歌唱，战败就痛哭。鞑靼妇女来到中原，有人玩弄她的双乳她就高兴，认为是自己的儿辈。甚至摸及她的隐处也不在意。只有摸她的手时才发怒，认为握手为夫妇，动不动就拔刀刺那个人。

浑脱

北人杀小牛，自脊上开一孔，逐旋取去内头骨肉，外皮皆完。揉软，用以盛乳酪酒湩，谓之“浑脱”。

【译文】北方人宰杀小牛，从背脊上开一个小洞，随即取出里边的骨头和肉，外边毛皮完整。揉软后，用以盛贮乳酪酒汁，称之为“浑脱”。

种羊

大汉遆西人能种羊。取羊骨，以初冬未日埋地中，初春未日为吹笳咒语，即有小羊从地中出。

中国有种蚶、种鳖法，种羊未是凿空。

【译文】与汉族西部连接的少数民族能够种羊。他们先取羊骨，在初冬的未日时埋入地下，初春的未日时吹奏胡笳、口念咒语，就有小羊从地中生出。

中原地方有种蚶、种鳖的方法，所以种羊不可看作没有根据。

回鹘

回鹘酋长共为一堂，塑佛像其中。每斋，必刲羊，以指染血涂于佛口，或捧其足而呵之，谓之亲敬。

【译文】回鹘（又称回纥，维吾尔族的古称）人的酋长共居一堂，塑立神像在堂中。每到斋祀时，必定杀羊，用手指染血涂抹在神像嘴边，或者是捧着神像的脚亲吻，认为是亲敬。

木乃伊

回回地面，有年老自愿舍身济众者，乃澡身绝食，口啖蜂蜜。数月，便溺皆蜜矣。既死，国人殓以石椁，仍以满蜜浸之，镌志年月。俟百年启视之，则已成蜜剂，名曰“木乃伊”。人有损折肢体者，食少许立效。见《博物志补》。

【译文】回回民族的地方，有自愿舍身济众人的老年人，洗干净身子后开始绝食，口中只吃蜂蜜。几个月后，连便溺都是蜜水了。等他死去，人们装殓进石棺，仍然用蜂蜜满满浸渍，刻记下年月日。过了上百年打开石棺看，已经成为蜜剂了，名叫“木乃伊”。人们有折损摔伤肢体的，食用很少就可痊愈。此事记载于《博物志补》。

大食国木花

大食国，西南二千里外，山谷间有木，生花如人首。与语辄笑，则落。

【译文】大食国（唐代以后，对阿拉伯的统称——译者注），在西南二千里之外，山谷中长有一种树木，开花像人的面首一样。对它说话就发出笑声，并且立即掉落。

古 莽

古莽之国，其人多眠，五旬一觉。以梦之所见为实，昼之所见为虚。

【译文】传说古莽之国，人们多喜欢睡眠，五十天醒一次。认为睡梦中所见的都是事实，醒来后所见到的都是虚假。

白狼国

西夷有白狼国者，依山以居，垒石为室，如浮图然。以梯上下，货藏于上，人居于中，畜豢于下。见《纲目》。

【译文】西南偏远地方有个白狼国（古西南少数民族国名），依傍着山势居住，垒石为屋，就像佛塔一样。中间安置木梯上下，货物贮藏在最上层，人居住在中层，牲畜圈养于下层。此事记载于《通鉴纲目》。

裸 人

《天宝实录》云：日南厩山连接，不知几千里。裸人所居，白民之后也。刺其胸前作花，有物如粉而紫色，画其两目下，去前二齿，以为美饰。

【译文】《天宝实录》中说：日南（今越南中部）地方山峦连接，绵延几千里。裸人居住在那里，都是白民（古代国名）的后代。他们胸前刺着花，并用一种紫红色的粉状物，画在自己的双眼下，去掉自己的两颗门牙，认为这是美的装饰。

大 宛

大宛国人，皆深目多须髯。善贾市，争分铢。贵女子，女子所言，丈夫乃决正。

【译文】大宛国（今中亚纳伦河流域）的男人，都长得深眼窝大胡须。善于做买卖，争论斤两。他们尊崇女人，女人吩咐的话，男人去照办。

女 国

女国在葱岭之南。其俗妇人轻丈夫，而性不妒忌。男女皆以彩色涂面，一日之中，或数度变改之。人皆被发。见《隋书》。

【译文】女人国在葱岭的南边。其习俗是妇女轻贱丈夫，但又不爱妒忌。男男女女都用彩色涂抹面容，一天之内，有的改变几次颜色。人们都是披着头发。此事记载于《隋书》。

金齿蛮

金齿蛮俗，处女淫乱同狗彘。未嫁而死者，所通之男子持一幡相送。有至百人者，父母哭曰："女爱者众，何期夭逝！"

【译文】金齿（云南西南部古族名）地方的习俗，少女乱交很随便，如果有尚未出嫁就去世的，与其通奸的男子各持一幡帐前来相送。有的竟达百人之多，她的父母哭泣说："爱你的男子这么多，为什么你要死去啊！"

麻 逸

麻逸国，族尚节义。夫死，其妇削发绝食，与夫尸同寝，多与并逝者。逾七日不死，则亲戚劝以饮食。

【译文】麻逸国（古国名）民族崇尚节义。如有丈夫去世，其妻剃去头发绝食，与自己丈夫的尸体同睡，很多都一同过世了。如有经过七天不死的，那么亲戚们就来劝她进食。

吐火罗

吐火罗国，都葱岭西五百里，与挹怛杂居。都城方二里，胜兵者十万人，皆习战。其俗奉佛。兄弟同一妻，迭寝焉。每一人入房，户外挂其衣以为志。生子属其长兄。

【译文】吐火罗国（中亚西亚古国），京城在葱岭以西五百里的地方，与挹怛民族混居。京城虽然方圆只有二里，能打仗的百姓却有十万人，都习武善战。其习俗供奉神佛。兄弟们同娶一妻，轮流陪同就寝。每逢一个人入内室，在门外悬挂自己的衣服作标志。如生下儿子就归属于长兄名下。

暹 罗

暹罗，婚姻先请僧迎男子至女家。僧取童女喜红点于男子额，名曰“利市”，然后成亲。过三日后，又请僧送女归男家，则置酒张乐待宾。丧礼：凡富贵人死，用水银灌腹而葬；平人，则舁至郊外海边沙际，为鸟所食。食尽飞去，余骨号泣弃海中，谓之“鸟葬”。

【译文】暹罗国（今泰国）的风俗，婚配时先请僧侣迎接男子到女家。僧人取少女的经血点于男子的额头，名为“利市”，然后成亲。过了三天后，又请僧侣送女子归还男家，并置办酒席、张鸣鼓乐款待宾客。丧礼的习俗是：凡是富贵人去世，把水银浇灌进他的腹中再埋葬；一般人家，就抬到郊外海边的沙滩上，任凭飞鸟叼食。尸肉被鸟吃完飞走后，再把余剩下的骨头号哭着抛进海中，称之为“鸟葬”。

輆沐

越东有輆沐国。长子生，则解而食之，谓之“宜弟”。父死，则负其母而弃之，言“鬼妻不可与共居”。楚之南，炎人之国。其亲戚死，刳其肉而弃之，然后埋其骨，乃成孝子。秦之西有义渠之国。其亲戚死，聚柴焚之，薰其烟上腾，谓之“登遐”，然后为孝。见《墨子》。

【译文】越地东部有传说中的輆沐国。家中生有长子，就被刀解而食用，称为“宜弟”。父亲去世，孩子就背负着其母远远扔弃，说是“不可与鬼妻同居”。楚地的南边，有传说的炎人国。其习俗是：亲戚去世，就剔净他的尸肉抛掉，然后把骨头埋葬，就是孝子。秦地的西边有古义渠国，其习俗是亲戚去世，聚起柴木焚烧，薰烧的浓烟上腾，称之为“登遐”，然后为孝。见于《墨子》一书。

罗罗

罗罗（即乌蛮）俗尚男巫，号曰“大奚婆”。以鸡骨占吉凶，事无巨细皆决焉。凡娶妇，必先与大奚通，次则诸房兄弟皆喜之，然后成婚。谓之和睦。夫妇之礼，昼不相见，夜则同寝。生儿未十岁，不得见父。酋长死，以豹皮裹尸焚之，葬其骨于山，非至亲莫知其处。葬毕，用七宝偶人藏之高楼，盗取邻境贵人之首以祭。如不得，终不祭祀。

【译文】罗罗（又称乌蛮）族人习俗崇尚男巫，号称“大奚婆”。用鸡骨头占卜吉凶，不论大小事都由巫师决定。凡是新娶的媳妇，先得侍奉大奚婆，然后家中的诸位兄弟也可与其喜结，再成婚礼，认为可以和睦。夫妻之间，白天不相见，夜间则同眠。生的儿子不到十岁，不能见自己的父亲。部族酋长去世，用豹皮裹尸焚烧，遗骨埋葬于山崖上，不是至亲不知埋葬的地方。安葬完毕，用多种宝物装饰木刻的人像供藏在高楼上，并派人去邻境盗取贵人的头回来奠祭。如果得不到，也就不再祭祀了。

爪 哇

爪哇国凡主翁死，殡之日，妻妾奴婢皆带草花满头，披五色手巾，随尸至海边或野地。舁尸俾众犬食。食尽为好；食不尽，则悲歌泣号。积柴于旁，众妇坐其上。良久，纵火烧柴而死。盖殉葬之礼也。

【译文】爪哇国（印度尼西亚古国名）的习俗，凡是主翁死，出殡这天，妻妾奴婢们都是满头装带草花，身披五色的彩巾，随着死尸到海边或野地，抬出尸体让犬咬食。尸体肉被吃完为最好；如果吃不净，就要悲号痛哭。并且堆积木柴于尸体旁，众女人坐在上边。过了不久，就纵火烧柴死去。这是当地的殉葬礼仪。

大耳国

《山海经》：有大耳国，其人寝，常以一耳为席，一耳为衾。暑月又可作扇。以玄德方之，渺乎小矣。

【译文】据《山海经》记载：有一个大耳朵国，国中人睡觉时，常常用一只耳朵作铺席，一只耳朵作披盖。

到了夏天时又可以作扇子用。拿刘玄德的大耳朵来相比，就显得太小了。

聂耳国

聂耳国，其人与兽相类。在无腹国东。其人虎文，耳长过腰，手捧耳而行。

【译文】传说的聂耳国，人与野兽的生活习性相类似。地处于无腹国的东部。国人以虎皮的花纹为纹身，耳朵长得长过腰际，要手捧着耳朵行走。

辰　韩

辰韩国，儿生，以石压其头，欲其扁。今辰韩人皆扁头。见《魏志》。

【译文】辰韩国，生育下孩子时，先用石头压其头部，想让头长扁。现在的辰韩人都是扁头。此事记于《魏志》。

鹄国

陈犁与齐桓论云：西海之外有鹄国，男女皆长七寸。为人自然有礼，好拜跪。寿皆三百岁。其行如飞，日行千里。百物不敢犯，唯畏海鹄，海鹄遇辄吞之，亦寿三百岁。此人在海鹄腹中不死，而鹄亦飞千里。

【译文】陈犁曾与齐桓公论说：西海的远处有一个鹄国，男女老少都长得只有七寸高。其国内百姓处事自然彬彬有礼，喜爱跪拜。都可以活到三百岁。他们行走如飞，一天可行上千里。各种动物都不敢侵犯他们，而其国人也只畏惧海鹄，遇到海鹄便被吞吃，海鹄随即也可活三百年。这些小人在海鹄的腹中不死，海鹄也可以一天飞行上千里。

勒毕

勒毕国人长三寸，有翼，善言语戏笑。因名“语国”。

陈玄锡曰：“传云‘僬侥三尺’，短之至也。假令僬侥而适勒毕，必且诧为临洮长人矣！”

【译文】古人传说的勒毕国人高只有三寸，长有翼翅，善于言语戏笑，所以又叫“语国”。

陈玄锡说：“传说‘僬侥三尺’，已经是很短了。假使让僬侥前去勒毕国，必然会惊诧，被认为是临洮的长人了！”

小 人

西北荒中有小人焉，长一寸，朱衣玄冠，乘轺车导引，有威仪。人遇其乘车，并食之。其味辛楚，终不为虫豸所咋。并识万物名字，杀腹中三虫。

【译文】在西北的荒远地方有一种小人，只长一寸，穿红色衣服戴黑帽，乘坐独马驾驭的轺车导引，很有威仪。人们如果遇到这些乘车小人，就一并食用。它的味道有些辛楚，吃后不再被虫类叮咬，并可以辨认万物的名字，还可以杀死自己腹中的寄生虫。

大 人

咸熙二年，有大人见于襄武，身长二丈，脚迹三尺二寸。苻坚时，河中得一大屐，长七尺三寸；又有桃核，可容五斗。

【译文】魏元帝咸熙二年（265），有一个巨人出现在襄武（今甘肃陇西西南），其身高两丈，脚印达三尺二寸。前秦苻坚时，河中（今山西永济）得到一只大鞋，长七尺三寸；又有一个大桃核，核内竟可以装纳五斗粮。

长 人

成化辛丑，苏州卫军人数十泛海遭风。漂至一岛，人皆长三、四丈，以藤穿我一人于树间。其人逸出，至海边，忽前舟返，载之。而长人追至，船已离岸，从岸上用手挽船。船人剑截其一指。辨之，乃中指一节。以尺度之，尺有四寸。遇嘉定令取视，留置库中。

【译文】明宪宗成化辛丑年（1481），苏州卫数十军人渡海时遭到大风。后被吹漂到一小岛上，见岛上的人都高有三、四丈。一个军人被岛上长人用藤条捆绑在树上。那军人挣脱逃到海边，这时原乘坐的船返回救他上船。等到长人追到海边时，船已离岸，长人从岸上伸出长手抓船。船上军人挥剑斩断长人一只手指。仔细辨认，原来是中指上的一节，用尺子丈量，长有一尺四寸。后船驶回到嘉定，被地方官取视后留存于库中。

长布巾、长衣

《苏州府志》云：有直指使诣学宫，大风吹下一布巾，横直皆丈余，以贮郡库。又某年海上浮一衣来，长二丈，两袖倍之。

【译文】《苏州府志》记载：有一个朝廷差遣的直指使巡视学宫，忽然大风吹下一布巾，长方都达一丈，便贮藏于郡库中。又有一年海上漂浮来一件衣服，长有两丈，两只袖子又长一倍。

无启民、录民、细民

无启民，居穴食土。其人死，其心不朽，埋之，百年化为人。录民，膝不朽。埋之百二十年，化为人。细民，肝不朽。埋之八年，化为人。

【译文】传说一种无启民，居住在土穴中，靠吃土为生。如果去世，心脏不腐朽，把它埋葬，百年后可以变化为人。还有一种录民，膝骨不腐烂，埋上一百二十年后，也可以变化为人。另有一种所谓的细民，死后肝脏不腐烂。只埋上八年就可以变化为人了。

含涂国

含涂国贡其珍怪。其使云：去王都七万里，鸟兽皆能言语。鸡犬死者，埋之不朽。经历数世，其家人游于山河海滨，地中闻鸡犬鸣吠。主乃掘取还家养之。毛羽虽秃落，更生，久乃悦泽。

【译文】含涂国曾来朝贡珍奇怪异之物。其使者说：离京都七万里的地方，鸟兽都会说话。鸡和狗死后，埋了不腐烂。经历几代以后，其家人游玩于山川湖海，发现土地里有鸡鸣狗吠。主人便掘取回家喂养。毛羽虽然秃落，但却能再生，时间长了毛羽便光润悦目。

卖 龙

秦使者甘宗所奏西域事云：外国方士能神咒者，临川禹步吹气，龙即浮出。初出，乃长数十丈。方士吹之。一吹，则龙辄一缩。至长数寸，乃取置壶中，以少水养之。外国常苦灾旱。于是方士闻旱，便赍龙往出卖之。一龙值金数十斤，举国会敛以顾其值。乃发壶出龙，置渊中，复禹步吹之，长数十丈。须臾，雨四集矣。见《抱朴子》。

【译文】秦国的使者甘宗所奏说西域的异情怪事道：外国的方士能念咒语，临近江河时迈着巫师作法的步子口中吹气，龙就从水中浮出。刚出来时，有几十丈长。方士继续念咒语吹气。吹一口，龙就缩许多。一直缩到几寸长，就取过来装进壶中，倒进少许水养着。外国的地方经常苦于旱灾。于是方士闻知何处有旱情，就携带着水龙去售卖。一条龙值几十斤黄金，全国的百姓都会凑集钱财以顶龙的价值。方士收钱后便从壶中倒出龙，放入深渊中，方士又迈着禹步吹气，直到长有几十丈。不一会，雷雨已从四面八方云集而来了。此事记载于《抱朴子》。

盐 龙

萧注从狄殿前之破蛮洞也，收其宝货珍异。得一龙，长尺余，云是盐龙，蛮人所豢也。籍以银盘，中置玉盂，以玉箸摭海盐饮之。每鳞中出盐，则收用。以酒送一匕，专主兴阳。后因蔡元度就其体舐盐而龙死。其家以盐封其遗体，三数日用亦大有力。后闻此龙归蔡元长家。

【译文】北宋时萧注随从大将军狄青征破南方山区少数民族，尽收其珍异宝物。得有一条小龙，长有一尺，据说叫盐龙，是南人所养的。人们取一个大银盘，中间置放一个玉盂把盐龙放在里边，用玉石筷子夹取海盐喂它。盐龙的鳞中便会生出盐来，可以取出来收用。用酒配饮一勺此盐，专能壮阳。后来因为蔡元度（下）就着盐龙的身子舐取所生的盐而使盐龙死去。蔡府家人就用海盐把龙的遗体封盖起来，此盐食用后三、四天都强壮有力。后来听说这条盐龙归于蔡元长（京）家了。

龙 鳞

武昌熊维祯谈其邑因江涨，漂一物如鱼鳞于田间，大如席。或曰龙鳞也。

【译文】武昌的熊维祯说起当地因江水漫涨，漂浮一个像鱼鳞的东西到水田间，其大如席。有人说这是龙鳞。

大 鹏

嘉靖中，海上曾坠一大鹏鸟毛。万元献亲见在某郡库中。毛以久尽，独见孔，横置在地，平步入之无碍。又海边人家，忽为粪所压没，从内掘出。粪皆作鱼虾腥，质半未化。盖大鹏鸟过遗粪也。

林尚书瀚于内库见大鹏翎一支，长丈许，管中可容两人坐。公自作记。

【译文】明世宗嘉靖年间，海上曾经坠落下一支大鹏鸟的羽毛，万元献亲眼看见贮存在某郡仓库中。羽毛因日久已秃尽，只留管孔，横放在地上，平步走入都无妨碍。又有一海边的人家，忽然被天上落下的粪便压没，被人把他们挖出来。那些粪便都发出鱼虾的腥味，有一半还没有消化。据说这是大鹏鸟飞过时遗落的粪便。

尚书林瀚曾经在内府仓库中见到过大鹏翎毛一支，长一丈多，翎管中可以容纳两个人坐。他为此专门写了一篇文章记述。

海雕

正德末，有鸟黑色，大如象，舒翅如船篷，飞入长安门内大树上。弓弩射之，皆不入。民家所养鹅，被啄而食之，如拾蛆虫然。数月方去。人以为海雕也。

【译文】明武宗正德末年，有一只黑色的飞鸟，体大如象，展翅像帆船的篷布一样，飞到京城中长安门内的大树上。士卒用弓弩弹射，都打不入。百姓家养的鹅鸭，被大鸟啄食，就像拾取蛆虫一样。过了几个月才飞去。人们都认为是海雕。

海凫

晋时，有人得鸟毛，长三丈。以示张华，华惨然曰："此海凫毛也！出则天下乱。"

【译文】晋朝时，有人得到一根鸟毛，长有三丈。拿去给张华看，张华惨然说道："这是海凫的羽毛，此物出现，天下就要大乱了。"

海大鱼

《崇明志》：海上有大鱼，过崇明县，八日八夜，其身始尽。

海舟泛琉球，夜见山起接云，两日并出，风亦骤作，撼舟欲覆。众皆骇惑。舟师摇手令勿言，但闭目坐。久始不见。舟师额手贺曰:“我辈皆重生矣!”起接云者,鲸鱼翅也;两日,目也。见《使琉球录》。

宋高宗绍兴间,漳浦海场有鱼高数丈。割其肉数百车。至剜目,乃觉,转鬣而旁舰皆覆。近时刘参戎炳文过海洋,于乱礁上见一巨鱼横沙际。数百人持斧,移时仅开一肋。肉不甚美。肉中刺骨亦长丈余。刘携数根归以示人。想皆此类耳。见《狯园》。

南海人常从城上望见海中推出黑山一座,高数千尺。相去十余里,便知为大鱼矣。此鱼偶困而失水,蜿蜒岛上。居人数百,咸来分割其脂为膏,经月不尽。又有贪取鱼目为灯,相与攀援腾踏而上。其目大可数石,计无能取,失足溺死于中者同时七人,乃止。见《狯园》。

昔人有游东海者,既而风恶船破,补治不能制,随风浪莫知所之。一日一夜,得一孤洲。其侣欢然下石植缆,登洲煮食,食未熟而洲没。在船者斫断其缆,船复漂荡。向者孤洲,乃大鱼也!吸波吐浪,去疾如风。在“洲”上死者十余人。

【译文】据《崇明志》记载:海上有条大鱼从崇明县旁游过,整整八天八夜,它的身子才过完。

曾有海船驶往琉球(今日本冲绳群岛),夜间突然看见有大山挺起直接云端,两个太阳并排而出,狂风也猛然大作,吹摇得海船几乎倾覆。众人都惊惧疑惑。水手摇手让大家不要说话,只是闭着眼睛静坐。过了很长时间这种情形才过去。水手拍额庆贺说:“我们又都重生了!”原来那直接云端的是鲸鱼的背鳍,两个太阳是鲸鱼的双眼。此事记载于《使琉球录》。

宋高宗绍兴年间,福建漳浦的海场游进一条高有几丈的大鱼。

渔民割鱼肉装有几百车。等到挖鱼眼时，它才有知觉，转动唇前的胡须将一旁的舟船都掀翻。近时参将刘炳文渡海，看见乱礁上有一条大鱼横卧在沙滩上。几百个人手执斧头剜砍，一大会才砍开一肋扇，这大鱼的肉不鲜美。肉中的骨刺也有一丈多长。刘炳文曾携带几根回去让人看。想必都是这一类的大鱼。见于《狯园》一书。

南海边上的人经常从城镇上看见海中突然耸立黑山一座，高达几千尺。虽然相距有十几里，也知道是大鱼出现了。此鱼偶然因失水，搁浅在岛上，岛上几百居民，都来分割它的脂肪作油膏，过了一个月也没有割完。又有人贪取鱼眼作灯，互相攀扶而上。那鱼眼大有好几石，根本无法摘取，一时因失足掉进鱼眼中溺死的有七个人，众人才停止。见于《狯园》一书。

过去有游东海的人，遇到狂风，船被吹破，一时修补又不济事，只好随风浪飘流不知去向。一天一夜后，看见海中有一孤洲。众人高兴地抛锚系住缆绳，登上石洲煮饭，可饭没做熟，洲已沉没。船上的人赶快砍断缆绳，才使船体又飘荡起浮。原来这个孤洲是条大鱼！它吸波吐浪，游去快如疾风。在这个假洲上死去的有十多人。

鲟鱼

大街袁六房曾网一鲟鱼，长而极瘦。始怪之，肚中得一糙碗，盖为此物所磨，瘦者以此。见《狯园》。

【译文】大街渔民袁六房家曾经网捉一条鲟鱼，长得很瘦长，开始觉得很奇怪，等剖开鱼腹后见里边有一个粗糙的瓷碗，原来被此碗所磨，才如此瘦长。见于《狯园》一书。

汉泉井中鱼

河阴南广武山，汉高皇庙在其麓。殿前有八角井，曰“汉泉”。井中三鱼，一金鳞，一黑，一如常，而半边鳞肉与骨俱无，独其首全，与二鱼并游无异。但其游差缓，不复有扬鬣拨刺之势。俗传汉皇食鲙，庖人治鱼及半而楚军至，仓惶弃鱼井中而遁。

【译文】河阴（今河南荥阳东北）南边的广武山边，建有汉高祖刘邦的庙宇。殿前有一个八角井，叫作“汉泉”。井中有三条鱼，一条金鳞，一条黑鳞，一条和平常鱼鳞一样，可是半边的鳞肉与骨刺都没有了，只有其鱼头齐全，游起来与另外两条鱼没有区别。只是游速迟缓，不再有扬须拨刺腾跃之势。民间传说是汉高祖准备吃鱼，厨人将鱼整治一半时楚军杀到，仓惶中把鱼丢弃井中而逃。

奔鲟

奔鲟，一名瀱，非鱼非蛟，大如船，长二三丈。若鲇，有两乳在腹下，雄雌阴阳类人。取其子着岸上，声如婴儿啼。顶上有孔通头，气出吓吓作声，必大风。行者以为候。相传“懒妇”所化。杀一头，得膏三、四斛。取之烧灯，照读书纺绩辄暗；照欢乐之处则明。

【译文】奔鲟，又名瀱，不是鱼也不是蛟，体大如船，长有二三丈。像鲇鱼一样，腹下有两乳，雄雌阴阳很像人类。抱取它的孩子到岸上，哭啼声像婴儿一样。头顶有气孔相通，出气发出声响，必有大风。行船人都用它判断气象。民间传说是“懒妇”变化成的。杀死一头，可得脂膏三、四斗。用油脂点灯，照明读书纺织就暗淡无光；照明欢歌娱乐时明亮夺目。

鲵鱼、魶鱼

《双槐岁抄》：鲵鱼，出峡中。如鲇，四足长尾，能上树。天旱，辄含水上山，茹草叶覆身。张口，俟鸟来饮水，因吸食之。声如小儿。峡中人食之，先缚之树，鞭之出汁如白汗，乃无毒。魶鱼，出四川雅州。似鲵，亦能缘木。蜀人食之。孟子谓“缘木求鱼”，理所必无，不知天壤间正不可穷也。

【译文】《双槐岁抄》中记载：鲵鱼（俗称娃娃鱼——译者注），出自山峡的溪水中，像鲇鱼一样长有四只脚和长长的尾巴，会爬行上树。天旱时，就口中含水上山，用草叶盖着自己的身躯，张开嘴，引小鸟来喝水时吸进嘴中吃掉。它发出的声音像小儿啼哭声。捕捉到后，先把它绑缚在树上，用棍鞭打它流出白汁，食用就无毒。魶鱼，出自于四川的雅州（今四川雅安），很像鲵鱼，也能够爬木上树，四川人食用它。孟子所说的“缘木求鱼”是比喻道理上是必然无法办到的事，却不晓得天地间还有很多人类不知道的事物。

人 鱼

宋待制查道奉使高丽。晚泊一山，望见沙中有一妇人，红裳双袒，髻鬟纷乱，肘后微有红鬣。查曰：“此人鱼。”命水工以篙扶于水中，勿令伤。妇人得水，偃仰复身，望查拜手感恋而没。

闻北方有人鱼，身白皙。牝牡交感，与人无异。鳏寡多取畜池中。未知即此种否。

【译文】宋真宗时龙图阁待制查道奉旨出使高丽。晚上船停泊在一座山边，看见沙滩上有一个女人，穿一身红色衣服，露出两只胳膊，头发乱乱纷纷，肘后还微微长有红须。查道说："这是人鱼。"传令水工用木篙扶它到水中，不要伤害。那女人进水后，俯仰翻身，对着查道拱手拜谢后恋恋不舍而沉没水中。

听说北方有人鱼，身体十分白。雌雄交配和人无异。鳏寡的人常养这种鱼在水池中，不知道是不是这种鱼。

鲐 鱼

《异苑》云：鲐鱼，凡诸鱼欲产，鲐辄以头冲其腹。世谓"众鱼之生母"。

【译文】《异苑》一书说：有一种鲐鱼，遇到其它鱼临产卵时，它就用头猛然冲击产卵鱼的肚子。世人称它是"众鱼的催生母"。

横公鱼

北方荒外有石湖，出横公鱼，夜化为人。刺之不入，煮之不死，以乌梅二十七煮之即烂，可已邪病。

【译文】北方荒远漠外有一个石湖，出产横公鱼，夜间可以变化为人形。刺它也刺不进，煮它也煮不死，只有配用二十七枚乌梅才可以煮烂，食用后可以消除中邪的疾病。

鼍市

南海之滨，有鼍市焉。鼍暴背海隅，边幅广修不知几百里也。居民视为石洲，渐创茅茨，鳞列成市，亦不知几何时也！异时有穴其肩为铁冶者。天旱火炽，鼍不胜热，怒而移去。没者凡数千家。

红尘中，大都“鼍市”也。特未遭漂没，故不知耳。

【译文】南海的海滨，曾经出现过鼍的集市。一只鼍在海滩上暴晒着自己的背脊，脊背广大竟达几百里。当地的居民把它们错看为石洲。慢慢地在这“石洲”上盖起了茅屋，形成一个集，也不知道过了多久，后来有个铁匠，在鼍的肩膀上挖洞炼铁。由于天旱，像火一样炽热，大鼍禁不住酷热，发怒而向远处转移，因而掉入海中被淹没的人家有好几千户。

人世间，大多都是像“鼍市”一样啊，只是没有遭到漂浮淹没，人们不知道罢了。

在此

太仓董氏尝捕得一鳖，人首，出水作叹息声。惧而杀之。按《酉阳杂俎》，名曰“在此”。鳖身人首，鸣则若云“在此”，故以名之。

【译文】江苏太仓董氏曾经捕捉到一只大鳖，头部长得像人，出水时就发出叹息的声音。董家人心中惧怕，急忙把它杀死。根据《酉阳杂俎》记载，这种鳖名叫“在此”。因为它长得像人的头形，鸣叫好像是说“在此”，所以给起了这个名字。

蟹

松江干山人沈宗正，每深秋，设簖于塘，取蟹入馔。一日见二三蟹相附而起。近视之，一蟹八腕皆脱，不能行，二蟹舁以过簖。

【译文】松江干山人沈宗正，每到深秋季节，就在水塘中设下竹栅，捉得螃蟹回去食用。一天，他看见两三个蟹相互攀附着浮出水面，上前仔细视看，原来一只蟹的八条腿都已脱掉，不能爬行，另外两只蟹抬着它爬过竹栅。

千侯入蛇腹

上虞徐孝廉计偕京师，与一千侯同舍。蜀人也，貌甚伟而鳞文遍体，皴如青赤松皮，而有斑痕隐起，类三当钱大，状若癞风者然。讯之。具言少年嗜酒，落魄不羁。一日从所亲会饮野次，时天色渐暮，归不及城，便醉卧道旁草积间。夜半，宿酲始醒，觉闷甚，首如蒙被，展转反侧，不知身在何所。已而扪之，微温，嗅之，腥不可忍。寻思腰间有匕首，急抽而割之，得肉一脔。复嗅之，臊甚，弃去。旋割旋弃，如此者凡数十脔，渐渐漏明，于是悉力以从事。俄而此窍渐广，顷之如土穴也。因踊身跃出，睨之，乃一大蛇也，遂惊仆地。明日家僮消息至其所，见主人与蛇并死于道。奔告邻里，急舁归营救。复苏，而肤间痒不可耐矣。幸遇明医得不死，三月而痒止。及起，则肤革变色，几类漆身。

【译文】浙江上虞的徐孝廉赴京会试时，与一千侯（即千户，下级军官，侯是尊称——译者注），住在同一客舍。那千户是四川人，相貌雄伟但遍身都是鳞状的纹理，皮肤皱皱如青红色，而且有斑痕隐起，像三当的铜钱那么大，很像是麻风病的症状一样。徐孝廉问他缘故。那人回答说是自己少年时贪杯好饮，落魄不羁所造成的。一天随亲友到野外会饮，当时天色渐渐昏黑，来不及回城，就醉卧在路旁的草丛中。半夜时分，他缓缓从醉酒中醒来，只觉得有些闷，头像蒙了条被子。展转翻身，不知道自己在什么地方。过了一会，他用手抚摸，微微发热，用鼻子嗅闻，腥气难忍。心中寻思腰中有把短刀，急忙拔出来割挖，竟割下一块肉来，又用鼻子嗅闻，非常腥臊，便扔到一边。随即又用短刀边割边扔，这样慢慢割了几十块，外边渐渐露出光亮，于是继续用力割挖。不久洞孔逐渐扩大，自己好像置身在一个穴洞中。他弯曲身体跃出穴洞，仔细一看，原来竟是一条大蛇，当时就把他惊吓得昏倒在地。第二天家僮听到消息，寻找到这里，见主人与大蛇并排死在草丛，便奔回去告诉邻居，急忙抬回去抢救。后慢慢苏醒过来，但皮肤却奇痒难忍，幸亏遇上名医救治才得不死，三个月后奇痒才止住。从此，他的皮肤变了颜色，几乎像漆了身子一样。

神 蛇

《搜神记》：蛇千年，则断而复续。《淮南子》云：神蛇自断而自续。隋炀帝遣人于岭南边海穷山，求得此蛇数四而至洛下，长可三尺而色黄黑，其头锦文金色。不能毒人。解食肉，若欲其身断，则先触之令怒，使不任愤毒，则自断为三、四。其断处如刀截，亦微有血痕。然久而怒定，则三四断稍稍自相就而连续，体复如故。隋著作郎邓隆云："此灵蛇类，能自断，不必千岁也。"

【译文】《搜神记》一书记载：蛇活上千年，则身断可以再接。《淮南子》一书也说：神蛇可以自断自接其身。隋炀帝曾经派人到岭南边远海隅的荒山僻野，寻得几条这种奇蛇。送到洛阳后，其身长三尺，肤色黑黄，头部呈金黄色。不能毒死人，能吞食肉。如果想让它的身子断开，就先触动使它发怒，并且使它不能忍受，于是就自己断为三、四截。其断开处像刀割一样齐整，也少有些血痕。但是时间一久怒气平定，那三、四截就会自己慢慢连接，躯体恢复得像原来一样。隋朝任著作郎的邓隆说："这都是种灵蛇，能够自断，不必活到千岁。"

喷嚏惊虎

唐傅黄中为越州诸暨令。有部人饮大醉，夜中山行，临崖而睡。忽有虎临其上而嗅之。虎须入醉人鼻中，遂喷嚏声振，虎惊，跌落崖下，遂为人所得。

【译文】唐朝时傅黄中任越州（今浙江绍兴）诸暨县令。县里有一个人喝酒大醉，夜间在山中行走，临近悬崖时昏睡过去。忽然有一只老虎来到他身边嗅闻起来。老虎唇前的胡须触进那人的鼻孔中，随即引得他喷嚏连声振响，老虎猛被惊吓失足跌进深崖，后被人获得。

荆溪三虎

荆溪吴康侯尝言：山中多虎，猎户取之甚艰，然有三事可资谈笑。其一，山童早出，往村头易盐米，戏以藤斗覆首。虎卒搏之，衔斗以去。童得免。数日山中有自死虎。盖斗入虎口既深，随口开合，虎不得食而饿死也。其一，衔猪跳墙，虎牙深入，而墙高难越，豕与夹墙而挂，明日俱死其处。其一，山中酒家，一虎夜入其室，见酒窃饮，以醉甚不得去，次日遂为所擒。

【译文】荆溪（今江苏宜兴南部）吴康侯曾经说：当地山中老虎很多，可猎户们猎取又很艰难，但是有三件事可供谈笑。第一件，山中儿童早晨出外，去村头换米盐。戏闹着用藤斗戴在头上。后被老虎搏击，口衔藤斗而去。儿童竟然免死。几天后山中发现有一只死虎。原来是那藤斗被老虎吞食的太深，随着它的嘴张合，老虎不能吃食直至饿死了。第二件，老虎入院落中衔着猪翻墙，由于虎牙咬得深入，而墙高又跳跃不过去，虎与猪竟各挂到墙体的一边，第二天都死在那里。第三件，山野中有一酒家，一天夜里老虎进入店内，见到酒就喝起来。以至于醉得不能起身离去，第二天被人们擒获。

啮虎

近岁有壮士守水碓，为虎攫而坐之。碓轮如飞，虎视良久。士且苏，手足皆被压，不可动。适见虎势翘然近口，因极力啮之。虎惊，大吼跃走。其人遂得脱。

昔人撩虎须，令人乃吮虎卵乎！

【译文】近年间，有一个壮士看守舂米的水碓，被老虎扑倒坐压在他身上。那碓轮如飞一样旋转，老虎竟看了很长时间。壮士慢慢醒了过来，可手脚都被老虎坐压，不能动弹。正好看见老虎的阴囊近在自己的嘴边，于是猛然用力啃咬。老虎被惊吓，大吼一声逃走。那人随即脱身。

过去有人撩老虎的胡须，如今就有人吮咬老虎的卵吗？

大蝶、大蜈蚣

物之瘦者蜈蚣，轻者蝴蝶。《岭南异物志》：见有物如蒲帆过海，将到舟，竞以物击之，破碎坠地。视之，乃蝴蝶也。海人去其翅足，称肉得八十斤。啖之，极肥美。葛洪《遐观赋》：蜈蚣大者长百步，头如车箱。屠裂取肉，白如瓠。《南越志》云：大者其皮可以覆鼓；其肉暴为脯，美于牛肉。

天宝四载，广州府因海潮漂一蜈蚣陆死。割其一爪，则得肉一百二十斤。

【译文】动物中瘦长的是蜈蚣，体轻的是蝴蝶。《岭南异物志》中说：曾看见有一物像蒲帆一样飘扬过海，将到船边时，船上人争先用器物相击，那物破碎坠落。仔细看，原来是一只大蝴蝶。船员把翅膀去掉，称肉竟有八十斤重。食用它，味道极肥美。晋朝人葛洪的《遐观赋》说：蜈蚣大的长有百步，头如车厢。杀死后取肉，像瓠瓜一样白。《南越志》也记载：大蜈蚣皮可以蒙作鼓皮，它的肉暴晒成肉干,味道美于牛肉。

唐玄宗天宝四年,广州府因海潮漂到陆地一条死蜈蚣。割下它的一只爪子,就得肉有一百二十斤。

狒狒

《物类相感志》曰:狒狒出西南蛮。宋建武中,安昌县进雌雄二头。帝曰:"吾闻狒狒能负千斤。既力若此,何能致之?"对曰:"狒狒见人喜笑,笑则上唇掩其额,故可钉之。"发可为髲,血可染衣。身似猴,人面而红,作人言鸟声,知人生死。饮其血,使人见鬼。帝命工图之。

按:狒狒,亦名费费,又曰枭阳。披发反踵。获人,则持其臂而大笑;笑止,即伤人矣。土人截大竹为筒,络于项下,纳手筒中。狒狒既笑,则上唇蔽额,人从筒中出手,以钉钉其唇于额上,然后聚众而擒之。元稹诗:"狒狒穿筒格,猩猩置屐驯。"

【译文】《物类相感志》一书记载:狒狒产于西南的荒僻地方。宋建武年间,四川安昌县进献雌雄两头狒狒。皇上说:"我听说狒狒能背负千斤重量,既然力气这么大,如何擒获它的?"进献人回答说:"狒狒看见人就发笑,笑的时候上唇翻卷掩盖额头,所以可以钉上。"狒狒的头发可以做髲,血可以染衣,身材与猴子相似,像人的脸一样红,发出人说话或鸟鸣的声音,能够知道人的生死。如果饮它的血,可以使人见到鬼神。皇上命画工将它绘图留像。

按:狒狒,也名叫费费,又叫枭阳,披散头发,反长脚跟。抓住人,就握住他的臂膀大笑;笑完后,就要伤害人了。当地土人都截取大竹竿作筒,用绳缠结在自已脖子下,把手伸进竹筒中。遇上狒狒时，狒狒抓住竹筒大笑，上唇就翻上遮挡住额头，土人从竹筒中伸出手，用钉子把它的嘴唇钉在额头上，然后聚集众人一起把它擒获。唐代诗人元稹赋诗说："狒狒穿筒格，猩猩置屐驯。"

讹 兽

《神异记》：西南荒中出讹兽，其状若菟，人面能言。常欺人，言东而西，言恶而善。其肉美，食之，言不真矣。

【译文】《神异记》中说：西南的荒远地方出产一种讹兽，其形状很像兔子，面部像人，会说话。常常骗人，说东必然是西，说坏必然是好。它的肉味道鲜美，如果食用，说话也不真实了。

貘

狗缨国献一兽，名貘。吴大帝时，尚有见者。其兽善遁入人室中，窃食已，大叫。人觅之，即不见矣。故至今吴俗以空拳戏小儿曰："吾啖汝。"已而开拳曰："貘！"

【译文】传说狗缨国曾经进献一头怪兽，名叫貘。三国吴大帝孙权在位时，还有人见到过。这种奇兽善于窜进人的房中，偷吃食物后大声喊叫。人寻找它，却不见踪影了。所以至今吴地的风俗是用空拳戏弄小儿说："我给你吃。"等张开手掌却说："貘！"

山 獭

有山獭，淫毒异常，诸牝避之，无与为偶。往往抱树枯死，其势入木数寸。

【译文】有一种山獭，非常淫毒，雌性山獭纷纷躲避雄獭，不愿与它配偶。雄獭经常是独自抱着树干死去，它的生殖器入木好几寸深。

躲破鼓

兵部郎中郑狮南家，曾养二猿。其牝者甚淫，一旦失牡猿，叫号不已。主人遍觅不得。越宿，乃自破鼓中出。今号人之避内差为“躲破鼓”。

邓震卿曰：临水登山，僧房道院，皆破鼓也！节欲养生者，不可不知。

【译文】兵部郎中郑狮南家中，曾经饲养有两只猿猴。那只雌猿很淫荡，一天不见了雄猿，它叫号不停。主人遍寻也不见。第二天，雄猿竟从一个破鼓中钻出。如今称说人畏避老婆叫“躲破鼓”。

邓震卿说：游山玩水，僧房道院，都是世间的破鼓啊！凡想节欲养身之人，不可不知。

杂志部第三十六

子犹曰：史传所载，采之不尽；稗官所述，阅之不尽；客座所闻，录之不尽。中流失船，一壶千金。谈谐方畅，谑笑纷沓，忽焉喙短词穷，意败矣；尔时得一奇事，如获珍珠船。因不忍遗，置为《杂志第三十六》。

【译文】子犹说：史传里所记载的，采摘也采摘不尽；小说野史里记载的，看也看不尽；从别人那里听来的，听也听不尽。在大江中忽然沉船，一个飘浮的壶也可值千金。在妙语连珠谈得正畅快时，幽默戏谑的故事纷沓而来，忽然嘴短而无话可说时，就会非常败兴。这时偶然能得到一件奇事，就好像获得一只珍珠船。因为不忍抛弃它，为此汇集为《杂志部第三十六》。

勇可习

魏杜袭为西鄂长。刘表攻西鄂时，柏孝长在城中，入室闭户，牵被覆头，相攻半日，稍敢出面。其明，侧立而听。二日，出户问消息。四五日后，乃负楯亲斗，语袭曰："勇可习也！"

【译文】三国时魏国的杜袭担任西鄂地方长官。荆州刘表派兵攻打西鄂时，柏孝长在城中，他入内室关闭大门，拿着被子蒙上头，等待攻守兵卒交战半日，渐渐从被中露出头来。天明时分，他侧立在门口听动静。两天后，出门打听战事平息没有。四、五天后就背着盾牌亲自参加战斗，他告诉杜袭说："勇敢是可以学会的！"

真主奇征

我太祖幼时，尝见群鹅游于庭。戏以青白二纸旗左右竖立，命之曰："青者立青旗下，白者立白旗下。"群鹅应声如命而往。一花鹅不知所适，往来于青白之间。

【译文】明太祖朱元璋年轻时，曾经看见一群鹅游戏在庭前。就戏耍用青、白色的两面纸旗插在左右地上，做出下命令的样子说："青鹅立在青旗下，白鹅立在白旗下。"那群鹅果然应声青白分明地向旗下走去，一只花鹅却不知所措，只好在青白旗之间徘徊。

周尹氏

周尹氏贵盛，五叶不别。天饥，作粥会食，声闻数里外。

【译文】周朝尹氏家族十分富贵兴盛，五支宗亲人口众多，都分不清楚。有年闹饥荒，穷亲来他家吃粥，声音数里外都能听到。

八字无凭

昔赵韩王时，有军校与同年、月、日、时。若赵有一大迁除，军校则一大责罚；小迁转，则军校微有谴叱。

【译文】宋朝初年韩王赵普在世时，有一个下级副职军官和他同年同月同日同时出生。如果赵普有一次大迁升，这军官必有一次大责罚；赵普有小的升迁，这个军官也因轻微的过错而受训责。

帝王言命

太祖尝至国子监，有厨人进茶，偶称旨，诏赐冠带。有老生员夜独吟云："十载寒窗下，何如一盏茶。"帝微行，适闻之，应声云："他才不如你，你命不如他。"

【译文】明太祖朱元璋有一次到国子监，有个厨房的下人来献茶，偶然合乎皇帝心意，便下诏赐一个小官职。有个老秀才夜里独自吟诗道："十载寒窗下，何如一盏茶。"皇帝微服私访走到这里，恰好听到他的话，皇帝即应声说："他才不如你，你命不如他。"

岳神戏梦

浮碧山之神，唯东岳最灵，凡以梦祈者应如响。邑中有父子同应乡试者，祷于岳。以梦示曰："汝往问秦枣三孺人可矣。"二人未解所谓。偶下山，见一丐妇浣于河，问之曰："秦枣三孺人者为谁？"其妇张目咤曰："汝奚问为？"盖此妇与邑少年秦枣三狎，故有是号，忽闻其语而心怪之也。二人犹未悟，对曰："吾欲问我父子谁中？"其妇骂曰："入你娘的到会中！”其年，父果中。

【译文】浮碧山的神，唯独东岳神最灵验，凡用梦祈祷的人应验像真的一样。城邑中有父子两人一同参加乡试，向东岳祷告。用梦显示说：“你前去问秦枣三孺人就可以了。”两人不解说的是谁。一次下山，看见一女乞丐在河中洗衣，问她说：“叫秦枣三孺人的是谁？”那女人瞪着眼睛喝叱说：“你们为什么问她？”原来这个女人和城里少年秦枣三亲近过，所以得了这个外号，忽然听到他们的话心中就起疑心。两人还没有醒悟，对女人说：“我想问我们父子俩人谁能中第？”那女人骂着说：“入你娘的是会中！”这年，父亲果然考中举人。

造化弄人

万历癸未，管明府九皋，始与同侪赴公车选，梦神人属以七题。次早，购坊间文佳者熟读之。及入试，七题果符所梦。因信笔以所熟文写就，不暇构思，自喜得神助，必中矣。乃是年主考厌薄旧文，尽括坊间文入内磨对，凡同者掷之。管以是下第，选授富顺令。

莆田一秀才往九鲤湖求梦。梦曰：“明日所遇官，即尔功名。”次日遇钟御史、李大参，皆其里人。生大喜，告以故。李曰：“学钟先生。”钟曰：“学李先生。”皆言当如其官也。后仅以岁荐任教职卒。人始悟为“学中先生、学里先生”云。

【译文】明万历癸未（1583）年，后来当了知县的管九皋，同别的考生一起参加进士考试，这天路上做梦看到神人嘱咐他七个题。第二天早上，把过去人写这些题目的文采好的文章找出来熟读。等到入考场考试，七道题果然是和梦中的题目一样。因此他随意信笔用所熟悉的文章一写而就，也不去构思，自己高兴有神仙助他，一定会中的。可是这一年主考官厌恶老套的文章，把市场上刻印的八股文选尽数找来，和考生文章对照，凡是有雷同的都丢弃在一边。管九皋因为这而落第，但选授为富顺县令。

莆田有一个秀才前往九鲤湖求梦。梦见神人对他说："你明天所遇见的官员，就是你将来的官职结果。"第二天遇到了钟御史和李大参两位高级官员，都是同乡。秀才大喜，把做梦的事告诉了他们。李大参说："你应学钟先生。"钟御史说："你应学李先生。"都说应当做到和他们一样的官职。后来这个秀才仅以岁贡身份，被任命为学校教官，不久便死去。人开始醒悟到，钟御史等说的："学李先生、学钟先生"的话，实际上就是"学里先生、学中先生"。

恶虫啮顶

天顺间，征士吴与弼到京。英宗御文华殿召对，吴默然无应，唯曰："容臣上疏。"众方骇异，上不悦，驾起。吴出至左顺门，除帽视之，有蝎在顶，螫皮肉红肿。方知其适不能答者，以螫故也。宋淳熙间，史寺丞轮对。适言高宗某事，史忽泪下。上问故，对曰："因念先帝旧恩耳！"孝宗亦下泪。明日御批史为侍郎。不知当时乃为蜈蚣所啮，故下泪也。呜呼，均为恶虫啮顶，敬君者不遇，欺君者蒙恩，岂非数哉！

【译文】明朝天顺年间，吴与弼被荐举到京城。明英宗坐在文华殿召见对话，吴与弼默然不回话。只是说："请允许臣回去写份奏疏说明。"大家都十分惊骇，皇上不高兴，退朝回宫。吴与弼出来到左顺门，摘下帽子看，原来有只蝎子在头上，已把他头顶的皮肉螫得红肿。这时才知道刚才不能回答皇上的话，是因为被螫的缘故啊。宋朝淳熙年间，到了史寺丞向皇上应对，说到宋高宗的某一件事，史寺丞忽然间眼泪流下。皇上问他缘故，回答说："因为我想到先帝的旧恩呀！"孝宗也流了泪。第二天皇帝下旨升史寺丞为侍郎。人们不知当时是因为被蜈蚣所咬，史寺丞才流泪。唉！都是毒虫咬头，尊敬皇上的人仕途不遇，欺骗皇上的人却蒙受恩宠，这难道不是命运注定的吗？

张生失金

嘉靖时，杭人张姓者，自幼为小商，老而积金四锭，各束以红线，藏于枕。忽夜梦四人白衣红束，前致辞曰："吾等随子久，今别子去江头韩饼家。"觉而疑之，索于枕，金亡矣。踌躇叹息，之江头询韩，果得之。张告韩曰："君曾获金四锭乎？"韩惊曰："君何以知？"张具道故。韩欣然出金示张，命分其半。张固辞谢，遂出门。韩留觞之，举一锭分为四，各裹饼中，临行贶之。张受而行，中途值乞者四，求之哀，各济以饼一。四乞者计曰："此饼巨而冷，不可食，何不至韩易小而热者乎？"遂之韩，韩笑而易之。

【译文】明嘉靖年时，杭州有个张姓的人，自幼就做小买卖，老的时候积累下四块金子，各用红线缠着，藏在枕头里。有一天忽然梦见四个白衣人束着红腰带，来到他面前告辞说："我们几个跟随你已很久，今天离开你去江头做饼的韩家里。”醒来他心中疑惑，忙向枕头里摸去，四块金子已没有了。他踌躇徘徊，叹息金子的丢失，最后到江头询问卖饼韩家，果然找到了他。张告诉韩说：“你曾经得到过四块金子吗？”韩惊奇地问：“你怎么知道呢？”张就照实把做梦的事告诉了他。韩欣然拿出金块给张看，让他拿走一半，张坚持不要并表示感谢，然后就要出门。韩留张喝酒，拿出一块金子又分成四块，把它们分别放在饼中，张临走时韩把饼送给了张。张拿了饼后就回去。路途中看见四个讨饭的人，乞求得十分悲哀，于是姓张的把四个饼分给了四个乞丐。四乞丐商量说：“这些饼又大又凉，不能吃，为何不到韩家换些小而热的饼吃呢？”遂一同到韩家。韩笑着给他们换了。

奇蹇

昔淮南卢婴平生奇蹇，谓至人家，其家必遭横祸，或小儿堕井，幼女失火。山阳王休祐所执木手板，得者必不祥。近雍瞻若野王，多能而贫甚。始客鲁，鲁人皆避畏之，呼为“耗神”。已造一讼者及病者家，二家俱败死。比至京，京中复闻斯语。会二人博，而雍坐负者旁。或语负者，谓胜者教之。负者怒，殴之几死。

【译文】过去淮南卢婴平生出奇地多灾多难，据说他到别人家里，这家一定遭受飞来的横祸，有的小男孩掉到井里，有的小女孩失火。王休佑所拿的木手板，得到它的人一定不吉祥。近年来的雍瞻若，名野王，有很多技能，但十分贫穷。当初他住在鲁国时，鲁国人都回避害怕他。叫他作“耗神”。已经去过的一个打官司的人和一个病人家，结果两家都败诉或死亡。等到他刚到京城，城中就听到议论他的话。这时他遇到两个人赌博，他就坐到输家旁边。有人告诉输家说，这是那胜家叫他坐到这边的。输者十分恼怒，痛打雍瞻若一顿，差点把他打死。

嫁娶奇合

嘉靖间，昆山民为男聘妇，而男得痼疾。民信俗有“冲喜”之说，遣媒议娶。女家度婿且死，不从。强之，乃饰其少子为女归焉，将以为旬日计。既草率成礼，男父母谓男病，不当近色，命其幼女伴嫂寝，而二人竟私为夫妇矣。逾月，男疾渐瘳。女家恐事败，绐以他故邀假女去，事寂无知者。因女有娠，父母穷问得之，讼之官狱，连年不解。有叶御史者，判牒云：“嫁女得媳，娶妇得婿。颠之倒之，左右一义。”遂听为夫妇焉。吴江沈宁庵吏部作《四异记》传奇。

【译文】明嘉靖年间，昆山一人给儿子聘定媳妇，而他的儿子长期有病。老百姓的风俗里有“冲喜”的说法，他就派媒人去女家商量娶亲的事。女家觉得女婿快要死了，不答应婚事。男家便强行迎娶，女方只好把儿子假扮成女儿嫁过去了，计划搪塞十天左右。到了娶亲时简单草率地举行了婚礼仪式，男人的父母认为儿子病重，不应当近女色，让他的小女儿陪伴嫂子睡觉，而两人竟然私下成为夫妇。过了一个月，有病的男人渐渐病情好起来，女家怕事败露，便借故把假女接回娘家，事情没人知道。后来男方的女儿有了身孕，她父母穷追之下才知道了真相，便到官府去告状，一连拖了几年没解决。后来来了一个叶御史，才写了一个判决词说：“嫁女儿的反得到媳妇，娶媳妇的反得到女婿，虽然弄得颠倒，其实两边还是一回事。”便判二人作为夫妇。吴江的吏部郎官沈宁庵把这事编成了一部《四异记》剧本。

赵母奇语

赵母（桐乡令东郡虞韪妻，颍川赵氏女）嫁女，女临去，敕之曰：“慎勿为好！”女曰：“不为好，当为恶耶？”母曰：“好尚不可为，况恶乎！”

【译文】赵母（桐乡县令东郡［今河南洛阳］人虞韪的妻子，颍川［今河南许昌］赵氏的女儿）嫁女，女儿临嫁时，赵母告诫她说：“千万不要当好人！”女儿问道：“不当好人，难道做个恶人吗？”赵母说：“好人尚且不能当，何况恶人呢！”

一日得二贵子

杨公某，关中盩厔人。妇李氏生一子，才七岁，公复贾于闽漳浦，主蘖氏家。蘖新寡，复为其家赘婿，生一子，冒姓蘖氏，亦已三岁。倭夷突犯海上诸郡，略公以去。居十九年，髡跣跳战，皆倭习矣。后又随众犯闽。会闽帅败之去，而公得遁归，为累囚，属绍兴郡丞杨公世道者厘辨之：“夷耶、民耶？”公曰：“我闽中民也！”因道其里族妻子名姓，多与己合，异之，归以问母。母令再谳，而听于屏后。不数语，大呼曰：“而翁也！”起之囚中，拜哭皆恸，洗浴更衣，庆忭无极。次朝蘖公知公得翁，举羔雁为贺。公觞之，翁出行酒，蘗公问翁，何由入闽，翁言其始末，又与蘗公家里族妻子名姓合。异之，亦归以问母。其日翁来报谒，蘗公觞之。而母窃听其语，又大呼曰："而翁也！"其为悲喜犹杨丞家。于是闽郡黎老欢忭，呼为循吏之报。士大夫羔雁成群。盖守丞即异地各姓，实同体兄弟。而翁以髡跣跳战之卒，且为累囚，一日而得二贵子、两夫人，以朱幡千钟养焉。其离而合，疏而亲，贱而荣，岂非天故为之哉！

【译文】杨公某，关中盩厔（今陕西周至）人。她的女人李氏生了一个儿子，只有七岁，杨公到福建漳浦经商，住在蘗氏家，蘗氏刚刚成为寡妇，杨公就又做了她家的入赘婿，并且生了一个孩子，冒姓蘗氏，也已有三岁。倭人突然侵犯沿海的几个郡，把杨公掠走。杨公在海外居住了十九年，剃头赤脚跳跃作战，都练成了倭人的习俗。后来随着众倭一起来侵犯福建，福建统帅把倭人打得大败而去，杨公才得乘机逃跑出来，后来被抓住成为囚犯，属绍兴郡丞杨世道审询分辨，他问："是倭人，还是汉人呢？"杨公说："我是福建百姓呀！"就说了他的乡里族亲和妻子的姓名，杨郡丞听他说的名姓多数和自己的族亲吻合，十分奇怪，便回去问她的母亲。母亲让他再提审杨公，她在屏后听审，没说几句话，其母大叫道："是你的父亲啊！"便从囚室中放出来，拜哭相认，都十分悲伤，而后洗浴更衣，一家吉庆欢乐到了极点。第二天蘗公得知杨郡丞找到了父亲，拿着礼物来贺喜。杨郡丞请他喝酒，父亲杨公也出来劝酒，蘗公问杨公，因为什么事来到福建地方的，杨公说了自身经历的前前后后，说到蘗氏家事又和坐着的蘗公家里的族亲妻子名姓吻合。蘗公十分惊奇，也回去问母亲。这一天杨公来拜访，蘗公宴请他。蘗母在旁边偷偷听杨公说话，听杨公的话后，她大叫道："是你的父亲呀！”他的悲和喜和杨丞家一样。于是奇事传遍福建一带，百姓知道后都欢乐起来，都说这是好官得到的好报。官员绅士们前来送礼的人成群结队，因为郡守和郡丞虽然是籍贯、姓氏不同，但实际上是同胞兄弟。而杨公以剃发赤脚跳跃战斗的倭人士卒，被俘成为囚犯，一天就得了两个贵子，两个夫人，享受到坐朱轮车，吃千钟俸禄的供养。他的离又合，疏远又亲近，从身份卑贱到荣贵，难道不是上天为他安排的吗！

醉殴奇祸

甲乙二人俱醉，遇于途。甲殴乙仆，视之，死矣，径去。总甲见之，亟白于官。时已暮，姑以苇席四悬障尸，众寝卫于外。夜半，乙稍寤，已迷前事，思“安得处此？必犯夜禁。”潜起逸归。及明，守者失尸，惊惧。须臾官来，谓受贿弃尸，痛加箠楚。守者诬服。请取尸来，乃共往伺于郊。一人醉而来，众前扑杀之，舁之苇室。而乙方大醒，记得曾被甲殴，诣甲喧。甲以贿求解，比官以杀人捕甲，甲邀乙往白。官讯守者尸所来，不能讳，坐死。

【译文】甲、乙两人都喝醉了，在路上相遇。甲把乙打倒在地，看看乙躺着不动，认为他死了，就径直走了。总甲看到后急忙向官府报告。当时天色已黑，因此就用苇席四下遮盖挡住尸体，守尸人都在旁边睡觉守护着尸体。深更半夜，乙渐渐清醒，已想不起发生的事，想道：“我怎么在这里，一定是犯了夜间禁严被捉。”就在暗中悄悄起来逃回家去。到了天明，守尸的人发现尸体失踪，十分惊怕。不一会儿官府来人，称他们受贿扔了尸体，鞭打守尸人。守尸人被迫认罪。让他们取尸体来，守尸人便一起到城郊，看见一个人喝醉迎面而来，守尸人们扑上去把他杀了，然后放在苇室里。而这时乙已完全酒醒，记得他曾被甲殴打，到甲家去吵闹。甲便用贿赂把事情平息。等到官府以杀人罪逮捕甲时，甲请乙往官府作证。官府又传守尸的人问尸体的来源，守尸人无法说明只好具实招供，最后被打入死牢。

世事翻覆

曹咏侍郎夫人厉氏，余姚大族女。始嫁四明曹秀才，与夫不相得，仳离而归，乃适咏。时咏尚为武弁。不数年，以秦桧之姻党，易文阶，骤擢至直徽猷阁，守鄞。元夕张灯州治，大合乐宴饮。曹秀才携家来观，见厉服用精丽，左右供侍，备极尊严，语其母曰："渠乃合在此中居厚享。如此富贵，吾家岂能留？"叹息久之。咏日益显，为户部侍郎。桧殂，咏贬新州而亡。厉领二子扶丧归葬。二子复不肖，家资荡析，至不能给朝晡。赵德光之妻，厉之从父妹也，怜其老且无聊，招置四明里第，养之终身。厉间出访亲旧，见故夫婿曹秀才家门庭整洁，花木蓊茂，谓侍婢曰："我当时能自安于此，岂有今日！"因泣下数行。二十年间，夫妻更相悔羡。

卫青服役平阳公主家，后为大将军。公主仳离择配，贵显无逾大将军者，迄归之。丁晋公治甲第，巨丽无比。杨景宗躬负土之役。后景宗以外戚起家，丁第竟为杨有。钱思公治装，银工龚美（一作刘美）实为之。后龚美贵，而美所手制皆归之。王诜为侍禁三班，院差监修主第。语同事曰："吾辈辛苦造成，不知谁居此？"不逾时，诜尚主，竟居焉。陆都督炳，治第京师，督工甚严苦。未几，陆败。工某由外戚贵，即以陆第赐之。“河阳花，今朝如土昔如霞；武昌柳，春作青丝今作帚。”世事翻腾，大都如此。

【译文】曹咏侍郎夫人厉氏，是余姚大族的女儿。最初嫁给四明（今浙江宁波）的曹秀才，由于和丈夫相处得不好，被丈夫抛弃而回娘家。以后才嫁给曹咏。那时曹咏尚只是一武弁。没几年，他成了秦桧的姻亲，改成文官官级，迅速擢升到徽猷阁待制，驻守鄞州（今浙江宁波）。有年元宵节州城到处张灯结彩，举行隆重的歌舞宴会。曹秀才携带家眷来看，见到厉氏穿的衣服十分精美华丽，左右侍从奉侍她样子十分尊贵庄严，就告诉母亲说：“她命该有这样安居丰厚的享受，如此富贵，我们家怎能留下她呢？”于是他叹息了很久。曹咏渐渐官运亨通，成为户部侍郎。秦桧死后，曹咏被贬到新州为官，最后死在那里。厉氏带着两个孩子扶着灵柩把丈夫拉回故乡下葬。两个儿子又不成材，家中的财产被他们挥霍一空，以至于每天都不能保证吃饱饭。赵德光的妻子，是厉氏的姑姑，可怜她年老没有依靠，把她接到四明的家中安置，赡养她终身。厉氏有时出访亲戚旧友，看见原来的夫君曹秀才家门庭整洁，花木葱郁繁茂，就告诉侍婢说：“我当时如果能安于那种生活，怎么能落到今日的处境！”于是流下了几行泪。二十年间夫妻互相羡慕悔恨。

汉朝卫青在平阳公主家服役当差，后来成为大将军。公主和原来的丈夫分手后选择新配偶，显贵没有超过大将军的，最后嫁给他。宋朝丁晋公（谓）建筑府第，华丽无比。杨景宗曾在此打小工搬砖推土。后来景宗因为堂姐当了皇后而发家，当了大官，丁谓盖的华丽住宅，后来又转归杨景宗所有。钱恩公家中打造金银首饰器皿，都是银匠龚美（一作刘美）所打造。后来龚美做了大官，龚美手制的银器，又归龚美所有。宋朝王诜，年轻时在宣徽院衙门担任三班差使的低级武官，奉命去监督工匠修建公主府第。他对同事说："我们辛辛苦苦造成，不知道将来谁有福气住在这里。"不多时，王诜被选为驸马，竟住进这所府第中。都督陆炳在京师盖住宅，亲自监工十分严厉。不久，陆炳倒台。曾给他盖房子的某工匠，因为家中有女被选入皇宫为妃，遂成为皇亲，皇帝便把陆炳的住宅送给了他。"河阳花，今朝如土昔如霞；武昌柳，春天青丝条，如今作扫帚。"世事反反复复，大都是这样。

东坡奇梦

《东坡志林》云：予在黄州，梦至西湖上，梦中亦知为梦也。湖上有大殿三重，其东一殿，额云"弥勒下生"。梦中云："是仆昔年所书。"众僧往来行道，大半相识。辨才、海月皆在，相见惊异。仆散衫策杖，谢诸人曰："梦中来游，不及冠带。"

【译文】《东坡志林》中说：我在黄州时，梦到西湖上，做梦时也知道是梦，湖上有大殿三重，其东边的一殿，匾额上写"弥勒下生"。梦中说："是我过去所写的。"众和尚来往行道，多数认识。辨才、海月都在其中，碰见后十分惊异。我披散着衣服拿着手杖，向他们道歉说："梦中来游，没有穿戴整齐官服，请原谅。"

投牒自祸

三山苏大璋，治《易》有声。戊午乡试，梦为第十一，向人道之。有同经人诉于郡，谓其自许之确如此，必与试官有成约。及将揭榜，第十一名卷，果《易》也。主司既闻外议，乃谋于众。命以陪卷之首更换。所换者，乃大璋卷；而换去者，正投牒之人也。众咸谓天道之公，榜遂定。明年，苏冠南宫。

【译文】宋朝三山（今福建古田）苏大璋，研究《易经》有名声。戊午年乡试，做梦考试得第十一名，向别人说了这件事。有个也学《易经》的同考人告到了郡里，说他自己许下成绩，一定和考试的官员有勾结。等到揭榜时，第十一名的卷子果然写的是《易经》文章。主考官听到外边的议论后，就和众考官商量。便把备取卷里的第一卷和它调换了一下。结果到拆除姓名弥封以后，才发现，换上来的一份卷子，正是苏大璋的卷子，而换掉的，又正是告发苏大璋的那个人。大家都说，这真是上天公正，对诬告者报应不爽，于是榜就定下来了。第二年苏大璋考中进士。

戴探花

莆田戴大宾（字寅仲）八岁游泮，十三中乡试，十四以探花登第。亡何卒，其家以丧归。父母悲甚，必欲发柩省视。及发，乃一白须叟。大骇异之，弃尸于地。诘责其奴，奴无以自明。其夜梦大宾曰："叟，吾前身也。上帝悯其苦学，白首不第，托生汝家，暂享荣名，以酬吾志。变形者，不忘其初也！"父母由是止哀。

【译文】莆田戴大宾（字寅仲）八岁就中了秀才，十三岁乡试考中举人，十四岁以进士第三名探花及第。不久突然死了，他家里人把他的棺材抬回故乡去埋葬。父母十分悲伤，坚持要打开棺材再看儿子一眼。结果打开棺材一看，里边放着一个白胡子老头的尸体。父母大为震惊，把尸首拉出扔到地上，责问仆人这是怎么回事。仆人无法说明。这天夜里父母梦见戴大宾对他们说："那老头，是我前生的样子。上帝同情他一生辛苦读书，到头发白了还没考上进士，所以让他托生到你家，暂时享受一下荣誉，以满足我的志愿。所以尸体变成老头，那是不忘当初啊。"父母因此也就停止悲痛。

晚达

绍兴中，黄公度榜，第三名陈修。唱名时，高宗问："年几何？"对曰："七十三矣。"问："有几子？"对曰："未娶。"遂召宫人施氏嫁之。时人戏曰："新人若问郎年几，五十年前二十三。"（《鹤林玉露》）

《清暇录》又谓：詹义登科后，解嘲曰："读尽诗书五六担，老来方得一青衫。逢人问我年多少，五十年前二十三。"《清波杂志》又谓闽人韩楠。未知孰是。

【译文】宋高宗绍兴年间，黄公度中状元的那一次考试，第三名是陈修。点名时，宋高宗问："多少岁？"回答道："七十三了。"又问："有几个孩子？"回答："没有娶亲。"高宗就召宫女施氏嫁给他。当时有人戏说："新人如问郎官年龄有多大，五十年前二十三岁。"（载于《鹤林玉露》）

《清暇录》又说：詹义中进士后，自嘲说："读尽诗书五六担子，老来才得穿上一件青衫。人们碰见问我多少岁，五十年前二十三。"《清波杂志》又说是福建人韩楠，不知到底哪个说法对。

晚娶

闽人陈峤，六旬余始获一名。还乡娶儒家女，至新婚，近八十矣。合卺之夕，文士咸集，悉赋催妆诗，咸有"生荑"之讽。峤亦自成一章，其末曰："彭祖尚闻年八百，陈峤犹是小孩儿。"座客皆绝倒。

幽州有坛长近八十岁，即都校之元昆也。每归俗家，以其衰老，令小青扶持，因而及乱。遂要反初，以青为偶。乃谓偶曰："平生不谓有此欢畅，悔知之晚。"

陈贶五十方娶。有庆之者曰："处士新婚燕尔。"答曰："仆久处山谷，莫预出仕，不知衣裙之下，有此珍美！"

【译文】福建人陈峤，六十多岁才考得一名举人，返还乡里娶了个读书人家的女子为妻，到新婚时，年岁已近八十了。举行成婚仪式的那天晚上，文士们聚在一起，都作催妆诗，全有枯木生芽之讽。陈峤也自己作了一首诗，他的末尾是："彭祖尚闻年八百，陈峤犹是小孩儿。"座上的客人都叫绝称妙。

幽州（今北京一带）有个担任坛长的出家道士，年近八十岁，是幽州驻军统帅的兄长。每当回俗家的时候，家中人看他年龄太老，便让一个小丫环搀扶侍候，因而他便和这丫环发生了关系。这人便返俗，娶丫环为妻，他对妻子说："我平生不料有这样欢畅的时候，我知道得太晚了。"

五代南唐的陈贶五十才娶妻，有来庆贺的人说："处士新婚燕尔。"回答说："我久住山谷，没有想到为官，不知道衣裙之下，有这样的珍贵美妙！"

曾偶然

泰和曾状元鹤龄，永乐辛丑会试，与浙江数举子同舟。

率年少狂生，议论蜂出。见曾缄默，因是共举书中疑义问之。逊谢不知。窃笑曰："夫夫也，偶然预荐耳。"遂以"曾偶然"呼之。既而众皆下第，曾独首榜。乃寄以诗曰："捧领乡书谒九天，偶然趁得浙江船。世间因有偶然事，岂意偶然又偶然。"

【译文】江西泰和的曾鹤龄状元，明永乐辛丑年参加会试，与浙江的几个举人同在一条船上。都是些年少狂放的人，他们讲诗论文，种种议论一个接一个。他们见曾鹤龄一直沉默不语，就一起把书中的疑难问题向他提问，曾谦逊地回答不知道。狂生们暗笑道："这是个平庸的人，偶然被选荐上来的啊。"就用"曾偶然"称呼他。后来考试，同船的人都落了第，只有曾鹤龄独自身列第一。于是寄意写诗道："捧领乡书谒九天，偶然趁得浙江船。世间因有偶然事，岂意偶然又偶然。"

陆孝廉

长洲陆孝廉世明，省试不第，归过临清钞关，错以为商，令纳税。陆呈一绝云："献策金门苦未收，归心日夜水东流。扁舟载得愁千斛，闻说君王不税愁。"主事见诗惊愧，亟迎入，款赠甚厚。

【译文】长洲（今江苏苏州）举人陆世明，参加礼部考试没有中第，回来时路过临清钞关。关上的人错把他当成商人，让他纳税。陆世明就呈上一绝句诗说："献策金门苦未收，归心日夜水东流。扁舟载得愁千斛，闻说君王不税愁。"主管人员读诗后十分吃惊而惭愧，就迎他入关府，款待赠送的礼物非常丰厚。

白公裂诗

裴令公居守东洛。夜宴半酣，公索句。时元、白首唱，次至杨汝士。杨援笔书曰："昔日兰亭无艳质，此时金谷有高人。"白知不能加，遽裂之曰："笙歌鼎沸，勿作冷淡生活。"

文士相妒，自古而然。护前者，宁独吴老公？

【译文】唐朝宰相裴休，驻守东都洛阳。有一天夜晚酒宴已半醉，他想让人作诗对句。时元稹、白居易首先作诗，而后到杨汝士。杨汝士便拿着笔写道："昔日兰亭无艳质，此时金谷有高人。"白居易自知不能超过他，就突然把纸撕碎说："现在笙歌鼎沸十分畅快，不要去作诗找那冷淡了的生活。"

文人学士相互嫉妒，自古就是这样。护短的人，岂只有一个吴老公？

筼筜谷笋诗

筼筜谷，在洋州。文与可尝令苏子瞻作《洋州园池三十咏》，筼筜谷其一也。子瞻诗曰："汉川修竹贱如蓬，斤斧何曾赦箨龙。料得清贫馋太守，渭滨千亩在胸中。"是日与可与妻游谷中，正烧笋晚食，发函得诗，大笑。

【译文】筼筜谷，在洋州（今陕西洋县）。文与可（同）曾经让苏轼作《洋州园池三十咏》，筼筜谷就是其中的一篇。子瞻诗道："汉川修竹贱如蓬，斤斧何曾赦箨龙。料得清贫馋太守，渭滨千亩在胸中。"这天文与可与妻子游玩谷中，正当烧竹笋吃晚饭，接到来信，正是这首诗，文太守看后大笑起来。

一句诗

谢无逸尝以书问潘邠老（大临）：“近作新诗否？”答曰：“秋来景物，件件是佳致。昨日清卧，闻搅林风雨声，遂起题壁曰‘满城风雨近重阳’，忽催税人至，败意。止此一句奉寄。”

【译文】谢无逸曾经写信问潘邠老（大临）：“近日作新诗没有？”回信说：“秋天到来的景物，件件是佳致。昨天在清静中躺着，听到林风的翻动像下雨一样，就作诗句‘满城风雨近重阳’，忽然催税人闯到，败了诗意，只能将这一句诗奉送寄去。”

吕常题画

中山武宁王玄孙徐某，一日与吴小仙、孙院使宴饮。命吴画女乐诸子及孙、吴陪饮之图。画毕，徐喜曰：“惜欠风流题客。”后以属太常卿吕常，曰：“不必我谀，但须写当日实事耳。”吕为制长歌，铺叙家乐，援引故典，末云：“吴生吴生欲阐扬，自画白皙居侯旁。如何更著孙思邈，中酒却要千金方。”徐大笑曰：“是日果中酒也！”闻者绝倒。

【译文】明朝中山武宁王徐达的玄孙徐某，一天与画家吴小仙（伟）、院使孙某饮宴。让吴小仙画女乐位等人和孙、吴陪酒饮宴的画。画成后，徐某高兴地说：“可惜少有风流才子题诗。”后来他嘱咐太常卿吕常题字，说："不必奉承我，只要写上当天宴饮的实事即可。"吕常为画作了长诗，叙述了家庭的欢乐，还引用了很多典故，最后写道："吴生吴生欲阐扬，自画白皙居侯旁。如何更著孙思邈，中酒却要千金方。"徐某看后大笑着说："那天果然是喝得中酒（大醉）了！"听到的人都大笑。

李龙眠画

元祐间，黄、秦诸君子在馆。暇日观画，山谷出李龙眠所作《贤己图》，博奕樗蒲之俦咸列焉。博者六七人，方踞一局。骰进盆中，五皆枭而一犹旋转不已。一人俯盆疾呼，旁观者皆变色起立。纤秾态度，曲尽其妙。相与叹赏，以为卓绝。适东坡从外来，睨之曰："李龙眠天下士，顾乃效闽人语耶？"众咸怪，请其故。东坡曰："四海语音，言六皆合口，唯闽音则张口。今盆中皆六，一犹未定，法当呼六。而疾呼者乃张口，何也？"龙眠闻之，亦笑而服。

【译文】宋元祐年间，黄庭坚、秦观诸位文人在翰林院任职。一天闲暇看画，山谷（黄庭坚）拿出李龙眠（公麟）所作《贤己图》：赌博掷骰的用具罗列画上，六七个赌徒各占一角，正在赌。骰子掷到盆中，五个都是枭，还有一个旋转不停，一个人俯在盆边大声呼叫，旁观的人都变了脸色站起。脸上一丝一毫的表情，都画得唯妙唯肖。看画的人，都十分赞叹，以为这画技法卓绝，不同一般。正好苏东坡从外边进来，斜着眼看了一会说："李龙眠天下名士，怎么去学福建人说话呢？"众人很奇怪他为什么这样说，请问原因。苏东坡说："天下语音，说到六都是合着嘴发音，只有福建话是张着嘴发‘陆’音。现在盆里的骰子都是六，一只旋转还没停，按道理应该喊六。而这个喊叫的人张大了嘴，那是什么地方的话？”李龙眠听说以后，也笑着表示佩服。

吴文定书扇

吴文定公居忧时，尝送客至门外，见卖扇儿号泣于途。问之，乃缘持扇假寐，为人盗去数事，恐家人笞骂耳。公命取所遗扇来，尽书与之。儿不知，反以为污其扇，复大哭不已。旁人谕令必得重价。然后卖儿持扇甫出门，竞致去，所得数十倍。儿归，具道其事。再持扇来乞书，公但笑而遣之。

【译文】明朝吴文定公（宽）家居守孝期间，有一次送客人到门外，见有卖扇的小孩哭号在路上。他问小孩为什么哭，小孩就告诉他因为拿着扇子睡着了，扇子被人偷走了几把，恐怕家里大人打骂他。吴公让他拿来所剩下的扇子，都写上字给他。小孩不知写字的作用，反而认为弄脏了他的扇子，又大哭不止。旁边的人告诉他这有字的扇子价钱更高。卖扇小孩拿着扇子出了门，不少人抢着买，扇子很快就卖完了，所得的钱要比以前卖的多几十倍。小孩回家，把刚才的事告诉大人。又让小孩再拿着扇来求书时，吴公只笑了笑让他走了。

李十八草书

宋时，有刘十五论李十八草书，谓之“鸚哥娇”，盖谓鸚鹉能言，不过数句，大率杂以鸟语。十八后稍进，以书问十五：“近日比旧如何？”十五曰：“可称秦吉了矣！”

【译文】宋朝时，有刘十五评论李十八草书，称之“鹦哥娇”，因为鹦鹉能说话，不过能说几句，大都夹杂着说些鸟语。后来李十八有些长进，以所写草书问十五：“现在比过去有什么变化？”十五说：“可以称得上秦吉了了！”

登床夺字

唐太宗赐宴玄武门，援笔作飞白。众乘酒，就帝手中相竞。常侍刘顺登御床引手得之。有不得者言顺不敬，宜付法。帝笑曰：“昔闻婕妤辞辇，今见常侍登床。”

【译文】唐太宗赏赐百官在玄武门宴会，他手拿着笔写了一幅飞白书法。大臣们乘着酒兴，竞相索要皇帝写的字。常侍刘顺登上御床用手拿到了字。有大臣没有得到字的说刘顺犯上不敬，应该对他按法律惩办。皇帝笑着说：“过去听说婕妤不上御车，今天却看到常侍登上御床。”

钳诏请署

安乐公主，中宗最幼女也，嫁武三思子崇训，光艳动天下。尝自作诏，钳其前，请帝署日。帝笑而从之。

【译文】安乐公主是唐中宗最小的女儿，嫁给武三思的儿子崇训，他的容貌美艳得惊动天下。公主曾经自己写诏书，掩盖前边内容，请皇帝签署日期。皇帝笑着顺从了她。

王准恃宠

王鉷之子准，为卫尉少卿，出入宫闱，以斗鸡侍左右，恃宠骄恣。尝率其徒过驸马王繇私第。繇望尘趋拜。准挟弹中繇冠上，折其玉簪，以为笑乐。

【译文】唐朝王拱的儿子王准，任卫尉少卿，出入皇宫大小门之间，因以善于指挥斗鸡而侍从皇帝左右，仗着皇帝宠幸而骄横跋扈。他曾经带着徒弟路过驸马王繇的私家府院。王繇看到他们就躬身拜礼。王准用弹子打中王繇的帽子，击断了他头上的玉簪，以此来取笑寻乐。

都都知

咸通中，俳优恃恩，咸为都知。一日乐工喧哗，上召都知止之，三十人并进。上曰："止召都知，何为毕至？"梨园使奏曰："三十人皆都知也。"乃命李可及为"都都知"。

后王铎为都都统，袭此。○我苏新入泮者，广文先生督其贽仪，必分上、中、下户，以为隆杀。近谓上户未厌，更立"超超户"名色，取贽倍常。"超超户"可对"都都知"。

【译文】唐咸通年间，艺人受皇帝幸宠，都被封作都知的官职。一天皇宫演奏乐曲时产生吵闹，皇上召见都知让来制止，三十个人同时来进见。皇上说："我只召见都知，为何你们都来了？"梨园使上前禀报说："三十个人都是都知。"于是皇上下令李可及为"都都知"。

后来明代的王铎为都都统，就是承袭了上边的先例。〇我们苏州刚刚进入学校的秀才，教官收受见面礼物、礼金，必定按秀才家庭经济情况，分为上、中、下三等户，以达到大捞一把的目的。近来又对上等富户不满足，又建立了"超超户"的名称，向学生收礼更加倍。"超超户"可以对"都都知"。

垂柳赐姓

炀帝开河成，取吴越民间女年十五六者五百人，谓之"殿脚女"。至于龙舟。每采缆一条，女十人牵之，间以羊十口。时盛暑，虞世基献计，请用垂柳栽于汴梁两堤上，一则树根四出，鞠护河堤，二则牵舟之女获其荫，三则牵舟之羊食其叶。上大喜，诏民间有柳一株，赏一缣。百姓竞献之。帝自种一株。群臣次第种，方及百姓栽。栽毕，帝御笔赐垂柳姓杨，曰"杨柳"。

【译文】隋炀帝开凿大运河完工后，搜罗了吴越（今江苏、浙江一带）民间的十五六岁的女子五百人，称她们作"殿脚女"。将她们带到龙舟，每一条丝绸做的缆绳，就用十个女子牵着，中间还配上十头羊来拉船。当时是盛夏，虞世基献计，让在汴堤两岸栽种垂柳，一是树的根四面延伸可以防护河堤，二是牵船的女子可以乘凉，三是牵船的羊可以吃垂下的柳叶。皇上大喜，下召凡民间有柳树一株的，赏一匹绢。百姓争相献树。皇帝亲自种了一株柳树。群臣接着也种了树，最后是百姓种柳树。栽完，皇帝御笔赐下垂柳姓杨，叫"杨柳"。

拔河戏

唐时，清明有拔河之戏。其法以大麻絙两头各系十余小索，数人执之对挽，以强弱为胜负。时中宗幸梨园，命侍臣为之。七宰相、二驸马为东朋；三宰相五将军为西朋。仆射韦巨源、少师唐休璟年老无力，随絙踣地，久不能起。上以为笑。

【译文】唐朝时，清明节有拔河的游戏。玩法是用大麻绳两头各系十多个小索头，几个人同时对抗拉绳，以力强弱分出胜负。当时唐中宗驾临梨园，命侍从大臣做拔河的游戏。七个宰相和两个驸马参加东边的一方，三个相爷和五个将军参加西边的一方，仆射韦巨源，少师唐休璟年老无力，随绳拉倒，倒地很久不能起来。皇上见了大笑。

手搏

唐主存勖尝与李存贤手搏，贤不尽技。唐主曰："汝能胜我，当授藩镇。"存贤乃仆唐主。及即位，以贤镇幽州，谓曰："手搏之约，我不食言。"

【译文】唐后主李存勖早年曾经与李存贤掰手腕，李存贤没有用尽力气。李存勖说："你能胜我，一定授你做节度使。"存贤就掰倒了李存勖的手。等到李存勖登基当了皇帝后，让李存贤做了幽州节度使，告诉他说："掰手腕的前约，我没有食言。"

赌官

《文海披沙》云：宋文帝与羊立保赌。立保胜，遂得宣城太守。陈敬瑄与杨师立、牛勖、罗元杲以打毬争三川。敬瑄获头等，遂授节钺。识者笑之。然偏安乱朝，固不足怪。宋艺祖开宝四年廷试，例以先纳卷为魁。时王嗣宗与陈识同纳卷子，上命二人角力以争之。嗣宗得胜，遂为第一，识次之。创业之主，亦为此儿戏，可笑也。（《涑水记闻》云：嗣宗与赵昌言手搏角力，恐误。昌言系太平兴国元年胡旦榜第二人。）

【译文】《文海披沙》载：南北朝宋文帝和羊立保打赌。立保赢了，于是得为宣城太守。陈敬瑄与师立、牛勖、罗元杲用打球游戏争三川的官职。敬瑄获头等，就被授于节钺。有见识的人暗中耻笑。然而不过是占据中国一部分的混乱朝代，所以不足为怪。宋艺祖（赵匡胤）开宝四年殿试，规定先交卷的可以夺魁。当时王嗣宗与陈识同时交卷，皇上命两人摔跤来决定。嗣宗得胜，就为第一，陈识第二。创业的皇帝，也做这样的儿戏，可笑呀。（《涑水记闻》说：嗣宗是与赵昌言进行掰手腕比气力，恐怕有误。昌言系太平兴国元年胡旦那榜的第二名。）

打毬赌

熙宁初，神宗与二王禁中打毬子。上问二王欲赌何物，徐王曰：“臣不赌别物，若赢时，只告罢了新法。”

【译文】宋朝熙宁年初，神宗与二王在皇宫打球。皇上问二王想赌什么东西，徐王说：“臣不赌别的，如果赢时，只要皇帝罢了新法（即王安石推行的变法）。”

微 行

王黼虽为相，然事徽考极亵。宫中使内人为市，黼为市令，若东昏之戏。一日上故责市令，挞之取乐。黼窘，乃曰："告尧舜免一次。"上笑曰："吾非唐虞，汝非稷契也！"一日又与逾墙微行，黼以肩承帝趾。墙峻，微有不相接处。上笑曰："耸上来司马光。"黼亦应曰："伸下来神宗皇帝。"

五国城中有此快乐否？

【译文】王黼虽然是丞相，然而侍候宋徽宗十分低级庸俗。徽宗在皇宫里让太监、宫女扮成商贩、开一个市场，让王黼任市令，仿效齐东昏侯故事以玩乐。有一天徽宗故意责罚市令，让太监把王黼按在地上打板子，王黼十分为难，便说："请求尧舜免我一次吧。"徽宗笑着说："我不是尧舜，你也不是稷契呀！"又一天，徽宗又偷偷从宫墙爬出宫来私自游玩，让王黼站在墙外给自己垫脚。墙很高，还差一点距离踩不到王黼肩膀上，徽宗说："司马光（神宗时丞相）把肩膀耸高一点。"王黼应声说："把脚伸下来点，神宗皇帝！"

后来被俘囚禁在金人五国城时，还有这样的快乐吗？

饶州人

绍兴末，朝士多饶州人。或谓之曰："诸公皆不是痴汉。"（谚云：饶人不是痴汉）又有监司荐人以关节，欲与饶州人。或规其当先孤寒。监司愤然曰："得饶人处且饶人！"

【译文】宋高宗绍兴末年，朝中做官的多是饶州（今江西上饶）人。有的人称他们说：“那些人都不是什么傻痴的人。”（谚语说：饶人不是痴汉）又有监司举荐人接受了贿赂，打算把某个官职给饶州的某人。有人劝他说应先考虑孤寒之人。监司气愤地说句双关语：“得饶人处且饶人！”

勋臣谗语

洪武甲子开科取士，诸勋臣不平，曰：“此辈善讥讪，初不自觉。且如张九四厚礼文儒，及请其名，则曰‘士诚’。”圣祖曰：“此名甚美。”答曰：“《孟子》有‘士诚小人也’之句，彼安知之？”帝自此览天下所进表笺，多罹祸者。

【译文】明朝洪武甲子开科举选拔人才，那些有势力的功勋武将不服气，说：“这些人善于造谣诽谤，刚开始看不出来。比如张九四尊重文人学士，给文人丰厚待遇，并请文人为他取名，便取作‘士诚’。”明太祖说：“这名字取得很好呀！”功臣回答说：“其实《孟子》里有‘士诚小人也’这句话，他哪里能省悟出来呢？”自此以后，明太祖阅看天下上奏的表章，就仔细推究是否有影射诽谤。因而多有人因用辞不慎而遭到奇祸。

科举弊

宋承平时，科举之制大弊，假手者用薄纸书所为文，揉成团，名曰“纸球”，公然货卖。

今怀挟蝇头本，其遗制也。万历辛卯，南场搜出某监生怀挟，乃用油纸卷紧，束以细线，藏粪门中。搜者牵线头出之。某推前一生所弃掷。前一生辩云:“即我所掷,岂其不上不下,刚中粪门?彼亦何为高耸其臀,以待掷耶?”监试者俱大笑。

【译文】宋朝太平无事的年代里,科举考试出现了很多作弊现象,科考作弊的人用薄纸写上考试的文章,揉成团,名叫“纸球”,公开在考场进行出卖。

如今怀里藏着蝇头小楷的书本,就是这种遗传。万历十九年(1591),南京进士考场,搜出某一个应考的国子监学生夹带的书本,是用油纸裹紧成卷,用线扎起,藏在肛门里。搜查的人牵住线头把纸卷拉了出来。这个监生推说是前边一个学生扔掉的。前边那个学生分辩说:“即使是我扔的,岂有不上不下,正插在肛门中的?他又为什么高举屁股,等着我投掷呢?”监考的官员听了都哈哈大笑。

徐相国善答

世宗好言长生。乙丑会试题“夫政也者,蒲芦也”,又“民之秉夷,好是懿德”。上问辅臣:“蒲芦是何物?夷是何义?”徐阶对曰:“夷是有恒之义,蒲芦是长生之物。”

【译文】明世宗好谈长生不老。嘉靖乙丑年(1565)会试的题目是《夫政也者,蒲芦也》,还有《民之秉夷,好是懿德》。世宗问大臣们:“蒲芦是什么东西?夷是什么意思?”徐阶回答说:“夷是有恒的意思,蒲芦是一种长生的植物。”

讲《咸丘蒙章》

嘉靖初,讲官顾鼎臣讲《孟子·咸丘蒙章》。至“放勋殂落”

语，侍臣皆惊。顾徐云："尧是时已百有二十岁矣。"众心始安。

【译文】明嘉靖初年，侍讲官顾鼎臣向皇帝讲解《孟子·咸丘蒙章》。说到"放勋殂落"（帝尧死亡）一句，听讲的侍臣都很担心。顾鼎臣又慢慢地说："尧那时已有一百二十岁了。"众人心里才安定下来。

掌院名言

国初，一上舍任左都掌院。群僚忽之，约二三新差巡按者请教。掌院者厉声云："出去不可使人怕，回来不可使人笑！"群属凛然。

【译文】明朝建国初，一个国子监毕业学生出任左都御史，主管都察院。群僚臣都小看他，相约了两三个新安排的巡按去请教他。掌院厉声说道："出去不要让人怕，回来不要让人笑！"群属僚凛然起敬。

祝瀚批宁府帖

逆濠有鹤带牌者，民家犬噬之。濠牒府欲捕民抵罪。南昌守祝瀚批曰："鹤虽带牌，犬不识字。禽兽相争，何与人事？"

【译文】明朝叛王宸濠养有鹤，带着王府的牌记，一百姓家的狗把鹤咬死了。宸濠发文给知府准备抓捕这个百姓抵罪。南昌知府祝瀚批示说："鹤虽然带有牌，但狗不识字，禽兽之间相争，与人有什么干系?"

铲头会

国初恶顽民窜入缁流，聚犯数十人，掘泥埋其身，十五并列，特露其顶，用大斧削之；一削去头数颗，名"铲头会"。后因神僧示化，屡铲复生，遂罢此会。

僧家奸恶，不可枚举。近日吾苏葑门外，有乡民于所亲借银三两完官。适是日，官冗，免比限。民姑以银归，将还所亲，偶为同行相识者述之。时天已暮矣，忽见有挑包客僧随其后。意彼已窃闻，然犹未甚疑也。既出城里许，同行者别去。顾僧犹在后，心稍惧。复里许，新月惨淡，回首失僧；详视，乃在井亭中解衣。民惧甚，前有石桥，急诣桥下自匿。微窥之，见僧裸体持铁箍棒，疾驰上桥，左右视，大声曰："何处去了?"复下桥前驰。民潜出退走，至井亭，见僧包裹衣服作一堆。度僧去远，急束缚负之而趋，从他道直走阊门。就饭店宿，取酒痛饮而卧。黎明，闻街前念佛声云："夜来被劫，乞布施僧衣遮体。"窗隙窥之，见裸体者，即所遇僧也。解其包，有白金二十两许。民伺僧去，潜携归焉。呜呼！如此恶僧，人哪得知！那得不铲头！

【译文】明朝建国初年，有凶恶刁顽的流民窜入佛寺，捉住几十个和尚，挖坑把和尚身体埋在土里，每十五人列为一排，只留头在地上，然后用大斧子砍头，一下能削去好几个和尚头，名叫"铲头会"。后来因为得道高僧的启示点化，铲掉的头又会生长出来，铲一次生一次，才取消了这种会。

和尚的奸恶，不能一一说完。近日我们苏州葑门外边，有个农民借了亲戚二两银子向官府交税完粮。正好这一天县官事忙，推迟追交。农民便暂时把银子拿回，准备还给亲戚，偶然给同行熟人说了这事。当时天已傍晚，忽然看见一个挑着包袱的云游和尚随在自己身后。估计他已偷听到刚才的话，然而还没有怀疑这和尚。既出城一里多，同行的熟人告别走了。见到那和尚仍然在身后尾随，心中稍有害怕。又走了一里多，新月升起，光线暗淡，回头看那和尚已不见。仔细看看又见那和尚在井亭里脱掉衣服。农民怕极了，前边有石桥，急忙到桥下躲藏。暗中看到，那和尚赤着身体，手拿铁棍，快步上桥，左右寻找着大声说道："到哪里去了？"又下桥往前跑去追寻。农民偷偷爬出来，到井亭内，看见和尚的包袱和衣服都放在一堆。估计和尚跑远了，急忙把和尚的衣服包捆了背着逃走，从别的道路回到苏州阊门。找了间旅店住宿，取酒大喝一通才睡。第二天黎明，只见街上有念佛声说："夜里被劫，乞求布施僧衣遮体。"农民从窗缝中偷看，见一裸体和尚，正是遇见的那个。解开和尚的包裹，只见内有银子二十多两。农民等和尚走后，便偷偷回了家。啊！这样可恶的和尚，人们怎能知道呢？怎能不该铲头呢？

边将隐匿

各边以太宗有旨，虏入杀人五名以上，虏畜产九头以上，边将皆坐死，遂相与隐匿。人畜死亡至千百者，皆云"四人八头"。

【译文】各个边防因为宋太宗有旨，胡人入国境杀人五个以上，掠夺牲畜九头以上，边防将领都要受处死的惩罚，所以边防官员就相互隐匿不报。人畜死亡到了千百个，也只都说"死了四人，掠走八头牲口"。

李 实

成化中，闲住右都御史李实，以进房中秘方行取至京。试不验，遣归。实上疏谓“忽召忽遣，不知其故”。诏姑与致仕。

分明扎皇帝火囤！

【译文】明朝成化年间，闲居的右都御史李实，因为向皇帝进献房中术的秘方，被召到京城，试后不灵验，被遣送回来。李实上疏称“忽然召见，忽然又遣回，不知什么原因”。皇帝下令让他退休。

这分明是设圈套骗皇帝。

黄葱贵

武宗在宫中，偶见黄葱，实气促之作声为戏。宦官遂以车载进御。葱价陡贵数月。

朝廷一颦一笑，不可轻易如此！

【译文】明武宗正德皇帝在宫中，偶然看见枯黄葱叶，便向葱管吹气，再挤压让它爆裂有声，以作戏耍。宦官就用车载了很多葱进宫供皇帝玩用。葱价陡然贵了几个月。

朝廷一颦一笑都有影响，不可以轻易这样。

武庙南巡事

武宗南巡，过淮安，谓孟都御史凤曰：“汝非一乳二子而并显者耶？”（兄麟，官至方伯）以网命之渔。凤举网奋张，仅如一笠。帝曰："官许久，尚不解渔耶？"

武庙南巡时，蒋瑶为扬州守，不肯横敛以媚权幸。一日上捕得大鲤，谋所鬻者。左右正欲中公，曰："莫如扬州知府宜。"上乃呼而属之。公归括女衣并首饰数事，蒲伏而进曰："鱼值无所取，唯妻女衣妆在焉。臣死罪死罪！"上熟睨之曰："汝真酸子耶?吾无须于此。其亟持归，鱼亦不取值矣！"

江彬诱上亲征宁王，驻跸南京。往牛首山打虎，后湖网鱼，得虾蟆。一内侍谀曰："此值五百金。"上曰："汝买之！"

武庙嬖南院一妓，每行必从。百官咸贿以求媚。一日上侵晨从外入，妓翁尚卧，拥被欲走匿。上从其旁疾趋，曰："免起。"已而上去。少选，忽闻门外鼓吹声，乃都察院送匾至，金书"免起堂"三字。

【译文】明武宗南巡，路过淮安，对都御史孟凤说："你不是一母两兄弟同时为官吗？"（兄麟，官至布政使）武宗命人拿来鱼网让他捕鱼，孟凤举起鱼网奋力张网，只扔得像斗笠那样大。武宗说道："做官很久，还不了解渔猎吗？"

明武宗南巡时，蒋瑶任扬州太守，他不愿横征暴敛来献媚皇帝周围的侍从和权贵们。一天，皇帝捕到一条大鲤鱼，和侍臣们商量卖给谁。左右正想趁机中伤蒋瑶，便说："没有像扬州知府那样合适的人了。"武宗就叫他把鱼买走。太守回去后，家中没有钱，搜罗出女人的衣服和首饰等，跪伏着进见皇帝说："鱼的价钱无法估算，只有妻子儿女的衣服妆饰在这里，臣死罪死罪啊！"武宗斜着眼看了他一会儿说："你真是这么寒酸的人？我的本意不在这里，你把它拿回去，鱼钱也不要了。"

江彬引诱武宗亲自征讨宁王，御驾驻防在南京。武宗往牛首山打虎，后来又到湖里网鱼，只打上一只虾蟆。一个内侍谄媚皇帝说："这值五百两金子。"武宗说："那你买了它！"

明武宗宠爱南京勾栏院的一个妓女，每次出行一定让她随从。百官都贿赂妓女向她献媚。一天黎明皇帝从外边走进来，妓女的父亲还躺在床上没起来身，他急忙披着被子想回避。武宗从他旁边急忙走过去说："免起。"而后就走开了。没多久时间，忽然听到门外鼓号声响，原来都察院送匾来，上写"免起堂"三个金色大字。

萧颖士仆

萧颖士该通三教，性褊无比。常使一佣仆杜亮，每一决责，便至力殚。亮养疮平复，为其指使如故。或劝之行。答曰："岂不知，但慕其博奥，以此恋恋不能去耳！"

世间怜才者何人，此乃仆隶之不如也。

【译文】萧颖士博通儒、道、佛三教义理，但气量狭小得很。常使用家中的一个佣仆杜亮，每次责打他时，便会用尽气力。杜亮养好创伤后，又被指使如故。有的人劝杜亮离开萧家，他回答："你们不知，只是爱慕他的学问博大深奥，因此不舍得离开呀！"

世间怜惜有才干的人有谁？真是连个仆隶都不如了。

温公二仆

司马温公家一仆，三十年止称"君实秀才"。苏子瞻学士来谒，闻而教之。明日改称"大参相公"。温公惊问，仆实告。

公曰："好一仆，被苏东坡教坏了！"

温公一日过独乐园，见创一厕屋，问守园者何以得钱。对曰："积游赏者所得。"公曰："何不留以自用！"对曰："只相公不要钱？"

【**译文**】司马光家里的一个仆人，三十年来只称主人"秀才"。苏子瞻（轼）学士来拜见，听后让仆人改正。第二天仆人改称"大参相公"。司马光十分惊诧，仆人就把原本告诉了他。司马光说："好一个仆人，被苏东坡教坏了。"

司马光一天路过独乐园，见新盖了一个厕所，问守园的人哪里来的钱。守园人答道："积累了游人观赏的钱盖的。"司马光说："为什么不自己留用？"回答："难道只有您不要钱？"

高德基《平江纪事》二条

嘉定近海处，乡人自称曰"吾侬""我侬"，称他人曰"渠侬""你侬"，问人曰"谁侬"。夜闻有叩门者，主人问曰："谁侬？"外客曰："我侬。"主人不知何人，开门方认，乃曰："却是你侬！"后人因名其处为"三侬之地"。

"谁侬""我侬"，此等问答可已。苏人途中相遇，问者曰："何往？"答者曰："在此间。"此等套话，亦最可厌。《白獭髓》载行都语言无实。如语"年甲"，则曰"本来"；语"居止"，则曰"在前面"；语"家口"，则曰"一牙齿"；语"仕禄"，则曰"小差遣"。行都，谓临安也。

吴人自相呼为"呆子"，又谓之"苏州呆"。每岁除夕，群儿绕街呼叫云："卖痴呆！千贯卖汝痴，万贯卖汝呆。见卖尽多送，要赊随我来。"

近日苏州不闻此语。杭人开口曰某呆，岂呆有运，已自苏而杭耶?

【译文】嘉定靠近海边的地方，当地人自称“吾侬”“我侬”，称他人说“渠侬”“你侬”，问人时说“谁侬”。晚上听到有叩门的，主人就问：“谁侬？”外边客人答：“我侬。”主人不知是什么人，开门后才认识，就说：“原来是你侬！”后来人因此称这里是“三侬之地”。

“谁侬”“我侬”，这样的问答可以废止。苏州人路上相遇，问的人说：“哪里去？”答者说：“在这里。”这些话也是最可厌的。《白獭髓》载行都说话都不实际，如说“年甲”，就说“本来”；说“居止”，就说“在前面”；说“家口”，就说“一牙齿”；说“仕禄”，就说“小差遣”。行都就是对临安的称谓。

吴人自己称呼为“呆子”，又称“苏州呆”。每年除夕，成群的小孩绕街呼叫：“卖痴呆！千贯钱卖你痴，万贯钱卖你呆。见到卖的要尽多送一些，要是赊账就随我来。”

现在苏州听不到这些话，杭州人开口说某呆，难道呆子有运气，从苏州转到杭州来了?

老人、贵人、妇人八反

老人、贵人、妇人各有数反。夜不卧而昼睡；子不爱而爱孙；近事不记而记远事；哭无泪而笑有泪；近不见而远却见；打却不痛，不打却痛；面白却黑，发黑却白；如厕不能蹲，作揖却蹲。此老人“八反”也。夜宜卧而饮宴；早当起而高卧；心当逸而劳，身当劳而逸；当使钱处不使，不当使处却使；无病常服药，有病却不肯服药；人未做时争做，人皆做时却不做；请人必欲人来，人请却不肯去；买贱物不嫌贵，买贵物必要贱；美妻妾不甚爱，平常侍儿却爱。此贵人“八反”也。不爱长子而爱少子；不爱子而爱女；不信人而信鬼；惜小钱而不惜大钱；为姑时定怨嫂，为嫂时却嫌姑；最忌讳，却最咒诅；最怕不到老，又最怕人说老；丈夫举动，最善防闲，丫环淫奔，却不介意。此妇人“八反”也。

【译文】老人、贵人、妇人各有几种反常现象。夜里不上床而白天睡觉；儿子不爱而爱孙子；临近的事记不清而旧事记得很清；哭没有眼泪而笑却流泪；近处看不到而远处却能看见；打时不叫痛而不打时却叫痛；面白变黑，头发黑而变白；到厕所不能蹲下而作揖却蹲下。此老人的“八反”现象。夜里应该躺下来睡而要饮酒设宴，早上应该起时却睡得很香；心应当放松却劳累，身体应当活动却要安逸；应当花钱时不用，不应当花钱时却乱花；没有病时常常吃药，有病时却不肯服药；人没有做事时争着做，人都去做事时却不去做；请人时一定想让人来，人请他时却不肯去；买低等的物品不嫌贵，买贵重的物品时一定要低价买；有美貌妻妾不太爱，平常的侍女却要爱。这是贵人“八反”现象。不爱长子爱小儿子；不爱儿子爱女儿；不信人而信鬼神；吝惜小钱而不可惜大钱；为姑时必定怨嫂子，为嫂子时却嫌小姑子；最忌讳，却又最爱诅咒；最怕不到老，却又怕人说自己老；丈夫的举动，最善于防范，丫环的淫乱私奔，却不介意。这是妇人的“八反”现象。

世事相反

今世人事亦有相反者。达官不忧天下，草莽之士忧之；文官多谈兵，武官却不肯厮杀；有才学人不说文章，无学人偏说；

富人不肯使钱，贫人却肯使；僧道茹荤，平人却多持素；闾阎会饮却通文，秀才却粗卤；有司官多裁，势豪乡官却把持郡县；官愈尊则愈言欲退休，官愈不达则愈自述宦绩。

【译文】现在的人也有相反的现象，达官显贵不忧天下，草莽之人却忧虑天下；文官多谈兵，武将却不肯厮杀疆场；有才学的人不说文章，无才学的人偏爱说文章；富人不肯使用钱财，贫穷的人却肯使用钱财；和尚道士吃荤食，平民百姓却多吃素食；里巷百姓宴会时却通文能讲礼仪，秀才却显得粗鲁；各级官员多被裁减，富豪绅士却把持官府；官做得越大则越要说打算退休，官越不能升迁越要讲自己的政绩。

附

自叙

龙子犹曰：人但知天下事不认真做不得，而不知人心风俗皆以太认真而至于大坏。何以故？胥庭之世，摽枝野鹿，其人安所得真而认之？尧、舜无所用其让，汤、武无所用其争，孔、墨无所用其教，管、商无所用其术，苏、张无所用其辩，蹻、跖无所用其贼。如此，虽亿万世而泰阶不欹可矣。后世凡认真者，无非认作一件美事。既有一美，便有一不美者为之对，而况所谓美者又未必真美乎！姑浅言之，即如富贵一节，锦褥飘花，本非实在，而每见世俗辈平心自反，庸碌犹人，才顶却进贤冠，便尔面目顿改，肺肠俱变，谄夫媚子又而逢其不德。此无他，彼自以为真富贵，而旁观者亦遂以彼为真富贵，孰知萤光石火，不足当高人之一笑也。一笑而富贵假，而骄吝忮求之路绝；一笑而功名假，而贪妒毁誉之路绝；一笑而道德亦假，而标榜倡狂之路绝；推之一笑而子孙眷属皆假，而经营顾虑之路绝；一笑而山河大地皆假，而背叛侵凌之路绝。即挽末世而胥庭之，何不可哉，则又安见夫认真之必是，而取笑之必非乎？非谓认真不如取笑也，古今来原无真可认也。无真可认，吾但有笑而已矣；无真可认而强欲认真，吾益有笑而已矣。野菌有异种曰"笑矣乎",误食者辄笑不止,人以为毒。吾愿人人得笑矣乎而食之,大家笑过日子,岂不太平无事亿万世?于是乎集《古今笑》三十六卷。

庚申春朝书于墨憨斋

叙谭概

古亭社弟梅之熉惠连述:

犹龙《谭概》成,梅子读未终卷,叹曰:"士君子得志,则见诸行事;不得志,则托诸空言。老氏云:谈言微中,可以解纷。然则谈何容易!不有学也,不足谈;不有识也,不能谈;不有胆也,不敢谈;不有牢骚郁积于中而无路发摅也,亦不欲谈。夫罗古今于掌上,寄《春秋》于舌端,美可以代舆人之诵,而刺亦不违乡校之公,此诚士君子不得志于时者之快事也!"犹龙曰:"不然。子不见夫鸜鹆乎?学语不成,亦足自娱。吾无学无识,且胆销而志冷矣,世何可深谈!谈其一二无害者,是谓概。"梅子曰:"有是哉?吾将以子之谈概子之所未谈。"犹龙曰:"若是,是旌余罪也!"梅子笑曰:"伤何乎?君子不以言举人,圣朝宁以言罪人?知我罪我,吾直为子任之。"于是乎此书遂行于世。

题《古今笑》

韵社诸兄弟抑郁无聊,不堪复读《离骚》,计唯一笑足以自娱,于是争以笑尚,推社长子犹为笑宗焉。子犹固博物者,至稗编丛说，流览无不遍，凡挥麈而谈，杂以近闻，诸兄弟辄放声狂笑，粲风起而郁云开，夕鸟惊而寒鳞跃，山花为之遍放，林叶为之振落。日夕相聚，抚掌掀髯，不复知有南面王乐矣。

一日，野步既倦，散憩篱薄间，无可语，复纵谈笑。村塾中忽出腐儒贸贸而前，闻笑声也，揖而丐所以笑者。子犹无已，为举显浅一端。儒亦恍悟，划然长嚎。余私与子犹曰：“笑能疗腐耶？”子犹曰：“固也。夫雷霆不能夺我之笑声，鬼神不能定我之笑局，混沌不能息我之笑机。眼孔小者，吾将笑之使大；心孔塞者，吾将笑之使达。方且破烦蠲忿，夷难解惑，岂特疗腐而已哉！”诸兄弟前曰：“吾兄无以笑为社中私，请辑一部鼓吹，以开当世之眉宇。”子犹曰：“可。”乃授简小青衣，无问杯余茶罢，有暇，辄疏所睹记，错综成帙，颜曰《古今笑》。不分古今，笑同也；分部三十六，笑不同也。笑同而一笑足满古今，笑不同而古今不足满一笑。倘天不摧、地不塌，方今方古，笑亦无穷，即以子犹为千秋笑宗，胡不可？世有三年不开口如杨子者请先以一编为子疗腐。

韵社第五人题于萧林之碧泓

古今笑史序

李 渔

予友石钟朱子（又作竹笑居士），卓荦魁奇，性无杂嗜，惟嗜饮酒读书。饮中狂兴，可继七贤而八，八仙而九；乃书则其下酒物也。仲姜玉、季宫声，亦具饮癖，而量稍杀。皆好读书，读之不已，又从而笔削之；笔削之不已，又从而剞劂之。虑其间或有读而不快，快而不甚快者，是何异于旨酒既设，肴核杂陈，而忽有俗客冲筵，腐儒骂座，使饮兴为中阻，不可谓非酒厄，必扶而去之，以俟洗盏更酌：此《古今笑》之不得不删、删而不得不重谋剞劂也。人谓石钟昆季于此为读书计，乌知其为饮酒计乎？是编之辑，出于冯子犹龙，其初名为《谭概》，后人谓其网罗之事，尽属诙谐，求为正色而谈者，百不得一，名为《谭概》，而实则《笑府》，亦何浑朴其貌而艳冶其中乎？遂以《古今笑》易名，从时好也。噫！谈笑两端，固若是其异乎！吾谓谈锋一辍，笑柄不生，是谈为笑之母。无如世之善谈者寡，喜笑者众，咸谓以我之谈博人之笑，是我为人役，苦在我而乐在人也。试问伶人演剧，座客观场，观场者乐乎？抑演剧者乐乎？同一书也，始名《谭概》，而问者寥寥；易名《古今笑》，而雅俗并嗜，购之唯恨不早，是人情畏谈而喜笑也明矣。不投以所喜，悬之国门，奚裨乎？石钟昆季（又作竹笑居士），笔削既竣，而问序于予。予请所以命名者："仍旧贯乎？从时尚乎？"石钟曰："予酒人也，左手持蟹螯，右手持酒杯，无暇为晋人清谈，知有笑而已矣。但冯子犹龙之辑是编，述也，非作也；予虽稍有撙节，然不敢旁赘一词，又述其所述者也。述而不作，仍古史也，在昔为今者，在今则又为古，试增一词为《古今笑史》，能免蛇足之讥否乎？"予曰："善。古不云乎：'嬉笑怒骂，皆成文章。'是集非他，皆古今绝妙文章，但去其怒骂者而已，命曰《笑史》，谁曰不宜？"

谦德国学文库丛书

（已出书目）

弟子规·感应篇·十善业道经
三字经·百家姓·千字文·德育启蒙
千家诗
幼学琼林
龙文鞭影
女四书
了凡四训
孝经·女孝经
增广贤文
格言联璧
大学·中庸
论语
孟子
周易
礼记
左传
尚书
诗经
史记
汉书
后汉书
三国志
道德经
庄子
世说新语
墨子
荀子
韩非子
鬼谷子
山海经
孙子兵法·三十六计
素书·黄帝阴符经
近思录
传习录
洗冤集录
颜氏家训
列子
心经·金刚经
六祖坛经

茶经·续茶经
唐诗三百首
宋词三百首
元曲三百首
小窗幽记
菜根谭
围炉夜话
呻吟语
人间词话
古文观止
黄帝内经
五种遗规
一梦漫言
楚辞
说文解字
资治通鉴
智囊全集
酉阳杂俎
商君书
读书录
战国策
吕氏春秋
淮南子
营造法式
韩诗外传
长短经

虞初新志
迪吉录
浮生六记
文心雕龙
幽梦影
东京梦华录
阅微草堂笔记
说苑
竹窗随笔
国语
日知录
帝京景物略
子不语
水经注
徐霞客游记
聊斋志异
清代三大尺牍：小仓山房尺牍
清代三大尺牍：秋水轩尺牍
清代三大尺牍：雪鸿轩尺牍
孔子家语
贤母录
张岱文集：陶庵梦忆
张岱文集：西湖梦寻
张岱文集：快园道古
群书类编故事
管子

安士全书

感应篇汇编

天工开物

梦溪笔谈

古今谭概

劝戒录全集

曾国藩家书

宋论